XI ZANG DANG DAI WEN XUE SHI

西藏当代文学史（下）

本卷主编・胡沛萍

总 主 编 / 胡沛萍 蓝国华 李佳俊

副总主编 / 周韶西 王军君 米玛卓玛

西藏人民出版社

XZCB

国家出版基金项目
NATIONAL PUBLICATION FOUNDATION

图书在版编目 (CIP) 数据

西藏当代文学史 . 下 / 胡沛萍主编 .-- 拉萨：西藏人民出版社，2022.12

ISBN 978-7-223-07164-2

Ⅰ . ①西… Ⅱ . ①胡… Ⅲ . ①地方文学史 - 西藏 - 当代Ⅳ . ①Ⅰ 209.975

中国版本图书馆 CIP 数据核字（2022）第 145432 号

西藏当代文学史（下）

本卷主编　胡沛萍
策　　划　张慧霞
责任编辑　李海平　计美旺扎　张慧霞
封面设计　格　次
电脑排版　周正权
出版发行　西藏人民出版社（拉萨市林廓北路 20 号）
印　　刷　西藏新华印刷有限公司
开　　本　787 × 960　1/16
本册印张　26.25
字　　数　347 千
版　　次　2023 年 2 月第 1 版
印　　次　2023 年 2 月第 1 次印刷
印　　数　01–3,000
书　　号　ISBN 978-223-07164-2
定　　价　160.00 元（上、中、下）

《西藏当代文学史》编委会

目 录

第三编 1994—2020 年间的文学

第三编　1994—2020 年间的文学

概　述

西藏当代文学经过 20 世纪 80 年代的探索与推进之后，随着社会政治、经济、文化环境的转变而进入了一个更为开放、辽阔的创作时空。

从宏观角度看，20 世纪 90 年代初以来，随着市场经济体制的推行，文学在社会文化领域的崇高地位开始动摇，原先还以高昂的精神姿态赢得大众仰慕的“纯文学”，不得不开始转变自己的身份地位；文学的商业化、娱乐化逐渐被越来越多的作家所认可、接受。在中国当代文坛，尤其是在 20 世纪 90 年代，文学的这种转变被视为是中国当代文学的一次的“溃败”。许多论者认为，文学被充满了现实物质欲求的功利目的所裹挟，越来越丧失了对人的精神世界的守护与终极价值的关怀。20 世纪 90 年代有关“人文精神”的讨论就是这种判断的直接结果和一种印证。事实上，这是一种极为概括的说法，它并不能涵盖当时的整个中国文坛，用以描述西藏文坛则更不合适。换句话说，中国当代文学在 20 世纪 90 年代的商业化、娱乐化走向，在西藏文坛上还很难形成气候，因为在西藏文化圈内，还没有产生文学商业化、娱乐化的土壤。但是，这并不意味着这股风潮没有对西藏文学产生任何影响。

这股风潮对西藏文坛产生的影响，主要体现在它对年轻作家创作观念的改变上。这种改变表现在三个方面。

首先是文学创作的政治化色彩越来越微弱。作家们在创作中虽然也非常留意作品的政治意识，但越来越多的作家已经不再把作品的社会政治功能，看作是首要的审美内容和思想题旨。这种变化使得90年代初以来的西藏当代文学与此前两个阶段的文学有了显著的差异。20世纪90年代以来的文学创作与20世纪五六十年代政治色彩极为鲜明的文学创作之间的差异自不待言，即使与自觉追求文学形式创新的20世纪80年代的文学创作，也有着明显的区别。因为20世纪80年代的西藏文学在很长一段时间内，始终在政治意识形态的轨道里追求自身的独特品质，作家们对艺术形式的自觉追求，并没有削弱他们自觉的政治意识。相比而言，20世纪90年代初以来的文学创作，不论是小说、诗歌，还是散文、戏剧，疏离“宏大叙事”的趋向已经成了一种自觉的审美诉求，即使作品中涉及有关“宏大叙事”的话题，也会以比较隐身的方式出现在叙述流程之中，不会占据作品的主导位置。这种情形在央珍的《无性别的神》这部具有审美风向标意义的作品中体现得非常明显。

第二，西藏当代文学的个人化取向越来越明显。文学创作视点逐渐从“宏大叙事”上位移开来，其转向必然是对个人生活经验和生命感悟的关注。这种关注主要体现在两个方面。一是对历史现象或事件的“个人化书写”。对“宏大叙事”的自觉疏离，并不意味着对历史事件或重要社会现象的回避，而是指关注角度的改变。20世纪90年代以来的西藏当代文学，不论是小说、诗歌，还是散文、戏剧，大都依然会涉及到比较重大的历史文化问题。但这类作品在关注角度上却更倾向于选择“个人化”视角。二，“个人化”的视角也体现在文本的叙述中，作家往往更关注个体人物在历史进程和文化伦理规范转变中的命运遭际。在作品所涉及的历史文化背景中，更多地呈现的是“个体生命”对个人生命过程的选择与体受。更进一步说，其实是创作主体借助书写对象，来表达创作主体个人对历史的理解与感悟。对个人生活经验和生命感悟的关注，还体现在创作主体对个人内心隐秘世界的审美化描绘。与之前的文学创作相比，20世纪90年代以来的西藏当代文学，更注重对创作主体隐秘体验的呈现。这里的隐秘体验，主要指创作主体独有的情感波澜和思想意识。

第三，越来越鲜明的世俗情怀与平民意识。20世纪90年代以来的西藏当代文学，逐渐疏离宏大主题，把关注的目光投向个人隐秘世界的同时，也把笔触伸向了更为广阔的世俗世界。这使得这时期的西藏当代文学，表现出了鲜明的世俗情怀与平民意识。这种世俗情怀与平民意识包含两个方面的内容。一是作家们更加关注普通民众的日常生活，通过对普通民众日常生活的精细描绘，来表现普通人的精神世界和世俗欲求，从而使得作品洋溢着浓厚的生活气息，呈现出鲜明的世俗色彩。二是文化书写的“审美降格”。地域文化特征和宗教文化蕴味，是新时期之后西藏当代文学的一个较为鲜明的特色，几乎所有的西藏当代文学作品都或多或少、或隐或显地包含着宗教文化内涵，这与作家们在创作中有意无意地征用宗教文化现象来构建艺术世界有着直接的关系。如何对宗教文化现象进行艺术定位和艺术处理，会直接决定这类现象在作品中以何种面目出现。20世纪90年代以来，除了个别作家外，越来越多的作家渐渐地不再把宗教文化现象视为天然神圣的抽象存在，而把它们看作是与普通百姓现实生活有着密切关系的日常行为。在他们的文学世界里，宗教文化现象完成了具有现代意味的“审美降格”。除了部分作品之外，在众多作家的笔下，宗教文化现象，包括带有抽象意味的心理意识、伦理观念等，不再天然地超越现实生活，与普通民众的世俗欲求保持不可逾越的距离，而是与他们的现实欲求交融为一体。换句话说，宗教文化现象就是普通民众日常行为本身，或者说宗教文化现象，就融合在他们的日常行为之中，并与他们的现实欲求构成了血脉相连的共同体。在此种书写方式中，宗教文化已经不再仅仅是一种揭示和反映民众心理的精神现象，它也是普通民众物质欲求的直接体现。宗教文化书写的“审美降格”，充分显示了这一时期西藏文学世俗化的审美取向。

当然，尽管中国当代文学娱乐化、商业化倾向对西藏当代文学产生了一定的影响，但这种影响的程度和范围是有限的。中国当代文学娱乐化、商业化倾向所引发的种种负面现象，并没有出现在西藏当代文学创作领域。所谓的“人文精神”的失落、人的主体性的解构、道德伦理意识的沉沦，以及作家精神视界的迷失等现象，在西藏当代文学中是不存在的。以地域特色和宗教文化为内在底色的西藏当代文学，依然高扬人文精神的大旗，切实关心生命存在，对包括自然界万物在内的各类生命，抱以深切的体恤与怜悯之情。西藏当代文学因受地域文化的深刻影响，不但包含着深厚的道德伦理意识，而且蕴含着指向明确的终极关怀的精神诉求。西藏当代文学能够保持这种正面的、纯粹的精神性品质，除了其深厚的地域宗教文化背景外，还与西藏当代作家自身对生命存在体悟有着深刻的关系。西藏高原相对简单的生活方式和相对缓慢的生活节奏，以及高峻神奇的自然景观和相对艰苦的生活环境，使得作家在面对人生，面对宇宙自然时，往往会不由自主地去思索一些具有形而上意味的话题。与此同时，许多作家自觉不自觉地把西藏高原视为自己的精神家园，以此来寄托深邃的幽思，这同样会影响他们作品的精神指向，使作品显现出相对鲜明的人文情怀和形而上色彩。

从微观视角来看，此时期的西藏当代文学与前两个时期的创作状况相比，出现了一些重要而崭新的风貌特征。

首先，女性文学悄然兴盛。“女性文学”这一概念在20世纪80年代初出现于中国文坛，90年代盛行于中国文坛，是一个广受关注的文学术语。在三十多年的发展演变过程中，其外延内涵不停地伸缩扩减，呈现出“横看成岭侧成峰，远近高低各不同”的迷乱景观。时至今日，关于何谓“女性文学”，还没有形成一个统一的指称范畴。这里的“西藏当代女性文学”，特指“西藏当代女性作家的文学创作”。

西藏当代女性作家的文学创作，自西藏当代文学发生起就已经诞生。早在西藏当代文学发展的第一个阶段，就出现了像杨星火这样影响较大的军旅诗人。20 世纪 80 年代，女性作家的文学创作较前一阶段有所推进，出现了德吉措姆、龚巧明、马丽华、央珍等创作成绩比较突出的女性作家，还有一些作家逐渐开始崭露头角。她们的出现为西藏当代文学的多向拓进增添了活力，也为之后西藏当代女性文学的进一步发展奠定了基础。20 世纪 90 年代，随着新一代女性知识分子在西藏当代文化领域的逐渐崛起，越来越多的女性从事文学创作，形成了一个相当规模的女性作家队伍，当代西藏女性文学开始呈现出了新的气象。这是 90 年代以来，西藏当代文学较之此前两个时期所表现出的一个鲜明的特征。此时期，西藏当代女性文学有几个方面的特点值得关注。一是作家队伍逐渐壮大，且出现专业化趋向。从数量看，这一时期西藏当代女性作家呈现出了一定的群体性。前两个时期虽然也有女性作家出现，但数量很少，难以形成群体，这说明女性文学创作力量还非常薄弱，处于萌发阶段。相较而言，90 年代以来的女性作家在此前的基础上，随着作家队伍的壮大，逐渐形成了令人瞩目的女性创作群体，以马丽华、冯良、次仁玉珍，央珍、次仁央吉、格央、白玛娜珍、尼玛潘多、陈桂芝、文心、白玛央金、白玛玉珍、亚依、次吉拉姆、琼吉、羽芊等为代表的女性创作，已经成了西藏当代文坛极为重要的文学力量。二是女性长篇小说有了巨大突破。此前两个时期的女性文学创作以诗歌、散文为主，小说创作能够引起关注的屈指可数，长篇小说还没有出现。20 世纪 90 年代以来，虽然诗歌、散文创作延续了前两个时期的良好势头，但真正给西藏文坛带来巨大突破的，却是女性作家的小说创作，其中，长篇小说的不断问世，算得上是西藏当代文学发展史上最为耀眼的突破。自 1994 年央珍的《无性别的神》以单行本的形式发行以来，不少女性作家投入巨大精力，潜心创作长篇小说，先后出现了冯良的《西藏物语》，白玛娜珍的《拉萨红尘》

《复活的度母》，格央的《让爱慢慢永恒》，马丽华的《如意高地》，陈桂芝的《梦魇》，尼玛潘多的《紫青稞》，多吉卓嘎的《藏婚》《金城公主》，次仁央吉的《花与梦》等引起区内外广泛关注的长篇小说。虽然从质量上看，女性作家创作的长篇小说所达到的艺术水准，还难以与其他类型的文学样式所取得的成就相比，更不能与中国当代文坛上异彩纷呈的女性文学相提并论；但从历史的角度加以审视，数量略显单薄的女性作家的长篇小说所取得的巨大突破，还是值得充分肯定的。三，此时期西藏当代女性文学创作中值得关注的重要现象，还包括藏族女性作家所表现出的巨大的创作潜力。西藏当代文学是一个由多民族文学构成的集合体，在这一集体中，藏族作家的创作无疑占据着重要而显赫的位置。一个值得关注的现象是，一直以来，藏族男性作家在西藏文坛上是除其他民族作家外的主角，尤其是在西藏当代文学辉煌崛起的 20 世纪 80 年代，藏族男性作家成绩卓著，而藏族女性作家还没有发出自己的声音。很显然，这是一种极不平衡的文学发展态势。这种由男性作家一枝独秀的不平衡局面，在 20 世纪 80 年代后期开始出现了转变。20 世纪 90 年代以后，这种不平衡得到了很好地扭转，一些藏族女性作家逐渐成了西藏当代文坛上的中坚力量。她们的出现，不但以群体力量极大地促进了西藏当代文学的发展，也以多样化的题材和女性独有的审美感知，丰富了西藏当代文学。藏族女性能够以群体形象登上文学舞台，并成为西藏当代文坛上不可忽视的重要的文学力量，与西藏社会女性地位的不断提高有着直接的关系。自 20 世纪 50 年代初西藏和平解放之后，西藏社会结构发生了巨大变化，一个鲜明的表征是女性社会地位的逐渐提高。经过几十年的发展，尤其是 80 年代以来，一大批女性在不同层次的教育机构接受现代教育，不仅获取了现代科学文化知识，也激发培养了她们的自我意识和主体意识，这为她们争取社会地位、发挥自我才华提供了保障和动力。而一部分藏族女性能够从事文学创作，正是这种保障的真实体现。

“女性文学”的发展壮大对于西藏当代文学来说有着深远重大的意义，

其中最值得关注的，无疑是以女性的眼光审视女性世界，以女性的眼光考察社会历史，关注西藏的社会现实，并揭示女性自身的生活和精神世界。从文学审美的角度来看，女性作家的文学书写，不仅仅是文学题材领域的拓展，更是一种审美维度的增加与延伸。20世纪90年代以来的西藏女性文学在这方面体现得最为突出，因为，此时期的西藏女性文学，拥有了多维发展的审美空间。作家个人的创作自由度相对宽阔，女性作家能够根据自己的审美趣味和生命体验，去构建具有鲜明个性特征的艺术世界。这种带有女性个性特征的艺术世界，显然与过去两个时期其他作家所创制的文学世界，有着显著的差异。这种差异就是西藏女性文学对西藏当代文学的最大贡献。

第二，作家队伍继续壮大。西藏当代文学进入20世纪90年代以后，作家队伍的构成也发生了显著的变化。这种变化不仅体现在作家队伍的梯队构成上，还体现在作家队伍的壮大上。其中最值得关注的，是在西藏生活成长起来的其他民族的作家和藏族作家的逐渐壮大与成熟。由于历史原因，西藏当代文学的发生发展与一大批内地进藏人员的创作有着直接的关系。20世纪五六十年代的军旅作家，20世纪80年代的进藏大学生，均是西藏当代文学在这两个时期的重要文学力量，他们在西藏当代文学的发展过程中发挥了筚路蓝缕的开拓作用。90年代，这类作家依然是西藏当代文学队伍中的一支重要力量，创作成绩引人注目，像张祖文、杨年华、陈桂芝、鲜明、郑勇等的小说创作，丁勇、刘萱、陈人杰、陈跃军、史映红、李素平、罗布旺堆、沙冒智化等的诗歌创作，吉米平阶、凌仕江、文心、胡蓉、冉启培、杨年华、李兴煌、乙乙、张青等的散文、报告文学创作，都取得了可喜的成就，丰富了西藏当代文学的表现领域。与此同时，一批出生、成长于西藏的作家也逐步成熟，构成了西藏当代文学的重要一翼。旦巴亚尔杰、平措扎西、扎西班典、央珍、白拉、日吉梅朵、敖超、格央、班丹、达娃次仁、次仁罗布、罗布次仁、加央西热、白玛娜珍、伍金多吉、次仁央吉、克珠群佩、尼玛潘多、藏顶塔杰、白玛央金、艾·尼玛次仁、次吉拉姆等一大批作家，在各个体裁和题材领域都创作出了更具西藏地域特色的文学作品，从而使得西藏当代文学的地域文化特色得到了最大程度的彰显。在上述两种类型的作家群外，还有一个作家群在西藏当代文学领域也引起了人们的关注，那就是所谓的“藏漂作家群体”。虽然这一个群体目前还没有被视为是西藏当代文学的构成部分，但他们对西藏当代文学所产生的影响已经引起了研究者的关注。

此时期作家队伍的壮大，还体现在“藏语作家群”的出现。除1980年代就以藏语创作的部分作家，如朗顿、班觉、旺多、伍金多吉等继续用藏语创作外，这一时期，一大批更为年轻的作家加入到了藏语创作的队伍之中。小说创作方面，旦巴亚尔杰、扎西班典、白拉、次仁央吉、拉巴顿珠、岗多次仁、班觉云丹、藏顶塔杰、多吉次仁、普布次仁、旦增尼玛、艾·尼玛次仁等已引起广泛关注；散文、诗歌方面，嘎玛贡加、伦珠朗杰、白拉、日吉梅朵、东主才让、白玛央金、嘎玛旺扎、次吉拉姆等取得了不错的成就。“藏语作家群”的出现，是西藏当代文学发展取得显著成绩的重要体现，它标志着西藏当代藏语创作，经过前两个时期的探索和积累，终于获得了新的生机，并表现出了巨大发展潜力；它意味着西藏当代文学在接续西藏传统文学的优秀基因方面，拥有了更为直接的载体，这对西藏当代文化和文学的现代化进程具有重大的意义。同时，“藏语作家群”的出现和壮大，不仅仅是西藏当代文学领域的重要收获，也是西藏当代社会发展进步的重要体现；它意味着越来越多的当代藏族知识分子，已经在社会主义文化语境中成长起来，而且已成整个西藏文化建设领域的先锋队伍，他们正在为西藏当代社会的进步发挥着不可替代的作用。

第三，走出高原，与外部建立更为密切的互补关系。西藏当代文学从起步阶段起，就与外部建立了密切的联系；但在其发展的各个阶段，这种联系是有着细微的差别的。在西藏当代文学发展的前两个阶段，从宏观上看，基本上是一种输入型的联系。换而言之，前两个阶段的西藏当代文学基本上处于学习、借鉴阶段。尤其是第一个阶段，西藏当代文学在中国当代文学的大潮中借势而流，基本上还没有自觉地利用得天独厚的地域资源，形成自己特有的地域审美特色。20 世纪 80 年代，这种状况有所转变，特别是以扎西达娃、色波、吉米平阶、通嘎为代表的一批作家，在文学观念和形式方面锐意进取、探索求新，使得西藏当代文学，在审美风貌方面终于摆脱了中国当代文学潮流的直接影响，西藏当代文学的主体性得到了一定程度的彰显。但这种身份、形象转变并不能掩盖西藏当代文学存在的明显不足，那就是缺乏对西藏当代现实生活深刻、广泛、细致的描绘与反映。20 世纪 80 年代中后期的“西藏新小说”和“雪野诗”，是以形式上的追新逐奇引起文坛震动的，它们的辉煌很大程度上体现在艺术表现手法和叙述技巧上超越传统文学藩篱这一方面，而对西藏当代现实社会生活的关注则很是不够。

20 世纪 90 年代以后，这种较为单一的联系得到了很大改变。在继承借鉴 20 世纪 80 年代创作经验的基础上，一批年轻的作家以更为开阔的多维度创作视界，极大地开拓了西藏当代文学的审美疆域，以一种开放的姿态与外部世界建立起了互通有无、互相补充的联系。这批作家不但注重文学形式上的现代意味，把各种现代表现技巧和手法融合汇通于自己的创作之中，而且把艺术视角伸入西藏当代社会现实生活的方方面面；从而使得西藏当代文学不但在形式上具有鲜明的现代主义特色，而且在题材内容上呈现出了浓郁的地域特色。这种地域特色不仅仅体现在作品中融入了地域风光、宗教人文色彩，更体现在他们的作品中集中细致地描绘、反映了具有强烈现实气息的日常生活，呈现出了更具现实生活意味的西藏社会风貌。可以说，正是对西藏变化着的现实生活广泛深入的描绘与反映，使得西藏当代文学具有了与中国当代文学，乃至世界文学对话的更多可能与自信。

第四，艺术表现手法趋于多元融合、题材领域有所拓展。西藏当代文学在此前的两个发展阶段，尽管在创作理念上存在着多种取向，但受时代文学思潮的总体制约，各种创作理念在作家们的艺术思维中所拥有的地位却极不平衡，往往总有一种艺术理念占据着统治的地位。20 世纪五六十年代，也就是中国当代文学史中所说的“十七年”时期，西藏当代文学在精神风貌上与内地文学完全保持一致，信奉的是革命现实主义的创作理念。受大一统的现实主义创作理念的制约，这一时期的西藏当代文学呈现出来的是鲜明、单一的社会主义现实主义倾向。从作家的主观艺术动机，到作品显现的艺术风貌，社会主义现实主义都是这一时期占据绝对统治的审美取向。就作家创作的主观动机而言，受现实主义创作理念支配，作家们都希望自己的作品能够通过描写社会重大事件，逼真地展现时代的真实风貌，揭示社会发展的必然趋势，赞美革命斗争所取得辉煌成就和广大民众拥护中国共产党的真挚情感，表现热爱社会主义新西藏的美好情怀和憧憬美好未来的高涨情绪。此时期的西藏当代文学虽然也掺杂着其他一些艺术思维和表现手法，但在现实主义创作理念和表现手法的强大气势中，这些艺术因素显得极其微弱，根本无法形成独立的艺术单元。20 世纪 80 年代初期，西藏当代文学中的现实主义创作倾向依然占据着主导地位，但随着西方现代主义文学思潮在中国文坛的逐渐扩大，西藏当代文学闻风而动，及时调整艺术风向，现代主义创作风潮随之取代现实主义创作倾向占据主导地位，成为作家们青睐迷恋的艺术志趣。尽管此时期现实主义依然在西藏当代文学中拥有一定的位置，但在令人兴奋不已的现代主义风潮中，现实主义创作潮流逐渐淡出了人们的视野，以“西藏新小说”和“雪野诗”为代表的现代主义文学，成了 20 世纪 80 年代西藏文学的代名词。这种发展态势似乎难以阻止地把 20 世纪 80 年代的西藏文学，推向了单一的发展轨道。在现代主义潮流占据正统地位的文坛上，其他类型的创作理念和方法比较微弱。这种艺术取向，使得此时期的西藏当代文学，难以形成一种多维艺术倾向融合的艺术有机体，自然也就难以出现“百花齐放”的发展景象。20 世纪 90 年代以后，这种单一的态势开始有所转变。80 年代的现代主义风潮落潮以后，冷静下来的西藏文坛开始转变创作风向。一方面，现代主义创作理念和相应的表现手法作为一种艺术精神，已经逐渐内化为作家们的自觉追求，他们不再刻意强调、凸显创作中的现代主义特征，但却始终在具体的创作实践中，自觉不自觉地运用各种现代主义手法和表现技巧；与此同时，作家们也不排斥现实主义创作理念和相应的表现手法，在大量运用现代主义手法和技巧的同时，把现实主义艺术精神与手法融入其中，从而使得作品具有一种鲜明的包容品质。可以说，这一时期的西藏文学，在创作理念与方法上是多元融合的成熟阶段。正因为如此，考察此时期的文学发展状况时，就不能像判断前两个时期那样，以相对明确的范畴界定是现实主义为主，还是现代主义占主导地位。此时期的许多作家很难以某个简单的标准为线划分阵营，在他们的作品中，既有现实主义的片段描写与精神因素，也有现代主义的表现手法和技巧。这种融合态势存在于各类体裁的作品中，而在小说创作中最为典型。这一阶段在西藏文坛上活跃的许多作家，尤其是以小说创作为主的作家，已经不能轻易地给他们划定风格范畴。在他们的创作中，现实主义和现代主义已经很好地交融在了一起，作为艺术表现手段和工具，共同发挥着建构艺术文本的重要作用。当然，这种情况也不是绝对的，也有只钟情于某种比较明确的创作理念，更喜欢运用一些特定的写作手法与表现技巧的作家。

除艺术创作理念和表现手法趋于多元融合外，西藏当代文学在题材方面也走向了多元化。与西藏当代文学第一个发展阶段集中关注政治题材与革命历史题材，第二个阶段倾向于借用宗教文化现象来演绎现代主义形式而忽视主题诉求相比，20 世纪 90 年代之后的西藏文学关注的对象已经涉及到了更为纷纭繁多的方面。许多题材内容逐一得到了作家们不同程度的描写和反映。在这些题材内容中，除前面提及的女性作家对女性生存境遇和心理意识的初步开掘外，许多方面都是此前两个阶段很少涉足或没有涉足的领域。比如对西藏城市生活的描写与反映。20 世纪 90 年代以前，西藏的城市建设和规模发展还非常缓慢，除一些作品中以拉萨作为生活区域对这方面的内容有所铺述外，真正意义上的城市生活因为缺乏现实客观素材，而难以成为一种文学题材进入作家的创作视野。20 世纪 90 年代之后，随着西藏社会经济的迅速发展，以拉萨为代表的城市在西藏高原上也很快发展壮大起来，这种带有鲜明的时代特征的生活变化为作家的创作开辟了新的艺术空间。城市生活中斑驳陆离的现象，现象背后掩藏的城市民众精神心理上的悸动、变化，以及现代文明气息与传统宗教文化意识之间的交融与冲突，成了作家关注的重要表现对象，就西藏当代文学的发展情况来看，几乎所有重要作家都对这方面的内容有所涉足。当然，他们对此采取的表现方式和持有的艺术态度是各不相同的。可以预见，城市题材的创作将会是今后西藏当代文学开发的一个重要领域。与城市题材相关的一个内容是城市打工现象，这也是前两个阶段的文学创作所没有触及到的。

在城市题材的创作不断开拓的同时，乡村（农牧区）这一题材领域也得到了较之前两个阶段更为开阔、深入的关注。对乡村（农牧区）生活现实的描绘与反映，一直是西藏当代文学比较重要的题材领域。不论是革命现实主义占据主导地位的第一个发展时期，还是现代主义独领风骚的第二个阶段，描写反映乡村（农牧区）的作品都不在少数，尤其是在 20 世纪 80 年代的文学创作中，乡村（农牧区）题材的作品已经有了很好的发展态势，只是由于“西藏新小说”的风头过劲而掩蔽了此类作品。20 世纪 80 年代的西藏乡村（农牧区）题材的作品，在主题指向上大多顺应时代的要求，主要揭示农牧区随着社会发展而呈现出来的令人欣喜的变化，以及农牧民不断转变的思想观念意识。不同于 20 世纪 80 年代的是，90 年代之后的西藏乡村（农牧区）文学，在展现乡村（农牧区）社会生产不断向前推进和人们生活方式不断转变的同时，把笔触深入到了更为深广的生存地带——对处于生活转变夹缝中的乡村（农牧区）民众的精神世界进行了相当深入的剖析，并对市场经济对传统生产模式冲击所带来的乡村（农牧区）道德伦理观念的变化，以及这种变化所引发的矛盾冲突，进行了相当细致的艺术描绘。这是这一时期乡村（农牧区）题材作品深度开掘的一个重要表现，也是此类题材作品超越前期同类题材作品的一个重要方面。尼玛潘多、次仁罗布、格央，以及以藏语创作的扎西班典、藏顶塔杰等人的部分作品在这方面颇具代表性。

除上述题材领域有所深入、拓展外，还有一些其他类型的创作，既是对以往同类题材的延续，也有所突破。比如历史题材和有关宗教文化现象的题材。历史题材一直是西藏当代文学创作中的一个重要方面，但每个时期所表现的重点各不一样。如果说 20 世纪五六十年代注重主题的政治意识形态倾向，80 年代较多地注重历史文化意蕴；那么，20 世纪 90 年代之后的作家在处理历史题材时，更为看重个人命运中的历史波澜，试图通过个人命运的演绎来揭示若隐若现的历史风云。在此创作思维中，历史有时候只是一种背景。至于宗教文化题材，此时期的文学创作显现出了相对开阔的书写空间。一些在前两个时期难以进入艺术文本的宗教文化现象，已经成了作家们笔下常见的描写对象。而随着时代精神文化气候的变化，作家们对宗教文化现象的态度也发生了很大的转变，批判意识逐渐弱化，包容态度日趋鲜明，通过宗教文化来反思现代人类社会种种问题的倾向也日趋明显。

20 世纪 90 年代之后的西藏当代文学领域，还有一种创作形态值得关注，那就是“藏漂作家群体”和“援藏作家群体”。从行政区划上看，这两个群体的创作不属于西藏当代文学的范畴，但他们的创作实实在在地参与到了西藏当代文学这一系统之中，而且在不同层面影响了西藏当代文学。虽然在文学史归属上，本书并没有纳入这两个群体的创作，但作为发生在西藏文坛上的一种创作现象，对西藏当代文学的促进是具有一定意义的。

第五，文学批评趋向规模化、体系化。西藏当代文学的繁荣发展，离不开文学批评的积极参与。但相比西藏当代文学发展的繁荣态势，西藏当代文学批评显得有些滞后迟钝。尤其是 20 世纪五六十年代和 80 年代，除了个别评论者始终以批评者的身份坚持不懈地关注西藏当代文学，并撰写了一些有分量的评论文章外，西藏当代文学批评总体上是散落的、断裂的，既没有对一些重要现象和问题做深入探讨，也缺乏持续性。这种情况在20世纪90年代以后，尤其是新世纪之后有所改观。一批在研究所从事研究工作和在高校从事科研教学的评论家开始显山露水，逐渐形成了一个相对稳定的批评队伍。其中，学院派批评队伍的形成是一个最为显著的文学形象，以黄波、朱霞、徐琴、胡沛萍、蓝国华、栗军、于宏、魏春春、赵丽、卢顽梅、李小平、张莹、刘雅君、颜亮等为代表的中青年评论者，极大地活跃了西藏当代文学批评。同时，藏族文学评论者也显示出了巨大的潜力，先后出现了次多、尼玛扎西、拉巴群培、次仁央宗、旦增曲扎、扎西东珠、普布昌居等成绩卓著的评论者。由此，西藏当代文学批评向着规模化、体系化的方向发展，西藏当代文坛出现了文学创作与文学批评两翼齐飞的可喜局面。

西藏当代文学的发展，离不开翻译文学，尤其是“汉译藏”翻译文学。翻译文学对当代藏语文学在人物塑造、写作手法、文学语言建设等方面，起到了不可忽视的作用。当然，不同时期，“翻译文学”的取向和影响有所不同。第一个时期比较薄弱，改革开放初期，藏语翻译文学作品依然不景气，有影响的除了毛泽东的诗词，其他方面几乎处于空白。改革开放以来藏语文学创作复苏，中外文学作品的藏文翻译越来越多。随着时代的发展和翻译人才的成长，西藏译者翻译的文学作品琳琅满目，如《哈姆雷特》《罗密欧与朱丽叶》《茶花女》《少年维特之烦恼》《动物庄园》《家》《消失的地平线》等不少中外名著已经都有了藏语版；同时，以斋林旺多、伍金多吉、平罗、格桑益西等为代表的文学翻译队伍异军突起。他们的翻译作品，对当代藏语文学创作产生了深刻的影响，对一大批文学青年的创作起到了启蒙作用。需要强调的是，20世纪80年代，《西藏文艺》陆续刊载了翻译成藏语的世界著名小说《项链》《麦琪的礼物》《一个官员的死》《变色龙》，之后刊载了翻译成藏语的《哈姆雷特》《威尼斯商人》等莎士比亚戏剧，这些翻译作品对藏语文学学创作，特别是小说创作起到了重大作用。

第一章　小说

概　述

相比此前两个时期的小说创作，20 世纪 90 年代以后，西藏当代小说创作呈现出了多元发展的繁荣景象。其繁荣景象大致表现在以下几个方面：首先是作家队伍更为庞大。西藏当代文学发展至 20 世纪 90 年代以后，作家队伍的壮大是一个整体性的显著特征，这种特征在小说创作领域体现得最为明显。此时期的小说作家群体中，既有活跃于 20 世纪 80 年代文坛上的作家，如丹增、扎西达娃、马丽华、平措扎西、色波、扎西班典、通嘎、吉米平阶、央珍等，同时年轻一代作家更是异军突起，如次仁罗布、白玛娜珍、格央、旺多、罗布次仁、次仁央吉、张祖文、敖超、郭阿利、杨年华、郑勇、班觉云丹、尼玛顿珠、藏顶塔杰、旦增尼玛等。尽管在 80 年代已经取得显著成就的一些作家在本时期的小说创作不够活跃，但他们的存在在某种程度上，还是彰显了西藏当代小说在新的历史时期的多元构成形态，从而使得西藏当代小说在这一时期比前两个阶段拥有了更为丰富多彩的审美景象。作家队伍的庞大，不仅仅意味着艺术审美风格上的多元化，也很好地展示了西藏当代小说在新的历史时期文学转型上的复杂态势。考察此时期的小说创作，大概能够从中窥探到西藏文坛艺术风向的转变和文化意识观念的迁移，领略到西藏社会结构的变化转型和社会道德伦理观念的逐渐转变。其次，小说创作在各个层面趋于多元化，各种题材、体裁、类型和风格的小说各展风姿、争奇斗艳。题材方面，除革命历史题材的作品有所弱化之外，其他方面都有所扩展与丰富。从牧区生活到城镇景象，从宗教题材到爱情故事，从传统心理意识的揭示到现代精神风向的描画等，几乎所有的题材都在这一时期的小说创作中得到了不同程度的表现与反映。平措扎西、扎西班典对乡村普通民众生活和精神心理的描写与揭示；格央、次仁央吉对当代藏族女性，尤其是对出家女性生活状态与精神世界的描绘与揭示，以及对打工女性生活境况和精神心理的描写和揭示；白玛娜珍对现代都市生活和知识女性家庭婚姻的描写与反映；班丹对阿里地区独特自然景观和具有传奇色彩的人事的演绎；敖超、罗布次仁、惠青华对现代都市青年生活情态的描绘；张祖文、鲜明对新一代生活在青藏高原的非藏族民众的日常生活、精神困惑、情感苦闷的描绘、呈现；“藏漂”作家对个人独特的生活状况和精神履历的展示；次仁罗布对边缘地带普通民众生活情态和精神世界的描绘与展示，对民族精神传统的回溯和弘扬，以及对拉萨八廓街过去和当下生活状貌的描绘，对拉萨老城区历史变迁的艺术展现；加央西热、郭阿利对草原牧民生活状况和精神面貌的描绘和展现；周艳炀、党益民、郑勇对西藏部队生活的描写与反映，对“老西藏”精神的赞美与弘扬，对新的时代背景下西藏军人精神风貌的描绘；以藏文创作的中青年藏族作家普布次仁、尼玛顿珠、艾·尼玛次仁、藏顶塔杰、多吉次仁、旦增尼玛等，他们的诸多作品对藏族年青一代们现实追求和青春梦想的表现和描画，对城市、乡村发生的诸种变化的描写、反映，对社会变化所引发的普通民众精神心理变化的关注与揭示等。上述作家在不同的维度上，通过他们的作品，基本上勾画出了西藏当代社会现实生活的大致情状和时代精神风貌。

体裁方面，中短篇小说依然是占据主导地位的文学样式，且成绩显著。可以说，这一时期的中短篇小说在前两个时期探索发展的基础上，基本走向了成熟。其最鲜明的表征是艺术表现手法上的多元化、稳定化。相比前两个阶段的中短篇小说创作，此时期的中短篇小说把现实主义和现代主义文学表现手法进行了很好的融会贯通。如果说西藏文学在 20 世纪五六十年代的整体艺术特征是现实主义的，20 世纪 80 年代更偏向于现代主义（尤其是代表性的作家作品）；那么，20 世纪 90 年代以后的西藏中短篇小说创作则是两者结合融汇的结晶。此时期的绝大多数作家既没有放弃对传统现实主义表现手法的精心运用，又更注重对现代主义表现手法的广泛采纳，他们的创作从整体上看无法用现实主义或现代主义单一的艺术准则定位评判。综观此时期西藏文坛的小说创作状况，可以发现，小说世界呈现给读者的是一种审美上的多元化景观。这种吸纳各种艺术营养、采撷多种表现手法的多元开放的审美视野，无疑是西藏当代中短篇小说走向成熟的一个重要标志。此时期，在中短篇小说创作方面取得显著成就的作家有平措扎西、扎西班典、次仁罗布、旦巴亚尔杰、次仁央吉、普布次仁、班丹、次仁朗公、罗布次仁、格央、敖超、张祖文等。他们的创作所取得的成就，他们的作品在西藏文坛和中国当代文坛上产生的巨大影响，标志着西藏文学在这一时期无论在汉文小说，还是藏文小说创作方面都达到了新的高度。

长篇小说方面，这一时期也取得了不错的成就。不少女性作家的成绩令人惊喜，央珍的《无性别的神》，白玛娜珍的《拉萨红尘》《复活的度母》，格央的《让爱慢慢永恒》，马丽华的《如意高地》，陈桂芝的《梦魇》，尼玛潘多的《紫青稞》，次仁央吉的《花与梦》（藏文），羽芊的《藏婚》《金城公主》等引起了多方关注。除此之外，藏文长篇小说在新世纪的十多年间出现了一个小小的高潮，如旦巴亚尔杰的《遥远的黑帐篷》《昨天的部落》，艾·尼玛次仁的《天眼石之泪》《百年预言》，艾普扎的《拉萨河畔的风马旗》，扎巴扎西的《无路可逃》，旦增尼玛的《青春不是梦》，格桑占堆的《远处流逝的小溪》，克珠的《森岭之战》，普布次仁的《年轮》《飘落的石子带》《天边的云雾》《后山的风》等。这些长篇小说以宏阔的背景和细致的描写，展现了西藏自近代以来社会历史发展的曲折历程，揭示了高原人民在追求自由幸福生活的历程中所经历的艰难曲折和表现出的坚忍不拔的精神品格。这些长篇小说在区内外都引起了广泛关注。2015年，次仁罗布的《祭语风中》出版，把这股长篇小说热推向了一个新的高度。就目前出现的长篇小说来看，题材内容涉及家族历史、都市青年男女的情感纠葛、牧区农村的改革变迁等领域。通过这些作品可以看出，此时期的作家们努力地运用多种艺术表现手法，尽可能全面地描绘、反映不同时期西藏社会发展的广阔景象，而且也的确在某些地方，如题材领域、主题意旨等方面，为西藏当代小说创作提供了新的审美因素与艺术经验。

对于这一时期小说创作出现繁荣景象的原因，可以从以下几个方面加以解释。首先是20世纪80年代的文学创作，尤其是小说创作所取得的不俗成绩为此后的小说发展积累了成功经验、树立了光辉榜样。西藏当代文学发展至20世纪80年代，进入了一个直线上升的加速阶段。不但在传统的现实主义文学领域获得了长足的进展，而且在现代主义文学方向上取得了令人称道的巨大成就，出现了可以与当时中国文坛上一流作家作品相媲美的小说家和优秀作品。这些作家作品的出现为后来的创作者奋勇而上积蓄了力量、提供了动力，而他们所积累的艺术经验则成了后继者获得启迪的优良资源。20世纪90年代以后的西藏当代小说家们虽然没有明显追踪80年代小说创作的意图，但他们能够在创作中随意自若地运用各种表现手法，尤其是现代主义表现手法的运用，可以看出后来者对此前文学创作经验的继承与发扬。从这一角度而言，20世纪90年代以后的小说创作呈现出繁荣趋向，是前一阶段文学大潮顺势发展的必然结果。其次，这一阶段的创作主体个人文学素养的丰富深厚，也是小说创作繁荣的一个重要原因。相比前一个阶段，这一时期的作家，尤其是年轻作家，在艺术修养上要更为全面、更为专业。他们对文学艺术有着比前辈们更为专业、更为多元的认识与理解。他们的文学视野也更为开阔，古今中外的文学经验他们都有所涉猎，因此他们在创作实践中就会有更为自由灵活的艺术选择，这自然会导致他们的创作更为多元繁杂。正是上述种种原因，使此时期的小说创作呈现出“百花齐放”的繁荣景象。

第一节　平措扎西

平措扎西（1959—），出生于西藏日喀则。毕业于西藏大学汉语系。曾任职于西藏自治区文联。1987年，发表处女作《索多和他们》。平措扎西在小说、散文、戏剧、报告文学等方面都取得了丰硕的成果，著有小说集《斯曲和她五个孩子的父亲们》（藏文）、文化散文集《世俗西藏》（汉文）、散文集《西藏古风》（藏文）、长篇报告文学《藏地追梦人》（汉藏文）、散文集《寻迹，在珠峰脚下》（汉藏文）等。平措扎西在西藏还是有着广泛影响的相声、小品作家。曾获西藏文学十年成就奖，第二届西藏新世纪文学奖，第十届全国少数民族文学创作骏马奖。长篇报告文学《藏地追梦人》获西藏自治区“五个一工程”奖。

《斯曲和她五个孩子的父亲们》共收录《果热巴热院中的悲剧》《斯曲和她五个孩子的父亲们》《“乳头”酒馆的客人》《风筝·岁月和往事》等11部中短篇小说。作品内容丰富，涉及的主题范围广泛。这些小说塑造了多个具有典型意义且个性丰满的人物形象，并通过富有生活气息和地域民族特色的生活细节描写，表现了当代西藏社会的精神风貌。

代表作中篇小说《果热巴热院中的悲剧》，描写了被时代遗忘的旺多老人和他四个女儿的悲剧，折射了当代西藏社会变迁的艰难历程。阿妈死后，阿爸拉旺变得保守、多疑、迂腐、固执。他一心想把女儿们留在自己的身边，担心她们被社会的“坏”风气“污染”。他以各种理由拒绝将任何一个女儿嫁出去——“这女儿我准备把她留在家里，我不愿意把她嫁出去”“神佛早有预言，这女儿不能和你这样的人成合”“我不能让我的女儿落到不三不四的人手里”。

阿爸拉旺自以为是地保护着女儿们，却使位于果热巴热院的家失去了温暖和快乐。在小说中，拉旺老人是一个思想观念趋于保守，性格固执怪异，不愿面对新生事物的人物。拉旺老人拒绝接受一切新鲜事物和思想观念。他无法理解为什么女儿们长大后只与自己的朋友交往，寻找对象自我做主，不再遵循父母之命。他的保守、固执与忧虑，造成了他与女儿们之间的隔阂和冲突；他的守旧与不通世事，给女儿们的人生造成了很大的伤害，甚至给她们带来了悲剧性后果。

拉旺老人有四个女儿，大女儿拉巴普尺是个有着菩萨心肠的人，她善良、宽忍、勤劳、朴实。她认为自己活在这个世上就是为了伺候好自己的父母，帮助父母抚养好自己的姐妹们。因此，她每天的生活就是操持家务，忙里忙外，照料好父亲和妹妹们的生活。但是整日待在家中的拉巴普尺在外面却感到孤独、冷漠，好像低人三分，因为她生活在极少与外界接触的家庭中，她的性格已经不能适应社会生活的节奏了。拉巴普尺的性格有软弱的一面，当二妹索朗普尺跟阿布次噶私奔后，她不知道该怎么办，希望通过吟诵《消障经》消除索朗普尺遇到的难题。如果拉巴普尺在得知索朗普尺怀孕的消息后，不是一味地犹豫不决，而是勇敢地站出来，帮助妹妹说服阿爸拉旺，或许妹妹也不会私奔。二女儿索朗普尺的经历是小说的主线。因为父亲拉旺的阻拦，她错过了与落曲的弟弟的姻缘，成了三十七岁未嫁的老姑娘。当康巴汉子阿布次噶来到她的酒馆，并对她展开热烈追求时，她勇敢地接受了。已有身孕的她在得知父亲仍不同意她和阿布次噶的婚事时绝望了，不顾一切地与阿布次噶私奔了。三女儿次仁普尺在商店工作，她生活在家里与家外、传统与现代的夹缝中。她会在上班时穿上漂亮的衣服，下班时再换上一套一般的衣服。爱美的次仁普尺一方面向往现代的生活，想要摆脱以父亲为代表的家庭的束缚，另一方面又感到心有余而力不足，不得不屈服于父亲的威严，被传统家庭所禁锢。她在家以外的地方是放飞的小鸟，可以自由地飞翔，和姑娘们一起度过热闹的一天；但当回到家，回到那个不大不小的厨房，她便感到百无聊赖。小女儿普布参曲是家中与外界接触最广、受到现代生活影响最多的人，她将家庭视为笼子，不愿意接受笼子的禁锢，依照自己的喜好安排生活。“她不像姐姐们一样穿藏装。她身着一件铁灰色的夹克，配上一条洗得发白的牛仔裤，头发梳理得整齐光亮，上面别着一个大红色发夹，那张圆脸也洗得干干净净。”她的特立独行自然也得不到阿爸拉旺的待见。

从阿爸拉旺与四个女儿之间的对抗和矛盾冲突中可以感受到，这个家庭中发生的一切，正是社会转型时期人们生活方式和思想意识转变的写照。姐妹四人的思想观念和生活追求，以及她们所遇到的种种阻力和障碍，象征了年轻一代从传统向现代过渡的艰难历程。一方面，她们渴望拥有属于自己的自由生活，想竭力摆脱传统的生活方式；另一方面，根深蒂固的思想意识和牢固的生活规范，又不断牵引她们回到过去。无论是大胆勇敢的选择，还是委屈无奈的顺从，她们的内心都经历着矛盾冲突带来的煎熬。平措扎西站在社会历史发展的高度，立足于传统文化与现代文明激烈碰撞的境况中，思考、探索着两代藏族人的生活选择，以及他们未来的出路。这是这篇小说蕴含深刻社会历史内涵的根本所在。

中篇小说《斯曲和她五个孩子的父亲们》，是一篇优秀的藏文当代小说，为平措扎西赢得了广泛的声誉。作品以章回体的结构形式，讲述了草原上美丽的姑娘斯曲和她五个孩子的父亲们的故事。年轻漂亮的斯曲向往幸福甜蜜的爱情，十八岁的她曾躺在觉尔巴老师的怀中，许下“我愿意做你一生的伴侣”的誓言。然而，即使斯曲为这份感情付出了很多，她最终除了养育五个私生子外，别无所获。上天安排她生下了五个孩子，却没有安排一个风雨同舟的丈夫。五个孩子如同五块巨大的石头压着她，她背负着生活的重担，在坎坷的人生道路上蹒跚而行。小说着力描写了西藏牧区人们思想观念的滞后。这一题旨主要体现在以下几个方面：首先，相对于城镇，牧区较为闭塞，“一条不分春夏秋冬总是急急地向东流淌着的河水，孕育了两岸富饶的土地，却把两岸分割成两个不同的世界……被河水阻隔的念荣乡永远被遗落在沉寂、孤立之中。外界发生的任何变迁都成了这里的人们梦中的幻想。”生活在这里的人们很难接触到外界的新鲜事物。小说中的人物伦珠，几乎是沟通牧区和城市的唯一渠道。伦珠带来了城市生活的景象——汽车、时髦的饰品和衣裳、跳跳糖、收音机等等，念荣乡的人对这一切都感到十分新奇，并充满了浓厚的兴趣。无数像斯曲一样的人也对外面的世界充满了美好的希冀。但这一切又是那样的遥远，可望而不可及。其次，交通的闭塞，带来的是思想观念的落后，牧区的孩子们认为去学校上学是件可怕的事情，于是从小帮助家里放牧。人们并不知道，这样不能改变生活现状。他们意识不到革新思想观念和改变生活方式的意义。最后，念荣乡的闭塞落后，还体现在这里的人们对待女性的态度上。陈旧的思想观念使得这里的女性得不到人们的尊重和爱护，而女性本身也缺少自我保护意识。正因为如此，才导致了以斯曲为代表的牧区妇女不幸的人生遭遇。

斯曲是牧区无数有着不幸遭遇的妇女的代表。作者在揭示她们不幸命运的同时，对她们身上具有的坚韧、勤劳、朴实、敢于承担的优秀品格给予了崇高敬意。同时，以深切的人道主义情怀，给予了她真切的同情。斯曲是一个单纯善良的女人，不论生活给她带来了多少伤害，她始终乐观地面对生活，对生活充满了美好的希冀。孩子父亲们的话在她心中播下了希望的种子，斯曲也盼着自己孩子快快长大，长大后走出念荣。但这希望总是落空，除了孩子和生活的负担外，斯曲什么也没有得到；但即使是这样，斯曲也爱着她的孩子们，“她把孩子抱在怀里轻轻摇动着向远处张望，期盼两个去放牧的孩子早点归来……她看见了，看见了羊群从远处滚滚而来。”斯曲身上闪光的品格，更让人为她的不幸遭遇感到哀婉。

小说的深刻之处在于，通过斯曲的遭遇，揭示了造成牧区妇女悲惨命运的根源，揭示了不尊重妇女、践踏妇女人格尊严的严酷现状。人们将妇女生孩子看作是跟母羊产小羊羔一样平常的事，看不到她们身上的价值，遑论人格尊严。珠扎斯曲离婚，仅仅判她的丈夫罚款七十元和二十只绵羊抵做孩子的抚养费。兽医嘎玛次旺是唯一一个真正想要对佟吉斯曲负责的男人，为了光明正大地和佟吉斯曲一起生活，坚决地搬离了珠扎老人家，离开了自己的妻子珠扎斯曲，他选择对佟吉斯曲和他的私生子负责，但是造化弄人，由于乡长的刁难和仓木珍的私心，嘎玛次旺和佟吉斯曲始终没有走到一起。嘎玛次旺继续他的独居生活，斯曲依旧和母亲、她的五个没有父亲的孩子一起生活。对妇女地位的不重视，对妇女生命的不尊重，让她们总是沉沦在不幸的泥淖中无法走出。平措扎西在小说《斯曲和她五个孩子的父亲们》中以现实主义手法，描写了西藏牧区交通和思想的闭塞，以严峻的笔法还原了西藏一些牧区的生活现状，揭示了造成牧区妇女们不幸命运的社会、文化根源。小说的结局处理得十分巧妙，它没有继续给小说的主人公划定生活轨迹，读者也不知道斯曲和她的五个孩子未来的生活与命运到底如何。开放式的结局一方面引起读者的好奇与想象，另一方面也暗示了以斯曲为代表的牧区妇女们的生活未来有无数的可能性。

短篇小说《“乳头”酒馆的客人》讲述了“我”、次吉和私生子俄珠在酒馆里“相聚”，却互不相识，以及母子之间发生了口舌之战的故事。“我”当年离开次吉，并将无力抚养的私生子送给别人抚养。二十几年后回到陌生的家乡，在“乳头”酒馆里意外地重逢了“我”曾经的爱人——次吉和“我们”的私生子——俄珠。因为缺少父母的教育，俄珠已经成了一个小混混，在酒馆中闹事，与自己的母亲（次吉）发生口角。二十几年前，时代背景决定了有着红色出身的“我”和“黑五类”的次吉不能组建家庭，一起生活，“我们”便将偷食禁果生下的孩子俄珠送给他人抚养。俄珠一方面痛恨自己的父母，认定自己无父无母，也不想跟他们相认；但另一方面他的内心又渴望拥有一个健全的家庭和父母的疼爱，所以当同伴说他没有妈妈的时候，他脸色大变并大打出手。他一直心存对父母的美好想象——“父亲在拉萨工作，也在那里给我找了个工作，并让我快点过去，等到那时，我把你也接了，再生孩子也不晚。”这虽然是俄珠糊弄女友的托词，但是可以看出他的内心对父亲是有期待的。他期待父亲可以给他现在的生活带来转机。这篇小说启发人们思考，以什么样的态度对待生活和人生；并对父母对待子女的教育问题进行了反思，呼吁父母承担起应该担负的责任，以严肃态度对待爱情和家庭。

《风筝·岁月和往事》讲述由一个小孩放飞的风筝所引发的四代人的记忆的故事。小说通过多角度叙事，将四代人不同的记忆进行交叉演进，展现了现代人的思维模式：每个人都沉浸在自己的小世界中，失去了倾听、分享的能力，表现的是各自游离的精神状态，“在场的年过八十身着八旬白袍的人咧着嘴；那个四十岁的人像是在听那个六十余岁的人说话；而那个三十出头的人一听到刚才那番话，就瞅了瞅远处那如同燃烧的蜡烛似的宗府残垣断壁，以奇怪的眼神看着六十余岁的人。”

平措扎西的藏语创作，在题材上，选取了来自城市、牧区的小人物的生活场景，描写了他们平常的生活百态，表现了藏族人的生活和精神现状。在创作手法上，以现实主义的笔触叙述故事，并对故事的结局进行了开放性的处理，留有大量的想象空间。扎西平措的藏语创作通过揭示传统思想观念与现代文明的碰撞，展现传统与现代的矛盾冲突，并且对人性、社会等问题进行了深刻的反思。

第二节　扎西班典

扎西班典（1962—），出生于西藏日喀则仁布县。1978 年读完初中二年级后，担任农村民办小学教师，后任职于西藏日报社。1982 年开始散文和小说创作。主要作品有长篇小说《一个普通人家的岁月》（藏文）、短篇小说集《明天的天气一定比今天好》（藏文）、中篇小说集《琴弦上的魂》（藏文）、散文集《黄昏的遐想》（藏文）；著有藏文长篇报告文学《舞台——

他的一切》（藏文）、《那年冬天我在藏北》（藏文）。曾获第七届全国少数民族文学创作骏马奖，西藏珠穆朗玛文学艺术基金奖，五省区藏族文学创作奖等。

扎西班典生在农村、长在农村，熟悉、热爱农村。他的部分作品描绘、反映了西藏农牧区生活状况，表现20世纪末期西藏农村政治、经济、文化以及思想意识方面的变化。这方面的代表作是《明天的天气一定比今天好》。

《明天的天气一定比今天好》，是一篇表现藏族农民热爱土地、辛勤劳作的优秀作品。小说通过对农牧区农民劳动生活的细致描写，塑造了一个勤劳、淳朴、顽强、进取的老农民形象，也揭示了旧的习惯势力和传统观念仍然束缚农民手脚的现实境况。作品真实地反映了农牧民在艰苦的条件下顽强奋斗的生活情景，从中可以看到农村生产劳动的勃勃生机和农民们冲天的干劲与他们身上固有的优良品质。小说的主人公格桑扎西是颇具代表性的西藏老一辈农民的典型形象。他勤劳、坚韧，朴实、善良，秉持着农民的本色。格桑扎西年复一年、日复一日地在田地里忙碌着。他把生活的希望寄托在自己热爱的土地上，与恶劣的自然气候顽强抗争。小说既着力描写格桑扎西生活的累和苦，也着意刻画他顽强坚韧的性格特征。小说为了突出格桑扎西和村民们作为老一代农民的形象特征，特别描写了他们在农忙季节关心天气变化的心理和行为。他们相信一个古老的说法：乡亲们捉来青蛙和蝎子，让它们相斗，青蛙如果斗胜，就会降雨，蝎子如果得胜，就会继续干旱下去。小说既强调了老农深谙风调雨顺会带来丰收、旱涝冰雹带来灾难的道理，生动鲜活地展现了靠天吃饭的农民生活的喜怒哀乐；也清醒地指出一些陈旧的观念和陈旧的做法对农民身心的束缚。小说不但用生动的细节展现了西藏老一代农民勤劳坚韧的品质，还表现了他们乐观向上的精神风貌。结尾处，作者刻意表现了格桑扎西面对大灾大难、收成无望的现实时的豪情壮志，他望着前面弯弯曲曲、崎岖不平的山路，语气坚定地说：“一辈子中的伴侣要永别就永别了，一年的收成没有了还得回来，今年虽然遭了灾，还有明年呢！现在心情难受没有用，倒不如为明年的丰收，再去战天斗地更好！”小说所表现的农民乐观、坚韧、顽强的精神和品格，正是西藏人民在被称“世界屋脊”的西藏高原上得以生存和繁衍，创造辉煌文化的精神动力。

《琴弦上的魂》是扎西班典的另一篇代表性作品，讲述了“民间艺术家”白珍老人的一生和她与六弦琴的故事，突出表现了白珍老人对六弦琴的钟爱与迷恋，揭示了旧社会底层民众生活的艰难。整个故事以白珍姑娘的一首民歌为线索渐次展开。白珍老人带着外孙女去“巡回演出”，炎炎烈日下，白珍和外孙女翻越朵雄拉山，遇到在石堆旁歇憩的人们。在交谈中，白珍老人对偶遇的人们讲起自己的藏北民歌歌词被“窃取”的经历，回忆起自己第一次随着父亲翻越朵雄拉山遇到风雪的场景。此后，白珍和父亲开始在各个村庄和宗府表演歌舞。白珍唱歌的声音细腻圆润，舞步翩然，舞姿轻盈，令喜爱歌舞的老爷、侍从官员和奴仆，以及在场的所有观众都心醉神迷。从此，每到新年和其他节日，白珍和父亲照例到宗府表演歌舞。俗话说：“美好时代的茶酒，成为恶世恶时的徭役（比喻好事变坏事）。”久而久之，歌舞表演成了他们父女俩的差事。后来，白珍成了宗府的歌女，白珍的命运就这样被彻底改变了。宗府的少爷朗杰平措看上了白珍，以学习六弦琴为借口接近白珍。当两个人的爱情败露后，朗杰平措少爷去了印度，白珍发现自己已经怀孕，宗府老爷却将她赶出了宗府。

白珍是一个流浪的六弦琴艺人。从拿起六弦琴的那一天起，她就开始了流浪生活，父亲第一次带着白珍出去演出，其实也是他们流浪的开始。六弦琴成了白珍生活的根和精神的支柱。她渴望走出大山，弹奏六弦琴，所以一次次翻越朵雄拉山，遥远的旅途始终有六弦琴的陪伴。在流浪途中，白珍老人获得了幸福感，那是因为有人欣赏她的琴声和舞姿；流浪途中，她能够获得糌粑和酥油茶，满足基本的生活需要。小说通过流浪艺人白珍的一生经历，揭示了生活在社会底层的民众（流浪艺人）艰辛而又充满无奈的生活境遇。

在艺术表现上，《琴弦上的魂》中大量引用民间谚语，使小说充满了地域民族特色。在《琴弦上的魂》中，白珍老人的言语就是这种语言特色的集中表现。当白珍老人带着外孙女翻越朵雄拉山时，她感叹自己已经老了，对着外孙女说“荒野里的野牦牛也有老的时候”；当外孙女想坐汽车被拒绝的时候，白珍老人说“头上没有毛发，干嘛缴纳发辫税”（意思大致为打肿脸充胖子）；在白珍第一次到宗府大人家表演时，父亲告诉白珍这是“山鸟落平原”，机会难得。当白珍和父亲给宗府的表演变成一种差事的时候，父亲自嘲说“美好时代的茶酒，成为恶世恶时的徭役”（好事变坏事）；父亲和白珍因表演得到糌粑和青稞酒时，人们用“富家有谷花，乞丐无容器”来讥讽他们。父女俩靠手艺为生，但在欣赏者来看，却是像乞丐一样没有尊严；朗杰平措少爷向白珍学六弦琴，宗本叔叔阻止他，说“狮子就应该呆在雪山，跑下山到村子就是一条狗”……整篇小说在人物刻画和故事叙述中运用大量的谚语，既生动形象地展现了人物性格特征，表现了人物的心理意识和情感流动；也使行文显得生动诙谐、情趣盎然。这些蕴含着朴素但深刻道理的谚语，是藏族人民世世代代集体经验和智慧的结晶。它们是精美的哲理小诗，是高度浓缩的“语中之盐”。扎西班典将这些谚语纳入作品之中，他高超的语言艺术和文学技巧，给整部作品增添了节奏感和音乐感，也使得深刻的思想得到了形象的表述。

《琴弦上的魂》是藏北民歌的绝唱。民歌在小说行文中发挥了重要的艺术表现作用。无论是故事情节的发展、人物的塑造，还是情感的表达，都与民歌有着一定的联系。在小说的一开篇，就将白珍姑娘的形象以民歌的形式“演唱”出来：在拉熊的沙滩上有各色美女，只有白珍姑娘一个人翻越朵雄拉山。白珍姑娘演唱着自己“编创”的民歌，以第一人称的叙述口吻将自己的故事娓娓道来，白珍唱得不仅是藏北民歌，更是她自己一生的传奇：拉雄美丽沙滩，会聚各色少女，唯有白珍姑娘，翻越朵雄拉山。故事就此拉开序幕，人物的命运以此展开。

白珍和朗杰平措少爷的情歌，则表现了他们渴望获得幸福美好爱情的愿望。民歌对揭示他们内心的波澜发挥了重要作用。小说中特意描写了他们之间的对唱：

朗杰平措："林中杉胜花多鲜艳，桃子味道香又甜，今夜憩息桃树下，愿把良宵一同享。"

白珍："黄金戒指光艳艳，岂能嵌上绿葱石，茶托精贵且无价，岂能用来搁木碗？"

朗杰平措："无心品尝亚大黄，长在悬崖味酸涩，有心享用田地间，萝卜青叶味道香。"

白珍："水鸟之王黄野鸭，莫要鬼迷心窍哟，舍弃羊卓雍措湖，怎么误到淤水坑。"

朗杰平措："用心栽下的桃树，开出了缘分花儿，不到桃子成熟时，莫遭冰雹的袭击。"

白珍："刺树果子干牢固，背靠坚硬岩石崖，小心刺糜红果子，坠入万丈大深渊。"

朗杰平措："姑娘梅朵拉孜哟，请你千万莫降罪，荒原里的三石灶，有何高低与贵贱？"

这些民歌既唱出了他们对爱情的向往，也表达了他们的担忧与无奈。尽管两个人在身份上存在巨大差距，可是爱情是没有高低贵贱之分的。白珍在爱恋中的复杂心情，通过这些民歌细腻地展现了出来。她担心身份的差距会让这段爱情无果而终，这正是白珍内心不安的真实表达，与人物的身份地位相当吻合；朗杰平措的回答让她一直悬着的心有了着落，他们一起拨弄琴弦。虽然他们的爱情没能走到最后，修成正果，但这首情歌却让人感受到了爱情的美好与甜蜜。

《亚大黄叶》是扎西班典另外一篇值得关注的小说。《亚大黄叶》中的格次是供销社的售货员，他心地善良、乐于助人，为人忠厚老实。生活在小村庄里的穷苦民众和全乡的大多数领导，都欠着格次的债。大家在遇到困难的时候总是跟格次商量着先记账，等有钱再还，但大多数人有了钱却赖着不还。县商业局的人让格次将欠的2000多元还清，格次不得不到乡下人家挨家挨户要债。人们只是绞尽脑汁地为自己不能还债找借口和理由，却毫不顾及格次山穷水尽、无可奈何的处境。格次对乡里人的信任，像空中的彩虹泡沫，消失得无影无踪。乡里人的举动让格次失望，妻子决绝的态度让格次绝望。妻子不相信格次欠的钱是村民和干部买东西欠的债；她认为格次在外面有了别的女人和孩子，所以坚决要和他离婚。这一切把格次逼上了绝路。在生命的最后时刻，他想到了童年时吃过的鲜头黄根。鲜头黄根的叶子凋零之后，被人踩过，而后被寒风吹向四方。这天夜里，格次一个人坐在商店里，关了门店，喝下了最后一瓶“白酒”自杀了。

格次自杀的消息就像一颗炸弹，炸响了整个乡村。人们总在议论格次自杀的事情，但是他们讨论的是不珍惜生命的人在500年内无法转生，却不去想想格次为什么要自杀。人们为这位抛弃生命的人祈祷，但是他们并不认为格次的死和他们有什么直接的关系。

格次是一个有着深厚的慈悲心肠和极大的忍耐力的人。他理解并同情生活在乡里的群众的难处。德吉卓嘎来供销社想送给格次一壶酒，请求格次允许她延期还清以前赊账所欠的钱。格次同意了，还让她赊账买东西。他用毛驴将货物跋山涉水送到各乡各村，把货送到“贫下中农”门口。把各种货物递给买主，有的人右手提着壶给格次敬酒，左手毫无顾忌地伸进箱子里，想方设法拿一些糖果。一些善于扒窃的人，转瞬间把一两双小孩皮鞋弄到手。院子里分不清谁是老板谁是顾客，像是一个有说有笑的喜宴。格次拿着账本去追账，有的人还了一半，有的人虽然有钱但仍请求拖延数日，有的人却是没有分文。碰到这些情况，格次显得毫无办法。格次将自己的善良和忍耐表现到了极致，但是最后无论是乡亲，还是妻子都抛弃了他，将他逼上绝路。让他和亚大黄叶一样被践踏，而后随风飘逝。

德吉卓嘎和她的姐姐是乡亲中两种有着不同性格特征的人物典型。听到格次自杀的消息，德吉卓嘎终日惴惴不安，她想起过往，想起自己有钱也没有还给格次，在良心上，她无法原谅自己，她开始忏悔。德吉卓嘎的姐姐有些心神不安和惶恐，但在妹妹面前却装扮成毫不惧怕的样子。她觉得欠格次账的人多的是，而且欠的比自己多的人也很多，甚至觉得如果总是这样愧疚负罪，会降低自己的运气，对格次的遭遇冷眼相对，理直气壮。德吉卓嘎和她的姐姐所怀有的这两种心态，既表现了乡村民众身上所具有的一些优良品质，也揭露了他们性格中的严重缺陷。作者以冷静的笔触，表现了自己冷峻的批判态度。毫无疑问，在格次这一人物形象身上，寄予了作者深厚的人道主义情怀和深刻的反思意识。

《亚大黄叶》的叙事别具一格，故事情节穿梭于现实和回忆之中。以德吉卓嘎的视角，对现实进行关照，并借助德吉卓嘎的回想来追忆格次充满悲剧色彩的一生。在被高山笼罩的小村庄里，家家户户伴着冉冉升起的旭日开始忙碌，德吉卓嘎听到格次自杀的消息，回想起自己一直卖茶叶赊账的事情。人物的情思穿梭于现实和回忆中，将格次的悲剧形象无限放大，回忆里都是格次热心地一次一次帮助乡亲们的场景；现实中，乡亲们将格次的死与自己的自私贪婪划清界限，他们不觉得格次的死和自己的赊账行为有关。过去美好的回忆和现实中贪婪无耻的行为形成鲜明的对比。过去与现实的对比，善良和贪婪的对比，将格次的悲剧人生演绎得富有戏剧性和感染力。

扎西班典曾经阅读过中外各流派的文学作品，涉猎过各种文学思潮，尝试过多个流派的写作技巧和手法，其中短篇小说《亚大黄叶》和中篇小说《琴弦上的魂》以不同的手法写成，充分体现他力求突破旧格局，在小说手法上有所创新的艺术追求。扎西班典的小说创作传统和现代兼顾，达到了多种表现手法融为一体的审美效果。扎西班典出生于雅鲁藏布江南岸仁布县偏僻山村的一个贫苦农民家庭。长期在基层摸爬滚打，使他积累了丰富的农村生活经验，也培养了他对故乡山河和乡亲的深厚情感；同时，也使得他对乡民身上的弱点或缺陷有着清醒的体察和深刻的认识。他的《明天的天气一定会比今天好》《亚大黄叶》《高山上的太阳》和《琴弦上的魂》等，都散发着雅鲁藏布江畔泥土的芳香。他的作品表现祖祖辈辈生活在乡村的人们的生活遭遇，赞扬他们在艰苦环境下不屈不挠的奋斗精神，浓郁、古朴的民族风情，乡里邻居之间的友爱，在他的小说中都表现得细腻入微，处处散发出山野花草和泥土醉人的芳香，耐人寻味。同时，理性的思考，又使他对民众身上的缺陷进行了严峻批判。藏族谚语和民歌是充满智慧和魅力的一种口头文学，扎西班典擅长将民间谚语和民歌运用到文学作品中。众多民间谚语从人物语言和生活场景的描绘中自然而然地出现在文本中，而不是为了装饰“民族特色”而贴上去的标签。它们不但是塑造人物性格和表现生活最合适的工具，也使作品产生了独特的审美效果。

第三节　旦巴亚尔杰

旦巴亚尔杰（1962—），出生于西藏那曲班戈县。1978 年考入那曲地区中学师范班，1981 年毕业后留校担任藏文教师。1984 年考入西藏大学藏语言文学系，毕业后曾先后任职于那曲地区中学、那曲地区文化局、西藏自治区歌舞团、西藏自治区文联，并先后担任文学刊物《羌塘》（藏文版）主编、《西藏文艺》（藏文）副主编、《邦锦梅朵》（藏文）主编。著有小说集《羌塘美景》（藏文，再版时为《黑虎》）、《放飞的风筝》（藏文）、《草原，迷茫的岁月》（藏文），出版长篇小说《遥远的黑帐篷》（汉藏文）、《昨天的部落》（藏文）和民俗专著《藏北秘境》（藏文）、《纳木措周边的游牧文化》（藏文）、《藏北狩猎文化》（藏文）等。曾获西藏文学十年成就奖、第三届西藏新世纪文学奖、第五届珠穆朗玛文学艺术奖金奖、第十一届全国少数民族文学创作骏马奖。

藏北情怀在旦巴亚尔杰的小说中清晰可感。出身于牧民家庭的旦巴亚尔杰，长期工作、生活在藏北地区，熟悉藏北的历史和民俗风情，对藏北草原有着深厚的感情。藏北神奇美丽的自然风光、发达的口头文学和丰富的民间资源为其提供了大量的创作素材。无论是中短篇小说集《羌塘美景》《放飞的风筝》，还是长篇巨著《遥远的黑帐篷》和《昨天的部落》，讲述的几乎都是藏北草原或小镇发生的故事。《黑帐篷，昨天的故事》是经由喇嘛贡觉益西讲述，“我”进行整理的一个家族故事。90岁高龄的贡觉益西是草原部落头人浪孜瓦·曲杰的大儿子，年轻时曾参与父亲和热仓瓦·阿扎精心设计的一次残害马帮、抢夺财物的行动。前往拉萨的商队在经过孜瓦草原时，受到了浪孜瓦·曲杰和热仓瓦·阿扎的盛情款待，并用武器换到了很多金钱，然而商队根本没有意识到自己已经落入敌人精心设计的圈套之中。就在他们离开孜瓦草原，前往拉萨的途中，遭到了浪孜瓦和热仓瓦两个部落的伏击。热情好客的浪孜瓦·曲杰和热仓瓦·阿扎瞬间露出了狰狞的面目，成了谋财害命的凶残之徒。小说通过贡觉益西这个亲历者的讲述，逐步揭开了草原部落头人们充满血腥的发家过程，也暴露出浪孜瓦·曲杰和热仓瓦·阿扎这些部落头人伪善、凶残的真实面目，反映了当时草原部落之间相互争斗、杀伐不断的残酷历史。小说以出家人贡觉益西的视角重新审视家族的历史，表现出了强烈的自省意识，也表现了佛家向善赎罪的意识。贡觉益西虽然出身贵族，但从不以高贵者自居，时常与仆人们混在一起，嬉戏打闹，深受仆人喜爱。天性善良的他，在明白父亲想要暗杀马帮、抢夺财物的真实意图后，并没有把枪口对准无辜的商队，而是朝向了远处的沙滩。从此，贡觉益西开始了自己的赎罪之旅。直到多年之后，已经九十岁高龄的他仍在不断地为父辈的罪恶行为赎罪。旦巴亚尔杰在讲述历史故事的过程中，从人性的角度出发，区分对待历史中的人和事，既揭露了达瓦孜·曲杰和热仓瓦·阿扎这些部落头人伪善、凶残的真实面目，又赞扬了贡觉益西的善良品行和赤诚之心。

对藏北草原传统生产方式和文化形态的关注，也是旦巴亚尔杰小说常见的主题。《前村壮士驮盐歌》讲述的是藏北草原驮盐队的故事。小说以新手阿达的第一次驮盐经历为线索，展示了藏北驮盐队的男子汉们在长达数月的漫长驮盐过程中，艰辛、危险但又浪漫、洒脱、充满乐趣的经历。浩浩荡荡的驮盐队伍曾经是藏北草原的一道独特风景，记录着藏北草原男子汉们的成长经历和艰辛劳作，传承着藏北草原男子汉勤劳、勇敢、战天斗地的无畏精神。新手阿达的经历就是一代代驮盐队员成长过程和生活方式的缩影，是藏北男子汉粗犷奔放、淳朴直爽性格的展示，也是团结互助的驮队精神信念不断传承的过程。对于藏北草原的男性来讲，驮盐不仅仅是为了追求物质利益，满足生活的需要，更是一个真正男子汉的责任和义务，是藏北草原男子汉的成人礼。阿达从最初的少年意气到想要退缩逃避，再到后来的勇敢面对，软弱的内心不断强大，品格意志得到磨练，并最终感受到了成长为一个真正驮盐队员之后内心的自信和壮士般的豪迈之情。阿达的成长既离不开自己的坚持，也离不开同伴的鼓励。正是有了玛绿和顿珠这两位驮盐队老手一路上的鼓励和帮助，阿达才能鼓起勇气面对困难，并最终成长为一个真正的驮盐队员。这是驮队团结协作精神的体现。驮盐队员之间的相互帮助，相互关爱，展示了这些粗犷豪放的男子汉背后的温情和驮队精神的内核。这种曾经让每一位藏北男子汉引以为豪的传统运输方式在被现代交通工具取代之后，藏北驮队的精神文化也随之消失。作者在追述驮盐队的故事中表达了对牧区传统文化精神的热爱和关注，同时也流露出对逐渐消失的藏北传统文化的担忧。驮盐队不仅仅是藏北地区盐粮交易的途径，更是藏北文化传承的生命线。在驮盐队的汉子身上，都具有一种责任感，他们所做的事情关乎整个西藏百姓的生存问题。几百年来，源源不断的驮盐队伍在给人们带来便利的同时，也传承着藏北牧区的精神文化。《前村壮士驮盐歌》如同一幅藏北牧区精神文化的集锦。贯穿作品当中的驮盐歌正是这种精神文化的体现与浓缩，也是驮盐队员浪漫、洒脱、充满乐趣的体现。“姑娘你从洼地来，从洼地挖完人参果而来。少年你从山顶处来，从山顶打完猎物而来。高洼处的平坝，我背着猎物归来。”这首浪漫的情歌，既是对新手阿达的调侃和激励，也是驮盐队员消除疲劳的娱乐方式。“蹩脚技穷的新手，汗珠汗滴边下颏。你不知勒阿该怎么甩，把水晶般的白盐撒满一地。蹩脚技穷的新手，你来自何方？如不知勒阿该怎么甩，勒阿就该这么甩。”“噢！不要愣在原地，不要偷懒阿豁汉子（邻居汉子），那边的山是阿亚尔山。”一边劳动一边用歌曲来嘲弄对手，让繁重而重复的体力劳动不再单调，也将藏北汉子粗犷豪放的性格特征表现得淋漓尽致。小说结尾“送母牛”的情节，也是藏北草原文化的一种表现。这些豪放爽直的汉子把亲手制作的面羊及母牛献给盐湖，既让劳累的身体得以放松，也让艰苦的驮盐生活充满了乐趣，同时更是草原牧民原始生态观念的体现。

《黑虎》讲述的是那青草原上一个猎人的故事。牧民兼猎人的尼玛占堆是一名退伍军人，在部队时曾经荣立过一等功，受过司令的亲自嘉奖，已经升任团长的他为了与心爱的姑娘成亲而复原当了牧民。他坚强勇敢，但脾气暴躁，他见过世面，是当地唯一的“唯物主义”者。在空闲时间经常牵着凶猛的猎狗上山打猎，并且每次都是满载而归。尼玛占堆的这种杀生行为受到了信仰佛教的妻子和周围人的反对。他希望能够有个孩子将来继承自己狩猎的本领，但却一直未能如愿。对孩子的渴望一直是他的心愿。在一次上山狩猎的过程中，两只岩羊带着幼崽吃草的温馨画面触动了他，最终他放走了岩羊一家。就在他失落地回到家中时，得知了妻子怀孕的好消息，在妻子的劝说下，尼玛占堆永远地放下了猎枪。狩猎是草原游牧民族传统的生产方式之一，也是藏北草原游牧文化的一个重要组成部分。作者将叙述的焦点对准狩猎这一传统的生产技艺和佛教信仰之间的冲突，在一定程度上将尼玛占堆结婚多年没有后代的原因归结于杀生太多。小说结尾尼玛占堆的消失，意味着游牧民族狩猎文化的消失。小说反映了作者对佛教中因果报应观念的模糊意识和认识上的矛盾纠结：一方面肯定了尼玛占堆的唯物主义，另一方面又把生活中的某些巧合归结于因果报应的佛教思想。

除了关注民间历史题材和藏北草原生产与生态状况之外，旦巴亚尔杰也将笔触对准身边的人和事，直面现实生活中的社会问题，关注当下生活中小人物的悲欢命运。《雪琼小卖部》《美国的虱子》《红头巾》《归途插曲》等，是这方面的代表性作品。《雪琼小卖部》讲述了一个年轻喇嘛雪嘎次仁出家前的故事。年轻的雪嘎次仁是藏北草原小镇的一个下岗工人，没有固定的经济收入，但始终对生活充满热情。他像陀螺一样辛勤地干着各种各样的临时工，一心想着能赚钱开一家属于自己和妻子琼卓玛的小卖部——雪琼小卖部。为了早日实现这个梦想，雪嘎次仁开始了贩卖藏獒的生意。在父亲的老同事桑杰局长的帮助下，雪嘎次仁第一次挣到了四万块钱。在亲眼见到自己卖出去的藏獒转眼被别人高价买走之后，更坚定了他贩卖藏獒的想法。于是雪嘎次仁冒着风雪再次去牧民家购买藏獒幼崽，不料在返家途中遭遇了雪崩和地震，险些丧命。当第二天雪嘎次仁在牧民和司机的帮助下返回家中时，发现居住的楼房已经夷为平地，妻子被埋在了废墟之中。在他悲痛欲绝的时候，救援队员从废墟中挖出了全身赤裸的妻子琼卓玛和桑杰局长的尸体。桑杰局长这个父亲的老同事，曾经无数次帮助过雪嘎次仁，是一位给他生活信心，让他感激不尽的“好心人”，最后却赤身裸体地出现在雪嘎次仁的床上。如此充满戏剧性的结局，让雪嘎次仁的情感跌入谷底，让原本充满温情的故事变得凄凉苦涩，也让看似平铺直叙的故事情节瞬间增色。物质生活的贫乏并没有打垮雪嘎次仁，但妻子和朋友的背叛却让其失去了留恋俗世生活的信心，他选择了削发出家。面对生活中存在的问题，旦巴亚尔杰无法找到解决的方案，雪嘎次仁的出家是一种无奈之举。小说通过雪嘎次仁贩卖藏獒这一线索将牧区、城镇以及内地联系在一起，对三个不同地区的文化形态进行了展示，尤其是对藏北草原牧区景色和牧民生活的细致描写，展示了藏北草原的民俗风貌和牧民们的生活情状。

《美国的虱子》塑造了一个贪恋女色、招摇撞骗的青年形象。次巴曾经是一个学习非常优秀的好学生，因为给女老师写情书而被开除学籍，参加工作后又因醉酒拥抱局长的爱人而被单位解雇。丢失工作的次巴从好友旦巴亚尔杰那里借了一千元钱准备去西部牧区做羊皮买卖。就在等车的空闲，他突发灵感，装扮成外国人跟姑娘搭讪，这让他很有成就感。最后为了把自己装扮的更像外国人而去理发店染了黄头发，结果被服务员宰了500元。原计划用作生意本钱的一千元钱瞬间挥霍一空，企图哄骗别人的次巴最终却上当受骗。小说对主人公次巴的描写充满了嘲讽，尤其是次巴为了化解身上有虱子的尴尬，胡编乱造出美国有虱子比赛的事情，滑稽、荒唐、可笑，活脱脱地暴露了一个无所事事、招摇撞骗的混混的可悲嘴脸。小说诙谐幽默，充满了调侃嘲讽的意味。

《红头巾》讲述了“我”到那青草原七村调查时的所见所闻。那青草原七村是藏北牧区的一个小村庄，生活在这里的人们落后保守、缺乏科学意识、不讲卫生、迷信鬼神。多尔杰村长和“我”试图通过讲解科学知识来改变人们愚昧保守的思想观念，但却未能奏效。那些追求美貌的姑娘们被长辈们视为是魔鬼的化身而遭到驱赶，导致全村只剩下5个姑娘。小说围绕着桑杰大叔的大女儿德吉的红头巾展开叙述，“我”和七村的小伙子们绞尽脑汁想要看看德吉那红头巾捂着的真实面容，但都未能成功，为此还闹出了一系列的笑话，让原本不平静的草原七村又开始了闹鬼的传说。小说旨在揭示过去牧区人们思想愚昧保守、缺乏科学知识、迷信鬼神，以及牧区文化教育落后的现状。

《归途插曲》叙述了一个下雪天，扎西师傅和尼玛主任驾驶货车运送货物返回途中不慎翻车的故事。小说通过翻车后，路过车辆的种种表现，揭示了当下社会人情冷漠的现实。

旦巴亚尔杰的中短篇小说结构精巧，擅长在平实的叙事中巧设悬念，用出人意料的结局来深化主题，与欧亨利的小说构思有异曲同工之妙。《雪琼小卖部》中对桑杰局长身份的模糊叙述，对桑杰局长和嘎玛次仁一家关系若隐若现的交代，对桑杰局长在歌厅的不雅举动的描写，以及他主动给琼卓玛买东西，琼卓玛经常去局长家帮忙等等，这些叙述看似是闲笔，却是作者的精心安排，文中处处设伏，引而不发，让看似突兀的结尾，变得合情合理，又充满张力。结尾之处，妻子琼卓玛和朋友桑杰局长的背叛让原本充满温情的故事瞬间变得凄凉苦涩。《黑帐篷，昨天的故事》在结构安排上与《雪琼小卖部》有相似之处。佣人拉觉次仁的神秘报信，浪孜瓦·曲杰安排贡觉益西去祭奠神山，让小说充满了扑朔迷离之感；部落头人浪孜瓦·曲杰全家盛装列队，亲自迎送并盛情款待过路的商队。前半部分的叙述平实而无波澜，但结局的突然变化却暴露出浪孜瓦·曲杰和热仓瓦·阿扎的伪善凶残本性以及他们发家的根源。

除创作中短篇小说外，旦巴亚尔杰先后创作出版两部长篇小说，分别是《昨天的部落》和《遥远的黑帐篷》。这两部小说以草原牧民生活为描写对象，以现实主义笔法，描写、反映了藏北草原牧民的生活状况。

长篇小说《昨天的部落》是一部历史题材的优秀作品。它以 20 世纪三四十年代为历史背景，以现实主义的笔法，反映了解放以前草原牧民的生活百态和当时的社会矛盾。众所周知，藏族史诗《格萨尔》是足以和古希腊的《荷马史诗》相媲美的长篇史诗。《格萨尔》鸿篇巨制，堪称是最能体现西藏草原牧民生活的长篇史诗。史诗详尽地描写了藏地部落与部落之间大大小小的战争场面，民间的说唱艺人用他们的聪明才智，把各个部落比喻成国家，在正义与邪恶的战争中塑造了各种形式的英雄人物。《格萨尔》是一部真实地反映草原牧民的英雄史诗。

《昨天的部落》和《格萨尔》在许多方面有异曲同工之妙。《昨天的部落》讲述的是草原部落的草场纠纷、贫富贵贱之间不正当的竞争，以及匪帮引起的大大小小的战争等，这些矛盾的发生也是游牧民族的独特个性使然。小说以日全食独特的天气现象为活动背景，在黑暗的掩护下，一伙外地的匪帮顺手牵走了主人公曲白、尼玛坚赞家的部分牦牛。牦牛被盗以后，曲白和尼玛坚赞两家组织家里所有的男人（包括佣人）一边埋伏，一边侦探匪帮的去向，进行追捕。曲白是富裕牧家的主人，在日夜兼程的追捕过程中，再三嘱咐手下的人不到万不得已的情况，千万别杀死对方。生活在人世间是一件最幸福的事，因为不管生前贫富贵贱，死后的归宿是一样的，活着就是财富。在追赶匪帮的路途中，在一个风雪弥漫的雪夜，追捕者终于抓获了两个匪帮的哨兵。在审讯的过程中，其中一个哨兵态度极其恶劣，并且出言不逊。曲白的小儿子吉吉次仁被激怒了，一刀劈开了哨兵的脑袋，鲜血四处飞溅。在场的人个个目瞪口呆。曲白严厉批评了吉吉次仁鲁莽的行为，并打了他一耳光。追赶还在继续，一场突如其来的大雪使草原上的积雪如山，方圆几百里一片白茫茫。曲白一群人押着俘虏，在拂晓时分袭击了匪帮的帐篷，匪帮的首领白玛班杂在睡梦中被杀死，几个匪徒在反抗中被打伤，大多数匪徒被俘虏。后来曲白才知道白玛班杂的故事。白玛班杂是当时享誉草原的美男子，也是勇敢、勤奋的牧家的好男人。他从小机智、勇敢，在部落头领的种种阴谋和设下的圈套中死里逃生，为了报仇，才干起了强盗行当。以白玛班杂为首领的匪帮，准备用从异地盗窃的近200头的牛来购买英式步枪。那天晚上守牛群的雪嘎次仁甲和老布琼是不久前投靠白玛班杂的，对周围的地形并不熟悉。那天晚上他俩把牛群和所有马匹赶往别处，下了半夜的大雪完全淹没了牛群的踪迹。帐篷里外死伤人员惨痛的叫声，山岗上苍狼的嚎叫，天空中苍鹰在盘旋飞舞。这里的一切好像刚刚遭受一场毁灭性的灾难似的，有的见到刚刚死去的尸体，害怕、恐惧，迎风吹来的血腥味，使人恶心呕吐；有的取下脖子上的佛珠，为那些虚无缥缈的亡者的灵魂默默念起超度经。曲白万万没想到赫赫有名的英雄竟然倒在他们罪恶的枪口下，曲白对白玛班杂的死深感惋惜。在曲白的安排下，白玛班杂的尸体被搬到了硕大的扁圆的磐石上，象征性地进行丧葬。

纵观整部小说，故事情节跌宕起伏，引人入胜。既有部落之间的大大小小战争，也有草原世系牧民平平安安的生产劳作，婚丧嫁娶，衣食住行，面面俱到，尤其是人物刻画栩栩如生。同时，小说还蕴含着一定的社会历史内涵。结合当时复杂的社会背景可以看出，20 世纪三四十年代的西藏，虽然没有硝烟弥漫的战争灾难，但英国殖民主义的魔爪伸入西藏，企图把西藏从祖国的版图分裂出去，妄想把西藏沦为他们的殖民地，企图在雪域圣洁的土地上指手画脚，修路，挖矿，建厂。西藏地方政府上层贵族和官员中亲英分子与爱国人士之间的矛盾日趋紧张，西藏处在动荡不安的年代。一些骑马挎枪，从康多地区来的匪帮欺压北部草原牧民，煽动强盗、土匪，造谣生事。部落的男人们也意识到不更新武器装备，光靠传统的火药土枪根本无法对付敌人，富裕人家的男子不断更新装备，曲白也打算更新部落的武器装备，以抵御匪帮和强盗的骚扰。在曲白和尼玛江村的精心安排下，最终吃掉了一支规模较大的从异地前往拉萨的商队，所有商品和武器弹药分摊给本部落，部落即将迎来一场正义之战。小说通过曲折多变的叙述，真实地呈现了那个时代草原生活的混乱状况。

小说具有鲜明的民族性和地域性特色。牧区民俗风情浓郁，人物勾画栩栩如生，细节描写细腻生动，语言独具游牧民族的特色，原生态民歌、谚语在小说里运用得恰到好处，使小说蕴含了引人入胜的审美魅力。

《遥远的黑帐篷》以现实主义和浪漫主义相结合的手法，以藏北一个叫羊秀的偏远的部落为故事展开的空间，以旺青和占堆父子的活动和命运轨迹为主线，描写、反映了旧时代藏北部落与部落之间的草场纠纷，贫富竞争，以及横行霸道的强盗所引起的规模不定的各种战争。故事以 19 世纪末 20 世纪初，西藏历史上的两次爱国抗英战争为背景，细致生动地讲述了藏军的北方巡逻小分队与生活在偏远地区的部落牧民之间的激烈冲突。一支藏军北方巡逻班，在茫茫草原上巡逻时迷失方向，偶然来到水草丰美的羊秀部落。巡逻班长次贡留恋这个美丽富裕的牧村，对部下的士兵说，我们没有必要像野生动物一样在荒凉的原野上转悠巡逻，再厉害的敌人也不会在寸草不生的北部地方骚扰，我们还是在这个牧村舒舒服服地待几个月，回去报告北部地区一切平安，我们的任务就完成了。于是十几个官兵分散借宿牧民家。他们整天无事可做，给村里的男人教如何使用火药枪，让牧民到山上去打猎。偏远牧民视藏军为圣地拉萨佛祖释迦牟尼佛那里来的神兵，两天宰杀一只肥羊，半个月杀一头牛来招待他们。根据藏军的要求，本来口粮短缺的牧民省吃俭用酿制青稞酒来供藏军享用。但贪得无厌的藏军的要求一天比一天过分，除此之外，还欺压百姓，光天化日强奸妇女。忍无可忍的部落男人以欺骗的手段消灭了藏军小分队的所有官兵，造成了一起军队神秘失踪案。由于冤家部落勾结匪帮和藏军，羊秀部落一夜间遭到了毁灭性的夜袭。旺青父子死里逃生，旺青的妻子央牡被匪帮抢走，失去了部落亲人。在大雪纷飞的严冬里，父子俩逃往北部无人区，过着野兽般的生活，为了复仇，经过艰难曲折的奋斗，他们投靠荣巴德萨部落。在荣巴德萨部落，他们一家有幸团圆。随后，儿子占堆自愿加入霍尔三十九族部落的民兵团开往后藏，参加了 1904 年的爱国抗英战争。小说不但塑造了栩栩如生的人物形象，在叙事上也很是讲究。从头到尾，大故事套小故事，小故事又套小故事，环环相扣，故事曲折，跌宕起伏，扣人心弦。诗人加央西热在他的评论文章《藏北牧民的昨天》中曾这样评价这部作品："小说的情节跌宕起伏、人物之间的关系纷繁复杂，这其中的那些刀光剑影的厮杀，错综复杂的婚姻纠葛，人对自然的抗衡，正义与邪恶的较量，听起来好像是天下奇谈，但那都是昨天部落与部落、旧军队与百姓间真实生活的写照。小说的精彩之处不仅有好的故事，成功塑造了一批藏北牧民的形象，而且展示了大量藏北民情和草原风光，具有一定的民俗和文化人类学方面的价值。"这是对这部小说艺术成就所做的切中肯綮的评述。

第四节　次仁罗布

次仁罗布（1965—），出生于西藏拉萨。1981年考入西藏大学藏语系，大学毕业后，先后在中学、西藏日报社工作。后调入西藏自治区文联。1986年在《西藏文学》第五期上发表处女作诗歌《夜颂》。1992年在《西藏文学》第四期发表第一篇小说《罗孜的船夫》。著有小说集《界》《放生羊》《强盗酒馆》，出版长篇小说《祭语风中》、儿童文学《雪域童年：神奇的十三岁》《雪域童年：桑塔小活佛的故事》《雪域童年：乡村假期》《雪域童年：奶奶在天堂里望着我》和长篇纪实文学《废墟上的涅槃》。曾获第五届西藏新世纪文学奖、西藏珠穆朗玛文学艺术基金奖、第五届鲁迅文学奖等。

次仁罗布的早期小说重在表现藏民族的现实生活境况和情感世界。他描绘人物的欲望、情感，物质和精神需要，叙写那些在无常的命运中随波逐流的普通人的世俗愿望和悲伤，并始终把这一切同社会的发展、变迁相结合。次仁罗布认为："文学理应就该是记录这些普通人在历史发展长河里的命运变迁，坎坷中体现出来的人性闪光点，以及叩问人活着的意义。"[1]

20世纪90年代发表的《炭笔素描》《笛手次塔》《情归何处》《传说在延续》等小说，通过描写和表现普通人的生活际遇、悲欢离合以及在现实生活中所遭遇的困境、尴尬、无奈和悲伤，把历史与现实贯通起来，展示了在社会转型期人们灵魂的悸动。《炭笔素描》描写了从封建农奴制下逃离出来后，历经坎坷的平措老人的身世和经历，谱写了一曲普通人生命和情感的赞歌；《笛手次塔》表现了次塔以及他的乡亲们希望过上好日子的愿望，作品把西藏农牧民思想、情感、生活方式等的变化置于广阔的社会文化背景之下，通过个体的经历来叙写社会和时代的变化；《传说在延续》从个人的视角展示古老民族的过去、现在，回望民族的生产生活方式以及

[1] 次仁罗布：《记忆的书写》，《民族文学》，2013年第8期。

婚姻方式的产生和变迁；《情归何处》描写了人在不幸遭遇中肉体和心灵所遭受的煎熬和不甘堕落的灵魂突围，展示了不同生命个体在社会转型时期的不同追求。次仁罗布早期小说的情感底色是温和、善良、悲悯、宽容的，叙述有一种祈求慰藉的姿态和试图为生活困顿的民众找到希望家园的努力。次仁罗布20世纪90年代的小说创作，从总体上看，内容略显单薄，主题的处理、情感的基调等方面也显得单一。

从2000年开始，次仁罗布小说的立足点发生了变化，感情的基调开始趋于复杂。《焚》和《尘网》等作品，叙述直面人物的欲望。《焚》中，青年女子维色因不幸福的婚姻而渴望男性的呵护，却陷入欲望的泥潭不能自拔，最终只有孤独陪伴她。《尘网》中，作者从存在意义上对欲望加以辩证审视和思考，直面人物的欲望，真实地再现了人的正常欲望遭受压抑后可能产生的人性扭曲。作品通过对达嘎和跛子生活状态及心理意识的描写告诉人们，当他们在欲望压抑中受苦的时候，不仅是他们的肉身在受苦，更重要的是生活的意义、尊严、梦想、希望也在和他们一起受苦。作品通过大量日常生活场景的描写，一步步引领读者从事实的层面进入价值的层面，把事象带到更深邃的价值之中。如果说《焚》还停留在展示人物欲望，以及表现在自身欲望中迷失的生存境遇；那么，《尘网》中作者通过展现达嘎和跛子的种种现实处境，表现出的则是人物正常欲望得不到满足的苦痛，从而建立起人存在的尊严、价值和光辉。

2004年，次仁罗布赴鲁迅文学院学习，之后他的小说开始有了质的提升，小说技巧日臻成熟，小说主题日渐深入。《雨季》中，作者最大限度地挖掘着藏族民众灵魂中固有的高尚、善良、坚韧等精神品质。旺拉因车祸失去小儿子格来，大儿子岗祖因一根值八块钱的虫草被人捅死。但因为大雨冲毁道路，旺拉耽误了父亲的治疗，致使父亲在去医院的路上去世。旺拉失去了父亲，还因洪水失去了妻子潘多。亲人一个个离去，最后只剩下他一个人。旺拉父子的生活是残酷的、苦难的。但面对人物的不幸处境，作者找到了缓解方式，那就是忍耐。表现在叙述上，忍耐使这篇小说的叙述变得悲痛而坚定，旺拉父子在生活中磨练出来的无边无际的忍耐包容着一切，以致再大的苦难来临，父子俩也能将它消解于自己的忍耐之中，以此来应对生活施加给人物的灾难和眼泪。旺拉父子面对苦难时的忍耐，塑造了他们宽广、坚韧、温婉的性格。

《杀手》里，一个木讷、不苟言笑，有着冷峻面庞和迷离眼神的康巴人历时十三年，风餐露宿，走遍西藏寻找杀死自己父亲的凶手玛扎，可终于找到玛扎并见到他时，康巴人却哭着离开了。康巴人无法把面前这个“身子已经弯曲，头发有些花白，额头上深深浅浅地布满了皱纹”的玛扎和他心目中的杀人凶手画上等号。康巴人的离开，不只是沉痛的放弃，更是一种自我的救赎，他历经十三年才走出了仇恨，他杀死了自己内心的仇恨，这个宁静、沉默的康巴人回归了他原本的善良和宽容，并以他的善良宽容救赎了玛扎，也拯救了自己。

《界》从另一个侧面展现了生于斯、长于斯的西藏人的生活。小说以拉萨城里的德忠府和龙扎谿卡庄园两个家庭的往来为主线，从噶厦地方政府到底层的朗生佣人，从黑发俗人到寺院活佛，从社会风云变幻到男女私情，从官场沉浮到经年禅定，展现了一幅 20 世纪上半叶西藏社会生活的多彩画卷。在这幅画卷的背后，人性的复杂与冲突、权力与欲望合谋演绎出一幕幕人间悲剧。德忠府老爷欺侮康巴女人而生下了查斯，查斯长大后又成为德忠老爷的外甥格日旺久少爷的欲望对象。查斯怀上了少爷的孩子，却被视为轻浮放荡，被迫嫁给庄园里赶骡子的驼背罗丹。两代人的始乱终弃带给查斯和她的康巴母亲无尽的痛苦。而庄园里的老太太岑啦，看似仁慈的外表下掩藏的却是一颗自私、虚伪的心。她明知查斯怀的是少爷的孩子，她的孙子，但为了保全家族的荣誉而随意处置了查斯，并不顾查斯的意愿而下令把她年仅七岁的儿子年扎送到寺院出家，活活地拆散了这对母子。最让人唏嘘感慨的是查斯和他的儿子年扎（多吧哑佩）的命运。查斯爱儿子，但世俗的爱与此生积攒下来的仇恨，使她宁愿用毒酸奶毒死自己深爱的儿子，也不愿意看他打坐的姿势和身上绛红色的袈裟；而儿子多佩厌恶尘世的苦难和争斗，开悟母亲，他用死让母亲明四谛，洗涤罪孽。查斯从儿子的死亡中悔过，她留在寺里，刻六字真言赎罪。她的眼瞎了，下身瘫了，可她刻的字却愈发飘逸隽永。《界》真实地展现了宗教文化浸淫下的民族历史和现实中普通人的生活景象。

2009 年，次仁罗布再一次到鲁院学习。在这次学习期间，他利用大半年的时间潜心写作。与此前相比，次仁罗布的艺术视野更为开阔，他把藏民族的历史、文化、传说以及当下生活结合起来，作品的精神内涵更为丰富，叙事技巧日臻成熟，艺术手法更为多样，主题表达更为开阔。这一时期发表的作品有《奔丧》《放生羊》《传说》《阿米日嘎》《德剁》《神授》《八廓街》《秋夜》《言述之惑》《叹息灵魂》《曲郭山上的雪》等。其中，《放生羊》是产生了广泛影响的代表作。

《放生羊》以一个梦境起笔，刻画了一个为给妻子赎罪，带领一只放生羊，坚韧而顽强地行走在朝拜路上的老人形象。小说在有限的篇幅里，探讨了人在信仰的烛照下获得救赎的可能。主人公年扎老人无法忘情逝去十二年的妻子桑姆，希望她能够早日投胎转世，他要用自己有限的生命来为妻子消除罪孽。年扎买下了一只即将被宰杀的绵羊，把羊视为妻子桑姆，对她诉说心中的欢喜与忧伤，放生羊抚慰着老人孤寂的心。老人带着它一起去朝拜转经，去义务劳动。羊和老人相互陪伴。当老人再次梦到桑姆时，她表情恬淡、安详，走起路来从容稳健，甚至已经投胎转世了。老人得了重病之后，绵羊替代老人独自走在转经的路上。老人虽不惧怕死亡，可他牵挂放生羊，老人为了她来世能有个更好的去处，便在有限的时日里去各大寺庙拜佛，用有限的钱去买鱼放生，磕长头，以最虔诚的膜拜方式为她求得来世的超度。

与《放生羊》类似，《传说》《德剁》《神授》等小说，把笔触逐渐深入藏民族宗教信仰的历史长河中，展现藏民族的宗教信仰与现实人生心灵冲突的复杂图像。作品把普通人的视角与历史事件、现实的信仰状况与各种传说、宗教情感与世俗情感贯通起来，全方位地展示了藏民族宗教信仰的今昔。在《传说》里，通过强久老人“金刚橛”的传说和胖老师讲的萨迦班智达和“人寿十岁”的传说，我们不仅能窥见宗教在其发展过程中与其他信仰之间的争执，也能发现宗教势力与地方势力在利益驱使下的流血冲突，以及一些人利用宗教的神物满足自己私欲的真实目的。作品形象地展现了宗教在藏民族的历史发展中曾经作为一种强大的精神力量在成为一个民族的精神援助时，被另一些力量利用的现实，以及宗教信仰在当今社会的现实状况。

《神授》讲述了一个神授的故事：公元 1979 年，色尖草原上拉宗部落十三岁的放牧少年亚尔杰被格萨尔王的大将丹玛看中，丹玛用宝刀划开亚尔杰的肚皮，掏出其五脏六腑，在亚尔杰的腹内放置了一摞摞经文，用针线缝合好伤口，从此亚尔杰就成为人世间宣传格萨尔王功绩的说唱艺人。广阔无垠的草原是亚尔杰的舞台，牧民们是他的听众。说唱格萨尔给他带来无穷的满足。一次意外改变了说唱艺人亚尔杰的生活轨迹。他被某研究院选中来到拉萨，成为国家工作人员，整天对着一个助手和一个冰冷录音机说唱格萨尔。说唱不是灵魂的需要而成为一种安排，一项任务。亚尔杰由起初的不适应到完全适应，从孑然一人到结婚生子，房子一点点变大，生活条件一点点改善。十三年里，根据他说唱整理的格萨尔王的文本卷数不断增加，他的职称与生活待遇不断提高。深陷在日常琐屑事务中的亚尔杰，淡忘了拉宗部落和色尖草原，忘却了陪伴他十多年的格萨尔王的大将丹玛和那匹狼，目光不再清澈明亮。终于，亚尔杰思维枯竭，心灵萎顿，面对录音机时脑子里一片空白，连着十多天坐在录音机前，头脑里再也唤不回那些影像，再也无法通神地说唱格萨尔王，草原上那匹陪伴他多年的巨狼也在一声凄厉的吼叫后离他而去。作品通过亚尔杰的生活遭际以及精神状态的变化，传达出对人类现实存在境况的思考。

《奔丧》和《阿米日嘎》是关于冲突与回归的作品。小说形象地展现了在广阔的社会和文化背景下，传统与现代、人性深处的善与恶、个人与社会、不同文化等的冲突。《奔丧》里写“我”为父亲奔丧，可“我”对于父亲的死不仅没有感到悲伤，还莫名地镇定和轻松。原因在于“我”认为父亲辜负了母亲，害死了姐姐。“我”无法原谅父亲。在父子仅有的几次短暂交往中，通过父亲的“忏悔”，展开了父亲和他的战友经历的那些艰苦成长的过程，以及他们的家庭与情感生活。父亲在西藏裁军的时候瞒着母亲报名回内地了。母亲离不开拉萨，父亲和母亲就这样僵持三年后离了婚，从而造成了“我”对父亲的隔膜与怨恨。“我”把母亲后来的艰苦生活和姐姐的死归罪于父亲，直到大学毕业工作两年后才第一次去“看”父亲。当“我”在内地第一次见到父亲时，面对一个瘦骨伶仃、头发花白的老人，“我用冰柱般寒冷尖利的目光迎接他洋洋洒洒的热烈”，“我”要“使他感到这一生父子之间存在的那道鸿沟，使他感到了今生无法弥合的伤痛”。可随着父亲在“我”面前展开他的经历，“我”越来越感觉到“我经久积聚的仇恨之雪峰滴答滴答地消融。我清晰地听到了仇恨落地时的惨痛碎裂声”。随着对父亲、母亲往昔岁月的回忆，一个风云变幻的时代呈现在读者面前：三四十年代西藏贵族的残暴和奢侈，母亲和外婆的朗生身份和牛马不如的生活处境，解放大军进藏，母亲去内地读书，拉萨反革命叛乱等历史画卷一幕幕展开。在这样的历史和现实氛围里，“我”一点点理解了父亲，“我现在已经走到了布达拉宫前面，我仰望布达拉宫潜心祈祷父亲的魂灵能够得到超度，也希望赎回我给他心灵造成的伤害。在这夜幕中，我的泪水禁不住滴落下来，我不得不承认，我对父亲还是存有感情的。明天我就能够见到你了——我的父亲。”及至面对父亲的遗像，“我在哀乐声的催化下，大颗大颗的泪珠滚滚而下，深深地向父亲鞠躬。我在心里告诉他，我原谅了他的过错，我要把心头积攒的怨恨、愤懑都要剔除掉。此时，我仿佛听到父亲的一声长叹，这叹气声从我的灵魂上蹚过，拨动起我内心的爱来。我长时间地沉醉在这种酥软、柔绵的爱里，身心得到了净化。”“我”满脸泪水地把妹妹紧紧地揽在胸口，“心里在说我不能让我的妹妹这样伤心，这样无助，我要为你分担痛苦。”

《阿米日嘎》呈现了西藏一个偏远的小山村因种牛而带来的传统文化、传统思维方式、价值观念与现代思维方式和价值观念的冲突。然而，尽管乡民们斤斤计较、相互嫉妒、相互诋毁，但在邻居遭遇不幸的时候，他们灵魂深处的善良、宽容与爱却悄悄诠释了人性的纯美与善良。46岁的然堆村牧民贡布是一个表面老实，其实内心并不安分的农民。他对新事物、新观念的敏感，他的商品意识，以及他对改善自身生活境遇、提高生活水平的向往，使他不惜举债买美国的种牛。从信贷所借了五千元，又从亲戚、邻居那里东借西凑了三千元，再把家里的积蓄添上凑够一万元钱从拉萨买回了一头美国种牛。这件轰动然堆村的大事，让村民们兴奋、羡慕。可贡布说，要让种牛在山区适应几个月时，他们开始妒忌，贡布一家成了村民讨厌的对象。初中毕业后在拉萨打过工的青年嘎玛多吉，因自己手里有钱，强行要种牛给自家的母牛配种，因此和贡布发生冲突，贡布甚至打了嘎玛多吉，并要求他付给自家种牛配种费。贡布的这一要求使然堆村的村民很是反感。嘎玛多吉是新一代的青年。他初中毕业，又在地区和拉萨见过大世面，有商品意识，他对自身生存境况以及村民们有清醒的认识，“我知道北京也知道纽约，知道酒吧也知道洗桑拿，可他们知道吗？还有他们每周三都要到村前的白塔前煨桑，祈祷着众生的平等世界的祥和，可现实生活中他们所做的正好相反。他们斤斤计较，相互嫉妒，相互诋毁，我对他们的这些做法很反感。待在村子里，用不了多长时间，我也会变得跟他们一样。为了使自己不成为他们那一类，我跟其他村子的几个落榜生到拉萨和地区去打工。辛辛苦苦地干个半年多，也能挣几千块钱。回到村子里村民们见我挣了钱，那表情像是嘴里吃到了苍蝇，别扭得让我很不舒服。”

贡布家的种牛不明原因地死去，贡布一口咬定是嘎玛多吉毒死了自家的牛。在然堆村人的传统观念里，嘎玛多吉懒惰，肠子花，头脑机灵，又在城市里学得奸猾，人们认定他不是一个好人，给贡布使坏。“我”作为公安人员介入调查，结果是种牛误食毒草而死。这个结果出乎贡布和村人的意料之外。贡布在“我”宣布了调查结果后号啕大哭，“我”的心绪也被搅得极乱，贡布打算用种牛致富的盼头被“我”的一声宣判彻底击碎了。“我”感到十分愧疚的同时，甚至怀疑自己断案的公正性。这时嘎玛多吉用一种微弱却坚定的声音说道：“我买种牛的60斤肉。”随后，此起彼伏的喊声淹没了哭泣声。嘎玛多吉的举动，不仅让在场的每一个人重新认识了这个众人眼里的坏人，并开始反省自己的阴暗、狭隘和自私。“我”被他们强大的精神力量感动，花了五百元买了种牛的头，给予贡布我力所能及的安慰。然堆村恢复了往日的宁静。这是觉醒和自省后的平静，是冲突化解后新的平衡。贡布的母亲，那位每天转动经筒的老妇人身上同样体现着藏族传统文化中的善。她的内心坚守着爱、慈悲、宽容的做人信条，在围绕“阿米日嘎”的矛盾冲突中，她始终用友善、宽容的态度对待他人，极力反对贡布为致富与村民为敌的自私做法。

《曲郭山上的雪》采用了互文的手法，将美国灾难影片《2012》引入小说。吉德村的村民把美国影片《2012》中的地球毁灭，与经书所说的“曲郭山顶的雪融尽的时候，就是人类的末日”互相印证。曲郭山上残存的雪和《2012》里山崩地裂的惨状，打破了村庄的宁静，贡觉大爷把牛羊放生了，并放弃了开春的耕种，贡觉大爷的威信使村里大多数人愿意相信他，许多人家放生或卖掉了牛羊，有人家甚至把正在修建的房子拆了，把木料砖瓦卖给邻村的人，有人拆了自家厨房，用拆下来的木料和石头在村后建转经塔。村人纷纷捐木料、石头，只用了四天时间修建了一座白塔，人们上午去寺庙拜佛诵经，下午饮酒歌唱，甚至要结伴去拉萨，呆在那里等待末日的到来。这种等待具有一种沉默的，撼人心魄的力量；但在这撼人心魄中，分明能感觉到一种无言的痛感。《曲郭山上的雪》表现了普通村民的真诚、朴实、善良，但他们又盲目、迷信，缺失辨别是非的能力。这不仅是民族传统文化中的消极成分，也是传统文化与现代文明冲突的体现。

次仁罗布的小说通过对各种生活事象的呈现，使文本充满了特殊的内在张力——它不只是来自生活事象本身的内在冲突，还来自生活事象与价值的双重对抗和叠合，凸显出生活事象的内在价值含量，并以此表现作家对藏民族历史文化的认同。从整体上看，次仁罗布的创作注重对人性的体验和开掘，写作不缺乏向内心迸发的力度和勇气。他直面藏民族历史文化和宗教信仰，关注藏族民众的现实生活状况和灵魂挣扎，并把这些还原为普通人的日常生活事件，通过普通人面对生活苦难时所表现出来的忍耐、自省、担当的勇气叙写藏民族强大、坚韧的精神品质；同时，他不回避那些不合乎人性以及人性中阴暗、自私、贪婪等恶劣的品性。他的作品关注宗教如何浸润藏民族生活的方方面面，信仰何以给予人心灵的慰藉和救赎；关注现代文明对传统生活方式、思维方式和价值观念的冲击以及人们的觉醒与困惑；关注人的欲望的合法性，以及过度膨胀的欲望带给人的毁灭；关注藏族民众在民族传统文化和现代文明冲突中的精神突围；通过普通人的觉醒书写一个民族的觉醒，以普通人的焦虑暗示对民族文化发展的焦虑。他的创作在多重关注中洞见藏族民众和世界的种种镜像，有温情，有痛楚，有觉醒后的迷茫和焦虑。

2015 年，次仁罗布发表长篇小说《祭语风中》。作为次仁罗布的长篇处女作，《祭语风中》构思三载，历时五年，几易初稿，最终完稿。它是继《放生羊》之后，次仁罗布另一个具有里程碑意义的作品。

《祭语风中》最初发表于 2015 年第 3 期《芳草》杂志，并于同年 8 月由中译出版社出版。作品将背景设定在西藏 1959 年叛乱至改革开放这一风云变幻的历史时期，以色拉寺僧人晋美旺扎在逃亡与还俗之路上的所经所历为线索，讲述了晋美旺扎所代表的西藏底层人物，在面对外部的生活苦难与内在的精神危机时，如何借助信仰来完成自我的形塑。通过对个体灵魂存在方式的探索，小说试图书写一个民族的精神成长史。

晋美旺扎是小说的主人公。他原是画师桑杰的小儿子，八岁那年，父母把他送到寺院里出家，跟随上师希惟仁波齐学佛。如果说，那个和父母、哥哥一起生活的地方是一个现实家园的话，那么在长达十二年的学习生活之后，晋美旺扎已经将色拉寺看成了自己的灵魂居所，精神家园。然而天有不测风云，1959 年，西藏上层反动分子发动武装叛乱，晋美旺扎在师父的带领下离开色拉寺，和师兄罗扎诺桑、师弟多吉坚参一起，开始了逃亡之旅。

瑟宕庄园、雪山脚下的村庄、堆村是他们沿途经过的几个重要地点。在瑟宕庄园，他们受到了瑟宕二少爷的热情款待；在雪山脚下的村庄，他们为亡者诵经超度，并驮着尸体前行。然而刚离开这个村庄不久，师弟多吉坚参就被藏军踢中腹部，从半山腰坠崖而死；在堆村，希惟仁波齐决定留下，在查拉亘寺后面的岩洞里闭关三年。这样，晋美旺扎只能遵照师嘱返回拉萨。

与仁波齐分别之后的路，晋美旺扎开始了全新的生活之路。经由收容所、拉萨监狱、纳金电厂的空间位移，晋美旺扎的身份也在发生着变化。在纳金电厂努力接受改造之后的晋美旺扎，回到已经天翻地覆的拉萨，想要“更深入地学习佛经，已经不可能了”。于是，凭借着在纳金电厂学会的一些汉话，他成了南城区的一名登记员。中印边境自卫反击战中，他成了一名支前运输队员。战争之后，他又赶去堆村，料理希惟仁波齐的后事。怀揣着上师的遗信回到拉萨之后，晋美旺扎和一个带着五岁儿子的寡妇美朵央宗结了婚，变成了一个世俗意义上的丈夫。“文革”中，他因为私藏一尊度母像，导致了一连串的厄运：妻子流产，胎儿夭折，全家下放，夫妇隔阂，妻子外遇并难产致死……不仅如此，晋美旺扎周围的亲朋也都在承受不幸：努白苏老太太自杀，努白苏管家意外坠入澜沧江，卓嘎大姐、罗扎诺桑因病离世……

这些生命的悲歌没有让晋美旺扎一蹶不振，相反，他慢慢破除我执，获得了开悟。从“窗帘没有遮掩的缝隙中，能窥探到一颗星星在遥远的天际闪亮。那颗星星让我从惊恐中慢慢挣脱出来，心渐渐复归到了平静”。

这颗远在天际的星星，我们可以理解成圣者米拉日巴的隐喻。与展现晋美旺扎在信仰烛照下的心灵史相适应，小说采取了双线平行叙事。晋美旺扎在时代大潮裹挟下的成长轨迹是小说的主线，这条线布局妥帖，结构紧凑，笔致舒缓，使晋美旺扎这一人物形象在时代环境的波诡云谲中逐渐明朗起来，并通过他与丹增扎巴、卓噶大姐、瑟宕夫人、罗扎诺桑、努白苏管家等一干人的关系网络，将笔触伸向由不同身份、不同阶层、不同家庭所组成的西藏社会的枝枝蔓蔓、沟沟壑壑，给近五十年来的西藏历史绘出了生动而壮阔的画卷。

小说的辅线是圣者米拉日巴的传奇一生。父亲因病辞世之后，他的财产被伯父、姑母这些最亲近的人以履行遗嘱的名义瓜分殆尽。受尽奴役和支使的米拉日巴，在舅舅和贾阿杂一些好心人的帮助下，去向宁玛派大师鲁杰堪学习，从此踏上了艰难的复仇之路。然而复仇并非事情的完结，它只是一个开始——漫长的救赎之路的开始。小说的着力点，并非米拉日巴的传奇，而是传奇的米拉日巴对苦难的泰然，对修行的坚定，对嫉妒的宽容，对心狠手辣的慈悲。它们构成了米拉日巴的精神内涵，它们支撑起晋美旺扎的信仰。

在对晋美旺扎的塑造上，小说善于用多种手法撕开人物的内心一角。晋美旺扎一生对西藏的几次重大历史事件每每亲历，一段历史几乎就是一段劫难。而小说有意淡化对外在劫难的刻画，将重心放在晋美旺扎的心灵挣扎。在细致而深入的描摹下，晋美旺扎这样一个底层人物的脉搏与心跳被零距离触摸。而扎根藏地，书写普遍人性的《祭语风中》，就此完成了对藏民族心灵世界的开疆拓土。

次仁罗布小说的艺术特色非常鲜明，主要表现在以下几点：

首先是叙述分层[1]的运用。例如在《阿米日嘎》中，贡布与嘎玛多吉的平行叙述与“我”的叙述所形成的分层。《杀手》中，卡车司机“我”的叙述与茶馆姑娘的叙述形成的分层。《传说》中，强久老头和金刚橛、金刚杵的故事，胖老师所讲述的故事，并列起来构成了第一层次。而来自农村的小伙子“我”，在酒馆里听强久老头、胖老师他们讲故事。之后，由于“我”对金刚杵的“刀枪不入”依然持怀疑态度，然后参与舞厅械斗终致死亡的故事构成了第二层次。而全知叙述人所讲的故事则构成了第三层次。在这三个叙述层里，第二层次占了小说最多的篇幅，可将其称为主叙述。它的下一层次，即第一层次，就成为次叙述。而作为主叙述层上一层次的第三层次就成了超叙述层。超叙述层的叙述者所知与这一层次的人物“我”所知，构成了一种反讽性差异，而农村小伙子的叙述，由之前的可靠叙述变为不可靠叙述。由此，超叙述层的存在起到了一个提示的作用，它宣告了主叙述层的不可靠，并且和次叙述层遥相呼应。

其次，冰山下蕴含的美。在1932年出版的用散文体写成的《午后之死》里，海明威谈到了他著名的冰山原则：“如果一个散文作家对于他想写的东西心中有数，那么他可以省略他所知道的东西，读者呢，只要作者写的真实，会强烈地感觉到他所省略的地方，好像作者已经写出。冰山在海里移动很庄严宏伟，这是因为它只有八分之一露出水面上。”[2]通过语言和情节的缺省，次仁罗布的小说与海明威倡导的冰山美学遥相呼应。

在次仁罗布的小说作品中，冰山美学体现为其小说语言与情节结构的缺省。在他的作品中，这种缺省非常常见。尤其在那些精神蕴含较为浓厚、具有形而上追求的一些作品中。需要注意的是，不同的小说之间，缺省的位

[1] 假定一个故事里存在三个层次，如果我们称中间这层为主叙述，那么上一层叙述就是超叙述，下一层次就是次叙述。也就是说，叙述的分层是相对的，它取决于主观的判断。为了避免这种随意性，赵毅衡先生又提出了确定主叙述层的方法：占了大部分篇幅的层次，就称为主层次。见赵毅衡：《中西小说的叙述分层》，载《中国比较文学》，1988年第1期。

[2] 崔道怡等：《“冰山”理论：对话与潜对话》，工人出版社，1986年版，第79页。

置与元素均不相同，有的在语言上以无代替有，有的在人物身份上背景模糊，充满神秘色彩，抑或是将情节链中的某一个环节断开。当然也有的小说将上述几种情况相混合，而这些不同的缺省对小说叙事的影响当然也就不尽相同。《杀手》中玛扎和康巴人父亲的恩怨可以成为追叙的对象，也可以写成流行小说常见的噱头，在金庸等武侠大师的小说里，这些父辈们的恩怨常常会被交代清楚，并且成为极为精彩的看点。然而次仁罗布将其忽略了，他对康巴人寻仇的原因未做仔细交待，这些对他来说似乎根本就不重要。

次仁罗布的不同寻常是以自己扎实的创作功底为基础的。他之所以舍弃传统的叙述方式，选择另外一种标准更高、难度更大的叙事语言，是因为他的小说重心在于对人性和人的精神困境的表达，他试图挖掘的是人复杂的心理结构。就像《杀手》一样，他要写的从来不是恩怨情仇，而是人自我的精神救赎。这样的一种冰山美学，恰恰适应这种主题的表达。

次仁罗布小说的缺省，体现着他对小说艺术的真正敬重，每一处的缺省都非随意而为，而是凝结着他的艺术天赋与慎重态度。如此，他才能创作出令人耳目一新的作品。

第五节　班丹

班丹（1961—），出生于西藏曲水县。1974 年进西藏民族学院预科学习，1978 年转入该校语文系学习藏语文。1982 年参加工作，先后就职于西藏自治区人民政府办公厅编译处、区党委政研室、区党办调研处、翻译室、综合信息处、阿里地区札达县、阿里地区编译室、西藏自治区档案馆。1980 年开始用藏文创作。1987 年发表汉语散文处女作《牛粪·烤土豆和我》和小说《酒馆里我们闲聊》。后陆续发表《死狗·寻夫者》《蓄长发的小伙子和剃光头的姑娘》《废都，河流不再宁静》《走进荒原》《阳光背后是月光》《星辰不知为谁陨灭》《阳光下的低吟》《面对死亡，你还要歌唱吗》《寻找龙宝》《颠簸》等高质量的小说作品。出版中短篇小说集《微风拂过的日子》。曾获第六届西藏新世纪文学奖。

班丹的小说创作不但很好地借鉴了西方现代主义文学的叙述技巧，而且从西藏民间文学那里获取艺术资源，取得了不错的艺术效果。班丹是西藏文坛为数不多的用藏汉两种文字创作的作家，受到两种不同文化的熏染和感召，他用平实的笔调细致地描写了藏族普通人的日常生活和感人至深的情感故事。无论是《微风拂过的日子》《心结》，还是《泉心》《温暖的路》等，都通过日常生活片断、细节以及具体的生活场景呈现，反映西藏人的淳朴、善良，表现人与人之间深厚淳朴的情感。《微风拂过的日子》写七岁就成为孤儿的哑巴阿南，孤零零地在山乡艰难奔波、忙碌。在村长江杨的照顾和帮助下，他成了一名独立生活、远近闻名的石匠。善良的阿南眼睁睁地看着自己喜欢的祁梅嫁作他人妇，失魂落魄。他的魂早被祁梅勾走了，痴情的阿南没有心思再找其他女人。祁梅的男人去世两年之后，阿南毅然向祁梅求婚，勇敢地搬进了自己暗恋了近二十年的寡妇家。这时她已病入膏肓，阿南尽其所能医治、照料她，希望她能够早日康复，可她却带着微笑，在阿南的怀里断了气。祁梅走后，阿南尽心尽力地照顾祁梅的孩子。面临生活的窘境，阿南非常乐观，因为他心中有爱，爱让他心中充满了信心和希望。小说情真意切，感人至深。《泉心》写“我”在泉眼打水时遇到一个七八岁的藏族小女孩嘎嘎。嘎嘎坐在泉边石头上，静静地望着天边的云朵、雪峰，脚边放着容量达10公斤的塑料桶。她的眼睛明亮有神，宛如身旁的泉眼。“我”去嘎嘎家之后才知道，嘎嘎的母亲卧病在床，父亲三年前到神山冈底斯朝圣，至今没有归来。不幸的是，瞬间的地震残酷无情地夺去了嘎嘎的母亲。小说充满了爱和温情。《温暖的路》描写援藏干部王泉和他的驾驶员才珠去基层调研，回县城路上险象环生，被困在海拔五六千米的山上，两人相互关心，相互慰藉，险境居然成了一种浪漫情调的体验。小说对援藏干部王泉进行了精细丰满的刻画，塑造了一个真心实意想为老百姓做点好事的援藏干部形象。

从早期作品《死狗·寻夫者》开始，班丹就开始了对历史传统、宗教和现代文明之间矛盾纠葛的深入思考。小说写央尕玛怀揣丈夫格勒日瓦给她的定情信物——一颗门牙，千里迢迢去寻找因经商而多年未归的丈夫。但令她没有想到的是，格勒日瓦已经有了别的女人。想起曾经的爱情誓言，央尕玛彻底崩溃。格勒日瓦则满怀愧疚，面对央尕玛这样对爱情非常忠贞的好女人，他觉得自己是有罪的，是该受到诅咒的。“她是个难得的好女人。我是有罪的。”他愧疚地想着，“如果不是钱财，央尕玛，你诅咒我吧。”在小说结尾处，“一位老僧扛着一大沓厚重的经书离开大昭寺朝客运站走去。女作家凝视着他的背影。老僧伴着邮电大楼干涩的钟声，晃进汽车轮下安然地躺下了。殷红滚烫的血液喷溅在过往行人的脸上、身上。经书飞散于圣城上空，不是贝叶经，而是印在现代印刷纸上的长条经文。”小说通过描写央尕玛、格勒日瓦、肩扛厚重经书的老僧等人物，揭示了现代商品经济大潮对宗教信仰和伦理道德的冲击。央尕玛虔信宗教，却在转经路上奄奄一息，只能寄托于来世能投个好胎。格勒日瓦虔信宗教，想把妻儿接到拉萨，仁波齐大师却告诉他，要到神湖观瞻，才能知道吉凶如何，否则会招来不幸之灾，但忙于经商、忙于钱财的格勒日瓦放弃了。

《面对死亡，你还要歌唱吗？》写美丽、善良、贤惠的女人梅朵在祭奠山神时由于一阵疾风神秘消失，挚爱她的丈夫朗雅悲痛欲绝。《寻找龙宝》一心想着寻找龙宝的龙珠，不顾家人的劝阻独自一人守候在斯玲央措湖畔，苦苦地等待着梦幻中的奇迹发生，日复一日，年复一年，而想象中的龙宝却迟迟不露面，等来的是时光的无情流逝和自己精神意识的衰退。十多年之后，龙珠被弟弟和儿子灌醉后强行带回家中，恍然发现，原来家才是他苦苦寻找的龙宝。尽管这几篇小说充满爱与温情，但人物的现实遭遇却对宗教信仰构成了很大的质疑。小说更多地寄予了作家对民族宗教文化的反思。

《废都，河流不再宁静》是班丹小说创作中一个尝试性的转变。此后发表的小说，在创作手法的运用方面更为巧妙。《废都，河流不再宁静》可视为意识流小说。小说采用自由联想、幻觉、内心独白、时空跳跃、梦境、回忆等意识流手法，通过“她”“他”“我”“我的另一个我”等一系列不断变换的人称，天马行空般地讲述了与古格历史血脉相承的阿格夏和吉德玛的故事。作家巧妙地借用佛教轮回思想，通过阿格夏和吉德玛轮回做人，投胎于各个不同的时代，不同社会领域的各种家庭，描绘了有关古格尚未载入史册的生活片断，从而展现了藏民族从起源到发展的整个历史（荒诞野史）。人物不断地穿梭于过去、现在、未来之间。古格时期的阿格夏是一个文武双全、忠于国家、大智大勇的将帅；即便是前几世，他也是高僧大德，积德行善，利乐众生，为征服雪域蒙昧无知的芸芸大众，为弘传佛法作出了不可磨灭的贡献；现世却成为堕落者和迷惘者。古格时期的吉德玛是才貌双全、注重修养、气质高贵、通情达理的淑女形象，现世的吉德玛却俨然以荡妇形象出现。他们愧疚难当，厌弃现世，努力寻找生命的起点。小说具有浓厚的宗教意识和历史情怀，古格故土，成了小说人物魂牵梦绕的地方。小说看似讲古格的故事，实则寄予作家的是对现世的思考。通过阿格夏和吉德玛的故事，体现了作者对传统文化的沉思，对人类心灵、文化心态的关注以及对人类生存意义的叩问。同时，作者将对民族历史、现实和前景的认识与思考，对生命、人性、宗教、民族等诸多命题的认识与思考融为一体，从而拓展了题材的时空领域，深化了题材所包容的意蕴。班丹小说在地域背景的设置上对阿里高原和古格遗址的着意凸显，是西藏当代文学创作中的一大亮点。从艺术表现的角度看，这是一种叙述策略；从文化历史的视野审视，这是作者历史意识和人文情怀的艺术外化。[1]

2007年发表的《星辰不知为谁陨灭》，凸现了不同文化间理解的艰难与互补。小说采取了西藏本地牧民的叙事者视角，讲述厌倦了现代都市文

[1] 胡沛萍：《创作是快乐生活的延续——班丹访谈录》，《西藏文学》，2014年第4期。

明的女摄影家和男诗人到藏地寻求精神家园的故事。整个故事富有反讽意味。“我”作为向导带着艺术家去攀登珠峰，而整个旅途他们有关藏族文化的提问常常令“我”无言以对，“我”只能在心里对他们的言说进行批评和解构。“我”外在的和善与内心的敏感犀利形成鲜明对比，或许这说明了现代化元素的涌入需要一段时间才能和西藏传统文化更好地结合。《没有契约的死亡》篇幅短小，但内涵丰富。阿多和罗罗两个人为结拜兄弟，罗罗突然死亡，小说结尾处轻描淡写地交代阿多杀死罗罗的过程，构思非常巧妙，引人深思。《走进荒原》抒写我和仁钦玛、桑、色珍三名女性之间的情感纠葛，描绘了女性独异的个性及丰富多彩、千变万化的情感世界，同时展现了西藏普通人的生存状态及文化心态。

班丹多篇小说充溢着神秘色彩和死亡情调。正如小说中的独白：“古格这片土地就是这么叫人摸不着头脑，经常出现各种奇怪的现象，有时很多人分不清谁是人，谁是神，自己又是什么，多数人成了介于人与神之间的怪物。”小说中的人物经常处于魔幻和光怪陆离的神秘之中，《废都，河流不再宁静》中，吉德玛和阿格夏从古格都城双双飞下，不断转世，变异，其妙莫测，人物生在海南岛却唱着藏族歌曲。《裸祭》中，诺培和诺桑突然命丧仙女湖畔的雪地里，打那以后，旷野里时不时出现死人尸体。《蓄长发的小伙和剃光头的姑娘》写塔尔钦和白宗这对均为待业青年的恋人的生活境况。迫于现实经济问题，白宗剃度受戒去曲廓寺当了尼姑。后来，塔尔钦有了钱，就去曲廓寺找白宗，想把她带回到自己身边。寺庙中冷清的苦修终究经不住现世美好爱情的吸引，白宗从寺庙中突然消失。但是，非常诡异的是，这对恋人只要聚在一块，就会散发出令人难以忍受的狐臭。《颠簸》描写了从拉萨开往藏西僧格镇的客运公司卧铺车上，女主人公与高个儿男人邂逅，被其出众的外貌，高雅的举止吸引。一路颠簸中，让女主人公心情久难平复的，不仅有路途的坎坷险峻，还有高个儿讲的有关腐败和黑社会之类的事情。客车的颠簸结束，女主人公的心开始了又一轮颠簸:

车子驶进僧格镇客运站，刚一停稳，三位身着制服的人把一对锃亮的不锈钢手铐戴在高个儿的手腕上，并把他带走了。小说并未交待高个男人为什么被身着制服的人戴上镣铐带走，就戛然而止。“小说把神秘因素叠加在当代题材的作品之中，在现代文明的冲击下，是对传统文化消失的一种缅怀和追忆，这些缅怀和追忆虽然伤感，却掘开了对人性的思考，对现代人文精神危机的思考，以及对人的命运、前景、归宿的忧思，亦真亦幻地建构出一个神奇的现实世界和当代的象征寓言。”[1]

班丹有很自觉的文体意识。他在创作中很注重讲故事的方式，在小说的叙事方面很是讲究。班丹用多样化的叙事手法表现藏民族的现代生活，使其作品灵活多变，但其语言不够简练，稍显冗赘。

第六节　白玛娜珍

白玛娜珍(1967—)，女，出生于西藏拉萨。曾先后就读于解放军艺术学院、中国新闻学院。先后从事过记者、广播电视栏目编导、主持等职业。后调至西藏自治区文联。著有诗歌集《在心灵的天际》《金汁》，散文集《生命的颜色》《西藏的月光》《拉萨的雨》《高原上的小星星》《再见日喀则》等，出版长篇小说《拉萨红尘》《复活的度母》等。曾获西藏珠穆朗玛文学艺术基金奖。

白玛娜珍的小说创作往往从女性视域出发，题材不外是生活的点滴，人世的情感，男女的纠葛，然而在这些景象下，却有一种精神上的追求和对永恒困境的探索。白玛娜珍作品中对现代女性的生存困境进行了细致的描绘和探索，她的探索是痛苦的，她笔下的女性往往陷入无可彷徨的境地，

[1] 刘定富：《多重视域里的青藏书写——〈芳草〉“吉祥青藏”专号阅读札记》，《小说评论》，2009年第3期。

有着难以解脱的精神之殇。但是，正是这种绝望的痛苦体现了一定的精神性力量，因清醒而绝望，因绝望而透彻，因透彻而探索，因探索而催生希望。

白玛娜珍的作品表现了女性在现实生活中的困境与突围，以及最终迷失自我的困顿与无奈。尘世的喧嚣、生存的无奈、情感的空虚、理想的虚无，是白玛娜珍作品的主题。《拉萨红尘》中的雅玛和朗萨，竭其一生都在追逐爱情，然而最终一切都成虚空。雅玛的情感周旋在三个男人之间。军医学校毕业后与同学泽旦结婚，在平淡的生活中，与医院同事迪旧情复燃，然而只是肉体的享欢，找寻不到精神的抚慰。当昔日的同学徐楠多年后出现于拉萨，雅玛又一次对爱情充满了幻想。泽旦后来经商，变得越来越世俗低劣，为了逃避无望的生活，雅玛借进修的机会来到上海；但看到徐楠挣扎在生存线上的拮据生活后，她选择离开徐楠，回到拉萨，与泽旦离婚。白玛娜珍通过雅玛的爱情追求，写出了女性在尘世中的怅惘与自我寻找的过程。女性的困境是相通的，在两性世界中，女人和男人相互依靠，寻找存在的温暖又相互排斥。然而像雅玛这样的女性，她把所有的追求都建立在男性的身上，注定了这种寻找只能归为虚无。“男人可以在其合理选择的过程中组建自己的未来，而女人的本性则决定了她的行为，限制了她的思维，使她永远只能依靠情感而度过一生。”[1]雅玛一次次地对男人失望。泽旦这个最早让她对爱情充满渴望的男人，带给她的只是冰冷记忆，以及婚后生活的无望；迪也只是给她带来身体上的记忆与远离的愁怨；而徐楠对于雅玛来说只是一个像弟弟一样只能引起她怜惜的男人。在与这三个男人的周旋中，雅玛一次次地绝望。

作品中的另外一个女性朗萨，是雅玛的好朋友。她在军医院校上学时被所谓的爱情哄弄，相信了一个看似单纯的农民家庭出身的孩子，但最终感受到的却是耻辱。朗萨等待着爱情的到来，从遥远的藏族、回族、汉族聚居的西藏边缘地带，来拉萨朝圣的莞尔玛终于来到了朗萨的身边。朗萨

[1] 张京媛主编:《当代女性主义文学批评》，北京大学出版社，1992年版，第11页。

似乎找到了情感的寄托之所。两人最后离开红尘滚滚的拉萨，遁世隐居。可以看到，朗萨与雅玛实质上是同一个人，两人是异人同体，两人的个性没有太多的区别，朗萨的追求与雅玛没有任何的不同，都是把个人的悲欢建立在男性的身上。所以，朗萨不过是雅玛的一个补充，朗萨最后的结局，不过是白玛娜珍为雅玛心造的一个幻影。

白玛娜珍笔下的女性对男性是无比失望的。在与男性的情感纠葛中，女性的内心移向同性之爱，从而表现了女性的自恋意识。通过女性之爱，或者说是隐藏在内心的自恋，揭示了女性对情感的极度渴望与女性内心深处不可知的隐秘渴盼。

《复活的度母》是白玛娜珍的第二部长篇小说，抒写的同样是女性题材。与《拉萨红尘》相比，作者的视野更为幽广，对女性心理的描写更加细致与深入。通过琼芨及茜玛两代女性心理的悲欢，展现了时代变化中藏族女性所面临的处境，及陷身于其中的无奈与难以超越。琼芨是希薇庄园里最小的小姐，生活在霞光萦绕、充满爱意的庄园。然而命运之神早已注定琼芨这一生会历尽劫难。十六岁这一年，西藏的时政发生了变化，曾经拥有的荣华与美好都成了幻影。琼芨不愿顺从命运，独自去往拉萨，寻找一位叫刘军的官员。在刘军的帮助安排下，琼芨先在农场当上了一名普通的工人，后被派往异地学习深造。学习期间，情窦初开的她与英俊的巴顿相恋。但在巴顿毕业回拉萨之后，琼芨的汉语文老师、学院的才子雷也爱上了这个美丽纯洁的藏族少女，并使琼芨怀孕。琼芨被学校强行堕胎，雷被视为反革命强奸犯放逐到内蒙草原。琼芨从学校返回拉萨，与巴顿匆匆结婚，生下了儿子旺杰。“文化大革命”时期，因不同的立场和派别，使琼芨与巴顿的婚姻出现危机，加之巴顿身边所环绕的女性，巴顿与琼芨分居。这时，从前在农场的战友洛桑突然出现在她的身边，说他一直爱着琼芨。琼芨开始和洛桑暗中约会，并怀上了茜玛。琼芨与巴顿的婚姻破裂，与洛桑结合。不久，琼芨的家庭成分被揭露，被单位免职，沦为一名清洁工。洛桑因此受到牵连，被下放到某干校学习改造。在为姐姐曲桑姆秘密进行临终救度时，失踪多年的活佛丹竹仁波切悄然出现。他曾是琼芨大哥所在寺院的转世活佛。他为琼芨的姐姐做超度法事，并在生活上给予琼芨和孩子们多方关爱。前世的种子已经萌芽，命中的劫数再次降临，琼芨爱上了活佛。洛桑终于发现琼芨的隐情，琼芨与洛桑的婚姻名存实亡。“文革”终告结束，洛桑与琼芨离婚，琼芨内心深处一直渴盼着丹竹，但丹竹却远走印度学佛。小说中琼芨的命运让人唏嘘不已。作者将琼芨的命运放在时代变迁中去展现，女性生存空间是如此的狭小和冰冷，难言的情感悲欢与劫难相互交织，重压着柔弱的女性。此外，作品中琼芨女儿茜玛的故事与琼芨的故事交错展开，以茜玛的情感经历来作为另一条情节线索。茜玛经历了与画家老岩、来自印度的藏族青年洛泽、普萨王子、年轻的活佛甘珠的情感纠葛，在红尘中迷失了自己。“爱情早已幻灭，人生不过是一场苦难的烈酒。世界离我们已越来越远了；老岩、我的初恋情人普萨王子以及后来的洛泽、甘珠——他们走过我青春的四季，已永远消失。”母女两代虽然有着大不相同的生活经历，然而她们内心对情感的渴求又一脉相承，永远在情感的漩涡中挣扎。白玛娜珍在作品中还揭示了畸形的情感变异下，人性的变态。琼芨嫉妒儿子旺杰与媳妇黛拉之间的情感，变态地索要儿子的温情；茜玛对哥哥旺杰也有特殊的情愫，变态地排挤与冷漠黛拉，使得旺杰与黛拉最终离婚。白玛娜珍以娓娓道来的叙述口吻，对女性得不到情感满足之后变态欲望的抒写，让人不寒而栗。

著名文学评论家李佳俊认为白玛娜珍的作品较好地揭示了西藏人，特别是藏族女性的情爱和人生。作为一名接受过现代文明洗礼的藏族知识女性，白玛娜珍能够站在高处，以知识女性的敏感，探看芸芸女性的生存现状，对女性的生存困境进行了细致的描绘和探讨。她的作品围绕女性生活展开，对其笔下的人物寄予了深深的理解与同情，展露了对现代高原女性精神的洞见。在白玛娜珍笔下，女性的天空是狭窄与拥挤的，所有的悲欢都围绕男人展开，女性缺乏的是自我的体认与追寻。她们的幸福是建立在男性体认的基础之上的，她们终其一生不过是在寻找男人，情欲与生命相始终，悲剧因此而无休止。在《拉萨红尘》中，雅玛遍寻不到理想中的男性，只能退回自我，并以此来保护自己敏感的心灵。《复活的度母》中琼芨及茜玛在男人的泥淖中打转，得到的只是伤痕累累，最终使得琼芨沦为一个变态的老妇人；年轻的茜玛也经历了带有几分美好、带有几分希望，然而更多的是绝望的情感之旅。

白玛娜珍的作品还表现了女性强烈的欲望，以及对自我、对男人、对整个世界的无望。在《拉萨红尘》中，雅玛柔弱而韧性的生命力化为对生命原欲的追寻，对情感世界的执着；在《复活的度母》中，琼芨强烈的情欲转化为变态的心理，对儿媳百般嫉妒。正是在这样一种生命的非常态中，白玛娜珍彰显了人物身上炽烈的生命力。所以，白玛娜珍笔下的女性并没有因为生活和情感的压抑而匍匐在地，而是站立起来，内心充满张力，是有力量的。她们的力量在于追寻，在于对生活中并不存在的美好的追求，在于对充满尘俗气息的绝望世界的不妥协。虽然这个无望的追寻也许带有破坏性，但这种潜藏在内心深处的向往与追求在现世中是那样难得。她们都在爱的寻找的过程中迷失了自己，陷入痛苦的绝地，所以白玛娜珍的作品又总是充满着一种透彻心骨的绝望之感，有种锐利的刺痛。

作为一名生活在高原，又接受过现代文明洗礼的作家，白玛娜珍的内心是极其敏感的。她看到了女性生存的困境，以及女性在现代化进程中难言的悲怆。白玛娜珍以女性的敏感去揭示在现代文明进程下女性的内心世界。作品中的女性，陷于痛苦的泥潭之中，走不出情感的宿命，理想中的彼岸世界永远不会到达，而现实总是显露出它狰狞的一面。女性，如何能够找到自己的伊甸园？这不仅仅是作品中人物的追问，更是白玛娜珍自我的追问。白玛娜珍对她笔下的女性是怀着感同身受的关怀的，她不仅写了欲望，这欲望包括肉体的、心灵的欲望；还写了精神，写了有追求的灵魂。如何在这纷纷扰扰的尘世，让一颗心灵不再有尘埃，不再有磨难，也许是白玛娜珍作品探索的意义所在。

在白玛娜珍笔下，女性的命运是多劫的。《复活的度母》中的琼芨，孩童时代是那样的幸福美好，有着慈爱的母亲、温暖的继父、美丽的姐姐、疼爱自己的哥哥，然而时代风云的到来，使所有的一切化为泡影。倔强的她为了逃避命运的安排，走出家庭，外出寻找庇护，以为就能走出劫难。然而家庭出身的阴霾如影随形地跟随着她，让她的生活有着无穷的苦难；而且，看似美好的情感给她带来的只是伤痕累累。对现世情感的绝望，使她的内心倾向于给她带来心灵温暖的活佛，以为能有久远的慰藉，然而所有的一切最终都成泡影。曾经纯洁美好的琼芨失去了心中最后一帘幽光，变成一个心胸狭隘的变态老女人。

《拉萨红尘》中，雅玛迷失在商品化大潮之中，她身边的男人全为物质的欲望所裹挟。迪想在西藏寻求让他一生都得以温饱的宝物，泽旦原本清净向上，最终也陷入堕落的生活，徐楠则在上海被生活所挤压。雅玛理想的纯净爱情追求在这些男人身上永远不可能实现，她的追求因此显得与这个物质社会那样格格不入。然而希望永远没有泯灭，正如《拉萨红尘》结尾的时候朗萨所听见的召唤："我是一汪停泊经年的湖泊 / 每一天的宁静 / 封冻着激情 / 你是否为我化作雪山矗立 / 而爱如寒剑 / 心被离分 / 你无上的圣莲 / 是否为我唇上的火焰 / 绽开燃烧的春天。"希望永远矗立在内心的追求之中，永远不会磨灭！

如何使女性不再在红尘之中苦恼，如何使女性走出生命的困境、走出迷失的天空，是白玛娜珍在小说中思索探讨的一个重要话题。

如何使得女性不再幽闭于自我的内心，如何使女性走出生命的困境、走出迷失的天空，获得自由的天空，白玛娜珍是矛盾的；该怎样将女性从苍白的内心生活中解救出来，如何从红尘中复活，白玛娜珍以其细腻的笔触呈现了对现代高原女性命运的思考。"当黑夜笼罩大地，我们的双眼犹如盲人，但夜的背后，太阳却从不曾消失过。”作品因思考而显得深沉，因人物命运的多劫而显得悲怆，因绝望而显示出力量，也许，这正是白玛娜珍作品的意义之所在。

第七节　旺多

旺多（1934—2022），原名扎东·斋林旺多，出生于西藏日喀则江孜县。1946—1952 年，留学印度大吉岭圣约瑟学院。1953 年回国，先后在江孜小学、日喀则地区干校、日喀则地区塘河电站、西藏自治区教育厅教材编译室、西藏自治区旅游局等工作。主要著作有长篇小说《斋苏府秘闻》（藏汉英三种语言）和散文集《导游日记》（英文）。先后翻译《西藏风土志》（汉译英）、《哈姆莱特》（英译藏）、《格萨尔传》片段《宗巴赞帽》（藏译英）、《仓央嘉措情歌》（藏译英）等重要作品。曾获第四届全国少数民族文学创作奖。

《斋苏府秘闻》是旺多的代表作，也是西藏当代文学藏文长篇小说的一部重要作品。《斋苏府秘闻》是由上下两部分构成的带有悬疑色彩的历史小说。小说上部主要讲述 20 世纪 30 年代，发生在西藏高原一个偏僻的驿站中的“凶杀”故事。拉萨的大贵族斋热巴家的大少爷喜欢上了酿酒女佣措杰，两人情投意合，互生爱意；但却遭到了大少爷父母的极力反对。大少爷的父母为了拆散这一对苦命鸳鸯，一方面想方设法迫使女佣措杰离开公馆；另一方面在暗中筹措大少爷的婚姻。他们为大少爷选定的新娘是另一位同僚贵族的美丽千金，但是大少爷的心里只有措杰，拒不接受父母的安排。最终大少爷决定逃婚，去江孜寻找他心爱的恋人措杰。为了纯真的爱情，大少爷舍弃荣华富贵，逃离家园，踏上了寻找恋人的旅程，不幸在途中落入一桩谋财害命的陷阱之中，在驿站中遭遇种种不测。虽然大少爷最终幸免于难，但为了爱情他再次出逃，最终与酿酒女佣措杰结为夫妻。小说下部主要讲述了申腊驿站的小女孩泽吉成长为白玛小姐的过程，以及斋苏府从无到有的形成。大少爷一家收留了申腊驿站的小女孩，并为了让她学习知识，送她去私塾上学。在私塾里，泽吉因为身份低贱，备受歧视。大少爷一家希望小女孩可以摆脱原本卑微的身份，便让她化名为白玛去印度求学。白玛终于成为了英语女校的学生，并正式获得了“小姐”的称呼，斋苏府也在这时诞生了。白玛在学校不仅学习语言，而且不断发挥她的聪明才智，通过对外贸易，使斋苏府不断壮大起来。斋苏府想在西藏开办自己的工厂，但遭到当地政府的阻挠。在珠杰与白玛的婚礼上，大少爷不幸遇害，措杰大姐因受不了打击而自杀，随后白玛也在大少爷的书房中遇害。珠杰走上了流亡之路，朗嘎和妻子次仁吉白成了斋苏府的新主人，并找到了杀害大少爷和白玛的凶手吉加。

这部小说是西藏文坛较早出现的藏文长篇小说，在西藏当代文学史上产生过重大影响。在西藏当代文坛的藏文创作中，《斋苏府秘闻》所取得的艺术成就是多方面的，以下四个方面尤为突出。

第一，人物塑造鲜明生动，富有艺术感染力。小说中塑造了大量的农奴形象，揭示了旧西藏底层民众艰辛穷苦的生活境况。如珠杰一家，“我们五口之家，阿爸去扛长工，每天从日出干到日落才回家。我阿妈的活一点也不比阿爸轻松，我从来没见她闲过，即使到邻居家借盐借碱，她也是一路走，一路捻毛线，从没有空着手走路的时候。每天忙完无止境的烧茶做饭、料理孩子和喂牛挤奶之后，她便把刚会爬行的幺妹拴在织氆氇架的支脚上，开始织氆氇。”他们生活十分清苦，即使辛勤劳作，也常常食不果腹、衣不蔽体。但这些穷苦民众都聪明能干，像阿爸、南魔、珠杰这样的农奴，都在大少爷的商品贸易事业中发挥着重要的作用，他们依靠自己的善良勤劳获得了新的生活。珠杰主要负责从西藏各个地方收购羊毛，并转运到噶伦堡，南魔担任斋苏府的羊毛收购总管，阿爸在转运点负责转运事务。小说还成功地塑造了泽吉这一女性形象。珠杰在驮运途中碰上了申腊驿站里的小女孩泽吉，她已经沦为乞丐，“驿站的屋顶已全部被掀掉，成为一片废墟，一大堆破烂混在石堆中。小姑娘那床磨光了毛的破藏被铺在墙根。”珠杰把她带回拉萨，让她在措杰大姐的商店里帮忙。大少爷和措杰大姐都非常喜欢她，送她进了私塾并去印度学习，将乞丐泽吉培养成了高贵、聪明的白玛小姐。白玛虽然出身低微，但却机智聪明，而且很有经商头脑。她在帮助措杰大姐料理商店时，发明了记账法，在印度英语学校学习时，发现了出口羊毛的商机，“为了结算清楚，她总是整百卷整百卷的发，不凑够整数从不发货。每发一次货，就通过电报，从摩根公司要一张收据。到年底，就凭这张收据把她同摩根公司间的账结算得清清楚楚。”白玛不仅仅帮助斋苏府发展壮大，而且试图改变西藏地区原材料流失，经济发展滞缓的问题。她具有长远而卓越的眼光，她不仅谋求本家族的发展，而且站在一定的高度上，谋求整个西藏社会的发展与富强。白玛认为如果不能在西藏办厂，仅仅是把原料运出国外，其实就等于把西藏的财富往外运，所以白玛一直坚持认为：“要改变一个地区靠出口原材料过日子的状况，就必须在这个地区实现工业化。而要做到这一点，就要建立工厂，修通运送机器的公路，建立供应能源的电站。”通过这些故事情节，白玛的形象跃然纸上，栩栩如生。此外，小说的上部还塑造了世俗贵族斋热巴家族的大少爷这一形象。大少爷为了自己心爱的姑娘，坚决反对家中筹办的婚事，两次出逃。大少爷的两次出走，象征了其与旧家族势力的割裂。他离开了斋热巴家族，也就意味着他抛弃了自己的贵族身份。大少爷虽然是贵族的后代，但是他从小就跟农奴的孩子们一起玩耍，不认为他们与自己之间有什么不同，以诚相待，长大后更是一起创办新的“斋苏府”。旺多笔下的大少爷在形象内涵上是一个巨大的突破，与以往小说中塑造的西藏旧社会的贵族形象截然不同。他既不嚣张跋扈，也不凶残暴戾，更不肆意挥霍、贪图享乐。大少爷为了自己心爱的姑娘，舍弃了一切的荣华富贵，居住在一间坐南朝北被烟熏得乌黑的阴冷套间里，与措杰一起从经营酿酒业开始，到有了他们自己的小商店。大少爷的性格倔强坚韧，他没有因为生活的压力和不适应而向生活妥协，而是凭借自己的智慧和勤劳，一点一滴地创办自己的新家业。同时，他也是善良的，以宽容的胸怀善待企图杀害自己的“仇人”的孩子，打算将商店交给她经营，送她去私塾学习写字算账，并送她去印度学习。除此以外，小说还塑造了善良勤劳的措杰大姐、申腊驿站女主人、吉加等诸多个性鲜明的人物形象。

第二，故事情节惊险曲折，富有悬念，引人入胜，尤其上半部分更是如此。孤孤单单的骡夫珠杰一个人在从江孜赶往拉萨的途中，路过偏僻荒寂的杂热驿站，不曾料到间接地参与到一桩命案中，惊心动魄的故事由此展开。杂热驿站灶房门口有两具死人尸体头靠头倒在血泊中，门后边又有一具尸首装在麻袋里，一妇人吊死于灶房梁上，只有一位年轻人持枪倒在地上，呼吸微弱。珠杰对此大惑不解，但他最后还是决定将伤者带到下一个驿站——申腊驿站养伤，并进一步了解整个事情的来龙去脉。殊不知，申腊驿站的女主人从骡夫口中得知杂热驿站所发生的一切之后，试图悄悄杀死受伤的年轻人和珠杰。不料被珠杰一枪打死。由此，珠杰也变成了杀人凶手，和伤者一起被关进浪卡子的监狱。在狱中，珠杰了解到伤者是斋热巴家族的大少爷。其实珠杰此行赶往拉萨，就是专门为大少爷的婚礼运送物资，没想到两人却在这里相遇。简短的相认之后，两人商量如何逃出监狱。经过一番波折，两人顺利回到拉萨。之前要与大少爷成亲的千金小姐已与二少爷完婚，斋热巴夫妇为了不使家族分成两家，强令大少爷与弟媳结婚。为了躲避家族安排的婚姻，大少爷又开始计划着他的第二次出逃。大少爷得知消失的措杰在柏树山最东头的尼姑庵，便不顾一切地又一次舍弃了所有的荣华富贵，来到尼姑庵与措杰生活在一起，开始与措杰过起了平淡而幸福的生活。不久，他们领养一个乞讨的女孩白玛。在夫妇二人的精心照顾下，白玛长大成人，到了谈婚论嫁的时候，与大少爷的骡夫珠杰相爱，两人决定结婚成家。就在一切都朝着人们所期望的方向发展的时候，家族内又发生了意想不到的“凶杀”。大少爷、措杰和白玛离奇死亡。骡夫珠杰躲过一劫，他很快查明了凶手是白玛的叔叔吉加。原来，多年前大少爷在离家出走的途中，在驿站中为了自卫而杀死的那两个强盗是吉加的兄弟。吉加为了给自己的兄弟报仇，才在参加白玛和珠杰的婚礼时乘机杀害了大少爷和白玛。在故事情节中，设置最为巧妙的便是大少爷、措杰大姐、白玛的被害。整个小说情节的发展看似非常平稳，在人们以为事情的发展会平稳地走向结局的时候，作者出其不意地安排了故事主人公的死亡和出逃。小说的主要两条线索就是旧斋热巴家族的衰败和新斋苏府的兴起。在小说最后，斋苏府的创建人都离去了，一个新旧更替的时代似乎要到来。革新是否真的能够成功，斋苏府未来的出路在哪里？新的主人又会怎么样经营斋苏府？作品留下了一连串的疑问，因为没有人知道，在这样一个时代，明天是什么。小说在故事情节的设置上用意颇多，从而使得行文发展曲折多变，充满悬念，引人入胜。

第三，小说视野开阔，富有社会历史内涵。尽管小说在情节的选择与设置上讲究悬念，制造惊险刺激的艺术效果，从而使得作品看上去是一部悬疑小说；但作品故事涉及的内容却富有社会历史内涵。小说以贵族大少爷的婚恋大事为主线，在故事推进过程中引出不同阶层的各色人等，其中有富有的贵族和庄园主，地位崇高的出家人，地位低下的平民百姓等。小说在表现穷苦老百姓生活的艰辛时，也表现了等级森严的社会秩序，以及上等阶层之间盘根错节的利益关系，“斋热巴老爷和几位争当噶伦的人只好在焦急中等待。他们恨不得有一二位噶伦立即死掉。恰恰就在这时，正巧有一位现任噶伦去世。这使斋热巴老爷和几位盯上噶伦职位的三品官们高兴得睡不着觉。……有的写到，此番若能升迁，愿献藏银两千称，有的愿出三千，还有的甚至愿出四千称藏银。”斋热巴老爷因为桑培瓦出一万称藏银，抢走了自己的噶伦之位，急火攻心而死，没想到桑培瓦落井下石，用噶伦的职权将原先西藏地方政府赠给斋热巴的庄园全部收回。从这些历史场景中不难看出当时社会的腐朽、丑陋的一面。更值得关注的是，大少爷的婚恋变故和冲突，本身就包含着深刻的社会历史内涵，揭示了现实利益裹挟下人性的扭曲和挣扎。

第四，细致入微地描绘了西藏的人文景观、自然景观和风土人情。小说在叙述故事的间隙，精细描绘羊卓雍措、藏北草原、布达拉宫、八廓街等自然人文景观，“从甘巴拉山上看去，后藏，碧绿的羊卓雍湖就像一块大玉盘呈现在眼前；远处，起伏重叠的绿草山中，宁金甘桑山脉的雪峰像一块银色屏障悬挂在蓝天下。再看前藏，雅鲁藏布江像一条长长的玉龙在起伏不平的山间游动。”还描写藏历新年等风俗人情。初一，措杰大姐一早煮酒粥，送到珠杰和大少爷跟前，祝福他们“扎西德勒”，敬青稞酒，逛八廓街；初三开始进行为期二十一天的祈祷大法会等。这些内容都是对西藏人情风俗的艺术展示，它们的存在增添了作品的地域文化色彩。

小说也存在一些不足。一是人物形象塑造扁平化，个别人物不够丰满。珠杰作为小说的主人公之一，性格特征模糊不清。上半部分珠杰的性格还较为完整，在一定程度上表现了他的勇敢和机智；但在下半部分，他一直作为大少爷的影子存在着，缺少自己的行动，作品在对这一人物的处理上似乎过于简略了。二是刻意设置悬念，这虽然使故事情节跌宕曲折，但略显生硬。

第八节　克珠群佩、郭阿利

克珠群佩（1959—），笔名定真桑，出生于西藏山南扎囊县。1975 年中学毕业后，被分配到刚刚建立的山南地区师范学校任教。1978 年，以山南地区藏族考生第一名的成绩考入华东师范大学。1982 年大学毕业后，在西藏民族学院工作，任民族研究所所长等职。2003 年调至西藏自治区文联，任《西藏文学》主编、研究员。著有小说集《命运的抉择》，动物寓言故事《瞎猫捉活鼠》，与他人合作创作长篇小说《风雪布达拉》，主译“中国民间文学三套集成”之《山南地区谚语》《山南地区民谣》，参译《西藏自治区谚语》，有《宁玛派源流》等译著。

1982年发表在《西藏文学》的《星星，请别讥笑我……》，讲述了青年教师民泽事业、爱情经历的曲折故事。事业上一帆风顺，民泽有着光明远大的前程；而在爱情上，已过而立之年的他依旧过着清教徒般的生活。民泽先后得到三位年轻女性的爱慕与追求，最终却因自身性格的软弱与优柔寡断与爱情失之交臂。女学生篮球队长的表白，令作为老师的民泽显然有些不知所措，在旺堆老师的严厉警示下，民泽拒绝了女学生的爱意；可是面对女学生泪眼欲滴的凝视时，民泽突然发现自己就此错过了朦胧的爱情。小李是民泽在一次文艺调演中认识的汉族姑娘，短暂的相识，排练中的接触使他们坠入爱河，却因族别问题遭遇家长的强烈反对。面对爱情与传统观念发生的冲突，民泽再次选择牺牲爱情。两次恋爱都以失败告终，让性格懦弱的民泽失去了追求爱情的勇气。当中学同学央珍出现时，他准备顺从母亲的心愿，和央珍走进婚姻殿堂。由于遭到好友巴珠的指责，认为他对婚恋不忠，是不负责任的表现。他无力辩驳，放弃了和央珍结婚的念头。性格的怯懦、顺从，对待爱情问题的犹豫不决，使得民泽在爱情的道路上持续碰壁。他只好接受现实，去参加校长给他安排的相亲，不料又错过了约会时间。面对浓重的夜色和透着冰冷光色的星星，民泽发出了“星星请别讥笑我”的无奈感慨。作品叙述顺着男主人公民泽意识的涓涓流动，回忆了曾经的情感经历，同时把民泽感情的不顺指向了他缺乏强大的内心，不善于表达，过于优柔寡断的性格弱点。小说心理描写妥帖到位，人物性格生动鲜明，具有一定的艺术感染力。

同样以作者个人生活为蓝本的作品《命运的抉择》，以灵动的人称转换，从多个侧面展现了藏族知识分子在内地工作和生活的状况。男主人公索杰的人生理想是凭借自己的努力为家乡建设添砖加瓦，然而由于身体的原因，毕业后他只能留在内地。面对现实与梦想的冲突，索杰一度不相信任何人，甚至把自己所遭遇的不幸和痛苦转化为对周围人的防备和疏离。直到杨德吉的出现，才使他的认识与心理有所转变。杨德吉热烈大胆，似乎充满神奇的力量，她的出现使病弱的索杰逐渐恢复的同时，情感也得到了很大的满足，让他重新燃起了生活与理想的火焰。他开始在内地学校致力于传播藏民族的优秀文化，为西藏的建设事业培养人才。当女友杨德吉回到西藏工作后，长期的异地交往迫使他俩不得不重新思考以后的生活。索杰明白建设家乡是他们这些西藏儿女的共同理想，他没有任何理由去阻止女友实现她的理想。学生其美爱慕索杰，为了他打算留在学校，他却要求其美回到西藏，去实现她的人生价值，为西藏的文化建设发挥作用。对于索杰来说，他独自承受太多的孤单与苦难，好不容易遇到两位可以温暖他心灵的女性，可当美好的爱情与西藏建设事业发生冲突时，索杰毫不犹豫地选择放手。小说通过看似平淡的故事和平凡的小人物的生活经历、精神世界，表达了作者热爱故乡的深厚感情，展现了为故乡建设愿意牺牲个人利益的高贵品格。

与早期的创作相比，长篇小说《风雪布达拉》是克珠群佩现实主义创作风格走向成熟的标志。《风雪布达拉》作为一部长篇小说，在题材的选取上以 20 世纪 30 年代的真实历史为依托，通过作者对历史事实与文学虚构的把握与融合，描写和反映了政教合一统治下旧西藏政治社会的复杂诡异和贵族官员的尔虞我诈。《风雪布达拉》有以下几个方面的成就值得关注：

一、栩栩如生的人物形象。《风雪布达拉》主要讲述了十三世达赖喇嘛圆寂后，西藏上层之间的权力之争，以及爱国势力与分裂势力之间的较量。以觉振活佛为首的维护雪域和平的僧侣集团，包括施德林、斯达寺、觉振寺三大寺院里的僧人们，和代表着噶厦利益，以大噶伦丹噶·旺钦扎巴为首的几个反面人物之间展开了尖锐的斗争。小说就是在这种矛盾冲突中塑造出了觉振活佛、强堆·占堆、大央宗、小央宗等富有个性的典型人物形象。

十三世达赖喇嘛圆寂后，觉振活佛被选为摄政，意味着在下一任灵童转世和成长期间，他是宗教领袖，也是世俗地方政权的领导者。觉振活佛天赋异禀，聪明灵异。这不仅表现在他对佛教经典的理解一点即通，以及与生俱来的对佛教仪轨的迷恋；而且个人气质也超凡脱俗——当那低垂着的眼睛偶尔抬起时，异常明亮的眼睛透出的比蓝天白云还要深邃、纯洁、宁静、淡泊的神色，有着洗涤俗世人心的力量。觉振活佛对宗教佛法有着炽热的情感，即使出任摄政期间，白天处理世俗的事情，到了晚上依旧挤占睡觉的时间，诵经坐禅。他也有和年轻人一样对新事物的好奇心，喜欢动物，尤其喜欢养马，坐骑玉珠在每年的赛马比赛上都获得佳绩，让他倍感自豪；但因为佛法教规的限制，他不得不放弃了自己这些喜好。在突出觉振活佛宗教方面的禀赋的同时，小说也表现了他作为常人所表现出的人性的弱点。在作品中，具体表现在觉振活佛虽有着活佛的仁慈与胸怀，却无处理复杂政事的能力。这首先表现在他因处世不深导致的认识方面的局限上。幼稚单纯、朴实纯真的觉振活佛，面对居心叵测之人的利用和欺骗时，毫无知觉且固执己见。达仁寺的老僧人达扎，是个羊肚子一般外表光滑干净，内里肮脏、臭不可闻的僧人。他从一开始接近觉振活佛就怀着不可告人的目的，企图利用活佛的信任大肆敛财。当身边人识破真相提醒觉振活佛时，活佛却坚决认为这只是误会。其次表现在因缺乏正确的理性认知而导致现实境况险象环生。作为摄政，觉振活佛因各种宗教法规不得不静修回避，深居简出，潜心修法，使得噶厦地方政府里那些另有居心的人有机可乘，雪域高原被弄得乌烟瘴气。

除觉振活佛外，作品中其他几个人物也塑造得十分成功。骁勇善战、爱憎分明的占堆，有着一颗炽热而又真诚的心。他爱央宗，得知央宗的成长中缺乏亲情和关爱时，他甘愿放低身段，什么都依着央宗的性子，去关怀她、保护她。当央宗受辱企图自尽时，又去挽救她、开导她。他的不离不弃最终感动了央宗，使她走出心理阴影，重拾生命的信心。他爱觉振活佛，从小一起长大的他们比亲兄弟都亲。当觉振活佛被坏人蒙蔽，两人的关系不断受到威胁时，他依然选择相信觉振活佛。甚至在深夜得知觉振活佛有危险时，马不停蹄地赶去施德林救人，明知道满大街都是持枪的藏军，依然奋不顾身，结果悲怆地死在藏军的乱枪之下。

两位女性主人公大、小央宗，有着同样的名字，也有着相似的悲剧命运。她们同为上层贵族家庭中的女儿，从小过着锦衣玉食、养尊处优的生活。小央宗更是在英国长大，接受西方先进的思想文化和知识教育，可是她缺乏家庭的温暖和父母的爱护，从小到大见父母的次数屈指可数，而强堆家族唯一的女儿大央宗，深得父母的宠爱却也因此遭到了哥哥们的嫉妒。当父母离世后，被哥哥欺负冷落，赶出了家门。相比亲情的缺失，她们现实生活的意外遭遇更加悲惨。邦色·晋美珠扎出事后，直接连累到了女儿小央宗。先是被丹噶·边巴多吉玷污，继而被当成囚犯，拴在马尾拖过八廓街，放逐到朗子厦监狱门口，任由风吹雨打，饥寒交迫，自生自灭。身体和精神饱受摧残的她，拒绝着外界的一切关怀，甚至拒绝恋人占堆对她的关心。在大央宗的照顾下，小央宗渐渐有了起色，开始进食并愿意出去走动，甚至对自己的以后有了规划，有了活下去的念头。而可怜的大央宗又开始遭遇人生不幸，天真烂漫的她想要得到高超的修炼术而被拉绒家的坏蛋堪布利用，导致精神失常。直到小说结尾大央宗的病情也没有起色，也许会愈合，也许一辈子都会疯疯癫癫。作品对于两位女性命运的安排无疑是沉重的。它让我们看到了藏族女性在社会巨变和家族斗争的漩涡中所遭受的种种摧残和不幸。

除几个正面人物外，小说还塑造了几个个性鲜明的反面人物。丹噶·旺钦扎巴只为夺回一个四乐庄园，一次次地陷害邦色·晋美珠扎，面对早已手无缚鸡之力的邦色·晋美珠扎，他竟残忍地剜眼、抽筋、剥皮，然后把皮制成鼓，让人不停地敲打。丹噶·旺钦扎巴作为噶厦地方政府的三大噶伦之一，诡计多端的他有着只手遮天的本领，从推选觉振活佛作为摄政进而试图通过对年轻活佛的控制掌控整个雪域高原，到阴谋失败后又计划让自己的孙子成为灵童，他对达扎、布达拉宫大管家绕杰巴桑、乃穷神汉等一些关键人物威逼利诱，甚至对为缓和西藏地方政府与中央政府的关系而入藏进行致祭册封的中央代表员的恶意刁难和阻止，都表现了他反动残忍的一面。老僧人达扎，是一个为争权夺财不惜一切手段的卑劣形象。他处心积虑地接近觉振活佛，百般讨好活佛，装弱小，装贫穷，装可怜，唯唯诺诺，寡廉鲜耻。觉振活佛把他当师父如亲人般对待，当所有人攻击他时，觉振活佛一次次出面化解；但他却利用活佛对他的信任，得到了代理摄政的位子，非但不谋其职反而利用权势大肆敛财，为自己修建豪华庄园，不惜害人性命，就是对觉振活佛，也发出了“杀，杀，给我统统的杀”的口令，其凶残狠毒可见一斑。

同为噶厦阵营里的邦色·达娃扎西，是一个滑稽可笑的人物形象。他四肢发达，膘肥体壮，头脑简单。作为西藏上层贵族邦色家族的嫡子，他的成长之路平坦无碍，无需像丹噶·旺钦扎巴、达扎这些经历过变故、贫穷，唯有算计才能让自己出人头地的阴谋者。凭借富裕的家族，他直接在噶厦地方政府获得了三品噶伦的官职。但游手好闲、不学无术的他，却在官场中闹了无数次的笑话。他无所追求，整日混迹于声色犬马中，赌博、女人是他的用武之地。达娃扎西的深刻内涵，在于他真实地代表了旧西藏贵族世袭制度寄养下的那个腐朽堕落的群体。

二、鲜明独特的民族生活气息。《风雪布达拉》不但刻画了个性鲜明的人物形象，也容纳了广阔丰富的西藏社会生活，细致描绘了各阶层人们的生活状况和风俗习惯。

首先，小说比较客观地展现了西藏宗教生活的大致状貌。千百年的发展，藏传佛教渗透到藏族社会生活的各个方面，弥漫在每个角落。这种情形在小说的各个层面都所有表现，而觉振活佛的言行举止对此表现得最为突出。觉振活佛对于宗教的信仰与热衷，不仅仅是顾于身份，止于事业，而是渗透于其生活的各个方面。他的目的是修得一个活佛应有的胸怀，为百姓造福。觉振活佛的宗教行为和心理意识，是西藏宗教文化对藏族人民深刻影响的集中体现。事实上，这种影响在下层百姓那里也是非常深广的。“在拉萨城里，布达拉宫木柱上掉下来一块漆，老百姓也会要求噶厦派一大批僧人去念经驱邪。万里无云的日子里，大昭寺的屋顶檐槽里淌出一滴水，拉萨人也会窃窃私语。寺庙里一只酥油灯被吹灭，也会被说成神在发怒。”这是对特定时代西藏宗教文化的真实写照。

其次，《风雪布达拉》在反映藏民族的生活状态、风俗习惯方面也非常出色，描绘了一幅幅色彩斑斓的具有民族特色的风俗画，使作品呈现出强烈的民族特色。小说主要描写的是西藏上层社会的风云斗争，但通过对西藏贵族阶层奢侈化的生活方式的描写，展现了西藏独特的生活风貌。“在拉萨，冬日贵族们最好的消遣方式就是举办邦岁，要实在是找不出什么名目，把东屋的东西搬到西屋，把楼上的东西帮到楼下，算是乔迁，庆祝一番。”小说开篇，就描绘了一幅关于拉萨贵族给小孩子举行邦岁仪式的画面，“整个庄园张灯结彩，散发着缕缕香气的青冈木炭，把待客的房间烧得温暖如春，仆人们进进出出，忙着准备待客的茶具，在描金彩绘的藏式小桌上摆放干肉奶渣、花生瓜子、糖果点心。”“盛装的姑娘端着系着洁白哈达、壶嘴处抹了一点酥油的黄铜酒壶，唱着歌，迎接客人：

大门外吉祥云，预兆宾客福气好，
大门内吉祥云，预兆主人快乐多。
快乐在左，福气在右，天长地久无衰落。”

这是作品开头描绘的一幅热闹、盛大的举办邦岁的场面。灵动、逼真的画面带给人视觉冲击的同时，也会让人浮想联翩，画面中唱歌的姑娘灵动地穿梭在描金彩绘的藏式小桌旁，把准备好的干肉、奶渣摆在精致瓷碟中，又三三两两结伴到门口，端着黄铜酒壶，迎接客人。小说还细致地描写了西藏上层社会的贵族们在生活方式上的讲究与排场，这同样充满民族特色。作品对丹噶·旺钦扎巴吃早餐的情景的描写，让人印象深刻。“油光可鉴的陶瓷装着香气四溢的酥油茶，放在烧有羊粪蛋的陶炉上煨着，描金刻画的木桌上摆放着非常精致的糌粑盒及几个漂亮的瓷碟，碟子里有切成薄片的酥油和奶渣、细白糖。”浓香四溢的酥油茶放在羊粪蛋上煨。毫无疑问，这些描写增强了作品的生活气息。

克珠群佩对藏民族语言的把握是相当细腻的，生活化的叙述语言饱含作者丰富的生活见地。如，当黎卡尔得知自己与丹噶·旺钦扎巴的想法不谋而合时，这样形容和理解他们的关系，像那层凝结的酥油茶“表面上看是凉的，里面却是热的”。看似举止分离的他们，其实有着相似的心思。文中还有很多形象、幽默的语言表达，比如“炒好的青稞再也不能种到田里”“我只能做门坎上的豌豆”“炒好的青稞，刚一出锅就砸锅”等等，“青稞”“豌豆”这些粮食是藏民族日常可以接触到的，可以看出作者通过细节刻画达到真实性的创作原则。还有一些充满哲学思辨的藏语表达，如“无智的人嘴利，无实的穗头高”“向着太阳吐口水，必得落在自己的脸上”“见地比天高，因果比粉细”等，这些都是富有民族语言特色的表达。

三、历史真实与艺术虚构的契合。《风雪布达拉》是以试图精确地把握历史真实的原则展开叙述的，重大的历史事件和斗争运动都被容纳到作品中，如十三世达赖喇嘛圆寂、热振呼图克图活佛出任摄政，以及在此期间西藏上层社会的内部斗争、西藏上层与中央政府、英国的紧张复杂关系等具体场景的描绘等，都比较精确地显现出了历史的眉目，从而将艺术性的虚构与历史的真实有机统一起来，充实了作品的史诗性内涵。

当然，小说并不是历史真实的自然摹本，而是浸染着作者的主观意识和是非善恶标准的艺术文本。《风雪布达拉》着重描写西藏上层社会的僧俗势力的斗争，但对于僧官的刻画，作者在描写他们各自缺陷和人性弱点时似乎持有着一个大的原则，即因为受佛教普度众生、慈悲为怀观念的影响，他们是化世导俗、避世清修的良好形象。很显然，这些人物的塑造，寄寓作者个人的主观情思。

《风雪布达拉》以崭新的主题思想、丰满的人物形象和富有民族特色的艺术表现，为西藏当代文学的长篇小说创作开拓了一条新的路径。但从整体来看，这部作品在艺术上还存在着某些缺陷。比如对复杂纷繁的故事情节的安排还不够清晰，多有枝节；叙述节奏急促，略显艰涩。

郭阿利（1959—），出生于西藏拉萨。主要作品有《走进草原的两种方式》《迟到的春天》《消失的流沙河》《雪山之上》《帕古村记事》《影子与独白》《帕廓街的诱惑》等。曾获第六届西藏新世纪文学奖。

从时间的维度来讲，郭阿利通过对往昔生活的回忆与追溯，试图以私人化的记述来还原关于西藏历史的时间之流，小说《消失的流沙河》《帕古村记事》即属于这类题材。从空间的意义来讲，伴随着西藏与世界联系的加速，在现代化转型过程中，工业文明与古老的西藏传统文化的交汇与冲突，特别是两者之间的裂缝，都是作者着力关注的焦点。从早期的《迟到的春天》，到近几年来的《走进草原的两种方式》《雪山之上》等，可以说都是对西藏走向现代化过程中出现的多种冲突的思考。

郭阿利对西藏的情感在“藏二代”中极具代表性。对于一名“藏二代”来说，西藏是他们成长和生活的故乡，他们也是西藏半个世纪以来发展变化的见证人。因此郭阿利笔下的西藏不是散发着异域情调的奇观写作，而是由日常生活组成的片段积累。《消失的流沙河》从小时候玩耍的一条不知名的小沙河谈起，回忆童年的一些趣事。作品以追忆散文的形式不仅缅怀了童年时期的玩乐场所和失去联系的藏族伙伴，也把对拉萨城的感情寄托于文中。这个城市是作者从小生活的城市，如同国内许多城市一样在不断变化发展中，城市中的人也在不断逝去的事物中激发起一种怀旧的情绪。这种情感在《消失的流沙河》中还比较单一，到了《帕古村记事》中，所怀有的情感则更为复杂一些。《帕古村记事》讲述的是二十多年前，一群从拉萨来的汉族年轻人到帕古村进行社会历史调查工作。在帕古村，他们经历了从城市到农村生活方式的改变，也体验了藏族的生活饮食方式，年轻人在调查过程中经历了火灾、住进杀人屋，以及当地人对革命往事的追忆，而且在这段时间中收获了爱情。二十年后，“我”追忆起这段往事时再次联系当年的人物时，胆小心细的女生辛茹已成为机关单位里平凡守日子的中年妇女，稳重的雷晓莉却因为情欲死去，爱讲评书吸引大家的扬子发迹成为大款，当年意气风发的何大年却一事无成，曾经爱过的当地藏族姑娘萨珍也已经老去。在帕古村结下情缘的“我”与李男如今也已经劳燕分飞。小说试图用一种零散的回忆来讲述西藏近二十年间的变化，试图用个人化的回忆来丰满西藏的“历史记忆”。小说开篇用这样一段话表明了作者希冀用个体回忆来填充历史的努力：“那是一个本该是白天却不是白天，本该是黑夜却不是黑夜的年代；一个纯情糊涂真诚单纯重感情又没有人性的年代；一个残酷牺牲了整整一代人的年代。然而那又是我记忆最为犹新的年代。直到今天，依然如此。”

开篇点明了记忆中“我”与“年代”之间的黏着关系。这段回忆属于私人化的，但同样也是属于这个时代的。尽管这是一个混乱不堪的年代，但对于“我”而言，它又是纯情糊涂、真诚单纯的年代。尤其是对于生长在西藏的人来讲，西藏过去的二十多年并不是如外界所猜想的那样处于停滞的、远离世俗的世外桃源，而是由鲜活的日常生活构建而成。这种写作打破了汉族作家对西藏写作的套路，即用一种浅层的形式主义，将西藏诗意化为“精神净土”“异域情调”。郭阿利的写作与此相反，是将西藏放置于历史与记忆的场景之中，从而赋予了西藏与生活在这里的人们更鲜活的形象刻画。但遗憾的是，在叙事过程中，过于零散的事件削弱了对人性的深入剖析。同时，作者在用一种中性的历史观以及零碎的日常化来还原历史与时代的过程中，不经意抽离了时空，使得小说变成了一篇“无主题变奏曲”，小说的深度与力度大打折扣。

郭阿利的另一类小说主要聚焦于西藏的现代性问题。在早期表现为新西藏与现代化建设，在后来的几部作品中，更关注古老的西藏生态文化与现代文明的冲突。《迟到的春天》是郭阿利早期作品，描述的是离开家乡多年的次旺仁增，下定决心回到曾经山穷水恶的小山村杜琼的故事。二十年前，次旺仁增忍受不了家乡的贫困，离开父母和相恋的爱人白珍，发誓要混出个模样来。但等他后来回到家乡才发现原来的小山沟发生了翻天覆地的变化，而父母双亲都已经故去，白珍也已经嫁人，女儿拉姆都已经长大成人。次旺仁增有家难寻，有情难托，而家乡的变化也让他羞恨难当，不知该何去何从。直到得知白珍的丈夫多年前已经去世，才下定决心留在杜琼村，以此来弥补自己多年来失去的感情。次旺仁增因贫困离乡又返乡的过程，映射的正是西藏现代化的过程，展现的是生活在西藏的人们，在面对世界的新变化时的艰难蜕变与思想困惑。小说对次旺仁增境遇的描述，也透露出作者在面对这种变化时思想的游移不定：是该歌颂现代化所带来的生活新面貌，还是因为它带来诸多负面因素而对其持怀疑态度？

从《走进草原的两种方式》开始，郭阿利的小说似乎明确了对现代性的态度，侧重于揭示西藏的原生态与现代文明之间的冲突与对立。小说讲述北京青年李辉为了逃避城市的喧嚣，决定去西藏的牧区生活，并且克服重重困难与诱惑，最终走进了藏北桑吉尔草原的经历。和其他观光客或者旅游者不同，李辉不仅在桑吉尔草原生活了下来，而且学会了如何放牧，并赢得了藏族女子平措卓玛的爱情，但最终为了救一只小羊羔而坠下悬崖。另一条线索是平措卓玛与她的五个藏族丈夫的生活。老大在家当家作主，老二出家成为僧人，老三是平措卓玛最喜欢的丈夫，老四老五虽然年龄尚小，但也已经陆续成为平措卓玛的丈夫。其中的老三，也就是文中的“三阿爸”是草原牧民的新式代表人物。他不安心于在草原放牧，总是去拉萨做点小生意，成为草原人眼中游手好闲的人。但另一方面，他会做家务，体贴女人，每次回家总会带来一些稀罕的小玩意，而且烧的一手好菜，就连对三阿爸不满的大阿爸每次在三阿爸做好饭时都会放下板着的面孔。正是三阿爸在回草原的路上遇到了要进入草原的汉族人李辉，并将他带到自己的家中。

小说对藏北草原的风物与人情进行了细致的描绘，尤其是对原始生态景观进行了讴歌，这延续了作者对生态问题的关注。在另一部小说《雪山之上》中，作品采用两重视角，讲述了拍摄野牦牛的摄影师与野牦牛之间的对峙过程，以此表达鲜明的生态主题。一重视角是从动物的视角展示野牦牛群面对摄影师的跟踪躲闪、进攻与逃避；另一个角度则从人的角度来描述摄影师为了得到野牦牛的照片，不惜误入雪山深处的过程。作为自然存在物象征的雪山与野牦牛，被人类的侵扰打破了平衡，从而不可避免地走向不可预知的深渊。如果说《雪山之上》还只是对自然与人的欲望对立关系的一种隐喻性的描述；那么，《走进草原的两种方式》则借用李辉对草原的所见，对现代化进行了批判。“爹认为现代化是极其残酷的，它抹杀了人类的天性，把人变成了毫无感情的电器，人们除了整天在那按按电钮，哪里还有对自然，对美的追求呢。”“在爹眼里，凡是接触现代科学的人就必定缺少人本身所固有的真挚、纯情、善良与自然美好情感的东西存在，而这种人身上多半已经被没有血与肉的东西所代替了，也就是人们常说的现代化的世界。”李辉对于现代文明的逃离与最终回归自然，代表了现代人面对工业文明的焦虑。诚然，工业文明带来物质富裕的同时，也带来了人的欲望的无限膨胀。由此，对和谐生态的向往自然会成为作家反思现代工业文明的出发点。

第九节　次仁央吉、尼玛潘多

次仁央吉（1963—），女，出生于西藏日喀则。1976 年开始上小学，半年后辍学，当过一段时间的养路工人。1982 年考入西藏师范学院（现西藏大学前身），开始尝试文学写作。1987 年毕业，先后在日喀则地区拉孜县中学、拉萨中学任教。著有小说集《山峰云朵》（藏文）、散文集《月光下的遐想》（藏文）、长篇小说《花与梦》（藏文）。曾获第九届全国少数民族文学创作骏马奖。

次仁央吉的小说在题材选择上与她自己的人生经历和女性身份有着密切的联系。她的第一篇小说《山岩上的小草》，描写、反映的是养路工人的生活，这和她自己曾经做过养路工人的经历密切相关。小说《缘分》中，次仁央吉借用达珍这一人物形象表达了自己的心声。小说所表现的主题既是主人公达珍的心声，也是作者自己的心声。作品借助主人公达珍，揭示基层教师单平的人生境遇，表达了对西藏基层教师生活的关切。《山上的云朵》关注的也是教师的生活状况和人生境况。这同样与她从事的职业相关。次仁央吉的小说还特别关注妇女和儿童，这与她作为女性的身份关系密切。她在《心声》中说："我周围那些熟悉的妇女和儿童的生活和命运，往往引起我深刻的思考。"小说《山岩上的小草》中的白央，《缘分》中的达珍，《山峰云朵》中的色珍和巴桑普尺，《褪色的青苗》中的朗杰，以及《秋天的黄叶》里的白央，主人公都是妇女和儿童，这也是她小说题材非常显著的一个特点。在长期创作过程中，她对妇女儿童命运的思考逐步深化。对妇女命运的关注，对儿童成长的关心，对他们不幸遭遇的同情，是她小说创作的一个显在话题。

《山峰云朵》是次仁央吉的代表作之一，小说在选材上依然选择的是与作者社会工作经历有直接关系的现象和内容，但艺术视野更为开阔，表达的主题也更为宏大、深刻。小说反映20世纪60年代前后西藏农村的社会面貌，着重表现基层教育情况，讲述中学毕业的巴桑普尺老师来到普奴村，在一个贫困落后的地方点燃起知识的火炬，精心培育色珍、多吉等许多学生的故事。作者用深情的笔触描写了巴桑普尺老师和色珍之间深厚的师生之情，使作品具有别具一格的温情和人性之美。从巴桑普尺身上可以看出，在特定的时代环境中，基层教师的生活状况和令人叹息的命运。作品采用多种手法来塑造人物形象，使人物形象丰满生动。另外，作者用第一人称"我"的所见所闻来讲述故事，除增加作品的真实性外，还很好地掌控了故事情节的推进。除此之外，小说中伏笔和插叙的运用在推动情节发展的同时，也增强了表达效果。

2016年，次仁央吉出版长篇小说《花与梦》，这是西藏第一部女性作家创作的藏文长篇小说，小说一面世就引起了广泛的关注。《花与梦》是次仁央吉用七年的时间构思创作的作品。作者本着从现实出发，向生活要素材，并将自己丰富的人生阅历和创作经验注入其中的创作原则，使这部作品的思想意蕴与艺术表现都达到了较高的水准。其中最值得一提的是，小说对普通女性尤其是社会底层女性精神成长的关注与思考。

《花与梦》讲述了四个进城务工的农村女孩的人生故事，细腻、生动地描写了她们从心怀梦想到痛苦挣扎，从人生溃败到幡然醒悟的命运沉浮。小说如同一面镜子，形象生动地反映了几个女性的心路历程和精神磨砺，表达了作者对社会底层女性群体命运的深刻思考与人文关怀。

20世纪90年代以来，随着社会主义市场经济的进一步深化，中国社会各行各业飞速发展，交通与通讯的便利拉近了城乡的距离，更多的来自乡村的人走进了城市，近距离感受城市的现代与繁华。但城市光鲜亮丽的景观与丰裕的物质背后存在着更多的竞争与压力，有更加异化的心灵与冷漠的人际。在这里，商业主义的利益追逐，让传统的价值伦理观念面临更多考验。没有根基和实力的农民工要想在城市里梦想成真，就需要付出百倍的努力，经历更多的挫折。《花与梦》就是在这样的社会背景中展开故事叙述和演绎不同人物的命运的。

作者将人物放置在城市这样一个沉重、压抑、暗色调的文化语境下，进而展开对她们性格心理、思想情感的书写。四个女性在经历辛苦、清贫的打工生活后，面对衣食住行的生存压力、华服美食的物质诱惑，最终放弃了道德伦理的底线，曾经的质朴品行和传统伦理价值在商业主义的物质欲求面前全然退出。次仁央吉是一位认真写作的作家，她的写作不回避现实的矛盾，没有做作和夸饰，敢于直面现实，积极思考。《花与梦》中年青女性走过最初的善良单纯，经历了痛苦绝望、贪婪堕落，最终在良心的谴责和身体的病痛中幡然醒悟，作者正是在这样的书写过程中完成了她们精神成长的画像。

女性如何才能获得自己的幸福，如何才能在精神上成人，这是次仁央吉在《花与梦》中思考的问题。在小说中，作者也试着做出了自己的回答。在表达对不幸者的深切同情的同时，作者也批判了物欲贪婪对女性心理精神的腐蚀，肯定了正直、勤劳的品格，提醒现代女性唯有自立、自强、自尊才是幸福的正途。小说结尾部分，已经出家的普赤扬起手中的扫把认认真真地打扫着庭院，扫把扫过处，地面干干净净，这暗示着主人公在经历人生的痛苦挣扎后对纯净生活的追求。

除了小说外，次仁央吉还创作了大量散文。她的散文在西藏当代散文创作领域也有着一定的影响。散文集《人在旅途》出版后，引起了强烈的反响。该散文集分为“回忆是美好的”“人在旅途”“文学赋予的荣誉”“骨肉情”四个单元。总体上看，她的散文倾向于选用反映妇女及青少年生活的题材，表现她对这类群体的人文关怀。

“回忆是美好的”这一单元由《被抛弃的小鸟》《有觉悟的母亲》《记忆力的高考》等五篇构成。作品以回忆的形式叙述了作者童年的人生经历和对外界诸多事物的理解。质朴的文字、孩童般天真的视角，令读者不禁回想起自己年少时的经历，并为之感动。“人在旅途”单元由两篇游记构成，其中的《五台山之行》是一篇独特的游记。文章记叙了作者与朋友在五台山之行中遇到了形形色色的人和事，许多细节令人啼笑皆非。作品中所记叙的那个为作者和朋友当导游的小和尚的故事，读起来引人入胜，回味无穷。另一篇《女人中的女人》记叙的是作者的海南岛之行，但作品的叙述没有停留在对热带风景的描写上，而是以一个独特的角度描写了人们观看人妖表演的情景，以充满同情和思虑的角度表达了自己对人妖这种特殊“人类”的理解，并为他们生活的艰辛和短命的结局感到惋惜。“文学赋予的荣誉”由《一次奇妙之旅》和《温暖的冬季》两篇构成，分别记述第九次少数民族文学奖“骏马奖”领奖之旅和参加第八次文代会、作代会的历程，表现的是作者对这两次十分重要的、与文学有关的大型活动的所见所闻及感想，充分表达了作者对文学的热爱和感激，以及文学创作给自己人生带来的充实、担当、满足和荣誉。“骨肉情”单元以《收音机与我》《人到中年》《母女情》三篇构成。该单元集中体现了作者的人生观和价值观，表达了人到中年的荣耀和艰辛。这些作品讲述了作者虽然需要承担为儿女、为人师、为人母、为人妻的责任和义务，但是始终未曾放弃自己所喜爱的阅读和文学创作的艰辛和乐趣；同时体现了作者对父母、对学生、对子女、对丈夫的甘于奉献的无私精神，以及执着坚韧地追求自己事业的性格特征。

尼玛潘多 (1971—)，女，出生于西藏日喀则。1992 年毕业于西藏民族学院语文系，先后从事过编辑、记者等工作，现供职于西藏日报社。1992 年开始发表文学作品，代表作品有短篇小说《羊倌玛尔琼》《琼珠的心事》和中篇小说《城市的门》，出版长篇小说《紫青稞》。《紫青稞》是尼玛潘多最具影响的一部作品，也是当下反映西藏农村现代化进程的一部现实主义力作。

《紫青稞》以宏大的时代转变为背景，在社会现代化的进程中去描述藏民族前行过程中艰苦的蜕变，以一种理性精神对民族传统文化心理进行新的审视。“紫青稞”在作品中具有强烈的象征色彩，代表的是一种苦难、一种坚忍、一种生命的顽强。“普村是嘎东县各自然村中，离县城最远的村庄，这里恶劣的自然条件，使紫青稞这种极具生命力的植物，成为这里的主要农作物。”这里的自然条件是如此的恶劣，然而这里却洋溢着最热烈的生命力：“只要男人的扎年琴弹起来，女人的歌声就会和起来，连足尖也会舞蹈起来。无论日子多么窘迫，他们的歌声从来没有断过，他们的舞步也从没停过。”正是在这样一种民族精神的哺育下，普村的男男女女从来都以达观的态度对待生活，洋溢着一种原始的生命张力，即使是洪水冲毁了家园，他们也会很快从困苦的阴影中走出，放声歌唱。民族传统精神中的粗犷豪放，使藏族人能够达观地对待生命中的苦与乐。所以两个阿妈曲宗在面对生活苦难时，都能够以坚韧的态度，乐观地去对待生命过程中的一切。与此同时，人性向善的力量，也使作品中人物的灵魂最终获得升华，如格桑的母亲，因为想与大叔结合和贪图大叔的家产，起初对达吉怀着嫉恨的心理，但人性中向善的力量使她认识到自己的卑劣，从而最终改变了对待大叔一家的态度。

但是，这里仍然有许多阴霾，在贫瘠的普村，传统的等级制度还根深蒂固地存在着。铁匠，因为制造各种器械，而这些器械被广泛地用于杀生和战争，从佛教的观点来看，杀生和屠戮是罪恶和肮脏的，所以铁匠在旧时被认为是黑骨头，是罪孽最深的人。旧西藏通行了几百年的《十三法典》《十六法典》，明文规定铁匠属于下等人，其命价为一根草绳。铁匠的子女也被认为血液不干净，因此世代被人瞧不起。罗布旦增爱上了铁匠的女儿措姆，阿妈曲宗坚决不答应，“阿妈曲宗一家日子过得紧了点，可在村里算得上是有‘身份’的人，是能和其他村民共用一个酒碗喝酒的人；而铁匠扎西这几年靠手艺挣了一些钱，家境不错，可毕竟出身低贱，村里没人跟他们共用一个酒碗喝酒，这是明眼人有目共睹的事情。”尽管扎西每年都把从牧区带来的酥油、奶渣、牛羊肉，分一些给日子过得紧张的家庭，但这些人在吃着送来的牛羊肉时，言语中仍然少不了对铁匠的歧视。而铁匠扎西也自觉自家低人一等，尽管凭着头脑灵活，挣了一些钱，但在盖房时，也不肯跟高贵的强苏家盖的一模一样，扎西说：“我们铁匠毕竟比别人家低一等，这房子与住户也有个配与不配的问题，不能攀比。”罗布旦增与措姆相爱，但就是这种根深蒂固的等级观念，使阿妈曲宗不能接受铁匠的女儿。罗布旦增为了爱情，走出了家庭，来到措姆家入赘，也正是因为作为家庭希望的罗布旦增的出走，阿妈曲宗家由此渐趋破败。达吉爱着铁匠的儿子旺久，也只好把这情愫潜埋于心底。同时，桑吉爱着出身高贵的多吉，也因为哥哥的婚事，心里埋下了阴影，“如果不是大哥突然住进铁匠家，执意要做铁匠的女婿，强苏家没有理由拒绝他们的婚事；但现在可以了，一个高贵家族怎能接受和铁匠家沾亲带故的媳妇。”阿妈曲宗家儿女的悲剧情感由此拉开。作品对这种传统血亲观念和等级制度进行了无言的控诉。

随着时代的发展，这样一种传统的等级制度和血统观念，也逐渐在现代文明与现世物质的冲击下开始动摇，旺久凭着自己的精明能干在生意场上如鱼得水，得到了人们的尊敬，出身与血统不再成为一道屏障。作品写普拉“亲眼看见旺久身边的人是如何巴结旺久的，假如旺久喝酒，那些人一定会争着和他共用一个酒杯……”旺久的精明能干，豁达大度，也使达吉有了坚固的依靠。虽然与普拉结婚，但旺久却一直驻留在达吉的心中；而普拉，好高骛远、狭隘猜疑，最终失去了达吉。固守传统观念的阿叔也因为旺久的能干热情而对旺久十分感恩，连小妹妹边吉也对旺久充满敬意。而与旺久相对的是多吉，虽然血统高贵，但他却好逸恶劳、品性龌龊、风流成性，辜负了深爱他的桑吉，到最后人人厌恶唾弃他，还被抓进了公安局。可以看出，在社会转型期，传统的门第观念已经受到了很大的冲击，年轻一代已经逐渐走出历史的禁锢，在情感的世界里开始向自由的天空翱翔。

此外，作品还通过城乡对比，通过森格村与普村的对比，来揭示社会转型过程中的城乡差别。普村的人羡慕住在城边的森格村人，森格村人天然地对贫苦的普村人有种优越感，但森格村人却对县城怀着一种敬畏的心理。“达吉也一样，喜欢看县城里的花花绿绿，喜欢县城繁华的样子，她和别人不同的是，她还喜欢县城的名分，生活在县城附近，她觉得自己也变得高贵起来。”对城市的向往与追求，实质上是对现代文明的追求。然而，强大的城乡差别，使得乡村儿女倍感压抑。桑吉到了城里，感受到的不是城市的温暖而是城市的冷漠，“城市再大，也没有一处墙根会让你歇息；城市再富，也没有一碗清茶供你解渴；城市再美，也没有一样美丽为你存在。桑吉真真切切地感受到了农村与城市的不同。”城市，在农村人面前，是一种冷漠的存在。强烈的城乡差异，反映了社会转型期西藏的真实面貌，在社会发展中，这样一种城乡差异及其给农村人带来的精神压抑，让人倍感痛苦和无能为力。

尼玛潘多看到了现代文明对西藏乡村社会的冲击，感受到了传统习俗对世俗人生的禁锢，并由此反思民族传统文化的弊端，写出了社会嬗变过程中必然带来的精神情感的变化，并因为对普村、森格村、嘎东县城及拉萨生活的描写，呈现了从农村到城市的广阔的世俗生活画卷。对民族发展过程中社会面貌和民众心理的真切描写，使尼玛潘多的创作带有极强的现实性，她写出了一个民族在时代转型期所面临的生机和精神上的困惑。

尼玛潘多拒绝对西藏神秘化的表现，她说："我只是想讲一个故事，一个普通藏族人家的故事，一个和其他地方一样面临生活、生存问题的故事。在很多媒介中，西藏已经符号化了，或是神秘的，或是艰险的。我想做的就是剥去西藏的神秘与玄奥的外衣，以普通藏族人的真实生活展现跨越民族界限的、人类共通的真实情感。"[1]小说以女性特有的细腻、敏感，描绘了转型期西藏社会的世俗生活，通过女性真实的生命体验，展示了西藏农村女性的生活面貌，传递着藏民族女性在时代巨变中独特的生命意识、生存状态、价值取向，以及她们不得不进行的精神抉择。

达吉是作品中最有生命活力的女性，她性格坚韧、冷静，勇敢无畏而执着地追求新的生活。贫穷的普村与达吉是那样的格格不入，"达吉的美和这个荒凉的村庄，特别是和她家破旧的房子极不协调。鹅蛋形的脸，细长的眼睛，上挑的眉毛，白净的肤色，处处透着一股媚气。即使打着补丁的黑氆氇藏袍，也压不住她的冷艳和孤傲，像个没落贵族家庭的小姐，达吉的美让普村的男人忘而止步。"在这个贫穷闭塞的村庄，达吉感受到的是死一般的窒息，"破落得感受不到一丝希望的家，让达吉厌烦。整天吃糌粑喝清茶，她不觉得日子有多苦，最苦的是，没有一双不露脚趾头的鞋子，

[1] 刘峥:《尼玛潘多:〈紫青稞〉是一种精神》,《西藏商报》,2010年3月15日。

没有一件不打补丁的衣裳，连多洗几次内衣，也要被阿妈责怪浪费了皂粉。人与人之间，怎么这么不一样呀。去城里打过工的达吉，常被这个问题困惑。每当这时，她就会想起穿拖地藏袍，脚蹬皮鞋的城里女人。”对新生活的向往，使达吉义无反顾地跟随叔叔来到挨着县城的森格村。离开普村，离开阿妈曲宗，达吉没有半点忧伤，走时连个眷恋的眼神都不曾有过，她一心想去拥抱新的生活。成为阿叔的领养女儿，达吉经过了各种敌意的考验，首先是阿叔已死妻子的姐姐，她想霸占阿叔的家产，要把女儿过继给阿叔；另外，还有阿叔的邻居，一对母女，打着心思想将两家合成一家，达吉的到来，打破了她们的如意算盘，达吉成为她们的假想敌。靠着自己的灵敏、机智、朴实耐劳，达吉赢得了阿叔的信任，开始了自己对新生活的向往，在森格村如鱼得水，并被县妇联主席赏识，带领贫困妇女组成互助组，制作奶渣和酥油。虽然创业最终失败了，但达吉却在生活中磨炼了自己。

在爱情的取舍上，达吉也完全听从自己的内心，不像姐姐桑吉那样逆来顺受。达吉得到了其他女人想尽手段都想要的男人普拉，但当与成功的旺久相遇时，久已埋藏在心底的爱再次潜流。这让普拉很不满，两人之间发生隔阂；再加上普拉拿阿叔留给达吉的胸饰作抵押贷款的事，使得两人之间存在太多的不信任。虽然结婚了，但因为旺久的存在，普拉的猜疑使得夫妻之间危机重重，最终，普拉出走了。经过短暂的伤痛后，达吉在旺久的帮助下，在嘎东县开了一家最大的批发商店。“坐在柜台后的达吉精心装扮了一番，俨然一副女商人的模样，也许因为内心激荡着创业的热情，整个人变得神采飞扬。”由此，达吉又开始了一个新的飞跃，展现在她面前的是明媚的广阔天地，不仅有美好的爱情而且还有蒸蒸日上的事业。在达吉身上更多地寄托了作者的理想，她的成长蜕变，在小说中得到了具体细致的呈现。达吉经过了现代文明的洗礼，从农村走向城市，越来越成熟老练，她身上的故事颇能折射出现代女性在追求自我实现的过程中的艰难蜕变。她对自身境遇有清醒的认识，敢去追求自己想要的生活，是一个能够主宰自己命运的人，也是一个在社会转型期能够紧跟时代发展脚步的坚韧的女性。达吉的成长过程反映了西藏社会转型期，藏族女性对自我命运的把握与女性意识不断深化的过程。

相对达吉而言，桑吉是一个传统的女性，桑吉的世界是一个广袤空旷的世界，同时也是一个粗粝的世界，柔弱的心灵不断地受到伤害。在她身上，更多地体现了女性隐忍的一面，这种忍耐是一种宽阔无边的忍耐，夹杂着苦涩和一丝丝难以忘怀的美丽，在永恒的困境之中显得那样忧伤和无助。与达吉的果断不同，桑吉温婉传统，她爱上了出身高贵的强苏家的小儿子多吉，但这种爱给她带来的更多的是一种悲凉，仅仅因为朦胧的好感和青春期对爱情的向往，便将自己的全部身心都给了这个不能承担责任的男人，然而这个男人给她的却只是伤痛。在一次并不愉快的交欢之后，桑吉有了身孕，此时多吉却流落在城市，过着荒唐堕落的生活，完全忘记了桑吉。她是母亲的最爱也是母亲的依靠，却不得不抛下母亲来到城里寻找多吉。忍受着苦楚与屈辱，经历了千般痛苦，甚至为了生存，还去乞讨，在一次次的隐忍中，销蚀了昔日对多吉的刻骨之爱。在喧嚣的都市，桑吉痛切地感到："城市再大，也没有一处墙根会让你歇息；城市再富，也没有一碗清茶供你解渴；城市再美，也没有一样美丽为你存在……"桑吉就流落在这样陌生的城市中，柔弱的心灵承受了太多的苦难。所幸，她遇到了善良的老阿妈，收留了她，在她最需要帮助的时候给予她关怀，最终还促成了她与强巴的结合。在桑吉的性格中，更多的是一种隐忍与传统。她有着传统的美德，温婉、善良、娴顺，与妹妹达吉不同，她保守着乡村的传统习惯，"城市对桑吉没有太多的诱惑，因此她对城市的态度也有些散漫，不像有些已步入城市的农村人，恨不得一天去掉身上任何农村的影子。她仍然是粗辫子上缠着大红大绿的扎秀（头绳），邻居的女人叫她不要缠那种大红大绿的扎秀，让人一眼就看出是农村人，她始终是笑笑却不取下来，她坚守着普村人的审美标准，不愿也不敢跨入城里人的行列。"她对命运与爱情的选择，也不像达吉一样具有自主性，她是被环境推着一步步地朝前，苦难与痛苦一直伴随着她前行的道路。虽然作品安排桑吉最后与强巴生活在了一起，但依然很难获知桑吉是否会有个美好的未来。

小妹边吉在母亲和姐姐桑吉的爱抚下，在普村度过了自己贫穷但无忧无虑的少年时代，在一场大洪水后，房屋被冲走，阿妈死去，边吉被有主见的姐姐达吉接到森格村，为了不被叔叔当成吃闲饭的，她被姐姐安排到路边的茶馆，给姐姐照料生意。然而，作为一个贪玩的十五六岁的小姑娘，一群爱慕虚荣的小姐妹们潜移默化的影响与边吉内心的空虚一碰撞，就有了一种难以置信的变化，边吉希望过一种没有拘束的生活。虽然笨拙，但她性格倔强，在达吉与普拉结合后，她对普拉特别反感，终于，在极度的压抑之后，边吉搬起了石头，砸向普拉汽车的挡风玻璃，然后义无反顾地离家出走了。在三姐妹中，作者对边吉的刻画较为薄弱，边吉的性格不是很鲜明，对边吉最终结局的处理也显得仓促而简单。但从边吉这一人物身上，可以看到在社会转型的进程中，藏族女性在物质与精神的双重考验中，灵魂的焦灼与困惑。边吉的出走让人为之忧虑，太多的不安定因素笼罩着这个年轻姑娘的前途命运。

尼玛潘多以细致的笔触描写了时代变化中三个女性命运的悲欢，融注了她对女性生存、民族困境的思考。她的写作没有局限在女性狭小的个人情感的天地，而是将女性的命运与民族发展的特定背景联系在一起，从而具有较为深广的历史内涵。可以看出，尼玛潘多是一位善于思考的、视野开阔的、有着历史责任感和民族使命感的作家。她的《紫青稞》关注民族生存的现实，反映藏族女性在现代化进程中所经历的时代风雨，展现了传统文化对藏族女性生存的规约，写出了在历史嬗变过程中藏族女性的生存状态及女性主体意识日益增强的过程。小说文笔朴实，有着浓厚的乡土气息，作者潜在的忧思以及文本中女性命运的多劫，使作品弥漫着哀愁，然而又潜隐着一种内在坚韧。

第十节　次仁郎公、普布次仁

次仁郎公（1965—），出生于西藏那曲巴青县。毕业于西藏大学藏语言文学系，曾在西藏阿里地区中学任教，后在那曲地委组织部、聂荣县委、比如县人民政府、那曲地委等单位工作。著有小说集《次仁郎公短篇小说集》（藏文）。曾获第七届西藏新世纪文学奖、西藏珠穆朗玛文学艺术基金奖、全国优秀藏文图书奖。

从题材内容来看，次仁郎公的小说创作大致可以分为两个阶段：一是《青春的瀑布》等小说通过讲述年轻牧民向往和追求城市生活的故事，表达了年轻人对新文化、城市文明的渴望；二是《草原悲曲》等小说，通过对传统文化的反思和对新旧文化的对比剖析，力图寻找和发掘传统文化中能够促进当代社会进步的优秀因素。小说主题既有继承传统文化的自觉，也有突破僵化的内心呼喊。

总体来看，次仁郎公的小说有以下主要特点：一是小说中描写的情景、叙述的故事、塑造的人物都来自西藏牧区，特别是那曲牧区，有着浓郁的藏北牧区特色。二是大部分小说的背景放在民主改革、“文化大革命”、改革开放等时段，展示了新旧文化碰撞交汇中的藏北牧民的生存现状和心路历程，以形象的文学语言讲述了藏北牧区从封闭走向开放，从传统走向现代的曲折过程。三是小说塑造的人物形象主要为年轻牧女，通过描写她们的爱情和生活，折射出藏北牧区的时代变迁。如他塑造的鲁姆措、次仁曲珍等人物，已成为当代藏族文学画廊中亮丽的牧女形象。四是次仁郎公的小说语言，既不用艰涩的古语，也避免小地方的方言；既捍卫了藏文的统一规范，又使小说语言通俗易懂。

普布次仁（1968—），出生于西藏日喀则亚东县。1989 年毕业于中央民族学院民族语言文学系，后被分配到阿里工作。1993 年，调至日喀则江孜县江孜镇工作，后调至日喀则地区编译局工作。著有小说、散文集《姑娘和草原的故事》（藏文）、小说集《乡村往事》（藏文），创作藏文长篇小说《年轮》《飘落的石子带》《天边的云雾》《后山的风》等。《疯子多吉》《央宗的命运》和《乡村往事》等中短篇小说，是普布次仁众多中短篇小说中的代表作。

《疯子多吉》主要刻画了多吉这一性格复杂、命运可悲的人物形象，表现了社会环境对人的思想意识和性格的影响。小说以尖锐的笔触触及当下官场，大胆揭露了社会腐败的现实。作品通过多吉从一个老实本分、勤奋能干的工人，逐渐蜕变为一个趋炎附势、唯利是图的反面典型的人生经历，对人的道德和良知进行了严峻的拷问，从而蕴含了极其深刻的现实意义。同时，小说对物欲横流、互相攀比、道德沦丧的不良社会风气进行了直接的揭露和批判。作品在人物塑造上也颇为讲究，让人物在不断的情节发展中获得性格上的转变和心理意识上的蜕变，从而较为细致地展现了多吉从小到大，从一个农民儿子到一个国家干部的成长过程，以及在经历了各种纷繁杂乱世事之后，从一个老实巴交的人，变成一个为了自己的“前途和目的”而不择手段的人的过程。作品最后为多吉安排了一个令人痛心的结局：由于没能实现自己的所谓的“理想”，多吉借酒消愁，破罐子破摔，渐渐变成一个精神不正常的人，最终在一个新年的早晨，醉酒倒在雪地里冻死。这一悲惨的结局，同样具有鲜明的批判意味和警示意义。在艺术表现上，《多吉疯子》也颇见作者的用心。作品运用倒叙的手法，制造悬念，牵动读者的阅读欲念。小说首先描述了主人公多吉酒后发疯冻死河边的悲惨结果，使得小说产生了紧张气氛。从第二节开始讲述主人公多吉逐步陷入腐败泥潭的过程。起初，多吉是个机智、勤劳、强壮、能干的年轻人，因此，他被聘为国家公职人员。他从马夫干起，做过厨师、电工等这些较为劳累的工作。由于多吉认真负责、勤劳和气，使大家对他极有好感，他在人们中间也有着极好的口碑。但在不良社会风气影响下，人们开始为了个人利益对领导阿谀奉承，极力巴结，一切靠关系办事。曾被妻子和女儿百般尊重爱戴的多吉因不能讨好领导，变成一事无成的“废物”。在妻子的逼迫和劝导下，多吉参加了多布杰局长女儿的生日宴会，他的穿着和所带的礼品，乃至进献的哈达，都与其他客人形成了鲜明的对比，这让他感到有些无地自容。后来在妻子的劝导下，他逐步与局长套近乎，渐渐靠近局长、变成局长身边的红人。从“胶水多吉”到“狗腿子多吉”等绰号的变化，也可以看出他从一个勤劳朴实的工人，逐渐“成长”为一个溜须拍马、寡廉鲜耻、贪图利益的“小人”的过程。电工多吉在成为办公室副主任之后，为了尽快升为主任，他和妻子又实施了更多的计划，甚至使他的妻子成为了多布杰局长的情人。岂料，多布杰局长因贪污受贿落入法网，失去靠山的多吉转而开始承包工程当上老板。他为了包揽工程，故技重施，送礼请客忙于应酬，千方百计地收钱敛财。最终，生活奢靡的多吉妻离子散，负债累累变得一无所有，最终发疯而死。小说通过这些曲折多变的情节，不但塑造了一个因不满足清贫安定生活而最终自取灭亡的人物形象，还揭示了改变人物性格和心理意识的不良社会风气，同时也严峻地批判了人性中贪婪卑劣的缺陷。

《央宗的命运》以第一人称“我”作为叙事者，讲述了央宗的人生故事。故事从“我”与央宗的结识开始写起（起初央宗谎称自己叫卓玛，后因发生车祸后得到“我”的帮助后才说出实情），让央宗以亲历者的口吻，讲述了她与白珍的不幸遭遇。央宗和白珍等几个伙伴，在校屡屡违反校纪校规，不听劝导，最后逃学跑到大城市。在挥霍完从家偷来的2000元钱，和仅剩的一枚金戒指被其他伙伴骗走之后，走投无路的央宗和白珍不得不到酒吧打工，却被老板逼迫去卖淫。不幸的是白珍染病自杀，结束了自己短暂的生命。幸运的央宗被父亲带回了家，她吸取了教训，悬崖勒马，选择了正确的人生道路。作者对央宗和白珍的命运给予了深切的同情和关注，并流露出“恨其不争，怜其不幸”的复杂心理。小说既以现实主义的笔法揭示、批判了不良的社会现象，同时也提出了关注青年一代健康成长的重大社会问题。

《乡村往事》着力塑造了松觉这样一位勤劳善良，却有着不幸遭遇的农牧区妇女形象，提出了如何提高农牧区妇女社会地位，维护她们个人权益的社会问题。松觉是一个善良、慈祥、勤劳、贤惠、孝顺的农村妇女。在她十五岁时被父亲逼婚，嫁给一个智障的富家子弟，她闻讯逃至朋友家里躲过一劫。在她十七岁时，母亲以朝佛为由，把她送至吉庄村嫁给了边巴。小说对母亲送松觉的行程进行细致描述，为她决定嫁给边巴埋下了伏笔，也为松觉悲剧命运的发展埋下了伏笔。松觉明理懂事，清楚母亲千里迢迢送行是为了女儿了解婆家，是为女儿的幸福着想。她也发现婆婆善良可亲，边巴本分能干，决定听从长辈的安排。婆婆生病住院，松觉悉心照料，最终婆婆离开人世，丈夫也因为商业纠纷被人暗算，失去了生命，只留下两个孩子和松觉相依为命。丈夫的姐姐却趁机夺去了松觉所有的财产，并肆无忌惮地谩骂和侮辱松觉。万般无奈的松觉选择了自杀，却被丈夫的挚友巴平及时发现，获得救助。巴平时常帮助松觉，因此他们互相产生了爱慕之情，巴平希望自己和弟弟同娶松觉为妻，遭到松觉的坚决反对。松觉嫁给了巴平，但巴平经常酗酒，而且在外面有了新欢。松觉选择了离婚，尽管松觉依法拿回了自己的财产，但无依无靠的她面对未来时却显得茫然而无望。小说把关注焦点集中在农村妇女的现实命运上，揭示了在传统文化观念和习俗的影响下，乡村妇女社会、家庭地位低下的严峻现实，批判了男女不平等的社会现象，呼吁人们关注、同情妇女，为妇女创造属于她们的新生活。

《因果》是一篇关注家庭教育问题的作品。小说叙述了罗布一天的学习生活，急忙完成作业，吃方便面，上课打瞌睡，放学上网吧等生活片段，同时展现了母亲乔吉沉迷赌博，不管不顾孩子的日常生活和学习，而考试临近时，乔吉只会求神拜佛，最终儿子名落孙山，使乔吉悔恨不已。作者抓住生活细节，以小见大，对城镇子女教育问题进行了深刻的批判和揭露，呼吁父母负起责任，爱护和重视子女教育，具有重要的现实意义。

长篇小说《年轮》是普布次仁在小说创作上的新的尝试，是一部颇具特色的历史题材的优秀作品。小说由上下两部分组成。上半部分为十一节，下半部分为四节。上半部题名为《寒风肆虐的季节》，着重写主人公在旧社会的生活境况，以及“文化大革命”时期的悲惨遭遇；下半部《春意盎然的大地》主要写人民公社之后的新的生活。

上半部第一节名为《强奸》。吉宗是喜东庄园的奴隶，她年轻貌美，善良勤劳。庄园主三少爷爱上了她，但地位悬殊，她极力控制自己的感情，避免非分之想，不希望惹祸上身。一天，吉宗在下雨天劳动回来后，图谋不轨的三少爷在吉宗家里伺机强奸了她。从此吉宗成了三少爷的玩物，更加不幸的是她有了身孕，一下子谣言四起。庄园主次旺痛斥吉宗不知廉耻，行为不检点，同时将她和乃夏庄园的奴隶其加互换，让其加替喜东庄园从军，吉宗也开始了在乃夏庄园的生活。第二节，《人生的挫折》主要写吉宗到了乃夏庄园，肚子日益凸显，无法劳动，遭到庄园主的谩骂和暴打。后来在庄园主的安排下和马夫拉巴成为夫妻。拉巴话语不多，人很善良，他们共同养育了女儿边乔。边乔到了十四五岁时，村里遭到雪灾，在山上放牧的边乔抱着刚出生的羊羔不慎摔倒，重伤昏厥，并因此瘸了腿，为她今后的生活带来了极大的困难。第三节《爱之苗》，主要写勤劳的边乔与放牧小伙子曲江的爱情。从相遇到相知，以及在艰苦生活中的相爱和互帮互助，同甘共苦，他们自然变成了情深意重的夫妻。他们育有扎西多布杰、达平和米玛三个儿子和女儿穷达，子女众多，生活日益艰辛。第四节《运输途中的灾祸》，讲述父亲拉巴去印度运输货物的途中，由于连降大雨，所住的山洞半夜突然崩塌，拉巴失去了宝贵的生命，吉宗也不久后与世长辞。第五节《水灾》，通过主人公边乔一家的经历，展现江孜古城遭受巨大洪灾的情景。突然遭到洪水的袭击，由于太过仓促，忘了带走躺在床上的女儿穷达，曲江无所畏惧，迎着洪水去解救被困的女儿，最终得到一家人的团聚。第六节《民主改革》，叙述边乔一家的生活变迁，表现了西藏广大农奴分得土地和其他生产资料，废除农奴对农奴主的依附，挣脱身上的锁链，成为自己命运的主人的过程。边乔的儿子扎西多布杰也有幸到陕西咸阳参加文化学习班，开始了崭新的求学生涯。第七节《纺织与游行》，由于乃夏庄园的庄园主和大少爷参加了叛乱被抓，乃夏庄园家族在“文化大革命”中遭到了巨大的打击和批斗。次珍小姐和边乔在一座庄园里生活多年。次珍是一个善良的人，她经常帮助边乔一家，很是亲密。财产被没收以后，次珍想偷偷从边乔那里学习纺织氆氇，自力更生，不料此举被红卫兵发现，她被以走资本主义道路的“罪行”，进行了游街和残酷的批斗。边乔非常同情次珍，在次珍劳动时，边乔偷偷递给她一些食物，帮助她迎接一次次残酷的阶级斗争。甚至在批斗时不忍别人摧残折磨次珍，自己假装谩骂和毒打次珍来保护无助的次珍。第八节《秘密的泄漏》，生活的痛苦和折磨，令次珍失去了生存的希望和勇气，无奈从屋顶跳下来欲要了结此生。边乔听到了惨叫声，急忙来探望，发现次珍断腿呻吟。在边乔的悉心呵护和照料下次珍得到了康复。同时，她们又害怕如果自缢消息传出又会落上一个反革命的罪名，只能说次珍从屋顶搬运牛粪时不幸摔伤，但不幸的消息还是传到区干部耳边，使得她们难逃厄运。祸不单行，此时边乔的丈夫也因为过度劳累而恶疾复发与世长辞，边乔的生活变得更加艰难和痛苦。第九节《农场的生活》，乃夏庄园的伦珠少爷结束了在内地的学习，先后任翻译员、秘书、教师等职务。后来由于阶级成分被派到了县农场做事。“文化大革命”也波及到了农场，生活充满了不可预测的变化，也充满了残酷无情的斗争和磨难，再现了“文化大革命”给人们带来的种种不幸。第十节《医生成养猪人》，讲述在饥寒交迫的年代，次珍苦苦支撑却面临着温饱无法解决的问题。这时从小一起长大的才旦给予了生活上的帮助。当次珍突发阑尾炎时，身为医生的才旦及时提供了帮助，让她得到治疗和悉心照料，尽快脱离病魔。才旦对次珍的关心和帮助使他们日久生情，成为了恋人；但才旦因为与地主阶级的女儿相恋而被贬为区里的养猪人。第十一节《政治的风波》，描述“文化大革命”期间，“联合”、

“反动”等各派别之间的斗争。

下半部分，《春意盎然的大地》主要写人民公社之后西藏社会发生的翻天覆地的变化。经历了旧社会和“文化大革命”的沉痛后，主人公边乔和次珍开始迎接新的生活，和西藏广大人民一样走向了幸福美满的社会主义道路。

《年轮》以时间为序，以边乔和次珍的人生经历为线索，在广阔的社会背景中，展现了半个世纪以来西藏人民生活的变迁，用巧妙的艺术手法具体形象地将西藏的历史变迁和人民的生活淋漓尽致地进行再现。作者借助边乔和次珍两个出身于不同阶级家庭的女性，在不同历史时期的遭遇和情谊，展现了西藏人民人性中光辉的一面。善良是藏族人的美德，也是人性中最美丽的光环。小说让人在苦难，甚至绝望中看到了善良这颗希望的种子，见证了它所向披靡的力量。善良给困难中的人们以生活的勇气和希望，淳朴善良的人们总会用爱让生活充满温暖，乐观积极地面对人生中的不幸和遭遇，迎来更加美好的明天。

第十一节　杨年华、党益民、郑勇

杨年华（1967—），出生于云南大理州鹤庆县。1986 年在西藏拉萨某部队服役，1992 年毕业于西藏大学。先后在阿里团委办公室、阿里地区群众艺术馆、中共西藏阿里地委宣传部任职，并创办《阿里报》。后调至西藏自治区文联工作。主要作品有小说《踏尘香巴拉》《古格天梦》《苍洱春秋》等。出版散文集《神奇的阿里文化》《雪域之魂》《生命在世界屋脊之巅》《圣土的疑惑》等，报告文学《崛起的噶尔县》《踏着孔繁森的足迹》《国旗阿妈啦》等。《国旗阿妈啦》荣获中宣部“五个一工程”奖。

杨年华的文学创作和阿里地区这块神奇的土地有着密不可分的联系。在多年来的基层工作中，杨年华注重于对阿里地区民俗、文化的调研与考察。

多年来的田野调查，使杨年华积累了大量的第一手资料和素材。他的西藏题材小说也是围绕着阿里地区的历史文化展开的。

小说《踏尘香巴拉》以阿里改则部落的变迁为线索，展示了阿里地区的历史与社会变迁。从藏东长途跋涉迁徙到改则的古老部落，在20世纪中期经历了新的挑战。部落头人的三个女儿个个出落得骁勇、俊美，但由于没有男性继承人，大女儿央金拉姆不得不挑起了部落发展与壮大的担子。在一次上山采药时，央金拉姆遇到了雪崩，被正要翻越昆仑山进藏的人民解放军新疆骑兵部队的先遣队营救。为了和当地群众建立密切的军民关系，解放军先遣队在异常艰苦的藏北草原，抗严寒、斗土匪，用顽强的革命意志坚持到了阿里和平解放。而央金拉姆也在和解放军接触的过程中，对解放军干部里狄森产生了真挚而纯洁的爱恋。小说《古格天梦》以历史上曾经异常强大最后又神秘消失的古格为原型，描述了最后一代国王扎西查巴德的曲折一生。故事情节涉及情杀复仇、王权斗争、行侠仗义、普度众生、佛教外教之争等，具有较强的可读性。杨年华小说创作主要有以下几个特点：

首先，小说对历史的处理体现了新时期以来尤其是20世纪90年代以来的新历史观。尤其是以审视生活的眼光书写历史，以对个体的关注取代对阶级话语和外部历史进程的叙述。长期以来，当代的历史书写往往着力于一种对确定性、客观性、整体性和合乎逻辑性的历史进程的宏大叙事。以革命历史题材小说为例，早在20世纪五六十年代，西藏的革命历史题材小说的写作其着力点在于通过对新旧西藏对比的聚焦，来凸显社会主义社会的历史优越性，从而完成历史的外部进程对个体和社会的询唤。小说《踏尘香巴拉》的后半部，以20世纪50年代初期从新疆南疆进驻阿里的人民解放军先遣队作为叙事的主角，作品真实再现了20世纪50年代初期进驻阿里地区的解放军所面对的诸多困难：生存环境的恶劣、西藏地方政府和部落头人的围困与刁难。在大雪封山，没有房屋可以居住、没有粮食和食盐补给的情况下，先遣部队既要遵循与噶尔本的五项协议，不买藏族百姓一粒粮、一斤盐；同时还肩负着向下层民众宣传党的政策的重任。在一部分先遣队员先后因为饥饿、传染病去世后，生存者用超乎想象的毅力坚持了整整一个冬天，直至大部队的到来。

较之早期的革命历史题材的叙事模式，《踏尘香巴拉》所塑造的解放军形象更侧重于对个人情感和心理世界的挖掘。在早期的革命历史题材小说中，并非没有对个人情感世界的涉足，只是这种情感世界的审美的落脚点在政治层面，而不在人的普遍人性和人情上。《踏尘香巴拉》中所塑造的解放军形象如里狄森，既是一位坚定的无产阶级战士，有着对信仰忠贞不屈的理念，同时也是一位有血有肉有感情的汉子。部落头人美丽矫健的大女儿央金拉姆对里狄森的爱慕是基于其成熟、稳健的个人魅力，而不是阶级话语下的革命与恋爱。从另一个角度来看，《踏尘香巴拉》以女主人公央金拉姆的第一人称叙事，也打破了20世纪五六十年代革命历史的叙述套路，不是通过进入西藏的解放军的视角进行叙事，而是通过央金拉姆所在的部落历史开始叙事，而小说前半部分则是将改则部落置身于20世纪中期这段风云变幻的特殊时期，既描述了改则部落和其他部落之间的纷争，以及当地土匪对改则部落的骚扰；还因为央金拉姆的母亲是印度人的缘故，通过来自印度的舅舅往来于印度与西藏的经商活动，把西藏和外界世界的变迁联系起来。因此，对于央金拉姆来讲，解放军入驻阿里不过是改则部落与其外部众多社会关系中的一支。这种打量与审视的眼光打破了以往革命叙事的模式。

其次，小说也体现了新时期以来消费文化背景下的叙事模式。20世纪90年代以来，西藏与外界的交流越来越密切。尽管伴随着90年代中后期内地消费文化的兴起以及大众文化的勃兴，西藏文学的消费性倾向体现得并不是非常明显，但在90年代消费文化的背景下，西藏文学创作也不可避免地出现了一种与消费文化有关联的新的叙事模式。在处理历史题材时，杨年华在虚构与历史之间的摇摆，可以说代表了消费文化对文学创作的一种潜移默化的植入。由于作者具有深厚的历史知识和严肃的文学观，所以在《古格天梦》中，对古格的兴起与衰败进行了一种考证式的描画。作品力求还原历史的真实性，书中有大量历史细节的铺陈以及阿里独特的民风民俗的描述，其中的屋宇器皿、宫廷官邸、盛典仪式、民歌民俗，几乎都在试图还原古格的真实。例如王妃旺姆即将出嫁时，人们依次唱起了“出嫁歌”“酥油歌”“备马歌”“送行歌”“门歌”“台阶歌”“卡垫歌”，作品对这些原汁原味的西藏民歌的记录，显示了作者在对历史进行追认、重建过程中，避免将历史的叙写演变成碎片化的拼接，更是极力避免使小说叙事陷入过度想象与虚构的泥沼之中。但另一方面，作者在借助虚构对历史进行编码和构建的过程中，又采用了一种迎合消费文化的策略，这突出表现在故事情节的设定上。在古格最后一代王扎西查巴德的成长经历中，从少年时出宫微服私访，结识民间朋友，到青年时期与旺姆、杨拉姆、美朵之间的爱恨情仇，以及为了王位继承，兄弟间的明争暗斗等，这些个人经历被设置成故事情节，从某种程度上正是迎合了大众读者的期待。

最后，小说的语言呈现出多语体混杂的风格。杨年华的小说语言在很多地方都吸收了藏语的特点，尤其是一些俗语的应用，使得作品的酥油味十分浓郁。例如部落头人数落非要嫁给奴隶的女儿说，“脑壳大没脑筋的你，乳房大没有心计的你，拇指大不能拉弓的你，真比毛驴还蠢”；牧民回敬不知天高地厚的管家说：“丑陋的黑乌鸦，能配美丽的金孔雀？短尾巴的老鼠，能和梅花鹿结伴漫游吗？”其他如：“金银再硬也能融化，狗屎燃烧只能化为臭气。”“蜜蜂何须学习酿蜜，野鸭生来就会游泳。”“夸口非智者，蛮干非英雄。”“女如桑姜珠姆也可能大归，男如格萨尔王也可能坠马”等等。民间谚语、俗语、传说、神话的运用，使得小说阅读起来有一种陌生的效果。另一方面，杨年华的小说许多语言也借鉴了武侠小说等大众文化文本的语言，在《踏尘香巴拉》中，央金拉姆与江央少爷打斗时这样描写道：“我们三人又战到了一块，真是棋逢对手，胜负难料。又是一番激战，从草地到山坡。一时在半空中，一时在地上，尘土飞扬，枯草乱飞，又是几个回合难分胜负……我来一个倒挂金钟，双脚勾在二妹的肩上，……江央一招未成，又腾空冲天后，变为老鹰扑食的招式。”多种语言模式在小说中的应用，使小说具有了鲜明的多语体混杂的风格。

党益民（1963—），出生于陕西富平县。1982 年入伍，现任武警西藏总队政治工作部主任。著有长篇小说《一路格桑花》《父亲的雪山，母亲的河》《雪祭》等，长篇报告文学《用胸膛行走西藏》，散文集《西藏，灵魂的栖息地》等，其中《用胸膛行走西藏》荣获第十届全军文艺一等奖和第四届鲁迅文学奖，《雪祭》2017 年荣获全国第十四届“五个一工程”奖。

党益民的西藏书写包括三个方面：一是以小说的形式塑造高原军人守卫西藏、固守西藏、扎根西藏、建设西藏的崇高形象；二是以散文的形式展现他西藏军旅生涯的点滴记忆，表达难以割舍的西藏情缘；三是以报告文学的形式勾勒武警交通部队挺进西藏、修筑天路、维护天路的艰苦历程，展现武警交通人的天路情怀。

党益民的长篇小说《一路格桑花》《父亲的雪山，母亲的河》和《雪祭》集中地体现出他的天路书写的情怀，他要展现的不仅是发生在天路的故事，更要展现一种以血肉之躯铺筑天路的精神。大致而言，长篇小说《一路格桑花》以外部视角展现川藏线武警官兵的精神世界及其大无畏的牺牲精神，带有青春天路书写的意味；《父亲的雪山，母亲的河》以子女追索父辈的方式揭秘两代人的青藏记忆，透过历史的烟尘还原父辈扎根高原、建设高原、奉献高原的往事，带有家族天路记忆书写的意味；《雪祭》以置身零海拔的老兵的记忆为线索追记武警交通部队几代人的西藏情缘，展现他们在不同时期面对各种诱惑、各种磨难坚守理想信念的高尚情操，带有历史天路书写的意味。这三部作品通过爱人的追索、子女的追索、亲历者的追索，从不同的层面形塑共和国高原军人的精神高地。

《一路格桑花》以记者安宁的西藏之行贯穿起整个故事的脉络。安宁既是故事的叙事者，又是各种各样故事的聆听者和转叙者。通过安宁，小说展示了一系列与川藏线武警官兵有关系的人物及其故事。这种叙事嵌套的方式，最能够充分呈现叙事者叙事意图，可以完全打破物理时空的束缚，任由叙事者自由地舒展心性灵魂。同时，党益民还采用了类型化的归纳和个性化的演绎的叙述方式。类型化的归纳主要表现在西藏之行者的身份——皆为军嫂、军属，或为准军嫂，或为现军嫂，或为已军嫂，军嫂是她们公共的人物属性。寻夫是她们共同的行走目的。至于最终结果则是个性化的演绎，安宁的寻夫是要浪漫地结婚，郭红的寻夫是要结束痛苦的婚姻，余秀兰的寻夫则是泯灭自己的幻想，祭奠亡夫的魂灵，开启新的生活。个性化的演绎无疑深化了类型化的归纳，尽管个人遭际不同，个人情感历程各异，但是最终她们共同感受到心灵的净化和灵魂的洗涤，完美地结束了各自的西藏之行。党益民巧妙地以爱情、婚姻作为纽带联结起她们共同的行旅，连接起她们与她们的丈夫和川藏线密不可分的关系。

《父亲的雪山，母亲的河》以江雪、江果、江河分别回忆他们与父母亲共同生活的点点滴滴，以子女追忆、袒露心声的方式多层次地刻画父亲和母亲的面相，带有散点透视、定点聚焦的写作特点。江三和妻子茹雅相濡以沫，始终不渝，历经岁月的洗礼共同经营爱情高地，江三具有雪山一般的透明与厚重，茹雅如同河水一般的轻灵柔美。父亲的雪山与母亲的河水所孕育的孩子们，始终无法割舍父辈的高原情缘，坚守着父母挚爱的雪域高原。江三与茹雅的一生与高原小城河源的创建和繁荣密不可分，河源见证着他们的爱情、婚姻、事业，也成为他们精神丰碑的象征。《父亲的雪山，母亲的河》呈现出共和国军人坚持信念、守边固边的天路情怀，在纡曲婉约的西藏往事的揭秘过程中一次次洗礼着读者的魂灵。其中的爱情选择体现出党益民的爱情观。爱情不只是风花雪月，更是精神交融的体现；爱情不只是男女之间的爱恋，更是共同理想的追求。高原的爱情是大爱、博爱，是超越狭隘爱情观的民族之爱、友情之爱、亲情之爱，更是祖国之爱。

《雪祭》是党益民军旅生涯的集大成之作。在这部作品中，党益民集中梳理了三十多年的军旅生涯体验，从其中择取了最震撼人心的片段加以文学书写，展现了几代高原军人甘于坚守、甘于奉献、甘于牺牲的情操，呈现出一曲洪钟大吕的英雄赞歌。

《雪祭》以奋战在雪拉山鹰嘴崖工地上的七连官兵为中心，辐射历史和现实而展开故事情节，塑造了一大批个性鲜明、各有心曲的交通战士的形象。党益民采取了双线并峙的故事策略，一条是围绕着打通雪拉山鹰嘴崖通道而铺叙七连官兵的故事，通过当代交通人刘铁串联起一个个鲜活的人物形象，以及他们丰富的情感世界，展现筑路官兵的艰辛与奉献；一条是围绕着刘厚德、方凯、桑多杰布、次仁才旺等老一代的回忆，叙述武警交通部队挺进西藏、铺就西藏天路的历史故事，在历史回望中书写部队的军史，彰显革命激情，并通过刘铁和父亲刘厚德两代交通人的故事扭结而构成完整的链条。在人物方面，则有三个群组，分别是奋战在雪拉山的七连官兵、留守在家的军属们、曾经经历过西藏革命进程的先辈们，而七连官兵与军属们处于一种相对紧张的相互依恋又相互对抗的关系，先辈们则具有联通过往与当下的历史见证人的身份。

《雪祭》的结局颇有兴味。为了保卫军队财产，面临雪崩的危急时刻，“赵天成冲上推土机，将推土机掉过头来，正准备往下开，山顶突然发出‘轰隆’一声闷响，积雪铺天盖地奔涌而下，赵天成和推土机瞬间被雪崩吞没了”，赵天成的牺牲使得围绕着他的一切迅速收尾，所有的矛盾瞬间结束，但党益民在《怀念战友》的悲怆氛围中竟然让“赵天成正一瘸一拐地朝这边走来……”，这说明书写《雪祭》时的党益民已不再像《一路格桑花》《父亲的雪山，母亲的河》《用胸膛行走西藏》时期如实地记录战友们的惨痛牺牲经历，不愿在作品中播散更多的哀恸情绪，而是以强烈的人文关怀希望交通部队的战友们平安健康幸福美满。尽管这种大团圆式的写法难以让人信服，但却最大限度地满足了读者阅读的心理希冀，同时也回应了序曲中“在遥远的藏北高原一个名叫雪拉山的地方，有一片冰雪覆盖的墓地，其中一块墓碑上赫然写着我的名字”的悬念，也实现了第三人称叙述的初始目的。这也就不难理解为什么他在《后记》罗列自己的惊险生死传奇和“忘不了”战友们的牺牲场景而在作品中却不愿如实叙述的原因。

通过对普通战士的家世书写、心路展现以及战斗场景的刻画，党益民完成了作品中当代军人形象的塑造，在和平年代，在我们畅享改革成果的同时，竟然还有那么一大批武警交通战士奋战在祖国边疆，默然无语，以他们的血肉之躯铸就中华民族的精神丰碑，书写时代的璀璨的精神之花，彰显灵魂的高海拔。

党益民的散文集《西藏，灵魂的栖息地》包括《雪野蹄印》《遥望故里》《秋叶俯视》和《雪祭天路》四个单元，收录的散文记述他的军旅感受，展现他的故土情思，呈现他的生活琐细，彰显他的天路情缘。党益民的散文叙事真实、记人真切、抒情真挚、言之有物，多侧重生命的顶礼与叩问，感慨生命的本真与澄澈，如《好大高原风》记述了高原风的迅疾、狂暴，而高原女兵面对风沙毫不畏惧，“风吹糙了女兵的脸，吹干了女兵的泪。帐篷还是没有找到，但她们找到了坚强”，塑造出高原女兵的飒爽英姿和伟岸精神；《雪野蹄印》以散文诗的形式描述了党益民的高原体验，“大山的皱折，是风的足迹”，以广博的胸怀诗意地展现高原的自然景观，彰显出生命的活力。而在散文《西藏，灵魂的栖息地》中，党益民激情四溢地挥洒他对西藏的情感，“西藏不仅能使灵魂得到片刻的歇息，而且能给灵魂注入坚韧执著的精神力量，给灵魂插上奋飞的翅膀。人在高原，你始终能感觉到扑面而来的生的气息”。

长篇报告文学《用胸膛行走西藏》展现了武警交通部队官兵保障川藏线、新藏线畅通而献身雪域高原的故事。川藏线、新藏线、青藏线不仅是进出西藏的重要的交通大动脉，“更重要的还有巩固国防、维护祖国统一、稳定局势、帮助和促进西藏地区经济发展的作用，担负着政治、经济、军事多方面的责任。”党益民在部队曾多年从事宣传工作，多次行走在川藏线上，以影像、录音和手记的形式真实地记录了川藏线上的武警交通部队官兵忠于职守、坚持信念、敢于牺牲、不畏艰险的光辉形象，“这些身着橄榄绿的军人们，在千里川藏线上，与塌方、雪崩、泥石流展开了一次又一次的殊死搏斗，留下太多太多的故事和那永恒的血染的忠诚”。武警交通部队2001年正式接养新藏线（西藏段）以来，克服重重生理和心理障碍，出色地完成了物资运送和道路养护等各项工作，“创下了武警部队整建制团队开进海拔最高、战线最长、环境最恶劣地区的历史记录了”。2004年党益民历时38天走完了新藏线、川藏线，记录下两线守护战友们可歌可泣的军旅生涯片段，通过一个个质朴无华的故事，党益民向人们展现了高原武警交通人鲜为人知的日常生活和内心深处丰富的情感波澜，讴赞了这些指战员们精神世界的诗性浪漫与高远豪情。

郑勇（1970—），出生于四川仁寿县。1988年入伍，2011年转业至西藏自治区外事侨务办公室工作，后调至西藏自治区纪委。著有长篇小说《天堂上边是西藏》《欢腾的青稞》。

郑勇的两部长篇小说《天堂上边是西藏》和《欢腾的青稞》将关注的焦点放在了对“武警战士”和“驻村干部”两个群体的真实写照上。《天堂上边是西藏》围绕罗一川、尼玛次仁和殷兆宁三位武警战士的成长经历展开叙述，时间跨度达30年。小木匠、放羊娃和“藏二代”不约而同踏上世界屋脊，在经历了高寒、缺氧、生死挣扎后，最终成长为“高原卫士”。高原独一无二的环境造就了武警战士崇高的品质。小说《欢腾的青稞》高扬主旋律，以西藏自治区“创先争优强基础惠民生活动”为背景，围绕游五洲、魏民、尼玛扎西和蔡惠娟等驻村干部的驻村活动展开叙事，在短短一年时间内戏剧式地再现了驻村干部的生活、工作场景，情节上矛盾冲突不断，但以大团圆结局，充满着喜剧色彩。综合郑勇的两部长篇小说，主要创作特色有以下几点：

首先，小说在内容题材选择上关注当下，弘扬主旋律。小说运用现实主义与浪漫主义相结合的叙事模式，洋溢着弘扬主旋律的高昂基调。这种选择，不仅仅是现实的需要，更是作者有意或无意的追求。《天堂上边是西藏》聚焦于小人物的成长，这种奋斗历程被设置在高原和军营的特殊环境中，因而更具震撼力。主人公罗一川的部队生活始于青藏公路，张建中的意外病逝，让这群新兵记住了“肺水肿”，因此，直到肺水肿治愈率上升到98%以上的今天，他还时常不厌其烦地提醒别人：我们都在明处，这玩意儿躲在暗处，一不小心整你一家伙，够您喝两壶的，还是小心点好！新兵连迎新春文艺晚会上，陕西籍新兵马成牧在欢快的舞蹈中离开人世。一幕幕“惨烈”的景象让战士们深受震动。

这仅仅是四个月的新训生活。当4500米海拔迎来春天的时候，新的“下马威”已经在岗嘎县中队等候着罗一川、尼玛次仁和殷兆宁。岗嘎县中队不断磨砺，使一群年轻的战士完成了蜕变，成为真正的“武警玛米”。小说在强调主旋律的同时，突破了以往革命历史题材小说在人物塑造方面类型化、格式化的倾向，不只局限于外在的形象塑造，更深入发掘人物的内心情感。一班战士赵红军就自己“毁灭绿色植物”的严重错误，向全班同志作了深刻检查，战士的可爱没有简单地落脚在战争年代的流血牺牲上。“马粪牌”香烟在物资匮乏的岗嘎县成了抢手货，陈志贵在岗嘎山等邮车冻成雕像牺牲，对家的思念、对女人的渴望，这一幕幕场景定格了一个有血有肉的特殊群体真实的情感表达。小木匠罗一川入伍后，变成了天生的神枪手，一步步朝着英雄迈进。英雄也有“狗熊”的时候，当连汤带水满满一碗上海肉蓉方便面飞走后，“罗一川伤心欲绝，一屁股坐在雪地上，扯开嗓子指天捶地号啕大哭：‘妈耶，我的方便面啊，我的方便面哦……’。”“艰苦不怕吃苦、奉献更要贡献”，借助于小说，读者聆听到的是一曲武警战士戍边卫国的悲壮之歌。

《欢腾的青稞》题材有所变化，内容转向部队转业干部游五洲带领队员从机关深入基层开展强基惠民工作。小说情节跌宕起伏，人物性格生动鲜活，紧扣西藏社会发展脉搏，将故事内容浓缩在一个工作队，一年时间，一个村，具有相当的典型意义。作品没有回避工作队内部存在的种种矛盾。主人公游五洲在去驻村还是不去，以及跟谁去的问题上置身于矛盾的漩涡中，而驻村工作队的内部矛盾也伴随驻村工作始终。但在个人利益和群众利益之间的选择上，工作队成员毫不犹豫地选择了后者。小说借此宣扬了一种积极向上的奉献精神。

其次，独具特色的文化融合景观。环境，特别是具体文化背景下的语境对小说创作有重要意义。和大多数西藏作家一样，郑勇的小说具有高原文化与民族文化杂糅的特点。小说《欢腾的青稞》吸收借鉴了汉译藏语口语，如“哦啧啦、突吉其、卡拉萨等”，又杂糅四川方言语气词“撒、哈”等，同时大量运用藏族谚语，如藏族老百姓做了错事会说“吃了猪油蒙了心、被钱打瞎了眼睛、被魔鬼掏走了良心”；益西多吉厅长为了打消游五洲的顾虑说“魔鬼赶跑了好，疙瘩解开了好”；曲加主任开始不信任工作队时说“骆驼不跟牦牛同行，绵羊不和驴子为伍”；工作队帮助铁匠儿子找到工作后，村民议论到“母鸡虽然黑黝黝，鸡蛋却是白亮亮”等。方言俚语、藏族谚语、语气词、多语种的混杂使用，是郑勇小说写作的一大特色，加之军队用语、官场套话等，语言上的丰富多彩在一定程度上弥补了其作品艺术性的不足。除此之外，西藏地方民俗也是郑勇小说一个值得关注的审美要素。作为边远农牧区的一种生活方式，一妻多夫制和一夫多妻制在小说《欢腾的青稞》中有所触及，新郎次多不愿意和嫂子同房半夜逃婚，拉巴确吉把自己的男朋友介绍给姐姐次珍等等，作者站在文化反思的高度对这些旧习俗进行了重新审视。

最后，鲜明的戏剧性冲突。传统意义上的小说是以刻画人物为中心，通过完整的故事情节和具体的环境描写来反映社会生活的一种文学体裁。郑勇的小说具有传统小说的大体特征。《欢腾的青稞》把环境放在了西藏自治区开展强基惠民工作的政策背景下，主要以岗嘎村为代表的农牧区为人物活动的社会环境，自然环境很少用墨。在具体结构上，作品设置了重重矛盾，有工作队内部的，有工作队与牧民群众的、有牧民群众之间的，工作队是所有矛盾的调节器。这样的情节构思，显然是借鉴了戏剧冲突的设置模式，更显张力。在解决矛盾的过程中，人物的性格逐渐凸显。当然这部小说也有明显的瑕疵，由于时间的浓缩、场景的限制，让整部小说激情有余而艺术性略显薄弱。

第十二节　达娃次仁、格央

达娃次仁（1968—），出生于西藏拉萨。1990 年大学毕业后分配至西藏自治区文化厅，现供职于自治区党委宣传部文艺处。代表作品有《猎人》《今天没有比赛》《喇叭开花的木房子》《喜马拉雅公主》《慌乱阳光》等。

达娃次仁的小说创作偏好现实题材，作品多是对西藏当下新一代藏族人生存处境与情感状态的关注与思考，真实地揭示了在现代都市生活的文明进程中，新一代藏族人的精神困境与情感纠结。《猎人》与《喇叭开花的木房子》就有着这样的书写主题。作者借用“父与子”两代人之间不同的人生追求与命运结局，书写了传统文化与现代文明之间不可避免的矛盾冲突。在《猎人》中，父亲始终坚守着传统的生活方式，以打猎为生。这个让他倍感自豪的世代家业，如今却面临着无人传承的危机，为了防止这种情况的发生，他不惜用谎言欺骗儿子。父亲自编自导了一场与狗熊的“血海深仇”，将女儿的死亡、妻子的残疾和家里那条忠贞的猎狗的性命都计算到了狗熊身上。希望借儿子对狗熊的“复仇”心理，捆绑住儿子的内心，使他安心做一名猎人。甚至父亲直到死亡的最后一刻，仍然不忘说服儿子继承家业，像他英勇雄壮的祖辈们那样生活。而儿子是一个感受过现代开化之风吹拂的新人形象，他对自己的人生道路有着不一样的渴望，希望去广阔的城镇实现自己的人生理想。本来两代人的人生道路应该是相互独立的两条平行线关系，但却因为父亲的干涉，这两条人生轨迹发生了交叉，儿子放弃追求多样化的人生可能，继续坚守着父辈的传统生活。在这一场父与子的角逐中，父亲似乎占领了制高点，但并不代表着父亲所代表的传统民族生活方式取得了胜利，反而力证了在不可逆转的现代化进程中传统民族生活方式的虚弱无力。作品中“父亲”这一形象耐人寻味，体现在他在这场父与子的较量中，利用了“欺骗”的手段；其次，“父亲”在儿子心目中的高大形象与实际生活中的年老、衰弱、狼狈不堪有所差距；还有这场人熊决斗最终以父亲失去生命为代价而告终。传统生活方式与现代文明生活追求中的分歧与矛盾，传统草原牧区与现代城镇都市的对比，其实也是传统民族文化心理与现代城镇都市文化心理之间的较量。

《喇叭花盛开的木房子》是对《猎人》中那对父子的日常生活的全景补充。它全面地铺展了一个如“十分精美的贺卡”般的小镇，那里有一座喇叭花肆意盛开的木房子，里面生活着一位醉心狩猎且沉稳雄壮的父亲、一位热心厚道又贤良恭俭的母亲，还有漂亮朴实、拥有热情的姐姐妹妹。只是在这篇作品中，“我”归家数日，却始终等不到出门狩猎的父亲回家。这一颇有意味的等待，似乎是对父亲所代表的传统生活方式的逐渐消失的写照。这一情节与《猎人》中父亲的死亡有异曲同工之处。但是值得探讨的是作者在看清楚了传统民族生活方式和心理认同的落败之后，又在书写过程中对其流露出赞美之情。作者通过对父亲的赞美与崇拜，对喇叭花遍布的木房子里发生的许许多多的故事和情感的回忆，表达了作者内心深处的真实情感，以及作者对这种逐渐逝去的美好生活方式挽歌式的情怀。

《今天没有比赛》《慌乱阳光》两篇小说对拉萨青年人的日常生活进行了真实展现。《慌乱阳光》描写了“我”人生中的重要年华是在终日自我消遣和无所事事中荒度过的。在“我”的生活中，吃喝玩乐是主题。在这些青春被踩到脚底的日子里，“我”不仅耗费了自己的时光，更是因为“我”的自大与蔑视，失去了一段珍贵的爱情，这成为“我”往后余生的最大遗憾。《今天没有比赛》更是将这种青年人“浑不吝”的生活模式聚焦到一个茶馆。作品中的“茶馆”早已不是传统意义上的藏族人寻求最惬意的生活方式的场所，而是当下城镇中青年人寻找热闹与娱乐的场所。作品通过次边和瘸子阿扎讨论的一件关于阿扎和央嘎这两个陌生人偶然见面的小事，可以看出阿扎这位身体残疾、相貌丑陋的年轻人内心深处的自卑与虚荣，次边人格上的低劣等。当下城镇生活中越来越严重的功利化、商业化，使得正处于城镇化最初阶段这一特殊环境中的青年人的自我意识在重新建构过程中的迷失，表现出了他们极度消极、空虚的精神状态。

达娃次仁在对传统文化与现代文明、草原生活与都市生活、精神生活与物质生活的交融、冲突描写中，揭示了现代生活、都市生活以及物质生活中人的物质化、利益化倾向，但他并没有简单地将这些“现象”悲观地视为当代生活的本质性存在。相反，他相信现代化发展的合理性，相信传统落后生活方式最终会消失。在作者看来，面对当下复杂纷繁的社会弊病，回到过去的历史经验中，去寻找和发现美与善的根源，只有这样才能更深入全面地理解民族历史与未来走向，理解生活与人。

格央 (1972—)，女，出生于西藏昌都察雅县。1994 年毕业于南京气象学院，就职于西藏自治区气象局，高级工程师。著有小说、散文集《西藏的女儿》《雪域的女儿》，散文集《拉萨，我在这里路过爱》和长篇小说《让爱慢慢永恒》。曾获第一届西藏新世纪文学奖（汉文奖），全国第二届春天文学奖入围奖。

从数量上来说，格央的小说并不多，主要有短篇小说《一个老尼的自述》，中篇小说《灵魂穿洞》《小镇故事》《天意指引》，长篇小说《让爱慢慢永恒》等。作为女性作家，格央执着于对女性生存的独特体验，始终将自己对女性问题的思考融注在创作之中。她的小说大多围绕女性的情感经历展开叙写，重在通过日常生活去展现女性的生存困境。在她的笔下有苦难，更有苦难映现下的俗世温暖，闪现着雪域文化的独特魅力。

《一个老尼的自述》以第一人称“我”的视角，抒写了一个女人曲折坎坷的一生。“我”八岁时即被父母送进寺庙做尼姑，习惯了寺庙的清贫和孤寂；十六岁时，因姐姐的去世而被接回庄园代替她的身份嫁给一个贵族，开始俗世生活。婚后，面对丈夫姐姐的刁难，“我”委曲求全，渐渐习惯以致麻木。进入婚姻十年后方感丈夫的温情，体会到做妻子的幸福。丈夫死后，克服重重困难，坚韧地带领孩子走向平稳人生。当所有的责任都可以放下，已到两鬓斑白的年龄，“我”选择了出家以寻找心灵的最终归宿。从最初的被动接受命运的安排，到最后主动选择心灵的归宿，作品轻缓自如地写来，无忧无怨，道出了一个坚强隐忍的女性对生命的探索和追问。是追求灵魂自由还是追寻俗世生活，女性自觉地让自己承担生活的重担，不去逃避，不去躲藏，直面现世人生，没有过多的矫情，有的只是生活的从容以及对美好人生信念的永不泯灭。在雪域高原，许多不为人知的女性就这样平凡地生活在这片土地上。作者刻画出了这样一些默默无闻女性的形象，体现了别样的人生情景与人生信念。

《灵魂穿洞》同样抒写了现世生活中女性的境遇和她们情感的悲欢。娣一生孤苦，有着一份深爱，但不能去接受，她的女儿妮为情欲所苦，追逐着想要的幸福，却连平静的生活也难以得到。身处高位的朗多太太，虽然享有太太的名分，但她一生却没有得到丈夫的爱。女性沉陷在爱与欲的漩涡中，备受情感的折磨。相对充满生命活力的女性而言，作品中的男性是空洞无力的。朗多老爷尽管拥有美丽的妻子，但却没能拥有自己心仪的女人，一生充满着痛苦。而他的儿子松，却在酒精、女人、赌博中成为一个毫无人性的浪荡子。朗多太太为了让女儿央能够得到自己没有得到的爱情，处心积虑地隐瞒了央是活佛转世的事实，让妮成为活佛，但最终，央还是毅然决然脱离红尘，走向佛门。而妮虽然当了活佛，却难敌红尘的诱惑，跟随医学院采药的学生次仁私奔，生下了瘫痪的女儿，最终却对这种家庭生活厌倦至极，遇上了有钱的松，便抛弃了次仁。岂知松却是个无情无义之人，在葬送完家产之后，又想来霸占娣和妮的财产。娣为了保护女儿，杀死了松，然后自尽，妮因受到强烈的刺激而精神失常。这部作品人物情感曲折，故事性强，凸显了两代女性坎坷的情感经历。女性的天空是狭窄的，一生追随求之不得的爱，陷入情欲的泥淖，无力自拔，最终走向毁灭。作者将女性的困境呈现在读者的面前，没有夸饰，只是自然地写来。从妮身上，作品凸显了女性的欲望，以及在欲望操控下女性的疯狂与无奈。在央身上，呈现了女性对宗教的献身精神，尽管经历过波折，但向佛的心始终没有改变。在娣身上，作品着意凸显了女性的高洁、隐忍以及作为母亲所具有的让人感动的母性力量。

《小镇故事》中画师东葛的大女儿姆娣爱着一个并不爱她的人，被父亲以权衡利益的算计嫁给一个她不愿嫁的门巴。没有爱情的婚姻让她变得虚荣而乖戾，最终在生孩子的时候死去。虚荣的门巴内心喜欢能给他带来无限柔情但不能带给他脸面的女人央金，而当他被镇上有威望的东葛选作女婿时，他受宠若惊，于是抛弃了央金。在姆娣死后，门巴需要央金，央金再次回到他的身边。但当精于算计的东葛准备将小女儿雍宗嫁给门巴时，门巴毫不犹豫地再次抛弃央金。雍宗和央金最后结伴出走，使得东葛和门巴颜面尽丢。作品描写了小镇的风情，人心的冷暖，像一幅素描风景画。作品也揭示了女性所面临的生存和情感困境，以及传统门第观念给女性带来的精神和肉体的伤害。

《天意指引》主要描写了卓玉与林浩基、达旺之间的情感纠葛。当年卓玉深爱着林浩基，但因为产生误会两人永远地分手，卓玉不得已与达旺在一起，但她心里思念的却是林浩基；达旺深爱卓玉，宁愿自己痛苦，也要成全自己心爱的女人，男子汉的气概使得卓玉最终深深地爱上了达旺，并以自己的生命来回报自己所爱的男人。同时作品中还写了达旺的妹妹梅吉，因为哥哥的义气，她嫁给了三个男人为妻，忍受着痛苦的生活，最终离开家庭，来到寺庙，却因为抚养卓玉的孩子意外收获了爱情和幸福。这部作品既展现了卓玉对感情的执着和她身上所具有的女性的野性之美，又展现了梅吉身上女性的温婉之美。在格央笔下，女性尽管有苦难，但因为对爱情和内在心灵的追寻显得光洁无比。

长篇小说《让爱慢慢永恒》围绕两位女性——姬姆措与玉拉的情感生活展开。来自安多的少女姬姆措在哥哥的小绸缎店里帮忙，命运使她与嘎乌府三少爷平杰相遇，两人擦出爱恋的火花。可不久之后，为了替病重的父亲还愿，平杰不得不出家为僧。无奈之中，有了身孕的姬姆措在新年来临的前几天离家出走。同一天，嫂嫂玉拉也抛弃她的丈夫，与曾经抛弃过自己的嘎朵离家出走。两人都经历了生活的坎坷。相隔八年后玉拉和姬姆措又重新相遇，此时的玉拉已经失去了丈夫，她头发蓬乱，眼神暗淡无光，面色憔悴颓废。而姬姆措则在经历过苦难之后，有了新的爱情，获得了心灵的平静。整部作品视野宽阔，从拉萨到印度大吉岭，寺庙到庄园，绘制出了一幅广阔的生活画面。在这幅苍凉空旷的画面中，有女性对爱情的苦苦追寻，有对生命的思考，有对永恒平静美好的追寻。

在西藏当代文坛，格央独辟蹊径，以女性特有的敏感细腻去观照生活，体会雪域女性的欢乐与痛苦。在格央的笔下，女性面临着各种生存或情感困境，不管是贵族家庭的太太小姐，还是普通农妇仆佣，她们都有着自己对生活的理解和追求，在滚滚红尘中，她们有着生存的苦难，在世俗生活里她们为情欲所苦，难以走出情感的泥淖，备受折磨和煎熬，然而她们始终没有对未来丧失信心，她们的灵魂亦因人性中向善力量的指引而显得高洁无比。在困顿的现实中，由于对美好未来的追寻，生命在苦难的映照下显现出迷人的光彩。

格央的作品总有一种温暖人心的力量。作品洋溢着宽容、忍耐，有着一种宽阔无边的精神性力量。藏族传统的精神力量影响了格央的创作，她以自己博大的悲悯情怀面对尘世的一切。作品中的人物各自都有生命中的幸与不幸，都有内心的苦闷。如姬姆措，她以少女的纯洁之心爱着平杰，然而这种幸福短暂而又恍惚，正当姬姆措准备献上她的一生时，平杰却要转身离开。平杰进了哲蚌寺，过往的欢乐全成了令人心碎的回忆，怀着身孕的姬姆措跟着商队艰难远走大吉岭，忍受了生活的磨难与儿子夭亡的锥心之痛。当尘埃慢慢落定之时，她如水中的莲花，充满仁慈与生活的智慧，最终得到了吉苏亚的真心之爱。“他痛苦时，她出现了，自然而又天意。她痛苦时，他靠近了她，温暖而贴心。”她蛹化成蝶，显得温馨而又美丽，收获了幸福。而玉拉，她的一生更多的是盲目地追随爱，盲目地忍耐，在她身上，既有女性的坚韧，又有女性的柔弱，然而，她的端庄、她的爱心又使她的灵魂显得高贵无比。在经历过所有的苦难后，她能坦然应对苦难的生活，还能怀着宽爱之心，面对杀死自己丈夫的士兵，她请求能够宽恕他们。对生命的尊重，使得出身卑微的她在精神灵魂方面却显得高洁无比。

《小镇故事》中的女性人物央金身上，同样表现出了女性隐忍的高贵品质。她从内心深处喜欢门巴，将自己的所有一切都托付给他，然而门巴为了攀附门第，抛弃了她。在门巴妻子死后，再次需要帮助的时候，她抛弃前怨，来到门巴的身边，尽心尽力帮助他；然而，就在她以为幸福来临的时刻，却再次遭到门巴的遗弃。心怀失望的央金看清了门巴的虚荣、无情，毅然与雍宗一起出走。女性最终从爱情的幻影中走出，开始了自我的追寻。

格央的小说具有一种雍容典雅的叙事特征，这种雍容典雅来自于格央个人的独特气质，来自于她作品中民族文化意蕴的自然流露，来自于她作品中人物高雅灵魂的显现，还来自于她作品独特的语言风格。

在格央的作品中，雍容典雅叙事的底蕴是蕴藏在作品中的民族文化精神。格央熟悉西藏的生活，在她笔下，西藏的风情风俗是自然而然的呈现，而藏族传统的精神力量融化在她的骨子之中，使之天然地成为西藏文化的载体。在格央的作品中，潜沉着民族文化的血脉，这是作品的底色，是一种自然而然的藏民族文化内蕴的流露。

格央作品雍容典雅的气质还源于她作品中一些人物身上的精神气质。如《让爱慢慢永恒》，写两位藏族女性如何走过青春的四季、如何寻找爱情，以及在爱的寻找过程中的艰难跋涉，抒写她们是如何走过生命的困顿，来寻找灵魂的解脱，以及在现世中不得不承受的生命的悲欢。两位女性都承受了生活中太多的苦难，然而，她们身上始终保持着女性天然的优雅从容。如姬姆措，爱情的夭亡，心爱的男人当了僧侣，只身远走大吉岭，生下孩子，承受生命的苦难，艰难哺育孩子，最后又失去了孩子，当所有的打击都来临的时候，她却一步步走向成熟，女性特有的优雅从容在她的身上展露无遗。同样，在《灵魂出洞》中，朗多太太和娣身上也天然地具有一种女性的从容典雅，正是这些精神性东西的存在，使得格央的作品显现出独特的魅力。

格央作品的雍容典雅还来自于她有节制的叙事。譬如，在描写姬姆措前去哲蚌寺看平杰的一幕，明明可以写得十分悲痛伤感，但作者的处理却异常的平实，以一种克制的态度去写悲苦："兀地，她看到那张曾经亲切、温柔和揪心的脸，看到了曾经为之心动的笑容。他穿着一件崭新的红袈裟，肩上搭着黄布缠裹的经书，一边不太熟练地把袈裟往肩上披，一边愉快地躲着同伴的挑逗。辫子没了，一头短发，看上去显得更年轻，更轻松……姬姆措嗖地一下站起来，呆立在那儿，心里空荡荡又挤塞塞的。"格央冷静自然地写来，带有一份从容和优雅。此外，作品总体气质上的雍容典雅还源自作者清新自然、朴素的语言，格央的语言是不经雕琢的，是十分平实的生活化的语言；同时，格央的语言又是一种带有情感的语言，是一种"有意味"的语言，能有力地推动人物性格的发展。

第十三节　敖超、罗布次仁、张祖文

敖超（1968—），出生于重庆。1983 年入伍，1985 年退伍。1996 年

至1998年在中央文化干部管理学院读书。先后在西藏人民广播电台、《西藏文化报》、西藏自治区文化厅、西藏艺术研究所、西藏群众艺术馆任职。敖超在诗歌、散文、小说领域都有涉猎，同时还从事歌词创作，著有小说集《假装没感觉》、诗歌集《遇见》、长篇小说《直线三公里》。曾获第四届西藏新世纪文学奖。

敖超小说的主人公大多心怀西藏情结，总和西藏有解不开的缘分。他（她）或因父辈的原因在西藏出生、成长；或因执着于对西藏的神秘而向往西藏，游历西藏，即便只是西藏的过客，骚动的内心却往往在那里得到平复，因生活重压而日趋坚硬粗鄙的内心因之变得柔软。正是基于这样的西藏情结，敖超努力使小说文本与时代、社会和西藏生活保持了应有的联结，从不同的维度给人们展示了一幅幅现实社会的生存本相。

2004年，《西藏文学》发表了敖超的短篇小说《假装没感觉》，这是他的第一篇小说。随后，被《小说选刊》转载，并获得了西藏“新世纪文学奖”。《假装没感觉》以第一人称讲述了一个人的失恋情状。小说以酸涩的笔触，呈现了当代西藏社会青年男女的情感纠葛，那在伪装之下，包含着心痛、无奈、怅惘、迷茫的复杂感受。“我”经营着一个名叫“西藏小屋”的酒吧，雇了一个欧亚混血的美丽女子娜姆。和娜姆恋爱之后，“我”把酒吧百分之四十的股份给了娜姆。可是因为“我”无法忍受娜姆在面对酒吧里的男人们时的轻薄，加上娜姆酗酒，两人开始分居。在去成都出差的时候，“我”认识了清纯的央金。央金在酒吧的出现，让娜姆很伤心，她带着百分之四十的股份离开了酒吧。央金去北京上学了，“我”承诺要到北京去看她，当苦苦等来央金时，她的身边却有了一个俊朗的大学生。失恋的“我”假装没感觉，回到所在的城市。《我不认识你》也写假装，当虚无的爱情在现实面前不堪一击时，那句“我不认识你”表露了人深深的孤独感。

《拉萨，虚构爱情》讲述了一个因生活的重压和内心的虚无，而向往能像神鹰那样飞翔的年轻人在西藏的种种见闻和经历。这个异乡的游子曾打拼在内地的繁华都市，经历了艰难的求职、竞争、升迁和生活的起起落落，直到无法忍受这无所凭依的生活而向往像鹰一样飞翔，于是选择了西藏，他学习藏语、喝酒，和这里的人交朋友、谈恋爱，企图以这样的方式融入西藏的生活。可是当这个年轻人游历了这里的山水、寺院，过上了在自己看来就是拉萨人的生活，甚至就要遭遇一场不期而至的爱情时，却在西藏偶遇了以前的恋人崔淑英，在面临着离去还是留下的问题时，却最终选择了离开西藏。西藏仅仅成为“我”释放压抑情绪、摆脱没有温情和凭依生活的场所。只有在西藏，才能在酩酊大醉中像泄洪一样，把许多年来堆积在心里的苦闷彻底地发泄。这样的发泄也只有在拉萨朋友面前才能够释放，这是真我的一种体现。可半年多的西藏之旅，“我”的思维方式和情感方式仍然是我的，“我走了，与来的时候一样，什么也没有。”这个外乡的游者只能“知难而退”。这就是生活轨迹，起点和终点难分彼此，生活的价值也正体现在生活本身的各种形态里，个体的耀眼闪烁或是寂灭陨落，和生活里的温情与残酷一样，构成了复杂中单纯的两极。生命就在这两极里起落、翻腾，直到终结。

《去拉萨离婚》中的李小西和文杰选择去拉萨的动机并不单纯。不论是文杰要履行结婚时对妻子李小西的承诺，还是李小西对于父亲执着于西藏而离开她们母女的原因的探求，以及对于弟弟李小藏的歉疚的补偿，不管怎样，他们来拉萨的目的是离婚。可动机往往不一定成为行为的现实，在短短的拉萨之旅中，李小西儿时对于父亲的误解和怨恨得以化解，代之而来的是对父亲的尊敬、爱戴和对弟弟的负疚，并重新找到了失却已久的爱情。这里，生活露出了难得的温情面孔，这温情来自质朴的高地，建立在人与人的相互理解和尊重的基础上，回归了人类情感的家园。

在《去拉萨离婚》和《拉萨，虚构爱情》这两篇小说中，敖超一反自20世纪80年代以后，藏族作家和以马原为代表的汉族作家笔下的神秘西藏的魔幻色彩，并不着意渲染西藏的神秘，回归了80年代西藏文学的现实主义传统。他执着地言说着当下现实，以关注现实人生为己任，把握人的真实生存状态，把握人的生命活动的意义，从人的生命活动的感性过程中，发掘或揭示人类美好的希望和意义。《生命中所不能承受的》也是如此。作品通过一个家庭的变故展现了普通人的生存现实，以及企图改变现实的努力。作者似乎有意模糊故事的背景，父亲韩卫国是个技术工人，性情温良且为人知足本分，母亲许梅年轻时候曾在西藏当过兵并有几分姿色，女儿小美是他们的最爱，他们一家过着平淡而温馨的生活。故事从母亲许梅与过去的战友、今天的老板王烨的重逢开始，小说的全部笔墨都用于突现生存本身的意义。韩卫国爱妻子许梅，更爱女儿小美，他视妻子女儿为他的所有，他的一切努力都为了她们。他不是不勤劳，也不是不踏实，可他总在生活的一次次变故中煎熬，他的收入和地位远没有妻子和女儿对生活的欲望涨得更多更快。小说通过描写一家三口人应对生存处境的不同方式，来显现他们的生存现实。这个家庭中三个人都被他们的生存境况紧紧捆绑着，各自用自身的方式应付生存现状的种种沉重压力。改变生活的愿望和生活中的摸爬滚打，都生成于他们最基本的生存欲求与所处境遇之间的摩擦和冲突。他们不愿在既定的境遇中认可命运的安排，渴望通过另一种方式和途径来实现自己生活的欲求。母亲许梅与过去的战友、今天的富豪老板王烨的重逢，是这个家庭致命的遭遇。王烨的成功富有和韩卫国的生存窘境，女儿小美和同学任娜娜在相貌和穿戴打扮上的明暗较量和相互妒忌，使这对母女情感的天平不断倾斜。女儿小美因王烨从国外买来的一件漂亮贵重的新衣服竟激动到战栗不已，“我期盼班里的男同学像看任娜娜那样看着我，当然也希望女同学也像看任娜娜那样看着我。我也想象着任娜娜惊羡地看着我的衣服，问我的衣服是什么时候买的而她又想买却没买到”，“我努力地想使自己平静地等待那一刻，但我不行，我不由自主地全身战栗，我越想使自己平静下来全身就越战栗得不停。”惧怕婚姻解体的韩卫国最终失去了自己为之付出一切的家庭。小说集中于对每个人生存境遇的刻画，生活中的不如意纠缠着现实中的每个人，并以巨大的销蚀性磨损掉他们个性中的一切棱角，生活的严峻性和销蚀力则更渗透进每个人的生存空间。

这篇小说在情节展开中采用了一种多视角的叙述，即同一件事被不同的叙述者叙述，复调式地呈现了生活在同一屋檐下的一家人不同的生活欲望和他们的生存现实，而且不同的叙述视角在强调故事真实性的同时，强化了叙述者的个人观点。在多重叙述视角中呈现了传统婚姻模式与人性欲望骚动之间的冲突，增强了人物的悲剧色彩和生活的悲剧意味。表现了人们在现实生活中的执着、尴尬和无奈，以及由此产生的种种生存困境。虽然作者没有正面展现人物所处的文化背景和社会语境，却从中透析了生存的现实问题，涉及到现实的生存本相以及人性、家庭伦理、人生理想等精神维度。在叙事模式和表达方式上，作者没有刻意渲染底层生活的苦难，没有作崇高状，但我们却能够感受到人物内心的挣扎和恐惧，显示了当下生活中人际关系中存在的冷漠、相互利用、妒忌，快餐交易式的情爱等生存本相，以及物质丰富精神粗鄙的现实。而作者思想的隐匿，使小说情境呈现出生活本身固有的复杂性和偶然性。

《我把女友嫁出去了》表现生命中的另一种不能承受之重：社会道德与原始欲望的角逐，以及这种角逐给个体生活所带来的灾难。小说写了"我"和卓玛的相识、相恋以及分手。在叙述上打乱时间顺序之后，小说叙述的几段故事交织纠缠在一起："我"的朋友扎西被女友甩了；"我"母亲跟一个商人去了尼泊尔之后，父亲开始酗酒。我对父亲由依恋转为讨厌，并开始思念母亲——"我曾无数次用扎西的母亲、漂亮的英语老师以及每一个行走在街上看上去容貌美丽的女人来替代我母亲的样子，也曾无数次地想象母亲突然出现在我面前的各种各样的情景"；我和卓玛相识，并在她身上嗅到记忆中四岁那年清晨的味道；扎西的舅舅回忆的"我"母亲的故事；我和初恋的故事；扎桑奶奶回忆的"我"母亲的故事；我和卓玛的相恋；我和卓玛的爱情出现危机，当我和她亲热的时候，突然又闻到四岁那年早晨的味道，并因此导致亲热的失败——“我茫然地注视着卓玛玉一样无瑕的身子，看见了常常在我梦魇里幽灵般出现的母亲般模糊的面容。”之后，为了修复我和卓玛的感情，在朋友扎西的劝说下，我和卓玛去尼泊尔度假，然而一无所获。在回国的路上，却遇到了与卓玛从小一起长大的拉巴；我由于抑郁引发心境性障碍，幻觉越来越频繁，也越来越敏感、脆弱，在巨大的心理压力之下，拉巴成为我与卓玛分手的借口；卓玛和别人结婚。将这些乱序的事件做一番重组，大致脉络是：“我”对母亲的感情影响了“我”现在的爱情。也就是说，我的恋爱与失恋都和母亲有关。这是一个可以用俄狄浦斯情结解释的故事。

《我的上世纪最后一天》（又名《车祸》）以世纪末的青年男女为叙述对象，描写了在上世纪即将过去、新世纪来临之前，他们的匆忙步履，困惑、怅惘以及其他难以言表的情绪。在上世纪的最后一天，“我”、大熊和小馒头三个人准备以狂欢来迎接新世纪到来，他们准备了酒和漂亮的女人。“我”在机关里上班，大熊开一个服装店，而小馒头是“我”童年从小一起玩到大的伙伴，他是另一个机关里的厨师（炊事员，称呼）。他们调侃着电视里的节目，在“我”的宿舍喝着酒，吃完了“世纪大餐”。之后他们准备再去酒吧狂欢，不料碰见了警察，因为害怕酒驾被查，他们躲进了小胡同。酒吧之行未能成行，在黑灯瞎火中，他们看到了破败的工厂、山坡上的小学，以及童年的小河。此时，新世纪的烟花在城市的上空绽放，欢呼过后，他们准备兴尽而返。在过一个陡坡时，车翻进了河里，小馒头不幸身亡。

《我的上世纪最后一天》在西藏当代文学中具有特殊的意义。它是为数不多的、表达世纪末西藏青年男女情绪与心态的一篇小说。在新旧世纪交替之际的时间节点上，青年男女因为事业、婚姻、爱情等的不尽如人意而产生的一种困惑与怅惘。这种情绪与心态，并不单纯是个体的反应，它是群体性的、社会性的。小说中，大熊开着服装店，生意难做，在上世纪的最后一天，他在下午就打烊了，因为他觉得“关得再晚也亏”。而“我”

的爱情没有着落，报纸夹缝里的征婚启事虽然让“我”觉得条件不错，可我依然没有着急于进一步的行动，而是将希望寄托于明天——“我假装专心地看着科长，心早就飞到下个世纪里去了。”小馒头是一个机关食堂的厨师，以往的时候逢年过节，因为单位要发餐券，厨师很忙，而现在单位过节发过节费了，厨师没有事干。无所事事的小馒头，找不到存在感。关于事业、爱情，每个人都有自己的理想，可是由于理想与现实的不协调，他们迷惘、消极，并且有一点点颓废。在上世纪的最后一天，这种情绪找到了一个适宜的土壤，并且疯狂滋生。

小说还表现了人的漂泊感。当然，这种漂泊指向精神。人们在迷茫中失却人生目标，找不到精神家园，最终只能在世纪末的最后一天，在新世纪到来的时候，去寻找童年的一条河。就像小说中鲁鲁所说：“世纪末的最后一天，我们在寻找童年的河啊。好棒好棒。”童年的那条河当然是一个象征，它代表传统的未被开发与污染的乡土，更代表一种宁静的、无忧无虑的生活。科技的发展未尝稍歇，人类已经向自然显示了强大的力量，小说里的工厂就是证明。然而几乎在同一时间，自然对人类的征服给予了无情的报复，所谓的征服朝人类难以控制的方向发展，那些垃圾场，那些“河里覆盖着白色的肮脏的垃圾”，在无言地诉说着这种失控。这条童年的河，与小说的题目恰到好处地联系起来。“上世纪”的“上”，表明是在“这”一世纪来写“前”一个世纪的故事。这本身是一个回顾的视角。而回顾，更多地是一种怀念。在怀念中，世纪末的情绪被更完整地予以表达。

《獐子》书写掩埋在历史纵深处的罪与罚。小说以獐子为线，穿过层层迷障，窥破了被刻意遗忘的三十多年前的历史真相。在部队做领导的“我”的父亲，为了让他的弟弟也就是“我”的叔叔从农村进城，私自同意叔叔去打猎获取麝香，以备给人送礼之用。然而，在和獐子的对峙中，慌乱的叔叔误杀了小萝卜头的哥哥多布杰。为了避免让“我”的父亲承担连带责任，乡长等人让叔叔一个人担下了所有的罪过——让叔叔承认枪是偷拿的。

如此一来，叔叔就被判刑八年，而“我”的父亲没有承担刑事责任，只是受了一个轻微的处分。然而罪过并不因为人的隐瞒而轻易放弃惩罚。服刑的叔叔选择了对“我”父亲的不原谅，并拒绝“我”父亲的探望。最大的惩罚还在后头，“我”父亲为当年的过失感觉内疚，并且备受折磨，并将他的折磨延及他人：父亲不允许我们谈论叔叔。这种不允许，是对自己当年罪过的一种刻意遗忘与严酷自审，并以岁月为证，告诉人们灵魂的拯救是如何的艰难。

敖超的小说有以下几个非常鲜明的艺术特色：

首先，普通人的形象塑造。敖超的小说，不以题材的奇特性取胜，他放弃了对西藏神秘性的挖掘，而致力于书写生活在现代社会芸芸众生的普通与平常。在敖超的笔下，没有英雄、没有模范。所有的，是真正使世界充满生机与活力的凡夫俗子，是有血有肉、充满情仇爱欲的普通人。《獐子》中的“我父亲”身为军队干部，但并不是高大上的符号，他为了一己亲情，也打算送礼；为了自己不受牵连，也默认了乡长的做法；为了自己当年的罪过，也忏悔与煎熬。《我的上世纪最后一天》里大熊与小馒头仿佛就是在街道的洪流中穿梭，与我们擦肩而过的都市青年;《我把女友嫁出去了》《去拉萨离婚》《假装没感觉》写的更是为了爱情发愁苦闷的男男女女。敖超小说中的这些人物，在真切的时代背景的衬托下，显得真实可感、有血有肉。

其次，细腻的心理描写。敖超的小说，以细腻入微的心理描写与敏锐的感受力，深入人物的内心世界，使人物性格得以充分展开。其中，有心理独白，“隔壁家赵小二昨天特别神秘地在我和女朋友英子一阵狂吻之后告诉了我关于扎根的事。那个时候的我顿时惊讶得犹如一阵寒风吹痛了我整个神经，一个惊颤使我从刚回来的喜悦中清醒了出来。”这是《玩过火了》中关于“我”刚听到扎根出事的直接心理描写。当然，最具有艺术性的是那些看似无意的间接刻画。这是《我把女友嫁出去了》的结尾：“在一个人声鼎沸的酒吧里，扎西大声地告诉我说卓玛结婚了。我呆滞地望着一桌的空酒瓶，两眼通红地看着和我一样醉的扎西说我知道，是我把她嫁出去的。”一段看似不动声色的描写，内里却包含着多少疲惫、失落与无可奈何。

最后，感伤的基调。敖超的小说，几乎无一例外地贯穿着感伤的调子，即使是在轻快的叙述中，也回旋着感伤的旋律。他的小说，没有激越慷慨的气势，不是雄浑奔放的风格，而是在愤怒中混搭着莫名的忧郁，在明朗中夹杂着无言的愁思。

敖超的小说虽然不多，但是他用独特的题材、深厚的意蕴与丰满的人物丰富了西藏当代文学的画廊。

罗布次仁（1971—），全名朗顿·罗布次仁，出生于西藏拉萨。中学时就读于浙江绍兴一中，中学毕业后考入浙江警官学校，毕业后回到拉萨就职于警察系统，后调至西藏自治区文联。主要作品有中篇小说《夏日无痕》《远村》《冬虫夏草》和短篇小说《转经路上》《清晨》，散文代表作《诉说》和《西藏的山》。主要译作有《绿松石》《参加鸦片战争的藏族远征军》等。曾获第六届西藏新世纪文学奖。

中篇小说《远村》是罗布次仁小说创作的代表性作品。罗布次仁用一个中篇的篇幅，精心选择事件、安排情节，通过讲述一个普通藏族农牧村庄人们日常生活情形，展示现代文明与传统文化生活方式的冲突与融合，反映社会的变迁和人们思想观念、生活方式的改变，引发人们对在现代历史进程中民族传统文化该如何存在与发展的思索。

小说揭示了藏地村庄在宗教文化氛围中的生活情状和这种情状逐渐转变的艰难过程。虽然扎西大爷已经脱去袈裟好几年了，但他仍是村里人心目中佛教力量的代言人，村里人遇到大事小事总要扎西大爷拿个主意，村里人把田里的收成、新房的奠基、治病救灾等事都交付给神佛，否则心里就会不踏实，扎西大爷也相信自己在村里的威信。上千年来，对神佛的崇拜已经深入藏族民众生活的方方面面，形成了他们事事对神佛依赖的心理，也为村里有这样一位有法力的人而心生信心与优越感。

邻村的德吉是小说中另一个具有神性的人。据说她是普布母亲的转世，在普布一家搬走后，四岁多的德吉曾到普布家门口哭诉：“家人抛下她一个孤老太婆可怎么办”，扎西大爷也说“那小女孩不是凡人”。邻村的瞎眼婆白玛说扎西大爷和德吉斗法失败而回村，使村民对扎西大爷的法力产生了些许怀疑，更增加了德吉的神秘。而且从邻村传来消息，德吉能预知未来，邻村的村民遇事都上她家找她问事。邻村的传言和对德吉神性的塑造，以及扎西大爷所在村里人对邻村莫名的羡慕和妒忌，揭示了神佛在藏族村民心中的地位。

尽管宗教文化对人们的影响根深蒂固，但面对外界信息的冲击，人们的观念意识也在逐渐转变。外乡人罗顿的到来，是村里人步入现代文明生活的新的开端。罗顿有一块神奇的布，能变出好多孩子们从没有见过的玩具送给他们；他能使水渠里的水往高处流，为人们的生活带来了便利；他用一种药使青稞的产量比往年多一倍；他用的一把铁犁头比村民们用的犁省力又省时。在罗顿的影响和带动下，村里人的生活方式越来越向现代文明靠近，罗顿勤快能干、疼爱孩子、讲卫生、乐于助人、积极向上，他的这些性格特征，影响着藏族村民传统的生活习惯和方式，村里人在发生着潜移默化的改变。一个典型的例子是：传说地震当中震毁的达龙寺又建立起来了，四面八方的人都去敬献和叩拜。这个消息传到村子里，村里很多人都想去朝拜，可是那时正是农忙的季节，村民们实在走不开，决定到农闲时再去。村里人已经在农忙和拜佛之间有了区分，不再把丰收的希望都寄托在每天的转经祈祷上，已经身体力行地通过辛勤的劳作换得来年的丰收。

在迈向现代文明的进程中，传统的生活方式、文化观念和宗教信仰依然深植在藏族民众的意识深处，仍然发挥着一定的作用。当现代文明与本民族固有的传统心理意识发生冲突与分歧时，村里人更多地还是选择保持民族传统。邻村的德吉被认定为活佛，将被尼姑院的人接走，那一天正好是春耕的第一天。按祖上的规矩各家各户都要到田地上，给犁地的牲口套上崭新的饰品，献上哈达。犁地的人喝过青稞酒，唱过预祝丰收的歌后，便开始下头一道犁，播下第一粒种子。但是春耕的日子与德吉远赴康区的日子冲突，大家认为德吉被认定为转世灵童是头等大事，商量着把春耕的日子推后一天，纵使罗顿强调春耕的重要性也改变不了村里人的决定。民族传统文化既有精华，也带有滞后性，对于民族传统与现代文明的冲突与分歧，小说没有简单地肯定或否定某一方面。

村里人之所以能接受罗顿并认可他，和罗顿的态度和方式有很大的关系。罗顿尽量尊重理解村里人的宗教文化习俗。如，罗顿经常到水渠里洗澡，而村里人担心不分时辰地到水渠里洗澡，要是触怒了天神，会降下灾祸；罗顿虽然不认同村里人的观念，但为了尊重他们的习俗，把水挑回家里洗澡，村民很高兴，认为他通情达理。为了送德吉远赴，村民推迟了春耕，罗顿知道很难改变村民的决定，就自己去犁地。村民回村后兴奋地向罗顿讲述送德吉的情形，罗顿虽不以为然，但也没有扫村民们的兴。罗顿明白要能更好地给村民办一些好事，让村民过得比现在好，就要确立自己在村里人心目中的地位和威信，所以在遇到旱灾村民求罗顿帮助时，罗顿提出了要大家都听他的，并配合他的工作。罗顿用村里人能接受的方式和策略，带领大家走向新的生活。

由于文化的隔阂和差异，外乡人罗顿也曾触动村民深层的心理忌讳。在这个普遍信仰佛教的村庄，村民相信生命在无休止地轮回，今生的最大愿望是为下一次轮回做好准备，把一切寄托在来世，过去的事情都是上天注定的，没有必要去回溯；但罗顿用放电影的方式让村民重新回顾了普布一家人搬离村子的情景。象征现代文明的布景让村里人感到害怕，它是对村民传统文化心理的冲击，给村民造成了心灵的震颤和隐痛，是村民不容易接受和认可的，所以在很长的一段时间，村民都刻意疏远罗顿。

一种生活的改变、历史的进步、社会的变迁必定会经历痛苦和蜕变，村里人也在小心翼翼地拣选、蹒跚地前进。经过相互的了解和磨合，几次的回环往复，罗顿以现代化的方式盖起了专门用来议事的房屋，选出了几个固定的人作为代表，组织了歌舞表演队，兴办了一所学校。村民们每天都很充实，干起活来也很有劲头，学习热情高涨，为了满足村民不断增加学习时间的要求，还成立了村民广播站。村民开始习惯听着罗顿的声音过每一天的日子，如有几天听不到罗顿的声音，就会觉得心里空荡荡的。从原来的遇事总要扎西大爷拿主意，否则心里不踏实，到现在无法摆脱罗顿带给他们的新的生活方式，是村民从旧的生活方式到现代文明生活方式的转变，村里人在现代文明的进程中已越来越适应。

其实，民族性与现代性并不是完全冲突而是可以并存的，现代文明的进步并不意味着完全摒除民族传统文化。小说也揭示了传统文化精髓与现代生活方式并行不悖的现实。在小说的结尾，记述村里来了一个说格萨尔的老艺人，他临死前把所能说的格萨尔故事传授给了哑巴；十年之后的一个清晨，哑巴奇迹般地说话了。预示着优秀的民族传统文化会源源流传下去，不会丧失其生机与活力。

罗布次仁的小说善于通过普通的人物和事件反映现代化进程中民族文化、思想观念、生活方式的变迁。《清晨》主要描述清晨“我”在路上看到的场景和发生的事情。推着自行车从市郊赶来卖牛奶的农民、转经的老阿妈、中年康巴汉子、骑着赛车穿着校服的两少年，构成了一幅洋溢着生活气息的现代拉萨城清晨景象。善良的转经老阿妈和康巴男人对偷盗者截然不同的态度，映衬出两代人不同的思想观念和处事方式。《夏日无痕》塑造了一个现代社会环境下的“零余者”——江才。江才对一切都没有兴趣，觉得一切都是无意义的，没有生活的目标和动力，所以早早辍学，连父母千方百计为他找的工作也丢掉了，整日无所事事地在马路上游荡。江才是一个在社会转型期从思想观念和生活方式都还没有调整、适应社会进程，处于夹缝与过渡状态的人物形象。他思想意识受传统观念的影响很深，但日益发展的当代西藏社会，正逐渐打破延续多年的生活方式，在快速发展的社会现实中，江才没能实现从传统到现代的蜕变。他也曾无数次下决心改掉这个毛病，但坚持不了几天，又回到马路上。但江才不是一个宿命论者，他的厌世、迷茫正是因为他对人生有更高更美好的渴望和追求。他自卑，但并不悲观，觉得自己终归不会这样活着，他是不信命的，只是没有找到适合自己的人生道路而已。江才是一个自卑又清高的人。一方面，他看不起那些为了生存失去自我整日忙碌挣钱的人；另一方面，看到自己的迷茫、一事无成，他很羡慕别人的充实和成就。他总是找不到自己的位置，面对困惑与难题，他总是采取逃避的方式。江才有一段很美好的爱情，但因为自己的无力和懦弱，觉得自己不能带给对方幸福，选择分手逃避问题。但当女朋友次央不幸离世，他却追悔莫及，心里有种负罪感，也开始反思自己二十多年的人生。小说表现了社会转型期藏族青年的灵魂震颤和人生诉求。

现实主义是罗布次仁小说创作的主要方法。他的小说从现实生活中取材，通过有代表性的人物、事件，反映当今西藏社会发展中的现象和问题。但他小说中也多有魔幻手法的运用，如德吉和扎西大爷的斗法，关于神山圣湖的传说等。民族宗教信仰、传统文化与现代文明的冲突与调适等话题，是他小说一直致力于表达与思考的问题，有浓郁的民族意味与色彩。

张祖文（1977—），出生于四川南溪县。2000年毕业于四川师范大学，同年进藏，先后在西藏昌都地区洛隆县中学、西藏昌都地区中学、西藏昌都地区初级中学任教，后调至西藏自治区人大民族宗教外事侨务处工作。著有长篇小说《拉萨，别来无恙》《拉萨河畔》《光芒大地》《我在拉萨等你》等；出版散文集《看着你开花》、小说集《忽然天好蓝》，创作儿童文学《日光之城在呼唤》《珠穆朗玛雪人不哭》《曾经的喜马拉雅海》等。曾获第七届西藏新世纪文学奖。

张祖文的作品体裁多样、题材领域宽广，站在民间立场上，潜入藏民族历史深处，书写当下的西藏社会、经济、文化、生活的巨大变迁，表现当下现实中普通老百姓的精神风貌。他书写西藏的历史传说、民情风俗、奇人奇事，探寻藏族传统文化的脉动和在今天的价值，触摸和发掘平凡人物身上所体现的文化精神。他作品中的现代意识和多种表现手法，质朴厚重的“西藏边地”文化色彩，构成了新世纪西藏文学的独特景观。

关于西藏，张祖文创作了大量的小说，如长篇小说《拉萨河畔》《拉萨别来无恙》《我在拉萨等你》，中篇小说《像翅膀一样飞翔》《拉萨热度》，短篇小说《撑在露珠上的伞影》《拉萨河的经幡》《远去的镜子》《洁白的哈达》等。张祖文将他的这些小说称为“藏边体”小说。“藏”，指西藏；“边”，指边疆。张祖文解释说，“‘藏边体小说’即是有关边疆地区的西藏小说，就是站在内地在藏生活的人的角度来看西藏，主要反映内地进藏人员和受千年佛教熏染的藏族人民，在面对现代文明交融时他们的思想和生活状况。”[1]概括来说，内地进藏者的视角与眼光，是藏边体的主要特色。

《拉萨河的经幡》中，卓玛的丈夫格旺因嗜酒而在雪顿节看展佛中丢失了三岁的儿子几米，卓玛因此和丈夫离婚，之后不停地在拉萨河边挂经幡祈求神佛保佑她能尽快找到儿子。一次，她看到一对尼泊尔母子在街上卖艺，感觉那个孩子就是自己的儿子几米，便跟着他来到拉萨河畔的家。这个孩子在河边打水时失足掉到河里，卓玛跳下河去救孩子，再没上来。作品通过普通女子卓玛为救一个陌生孩子而撒手人寰的故事，表现了一个母亲对儿子的亲情。《你为什么不叫卓玛》中，农牧区姑娘卓玛和德吉一起来拉萨，卓玛在布宫广场擦了五年皮鞋，依然保持农牧区姑娘身上的一些质朴品格，而德吉却为了挣钱快而去出租屋卖淫，变得洋气新潮。卓玛经不住诱惑也学德吉一样在出租房里卖淫，被警察抓获后羞于承认自己叫卓玛。小说通过两个牧区姑娘的城市生活揭示了现代社会金钱对生活的渗透。

中篇小说《像翅膀一样飞翔》写加查湾新农村建设中的人和事，反映、

[1] 暗箫：《张祖文：我有写不完的“藏边体”》，《西部时报》，2012年4月10日。

讴歌了社会新气象。主人公次洛在内地上了四年大学，以弘扬藏族音乐为己任。另一个是高中生拉珍，在家乡依靠自己的劳动和智慧办起了藏毯厂，成为带领乡亲们致富的带头人，他们是新时期西藏新青年的代表。《天水向西》中，次洛和卓玛在放牧中发现了猎杀藏羚羊的非法狩猎者，两人机智勇敢，历经艰险，与非法狩猎者周旋，用生命保护藏羚羊的惊险经历。《空气很空》中内地青年王小木在“文革”期间下乡到西藏纳木措，与卓玛相识。卓玛是一个美丽的藏族姑娘，脸上总是洋溢着醉人的微笑，长着一个像西方女人一样小小的弯钩鼻子，她每天挤奶，打酥油茶，打奶时总会唱起《打奶歌》。卓玛的勤劳美丽打动了王小木，王小木和卓玛相爱。在王小木要回内地之前，两人一起转纳木措，就是在这一次转湖的过程中，舍不得离开爱人的卓玛突发高原性心脏病去世，给王小木留下了终生的愧疚。几十年后，王小木离开喧嚣的城市，再一次来到纳木措转湖，不仅是对卓玛的缅怀，也是对一段特殊岁月的致敬。

《你也叫卓玛》是一篇题材新颖的优秀之作，讲述的是“藏二代”和他们的西藏故事。老典是一个典型的“藏二代”。他随父亲在西藏生活，父亲退休回老家后，他无法在父亲膝下尽孝，还要忍受与妻子女儿的长久分离。既无法做一个好儿子，也无法做一个好丈夫和好父亲，最后一个人孤单地在拉萨去世。二龙是一个在藏工作的四川人，他无法照顾生病的母亲，他如果让女儿在内地上学，就必须承受夫妻长久分离的现实，他在这无法两全的困难面前束手无策；最后母亲去世后，妻子坚持带女儿回拉萨上学。多年以后，老典的女儿和二龙的女儿都有了一个藏族姑娘的名字：卓玛。卓玛不仅仅是一个藏族女孩的名字，卓玛成为一个符号，表达了那些在西藏工作生活了多年以后的内地人无法割舍的西藏情怀。这篇小说表现了那些在西藏工作、生活的人们永远走不出来的西藏情结，以及他们面临的种种困境。

《拉萨别来无恙》是张祖文拉萨系列小说中的第一部关于拉萨的小说，

也是“藏边体小说”系列中的第一部长篇小说。故事开始于洛则和扎西次仁在经川藏线去成都的途中汽车翻车，鹰把他俩从悬崖上救起，并偶遇去拉萨旅游的成都姑娘依荷。成都女孩依荷来拉萨的目的，一方面是为了与她的成都男友保持一段距离，冷静地审视他们之间的爱情；一方面缘于冥冥之中的神秘力量的召唤，当途中遇到洛则，以及雪獒出现后，文本叙事就此展开了洛则和依荷两百多年的生死姻缘。

小说在第三人称零聚焦视角的表层与潜在内聚焦视角置换过程中，把第三人称的全知视角与第一人称内聚焦视角有机结合，使叙事者可以在叙事的不同阶段贴近每个人物，细微体察主人公的内心活动、内心感受和内心变化。小说在人称与视角的“置换”和游弋中以日常化的叙事语言，以及简单质朴的叙述笔调，悠闲中透露出自然亲切，从而使得叙述从容自若。在第三人称叙述中，依荷是被讲述者，而在依荷给洛则讲述她的梦时，依荷从被讲述者变成讲述者，叙述视角从零聚焦叙事转向内聚焦叙事。依荷既是她所叙之事中的主角，她亲临并参与了所叙之事，同时她又能清醒地意识到这是个梦，她可以随时离开梦境，向洛则包括读者对自己的梦进行描述和评价。依荷在此具有双重身份，使她不同于故事中的其他人物，她变得透明，她的现实行为也变得易于理解。另一方面，依荷在讲述自己的梦境时，她作为叙述者的视角又受到了角色身份的限制，她只能描述自己的所见、所闻和自己的心理活动。在依荷的梦里，两百多年前的藏族男青年普琼为了抗击入侵西藏的廓尔喀人参了军，并认识了一个叫纳兰的满族女子，普琼向依荷梦中的纳兰解答了依荷（央珍）的疑惑：他们如何相识，她（纳兰）为什么又成了央珍，纳兰的身世，清军抗击廓尔喀人的经过，他们相爱的过程等等。梦中的“现实”如同依荷身处的现实一样，充满了诸多的不可预知和不确定性，在依荷的梦中，央珍和普琼经历了一场感天动地的爱情，甚至还实实在在地经历了西藏历史上的廓尔喀人入侵。纳兰（央珍）或普琼对自己的经历产生了毋庸置疑的信赖。在此，依荷的梦无疑成为整部小说的结构原则，使得小说既表现现实生活中的事，也兼顾了“不曾发生的事”，将现实与想象（梦）、写实与诗化融合起来，使得小说在虚构现实的同时展现历史。

作者为故事设置了三个视角。一个是作品虚构的叙述者的第三人称零聚焦叙述，这个叙述者可以出现在任何时候，任何人物的内心，但这个叙述者并不是全知全能的上帝。另一个叙述视角则是作品中的人物依荷的内聚焦叙事，作者通过依荷的视角，用第一人称讲述她的梦境，由于依荷明确的意识，她的讲述，始终在她的现实和她的梦境中游弋，她的第一人称叙述也因此极有节制，叙述的主观性使得梦中的现实具有某种逼真性。还有一个视角，就是依荷梦中的人物普琼，他要现实中的依荷相信她就是纳兰（央珍），他变身为纳兰成为央珍的知情者，他以第一人称内聚焦视角讲述了与纳兰的相识和与央珍相恋的过程。三个视角构成了小说的内部结构及其故事主题，《拉萨别来无恙》的成功就在于小说以主人公依荷的梦为中心，在内容与形式之间建立了一种有机联系，为小说找到这样一个中心以后，作品以这个中心为基础，对小说题材进行处理，小说其他方面的内容也就得到了确立，并使小说的兴趣点得以展开。梦在这部小说中获得了结构原则，使小说各个方面聚合在一起。从而形成小说在现实与梦境之间的张力，呈现了两种现实。

一个是洛则和依荷身处的现实。他们在这个现实里有父母有朋友，有欲望有迷茫，有情感有思想，遵循各种规范（道德规范和工作规范等），这些构成了依荷和洛则看上去很实在的现实，这个现实中充满了人与人、人与自然的种种冲突，给人强烈的真实感。另一个现实则是依荷的梦。在依荷梦中的现实里，有纳兰（央珍）、普琼，有藏民族祖祖辈辈生存实践和历史，有至今还在藏民族生活中起重要作用的仪式和技艺，包括那些无法验证的神话、传说。在这个现实里，出现了鹰、藏獒、《甘珠尔》经书、民间传说、生产生活方式、生活技能等民族文化符号，凸显了一个古老民族的历史和文化，彰显了一个古老民族生生不息长久持存的精神品质。高原上那些无法验证的传说、神话具有多重象征意味。一方面它们因秉承神灵之气而与高原同在，它们是古代藏民族与自然直接相关的见证。这两种现实交相辉映，得益于小说的叙事策略。不同视角的置换，使得小说找到了一个中心，并通过这个中心，小说中众多的人物、事件、情节之间，自然地建立了一种有机联系，从而使小说文本具有了一种亦小说亦传奇的审美效果。洛则与依荷、普琼与央珍的爱情由贴地而行的现实之爱升华为凌空高蹈的浪漫之爱。

《拉萨别来无恙》最具吸引力的地方还在于故事的传奇性，朴素凝重中引人入胜。高原的神奇、神秘、不可能中的可能，一下子就把读者带到一个奇异的所在：洛则和伙伴扎西次仁在川藏线上的翻车，神鹰的多次相救与指引，鎏金佛像化身的雪獒，棕熊和鹰为了一株巨大的野生灵芝的战斗，狼群、金质的《甘珠尔》经书、转经筒、六字真言等等，生与死、因与果、前世与今生轮回，拉萨就在这样一个天地人神四方关联的时空里，演绎着前世与今生的爱情神话。

长篇小说《拉萨河畔》描写了新世纪以来拉萨河畔小城镇的整体风貌，反映了底层小人物的生存本相、生活方式、精神状态，给读者提供了一个重新认识西藏、感知西藏、定义西藏的全新文本。故事发生在世纪初青藏铁路的修筑、“非典”肆虐等真实的社会背景下。援藏干部陈洛来到高原小城，偶然情况下结识了土生土长的藏族姑娘卓玛，以及在此打工的四川籍男子巴哥巴尔干。卓玛和她的阿妈经营着一个名叫“康定情歌”的藏餐馆。巴尔干在小城打工多年，因开搅拌机而患“尘肺”。小说围绕这三个主要人物，并以这三个人的遭遇、经历为主线，展示了21世纪初，青藏高原一个小城各色人等的生活遭际和所思所想，他们的爱与恨、苦与乐，并通过这三个人物织就了一幅广阔的社会生活画卷。在全部的22个章节里，第一、四、七、十、十三、十六、十九、二十二节是第三人称叙事，叙述视角是陈洛的。第二、五、八、十一、十四、十七、二十节是第一人称叙事，叙述视角是卓玛的。第三、六、九、十二、十五、十八、二十一节也是第一人称叙事，叙述视角是巴哥的。叙述的顺序先是陈洛，再是卓玛，然后是巴哥，依次循环，完成全部叙事。陈洛的第三人称叙事，和卓玛、巴尔干的第一人称叙事交替呈现，叙事具有一定的互文性，多种叙事声音对同样的故事的"重复"，可以囊括不同人物和生活侧面，使得小说具有丰富的面貌，有效地扩展了小说表现生活的广度。

2013年8月，张祖文的第三部长篇小说《我在拉萨等你》出版。在《我在拉萨等你》里，高原动物牦牛与雪猪是这篇小说的真正主人公，通过它们，张祖文"试图探讨有关动物与人和谐相处的正常之道。通过全书，想宣扬一种人的强势，永远都只能针对人类自己。于自然，人的强势毫无用处；于自然中的其他生灵，更是不值一提的理念。"[1]故事由三条相互交织的线索组成。一是拉萨青年次洛经布达拉宫高僧十几年的辛勤指导，练就了一身不凡的藏刀刀法。次洛因他的牦牛"拉佳狄马"和牦牛"卓玛琼飞"的神奇牵引，认识了从北京来拉萨的姑娘可可，两人在拉萨上演了一段凄美绝伦的爱情故事。二是因为圆明园最著名的十二生肖兽首之一的龙首惊现拉萨，次洛和可可等与香港商人陈雨生和西藏商人欧普穷（也是可可师父）、尼玛之间展开了较量。三是几百年前廓尔喀人入侵西藏时，因为喜吃雪猪肉而大肆掠杀雪猪并激起雪猪的强烈反抗。清军统帅福康安在与廓尔喀人作战的过程中，意外发现了一个山洞，在探寻古洞的过程中，福康安发现当时布达拉宫的吉伦活佛的一些不为人知的秘密，以及福康安与雪猪及牦牛等高原动物之间展开了一系列令人难以置信的对峙。

离奇是这部小说的一个鲜明的艺术特征。这部小说通过虚构的西藏民间传说，把布达拉宫、珍宝、藏刀以及藏刀密法与八国联军侵略之前的北京圆明园中的龙首联系在一起，把北京姑娘可可和香港商人陈雨生与生活在拉萨的藏族小伙子次洛联系在一起，让牦牛、雪猪这些高原特有的动物也

[1] 张祖文：《我在拉萨等你·自序》，江苏文艺出版社，2013年版。

参与到这个离奇的故事中。这部小说的离奇表现在以下几个方面：一是事件离奇。二是故事的参与者除了人之外，还有动物，动物甚至决定了整个事件的最终结局。三是时间离奇，故事中的人物和动物能神奇地穿越时空，古人与今人，在同一时空中冲突纠缠。

2014年，张祖文出版了长篇小说《太阳圣殿》。这是一个跨越半个多世纪的故事，讲述了上世纪三四十年代四川农民青年陈列与陈常的遭遇。与《拉萨河畔》相比，《太阳圣殿》的故事时间跨度大，内容宏博庞杂。从四十年代左右写起，历经解放战争、和平解放西藏到改革开放等历史时期。小说的人物众多，不少人物个性鲜明。四川农村的陈列和陈常兄弟，陈列父子祖孙，旺堆、卓玛父女，热旦父子，王吖父女，段营长等。这些人物性格鲜明丰富。这部小说是张祖文艺术视野进一步开阔的一个表现。

张祖文的小说创作有几个方面值得肯定：首先，张祖文善于利用西藏历史上的重大事件和历史传说、民间传说组织小说中的事件，赋予小说极大的可读性和真实感。第二，小说语言的口语化、生活化，尤其是四川方言和俚语的运用，是张祖文小说语言的重要特征。在文学作品中，恰当的方言俚语的使用常常能使语言活泼新颖且富于表现力。第三，张祖文的作品交织着传统叙述和现代叙述的双重特点。他既追求现代叙述的客观，避免叙述者情感或价值参与，倡导读者的独立性，在读者与文本的交流中理解、生成作品；又注重对人物心境和自然环境的描述，不失时机地凸显叙述者的声音，对事件、人物、环境等作出评述，甚至直接露面表达一些观点。虽然叙述者的观点无助于故事进程的推进，但却能对读者的阅读产生影响。当然，有时候难免会破坏读者阅读的自主性。

第十四节　尼玛顿珠、藏顶塔杰、艾·尼玛次仁

尼玛顿珠（1970—），出生于西藏日喀则江孜县。1993年毕业于中央

民族大学藏学系藏族文学专业。1994年和2000年两度就读于上海戏剧学院，学习戏剧文学。现任职于西藏自治区话剧团，从事编剧工作。主要创作有剧本、小说、散文。著有小说集《拉萨梦》（藏文）、戏剧小品集《哈罗吉祥》（藏文）、戏剧集《扎西岗》（汉文）等。2014年出版儿童长篇小说《学生云旦和家长顿珠》。这是西藏第一部用藏文创作的反映当下儿童生活的长篇小说。

中短篇小说集《拉萨梦》收录了八篇中短篇小说，分别为《阿佳达娃》《漆黑的夜》《羌唐，我梦中的仙女》《牧羊人》《拉萨梦》《金戒指》《人心》《故乡》，涵盖了作者各个阶段创作的代表性作品。著名小说家扎西班典为该书作序，他高度评价了尼玛顿珠的小说创作成果，并且从三个方面谈到了该书的文学成就：第一，本书的所有小说都具有深厚的生活基础，每部作品都是反映现实生活的。第二，全书运用了娴熟的创作技巧和文学语言，语言具有鲜明的地方特色，既通俗流畅，又表达准确贴切。第三，全书的每部作品关注的对象都是平民百姓，塑造了许多具有典型意义的底层小人物。

中篇小说《拉萨梦》讲述了一个大学毕业生和从农村来到拉萨当保姆的三个女孩之间的爱情纠葛，以及三个女孩在生活的道路上与命运抗争的故事。刚刚大学毕业的顿珠在拉萨一家机关单位上班，在这里他认识了从农村来到拉萨为别人当保姆的三个女孩。在相处的过程中，三个女孩同时爱上了这个衣着干净、温文尔雅的大学毕业生。可是年轻的大学毕业生一直念念不忘大学期间的女友。三个女孩和顿珠经常聚在一起，但是由于价值观念的差异和成长经历的不同，他们往往谈不到一块去。大学生虽然欣赏她们淳朴善良的本性，喜欢她们天生丽质的相貌，但是他从未想过接受她们的爱情。在他的心里有的只是对她们生活艰辛的同情和对她们前途命运的担忧。三个女孩的爱情追求遭到大学生的冷落后，她们陆续离开他，去寻找自己的生存依靠和命运的归宿。这个时候顿珠一直依恋的女友也因生活所逼离他而去。情感受到巨大打击的顿珠主动向单位领导申请到基层去锻炼。在基层，顿珠对人生和爱情有了新的认识和理解。当他重新回到拉萨寻找深爱自己的三个女孩时，才发现一切都已经一去不复返，他才明白自己已经失去了最珍贵的东西。

小说直面拉萨城里的“保姆”这一特殊群体的生存状况和人生感受，满怀同情地描写了她们生活的艰辛和命运的曲折，热情地歌颂了她们对纯真爱情的追求和对美好生活的向往。用生动的语言描绘了几个主人公的性格特征和外部形象，用细腻的笔锋刻画了人物的内心世界，情节生动，语言流畅，引人入胜，扣人心弦。

《阿佳达娃》是一篇颇具尼玛顿珠风格的小说。小说同样用满怀同情的笔调塑造了一个把自己所有的爱都毫不吝惜地献给儿女的农村妇女形象。农村妇女阿佳达娃三十多岁守寡，本来长得不错的脸，看起来跟实际年龄很不相称。为了儿子，她什么都愿意干，为了女儿的前途，一切的劳累都扛在自己肩上。可命运还是捉弄了她。最后，虽然明知困境已经无法摆脱，但她还是在夕阳下的羊肠小路上踏着风尘，去寻找儿女的幸福。短篇小说《牧羊人》和《黑漆漆的夜》同样关注的是农牧民的生存状况。无论是眼睁睁地看着自己忙碌一年的庄稼被洪水冲走的仁青大哥，还是对生活和未来充满期待和梦想的牧羊人，他们都来自现实生活，都能够在西藏农区山村的现实生活中找到原型。用作者自己的话说：“这些人都是自己的哥哥姐姐。”作者从小生活在农村，对乡村生活非常熟悉。他亲眼目睹了乡村的发展变化，了解农民的喜怒哀乐。小说《牧羊人》讲述了一个牧羊人三十年如一日在山上放羊的故事。这看似枯燥乏味的题材，在作者笔下变成了一幅充满快乐和情趣的人生画卷。这是一个人三十年的生活经历，也是西藏农村三十年发展变化的缩影。作者用独特的视角把大时代的变迁和小人物的命运紧紧连在一起，通过短短几千字的篇幅，生动地勾勒了一幅农村三十年变迁的图画。

尼玛顿珠的小说关注现实生活，语言通俗流畅，注重人物塑造。他擅长描写底层民众的生活现状，善于表现他们的性格特征。纵观尼玛顿珠的小说，主要描写了两类人：一类是一辈子走不出大山的勤劳善良的农牧民形象；另一类是在社会最底层，为了生存而不断挣扎的城市居民。《阿佳达娃》中的达娃，《漆黑的夜》中的仁青，《牧羊人》中的牧羊人，《故乡》中的洛桑都属于前一种；《拉萨梦》中的玉珍、央宗、次吉，以及《金戒指》中的普赤等，则属于后一种。

尼玛顿珠还致力于儿童文学创作。2014 年出版了儿童长篇小说《学生云丹和家长顿珠》。这是一部讲述当下西藏孩子故事的小说。故事主要围绕着一个叫云旦的小学生和一个叫顿珠的家长，以及他们周围的老师、同学、邻居、亲戚朋友之间有趣的事情展开。这部作品由《上学路上》《班上的拖后腿者》《特殊家长会》《练马术》《假期作业》《校长的心病》《足球事件》《吉吉的同桌》《走出温室》《风雨之中》《先进班级》等章节组成。故事轻松有趣，既有校园的严肃故事，也有课余的欢乐世界。其中有儿童的奇妙幻想、儿童对学习的有趣理解、家长对孩子学习上的各种对的或者错的想法和举措、老师和校长的苦恼等内容。作品结构简洁明了，语言通俗易懂，故事活泼有趣。同时，因主题内容上涉及到当代西藏孩子的教育和生活，使作品蕴含了一定的社会文化内涵。

藏顶塔杰（1978—），原名普布塔杰，出生于西藏日喀则康马县。2001 年 7 月参加工作。2009 年 1 月毕业于西藏大学藏语言文学专业本科函授班，获学士学位。先后在中央人民广播电台、西藏人民广播电台、日喀则地区教育局任职，《日喀则教育》藏文编辑。著有小说集《山村故事》（藏文）。曾获第四届西藏新世纪文学奖、西藏珠穆朗玛文学艺术基金奖。

《山村故事》共收录 8 篇小说。这些小说大多以山村生活为题材，主要描述西藏和平解放 60 年来，特别是改革开放 30 多年来，西藏农牧民群众的生存状态以及复杂的人际关系，现代教育影响下大学生的情感经历和落后观念禁锢下农村妇女的悲惨生活，以及两代人因观念认识上的巨大差距，导致在人生、爱情选择上的迥异，从而产生的矛盾冲突等。代表性的作品有《纯洁的爱情》《悔恨》《命运》《红色的岁月》《寒冷的秋风》等。

《纯洁的爱情》讲述的是西藏和平解放后的六十年里，西藏农牧民在享受着自由、和平、幸福生活的同时，因为新旧两代人爱情观的不同，所引发的日常生活纠葛。《纯洁的爱情》比较真实地演绎了乡村男女们啼笑皆非的人生故事和悲喜交加的个体命运。旦增平措和次仁白珍是一对年轻的恋人。旦增平措勤劳、善良、稳重、孝顺、腼腆、幽默，他和次仁白珍青梅竹马。在长期的接触和互相帮助中产生了恋情。但他们的恋情并非一帆风顺，而是遭遇了许多波折，并最终以令人痛惜的悲剧结束。因为，尽管他们相亲相爱，但旦增平措的父亲罗布坚决反对，因为他想为儿子娶一位富人家的女儿当媳妇。即使在次仁白珍怀有身孕的情况下，罗布仍一意孤行，决定早日迎娶富家的女儿做媳妇。最终旦增平措消失了，怀有身孕的次仁白珍也投河自尽。一对年轻人用行动证明了他们爱情的忠贞不渝、纯洁无瑕。这是他们无奈的抗争，也是最有力的反抗。小说尖锐地揭露了当代西藏社会中存在的包办婚姻这一落后习俗对人性自由的扼杀，表达了对年轻一代获得属于自己的婚姻和幸福生活的美好希冀。小说运用倒叙的手法，从旦增平措上山放牛开始，写到伙伴们拿他开玩笑，把故事引向他们纯洁的爱情，开篇显得自然得体。优美和谐的自然环境的描写预示着他们对未来美好生活的憧憬。作品中的另一位人物德庆奶奶也塑造得丰满生动，是小说取得成功的重要因素。德庆奶奶是个慈祥、善良、通达的老人。她一向疼爱自己孝顺而善良的孙子旦增平措，极力劝导旦增平措的父亲罗布应该顺从儿女的心意，给他们以婚姻的自由，表现出了开明通达的一面。德庆奶奶的开明通达，反衬了父亲罗布的固执愚昧。另外，小说真实地再现了新时期后藏农村的生活图景以及放牧、磨糌粑、情歌对唱等生活细节，引人入胜。

《悔恨》是另一篇值得关注的优秀作品。小说最突出的特点是叙述视角上的多重设置。小说分为三个部分，各由三个主人公来分别叙述，相互补充，相互呼应，逐层揭示了故事情节。第一节：由崔成旦巴介绍了自己的挚友扎西多吉以及他的爱情故事。第二节：由扎西多吉叙述自己和拉珍之间的曲折爱情。扎西多吉上大学时爱上了美丽的拉珍。崔成旦巴和扎西多吉借助参加文学活动接触拉珍，结识拉珍，扎西多吉和拉珍从而走上了爱情的道路。大学毕业后，依照拉珍的要求，扎西多吉到香曲镇工作，抱着对未来美好的憧憬走上了文化局的工作岗位。一年后，他去到区外学习，但半年后无法与拉珍联系，爱情陷入了无尽的黑夜。第三节：由拉珍叙述自己的不幸遭遇。当学识丰富、品德优秀的扎西多吉去内地学习之后，拉珍也毕业分配到了香曲镇编译局。她深爱着扎西多吉，决心终生不渝。一次周末，拉珍不得已参加同事拉姆女儿的生日庆典。这时拉姆介绍拉珍认识了格局长，格局长逼迫拉珍喝了很多酒。当拉珍酒醒后，却发现自己睡在了局长儿子的床上。有权有势的局长仗势欺人，让拉珍嫁给了自己的儿子。这让拉珍陷入了悔恨的深渊，她的爱情也画上了悲惨的句号。小说通过这种多视角的叙事，不但很好地呈现了当代藏族青年情感波澜和现实追求之间的种种矛盾纠葛，也增加了小说情节推进的层次感。这篇小说充分显示了作者在叙述上的自觉追求和对现实冷峻审视的理性意识。

《红色的岁月》是一篇无论在主题上，还是叙述上都独具一格的作品。小说主要讲述了凶残、固执的猎人群培和儿子桑嘎的“悲惨”故事，表现了牧区民众生活的另一面。由于妻子临产时群培打猎未能归家，妻子产下桑嘎后因出血过多而死。妻子遗言希望群培放下屠刀，不再杀害生灵，也希望儿子今后能够读书学习，做一个有知识的人。但群培怨恨獐子诱惑自己，使自己未能见妻子最后一面，从而变本加厉地残杀动物，也没有让儿子上学读书。他打算让儿子子承父业，继续以打猎为生。后来群培开始从商，暗地里买卖动物皮毛，最终被判十五年监禁。群培无视国家法律，大量宰杀野生动物，最终自讨苦吃，在监狱里苦度余生。小说以冷峻的笔法，通过对残酷现实的真实描述，毫不掩饰地揭示了落后的传统生存方式与社会法律之间的不相容，也表现了由人物性格决定的悲惨命运，具有警示意义。《寒冷的秋风》依然反映的是现实生活中的不良现象，揭示人性的弱点与缺陷，具有强烈的现实主义特色。小说的主人公是命运坎坷的后藏农村女孩白玛。小时候，她被父亲制止上学，辍学到拉萨当保姆。女主人拉姆是个生活奢靡，高傲自大的人。她和老实本分的丈夫关系不和，但为了儿子，才勉强维系着夫妻关系。白玛长得亭亭玉立，美丽动人，成为女主人的心病。女主人常常怀疑白玛和自己的丈夫有不正当的关系，最终白玛被迫逃回后藏的家中。之后，白玛被父亲送到日喀则替一家商店做事。白玛和老板洛桑发生关系被洛桑妻子仓拉当场捉住。洛桑的儿子雇佣一些地痞流氓绑架了白玛，诬蔑白玛偷了他家的宝贝，大打出手导致白玛昏厥住院。为了搭救犯法的儿子，洛桑的妻子仓拉答应和洛桑离婚，白玛如愿和洛桑走到了一起。但当白玛听说慈祥善良的仓拉生病躺在床上，听到人们对自己的指责和谩骂时，善良的白玛认识到了自己的罪责，受到良心的谴责，处于不安、愧疚、痛苦之中。小说以“良心”这一道德准则作为演绎主题的线索，揭示了人物内心难以泯灭的良善根底。

《远去的候鸟》也是一篇在题材和主题方面都值得关注的作品，它主要反映的是农牧区教育的问题。小说围绕旺扎老师的一次家访展开叙述。由于日卓逃学回家，旺扎老师骑摩托车去看望日卓家人。途中回顾了旺扎老师艰辛的求学历程以及丰硕的成果。极力赞美了旺扎老师扎根农牧区，为农牧区教育事业倾其所有的奉献精神。孩子是农牧民的希望，但由于家长思想保守，教师不仅要教书育人，还要教育、引导家长送子女上学，因此家访成了教师的一项重要的工作。日卓是一个品学兼优的孩子，他热爱学习，但由于父亲沉迷于赌博，不管家中的生产生活，甚至赌博输掉了许多牛羊。日卓不得不逃学来帮助母亲放牧生产。旺扎老师的出现，让日卓点燃了求学的希望，父亲改邪归正的决心更使日卓有了踏上求学之路的动力。小说展现了农牧区真实的教育现状，深刻地反思了西藏教育发展的根本问题，号召人们扎根基层，无私奉献，为美好明天做出自己应有的贡献。

《更顿嘉措》是一篇颇为独特的作品。同样以冷峻的笔触，展示了发生在家庭中的不和谐现象。更顿嘉措从小对父母之命言听计从，从未违背过父母任何要求。在父母的做主下，他放弃了热闹的校园生活，开始步入清贫寒苦的寺院，成了一位小喇嘛。然而，他无法断绝对校园生活的留恋，也无法忍受安静孤寂的寺院生活。他由此从一个沙弥转变为不僧不俗之人。小说意在强调：若要成为一个真正的出家人，前提是对红尘和世俗产生坚定的出离心。同时，作品也委婉地批评了家长们为了自己的种种心愿或目的，而迫使孩子出家的武断行为。

藏顶塔杰的小说集《山村的故事》中的作品题材广泛，关注普通百姓的生产生活和命运遭遇，从不同角度描绘了农牧民生活现状，具有鲜明的现实主义特色，蕴含着深刻的社会文化内涵。

艾·尼玛次仁（1981—），出生于西藏山南曲松县。曾先后担任过《象雄文化》编辑、西藏童嘎传媒有限公司藏文编辑、西藏电视台新闻部翻译等职，2014 年创办艾巴仓民族文化传播有限公司。艾·尼玛次仁自幼家境贫寒，父母早亡，后因车祸辍学，开始自学西藏传统绘画艺术，同时进行文学创作。著有短篇小说集《石头和生命》、《幻化城秘境》（藏文）、《艾·尼玛次仁小说集》（藏文），藏文长篇小说《天眼石之泪》《百年预言》。曾获第七届西藏新世纪文学奖。

短篇小说集《石头和生命》共收录了 15 篇短篇小说，题材丰富，涉猎面广。作者采用西藏传统故事和现代小说相结合的创作手法，从不同的视角反映了西藏传统文化和新时代积极向上的思想文化之间的融合与对立冲突。其中代表性作品有《庙外生计》《石头和生命》《附在狗身上的灵魂》《矮人世界》《独耳鹿》《用眼泪画成的最后一幅画》等。

《庙外生计》通过对寺庙周边从事牛羊肉买卖的色珍和从事佛教用品生

意的尼玛的描写，把善良、慈悲和邪恶、罪孽对应起来，让故事穿梭在精神与世俗之间，矛盾冲突设计精巧，具有极强的故事性。心地善良、助人为乐的色珍因为从事与杀生有关的牛羊肉买卖而遭到人们的唾骂；但性情放荡，甚至为了掩人耳目而抛弃了自己亲生孩子的尼玛，却因从事佛教用品生意而得到了人们的尊敬。故事的结尾峰回路转：色珍意外去世，人们发现她辛苦养大的儿子，恰好就是当年被尼玛抛弃在垃圾之中的婴孩。

色珍大姐为了生活，用自己的血汗将自己变成女汉子。色珍大姐的肉铺由冲赛康的侧面搬到了小昭寺旁边，色珍大姐是个路人都会关注的特殊商人。从她褐红色的脸蛋上，就能看出她擅长从事杀生的事业，是一个热爱自己职业的勤劳朴实的妇女。她胸前那块围裙上沾满了血迹，血迹模糊得已经看不清围裙本来的颜色。色珍大姐卖肉的时候，右手握着刀，左手拿着磨刀石，把刀子磨锋利后，就持刀往那些肋骨割去。她三下五除二就把那些牛肋骨割成了几小段。随后，她又从桌子底下取出一把大斧头，接连不断地往牛肋骨上砍去，瞬间，那些牛肋骨剁成了长短相当的段条。色珍大姐的骨节就像竹节一样突出而僵硬，那个锋利而闪闪发光的大斧头，落在她的手里显得如此渺小。二十多年，色珍大姐每天都在为生活奔波着，收拾肉摊，骑着三轮车穿梭于屠宰场、肉铺和家之间。色珍大姐不但拉扯着一个没有父亲的孩子，而且从事着卖肉这种因充满“血腥”遭人误解的事业。色珍大姐是一个淳朴善良的普通的藏族女性，在色珍大姐身上，寄予了作者对藏族普通妇女的同情与赞颂。

尼玛大姐是一个土生土长的拉萨妇女，家境富裕，平时喜欢做善事，在小昭寺附近出售行善的宗教用品。她的店铺开在色珍大姐的肉铺对面，她给朝拜者阐释自己的善业，也不止一次揭露色珍大姐的罪孽，甚至是让做委员会领导的丈夫去干涉色珍大姐的生意。色珍大姐出车祸去世后，尼玛看见色珍大姐的儿子丹增身上有一块豹斑大的胎记，勾起尼玛大姐二十多年前的回忆，二十年前，一个暴风雨的夜晚，她抛弃了自己在林芝的恋人，把不足月的孩子扔在路边，那个孩子身上也有一块豹斑大的胎记。作者通过对细微生活的观察描写，以严谨的结构、反讽的笔调，勾勒出了一场人间悲喜剧。

小说《石头和生命》《附在狗身上的灵魂》表现了西藏人神秘的精神世界和独特的价值观以及生命意识。其中《石头和生命》讲述“我”为了满足妻子的遗愿，将儿子送往桑庆寺。在路上，看见贡夏山佛塔上空的褐色的云，一段关于生命和石头的往事涌上心头。十岁以前，“我”生活在一个充满温馨的家里，在“我”从外面捡回来一块黑色的卵石之后，整个家被厄运笼罩住。每到夜里，“我”都会做噩梦，父亲被牧狗咬死，妈妈因心脏病复发也去世，奶奶因伤心过度，终日以泪洗面而双目失明。妻子桑吉生了儿子后，又发现患有子宫癌。而在此时，一个收古董的人愿意出五十万收购这颗“龙掌石”，“我”在卖石头和救妻子的命与治疗奶奶的眼睛的矛盾中纠结，但最终还是选择将这块龙掌石埋在佛塔下，“贡夏山上屹立的佛塔，仿佛在唤醒宁静村庄里昏睡的人们，又像是为了降服玉龙般的这片高原，在那守候……”小说一开头，就暗示着故事的结局，“我”放弃了用这块石头治疗奶奶的眼睛、妻子的子宫癌的想法，希望用这座佛塔换来儿子的平安，村庄的宁静。

《附在狗身上的灵魂》中的边巴死后，灵魂附在一只母狗的身上，又回到他熟悉的三层豪宅。边巴家族的边巴老爷曾经不可一世，无人敢不恭恭敬敬，无人敢不花言巧语俯首遵命；而如今，却只是这家的一只看门狗，他感到莫名的恼怒。在这段时间里，最疼爱他的却是自己在世时最刻薄冷酷对待的那个黑脸厨娘，然而自己曾一直用最好的食物和最高档的服饰来疼爱的儿子扎拉，和他一直用甜言蜜语倾诉心声的妻子，却一直素未谋面，即使偶尔遇见，他们只会用脚踢开骂道：“死狗恶狗”。当边巴老爷不得不接受和承认这备受压迫的命运的时候，他想这也许就是他在世间轻蔑一切，不可一世，一心投入奸诈事业所得的报应。儿子扎拉的德行令人心痛，拉姆夫人和富商巴贾的偷情，让边巴无法抑制心中的怒火，挣脱锁链，咬住巴贾，最后却被儿子扎拉用祖传的宝刀刺在胸口。他充满厌烦和痛苦地眨巴几下眼睛，来不及回眸围观的群众，又被不情愿地赶到了一个黑暗的世界。

《石头和生命》和《附在狗身上的灵魂》揭示了西藏这片土地上特有的一种生命价值，人们敬畏生命，也相信万物皆有神灵。当生命和信仰发生冲突的时候，人们会选择信仰，这种精神是与这个民族紧密联系在一起的。《附在狗身上的灵魂》体现的是在世时要多做善事，多行善，才能轮回转世这样一种思想观念。如果在人世间做恶事，在转世的时候就会做一只看门狗，陷入无尽的黑暗之中。无论是精神信仰中的敬畏神灵，还是现实生活中的向善，都从本质上揭示了藏民族美好向善的优秀品格。

《矮人世界》描述的是未来一万年后人类的生存状态。生活在一万年以后的人们，身高没有超过一米，年龄到十岁算是长寿。小说以第三人称“他”进行叙述，他试图通过《每日新闻》上的《人类生存的新希望》的报道，探索寻找一个可以和地球接近的星球，以此给人类的生存带来新的希望。一个刚出生的小女孩敲门让他帮助修风扇，他想要让小女孩知道人类现在的生存危机，小女孩却说：“你想那么多有什么意义呀！我们要是能够活到十岁，应该算是长寿了，如果只活到五岁，那便是短命。所谓的未来和将来，对我们来说还有什么思考的价值吗？”整篇小说短小精悍，短短几千字，展现了人类未来的生活状态，反映了全球气候变暖，人类生存的环境不断遭到破坏，已经到无法挽回的程度。即使这样，人们对自己的生存环境并没有自觉的保护意识。小女孩的想法代表了大部分人的想法，没有整体的环境保护意识是可悲的。小说以超现实的手法，以第三人称“他”的视角进行讲述，带领读者走进一万年后人们的生活世界，手法独特，角度新颖。

《独耳鹿》通过动物的口吻，讲述现实悲惨生活以及生存危机，呼吁人们珍惜野生动物，保护人们赖以生存的生态环境，为子孙后代留下一个和谐美好的生存空间。小说以一只母鹿的视角、以动物的口吻，来控诉人类对动物的猎杀、对环境的破坏造成的无法弥补的损伤。一只刚生下小鹿的母鹿被猎人打伤，母鹿也失去了自己的孩子。一年后，母鹿又生下一只小鹿，母鹿十分担心悲剧再次上演，带着自己的孩子开始了躲避猎人之路。一路上，它们偶尔会遇到几只老藏羚羊，老藏羚羊控诉着人类对它们猎杀换取利益的无情行为，兔子因为没有了天敌，因此在高枕无忧地睡着大觉，草场也因此遭到破坏；雪蛤蚧因为水土流失、草木枯死、水源干涸而无奈到半山腰上的雪堆中生活；就连水草丰美的纳木错湖也和之前相去甚远。在炎热的夏天，独耳鹿母亲为了保护自己的孩子被猎杀了，最后只剩下猎人的后代们讲述着独耳鹿的故事。艾·尼玛次仁以独耳鹿的视角，通过与各种动物的对话，深刻揭示了环境被破坏的严重性、野生动植物濒临灭绝的毁灭性，如果人类不重视环境问题，那么有一天我们赖以生存的环境终将被毁灭。通过独耳鹿的口吻，尖锐地批判了人类对环境的无情践踏。

《用眼泪画成的最后一幅画》是一篇唯美小说。卡热村发生了天翻地覆的变化，五年前不经雕饰的极其优美的原生态被四周耸立的漂亮楼房所取代。僧人大伯已经离开卡热乡五年，五年后，他用五六条毛毯大小的布匹连成一片，画起了五年前卡热村的原貌。当作品获奖，僧人大伯却无法解释他构筑的这幅画和如今家乡现状的落差，只能期待“如果天永远不亮该有多好啊！”

艾·尼玛次仁将文学的笔触延伸到生活的方方面面。有对现实社会生活中善恶的关注，有对环境破坏的描写，也有对生命价值的思考，较为全面地展现了高原大地上色彩斑斓的生活画卷。当然，艾·尼玛次仁将视角更多投射到自然生态方面，无论是《用眼泪画成的最后一幅画》《矮人世界》，还是《独耳鹿》，他都在用自己笔下的文字呼吁人们对人类赖以生存的环境应该多一些保护，少一些伤害，让我们生活的地球能够更好地展现在人类面前。

艾·尼玛次仁每一篇小说都有独特的叙事策略，他大胆尝试各种叙事手法，构思巧妙，引人入胜。《庙外生计》中，前面大部分篇幅讲述色珍大姐和尼玛大姐之间为了生存而奋斗；但在故事结尾处，表明色珍大姐的儿子就是尼玛大姐当年抛弃的婴儿，整个故事也就不再单单是讲“庙外生计”这么简单，从一份生计升华到评判善和恶的高度。色珍大姐儿子离去的步态，像极了尼玛大姐当时抛弃婴儿时候的步态。故事就这样戛然而止，但却给读者留下思考空间。《石头与生命》以第一人称“我”叙述故事，在经历苦难，面对生命的选择时，“我”依然坚持信仰；通过“我”的叙述，作为亲历者，让整个故事更具说服力。《附在狗身上的灵魂》则用魔幻的表现手法和意识流，借灵魂转世来告诫人们生前要多做善事，才能得到轮回、得到转世，在超现实的魔幻世界中，寻找人性中的善。《矮人世界》描写的是未来一万年后的事，整个故事通过叙述者“他”的意识流动来完成。《独耳鹿》更是选择了动物的视角、动物的口吻、动物的想法来建构整个小说，并将每个动物的角色表现得恰如其分。《用眼泪化成的最后一幅画》更是一篇唯美小说。艾·尼玛次仁的每一篇小说都是一个创新，每一篇小说都是一个突破。从形式到内容，再到具体的手法都在进行探索和创新。

艾·尼玛次仁的小说语言富有表现力，能够将人物刻画得入木三分，极富感染力。《庙外生计》中关于色珍大姐的描写：“并立相伴的楼宇的阴影，笼罩在色珍大姐的肉铺上，寒冷像泼洒的冰水向色珍大姐的身上扑来，还有像小偷一样从马路上经过的寒风，也蹑手蹑脚地从色珍大姐的背后扑来，几次刮走了她头顶上的白色的遮阳帽。”形象的语言鲜明生动地描绘了色珍的生活情状。《石头与生命》中是这样描写斯塔的：“斯塔的鼻涕就像好动的野马，不停地来回走动。有时在没有办法的情况下，他会用舌尖把鼻涕往嘴里舔去。到后来，他自己也觉得这并不是不雅的举止，只要鼻涕里的野马跑来，他就立刻用小小的舌尖把它舔到嘴里。”语言活泼生动，带有俏皮调侃的意味，但又让人感到些许的沉重与无奈。

第十五节　岗朵次仁、贡觉云丹、普桑占堆

岗朵次仁（1961—2012），原名达娃次仁，出生于西藏日喀则定结县。

1974年至1978年在西藏民族学院预科学习， 1982年毕业，先后在曲水县干训班、曲水县共青团、曲水县文教、拉萨市教体委、拉萨市第二中学、拉萨师范学校、拉萨市编译局等单位任职。岗朵次仁以藏文创作，主要作品有短篇小说《大前门》《星期六的晚上》《悲与喜》和《格桑姑娘和她的铜瓢》等。

岗朵次仁是20世纪80年代用藏文创作的著名小说家。他的小说以欧·亨利式的结尾给人耳目一新的感觉。在小说结尾处，往往让故事情节突然发生出人意料的变化，或使主人公的命运陡然逆转，出现意想不到的结果。这种结果出人意料却又在情理之中，符合生活的逻辑，具有独特的艺术魅力。在《大前门》中，主人公顿珠是一位即将步入社会的青年，他刚从内地大学毕业回到西藏，面临着分配工作的问题。由于和人事局科长的儿子有过过节，恰好人事局科长负责大学生的分配工作。朋友次旦劝顿珠拿两条大前门牌香烟，争取分到好一点的单位。但当他走进人事局科长办公室时，两手空空，未带任何礼品。他心神不宁，寝食难安，由于自己不送礼品，而且自己和科长的儿子有过矛盾，害怕被分配到穷乡僻壤。但当第二天宣布分配情况时，他却如愿以偿地分到了翻译处。小说以人物的心理变化为主线，从担忧到欢喜，故事情节显得波澜起伏，引人入胜。小说大团圆式的结局，既符合西藏人民乐观豁达的心理，也能给读者无限的希望。作者乐观积极的情怀能够感染读者，让读者向往真善美，面向美好的未来。小说的题旨启示我们，与其说顿珠忘记带礼品，不如说他为人正直，不愿和走后门的人同流合污。

《悲与喜》的结局也是出人意料的。妻子分娩，“我”请假陪护几天。当天每人领到了一张肉票。第二天，县城广播通知所有干部职工参加会议。妻子身子安好，催促“我”参加会议。会上，刚手术不久的白桑书记发言，指出最近商业职场出现走后门买卖东西的现象，要求大家认识到自己是人民的服务员，不允许假公济私，不能做对不起人民群众的事。会后，“我”看到平措书记买了一篮肉走出商店。当“我”走到柜台前准备买肉时，售货员说肉已经卖完。问及书记为什么有肉买时，售货员的回答是："这不关你的事，这是特事特办。"所有买肉的人开始谩骂领导会上一套背后一套，怨声鼎沸，甚至有人开始模仿书记会上的言语，讽刺书记以权谋私，带头违规。"我"垂头丧气地回到家时，发现书记送到家里的一篮肉，一股暖流涌上心头，书记会上的话再一次萦绕在耳畔。从悲到喜的瞬间变化，使故事充满了戏剧性，出人意外的结局使读者在瞬间体会到了悲喜两重天，让人回味无穷。

贡觉云丹（1961—），出生于西藏山南浪卡子县。1985年毕业于西藏大学藏学系藏语言文学专业。自1978年起，先后在浪卡子县林西区公办小校、浪卡子县中学、浪卡子县教育局、中共浪卡子县委宣传部、浪卡子县教育（体育）局、浪卡子县人大常委会任职。现任《西藏浪卡子地方志》主编、西藏作家协会会员、西藏民间文艺家学会会员、中国民族教育杂志社特邀研究员、西藏作家协会山南分会副主席等职。

贡觉云丹主要以藏文创作，他的文学创作萌芽于小学时期。初中时，开始在《西藏日报》的文学副刊上发表藏文习作。80年代初在西藏大学学习时，课余时间除了潜心阅读《红史》《青史》《白史》《颇罗鼐传》《嘎伦传记》《勋努达美》《郑宛达娃》《格萨尔王传》《巴协》《米拉日巴传记道歌》《说不完的故事》《仓央嘉措情歌》《八大藏戏的故事》《猴鸟的故事》等大量多类型、多种类的藏文书籍外，还通读了汉文版的巴金、老舍和外国作家托尔斯泰、巴尔扎克、莫泊桑、契诃夫、海明威、茨威格和艾特玛托夫等的中外文学名著，同时发表了许多比较成熟的藏文短篇小说。自2009年以来，利用工作之余，走遍羊卓大地的山山水水，在深入了解人文地理的基础上，创作出了80余万字的藏文长篇游记散文《羊湖轶事》。

20世纪90年代是贡觉云丹短篇小说的活跃期，陆续在《西藏文艺》等刊物上发表了《仇恨》《真诚的爱》《书呆子》《命运》《塑料花》《钻石》

《虚度者》等短篇小说，以及《急促的电话铃声》《秘密》《报批》等微型小说，在广大读者中产生了一定影响。贡觉云丹的短篇小说关注现实生活，注重塑造人物形象，语言通俗流畅，善于描写人物的内心情感。寓言小说《仇恨》在《西藏文艺》上一经发表，深受读者欢迎，引起了巨大反响。贡觉云丹多年来笔耕不辍，文学作品主要有小说、诗歌、散文、游记等。

普桑占堆（1967—），出生于西藏山南隆子县。1991 年毕业于中央民族大学藏语言文学专业，2009 年毕业于西藏大学藏语言文学系，获文学硕士学位。后任职于西藏人民广播电台藏语广播中心。

普桑占堆 1984 年开始尝试用藏文创作，在《山南文艺》1984 年第二期上发表了处女作《颂教师》。2007 年，在《西藏文艺》上发表散文《高地银河》。纪实散文《我的父亲》连载于 2005 年《西藏文艺》，该散文以纪实的方式描述了西藏南部四季牧业劳作这一鲜为人知的原生态生产文化。创作藏语广播剧剧本《金珠多吉》和《情满亚东》。2011 年翻译英国小说家詹姆斯·希尔顿的长篇小说《消失的地平线》。2009 年，《西藏文艺》连载了其中篇小说《雪山栅栏里的人们》。这是普桑占堆的代表性作品，也是藏文小说中的优秀篇章。

《雪山栅栏里的人们》描写的是 20 世纪三四十年代第二次世界大战期间，美国飞机穿越喜马拉雅山脉的“牦牛峰”航线时，一架军机在西藏南部某半农半牧沟谷坠落，飞行员一死一伤后，存活者与当地人之间发生的故事。美国大兵和西藏牧女第一次碰面时，藏族牧女把受重伤的美国大兵误以为是金发碧眼的“魔鬼”，美国兵把当地牧女当成“原始人”。曲折的故事情节，雪山栅栏里的人们对外来人的拒绝、磨合、接受，以及相互间的好奇等文化冲突，揭示了先进与落后的鲜明落差。“雪山栅栏”封闭了自我，过度的封闭使人们体察不到自己的落后与愚钝，感触不到外面世界的科技发达和文明进步，也不知道把自身灿烂的文化精髓传播和影响到“雪山栅栏”之外去。

第十六节　多吉次仁、旦增尼玛

多吉次仁（1981—），出生于西藏山南曲松县。2001 年考入西藏大学藏语系藏语师资班，2007 年考入西藏大学文学院硕士研究生班，2010 年毕业后任教于西藏山南地区第二高级中学。多吉次仁以藏文创作，作品数量不多，但颇具特色。著有短篇小说《狮子次仁》，曾获第六届西藏新世纪文学奖。

小说《狮子次仁》的成功之处在于塑造了次仁扎西这样一个葛朗台似的拜金主义者。为了金钱他无所不为，痛打年迈的父亲，导致父亲死亡。他追求金钱，沉迷于享乐，丧失人性，是市场经济环境下被扭曲的人物形象。次仁扎西是一个驼背的青年牧民，没有受过教育，抓住偶然的机会，卖狗发了横财，变成了次仁老板。他生怕狗死，甚至把狗带到佛堂里养，对藏族人来说这是对信仰的践踏，他和父亲的矛盾也由此升级。哥哥没有钱供女儿上学，向他求助，但他不讲情义，没有提供帮助。小说高潮部分，把次仁的父亲去世和他发横财的情节对照着展开。父亲死了，他仍沉浸在卖狗发财的喜悦之中，没有停止喝酒享乐，这充分表现了他品质的低劣和情感的冷漠。小说以次仁扎西、驼背次仁、次仁老板、狮子次仁、疯子次仁这几个次仁扎西名称的变化作为线索，结构合理紧凑，故事曲折动人，人物形象栩栩如生。

最后，由于名贵藏獒死亡，失去人生希望的次仁疯了，他追赶牛犊，把牛犊当作藏獒。次仁悲惨的结局具有深刻的启示意义，对一步步走向深渊的次仁扎西来讲，造成其悲惨命运的是他的无知，藏獒狮子次仁（狗和他的共同称呼）的死亡，也是因为他没有掌握科学知识，这也是物质文明和精神文明失衡导致的严重后果。

旦增尼玛（1984—），出生于西藏拉萨。2008年毕业于中央民族大学藏学研究院，文学硕士，现供职于新华社西藏分社。旦增尼玛擅长用藏汉两种文字创作和翻译。著有藏文长篇小说《青春不是梦》。

《青春不是梦》是当代西藏文坛值得关注的一部藏文长篇小说，这主要在于其独特的题材内容。小说以现实主义的笔法为基调，尝试性地运用意识流的表现技巧，如实地刻画了当代藏族大学生在异地求学过程中的学习生活、人生感悟等心路历程。作者尽量突破传统的写作手法，努力探索新的叙事方法，特别是讲究小说语言的洗练和简洁。这部小说表达了一代西藏学子对生命的理解，展现了一代年轻人特有的自信，以及他们对知识的孜孜以求和美好生活的憧憬。在全面勾勒和描述当代藏族大学生求学经历的同时，还展现了年轻一代蓬勃的青春气息和属于那个年代的五彩缤纷的生活景象。

整部小说共有20个章节，主要人物有16个。丹增是这部小说的主人公。小说通过自由联想和独白等方式，剖析人物的深层心理，推动故事情节的发展。小说开篇写主人公丹增正坐在自己家里的藏式卡垫上，享受从玻璃窗射来的早晨的阳光时，联想起早些年在北京生活的岁月。紧接着以倒叙形式，讲述丹增在北京读研期间的学习生活经历等，表达了一位背井离乡、在外求学的年轻人对理想的执着追求和孜孜不倦的求知欲望。小说通过主人公丹增的视角，从在京上学的片段记忆开始，描写当代藏族大学生在求学过程中的学习生活和人生感悟等心路历程。小说主要以平淡自然的白描方式叙述平凡琐屑的日常生活，细腻描写人物心灵世界的微妙变化，表达了年轻人锲而不舍地追求理想的精神。

第二章 诗歌

概 述

经过20世纪80年代的探索，90年代以后的西藏当代诗歌进入了一个相对平稳，但充满潜力的发展时期。与之前文坛上对诗歌创作热切的期待相比，90年代以后的诗歌创作在文坛上的影响力开始减弱，但又蓄积着自身发展的新能量。在新的历史语境中，诗歌开始寻求新的发展途径。诗歌创作出现这种状况的原因可能是多方面的，但主要的因素大概有以下几个方面。这些方面，既关涉中国社会整体性的文化语境，也与西藏当代文学的地理、人文环境有关。

一是中国社会文化的再次转型。这次转型是市场经济的全面推行，以及随之而来的商品意识的逐步形成和强化，文学由此受到了前所未有的冲击。与80年代社会文化转型所导致的文学气场的高度膨胀相比，90年代的社会文化转型使得文学迅速边缘化。文学的社会文化地位急剧下降，不再像以往那样成为能够引起社会关注的焦点。而相对于其他文学体裁，诗歌所受的冲击最为巨大。在中国当代文坛，经过80年代朦胧诗和第三代诗的辉煌与鼓噪之后，整个诗坛进入了蛰伏期，很难再掀起具有文化和审美冲击的波澜。尽管西藏当代文学由于自身的地域位置和民族文化因素的规约，并没有像内地文坛那样，在根本上被“扰乱、摧毁”已经形成的根基，而且西藏当代文学依然按照自己的方向前进着；在小说、散文领域，西藏文学取得了很多具有突破性意义的文学成果，也越来越受到更为广泛的关注。但诗歌创作似乎走上了与内地诗坛一样的道路，呈现出平缓沉稳的推进状态。诗人们的创作激情逐渐平稳，创作欲望渐趋内敛，创作成果也无法引发圈内圈外读者的广泛关注与热捧。尽管不能简单地判定西藏诗坛受到了内地诗歌创作平缓趋势的影响，毕竟西藏文坛具有自己独特的地域文化氛围和相对独立的文学生态环境，它始终以一种内在力量影响着西藏的文学审美取向，不至于像内地文坛那样，不可阻挡地受物质化、商品化、世俗化潮流的“摧毁”式的影响；但西藏的诗坛也不可能像一个坚固的不透风的屋子一样，阻挡住外来的风潮。事实上，90 年代以来，西藏诗坛上的创作者，大多是在内地有过生活、求学经历的作家。他们的经历使得他们不可能不受内地文化风潮的影响。在对诗歌的态度上，也不会像前辈们那样，把诗歌视为一种高贵的精神活动。诗歌精神地位降格的趋势，势必影响诗歌发展的总体态势，诗歌创作走向“边缘化”也就成了必然。值得一提的是，此时期西藏本土作家的大量涌现，为西藏诗歌创作注入了强大的活力。尤其是新世纪以来，一批充满活力的年轻诗人对诗歌创作表现出了极大热情，创作出了大量值得肯定的优秀作品，极大地推动了西藏诗歌的发展。

二是诗歌队伍力量虽然有所壮大，但创作取向更趋多元化。诗歌创作取向的多元化，导致有影响力的诗人的相对减少，或者说能够代表时代精神和时代审美风气的诗人及诗作不是很多。80 年代，尽管从整体上看，诗歌产生的影响无法与小说产生的辐射力相比，但那段时期还是出现了一些颇具影响的诗人诗作。如汪承栋与《雪山风暴》，马丽华与她的诗歌，伍金多吉的诗歌创作，加央西热与“驼队”诗歌，以及虽不成气候但也彰显了诗歌创新意识的“雪野诗”等。相比之下，90 年代以来的诗歌创作显得有些平稳舒缓。成绩突出形成巨大影响的诗人并不太多。东主才让、白玛娜珍、何飞、刘萱、陈人杰、白玛央金等算得上成绩卓著的创作者。当然，西藏诗坛的这种平缓态势，根本上还是与诗歌普遍不受重视有关，是大的文化精神气候决定的。

此时期的西藏诗歌，从作家队伍的构成上看，主要有三种类型：一是曾经活跃于 80 年代的“老一代诗人”；二是西藏本土成长起来的新一代年轻诗人；三是自 80 年代末开始进藏的诗人。三种类型的诗人基本上形成了世纪之交的西藏诗歌的三种审美取向。

经过 80 年代文学活跃期后，曾经活跃于西藏诗坛的一批诗人要么“功成身退”，不再从事文学创作；要么年事已高，心有余而力不足；还有一些则转变文学方向，从事其他体裁的创作。但也有一些诗人保持着一定的热情，创作了一些诗作，比如汪承栋、摩萨、杨从彪、加央西热、贺中等。这些作家大致秉承了 80 年代的艺术精神，但也感应着时代的变化而有所新变。总体上看，他们的诗歌表现出了一种追求宏大高远的艺术境界的努力。比如加央西热的长诗《西藏行吟》，以一种宏阔的视野，展示了西藏这块有着独特地理人文景观的土地的文化意蕴和历史内涵，表达了诗人对作为故乡家园和精神源泉的高原大地的深沉赞美之情。除此之外，以藏文创作的老诗人用古典形式创作诗歌，也是一个值得关注的重要现象。伦珠朗杰、克珠的传统体式的诗歌创作，为这一时期的诗坛增添了异样的色彩。在藏文创作中，也有中青年诗人用传统体式进行诗歌创作，如日吉梅朵。他的古典体式的诗歌，表明藏文诗歌对传统的学习与借鉴余脉不断。

与“老一代诗人”延续过往的艺术精神相比，西藏本土成长起来的年轻诗人和新一代进藏的年轻诗人们在艺术趣味上有着更多的相似之处。对个人生命体验和生活状态的关注与书写，是他们共有的艺术特征。其不同之处是，本土诗人更乐意把自己的情感投向对故乡家园的赞美与守护上。白玛娜珍、琼吉、白玛央金、嘎玛旺扎等人的诗歌是这方面的代表。除此之外，本土诗人中以藏文创作的一批中青年诗人，也是此时期西藏诗坛上令人瞩目的诗歌创作群体。这一诗歌群体中的伍金多吉在 80 年代就已经成绩斐然，在这一时期，他依然表现出了巨大的创作热情，出版了诗集《雪域抒怀》，其中收录了《雪域故事》《老去一个时代》《献给雪域的诗》《我和高原》等引起巨大反响的优秀诗歌。除伍金多吉之外，值得关注的诗人还有白拉、日吉梅朵、东主才让、次吉拉姆等。日吉梅朵用传统的诗歌形式和表现手法反映西藏地区的现代生活，在讴歌日新月异的生活的同时，揭示现代社会存在的种种值得警惕的现象，广受读者喜爱；东主才让用情感饱满的语言表达自己对高原大地、故乡家园的深厚感情和对藏族传统文化的热爱，同样引起了广泛关注。嘎玛旺扎的乡土书写，次吉拉姆的个人抒怀也呈现出了各自的艺术特色。沙冒智化是新世纪以来用藏文创作的颇具潜力的年轻诗人，他的诗歌已引起了广泛关注。除上述诗人外，还有一些诗人也创作出了一些韵味深厚的诗歌，如扎西央宗的《草原情思》，维央的《夏季的气息》《掠过窗帘的小鸟的影子》，仁多的《贡嘎——这片蓝色的土地》等。年轻诗人永中久美、洛桑更才的诗歌创作，也颇具特色，值得关注。

新一代进藏诗人倾向于把高原大地上的俊美风光和人文景观摄入自己的笔下，在赞美高原风光的同时，抒写个人的生命感悟和表达形而上的哲理思索，出现了一些不错的作品。如张祖文的《面对阳光，我在想念拉萨》，蔡晓东的《十四行七日书》（组诗），以及蒽青华的一些诗歌等。新一代进藏诗人中值得关注的还有几位重要作家，如何飞、史映红、陈跃军、李素平、李文华等。他们的诗歌不仅反映了新时代西藏军人的生活风姿，表达了强烈的爱国主义情怀，以及对西藏高原的热爱与赞美；同时，也表现和揭示了诗人个人的情感世界，以及他们对人生和现实的思索。何飞的诗歌在描写军营生活时与众不同，同时对个人情感的揭示也独具一格。在这类诗人中，何飞是一位有着独特艺术追求的创作者。除上述诗歌创作外，还有一些诗人也创作出了特色鲜明、风格迥异的优秀之作，如刘萱、丁勇、罗布旺堆等。刘萱的诗歌以开阔的视野和深沉的情感，抒写了西藏高原的宏阔与雄伟，同时也表达了诗人热爱这块高天厚土的深沉情感；丁勇的诗歌以“强基惠民”

的驻村工作为主要题材，比较细致入微地展现了驻村工作的状况，表达了诗人自觉坚定的政治意识和强烈的社会责任感。罗布旺堆的诗歌大多是对个人内心感触与心曲的抒写，因此倾向于描写内心世界的种种情怀；他把诗歌创作视为提升生命质量的一种修炼，一种超越尘俗进入内心世界的努力，同时又把它作为是返回尘俗，关爱生命、体恤生命的高尚活动与人生实践。陈汉昌和陈奎元的古体诗也是这一时期诗歌的重要收获，展现了此时期诗歌创作的多样化趋势。

总体而言，90 年代以后的西藏诗歌，呈现出了异彩纷呈、色彩斑斓的外在特征。虽然处于平稳发展状态，但在平静中潜藏着巨大的活力，在沉默中孕育着前进的力量。诗人们既追随着时代的脚步不断前行，也努力坚守着自己的地域特色，以独立的姿态立于高原大地。

第一节　伦珠朗杰

伦珠朗杰(1945—)，出生于西藏拉萨。1965 年至 1979 年在西藏自治区政协工作。1979 年调至西藏文联筹备组，后在《西藏文艺》任编辑。1993 年担任《西藏文艺》主编。著有藏文嘎协诗集《蜜蜂乐园》和多种曲艺类作品。曾获西藏珠穆朗玛文学艺术基金奖、第五届全国少数民族文学创作骏马奖。

《蜜蜂乐园》是伦珠朗杰的代表性诗歌集。这部嘎协诗集是由 50 首诗和三篇评论文章组成，是伦珠朗杰对西藏当代诗歌的主要贡献。综观这部诗集中的作品，有以下几个方面的特点值得关注。

第一，用藏族传统诗歌形式描写、表现现代生活。这部诗集中的诗歌都是用藏族传统诗歌中的“嘎协体”写成的。所谓“嘎协体”，指由 30 个藏文字母按顺序或逆序写成的诗。根据诗歌自身的节奏和韵律的特点，可以灵活运用，但每首诗里都要以固定的格式排列句式，而且每个单字都作为独立的词来表达其具体内容。“嘎协体”语言表达幽默风趣，是人们喜闻乐见的文学形式，在西藏广为流传，并深深扎根于民间，给文学创作注入了生机和活力。嘎协诗分为文人学者创作、民间创作和口头流传三个种类（即修饰、通俗、口头流传）。伦珠朗杰的嘎协诗在风格上主要是继承民间传统，具有幽默风趣、朴实通俗的特点。如《器皿记》：

嘎　一柱间大的四方小屋一间
喀　能够驾驭的强健木杖一根
咖　不知去向的青梅竹马一个
愕　自个瞌睡的破烂被子一套
珈　唠叨不断的红唇小嘴一张
恰　陌生不熟的厚重书本一册
唊　烧煮茶水的无柄茶壶一个
聂　剁碎鱼肉的硬木砧板一样
跶　清晰幽亮的精致放大镜一副
嗒　抽出烟卷的陈旧嘴嘴一支
哒　眼下需要食用的糌粑一袋
那　看病办丧的一元纸币一沓
爸　爸爸穿过的旧呢子衣一件
帕　祖父时代的泥塑母像一尊
粑　拴住家牛的皮质绳子一条
玛　母亲用过的菩提佛珠一串
咋　昨日圣山的加持灵丹一包
嚓　内装盐碱的双头褡裢一个
杂　配有铝锅的老化陶灶一台
哇　蛀虫叮咬的狐皮帽子一顶

夏　完好无损的精致木碗一个
萨　配有陶锅的破嘴木勺一柄
阿　拉屎撒尿的上乘铜罐一口
呀　分散成单的龙图卡垫一张
惹　风吹日晒的山羊干粪一袋
啦　跑遍山川的破旧皮靴一双
吓　装入骨肉的破烂毛袋一只
萨　奔走各地随身的影子一面
哈　十分知足的不坏心境一颗
阿　阿妈给予的暇满人身一个
哈　拥有财富却贪心不足的心
阿　比起孤苦的鄙人更显悲惨！

这是典型的具有民间特色韵味的嘎协诗。诗歌通过人们生活中所需的器皿来解读人生的奥秘。简单的叙述中囊括了生活里方方面面的情形和诸多可能，尤其是一个人的命运。诗人把“加持灵丹一包”“双头褡裢一个”“蛀虫叮咬过的狐皮帽一顶”“破嘴木勺一柄”等藏民族家喻户晓、耳熟能详的词语运用到嘎协诗中，仿佛点燃了人们记忆中的火花。随着社会的发展与时代的进步，这类名词和实物将会渐渐地从人们的视线和记忆中淡出、消逝；而伦珠朗杰运用这些从未在诗歌里出现过的词语，使作品显得轻松活泼，富于生活气息，达到了用朴实、简单而个性化的语言，揭开器皿背后的人生画面的艺术效果。

第二，伦珠朗杰的诗歌倾向于关注现实，讴歌新生活，歌颂西藏蓬勃发展的大好形势。伦珠朗杰的诗歌虽然形式上采用的是传统手法和体式，但诗歌内容却具有当代生活气息。诗人总是喜欢以饱满的热情拥抱现实生活，尽情颂唱美好生活。如《今天的西藏》：

高高如同顶天柱子的雪峰萦绕，
清净法性皆释的经纶不可思议，
媲美迦陵频迦的妙歌唱满山川，
胜过莲花妙艳的大美是我西藏。

雪季来时无限洁白就如象牙之器秀丽，
雪山之巅阳光照射之时若夺明月之美，
雪花纷纷飘落就像天上花瓣降下来，
雪域人们心境宛如无垢的雪色之光。

处处绿枝乔装蓝绿锦绣伸展枝嫩，
处处绽放各种花朵香气芬芳的夏日，
处处无限草原之上野生生灵犹自在，
处处原始山林犹在谋划戳天之计。

咱们幸福的西藏气候夏爽冬又暖，
咱们西藏的天空湛蓝阳光犹光芒，
咱们西藏的空气洁净流淌八德水，
咱们西藏风景壮美杜鹃鸟鸣动听。

贴心护养的羊群牦牛如同天上的不落星群，
贴心灌养的厚土肥田常年风调雨顺五谷丰登，
货物交易商场商品齐美集市昌盛尽显繁荣，
货物应有尽有不愁没有的今日幸福享不尽。

装束夺目的藏族服饰种类多样欣赏价高，
装束诱人的藏族服饰穿起舒适看着美观，
装束有异地域不同服饰不同的各地藏族，
装严诚信可靠品质开创未来幸福道路。

茶花虽美但这儿的风景更美丽，
茶宴酒席盛行人们喜乐皆满堂，
茶渣般的陈旧落后思想除干净，
茶酒根本生产能力推向新发展。

十五的月亮白洁之光敲开莲花时，
十五月亮般的少男少女萌生爱慕心，
就如鱼水不离不分遁入安逸之境，
就如十五韶华甘露催开情人之莲花。

这首嘎协诗运用字母顺序法，通过描写西藏的自然与人文景观、民俗民风，以及改革开放后共建美好家园，赞颂了处处开满幸福之花的大美西藏、和谐西藏。而《发展中的西藏》则歌颂了党的改革开放政策以及全国支援西藏的大好形势。《今日西藏》更加体现了当今社会的发展与西藏的进步。诗人恰白次旦平措认为，《蜜蜂乐园》运用了现实题材，热情讴歌了改革开放以来取得的辉煌成就，也深刻揭露了现实生活中的不良现象。作品以非凡的智慧与敏锐的眼光折射出的艺术魅力，令人赞叹。伦珠朗杰的诗歌运用传统诗歌体式，既是他诗歌创作的特别之处，但也导致了其诗歌的一些不足：一是过于看重形式，导致内容上的重复与薄弱。二是形式过于单一、重复。

第二节 克珠

克珠（1957—），出生于西藏山南扎囊县。1981 年任职于山南地区艺术团，为艺术团创作歌词、剧本。克珠以藏文创作，先后创作歌词、说唱、相声、小品、舞剧等六十多部（篇）作品。编辑出版《山南民间故事》《山南民间谚语》等图书。出版诗集《诗歌集》（藏文）、《四季农耕之歌》（藏文）。1992 年出版自传《僧俗克珠》（藏文）。藏文长篇小说《森岭之战》荣获西藏自治区“五个一工程”奖。

《四季农耕之歌》是克珠的代表性作品。作品诗意地描绘了农村四季的风景、季节的变化、农人耕作的过程以及作者内心的喜悦之情，生动地展现了当代农耕生活的真实画面。这首诗歌创作于 20 世纪 80 年代，此时正值改革开放伊始，是社会主义现代化建设的全新时期。在这样一个良好的氛围里，全国文化、教育、科技等获得了前所未有的发展，西藏文化建设也获得了巨大的生机，展现出了欣欣向荣的活跃景象。解放思想、改革开放的思潮，为西藏文学注入了新的生命力，同时也打开了用藏语作品反映新西藏社会生活的大门。克珠就是其中的佼佼者，这首诗歌就是在这样的环境中诞生的。

从开篇、主体、结尾三方面看，本诗具有独特的风格和体式。诗歌一开篇就写道：“当我酣然入睡，写作欲望无止，未寻主题恋人，华丽辞藻饰谁？”作者喜爱诗歌，充满了创作欲望。入睡的时候，梦中手指仍在蠢蠢欲动，迫不及待想创作优美的诗歌。虽有丰富华丽的语言积累，但没有找到适合的主题，因此无法用语言表达一个明确主题。“突然屋外田野，青稞理切发辫，声音传入耳际，想起四季耕种。”当作者无法找到创作主题时，突然听到割麦子的声音，从而找到创作的灵感和主题。从寻找主题无措到寻找到主题，诗歌巧妙地开篇切题，引人入胜。

诗歌采用西藏传统诗歌的表现形式，运用情节安排诗歌顺序的方法，将四季分成四个部分，按季节和农耕劳作的顺序进行安排，结构合理、恰当。

春季部分由十七组[1]诗歌构成。主要描绘生机勃勃的劳动场景，包括：春天的气候环境，辛勤的民众选择吉日装饰耕牛角开始耕种土地，风华正茂的农妇播撒种子，农夫用耙子平整田地，以及春种后举行的庆祝仪式，禾苗长出后的灌溉、锄草等过程。作者用西藏传统诗歌的修辞手法，生动形象地描写了春季劳作的过程，诗意地表现了西藏独特的农耕文明。例如："风华正茂美若仙，身如竹子农妇啊，播撒种子手势柔，宛若仙子舞于天。"诗人将正值青春年华的农妇比作了仙女，身段比作细竹，她们播撒种子的柔美动作比作了天仙的舞蹈，形象生动、引人入胜。再如："于是大地美人身，生出禾苗新婴儿，天上仙女用雨水，沐浴洗净新生儿。"把大地生长绿色禾苗后的生机景象，用拟人和比喻形象地表现了出来。

夏季部分由八组诗歌组成。诗意地描写了夏季西藏独特的风景、风调雨顺的气候、五谷的生长、勤劳勇敢的劳动人民抵御洪涝等灾害的过程，以及油菜花之美、为丰收而施肥等劳动情景和场面。例如："未熟麦穗高昂头，豌豆联结敌农妇；空穗色白炫饰物，油菜黄帽仿傲气。"诗人把还未成熟的空扁的麦穗人格化，把麦穗比作炫耀自己饰物的人，把油菜绽开的黄色花拟人化，比作戴黄帽的高傲之人，以此表现夏季各种庄稼茁壮成长的生机和活力。再如："雨季如画田园景，天仙欲要下凡来。遂树五彩梯在天，玉皇怒戳金刚弯。"作者没有具体描绘田园之景，却间接地描写表现了田园之美。由于景色太美，天仙也想要下嫁到人间，因此，用彩虹这一五彩天梯准备下凡，玉皇大帝一怒之下用金刚狠戳了彩虹一把，因此彩虹就变弯了。这样的描写既极富故事情趣，又不乏艺术之美，可谓意味深长。

秋季部分由二十二组诗歌组成。细致入微地描绘了秋天金色的风景、炎热的气候、麦穗成熟，以及农人收割、储存粮食、秋耕、丰收后的欢庆等

[1] 一组诗歌由四行诗句组成，四句诗字数相等，结构匀称，语意完整。多运用比兴、比喻、拟人等各种修辞格。

秋天的劳作和收获景象。例如："豌豆欲从荚果出，却又无门无奈何，心急如焚坐立难，美丽身子忽变黑。"豌豆成熟变黑是成熟使然，但作者用拟人的手法，传神地写出了秋季豌豆的特点，充满了诗意之美。再如："旋棍[1]空中转不停，左左右右打谷忙，麦穗地毯何等宽，粉身碎骨是瞬间。"虽无修饰，但在读者眼里再现了敲打谷物的情景，从而真实反映了西藏农人秋收的传统劳作过程，也表现了作者乐观积极的人生态度和胸怀。

冬季部分由七组诗歌组成，主要描写了冬天雪域高原独特的壮丽雪景、寒冷的天气、勤劳的农人不畏严寒灌溉冬苗、路边的落叶化成肥料等情景。如："大地披上雪大衣，清河沉睡水晶屋，无边苍穹吹寒风，大地冷得瑟瑟抖。"描画出了天气寒冷，河流冰冻无法流淌，寒风呼啸，使大地无法忍受严寒而瑟瑟发抖的冬天的画面。再如："吃苦耐劳劳动人，恰似高山雪莲花，不畏严寒奴役河，使那农田冰层厚。"诗人热情讴歌了西藏劳动人民勤劳坚韧的无畏精神，他们像冰雪中的雪莲花具有顽强的生命力，字里行间渗透着诗人对劳动人民的热爱。

结尾是本诗的重要组成部分。一般来说，结尾部分有概括文本内容、揭示结果、祈福等各种功用。结尾如同那夕阳西下时呈现在天幕的绚烂的彩霞，或如动听歌声的回音一样让人回味无穷。本部分由两小节结束整首诗歌。其中一节是："三冬寒冰益于田，春季暖意种子长，夏之雨水利庄稼。"揭示庄稼在四季生长的规律，富有象征意味，以此收束全诗，使整篇诗歌意味更为深长，达到了言已尽而意无穷的效果。

这首诗也有其鲜明的艺术特色。首先，诗歌运用了西藏传统诗歌的表现形式，主题紧扣西藏劳动人民的生产生活，细致入微地描绘了人们的动作、语言、内心活动等，充满生活的气息。其次，语言形式不拘一格，有七言律诗，也有九言律诗、十五字的长句式，完全按照内容表达的需要进行合理的安排，春季、秋季所用笔墨较多，这与农忙时节劳动生产繁重息息相关。第三，

[1] 旋棍：上部可以旋转，用来敲打麦穗等谷物使果实出壳的农具。

结合西藏人民自身的生产生活，诗歌运用了丰富的西藏传统诗歌的修辞格，使整首诗歌形象生动，充满诗情画意。第四，语言优美、辞藻丰富，富有感染力，这也是作者诗歌最为突出的特点。

第三节　刘萱

刘萱（1958—），女，笔名萱歌，出生于四川绵阳。1980 年考入西南师范大学中文系，1984 年毕业后进国务院新闻办公厅工作。先后两次作为援藏干部进藏工作。2013 年调入西藏，任西藏自治区政府副秘书长、新闻发言人。刘萱大学时期就开始创作，出版散文诗集《生命阶梯》《生命高地》《西藏三章》等。2015 年在西藏创办《雪域萱歌》微信公众平台，主打栏目《雪域读诗》为西藏首个读诗平台；2017 年创办“雪域萱歌喜马拉雅诗歌营地”。散文诗《母亲》获 1996 年全国散文诗大赛优秀奖；《重逢九七》获 1997 年全国散文诗大赛二等奖；2017 年，诗作《藏北三章》（二）登上由中央网信办举办的《2016 文传榜》国内“十大国学文字作品”榜单，全国网络投票位列第一。

如果细分，刘萱的创作在体裁上有两种类型：散文诗和诗歌。前者集中在《生命阶梯》《生命高地》和网络平台，后者代表性的作品散见于各种文学杂志和一些网络平台。散文诗多创作于早期，后期（进藏工作后）诗歌创作逐渐增多，在题材上以西藏的生活见闻为主，以西藏的生活感受和情感体验为主要表现对象，在描写西藏山水风物的同时，表达自己的情感心绪、生命体验与生活感悟。

刘萱的散文诗创作前后有着比较明显的差异。早期的《生命阶梯》，倾向于放眼周围世界，渴望用双臂拥抱整个世界，用自己的眼光打量世界，用自己的感念修饰、诠释世界。此时的刘萱，更乐于把进入个人眼帘的所有外在对象作为自己诗意的对象，借此表达内心的诗情与人生思考，而她的诗情和思考，大多带有形而上意味，往往把人带入到充满哲理色彩的玄妙境地。在此意义上，她的《生命阶梯》就是一部用哲思编织的艺术制品。这部散文诗集可算作是一个年轻个体对生命存在和周围世界的一种带着疑惑表情的打量，目光所到之处，看到的风景皆色彩斑斓，令人着迷。诗句间的只言片语往往会散射出熠熠亮光，令人心头为之一振。如《生命》一篇中的第三片段：

大地在一天天孕育生长的时候，酒神诞生了，人类，从此与诗一起生存，诗将人们指向一个方向，那个方向却没有诗人。当诗人死了的时候，人间所有的欲望都应运而生，人们匆忙地穿行于大街小巷，脸红耳赤地争一样叫做现实的东西，据说，这现实可以让人们拥有一个个永不消逝的欲望，为了它，许多人倒下了。

这是对人类社会不良现象的描述，是对人类无节制欲望的忧虑，其中夹带着善意的嘲讽。作者没有直言如何消除这种不良现象，但却尝试着指出了一个方向。在作者的心目中，诗歌就是一剂良方。尽管把诗歌当做医治人的欲望泛滥这一“疾病”的良药，把诗人视为拯救陷入欲望泥淖中的人们的救星，是一种过于理想化的美好设想；但作者对自己美好意愿的真诚袒露却是非常可贵的。她的这种带有警示意味的劝诫，无论是对于整个人类社会的健康存在，还是对个人的人生追求和价值、理想的实现，都是富有启迪的。人，诗意地栖居。刘萱的这首散文诗表达的其实就是这一主题。所以，它的那些带有理想主义色彩的描述，是迷人的，是人心向往之的。在刘萱的散文诗中，这种富有哲理意味，令人玄想，让人留恋忘返的片段还有很多。除了那些我们可能在某时某地偶感或偶遇的情思外，刘萱的有些断想式的思考往往有令人耳目一新，心头为之一振的艺术冲击效果。这表现出了作者行文运思的深刻与尖新。如《承诺》：

活着，就是承诺。

承诺一切该承诺的，背叛一切该背叛的。

承诺把自己变成痛苦，痛苦就是承诺。

高尚者不敢承诺什么，因为他已经有了太多的承诺，卑鄙者不敢承诺什么，因为他们不会为了承诺而承诺，高尚者在承诺中背叛，卑鄙者在背叛中承诺。

……

呵，原来更生的美丽就是毁灭的美丽。

毁灭也是一种承诺。

高尚是卑鄙者的通行证，卑鄙是卑鄙者的墓志铭……

不怕毁灭的承诺才是美丽的承诺。

这是作者对生活深入体察和思考之后的理解和认识，尽管并不一定周全，但其与众不同的尖锐和新颖却促使人思考，迫使人改变惯常的看法和认识。如果说艺术的魅力和力量体现在诸多方面；那么，改变人的固有的认识和定势思维，就是其魅力和力量的一种体现。刘萱的散文诗是具有这种魅力和力量的，她的散文诗不但在语言文字上给人别致新颖的艺术感觉，在哲与思的层面，也给人以持久的震撼与启示。

在刘萱早期的散文诗中，有一类篇章也别有情致，富有艺术韵味，是其散文诗中的精彩之作。这类诗作主要是指她的那些摒弃了对人事纷扰过多追问后，坦率真诚地抒发情感，倾向于表达内心情感波澜的作品。《重逢九七》《母亲》《叩问心灵：与一位老者的对话》《故乡行》等，是这类诗作中的代表性作品。以充沛、热烈、真挚的情感来支配作品的运思行文，以情感来支撑诗作的结构组织，是刘萱这类散文诗的一个显著特征。可以说，刘萱的这类散文诗是以情成章，以情取胜的。当然，在不同的诗作中，情感的活跃起伏程度是有差异的。《重逢九七》是为香港回归这一重大的历史事件所作的具有纪念性意义的作品。面对中华民族历史上具有里程碑意义的大事件，刘萱的视野表现出了应有的历史高度和广度，但其切入点却是持久浓烈的离别之情和激动高涨的喜悦之情。说这是一首用情感浇铸而成的诗作，应该不是夸大之辞。从开篇到结束，浓烈的情感像江河一样奔流不止，把人的情绪激发到顶峰，久久不能回落。

一百多年前的那个风雨交加的夜晚，浪很大，风很急，你细嫩的啼哭映红了九百六十万的悲痛，你挥泪而去，无奈的悲愤如尘土般，落满了发黄的《离骚》和《诗经》。

你是嫌弃这破旧的过度么？你是恨那无能的君主么？你无言地走了，等待你的，是那排天的海浪和悠悠碧空，咫尺天涯的我们，何处去寻找你那绰约的风姿，我们紧连的血脉，又何时才能相握？面对苍天，我们只有屈辱的泪水和漫漫长夜……

这首诗开篇便营造渲染了一种无奈、悲痛的离别氛围，“风雨交加”“夜晚”“浪很大”“风很急”等词语，让诗一开篇就很快进入了一个充满离情别绪的悲戚境地。接下来用两个疑问与包含着浓烈相思的片段，更让人的情感沸腾到了难以抑制的地步。诗作的中间部分在情感上有所缓和，但这是为结尾处的再次爆发积蓄能量。

呵，香江，久别的亲人，让我们张开温暖的双臂拥抱你，拥抱我们一个多世纪的梦想，让我们用重逢的泪水和喜悦高歌你，高歌你头上那片永恒的蓝天，让我们用五千年的执着与顽强向世界，向未来书写一个民族的伟大与尊严！

悲愤、凄苦变成了激动、喜悦；屈辱、无奈，变成了欢呼、自豪。中华民族百年的历史征程定格在了诗歌情感变化的瞬间，作者所要凸显的民族情怀由此得到了畅快淋漓的表达。这首诗创作于香港回归之时，算是一篇应时之作，但作者抓住了当时社会最为典型的情绪特征，并在这种情绪特征中融入中华民族的家国情怀和民族自豪感，从而使这篇作品因富有艺术感染力和情感冲击力而获得了巨大的成功。

《母亲》表达的是诗人对母爱的感激和珍惜之情。在短短的篇幅内，比较成功地刻画了一个疼爱子女、关心子女，辛劳付出的母亲形象，也表达了自己对母亲的感激和想念。在轻柔舒缓的行文中，包含着深厚的母女之情，文字背后的母女亲情让人难以抑制发自内心的感动。

那年的那天，我烦恼、困顿、不安地四处张望，透过枯燥乏味，透过已熟悉的周围，我的心开始寻觅人生的另一幅风景。我撒娇而胆怯地告诉了你我的想法，你伸出母亲的温柔，抚摸我的头发，你留恋的热泪为我送行，就这样，我开始了旷日持久的远行。

我走得很累很累，但我不忍回头，我不能回头，我怕经受不住你温热的目光，即便趴下了，心，还在往前走。

母亲是一次极不轻松的长途跋涉，是一次无边无际的负重旅行。她的执着能撑起一片开阔的天空，她的温柔能包容世间的一切，母亲就是一首陈年老歌，这歌的旋律穿过艰辛，沉重，悲叹，抗争，支撑着人类的生命。

这样充满真挚情感的诗句，这样的对母亲这一身份的体认与理解，带给读者的不仅仅是情感的升腾，还有生命的启迪。

《叩问心灵：与一个老人的对话》展现的是诗人与“诗友”“长辈”之间的心灵对话。作品中表现出的坦诚、真挚与困惑，让我们看到了一位内心丰富细腻，又曲折幽深的女性的不为外界所知晓的精神、情感世界和性格特征。这首散文诗呈现的不但是诗人个人的内部世界，其实它呈露的也是人类普遍的精神情感状态。它从一个侧面揭示了人类精神世界的复杂和情感世界的幽曲。而诗人面对“友人”“长辈”时的那种真挚与坦率，让作品获得了难能可贵的艺术品格。

《生命阶梯》之后，刘萱的散文诗创作在许多方面延续了之前的艺术取向，如对生命意义的探讨、追索，对友情、亲情的赞美、珍惜，对生命困惑的质询、思考等。但她的散文诗创作在延续中也有所变化。以收录在《生命的高地》中的作品来看，有两个方面的变化比较明显。一是她在作品中更为深沉地表达了对生命、对世界的爱恋。这一主题在其早期创作中一直存在，但主要体现在具体的人或事上，还缺乏具有超越性的内涵。到《生命高地》中，刘萱的艺术包容面更为广阔，情感范畴和思想内涵具有了一定的超越性。刘萱散文诗创作的第二个变化是，语言行文更趋于理性化，作品的哲理思辨性更为明显。

《生命高地》对于爱的主题的表达，主要体现在刘萱对生命和周围世界书写的态度上。在《生命高地》中，刘萱对书写对象表现出了更为平和与宽厚的态度，少了诘问和嘲讽。她也许对自我怀有不少疑问，时不时向自己发问，甚至责难自己，但对周围人事，却能够“以礼相待”。这是刘萱情感沉淀和心智趋于稳定成熟的表现，她由此对世界多了一份理解和宽厚。《生命高地》第二辑“往事”中，这一取向表现得很突出。诗人心态的积极乐观，看待世事的眼光和态度，都表现出了她对外部世界所怀有的广阔的胸襟。《我愿意》就很好地表露了诗人的这种态度和胸襟。

我愿意永远陪伴在你身旁，我愿意永远离你而去，我愿意在寒夜里醒来，我愿意变成你所有的夜和黎明，我愿意放弃一切所得，我愿意放弃一切放弃。

只要你愿意，我愿意接受你的一切放弃，我愿意背对你的一切愿意。

诗人的无私奉献精神在深情的吐露中展现无遗。在诗人忘我的表白中，我们能够感受到诗人火热的情感与真诚的付出。

《驳倒生命》表达的是不断战胜自我的信念和努力。

这么多年，我们去到了很远的地方，那里有白雪皑皑，有令人惊悚的山崖，寸草不生的原野，还有我们从来未见过的牛羊群。我们被大地放牧，日出而作，日落而息，我们再也不知什么是灵气和才情。

那些都不重要，你说，重要的是我们完成了一个驳倒生命的过程，和寻觅的永恒。

以驳倒生命的方式来追求新的人生，表现出了诗人敢于迎接新的挑战的勇气和寻找生命价值的渴望与努力。它展现出的是诗人积极乐观的人生态度。

刘萱散文诗的思辨性早在《生命阶梯》中就是一个重要的艺术特征。《生命高地》中则体现得更为明显。她的散文诗的思辨性特征，主要是通过两种方式表现出来的。一是在行文中直接议论说理，表达诗人对某些生活现象的看法和思考，抑或是言说某种生命感悟，如《距离》《每个人都说是一次死亡》等。《距离》是对某种生命感悟的传达。

我们的心隔得很远，已经没有距离。

我们的心隔得很近，已经没有距离。

心都融在了一起，还能看得清楚吗？所以，我们各自扮演心灵的两个极端：爱与恨，美与丑。我们的距离是非常的远啊，所以我们会消失那么多年。我们的距离非常的近，所以我们从来没有真正分开过。彼此是对方生活中的影子。

这就是缘的距离。

《每一个人都是一次死亡》既是对生活现象的讨论，也是对人生感悟的表达。

死亡多了，人才多。星星消失了，太阳才更光明。

每一次死亡都是一次经历，我们和骨头与骨髓的经历是一样的。我们能闭着眼睛看自己，闭着嘴巴对自己说话。

死亡无所不至，是每个人最后赶到的一次约请，方式不同，礼物不同，态度不一样，最后的决定是一致的，一致通过安检。

从死亡中来，再回到死亡中去，令生命觉得愉快啊！

死亡是生活中的常见现象，也是每一个人必然经历的一个过程，没有一个人会免于一死。但不同的人对死亡的态度和认识是不同的。诗人借此表达了自己的思考和看法：不管如何认识和对待死亡，都应该让生命过程变成一个愉快的旅程。

2004年，刘萱以援藏干部身份进藏工作，开启了她人生的另一段旅程。她的散文诗创作也逐渐在题材与风格上发生了变化。随着她在西藏生活时间的不断推移，随着她与高原风光景物、风情民俗和人事生活所建立的关系越来越深入、越来越密切，她创作上的这种变化也越来越显著。她的诗歌的风格特征与之前的创作有了很大的区别。可以说，她进藏之后的西藏题材的书写，在她的创作历程中是一次很大的突破，与之前的《生命阶梯》《生命高地》相比，达到了一个更高的阶段。这种新的突破和新的境界，主要体现在以下几个方面：

首先是创作视界的辽远、阔大和诗歌气势的雄壮磅礴。与《生命阶梯》《生命高地》相比，刘萱的关注点从之前的对人生意义的探讨、对生命困惑的思索和对亲情、友情的珍惜等话题上位移开来，把目光转向了高原广阔、辽远、永恒的存在之上。艺术视点的转移，使她作品的境界变得更为开阔高远。如果说之前的作品的审美时空多限于个人的情感、精神范畴，那么，此时作品的时空则是上下四方、天地万物、宇宙洪荒。青藏高原壮美奇俊的自然风光，充满神性的宗教现象，久远灿烂的历史文化，以及大开大合的地势风貌和瞬息万变的气候等，赋予了刘萱创作的激情，也开阔了她的艺术视界。“诗在远方”似乎在西藏这块土地上，才真实地落实到了她的创作之中。《遥望雪域高原》可以看作是其诗歌视界在面对西藏这块高天厚土时发生变化的一个写照。

雪山从海底升腾，/草原遇到三趾马，/百条绳子拴住天上的星星。/下面是海子，/雪峰飘在云霄，/加林山上格萨尔的古战场和羊皮风袋。/冬天十一二月的时候，/花儿和草原真的要分别吗？/天边的白云是羊群，/近处的黑眼圈是野牦牛。/太古代，元古代，洪水期，冰川期，彩虹段的纽扣，/锁住了你一望无际自己的世界。/人的右边是神，/荒凉的西边是雍仲。/山石从阴阳深处起风，/草坡站在细石器的月色中，/牛角湖吹响了你的魂灵。

这首诗在时空的设置上是极其阔大的。空间上，从地下到地上再到空中；时间上，从眼前到过去再到无穷远的年代。在诗人的眼里，这就是雪域高原呈现出来的存在状态，它是无限无垠的，是万古不变的，任何有限的时空都无法限制它、涵盖它。诗人的艺术视界和胸襟由此也被引向了无限无垠、超然峻拔的境地。

与开阔的艺术视界和书写高度相适应的是，刘萱诗歌内在气势的阔大与磅礴。在刘萱西藏题材的诗歌中，无论是情感与智力，都不存在表达的障碍，都达到了自由无羁的状态，似乎诗人的整个身心都融入所要书写的对象之中，你中有我，我中有你。正如《阿里三章》（二）中所说：“你给了我生命，同时你把我的生命分成了两半。我的心会为你而明亮或是黯淡，我的魂会为你而活着或是死去。我的生命永远走不出你的幻影。”把生命融入其中，不再有彼此之别和你我之分，生命为此有了奔放的可能，有了腾飞超越的可能，诗人的情感也由此获得了淋漓的挥洒。当情感的淋漓挥洒与西藏壮阔雄伟的自然景观、人文历史融合在一起时，刘萱的诗歌由此获得了一种阔大磅礴的精神气势，就像高原上呼啸的长风一样不可阻挡。

刘萱的这种释放生命能量，追求生命超越，挥洒情感之流的写作取向，是与她在诗歌中不断寻找新的自我的精神追求是相辅相成的。在融入高原之后，刘萱逐渐蜕变成了一个全新的个体，她的写作就是不断发现和强化这个全新个体的精神实践。“站在西藏阿里亘古的荒原和苍凉几百万年的土林面前仿佛我再次醒来。”这是诗人情感上、精神上的一次重生。对于刘萱来说，这也是生命不断升华的过程，是生命境界不断超越的过程，是不断向更高更远的境界挺进的过程。诗在远方，在刘萱此阶段的诗歌创作中获得了更为清晰的表达。

刘萱的西藏题材的诗歌创作，也是一种充满神性的精神实践。在她笔下，高原上的一切都是有灵性的，它们都是“生命轮回”过程中某个生命个体“幻化”而来的，带着灵性，流着新鲜的血液，充满生命气息。诗人在面对它们的时候，除了以谦和的口吻与它们对话赤外；还对它们怀有无限的敬仰之情，并渴望拥抱它们，融入其中；与它们同呼吸、共命运，承担它们的苦难，分享它们的喜悦。

我看到一个个复活的生灵携水鸟翱翔，所有的落叶都埋入山谷。掉进风中消失的脸庞。我推开荒原的寒风。跋涉千里，乘星空的雨露投入你的怀抱。想要紧紧抓住你那柔软欢畅的爱意，那岸边不曾绽放的光阴，你却像一位老人一样寂静。山石花落，沙粒中不愿坠落，白昼与牛粪火一起燃烧的你的苍老……你轻抚念青唐古拉的神性，如一条想要系住高原沧桑的哈达。这哈达洁白如歌，蔚蓝如镜，长远如诗。你在呼唤我吗？

拉萨河是富有生机的哈达，让高原的生灵一个个复活，“我”能感受到它的爱意，“我”渴望投入它的怀抱。这是诗人对高原上一切存在物的艺术化、精神化的认识，是与它们进行精神交流后的真切感受。在这种只有自己能够真切感受到的交流中，诗人不断地寻找着新的自我，不断获得重生，不断地向生命的高度迸发。在对高原万物的深情赞美和真诚敬仰中完成自我生命的提升，这是刘萱西藏题材的诗歌蕴含独具一格的艺术魅力的一个重要原因。刘萱的西藏题材的诗歌创作，是新世纪以来西藏诗歌领域的重要收获。她的诗歌把西藏当代诗歌创作的境界提升到了一个新的高度。

第四节　白拉、日吉梅朵

白拉(1961—)，女，出生于西藏堆龙德庆县。1982 年毕业于中央民族学院，2003 年结业于鲁迅文学院。曾任《西藏文艺》副主编（编审）。20 世纪 80 年代末开始文学创作，主要以藏文创作。先后出版藏文诗集《最初的印象》《当代藏族女作家作品选》（合集）等。

《最初的印象》由《新生》《最初的印象》《无题》《雪之光》等 91 首诗歌组成。作为藏文现代自由诗，它突破了传统诗歌理论的修辞方式和写作模式，以富有现代特征的表现手法，书写新时期以来当代西藏社会生活中群体与个人的生活情状和精神世界，体现了新一代藏族诗人对现实生活的关注和对艺术的探索与追求。在艺术审美上，倾向于抒情，有很多精美的短诗犹如一幅幅画，给人以清晰、至真的享受。许多作品立意深刻，如《新生》以女性独特的生命体验和感悟，描绘了生命万物的开始，寓意着生生不息与博爱精神；有些作品反映当代藏族女性的生活履历和精神历程，如《最初的印象》描写新一代藏族女性的反思与觉醒，以及勇于直面人生，憧憬未来的美好愿望；有些作品赞美真挚纯洁的恋爱，如《初恋》等不少描写真挚爱情的诗，其诗风自然纯净，给人以美的享受。

整体来看，白拉的诗歌值得关注的艺术取向大致有以下几个方面：一是对精神或灵魂存在的追问与思索。作为一个女性作家，白拉与其他女性作家有一个比较鲜明的差别，那就是：更倾向于关注人的精神世界的存在问题。她的诗歌中常常出现“灵魂”等字眼，且始终伴随诗人的疑惑、追问和思索。《灵魂》这首诗作就是对这一问题或现象的直接书写。在藏传佛教文化背景中，诗人表达了自己对灵魂这一精神问题的思考与理解。在生命轮回的轨迹里，灵魂是永生的，它脱离消逝的躯体流落到另一个世界。有了这样的认识，诗人对死亡的理解持有乐观豁达的态度，“死，亡，不过是躯体的灭失 / 和生命的结束 / 那么 / 生，便是死 / 死，就会生 / 轮回之中 / 一切生命都是为了新的开始。”在生与死的轮回中，二者似乎并没有多大的区别，都是生命流程中的一个节点而已。对于“灵魂”的这种乐观豁达的认识与思考，并没有消减白拉在现实生活中遭遇的种种困惑与不安，琐碎、繁杂和满是俗气的现实景象拥挤在生活的各个角落时，诗人会为此而感到有种无处遁逃的窒息感。此时，诗人甚至会不知道自己到底身在何处。当对灵魂的追问与无法躲避的现实遭遇时，曾经以豁达的态度面对生死问题的诗人也似乎无言以对，难以释怀。短诗《无题》就是对这种生命体验的真实写照。在嘈杂的声音传入耳膜后，“我”听到了黑夜的窃笑声，此时“我”感觉到“彩虹和鲜花丛中 / 我是一个 / 缺乏什么东西的乞丐 / 或者，一种难以释怀的往事”。在嘈杂的现实生活中，生命得不到片刻的安宁，即使是竭力地追寻，依然是一无所获的空虚，“频频回首过去的岁月 / 苦苦追求未来的世界 / 我不知道现在的自己 / 到底身在何处”。当然，灵魂追寻中的受挫，并没有改变诗人追寻的意念，明白了精神需要超越现实才能体现它独特的价值后，诗人的意图变得更为明确坚定。“每个人都有自己的方向 / 每个人都有自己的理想”、“我梦中的方向 / 则是一个超越现实与臆想 / 不属于任何一边的 / 另一个方向”。

对精神或灵魂的追寻，使得白拉的诗歌具有了鲜明的哲理意味，且带有鲜明的思辨色彩。她的这种思辨和哲理性思考有时就直接体现在她的诗歌中，《猎人》就是这类诗歌的代表性作品。猎人把目光投向猎物，他们可以猎杀一切他们认为是猎物的东西，但猎人的命运到底如何呢？“猎人是谁？这猎人是什么？”猎杀其他动物的猎人连自己是谁，自己的位置到底在哪里都没有认识清楚，他们只是被自己眼前的地位、身份所迷惑。其实，换个角度看，他们也只不过是另外一种猎物而已。“猎人就是猎人 / 但终有一天将变成猎物 / 猎物也未必不会变成猎人 / 在一伙猎人的上方 / 狼们舞蹈风，在摇铃伴奏。”诗歌以宏阔的视野审视万物之间的相互关系，通过万物之间相互制约的关系，揭示万物之间地位身份的相互转化。这是诗人对世间万物相互关系的一种辩证认识，诗歌通过猎人与猎物之间相互关系的转化，形象生动地表达这种辩证认识。对“猎人和猎物”相互关系的转变的认识，其实也是诗人对人的存在状况的一种思考与认识。

作为一个善于思辨的诗人，白拉也会通过诗歌来表达自己对某些看上去怪诞滑稽的现象所怀有的不解与困惑。《整形的过程》就是对此种不解与困惑的表现。诗歌描写了整形的四个过程。首先是整形师对被整形者的五官外貌的观察，认定应该整形，且断定整形后一定会貌若天仙；之后，整形师开始麻醉后，被整形者“我”的开始困惑不安，五官要改变了，之前的“我”的脸，还是现在的“我”的脸吗？接下来整形师开始切除，肌肉被割断，骨架被拆散，整个脸部血肉模糊；最后，似乎一切都改变了，“我”已不是原来的自己，而所谓的貌若天仙的“我”又在哪里呢？整首诗以冷静客观的笔调描写、展示了整形的前后过程，虽然从讲述口吻看，诗人似乎对此种现象并没有评头论足，但诗中接连出现的疑问却暗示，诗人对此种“爱美行为”颇为不以为然。很显然，这首诗不仅仅只是对“整形”这一在诗人眼里颇为怪诞的现象的描述，它具有一定的象征意味，它象征着那些在日常生活中，为了所谓的“美”而扭曲自然人性的种种行为的可笑与滑稽。

白拉诗歌的另一显著取向是善于捕捉瞬间的生命感悟和体验。作为一位女性诗人，白拉的诗歌创作体现了其敏感轻灵的一面。白拉倾向于捕捉生活中普通的现象，然后以自己细腻的感觉或体验衍生出充满意味的景观或情致。《远逝的雪花》由雪花的飘落消失为诗题，想到风与雪花之间的关系，为风儿不懂得珍惜美丽的雪花而感到惋惜，由此感叹生活中美好的事物在不经意中就悄然而逝的无奈。“轻柔的风啊！ / 等你苏醒的时候 / 它已经是远去的过客”，诗人用叹息的口吻，对“沉睡的柔风”予以抱怨，抱怨它不珍惜眼前美好的景象。这首诗虽然用语直白，但内含的意绪却给人一种莫名的怅惘。《意念》通过眼前的事物——白海螺，联想到大海迷人的景象，它的汹涌的波涛，它的诱人的气息，由此又联想到旋律优美迷人的歌声。诗人就此沉醉在自己构想的美好世界里。《意念》是纯粹的写意之作，但其呈现于外在的意象却不是抽象的、玄幻的，而是可见可感的。与此类诗歌在主题意蕴上相关联的另一类作品是，诗人对生命中关乎着得与失的人生境况的思考与体悟。身为女人，是让自己的人生更为光鲜亮丽，还是在精神充实中“寂寥空落”？诗人的内心有过思忖。看到自己孤寂的身影和看上去了无生气的生活状况，内心难免掀起波澜，难免对自己的人生选择和生活态度产生怀疑与不满。《心语》中的心曲吐露，就是对这种人生境况的真实写照。“桌上花瓶的旁边 / 那本搁置已久的 / 女诗人集和香水瓶上 / 落满了灰尘 / 不知何时起，我像蜘蛛 / 成天忙于织网 / 不知何时起，我把自己 / 美好的爱情藏到深处 / 在没有葡萄酒，没有心里的歌 / 也没有诗歌和诗人的岁月里 / 一颗苍茫的心 / 感觉不到幸福 / 被回音传送的那支歌 / 也不觉得悦耳。”诗人的感触是深刻的，她的表达是尖锐的。这是对自己维持已久的生活状况的深刻怀疑与不满。毫无生气的生活流程和生存状况，这就是自己心甘情愿的选择？像蜘蛛一样不知疲倦地忙活，殊不知却为自己织就了罩住自己的网络。这首诗歌真实地揭示了人在现实生活中可能遭遇的某种不如意但又无奈的精神状况和情绪体验。虽然描写的是生命中的情绪化体验，但却具有非常强劲的艺术穿透力，能够激起人内心深处的波澜。

对现实生活日常现象的关注，通过描写现实生活中的点滴，表达自己对于人生的感悟以及对生活的思索，注重作品的思想内涵。白拉的诗歌在展现自己的艺术个性的同时，展示了藏文新诗的独特魅力与时代风貌。

日吉梅朵（1965—），原名强巴旦增，出生于西藏山南措美县。先后从事过小学教学工作和教育行政管理工作。著有《雅砻画眉鸟之妙音》《香波神韵》等藏文诗集。

日吉梅朵没有受过系统的教育，但他勤奋好学、喜欢阅读。凭借着对知识的渴望和大量的阅读以及追求梦想的执着，反复阅读了《猴鸟的故事》和《卓哇桑姆》等八大藏戏，以及《宗喀巴大师传》《诗学入门》和《西藏文艺》等书刊报纸。书籍拓宽了他的阅读视野，丰富了他的学识，为他进行诗歌创作奠定了基础。1984 年，处女作《雪域新貌》在《西藏日报》上发表，之后相继在《山南文艺》上发表《雅拉香波之赞歌》《雅砻胜过天堂》《心曲》等诗歌。

日吉梅朵的诗歌主要有以下特点：首先是对传统诗歌体裁的继承。20 世纪 80 年代，一些青年诗人虽然也以传统诗体创作，但绝大多数诗人主要还是以新诗创作为主。以克珠、日吉梅朵为代表的一部分诗人坚持用传统诗体创作，并且也取得了一定的成绩。尽管日吉梅朵也尝试过新诗创作，却没有产生比较有影响的新诗作品，读者看好的反倒是他的传统诗。在他的传统诗作中，各种修辞方法以及表现手法发挥得淋漓尽致，不仅很好地继承了传统诗歌可贵的创作经验，还融合了现代文明以及时代的特色。如《绿洲》《阿古那托之祭祀》《金太阳》《无常》《梦中的父母》等，都是对传统体裁利用得相当熟练、妥帖的优秀诗篇，在藏文诗歌领域产生了巨大的影响。

其次，日吉梅朵的诗歌语言通俗简洁、浅显易懂。虽然利用传统体裁形式创作诗歌，但日吉梅朵的诗歌在语言上讲究通俗简洁，力求浅显易懂。这与日吉梅朵的文学观念密切相关。日吉梅朵主张文学应该面向广大读者，服务读者。他认为当代文学的创作应该从实际出发，立足于现实生活，作家应积极创作通俗易懂的文学作品，特别是诗歌，一定要有比较明确的写作动机和主题，反对“无解”或者“哑谜式”的朦胧或半朦胧的创作风格。他的作品中几乎找不到艰涩难懂的作品，每一首诗都主题明确，爱憎分明，在西藏当代藏语诗歌创作中，树起了一面旗帜。

最后，日吉梅朵诗歌具有较为鲜明的生态意识。2010年发表于《西藏文艺》的《绿洲》，将人类对大自然不科学的开发所造成的环境污染，以及导致全球气候变暖、地震频发等自然灾害作为现实背景，以此表达诗人对人类社会发展的忧思困惑，并通过诗歌呼唤人们要保护美丽的家园，倡导人与自然和谐相处。《阿古那托之祭祀》是针对中国社会经济快速发展，人们物质生活日益丰富，社会上出现大吃大喝、铺张浪费等不良生活作风；特别是个别高官名爵，利用职务之便，采取不法手段，追求奢靡生活等问题而写就的一首诗。作品通过“阿古那托”这一人物形象，大胆讽刺、批判和痛斥那些将个人的幸福建立在践踏人民利益和国家利益之上的人，并呼吁人们要树立清正廉洁、勤俭自律的良好作风，同时也明确表明了诗人在反腐倡廉中的个人立场。

第五节　陈人杰

陈人杰（1968—），出生于浙江天台。高级经济师，法学硕士，浙江大学EMBA硕士。先后三次作为援藏干部进藏，后调藏工作，现任西藏自治区文联副主席、中国诗歌学会常务理事。陈人杰于1986年开始诗歌创作，出版诗集《回家》《西藏书》《山海间》等；曾获第二届徐志摩诗歌奖、《诗刊》青年诗人奖、第四届昌耀诗歌奖、第五届中国长诗奖、西藏珠穆朗玛文学艺术基金奖特别奖，《西藏书》入围第七届鲁迅文学奖提名，《山海间》荣获第八届鲁迅文学奖。

2008 年，陈人杰出版诗集《回家》。《回家》表现了现代知识分子的文化乡愁和现实关怀，诗人突破了专注于个人心灵的写作姿态，将视角投注于社会生活的底层，着力于被书写者主体情感的展现，探寻现代都市文明中诸般凡俗之人的精神归属。《西藏的雪》是诗集《回家》中唯一关于西藏的想象书写，诗人在开篇写到“在西藏，在一朵雪花的光里 / 星星曾有过片刻依靠”，或许就此结缘，诗人于 2012 年 8 月始，开启了已长达十年的援藏、在藏生活和西藏书写。

2017年出版的《西藏书》，是陈人杰关于西藏的集中书写。诗集结构精巧、内容丰富，视野遍及西藏的历史、现实、自然、人文、风物、习俗，全方位地展现了诗人西藏生活的见闻、体验。西藏丰富的地理风物，成为诗人笔下独特的意象，被反复咏叹。冰川、峡谷、雪山、河流、湖泊、树木、雄鹰、牦牛、沙鸥、黑颈鹤、青稞、木碗、石头、星星、拴马桩……诸般物象在诗人笔下肆意舒展，凝结了诗人从钱塘到羌塘的奇妙人生旅程，呈现了诗人西藏生活的见闻、体悟。“大风吹灭远古 / 万物抬高其浩荡的苦旅 / 马匹奔腾，将高原甩在身后 / 孤独已锤炼成鹰的翅膀 // 白云飘飘，它的哈达 / 献给比高原更加辽阔、晶莹的心 / 我在岁月的鞭子里 / 咬紧爱和恨的两片嘴唇 / 驱赶着高原向着它的海洋”，“你反刍 / 一个民族的反思能力 / 把最荒凉的暖意赠予人间 / 你守着祖先的图腾 / 沉默的力量，缩小为骑手远去的背景”，“呆头呆脑，根深蒂固 / 成千上万个黄昏在生锈 // 为马，你找来了缰绳 / 为草原，你找来了部落 // 你拴着奔腾的山脉、王国 / 和一个民族不可磨灭的战功……”。在这些诗句中，诗人并未沉湎于西藏风物、习俗的神秘与奇幻，而是在大风、马匹、白云、牦牛、草原、拴马桩等具有高原特征的物象中，延展西藏神采焕然的广袤深厚和沉默坚强的精神力量。

《西藏书》也是诗人援藏工作的记录。“在海拔四千八百米藏北腹地 / 一个向星空再次出发的人 / 放弃了都市 / 和陌生的时代 // 每天，沿着山坡往上爬 / 爬一米是一米 / 但我的身子太重 / 仍在往下沉”，“眩晕，旋转着巨

大的脑壳 / 身体缥缈，血滴滴欲尽 / 我要去查看信仰的高度，以及 / 塔尔玛村为何把雪山交出”。还有《氧气瓶》《冬夜，去山坡上厕所》《缺氧》等诗篇，集中展现了诗人在特殊环境下诸般真切而强烈的生存体验，诗人的身体和情志均在接受高原的挑战和洗礼。在不足三个月的时间里，他走访了申扎县 62 个自然村中的 40 个，脚步丈量着高原的广袤，眼、耳细致地触摸西藏生活的质地。正是这种真切，达成了诗人与西藏生活方式、精神底色的直接对接，突破了观光者、猎奇者的符号化书写，实现了从“援藏”到“缘藏”的转变，边地生活被转化成一个“在藏者”真切的情感展现。

《山海间》是陈人杰的第二部高原诗作。此时的作者，已正式调藏，成为一名西藏文艺工作者。身份的变化，是诗人内在心理变化的外在表现。西藏，早已成为诗人生活、生命的一部分，与诗人血脉相系。

在《山海间》里，诗人以主人翁的姿态，纵情歌唱西藏这个“故乡之上还有故乡”的精神家园。他钟情于西藏这一高处的自然、人文、历史，行走于这片土地的过去和未来，流淌出“世界屋脊的瓦片下”的精妙比喻。在《冻红的石头》中，诗人这样写道：“高原并不寂寞 / 世界上，不存在真正荒凉的地方 / 孤独，只是人感到孤独 / 一天夜里，我看到星星闪烁的高处 / 雪峰在聚会 / 又有一次，我从那曲回来 / 看见旷野里的石头冻得通红 / 像孩童的脸。而另一些石头黑得像铁 / 像老去的父亲 / 他们散落在高原上，安然在 / 地老天荒的沉默中 / 从不需要人类那样的语言”。在《山海间》中，作者说：“是母系的秘密牵引我这朵东海的浪花 / 是浪花与雪花的感应 / 蕴含着天地的循环、香息 / 把苦辛化作乳汁的甜蜜”，“一个人的生命线到底有多长 / 从杭州到西藏 / 乃至根本无法预知的村落 / 从碧海到雪域、浪花到雪花 / 后现代到文明倩影 / 呼风唤雨到藏地风情 / 于高冷、孤绝、自省中 / 一次次拓宽内心的精神疆域”。在诗人笔下，西藏这块土地，成为无数在藏、援藏、留藏，终而“缘藏”的人们的精神故乡，生命的疆域在此扩展，生命的力量因之得到延伸。

《山海间》还体现了陈人杰对宇宙时空的思考。题名中的山、海，是自然地理中祖国西部巍峨的高原，和东部浩渺的海洋。山、海，相隔万里，有着无法逾越的地理空间区隔。一个“间”字，是诗人以自觉的社会责任感和时代担当，让山海相接，近在咫尺；山、海，也是两亿年来青藏高原从沧海到辽原的变化历程，因而，“山海间”也是历史性的变迁。“山海间”的穿梭，显露了诗人高原建筑者的历史担当。一句“月亮只有天空一个家”，就是万千西藏建设者的写照，万千小我在浩大的时空之间，突破一己一时，义无反顾地肩负了时代和历史的嘱托，为“世界屋脊”添砖加瓦。

陈人杰在其诗歌中尝试创设新的意象，如“世界屋脊的瓦片”“月亮邮戳”“夕阳的纤维”“月亮只有天空一个家”“冻得通红的石头”等，平凡的物象在诗人的笔下，重新焕发出生命的光彩。我们不能简单地用比喻或者拟人等修辞来界定这样的写法，这些意象表现了诗人对世间万物的珍视，其苦难与荣光、短暂和永恒，均自在于广阔的时空之间，无须怜悯，亦无须夸赞。草原、冰川、峡谷、雪山、河流、牦牛、藏羚羊、冬虫夏草、唐卡，一切有生命或无生命的日常生活之物，都在诗人笔下得到了尊重。这是诗人自《回家》就一贯坚持的平视视角的体现，也体现了诗人的生命态度。

西藏，是中国当代文学的一个书写热点，它被描绘为圣地、净土，精神的桃花源；或被看作是原始、神秘，有待现代文明启蒙的地带。而在陈人杰笔下，西藏成为“游子抵达故乡的道路”，是“故乡之上还有故乡”的情感归属。作为新时代西藏脱贫攻坚的实践者和传递新知的建构者，诗人天然地带有崇高的责任感和使命感，但这种宏大的情志并没有淹没诗人的自我。诗集中无一句宏大的呼告，而多以平淡、细腻取胜，使诗歌呈现出强烈而真挚的抒情性。

《山海间》以致敬余光中、艾青开篇和结尾，暗示了诗人对心中崇高道德准则、社会责任感的坚守和对亲人、故土的热爱。诗人从西湖到西藏，从钱塘到羌塘，从温润水乡到冰天雪地，目之所及，皆成诗情。诗人在“在高高的雪原上，在低低的人世间”体验和回味个人的生活经历和人生阅历，升华为无数西藏建设者生命的图景，呈现出炽烈的抒情性。

陈人杰的诗歌中有西藏建设者群像的展示，丰富了西藏当代文学的人物图谱。《西藏书》《山海间》，是新时代西藏建设、发展的产物，是中华民族共同体建设的成果。无数援藏、在藏的建设者，跨越山海、远离妻儿、克服高反，为西藏的建设发展献计献策。崇高的社会理想与个人的爱欲情长，紧密地交织在他们身上，诗人看到了他们作为建设者的崇高感，也没有忽视他们凡俗的情思痛楚。值得注意的是，陈人杰还在其诗歌中塑造了新时代的女性形象，“放心，我们的孩子 / 我照顾好，白云上的孩子 / 你轻轻擦去忧伤……”寥寥几笔，一位坚韧、包容、温婉的女性形象跃然纸上，那是无数援藏干部“缘藏”的力量源泉，也是无数无名援藏人形象的写照。

陈人杰以西藏为中心的高原诗歌，是诗人身份意识、现实经验、身体感知、文化品格，以及时空思考的综合呈现。他将自然风物与个人空间、时代观念融合为一种经验和记忆，然后生成为个人的独特时空观念和时代精神境遇，成就了其诗歌的真实和力量感，也使他成为西藏当代诗坛，乃至中国当代诗坛一位富有创造力的诗人。

从《回家》到《西藏书》，再到《山海间》，陈人杰坚守了关注生活，关注茶米油盐、人间烟火的视角，将对山海万物的热爱和对宇宙人生的思考融于一体，凝结为优美的诗篇。陈人杰的诗歌始终保持着一种昂扬的精神力量，这种力量在《西藏书》和《山海间》中，呈现为一种沉稳和坚定的气质，就像诗歌中时常出现的表述：“既不选择离开又不选择留下 / 隐忍的锋刃在岁月里枯卷”、“既没有存在，也没有消失”。在留下与离开、存在与消失之间，并不独向虚空，而是诗人行者意识的表现。

第六节　白玛娜珍

白玛娜珍（1967—），女，出生于西藏拉萨。虽然白玛娜珍的小说创作和散文创作成绩比诗歌更为突出，所产生的影响也比诗歌更为广泛，但在 90 年代以后的西藏文坛，白玛娜珍的诗歌创作同样有着显著的地位。她的诗歌不但有显著的地域特色，也蕴含着时代精神和显著的女性意识。在地域特色和个人艺术个性结合方面，白玛娜珍的诗歌创作走出了一条比较完美的探索之路。

迄今为止，白玛娜珍出版了两本诗歌集，分别是《在心灵的天际》和《金汁》。两部诗集相隔近二十年，除少部分诗歌同时收录在两部集子中外，其他绝大部分作品创作于不同的两个阶段。由于时间间隔较长，两部诗集在主题意向和表达方式上存在着比较显著的差异，尤其是在主题意向上，差异尤为明显。

《在心灵的天际》可视为白玛娜珍早期的“青春细语”，记录了诗人年轻时代的情绪波动、情感起伏和带有青春气息的生命感悟。在诗人波动的情绪、情感的起伏和带有青春气息的生命感悟中，呈露出的是一个年轻女性对人生幻影的憧憬与渴望，对美好爱情的向往和勾画，以及伴随着憧憬与渴望而来的苦闷、忧伤和无奈。

对青春人生梦幻的憧憬和渴望是白玛娜珍早期诗歌的一个重要的主题意向。对此，她的表达显露出了青春少女常有的率真。在短诗《幻影》中，诗人直言内心的渴望与躁动：忽然看见你 / 就像看见 / 旷野里忽然旋起的风——/ 我已忘记 / 自己是不动的湖群 / 掀起蓝色褶裙 / 让你跳起多情的舞 / 层层白浪呵 / 是我为你轻轻伴唱 / 虽然我知道你是幻影 / 我也无法 / 陪你去远方。

“幻影”是什么？虽然诗歌没有明言，但不管是什么，它的魅力都足以让“我”怦然心动、情不自禁。它像旷野里的旋风一样，摇动了诗人青春的思绪，让她忘记了自己本来的身份位置——“我已忘记 自己是不动的湖群”——于是，不由自主地掀起蓝色的褶裙，载歌载舞。尽管“我”清醒地知道，“你是幻影”，而“我也无法 / 陪你去远方”，但这个结局并不能影响“我”与“你”一起跳多情的舞蹈。从这首短诗中，大致能够体味到白玛娜珍青春飞扬的浪漫诗情。事实上，她的这种诗情还体现在对日常细小事物和人生景致的描绘中。

对浪漫爱情的热情向往和真挚讴歌，也是白玛娜珍早期诗歌突出的主题追求。这一主题追求其实是白玛娜珍诗歌里“人生梦幻”主题的一个变种。只不过对于爱情的描绘与表现，表达上要收敛含蓄得多，展露出了一种欲说还休的情感姿态。《爱的轻音》是对这种情感姿态最鲜明的表现。

我是一个温柔的陷阱 / 等待你轻轻坠落 / 每一种骗局 / 都用梦幻交织 / 你是否 / 为我穿梭不停 / 我是一汪停泊经年的湖泊 / 期盼着你蓝色的涟漪 / 每一天的宁静 / 都凝固着激情 / 你是否 / 为我化作雪山矗立……

看得出，对于美好甜蜜的爱情，诗人充满了向往，独自在心中勾画着属于自己的爱情“蓝图”。但对于令人怦然心动、情感飞扬的爱情，诗人并没有做好充分的准备去接受它的到来，内心难免产生一丝忧虑，于是转而为自己寻找“推诿”的理由：

其实我好比土地 / 因为希冀果实 / 过早地交给人耕耘 / 只留下沟壑纵横的心 / 维持远古至今的沉静 / 而你轻快的步履 / 忽然经过时 有一种旋律 / 回荡金秋的气息 / 是不是爱的轻音

面对近在眼前的爱情，诗人在兴奋之余略感惶恐。“慌乱之际”说那只不过是自己偶然的冲动，对“你”的行为作出的反应，那算不算是“爱”的示意呢！好像只是个温柔的陷阱而已。

无论多么美好的人生梦幻和爱情，在复杂多变的现实面前都会遭遇难以预料的阻力与障碍。年轻的诗人似乎体味到了其中的苦涩，于是在遏制不住的渴求与向往中，同时伴随着无法排遣的不安与忧伤。由于此，白玛娜珍的诗歌在对“青春印象”展开带有浪漫色彩的描绘中，不可避免地流露出了非常浓重的伤感情调。这是白玛娜珍早期诗歌最为显著的艺术风貌。

也许是对生活本身复杂性的洞察，也许是受诗人个人忧郁秉性的左右，也许二者兼而有之，白玛娜珍在诗歌中所表现出的乐观浪漫都是有限度的。换句话说，她早期诗歌的浪漫乐观情调的底色是另外一种色调，那就是：不安与忧伤。每当抒写自己内心难以遏制的浪漫情愫和乐观梦幻时，内心的某一个角落里就会蹿出一股伤感忧虑的情绪之流，扰乱或打断原本令人心旌荡漾的情感溪流。就像一直欢快跳跃着向前奔流的清澈泉水，突然间遇到大山堤坝的阻拦一样，一下子失去了继续前行的活泼愉悦的劲头，开始回旋打转，发出低沉的叹息声。这种情形在白玛娜珍早期诗歌中是一种比较常见的具有“悖论”性质的情景设置。如《你的眸子是天空》：

漫长的夜早已把我渗透 / 你却恍惚于我的梦中 / 轻轻蹙动眉头 / 再温柔地都走过—— / 黎明中的那线轻风呵 / 令女人的心倍感孤独 / 眺望你的眸子 / 是一片蔚蓝的天空 / 我多么想尽情地遨游 / 可是偶尔的雷雨风暴 / 会不会把我击落 / 我的生命呵 / 短暂却也没有尽头 / 我应该埋首还是仰头

一方面是对爱情的向往，渴望得到情人的安抚，希望在爱的河流里自由尽情地遨游；另一方面却担心雷雨风暴把自己击落。是勇敢地接受爱情并享受爱情，还是放弃它，仅仅在内心里为它留出一方天地，以免自己受到伤害。情与理在诗歌中交织在一起，闪现出人生存在的多个面相。

白玛娜珍早期诗歌在艺术创制上的另外一个显著特征是人物设置上的“我”与“你”的对峙。仔细审读其诗歌，可以发现她的诗歌中经常出现“你”“我”这样的人物指称代词。而其中的“你”往往在身份上并不确定。有的时候，可能是诗歌里“我”之外的另一个人，有时候却是“我”的另一个称谓而已。比如下面两首诗中的“你”“我”。

《致……》

无论你是否像星星 / 能够在每天夜里 / 闪烁于我心灵的天际 / 我已经学会闭上眼睛 / 这样想念你 // 其实你的微笑或者忧伤 / 早已被我剪断翅膀 / 如果靠近了 / 我看见你赤裸的身躯 / 薄如纸张

《青春的枝叶为你萌动》

犹如黑夜里闪烁的水流 / 在我贫瘠的情感途中 / 青春的枝叶呵 / 再一次为你萌动 / 微笑也透露出水的温柔 / 然而我的根蒂在深深的土中 / 你的生命却渴望奔流 / 相逢时刻 / 我因为你而招展欢乐 / 别离时分 / 我的泪水却要牵扯成河 / 不 我应该真诚地感谢你 / 你用滋润的胸怀告诉我 / 如果是树 / 总会有春夏秋冬 / 毕竟获得了短暂的流动 / 虽不能长驻于心中

第一首诗中，“你”“我”的指称对象很明显是两个不同的人物；但第二首诗中，“你”“我”的指称对象则处于一种模糊情形。“你”与“我”可能指同一个人物或事物，如“我”指根蒂在土壤中的现实中的“我”，而“你”可能指称追求人生梦幻的“我”。白玛娜珍诗歌中出现这种看上去“混乱”的人物指称现象，并没有造成其诗歌意旨的混乱。这种表达方式其实是对现实人生状况的一种真实反映，是对人的内心矛盾冲突或精神分裂症状的艺术化描述。进入诗歌之后，这种指称方式能够增加诗歌意蕴的丰富性和多面性，从而使得诗歌变为一个复杂多变的艺术存在体，启发读者从多个角度和层面去理解社会生活和人的复杂多变的内心世界。

进入《金汁》创作阶段，白玛娜珍的诗歌在延续早期的一些审美特征的同时，也发生了不少显著的变化。这些变化主要体现在主题意向方面。首要的变化是对“爱”的含义的更为宽泛博大的认识与理解。如果说早期诗歌追求人生梦幻美景和男女间的浪漫爱情时，诗人还只是把令自己兴奋、喜悦又不安、忧伤的“爱”局限于个人生活和个人情感的小天地之内，独自享受它的甜蜜和暗暗承受它带给自己的不安、忧伤；那么，进入《金汁》创作阶段，诗人对“爱”的认识与理解，已经摆脱了个人狭小的天地和一己悲欢的局限，进入了一种全新的境界。此时的“爱”，从个人情怀出发，拥有了更为广大的受众。此时的“爱”，不再只是关乎个人欢愉和亲情伦理的“小爱”，而是一种博大无碍的“大爱”，它既与个人欢愉和亲情伦理有关，更是对世间万物的体恤与关爱。这种爱没有索取的意图，因此也就不会因为得不到回报而感到不安与失落。白玛娜珍的这种情感位移与扩容行为，在《金汁》这部诗集的第一首诗《金汁》中得到了很好的表现。作者把诗集题名为“金汁”，且把其列在开篇之处，大概有所寄予。《金汁》吐露的心声就是要用“爱”去消融所有的黑夜。“当我独饮独吟 / 心里盛满了爱的金汁 / 能够消融所有的黑夜 / 摇曳每一寸光阴。”这可以看作是诗人情感之舟重新起航的标志。

“爱”的位移和扩容，意味着诗人对自我与外界的关系有了新的认知，也表明作者与外界要建立一种新的交往图式。这种新的交往图式就是自我与世间万物相互联系，构成了一个不可分割的统一体。《月亮是船，太阳是帆》中这样写道：

假如 月亮是船 太阳是帆 / 众生就是此岸和彼岸 / 我在其间 / 衔着一枚前世的苦果 / 久了 竟忘了自己是苦果还是众生 / 直到一天 / 风儿把弯月翻了个个儿 / 太阳滚落下来 / 众生光芒四射 / 我衔来的苦果 / 不由落入心底 / 长出来的却是烈酒 / 在苦乐的两岸 / 令我的余生游牧又放歌

诗人把自己融入世间万物的命运洪流中，把自己视为众生中的一员。此岸与彼岸，众生与自我，都是构成生命洪流的重要部分。这是一种近乎万物与我齐一的生存观，也与藏传佛教生命轮回生命观有着精神上的血脉联系。

在此种生命观的指引下，个人之爱，也就自然而然地升华成了对世间万物深厚体恤的博大之爱。这种爱不掺杂索取与回报的个人欲求，因此也就不会催生出因得不到回报而衍生的不安与失落。有了这种慈悲为怀的善念和无所欲求的心态，对“爱”也就更为执着、坚定。《爱的琼浆》这样写道：“我宣告 / 我是为爱而来的 / 就像阳光为了照亮大地 / 就像黑夜为了探索光明”、“我是为爱而来的 / 这就是全部的理由 / 为了爱 / 直到现在 / 我要在爱的怀抱 / 像树儿一样入冬”。因为这种博大宽厚且坚定执着的“爱”的存在，白玛娜珍的诗歌获得了一种厚重的人道情怀。

白玛娜珍第二阶段诗歌创作的另一个显著特征是，语言节奏上的平稳与情感流露上的舒缓，以及主观心态上的坦然。而这一倾向的出现同样与诗人对自我与世间万物关系之重新认识与建构有关。认识到个人与世间万物是不分彼此的统一体，意识到个体生命与世间万物一样，都处在不断变化的过程之中，诗人的心态趋向平和。面对时间的流逝、容颜的老去，面对生命的轮回、亲人的故去，面对现实的困境与不幸，诗人认为那都是生命万物的自然流程，最好的态度是坦然面对。在《凭时光收回容颜》中，诗人通过对生命老去的哲理性思考，表达了自己坦然面对生命“自然流程”的心态。

夜深了 / 哗哗的溪流闪着光 / 停滞的潭水 / 泛起层层欢喜的涟漪 / 我就看到 / 夜色的身影 / 看到长夜的一隅 / 相遇的奇异 / 像是突破了一切巧合的谎言 / 当一天 / 道路只在沙漠里 / 脚印被其它的脚印覆盖 / 凭风吹没 / 凭时光收回我的容颜 / 只留下心 / 感受刹那 / 刹那中永远

没有了早期诗歌中青春的喧嚣与冲动，没有了患得患失的不安与忧伤，在“爱”这一生命基石的支撑下，感受生活里瞬间的永恒，珍藏生命中永恒的瞬间，这就是生命的真谛。白玛娜珍第二阶段的诗歌在这一向度上，向外界展示了它耀眼的光芒。

在90年代之后的西藏文坛，白玛娜珍的诗歌创作是最能凸显现代女性意识的诗歌篇章。与她的小说和散文中所表现出来的此种精神一样，白玛娜珍的诗歌始终把个人的感受作为诗歌写作展开的前提。她的诗歌很少有凌空蹈虚式的抽象演绎，几乎都是个人对生活感触之后的“真实”抒写。由于此，她的诗歌就带有了鲜明、强烈的个人化色彩。她的诗歌表达的是一个现代藏族女性在纷扰繁复的生活之流中的情绪波动、情感悸动和生命思索。

第七节　东主才让

东主才让（1969—），原名恰多·东主才让，笔名闷伯。出生于青海海南藏族自治州。2004年7月毕业于青海民族学院藏语系，获文学硕士；同年8月入西藏大学文学院藏学系文学教研室任教。著有诗歌和散文作品集《情感与追梦（1987–2007）》（藏文）、散文集《肖像与遐想》（藏文）；另外独立编著了《藏文写作技巧指南》《智者名言录》《藏族书信汇编》等，与人合著和翻译的作品有《藏族文学描写鉴赏》以及《世界文学史纲》。曾获第七届西藏新世纪文学创作奖。

《情感与追梦（1987–2007）》是东主才让代表性的诗文集，共分五辑：第一辑《1987–1990》，主要收录诗人在初高中阶段的部分作品。尽管数量并不多，却已形成了较为稳定的审美风格。这一时期的代表作有《月亮》和《心与潮》等。第二辑《1991–1993》，收录诗人在大学阶段的部分作品。这一时期的作品选题更加广泛，思想进一步深化、情感更趋于丰富，大多作品带有一定的沉寂与悲凉的气息，如《孤独》和《古城》等。第三辑《1994–2000》，收录了诗人参加工作后前八年内创作的部分作品，作品数量较大，创作技巧更加成熟，如《蓝色房屋之诱惑》系列、《故乡》系列、《心曲》、《回首》、《黄昏遥望》和《招魂》等作品都是属于这一时期的代表作，产生了较大的影响，特别是关于故乡题材的系列作品，表达了诗人内心质朴的情感和对故乡难舍的眷恋。第四辑《2001–2004》，收录作者攻读研究生阶段的部分作品。包括《忆雪》《誓言》《白塔》《雅隆印象》和《闷伯生活的这座城市》等。这些作品从不同角度呈现出诗人独特的抒情风格，标志着东主才让抒情诗创作风格已基本形成。第五辑《2005–2007》，收录了诗人到新的工作岗位以后创作的部分作品。如，《牧歌·梦》《爱的悲剧》《拉萨河畔》《远足》等。这些作品也从不同角度表达了诗人对家乡的思念和对大自然的赞美之情。

《情感与追梦》的诗歌主题上是多向的，关涉作者对生活的感受、体验、认识、道德等各个方面。但在所有主题意向中，两个方面的主题取向占据着较为显著的地位。一是思乡之情与亲情书写，代表性的诗作主要有《拉萨河畔的思绪》《牧歌·梦想——在卫域想起爱子》《对两种孤独方式的解读》等。二是对人生梦想和艺术之梦的不懈追求，代表性作品有《路弯弯，歌悠悠》《蓝色房屋之诱惑》等。

《拉萨河畔的思绪》以秋天黄昏的拉萨河为背景展开情感抒发的笔触，通过笔下客观景物的逐渐转变和诗人主观情感的变化，充分表现了诗人郁积在内心的强烈的思乡之情和真切难舍的浓厚亲情；同时表达了诗人超越自我的人间情怀和对美好生活的深情渴望。这首诗表面上看用语朴素、简洁，实际蕴藏着诗人独具匠心的艺术运思和情感表达。第一节集中交代诗歌关涉的环境，从而为诗情的抒发设置特定的情景，并渲染一种符合抒发思乡情感的浓郁氛围。“深秋”“黄昏”“晚霞”“微风”“坠落的黄叶”等意象，营造了一种让人怅然若失的忧郁氛围，为接下来抒发内心郁结的思乡之情和对亲人的想念做足了情势上的铺垫。第二节用“独自漫步沙滩”起步，不但衔接上一节的背景描写，也巧妙地推进了之后的情感抒发。这种安排，无论是在情感逻辑上，还是在诗歌结构上，都显得相当自然合理。深秋的黄昏，在黄叶不断飞舞着坠落到水面上的拉萨河畔，一个人毫无目的地漫步，看着晚霞映照的西山，一阵阵凉意掠过心头。此时此刻，诗人心头泛起的是对家乡和亲人的思念。诗人的情感抒发由此找到了最佳时机，此景此情在诗人笔端自然而然地流淌出来。情真意切、感人至深。但这首诗值得称赞的地方还不仅仅于此，其可贵之处是诗人视野与情怀的进一步开阔。思乡之情与真切的亲情没有让诗人陷入其中不能自拔；相反，他把目光迁移到了更为开阔的生活景象上，而那些郁积在心底的情感也由此而得到了升华。“距离让我们心生痛楚”，但“蜿蜒万里的青藏铁路”却把更多的客人带向圣地拉萨。在古老的传统节日里，来自四面八方的人们高歌欢庆，他们的精神为此而找到了慰藉，他们的肉体为此而得到净化。在如此幸福美好的天地间，诗人感受到的是心灵的安慰和情感的寄托。遥望着雄伟庄严的布达拉宫，诗人不由得为那些与自己一样的人们送上真诚的祝福。从个人略带伤感意味的思乡之情与亲情的抒发，到由衷地发出真诚的祝福，诗歌的境界逐渐从狭小的个人天地走向阔大的生活海洋，情感也由此从个人的幽思推向更为开阔的人间情怀。

《拉萨河畔的思绪》在艺术构思与表达上很是讲究。无论是直接的景物描绘，还是内在情感的流转，都显示了诗人对诗歌艺术的着意追求。整体看，这首诗运用了较为传统的触景生情、借景抒情、情景交融的表现手法。诗歌开篇交代背景，营造情感氛围，之后情随景变，景随情动，从而让诗歌内容的推进获得了动力。诗歌中情感的流转是诗歌的灵魂所在，诗人的处理也相当精彩。由眼前景物的变化为依托，但又超越眼前景物，联系更为广阔丰富的生活现实，并把它们与普通人群的人生追求与精神寄托交融起来，诗歌中传达的情感由此获得了升华的契机，诗歌境界由此而走向更为高远的境地，从而使诗歌呈现出一种积极向上的精神风貌。

《牧歌·梦醒——在卫域想起爱子》在题旨与情感上与《拉萨河畔的思绪》有相同的地方，都在抒发诗人的思乡之情和对亲情的珍爱。在具体的表现方式上略有不同，如果说前者更为明了、直接，情感与现实的对接更为紧密；那么，后者则显得委婉、深沉，情感的流向直奔未来。诗歌从思念爱子写起，但把思念爱子的情感始终投向他所生活的那方土地。那里的山山水水养育了孩子生命，也培育了他的心灵与梦想。如今他就要离开那熟悉而宝贵的故土了，留下的只有真诚的祈祷。但诗人的情感没有停留在此处。当离开已经成必然，那么，就带上美丽的梦想，以此来回报养育孩子的故土。于是，对故土的留恋转变成了对孩子未来的期望。“你将重新构思充满温馨的牧歌”“你将重新编织蓝色的梦想”。这是诗人对爱子未来美好情景的期待，也是对深深眷恋着的故土的一种回望与回报。与《拉萨河畔的思绪》一样，这首诗也让笔触超越个人情感和亲情的局限，在吟唱个人家庭伦理亲情的同时，将广阔的乡土作为其坚实的依托。从而让诗歌的情思拥有了更为浑厚的情感力量，而诗人博大的胸襟也由此得到了很好的展露。

《对两种孤独的方式的解读——献给我侄女哲姆嘉》是东主才让诗歌中较为特别的一首。虽然表达的依然是与伦理亲情有关的主题，但在意绪上要比其他类似的诗歌低沉压抑得多。诗歌主要表达的是对年幼的侄女不幸遭遇的同情与哀叹。诗歌以非常简练的语言刻画哲姆嘉悲戚孤单的形象，集中表达诗人对她生活遭遇的同情与担忧。但诗歌的情感基调是“哀而不伤”。诗歌结尾处以慰藉的口吻告诉哲姆嘉，在你的身边，有人正在关切着你的生活境遇，他正与你一道忍受着远离亲人的悲伤。从而使得诗歌充满了触动心灵的感人力量。

东主才让书写思乡之情和伦理亲情的诗歌有着较为鲜明的取向，那就是，这类诗歌始终把思乡之情和伦理亲情与其他更为阔大的生活相联系，比如对他人的关怀，对普通大众生活的关注，有时也把它们与自己的梦想与追求融合在一起。这使其此类诗歌在内容上显得丰富饱满，在境界上高远阔大，审美意味深长久远。

《情感与追梦》中另一类值得关注的诗歌是表达诗人梦想与人生追求的作品。东主才让是一位对艺术有着执着追求的带有理想主义情怀的诗人。

诗歌创作一直是他坚持不懈的艺术梦想，而由此产生的对自己心目中理想人生境界的追求，也是他诗歌始终坚持的主题之一。早在20世纪90年代，他就创作了《路弯弯，歌悠悠》这首表达自己心志的诗歌。这首诗歌语言看似直白朴实，但内里却蕴藏着诗人最深沉的情思。诗歌的意旨非常明确，那就是目光坚定地选择“那条路”，然后坚定不移地走下去。题目中“路弯弯”暗示，那条路将不会平坦，诗人对此有着清醒的认识。因为选择那条路，就必须做好一切心理准备，迎接一切困难与诘难。在滚滚红尘中，一切都似乎不可预料，行走的道路并非坦途，当道路“太狭隘”时，唱出自己心中的歌谣需要莫大勇气。除了与那些来自外界的阻力抗争外，还需要不断战胜来自自身的阻力。时间的无情、孤独的身心、心智的迷失，这一切都是前进路上的障碍，要想通向艺术的顶峰，需要克服它们。诗人对此以警示般的话语提醒自己。在诗歌结尾处，诗人展望了那条路上令人欣喜的景象，以期待与激励的语调预言：那片翠绿的小洲定会属于我们。《路弯弯，歌悠悠》集中表达了诗人对艺术梦想的坚定追求，它是东主才让对自己选择艺术之路，并不顾艰难险阻执着追求的宣告和决心书。可以看作是作者早期诗歌创作中最真诚的心声的表白。之后，他又创作了《蓝色房屋之诱惑》，以更为委婉含蓄的言说方式表达了这一精神意念。而散文《人生》可看作是对这首诗歌的一个注解。那个蓝色的小屋，就是诗人心目中的艺术梦想和理想的人生境界。它存在着，以自己的魅力吸引着诗人不断前行，不断去接近它。尽管它显得飘渺虚幻，但在诗人的心目中，它始终充满魅力，促使诗人可以舍弃一切而去寻找它。尽管《蓝色房屋之诱惑》表达的是诗人追求艺术梦想的一首言志之作，但这首诗本身的艺术内涵却不仅仅只限于此。事实上，这是一首充满了象征意味的优秀诗歌。由于此，这首诗歌蕴含了多重审美意味。对它的欣赏和阐释自然也就可以从多个层面和多个角度去切入。有着同样意旨的诗歌是写于2013年的《追思哲人》，只是这首诗歌在表达上稍有不同。如果说前面两首诗歌主要以比喻、象征等表现手法，自始至终以委婉曲折的方式表达诗人的心志，使诗歌内蕴含而不露；《追思哲人》以缅怀伟大诗人屈原来表达自己的心曲，属怀古抒怀之作，诗歌意旨更为明确。诗歌首先简略地追忆了屈原不幸的人生历程，主要叙写他精神追求上的执着坚定，然后点明屈原人生追求留给后人的精神财富。东主才让在对屈原的追忆中，找到了与之灵犀相通的精神关联之处，那就是二者对自己精神品格的坚守。因此，对屈原的缅怀，既是对他飞扬的才气和高尚的人格的颂扬与钦佩，也是对其“虽九死而不悔”的精神意志的仰望。对哲人的追思，其实也是对自己心曲的表达；对哲人坚守精神理想的高贵品格的颂扬，就是对自己艺术梦想追求的激励。让精神梦想超越现实的羁绊，任凭路途遥远也要坚持不懈地找寻下去，这是这首诗歌中诗人所要表达的核心意旨。

《情感与追梦》之后，东主才让的诗歌在延续前期诗歌的一些主要特色的同时，也有新的探索和开拓。主要特征是，诗歌创作更倾向于表现自己独特的内在感受，表达瞬间的生活感触和人生体验。比如《十月自画像》着力表现特定的环境中的个人感受。在一个月亮朗照，落叶被秋风吹拂着四处飘零的夜晚，诗人独自在凄凉的房子里被“漆黑”所包围。一切都那么真实，又那么虚幻。静静地坐在电视机前，消磨着似乎无穷尽的时间。诗歌中所描述的情景，是诗人在一个特定情景下的瞬间“造型”，表现的是诗人的某种瞬间感受。它虽然展现的是一个极为狭小的横断面，但从中能够窥视到个人存在的某些侧面，映照出生活的一些浪花。类似的作品还有《昨夜难眠》《窗户》等。这类诗歌最大的特点是语言趋于晦涩，意蕴更为含蓄委婉，虽然能够表达诗人隐秘的情思，但也增加了阅读理解的难度。如《昨夜难眠》：

不是远看西山落日 / 不是突如其来的一场大雨 / 心总是在颤抖 / 无尽头的燃烧 / 小孩突然想起阿爸 / 就像草原失去了马匹一样 / 所谓的筑巢总是愉

快的 / 因为 飞走的开始回巢 / 熟睡的即将远飞 / 可是 马匹还在路上 / 巢还在搭建之中呢

这首诗歌在语言表达上偏离了正常的理解范畴，而突兀的开始和结尾也让人感到有些无所适从。是对现实中不愉快境遇的表达，还是梦中情景的描述，抑或是对某种生命感悟的表现？凡此种种，需要读者依靠各自的艺术感觉来体味。此时期值得关注的诗歌还有《那天我在夏多》《在未名湖畔想起母亲》等。《那天我在夏多》开篇以清新朴实、毫无雕琢的语言描绘家乡在自己童年记忆里的美好景象，随后笔锋一转，把视线调至于当下现实，展现故乡遭受“灾害”肆虐的场景，以及故乡人们的种种反应。虽然诗歌的表达形式简练，但内部却蕴含着诗人对家乡现实变化的严峻思考。《在未名湖畔想起母亲》是一首赞颂讴歌母亲的抒情诗。诗歌描述了母亲辛勤操劳的艰难一生，着力表现了母亲从各个方面为儿女们的成长所付出的艰辛劳作。诗歌把儿女们的长大成才和远走高飞与母亲一辈子守候在家里任劳任怨的情景相对照，一方面赞颂了母亲伟大的牺牲精神，另一方面也表达了因不能在母亲身边以尽孝心的内疚与不安。这首诗情感饱满，形象刻画鲜明生动，具有很强的艺术感染力。

第八节　丁勇、李文华

丁勇（1960— ），出生于安徽青阳县。1983年毕业于安徽师范大学政教系，同年进藏工作。先后在拉萨一中、西藏自治区党委讲师团、西藏自治区党委宣传部、西藏自治区文明办、西藏自治区社会科学院任职。大学期间开始创作，出版诗集《献给乡村的歌》。

《献给乡村的歌》收录的大多是作者驻村期间所创作的诗歌。从西藏当代诗歌的创作整体看，《献给乡村的歌》的主要意义在于，它以诗歌的形式，生动形象地反映、描绘了当下西藏社会所开展的“创先争优强基惠民”这一社会实践活动的真实状况。“创先争优强基惠民”是近几年来，西藏自治区政府遵照中央政府“治国先治边、治边先稳藏”的战略决策，根据西藏社会发展和思想文化意识形态建设的实际需要，所实施的一项重要的政策。对于这一社会实践活动，不少作家以此为题材，都有过涉足，但能够像丁勇这样集中全面，且以高瞻远瞩的社会历史视野和乐观向上的浪漫主义取向进行书写的作家还是很少见。尽管丁勇笔下的这项实践活动也仅仅只是整个西藏强基惠民活动的某些侧面，但从中还是能够领略到强基惠民这一顺乎民心的社会活动的大体风貌，也能够体察到投身其中的驻村队员们艰苦奋斗、敢于奉献、乐于奉献，甘愿为西藏新农村建设建功立业的美好情怀。这部诗集里的一百多首诗歌几乎从各个方面描写、反映诗人在驻村期间的所见所闻、感思所想。诗人从自己的见闻出发，不但书写藏东南乡村的秀丽风光和淳朴的民风民情；也从历史发展、社会稳定的层面入手，高度肯定了“创先争优强基惠民”活动的历史作用；同时也抒发了自己热爱西藏秀丽壮美的山水和勤劳朴实的人民的真挚情感，并表达了甘于为西藏的发展进步贡献个人微薄之力的由衷愿望。综观这部诗集，在具体的题材选择和鲜明的主题表达方面，呈现出了以下几个方面的特点：

首先是对西藏“创先争优强基惠民”政策的充分肯定与其社会现实意义的多方面揭示，高度颂扬了这项因地制宜、顺乎民心的政策。“创先争优强基惠民”是西藏自治区党委和政府为贯彻落实“治国先治边、治边先稳藏”的国家战略思想，根据西藏实际情况制定的一项具有重要现实意义的政策；同时，它对于稳定西藏社会，发展西藏农村经济，提高农牧民生活水平有着巨大的现实意义。作为政府机构重要的行政官员，丁勇对此有着比一般人员更为切实、深刻的认识，对于这项政策贯彻落实的重要性的理解，自然也有着更为全面深刻的体会。正由于此，他的诗歌从正面入手，体现了自己的颂扬之情。当然，丁勇在诗歌中所抒发的颂扬之情，并不是通过直露的方式或宣传口号式的方式表达出来的，而是通过对驻村队员使命感的表现，以及对惠民政策不断改变西藏乡村精神面貌和生产生活状况的描写来完成的。诗集中的第一首《驻村工作队员之歌》可以说是一首具有总纲意义的诗歌。这首诗就是通过对驻村队员精神面貌和思想意识的揭示，表达了作者对惠民政策的颂扬之情，当然也表现了诗人因肩负神圣使命而深感自豪与责任重大的心理感受。“肩负着时代和人民的重托 / 履行着共产党员神圣使命 / 我们在严冬时刻来到基层 / 驻扎在草原深山中的小村 / 只要对广大人民有益 / 什么苦都敢吃敢接……用勤奋工作夯实执政之基 / 呕心沥血密切党群关系……我们热爱农村决不辱使命 / 用赤子之心播种富裕文明”。作者没有直露、抽象地宣扬“创先争优，强基惠民”的种种好处和现实意义，但通过对驻村队员积极乐观的态度和甘于奉献、乐于吃苦的精神状态和心理意识描写，以及对崇高的使命感的讴歌，来肯定和揭示党和政府农村政策的重大现实意义。“春风化雨颂党恩 / 乡村安定磐石稳”“骑上共同富裕的骏马 / 让文明发展的鲜花 / 盛开在万户千家”。这就是诗人心目中驻村工作的意义和目的。正是对驻村工作意义和目的的明确认识，诗人才对此表现出了乐观向上的浪漫情怀，并甘愿为之不辞辛苦、为之奉献。

其次，丁勇的驻村诗歌比较细致地描述了驻村工作的一些具体事务，从而以点带面地展示了驻村工作的一些细节性工作，借此表现了驻村队员们事无巨细、认真负责的工作态度和全心全意为人民着想的工作作风。诗集中的《制定过年预案》《拜访贫困户》《发放慰问金》《带村民砍青冈叶喂牛》等，都是此类内容的诗作。通过这些诗歌，诗人为读者呈现了驻村工作队在所在乡村展开的一些日常工作和常规工作。更值得关注的是，这些内容的展示，其实也打开了人们了解西藏乡村社会的一个独特的窗口。西藏当代文学，尤其是新世纪以来的许多描写乡村的作品，都涉及到了西藏农牧区的生产劳动和社会生活，描述、反映乡村民众日常生活和精神面貌。但这类作品相对而言时间上并不集中，与当下生活联系也有一段距离。换而言之，这类作品虽然描写反映了西藏乡村社会，但却是十几年，甚至是几十年前的西藏乡村社会，最重要的是虚构成分相对浓重一些。而驻村文学中所描写、反映的现实生活，往往既切近当下的生活实际，也具有很强的实录意味。在这一层面上，丁勇驻村诗歌中的这种创作取向，无疑是对西藏当代乡村文学的一种很好的补充与丰富。丁勇的诗歌创作在这方面似乎并不是一种自觉的艺术追求，但其中的部分诗作却是对此类题材的一个补充。因此，在他的这类诗歌中，我们能够看到西藏乡村发展的一些侧面，而且是非常重要的侧面。

丁勇诗歌的第三个主题意向是抒发诗人对西藏的热爱之情。作为一位在西藏工作、生活多年的文化工作者，丁勇对西藏怀有深厚真挚的热爱之情。在他的心目中，西藏就是自己的第二故乡，自踏上西藏这块高天厚土之后，他便视此为自己奋斗的神圣家园。随着在西藏生活岁月的增加，他对西藏的家园情怀也愈加浓厚。在驻村诗歌中，他借此表达了在长久的岁月培植下积累起来的家园情怀，热情赞美这块美丽的土地，由衷地赞颂这块土地上生活着的劳动人民，并为自己能够把青春年华和汗水智慧留洒在这块神奇的土地上感到自豪和喜悦。对于这一主题的表达，丁勇的诗歌主要是从三个方面来切入完成的。

一是对西藏乡村自然风光的描绘与赞美，并借此表达甘愿为有着美好自然风光的家园奔走劳作的真诚心愿。由于诗人的聚焦点在自己驻村所在地藏东南的乡村一隅，所以诗人所描绘赞美的自然风光主要集中在这里。诗集中的许多写景抒情的诗歌，都以登巴村这个边地乡村的山水景色为歌咏对象。诗人用白描的手法，不但勾画了这个隐藏在深山沟壑中的小山村的形态状貌，还借此抒发了自己为其神奇俊异的美丽风光所折服，并由此对其产生的眷恋热爱之情，同时表达自己甘愿为建设美丽家园辛勤劳作的美好情志。像《然乌湖即景》《登巴村》《山青青》《青冈林赋》《小景》《观峰云》《登巴之歌》等，都是此类诗歌。通过这样的诗歌，我们看到的不仅仅是美丽无比的自然风光，也能够看到一个满怀豪情的诗人形象。当然，丁勇的这类诗歌不都是通过描写景物来抒发情感的，有时，诗人的情感并不是通过中介，而是直接抒发出来的，诗人的情志也是直接表达出来的。在这类诗歌中，诗人的情感显得更为高涨，也更有气势，而抒情主人公形象也就更为鲜明。如《献给村庄的歌》：我的小村庄啊 / 你的山是如此之高 / 再狂傲的旅行者 / 见到也要折腰 / 我要给山上送来一批神仙 / 让岩羊在树丛依偎 / 让雪鸡成群喝水在溪边 / 让棕熊快乐地垒雪堆 / 让登巴峡谷成为 / 远近闻名的野生动物乐园……面对坐落在大山深处的小村庄，诗人幻想自己能够以人定胜天之力，来改变小村庄封闭艰难的生存现状。尽管这种幻想带有脱离现实的浪漫意味，但诗人对孕育着无限生机的乡村所饱含的热爱之情是真挚的、可贵的。

二是对乡村民众乐观向上、淳朴善良、勤劳坚韧、知恩图报等美好品质的赞美与颂扬，是丁勇通过诗歌表达自己热爱西藏乡村之情的另一种表现。生活在大山深处的乡村民众，是丁勇驻村诗歌重点描写的对象。就像描绘美丽俊异的自然风光一样，丁勇尽可能地从多个方面描写、谱述了世世代代生活在大山深处的那些民众身上所具有的优秀品质和高贵品质。在具体方式上，诗人既以宏阔的视野作高度概括式的描写，也通过选取典型人物和典型片段的表现方式，来描写和展示乡村民众身上的优秀品质。通过两种表现手段的交互使用，世世代代生活在深山密林深处的那些不为人知的藏族老百姓的平凡而又闪耀着耀眼光芒的形象，在作者满含深情的笔底跃然纸上。如《幸福之花绽放在心灵》这首诗描写的是乡村民众在节日里唱歌跳舞的场面。诗歌没有具体描写人们跳舞时的具体场景，也没有设定具体的人物形象，而是以高度概括的手法，侧重描写、渲染人们跳舞时的精神面貌和心理情态。“弹起心爱的二胡 / 曲调流水一样悠扬 / 跳起欢快的弦子 / 舞步白云一样流畅 / 嗦——呀拉嗦 / 唱出心中的欢歌，/ 甜蜜清泉一样流淌。/ 热情豪迈的曲登人，/ 以花的笑容，/ 告别昨天的时光。/ 跳呵，/ 在阳光下携手起舞。/ 唱呵，/ 在星光下开怀高歌。/ 优美的舞步，/ 赞美的是大山深处灿烂的阳光。/

嘹亮的歌声，/歌唱的是新农村的锦绣前程。”诗歌通过带有浪漫色彩的语言，以气势高扬的笔调，表现了乡村群众积极乐观、蓬勃向上的精神气象。与《幸福之花绽放在心灵》之类诗歌不同，《登巴姑娘》《少女》《妈妈的茧手》《村妇》《村支书》等作品，则选取具体、典型的人物类型，以此来表现乡村人善良朴实、勤劳坚韧的优秀品质。如《登巴姑娘》以描写少女的容貌为切入点，进而表现其美好的心灵世界；《妈妈的茧手》以一位不辞辛苦、辛勤劳作，富有牺牲精神的母亲为书写对象，描述了生活在边地乡村的劳动妇女的辛劳与艰苦，以及在长年累月的辛劳与艰苦中铸就的坚韧、顽强的品格。“妈妈的手 / 长满老茧 / 抚摸我额头 / 那样温柔 / 妈妈的手 / 牵羊放牛 / 挤奶做酥油 / 供我上学在城里头……”通过“妈妈”的一双长满老茧的手，我们能够感受到西藏乡村妇女任劳任怨的坚韧品格，以及为了子女和家庭辛勤付出的牺牲精神。

三是丁勇诗歌对西藏的热爱之情，有时是通过直抒胸臆的方式表达出来的。在《献给乡村的歌》中，有几首直接包含“西藏”字眼的作品，比如《感谢西藏》《感觉西藏》《感知西藏》《西藏赞歌》等。这些诗歌较之其他诗歌在篇幅上要长出很多。从实际的内容看，作者之所以以很大的篇幅来组建诗歌，根本目的是充分表达自己内心深处对西藏怀有的那份深厚情感和眷恋之意。如在《感谢西藏》中，诗人这样写道：“魅力无穷的西藏 / 是你为我苍白的灵魂 / 注入丰富的内涵 / 是你让我枯竭的思维 / 长满鲜活的灵感 / 你的博大精深 / 我一辈子也解读不尽 / 享用不完 / 你给我了整个大海 / 我回报不了清水一碗”。诗人用情深意长的话语，表达了对西藏这块热土的由衷感激。而促生感激之情的根本原因是，诗人对生活工作过多年的家园怀有真挚之爱。

《献给乡村的歌》中还有一些其他类型的诗歌也值得关注，比如歌唱民族团结、社会稳定和谐，反对民族分裂的诗歌。这类诗歌同样有着重要的现实意义。作为一个多年从事行政工作的文化学者，丁勇在思想政治意识上自然有着自觉的认识，他通过诗歌来表达这种自觉认识，也是情理之中的艺术取向。

整体上看，收录在《献给乡村的歌》中的大多数诗作，在艺术上有几个比较鲜明的特征。首先是强烈鲜明的时代性。丁勇的诗歌大多创作于其驻村期间，即使一些创作于其他时期的作品，也与西藏社会精神风向相一致，因此他的诗歌具有鲜明强烈的时代性。尤其是那些描写、反映驻村工作的诗作，完全是对社会实践活动的形象反映。由于此，从丁勇的此类诗歌中，大致可以从一个侧面了解西藏社会的某些动向。其次，情感饱满，抒情色彩浓厚也是丁勇诗歌的一个重要特点。虽然书写的是具有现实意味的社会活动，作者也试图用直白朴实的方式记录驻村工作的点点滴滴，但出于对西藏边地乡村大好风光与淳朴的民风民情的热爱，诗人还是遏制不住情感波澜的涌动，始终让情感的波澜自行跳跃，由此使得诗歌带有浓郁的抒情色彩。第三，丁勇的诗歌在语言和诗体上也颇具特色。由于是对现实生活的“真实”描绘，是对自己波动着的情感的直接抒发，丁勇的诗歌在语言上讲究直率、晓畅，很少使用含蓄委婉的言词和表达方式。《山青青》这首短诗大概能够展示丁勇诗歌的语言特色。“山青青 / 险峰飞神鹰 / 天青青 / 碧海飘白云 / 水清清 / 冰凌耀日明 / 风清清 / 红旗猎猎迎 / 冬季的横断山脉 / 丽日悬挂在南天 / 雪峰冰川亮人眼 / 山村好景处处见”。面对多姿多彩的自然风光，多情的诗人尽管心潮澎湃，但却选择了明了、直白、晓畅、不加修饰的语言，使诗歌显得清新自然，透露出浓浓的山野气息。诗歌体式方面，丁勇的创作以自由体诗为主，但又不局限于此，且在句式的排列方面变化多样。在长短句式相间的自由体式中，丁勇喜好加入古体诗中的七字句或五字句，这种表达方式虽然使诗歌句式排列上显得不协调，但也增加了诗体变化的灵活性，当然这样安排诗歌体式，可能有助于诗人更为方便有效地表达情感和思绪，是主题表达的需要。丁勇的诗歌在句式的排列上也很是讲究，作者似乎在刻意追求一种外在的形式美。比如《村中抒怀》：

高原驻村喜逢藏历佳节
白云相伴飞渡关山月
骏马驰骋未曾停歇
登高一览边陲色
助推乡村跨越
我辈当豪杰

此种形式的句式排列在丁勇的诗歌中比较常见。可以看出作者是有意识地在这方面追求诗歌体式的错落有致。这种诗句排列上的错落有致，有中外诗歌创作界出现的“楼梯诗”的审美情致。丁勇的诗歌还有一个鲜明的特色，是对中国古代词曲表达方式的借鉴。诸如：“青冈林 / 四季着绿装 / 夏来蘑菇采不尽 / 冬天青叶喂牛羊 / 情注小山庄”、“回登巴 / 青稞已收获 / 村姑敬上酥油茶 / 连曲水清奏牧歌 / 牛羊满山坡”。此类诗歌，无论是句式长短，还是语言运用，都具有中国古典词曲的味道。诗人没有完全模仿古典词曲的结构安排，而是取其部分，以此建构自己的诗歌形式。不但形式活泼，语言也极具乡土意味，与驻村工作环境和纷繁复杂的工作事务相当吻合。丁勇的诗歌也有一些需要指出的不足，比如语言方面有些诗篇太过直白，显得有些质木无文；由于过分在意表现驻村工作的重大意义，有些诗歌说教意味较为浓厚，冲淡了应有的诗意。

李文华（1963—），笔名木子文，出生于陕西咸阳。1982 年参军进藏，在部队期间从事过文书、新闻报道工作。1986 年退伍，先后在拉萨市人民政府办公厅等单位工作。

自 1984 年创作以来，李文华共有三部诗文集出版，分别是《天上拉萨》（诗歌散文集）、《西藏礼赞》、《这里是我可爱的家乡》。这三部诗集中的诗歌创作于不同的时期，但有一个主题却贯穿于其中，那就是对西藏的持续不断地书写，对西藏的礼赞和眷恋。无论是早期的《天上拉萨》，还是后来的《西藏礼赞》和《这里是我可爱的家乡》，西藏始终是诗人笔下一个不变的关注对象。李文华从不同的角度，以诗歌的形式，描绘了西藏的形象特征，表达了他对西藏这方土地的热爱、眷恋之情。

李文华对西藏的书写，首先是从蕴含着深厚文化内涵的人文景观着笔的。他的诗歌笔触几乎触及到了西藏每一个著名的人文景观。如对节日的描写，有《林卡节》《雪顿节》等；对名胜古迹的描写，有《宗角禄康公园》《八廓街》《布达拉宫广场》《格萨尔》等。除此之外，李文华的诗歌更多的是对西藏山水风物的描写，如《藏南春色》《林芝行》《四月藏北行》《唐古抒怀》《雪》《远眺珠峰》《天湖》《鲁朗印象》《冬日的拉萨河》《西藏江南秋韵》等。李文华的部分诗歌还描写、反映西藏民众的生活情状，如《逛林卡》《拉萨六月天》《牧民乐》《幸福生活》《和谐藏家》《珠峰下农家乐》等。

李文华的关于西藏的诗歌，从不同侧面向外界展示了西藏多彩多姿、日新月异的当代面貌。其中描写、反映广大民众安居乐业的生活情状的诗歌，因富有时代气息和生活氛围，最值得关注。《林卡节》展现的是人们在空闲余暇里享受丰富多彩生活的情状：皓月皎，繁星亮，/篝火旺。/堆谐朗玛浓俨，/奶茶香。//草如茵，花怒放，/好时光。/五彩缤纷帷帐，/雅江旁。诗歌内容简洁，语言直白，但因为诗人模拟古诗形式，因而富有典雅质朴的韵味。这首短诗很好地描摹了西藏民众休闲自乐的惬意生活。这种情景能够有效地得到传达，得益于诗人构建的意象图画。皎洁的月亮，跳跃着火舌的篝火、优美的音乐、香甜的奶茶，柔软平坦的青草地，绚丽多姿的帐篷，这一切构成了一幅洋溢着愉悦欢快之气氛的图画，其中的惬意安逸溢于言表。从这种充满浓郁欢快气氛的情景中，我们不难感受到诗人对美好幸福生活的赞美之情。《节日》在内容上与《林卡节》大体一致，描述的依然是民众在余暇中悠闲自得的生活情态：弦子锅庄经幡飘，/ 旌旗彩球空中笑，/ 拉萨佳节好热闹。// 颈挂哈达入帐房，/ 乘兴西游日光照，/ 醉卧帐篷天堂好。诗人依然以拟古诗的表现形式，用简明平实的语言呈现了另一幅悠然自得的生活景象，展现了城市里节日的欢快气氛。李文华的这类诗歌，一方面反映了西藏人民蒸蒸日上的现实生活，同时还折射了高原民众开朗率性的性格特征。

李文华诗歌第二个值得关注的方面是，对西藏山水风物的多方描写，其中表达的依然是诗人对西藏这片土地的热爱与赞美之情。《藏南春色》《藏北草原》《高原风景》等，是这类诗中的代表性诗作。《藏南春色》用古体诗形式，描绘、赞美了美丽迷人的藏南春色：阳春三月米林行，/ 雅江两岸桃花笑。/ 昨夜细雨润万物，/ 今晨青山罩絮帽。/ 溪水松桃车前移，/ 蝴蝶野蜂杜鹃绕。/ 一江碧水向溪流，/ 藏南春色无限好。诗歌以“游人”的视角，选取几个富有动感的聚焦点，以点带面地把藏南春色呈现在了人们眼前。诗中“昨夜细雨润万物，/ 今晨青山罩絮帽。/ 溪水松桃车前移，/ 蝴蝶野蜂杜鹃绕”，虽然在句意上是对古诗的承袭，但也算得上用力之笔，它赋予了藏南春色无限的生机，以充满想象的空间，把读者带入诗歌描绘的景象之中。《藏北草原》描绘的是另外一番高原景象，展现的是藏北草原壮阔的风光与牧民们欢快自在的生活情状。“我走进藏北草原 / 看见邦锦梅朵色彩斑斓 / 像天空璀璨的星辰 / 一片片，一簇簇 / 盛开的紫蓝色小花 / 绽放在绿茵茵的草毡上 // 我走进藏北草原 / 看见牛羊似颗颗珍珠散落 / 我听见牧人 / 留下一串串醉人的歌声 // 我走进藏北草原 / 邦锦梅朵一望无际 / 用自己不起眼的色彩 / 装点雄劲的高原 / 在牧民的帐篷前 / 在花季少女的发梢上 / 在溪水湖畔 / 在浓香的酥油茶中 / 在醉人的青稞酒里 / 在藏獒驱赶牛羊的叫声中 // 我走进藏北草原 / 邦锦梅朵异常艳丽 / 纵然冰雪风暴覆盖 / 也傲然屹立 / 纵然狂风暴雨 / 也不改笑颜 / 在松软的草甸上 / 向大自然展示极强生命力 / 向人们展现美的空间”。诗人首先以广阔的视野展开了藏北草原壮美的一面，一下子把人带入一个广阔而又生机盎然的空间：色彩斑斓的花朵，像璀璨的星星，绿草茵茵、鲜花摇曳，一派生机勃勃的景象。诗歌的第二节继续沿着前一节的思路，呈现出了广阔草原的另一种景象：牧人的歌声、珍珠似的牛羊。从这里人们看到了草原的丰饶与活力。第三、第四节以邦锦梅朵为核心意象，着力凸显的是藏北草原坚韧顽强的性格特征：邦锦梅朵不但以自己强大的生命点缀了整个草原，而且以坚韧的品格与风雪狂风顽强抗争。藏北草原上的邦锦梅朵，是藏北草原的性格，更是生活在草原上的人们的性格特征。诗人对藏北草原上邦锦梅朵的赞美，也是对草原牧民的赞美。

作为有过军旅生活经验的诗人，李文华对军营生活和战友情谊有着自己的独特体验和感受，也深怀感情，这在他的诗歌中多有反映。诗集《这里是可爱的家乡》中的第二辑“战友情”，就是集中描写军营生活，赞美军人精神，表达自己热爱、敬仰军人精神的真挚情感的。《青春不悔》《老兵》《冰川，耀眼夺目的橄榄绿》《八一军旗高高飘扬》等都是比较有代表性的“军旅诗歌”。它们分别从几个侧面描写、展现了西藏军人的精神风采和崇高品格。《青春不悔》表现的是作为军人的自豪感与使命感：“神鹰载着我的梦 / 绽放绿色军营 / 那年，我 18 岁 / 像早晨八九点钟的太阳 // 绿色军营 / 让我青春不悔 / 阳光，粉饰我 / 黝黑的脸膛 / 雨雪，浇铸 / 我坚强的身躯 / 风沙，历练我 / 坚忍不拔的意志 / 汗水，洒满我 / 前进的步伐 / 起床 集合 喊报数 / 立正 稍息 齐步走 / 绿色军营 / 伴我成长到 19/19 岁呀 19 岁 / 我迈着坚定的步伐 / 唱着《咱当兵的人》/ 巡逻雪山和戈壁 // 冬去春来 / 花开花落 /20 年，弹指一瞬间 / ‘八一’军旗彰显，我 / 永不悔的青春和年华。”诗歌以明白简朴的语言，用饱含着豪气的句式，表现了西藏军人因身穿绿色军装而“青春不悔”的自豪感与能够唱着《咱当兵的人》巡逻边疆的责任感。正是青春大好年华，虽然远离热闹自由的生活，但军营却让他们有了更壮丽的梦想和精彩的人生。“青春不悔”是他们对军营生活的热爱，也是他们对人生梦想的追逐，更是他们甘愿承担责任的付出。《老兵》表达的是战友之间的深情厚谊与惜别之情，感情真挚、情谊深长：“老兵 / 即将告别军营 / 所有语言 / 都苍白无力，唯有行动 / 组成，一道道靓丽的风景 / 队列。越障。单兵教练 / 擦枪。巡逻。站好最后一班岗 // 老兵，我的兄弟 / 好想听你弹唱《一二三四歌》/ 好想陪你一起站岗执勤 / 好想吃上一口你做的饭 // 老兵，情同手足的兄弟 /《送战友》，一曲 / 倾诉衷肠 / 格桑花，一路 / 为你绽放。”分别的时刻，没有热闹的送别场面，没有伤感的依依惜别，仅仅通过几个在军营里司空见惯的“工作程序”，就很好地表现了战友之间的那份情谊与离别的难舍难分。这是军营式的告别，独特而让人难以忘怀。

中国军人被称作钢铁长城，肩负着保护人民生命财产安全的使命，能够在危难时刻挺身而出。他们甘于奉献、勇于牺牲的崇高精神和高贵品格，历来深受人们的颂扬和讴歌。李文华的《冰川，耀眼夺目的橄榄绿》，表达的就是上述主题。主题虽然不算新鲜，但诗歌选取的场景倒也值得回味。诗歌选取了一个典型片段，以特写的方式，描述了战士们为了保护牧民生命财产安全，献出宝贵生命的壮烈场面。战士们雄伟高大的形象就在他们奋不顾身、不怕牺牲地与冰川灾害作斗争的壮烈场面中跃然纸上、屹然耸立。《八一军旗高高飘扬》算是对军营的高度赞美。与其他反映军队生活，表达颂扬军人崇高品格与精神的诗作相比，这首诗情感的抒发更为强烈，也更为集中。诗歌不再细致描写活动场面，而是选取最能代表军营的“八一红旗”为描写对象，借此来赞美军旅生活。诗歌中所列举的诸多留给军人深刻印象的情景，都是在“八一红旗”的召唤与指引下发生的，之所以难以忘记，是因为自己身穿绿色军装，站立在了红旗之下。诗歌对“八一红旗”的赞美，就是对军营生活的赞美，更是对军人崇高精神和品格的赞美。

李文华还有一些散文作品，收录在《天上拉萨》中。李文华散文的主题主要是对西藏各族人民幸福快乐生活的描写和赞美，如《旧貌换新颜》《普通农家》《今日色新村》《逛市场》等；还有一部分篇章是讨论为人处世和工作态度与作风的。这类作品简短明了，表现了作者对人生与生活的另一种思考。

第九节　蒽青华、罗布旺堆

蒽青华（1975—），女，出生于青海隆化县。1986 年进藏，1994 年进拉萨晚报社任记者、编辑。从事诗歌、小说、报告文学创作。诗歌主要有《阳光满屋》《此夜轻轻》《清晨》等；小说主要有《爱在古城》《老马》《无望》《一个在情网里失落的老人等》，出版报告文学集《发展中的城关区旅游业》。

蒽青华的诗歌、小说，数量都不是很多，但很有特色。她的诗歌主要收录在一本题名《中国诗歌地理：拉萨九人诗选》的诗集中，小说散见于一些文学刊物。

蒽青华的诗歌以抒写个人内心的情绪波动和隐秘的生活感受、生活追求为主，对外界社会生活则少有关注，因此，她的诗歌创作是一种内向型的艺术实践。这一方面与她对诗歌这种文学样式的特点的认识有关，还可能与她创作诗歌的数量较少有关。总体来看，蒽青华的诗歌创作在以下几个方面取得了值得肯定的成就。

一是对自己个人化的生命感受和所追求的理想的生活方式的艺术描绘。如《阳光满屋》《我的诗歌准备发芽》《清晨》《此夜轻轻》等。这类诗歌以轻柔曼妙的情调支配着诗人的笔触，用充溢着轻盈飘逸气息的情绪，试图营造一种自在无碍又慵懒、松弛的生活氛围。《阳光满屋》细致具体地表达了她的这种生活追求："阳光是如此地温暖 / 温暖得只想慵懒 / 惬意地窝于沙发 / 一些久封的心情姗姗而来 / 似乎 / 我无法拒绝有你的回忆 / 你似乎时时伴着阳光 / 就算我逃遁到世界的最暗处 / 都有你清晰的呼吸 / 给我淡定的生活一丝波纹 / 虽有些疼痛 / 却也温馨 // 阳光满满的 / 跌落在往事的心 / 突然间冰雪融化 / 偌这满屋的阳光 / 温暖一世。" 诗人希望能够生活在布满温暖阳光的天地里，回忆着一些或伤感或喜悦的往事，慢慢享受生命的时光。

当然，在诗人的心目中，理想的生活情状应该是这样的：在温暖的阳光普照下，一切不愉快的记忆都能够被封存，让生活充满温馨，即她所说的那样，“阳光满满的 / 跌落在往事的心 / 突然间冰雪融化 / 偌这满屋的阳光 / 温暖一世”。《我的诗歌准备发芽》表达了诗人渴望拥有的另一种生活样态。这种生活样态在形式上与前面所描绘的生活样态有差异，但其精神指向却是相同的，那就是：二者都在追求一种平静、自由，摒弃了外界干扰的生活。

“我不是诗人 / 从来也不曾想过有一天斗胆到要写诗 / 却昧着良心写了一两句行话 / 硬着头皮写了几首所谓的诗 / 看看 / 汗颜到即使闭上眼睛也羞愧难当就算斟酌无数次 / 总算还满意吧 / 也无颜拿出来晒晒 / 尽管如此 / 我写诗的愿望已经激发 / 我握笔的手不再犹豫 / 我捕捉诗的灵感如洪水 / 似有着势不可挡之架 / 那么 / 就让我写吧 / 我不是诗气 / 却已开始写诗 / 无所谓精华 无所谓伤大雅 / 只要写诗 相信总有一天 / 我的诗文渐臻完美 / 因为我明白 / 多年来 / 她一直是我的挚爱。”虽然“我”不是诗人，虽然“我”曾经认为自己的生活与诗歌无关，从来未曾想过有一天要写诗，但“我”却对诗歌有一种深厚的感情；尽管“我”的诗歌写得差强人意，但“我”开始有了写诗的信念。“我写诗的愿望已经激发……”。对于诗歌的态度与情感的前后变化，可以看作是诗人对生活理想境界追求的转变。现在的诗人终于找到了自己心目中的理想生活，一种用诗歌点缀自己人生的生活，一种与诗歌有关的诗意的生活。《此夜轻轻》则描绘了一种充满静谧和悠然意味的生活氛围：明月如盘 / 趁着家人熟睡 / 悄悄来到小区的林荫小径 / 幽深 朦胧 寒冷尽情演绎 // 徘徊之时 / 突然想象自己幻化成一潭清泉 / 叮咚流淌千年 / 温润无数过客 / 我不也是其中的一个么 / 这样想着 / 心如此夜 暖暖的 / 又想象自己是秋千 / 在苍穹画出一道丰盈的弧曲 / 无所谓激昂或优雅 / 无所谓洪亮或押韵 / 恰如此夜 / 轻轻浅浅 / 又想起有你的夜晚 / 是否也如此刻的我 / 让甜美占据所有忧伤的心房 / 你可知道 / 我每晚放飞的祝福 / 恰如此夜 / 深深浓浓。

如梦如幻的情境中，作者构想着优美多姿的生活景象。正如诗的题名所暗示的那样，“轻轻的夜”大概就是诗人所追求的梦幻般的生活境界。这种境界已隔离了外界的干扰和纠缠，它只有作者个人身心的游动和思索。从这里，我们能够感受到作者内心的隐秘渴望和期盼，那是一个带有美好记忆的梦。

蒽青华的另外一些诗歌以含蓄委婉的笔调表达了对人生的爱恋，这种爱恋中浸润着她的感恩情怀。《清晨》《轻轻走过你的村庄》《故乡，你可好》《有你真好》《我是你前世的一抹花瓣么》《感谢有你》等，大致可以归入此类诗歌。《清晨》细腻入微地描绘了清晨从梦中醒来，掀开窗帘后见到和想象到的景象。在现实生活中，这只不过是一个平常的早晨，但作者却把它描绘得美轮美奂，就像是第一次遇见了一个有着特别意义的早晨:“缓缓掀开 / 厚重的紫色窗帘 / 一抹熟悉的阳光倾泻下来 / 格外温暖 / 抖落掉慵懒 / 心情与阳光一起舞蹈 // 你说清晨很短 / 不可轻易辜负 / 于是 我的清晨生活充盈而温暖 / 挪花盆 从阴至阳 / 一遍遍 抚摸花叶 / 一丛丛 喃喃低语 / 幸福不知不觉溢满房间 // 收拾凌乱的家什 收拾的是紊乱的心情 / 整理紊乱的心情 整理的是生活的颜色 / 品尝咖啡 聆听音乐烹煮早餐 / 忆忆往昔 划划明天 / 美好的清晨里 / 一天的日子就这样开始”。

在作者眼里，清晨的美好时光就像阳光一样，让自己倍感温馨清爽，面对这样的清晨，作者的心情是愉悦的，“心情与阳光一起舞蹈”，诗人完全陶醉在美好的情景中。在阳光的普照下，开始早晨的工作，在美好的清晨里，面对平凡的生活，一切劳作都显得意义非凡。《清晨》借助对生活中某个瞬间的着意描绘，表达了诗人对平凡生活的热爱与珍惜。同样的主题在《故乡，你可好》中以不同的方式获得了表达。阔别故乡三十年了，但始终没有将她从记忆中抹去，儿时的记忆依然清晰可见：“那个和我玩过家家的小男孩 / 那个在舞台上扮演母亲的小女孩 / 那个总是流鼻涕的小妹妹 / 还有 / 我放牧的小山坡 / 我挑水的那条大河 / 我熟悉的村落小巷 / 以及 / 门前的小

溪 / 大片广袤的庄稼地 / 一棵时常爬上爬下捉迷藏的榆树。”对儿时故乡往事的回忆，折射着诗人对现实人生的珍惜，对生活的热爱。因为在她看来，现在“精彩美满”的生活，与儿时的快乐往事有着根本的联系，即：作者始终对生活怀有坦然、天真的心态。

蒽青华的诗歌节奏舒缓，但流动着浓厚的情感；她的诗歌在语言方面也有自己的追求，以朴素为底色，简洁清晰中透露着淡淡的典雅之气。

蒽青华的小说创作也很有特色，虽然数量不多，但大多都能够经得住咀嚼咂摸。其中《爱在古城》《老马》《月明星稀的晚上》等都是优秀篇章。这些作品以关注生活在拉萨的普通民众的现实生活状况和男女情感为题材，描写、反映了他们生活中的酸甜苦辣和情感世界的甜蜜与苦涩。而它们所涉及的一些主题都很有新颖性和冲击力。《爱在古城》讲述了一对青年男女之间曲折痛苦的恋爱经历，故事情节设置富有悬念，感情浓烈，结局感人。主人公“我”与一位名叫然的男青年相恋相爱。然对“我”的关心照顾和体贴，让“我”这样一位情感的漂泊者深受感动，庆幸自己找到了真爱和生活的依靠，于是陶醉在爱的港湾里，享受着爱情带给自己的幸福与快乐。然而，突然有一天，然提出要分手，“我”无法接受这突如其来的打击，再三追问分手的原因。然告诉了实情，他患有难以康复的皮肤病，更严重的是他是一个同性恋者。“我”由此陷入了悲痛之中，又一次感叹自己情感的曲折不幸。但是，“我”很快就从悲痛、消沉中缓过神来，想尽量帮助然摆脱困境，让他振作起来，毕竟他爱过自己，而自己也深爱过他。在“我”和然的同性朋友的帮助下，然逐渐走出了情感的困境，过上了正常的生活，而“我”也重新找到了自己的情感归宿。这篇小说最吸引人的地方在于，故事情节上悬念的巧妙设置。小说开始讲述“我”因失恋而情绪低落，但之后却没有接着延展下去讲述失恋的原因，而是笔锋一转讲述恋爱的甜蜜与幸福。这自然会给小说情节带来转折上的起伏，产生悬念。之后小说多次迂回讲述然提出分手却不讲明真实原因的相关情节，依然使得小说持续着起伏不定的行进节奏。到最后真相大白，“我”近乎崩溃，但小说并没有就此完结，而是又来了一次突转，“我”决定帮助然，让他振作起来。这个结尾有皆大欢喜的大团圆意味，且有些过于匆忙；但就小说故事情节的转折而言，则也算是一种意想不到的悬念设置。此外，这篇小说的行文情感饱满，具有强烈的感染力，大段大段的抒情片段往往把人带入到小说描绘的情景当中，感受着主人公的情绪波动。中篇小说《老马》讲述了一个中年男人的一段隐秘的情感历程，故事情节同样曲折多变，富有悬念，显示了蒽青华在构思行文上的独具匠心。《月明星稀的夜晚》揭示了一个生活在平凡琐碎中且深感压抑的已婚妇女不为人知的心理欲求。作品描写细腻，尤其是对已婚妇女因得不到丈夫关心体贴而怨恨的心理揭示得相当出色，非常有力地展现了已婚妇女不为人知的一面。蒽青华的小说创作主题尖锐深刻，直指人性的脆弱与隐秘之处，具有强烈的艺术冲击力。

罗布旺堆（1965—），原名范月军，出生于江苏东海县。1993 年进藏，2007 年开始创作，出版诗集《拉萨，我向你走近》。《走进阳光》获 2009 年“回味这十年”西藏商报征文比赛优秀奖，《格桑花开》获得 2011 年“中国拉萨雪顿节”征文比赛三等奖。

罗布旺堆的诗集《拉萨，我向你走近》收录了诗人 2012 年之前的一百多首诗作，诗集按照题材和主题，大致分为十三辑。就这部诗集中的诗歌来看，罗布旺堆的诗歌有着属于其个人的显著特征和审美取向。其中以下几个方面，大致是其诗歌在题材与艺术风格上的特别之处。

首先是通过对拉萨的歌咏，借此表达个人内心感触和精神渴望。罗布旺堆的诗集中直接书写拉萨的所占比例并不大，但很有分量，且内涵独特，映照着诗人的内心世界。对于拉萨而言，罗布旺堆只是一位“异客”，就像许多“漂泊”在拉萨的文人墨客一样，他并没有特别之处。但拉萨之于罗布旺堆，却是情感与精神的停泊之地。正因为如此，罗布旺堆诗意中的拉萨很少以物质形态上的具象化形象出现。拉萨是什么样子，拉萨有哪些名胜古迹，拉萨的天地如何、山川如何，在他的诗歌中是看不到踪迹、模样的。罗布旺堆诗歌的主题，指向的是拉萨这座城市所象征的精神性存在。对于罗布旺堆而言，面对拉萨抒情写意，其实是一种精神性的对话交流。由于此，罗布旺堆的诗歌总是显得低沉且带有试探性、祈求性的口吻，同时又隐含着犹豫不定的心绪和倾诉的欲望。如《拉萨，我向你走近》：“不敢说 爱你 / 即使对你的感觉 最亲 / 总是捧着那颗 虔诚的心 / 向你走近 // 夜幕下所有的迷茫 / 都被阳光透明 / 爱你 / 在你的目光里 我怕我会逃离 / 每片云朵 / 都会遮住一方天地 / 沉思在你的怀抱 / 灵魂便不再四处游离 / 多少名人墨客一见你 / 爱得死去活来 / 却止步于缺氧的世界 / 有些人 待上几年 / 四处走走 / 以为将你了解透 / 喝几杯酥油茶 燃几缕桑烟 / 以为成了佛教徒 // 不敢说 爱你 / 身 在红尘里 / 一直捧着一颗 善良的心 / 向你走近。”罗布旺堆的这种表达方式，与他内心所着意营构的个人世界有关。他所追求的是一种精神上的宁静和超越，一种不需要借助物质而能够获得存在意义的境界。与拉萨相遇，让他找到了一个表达的切入口。拉萨这个原本就多义性的符号，为罗布旺堆诗意的产生提供了可能和契机，或者说激发了罗布旺堆诗意的琴弦，他由此弹奏出了与拉萨有关的乐曲。

书写拉萨，或者说用诗歌的形式发出与拉萨有关的言说，是罗布旺堆给自己的内心能够找到的最合适的栖息方式，也是最有效的超越现实的存在方式。当然，拉萨本身深厚独特的文化意蕴，也是罗布旺堆诗歌得以产生的重要原因。没有拉萨，也许就没有罗布旺堆的那些心灵之歌。《浪漫拉萨》应该算是他与拉萨“情投意合”的写照。“用风做成的 / 浪漫 / 牵手云朵 / 心在城中 / 做了你的俘虏 // 虔诚的路 / 合到一处 / 我用马车 / 将善良迎娶 // 生命在古城 / 灿烂成 / 悠闲的笑容 / 缘分的途中 / 与你相遇”。在缘分中相遇，生命从此灿烂成了悠闲的笑容，诗歌的灵感也就此迸发。

罗布旺堆诗歌浸透着浓厚的仁爱和宽厚的情怀。这一主题贯穿于罗布旺堆诗歌创作的始终。《爱的愿望》可以说是他的这种情怀的集中表现。“挂在墙上的 / 不一定是空调 / 虽有热浪 / 赶走夜的寒霜 // 挂在天空的 / 不一定是月亮 / 即使光明 / 照亮我的小径 / 挂在心中的 / 不一定是太阳 / 幸福有时是 / 一盏灯 一双目光 / 为你闪亮 // 我们憧憬太阳 / 温暖地球每个 / 寒冷的角落 / 心说 / 这是爱的愿望”。像太阳一样，温暖地球每一个寒冷的角落，用心去爱每一个生命，并把自己的愿望真诚地说出来。罗布旺堆就是以这样的情感来营构自己的诗歌世界的，由此决定了他的诗歌充满了柔软温暖的诗意，能够抚平人们心灵与精神的创伤。

对于爱的表达，罗布旺堆有着多样的选择。有时是含蓄委婉的，如《偷偷的……》：“偷偷的在心里 / 写上你的名字 / 偷偷的在梦里 / 遇见你 / 偷偷的在风里 / 传说你 / 偷偷的在红尘里 / 注视你 一辈子”。虽然是无言的爱，但却是持久的、热烈的。有时，他的爱是童稚之爱，两小无猜、充满童趣，令人萌生回到往昔的念头与冲动，如《七十年代》：“用圆珠笔 / 画下楚河汉界 / 近在咫尺 / 不相往来 / 那个时代的 / 男孩女孩 / 其实心里 / 也是相互喜爱 / 只是目光如 / 青涩的果 / 躲在绿叶深处 // 只有黑白照片的 / 那个年代 / 感情 / 一样期待 / 那不设防的心 / 让生命在今天感慨……”童年时光值得回忆，因为那里有纯洁无瑕的爱。有时候，罗布旺堆笔下的爱是忧伤的，它有着沉重的叹息和苦涩的味道，如《淡淡的忧伤》：“明天 / 陪你流浪 / 流浪心中一直 / 向往的天堂 / 流浪人类的脚印 / 从未亲吻过的山冈 // 用心情 / 做成的生命 / 等待你 / 开心的降临 / 每一次快乐的问候 / 都在淡淡的忧伤后”。这种爱是一种令人牵挂又无奈的感觉，它无关乎能否拥有什么或将要获得什么，只是一种心灵的安抚和情感的慰藉。有时，爱是一种真诚的祝福，微笑着面对人生和现实，不仅仅是祝福别人，也是祝福自己。生活中有太多的失意与无奈，每个人都需要安抚和慰藉，每个人都需要微笑。罗布旺堆对爱的多样化描写，显示了他对人生与现实的认识是开放的、积极的。也许在他的生命体认里，爱才是值得敬佩的高贵品质，值得一生拥有。罗布旺堆充溢着爱的诗歌，带给读者的是冬日里阳光般的温暖，即使是忧伤不断侵袭，它依然能让生命获得活力，让人以微笑面对人生、珍惜人生。

与爱相关联的，是罗布旺堆的部分诗歌表达了另一种珍贵的情愫，即感恩。罗布旺堆有过坎坷艰辛的生活经历。在困难的日子里，他虽然不得不忍受生活带给自己的种种“折磨”与“打击”，但人间的爱怜也让他感受到了人世温暖的可贵，感念那些曾经带给自己温暖的一切，把这种感念表达出来，成了罗布旺堆诗歌的一个主题取向。“谢谢你 / 曾经来过 / 谢谢风 / 曾经高歌 // 谢谢你 / 将我带到圣湖 / 谢谢雨 / 落到大地心窝”。这首《谢谢》只用短短的几行，以简单明了的语言，把真诚的感激之情吐露了出来。在罗布旺堆表达感恩的诗篇中，感恩往往是与爱交织在一起的。这种交织，体现出的是罗布旺堆对生命意义的深刻体验。没有爱的感恩可能只是一种客气的应付；没有感恩的爱，则可能不会持久。只有感恩与爱相互依偎，生命才能绽放幸福之花。在此意义上来说，罗布旺堆书写感恩，也就是在表达另一种方式的爱。事实上，在罗布旺堆的诗歌世界里，不管是忧伤，还是沉重；不管是失意，还是无奈，都没有让他放弃爱与感恩。因为他始终怀有一颗慈悲之心，一种体恤之情。“站在很远 / 很远的地方 / 还是那样 / 羞涩的微笑 / 你伸出的 / 都是温暖的手 / 抚醒沉睡的每个枝头”、“站在很近 / 很近的地方 / 寻找着一个黎明的坐标 / 用世界上最亲最亲的声音 / 呼唤爱 / 已随春风到来”。爱可以温暖一切、安抚一切、改变一切，它就像春风一样给人间带来生机与希望，而每一个人都在或远或近的地方等待或感受着爱的春风的安抚。罗布旺堆信奉、推崇这种“爱的哲学”，试图让爱消弭世上的一切不幸。这是慈悲和体恤催生出来的美丽情怀，其根基是宝贵的人道主义情怀。

罗布旺堆的诗歌里也流露着淡淡的忧伤，但这并不是其诗歌的主色调。他的诗歌情感的主色调是乐观的、积极的，带有浪漫主义色彩。在《拉萨，我向你走近》这部诗集中，贯穿始终的情感主流就是积极乐观的生活态度。

对罗布旺堆这样一位经历过坎坷、品尝过人间诸多滋味的诗人来说，这种心态是难能可贵的。也许正因为经受过生活的磨炼，才培育出了他的这种乐观心态。对于他而言，把这种心态移植到诗歌创作中，似乎不需要任何过渡，因为他每一天都是这样面对生活的。在他的人生旅途上，不断走向阳光照耀的地方，是一种自觉的追求。

罗布旺堆不但始终以乐观、积极的心态面对生活，他也希冀他人能够拥有这份珍贵的人生品格。有了这样的乐观心态，一切都会变得美好、可爱起来。在罗布旺堆的眼里心间，似乎所有事物都是令人愉快的，那些惆怅忧伤，也可能存在，但很快就会消失或化解。春天的生机与明媚自不待言，即使多有伤感的秋天，在诗人的心间也是会令人怀想和留恋的。“阳光一样的真心 / 月光般的抒情 / 痴迷你 / 秋的眼睛 / 泉水一样透明 / 田园般寂静 / 陶醉你 / 秋的眼睛 / 棉絮一样轻轻 / 火焰一样热情 / 留恋你 / 秋的眼睛 / 草场一样青青 / 蓝天背景 / 思念你 / 秋的眼睛”。这首题名《秋的眼睛》的短诗，着意表达了对“秋的眼睛”的留恋。之所以如此迷恋珍惜“秋的眼睛”，是因为秋的眼睛透明、热情、湛蓝，带给人力量和希望。罗布旺堆也有一些诗歌描写了秋天的萧瑟与沉寂，但相比而言，他对秋的透明、湛蓝的偏爱，更能表达他整个诗歌创作的精神指向。

罗布旺堆的诗歌大多是对个人内心感触与心曲的抒写，因此倾向于描写内心世界的种种情状。相对而言，对外部世界，或者说是现实生活的描写并不是很多。在《拉萨，我向你走近》中，有少许诗作是关注社会现实的，如《美丽的曲水》《背水姑娘》《夏尔巴人》等。这类诗歌以赞美所描写的对象为题旨，在诗歌精神上仍然与他诗歌的“走向阳光”的总体取向是一致的。就表现效果而言，虽然对象更为具体，但在诗的意味方面却失色很多。这大概表明罗布旺堆还不太善于处理此类题材。这使罗布旺堆的诗歌世界缺少一些宏阔的气势与开阔的视野。在罗布旺堆的诗歌里，我们看到的更多的是个人情感的抒发与个人意念的流露。当然，这种创作偏好，对于罗布旺堆来说也许意义更为重大。

对于罗布旺堆来说，诗歌创作还可能意味着生命质量的提升，一种超越尘俗进入内心世界的努力，同时又是返回尘俗，关爱生命、体恤生命的高尚活动与人生实践。“你是我盛夏的心雨 / 即使泣成河 / 也很清澈 / 你是我寒冬的泪珠 / 即使凝成冰 / 也透明”。这是罗布旺堆心目中诗歌的高贵形象，其特征是：它包含着生命的艰辛与苦难，欢快与喜悦。它对诗人的意义是任何事物都无法替代的，因为它能够为诗人的人生撑起一片纯净的天空和培育其走向人生至高境界的坚定信念。“清澈”与“透明”是诗人对自己人生、生活品质的期许与追求，也是对诗歌的承诺与感激。当然，无论在何种情况下，罗布旺堆的诗歌实践都与双脚行走的大地紧密相连，都与他内心执着追求的人生境界相关。“从海边 / 走到天边 / 只为走到你的身边 / 从天间 / 走进凡间 / 只为走进你的心田”。罗布旺堆的诗歌也是对生命召唤的本能回应，是他现实履历的特写式映照；更是它回到自己内心的一种不懈努力。从他的诗歌里，我们感觉不到他对世俗人生的拒斥与厌恶，但他似乎又不是一个愿意与世俗世界纠缠不休的创作者，他的诗心、诗情和诗意都是指向内心的。可以说，他的诗歌很大程度上是唱给心灵的歌曲。尽管有时他的诗歌也描写反映现实生活现象，但这类诗并不占主流，也不是他诗歌中的精彩之作。

罗布旺堆的诗歌以明快亮丽见长，这主要体现在两个方面：一是诗歌语言简洁明了，少有深奥艰涩之词。即使是表达最复杂最抽象的情思意念，罗布旺堆也会选择那些惯常使用的语言。二是罗布旺堆更乐于表现生活中光明的一面，这一主题表达要求他所选择的语言自然是明丽的。同时，罗布旺堆诗歌在篇幅上以短小整齐为主，这也要求他选择语言时以简洁明了为主。客观地说，简洁明了的语言能让诗歌显得活泼易懂，但也会带来一些缺憾，太过简单直白的语言，缺乏咀嚼咂摸的余味，这势必会影响诗歌的艺术蕴味。

第十节　何飞

何飞（1975—），出生于重庆忠县。1994年考入西南政法大学，1998年毕业，同年进藏。1998年开始发表作品。出版诗集《卓玛走过唐古拉》，该诗集曾入围第六届鲁迅文学奖提名。

《卓玛走过唐古拉》收录近120首诗作，共分为六辑，分别为“我的高原我的兵”“藏北，我的兄弟”“带着温情上路”“走过高原的阳光”“一路旅途一路歌”“心海波澜”。何飞的诗歌从题材看，大致集中在以下几个方面：一是对军人生活的描写与反映，重在赞扬讴歌高原军人的坚强品格、坚定信念和奉献精神。“我的高原我的兵”这一辑中的诗歌，都是有关这方面的篇章。何飞有过一段在高原当兵的经历，对于高原官兵的生活与精神情感大概有着深切的认识与体验，因此，他对高原军人的书写，自然是有着深厚的生活基础和情感积淀的。但何飞对高原军人生活的描写，对高原军人精神世界的发掘，并没有从自己最熟悉的军营生活开始。也就是说，他的诗歌并没有写战士们如何工作、怎样生活，而主要表达的是诗人对高原真挚的情感和由衷的敬仰，还有真诚的祝福和深沉的思念。这样展开诗歌的内容，虽然缺少生活气息和具体的形象塑造，但却能见出精神气魄来。在这类诗歌中，他的那些向当年进藏的十八军展示致敬的诗作，是相当具有代表性的作品。从中可以见出何飞此类诗歌的风格特征和精神取向。

整个记忆都用黑白色调淡淡勾勒 / 粗糙无序的线条陈述着岁月过往 / 其中有一群人贴着悬崖行走 / 掘开险峻山崖千年冻土 / 让路一寸一寸向前延伸 / 让光一寸一寸向前照亮……// 贴着悬崖行走的人们 / 在激流之上冰雪之下 / 和着罡风 临渊而歌 / 他们沿途采集渴望、呐喊和热泪 / 一路洒下汗水播下种子和幸福 / 而今我在那些发黄的老照片里 / 看他们经悬崖掠过的翔痕 / 从

一张张平静而激情的脸上仍然 / 寻见他们的血液里流淌着 / 敢叫高原换新颜的果敢和坚强

这首题名为《贴着悬崖行走的人们》，以冷峻的笔调，用雕刻般的苍劲有力的笔势，以聚焦化特写的方式，勾画出了十八军将士进军西藏的艰苦卓绝的历程，艺术地展现了十八军将士不怕艰难险阻、排除万难的形象特征，颂扬讴歌了他们不怕牺牲、人定胜天的战斗精神。尽管作者的运笔冷静、沉稳，但笔端蕴藏的对先辈敬仰与赞美的情感却是渗透纸背、有力可感的。

何飞对高原官兵的赞美与敬仰，不只通过回忆先辈们的艰难历程和非凡功绩来表达，他也把目光投向身边的战友，为他们高唱赞美之歌，讴歌他们坚韧无畏的品格和无私奉献的精神。如《仰望藏北》：

必须用仰望的姿势 / 像仰望漫天繁星璀璨的光芒那样 / 去仰望藏北 / 仰望藏北，眼神抚过走过的 / 脚步 空气比蝉翼更薄 / 同时抚过脚步经过的漫原野草 / 顺着根系阅读生命和灵魂的沉默对话 / 还要抚过被阳光亲吻的脸庞 / 在血红眼睛里倾听 / 高过白云的嘹亮歌唱然后试着 / 去理解天空的湛蓝湖水的明澈 / 以及关于信仰和守望的坚定与执着 / 以及给予的幸福和付出的淡然 // 仰望藏北，必须加速心跳的节奏 / 以便和他们的心跳同步 / 再走进他们的梦里听他们讲述 / 关于生命的脆弱离开的突然 / 以及与孤独依偎的岁月风霜 / 在伸手可触摸的高高天域 / 他们守护的土地寒冷 / 而血液温暖每一个 / 晨昏交替的日夜 他们 / 将思念和梦想熊熊地燃烧 / 然后将胆怯和疼痛 / 深深埋葬

在诗人眼里，高原战士像夜空里灿烂耀眼的星星，他们忍受着孤独与寂寞，他们与广阔的大地、无边的天宇融为一体，他们承受着来自自然的强力侵袭，但他们能够与坚定的信念为伴，让理想燃烧，能倾听白云的歌唱，

能与圣洁的灵魂对话。何飞用诚挚的情感和凝重的话语，为藏北高原战士抒写了一曲高昂神圣的颂歌。这颂歌里包含着对战友们高贵品格和崇高精神的由衷敬佩，包含着对他们友情的无限思念，包含着对他们生命的深沉关切。何飞对高原军人的描写，并不仅仅聚焦在他们刚毅坚韧的一面，尽管这一面已足以展现他们耀眼的风采，足以撑起他们伟岸高大的形象。

何飞还捕捉了军人温婉柔情的一面。如《回答新兵问题》：“他问我一些问题，如同孩子 / 我该如何回答？ / 其实很简单，是，或不是 / 如此这般，不该那般 / 他点头之间的顾盼，如同孩子 / 真诚而好奇。有时沉静 // 我们只相识就这么一天 / 他的军装宽大而肥厚 / 仿佛童年时春节穿上的新衣 / 亦同当年我走进军营 / 就连那窘迫的神色以及顾盼 / 都仿佛我的少年时光 / 在慌乱中突如其来”。从诗歌中“他”这位新兵身上，我们能够感受到高原战士依然保持的孩子气，感受到他们初到军营的胆怯、害羞，感受到他们离开亲人家园的忐忑不安。再如《一位老乡在桑桑》中的一个片段，“而我们邂逅在拉萨的春天 / 只看到你快乐的双眼 / 你更多地说到长江的水 / 是怎样带来儿时的梦想 / 又怎样送走你戍边的旅程 // 你说你心中怀抱的高原 / 是风和雪弹奏的交响 / 每一块随风而舞的石头 / 都是你快乐幸福的理由”。战士的乐观、淳朴、可爱跃然纸上。它让我们看到了钢铁般坚韧的战士柔情温婉的一面。这样的描写使高原军人的形象由此变得更加丰满鲜活起来。

何飞诗歌的第二个显著题旨是对藏北高原的热情歌唱，以此表达高原军人对曾经守护过的土地的深情赞美与深深眷恋。是什么让诗人对藏北高原产生眷恋且深情赞美的呢？首先是因为藏北高原给予了诗人丰富的生命体验，让他获得了一种特别的人生，拥有了一段特殊的人生旅程，这是命运的恩赐，懂得珍惜的人都会为此而高唱赞歌。

在《藏北高原》中这样写道：“给我无限孤独的是无边的荒原 / 给我无限思念的是无垠的蓝天 / 给我无限勇气的是翱翔的雄鹰 / 给我无限生命的是高原的土地 // 每一株草每一粒沙都充满生命 / 每一缕风每一块石都会诵经念

佛 / 那些荡漾碧波晶莹剔透的海子啊 / 那些在海子里代代相生的鱼啊 / 那些曾经缘水而牧的善良的藏族兄弟啊 / 那些在雪地里找寻枯草 / 在夏日里悠闲游走的羊群啊 / 那些变幻无穷的白云 / 那些高高在上的雪山啊 / 那些春天里无比绚丽的野花啊 / 那些天籁之音美妙动人的歌声啊 / 那些用身体丈量朝圣之路的信徒啊 / 让我的灵魂和他们靠近 / 让我在黑夜里找到亮光 / 让我在孤独时得以慰藉 / 让我在痛苦时放声歌唱 // 我可以执着地翻过每一座高山 / 走过每一片草原 / 可以在经历亘古的蛮荒和空旷之后 / 找到心中的梦想和歌谣 / 飘扬的经幡在为我深深祈祷”。藏北高原让诗人体验到了孤独的滋味，感受到了思念的珍贵，培育了他生活的勇气。当然还不止这些，那里的一切，沙、石、水、草、花、鱼、羊、牛，以及善良的牧民，美妙的歌声等，都让诗人感怀在心、铭记于心；而那些虔诚的信徒，则让诗人获得了提升灵魂境界的可能。藏北高原如此丰厚的馈赠，如何不让诗人魂牵梦萦，高声歌唱！诗人赞美、眷恋藏北高原，还因为那里有壮美的景色，高大的唐古拉山和辽阔无边的荒野，它们为诗人的人生增添了别样的性格素质，让诗人获得奋发进取的力量；那些曾经与诗人相遇的羚羊、牦牛，还有坚韧顽强、生机无限的红柳，已经化成了诗人生命的组成部分，他们的形象赋予了诗人坚强的精神品格；同时，也常常让他想起自己的战友。在《藏北红柳》中，红柳给诗人留下了这样的形象：“每年六月 / 从枯枝旁发出的嫩嫩的枝条 / 在藏北寒冷空气中倔强地 / 向上生长 / 直到看到蒲公英绽开艳黄的花朵 / 看到野草蓬勃地结出草籽 / 看到穿绿军装的男人的腰杆 / 挺得如白杨一样笔直 / 直到长高到两尺 / 才在十月的寒风中渐渐枯去……// 守在藏北草原的军人 / 黑色的脸庞像太阳在熊熊燃烧 / 他们刚毅的目光 / 是一根根红柳的枝条 / 给草原上的生命 / 带来温暖”。红柳与高原军人在诗歌里合二为一，他们有着相同的品格和精神气质。而诗人也从红柳身上看到了自己成长的过程，特别是精神历练的过程。这是人生宝贵的资源，它将让诗人享用一生。

除了上述关注对象和情感表达外，何飞的诗歌还有一部分是表达乡愁和亲情的。这部分诗歌向外界展现了诗人诗情的另一面，让我们看到了铁骨铮铮的军人柔情似水的一面，也让人领略到了何飞诗歌的另一种风格。

对家乡景物风情、村落茅舍的描绘，是何飞此类诗歌的一个重要侧面。《巴山夜雨》《叶子》《月亮一样的村庄》《故乡》《老家》《风筝》《兰花草》等，都是以这方面的内容为描写对象的。这类诗歌以带有梦幻色彩的回想，一方面描画了家乡故园的美丽景象，另一方面满怀深情地表达了诗人对过往岁月的怀恋和对家乡的无比热爱。在《月亮一样的村庄》里，诗人描摹了一个温情脉脉，盛装着儿时甜蜜回忆的山间村庄："我的如水一样秀美的村庄 / 让我在异乡的月光中倾倒 / 故乡那温情脉脉的村庄 / 就像心中皎洁的月亮 // 我坐在回忆的山林里 / 找寻刺果和蘑菇 / 母亲逐渐花白的头发 / 铺成了回家的路 // 把亲切的乡音都尽收梦里 / 我陪着月亮一言不发 / 温暖轻盈的儿歌 / 似那山间的泉水 / 在我的心上淌流不止"。《村庄》描绘了一个情感丰富的山村；《故乡》则构画了一个丰裕富有的山村；《石阶外》以细致的笔触描绘了乡村生产劳动的动人场面，在诗人眼里，故乡的劳动者在田间劳作，都是令人遐想无限的美丽场景。这就是诗人心中的家乡故园，秀丽的景色，浪漫的情调，幸福自在的生活，悠然自得的心态。这一切都源自诗人对失去岁月的留恋，对家乡故园的热爱，还源自他对长留在故乡土地上的那份血脉亲情的珍爱。对这份与生俱来的血脉亲情，诗人的留恋和珍惜更为真切、诚挚。《父亲》《天堂》《风筝》《四姐妹》《儿子》《生日那天的清晨》《奶奶》《四姨》等诗作，就是对亲情的集中书写，他们流露着一个游子的眷眷之情。《父亲》在回忆过往生活中，展现了父亲质朴善良、勤劳本分、坚强忍耐的形象特征。《儿子》回想了远离父母，留在家乡的儿子的可爱与天真，同时表达了对儿子的愧疚与思念。《生日那天清晨》表现了母爱的温馨与持久，直白简朴的语言描绘出了母亲牵挂儿子的感人场景。总而言之，从这类诗中，我们看到：美丽的家乡，温馨的回忆，珍贵的亲情、宝贵的友情等因素，这一切都集结于诗人的心头情海。借助诗歌语言，诗人对这一切表达了自已深沉的眷恋之情和思念之意。

何飞的诗歌题材中，有一类是抒写诗人偶然或瞬间的情绪悸动和内心颤动的。这类诗歌以一个侧面展示了诗人复杂心绪和多样的情感。诗集《卓玛走过唐古拉》中第六辑“心海波澜”就是此类诗篇的集中展现。在何飞的诗歌中，这一辑是最能显现其个人性情的诗作。如果说前面提及的诗歌，书写的大多是“人之常情”，是我们较为熟悉的情感类型和能够在其他地方体验到的普遍的伦理常情、友谊之情、思乡之情；那么，“心海波澜”中的诗作，则完全是属于何飞个人的情绪、情感和体验，是何飞在特殊的情景中，在特殊的时刻产生的种种生命体验、情绪跃动。这些情绪、情感和意念往往来无踪去无影，稍纵即逝，难以把握。因此，何飞的这部分诗歌在表达上趋于抽象，意象之间的联系忽明忽暗、难以捉摸，诗歌的想象空间更为开阔辽远，语言更为艰涩隐晦，意义的捕捉走向模糊。《唇裂》可以看作是这类诗歌中的典型之作。

我知道体内的火焰已蔓延到唇／裂的唇，久久不愿离开／我知道干燥的冬天有些事物在升温／／比如忧虑、恐惧和绝望……／／白昼的裂唇被舌舔抚着／干裂撕扯着阳光和雪／夜晚的裂唇被痛惊醒着／梦里的话清亮而娇艳／藏在裂唇游走在渗隙间的风／不断告诉我一些人的真伪一些事的真相／告诉我一株草／应该如何在阳光雨露霜刀雪剑中／卑微地生长

“唇裂”首先可以理解为一种生理或病理现象，尤其是高原地区，这种现象司空见惯。诗人也许在描写一次或多次“唇裂”带给自己的一些特别的感受。但很显然，这样的理解是浅层的，外在的。就诗歌所描写的情形而言，它的诗意是另有所指的。诗歌从开始起，就进入了一种带有抽象意味的艺术景况之中。也许干燥的冬天的确是“唇裂”的外因，但“忧虑、恐惧、绝望”的升温却把人的注意力引入另外的思索途径之中。是什么让

诗人“忧虑、恐惧、绝望”？不管是什么导致这种情绪的产生，它对人的精神和情感的折磨都是不可避免的，痛苦的“唇裂”由此发生，却无人理解，只有个人去默默承受。这首诗大概描状的是诗人遭受的一次痛苦经历，这种痛苦经历让诗人郁积心底、难以释怀，于是化为诗句吐露而出。毫无疑问，这种经历是切肤的、痛心的，如诗中所描述的那样：白昼的裂唇被舌舔抚着 / 干裂撕扯着阳光和雪 / 夜晚的裂唇被痛惊醒着。如此撕裂的痛感侵袭着诗人的身心，难怪他觉得“心跳只剩下一瞬”。何飞的这类诗歌总体上呈现出含蓄委婉的风格特征，但并不是一律如此，有些诗作在意象设置与整体氛围的营造上，相对而言显得清晰单纯。但无论是单纯清晰，还是含蓄温婉，这类诗歌都是蕴藉深远，值得玩味的优秀诗作。它们在何飞的诗歌体系中，是独具一格的一类诗作。

何飞的诗歌中，还有两类作品也值得关注。一类是对西藏人文景观的描写，借此抒发诗人的文化情怀；二是对旅行途中见闻的感喟与描写。从这两类诗歌可以见出诗人诗歌视野的开阔和诗歌题材的多样。在这两类诗歌中，一些篇章也颇见诗力，是何飞诗歌中的佳品。如《龙王潭上一只孤独的鸟》：“龙王潭冰面上一只孤独的鸟 / 转过布达拉东面的围墙 / 站在龙王潭边看湖面光洁的冰面 / 一只鸟安静如失恋的少女 / 在众目睽睽下独自忧伤 // 那是我自己的猜测 / 我更愿意她是一位美丽女神的化身 / 在思考关于尘世的痛苦与快乐 / 她冥想着如何唤来温暖的春风 / 将层层冰雪点点融化……// 隔着十米她看也不看我一眼 / 她就那样安静地站着 / 在冬日的阳光里像一位处女的脸”。诗歌切入视点新颖独特、不落俗套。以点带面展开诗的内容，勾画出了龙王潭别具风味的一个侧面。更精彩的是诗人充满灵气的想象和满含善意与温馨的“互动情景”的设置，它让原本静止的景物灵动起来，可谓点石成金、诗意盎然。总体来看，何飞此类诗歌的情调是欢快愉悦的，节奏相对轻快，展现了诗人对自然风物的喜爱之情。

何飞的诗歌讲究意境的凝练、含蓄，追求语言的典雅新颖，在情感抒发上偏于低沉内敛，诗歌内容往往积蓄着奔涌的气势，但由于过分在意语言的雅与新，何飞的诗歌又显露出了一些刻意雕琢的倾向。

第十一节　白玛央金、琼吉

白玛央金（1974—），女，出生于西藏山南隆子县。1995 年参加工作，先后在贡嘎县县委机要室、贡嘎县旅游招商局任职。2001 年考入湖北经济学院，2003 年毕业后任职于西藏山南市发改委。2010 年开始创作，主要有诗歌、散文和文学翻译。出版诗集《一粒青稞的舞蹈》《滴雨的松石》。

白玛央金的诗歌创作从题材内容来看，大致可以分为三种类型：一是对个人内心情感和瞬间的生命感悟与情绪悸动的描摹与揭示；二是对日常生活的描写，并借此表达个人的一些点滴体悟；三是对西藏山水自然及风物民情的描绘与表现。

对个人隐秘情感、瞬间的生活感悟和刹那间的情绪波澜的揭示与描绘，是白玛央金诗歌中占据重要位置的一个方面。在这方面，她的诗歌既深刻地展现了个人的内心世界和生命体验，也表现出了较高的艺术水准。因此，这方面的诗歌可以看作是其代表性的诗作。白玛央金是一位情感细腻、感觉敏锐且善于捕捉心灵世界里细微波澜和瞬间情绪波动的诗人，因此她总是能抓住能够给自己带来深刻触动的外在事物来表现自己的内心感受和情绪悸动。白玛央金的这类诗歌并不追求主题的明确，而仅仅只是捕捉那一瞬间的意念、思绪和情感的细微波澜，然后把它们用带有空灵意味的语言描画出来。《无题》大致可以看作是对她的这一艺术追求的形象说明和描述。“视野无法框住念头 / 苍劲古朴的村落中 / 住着快乐与快乐无关的问题 / 我伙同秋夜陷入沉思 / 风在窗外 寥寂在窗外 / 头顶着无明 / 思绪迭起一层浪花 / 托着梦和忐忑的河流 / 让欢喜折射出心的阴柔 / 这是偶然的聚合 / 穿梭于朦胧的边缘 / 打着青色胎记 / 由远及近”。这首诗大概是白玛央金对自己一次偶然体验到的特殊心境的描写，但却透露出了她诗歌创作的一种较为固定的审美倾向。就像诗中所说“视野无法框住念头”那样，白玛央金的诗歌描写、表现的大多是一些内心里骤然和偶然产生的思绪的浪花，这些思绪之浪花不受人的理性思考的制约，就像自由生长的野草一样丛生出来，让有着敏感的艺术神经的诗人无法回避，尽管不得不“穿梭于朦胧的边缘”，也要把它们描绘、表现出来。

对普通的日常生活现象的描画，是白玛央金诗歌所涉及的另一个表现领域。这类诗歌在白玛央金的诗歌创作中并不多见，但也颇具特色。主要诗作有《康珍和茶》《阿妈的肩膀》《值班日记》《感动》《牧羊女的傍晚》《书店》等。这类诗歌聚焦于普通人的日常生活，描写他们的生活流程和情感流露。当然，即使是对日常生活现象和人情的描摹，白玛央金的笔调也是非常个人化的。她是以非常个性化的感触来表现那些极为普通的日常生活的，所以这类诗歌既具有浓郁的生活气息，也富有令人思绪联翩的诗意，如《望夫》。这首诗歌叙写的是主妇盼望放牧的丈夫回家的情景，这是日常生活中经常出现的普遍现象。对此类题材，如果照实写，可能会流于一般，让诗歌显得干瘪无味。诗人的选择是以虚写实，尽可能地拓展诗歌容量。在第一节叙写完妇人的等待之后，诗歌的第二节笔锋指向诗人的个人感想，“在眼神与眼神的交错中 / 期待是辗转的箭翎 / 在山峰弯曲的脊梁上 / 射落了几分狭长的思念 / 风没有流动 / 云停止了游戏 / 一个石化的背影 / 远比日落更凝重”。诗人把思绪从现实转移到对此种现象的抽象思索上，她想到的是妻子与丈夫间割舍不断的思念，同时对妻子的等待报以深切的同情。这种同情会激发人们去思考妇女的现实生活境况和社会处境。白玛央金的此类诗歌，也有一些写得相对轻松活泼，流露出生活的情趣与浓郁的生活气息。如《值班日记》《牧羊姑娘的傍晚》等。这些诗歌，展现了白玛央金诗歌创作的另一面。

白玛央金的诗歌有一部分是描绘、表现西藏自然风光和民情的。此类诗歌也具有属于诗人自己的个性化特征。如果说，其他一些西藏诗人在描摹西藏自然风光和风物民情时，更倾向于以引吭高歌的方式来表达自己高昂、炽热的情感；那么，白玛央金则习惯于用自己浅吟低唱的呢喃，在轻柔低沉的曲调中描写自己心目中的山水风情，表露自己的款款深情，表达自己对眼之所见的自然风光和民情风物的关切之意。她的情感是内敛含蓄的，是深沉低缓的。这就决定了她的笔触是轻柔、温和、舒缓的。这方面的代表诗作主要有《寂静的伦巴村》《喜马拉雅——魂》等。如《寂静的伦巴村》：“没人说得清杰拉山何时横贯在通往外界的路上 / 年迈枣红马顺理成章，充当翻山的脚力 / 铃铛声声 久远的生动留给群山 / 山雀不及聆听旱獭不及躲藏 / 一撮飞扬的尘土蜿蜒离去 / 面朝村寨那古老的炊烟”、“无人有心把它载入史册 寂静的伦巴村 / 问及老人 只重复着一队驮着僧衣的马帮 / 离去时的扬长 / 没问来路 不知去向 / 一只大雁孤鸣 没入云霄 / 伦巴村依旧在云端 在谷地酣睡 / 雪山静默合十 / 那些关于青稞酒醉 糌粑飘香的故事 / 早已无人问津 / 而今夜 它却悄悄潜入我的思绪 / 犹如一块鲜美的酥油在舌尖化开时的甘醇”。整首诗歌在平缓平静的笔调中，讲述一个普通村庄无名的历史和寂静的现状。诗人没有任何故作深沉的姿态，也没有任何幽怨不满的情感波澜，只是像对待一种极为自然的生活现象那样，把伦巴村的样态展现出来。在广阔的高原上，伦巴村寂静地酣睡在云端之下，谷地之上，它存在了多久，似乎并不重要，关于它的存在，有没有人关心，似乎也不重要。它就那样存在着，就足够了。这样的伦巴村透露出一种历史的深邃感与岁月的沧桑感。在此意义上，伦巴村其实就是无数个高原村庄的缩影，也是无数高原普通民众人生历程的缩影。由此，诗歌蕴含了一种深广的思想内涵。白玛央金的情感表达始终是含蓄的、内敛的。这种情感表达的方式，在这首诗歌中也得到了很好的体现。从头至尾，诗人的情感始终处于平静的状态之下，平静得甚至让人觉得有些冷峻。但这种平静并不意味着诗人情感的完全泯灭，在诗人的内心里，那些普通的人事其实是有着让自己情感得以澎湃的魅力的。

白玛央金的诗歌在艺术表现形式上也有着显著的特征。而首要的特征则是诗歌意向的朦胧、含蓄、隐晦和情感的内敛。由于倾向于捕捉、描摹个人内心难以言明的隐秘体验和瞬间的情绪悸动，加上习惯于以内敛、低沉、舒缓的方式来表现那些隐秘体验和瞬间的情绪悸动，白玛央金的诗歌在语言上呈现出含蓄、朦胧、隐晦的显著特色，从而也使她的诗歌具有了一种朦胧美、含蓄美（当然，有时候朦胧、含蓄也容易滑入晦涩之中）。这种朦胧、含蓄主要体现在两个层面：语言上的朦胧、含蓄和诗歌整体意旨上的朦胧、含蓄。

在语言方面，白玛央金也很是讲究，她的许多诗歌在遣词造句上显示出了她的匠心独具。这使得她的诗歌语言新颖、形象生动、富有意味。比如《晚秋》：“土地消瘦 粮仓丰满 / 风推动着一个承诺 / 直到周遭变得斑驳 / 暮秋的暖 藏不住冬的羽毛 / 黑色的马蹄 踏不出白的世界 / 是你 挥舞语言的巫术 / 让风 比剑远为锋利 / 鸟不为羽毛重生 / 趁几滴雨还能藏匿三分寒 / 把遁去的故事 / 镂刻在死神的颅骨中”。这首诗主题表达并不新颖，无非是描写秋天的丰收与之后万物渐失生机，进入萧瑟荒凉的境地的自然状况。但诗歌在意境构造和语言的选择与组合上却颇具匠心，经过精心的设计和推敲。整首诗构思奇妙，用词新颖，词语组合排列出人意料，审美意味悠远醇厚，读来回味无穷。有“余音绕梁，三日不绝”的审美效果。“风推动着承诺”就出人意料，颇具新意。不说带有寒意的晚秋之风带来了天气或气候的变化，而用“风推动承诺”这种含蓄、内敛的表达方式，让原本陈旧老套的表达变得富有意味，既把秋风拟人化，也令人浮想联翩。之后描写天气变化带来的环境的改变，不说万物萧瑟，而说“周遭变得斑驳”，也颇具新意，更富表现力。“暮秋的暖 藏不住冬的羽毛”，更富诗意，堪称神来之笔。把逐渐寒冷的冬天比作羽翼逐渐丰满的动物，不但形象鲜活，更主要的是让人真切地感受到了冬天逐渐变得寒冷的天气状况。这首诗歌正是有了这几句在语言运用上颇为神奇的地方，才让诗歌韵味大增，具有了诱人的魅力。

再看《夜歌》。“月的丰腴是对黑暗的阻挡 / 是肌肤上滑翔的语言 / 让夜变得柔美而光洁 / 自此 / 我畅饮着江河的音乐 / 把梦托付给光明 / 以此打动另一半人生 / 这样的光景中 / 寂静可以拧出孤独 / 时光倒塌 谁会站在视线尽头 / 撩拨秋夜晦涩的歌声 / 趁夜抚平黑暗 / 宽宥一滴水的波浪 / 还有半壁翎羽的傲娇和块垒 / 让歌声在黎明前破晓”。这首诗歌的遣词造句同样能够体现出白玛央金诗歌在语言方面的着意推敲。“月的丰腴”“肌肤上滑翔的语言”“夜变得柔美而光洁”“畅饮江河的音乐”“寂静可以拧出孤独”“时光倒塌”等，都是新颖独特的语言组合。这种语言组合，不但让单个的诗句显露出朦胧、含蓄的诗意，也使得整首诗歌洋溢着浓厚的诗美韵味。更值得注意的是，它们所营造的意象，都包蕴着极大的艺术空间。“月亮的丰腴”，不但令人联想到月亮的圆满，而且能够联想到时令、天气，以及作者内心的感受。而把月亮的圆满明亮比作“肌肤上滑翔的语言”，不但奇崛美妙，而且非常生动形象地传达出了诗人对月亮的那份亲昵之感和喜爱之情。作为诗人，不可避免地要与语言打交道，语言可以说是其亲密无间的“闺蜜”。以语言在肌肤上滑翔的感觉，来形容自己对月亮或月光的感受，来表达特定的时空和情景中自己与月亮的关系，是出人意料却又非常妥帖恰当的描述。如此表述，让接下来描绘的景象显得顺理成章，极为自然了。夜晚变得如此美好，心情像欢畅的江水一样，虽然人生难免有孤独与灰暗，但这一夜的心情却是令人轻松愉悦的。《秋夜》通过独具一格的遣词造句，获得了一种意味浓厚的审美效果。而这正是白玛央金诗歌创作所追求的艺术境界。

白玛央金的许多诗歌因为倾心于关注个人内心的隐秘情感，习惯于捕捉飘忽不定的意绪，因此常常呈现出一种意绪化的审美风貌。也就是说，她的诗歌常常描画那种看上去难以捕捉，难以名状，倏忽即来转瞬即逝的思绪与感觉，由此使得她的诗歌从整体上看，呈现出一种飘忽不定的意绪化特征。当然，这样说并不是将白玛央金的诗歌神秘化、玄幻化，而是说她的诗歌在定格那些清晰可辨却又难以捕捉的意绪方面，表现出了一种高难度的尝试。白玛央金所描摹的那些瞬间的意绪是清晰可辨的，是因为它们是实实在在存在的，是在人们的心头真真切切地出现过的，人们能够体验到、感受到；但它也是飘渺灵动的，因为人们往往说不明道不清它的滋味形状，况且它来得快去得也快。对于这样一种无形无影无踪的存在物，如何捕捉它、描绘它，并把它最终定格下来，自然是有难度的。白玛央金通过诗歌试图把握、定格这种无形无影无踪的存在物，自然会让其诗歌表现出一种特别的意味，而意绪化就是这种特别的意味。

白玛央金的诗歌在题旨方面存在着理解上的多重性，也就是说，她的一些诗歌的意义指向并不是明确的，是指向多个层面的。当然，所有好的艺术作品的题旨都是可以做多方阐释的。但即使如此，它们的一些主导性的题旨或意义往往也是明显的。至少对于大多数读者来说，存在一个主导性的意义层面。白玛央金的不少诗歌似乎并不如此，它们往往梳理不出一个占主导性的主题指向。在感受她诗歌意向的多重指向时，有时候往往也会陷入无解的困惑之中。这种困惑是由她诗歌的太过朦胧、太过含蓄导致的。有时她所追求的诗歌的朦胧与含蓄，已经不自觉地走向了艰深、晦涩。像《水色》《拒绝》《黎明的种子》《思辨的头颅》《从夜晚到翌晨》等，就是较为典型的此类诗歌。

琼吉（1977—），女，出生于西藏日喀则。1991年考入西南民族学院，1994年毕业后进入金融系统工作。大学期间开始文学创作。出版诗集《拉萨女神》。曾获西藏第七届新世纪文学奖。

琼吉是西藏当代诗坛上用汉语创作诗歌的代表性诗人。她的诗歌无论在题材内容上，还是在主题意向上，以及在艺术表达方式上都具有非常鲜明的个性特征。就琼吉诗歌所展现的艺术取向和审美风貌来看，可以说，她的诗歌所营造的审美世界，是新世纪西藏当代文学诗歌创作领域独具一格的艺术景观。琼吉的诗歌创作所涉及的题材领域相当广泛，从个人思绪情感的表达，到家人亲情的书写；从对历史人物的追忆，到宗教文化现象和宗教意识的描绘与表现；从对西藏故土的赞美，到对慈悲情怀的颂扬；从对美好生活的渴望，到对现代人生存困境的揭示等，几乎涉及到了能够关涉的方方面面。同时，琼吉的诗歌在艺术表达上也呈现出不拘一格的开放性风格。尽管她的诗歌在某些方面呈现出一种稳定的审美取向和趣味，但诗人似乎不愿意把自己的艺术思维固定在某种模式上，这使得她的诗歌创作在艺术上显得自由灵活，富于变化。

《拉萨女神》收录诗歌一百多首。从诸多所描绘、反映的内容来看，这是一部既具有浓厚的地域文化特色的诗歌集，也是一部充满了现代意识的诗歌集。它以非常个性化的方式真实地揭示了西藏当代社会精神气候的某些侧面，表现了西藏当代女性诗人对交融汇流着传统意蕴和现代气息的西藏当代生活的体验与感悟。

与大多数藏族作家一样，琼吉在诗歌中对亲情进行了真诚的书写。虽然这样的诗歌不多，但她的这类诗歌在表达方式上却很有特点。如果说其他作家侧重于表达亲情的珍贵与自己对亲人怀有的那份感激之情，并着力描绘亲人给予自己的那份照顾、关爱，以此来表现亲人的奉献精神；那么，琼吉的诗歌在包含这层意蕴的同时，还包含着另外一些内涵。那就是，她更倾向于凸显亲人内在的人格品质，更倾向于表现他们生命中能够产生久远影响且感人至深的那种崇高品质和人生瞬间。很显然，这种书写在表达个人化的家庭伦理情感的同时，让诗歌的主题意蕴和情感指向具有了很大的超越性。比如她的两首写父亲、母亲的诗歌就是如此。《父亲——献给最爱的父亲》，这首颂扬、讴歌父亲的诗歌表达了对父亲的热爱与缅怀，其中包含着对父亲操劳持家、坚韧朴实的品质和奉献精神的敬仰和感激。但诗歌自始至终都没有把视角拘囿于这一惯常的艺术思路上，而是以相当开阔的视野切入，把父亲的形象与西藏大地上的山河相融合，以此展开诗歌的行文。诗歌从描写河流和山川开始，“一千条河流汇聚 / 划开一座山 / 高贵柔软的心 / 在雪山顶 / 诞生比雪更纯净的声音！”诗歌开篇就把父亲的形象置于如此阔大的背景之中，暗示父亲的形象就如故乡土地上的山川河流一样伟岸雄壮。这种起笔之法具有一种先声夺人的艺术效果，它表现的不仅仅是诗人对父亲的崇敬与颂扬，还有更为深远的含义，那就是由此形象衍生出的父亲的人格品质影响之久远与深厚。接下来，诗歌顺着这一思路完成了对父亲形象的进一步刻画。“在喜马拉雅山脚下 / 一个丰裕的田庄里 / 渐渐长大 / 这声音的主人 / 拥有族人骄傲的气质 / 不同凡响的内外 / 谦逊和爱 / 众多追随者倾慕于他 / 在某一个夜晚 / 一颗星在梦中出现 / 从此他的心比星辰明亮……”。这是诗人心目中的父亲形象。很显然这个形象所具有的艺术内涵已经远远超出了单纯的家庭伦理范畴内的父亲。他具有深厚的象征意味，他甚至可以看作是民族优秀品质的象征。在此意义上，对父亲形象的刻画，对父亲高贵品质和伟岸雄壮形象的颂扬讴歌，就是对民族形象的刻画，是对民族优良品质的颂扬和讴歌。在《缘——献给最爱的父亲母亲》中，诗人着力描写了父母亲的真挚爱情。与前一首诗歌一样，这首诗把所要描写的情景放置在了宏阔的民族文化背景上。诗歌题目为“缘”，由此赋予了父亲母亲的爱情更为深远的文化内涵。父亲与母亲的爱情是在转经途中发生的，这是上天注定的缘分。因为转经路上的刹那相遇，他们的爱情由此超越了一般的男女恋爱。诗歌虽然写的是父亲母亲美丽而动人的爱情故事，但整首诗表现出的却是对生命瞬间美好景象的赞美。“我看见在幽幽的光中 / 那条昏暗的青石路 / 是族人生命的血管 / 他们不停地转着 / 在比歌声更美的 / 相同的声音里 / 无数生命的涅槃 / 幻化为一盏盏酥油灯 / 在佛前长明 / 就在她回头寻找 / 那颗掉落在佛前的珠子 / 无数此起彼伏的身影里 / 他匍匐的身体坚定有力 / 那颗佛珠 / 在他高举的祈祷手势中 /——闪闪发光”。这是别具一格的爱情描写，这是超越了爱情的爱情描写。毫无疑问，在诗人的心目中，这美丽的邂逅是父母亲今生美丽的瞬间，是他们爱情最好的见证。这首诗所设置的背景，使诗歌的内蕴超越了最初的题旨。它表现的是西藏所有普通民众生命过程中所经历的美好动人的生活片段。

除此之外，琼吉的诗歌更多地关注的是当下的现实生活，关注的是当代人的精神和心理。在她的诗歌中，对当代人的精神的梦幻与失落进行了尖锐、深刻的描写与揭示，对当代生活里的种种丑陋现象进行了毫不掩饰的暴露。琼吉的诗多写到梦和夜，这是她书写当代人生存困境与生命悖论的一个常用意象和空间。通过这样的意象和带有象征意味的空间，她的诗歌对当代人生存困境和当代人无奈失落的心理进行了深度发掘。《梦·殇》可以说是此类诗歌中非常典型的一首。诗歌通过一次梦境，象征性揭示了当代人精神失落的现实境遇。“我”在梦中一直渴望得到“你”送来的花朵，这样的梦不知做了多少次，但总是在失望中醒来。“今晚 / 同样的梦出现在同样的时间 / 只是你的唇角的花朵 / 突然褪色 / 而我的心 / 也传出破碎的声音”。这是对当代人精神侧面的一种真实写照。美好的愿望总是落空，就连梦中的期盼都难以实现。留给人们的只有那破碎的心灵。如果说《梦·殇》侧重于描写人们的精神缺失；那么，《迷·惑》《吞噬》则把焦点聚集在了当代社会丑陋的那一方面。琼吉是一位倾向于以温和的目光打量世界的创作者，但当诗人把目光从那些光鲜明亮、令人情动意畅的美好事物上掉转过来后，她也发现了现存世界的另一面，对此她并没有刻意回避掩饰。此时的她变得异常冷峻尖刻，世界在她的笔下露出了狰狞的面容。“这章鱼一样的城市 / 在夜海中微微蠕动 / 腥臭的诱惑四处弥漫 / 勾引贪食的鱼儿沉溺 / 青苔早已发霉 / 一只破旧的木船停在岸边 / 赤脚的歌声在空中遗失”。这是典型的“审丑”思维，具有波德莱尔式的诅咒气息。生活于此种环境中的人类，其精神世界是何种状况呢？《吞噬》对此有形象的展示。“黑夜像一个巨大的死亡之网 / 罩住生命的触须 / 窒息、无奈、恐惧、绝望 / 城市冰冷的目光 / 已习惯嘲笑未知的命运！”这就是当代人的精神状况，它与那丑陋的现实是吻合的。在琼吉的诗歌世界里，无论是精神层面，还是现实层面，此种“诗情诗意”，都达到了令人惊悚的地步。琼吉的诗歌创作在批判现实的力度上，的确达到非常尖锐的程度。

琼吉的诗歌创作值得关注的地方还有她对家园西藏的书写。把西藏视为永恒的家园，并不遗余力地做艺术描绘，是西藏众多作家共有的一个艺术兴趣点。琼吉在这方面也表现出了自己的艺术兴趣。但琼吉的家园书写有着自己的鲜明特色。首先是她没有以移情的方式，把西藏视为一个精神高地和寄托灵魂的灵异之地。她笔下的西藏是自然轮回中的平常之地。其次，她热爱西藏，但也不掩饰生活在那里所经受的现实不快和情感失落。而她对作为西藏核心地区的拉萨的书写，更能够体现她笔下的家园的人间本色。组诗《四季之歌——献给西藏》分别抒写西藏春夏秋冬的代表性景致，同时表达自己的个人情怀。对西藏四季景致的描写，既充分表现了西藏自然清新、充满生机的四季运行过程，也展示了充满地理人文气息的西藏风貌，同时还表达了诗人对西藏四季轮回的感触与体悟。整个组诗用朴实清新的语言，为外界展示了一个可感可触、可亲可敬的高原天地。在对家园的描写中，描绘拉萨这座历史名城的《月光小巷》，是琼吉诗歌中的优秀之作，也是同类作品中的上佳之作。这首诗以“我”的视角为观察视点，以夜晚这一特定的时间中的拉萨的一条小巷为观察对象，对拉萨既充满诗意，又荡漾着世俗气息的景致和氛围进行了细致入微的描绘。一个普通的藏族姑娘，行走在洒满月光的青石板路上，周围传来诵经声，四周弥散着焚香的气味，摇曳的经幡、闪烁的酥油灯。如果仅仅只描写这种景象，那么它可能会落入俗套。诗歌的妙处在于，笔锋一转，开始展现拉萨充满生机的另一面。那是一个爱情荡漾，聚集着心怀各种目的的外来客人的拉萨。诗歌意境上的这一转变，让原本宁静的拉萨顿时活跃起来，跳动着鲜活的现实脉搏。如此一来，拉萨古城传统与现代交融一体的精神风貌得到了很好的表现。拉萨的形貌特征和精神气质为此而得到形象生动的展示。

琼吉诗歌创作的优长之处是善于捕捉生活中的诗意，她能够在看似平常的现象和心理活动、精神意念中发掘出铺成诗歌的素材和灵感。她的绝大多数诗歌就是灵感突发的精神之果。无论是现实中的所见所闻，还是通过其他媒体，如电视、阅读等，她都能够获得丰富的诗意。这是琼吉创作诗歌的一个动力源泉。反过来看，能够不断从生活中发现诗意，是因为诗人对生活抱有一份深沉的热爱，正是这份热爱，激发了诗人创作的灵感与冲动。因此，她的诗歌中始终充溢着饱满的情感。琼吉的诗歌在语言上很是讲究，倾向于运用多种修辞手法。不少诗歌在遣词造句方面追求朦胧、含蓄、暗示的修辞效果，留有巨大的艺术空白。当然，由于在这方面的过分追求，她的有些诗歌用语显得艰涩生硬，增加了接受的难度。

第十二节　李素平、史映红

李素平（1968—），出生于四川渠县。1985年进藏，同年到西藏波密县扎木中学任教。1990年至今先后在多家银行任职。著有诗集《拉萨印象》。

《拉萨印象》是李素平的一部力作，是一部关于西藏生活的诗集。李素平在西藏生活和工作多年，在西藏所经历的成长过程，为他的诗歌创作做了较好的生活准备与情感沉淀。《拉萨印象》以西藏拉萨为中心，描绘出了一幅幅西藏生活的画卷。诗人以他驻留西藏的见闻体验为素材和源泉，描写西藏百姓日常生活，感受西藏世俗生活中的诗性。

《拉萨印象》描写表现拉萨形形色色世俗生活，内容丰富，用语精炼，短小精悍，简单优美，字里行间融入了诗人在拉萨生活的见闻体验，从多角度多层面展现出一幅幅反映拉萨人文风情的画卷。《拉萨印象》分为《写给拉萨的诗 我是拉萨之子》和《最美的礼物 这是我用心给你的》两部分。两部分相辅相成，先描写拉萨世俗生活，而后热情赞美拉萨。诗集内容大致可分为两类：一类是展现拉萨形形色色的生活与人文风情。它们以诗歌的形式记录了拉萨的春夏秋冬，初春的拉萨城乍暖还寒，冬眠的大地不经意间被惊醒但又不忍离去，面对这全新的一切不免有些伤感与害羞；盛夏的拉萨到处是生机盎然；深秋的拉萨，树叶回归大地，一片片金子般的生命渐渐植入寒冷的冰雪，寒冷的秋天一派萧瑟，无情埋葬青春活力岁月；寒冬的拉萨荒凉、孤独、惆怅、忧伤，千年不变的寒冷无人安抚。有午后阳光明媚的静谧、拉萨夜晚的痛楚；有格桑花开时爱的美好、爱情的憧憬与忧伤；有诗人对未来的向往、对现实阴暗的愤慨；有对西藏的敬仰，有对生命长河的赞美；也有对祖国母亲的赞美与眷恋。诗人用诗歌记录了自己的喜怒哀乐，字里行间渗透出寂寞与孤寂、希望与失望、幸福与痛苦、憧憬与忧伤、美好与残缺。

《拉萨印象》中的另一类诗歌是赠诗，是送给朋友的诗、父亲的诗、母亲的诗、爱人的诗、西藏拉萨人的诗，其中一些是写给自己的诗。对朋友，赞美友谊，赞美其作品照耀雪域高原；对远方的父亲，满是无尽的思念；对母亲，赞美其大慈大悲大爱，赞美母亲坚强的性格；对爱人，回忆最初的美好情感，特别的年代与环境让相爱的人痛苦彷徨，感叹人生苦短、世事无常，赋予爱人一生的祝福，唯有爱支撑一生一世；对拉萨的人，赞美雪域高原带给他们坚毅、忠诚的品格，赞美拉萨男人是人类高度的见证；对个人，回忆自己懵懂的爱恨，回忆童年的天真无邪，回忆自己生命里的每一个动人的故事。一首首动情的诗篇真实记录了一份份纯洁的爱。

《拉萨印象》之后，李素平又创作了少量的新作，诗风有所变化。从西藏神圣壮美的风情中走出，诗人认为自己走到了“历史的边缘”。他认为只有在边远的西藏才能找到神圣，也只有在历史的边缘才能找到壮美，才能找到思想的精髓。李素平诗风由繁复转为朴素，缩减了诗作中繁多新奇的意象，开始以日常语言进行创作，短小精悍，诗性与诗人风范一样从容。拉萨有最蓝的天空，有神圣的信仰，有温暖的阳光，有众多痴情的善男信女，有永远也讲不完的动情故事。

李素平是具有现代经营理念的企业家，在他身上呈现出来亦文亦商的双重气质。文让他儒雅、丰厚，给诗歌奠定丰盈的古典底蕴；商使他幽默、豁达，让诗歌具备天真之姿、敞亮之态，不失先锋气象。无论是邂逅一片菩提树叶的欢喜，还是无意碰碎蓝花瓶的失落，抑或病中窗外琳琅却无趣的风景，他的笔致婉约疏淡却有情有思，像清香的茶，清馥隽永。在诗歌的此岸和彼岸，生活如繁花初绽，李素平笔之所至，心之所知，带领读者遇见人世深处的风景，捡拾细枝末节的感动。

李素平的诗歌善于对自我心灵的感知进行细致的捕捉。他将工作生活了多年的拉萨放置笔端，用灵动的文字解读织构出一帧清婉和恬美的城市光色、人文风情。他的诗歌记录了拉萨的春夏秋冬，有春的娇羞、夏的生机、秋的萧瑟、冬的荒凉，也有午后的阳光明媚、夜的瑟缩，“天空蓝得心醉 / 那是拉萨心灵的颜色”。拉萨蓝得几乎不真实的天空，是一种透彻，更是一种圣洁。“天幕挤出拉萨隆冬的脸 / 被白雪浸染的天边 / 放映着五味的梦魇 / 无限拉伸的信仰撕破脆弱的心脏 / 用灵魂的碎屑 / 堆砌朝圣苦难的高墙”。在这首《拉萨冬天的模样》中，几乎看不到描写拉萨冬天的语句，但是隆冬的脸、干涩的脸、布满灰尘的脸、沧桑的脸、疲惫的脸都可以相见。正是这张脸让梦魇真实、让信仰忠诚、让心脏破裂、让灵魂灰飞烟灭、让苦难变作欢乐。从不起眼处着笔，于无声无形中运势。让诗像箭一样，有很强的穿透力。

李素平的诗歌，没有“为赋新词强说愁”的生硬、牵强。他的诗歌体裁以现代诗为主，偶尔写古体诗。朋友用“边缘”来形容李素平的诗，认为他走到了历史的边缘，并在这里找到大美和“思想的遗骨”。这是他一以贯之的诗学审美原则，从边缘到边缘，永远离不开边缘。这是对现世表明的一种姿态，不在地域的边缘，就在思想的边缘。从某种意义来说，坚守边缘，就是守住“根须深植的土地”，就是缔造“永不腐烂的传奇”。

和很多同时代诗人略有不同，李素平坚持从诗歌意象的繁复回归到朴素，在诗歌中寻找生活的美。他的诗，是被一双诗意的眼睛凝注后的生活片段，用诗歌记录自己的喜怒哀乐，希望、失望、寂寞和孤独，蕴含着哲理和灵性的馨香。以浸润了人生经历和智慧的日常语言来写就诗歌，语句简短而清澈，谋求用最少的字词来表现诗歌内在的张力。《多余的我，多余的美》一诗中有这样的诗句："我的思想的遗骨 / 裸露，在美学的书页上 / 被零乱的风吹起，满世界飞舞"、"逻辑的骨架依然坚硬。纯粹的燃烧的美 / 依然可以穿越日出和黄昏，在这里 / 存在已然宁静，虚脱，病态，走神"。李素平的美学观点，是寻出被生活迷障遮掩的多余的美。

李素平很认同这样的观点：人生是有两面的，一面是坚硬的花岗岩，一面是五色的云彩。写诗也是如此，不能一味玩弄技巧，抽离生活，诗歌既要高蹈出尘，也要糅合世味。透过李素平诗歌的表象，读到他生活的本质，那就是对西藏、对拉萨、对西藏的山山水水，对生命、对事业、对爱情炽热的爱。除了写诗，李素平也创作散文、通讯、小说等，在丰富作家写作体验的同时，也呈现了他不同的艺术面貌和艺术趣味。

史映红（1970—），笔名影鸿、桑雪，出生于甘肃庄浪县。20 世纪 90 年代初入伍进藏，先后就读于空军后勤学院，空军政治学院，解放军政治学院。著有诗集《在西藏的月光下徜徉》《守望香巴拉》《西藏 西藏》等。

《在西藏的月光下徘徊》收录诗歌一百零八首，由《雪域苍茫》《钢枪玫瑰》《亲情相约》《故乡星辰》四部分辑成；《守望香巴拉》收录诗歌一百余首，分《历史丰碑》《飘在西藏》《故乡有约》三辑。这些作品，不仅是诗人对藏地风情的独特感观，对西藏生活的诗意记录，也凝聚了作者对二十载军旅生涯的款款深情，对亲朋好友及故乡的无限眷恋，究其内容，大致可分为以下四类：

一、致敬历史。中共一大、南昌起义、遵义会议、卢沟桥事变、飞夺泸定桥、抗日战争、解放战争等，这些在中国近现代发展史上极具里程碑意义的重大事件都在史映红的诗歌中逐一呈现。《守望香巴拉》的“历史丰碑”一辑里，从上海望志路106号两层砖木结构的老房子，到船头宽平的南湖旧画舫；从凌晨的南昌城头，到黄昏的江西永新县三湾村；井冈山的翠竹、八角楼的灯光、古田的祠堂、瑞金的叶坪、冰封雪裹的夹金山、沼泽黑水的茅草地，枪林弹雨，血海腥波，八万里枪声，十万丈硝烟，诗人用瑰丽的诗句绘制了一部现代中国人民解放斗争波澜壮阔、气势恢宏的革命史，讴歌了革命先辈的丰功伟绩和献身精神。

二、感恩西藏。西藏是一片博大厚重的土地，对那里悠久文化和淳朴风土人情的礼赞也是史映红诗歌的一个重要主题。西藏的天空和大地，西藏的每一个人乃至一粒沙尘，都是干净且富有灵性的，诗人对西藏的风情、生活、文化满怀敬意，以诗达情，感恩西藏。史映红惊叹于苍茫雪域鬼斧神工般的自然之景，徜徉于博大精深的西藏文化，歌颂纳木错的博大、圣洁、甘甜，包容世间繁华，洗涤世俗红尘，润泽人间冷暖；赞美羊卓雍错是一颗璀璨的蓝宝石，拥有圣洁仁慈的心。无论面对“默默地走，静静地流”的雅砻河，还是走在集商业、文化和旅游为一体的八廓街；无论看见“清澈、明亮、晶莹、甘甜、深爱”的拉萨河，还是“借我一万年守望、倾听、回首，以及等待”的南迦巴瓦峰等，都是这位藏地诗人的审美对象和情感寄托之所在。

三、追忆军营。史映红是驻守祖国边防二十余年的一名高原军旅诗人，他的缱绻情思伴着“雪域苍茫”拉开了序幕，在“奔涌的洪流中，冲天的烈火里，震区的废墟后，炮火与硝烟的战场上”，处处都有“迷彩的你”。“高原的兵”像草一样平凡、坚毅、朴实无华，默默奉献，托举和平，却“寂寞了多少泪水，牵挂过多少心碎，等待了多少岁月的轮回，望穿了多少秋水远去”（《相聚》），在辽阔的边防线上，他们用“一双爱的眼睛，苦苦默数星辰的灿烂，一把爱的尺子，苦苦丈量明月的圆缺”（《钢枪玫瑰》），把分别的哀愁化作了“冬天的祝福”。高原兵如格桑花一般，在雪山下矢志不渝地守望，坚硬的身姿跃动在生命禁区，灿烂的笑脸染红西天的云霞。

在史映红用心写就的一系列追忆军营生涯的文字里，没有豪壮的誓言、没有华丽的辞藻，却展现出了高原战士对军人职责的坚守。

四、怀念故土。军人保家卫国，铁骨铮铮，但也有儿女情长、思乡心切的时候，当“那缕风”吹来，或者偶尔想起“儿时的伙伴”“梦中的女孩”“小学同学”，诗人便更加怀念童年的“乡路幽幽”，馥香满怀的“故乡槐花”，和钝笨、生锈、伤痕累累的“锄头”。在“故乡星辰”的照耀下，他通过谷歌地图，追寻故乡的影迹，与“亲情相约”。《站岗时想起父亲》《白发的母亲》《母亲的背》《千层底》《食谱》等诗篇，皆是表达作者相思之苦的精彩之作，在这些颇具家园特色的意象中，诗人尽情地“感受故乡”“想念爹娘”，向读者展示故乡的亲切，演绎祖辈们世世代代苦守黄土地的宿命，以及再也回不到故乡的忧伤。史映红的诗作时而深情、时而优美、时而苍茫、时而婉转、时而忧伤；从他的诗歌中读到的是忠、是孝、是善、是诚，是他的乐此不疲，是他的痴心不改。

史映红的诗，直白、豪放，富有阳刚之气，正是这种气质的存在，让他的诗歌在直抒胸臆的基础之上，多了份磅礴奔放的豪气。在写法上，一般采用直接切入，有序地展开，多角度地歌咏，直至将抒情的焦点推向爱的极致，这种方式适宜边走边唱地行吟或抒情，具有浪漫主义的色彩与气质。《珠穆朗玛峰》外七首便恰如其分地体现了这一特征，“珠穆朗玛峰 / 你总是岿然屹立 / 你千万年翘首苍穹 / 你以王者的风范 / 雄踞天地之间 / 云的苍凉 / 紧裹你至尊高贵 / 风的巨手 / 抚摸你厚重胸膛 / 如火的阳光 / 照耀你孤傲面庞 / 蓝天的宽广 / 见证你亿万年沧桑”。一开篇，由蓝天、白云、阳光、风、高山组成的天地一隅，便以其奇伟壮观的气势制胜，不仅奠定了全诗的基本感情格调，也多角度、全方位展示了珠穆朗玛峰摄人心魄的美，而后层层递进：“你从来不屑喧又不入俗流 / 你永远不媚不屈不卑不亢 / 你将山的威严 / 牢刻在世人心田 / 你是探险家向往的制高点……”。对珠穆朗玛峰的赞美由表入里，实现感情的跨越与深化，全诗感情饱满、真挚，充满浓郁的浪漫主义色彩，诗人对珠穆朗玛峰的仰慕与赞美之情呼之欲出。

诗词是极其精炼的艺术，大都以少量的字词包孕着丰富的含义，以含蓄的点拨给人以天女散花般的自由想象。联想和想象是诗词艺术的翅膀。诗词作者凭借它精骛八极、神游万仞，读者凭借它来填补诗人留下的空白，来寻求诗句之外所包含的无尽韵味。神奇的雪域高原美轮美奂，赋予诗人雄浑气概的同时，也给予诗人丰富的想象与夸张，除了在诗歌中展示“雪山”“神鹰”“经幡”“藏香”等典型藏地元素外，史映红还善于在这些意象中间转换思维，跳跃思绪，冲破界限，自由联想。如《唐柳》篇，由古都长安的盛况到大唐金銮殿的威严，唐柳一路走来，见证朝代变换，历史兴衰；由明君殷殷的期盼到汉藏人民深深的祝愿，唐柳栉风沐雨，负载民族团结、中华和谐的历史内涵。一棵无言的杨柳，承载着一千三百多年斗转星移、四季更迭，对于杨柳的坚毅隐忍，诗人并没有直抒胸臆地赞美它顽强的生命力，而是将它置于历史的视野下，娓娓道来，想象它们见证历史的不易，继而联想到它们维护团结的执着，传递友谊的贡献。在虚实结合的意境营造中，情感的表达真实含蓄，意味悠长。

史映红始终没有放弃对诗歌美学理想与诗艺价值的追求，始终在艺术形象的塑造与艺术感染力的渲染上孜孜以求。如：“一双爱的眼睛 / 苦苦默数星辰的灿烂 / 一把爱的尺子 / 苦苦丈量明月的缺圆 / 一副柔弱的双肩 / 扛起家庭内外的重担 / 一颗爱的心田，盛装了祖国万里边关”。“军嫂”这个特殊的群体，一直作为军人强大的精神后盾隐形存在，诗人的这首《军嫂》将记录的“镁光灯”聚焦于她们，成功塑造了军嫂博大、忍让的胸襟和甘于奉献、无怨无悔的高贵品质。再如：“这个普通音符 / 传唱一支不普通的队伍 / 皮带草根当粮 / 蓑衣布片做衣 / 路路喋血 / 步步铿锵 / 用一条二万五千里血染的哈达 / 把要倒下的天撑起来 / 把要坍塌的地拉起来”。这首《过六盘山》用哈达作为带有高原特征的经典性符号，形象地将一条红军革命之路与一名驻守西部边陲的战士的思索紧紧联系在一起，暗示红军精神在高原的传承与发扬，从而完成了诗歌的内涵追求。接下来，“让额头贴着大地 / 让心跳感受大地 / 用双手抚摸大地 / 用耳朵倾听大地 / 把自己放低了 / 大地就有了心跳”，全诗的最后两句是含有哲理的诗意表达，充满了悟性的诠释，意味绵长。

作为一名高原军人，史映红克服严酷条件，以苦为乐，把军营的沸腾氛围、战士的可爱、军人的忠诚和群众的淳朴在有限的诗歌里集中展现出来；同时，心怀感恩之情，以谦卑的姿态、悲悯的情怀、质朴的语言，描述了他眼里的历史、西藏和故乡，抒发了自己对历史的敬畏，对西藏的热爱，对故乡亲人的牵挂；字里行间流露出一个铮铮铁骨军人的忠诚、一个远离家乡独处高原游子的赤诚、一个不知疲惫把写诗当作吟唱的诗人的虔诚。

史映红的诗自然还有一些不足的地方。如在一些偏重于叙述的部分，受囿于事件的陈述与排列，使得“诗之为诗”的语言魅力与艺术感染力受到一定的影响。

第十三节　陈跃军、噶玛旺扎

陈跃军（1979—），笔名岳峻、晨风、高山雪鹰等，出生于山西芮城县。1997 年进藏并开始文学创作，著有诗集《飞翔的梦》《用心触摸天堂》，散文集《触摸玛吉阿米的笑》《父爱情深》。

《飞翔的梦》收录作者自 1997 年以来创作的诗作 96 首，由《故乡的风》《把心许给太阳》《西藏在诉说》《枕着你的名字入睡》四部分辑成；《用心触摸天堂》收录自 2003 年以来创作的诗作 108 首，分《阿妈的村庄》《我在每一朵雪花上刻上你的名字》《我是唐古拉山的新娘》《与诗歌同居的日子》四部分；《格桑花开——藏地诗人十人行》由陈跃军策划主编，并收录其自 2008 年以来创作的诗作近 30 首。这三部诗集分别精选陈跃军在不同时期的代表作，艺术地呈现了诗人写作的轨迹和心灵历程，也充分展示了他的创作实力、创作风格。

陈跃军以诗人的敏感，书写雪域高原赤子的内心独白，以一颗永葆青春的心，倾诉对西藏的感恩，对生活的礼赞，对民族文化的追寻和对诗歌王国的理想坚守。他的每部诗集都分辑编成，每辑皆有一个明确的主题，如“西藏在诉说”这部分，皆收录的是描述西藏、诉说西藏的诗篇；“故乡的风”“阿妈的村庄”则分别表达了思乡情愫和感恩情怀。可以说，诗人在力求恰如其分地概括个人诗歌的书写题材，以其更好地体现诗歌文本的内容和旨意。概括起来，陈跃军诗歌的思想内容大致可分为以下三类：

一、剪不断、理还乱的寻根情结。陈跃军的故乡在山西芮城，这里不仅是诗人魂牵梦绕的地方，也是他的精神故乡，更是其进行诗歌创作的灵感来源。陈跃军自十八岁进藏学习和工作，“故乡的风”一直如影相随，抚慰心灵，启迪思想。作为诗人首部诗集《飞翔的梦》的第一辑，“故乡的风”节选了《母亲的白发》《梦中的黄土地》《记忆》《麦地》等九首缅怀故土家园的作品，弥漫着强烈的寻根意识。在另外一部《用心触摸天堂》诗集中，描写故乡的作品并不多，但却让人过目难忘。开篇便写道：“城市充满了魅力 / 我依然拉着老阿妈的手 / 守望在古老的村庄”。其中，《摘掉面具吧》透过诗句，把故乡的影子揉碎在自己心里；《窗外已是一片春色》用美丽的句子书写乡土的童话；《一株小树的真情告白》以舞台剧般的巧妙告白，象征一个黄河游子对故乡的怀恋与告慰。在陈跃军笔下，故乡是诗性的，优美舒展，如一幕幕色彩迷人的油画，在遥远的雪域高原回望黄河之滨，诗人以赤子之心向故乡遥拜感恩，真挚而虔诚，抒情色彩浓郁厚重。

二、日久弥深的人生感悟。深情的生命告白，源于诗人对故乡的爱，然而，诗人并没有止步于单纯的情感流露，而是选择不断超越自己。陈跃军注重提炼字词，深化诗歌写作内涵，竭力将个人体验的人生感悟融进诗中。他赞美“流浪的太阳”燃烧自己，把一切的一切都给了别人；他“把心许给太阳”，即使变成灰烬，也要用所有的泪水，洁净太阳的光辉；他紧紧地抱住春天，让心在这迟到的温暖中歌唱（《拥抱春天》）；他“只做流星”，即使在那短暂的一瞬，也要竭尽全力，把生命所有的美好，撒满人间，在广袤的雪域高原上，虽然“梦想被现实击破，雪花一样，纷纷而坠”（《修补一面破碎的玻璃》），但他仍然坚持：“骄傲，自豪，在孤独和寂寞中，用所有的力量，拥抱一个个斑斓的梦”（《拥抱梦想》）。在诗人笔下，藏地特有的声音、颜色、气味、仪式等，都那样鲜活美好，他的心灵沉醉于高原的圣洁神秘，无时无刻不在接受灵魂的洗礼，他坚守诗歌的超拔精神，升华诗歌的精神内涵，精心呵护诗歌的精神使命。

三、孜孜不倦的西藏诉说。对于进藏十几年的陈跃军来说，藏地符号自然成为乐此不疲的诉说对象，咏物篇《天路》《藏羚羊》《鹰》《那曲的风》《阿里的太阳》《林芝的雨》《牦牛》《珠穆朗玛》等，西藏的生灵万物、风雪雨露尽收眼底；写人篇《阿妈》《西藏少女》《康巴汉子》《德吉的笑脸》《跳舞的尼玛》等，以颤动心灵的文字，悄声诉说藏地儿女的离合悲欢，浸透着诗人对藏民族的敬仰；记事篇《三口一杯》《打青稞》《下乡归来》《藏北之恋》等，由衷赞美了雪域高原的劳动美和人性美，牧区日常生活气息扑面而至；诗人斜扶挂在山上的夕阳，手捧西藏原野上的残雪和雅砻河里的破冰，怜惜奔跑觅食的山兔野羊，游走在深绿的树林和藏族村庄的寒舍，和百姓一起怀念那些熟悉的歌声，在残缺的美丽中品味高原清纯的笑……这一切人物和景象，都被他收入诗歌的王国。诗人不断从博大的藏民族文化中汲取营养，聆听西藏，诉说西藏。

此外，陈跃军的诗也处处流淌着浓浓的“情意”。写风花雪月，但他的风花雪月深沉含蓄，“佛音袅绕 / 找不到回家的路 /……憩息在金顶上 / 泪流满面”（《强巴林寺的灯光》）；写小桥流水，但他的小桥流水扑朔迷离，“独木船驶不过繁星簇拥的银河 / 鲜奶流满了枯黄的草原 / 拉长的影子不会游泳 / 牧羊犬想唱一首深情的歌”（《牛奶一样的月光》）。《枕着你的名字入睡》和《我在每一朵雪花上刻上你的名字》两辑都是抒“情”的集合。

《盼着你的来信》《那个春天》《无语的冬天》《遗失在风中的祝福》诸篇诗，分别从不同的感情层面抒发诗人对爱情的渴望，对友情的歌唱，对生活的热爱，他的抒情诗歌在浸透着真情、虔诚、祈愿的美好音韵中，尽情外露和溢淌着一个实践者对情感世界的执着探索。

陈跃军的诗歌大多采用直白的表现方式，不追求奇谲的意象，远离繁华绮丽、颓废狂欢的语言，始终追求一种朴实真挚的写作风范。这种质朴的诗风，使得他的作品清新朴素、淡雅可亲。《故乡的风》一篇便以感情真挚，结构匀称，语言清新，意境悠远的艺术特色制胜，堪称佳作："故乡的风 / 总是在想家的时候刮起 / 夹着油菜花的亲切 / 把我 / 醉倒在没有芬芳的异乡……故乡的风 / 总是吹乱母亲的白发 / 带着我的思绪回家 / 让我 / 望着明月"。这首诗，从不同层面展示思乡的情愫，构成了一支"归去来兮"的迷人歌谣；油菜花的芬芳，裹着熟悉的炊烟，伴着牛粪燃烧的清香，乡村的淳朴形象历历在目，字字真切，句句深情，悲而不哀，酣畅淋漓，看似平淡无奇，却由于诗歌节奏的明快和诗人内心的丰盈，呈现出特有的开阔与激越。

高原特殊的地域环境和人文风俗也同时造就了陈跃军诗歌厚重、沉郁的一面。这一特征在诗集《用心触摸天堂》中体现得尤为明显，写作取向由以往的纯情言说演变为对生活真谛的探寻，从过去主观情绪的抒发过渡到客观世界的感应，"阿妈的村庄""流泪的酒杯""佛光的眼泪""燃烧的鲜花""颤栗的野花""吻过的天空""被寂静划伤"和"黑夜中我必须睁着眼睛"以及"窗外已是春色一片"等，诗歌中所选取的意象群落，闪烁在"茶马古道上"和"世界的最高处"，照耀着"春天最美丽的花朵"和"唐古拉山的新娘"，《我走进一座寺庙中》心灵的告慰，《等待》时动情的执着，《光辉》中悲壮的朝拜，以及诗人眷恋故乡，却永远找不到回家的路的对立，感情沉郁、思想厚重，从深邃的生命意识和庄严的民族文化仪式里，表现了诗人对民族文化的热爱与追寻。

此外，诗人由表及里，将单纯的歌唱和执着的倾诉沉淀成充满哲思的构想，并投入广阔的立体空间吟唱，从而达到旷达的人生与自然的高度契合，实现诗歌意蕴的升华。如：“常常希望是永远的黑夜 / 梦可以继续做下去 / 常常希望永远下雪 / 雪可以掩盖所有的现实 / 可梦还是梦 / 雪还是雪 / 白天还是要来 / 雪还是会融化”。这首《梦雪》借助景物描写和生动形象的比喻，从一种人们熟视无睹的小事物、小景象中反映出大主题，鼓励身处黑暗的人勇敢寻找光明，让读者感受到诗人对现实生活的无奈和不懈追求。另一首《消逝，在你的无言中》：“夺目耀眼 / 在你的光芒里 / 我在时间的深处 / 兴高采烈 / 在你的普照中 / 我在你的影子里……春去冬来 / 在你的眼神中 / 我捕捉的全是不知道的来生”，通过前后的强烈对比，突出表现了时光流逝、世事无常的人生真相，吁求人们珍惜生命、热爱生活，切莫虚度光阴，散发着哲理的光辉。

作为一名年轻的歌者，陈跃军的个别作品结构松散、意境挖掘不深，似乎深情有余、张力不够，表现手法稍显单调和陈旧，题材内容也有待进一步开拓与创新。

嘎玛旺扎 (1979—)，出生于西藏山南措美县。2002 年毕业于西藏大学汉语言文学系，任教于山南地区第一高级中学。2000 年开始文学创作，2007 年和诗人扎西朗杰共同出版藏文诗歌集《绿色之梦》。2010 年翻译出版《一棵倒长的魔树》（汉译藏）。2008 年开始汉语诗歌创作。诗歌集《绿色之梦》曾获山南地区文学创作奖。

嘎玛旺扎与他人合著诗歌集《绿色之梦》，共分四辑。第一辑“赤诚的哈达”，收录了早期创作的短诗《一次次醉酒之后》《唱起歌来》《贡布山的命运》等；第二辑“生活涟漪”，收录了《月牙儿》《小妹》等诗歌。《月牙儿》运用了象征手法，表现了诗人积极向上的生活态度；第三辑“鸳鸯的悲与喜”以情诗为主，《别离》《远方的情歌》等抒发了青春年华诚挚的情怀；第四辑“狂人牢骚”，收录了《狂人牢骚》《刺痛》《秋之老树》等现实主义诗歌，对诸多社会现实进行了理性的反思。写实散文《记忆中的雪山》记录自己在西藏大学以登山队员的身份参加中日大学生联合攀登古拉冈日的经历，也是难得一见的西藏登山题材的作品。

嘎玛旺扎的诗歌创作数量不多，但其中一些作品颇具特色，具有鲜明的艺术个性，是西藏当代文坛上新生代诗人诗作中的优秀之作，为新世纪以来的西藏诗歌创作提供了新的审美景观。嘎玛旺扎的诗歌创作大致呈现出了以下几个方面的题材取向和审美特征。

首先是对农牧区生活景象和农牧民精神心理的描摹与刻画。嘎玛旺扎诗歌创作的主要描写对象都集中在农牧区，他的诗歌可称之为乡土诗。他的诗歌通常运用直白、朴实的语言，以充满深情的笔调描画农牧区的生活情状，表现西藏乡村民众的心理意识和精神状态。其中引起读者广泛关注的田园诗歌《农村组诗》，以清新自然的风格，用真挚强烈的情感书写乡村景象，给人身临其境之感，既很好地表现了西藏山南地区别样的农村风光，同时也表达了诗人渴望远离城市的喧嚣，寻找自己渴望已久的平静生活的精神追求。嘎玛旺扎对农牧区生活情状的描写，最值得关注的地方还在于对农牧民心理意识和精神世界的描摹和表现。在此维度上，他的诗歌并不以外在的写实为主，而是以情感作为诗歌的内在逻辑线索，以此展现生活在广袤土地上的民众的精神侧面，并表达诗人对辛勤劳作的民众的深切体恤与同情，以及对他们坚韧的优秀品质的赞美。《晨曲》《我的牦牛》《耕种农人的希望》这几首短诗就是具有此种取向的代表作品。这几首诗歌以乡村牧区为表现对象，但既不是田园牧歌式的浪漫吟唱，也没有细致入微地描绘劳动场面。而是以虚写入手，着力表现乡村牧区民众与大自然建立起的某种关系和由这种关系所决定的某种心理意识或精神意念。《晨曲》揭示的是农牧民对雨水的渴望与祈求。对于靠天吃饭的农牧民来说，风调雨顺意味着一年的辛苦劳作有望得到应有的回报，如果遭受干旱的侵袭，那就面临着收成的折损，甚至一无所获。因此，从开始耕耘播种的那一刻起，农人们就盼望着能够天遂人愿。这是他们最基本的愿望，也是他们最大的渴求。诗人很好地捕捉到了农人们的这一心理欲求，以朴实简练的语言进行了艺术化的表现。诗歌以“我”期盼听到鸟儿的叫声写起，联想到父亲因干旱而焦急的心情：“父亲像热石块上的蚂蚁 / 在干旱的季节仰望伫立”。正因为联想到父亲因干旱而焦急的心情，诗人的思绪才飞跃到了故乡的山水间，他与父亲息息相通，也在盼望着听到雨水的消息。所以，每天清晨诗人都要去认真倾听那只鸟儿的歌唱声。终于在“今天一早有只鸟停在我屋檐下 / 告诉我故乡下雨了”。诗人为此而感到由衷的喜悦，他的思绪又一次飞跃到故乡，但此时的情景却变换成了另一番景象，鸟儿“风尘仆仆带来的消息 / 让我快乐地怀想 / 田野上涌动的麦穗 / 父亲那灿烂笑脸 / 还有在山半腰发呆的云雾”。这首短诗以鸟儿传递信息为叙事和情感发生转变的关键点，通过这次转变，以看似平常的表达方式表现了乡村农人的心理意识，把他们的心理渴求与现实生产紧密相连，相当真实地揭示了乡村农人生活情状的一个侧面。整首诗并没有任何写实成分，诗歌内容的展开依据的是诗人个人的生活体验和心理感受。这种以虚写实的方式，一方面描绘了西藏乡村生产劳动与自然气候之间的直接关系；另一方面也很好地表现了诗人对乡村生产的关注，对普通劳动民众的关切与同情。

《我的牦牛》《耕种农人的希望》也以农牧区为描写对象，但更倾向于表达诗人的乡村情怀。两首诗都以高原生产活动中具有重要使用价值的动物——牦牛为核心意象，通过抒写它们在农牧业生产活动中所发挥的重要作用，讴歌颂扬它们吃苦耐劳的高贵品质和不求索取的奉献精神。《我的牦牛》主要表现牦牛对于牧人生活的重要性，侧重于从宏观角度入手展开描写，“铃铛随着伟岸的身影摇摆 / 风雨无阻一路向前 / 驮着帐篷寻找丰美的生活 / 将牧人的未来扛在肩头”。短短几行，形象生动地刻画了牦牛的形象特征和它们在牧区现实生活中的重要性。接下来，诗歌描述了牦牛忠于牧人，竭力为自己的主人劳作奉献的高贵品质和二者和谐相处的美好景象。“读懂那一声熟悉的口哨 / 遵从主人的方向 / 嘹亮的牧歌里悠悠品尝青草的甘甜……”、“生活继续 / 奶渣 酸奶 酥油 牦牛肉 / 牧人脸上的笑 / 在城市最喧嚣处绽放”。《我的牦牛》以写意手法，塑造牦牛形象，并表达诗人对高原上牦牛与人之间构建起的和谐关系的由衷颂扬。与《我的牦牛》相比，《耕种农人的希望》把写实与写意相结合，更为饱满丰润地表现了牦牛在高原生产活动中的重要作用，同时也表现了牧民对牦牛的珍惜与爱护，以及拥有牦牛的喜悦与自豪，二者构成了一幅和谐完满的农家乐图画。“春耕时装点得如同出嫁的新娘 / 酒献给你是献给了春天 / 主人熟悉的吆喝声中 / 犁铧在背后写满希望 / 一垄垄是你温顺的脚印 / 铃铛在田间地头唤醒沉睡的大地”。农人对牦牛的喜爱，牦牛对主人的忠实，这是乡村迷人的景象。它蕴含着希望，它孕育着丰收。这两首诗捕捉了高原牧区最为典型的生活景观，以朴实的语言描绘了牦牛与牧民之间相互依存的和谐关系。在情感指向上，它们与嘎玛旺扎的其他书写乡村的诗歌一样，表达的是诗人对乡村牧区的深切关注和对它未来美好生活的憧憬。

嘎玛旺扎另一类值得关注的诗歌是对故乡家园的描绘与赞美。此类诗歌中的故乡，并不仅仅指在其乡村书写中提及的农牧区，而是指整个西藏。在嘎玛旺扎的笔下，这个家园更多的是精神意义上的家园。由于此，诗人笔下的西藏不再是乡村书写中那个由现实形体山水草木、牧人牦牛所构成的客观存在，而是带有强烈的形而上意味的意念化存在。此时出现在诗歌中的意向，比如雪山、蓝天等，只关乎灵魂、精神、天堂等这些抽象的概念。西藏，不仅仅是诗人寄存肉体的地理空间，更是诗人寄托精神的所在。《西藏——我心灵的家园》就是对这种精神意念的直接书写。“它，静静地躺在世界的最高处 / 它，默默地写着心灵的美丽 / 雪山，伫立在它的周围 / 如同祖先纯洁的心灵”、“西藏，我心灵的家园 / 脚步轻盈灵魂宁静 / 在西藏，我像触摸着天堂 / 在西藏，我似乎牵着天使”。从表面看，西藏是有形的，雪山、蓝天就是其呈现给外在的物理形态；但它的有形并不仅仅是客观物质层面的，而是对诗人精神意念的具象化。它的形状体貌是对诗人精神家园的形象化表述，是充满象征意味的艺术符号。诗人通过那些具有地域特征的具体物象，生动地揭示了西藏作为个人精神家园的特征和意义，由此也表达了他对故乡家园的深情厚爱。《在灵魂的最高处》表达的是与《西藏——我心灵的家园》相同的主题，但题材选取倾向于宗教物象，这同样是具有地域文化特色的书写。诗人借助宗教物象，指出精神追求对于现实存在的重要性。如果说上面两首诗歌重点在于描绘西藏作为心灵家园的性状特征；那么，《一路向雪》则是诗人坚定而执着地追求精神世界的充实，不断靠近心灵家园的一次内心宣告和信念表决。它表达的是诗人的一种精神渴望与生活态度，“一路向雪 / 一路洁白如雪 / 我在雪域行走”，这是诗人认定的方向与所要追求的精神目标和境界。

嘎玛旺扎的诗歌也有一些把目光投向日常生活，表达诗人对普通生活现象的感受和体悟。这类诗歌感情真挚，充满伦理亲情，具有感人的艺术力量。《奶奶的鸟群》描绘无所欲求的奶奶在为众生祈祷的时候，与小鸟们结下的深厚“友谊”。虔诚、善良的奶奶常常用食物来喂养飞进院落的小鸟，可爱的小鸟把院落当做欢乐的家园，而它们的歌声也为奶奶带来了快乐。这首诗撷取生活中最为平常的一幕，用轻松欢快的语言勾勒了一幅祥和自在的生活图画。尤其是奶奶这一形象的刻画，揭示了传统文化浸淫下老一辈人的生活情状。《拉萨醒来》把目光投向拉萨的一角，以点带面的表现方法，展现了清晨拉萨的繁忙景象。整首诗歌既充满了都市生活气息，也具有强烈的地域文化特色，很好地呈现了拉萨这一传统文化气息和现代化色彩相融合的城市的鲜明特征。当然，这首诗的用意并不在于表现拉萨的现代气息和勃勃生机，而在于对追逐物质利益而忽略精神世界的生存方式的温和批判。这种诗歌题旨与嘎玛旺扎一贯的精神追求是一致的。生命的质量在于精神品格的高下，而不在于拥有多少物质资料和获得多少物质享受。这种生命观在其诗歌《构想未来》中表现的相当突出：“青草蔓延天边 / 让夏季铺满笑颜 / 日子再慢些 / 让老人多回忆青春的际遇 / 脚步再慢些 / 让路人欣赏沿途的风景”。朴实直白的语言表明的是富有哲理意味的朴素道理：生命的意义不在于你得到了生命，而在于你如何去欣赏你所遇到的生命景象。

除上述几种题材的诗歌外，嘎玛旺扎还在儿童题材的诗歌创作上颇为用力，多年来创作了大量此类诗歌作品，出版儿童诗歌集《小雪人》。由于长期工作在教育第一线，对西藏教育有着一定的了解。嘎玛旺扎开始为儿童教育做一些力所能及的事。他认为创作儿童文学，为儿童提供有益的阅读文本，是其中极为重要的一种教育方式。鉴于此，嘎玛旺扎开始尝试儿童诗歌的创作，试图填补西藏没有儿童诗歌的空缺，并希望借助文学来传承优秀的传统文化。由于此，他开始重新关注西藏的风土人情和历史文化，阅读了大量民间传说、故事、谚语、格言，以及关于西藏民俗的书籍，也深入了解了儿童游戏、儿歌。将一些积淀在传统文化中的美好的东西呈现给下一代，从而达到文化的传承和发扬。在题材内容方面，也是更多地展现西藏风土人情，兼顾农区和牧区不同生活，努力充实内容，以此来达到完美地表现西藏的目的。同时，从孩子的角度看待世界，努力让作品所反映的内容适应藏族孩子的心理。创作手法上，多运用想象、联想、夸张、拟人等手法，从而使诗歌充满童趣。体裁上，在自由诗歌的基础上增加格言、格律诗歌等西藏传统诗歌格式。嘎玛旺扎的《小雪人》，不但丰富了当代西藏诗歌的审美内涵，也在一定程度上丰富了我国儿童文学的园地。

第十四节　沙冒智化、永中久美、次吉拉姆、洛桑更才

沙冒智化（1985—），原名智化加措，出生于甘肃甘南卓尼县。曾就

读于吉美坚赞福利学校、甘肃师范学院（后退学），鲁迅文学院第十一期少数民族文学创作班。2001 年开始进行诗歌创作。出版散文集《担心》、诗歌集《梦之光斋》《月光的纽扣》《掉在碗里的月亮》。曾获第三届《达赛尔》文学奖、首届“吐蕃诗人奖”全国藏汉双语诗歌奖、第九届西藏新世纪文学奖。

沙冒智化用藏汉两种语言创作。他的藏文诗是他诗歌创作起步阶段的尝试性作品，但他的诗歌创作在起步阶段就有着很高的起点。一方面是因为它对诗歌艺术有着真诚的热爱与特殊的敏感；另一方面他对藏文化有着广泛的涉猎和深刻的认识；同时，还因为他有着丰富独特的生活积累。在用藏文创作诗歌的年轻作家中，沙冒智化的诗歌既具有浓烈深厚的传统文化意味，也具有强烈的现代生活气息。沙冒智化的汉文诗歌创作起步较晚，但起点依然很高。凭借着之前在诗歌创作方面的艺术积累，对个人生存境况的深入体验，以及对个人情感世界的深度挖掘与真诚大胆的揭示，加之诗歌语言、诗歌意象的精心推敲和着意组合营构，他的汉文诗歌呈现出了与众不同的精神气质和艺术个性。在中国诗歌界获得了很高的赞誉。

沙冒智化的诗歌创作是一种极为个性化的精神实践和情感表达。他的诗歌关注个人精神世界的细微幽深之处，关注个人情感心绪的隐秘波澜。他的诗歌对个人精神世界的开掘、剖析与呈露，对个人情感心绪的捕捉、描述和表现，达到了令人战栗的尖锐和出奇的新颖。他的诗歌能够让人体味到个体生命在自己不可抗拒的洪流中，所承受着的无法躲避的伤痛。这种伤痛无关乎其他外界因素或生命之外的外力，而仅仅来自生命的本能，或者说是人之为人的一种特质。沙冒智化的不少诗歌都有这样的题旨和意向，如《转身》《听雪》《天边的蓝》《冬至那天》《冬季》《赏夜》《明天》《倾听》等。其中《赏夜》可视为代表性的一首。

我只需要一片蓝天 / 和，一亩田地 / 能种下文字和你的声音 / 足够我的痛感埋在这个尘世间 / 再添加一片绿地 / 让痛化为一朵蓝色的花 / 献给蓝色的梦 // 我闭上眼看到夜空流出的泪水 / 滴滴钻入红尘，从身体里变成铁刺 / 扎痛我的灵魂 // 假如我会睁开眼睛不会闭眼 / 我会看不到黑夜 / 你不必担心我看到你 / 我看不到光的缝隙 / 我只看到泪水 // 世界就是自己的心 / 心不是世界 / 爱是生命的遗产 / 假如我死了 / 我只是长在风里的一块石头 / 你能放下自己 / 不许流泪

这首诗大致描述的是某个夜晚，诗人的一次思绪波动与生命思索。在诗歌中，诗人明确地表达了自己内心所追求的生活方式——我只需要一片蓝天 / 和，一亩田地 / 能种下文字和你的声音 / 足够我的痛感埋在这个尘世间 / 再添加一片绿地 / 让痛化为一朵蓝色的花 / 献给蓝色的梦。作者渴望一种“诗意”的生活，一种诗意的生活方式。但他同时也非常明白，这种“诗意”和诗意的生活方式可能只是一种理想、一种梦想。因为即便是在夜里，即使自己闭上眼睛，也依然能够看到“夜空流出的泪水”，它会变成铁刺，扎疼“我”的灵魂。这是诗人在夜晚这一特定的环境中的真实感受。“夜晚”这一意象的选择本身包含着丰富的内涵，它暗示着诗人渴望能够在相对宁静的氛围中静静地体味人生，思考人生，感悟生活。同时，“夜晚”还可能意味着一种不能排遣的压抑和沉重。这也许就是为什么诗人会说看到“夜空的泪水”的根本缘由。这首诗歌最值得体味的是，在诗中构建了一种看上去带有矛盾冲突性质的情景：对理想生命状态的追求和这种追求的难以实现之间的对立。诗人的灵魂之痛正源于此。当然，作者并没有因为灵魂承受伤痛就放弃世界、厌烦生命，而是以一种坦然、乐观的心态去面对它。这就是诗歌把题目定为“赏夜”的含义所在。无论生活现状如何，无论生命有过多少伤痛，都需要去严肃、认真、坚强地面对。诗歌结尾处情感基调的转换，就是这种态度的表达：世界就是自己的心 / 心不是世界 / 爱是生命的遗产 / 假如我死了 / 我只是长在风里的一块石头 / 你能放下自己 / 不许

流泪。这是作者对自己的警示，也是安慰和鼓励。

尽管沙冒智化的诗歌表现的是一种极为个人化的精神状态和情感心绪，尽管他的诗歌中表达的东西来自个人的生命感受、生命体验和人生感悟，但他的诗歌所表达的精神意念和情感心绪又是超越个人的，它们是人类共同具有的一种精神现象和情感心绪。如《对天发誓》中描绘的情景：

我相信明天会有太阳 / 我相信云彩会聚集在你的课本里 / 我相信地狱的存在 / 我相信自杀后的幸存者 / 我相信她还爱着别人 / 我相信上帝的妻子是个寡妇 / 我相信核弹是天堂的礼物 / 我相信人类不会绝种 / 我相信佛祖抛弃了妻儿 / 我相信轮回的意图 / 我相信来自信仰的统治 / 我相信诅咒的来源 / 我相信躯体里能种植灵魂 / 我相信明天会更好 / 我相信安拉不是战神 / 我相信食人的事实 / 我相信死人 / 不会死光

诗歌以类似排比的方式，列举了许多包含着矛盾意味的存在现象。诗人以坚定的口吻，表达了自己对这些现象的认同。这种认同折射出的是作者对世界存在和个人存在的一种认识和理解，这种认识和理解又映射出诗人对生命存在中悖谬境况的深刻体验。毫无疑问，沙冒智化的这种体验，是一种具有普遍性特征的生命体验，我们每个人都能够体验到这种充满矛盾冲突的生存状况。无论是精神层面，还是现实生活层面，这种境况都普遍存在于每一个人的生活中。

沙冒智化的诗歌在艺术表现上有一些值得关注的取向。首先是诗歌语言的新颖奇崛。为了表达个人独特的审美体验，也为了用独特的方式把个人独特隐秘的生命体验表达出来，沙冒智化的诗歌语言非常讲究遣词造句。他常常选用一些打破常规的词语搭配方式，把看似司空见惯的词语组合连接到一起，试图来借此表达似乎难以言说、无法名状的生命体验和人生感悟。这种艺术追求，使其诗歌语言显得新颖奇崛，给人出其不意的冲击感。如《听雪》中的一些词语搭配组合。

今夜我在假装听雪 / 把我的心跳声留在你的体内 / 躺在生长着的风与石头之间 / 我看见太阳的后背印着夜的灯光 / 链在明天的时光里 / 我扶着你种在一幅画里养伤的身体 / 骑着窗外的水流声，与你拥吻 // 傲立在水边的碎草与我吹响风笛 / 我未能听到下雪的声音

这首诗中出现了“听雪”“生长着的风与石头”“太阳的后背”“夜的灯光”“种在一幅画里养伤的身体”等诗歌语言，它们的组合、链接突破了语言表达的常规逻辑，显得很尖新、奇诡。诸如此类的语言表达在沙冒智化的诗歌中是一种常见的现象。这种语言表达不仅仅带来的是词语搭配上的新颖、奇崛，它们也蕴含着作者独特的体验和感受，因此它们带给读者的不仅仅是一种表面上的冲击，还有对生命存在范畴的扩大和深化。沙冒智化诗歌艺术上的另一个明显取向是意象的新颖与特别，这与他诗歌语言上的新颖、奇崛有着直接的关联。从形式上看，诗歌意象其实是语言建构起来的，新颖、奇崛的诗歌语言，自然营造出新颖、独特的诗歌意象。新奇、独特的诗歌意象的营造，无疑会丰富诗歌的审美意蕴，开辟开阔的审美空间，为诗歌带来无穷的韵味。

沙冒智化的诗歌由于过分追求语言表达上的新颖、奇崛，也造成了其诗歌意境的晦涩、艰深；同时，由于情感表达和思维逻辑转换上的过分跳跃闪动，也使得他的诗歌给人一种朦胧迷茫的碎片感。

永中久美（1985—），出生于西藏日喀则谢通门县。中国人民大学哲学硕士，生活居住于拉萨。出版诗集《幽闭之窗》。

永中久美的诗歌大多篇幅短小，但内涵饱满，诗歌内部充满张力，时时闪现、跳跃着思想的火花，往往能够把读者引向思索之中，使人喟叹生

命的难以把握、历史的曲折难测，感受心绪的瞬息万变、情感的幽怨深邃，同时体味宇宙、生命、存在的永恒和短暂。总体来看，永中久美的诗歌有以下几个比较显著的审美取向和主题意向。

永中久美的一些诗歌具有鲜明的思辨色彩，显现出很强的哲思意味。永中久美诗歌中的思辨色彩和哲理意味，大多是通过对日常生活中司空见惯的现象的描绘和质疑显现出来的。如《文明与暴力》："随手打开电视 / 看到了美国 WBC/ 两个黑人拳头相向 / 眼里充满愤怒与暴力 / 一个节节败退，无力还击 / 一个挥舞着拳头，不肯罢休 / 台下的看客们——穿着得体的西装 / 同样也挥舞着拳头 / 叫好、抱怨、叹息。/ 这让我想起古罗马角斗场 / 尊贵的看客们兴奋地激怒着斗士 / 说道：'为了尊严而战吧'"。这首短诗描写的是人们熟知的体育娱乐节目，牵引出的却是"文明与暴力"这样的重大问题。人类历史始终朝着"文明"的方向前行，但现实情形似乎并不是如此简单。也许变得"文明"的是物质方面的东西，而人的精神世界、观念，甚至情感欲望不一定变得文明，要不然娱乐化的体育节目也就不会如此充满"血腥"和"暴力"，也不会有那么多观众疯狂地呐喊嘶吼，在"欢呼"声中得到野性的满足，像中了魔似的。这种情形很容易让人想起古罗马的角斗场，那里只有残杀，它表现的是人类野蛮的一面，没有文明可言。如此看来，人类社会的文明进步到底意味着什么呢？在人类追求文明的进程中，精神世界里"邪恶"的一面并没有"文明化"，只是以一种看上去堂而皇之的方式得到满足和释放。这首短诗描绘的现象在现代社会极其平常，且总是以冠冕堂皇的理由和名目存在着。诗人从这些不被人注意的娱乐现象中看到了"文明"与"暴力"的悖论关系，经过诗句的排列演绎，表达了人类社会存在的深刻问题，从而使得诗歌显现出形而上的哲理意味。

如果说《文明与暴力》在主题表达上是显性的，诗歌比较直接地传达了作者的存在之思和文明之惑；那么，永中久美的其他一些类似的诗歌相对含蓄委婉，多以象征或暗示的手法来表达作者的思考与追问。如《你在写什么》：“他说，你总是在写，究竟写什么 / 我不知道该如何回答 / 如果说在写我们那些变化多端的把戏 / 他会开始停下来愕然 / 甚至不会跟我坦诚相待 / 于是，我笑着说，我只是无聊 / 打发这些该死的颓废岁月”。这首诗描述的是两个人之间的对话，显在的意旨很清晰，讨论的是关于写作的意义，或者说讨论的是为什么要写作的问题。对方无法理解“我”写作的意义，而“我”又不能做出合理信服的解释，只好尴尬地敷衍了事。但越过表象，我们会感觉到，这首诗其实描绘了一种无奈、尴尬、滑稽的生存情形。首先，每个人所经历或所做的事，尤其是那些与众不同的事，往往是无法获得别人的完全认同和理解；可人们交流时，却又不断努力要达成共识，由此难免出现尴尬、滑稽的情形，从而导致不知道如何应对。其次，即使是个人的内心深处，对自己所做的事或面对的事情，也会充满疑惑，要不停追问其中的意义，人由此始终处于矛盾的状态中。这首诗歌通过象征手法，以“写什么”来暗示或意指生活中追问意义的尴尬、滑稽，以及人内心无法根除的困惑与挣扎。

除表达生活哲思和生命体悟外，永中久美的部分诗歌是描写西藏名胜古迹的，属于咏古抒怀之作，借此表达了诗人的文化情怀。永中久美的这类作品，在西藏当代诗歌创作中比较有特色，因为诗人善于在对历史陈迹的描述中，表达对历史的诘问和反思。这类作品主要有《桑珠孜城堡》《仁钦则城堡》《紫金城堡》《凝注寒风的朵吾宗》《彭措林之殇》《尼玛塘寺遗址》《楚布铁桥》等。《尼玛塘寺遗址》可算作是此类诗歌中的代表性诗作。“一座辉煌的寺院 / 顷刻间被推倒 / 人们疯狂地抽木刮金 / 后来只剩下一群土拨鼠，/ 和一地糜烂的五谷 // 这让我想起一双手——/ 布满裂痕、骨节粗大 / 神明之外的‘创造者和毁灭者’ / 指尖却系着玩偶的绳索 // 今天，举目四周 / 只剩下废墟——/ 岁月之刃切割的棱角 / 看透盛衰之后的沉默。// 站在尼玛塘的斜阳下，/ 突然想起逝去的爷爷——/ 银发、慈祥、沉厚。/ 他与这些废墟有着某些相似的气质”。诗歌并没有依照史料记载，描绘、刻画尼玛塘寺昔日的模样，也没驰骋想象幻化出历史陈迹的过往，而是直接面对今日的“废墟”，直陈寺院被毁坏的历史悲剧，表达了对历史运动的质疑与反思。

永中久美诗歌中还有一类是赞美西藏山水风景和描写自然风物的。对山水风景和自然风物的赞美和描写，浸润着诗人浓郁的家园情怀，同时也寄托着自己的精神渴望与深沉心绪。因此，永中久美的这类诗歌不能看作是纯粹的景物诗，而是借景抒情、托物言志的诗作，是表达诗人家园情怀和精神寄托的诗篇。如《山居岁月》就是这类诗歌中的代表作。“停止所有思绪 / 像清凉的山泉 / 顺势流淌——/ 遇到阻碍就绕越 / 碰到高低就填满 // 离开电脑和手机 / 我如最初的先民 / 尊崇自然，善待灵魂 / 在石头斑斓的秘境中 / 寻找内心之马”。这首诗歌描写乡村山林中的一种生活情状。这既是一种实写，也是一种虚写。在西藏山林乡村，与外界的联系发生了变化，处于封闭状态，人们的生活似乎回到了久远年代，无拘无束、散漫轻松，过着悠然自若的生活。这大概是作者曾经驻留过的乡村所具有的真实生活境况。在这种境况中，诗人真切地感受到了内心久已渴望的一种生活境界。但这种生活境界在诗人的社会性生活中，只能隐藏在精神世界，作为一种“虚幻”的东西存在着。这首诗歌正是通过呈现不同环境中真实与虚幻两种生活境界，表达诗人渴望宁静，脱离纷扰，让精神栖息，让心绪飞扬的生活状态。在作者看来，这种理想的，带有浪漫色彩的生活境界，只有融入大自然之中，才能获得。

永中久美的另外一些诗歌是描绘日常生活中的见闻与感受的，其中以自己工作生活的拉萨为背景的诗作居多。这类淡化了哲思意味、多了些生活气息的诗歌，体现了永中久美诗歌创作的另一种审美取向。这类诗歌语言朴实，情感纯净，展现了拉萨社会风貌的某些侧面，表现了诗人对周围生活的观察与体味。

次吉拉姆（1987—），女，笔名多思拉姆，出生于西藏拉萨。2007 年考入西藏藏医学院，2011 年毕业后任职于拉萨北京中学。次吉拉姆主要以藏文从事创作。2005 年发表抒情散文《草原的姑娘》和《期待的月亮》。著有诗集《藏家姑娘》。2011 年获“祥母文学奖”优秀奖。

次吉拉姆的诗歌创作取材较为广泛，爱情婚恋、文化现象、历史人物、自然现象等都有所涉及，其诗歌的主题意向也表现出了多元化的取向。但综观次吉拉姆的诗歌创作，在以下几个方面显现出了她较为显著的艺术取向和审美特征。

首先是她的诗歌很多时候表达的是其渴望超越现实物质羁绊的精神追求，也就是说，她把诗歌创作当做自己人生精神追求的一个重要方面，始终通过诗歌来激励、提示自己去追求一种超越世俗羁绊的生活境界。她的这种精神渴望与期待，在其不同的诗歌中有过程度不同、或明或暗的表现，而最为集中的是《我愿做诗人的妻子》这首抒情言志的优秀诗作。在这首诗中，抒情主人公毫不掩饰地表白，自己愿意做诗人的妻子，渴望成为诗人。为什么执意要做诗人的妻子，并渴望成为一位诗人呢？那是因为，诗人是能够为这个看上去并不圆满的世界带来诗意和温暖的那类人。“诗人 / 在有鲜花和雨水的季节 / 你会在这人间奏响 / 被甘露淋醉的诗韵 / 在风雪弥漫的时候 / 你会在人间做出充满暖意和真诚的 / 诗之慰藉”。这就是诗人特有的价值，他们的存在使得原本存在着缺憾的世界多了一份祥和与温暖，这是诗歌的独特意义，它们让冷峻的世界多了一份柔和与韵味。这就是“我”愿意做诗人的妻子的根本原因，也是“我”愿意成为一个诗人的根本原因。很显然，这首诗以“诗人”和“诗”为喻体，把“诗人”和“诗”看作是美好品质、纯洁情感和生命理想境界的象征。抒情主人公“我”以此为追求目标，努力向这个目标靠近。诗歌以朴实的语言表达了自己努力接近目标的心愿和意志，“我也 / 时时刻刻都想做一名诗人 / 更想做一名诗人的妻

子 / 诗人，我愿意从这间静谧的小房子里 / 找寻人世间的笑声 / 找寻人间的美丽”、“如今 / 我不愿意离开诗 / 更不愿意离开诗人 / 我愿做诗人的妻子”。这就是“我”的内心追求和渴望。通过这样毫无掩饰的表白，抒情主人公表达了对生命存在理想境界的憧憬与渴望，以及执意达到这一境界的决心。如果说《愿意做诗人的妻子》是通过象征和比喻的手法，借助“诗”和“诗人”来表达作者追求美好生活和理想的生命境界的精神追求；那么，《返程途中的思绪》则通过缅怀故人来表达这种精神追求。《返程途中的思绪》以诗人途经西宁时想起藏族历史文化名人而有所感怀，借此抒发自己对历史文化名人的崇敬之情。这首诗直接的用意自然是在表达诗人对历史先辈们对民族文化作出巨大贡献的颂扬和敬佩之情，但同样蕴含着诗人愿意追随前辈们的足迹，去追求精神世界的富有和满足。尽管诗人因为时间紧迫，没有让自己祭拜前辈的心愿得到充分满足，但早已把那块被雪水洗濯干净的土地揣进了怀抱。

次吉拉姆的诗歌还蕴含着一种豁达乐观的生命观和生活观，表现了诗人对自身与宇宙万物关系抱有的开放的心态和辩证的认识。比如《艳美的花》一诗表达的就是诗人所持有的这种豁达乐观的人生态度。再美丽鲜艳的花朵，都会随着季节的变换而凋零萎落，任何力量都无法阻止这一自然规律。面对这种无法违背的自然规律，面对自己喜爱的花朵的凋零萎落，即使内心多有不舍，即使感到失望和伤感，但正确的态度只能是坦然面对。因此，尽管诗歌中流露的情感带有掩饰不住的伤感与失落，但诗人还是以积极乐观的心态接受了“残酷”的现实。“一枝花，鲜艳的一枝花 / 把生命所有的美 / 不得不归还大自然 / 从昨天到今晨 / 花瓣一片一片 / 没有痛苦和呻吟 / 掉落在地上”。美丽的花朵把自己归还给大自然，是为自己寻找到的最好的归宿，因此它们没有“痛苦和呻吟”。这是对自然规律的真实描述，也是诗人个人生命感悟和人生观念的艺术化表达。尽管暂时不能有春天的芬芳和夏日的缤纷，但感伤和失落不会长久，在冬季的等待里，生活之梦中已经孕育着新的希望与生机。这是诗人对人生变化与宇宙万物关系的真切体认。如果说《艳美的花》通过鲜花随着季节的变换而凋零萎落，以比较委婉含蓄的方式来表达诗人对大自然规律的坦然接受，对人生得失的豁达态度；那么，《不属于我》则用直白明确的方式来表达诗人的这种认识和态度。“很多事物 / 不属于我”，这是诗人对自己人生的认识。诗歌一开始就明确地告知自己，这个世界上有很多事物是不属于自己的。这表明，在诗人的思想意识里，早就对此有着清醒的认识，并在生活中坚持以这样的态度看待人生得失。在诗人的认识中，即使心中期待着许多，渴望获得很多，但总有许多事物是不属于自己的。《不属于我》虽然表达的是诗人自己对个人人生的看法，表现的是诗人自己的一种人生态度，但蕴含着普遍的人生道理，是诗人总结普遍的人生经验后得出的深刻认识。

诗歌也是一种倾诉，是诗人把自己因生活触动而产生的内心感触向外界的一次次表白。次吉拉姆的许多诗歌就是这种倾诉的产物和表现。她总是乐于把自己内心的隐秘感受倾吐出来，有时像是与老朋友交流，有时像是对知己诉说，有时像是在自言自语。在她所倾吐中，包含着她对生命的体悟与生活的认知，因此也就蕴含着个人的困惑与丰富的生命内涵。《松开提手》诉说的是一种不易明言的情感困惑。也许是难以承受某种重负，也许因为太多的关爱往往会使人感到不能成为真正的自己，也许是希望太大，失望就越大，或者是因为来自生活的阻力太大，“我”只能舍弃想拥有的东西或想亲近的人。虽然舍弃会让人感到心痛，但在“松开”之后的祝福声中，心灵却能够得到安详宁谧。这首诗表现了生活中普遍存在的一种情感纠结和状态。有时候，过多的关怀也是一种压力和负担。无论是关怀者，还是被关怀者，都会因为感情付出或索取而背上沉重的负担。此时的情感就成了一种“情债”，为了还清这份“情债”，许多时候，人们往往不得不背负太多的压力。这是生活的一种悖论，似乎难以化解。这首诗以倾诉的口吻，大胆地表露了内心的真实感触：为了让自己的内心多一份安宁，放弃一些东西也许是恰当的做法。《奔放的心》倾诉的也是内心生发的对生命存在的深切感受。在日常生活中，人们都希望能够拥有一种其乐融融的生活氛围和和谐的人际关系，但岁月的多姿多彩会使生活变得复杂纷纭，生活不只是你所需要的那种颜色和季节，为了得到一些东西，可能就会失去一些东西，在对别人的期待中，生命会不知不觉地忽略另外一些值得关注的色彩。这其实也是一种难以化解的矛盾。与难以化解的生活矛盾相伴随的是诗人的生命困惑。次吉拉姆的一些诗歌就是对自己种种生命困惑的诉说和表达。《那个梦》是对此种困惑的真实写照。梦想与现实总是存在一定的距离，甚至是无法跨越的距离。现实生活有时就是禁锢人的梦想的带有铁栅栏窗户的屋子，梦想总是会冲破这种阻碍飞向远方，但却要付出一定的代价。诗人不禁为之担忧，带着“鲜血”的梦是否还会找到自己的方向和位置，是否还会保持原有的秉性，“梦啊梦 / 你携带着一滴鲜血的生命 / 要到哪里？ / 你背负一颗灵魂的向往 / 要去哪里？ / 在花儿尚未重新开放之前 / 在水果没有再度成熟之前 / 你是否又会成为你的那个梦？”这首诗真切地呈现了现实生活中怀有梦想的人们的心理意识，是对人生某种境遇的真实写照。从中可以看出诗人对生活的感悟和艺术表达的敏锐能力。具有同样题旨和审美意味的诗歌还有《今天的我》。这首诗歌写遭受生活磨练之后，“我”对自己生命过程的重新认识与判断。面对时间的流逝，面对容颜的老去，站在今天的时间点上追问未来，生命将会是何种模样？诗人心中产生了无法把握自我和预测未来的困惑。“生命啊！ / 如果这颗心与你亲近 / 这份爱和你同行 / 今天的我 / 会成为你的那次回眸吗？”诗人的追问，表达的不仅仅是她个人的生命困惑，也是每一个对生活有过深刻感悟的人的生命困惑。这正是次吉拉姆此类诗歌的动人之处。与上述诗歌相比，《也许》设置的倾诉对象似乎就是诗人自己，而倾诉由此带有了一种自我安慰的意味。生活中可能会遇到太多的不如意，“也许有时会被炎热煎熬 / 也许有时会被寒冷折磨 / 也许有时会被风儿侵扰 / 针尖似的世界 / 永无安乐之时”。这大概就是生活的常态，我们无法躲避或逃遁，唯一的选择是勇敢面对。诗人以假设的口吻，罗列了一系列生活的不如意。在那么多不如意面前，诗人只能劝慰自己，认真地对待生活才是最好的出路。这种劝慰，其实仍然暗示着诗人对精神追求的重视。因为只有重视精神追求，才能够在一定程度上漠视现实存在的种种不如意。

次吉拉姆诗歌最显著的艺术特征是，表达方式上的潜在的对话体模式。在她的很多诗歌中，都会自觉不自觉地设置或假想一个对话者，这个对话者有时是与说话者对立的一方，有时是诗人的另一个“自我”，有时可能是与说话者没有任何关系的他人，仅仅是一个假想的倾听者。这个对话者在诗歌中的具体指称是代词“你”。在这种对话模式中，诗歌在表达方式上呈现出了鲜明的“对话体句式”，诗歌中常常出现带有商议、询问、期盼、希冀等口吻和语调的句子。这种表达句式的出现，增加了诗歌题意的不确定性，使得诗歌意味更为丰富。次吉拉姆诗歌的另一个审美特征是感情真挚、细腻、浓烈。次吉拉姆的诗以抒情为主，由于抒情感源自个人内心最深处的生活感触，所以她的诗歌虽然用语直白、朴素，但情感却真挚、细腻且浓烈持久，耐得住细细品味。

与其他一些女性诗人相比，次吉拉姆的诗歌创作是比较典型的个人化创作，她的诗歌几乎不涉及宏大主题，大都是关乎个人心性和情感的书写和表达。或者说，她的诗歌是回到内心的艺术行为，反映、传递的是诗人极具个人化的生命感触。从这一角度看，她的诗歌创作是对藏语现代诗歌的一个极大丰富。

洛桑更才（1990—），出生于西藏山南曲松县。2011 年毕业于东北师范大学，获文学学士学位。2016 年毕业于东北师范大学获文学硕士学位。出版诗集《流浪的八廓》。

洛桑更才的诗歌值得关注的首先是语言上努力追求新奇陌生的表达效

果。诗歌创作最讲究语言表达。如何用准确、妥帖且新奇脱俗的语言描写进入诗人艺术视野的客观物象和表达诗人个人的情思，是诗歌获取诗意，让人回味无穷，激发人的想象力的前提条件。洛桑更才的不少诗歌富有意味，经得起咂摸玩味，主要原因就在于其诗歌语言运用上很是讲究，在词语的组合搭配上颇见功底。虽然不是每一首的每一行诗句都具有这种审美魅力，但他的绝大多数诗歌中都会有几句令人耳目一新、眼前一亮的诗句。这类诗句，不但能够给人新奇感、陌生感，还会带给人绵长细腻的韵味。《冬日阳光下》是一首由五个小节（每一小节四行）组成的短诗。它主要描绘的是诗人心目中的高原冬季，或者说是展现高原冬季在诗人心目中的一些局部性特征。这首短诗的描绘对象相对明确，就内容而言，是人们非常熟悉的，因为此类诗歌是一种常见的类型。但洛桑更才依然在这首诗歌中表现出了自己语言方面的追求和才气，从而使得这首诗歌获得令人回味的诗意。比如第一小节对冬季高原生命气息的描述：

“那小鸟不再歌唱 \ 血淋淋的疲惫 \ 咀嚼着滑稽 \ 撕下天空的颜色”。

第一行“那小鸟不再歌唱”表达的是常见的言说方式，没有多少新意，但后面的几句却给人奇崛新异、耳目一新的感觉。用“疲惫”形容冬天的情态，已经非常富有诗意了，它既让人感到熟悉，又使人觉得很是陌生。熟悉，是因为我们常常用“疲惫”来描述人的一种生理或精神状态；陌生，则是因为我们很少听到或看到用“疲惫”来形容人之外的其他事物，更不用说用它来描状无生命的季节。而这句诗歌更令人惊叹的是，诗人在“疲惫”前面用了修饰语“血淋淋”这一词语。从语法上说，这种词语组合是不合规则的，但从修辞上说，这种移花接木打破常规的排列组合，在审美的意义上获得了很强烈的艺术表达效果。它不但很形象新异地刻画、呈现出高原冬季万物凋零、生命沉寂的状态，而且用“血淋淋”这一出其不意的修饰语强化这种生命状态。我们都知道，“血淋淋”是一种令人触目惊心、惨不忍睹，产生恐惧和惊悚感觉的场景，是一种经过“残酷搏斗或厮杀”之后产生的场面，它强调的是“搏斗或厮杀”之后结果的极度残忍。诗中用“血淋淋”来形容疲惫，从语义上看，是张冠李戴、用词不当；但从所强调的程度上看，从文学审美的层面看，这种表达方式却是具有超常的表现力的。用“血淋淋”来形容高原冬天“疲惫”的程度，用一种夸张但又新奇的方式让诗歌获得了艺术表现力。这种表达方式，带给人的不仅仅是对高原冬季某种生命状态的形象感受，它还能刺激读者的艺术感觉，促使人进入审美享受的境地。之后的“钢筋筑起的文明 \ 在田地里繁殖”、“阳光的放肆 \ 催生了不休的黑暗”等，都是富有诗意的，能够激发人想象的具有强大的表现力的诗句。

洛桑更才的诗歌值得肯定的另一个重要方面是，他的诗歌中所表现出的开阔的视野和博大的胸怀，以及辩证的思维方式和认识态度。人们经常说，愤怒出诗人，激情出诗人，恋爱出诗人，甚至说偏执出诗人。这些说法都各有各的道理，文学史上一些优秀的作家就是依靠上述动力来创作的。但很显然，这些说法都是不全面的，而以此动力产生的作品往往在思想认识上、思维方式上是单一的，洛桑更才虽然还很年轻，但却没有这种倾向。相反，他的诗歌留给人们的是一种平和与宽容，一种带有辩证意味的对事物和情状的认识与理解。在他的诗集中，我们读不到一般年轻诗人所带有的那种怨气、不满和浮躁不安。他的诗歌中流露着焦虑，但这种焦虑不是欲求得不到满足而产生的焦虑，而是对生命价值思考和追求时产生的焦虑。但即使是这种焦虑，也并没有使他对生活和未来失去信心，也没有让他抛弃生命的尊严。

洛桑更才的一些诗歌写得简单明了，语言接近口语。这部分诗歌虽然也能够较好地表达诗人个人的所思所想和生活体悟，但在意蕴的含蓄、曲折上略显不足，不容易激发人的艺术想象的冲动，由此而减弱、销蚀了诗歌意味深长的艺术品格。

第十五节　陈汉昌、陈奎元

陈汉昌（1939—），出生于重庆荣昌县。1956 年进藏，历任干事、秘书、处长，西藏自治区党委常委、秘书长，西藏自治区宣传部部长等职。出版诗集《高原魂》。

陈汉昌的诗词创作分为两个阶段。第一阶段是在藏时期，以西藏题材的作品居多；第二阶段是退休之后的创作，题材较为广泛。陈汉昌在藏时期创作的诗词，主要有以下几个方面的艺术取向：一是对高原自然风光的热情赞美，如《世界屋脊》《多彩高原》《珠穆朗玛》《雅鲁藏布》《雅鲁藏布大峡谷》《爬地松》《嘉黎风光》等。在这类作品中，诗人以高昂的激情，浪漫主义的笔调，热情赞美了高原独特的自然风光，表达了对高原景色的无比热爱之情。《世界屋脊》以开阔的视野，从西藏在地理上雄阔、高远、伟岸的特点出发，向外界展示了西藏高原的形象特征和精神气质。“世界屋脊，/横空出世，/巍峨壮丽。/看茫茫高原，/顶天立地；/群峰争雄，/竞比高低。/磅礴气势，/席卷千里，/呼风唤雨真随意。/好一个，/地球第三极，/无比神奇。/身临高天厚土，/能净化心灵壮志气。/冈底斯山，/顶住天倾；/昆仑玉龙，/腾飞天际。/喜马拉雅，/后来居上，/直攀青云未停息。/高原魂，/乃无畏精神，/敢于搏击”。这首词选取青藏高原上最具标志性特征的地理元素：巍峨的群峰，以此来凸显其顶天立地的气概和席卷千里的磅礴气势，以及搏击长空的无畏精神。在诗人心目中，上述品格和精神，其实也是高原人民的品格和精神。对它们的赞美，就是对高原人民的赞美。《多彩的高原》以另一种视角，描写高原风光，呈现了高原风光的另一种魅力。“西藏高原，/千姿百态，/五彩斑斓。/看雪峰连绵，/银光耀眼；/河谷平川，/彩画农田。/万里羌塘，/无垠绿毯，/映衬白云和蓝天。/天地间，/各色自然鲜，/竞吐娇艳。/屋脊风光旖旎，/拥天下奇观令人恋。/喜漫山杜鹃，/傲视霜寒；/洁白雪莲，/怒放高山。/冬虫夏草，/风餐露宿，/杂居草坡多悠然。/好一片，/圣洁的净土，/真是好看”。广阔的高原上不但有高耸云端的雪山、奔腾不羁的江河这些气势壮阔的自然景观，也有河谷平川、青青草原和漫山杜鹃这些轻柔艳丽的风景。它们同样以各自的迷人风姿，装扮着广阔的高原，让高原变得多彩多姿、美丽迷人。

如果说《世界屋脊》《多彩的高原》以概括的手法表现高原风景的某些特征，那么，《珠穆朗玛》《雅鲁藏布》等则以聚焦式的方式，呈现了高原的另外一些风光特征。而这些诗词同样并没有简单地描写地理风光，而是借此表现其精神内涵。“珠穆朗玛，/ 敢登高，/ 直上万丈云霄。/ 雄踞高处经风雨，/ 览尽人间辛劳。/ 任雪袭击，/ 任风狂号，/ 岿然不动摇。/ 不断进取，/ 后来居上自豪！ / 我谓珠峰精神，/ 不但在高，/ 更在不屈不挠。/ 壮志凌云敢争先，/ 铁骨铮铮坚牢。/ 满面风霜，/ 永不气馁，/ 一直向上跃。/ 千摧百折，/ 更显气质崇高。”珠穆朗玛耸立云端，以威严的身姿面对风霜雨雪，诗人由此想到了它所象征的精神品格，在于不屈不挠、坚定刚毅。这自然是借珠峰赞美高原人民的精神品格。

陈汉昌的诗词之所以以赞美高原风光为主，且可以发掘和表现其象征的精神内涵，同时又充满浪漫主义色彩，主要原因大概在于时代精神气候的影响。陈汉昌是随军进藏的“老西藏”，在他身上刻印着“老西藏”的精神气质。正因为如此，陈汉昌的西藏题材的诗词表现出了相当鲜明的浪漫主义特色，且多以颂歌为主。

陈汉昌的西藏题材的诗词有一部分取材很是特别，别有一番审美意味。这部分诗词就是那些专门描写高原家畜和野生动物，以及名贵植物的作品。如《野驴》《山羊》《牦牛》《香獐》《爬地松》《野杜鹃》《古柏》《虫草》等。这些诗词向读者呈现了更为丰富多彩的西藏高原。当然，这类作品并不仅仅只是呈现高原的丰富多彩，作者其实借此表达的还是对某种精神品格的发掘和赞美。如《虫草》：“散居野草丛，/ 埋头不争俏。/ 风餐露宿饮雪水，/ 潜心于修道。// 由虫变成草，/ 蹊跷且妖娆。/ 造化功夫济苍生，/ 任人来取宝”。以虫草的生长特点和功用为喻，赞美虫草谦逊不张扬又乐于奉献的高贵品质。

陈汉昌第二阶段的诗词虽然在题材上没有涉及西藏，但在艺术精神和情感取向上，与第一阶段的诗词是一脉相承的。多以歌颂社会主义新气象和赞美幸福生活为主，有一部分诗歌则是作者参加社会艺术活动时的应酬之作，表现了作者积极乐观的生活态度。

陈奎元（1941—），出生于辽宁康平县。1960年考入内蒙古师范学院，1964年毕业。后一直在行政单位工作。1992年进藏，任西藏自治区党委书记。2000年调离西藏。曾任中国社会科学院院长、中国政协副主席。1992年开始创作西藏题材的诗歌，出版诗集《蓝天白雪》。

陈奎元以行政官员的身份，利用余暇创作诗词，这自然会在一定程度上影响其诗词的题材内容和风格特征。就题材而言，他的一些诗词倾向于谈论带有政治色彩的话题，并借此表达对政务工作的看法和个人的政治信念与情怀。在这方面，最能体现其诗词主题指向的是，他在诗词创作中始终保持着家国情怀和民本思想。这是身为行政长官的诗人所创作的诗词，在思想内涵层面最为显著的一个方面。

哪里需要去哪里，是行政官员政治生活的常态。陈奎元从政日久，自然对此深有体会，为此他似乎能够坦然面对“命运的安排”。西藏之行对他而言，也只不过是诸多组织安排中的一次而已。但这次安排，却又有着特殊之处，那就是激发了他心生已久的政治情怀。这种政治情怀也就是他在诗词中所表达的家国情怀，即以国为家，敢于肩负历史重任的使命感和责任感。陈奎元的家国情怀，在他的整部诗集中都有所表现，可以说是一个具有提纲挈领性质的诗歌主题。其中开篇处的《半百感怀》《惠老送别有感》《西藏行》等诗作，是这方面的代表性诗篇。

《半百感怀》这首律诗从显在的层面看，主要表达的是诗人在“颠簸”中坚守政治信念和党性原则，愿为国家建设事业和稳定安康呕心沥血的慷慨心声。“年华似水来中去，/ 沧海曾经几风波。/ 为政常恐一念草，/ 修身宁忍百事磨。/ 斑竹节劲不垂泪，/ 杜宇来时亦作歌。/ 若问人生无价物，/

当知好景更无多”。一二句描述自己在行政事务上奔波与经历过的风风雨雨，表明行政事务的繁忙与棘手。第三四句告诫自己为政的准则，不能草率武断，要戒骄戒躁，需谨慎行事。五六句是自我勉励，也是自我要求，表达自己愿意为行政事务呕心沥血，无怨无悔的信念。最后两句勉励自己要珍惜当前的人生事业，因为对自己而言，这是人生价值的最高体现。这首诗通过对自己过往岁月的回忆，表明了诗人作为执政者所坚守的人生观、价值观，表现了诗人敢于担当、乐于担当、心系民生的政治情怀。这种政治情怀在根本上其实就是为国为民的家国情怀。在《惠老送别有感》中，诗人把这种家国情怀做了更为明确的表达。“周公送我走天涯，/ 遥指西天落晚霞。/ 白发临风望丛岭，/ 赤心追日越金沙。/ 艰难敢赴身无悔，/ 横断山外国为家。半世足痕留塞北，/ 明朝踏雪看桃花”。这首诗以好友送别为切入点，在感激朋友的关切之意的同时，表达了诗人胸怀家国、慷慨赴任的人生豪气和庄严神圣的使命感、责任感。一二句引起话题，指明诗歌写作的缘起与背景，同时为后面的书写做了铺垫。从这两句的遣词造句来看，它们为整首诗设置了开阔的语境，为后面抒发豪壮之情积蓄了文势。“走天涯”“遥指”“落晚霞”这些含有动感意味，又具有空间感的词语，不但能把人带入辽阔的地理空间，还能激起人内心的情感波澜，营造出一种气壮山河、无所畏惧的气势，而这正是全诗展开的基调。看似平常的词语，在这里发挥了相当重要的艺术功能。三四句表达了“烈士暮年，壮心不已”的豪迈之情，“望丛岭”“越金沙”暗示自己不畏旅途、不惧山高水长，别离故土赴任的决心和信心。五六句是全诗的核心题旨所在，表达了诗人深厚的家国情怀。“身无悔”是“国为家”的结果，由此可以看出，在诗人的心目中，作为行政官员，到祖国最需要的地方去，到艰苦的边疆地区去，是自己人生价值的最高体现。正是这种崇高的家国情怀，才使诗人有了无怨无悔的决心。七八两句既是对过往工作的总结，又是对未来前景的展望。“明朝踏雪看桃花”以一种积极乐观的态度，再次展现了诗人敢于担负历史重任的坚定信念和豪壮之气。

《西藏行》表达的依然是家国情怀与慷慨赴任的豪壮之气，但基调趋于冷静。“国事难辞汗马劳，/巡边守土卫节旄。/人民冷暖施万贯，/寇盗利权争寸毫。/月洒珠峰雾成雪，/星浮河汉风如刀。/边疆少有逍遥日，/后浪前波总滔滔”。毫无疑问，对于去西藏任职，作者知道这是人生的一大挑战。正是有这种清醒理智的认识，诗人对自己的使命与责任之重大有了更为明确的理解，为此也做好了迎接一切挑战的准备。“国事难辞汗马劳，/巡边守土卫节旄。”这是不容推辞的神圣职责。不管何种困难和波折，都不能动摇作者驻守边疆的坚定信念。

在陈奎元的诗词中，与家国情怀这一主题相辅相成的是民生思想。如果说家国情怀是从宏观的层面来表达诗人爱国爱民的情感的话，那么，当家国情怀落实到具体的现实生活中时，就是对民生的关注，对老百姓生活状况的关切和体恤。因为无论是保卫国家安全，还是维护社会稳定，根本目的是保护百姓安全，让老百姓过上安定幸福的生活。陈奎元的不少诗词，表达的就是他对民生的关切和民众疾苦的体恤。这主要体现在他的那些“出行”诗词中。

身为行政官员，陈奎元经常会到各地视察，以此了解民情，处理政务。他为此而写了不少“出行诗词”。他的那些关切民生的诗词，就是在此过程中产生的。如《出拉萨》《浪淘沙》《拉萨杂咏》（五首）等，是这类诗词的代表性诗作。由于受文体篇幅所限，这类诗词无法细致描述百姓的生活情状，只能以高度概括的手法来表达诗人对民众生活的关注。在陈奎元的这类诗词中，这一主题的主要表现是对百姓美好生活的赞美。如《出拉萨》所描绘的景象和所表达的情感。“离城便是自由身，/水碧山苍曙色新。/早起农妇歇陌上，/远行公仆打精神。/灰尘卷地轻车过，/粪火烧茶帐幕熏。/牛背顽童应最乐，/赤足背篓入山村”。这首诗是诗人离开拉萨外出视察看到沿途景象有感而发写就的。诗人首先描绘了沿途风光的俊美清爽，为后文抒写农民生活的轻松恬静做铺垫。后面诗句虽然没有正面描写农民劳动的场面，也没有直接表达对劳动群众的关爱之情，但诗歌中描绘的带有田园气息的农家乐景象，却能够表现作者的赞美之情和喜悦之情。这赞美之情和喜悦之情中就包含着他对劳动人民的关注与体恤。

陈奎元首要的身份是行政官员，因此他有着敏锐的政治意识和坚定的政治觉悟。这在他的不少诗词中有所反映。这也是其诗词主题的一个重要方面。《返拉萨》《五二四闹事》《克西闹事》《正气歌》等都是表达这一主题的。如《正气歌》是对西方敌对势力恶意攻击中国西藏人权问题的反驳，义正辞严地指出西方媒体的居心叵测，表达了坚决不让其阴谋得逞的决心和信心；其他三首则是批判国内不法之徒妖言惑众、聚众闹事、制造混乱、破坏安定团结局面的险恶用心，体现了一个政治家敢于提当、勇于斗争的政治气魄。

陈奎元还有一些诗词是描写西藏山水风光的，如《望珠穆朗玛峰》《沃卡大峡谷》《错高湖》《山南金秋》《亚东晨行》《咏雪莲花》等。这些诗词一方面向读者呈现了西藏壮丽多姿的自然风光，另一方面表达了作者对西藏山水的热爱与赞美之情。

陈奎元的诗词创作在外在形式上主要是古典诗词体，在艺术表现手法上继承了中国古典诗词的许多特点，如押韵、讲究对仗，用语力求简洁凝练等。除此之外，陈奎元还借鉴古典诗词中经典的意象词语，以此来表达自己的心曲和感想。因此，他的诗词中会出现诸如“斑竹”“杜宇”“草萋萋”“芳菲”“闲云”“晓月”“独自凭栏”等词语。陈奎元借用这些词语往往能够比较恰当地传达个人在此情此景中的独特感受，有些还能反其意而用之，令人耳目一新，从而达到不错的艺术效果。

第三章 散文、报告文学

概 述

20 世纪 90 年代以后的西藏当代散文创作显得比较平稳，但在平稳中，此一时期的散文创作也给西藏文坛带来了值得关注的优秀成果。这一时期的散文创作承接 80 年代散文所开辟的民族化、地域化道路继续前行拓进，出现了一些具有代表性的作家、作品；与此同时，随着文学书写对个人性情与个体精神情感世界的越来越青睐，描写、展示个人日常生活与个人内心波澜的散文作品也日渐增多。总体来看，西藏当代散文创作在这一时期呈现出了两个比较显著的态势和倾向，那就是：文化游记散文的异军突起；描写世俗生活、抒写个人感怀的散文的蒸蒸日上。

文化游记散文方面，马丽华、扎西达娃、班丹、吉米平阶、嘎玛贡加的创作以各具情调和风格的艺术特征而产生了较大的影响，尤其是马丽华的长篇游记散文，更是以宏大的篇章结构和新奇陌生的高原风情而引人注目，它们不但是西藏文坛上的散文巨制，而且在当时中国的散文领域，也是独树一帜的艺术佳作。她的《走过西藏》系列散文，不但具有丰硕的艺术意蕴，而且蕴含着深厚丰富的人类学价值。扎西达娃以创作小说著称，散文似乎并不是他的强项，但 90 年代末创作的散文集《古海蓝经幡》也可算作是当代西藏散文中的佳品。对少年时代的回忆、对古城拉萨的粗线条描绘，诙谐幽默又不失庄重的语言，从一个侧面呈现了西藏散文的多元化景象。班丹的散文创作产量不高，但颇具特色。他的散文多以阿里高原为空间背景，善于运用轻松活泼的语调描述空旷的高原大地上的各种人事风情，字里行间流露着对那片土地的由衷赞美与热爱之情。此外，吉米平阶的《寻找朗萨雯波》、嘎玛贡加的《羌塘美景》等都是此时期西藏散文领域的重要收获。

以抒写个人情思而取得一定成绩，并开辟一方艺术领地的作家主要有白玛娜珍、凌仕江等。白玛娜珍的早期散文多结集于《生命的颜色》，这本集子中的散文表现了一个女性作家对高原城市生活片段的观察与体悟。篇幅短小、语言清丽、题旨鲜明是此时期白玛娜珍散文的基本审美特征。进入新世纪之后，随着人生阅历的加深和对生命存在体悟的深入，白玛娜珍的散文呈现出了沉稳、宽厚的情感底蕴和低沉、收敛的叙述基调。她的散文集《西藏的月光》在这种艺术氛围中以个人化的笔调表现了一个知识女性的生命感触和人生思考。凌仕江的散文也以个性化的笔调为底色，着力书写了一个年轻人对高原生命景观的观察与体悟。在论辩化的叙述中，透露出的是对高原生命顽强韧性的崇敬颂扬，蕴藏着作家对生命价值的哲理性思考。凌仕江的散文以个人对高原独特生命现象的体悟、思考见长，但过于抽象化的话语演绎使其作品显露出空洞之感，缺少必要的生命气息。撇开对纷繁多样的日常生活的细致描述，仅仅做抽象的概括与无限的感慨，也使其作品显得生硬干涩而缺乏弹性。相比之下，平措扎西的《世俗西藏》对以拉萨地区为主的普通民众生活情状的描写，则让人看到了一幅世俗化的生活图景。除以上作家作品外，这一阶段还有一些作家的散文创作也值得关注，如白玛玉珍、格央、陈蓉、冉启培、陈桂芝、陈跃军、尼玛泽仁、张祖文、巴桑次仁等。

报告纪实文学方面，杨年华、李兴煌、加央西热、平措扎西、吉米平阶等人的成就显著。杨年华业余时间致力于报告文学创作，先后完成《雪域之魂》（与人合著）、《踏着孔繁森的足迹》、《国旗阿妈啦》等长篇报告文学，以饱满的热情讴歌新时期西藏建设者们的奉献精神和普通民众忠贞不渝的爱国情怀。李兴煌根据自己的调查、采访，经过多年的酝酿完成《阿里之魂》，为建设西藏阿里地区而无私奉献的人们竖起了一座群像。加央西热早期以创作诗歌为主，之后开始小说创作，且取得了不俗的成绩。但在西藏文坛上，真正给他带来广泛声誉的是创作于新世纪的长篇报告文学《西藏，最后的驮队》。这部报告文学是加央西热以自己的一些亲身经历为蓝本，以翔实的细节描述和对鲜为人知的生活场景的展示，记述了西藏高原上居住在草原深处的人们的“原生态”生活。平措扎西的《藏地追梦人——土登的传奇人生》以西藏文艺界著名表演艺术家土登的艺术人生为线索，塑造了一位为了民族艺术而奋斗终生的光辉的艺术家形象。作品内容充实，语言行文活泼自若，富有文化内涵和艺术感染力。吉米平阶的《叶巴纪事》以西藏当代社会生活为题材，以客观的笔法描绘了当下社会生活中的重大事件。作品中处处洋溢的人道主义情怀，以及作者宏阔的社会历史视野，使这部系列散文集包蕴了深厚的艺术魅力。

除上述影响广泛的几部作品外，此一时期西藏的报告文学也出现了另外一些值得称颂的优秀篇章。这些作品或是记录社会重大事件，铺述、宣传特定时期对西藏经济社会发展产生重要影响的国家政策和具体措施，展现各个生产领域生产建设的壮观景象；或是为各行各业涌现出的优秀人物树碑立传，颂扬讴歌他们敬岗爱业、甘于奉献的无私精神；或是调查、反映普通民众关心的国计民生问题，揭示广大民众的社会诉求。

第一节　加央西热

加央西热（1957—2004），出生于西藏那曲班戈县。《西藏，最后的驮队》既是加央西热个人创作的顶峰之作，也是西藏当代文坛报告文学领域的一个重大收获。无论在题材内容上，还是在体式上，它都是一部不可多得的优秀作品。《西藏，最后的驮队》共有三部分内容：藏北驮盐、盐粮交换、村里的故事。

《藏北驮盐》首先回忆了“我”少年时期的驮盐情结和经历。“我”的家住在一条驮盐大道旁，“我”是看着来来往往的驮盐队伍长大的。驮盐是藏北牧民一生当中必须完成的义务，“我”从小就希望能够成为一名出色的驮盐人。20世纪70年代初，“我”终于实现了自己的愿望，亲历驮盐。然后，交代了时隔二十年后，“我”重新回顾驮盐历程的缘由。在现代文明的影响下，传统的生产和生活方式正发生深刻的变化，现代交通工具正替代牦牛，驮盐这种传统运输方式面临消失的危险，为了心中的驮盐情结和为即将消失的传统留下影像，“我”随摄制组对驮盐队伍进行跟踪拍摄。

在整个驮盐的过程中，盐人们要严格按照盐队的戒律行事，以防他乡土著神灵给他们带来灾祸。驮盐戒律是在漫长的驮盐过程中形成的约定俗成的规矩。简单地说，就是要讲盐语，不能随意与当地人见面，严格拒绝女色，不能让乞丐、女人和狗在盐队营地附近留宿。文中还追溯了这些戒律的缘由。如说盐语是出于对神山圣湖的崇拜，而女人被认为是不洁净的，怕亵渎神灵，所以不允许女人接近。相传赞宗盐湖是噶玛巴的神魂湖。因此，在盐人的心目中，赞宗既是盐湖也是神湖，既是母亲也是情人。盐人敬仰赞宗源于对噶玛巴活佛的敬仰，而对噶玛巴活佛的敬仰源自对佛教的信仰。

作者对采盐的过程和劳作做了详尽的解说。在湖中采盐的程序分为：堆盐、背盐、打包。盐人们先用耙子把盐层扒成小堆；第二道工序是用一张光面羊皮把小堆堆成大堆；第三道工序是用牦牛口袋把盐巴背到岸边；第四道工序是等盐里的水分渗干后用袋打包。采盐期间，每天出工三次：清晨背盐，上午堆盐，下午打包。扒盐、堆盐是集体劳动，背盐时则要各人负责各人的盐包。采盐结束，要精心准备馈赠给盐湖母亲的礼物，举行隆重的告别仪式，还有告别宴会。

藏北牧民创作了丰富的劳动歌曲，几乎所有传统劳动都伴有不同的劳动歌，驮盐歌是最完整的一种。按内容分类，有《盐湖赞歌》《途中悲歌》《采盐欢歌》《装盐歌》《驮盐工具歌》《祭祀歌》等。驮盐歌的演唱方式比较随意，每个章节的演唱与所进行的劳动结合紧密。《途中悲歌》表现驮盐人的艰辛与盐人凄苦的心境；《采盐欢歌》体现了驮盐人乐观、勤劳的精神面貌；《驮盐工具歌》主要是对劳动工具的赞美；《盐湖赞歌》是以描述盐湖的地理位置或地貌特征为主题的歌，这种歌没有固定的演唱场景，途中、湖边均可放声高歌。

《藏北驮盐》在介绍整个驮盐过程时，穿插了“我”对 20 世纪 70 年代驮盐经历的回忆，还有关于驮盐的各种历史、传说和故事，以及许多精彩的关于神山圣湖的传说。叙述丰韵立体，多姿多彩，有很高的民俗文化价值，是整部作品最精彩的部分。

《盐粮交换》描述秋季驮队拿盐巴和畜产品去农区与农民交换青稞的情形。商队不反对女人参加，而且商队的驮牛的打扮比盐队讲究。作品详细描述了农牧民之间的商品交换和商人之间的钱物交换。商队大多有自己交易的固定村庄和人家，盐粮交换的形式比较单一，相互之间比较信任，没有太多的讨价还价，这是多年形成的贸易方式和约定俗成的交易原则。而钱物交换的双方则要精明、计算得多，买卖过程中双方的谈判需要相当的口才和技巧。《村里的故事》把目光投注到当今牧民家庭、婚姻、恋爱生活和观念的变化。牧民生活现代化的一个体现是：实现了住房化，置备了现代化的交通工具——汽车或卡车。商品经济的发展，女性在恋爱婚姻家庭中地位的提升，青年男女有更多选择自己婚恋生活的自由。

《西藏，最后的驮队》以作者亲身经历、实地行走、调查的第一手资料入手，从历史纵深和当今牧民的生活现状出发，全面反映了驮队的劳作、仪式和禁忌、贸易、婚恋和家庭生活。文中对藏北牧民性格特点、生活态度和思想观念的描写相当透彻，对藏北牧民的进步与落后也有敏锐的观察与揭示。

《西藏，最后的驮队》是作者通过田野调查和亲身经历著就的一部纪实报告文学作品。作品对驮盐这种古老的劳作方式和驮盐文化的介绍展示，具有宝贵的民俗文化价值。除此之外，优美流畅的文笔，率真坦诚的文风，也是本书的一大特色。加央西热对汉语的运用很是熟稔，文学造诣较高，在诗歌、小说、散文领域均有优秀的作品问世，《西藏，最后的驮队》是他文学创作的一个集大成。同时，作为西藏本土作家，受藏族人朴实爽直性格的影响，加央西热的文风率真、坦诚。加央西热以他的朴实、热情、勤奋，耕耘在文学的驮运路上，为后世留下了值得珍念的文学遗产。

第二节　平措扎西

平措扎西（1959—），出生于西藏日喀则。平措扎西的散文创作成就主要体现在《世俗西藏》和长篇纪实散文《藏地追梦人——土登的传奇人生》两部作品上。《世俗西藏》是一部颇具艺术个性和社会文化内涵的散文集。作者以不紧不慢的行文节奏和娓娓而谈的口吻，轻松自然地展现了西藏深厚的文化与民俗，呈现了一幅洋溢着鲜活生活气息的西藏的世俗图景。这部散文集在以下几个方面为西藏当代散文创作提供了值得关注的审美要素。

一、饶有趣味的民俗性。《世俗西藏》所描写的既是文学的西藏，也是民俗的西藏。平措扎西以散文体裁，用朴实的文字、灵动的画笔，精心描绘了一幅幅生动、真实，具有深厚文化底蕴的西藏民俗风情画卷，凸显了他扎实的民族文化根基。全书 24 个篇章虽各成一体，但是在思想脉络和感情的流转上连接贯通，呈现了平民百姓世俗生活的方方面面和正在变化发展中的现代西藏。

平措扎西把他所要描写的西藏定为“世俗西藏”。世俗对应的是宗教，宗教体现的是民族文化的精神方面，体现的是神的教化，而世俗则侧重的是物质方面，更多指的是世俗生活中的人。平措扎西在轻松自若的漫谈中，将西藏丰厚的文化底蕴以一种浅显易懂的方式展现出来，他强调世俗，从世人生活中的点点滴滴来呈现人的真实存在。文集中的第一篇文章《圣宫下的世俗村落》就描绘了坐落在神秘的布达拉宫脚下的世俗村落的方方面面，整体介绍名为“雪”的村落的布局。作者特有的童年记忆牵引着读者怀念逝去的时光，许多平凡人物的世俗故事充溢着浓浓的世俗亲情。在《藏乡酒话》中，平措扎西描述酿酒、敬酒以及喝酒的场景，描写藏族民众对青稞酒的钟爱，还有他们对酒的独特感受与理解，这些细节无不使其作品盈溢着浓浓的民俗意味。平措扎西对西藏民俗的描写还体现在《西藏的甜茶馆》《拉萨的朗玛歌舞厅》等篇章中。《世俗西藏》为读者理解、认识和研究西藏民俗文化提供了宝贵的资料。

二、博杂丰富的知识性。《世俗西藏》是西藏文化知识的宝库。平措扎西在书的自序中写道：“本书写作的初衷，是想写一些别人没有涉足到，或者没有写透、写全的有关西藏文化和风土人情的内容，把鲜为人知的民俗文化和人物故事表述出来，把一个揭去面纱的西藏，真实地呈现在读者眼前。”这体现了该散文集的一大特点——知识性。《世俗西藏》记录的是藏民族的世俗生活，但透过这些日常生活可以了解一个民族的文化知识。书中大量的民族知识经过作者的描写变得熟悉而有趣。比如《拉萨汉墓地寻踪》一文的相关描述。“藏热乡”是西藏人十分熟悉的地名，但它与汉墓地之间的渊源却不是每一个人所熟知的。在《拉萨汉墓地寻踪》中，作者凭借丰富的历史知识揭开汉墓地的神秘面纱，让读者了解汉族后裔群体在西藏的历史贡献与汉墓地经历的风雨岁月。《往日灯火》以藏族生活中具有特殊意义的酥油灯为描写对象，记录了从近代到当代藏族灯饰的变化、发展。从酥油灯到现代的电灯，让人们了解西藏社会的发展史。《世俗西藏》还叙述了藏族人生活中常见的其他现象，如民众生活中必不可少的糌粑、甜茶、酒、羊、马等，这些内容都很好地丰富了作品的知识性。

三、客观实录的真实性。西藏由于其独特的地理环境和深厚的历史文化，使得很多人都想去了解它。可是在很多情况下，人们对西藏的了解往往是片面的、主观的，从而难以真正领略藏民族的精神风貌。如今介绍西藏文化的各类书籍很多，但像《世俗西藏》这样贴近世俗生活讲述西藏故事的作品却不多见。《世俗西藏》之所以客观真实，是因为它贴近西藏民众的日常生活，反映的是藏族人生活的方方面面。平措扎西经过多年辛苦的实地考察，四处求教，整理分析，介绍了雪域高原的人和事，描绘出了一个真实的西藏。

四、引人入胜的艺术魅力。《世俗西藏》体现了平措扎西对于自然、社会和人生的独特感受，他以特有的轻松自然、幽默风趣的表达方式，描绘叙写世俗气息非常浓厚的西藏。《幽默大师吉苏啦》塑造了一个生活贫苦却富有幽默的典型形象。吉苏啦身世高贵但生活穷困，深厚的知识积累让他的幽默多了几分文人气质，他以幽默而彰显个性。吉苏啦的幽默与机智深得平民百姓的喜欢。文章讲述了一个个幽默风趣的小故事，还不时穿插一些吉苏啦创作的笑话，将他幽默的处世态度展现得淋漓尽致。吉苏啦的故事折射出了藏族人乐观坚韧的民族品格。而平措扎西的《世俗西藏》透露的正是这种具有民族特色的智慧才情与幽默风趣，从而使其散文富有感染力，引人入胜。

长篇纪实文学《藏地追梦人——土登的传奇人生》是平措扎西的另一部优秀散文作品，是新世纪以来，西藏当代文坛上人物传记类报告文学中的翘楚之作。作品以西藏当代著名戏剧和相声艺术家土登从一个小喇嘛成长为成绩卓著、家喻户晓、深受西藏人民喜爱的杰出艺术家的经历为线索，着力塑造了一位热爱曲艺、执着于自己的艺术理想，把艺术视为自己的生命，全心全意践行“艺术为人民服务”这一宗旨的民族艺术家的光辉形象。这部长篇报告文学以写人为主，以时间为序，以土登在不同的人生阶段的主要生活经历和追求艺术梦想的片段为故事情节的构成要素；同时，以开阔的社会历史视野把人物的成长放置在广阔的社会历史背景中，在尽可能宏阔的社会环境中塑造人物形象，表现社会时代风气和历史进程对人物命运的影响。这部报告文学虽然以一个艺术家呕心沥血地追求艺术梦想为主线，但整部作品所包蕴的社会历史内涵却远远超出这一形象所蕴含的艺术内涵。它在以下几个方面所取得的艺术成就值得关注。

首先，作品成功地塑造了一位视曲艺为生命的艺术家形象——土登。作品主要是从两个方面来着力塑造这一人物形象的。一是集中表现主人公土登热爱艺术，穷其一生追求艺术之梦的经历；二是着力表现他开阔的艺术胸襟和崇高的艺术人格。

在西藏当代文学艺术界，这类人物层出不穷，但作为艺术形象出现在艺术作品中的却不多见。《藏地追梦人——土登的传奇人生》以艺人为典型形象，讲述藏族艺人的一生经历，可以说是对西藏当代文学艺术形象的一大贡献。当然，这一形象的重要意义并不仅仅在于此。它最大的艺术价值在于对西藏当代艺术家艺术精神的集中写照和颂扬。从土登曲折平凡却又非同凡响的艺术人生入手，作品以生动形象的艺术表达，充分表现了西藏当代艺术家献身民族艺术，以艺术创作为社会主义新西藏的精神文明建设贡献力量的可贵品质和高尚情操。为了让土登这一艺术家形象既圆润丰满，又真实可信，作品在严格遵循现实主义表现手法的同时，精心选择典型事例，表现了他在艺术道路上克服种种困难、坚持不懈的跋涉过程。并在此基础上着力颂扬了他精湛的艺术表演技艺和崇高的艺术精神融为一体的人格境界。

土登之所以能够在艺术道路上坚持下来，并最终取得辉煌的成就，成为西藏家喻户晓的“人民艺术家”，与他对西藏民间艺术、对曲艺表演艺术的执着迷恋有直接的关系。可以说，正是他的这种对表演艺术与生俱来的痴迷般的偏爱，才促使他能够在没有专业训练且条件极为简陋、阻力重重的情况下始终没有放弃自己的艺术之梦，并最终取得辉煌成绩。作品在讲述土登的艺术人生时，始终围绕这一线索，选择多个典型事例，从而生动丰满地塑造出了他性格特征中最为鲜明的这一侧面。土登出身贫寒，小时候父母疼爱他，为了不使他遭受更多的生活之苦，通过给寺庙施舍财物的方式把他送到寺庙。聪慧伶俐的土登在寺庙里刻苦学习经文，表现优异，常常得到寺庙住持和年长的喇嘛们的夸赞。但土登对一成不变的寺庙生活并不感到满意，他更向往外面相对自由的生活。他尝试着逃离寺庙，但结果却给家里的父母带来不小麻烦，也让在寺庙里当喇嘛且对他寄予厚望的舅舅感到难堪。为了不再给亲人增添麻烦，土登只好“安心”地留了下来。尽管寺庙里的生活并不如意，还因两次出逃受到惩罚，让他在别人面前抬不起头来；但土登对寺庙里那些与宗教活动有关的“艺术”表现出了非同寻常的迷恋。每逢寺庙里举行宗教活动，年幼的土登都兴奋不已积极参与。虽然他不懂那些宗教活动的各种仪式到底意味着什么，但他却把分配给自己的“角色”扮演的非常投入。土登感兴趣的不是宗教活动本身，而是其中的那些带有表演性质的角色，以及令他感到着迷的舞蹈和音乐。土登喜欢在热闹的场面里进行表演，他在这种其实自己都搞不懂意义的活动中找到了生活的乐趣，在寺庙里寻找到了除了拜佛诵经之外可以让自己安心的“差事”。作品对土登少年时期就对这类带有表演色彩的活动感兴趣的性格偏好做了较为细致的描写，着力刻画了少年土登性格中的那份执着与天赋。作品中有一段描写土登迷恋这种表演活动的文字，是刻画少年土登爱好艺术表演这一性格特征的概括性文字。

每逢寺庙里有宗教活动，土登总是兴奋不已，甚至会整夜睡不着，他喜欢很多人聚集在一起热闹的感觉。等他长到十二三岁时，凭着惹人疼爱的长相，经常有机会担任驱鬼、火供等宗教仪式上的持香炉者。担任这个角色，除了要穿着质地上好的袈裟，还要披一件绸缎制成的拉给（宗教服饰），在铙钹鼓乐声中缓缓移步，长长的流苏左右摇动，威风凛凛。土登最喜欢这种在别人注视下表演的感觉，这样的场景能给他带来莫名的快乐。只要寺院里有宗教活动，需要他担任持香炉者，他会事先在心里设计好一举一动，努力使自己的表演符合打擦活佛的心思，给僧众留下深刻的印象。

通过这段描写，一位因迷恋表演而在寺庙里寻找到人生乐趣的少年喇嘛形象跃然纸上。而这个痴迷于表演的少年形象的生成，为之后一步步走上艺术道路，并取得辉煌成就的艺术家形象的塑造奠定了基础。在对土登整个艺术道路的描述中，在对土登整体形象特征的塑造过程中，作品对土登在寺庙里的生活情状做了非常细致的描绘。尤其是对他在曲艺方面所表现出的热情和天赋，做了相当精细入微的描述，几乎不放过每一个能够表现人物特征的细节。这些精细选择的细节，对塑造人物形象，使人物形象趋于丰满发挥了重要的作用。

对于土登这样出身贫苦又身为喇嘛的人来说，能够最终走上艺术道路并取得辉煌成就，光有热情和天赋是不够的，必要的韧性和坚持不懈的精神品格也是必不可少的素质。作品对此也进行了成功的表现。除了描写土登对表演艺术的热情和痴迷外，还花费大量笔墨着力刻画了他凡事想好了就坚持到底，决不放弃的韧性。为了突出这一性格特征，作者选取了许多具有典型意义的事例来塑造人物形象。比如写土登不厌其烦地琢磨每一个动作和唱腔，直到满意为止；写土登为了学到各种表演技巧，不辞辛苦拜师学艺，只要是他听到的有一技之长的艺人，不管是什么身份，都会想方设法去拜见，虚心求教；为了表演好一个节目，总会克服一切困难去做到最大程度的完美，绝不留下任何遗憾。作品中最典型的事例莫过于为了说唱《格萨尔王》，土登通过锲而不舍地努力终于把《格萨尔王》搬上艺术舞台，以及制作演说《格萨尔王》时佩戴的“真金顶戴百宝艺帽”的经历。土登从小就爱听民间艺人说唱《格萨尔王》，常常被说唱艺人生动的表演和充满神奇色彩的故事所吸引。天性喜欢说唱表演的他萌生了说唱《格萨尔王》的冲动。由于各种原因，他的这一设想始终很难实现，但他从未放弃过这一艺术追求。随着自己艺术经验的丰富，随着西藏社会政治制度的改变和文化环境的变化，他等来了大好时机。为了尽早让这一梦想变成现实，他不辞辛苦搜寻《格萨尔王》手稿，向各路艺术前辈求教，邀请相关艺人和专家学者参与编剧。在土登的不断努力下，《格萨尔王》终于搬上了舞台，并且取得了巨大的成功。正是土登的坚持不懈，《格萨尔王》的演说形式才发生了历史性的转变。在《格萨尔王》说唱形式发生巨大转变的过程中，作品刻画出的是土登身上所具有的那种坚韧不拔、永不放弃的艺术创新精神。还是因为说唱《格萨尔王》，为了让演说更为专业，土登根据文献资料和研究专家的建议，决定配置一顶符合演说《格萨尔王》的“真金顶戴百宝艺帽”。他先是向曾经说唱过《格萨尔王》的艺人借用，但说唱艺人的帽子遗失了。他转而想自己制作一顶。为了使制作出来的帽子与文献资料上记载的一模一样，他花费了大量的心血。仅仅是寻找帽子上的十六种飞禽和家禽的羽毛，就让土登费尽了心思。但他从来没有为此而放弃过，最终如愿以偿，制作出了一顶名副其实的“百宝艺帽”。土登在艺术追求上的韧性可见一斑。作品对这一性格特征的刻画，充分表现了土登这一人物形象显著的特征，给人留下了深刻印象。

如果说对土登热爱艺术，不懈追求艺术之梦的描写，展现的是土登天性中对艺术偏爱的性格特征；那么，对土登所始终坚持的“艺术为人民服务”“从人民群众中来，到人民群众中去”的艺术表演宗旨，则表现的是他开阔的艺术胸襟和深厚的民间情怀。而对这一品质的表现，使得土登这一形象的审美魅力获得了更为深厚的辐射力。

土登的艺术源泉是西藏民间艺术。他是一个地地道道的从民间艺术的海洋里撷取艺术浪花的艺术家。这一艺术根基深刻影响了他的艺术观念和艺术表演的目的。在他的艺术观念中，艺术来自于民间，人民群众是艺术创作的源泉。人民群众之所以创作艺术，是因为他们需要艺术。同时，从小就从民间艺术中获得过无尽的欢乐的土登也深知艺术能够给广大群众带来快乐，让他们在繁重的劳动之余身心得到短暂的放松。由于此，土登从来不把艺术视为个人行为，更不把它当作获取名利的工具；他心目中的艺术是为普通老百姓服务的，是能够为他们带来欢乐与安慰的精神劳动。可以说，土登艺术追求的一生都是为此而奋斗的，而他艺术创作和表演的动力也来自于此。作品对此花费了大量笔墨，充分表现了土登的这种艺术胸襟和人民情怀。作品中最集中最典型的故事情节是土登带领演出队到西藏各地巡回演出。从拉萨周边的城镇乡村，到阿里地区的县城和牧场；从日喀则的乡村、寺庙，到山高路远的林芝墨脱乡村……几十年如一日，土登的足迹几乎踏遍西藏每个地区。他与他的艺术表演队所做的始终是竭尽全力为人民群众表演好每一个节目。把艺术送到人民群众当中去，是土登作为艺术家一生所坚持的艺术准则。在这一艺术准则的指导下，土登不停地奔波在西藏广袤的大地上。把自己匆忙的身影留在了苍茫辽远的高原。透过那匆忙的身影，一个来自民间、心系民众、坚定地走民间道路的艺术家形象展现在了人们面前。而这一形象在这个层面所蕴含的精神特征和高远的艺术境界，是《藏地追梦人》这部报告文学包含的最为动人的艺术魅力。在作品朴实无华的叙述语言中，人物形象本身所具有的高尚的艺术情操和伟大的艺术情怀，为这部朴实的作品增添了感人至深的艺术力量。

除了人物形象塑造上的成功外，《藏地追梦人》其他方面也有一些值得关注的地方。比如较为开阔的社会历史视野，使作品不仅仅只是人物生平经历和艺术业绩的平面化记录，还容纳了广阔的社会历史内容。这主要体现在作品始终把人物的艺术追求与命运的转折放置在社会历史的变化进程之中，在时代风云变化中塑造人物的性格特征，揭示、反映其精神意识。通过整部作品，可以看到土登的艺术追求始终与所处的社会环境密切相关，他人生道路的选择，人生经历中的每一次波动，甚至他的艺术观念的变化，都与他所经受的社会生活环境息息相关。通过土登的艺术道路，可以看到西藏当代生活的某些侧面。而土登执着追求艺术梦想的历程，某种程度上也展现了西藏曲艺艺术的当代发展历程；他所取得的辉煌成就，同样展示了新中国建立后西藏曲艺取得的辉煌成就。

第三节　扎西班典

扎西班典（1962—），出生于西藏日喀则仁布县。扎西班典以小说创作为主，但他的散文创作也颇具特色。《自身价值与新认识》《在中尼公路边上》《路上》《门前的花》《农业试验场》《时间和理想》《春光无限美》《我的故乡》《故乡夜景》等散文作品都是优秀篇章。散文集《黄昏的遐想》和长篇纪实文学《漫长的冬季》，以及报告文学《舞台：他的一切》都引起过巨大的反响。

扎西班典的散文主要关注现实生活，在他的散文里所描写的人物和事件，都能在现实生活中找到原型，这使他的散文负载了厚重的文学价值和社会意义。他时刻关注家乡父老乡亲的生存状况，着力表现他们乐观、豁达、潇洒的表层下潜藏着的深深的苦涩和无奈。

扎西班典的部分散文用反思的笔触描写民族文化习俗，带有强烈的忧思意识。散文《勉强》里，作者通过发生在自己身边的故事，揭示日常生活中存在的一些问题，批判了传统习俗中存在的一些不合理的现象。在喜庆的日子，为了制造欢快的气氛，人们常常喜欢相互敬酒唱歌；敬酒过程中，不管对方能否喝酒，敬酒人强行让对方喝酒，并称此行为是藏族人的“习俗”。其实藏族人的传统习俗中，并不存在这种“习俗”。这种强迫人喝酒是一种“恶习”。针对这一“恶习”，作者一针见血地进行批判，清晰地划出了习俗与恶习间的界限。在《腼腆》中，作者通过自己所经历的故事，描写了藏族姑娘的腼腆。刚开始作者本人对腼腆的行为心怀反感，但很多事例告诉人们，腼腆也是一种美德，尤其是在厚颜无耻的恶习占上风的当今社会，一个人的腼腆，实属珍贵而稀罕，乃是很高贵的品质。

对普通人美好品德的抒写和讴歌，是扎西班典散文的一个重要主题。《黄昏的遐想》通过拟人的手法讲述了一艘小船的心声。小船为了把河水彼岸的无数人渡到此岸，心甘情愿地为他们服务。但是它从来不希望从中得到什么回报。不管白天黑夜，不管风吹雨打，小船总是默默无闻地坐在河边，只要有人过河，小船立刻载他渡河。小船代表的是醇厚、善良、崇高的底层人物。在商品经济高速发展的当今社会，人越来越变得功利化，很多崇高而珍贵的品德在慢慢消失。面对这些问题，散文《黄昏的遐想》表达了作者自己的思考。

扎西班典散文的另一个创作取向是，对拉萨社会风貌的生动描绘。“拉萨篇”里共有七篇散文，分别是《一百步一间录像厅的街道》《拉萨的出租车》《雪顿节》《必须》《拉萨夏令营》《敬语》和《腼腆》。这些散文主要描写了发生在拉萨的小故事和生活在拉萨的小人物。通过这些散文，作者不仅描写了拉萨的风土人情，更重要的是表达了作者本人对生活的深刻理解和洞察，还有着对生命的坚定信仰和对人性善良的肯定。

扎西班典是善于思考的作家，他的散文具有一定的理性精神。《手表和素质》《就算明天死也要学习》《口香糖和素质》《写作没有口诀》《鲁莽不是勇气》《赌博习惯》《踢球时候从后面推拉之事件》《自我价值和新启示》《新年祝福》等散文，主要将自己的人生体悟以及对人性的拷问含蕴其间，渗透着作者对社会的观察与人性的思考。在《手表和素质》与《口香糖和素质》这两篇作品里，作者从手表和口香糖两样舶来品出现于西藏的情景开始，讲述了社会上存在的一些现象。《踢球时候从后面推拉之事件》和《自我价值和新启示》，以及《新年祝福》等作品，都是作家自己亲身经历的故事。他用心接近事物背后隐藏的那些神奇而广阔的世界，表达对生命的敬畏和对世道人心的观察。

扎西班典的散文创作善于描述隐藏于人内心深处的感悟，表达对爱和美的体验，这使得他的散文世界具有了一定厚度和高度。可以说，真诚和热爱，以及对美的寻找与发现，是扎西班典散文创作的不竭源泉和动力。扎西班典的许多散文都是叙写生命的回忆和日常生活的切实体验。对于散文写作者来说，如果没有丰富的生活阅历和敏锐的洞察能力，无法挖掘隐藏于生活细节中的生命意义，也无法超越自己以往的写作路径。扎西班典从小生活在农村，在丰富多彩的乡村生活中，他感受到了大自然的美丽和宁静，捕捉到了花开花落的细微变化，也经历过人世的沧桑。这样，人生、自然、生活琐碎在他的笔下都成为了一道道有温度的风景线，既让人感到触手可及，也给人一种“身临其境”的感觉。散文《路遇暴雨》《请您记住高级饭馆》《拉萨出租车》等，都是其散文集中比较精彩的篇章。从这些作品中，可以感受到他对生活细节的敏锐洞察和独特思考。扎西班典散文的最大特点是真诚而朴素，他对生活、生命充满了积极、美好的向往，字里行间渗透着对故乡的情怀和对美的境界的探索勇气和愿望。

扎西班典的散文写作可视为是他小说创作的延续。藏文文学界里，扎西班典以小说家的形象出现在读者面前，但他的散文并不逊于他的小说。不管是叙述方法，还是想象方式，他的散文就像他的小说一样，在藏族当代文学领域有一定的影响力和价值。

除上述散文外，扎西班典还创作了长篇纪实散文《那年冬天我在藏北》。这部散文共分为十四节，以作者驻村期间的所见、所闻、所感为描述对象，从不同侧面真实生动地展现了藏北高原牧民的生活，描述了藏北高原牧民生活的历史变迁，描绘了藏北高原的壮丽风光和民情风俗。如第二节《告别黑帐篷的藏北》，首先回顾了藏北草原牧民过去的生活方式：辽阔的草原上分散着星星点点的帐篷，帐篷前的牧女在搅拌着牛奶，帐篷上空升腾着炊烟，周围是牦牛和羊群自由自在地品尝青草。接下来笔锋一转，描述现在的草原新生活。如今，牧人们已经搬到了土木结构的房子。因为2006年实施安居工程项目以后，每家每户都获得了政府的补贴，开始修建新房。作者以细致入微的笔触，对牧民新居的装饰、家具、家电等进行了描述和介绍，展现了牧民们有了固定居所后，生活日益好转的崭新生活。其中给人印象深刻的是，牧人在墙上挂起了献上哈达的领袖像，以此来表达他们对党的感恩之情。此外作品对小型的台球桌、太阳能家电等一些休闲娱乐工具和具有现代气息的生活方式的描写，从侧面表现了牧人对新生活的追求和热爱。尽管作者对牧民过去的生活方式心怀留恋，但又能从社会发展、历史进步的高度审视牧民生活方式的变化，对为牧民生活带来变化的当今时代寄予了很高的热情和颂扬。

《在藏北过新年》一节对藏北藏历新年风俗习惯的描写，体现了《那年冬天我在藏北》散文民俗书写的一个重要特色。散文首先介绍了西藏藏历新年不同的时间点，通过后藏与藏北的对比，指出选择不同时间点与农牧民生产活动之间的联系，然后着重介绍了作者在藏北过新年的经历。藏北新年从藏历十二月二十九日开始。二十九日晚起，牧人们开始欢聚在一起，相互献上切玛，一起吃面疙瘩，正式开始了新年的节奏。在讲述过新年的过程中，作者不忘记描述与之有关的文化现象。比如作品细致描述了与牧业息息相关、富有情趣的“面之说”这一习俗。它是富有藏北独特风格的文化现象。过新年时，人们到各家吃面，吃上一碗后要背出一小段“面之说”。“面之说”语言幽默风趣，内容多与生产劳动有关，表达的是人们对劳动生活的热爱和期许。在介绍生活习俗的同时，作者还对文化的传承给予了关注和思考。如随着音乐播放器越来越普及，传统的男女对唱比赛，以及有着悠久历史的歌谣不断消逝，表达了作者内心的忧虑。

《那年冬天我在藏北》这部散文语言朴实简明、情感饱满，描写细致入微，是一部充满浓郁的地域色彩和散发着强烈时代气息的优秀散文。

第四节　吉米平阶

吉米平阶（1962—），出生于四川甘孜巴塘县。80年代中后期，吉米平阶以小说创作为主，之后开始从事影视创作和编导工作，散文作品并不多见。进入新世纪之后，吉米平阶的创作重心转向散文领域，创作了一批高质量的散文作品。2014年10月结集出版散文集《寻找朗萨雯波》，收录三十多篇散文佳作；2016年结集出版长篇纪实散文《叶巴纪事》，因鲜明的时代特色和开阔的社会历史视野而引起了很大的反响。虽然从数量上看，吉米平阶的散文创作并不丰硕，但其散文在主题内涵和艺术倾向方面，却具有属于自己的鲜明的个性化特色，在西藏当代文坛上独树一帜。长篇系列散文《寻找朗萨雯波》内容丰富、意蕴深厚，这部文化散文有几个方面的艺术特色值得关注。

首先是强烈、鲜明、独特的文化情怀。吉米平阶自言其散文是文化散文，“《寻找郎萨雯波》是一部文化散文集……”[1]正如作者所言，这部散文集的绝大多数作品都是文化游记散文。此类散文在西藏文坛上并不鲜见，是一种非常流行的散文类型。代表性的有马丽华的《走过西藏》，扎西达娃的《古海蓝经幡》中的部分作品，白玛娜珍的《西藏的月光》中的部分作品，还有格央的一些散文等。但同样是文化游记散文，吉米平阶的散文与上述作家的散文有着很大的不同。这种不同之处主要体现在作家的文化情怀上。一般而言，文化游记散文都包含着作家个人的文化情怀，但同是文化情怀，吉米平阶的文化情怀有着自己与众不同的鲜明倾向。在其他作家的文化游记散文中，创作主体也会表现出强烈的文化意识，但这种文化意识所导向的态度往往是回顾式的。也就是说，作家们大多倾向于以一种向后看的姿态审视民族地域文化。面对现代文明势不可挡的冲击，面对民族地域传统文化不可避免的新变和转化，作家们会本能地表现出一种文化保守主义倾向，在喟叹民族地域传统文化被改变、转化的“不幸”命运的同时，自然而然地对他们认为带有负面影响的现代文明产生一种或隐或现的抵触情绪。相比之下，吉米平阶的文化态度要乐观得多，视野要开阔得多。他的文化散文也描述传统文化在现代社会里逐渐式微的趋势，但他更倾向于以一种发展更替的观念来认识这种文化现象。他更希望传统文化能够在新的社会

[1] 吉米平阶：《寻找朗萨雯波·后记》，西藏人民出版社，2014年版。

历史环境中作出积极的反应和主动的自我更新，而不是在被动地、消极地“自我保护”中被历史抛弃。比如在谈到藏戏的发展前途时，一方面作者为传统藏戏淡出历史而感到惋惜；但另一方面却清醒地指出，传统藏戏需要适应时代变化而做出积极回应。“作为一种古老的戏剧形式，藏戏的历史比京剧还早 300 多年，在每年雪顿节这样的盛大节庆上，依然有许多戏迷随着剧情发展如痴如醉。然而，那种动辄演出三五天，观众在下面吃喝不误，演员和观众有时可以融为一团、难解难分的形式，恐怕已不再能够适应现代生活的节奏，藏戏所反映的内容，除了惩恶扬善，恐怕也还应该增添新鲜的内容，藏戏的唱腔唱段，是否也应该吸纳更多的现代生活中的形式和语言……任何一种文化格式，或者说形态，如果不在生活的延续之中活动起来，不跟着生活之流运动起来，它的生命终究会有完结的一天。”这是吉米平阶对民族地域文化发展变化所抱有的态度。这种态度的内里其实包含着他深厚的文化情怀。这种文化情怀是一种前瞻式的、开放式的文化取向，对民族地域传统文化的发展更新无疑有着积极的作用。

《寻找郎萨雯波》中的散文的第二个显著特点是强烈的时代性和鲜明清醒的当代意识。西藏当代散文中的文化游记散文所包含的题材内容纷繁驳杂，几乎可以说是包罗万象。但这些纷繁多姿、包罗万象的文化游记散文有一个大致相同的写作模式，那就是对名山大川、古迹风物、民风民俗和历史人物进行不厌其烦地描绘、回顾，以此表达创作者个人的生命体验和历史文化思考。在此基础上，借助所描绘、讲述的风物、故事，把思想的触角伸向历史深处，从而阐扬创作主体面对的客观物象的历史文化内涵；在提升作品文化品位的同时，在历史幽思中寄托自己的精神欲求。这是一种典型的凭吊怀古式的创作模式。此种审美模式的确在一定程度上能够增加作品的历史文化韵味，彰显创作者深沉的文化怀古取向。但其不足之处是，远离了变化着的社会现实，无法显现在当下社会环境中，那些具有深厚历史韵味的人文景观的赓续新变与它们的当代文化价值，更显现不出这些积淀着传统文化精神的人文景观在当代的发展趋势。吉米平阶的文化游记散文虽然也描述带有传统意味的风物、故事，但其最终的落脚点不是凭吊式的怀古，而是放眼当下社会，着力展现这些氤氲着历史文化韵味的文化物象，在现代社会里的变化；发掘它们在当下环境中能够发挥的文化价值和精神意蕴，探寻它们在当代民族文化建构中的现实效用。这种鲜明的当代意识，在第二辑“行走山水间”表现得最为突出。作者一面深情回顾民族传统生活习俗和生产劳动模式，细致讲述这些与民众精神意识密切相关的习性和生产劳动的演变过程，同时充满热情地介绍它们在当代社会的变化与改进。这种回顾与展望相结合的写作模式，在彰显作者清醒的当代意识的同时，也使作品拥有了鲜明的现实主义品格。与那些单纯地以怀古幽思的方式，寄托写作者文化情怀的文化游记散文相比，其独特之处是显而易见的。

民族情怀与国家情怀的融合，是吉米平阶文化散文的第三个显著特点。就描写、表现的对象而言，吉米平阶所选择的大都是西藏的自然风情与人文景观，但他的情感指向和思想视界，却没有局限在西藏这一地域之中，而是辐射到了整个中华民族的前途命运之上。无论是探究西藏传统文化的演变过程和现代转变，还是记录、描述藏族传统工艺的民族特色与现代产业化发展趋势；不管是回顾西藏地区社会发展的历史状况，还是展望其未来发展的美好前景，吉米平阶都会站在中华民族整体发展、进步的历史高度，来描绘西藏地区的历史状况与现实变化。西藏的发展、进步与祖国其他地区的发展、进步息息相关，西藏地区的繁荣昌盛与祖国的繁荣昌盛休戚与共，这是吉米平阶的散文创作表现出来的思想情志。他的散文是民族情怀与国家情怀相互融合的艺术产物。

细致入微的工笔描写也是吉米平阶文化散文的一个特点。吉米平阶善于对一些文化现象做工笔式的精细描绘，试图竭力把一些复杂的文化物象的表现机制和构造、生产程序呈现出来。比如他对西藏不同地区具有民族特色的工艺品唐卡、卡垫制造工序的精细介绍，对藏民族民间艺术歌舞的细致描绘，对藏语书法体式的细致分类等，都无不潜存着作者用心的精细。吉米平阶的此种散文写法，虽然看上去有些呆板枯燥，但却也避免了过分浮华不实的文化虚化倾向。当然，如果能把工笔式的描写与艺术化的表现精妙地结合起来，可能会使作品更具艺术韵味。

2016年结集出版的《叶巴纪事》，是西藏文坛上散文领域的重要收获。这部作品题材新颖，带有强烈鲜明的时代气息，是对西藏当代社会生活的形象反映。

《叶巴纪事》是一部记录西藏社会当下现实中重大事件的长篇散文。如果仅从题材看，是一种带“宏大叙事”意味的写作，因为它所描述的内容是关系到西藏国计民生、和谐稳定的强基惠民政策。自2011年起，西藏自治区实施强基惠民政策，全区机关、企事业单位派工作人员到各地区乡镇村进行驻村活动，目的是帮助各个乡村发展生产，同时宣传党和国家的相关政策，从而达到共同发展、维护社会和谐稳定的目的。这一政策，是西藏自治区政治经济生活中的大事，具有鲜明的时代特色和重大的社会历史意义。对于这样的社会大事件，一些有过驻村经验的作家创作过一些有特色的艺术作品，既显示了作家们较为敏锐的艺术嗅觉，也展示了作家关注社会现实的现实主义创作精神。相比之下，吉米平阶的创作在许多方面似乎更具开创性意义，不但艺术表现相当纯熟，更为重要的是观察视野也非常开阔，思考的角度更为高远阔大。

虽然题材看似宏大，但《叶巴纪事》又从小处着眼，以写人记事为主。整部作品记叙的都是普通人、琐碎事，因此具体构思行文的过程很是能够检验创作者的艺术智慧和表达能力。面对“强基惠民”这样的时代题材，面对复杂无绪的大事小事，面对涉及到村民们观念意识和精神信仰，以及各种各样大大小小的民间纠纷，如何下笔行文把它们实事求是、适度妥帖地反映出来，并且合理地表达自己的认识看法、适度地抒发个人的情怀，是考验写作者的一个很重要的环节。它既关乎作家的创作技巧，也关乎作者的写作姿态与认识视野。从总体上看，《叶巴纪事》表现出了作者纯熟的选材、提炼、概括、构思的艺术创作能力，也表现了作者高瞻远瞩、准确把握时代脉搏的艺术感受力。从艺术层面看，这部长篇散文在以下几个方面值得称道。

首先是整体结构框架的设置与编排非常精当巧妙。强基惠民工作的具体实践形式是派工作队入住乡村。对于入住乡村的工作队来说，乡村在很多方面是陌生的。这就意味着他们所遇到的许多事情都是自己不熟悉，而且与他们原本的日常工作事务几乎是不沾边的。但面临的现实情况是，作为工作队，他们还必须得管理过问村子里所有的事务。大到国家政策的宣讲、村委会管理、生产劳动，小到村民婚丧嫁娶、求医问药，甚至邻里乡亲间的小打小闹之纠纷，乃至家庭成员间的别扭、矛盾都要过问。面对这些纷繁复杂的琐碎事情，如何理出头绪付诸于文字，需要有一个整体设计，从而达到纲举目张的艺术效果。《叶巴纪事》在整体设计上，选择了以简删繁的写作策略。作者始终选择较为典型的事和人来搭建行文的框架，具体的叙写就围绕这些事和人展开。整部散文由几个重要的故事和几个典型的人物连缀而成。这些故事和人物所形成的文字，既可单独成章，又可组成浑然一体的整体。这是典型的以点带面、点面结合的写法。它既避免了拖泥带水、包罗万象的流水账式的记叙，又通过精细饱满的人事概括，提炼出典型故事和典型人物，给人以深刻、清晰的印象。从而以宏阔的视野在有限的时空中完成对驻村工作队日常工作的描述，同时以高屋建瓴的方式展现乡村生活、生产的各种样态。就散文写作的散点透视和高度凝练性来看，这部散文真正做到了散而凝练的高度结合，从而使得这部作品的结构框架整齐明了，内容编排条理有序，丝毫没有枝蔓丛生的杂乱感。这为讲述具体的故事和描写刻画典型人物奠定了很好的基础。

其次，无论是故事的讲述，还是人物的塑造，这部散文都遵循、选择了“讲述典型环境中的事”和“塑造典型环境中的人物”这一艺术原则。这一原则的利用，使作者可以用较为经济的笔墨尽可能广泛地描绘、反映叶巴村生活形态的整体风貌。这是作者寻找到的描述驻村工作的一个相当合理的表达方法。驻村工作纷繁驳杂，遇到的人物也脾性各异，五花八门的故事和各怀心事的人物都能遇到，但却不能不加选择地一网打尽，把所有的人事都写出来。最经济有效的办法只能是选择典型事例和典型人物。当然，所谓的典型事例和典型人物，不是小说创作中经过高度艺术修饰后概括、提炼出来的，而是作者在工作中经常面对的事情和人物。这些事例和人物，就发生、生活在那个叫“叶巴”的村子里，它们和他们是乡村生活形态的鲜活例证。因此，它们和他们展现的是村民们最基本的追求和心声。通过这些事例和人物，作品基本上展示出了整个村庄的大致风貌。由此可以看到，虽然整部散文所涉及的重要事不多，主要人物也不多，但通过作品中所陈述与描写的这些人和事，叶巴村的生产劳动、日常生活和民情风俗都得到了大致地呈现。以少胜多、删繁就简的艺术效果在这部散文里运用得很是到位精妙。

最后，《叶巴纪事》值得关注的特点，还在于其积极乐观的生活态度和具有发展意识的开阔视野，以及潜含于行文中的人道情怀。驻村工作是一项艰巨的任务，它的艰巨首先体现在日常生活方面。这主要包括交通、通讯、照明，以及饮食起居等方方面面。在西藏偏远的乡村地区，上述基本的生活设施和条件相当简陋。驻村工作队在没有展开正式工作之前，首先要面对的就是这些“不是问题的问题”。吉米平阶对此做了较为细致的描写。他没有回避这些艰难、困苦，但他的笔调却显得轻松活泼。这种轻松活泼不是故作姿态，而是一种发自精神与情感深处的乐观。这种乐观既有坚实丰厚的生活经验，也有对普通民众深切关怀的广博情怀。吉米平阶在西藏生活多年，对西藏的生活环境自然相当了解；而他多年来一直没有停止过行走的脚步，他的足迹早已踏遍了高原广袤的大地，熟悉了那里的山川风貌，经历了那里的风吹雨打。有了这种坚实丰厚的生活经历，驻村工作中遇到的所谓艰难困苦，也就成了每日里的一日三餐，自然而然地去咀嚼消化。他的乐观情调由此而来。由是观之，其轻松活泼的言说方式，根本上来说是他对西藏高原生活最为自然的体验，而不是故作姿态，装腔作势。吉米平阶积极乐观的叙述基调，还源自他开阔的社会历史视野，以及潜隐于此种历史视野中的人道情怀。驻村工作的直接目的是强基惠民，长远目标是提高西藏地区乡村社会的生活水平，尽快实现整个社会共同发展的宏伟目标。这既是西藏社会发展的长远规划，也是国家发展的战略目标。吉米平阶正是站在这样的高度来看待驻村工作的。这样一种宏伟的历史视野，促使吉米平阶看到的自然是西藏乡村现实中可喜的一面和未来发展的美好前景。在《叶巴纪事》中，很少看到作者描述人们主观情感的低落与委屈，即使是在相当困难的现实境遇中，努力改变不利局面，尽可能创造有利于展开工作的环境，或者营造一些轻松快乐的生活工作氛围，都始终是作者着力表现的内容。除此之外，强烈的责任感和深厚的人道情怀，也是作者始终抱有乐观态度的一个重要原因。责任感体现在行文中始终贯穿的坚持原则，竭尽全力为当地老百姓做一些力所能及的事情，把党和政府的惠民政策普及到每一个村民的思想意识之中。尽可能带动老百姓改变旧有的思想观念，带动他们走发家致富奔小康的道路，是吉米平阶在这部散文中要表达的主要题旨。这一题旨表现的正是驻村工作队高度的时代责任感和历史使命感。人道情怀则体现在作者对生活在偏远地区的普通民众生之艰难的深切同情。作品中多次提到驻村工作队尽其所能帮助生活困难的村民渡过生活难关的情景。在平淡的描述中，透露出的是驻村工作队的眷眷深情和长久的挂念。蕴含在字里行间的这些情怀，使原本侧重于叙事的长篇散文充满了感人的力量。可以说，这部散文中的每一个篇章，通过讲述驻村工作队竭力完成驻村工作任务，想方设法帮助当地群众提高生产劳动效率和生活水平的细致工作，展示了驻村工作队强烈的责任感、高度的使命感和一心一意为当地民众谋幸福而甘于奉献的高尚精神。作品中的几个典型事例就是这种责任感、使命感和奉献精神的完美体现。其中修建学校、修水渠、成立爱卫会、行医救难等几个章节，可以说是对驻村工作队此种精神的高度概括和着力表现。

这部散文在艺术表达上令人称道的地方还在于其质朴平实的语言。吉米平阶有很强的驾驭语言的能力，他总是能够用恰当简略的语言把繁杂琐碎的事情和场面描述出来。他的散文语言质朴无华，同时带有诙谐幽默的意味。无论是讲述事情的过程，还是描述人物的精神心理，都采用极为简洁但又妥帖准确的语言来完成。长篇文化散文《寻找朗萨雯波》是这样，记录驻村工作的纪实散文《叶巴纪事》也是如此。相比带有鲜明文化意味的《寻找朗萨雯波》,《叶巴纪事》的语言表达更富现实意味和时代精神，更接地气，因此也更富有生活气息。而这一艺术效果就源自作者语言上的质朴无华，以及叙述口吻上的娓娓而谈。这既充分表现了作者强大的语言表达能力，也显示了作者关注现实、把握现实脉搏的能力。

如果说艺术层面上的诸多优点，赋予这部散文的是感染读者的审美吸引力；那么，作品中所包蕴的作者对历史的深刻领悟，对现实的切实思考，则是其要义之所在，是艺术灵魂之所在。而这也是这部艺术作品具有厚重品格的一个重要方面。相比各种艺术表现技巧的运用，在这部散文中，最值得关注的是作者高瞻远瞩的社会历史视野和发展的历史眼光。可以说，这是这部散文具有深厚社会历史内涵的重要体现和鲜明标示，也是作者宏阔的社会思想认识和具有历史大局观的重要表现。

由于险峻的地理状况和复杂的历史原因，西藏社会的发展面临着比中国其他地区更为严峻、复杂、艰难的现实局面。但西藏社会的稳定和谐与全面发展，却是中国社会全面发展，实现中华民族伟大复兴，建设小康社会这一长远目标中不可或缺的重要部分。与中国任何一个地区的发展一样，西藏的全面发展进步，关系到整个中国的整体发展进步。从这一大局来看，西藏地区的发展进步不仅仅是一个地区的发展进步，也关乎到整个中国的发展进步。吉米平阶的这部纪实性散文，正是从这样的历史视野和大局观出发来展开叙述的。作品中所表现出来的积极乐观的叙述笔调，其社会现实根源就来自于中国当下目标明确、思路清晰、卓有成效的社会主义建设。吉米平阶的乐观不是盲目的，因为他凭借自己丰富的社会生活经验体认到，西藏社会的发展进步与整个中国的发展进步一样，正在一步步向前推进。尽管西藏地区因各种原因属于后发地区，但经过一代又一代群众的努力奋斗，西藏社会的整体面貌正朝着人们憧憬的美好方向挺进。基于这样的认识，在吉米平阶的笔下，西藏乡村社会正在诸多力量的积极参与和推进下逐渐地发生着可喜的变化。这些变化不但不断地提高了人们的生活水平，也影响改变着人们的生活习惯和思想观念。同样是基于这样的认识，吉米平阶与驻村工作队才不遗余力地为乡村的各项建设东奔西跑，才倾其所能为村民的疾苦奔走呼告。也因为如此，驻村工作队才在不遗余力、不厌其烦、不辞辛苦地宣传先进的思想观念的同时，把村民们视为亲人，感同身受地为他们着想，帮助他们解决各种实际困难，带领他们寻找发家致富的路子。

吉米平阶开阔的社会历史视野和大局观不仅仅体现在他以中国社会不断进步的广阔现实为依据，着力记叙西藏乡村现实面貌的不断变化与改进上；还体现在他对叶巴这样一个典型的西藏乡村中民众思想观念和生活行为习惯的深刻认识与深沉忧虑上。在吉米平阶的观察中，像叶巴村这样的西藏乡村，其经济之所以滞后，除地理环境、气候等原因外，与多年来形成的思想观念和生活行为也有着密切的关系。也许是由于地理上千山万水的阻隔，像叶巴这样的乡村与外界联系的通道被切断了。外部世界的先进观念无法进入这个闭塞的乡村，人们的思想观念和行为习惯也就一成不变，于是所有的一切都原地踏步，难有改进。吉米平阶对叶巴村的感知，最为深刻的也许就是这一点。由于此，他对改变叶巴村与外界沟通渠道颇为看重，并为此而奔走呼告，争取项目。群策群力，利用各种有利资源，为叶巴村建立村小学，就是一个极为重要的举措。对此，吉米平阶有着深刻的认识和美好的渴望与憧憬。他在文中写道：

可以设想，这样一所现代意义的学校在村里建起来，会给叶巴村的未来带来什么样的影响。

随着村小学的建成，更多的新观念会进来，更多的好风尚会养成，三五年之后，十来年之后，那些怀揣着梦想从这所小学出去的叶巴村的后代们回来后，会带给这个小山村更多惊喜。叶巴，这个不久前还封闭沉寂的山村，一定会在这所小学校的引领下，带着自己独特的气质，与外面的世界一道，风姿绰约地行进在繁荣富强的大道上。

这是吉米平阶的一种美好期待与憧憬，同时也是一种富有历史眼光的预见。在作者充满深情的预见中，其实包含着深刻的历史内涵，那就是已经发生了可喜变化和正在发生着巨大变化的中国社会现实和西藏地区的社会现实。在此意义上，可以说他的预见就是一种历史洞见，因为它具有坚实广阔的社会现实依据，也具有深远广博的历史依据。世界上任何一个民族或群体，任何一个国家或地区的发展进步，都离不开对先进观念的吸收，都离不开思想解放和因地制宜的生产实践。而如何吸收先进观念，如何做到行之有效的思想解放，教育无疑是最为有效和长远的投资。就中国的发展而言，几十年的社会主义建设已经证明，普及教育，提高教育质量，培养具有现代意识的各类人才，是改变国家命运、促进国家发展的根本所在。就西藏地区而言，教育同样在社会主义新西藏的建设中发挥着举足轻重的作用。没有现代教育的普及，没有各类人才的培养、使用，西藏的社会主义建设是不可想象的。正是在此意义上，吉米平阶表现出了认识上的远见卓识。他认为学校建设不仅仅是为孩子们的学习提供方便，更是为地区社会面貌的逐渐改变培育人力资源。尽管道路是曲折的，时间可能也是漫长的，但改变却是必然的。在如此宏远开阔的历史视野中，吉米平阶的乐观自然是经得起时间考验的。而这一经得起时间考验的乐观，在精神层面，正是西藏人民奋斗不懈的强大动力。

当然，尽管这部散文以乐观向上的笔调为基本的情感基调，但作者并没有刻意掩饰生活和工作中存在的困难与问题，更没有粉饰乡村社会中的陈规陋习和不良风气。无论是叙述进村的过程，还是进村后展开的后勤工作；不管是描述进村入住后走访村民和各个农户的情景，还是争取项目以及工作队自愿搞一些生产建设等，处处都能看到困难与阻力；同时，他的笔下也常常会流露出对那些不思进取的地方惰性的不满与失望。只是作者总是善于用轻松活泼、幽默风趣的语言和口吻，讲述这些经历和描述自己耳闻目睹的一些场景，因此其中的困难和阻力也就变得“轻如鸿毛”了。事实上，这部散文的优长之处正是在于作者的这种高妙的处理手法。透过这种处理手法，跃然纸上的是一个心怀深厚的人道情怀，又乐观自信且充满韧劲的叙述者形象。他所讲述的那些来自乡村的故事是朴素和真实的，他所期待的那些未来前景，正是生活在西藏的每一个有责任心和使命感的人所期待着的。

第五节　白玛娜珍

白玛娜珍（1967—），女，出生于西藏拉萨。白玛娜珍的散文创作具有独特的风格，她的第一本散文集《生命的颜色》出版于1997年，抒写了青春少女的迷茫、敏感和细腻如丝的情怀。2012年出版的散文集《西藏的月光》收录了白玛娜珍近些年所创作的散文，经过岁月的沉淀，白玛娜珍的散文显得更为成熟。

白玛娜珍的散文主要叙写了她对生命的感受和对故乡的热爱。对于白玛娜珍来说，拉萨，不仅是她熟悉的地方，更是她心灵相依的地方，是她精神的原乡地。她挚爱着这座城市，以女性敏感细腻的心思感受着这座城市迷幻的色彩。即使在梦中，这座城市都给她以心灵的惊喜："这天早晨，我驾车穿行在我爱的城市。每一处细微改变，都被我如数家珍。我感到即便在梦里，走错了一段，都是一段惊喜。"在《请伸开手臂》中，作者表达了即将要回拉萨的喜悦："我真的就要回去了么？曾经多少时候，我回味着那片洁净的天空，想象夜里，远河飘着歌。哪怕只在家里的小院吧，也能细听墙外湿透的白桦林，随风窸窣的声音而遐思不尽。每天清晨起来，鸟雀就像滴在屋檐的雨，欢快地鸣叫着，使我心里充满了温情。草坪上，阳光泛着一洼一洼的银光，几乎令人心醉神迷！在上班的人流里，每一束长发都飞舞着，好像蓝天里的白云，铺成波浪般的清溪。"拉萨，在她的心头是那样的柔软而美丽，她的身体，即使处在喧嚣的尘土，而心，早已归去。在文章的末尾，她用美丽的诗句写道："于是我渴望着，渴望寒风再一次撕裂我 / 渴望刻骨的圣洁在我的血液里涌动 / 渴望用额头去触及如冰的石头 / 渴望成为一座越来越挺拔的雪峰 / 呵，西藏！我已洗净身上的尘土，请你伸开手臂！"

对精神原乡的由衷热爱，使得白玛娜珍的散文散发出独特的魅力，也成为白玛娜珍创作的生命源泉。拉萨，这座心灵的家园，她抚慰了作者，为她带来无尽的心灵宽慰，也是她走向更深远的精神隧道的伊甸园，她在这里自由地徜徉，感知这座城市，感知这独到的文化魅力，感受心灵的喜悦和尘世的悲欢。在《108般的情与念（一）》中她说："我的生活，像退潮的海；余下的光阴不多。我的此生属于西藏。我的文字和生命，会变成西藏的一捧土。"她将自己的心灵、创作、生命与拉萨紧紧地连在了一起。

拉萨是白玛娜珍灵魂的栖息地，然而这片充满诗意的栖居地，同样会有浮世的哀戚，在她的作品中，有女性在滚滚红尘中的无奈，有男女纠缠的难舍的情缘。在她的笔下，拉萨女子豪爽、坚韧、敢爱敢恨，但却又往往为情所累，在情感的追逐中去孤独寂寞或放纵狂欢。白玛娜珍将女性内心难言的隐忧洞察入微，同情与悲悯使得她的作品有种内在的张力，一种生命的感动弥漫其间。

白玛娜珍深爱着自己的精神原乡，但在现代商品经济大潮的涌动下，拉萨也难以避免地和内地一样，有着太多的喧嚣和浮华，作者对拉萨现代化途中的变异给予了深切的关注，在《拉萨的活路（一）》中，作者写道："山下的拉萨，那些灯火已不仅是供奉在佛前的长明灯，簇动的人流也不仅只是朝圣的人群……""难道今天的成都或者北京上海，就是拉萨想要的未来。"面对一个民族在前行过程中所面临的传统文化的逐渐销蚀，白玛娜珍内心有着深深的忧虑。她将这种不安与痛苦灌注在她的笔下，缓缓地道来，有着哲理的思考。"也许，伴随这种遥远的期望，动听的歌谣将永远消失。而没有歌声的劳动，剩下的只有劳动的残酷；同样，从劳作中分离的那些歌谣，保护下来以后，复原的只能是一种假装的表演，而非一个民族快乐的智慧。那么，我们该要什么呢？是底层人们的活路，还是他们欢乐的歌谣。而不知从何时起，这两者竟然成为了一种对立，而这，就是我们如今生活的全部真实与荒谬。"（《拉萨的活路》（四））作为一个能够自省的西藏人，白玛娜珍感受到了在现代化进程中，一个民族不得不面临的前行过程中的痛苦的磨砺，白玛娜珍为此而深深忧郁，她说："如果挣钱付出的代价是告别一种自然而人性的生活方式，钱，对这个美丽的村庄而言就是魔鬼啊！"（《拉萨的活路（三）》）

但拉萨始终是她精神的原乡，她徜徉在这片充满光和热的美丽之中，在温润如碧玉般的拉萨，她仍然充满梦想地生活着："也许央拉、央金和我，我们今生只能在城市和牧场之间，在传统生活和现代文明之间徘徊。假如有一天，我们内心的信仰，我们世世代代对生命的理解，人民的习俗，能够被发展的社会所维护，和谐和幸福一定会如同瑞雪和甘露。"（《拉萨的活路（一）》）白玛娜珍没有丧失对生活的信仰，她希望脚下的这片土地洁净如昔，正是这种潜存心底的忧患与对未来的思考，使白玛娜珍具有了精英知识分子的气质。

散文是最能显见作者性灵的文体。白玛娜珍真诚地抒写，透过她的散文能够看到白玛娜珍飞扬的情思和浓深的爱意，看到她在尘世中的忧郁感伤与苦苦挣扎。在《爱欲如虹》中，浮现出的是一个女子在尘世中为爱所苦的困惑："但当我天天在佛唱中点燃酥油金灯，为什么这世间，仍只有一场场残败的爱情"，难言的悲欢令人心碎。白玛娜珍是个性情化的女子，每一丝细小的微风吹过，总有落英乍现，总能拨动其情思，动漾起她的灵魂。在《爱欲如虹》的末尾处，她用诗歌吐露了心灵的呼唤："雁子为了寻觅春天飞来飞去 / 您为了爱来到人间 / 当细雨风过 / 您悲情的祈请 / 是摧散云雾的长歌 / 在西湖南屏晚钟里 / 升现佛国的春梦。"什么才是归宿，白玛娜珍在苦苦寻觅着。

在精神深处，总有难以企及的希望与无法释然的困惑，而在现世中又有让人感动的情愫和生存的困负。白玛娜珍的散文尽显了红尘中的种种温情和难以挣脱的情感因债。在《刀光剑影》中，含蓄的父亲以托付宝刀的形式托付了女儿，希望女儿今生会有坚实的依靠，然而女儿的情感终无着落，却仍要强作欢颜，这是怎样的悲戚！现世中有着顽强生命力的女儿，又庇护着儿子旦那，竭力给予他自由成长的空间。在《旦那的学途》中，一颗母亲慈美又充满忧思的心呈露无遗。在与朋友的相处中，更见白玛娜珍那颗善感的温情的灵魂，她对女友赵辉的怀念哀悼让人动容，这是一种相知之后的哀戚。生命因爱而变得生动，不再冷漠。在尘世中，还有那么多值得我们珍惜的情谊与感动，白玛娜珍在作品中娓娓而谈她与女伴的情谊，让人温暖。

白玛娜珍的散文写出了女性情感的困顿和现世的哀戚："我怎么能知道自己的心在哪里呢？我像一株空心的竹，活在生命的丛林里。精神的荒芜和信仰的没落在我身上并存，早已丧失了自心的定处。时刻随着外境的变幻悲喜沉浮"（《找到水源的鱼》）。最终，白玛娜珍找到了心灵的安慰："在隆钦巴成就的修行洞里，在瑞雪纷飞的晨光中，堪布的话语，像在拂去迷雾，像慈悲的河。”因为懂得，所以慈悲，得到了宽慰，心因此而宁静：“这夜，当我穿行在野蔷薇散发的芬芳中，我忽然觉得自己似乎在过去的某个时刻来过这里——很多时候，刹那的记忆犹若天上的闪电，瞬间照亮双眼又复归于黑暗；而这一世，这一夜和这一刻，夜晚的微风中，野蔷薇树斑驳的光影里盛满了我的幸福。”（《浸润在甘露中的爱》）

白玛娜珍的散文优美典雅，这既与她作品中浓郁节制的情感有着很大的关系，还与白玛娜珍独特的散文语言相关。白玛娜珍的散文语言沉静、简洁，然而，在这简洁里，又充满情韵和忧伤，有岁月流逝的伤感，有对拉萨的眷恋，更有难以言达的对生命的体悟。白玛娜珍的散文语言是有灵性的语言。在《爱，直到成伤》中，她怀念自己的女友：“回到拉萨，我常想你，想你在那个青砖灰瓦白雾迷蒙的小城，如何掩藏，如何笑又如何在深夜被梦魇惊醒。你是从白色岩石中轻舞而来的紫色精灵……我们坐在窗前，看白桦树叶子，如何悄无声息脱离枝丫，像一只美丽的蝶。不，像蛾，当它在太阳的照耀中泛起蓝光，像一只蓝蛾，它在扑落中变得像一首绝美的诗。”在女友去世之后，她这样写道：“传说死亡，是一次搬家。是从这所房子里搬到另一所房子里。我是你住旧房时的旧友。但你在新家，将有新的至亲至爱。昨天的太阳，依然像昨日，照耀着新生的你。”冷静地写来，充满深重的幽怨与哀伤。

白玛娜珍的散文语言是带有诗意的语言，当普通的言语无法表达其心境时，她往往借用诗句来抒写自己丰富的情感。她的散文常常镶入诗句，由此显得含蓄深沉，也满驻情韵。在《108般的情与念（一）》中，她的思乡之情隐幽在这样的诗句之中：“听说，冬，太阳像金子涂满拉萨的郊野、山峦和房屋。我听着，心，像被融化的金子一般。但我在异乡。像在山岭深处。一间在半空的小屋，一扇门，把一切都关蔽了。里面住的，不是燕子，也不是狮子或者蛇。往事像在陈酿，时光已薄如蝉翼，流动的世界一派虚惘。”这样的语言是充满色彩的、动感的语言，是一种能给人心灵触动的充盈灵动的语言。

第六节　胡蓉、冉启培

胡蓉（1965—），原名胡昌学，出生于四川岳池县。1987 年进藏工作。先后任职于那曲地区一小、那曲地区教体委、那曲地委办公室、那曲地区行署办公室、那曲地区文广局、那曲地委宣传部、那曲地区新闻出版广电局。胡蓉于 1981 年开始从事文学创作，代表作有散文《母子泪》《酣醉藏年》，小小说《推车》《乡长》，诗歌《在灿烂阳光下》《彩虹》《拥抱新时代》，歌曲《藏羚羊》《榜样》等。

胡蓉的文学创作以弘扬主旋律、传播正能量的立场、视角与价值观观照广袤辽阔的藏北羌塘大草原，在时间上截取了自己 30 年的藏北人生，在对象选取上主要集中于藏北的山川风物、重大历史事件以及勤劳善良的藏北人民。他的作品通过生动的情节和典型的细节，以真实的笔触反映现实生活中具有典型意义的真人真事，真情美景。因此，可以说他的作品是一曲真情赞美藏北山川和藏北人民的雪域赞歌。同时，他的作品大都深深印刻着作家积极呼应时代、参与生活、干预现实的忠实秉性。他的作品以热情讴歌伟大的祖国、伟大的党为主旨，因此也是一曲情真意切的爱国主义颂歌。

胡蓉的创作以散文为主。他的散文文笔细腻，感情真挚。他的散文从题材内容上看，有以下几个方面取向：首先书写了刚进藏时对故乡和亲人的思念。《母子泪》讲述了从未出门远行、离开父母的“我”，第一次离家是进藏参加工作。这意味着从此“我”要与父母分别，天各一方。在朦胧晨雾中，母亲一跌一撞地追随着驶向远方的汽车，直到身影一点点地消失殆尽，留下叮嘱萦绕于耳。这使“我”突然回想起母亲多年来含辛茹苦地养育之情，以及对“我”深沉、厚重的爱。作品用朴素的文字，把母亲对儿子的爱，表达得深刻细腻、真实动人。从平凡的事件中，呈现出动人的母子情。

《儿子，请你原谅爸爸》讲述了因为“我”工作原因，无法陪伴孩子度过一个幸福快乐的童年，没有办法参与孩子成长的故事。第一次见面时，孩子已经是出生八个月的小精灵了，他因陌生而疏远“我”，但莫名其妙的是他会说的第一个词语竟然是“爸爸”。短暂的亲近之后又是长久的别离。“我”回到了常年奋斗的岗位上，为建设边疆贡献自己的力量，而孩子长期生活在缺乏父母陪伴的家庭氛围中，内心充满了委屈，幼小的心灵受到了质疑与伤害。对于作者来说，无论是和母亲的离别，还是对幼子的缺乏陪伴，都是人生事业与幸福稳定的家庭生活之间的矛盾。“自古忠孝两难全”，这是那些有着伟大理想抱负的年轻人在拼搏路上无法避免的人生难题。从胡蓉的散文中，可以看出作者在人生抉择面前的痛苦与坚毅，对崇高而又伟大事业的执着追求，以及对亲人挚爱的愧疚与思念。

其次，事业起步阶段爱岗敬业的工作纪实。代表作品有《老师的位置》《惜别交谈》《望春》等。这些作品是作者对自己教师生涯的点滴回顾，其中有刻骨铭心的师生情谊，有对教书育人、传道授业等美好职业品格的坚守与赞美，也有对新时代教育事业的困境与出路问题的热切关注。《老师的位置》是针对现实生活中的不良现象进行严厉批评的散文作品。作者对那些唯利是图的人们，特别是为了追求现实利益轻易放弃人民教师这一神圣职业的那些人进行了强烈的谴责；同时，作者对神圣庄严的教育事业进行礼赞，认为教育是培养祖国建设人才的主要途径，是提高全民族乃至人类的科学文化水平的根本方式。《惜别教坛》则是一篇作者从教多年后的真实体悟，充分表达了作者对教育工作的满腔热忱和惜别教坛时的无奈不舍。

胡蓉的部分散文还对藏北民情风俗、山川风物进行了生动描写。主要有《酣醉藏历年》《藏北三月的风》《羌塘文化一览无余 其乐融融引人入胜——“羌塘文化村”巡礼》等。《酣醉藏历年》描绘了藏历新年一派欢歌笑语的景象。藏族人民热情好客、洒脱奔放的性格通过生动的细节、热闹的氛围烘托到了极致，令作者陶醉酣然。

对身边模范人物的礼赞也是胡蓉散文作品的重要书写内容。代表性的作品有《藏族阿妈》《雷达山上的雷达兵》《抗灾前线的巾帼英雄》《病友》等。《藏族阿妈》讲述了作者入藏工作后认识的第一位藏族阿妈白玛央金的故事。学校党委书记白玛央金阿妈，在工作与生活中有着截然不同的性格特征。在工作中，她严肃认真、知人善任，对“我”有着知遇之恩。在生活中，她又是一位慈母，给予“我”无微不至的照顾，以及亲人般的温暖关怀。同时阿妈又具有严肃正直的品德，教给“我”做人的道理。

《雷达山上的雷达兵》顾名思义是作者对常年生活、战斗在雷达山上的那一群默默无闻的雷达兵的讴歌。通过对雷达兵艰苦的生活条件、孤独寂寞的精神状态的真实描写，呼吁人们对这些长期为祖国的安定富强而艰苦奋斗的英雄们给予崇高的敬意和诚挚的关爱。《病友》讲述了一位名叫米玛的藏族牧民的感人事迹。米玛因膀胱癌大面积复发而受尽折磨。但米玛长期隐忍着疼痛，继续以云淡风轻的姿态对待生活，以宽慰身边人。作者通过米玛的事例，真实地展现了藏族同胞在疾病甚至死亡面前无所畏惧的精神，以及刚毅、乐观的人生态度。胡蓉笔下的这些真实人物，他们不分民族、不分职业，始终用真挚、美好的人生信念面对着艰苦的生活，正是他们所具有的这种伟大的人格力量，激励着作者在艰苦的人生道路上前进不止。

胡蓉的创作题材十分广泛，但思想主题却有着高度的统一性。作者善于将多种分散的素材集中在同一主题之下。首先表现在创作内容上对藏北，包括藏北山川、藏北人民，那曲地方建设和方针政策等都在作者的笔下得到了真实的记录。其次表现在思想情感方面，他的作品始终饱含着深沉的爱恋与激昂的赞美。这成为作者书写生活、书写藏北最基本的情感态度。胡蓉的诗歌创作最能体现这一特点。代表性的诗歌作品有《羌塘美》《青藏高原》《相约藏北》《藏羚羊》等。这些作品以高度凝练的语言、慷慨激昂的情感集中描绘了一幅藏北全景图。作者如此执着于对藏北的描述与赞美，是与他真实的生命体验分不开的。在《羌塘颂歌》后记中有这样的表述：“30载羌塘岁月，30年藏北人生。这里有我的酸甜苦辣，这里有我的奋斗足迹。

在这里，我收获过成功；在这里，我付出过汗水。这里有我可亲可敬的藏族‘阿妈’，这里有我深深爱恋的草原‘卓玛’，还有那醇香可口的手抓肉、酥油茶。”而与此同时，藏北这片高天厚土与生活其中的善良民众又对作者的性情与灵魂进行着美的感染与爱的教育，这也使得他在作品中不由得对他们投以感激之情。

除了以上类型的作品外，胡蓉的微型小说也独具特色。代表作品有《推车》《乡长》《掌声响起》《擦鞋轶事》《懒汉》等。整体来看，这类作品构思凝练，语言诙谐，有着“欧亨利式结尾”的特点。《推车》是其中最具代表性的作品之一。小说以农民的视角讲述了一件发生在雨后乡道上的偶然事件。一辆行驶在乡道上的汽车陷入了泥坑，正当车里的人手足无措的时候，看到了山坡上停驻的农民，便向他们发出请求。其实，农民早就看到了这一幕，并随之展开了一系列的心理活动。作品首先写到当农民知道车里坐的不是别人，正是那些“拿好处但不办好事”的官员时，便决定对他们的求助置之不理，甚至为他们的遭遇而暗自窃喜。但最终由于于心不忍，面对官员的再三恳请，淳朴的农民决定出手相助，但对他们的厌恶感并没有减少。农民在抬车时故意造成翻车假象，吓得官员面部苍白，这使得农民大为满足。作品通过对农民前后心理活动的细致描摹，形象生动地展现了他们嫉恶如仇、淳朴善良的性格特点。但随着故事接近尾声，作者为这几位官员证实了身份，他们正是心系百姓、尽职尽责的先进干部。这一出人意外的结局，在一定程度上揭示了文中农民盲目自大、自欺欺人的一些弱点。

作品通过生动精练的语言描述和成熟细腻的心理描写，将人物形象展现的真实生动。毫无疑问，这则关于官民信任危机的小故事，是作者对官场中存在的不正之风的侧面揭露与严肃批判，反映了当下最具现实性的社会问题。短短千字文，却蕴含了深刻而丰富的社会内涵。胡蓉的其他一些小说也有类似的特点，看得出胡蓉在小说创作上是用足了气力的。

冉启培（1969—），出生于重庆石柱县。1986年应征入伍，随后进藏，历任工兵连文书、排长、副连长、西藏军区政治部宣传处文化教育干事。先后毕业于解放军长沙工程兵学院、解放军艺术学院。出版散文集《心灵西藏》，长篇小说《高原红》《断点》，长篇报告文学《喜马拉雅的回声》《雪太阳》等。

散文集《心灵西藏》收录近三十篇散文，分为四辑：永恒的依恋、永远的藏北、长在生命力的哨所、亲情友情。从集子中作品的实际情况看，这样的分类并不是按照某个特定的标准来划分的，当然这并不影响散文本身的质量。总体来看，除了个别篇章外，这部散文集中的绝大部分作品在内容上都是与西藏有关的，涉及作者在西藏生活的方方面面。有日常生活琐事，有朋友间的交往，有工作事务，有对边防战士恪守职责与坚守岗位的职业精神的描写与赞美，有对高原风光的描绘与歌唱，有对高原人民现实生活的描写与对他们善良心地和坚韧性格的赞颂，有对家乡亲人的回忆与怀念。可以说，这是一部题材多样，从多个侧面展现作者的西藏生活和生命体验的散文集。它在西藏当代文坛的散文创作领域有着独特的艺术地位。整体来看，冉启培的散文创作有以下几个方面的特点值得关注。

首先，在题材内容方面，一些作品细致、具体地描写了西藏边防哨所军人的生活和精神风貌，展现了这一群体的一些不为人知的生活状况。西藏的军旅文学在数量上不算少，在对军营生活的描写、反映上，在对军人精神品格的讴歌上，在对军人心理意识的揭示方面，西藏军旅文学取得了一定的成绩，达到了相当的高度和深度。但这并不意味着西藏军旅文学对军人生活的描写、反映已经穷尽了西藏军人生活的一切方面。事实上，还有许多空白之处需要新的军旅文学作品来补充丰富。冉启培以军人的身份，关注过边防戍边军人的生活，他根据自己所经历过、见闻过的有限的但却真切具体的边防哨所生活，以艺术的方式描绘高原地区边防军人的生活情状，把西藏边防军人的一部分生活向外界呈现出来，这无疑是一种值得肯定的艺术实践。冉启培的这部分散文，对西藏当代文学散文创作，乃至其他类型的文学创作，在题材领域方面是一个极大的丰富与开拓。而它本身所包含的艺术内涵，则是西藏文坛散文领域的重要收获。收录在《心灵西藏》中的《西边的东边》《哨所琐事》《渴望照相的日子》等几篇作品，从多个方面展现了边防哨所军人的一些生活“琐事”，描绘了他们的生存环境，揭示了他们的精神世界的一角，并在此基础上赞美、讴歌了哨所军人坚守岗位、不辱使命的崇高品格与不怕困难、勇于奉献的高贵精神。

《西边的东边》讲述“我”从应征入伍到高原边关哨所当兵的大致经历，表现了“我”由起初的兴奋到路途上的煎熬，到军营哨所时的不安、焦躁，再到最后变得开朗乐观的心理变化过程，展现了边防哨所这一特殊的环境对人的精神历练与情感磨砺的特殊作用。从一个“心智”不成熟的新兵，到成长为一位具有坚定信念、顽强意志和神圣使命感、责任感的军人，“我”的成长经历充分展示了高原军人价值观形成的“艰难”过程，在具体的行文中，作者没有回避哨所生存环境的严峻、恶劣，没有回避军人情绪的低落和信念的动摇的真实景况。正是由于这种写实的笔法，更为全面地呈现了高原军人的形象特征。《哨所琐事》以更为细致具体的笔触，描绘了高原哨所军人的生活情状。这篇散文从哨所军人的日常生活入手，描写了发生在哨所的一些看上去极为琐碎的小事，从一个侧面展示了哨所军人在艰苦卓绝的环境中所特有的积极乐观的生活态度。无论是为了排遣寂寞的“吼山”，还是为了改善伙食而想办法“种菜”；不管是培育小草，还是喂养藏獒，以及与军嫂间的相互敬重与关爱，这些琐事都向外界展现了守卫边疆的军人可敬可爱的美好形象。尽管文章没有描写边防军人是如何执行守卫边防的具体任务的，也没有描写他们的雄心壮志和豪言壮语，但发生在他们身上的这些琐事依然能映照出他们与众不同的军人品质和肩负神圣职责的担当精神。而他们坚韧、顽强、乐观、团结、友爱的性格品质，同样在这些琐事中得到很好的体现。他们对军营生活的珍惜，对祖国大好河山的热爱，也都在那些琐事中得到了充分的表现。由此我们能够感觉到，那些所谓的琐事，其实都是哨所军人生活中的大事，他们关乎着军人的生命质量，关乎着他们戍边任务完成的效率。作者以小见大，很好地刻画了边防军人高大伟岸的鲜明形象。《渴望照相的日子》主要描述了边防哨所三个哨兵身上的一些琐事。老班长的忠于职守，以及对新兵的关心爱护；小山东的可爱天真；“我”的善解人意，都很细致地展现了边防战士内心的情感微澜和高尚的情操。他们对家乡的思念，对亲人的牵挂，对战友情谊的珍惜，对岗位责任的坚守，对美好记忆的珍藏，让我们看到他们刚毅坚韧之外的柔情与温婉。冉启培的关于边防军人的几篇散文，从不同侧面呈现了戍边战士的形象特征和精神风貌，是西藏军旅文学中的优秀篇章。

冉启培的散文值得关注的第二个方面是，他对藏北高原的深情书写。在西藏当代文学中，对藏北高原的书写算得上一个热点。在不同的时期，许多作家都涉足过这一题材，不同形式的文学作品都描写过藏北高原，如马丽华的散文，加央西热的诗歌、散文，旦巴亚尔杰的小说和散文，嘎玛贡加的散文，次仁朗公的小说等，还有一些更年轻的小说家、散文家、诗人都以藏北高原为书写对象，建构过精彩的艺术世界，挥洒演绎过自己的情感心绪，言说过自己的人生感悟与生命思考。冉启培的部分散文也把笔触伸向人们熟悉的藏北高原，但又能够给人陌生感，主要原因在于冉启培倾注了个人独特的生活体验和生命思索。

对于藏北高原，冉启培有自己的认识和理解。他在《走在藏北的土路上》中，这样描述过他心目中的藏北高原：“藏北，这个洗涤人灵魂的地方，这个苍茫博大的地方，这个真诚纯朴的地方，走近它，你会发现理想，走近它，你能看见天堂。如果你生命的某一阶段属于这里的话，走进藏北，走进雪山，你就走向了心灵。”冉启培对藏北高原的理解，源自他深刻而沉重的藏北之行。在他的藏北之行中，留给他最深印象的就是“沉重”，而这也是他笔下的藏北高原与众不同的地方。冉启培的坦率与真诚，让他笔下的藏北高原逼近了真切而诱人的一面，成了历练人精神意志的生命高地。更值得注意的是，作者由眼前的现实情境，联想到了历史情景，并对此发出自己的慨叹与感想。譬如，当他看到不断延伸又显得有些苍茫的藏北高原的土路时，联想到了悠远的历史——吐蕃与唐朝的交流，他借此颂扬古人的坚韧与智慧：“但不论是吐蕃人也好唐军也罢，他们能在当时的条件下，翻越全是海拔五千多米的雪山，这不能不令人惊讶。而唐军远征时间最长的一次达一百一十天之久，仅粮食一项，就是个庞大的数字，想必也是土路帮了大忙。”在对古人的回想中，在对历史的回溯中，表达了作者战胜现实困难的信心和希冀；也表达了对祖辈们战胜困难、开辟通途的英勇气概的赞扬和钦佩。这是一篇感情浓厚，充满了人道主义情怀的散文作品。作者去藏北是为了慰问受大雪侵害的牧区灾民。虽然艰苦的自然环境让作者深感震撼，但肩负的重大责任也让作者以乐观的态度面对眼前的困难。更重要的是，作者被生活在藏北高原的牧民们顽强的生命力和坚忍不拔的性格所感动，同时也被他们热爱故土、乐天知命的生活态度所感染。由此，作者在文中感发的不仅仅是同情与体恤之情，还有向世世代代生活在高原的人们送上的由衷的敬意和赞美。这种敬意和赞美，其实也是对伟大的生命的致敬。

《心灵西藏》中还有一些其他题材的散文也颇具特色。如表达作者对亲情和友情回忆与珍爱的《留住魏公村》《父亲的椿树湾》《我认识的北京籍西藏女兵》等。《留住魏公村》对同学友情的怀念，表现了同窗情谊的无比珍贵；《父亲的椿树湾》以抒情的笔调回顾了父辈们为了生存远走他乡寻找落脚点，最后在四川境内艰苦创业、繁衍子孙的艰难过程，表达了对父辈们吃苦耐劳、坚忍不拔品格的赞美之情。作品重点回忆、描写了父亲的人生历程，凸显了父亲吃苦耐劳、质朴勤劳的优秀品质，同时也表达了作者对亲人家园的怀想和爱恋。《我认识的北京籍西藏女兵》讲述了几个 20 世纪五六十年代参军进藏的女兵的故事，以朴实的语言和看似平淡的故事，表现了这些西藏女兵爱国敬业、勇于奉献的崇高精神。

第七节　白玛玉珍、格央

白玛玉珍（1971—），女，出生于西藏拉萨。1989年考入中央民族大学；1993年毕业，先后在西藏电视台、拉萨市文化局、拉萨市市民服务中心、拉萨市政府接待办、西藏民政局工作。1989年在中央民大校刊上发表《野草赞》，作品以散文为主。发表散文《沐浴生命的雨季》《雪顿节及其由来》《绿色空谷》《藏区的头饰》《生日留给大自然》《四季如春的归来》《蓝色的日记》等二十余篇；2002年出版散文集《欢乐的高原》；2014年出版散文集《雪莲心语》。曾获第四届西藏新世纪文学奖。

白玛玉珍的散文集《雪莲心语》是她多年以来优秀散文的集结。文集包含介绍西藏文化、反映西藏社会时代变迁及描写独特的生活场景的作品，如《永远的藏历新年》《康巴滩的康巴人》《八廓街流动的色彩》《佛诞节的转经路上》《美丽的藏式彩楼》《藏家的酥油茶》《藏区的头饰》《熊患与游侠》《心中的拉萨》《藏族姓氏》《飘渺至今的桑烟》《佛光笼罩下的没落一族》等；部分作品描述、揭示了作者个人哲理性生活体验，如《草原孤鹤》《玫瑰色的翡翠》《活出自己的风采》《玻璃之外就是大海》《接待处长体悟》等；还有讲述和赞美淳朴、勤劳的藏地女性的作品，如《母亲心灵的广场》《打开母亲的故事》《姨妈的善良生平》《我和婆婆》《美丽的弟媳》《宝贝，下辈子我做你的女儿》《大个子，小宝贝》《曲吉的故事》；以及其他一些能够表现作者生活品味的作品，如《家有开心农场》《难以走俏的书报杂志》《哈达系良缘》《四季如春的归处》等优秀作品。

生活化事件的哲理性思考和书写，是白玛玉珍散文的一个重要特征。真正的智慧源于生活，生活中的所思所感成为了作品书写的重要内容，成了其经历生活、思考生活、升华生活的智慧。这种生活化的写作在当代文学作品中并不少见，但白玛玉珍的生活化事件的写作，并未落入俗套，也没有矫揉造作之感，而是给人一种真实、真切之感。在《接待处长感悟》中，作者提出了自己对吃喝玩乐的见解，并结合实际工作更新了人们对于接待工作的认识，同时也在这一过程中成功地实现了自己生活与工作、个人自我情绪与家国大我情怀的平衡。这种真实还体现在作者毫不掩饰生活的“阴暗面”，或者说个人无能为力之处。在《乡村俱乐部里的小歌星》中，作者珍视一个18岁高考落第的乡村少年的“歌星”梦，能够全面考察、客观评价，在此基础上多方联系，帮助他实现自己的梦想；同时也毫不掩饰自我的无能为力所带来的无奈和挫败感，和因冲动轻许的诺言而感到的惴惴不安。几经周折，当作者惊讶地看到满怀梦想的“歌星”站在属于自己的舞台上，展现出自信和从容时，她感到了由衷的欣喜。白玛玉珍在书写生活的“琐碎”时，还能够实现自我的“救赎”，而非陷入“一地鸡毛”式的困境。女儿的委屈、好友的苦难倾诉和自杀、保姆的苦难遭遇诸多不愉快时，都能够以自我“救赎”的方式重新面对生活。

淳美女性形象的塑造，是白玛玉珍散文写作的另一个显著特征。散文集《雪莲心语》中有不少篇目是书写女性的。母亲形象的书写作为文学写作重要母题之一，在白玛玉珍的笔下，也未能免俗；但白玛玉珍的母亲形象的书写更为广泛一些。除了母亲，她生活中的其他女性，如婆婆、姨妈、弟媳、甚至是女儿，这些女性都以她们各自相异的方式，带给作者淳美女性形象的体验，也丰富着作者关于女性形象的构想。母亲，是白玛玉珍多次书写的形象，她是一笔宝贵的财富，值得作者毕生发掘。正如作者所言，记得母亲曾经说过，唯有知识，是丢不了，强盗抢不走，小偷偷不走，灾难来临时，也不会被毁灭的，那才是真正的宝藏。当然，这里所谓的知识不仅仅只是书本上的知识，更是生活里的经验和智慧。在作者生活的每一个阶段都带给她生活的指示和生命的启示。就如作者所言，母亲的心灵是一汪海水，永远负载着一叶孤舟的我。母亲用她几十年的拼搏奋进，用她的慈爱、宽容、忧虑、严格、牵挂、叮嘱教养着我和姐姐，使她们在被叫作“人生”的汪洋中寻找着她们的定位。婆婆，大字不识一个的农村妇人，她的明理和妇道也带给作者生活的智慧。不是客套的应付，也无需发泄式的倾诉，婆婆成为母亲去世后，能够让她喊一声“阿妈啦”，能够带给她另一种形式的母爱呵护和体谅的人。婆婆大度、勤劳、慈爱，不强装迎合，也会在女儿的养育问题上与作者产生矛盾，但正是她的真情，让作者无法拒绝真切、真善的爱。姨妈，一位普通的妇人，超众的学识、卓著的业绩，一切华丽的词语都与她无关，而她的善良、大度、坚强，涵盖了她生命的意义，也丰富着作者的生命。姨妈和无数普通的藏族妇女一样，转经、吸鼻烟，辛勤劳作。没有生育儿女的她，将疼爱给予作者和姐姐，给她年迈的父母养老送终，为兄弟姐妹分忧，她会用微薄的收入给无处安放的藏獒买上肉和骨头，大老远地送去；她会担忧邻居家没有大人看管的孩子；她会爬上墙头，为过林卡的邻居家看家护院；还会跑去给邻家饥肠辘辘的小狗喂东西。姨妈还会在转经时，对着地上的蝼蚁唠叨半天，也会为因受自己行为影响而还俗的小喇嘛而愧疚。她宽容、博爱、淳朴、坚定，用一生做了一个“怀着善良唱小曲”的人。弟媳格桑，没有婚姻和任何形式的承诺，以彼此纯洁、美好的心境和弟弟结合。他们的婚姻与爱同在，尽管遭受七个孩子中五个夭折的痛楚，带着被岁月留在脸上的沧桑和无奈，却依旧乐观地活着。女儿宽容、美丽、勇敢，如烟如梦，成为作者尘世洪流中的一棵救命稻草。作者以笔下书写的女性形象，完成了她关于女性气质的构想，是这些女性身上体现出来的品质，成了她笔下女性形象独有的风采和内蕴的集合。

藏地独特的风俗民情的展示，使白玛玉珍散文中体现出鲜明的地域文化特征。尽管文集中有系列藏地文化的书写，比如《藏族姓氏》《藏家的酥油茶》《藏区的头饰》《永远的藏历新年》《美丽的藏式彩楼》等篇章，但作者的藏地文化风俗展示，不同于那种科普性的介绍，而是渗透在作者对其他事物的描写的字里行间。在《美丽的弟媳》里，读者得以了解藏地的婚俗文化；《佛光笼罩下的没落一族》中，我们可以看到作者对拉萨“乞丐”心理的揣摩和命运的担忧；《熊患与游侠》里，我们得以了解藏地独有的生活情状，以及类似于“民间游侠故事”般的传奇；《生日留给大自然》里，我们得以体会到藏地人与自然和谐亲近的关系，能够更好地了解藏地流传的老人们的道德教诲；《八廓街流动的色彩》《美丽的藏式彩楼》让我们理解藏地那种强烈色彩对比下的和谐和人们的简单、欢乐；《拉萨的春》《心中的拉萨》让我们体会到拉萨的自然美，和历史沧桑变化中沉淀的勃勃生机……

白玛玉珍的散文文字质朴、平白，却隽永、流畅，带给人一种温情诉说般的审美体验。文章善用短句，语言流畅自然，给人一种亲近、平和之感。如作者所言，那些浮躁的灵魂、猎奇的文字都不属于文学。白玛玉珍的散文，是其热爱生活、用爱去营造美好生活的艺术追求的展现。

格央（1972—），女，出生于西藏昌都察雅县。格央的散文作品收录在《西藏的女儿》《雪域的女儿》两部作品集中。与其他作家的散文创作相比，格央的散文较少去关注个人的悲欢与一己的情绪，她的作品主要从女性视角出发，叙写历史、传说和现实生活中女性的生存境遇，具有浓厚的女性关怀意识与民族文化反思意味。此外，格央的散文创作立足于藏文化土壤，具有浓郁的藏地文化民俗色彩。

格央的散文创作具有强烈的女性意识，但格央的女性意识又与当代文化语境下的女权主义意识有着很大的不同，她是从女性个体生命体验中本能地去关怀女性、关注女性的生存之累。在藏族社会文化传统中，女子在社会劳动和家庭生活中起着很重要的作用，甚至在家庭生活中她们的地位更高，而且与生产方式和分工相联系。藏族女子在农区和牧区与男子一样劳作，甚至更为辛苦。

在藏族文化中，有女性崇拜的传统，从民间文化的丰富资料中可以看到许多早期藏族女性崇拜的遗存。比如在西藏民间广泛流传的有关神山、神湖的传说，山神和湖神大多为女性神，她们被视为雪域大地的守护神，福禄人间的仙女。但这种崇拜与藏族女性在现实生活中的地位似乎并不吻合。因为长久以来，藏族妇女一方面承担着繁重的生产劳动，另一方面却又受到轻视和压抑。格央在她的创作中，对女性的这种生存境遇进行了关注和表现，对民族传统文化进行了反思。在《西藏的女儿》中，格央对藏族女性的生存环境进行了审慎的体察。在西藏，虽然没有强烈的重男轻女的思想，但事实上，特别是在农村和牧区，女性比男性更多地承担劳作的辛苦。因此会有谚语：小孩的脚磨起了茧子（放牧），女人的手磨起了茧子（干活），男人的屁股磨起了茧子（坐着喝茶）。藏族女性从事繁重的劳动，抛头露面，不论是在田地里，还是在牧场上，甚至是在激烈的商业竞争中，她们都起着主导作用，表现出了极大的忍耐力和聪明智慧。藏族女性的这种外在生活状况，被一些社会学家认为是享有较多权利和自由的体现。因此断定西藏女性的传统生活方式，是一种值得效仿的妇女的生活方式。但格央从女性个体处境出发，看到了女性所承受的生存之累。格央对此深为感慨："很多小说里浪漫地把女性比喻成水，但是在我的感觉里，生活在雪域高原上的女性是用世界上最坚硬的钢做成的。"她看到了女性承受的生命、生产之苦，"说句很实在的话，从某种角度上来讲，我甚至连旧时代的内地女性都羡慕。因为最起码他们被当成一个全方面的弱者，她们自然多多少少会受到一些照顾……"格央以自己的眼睛观察着由男性占主导的社会，以自己的所见所闻，对女性辛苦劳作的处境有着深深的洞察，并对男性发出了这样的呼吁："请把你们的快乐建立在我们的快乐之上，请把你们的幸福建筑在我们的幸福之上。"

在《农牧场主的妻子》中，格央刻画了一个独特的女性玻铂，这是一个由农牧区来到拉萨但仍保持着一些固有传统的女性。她对丈夫全身心地付出，任劳任怨，自然、淳朴、豪爽，即使是面对不怀好意的讨债人，玻铂也是热情地端上一大盆子肉来招待。在回到牧区后，经受着繁重的生活，经历着草原上的爱恨情仇，女性的坚韧弥漫在作品之中。《一女有四夫》中，格央对这种婚姻形式进行了描绘，琼是一家四兄弟共同的妻子。老二、老三两个老实的丈夫留在家里做农活，精明一些的老大和老四带着琼来到拉萨做生意。琼似乎对这样的婚姻心满意足。但是当有一天得知自己的小丈夫在外面有了新的爱人时，琼陷入自责之中，“丈夫要离开家，做妻子的自然会有责任。”“丈夫们的轻浮行为对于婚姻关系并不造成威胁，但是对妻子却是一个大大的挑战，她的任务是抓住这种不规矩的行为，感化丈夫，使之最终回到自己的身边，服从自己，如果她做不到这一点，那么非难在指向丈夫的时候，无可避免地也会落到她自己的身上。”通过对琼的这种心理意识的描写，凸显了女性宽阔无比的忍耐。作品在对琼的遭遇寄予了深深的同情时，作者对这种婚姻形式发出了自己的看法：“就爱情和婚姻来讲，没有任何一种形式是完美无瑕的，任何人都无法依靠形式赋予的权利去获取真正的幸福感情，在婚姻关系上，一个人所能依靠的只有对方的良心和真诚，那颗曾经爱你的心是否持久，并不在于婚姻形式本身，而在于那颗心的高尚与善良。”在《八角街里的康巴女子》中，格央描绘了康巴女子的美丽、坚强，她为这些女子的坚强而感动。央吉泼辣大胆，不愿意嫁给三个丈夫，她是怀着对美好生活的向往奔向拉萨的。她认为“自己想要的生活是等不来的，需要自己去追求和争取”。宗措原本是一个穷困潦倒的小姑娘，凭着自己的艰辛努力、聪明才智和顽强不屈的精神最终成长为一个商界女强人。格央对这些女性深怀赞美之情，欣赏她们的聪慧与韧性，但与此同时又对她们生命中的艰难处境予以深深的同情。

格央关注女性、深深地体察女性，但格央并不是一个女权主义者，她是从女性的个体处境出发，认为西藏女性承受了太多的生产之累。由此，她对女性在现世生活中所受的挤压进行了深切的关注与忧虑。“我实在搞不清楚这种认为女性身上有某种不洁的东西观点是从什么时候开始的？这种观点和我们传统的古老宗教有关吗？我也搞不清楚这种不洁的东西到底是什么？我只知道这种观点的结果造成了西藏女性在生活上的很多遗憾，制约了那些聪慧的女性的发展……”

格央以其生命体验对雪域高原女性的生存状态进行了思考，她的思考是有生活根基的，她说自己在八廓街生活了多年，也去过农牧区，对女性的现世生活有着深深的体验。她的写作没有高高在上的女权色彩，她的双脚就行走在这片雪域高原，具有一种脚踏实地的人文关怀。

格央的散文洋溢着浓厚的民俗文化色彩，阅读她的散文，犹如展开一幅具有浓厚民俗色彩的风俗画卷。在《女巫师》中，作者对西藏的降神者进行了描写。“在西藏人的世界里，神是无所不在，无时不在的。天、地、水三界都有神，河流、树木、高山、泉水等等都是神可能栖身的地方，在山口、路边、水中有看不见的精灵，甚至在家庭里也有家神，这些神与人们的日常生活、生产、祸福有密切的关系，会给人们带来帮助和祝福，但是如果触怒了他们，就会有灾难降临，因此，西藏人从出生的第一天起直到生命的结束，都要和各种各样的神打交道。可以说人和神的世界是交叉在一起的。”在人与神的沟通中，需要降神者这样的角色。在几千年的政教合一的体制中，降神者是一个古老的职业，过去噶厦地方政府的重大活动，都需要向降神者请教后才能作出裁决。作品细致地介绍了西藏著名的乃琼降神者，丹玛森康女巫师，描绘了他们神奇的法力。此外，在百姓的日常生活中遇到重大事情需要决策或普通百姓遇到病患时，通常也要寻求降神者的帮助。作者通过自己的日常生活，通过亲眼所见，渲染了这些巫师法术的神奇灵验。

此外，在《被称为“魔鬼”的女人》中，格央对亦真亦幻的西藏现世生活进行了描绘，让读者仿佛置身于虚幻的世界之中。在这些被称为魔鬼的女人中，既有令人同情的阿佳，也有让人憎恨的仓和老太婆，她们都有非同寻常的本领，而这些本领能给周围人带来恐惧和灾难。阿佳被认为是个魔鬼，她会莫名其妙地出现在某些场合，她对自己的所作所为无力改变，受人歧视。

甚至包括作者自己都曾看见阿佳的幻形。

格央还描塑了像格萨尔的王妃这样一些具有传奇色彩的女性人物形象，铺述了珠姆对爱的坚贞、执着、忧伤与怨恨。在她笔下，珠姆的身上有着凡尘女子特有的女人味，她对格萨尔有着一种强烈的爱，她经历了世界上最残酷的战争，面对了最血腥的场面，享受了最富贵的生活，也得到了最感人的爱情。她有着一般人所不能体会到的幸福和快乐，也担负着一般人所不能承受的痛苦和悲伤。在《一代女王樨玛勒》中，樨玛勒是一个不太幸运的王妃，但却是一个很坚强的女性。失去了丈夫，带着遗腹子在刁难和不如意中努力维持王室的权力，为子孙保持王位，最终把心爱的孙子扶持上王位，把王权交还给了悉补野家族。这些具有传奇色彩的人物在西藏被广为传唱，作品将这些人物栩栩如生地呈现在读者面前，传递出西藏传统文化的独特魅力。此外，在《格萨尔王传的女说唱艺人》中，格央介绍了伟大的格萨尔史诗。在藏族历史上，没有任何一部作品像《格萨尔王传》那样流传广泛，深入人心，受到广大人民的喜爱；也没有任何一部作品像它那样在广大人民的心中产生如此广泛而深刻的影响。

格央将她眼中的西藏呈现在读者面前，神圣而梦幻，真实而神秘，让人仿佛进入另一个世界。其散文因对西藏文化的了解和自然呈现，从而有着浓郁的藏地风情和民俗特色，显示出了独特的艺术魅力。

格央的散文透露着强烈的民族文化情感。在两部作品集中，她以崇敬之情叙写了几位女性人物。格央笔下，神圣庄严的女性身上既有神性的光彩，又有人性的魅力，她们和凡俗女子一样有着爱恨情仇。在《西藏的护法神——班丹拉姆》中，作品描塑了女神班丹拉姆。年轻的时候，这位女神长得非常漂亮，很多男人都追随她，她因此而被宠坏，变得性格暴躁任性，行为放荡。父亲一怒之下把她关起来。为了反抗父亲的“暴虐”，她带着自己的妹妹出走，嫁给了罗刹国国王，也学会了吃人。但最终在佛的感召下，她幡然醒悟，成了藏传佛教的护法神。在伟大的女神班丹拉姆身上，有着凡人的世俗情感，有着美好的爱情，她与情人的伟大爱情被演绎成一个节日。每年藏历十月十五日，僧众把班丹拉姆的塑像从大昭寺抬出来，在拉萨城区游行，并隔河与她情人的塑像遥遥相对。在格央笔下，神也是那样可爱，具有凡人的七情六欲，既有庄严的神性又有复杂的人性。在《慈悲的度母》中，作者娓娓而谈度母的传说，在作品结尾作者充满感情地写道：“山是美的，果子是甜的，空气是洁净的，那林中忽隐忽现的风声是最动人的歌声，而那歌者就是漂亮慈悲的度母。”渲染上宗教色彩的女神是那样的美，她们能够给人间带来福禄，给普通子民以极大的切实帮助和心灵慰藉。

在格央的作品中，对女性也给予了极大的赞美。《女密宗大师劳准玛及觉宇派》描述了女密宗大师劳准玛的成长过程。劳准玛小时候就聪慧异常，12 岁时母亲的去世使她看到生命无奈而痛苦的一面，懂得只有修佛才能让自己获得解脱；16 岁时父亲与世长辞，她再次认识到生命原本的困难，使她坚定了学佛的信心。在喇嘛的指引下，为创立女觉宇派的思想体系打下了理论基础。后来她与印度班智达结成夫妻，生儿育女。但为了宗教事业，最终抛家弃子，一心修炼佛法，通过苦修成为一代著名的女密宗大师。作者写道：“在我的心目中她是智慧和完美的象征，是力量和努力的源泉。多少次我感觉到她就在我的身边，用她的光芒照耀着我，用她的智慧指引着我……对生活在雪域高原这片土地上的女性来说，劳准玛就是我们最伟大的、最崇高的母亲。”在格央笔下，这些女性都是有血有肉的，她们并不是超凡脱俗、六根清净者，而是一样要承受红尘中的困惑的“俗人”。只不过她们因为信仰之虔诚而最终献身于宗教事业。

格央除叙写传说中的宗教人物外，还描绘了现实生活中的宗教女性，如《尼姑女人》，描写日常生活中的尼姑，“在西藏，尼姑们穿的是那种赭红色的裙袍，她们的鞋子、帽子、经常带在身上的简单的布包都是同一色系的，而冬天用的手套和围巾也绝对是相近的颜色，甚至偶尔穿的毛衣和御寒用的外套也会选择相差不大的颜色，因此，我从小就对这种颜色有着一种特殊的感觉，在我的感觉里，这种颜色是庄严和神秘的象征。”格央将外人看来神秘的尼姑生活细致地道来，写她们的日常生活，揭示了属于她们自己的情感与不同的经历和命运。

从格央散文创作的精神内蕴来看，她散文深沉的文化追思凝练出凝重丰厚的诗性情感，把散文创作推向了意蕴绵长的境界。她散文的内在精神突出地表现为鲜明的文化反思意味。这种文化反思植根在她对藏族女性生存现状的深层次关怀上。在散文中，格央一方面发掘历史和传说中女性身上的光辉和现实生活中女性的坚强果敢；另一方面，她对女性在生活中的负重与所受到的不平待遇给予了极大的同情与关怀。正是这种对女性命运的深刻反思和文本中所传达的生命意识与人格精神，使得格央的散文超越了个人一己情怀，具有了深沉的人文关怀力度。与此同时，夹杂在对女性命运思考中的对民族痼疾的痛挞和对民族文化因袭中的负面因素的忧虑，也使她的作品显现了极强的民族文化反思意味。

从散文的体式来看，格央的散文属于文化大散文。她的散文篇幅较长，涉及面很广，蕴含了丰富的历史和社会生活内容，在取材和行文上表现出了鲜明的文化意味和理性思考色彩，有着深厚的人文色彩。此外，她的散文是一种带有浓厚的叙事意味的散文，她的一些散文如《一女有四夫》《铁匠的女儿》《牧场主的妻子》等，因为叙事的细致、情感的深挚，使得作品中的人物栩栩如生，读起来更像是小说。在叙事中凸显真实生动可感的人物形象，这是格央散文创作的一个重要特色。

从总体风格上来看，格央的散文有一种醇厚质朴的特色。她的散文植根于藏文化的土壤，不尚雕琢，自然质朴，醇厚久远。作为雪域的女儿，她站在阔大的高原上，笔触掠过历史的天空、现实的大地，与心灵紧紧联系在一起，抒写自己对女性命运的关怀与思考，以醇厚质朴的赤子之心表露着对雪域大地的挚爱。从格央的创作中，我们不仅看到了真实的毫不虚饰的雪域大地，还看到了隐藏在表层抒写下的个人的忧思，这都显示了格央散文创作的独特魅力。

第八节　陈桂芝、文心

陈桂芝（1968— ），女，笔名阿之、北风，出生于河南洛阳。2002年进藏，自由职业者。出版散文集《佛国》和长篇小说《梦魇》。

陈桂芝的创作类型主要是散文和小说。2012年出版的《佛国》是她多年散文创作的一次集中亮相，里面收录的散文篇章充分展现了她散文创作的特色和文学心性。陈桂芝散文创作的第一显著取向是对自己内心生命感悟的率直吐露。多年的“漂泊”生活使陈桂芝练就了一种洒脱的生命品格。这种洒脱不仅体现在她对物质生活的淡然随意上，更表现在她心性的随和与个性的坦然、率直上，尤其是后者，在她的文字中表现得特别突出。她总是乐于且敢于把自己最隐秘的心理感受和内心想法用直白简洁的语言表达出来，从不拐弯抹角、含蓄隐晦。她的文字呈现给外部世界的是一个晶莹透亮的内心世界，无论从哪个角度去观察，都不会存留阴暗的“死角”。尤其是她的那些吐露自己隐秘心曲的短小篇章，完全是对自己生命的一次次敞开，毫无遮掩。这是一种与生命存在“短兵相接”式的对话。善良的心性、纯洁的品格，这是她的散文辐射出的令人温暖感动的光亮。这种心性、品格的练就与她曲折的人生经历有关，也与西藏浓厚的文化氛围有关。在严峻的现实生活的磨砺与西藏文化氛围的熏染中，陈桂芝的心境就像高原上碧蓝而平静的湖水一样，清凉而透彻，一览无余。

陈桂芝散文的第二个特点是，在情感上对进入自己生活范围内的所有自然景观与人文景观的虔诚、膜拜。可以说，她的散文其实就是对西藏自然景观与人文景观的一种话语致敬与情感膜拜。这种致敬与膜拜既包含着对高原文化的智性层面的尊重，更包含着个人生命感悟的内在情愫，以及对生命存在的普遍性情状的思索与认识。在陈桂芝笔下，所有事物都是有生命尊严的存在，由于此，她从不对进入自己视野的事物说三道四，也不以自己的偏见去指责在别人眼里并不入流的现象、事物，更不会任性地把外在事物想当然地视为自己不良情感宣泄的对象。即使是那些引起她负面情绪和刺激她情感波澜的现象和事物，她都会以一种类似自嘲的方式，甚至是自责的方式在自身那里寻找理由应付过去。这种异乎寻常的胸襟和情怀，使得陈桂芝的散文拥有了一种极为宏大的气度。阅读这样的散文，会让人感觉到生活当中似乎没有不可以释怀的纠葛。陈桂芝投射到外在事物上的这种情感取向，展现的其实是一种生活态度与处事心境。对自然景观与人文景观的虔诚与膜拜，根本上是对现实人生的寂然释怀与无限接纳。

陈桂芝的散文中也隐藏着丝丝缕缕的哀叹与忧伤。哀叹与忧伤源自她对生命苦难的深刻体验，源自生命追寻的无奈与空幻。当然，这种哀叹与忧伤并没有成为其散文情感基调的统治性因素，因此也没有影响其散文的整体审美风貌，她的散文在整体上依然呈现出了一种豁达、闲适、平和的审美取向。

陈桂芝的小说主要有长篇《梦魇》以及中短篇《桑炉祭》《白玛的心事》等。相比散文创作风格上的朴实无华，陈桂芝的小说创作在表现手法上要讲究得多。她善于用具有魔幻荒诞意味的手法来组织文本的材料、结构，人物设置上虚实结合、神鬼相通，从而使其小说披上了一层神秘奇异的面纱。中篇小说《桑炉祭》的故事主干讲述一个善良女孩的美好品质。作者没有采用单刀直入式的路数，而是选择带有神奇意味的故事演绎路径，以曲折回旋的故事演进方式把它呈现了出来。一个心术不正的男人的渴望，一个幻觉般白衣少年的出现，荒凉寂静的建筑工地，漆黑恐怖的破旧房屋，令人诧异惊奇的酒吧舞会，这一切都使得小说意蕴指向荒诞不经。但出人意料的是，小说的结尾却把一切都拉回到了现实的大地，那些看上去令人神经紧张的场面和回旋曲折的故事情节，其实都源自一个真实的故事。借助特定的文化背景和地域环境，把虚幻与现实巧妙地交织融合在一起，使得原本平淡的故事成了一部引人入胜的艺术制品，看得出作者对艺术表现形式的看重。这种强烈的形式意识，在长篇小说《梦魇》中表现得更为突出。这是一篇更为魔幻化的艺术文本。作品的魔幻效果主要是通过两个相关联的表现手段达到的。一是叙述视角的选择，二是梦境的大量运用。在叙述视角的选择上，首先选取已经成精的黑猫作为全知全能的叙述者，讲述整个故事；之后，在具体的故事情节中让人物站出来讲述各自的一些人生经历。这种虚实交叉的叙述方式使得作品不可避免地产生了魔幻色彩。除此之外，小说行文中，梦境也是一个主要的构成因素，它既作为小说的情节元素组建、丰富作品的内容，也作为故事情节发展的动力因素，推动故事不断延续前进。最为关键的是这些梦境本身就充满了奇幻色彩，从而使整部作品魔幻意味更为强烈。

尽管这部作品因叙述因素和情节内容而呈现出魔幻神奇的面目，但其内里却包含着驳杂纷乱的现实生活。无论是漂泊在外的母亲，还是千里寻母的儿子，在他们充满了奇幻色彩的人生经历中，无不隐藏着他们所经受的刻骨铭心的现实人生遭遇。那些奇幻，乃至荒诞的情节，只不过是他们真实人生经历的变形而已。小说中母亲的漂泊、流浪经历，其实可以看作是作者现实人生经历的艺术化展现。如果褪去裹在故事内核上的那层奇幻荒诞的外衣，它的精神是非常现实化的。

文心（1975—），女，原名宋燕，出生于河南开封，童年少年成长于陕西。1999年进藏，开创西藏第一档谈话节目《今夜有约》。出版散文集《时间的河》和长篇小说《藏爱》。作者以在西藏生活九年的经历，将西藏的旅游、宗教、文化融为一体，向读者展示了一个神秘的高原古地；并以一个女性细腻的笔触，描写出了爱情天地里渴望、失望和爱之不及的孤独。

散文集《时间的河》包括岁月留声、随笔十札、打开心窗、真情留言、午夜信笺等部分。相比浩瀚的宇宙，人类渺小而又短暂，每个人都很无奈地走在时间的河流里，谁也不能让时光倒流。文心痛苦而清醒地认识到时光的不可逆转。她写这部散文集，是为了留下记忆。世界上最无情的是时光，时光不断流逝，记忆也会变得支离破碎、残缺不全，甚至会随着时光的流逝不断地修正和重构，而文字却可以穿越时空永远留存下来。文心留下这些文字，为的是“如果多年之后你想起了我，想起了你曾经的青春年华，在暖暖的火炉旁翻开书页，岁月的气息滚滚而来，一瞬间，恍若回到了曾经的时代……”[1]随之，青春年少的纯真感情在她笔下缓缓流淌。17岁时，爱上了连里的一个男兵，幻想着为爱情献出生命，梦里却不见他的踪影；幻想着有情人终成眷属，美丽的梦幻终究要落回残酷的现实。日子在表面波澜不惊的岁月里流走，转眼就是别离。浓浓的思念逐渐淡化，那份情愫只能被隐藏到内心一个隐蔽的角落。偶然想起，难免怅然。

文心说，来到西藏她才有一种归属感，这里的蓝天碧水、风土人情甚至一草一木都让她感到亲切。《时间的河》里，有几篇关于青普、巴松湖和阿里的文字。她去青普找寻当年莲花生大师的修行场所，了悟富裕与贫穷、精致与粗糙在生命的本质上并无区别，世俗的物质欲望反而会成为阻碍灵魂飞升的羁绊。置身于西藏的高天厚土、冰天雪地、戈壁荒山，人才能真正体会到大自然的威严，人如蝼蚁，何其渺小和短暂。正如文心所说：“人说心无限的大，辽阔到可以装下整个世界，而在这漫漫戈壁荒沙中，人却缩成了自然中的小小蝼蚁，在威严的自然面前张皇四顾，一个轻微的吞吐就可以将自身掩埋。”《茫茫转山路》中历尽千难万险的虔诚，《辽远古格》中置身历史氛围的怆然都是另一重天地。来到阿里荒原，世俗常情从心中走开，才发现名利的争夺云淡风轻，不是人本原的东西。西藏是涤荡灵魂的地方，是灵魂的栖息地。去藏地旅行，就是精神的洗礼。荒原和都市截然不同的对比，让人领悟了什么样的生活才是真正的生活，让人领悟了什么才是自己真正想要的。阿里的旅行，是意志的磨练，是苦难的震撼；荒

[1] 文心：《时间的河·自序》，西藏人民出版社，2003年版。

寂的美，是甜美的回忆，也是另外一种生活方式的体验！可以说，文心是一个神秘主义者，长期孤独冥想的生活使她总能达到某种特别的精神境界。她认为，人一生总要遭遇不同的美景，领略不同的滋味，只要经历了便无怨无悔。

《时间的河》中提到了很多生活中的朋友或者萍水相逢的人，拉巴次仁、扎西达娃、尼玛次仁、韩书力、齐秦等，一个个人物形象在文心的笔下独特而又鲜活。文心笔下的人物，无一不率真、个性，具有真性情。这些人物有着自己自足的内心世界，足以抵御世事的繁琐。从他们身上，能够让人体会到不同的人生滋味以及他们对艺术和精神的孜孜不倦的追求。归结起来，文心其实只写了一类人，这些人物与文心同属一个精神类别，是文心自身的精神投影，是一个个心灵的故事，是一曲曲灵魂的歌唱。

扎西达娃不为他人、不为声名而活，活着只为自己，活着尽可能体会各种不同的滋味，他认为简单重复并无多大意义，冷漠粗糙的外表下掩藏的是一颗温柔细致的心。西藏最具影响力的画家韩书力享有很高的声名，却过着最静寂的生活，虽然五十多岁了，却有着孩童般纯净的心。他抛弃了世俗的枷锁，进入到了一个无苦乐、无悲喜的永恒的精神境界。亚依是一名舞蹈艺术家，她听凭内心深处最真实的召唤，用舞姿演绎着对故乡的思恋。收藏家叶星生在西藏几十年，足迹踏遍西藏的各个角落，穷尽财资，收集的物品不计其数，五花八门，洋洋摆了一片，每天看着这些物件，疲惫的心自有一番难言的喜悦。没有钱，他有最宝贵的精神财富；没有爱，这些瓶瓶罐罐就是他爱的寄托；没有孩子，他已从广博的高原大地捡回这许多子息，它们就是他生命的延续。叶星生一生未曾婚娶，这些收藏就是他的情人他的伴侣他的子孙。其实这些收藏并不是他的所有珍品，1998 年他一发狠将历年所藏一股脑儿捐给了西藏博物馆。他在搜集整理的过程里，只有对生活的激情和心态的平静，他说他保存的并不仅仅是观赏的工艺品，他保留的是西藏的历史。那些破铜烂铁，一块布、一块木都是最原始而古老的民风，让学者有了更多的考察和追索的依据，收藏的意义便在于此。大昭寺的尼玛次仁是人们敬重的僧人，他早已顿悟了世态常情，知道一切都不过是过眼烟云，不可贪恋。他长年古灯相伴，却通过个人的努力架起了寺庙与外界沟通的桥梁。即便是开酒吧的宋明和邹军，也早已让酒吧超越了商业的范畴，成了拉萨的一道独特风景，以自己的理解去诠释并展示西藏独特的文化现象，并以自己的人格魅力吸引着热爱西藏、崇尚自然的旅游者。他们希望通过这种方式能够让更多的人了解西藏、热爱西藏。《时间的河》中唯一涉及尘世生活的篇章是《妞妞和妈妈》。妈妈陈慧居然也是一个性情单纯的人，要哭就哭要笑就笑，从来不加遮掩，不会做饭不会洗衣还天天嚷嚷着要还她自由。读文心的散文，有“误落尘网中，一去三十年”之感；读文心的散文，也是领略一次又一次精神的感动，希望被世俗的烟尘所污染的灵魂能够得到洗涤，能够保持清亮。文心笔下的人物，像一朵朵无所羁绊的白云，在西藏的蓝天上自由飘散，远离尘嚣。文心不是没有享受过世俗的亲情和快乐，但她说这样的日子是不能长久的，也许冥冥中早已注定了她的漂泊流浪。

文心的散文文字优美、清新而富有灵性，笔调温婉，情感细腻。作为《今夜有约》节目的主持人，文心天天在倾听陌生声音倾诉内心情感世界的波澜，天天在为听众排忧解难，这个工作让她对人性有了更丰富的了解，让她了解了更多的世事沧桑，也让她的心路走得更远。因而，从《真情留言》中，我们能够感受到文心文字的另外一面，她的语言富含哲理而又犀利深刻，往往能够抓住听众问题的要害，为听众指点迷津，也让听众能够通过倾诉释放内心的压力和负面因素，获得心理的安慰。著名作家扎西达娃把文心比喻为一个心灵的牧师。她确实是每晚都在用心感受着听众的心声。

第九节　凌仕江、陈跃军

凌仕江（1975—），出生于四川荣县。1993 年入伍进藏，2009 年离开西藏。自20世纪90年代中期开始文学创作，先后出版诗集《唱兵哥的鸟》，中篇小说《红纱巾飘起来》《失落》《极地婚礼》，散文集《你知西藏的天有多蓝》《飘过西藏上空的云朵》《说好一起去西藏》《西藏时间》《我的作文从写信开始》《藏地圣境》《天空坐满了石头》《骏马秋风》，以及音乐剧《雪山上的红盖头》等。

凌仕江是一位有意识地在文体方面进行探索的作家。“起初写诗，写哨兵的心，雪域的雪，风雪高原人的精神，全凭一种灵气，后来渐渐地发现诗歌已难再容纳我要描述的对象，就开始写小说。写得不满意就撕，撕了又写，写了又撕。我至今没有写出让自己感动的小说，于是就把心思更多地放在了散文上。”[1]最终他选择并坚持散文创作，凭借以西藏为背景的系列散文崛起于西藏文坛。

从90年代后期开始，凌仕江致力于散文创作。2004年，《你知西藏的天有多蓝》由花城出版社结集出版，引起巨大反响，标志着他由诗歌写作向散文的成功转向。2004年以后，凌仕江的散文创作进入稳产期，风格渐趋成熟，《飘过西藏上空的云朵》《西藏的天堂时光》《说好一起去西藏》等集子相继问世。凌仕江怀着一颗滚烫的心，用十二年的军旅生涯和青春对话，用十六年的雪域生活铸就散文之美，王宗仁先生称其为“西藏，不倒的青春旗手”[2]。在远离尘埃的地平线上，他用真切的见闻说话，用冷静的眼光思索，用深刻的体悟书写，从而以静态文字的方式触摸到了最生动且不失真实的西藏，谱写了一曲曲荡气回肠的高原之歌。

凌仕江写诗，具有诗人气质，这对他的散文写作产生了很大的影响，诗歌的神韵与散文的精魂在他的作品中交相融合，使他的散文具备“诗化”般的语言与意味，轻灵而不失厚重，空幻又不流于浮躁，平和之中不乏热烈，热烈之中包含刚硬，安静时充满了自省。在他的笔下，西藏这片圣土似乎

---

[1] 凌仕江：《你知西藏的天有多蓝》，花城出版社，2004年版，第237—238页。

[2] 王宗仁：《西藏：不倒的青春旗手》，《你知西藏的天有多蓝·序》，花城出版社，2004年版。

永葆明媚干净，西藏的天“天天天蓝”，西藏的雪“是心灵最好的净化剂”，西藏的风“装饰了宗教的完美”，西藏的云是“一条通天的哈达，托起吉祥”。总之，在作家饱含深情的笔墨里，西藏是阳光、是天堂，让他淡忘缺氧，对抗孤独，无视忧伤。生活是源泉，心灵是清潭，散文的神韵来源于作家的真情实感，凌仕江将最好的青春岁月交付给了西藏，西藏也回馈给他独属的灵感与诗意，成为他书写不完的第二故乡，正是他与西藏之间漫漫十几载的深厚情谊，才能让一颗年轻向往美好的诗人之心，在环境艰苦的高原生活中，发现美的影子，熔炼出闪烁着诗意的文字，将看似黯淡无光的日子照亮成一段激情燃烧的岁月。

凌仕江的散文文辞直白晓畅，读起来轻松明丽。在《徘徊西藏》中，他写道：“青藏，我的马鞭被寒流折断。青藏，我缺氧的歌声不会高亢。青藏，现在我不能飞翔，我只好等待一场大风把我一扔千里，我必须匍匐在阳光的阴影里画太阳、脚印或大羽，在积蓄自己光芒的同时高攀一首苍茫的诗神速穿越云雾茫茫。”凌仕江毫不掩饰自己对青藏的迷恋，如同一位引吭高唱的歌者面对心仪已久的对象，大胆诉说内心的失落与忧伤，感情炽热，直抒胸臆。

随着在藏时间的推移，写作手法的娴熟以及思想观念的转变，凌仕江写作的局部风貌发生了一些明显的改变。就写作内容而言，由创作伊始的风景画卷式的藏地圣境描摹，转向引人深思的人文历史，继而走向对现代文明的关注。凌仕江不浮于描写自然的瑰丽、博大、雄伟，而是保持一颗平常心与西藏平等对话，发现美领悟美记录美。就思想深度而言，由单纯的邂逅西藏，到复杂的表达西藏，进而深化为说不尽的解读西藏，既可以看到一个西藏当代边防军人和文学青年的艰难成长，也可以看到一个心灵跋涉者对文学的执着追求。初涉军营，孤独袭面而来，写作让凌仕江暂时忘却寂寞，军营生活自然成为创作的首选素材，战史回眸、将帅风范、军营掠影、军旅识趣等一些士兵生涯的日常琐事在其早期作品中俯拾皆是，如《怀念老兵时代的爱情》《荒诞的荒原》《心灵跋涉的远方》《列兵的初恋》《两个哨兵的生活》等，高原军人对爱情的奢望、压抑的性，年轻母亲痴痴的守候，哨兵十几年如一日地坚守，都在凌仕江的散文中娓娓道来，直击心灵，让人震撼。随着写作思想的日臻成熟，后期的一些作品，开始关注时代变迁、往年旧事、人物素描、人生馈赠、人文历史、文化沉思、宝贵珍闻等。隐去唯美背后那双悲伤的眼睛，取而代之的是审视和善意的目光，或登高望远，舒吐襟抱；或临风感怀，沉思冥想；或追踪溯源，探隐发微，使他的散文在轻松畅快的同时兼具小品文的哲思与韵味。在《二十三岁的春天》中，他写道："或许，盼不到春天的青藏高原能给我苍茫的启示，它让我懂得如何注重逝去的或逝去本身，而不在乎喧嚣和流俗，并且学会如何持之以恒坚持自己高贵的人格和自尊"；在《看不见的湿地》中，他为拉鲁湿地呐喊："它不仅仅是一个保护区，更是一处生命风景"；在《朝圣大地》中，他写道："成功就是一种摒弃，杂念越多使人越无方向。"行文中折射出作者对自然的崇拜，对灵魂的拷问。这些浸透着"西藏元素"的文字，也表露了作家在尝试逐步深化散文的主题与要旨。

独特的意象选择使凌仕江的散文具有了诱人的魅力。西藏与众不同的自然环境和历史文化为激发灵感提供了营养的温床，"蓝天""雪山""牦牛""卓玛"等一系列极具地域特征的藏文化符号具有天然的吸引力；同时，凌仕江长达十六年的雪域经历加之十二年的军营生涯，为他的创作注入新鲜的血液，令其散文意象新奇独特，故事色彩浓重。"天空"一词贯穿凌仕江创作的始终，成为他散文作品中的鲜明意象。《低头天正蓝》《阳光·天堂》《你知西藏的天有多蓝》皆是歌颂藏地天空的经典之作。凌仕江还将创作目光驻留在圣土之上的"神灵"身上。《狼抛弃了藏獒》一文描写狼和藏獒的爱情；《牦牛在流泪》里解救即将被卖掉的牦牛；《不死鸟》中怜悯掉队的无名鸟；《鹰影》仰望飞舞的神鹰；《雪豹》描写在喜马朗雅边缘游荡的雪豹，他为一只仙鹤的逝去黯然神伤："我们相依为命，在一个被窝取暖"（《喜马朗雅的神灵》）；为一只流浪狗的离去泪流满面：“它就像奔跑在白月光里的一个精灵，令人无比快乐”（《高原上的阿凤》）。此外，西藏的花、草、树、木等自然物象也在凌仕江的笔下纷纷呈现出最美的姿态，如《西藏树下》《圣地的花》《铺满高原的格桑花》《去拉萨看树》《雪线之花》《前面有棵树》《不可居无竹》等。可以说，凌仕江的每一篇散文，都饱含对藏地的款款深情，赋予万物生灵以人的灵性，他用一双善于发现美的眼睛，铸就一篇篇摄人心魄的“心灵史”，开掘西藏文明的精髓，书写西藏的神奇。

除了独特的意象选择，独出心裁的写作手法也是成就凌仕江散文魅力的重要因素。由于散文的结构不像小说那样严谨，讲究完整，而是随物赋形，行云流水，无拘无束，也即常说的“形散而神不散”，使得“借景抒情”“寓情于景”或者“情景交融”的写作方法颇受推崇。凌仕江在注重处理“景”与“情”的关系之余，更独出心裁地将“景”设定为假定的倾诉对象，以达成作者的写作预想。他的很多作品，即使仅仅是面对自然界，也往往虚拟出一个客体“你”与“我”进行对话，仿佛真的是在与他人交流和倾诉，而实则是写作中的作者和真实的作者以及隐含的读者之间的一种交融，是作者内心的独语。如在《你知西藏的天有多蓝》中这样写道：“你不必过分去深究太多的问题，在你抵达之前，西藏的天就这么蓝，在你离开之后，它还将依然的蓝，彻底的蓝，完完整整的蓝，永永远远的蓝……”这种自问自答式的写作方式，体现出作者匠心独运的构思技巧，不仅是与隐含的读者之间进行的情感互动，也是写作者借助文字表达内心真实诉求的一种需要。又如《珠峰离拉萨究竟有多远》一文中，凌仕江同样自问自答道：“珠峰到拉萨究竟有多远？……用心丈量，就是心和心的距离；用爱丈量，则是自然与人的距离；用尺丈量，则是仙境与红尘的距离。”作者先抛出颇具理性色彩的疑问，紧接着给出一个极富感性色彩的答案，完成跟虚拟客体——珠峰、拉萨、读者、自己等的情感交流。

在《我的作文从写信开始》中，凌仕江揭示了一个朴素的真理：写作，从内心的需要出发，你总可以找到共鸣！并在具体的写作实践中奉行这一理论准则，这使得他的散文读起来真诚质朴，清新自然。凌仕江的散文语言清新自然、凝练优美，感情真挚饱满、热烈刚硬，寓意隽永深长，引人入胜。但有一些评论认为凌仕江的散文过于侧重内心的细微感动，缺乏宏大叙事的整体灵动；文字过于通俗，朦胧美不足；写作内容基本取材于个人交际范围的狭小天地；地域表现空间也仅仅局囿在西藏高原与四川盆地，从而产生千篇一律的雷同面目。这大概与凌仕江的个人经历相关，生活经历局限了他的写作视野。

陈跃军（1979—），出生于山西芮城县。除了创作诗歌外，陈跃军在散文创作方面也颇有成就。《触摸玛吉阿米的笑》是陈跃军极其重要的散文作品集，分为《雅砻诱惑》《守望西藏》《西藏想你》《高原乱弹》四部分，收入作者进藏十多年来创作的散文100余篇。在这部散文集子中，陈跃军以深情、优美的笔调，用心描绘神秘圣洁的雪域风情；真情讲述震撼心灵的西藏故事；细致记录魂牵梦绕的西藏笑容。它是作者触摸西藏文化的心灵书写，渗透着作者对这片高原圣地的挚爱之情。

首卷《雅砻诱惑》中，作者探访雅砻流域之源，足迹遍布昌珠、琼结、扎囊、浪卡子、曲松、错那、隆子、贡嘎、洛扎、桑日等地，着意向读者描绘一幅神秘圣洁的雪域风情画卷；《雅砻诱惑》追寻文成公主的脚步，体验汉藏文化的共生之旅，在琼结邂逅下凡的仙女达娃卓玛，在雪山地毯上与牧人一起享受幸福的时光，去曲松探寻拉家里王朝消失的背影，揭开西藏神秘的面纱，甚至可以走进香巴拉之门——错那，品一品甘美的青稞酒，会一会雪莲花般美丽圣洁的卡达姑娘。作者笔下藏地的山川草木无不充满灵性与神性，让人肃然起敬。

二卷《守望西藏》，作者向西藏真情告白，“即使所有的人已离去，我依然在这里等你”，讲述了一则则以西藏为背景，震撼人心的故事。感情炽烈而不浮夸。《别说谢谢》《亲爱的，难道你就不疼吗？》《真希望，每次转身都能看见你》中有情人渴望长相守的爱情誓言，令人心动；《藏家人》《飘扬的五彩哈达》中情如手足的汉藏情谊，使人感动；《哭泣的父爱》《孩子，爸爸在离天堂最近的地方陪你》《西藏母亲》中割舍不断的血肉亲情，同样让人感动不已。这些自然含蓄的情感流露，真切细腻，表达了陈跃军对藏地儿女的由衷赞美与敬佩之情。

《想你在西藏》是陈跃军散文随笔创作的一个新高峰。这批文章是一个父亲对自己远在千里之外的孩子的殷切之爱。“你要用心爱你身边的每一个人，包括伤害过你的人，他们也会爱你，这样你的人生才会充满力量和感激”“有所好，有所求”“经营自己的人生”等，不但情深意长，而且哲理性强，皆是作者的肺腑之言，是一次灵魂的洗礼，思想的净化，爱和美的熏陶。

最后一卷《高原乱弹》是陈跃军对人生的大胆思考，他“用生命的琴，弹奏一曲爱的交响乐”，表露战士“位卑未敢忘忧国”的情怀，体现作家对时代、对西藏、对祖国、对人民的大爱之情和忧国忧民的担当和责任。他掂量“信用的重量”，警示世人“莫让民族文化成了诈骗的工具”，呼唤“永远保持一颗年轻的心，无限延长甚至永远保持生命的半熟状态，让生命永远充满活力，就是对生命最大的尊重”。他也用文字追思故人、感念师长，受惠而不忘感恩，重情而愈加重义，他评书、评电影，寻求的是精神的默契，志趣的相投；他也针砭时弊，对社会上的不良现象愤愤不平，显示出一份难得的淳朴与纯净。

多年的藏地生活，让他有机会感受到西藏文化的神韵，这部散文集中的文字，正是他数十年来与西藏之间彼此磨合后的结晶，亦是一位年轻诗人精神升华的实录，显示出作者的浪漫情怀和赤子之心。陈跃军的散文大多采用现实主义的表现手法，如《雪山地毯上牧人的幸福时光》《加查，品味汉盐的味道》《浪卡子，曾经陪伴你的卓玛》等篇什，不仅素材从现实生活中采撷而来，表现角度也以反映西藏的现实状况为旨归，力求真实再现藏南高原牧场上的幸福生活，具有强烈的纪实特征。另外一些介绍雅砻文化的系列散文，如《寻找她芳香的脚步》《在扎囊寻找我前世的情人》《达娃卓玛：下凡到琼结的仙女》等篇什，则采用历史与现实融会贯通的方法，有对雪山神湖的现实描绘，有对文化古迹的历史勾勒，也有对神话传说的深入探源和对生存状态与精神超越的感悟等，将现实与历史打通，理性与趣味融汇，形成了亦真亦幻的艺术风格。作者把对藏地神山圣湖的壮丽风光的描写，渗入到神话故事和历史传说的立体形象之中，加以文化观照，突出强调了藏地文化的厚重。

虚实结合是中国古代艺术重要的审美原则，陈跃军散文的妙处便在于恰到好处地运用了此种技巧。除了上述系列文化散文已经具备“虚”“实”融合的雏形外，作者也着重借“虚实相生”表达对人生、对社会的感悟。人生总是具体表现为眼前人物或身边世事，这就是所谓的“实”；眼前物或身边事触发了作者某种潜在的感想，从中悟出某种人生的真谛和哲理，这就是所谓的“虚”。陈跃军的诸多散文篇什，尤其是《西藏想你》《高原乱弹》两辑，善于从日常琐事中发现问题、总结问题，将感性认识上升为理性认识。他思考死亡的意义，品咂幸福的另一种滋味，坚守最后的精神家园，从平凡的生活走向对人生宿命的凝思，进而提炼出自己独到的见解，字里行间闪耀着智慧的光芒，充满着思辨精神和哲思意味。

此外，陈跃军的散文也弥漫着浓烈的悲剧氛围。与集名《触摸玛吉阿米的笑》截然相反，作者笔下的故事大都以悲剧收尾，他不仅触摸玛吉阿米的笑，也触摸西藏艰苦的生活，直面藏地儿女的悲欢离合。《两个女子的眼泪》《我在招手，你还能看见吗？》《开在天堂里的玫瑰》《又是格桑怒放时》等篇什，都是对不尽如人意的社会现实的无情揭露。但是他笔下的悲剧，不是消极低迷、一蹶不振，更多的是面对艰难坦然处之的豁达，它使人感受到的是藏地儿女乐观向上、永不言弃的美好品质。

第十节　嘎玛贡加、张青

嘎玛贡加（1980—），出生于西藏那曲申扎县。2009年毕业于西藏藏医学院。1998年开始创作，先后在《民族文学》《西藏文艺》《雪域文化》《邦锦梅朵》《西藏艺术研究》《章恰尔》《西藏日报》等区内外藏文报刊上发表作品，所涉及的题材不仅有散文，还有诗歌、报告文学等作品。出版了诗歌集《嘎玛贡加诗歌集》、散文选集《魅力羌塘》；搜集整理藏北地区的山歌和民俗，先后出版《纳仓申扎历史》《纳仓申扎山歌集》《藏北乳制文化》等文化著作。编辑出版《那曲地区政协文史资料选辑》《藏北民间文化系列丛书》等。曾获第六届西藏新世纪文学奖。

散文集《魅力羌塘》由“笔尖魅力”“雪山魅力”“文化魅力“生命魅力”“情感魅力”五个章节组成，从故乡的山水草原到人们的日常生活，从西藏各个地区的古刹寺院到藏北草原的牧区生活，全面地描绘了作者所记忆的故乡。

对故乡的深情抒写，是嘎玛贡加散文的一个重要方面。把故乡当作抒写对象，进而挖掘出其中所蕴含的历史内涵与文化价值，表现叙述者对故乡的怀恋和热爱的优秀作品，在西藏当代文学史上并不鲜见。怀念故乡的作品，一直是散文书写的主题，这类题材的散文是最容易下笔，却最不容易出彩的。因为这类题材的散文，在西藏文坛上数量太多，很难推陈出新，打动心灵。但是嘎玛贡加的散文集《魅力羌塘》却别具特色。他以故乡为背景，把描写故乡的历史变迁和人文特点作为自己创作的重要支撑，表达对故乡的强烈思念和浓烈的爱恋。嘎玛贡加的散文不是一般地写乡土、言乡情，他把自己的青春和家乡的变迁内在地融会起来，洋溢着一种生机勃勃的故乡大地的生息，这种饱含深情的乡土牧歌，生机盎然的乡情恋歌，是从他的骨子里流淌出来的真情实感，这是因为他对这片土地太熟悉了、太热爱了。

对于嘎玛贡加来说，西藏是自己出生长大的血缘之地。不管是西藏，还是藏北草原，对于他来说到处都混合着牛粪和柴草的味道，存在着幸福和疼痛。譬如，《冬虫夏草和香草的对话》《雅鲁藏布江畔的回忆》《四季之歌》等散文，都表达了作者对故乡的爱恋之情。

对故乡草原牧区生活的描摹再现，是嘎玛贡加散文着力的第二个方面。对于嘎玛贡加来说，藏北草原是他生于斯长于斯的血缘之地，是他创作和灵感的源泉。藏北草原辽阔无边，神奇魔幻，是孕育文学的天然沃土。神奇的格萨尔说唱艺人，天籁般的牧歌，丰富的民间文学，都出自于这片美丽宽广的藏北羌塘，这些都是作家创作的丰富资源和艺术灵感产生的沃土。嘎玛贡加擅长描写藏北草原，他笔下描绘的草原，是一个真实的草原，是他所经历过的草原。他的散文系列“雪山魅力”里共有七篇短文，主要描写了藏北草原牧区人们的生活状况，这些散文的最大价值，就是以散文的形式为后人留下了珍贵的民间史料。作为亲身经历过草原生活的嘎玛贡加来说，他以自己对文学的情感，用真实的心、真实的爱，把藏北草原的人物风情、文化习俗等独特的草原文化呈献给了读者。譬如，《牧区游记》里，作者非常详细地描写牧区的生活，通过春夏秋冬的四季变化，描写了藏北草原油画般的场景。而《忆宇托云丹贡布大师》则显现了作者驾驭史料的能力。在较短的篇幅里，凝练地叙述了藏医创始人、《四部医典》作者宇妥·云丹贡布大师的历史功绩，歌颂和怀念大师的恩典，将大师开创藏医的历史书写得充满传奇色彩。他的所有散文，以现实为根基，所涉及的故事，都发生在藏北草原的各个角落。阅读嘎玛贡加的散文，就像观看一部藏北草原的纪录片，无数个真实的画面蜂拥而来。《木碗》《火》《牧区奶制品》等散文里的故事，是草原文化的一种真实状态。这些状态，随着时代和历史的变迁，有些东西慢慢消失，有些东西变得生疏，唯有文字才能让我们意识到它们的存在。每个文化状态的存在，都是具体而微小的，但他们共同组成了一个完整的文化体系，蕴含着一股强大的力量。

真诚地表达对民族文化的敬畏之情，也是嘎玛贡加散文的一个重要内容。嘎玛贡加的足迹几乎遍布西藏的每个文化角落。他一次次端详西藏的表情，触摸大地的脉动，一种“敬畏“和“保护”的文化自觉与责任担当油然而生。在他的散文系列“笔尖魅力”里，共有13篇短文，从内容上可以归纳为文化散文类。散文《朝拜见闻》里，主要以朝拜楚布寺的经历为触媒，深情地感恩曾经出现在历史上的各位高僧大德，歌颂大师们的佛学造诣，深切地感受和敬佩已故大师们的佛学精神。《雨后的藏北草原》里，作者通过游记的方式，描写了草原从早到晚各个不同阶段的风景，从草原有声有色的春华秋实，我们能够感受到作者对于家乡的深沉挚爱。《热振寺见闻》《工布见闻》《象雄见闻》等一系列散文，真实记录了他一次次走向古刹寺庙，走向灵魂居所的行程。他对文化遗迹的态度是谦卑的，满怀一种后辈对先人的敬畏。正是这种谦卑和尊敬，使他的散文有了一种特别的情怀和胸襟。

对传统文明与现代文明冲突融合的关系的展示，也是嘎玛贡加散文创作所关注的一个方面。作为一个从故乡走出来，接触过现代城市文化的年轻人，嘎玛贡加也以批判的精神，审视故乡在历史变迁过程中所发生的巨变，展现当代藏北草原的众生相。这里的生活环境相对于城市，环境闭塞、经济滞后，似乎与城市文明相去甚远，却始终蕴藏着骚动与不安。“生命魅力”系列里共有五篇短文，这些散文大部分描写的是现代文明与传统文明在交流融合中形成的各种冲突。《劳动者的光荣》《阿爸的故事》《碗》等，运用白描的手法，以自己的亲身体验和经历为依托，揭示了藏北草原在现代化步伐中所遇到的处境，并为此而心怀担忧。

嘎玛贡加的散文在艺术表现上有以下几个特点值得关注：首先，文字质朴简洁，但字里行间渗透着作者的社会观察与人性思考。嘎玛贡加的散文语言平淡、冷静，文字结构看似简单，却充满活力。他笔下的历史、习俗、景物，都是记忆深处的故事；收入《羌塘美丽》散文集里的《朝拜见闻》《工布见闻》《拉萨沐浴节》等很多篇什，都是抒发对故乡的怀念之情，描绘故乡情怀的一幅幅油画；尤其是散文《圣地当雄》，作者以平实的语言，收放自如的气韵，详细地描写了念青唐拉神山和纳木措神湖、康玛寺院等神山圣地，生动细腻地向读者呈现了藏北草原辽阔的土地和草原文化。其次，细心捕捉草原文化的精神内涵，文章充盈着对故乡的眷恋之情和敬畏之感。嘎玛贡加作为土生土长的藏族作家，对西藏，尤其是对藏北草原非常熟悉，对故乡的感情不仅是眷恋，更多的是敬畏。作者在创作关于藏北草原的散文过程中，塑造了许多生活中的小情节、小景象、小事物，但他绝没有把眼光囿于狭小的空间里。在叙述藏北草原的各种故事过程中，作者深情地表达对生命的敬畏和生存状态的观察。最后，以藏北草原文化为背景，融合民间文学元素，既有很强的可读性，又具有文学史料价值。嘎玛贡加的散文是有感悟、有史料、有精神内涵的艺术世界。阅读他的散文，既能享受优美文字带来的快感，也能感受到藏北草原纯真地道的文化现象。如《因明学发源之地》和《古堡洛扎》，作者凭借翔实的资料，述写了桑普寺院和洛扎地方的历史，用通俗明晓的文字书写了隐藏于记忆深处的历史，不但使原本枯燥的历史变得生动、明晰，充满意趣，同时还具有珍贵的历史资料价值。

张青（1965—），出生于湖北当阳县。1984 年考入华中师范大学中文系；1988 年毕业后进藏，先后在西藏昌都县委办、江达县政府、《昌都报》、昌都地区文联、昌都地委宣传部、昌都市文化局、昌都市外事侨务办任职。1991 年开始创作，出版散文作品《藏东明珠 · 西藏昌都文化丛书》（五本）、长篇报告文学《昌都 · 云朵上的藏家》、《康巴腹心 · 无法逾越的神奇》和电影文学剧本集《红色昌都 1950》等。

张青的文化散文以《藏东明珠 · 西藏昌都文化丛书》为代表。这套丛书既是对藏东独特地理环境、丰富的自然资源和文化构成的详细介绍，也是作者对“第二故乡”昌都挚爱之情的深情表达。总体来看，它有几个方面的特征值得关注。首先，作为一部地理文化类型的散文，《藏东明珠》在不同的分册中详略得当地介绍以昌都为中心的藏东地区的地理风貌特征和丰饶富裕的自然资源，向外界展示了这块神奇土地的形貌特征。对此部分的处理，显示了作者较为成熟的材料组织技巧和艺术智慧。具体体现是，作者对昌都地区地理风貌特征的介绍与描绘，并不是孤立地进行的，也就是说，并没有独立设章节从地理学意义上对其进行介绍说明，而是把这种介绍说明穿插在各个章节之中。这样的穿插也许会让人对昌都的地理特征难以形成整体印象，但可以避免行文上的呆板枯燥，使行文显得活泼多变、有张有弛，富有艺术意味，增加可读性，吸引读者的阅读兴趣，真正达到文化散文艺术化的目的。否则，难免会让它成为地理学著作而缺乏艺术意味。当然，作者的处理是灵活的，对于那些需要特别介绍的地理形态，文本中会单独设立章节做细致描述，如《原色昌都》中对位于八宿县的然乌湖的介绍就属此类。作者以较为细致的笔墨介绍了然乌湖的自然生态状况，在此基础上，对然乌湖的人文价值和资源价值做简明扼要的讨论，由此把然乌湖的生态状况呈现在了人们面前。

其次，对以昌都为中心的周边地区人文景观的介绍，是这套文化散文的一个重要内容，同时也是较为精彩的一个部分。对于文化散文而言，就内容来说，核心自然是文化。也就是说，所谓文化散文，就是用散文的形式把文化景观或现象表现、描述出来。该套丛书的精彩之处正在这里，它用艺术化的语言文字，把所涵盖的文化现象做了较好的表现。阅读这部文化散文，能够大致了解昌都地区文化景观的分布状况，以及它们构成形态和文化渊源的来龙去脉。《走进康巴腹心》中对“康区概念和康巴的由来”的介绍，对“卡若文明的介绍”；《舞动康巴》中对宗教文化、服饰文化、文化交流现象的介绍等章节，从不同侧面不同角度展示了昌都地域文化的构成和特点，基本上达到了对描述对象全面详实的艺术呈现。在这部分的叙述、说明中，虽然作者很讲究材料的可靠性，但依然遵循艺术创作的规律，力求让行文富有艺术意味。就这部分内容而言，值得关注的还有作者对大量人文景观中隐含的民族精神的发掘与阐释。这使得此类篇章具有了厚重的人文品质，能让读者知识性满足的同时，获得精神上的熏陶和心灵上的洗礼。如《舞动康巴》中《色彩鲜明的昌都服饰文化》一文，从昌都服饰的独特性写起，延伸到昌都服饰与地理气候的关系、昌都服饰与劳动生产的关系、昌都服饰与民间文化的各种联系等，整篇文章虽然篇幅不长，但尽可能全面地罗列了独具特色的昌都服饰形成的各种原因，使人们从对服饰外在花样色彩的简单认识中摆脱出来，通过独特的穿着打扮去认识一个地域、一个民族的生活习惯和文化心理。从这一章节的描述中，我们能够明白，那些五颜六色的、花样各异的服饰，带给人们不仅仅是新奇的视觉刺激，还有文化的冲击；从服饰中看到的不只是人们外在的物质追求，还有精神的飞舞和生命的跃动。同样，从服饰的演变中，看到的不应该只是人们物质生活方面的享乐和满足，还应该看到人们精神与心灵上的追求与渴望。而从更为开阔的视野来看，服饰中还隐藏着地域文化和历史发展变化的踪迹与趋向。

第三，对以昌都为中心的周边地区民风民俗的介绍，是这套丛书很有价值的一个方面。文化散文无论如何离不开对地方性民风民俗的关注与介绍，因为这些内容与人们的日常生活息息相关，它们是在人们的日常生活中产生的，是与人们的生命活动紧密相关的，是人们生命活动的构成部分。所以这套丛书对民俗民情的介绍相当重视，每本都涉及这方面的内容，区别只在于有的简略，有的详细而已。其中第五册中有较为集中介绍昌都地区的一些民风民俗的篇章，从中可以管窥到昌都民众所信奉的生活准则，以及这些准则里包含着的广大民众的心理意识、精神观念。对这部分内容的介绍，作者尽可能避免浮光掠影地做广告式的呈现，而是尽量把它们与当地民众的生活相勾连，让民风民俗成为折射民众生活的镜子，让外界从多彩多姿的民风民俗中看到当地民众的生活情状，了解、感受他们的精神、情感世界，从而体认文化的多样性，乃至人的存在的多样性。在对那些民风民俗做介绍的时候，作者会自觉地引导读者对眼前的景象做深入思考，启迪人们领会其中的深意与生活的妙谛。因此，在行文中会常常出现带有总结性、解释性的表述。比如喝酒：以酒谋事，往往是康巴汉子处事的重要方式，比如一个人遇到事情，需要找人商量，或是求助于人，大都会自带一壶酒，一块儿喝，一边商量，酒喝完了，事业谈成了。有酒便有歌，酒助歌兴，歌由酒生，豪放的康巴人用酒歌抒发着他们对家乡的无比赞美、对朋友的真挚友谊、对亲人的至真情感。在昌都，迎客主人唱祝酒歌敬酒时，被敬的客人是一定要喝的，在优美的歌声和浓厚的情谊里，客人在不知不觉中便醉倒了，于是主客皆大欢喜。这样的说明性文字，对人们了解当地的酒文化是很有帮助的，至少不会让人产生不必要的偏见。

第四，对昌都地区主要的文化性格的概括介绍，使这套丛书有了突出的精神风向标，从而使丛书的主题更为突出鲜明。文化散文的一个重要追求，或者说是功能，是在对多彩多姿的文化的介绍描述中，尽可能地展现文化内部的特质，展现其与众不同的那些部分。而文化的特质，往往与群体的行为方式是联系在一起的。可以这样说，某种文化的特质（个性），就是群体性的人的性格特征。康巴文化的特征可能会体现在多个方面和各类群体的行为方式中，这是毋庸置疑的。但其某些侧面往往会体现在某些特定人群的日常行为与处事方式中。《我心中的康巴汉子》中专门介绍康巴文化性格中的一个方面，让外界从一个侧面了解康巴文化与康巴人是如何融为一体、如何相辅相成的。它同时让外界看到人的生命活动与文化的生机是如何相互灌注、如何相互补充的。当然，最重要的是它展示了康巴文化精髓中的一部分。在对“康巴汉子”这一地域文化标记进行介绍时，作者没有使用过多的想象性的表达方式做随意的勾画和理想化的描摹，而是从自然地理和人文传统等层面出发，让“康巴汉子”从大地上站立起来，成为实实在在的代表一个地域的文化标记。正由于此，《我心中的康巴汉子》的描述才是令人信服的，才能让人从更可靠的依据那里获知康巴文化的一种个性特征。比如对康巴汉子性格中粗犷豪放一面的介绍。

在远古时代，世世代代寓居横断山脉腹地的康巴部族先民为大山大河所阻隔，其血脉心性自然而然与纵横奔流、气势磅礴、无所阻挡、容纳百川的江河融为一体，与静默伫立、俊俏伟岸、博大苍茫、标奇孕秀的大山合二为一，这种特殊的自然地理环境天长日久铸就了康巴汉子心胸豁达、豪放粗犷、忠诚守义同时也躁动不安、狂野不羁、剽悍不畏的性格，使康巴人的脉管中涌流着大山大江般桀骜不驯的血液……

这样的介绍、分析，让读者对康巴汉子性格的认识，由抽象的认知变得具体可感，从而产生更为全面深刻的印象，对康巴文化的一些特质也有所感知。

第五，历史的眼光和动态的认识思维是这套文化丛书重要的书写品格。一般而言，说到文化的时候，尤其是传统文化的时候，人们的眼光总是回望的，对传统文化产生迷恋，赞美传统文化的种种优良之处，对当下文化有意无意抱有拒斥态度。这种静止的文化观念和态度，显然是相当偏颇的。《藏东明珠》这套丛书也描述讨论了传统文化，也对传统文化寄予了很高的评价和赞美，但其最终的指向却是文化的当代发展和未来展望。这种文化意识贯穿于整部作品的行文之中，从而使其富有时代感和当代性。毫无疑问，这种以发展的眼光考察文化的书写，是一种具有现实主义品格的文化书写，作者的现实情怀也由此获得了表达的可能，而其中所包含的人道情怀也使得作品具有了厚重的品格。

毫无疑问，《藏东明珠》这部文化丛书是一套具有文化史料价值和艺术意味的散文篇章。但也存在一些不足之处。在一部大型的文化丛书中追求多种目的，尤其是宣传的功利目的，自然会伤害其文学性。此外，有些部分叙述还显单薄，有言不尽意的遗憾。

《昌都——云朵上的藏家》是一部讲述和介绍昌都地区社会历史沿革、文化变迁、政治经济和民生变化的长篇报告文学。这部带有宣传意味的巨型报告文学，以多棱镜的放射方式，向外界展示了西藏地区东部城市昌都的历史足迹、现实发展、多彩文化和人民生活的方方面面。尽管是一部带有宣传色彩的作品，但它依然是一部追求艺术效果的文化性长篇报告文学。这部报告文学值得称道的地方不少，以下几点在叙述的艺术性上特别引人注目。首先是高屋建瓴的叙述眼光和宏观与微观相结合的叙述方式。如何纲举目张、一目了然地介绍和讲述一个地区或地域在历史上所占据的重要的政治、经济、文化地位，如何叙述一个地域的过去、现在，并展望其未来，并不是容易的事。没有宏阔的视野和对历史、民情风俗和地方发展规划的熟悉是不可能完成这一叙述任务的。即使了解了事情的方方面面，如果着眼点和资料的组织安排不理想，就可能会造成事倍功半的尴尬结果，因此也会使作品失去感染力，无法发挥其有效的宣传功用，带给读者愉悦身心的阅读快感。《昌都——云朵上的藏家》这部作品在叙述视点的选择与材料的组织上很是讲究，因此，叙述上具有线索清晰、一目了然的特点。这一特点对于一部全面介绍地方各种状况的长篇制作来说，是至关重要的。它将直接影响读者的阅读兴趣与耐心。选取具有焦点性质的话题或事物，尽可能吸引读者的阅读兴趣，是这部报告文学采取的叙述策略。比如作品在章节的设置上，选择的是在该地区最为耀眼的，也是过去和目前都有着现实吸引力的话题。对卡若遗址的介绍，侧重于凸显地方文化历史的悠久与文明底蕴的深厚，目的在于说明昌都自古以来就是人类活动的重要场所，这是该地区所有故事展开的根源所在。卡若文明的自然延续，强调的就是这个道理。这个章节的设置，显然具有先声夺人的效果。同时，这一章在强调昌都卡若遗址，指出它是“藏族古代文明的中心之一，康巴文明的发祥地”，但又没有把它当做孤立的历史文化遗迹，而是着意强调它在当代的延续和现实文化意义，不但揭示了卡若文明的历史价值，也阐明了它在当代的各种社会文化意义。这样的叙述逻辑，显然能引导读者从历史与现实的角度，更好地了解具有昌都文化标志的卡若文化遗址，从而达到很好的阅读效果。第二章“大鹏鸟善化之地”，更是从昌都的历史积淀和当代现实发展紧密关联的层面出发，让现实从历史获取启迪，让历史为现实提供精神动力。

如果说大鹏展翅，以其民族传统和现代文明代表性的存在，使昌都城镇徒增了一道品质佳绝、色彩靓丽、表现精湛、勃发昂然的城市文化风景；而今天现实的昌都城市建设发展之旺盛之潮涌之沸腾，才真正体现了内在强劲、精神昂然、奋发向上的集合体，代表的正是昌都今天的形象，昌都各族群众特别是康巴汉子今天的形象。从某种意义上讲，这种集合体，也正是今日昌都城市文化品位全面提升的一个重要标志。从矗立着雄鹰雕塑的澜沧江源头广场开始，气势磅礴的澜沧江凸显了源远流长的生命征程。在其身后，卷起了“惊涛拍岸”般的发展浪潮。

让历史与现实连接起来，在历史中寻找使现实迈出步伐的活力，在现实中赋予历史意义和生机，这种认识无疑具有强大的生命力量，体现出作者高瞻远瞩的社会历史眼光。

这部作品除了在视点与材料组织上匠心独运外，在语言行文与情感掌控上也很有特色，而这一点对报告文学艺术性的生成也是至关重要的。要在有限的文本容量中把一个有着悠久文化历史和在地理上、政治上有着独特地位的地域讲述清楚，把它的现状有条有理地摆在读者面前，语言行文上需要做到言简意赅、精益求精。这部报告文学在这方面做出了相当的努力。行文简洁明快，叙述不蔓不枝，因此避免了啰嗦冗长的缺陷。此外，在情感的掌控方面也很是到位。从内容看，这部报告文学需要以客观冷静的笔调描述客观事实，因为文本内容都是历史事实、现实状况，即使是对未来的展望性描绘，也需要以客观现实为依据，不允许随意想象、任意勾画，更不能以情驭文，让文本成为情感跑马的场所。如此一来，如何在行文中控制情感，不让情感肆意泛滥，同时又要避免过于理性冷静影响作品的文学性，就成了一个必须恰当处理的行文要素。《昌都——云朵上的藏家》在行文上能够克制感情的过分介入，又能适度让感情融入其中。让事实说话，又适度地融入情感成分，让文本可信又可读，是这部长篇报告文学的一个值得关注的特点。

除上述丛书体系的散文创作和长篇报告文学外，张青还与他人合著影视文学剧本《红色昌都1950》。该文学剧本包括《红色昌都1950》《让灵魂起舞》《远方飞来一片红叶》《金珠玛米》等四部剧本。这四部剧本高扬主旋律，讴歌颂扬了解放军战士严守组织纪律、勇于奉献、敢于牺牲的崇高精神，歌颂了西藏各族人民追求幸福自由生活的质朴、善良、可贵的品质。

第十一节　杨年华、李兴煌

杨年华（1967—），出生于云南大理州鹤庆县。杨年华的散文是以阿里地区的风物民情为主要考察对象的文化历史散文。因为工作的关系，杨年华几乎走遍了阿里地区重要的历史胜地和文化古迹。他把阿里用近似于科学考察的笔触，细致地勾描出来，将神奇而壮美的阿里展现在世人面前，并借此歌颂了那些生活在高原之巅的人们，在严酷的大自然面前所展现出的顽强毅力。杨年华散文的艺术成就主要有以下几点：

一、对阿里历史文化的全面考察。阿里，被称为“世界屋脊的屋脊”，因其较高的海拔，严酷的自然环境，对世人来说既是遥远而神秘的，又是陌生而令人神往的。阿里深厚的历史文化也因其独特的地理环境幻化成一种缺席，或者演变成一种神秘和传奇。杨年华在阿里工作的十多年中，几乎走遍了阿里的山山水水，尤其是对阿里的历史遗迹、民俗风情进行了细致的考察。他的考察主要分为三类：第一是对阿里历史与现状的介绍。如在《阿里之说》中，回顾了阿里的历史，从早期的象雄古国到神秘消失的古格王朝，再到现在的阿里现状，作者推测阿里地区地质形成，应该是地质的变动带来的气候环境的变化而引发的。而阿里留存的文化痕迹，特别是在阿里发现的岩画，揭示了阿里深厚的历史文化。除了对阿里历史的回顾之外，还有对阿里地区当代发展态势的描述。在《没有镇长的小镇——狮泉河》《美丽的噶尔》中，对阿里在和平解放后的发展进行了回顾。从“最初扑面而来的是鸿蒙初始的荒凉”“仰天不见飞鸟，俯地不见走兽”的荒凉之地中，建设者凭着顽强的毅力将狮泉河镇由最初800人规模的小镇，发展成近年来颇具规模的城镇。8万余平方的太阳能采暖房占全西藏同类房屋的一半以上。对外贸易、旅游业和多能源的开发，使得曾经荒无人烟的无人区变成了新的狮泉河镇。第二，对阿里独特壮美风光的描述。阿里数不清的神山、圣湖，如屹立在冈底斯山脉的岗仁布钦峰、有圣湖之称的玛旁雍错，以及有鸟岛之称的班公湖。还有由于独特的“水平岩层地貌”而形成的札达土林等，在作者的笔下或神奇或秀丽。作品以细致的笔触，深情的口吻，对壮丽的阿里风光进行了赞不绝口的描述。第三，对阿里文化民俗的描述。对有着专业美术功底的杨年华来说，阿里地区的一些重要寺庙如托林寺、桑丹吉林寺，以及一些还没经考察的原始洞窟、原始岩画以及玛尼石刻无不都是艺术的珍品。在《阿垄沟岩画探源》中，作者对日土县的多处岩画地点进行了详尽的考察，对岩画的内容、雕刻方式进行了专业的描述与划分，在《遥远而神秘的昔日王国——古格》一文中，作者回顾了古格与高僧阿底峡的因缘，并且对阿里的玛尼石刻进行了具体而详尽的分类，极具学术与文化价值。

杨年华的散文通过对阿里地区历史文化的深描，不仅丰富了读者对阿里历史文化的认识，而且也将更为全面而具体的阿里展示给世人，从而使遥远而神秘的阿里不再陌生。20世纪90年代以来，伴随着消费主义思潮的冲击，文学创作从对人文精神的追思，转而投向对通俗化和商品化的认同，许多散文的写作也出现了对商业文化的媚俗。特别是诸多的游记散文，往往以旅游和商业的噱头博取眼球。阿里也逐渐被塑造成远离世俗与尘世的神山圣湖，其历史与厚重性也被无意中遮蔽了。杨年华对阿里地区的描述不是一种刻意迎合消费主流的浅层的地理风景的感性认知，而是将历史、文化与社会变迁融入到写作当中，从而上升到对阿里深厚的历史文化的认知层面。正如作者所说的那样："世界上的民族无论其大小、生活方式如何，都有自己的文化，世界上没有无文化的民族。"[1]这种认识，使作者兼具了文化人类学学者的视野，从而使其散文写作从直观自我的小空间中跳脱出来，以宏阔的视野与厚重的历史知识，赋予阿里以更深层次的认知。

二、对阿里精神的礼赞。杨年华的散文在内容上扩充了阿里的历史文化厚度，在他的每篇散文当中都始终贯穿一种思想：文化是由生活在此的人们所创建的。因此，无论是游记散文还是田野考察性质的学术散文，人的活动是始终贯穿其中的。因此，人的意义也得以昭显。在杨年华的散文中，他不是将阿里作为一个想象中的净土，而是通过对阿里人的精神的挖掘，来显示其在现实社会生活中的意义。

首先，在阿里这样一个严峻的自然环境面前，人类是渺小又富有顽强的意志力的。世世代代生活在此的藏族人民不仅克服了生存的困境，而且绵延生息，创造了灿烂的藏族文化。而西藏和平解放后奔赴阿里的热血青年同样是在一穷二白的荒滩上开始了建设新阿里的征程。在克服了生活习惯、语言等诸多困难的基础上，靠的正是一种顽强的生命力。这种顽强奋斗的老西藏精神在阿里这块异常艰苦的土地上尤为宝贵。

其次，作者将生活在阿里的藏族人民的淳朴与善良的精神品质与当下社会的浮躁进行对比，以此来彰显其价值。《壮丽的土林》一文记述了1996年春节期间因被大雪困在土林之中，他和次珍前去寻找救兵的经历。经过在风雪中一天一夜的寻找，终于找到人家，为了取出冻在皮靴里的双腿，一对藏族母女用一天一夜的时间用雪一点一点将冻结的皮靴搓开，使长时

[1] 杨年华：《生命在世界屋脊之巅》，西藏人民出版社，2001年版，第372页。

间昏迷的两人苏醒过来，才挽救了两人的双脚。而得知从札达县到狮泉河的路被大雪封山的消息，驻扎在此处的部队官兵更是奋战了两天三夜，才抢通了这条道路，从而挽救了被困在车中的人们。在这场生死较量中，靠的正是人们顽强的生命力与兄弟齐心的情谊才战胜了自然的残酷。人与人之间的关系因环境的恶劣而显得更为亲密无间。

在长期与阿里人民的交往中，作者已经从一种局外人的身份自觉转变为局内人，这种关系是建立在对阿里的精神文化的充分认同的基础上的。阿里的精神气质既包蕴着坚韧不拔的意志力，也包含着在极寒环境下生存的人们之间的互敬互爱。正是因为这样，作者笔下的阿里打破了游记散文走马观花式的浮华，更多地着力于阿里地区真实的生存与生活状况。在杨年华笔下，阿里人们既是淳朴开放的，又是多情坚贞的。《圣湖与鬼湖》描述了生活在玛旁雍错附近的一位孤苦的藏族阿妈次仁央宗。次仁央宗在和丈夫来玛旁雍错转湖的过程中，相伴四十年的丈夫带着贵重物品逃之夭夭。次仁央宗至今还在玛旁雍错附近的吹果寺附近居住，等待着丈夫的归来。这种坚韧的情感守候，是阿里人精神的真实写照。

三、学术性与知识性的表达方式。杨年华散文的学术性意识较为鲜明，许多文章往往都是作者的考察报告。20 世纪 90 年代之后，国内散文写作出现了“文化散文”的写作趋势，散文体现出了博大、深邃的气概。西藏作家中，马丽华的“西藏之旅”散文，就体现出了这种气质。杨年华的散文也有着鲜明的文化意识，相对来说，其知识性和学术性更为强烈。在创作中，往往参阅大量的史料文献，如《青史》《红史》《柱下遗教》《西藏王统记》《贤者喜宴》等，或者依靠田野调查，以求内容的准确性。大量采风得来的民间故事、神话传说充实了散文的含量。而作者从藏族史料出发的调研方法，从本质上来讲，体现了其在尊重藏族文化的基础上进行写作，而不是出于猎奇式写作。在回顾古格的历史中，依据史料对古格的历史进行了梳理，尤其是阿底峡被邀请到古格传法以及古格衰落的原因，都详细地进行了描述。可以说，作者写作的态度是严谨的。但同时需要指出的是，过多的知识和学术性语言，也使其散文的阅读和接受有了一定的难度。文学性在一定程度上被压抑了，作家在写作过程中所显现的主体精神与心灵之光，往往被过多的“文献知识”掩盖。

杨年华也是一位在报告文学领域成绩丰硕的创作者。他早在20世纪90年代中期左右与人合作编著《雪域之魂》《踏着孔繁森的足迹》两部报告文学集。2012年出版长篇报告文学《国旗阿妈啦》。这些作品不但是杨年华创作成绩的重要标志，也是这一时期西藏报告文学中的扛鼎之作，可以代表西藏报告文学所取得的重要成就。虽然这些作品的题材内容有着显而易见的不同之处，但它们却有着相近或相同的主题内涵，那就是对爱国主义精神和老西藏精神的颂扬和讴歌。

《国旗阿妈啦》是新世纪以来影响广泛的报告文学。这部报告文学主要讲述了在旧西藏受尽苦难、新西藏翻身解放过上幸福生活的老人次仁曲珍几十年如一日，坚持不懈地在自家门口升国旗的感人故事，赞颂、讴歌了她知恩图报、热爱祖国的高尚品质。这部报告文学有以下几个方面的意蕴内涵值得称道，而这些意蕴内涵也是其产生广泛影响的重要原因。一是高扬的爱国主义情怀。作品讲述了阿妈次仁曲珍风雨无阻，坚持升国旗的感人故事，但又不是简单地讲述，而是纳入、融合了其他一些相关的故事细节，这些故事细节的铺述都是为了凸显阿妈次仁曲珍深厚的爱国情怀。比如她对国旗的爱护和特殊情感，她接受战士赠送的国旗时的激动的神情，迎接天安门国旗护卫队送来的国旗时的心情，以及升国旗时庄严神圣的神态等，无不表现出一个普通群众怀有的朴素、深厚，令人感动的爱国主义情愫。二是人物形象饱满立体，具有很强的艺术感染力。虽然作品主要讲述的是阿妈次仁曲珍升国旗的故事，但行文内容却没有仅仅局限在升国旗这一行为活动上，而是从多个方面着眼，比较全面地表现了阿妈次仁曲珍的形象特征。比如对她过去身世的详细交代，与解放军战士建立亲情关系的描写，作为积极分子带领村民参加社会主义建设的经历等，这些有益的情节补充，非常有力地表现了阿妈次仁曲珍思想认识的转变过程和爱国主义情怀萌生的来龙去脉，从而为她坚持不懈地升国旗的行为找到了坚实的依据。如此一来，阿妈次仁曲珍这一人物形象不但显得真实可靠，而且具有了很强的艺术立体感。三是夹叙夹议，富有浓烈的情感色彩。报告文学以叙述客观事例为核心任务，但不排除议论和抒情成分的介入。这部报告文学叙述与抒情结合的相得益彰，作者在创作过程中总会在适当的时候加入一些主观性很强的议论和抒情。抒情成分的加入，在表达作者的感触和心声的同时，既丰富作品的表现手段，也强化作品的主题，突出人物的高贵品质，毫无疑问是构成作品审美品质的重要因素。当然，这部报告文学也有一些不足之处，如有些故事细节零落散乱，不够集中精炼；结构安排缺乏明晰的逻辑等。

《雪域之魂——来自西藏阿里的报告》这部作品集由三部分组成。三个部分可以独立成章，但主题都与老西藏精神有关，串联起来看，又可视为一个整体。它们以不同时期、不同人物一生当中的重要人生片段为故事线索，讲述了发生在阿里地区可歌可泣、感人至深的英雄事迹，歌颂、弘扬了至今仍然传承赓续的老西藏精神。

《雪域之魂》的第一篇《屋脊“英雄连”》讲述的是西藏和平解放的特殊时期，为了配合西南方向解放军顺利进军西藏完成解放大业的需要，驻扎在新疆南疆地区某师的一个连队，在党中央和毛泽东主席的指示下，经过精心准备，作为先遣连翻越险峻挺拔的昆仑山，向西藏阿里进发并与敌对势力和恶劣的自然环境进行艰苦卓绝的斗争，最后胜利完成革命任务的伟大壮举。第二篇《英雄的历程——阿里军分区副司令员贡布回忆录》记录讲述的是先遣连藏族战士贡布随先遣连一起挺进阿里高原，同其他同志团结协作，与当地头人明争暗斗，与恶劣的自然环境殊死搏斗，与当地牧民群众和睦共处的种种事迹。同时还讲述了在完成第一阶段的任务后，贡布随同先遣连继续向阿里腹地进发，解放阿里全境，并最终长久地留在阿里为阿里的现代化建设贡献毕生精力的动人事迹。如果说第一篇《屋脊“英雄连”》以相对宏阔的视野，用全景式的表现方式，讲述了“先遣连”这一群体的英勇事迹，赞扬了他们坚忍不拔、无私奉献的英雄主义精神；那么，《英雄的历程——阿里军分区副司令员贡布回忆录》则以比较微观的视角，选取典型，用特写镜头，展示了这群革命战士高贵的品质和坚强的革命意志，讴歌了他们永葆青春的革命情怀和甘于奉献的高贵精神。从二者的类属关系上看，第二篇是第一篇的补充与延续，二者连缀起来从不同的角度展现了发生在六十多年前的那场血与火的革命斗争。第三篇《当代的焦裕禄——记援藏干部孔繁森》讲述的是来自山东的援藏干部孔繁森，牢记“为人民服务”的宗旨，兢兢业业、忠于职守，心系群众、深入群众，不辞辛苦、日夜兼程为阿里地区的经济发展和人民生活的提高四处奔波，不幸以身殉职、为民捐躯的动人事迹。虽然第三篇与前两篇在故事情节上没有直接的联系，但在精神意旨上却是完全相同的。它们以时间序列为坐标，表现了从西藏和平解放起就诞生于高原大地上的老西藏精神。

《踏着孔繁森的足迹》由十二篇作品组成，分别讲述了十二位曾经在阿里地区工作生活过的人物的先进事迹。这些人物虽然来自不同的地方，有着不同的家庭背景，有过不同的人生经历，身份地位也不尽相同，但他们却有着一个相同的目标，那就是为西藏阿里地区的经济发展、政治安定、人民幸福尽可能地贡献自己的微薄之力。他们身上体现出来的精神品质与《雪域之魂》所弘扬、讴歌的精神品质一样，都是老西藏精神。在内容上，二者也有许多相同的地方，都是对阿里先进人物事迹的艺术展现。因此，两部作品集可以视为一个有着“血脉”联系的系列报告。

这两部报告文学集主题意向的相同性，决定了它们在艺术表现方面也具有一些大致相同的取向。第一是人物形象的着力刻画，比较成功地塑造了几位能够代表老西藏精神的光辉形象。从根本上说，这两部作品集都是记叙人物事迹的，整个写作的展开离不开人物活动；而对人物活动的描写最终目的是宣扬他们身上体现出来的奉献精神。因此，人物塑造的成功与否直接影响作品所弘扬和讴歌的精神品格的成功表现。在这两部集子中，有一些篇章在人物塑造上达到了很高的艺术水平，比较完满地完成了主题表达，如《屋脊“英雄连”》。这篇作品虽然讲述的是先遣连战士群体的英勇事迹，但创作者并没有遍地开花式地讲述每一个人物的所有故事；而是采取详略结合、重点突出、以点带面的手法来表现这一群体的形象特征和精神品质。在《屋脊“英雄连”》中，连队最高领导人李狄三无疑是最为核心的人物，因此对他的刻画，是能否成功地塑造这一英雄群体的关键。作品在这方面下了一定的功夫。在描写、讲述其他人物和事件的同时，集中笔墨详细地对李狄三进行了尽可能立体化的刻画。从他的出身、成长经历到“违背母亲劝告”参加革命，从英勇善战、屡建战功到培养过硬的思想和锻造顽强的作风，从“革命小鬼”到处团级干部，从临危受命到率领连队穿越生命禁区，从带病坚持到与后续部队会师后溘然长逝，作品通过几件典型事例，比较成功地刻画了一位思想坚定、作风过硬、意志顽强、态度坚决、团结战士、斗争灵活的革命军人。他身上展现出的是鲜明的革命英雄主义精神，这种精神后来演变成了老西藏精神，并成了西藏现代化建设中的宝贵精神财富。

这两部报告文学的第二个特点是，在某些篇章中，创作者能够选取典型事例来塑造人物形象，刻画他们的心理世界，并借此展现时代精神风貌。这表现了创作者善于选材、着意提炼的艺术眼光与意识。一个人的一生会经历无数事情，对于那些身居特殊岗位的人来说，他的经历可能会更为丰富多姿。如何在有限的篇幅内“以少胜多”地完成对此类人物的刻画表现，需要创作者动用一些艺术表现技巧和手段。最常用的无非是选择最典型的事例，结合人物生活的典型环境，把人物最为重要的性格特征表现出来。《雪域之魂》和《踏着孔繁森的足迹》中的一些篇章就达到了这样的艺术水准，如《高原赤子白玛才旺》一文。主人公白玛才旺经历的事情可能有很多，但要表现他在特定时期、特定环境下所表现出来的精神特征和品质，是不需要面面俱到的。文章选择他到阿里之后领导各级干部改变思想观念这一具有决定性意义的事件，着力铺述了白玛才旺为了发展阿里经济，在坚持党和政府大政方针的前提下，结合阿里的现实状况，动员各级干部解放思想观念，抓住机遇、创造条件，扎扎实实地发展阿里的经济。在他和其他领导班子成员的不懈努力下，阿里的经济果然有了飞速的发展。通过这一具体事件，一个坚持原则、有思想、头脑灵活、思路清晰的领导干部形象就站立了起来。

虽然有值得肯定的艺术成就，但这两部报告文学集也存在着一些不足之处。首先是题材选择过于狭窄。这主要体现在两个方面：一是人物形象比较单一。综观两部集子中的作品，可以看出所描写的人物绝大多数都是身份地位比较显赫的官员，普通人物所占的比例较低。尽管选择一些地位显赫的官员在一定程度上能够宏观地展现一个地区经济社会发展的历史风貌，能够更好地表现历史发展中积累延续下来的老西藏精神。但忽视普通民众中的代表性人物，显然无法从更为广阔的现实生活中获取艺术力量，可能会造成一种脱离实际的浮夸印象。也许是受各方面条件的限制，创作者无法获得更为丰富多元的资料来完成更为全面的描述，只能在有限的范围内抒写自己熟悉的人物，记录自己熟悉的故事。这两部报告文学集的第二个不足之处是，除了个别作品，如《屋脊“英雄连”》《当代的焦裕禄——记援藏干部孔繁森》《高原赤子白玛才旺》《“老西藏”精神的诠释者》等作品外，不少篇章缺少集中化的典型事例，内容显得松散凌乱；创作者只是按照事件的顺序简单地罗列人物的活动，缺乏必要的提炼，泛泛而谈，很难给人留下深刻的印象。

李兴煌（1965—），出身于四川广元。长篇报告文学《阿里之光》是李兴煌的代表作，也是西藏当代报告文学作品中的上乘之作。从内容和主题上看，《阿里之光》与杨年华的《雪域之魂》《踏着孔繁森的足迹》并无多大区别，讲述和描写的主要故事与人物都大致相同，赞颂、讴歌的也是甘于奉献的老西藏精神。但这篇报告文学与上述二者在一些具体的表现手法上有很大的不同，这些不同既是这篇长篇报告文学的显著特征，也是它对当代西藏报告文学的一个巨大贡献。

首先，这篇报告文学具有浓郁的文学性。报告文学是一种具有纪实性特征的文学创作，它既要求具有真实可靠的事实根据，但同时又允许运用必要的文学表现手法，增强艺术感染力。《阿里之光》很重视所讲述的故事和刻画的人物的真实性，但又不拘泥于客观事实，在作品的文学性方面做了很好的努力，使得作品的可读性、感染力有了保证。这是《雪域之魂》《踏着孔繁森的足迹》中的不少篇章所欠缺的。《阿里之光》的文学性既体现在行文的抒情上，还体现在作品大量运用各种修辞手法上。这些抒情片段的存在和修辞手法的恰当运用，无疑为刻板的事实罗列增添了艺术色彩，使作品具有了强大的艺术感染力。

其次，体裁形式的灵活。为了增强所述事件的客观性和真实性，作者在写作过程中除了依据个人采访内容为主要事实根据外，还很好地利用了一些实时性的新闻报道和一些必要的统计数据。在行文过程中，时不时地插入来自报刊中的新闻报道和一些科学统计数据，以此作为立论阐发的根据。这使得这篇洋洋之作显得活泼多姿，错落有致，显示出了很高的艺术构思蕴味。

第三，广阔的社会历史视野。这部报告文学虽然刻画的是工作生活在阿里各条战线上的干部、群众形象，讲述的大多是发生在阿里这块相对偏远、封闭的大地上的人事故事，但作者的创作视野却没有仅仅局限于此，而是把人物活动与事件演绎放置在了整个西藏地区，乃至中国这样一个巨大的背景之中，站在整个中国以及西藏地区经济繁荣发展与社会安定团结的历史高度加以表现。这使得人物形象和故事事件具有了更为宏大的意义。那些英雄人物身上所表现出来兢兢业业、忠于职守、无私奉献的精神，其价值和意义绝不仅仅是“阿里之光”所能包含的，它对于整个西藏的和平建设，对整个中国的和平、进步、繁荣都意义非凡。这无疑提升了作品的社会历史价值。

第四，人物个人心理描写上的突破。与其他同类的报告文学不同，这部报告文学多次比较细致地描写了主人公的心理活动，尤其是在面对亲人和困难时产生的可能会影响工作的瞬间心理。这些瞬间心理从表面上看似乎影响了主人公正面形象塑造，实际上更符合人物生命体验的实际状况。面对亲人时的愧疚，面对困难时的动摇，这是一个正常人的正常反应，有意回避这些本能人性的表现，着意刻画人物超人般的意志，尽管能够突出人物的某些品质，但却降低了他们的可信度。这种看上去“铁石心肠”的人其实是一种扁平形象，缺乏立体化的丰富内涵。李兴煌的报告文学运用心理描写揭示高大人物的并不高尚的心理活动，无疑丰富了人物形象的现实内涵。

第十二节　高宝军、鹰萨·罗布次仁

高宝军（1973—），出生于陕西吴起县。曾就职于延安市委政策研究室；2013 年 7 月，作为援藏干部，赴西藏自治区阿里地区普兰县任职。著有《乡村漫步》《吴起古城寨堡初考》《大美陕北》等作品；2017 年 9 月，出版散文集《藏西笔记》。曾获第四届、第五届“冰心散文奖”等奖项。

高宝军的《藏西笔记》，是作者以援藏干部的身份走遍阿里，深入生活、体验生活后而写就的。作品全景式地展示了藏西阿里地区的自然、人文、民俗生活景象。整部作品内容的排布，如画卷式地铺展开来。从展示作者初进西藏时看到的景象开始，如天、云、山、水、空气，驮着夕阳行走的牛、狗咬残的月亮、带着云奔跑的野驴、被风刮斜的村庄，还有那陌生热情的新朋友，以及与家乡陕北相近相似的婚嫁、民俗、生活生产方式等；到深入藏西生活后，对街市、村庄、节日、神山、传说故事的细致描摹刻画，以及对边地独特的人物活动、民俗人文故事和独有婚姻习俗中的众生生活现状的铺陈、介绍。可以说，整部作品是作者认识、体验的呈现，同时，正是这种直接参与式的体验，高宝军为读者呈现了一个艺术化的读本。尽管没有体例的规约，但作品暗含着一种内在的节奏，让人如处画廊，身临其境，呈现出一种自然质朴的美感，一幅幅浓墨淡彩、闲云淡水的风景写意画，一幕幕细致入微、灵动鲜活的工笔人物图谱，一部部真实感人、离奇朴素的边地众生传奇故事，给读者留下了生动鲜活的印象。

赋体铺排中，尽显细节、气势之美，这是《藏西笔记》的一个显著特色。开篇便是《阿里赋》《普兰赋》，作者以赋的形式，极尽铺陈之能事，将阿里、普兰的自然、人文景象铺排眼前。骈散结合、铺采摛文、体物写志，自然呈现出一种风流华彩。这种赋体铺排的形式，在《藏西笔记》的其他文章中也比比皆是。《我在高原》整篇文章的排布就是以西藏的天、西藏的云、西藏的山、西藏的水、西藏的空气为体例展开的。而且叙述方式也遥相呼应:

“西藏的天，蓝得让人无法形容，难以言表。”

“西藏的云，白得让人恍惚，让人心灵颤抖。”

“西藏的山，雄得峻峭，雄得逶迤，雄得你站在老远都感到压抑，翻遍词典也找不到形容它的词汇。”

“这里的水，美得让你感到纯净，美得让你感到清冷，美得让你一看到它就有一种莫名其妙的孤寂。”

“西藏空气的那个透，透得人感到有点虚假，透得让很多外地人‘上当受骗’。”

类似的例子，数不胜数，写景如此，写人叙事亦可如此。

“蜿蜒崎岖的山道上，徒步的男子步子迈得飞快，腰杆挺得笔直，大老远看见人，能躲的就躲开，能绕的就绕走，实在躲不开绕不过的，就偏着脖子低着头，不看行人只看路。”

“沿河而伸的沟道里，骑着高头大马的男子头戴毡帽，身着藏袍，不管马跑得快慢，总是不住地加鞭，活像一位驰骋沙场的将军。”

“笔直宽阔的马路上，开小车的‘走婚’男人车速高动静小，碰到走路人宁愿悄悄地跟着，也不肯鸣笛干扰，恰似一些奇袭敌营的先头部队。”

“阡陌纵横的小路上，骑摩托的‘走婚’青年爱炫耀，不管摩托瞎好一个劲地轰老油，‘嗖’的一声从人们身边掠过，‘嗡’的一声消失在巷尾村头。”

这种整齐又富有变化的赋体铺排的方式，无论是文章的整体结构，还是段落布局，甚至是语词锤炼上，均呈现出一种雄浑、豁达之感。

这种赋体铺排的表达形式，因其体物之全面、阔绰，也成就了细节生动之妙。“茫茫的戈壁上，风像一把无形的抹子，无遮无拦地从西北抹过来。山被抹得低低矮矮，草被抹得稀稀拉拉，就连山坡草地上的石头也都被抹得斜斜歪歪。灰漠漠的荒滩上，几头野牦牛排成一字形走过，一直向西边的雪山脚下走去。西斜的太阳像褪了色的脸盆反扣在天上，在冉冉升腾的紫气中下沉，最后落在了野牦牛的背上。”“戈壁”“风”“山”“草”“野牦牛”“荒滩”“太阳”，这一切的事物在作者的描述下，轮换着担当主体，或者退隐为背景，呈现了一幅藏西独特的画面。

在描写动态的活动时，这种赋体铺排的方式，也自然呈现出了它的生动之美。“她忙着搂油布，脸盆又摔在了地上，先是‘咣’的一声脆响，后又‘得郎朗’地旋向远处。她正要去追，脸盆在雨水中划着圈儿又转了回来，打着颤扣在了她的脚下。她一手抓着油布，一手去拿脸盆，被积水紧紧吸在地上的脸盆几次都没有拿起。她只好放开了油布双手往起揭脸盆，身后的油布早被风吹上半空，像一只黄色的蝴蝶飘出街道。”“镇子边上传来一声闷响，村头上一头牦牛掀开了栅栏，冲出院子向坡底跑去。刚跑了两步就收敛了蹄腿，四只蹄子紧撑着路面，身子斜斜地向后坐着，一点一点往下溜去……”。这一系列描绘动作的词语，将遇雨时小镇的女人、牲畜的情状细腻生动地描绘出来，鲜活的形象呼之欲出。

平等视角的观照，方显情之深挚，这是《藏西笔记》的第二个显著特色。

随着交通越来越便利，西藏与祖国内地的交流也越来越频繁，许多有关西藏的风土人情的游记散文开始流行。这一类的作品，大多情感深挚，但有一些作品失于视角的选取，要么是以身居现代文明的便捷发达而表露出一种先进的优越性，要么是因对藏地独特风俗文化了解不多而萌发的一种神秘的审美崇拜。高宝军的《藏西笔记》却以一种平等的视角来观照笔下的人事，显示了其不同他人的表达特色。高宝军有一种淳朴的生活热情和生命的昂扬感，并能够将这种热情和激情转化为一种对藏西地区生活的积极融入的自觉，因此，整部作品给人一种充沛饱满的情感体验，和平视视角下的深挚朴素。

在《普兰的味道》里，作者写到普兰有它自己的味道："一股一股的鱼腥味灌进我的鼻子，我知道那是圣湖里下了雨，降雨是多少，持续有多长，当下是晴还是阴，我在鱼腥味里寻觅得到。""一股奶膻味老远和着风卷来，我知道霍尔乡牧区要来人了。""在地区的一家饭馆里，几个穿藏袍的胖女人把我挤在饭桌中间，她们身上散发出的味道把我挤得更严实。""在早晚的各种炊烟中，我能准确地从它们的味道中分辨出每一缕来自何方。""普兰的牛羊牲口叫声也有味道，只是别人可能闻不到。羊咩声是甜的……狗叫声是咸的……牛叫声是苦的……鸡叫声是酸的。""其实，在普兰，我还能闻到三轮车过街有一种煮饭焦糊味，女人骂孩子有一种爆炒麻辣味，和尚敲木鱼有一种慢火炖肉味，广场锅庄舞有一种烧烤孜然味……"这种真实、真切的体验方式，来自于作者个人的情感体验，带有强烈的感性色彩。

在《跨国情》《家春秋》《见行录》三辑中侧重于藏西人文习俗、故事传闻书写的章节里，我们可以看到许多离奇的、感人的、无奈的、不置可否的故事。戴项链的雪豹让我们见识了人与动物之间的智慧较量和生灵间无差别的恩情；两只藏羚羊让我们看到了动物的感恩、报恩和母子情深难以两全时的挣扎；和尚的"走婚"历程，一夫多妻、一妻多夫、老少恋、跨国恋等，种种边地独有的婚嫁方式带来的"离奇"故事，作者巧妙地使用当事人自我介绍的方式加以呈现，尽量隐去“我”的主观评判，体现了一种平等的视角，内涵着对地方生活习俗和对当事人的尊重与体谅。

高宝军的散文写作已经发展到比较成熟的阶段，也形成了自己独有的语言表达方式。作者写人状物能够抓住事物的主要特征，进行集中的描述，寥寥数笔就能够刻画出生动的人物形象，比如《三先生》中的笔法。赋体铺排的广泛使用，还夹杂了作者的家乡话——陕北方言和民歌的独特韵律，形成了自己独特的语言表达，散见的方言口语表达，平添几分生趣。在情感表达上，也许是受到了民歌的影响，集中、热烈、直白。

高宝军的《藏西笔记》，真实朴素、真诚热烈地展现了藏西的自然风物、人文民俗、世事变迁的绚丽图景，也彰显了作者游刃有余、自在从容的叙述笔法。

鹰萨·罗布次仁（1979—），出生于西藏山南曲松县。十二岁起就读于北京西藏中学。1998 年考入北京广播学院（现中国传媒大学）新闻系，2002 年毕业。先后在西藏自治区人民政府驻北京办事处经济信息联络处、西藏文化经济交流中心、国务院新闻办七局、西藏自治区文化厅文化产业处工作。曾担任《西藏日报》《中国西藏信息中心》特约记者。出版长篇纪实作品《西藏的孩子》。2012 年，《西藏的孩子》获第十届全国少数民族文学创作“骏马奖”、第七届北京市文学艺术奖。

《西藏的孩子》是以中学校园生活为背景展开的大型纪实文学。它以在北京西藏中学求学的一群藏族学生们的成长为线索，通过对他们所经历的离别、思念之情的描写，对他们所感受体验的亲情、乡情、友情、爱情、师生情等的艺术演绎，以及对他们所经受的不同文化交流所带来的精神心理的冲击和适应等生活情状的展现，反映了西藏当代社会变迁的历史进程。尽管这是一部描写西藏中学生在北京求学的校园纪实文学作品，但却蕴含着一定的社会历史内涵。

就其社会价值而言，《西藏的孩子》具有以下几个方面的意义：首先，作品全景式地展示了改革开放以来，西藏教育改革和社会发展方面取得的重大进展。和平解放后，国家投入大量物力、财力建成了自幼儿园到大学的现代教育体系，并培养相关的教育工作者，其中西藏班（校）就是促进西藏基础教育发展，为西藏现代化建设培养高水平人才的重要的基础性举措。这一点，作品中做了较为详细的叙述。教育改变了西藏的社会生活，改变了藏族民众关于世界的认识和看法。第二，《西藏的孩子》记录了一代人或者说一批人的少年成长史。西藏班（校）自创办至今，已有三十余年的历史，无数从西藏班（校）走出来的优秀毕业生走上工作岗位，造福西藏社会经济的发展；同时，也还有无数的少年即将走上这样的一条求学成长之路。作品对这一成长历程的书写，不仅是对作者个人成长历程的书写，也是对一批人和一代人的成长历程的书写。对于这一成长经历的描写，不仅对作者个人人生价值的实现意义重大，而且对其母校北京西藏中学，以及全国各省市其他西藏中学、西藏班（校）都有重要的意义。我们从中可以看到，一批又一批的西藏孩子是如何从一个懵懂少年，成长为一个有志的青年，并最终成为建设西藏的有用人才的；可以看到他们从边远的山村，到现代文明充分发展的大都市后，心理变化和文化调适的过程。第三，《西藏的孩子》是外界了解西藏风俗人文的重要桥梁。西藏班（校）在创建之初遭受过种种质疑，人们担心这种教育制度不持久，担心西藏班（校）的教育忽视西藏民族文化的传承；但《西藏的孩子》中的相关记述，却有效地消除了上述种种困惑。在作者的笔下，在西藏班（校）的学生们的日常生活中，西藏的风俗人情随处可见，他们的民族生活习惯受到了尊重，他们可以在日常活动中传承、宣扬民族文化，比如欢庆民族节日，编排具有民族特色的娱乐节目，系统地学习民族语言等，甚至包括《西藏的孩子》中的语言表达，其实都是对藏民族语言文化的传承。

《西藏的孩子》在文学方面的成就也值得肯定。作品中最为突出的一个特点是情感的质朴和真诚。无论是作品所包含的家国情怀，还是渗透其中的个人情感，都源自作者质朴、真诚的心灵世界。鹰萨·罗布次仁的这部少年成长史的核心因素是情，是对真挚的、朴素的情感的诉说。作品始终以一种朴素的笔调讲述故事，没有那种煽情的、或者响亮的口号式的刻意而为的情感抒发。作品里抒写亲情、爱情、兄弟同窗情、师生情、乡情等，所有这些都是由生活的真实感触激发而来的。一些片段描写所流露出的真挚的情感，令人感动，如写我跟在母亲后面嚷着要去上学，拽着母亲的袍襟央求，打滚、哭闹，母亲“不答理”“什么都不说，坐在了她的织布机上”“不吭声”等。这些细节很好地表现出了母亲对“我”的担忧。写母亲为了解决她心头的头等大事——“我”的睡觉问题，带领姐弟三人赶制的上下口直通、中间完全缝合的专门给小孩用的氆氇被的情景，这些细节无声却有力地表现了“慈母手中线，游子身上衣，临行密密缝，意恐迟迟归”的深厚母爱。再如，写父亲平常总是非常严厉地要求我，以至于让我在很长时间以来觉得他不喜欢我，但却在我周末回来时一改懒惰和爱吃糌粑的习惯，为爱吃米饭的我烙饼、蒸米饭、炖牦牛肉、煮土豆、炒菜等，这些情节表现了父亲对“我”的那份深埋在心底的深沉的爱。作品还描写了哥哥为了“我”放弃去县城完小上学的机会，以及在暴风雨夜晚的山谷中，将仅有的一件雨衣让给“我”，自己却顶着风雨飞快有力地前行，着力表现了哥哥对我的爱护和期望。作品也记述了乡里人碰见“我”后，把仅有的酥油、奶渣、奶酪硬塞给“我”的情景，传达了乡亲们对“我”的关爱。除此之外，作品还讲述了老师对学生们的关爱和帮助的师生情谊和同学之间的相互关心、爱护的兄弟友情。这些在作者成长过程中沉淀、积累下来的情感，有惆怅、忧伤，有温暖、喜悦，但终究凝结成作者生命里最真挚、真诚、真实的情感体验。可以说，整部作品就是在这种情感的支配下展开、完成的。

作品中质朴、真诚情感的表现，还体现在其他方面。如对自己过去认识肤浅的反思。作品中提到这样两个情节，一是他在餐桌边听闻和谈到邓小平去世的事情；另一次是上大学时，听说因我国驻南斯拉夫大使馆被以美国为首的北约轰炸后民众游行的事情。后来，他真诚地回忆并反思了自己对这些事所做出的反应。他说：“我承认，当噩耗传进我的耳朵时，我没有太大的反应，反思之后我感到的是自己的无知和麻木，我为此悲哀，也为此迷茫……”，同时他寻找其中的原因：“我们这代人，生于和平的年代，国家民族经历的所有惊心动魄和血肉生命的牺牲，和我们只是在历史课本上相见。作为大学生不懂得自己的民族和国家历史是可悲的，没有亲身经历过那些动荡岁月的人是怎么也不可能真正懂得历史的。”在这样的回忆、反思与思索中，作者始终坚持着朴素的情感和真实的表达，没有气吞山河的豪言壮语，依然是真实、平静地叙述自己的真实情感体验。

情感的质朴真诚还表现在文中大量的细节描写上。大量的细节描写让文章的感情充沛、细腻，感人至深，也能够真切地反映作者的心理状况。离家到北京快半年，第一次和家里通电话，小罗布的局促、母亲的流泪，父亲的沉默、哽咽，以及之后坐在教室里翻弄书本，心里空荡荡的感觉，这些细节描写，很好地揭示了小罗布和家人纵使有千言万语却不知从何说起的相思和牵挂。作品还多次描写了几次离开拉萨贡嘎机场赴北京读书时的不同场景，让我们真切地体会到了相思、牵挂的思念之苦和作者不断地成长的心路历程与逐渐成熟的心智。

语言朴素清新，叙事语调符合人物的年龄、身份特征，是《西藏的孩子》在艺术上的另一个重要特点。著名评论家白烨评价《西藏的孩子》时指出，这部作品带给他的最原初、最清新的感觉，可以概括为文字上、感觉上、情感上就像喜马拉雅山上捧下的一捧雪一样纯净。用这一评价来形容《西藏的孩子》的语言特色，是比较妥帖的。情感的真与语言的纯净、朴素结合在一起，自然地产生了一种清净的美感。“我看到一只金色的‘多吉缀巴’飞过我家的天窗，就在刹那间，头上的天窗闪过金黄，庭院里瞬间洒下一道道折皱了的阳光。”“洗净的手从酥油罐里取出小块酥油放在掌心，用嘴哈一下热气，快速地揉搓之后抹在脸上。看看双手洗得白净，好像手的骨骼框架也好看了……”类似的例子俯拾即是，从中我们不难体味到语言中所渗透的一种清净、庄严之感。

此外，作品的叙事语言很是妥帖、准确。作者能够从作品故事发展和人物成长的不同阶段出发，让人物说出不同的语言。作品描述了作者自八岁在县城求学，然后十二岁再到北京之后十一年的成长历程。这是人物从童年到少年的成长过程，其叙述语言大致是符合这个年龄段的语气、口吻和认识的，即作者的叙述语言与他观察世界、经历生活的步调是一致的。扯着母亲袍襟，哭闹着要去上学的孩童，到第一次坐飞机、第一次到大城市、第一次到浴室洗澡的那种懵懂无知和带着些许局促无措的青涩之感，都是以相应的语言表达出来的。到后来，随着成长经历的丰富和心智的成熟，作者的讲述不时地迸发出一些哲理性的思考。比如，作者在京求学四年，初中毕业回到家乡时，不由得感慨：“心到了家乡，如果身子没到，心无法真正回到家乡。”“回家，是亲人重逢，是心的回归。”四年重逢后，作者已经完成了心理的成长和转变，作品的语言自然会随着作者情感、认识的转变做出调整。正是这种语言表达上的不断转换，阅读整部作品，让人感受到的不是过来人回顾往事的睿智，也不是年少者故作成熟的洒脱，而是一种在平静的叙述中产生的人生体悟。

鲜明的镜头感和画面感，是《西藏的孩子》的又一艺术特色。或许是作者深谙摄影艺术的缘故，作品在流畅的叙述中会出现一些很具画面感和镜头感的场景。这些场景能够调动读者的想象力，引发读者的想象和联想，在情感上自然会产生一种延宕的效果，有助于读者体会作者的情感。譬如，在县里上高小时，阿爸从县里的干部食堂买了饭票，交给在完小读书的一位亲戚家的女孩。于是，有一段时期，每天早饭时间，在县完小的大门口就会出现一个饥肠辘辘的孩子在等他的早饭。阳光照射在学校大门的院墙上，温暖，但也有些刺眼。远处的小路上可以看见一股股蒸气升腾，和着远处的县机关各家的炊烟，这是一幅精美的画面，画面中那盒机关食堂的饭菜向他走来。这一场景的描述，只字未提父亲的关怀，也没有描写“我”等盒饭时的急切，但读者可以从升腾在清冷早晨的烟火中，体会到亲人之间的那种热切的爱。诸如此类的“图画”，在作品中还有很多，如“青烟袅袅，整整一天，帐篷里的篝火几乎不灭，烧水煮茶，热奶做曲拉。帐篷外，青山间，青烟袅袅上升，直接化作天上的云。篝火不灭，青烟不断，天空和草场借着这烟柱连在一起。”寥寥几笔，将西藏牧民的生活场景勾画出来，让读者有身临其境之感。

《西藏的孩子》是鹰萨·罗布次仁用真诚、真挚的情感酿造出来的感人至深的艺术作品，是他将自己乃至一批人鲜活的生命、真挚的情感、蓬勃的生命力融入其中的真情写作。它是西藏当代纪实文学中难得的优秀作品。

第十三节　门巴族、珞巴族的文学创作

门巴族文学作品中，民间文学占有相当重要的分量，数量最大、影响最广的是情歌。尤其是以《仓央嘉措情歌》为基础展开的创作，是当代门巴族作家文学创作的重要取向。门巴族主要居住在西藏错那、墨脱、林芝等地。门巴族语言属汉藏语系藏缅语族，无文字，口耳相传是文学传承的主要形式。门巴族的民间文学十分丰富，既有神话、传说、故事、诗歌，又有独具特色的门巴戏剧。

仅就诗歌而言，就有“萨玛”体酒歌、“卓鲁”体牧歌、“加鲁”体情歌和长篇叙事诗等形式。其中，萨玛酒歌是门巴族诗歌的主要诗体，也是流传颇为广泛的一种抒情歌体。它是一种自由演唱的助兴式酒歌，最初只限在喜庆酒宴上演唱，这种欢快热烈的歌体，将门巴族好客热情的特点彰显的淋漓尽致。后扩展到集会、分离、欢聚、婚宴、劳动等多种场合。也可用于表现对敌人的嘲讽和鞭挞，抒发内心的不满和愤怒。

加鲁情歌，脱胎于萨玛酒歌，主要用于表现爱情；加鲁情歌常常会包含

深刻的人生哲理，反映门巴族对人与人之间关系的认识和观察，具有格言性质。在形式上，加鲁情歌继承藏族“谐”体民歌的形式特征——多由四句结成一首，每句包含藏语的六个音节，构成三次停顿，音律和谐，节奏感强。曲调固定，可以即兴填词歌唱。

门巴族的叙事诗由牧歌发展而来，采用散体歌谣的形式。每句音节无定数，一般是由三句或五句构成一个诗节，每首或每章由若干诗节组成，演唱时化装披饰，手牵牦牛，边歌边舞。长篇叙事诗《太波嘎列》是门巴族叙事诗的代表作品，全诗共14章，歌唱传说中的牧业始祖太波嘎列的事迹，生动细腻地反映了各种牧业生产劳动的产生和发展。

门巴族文学中，戏剧同样也占有重要地位。门巴族戏剧起源于宗教仪式活动，戴假面具演出，在锣钹伴奏下，说、唱、舞三者错落穿插，交替配合，道白很少，跳和说、唱不同时进行。唱词采用散体歌谣的形式，曲调随内容和情歌的变化而变化。

20世纪80年代，随着我国对门巴族传统文化的重视，出现了一些门巴族文学爱好者的作品，如达旺寺门巴族活佛、爱国僧人益西赤列，我国第一位门巴族教授、西藏大学成人教育学院党委书记红梅，墨脱县原门巴族县长扎巴丁增，西藏山南地区民宗局多布杰等优秀的文学创作者。他们创作了《我的家乡——门隅》《探访斯木村“魔女”文化》《走进藏南群山峡谷及门巴族的文化深处》《从大峡谷走向太阳升起的地方》《唯美的汽笛声》等优秀散文，让我们得以了解门巴族生活的独特的地理环境、宗教历史、社会管理、民俗文化等方面的人文历史，了解生活于藏南群山峡谷里的这一群体，在服饰、建筑、饮食、婚嫁等方面的种种细节和他们的历史传承，及其中蕴藏的文化内涵。

珞巴族文学作为西藏当代文学的重要组成部分，民间文学在其中也占有非常重要的分量，为当代珞巴族作家从事文学创作提供了重要的文学土壤。神话、传说、故事、谚语和谜语等多种形式的口头文学，通过口耳相传的方式，展现了珞巴族奇妙的幻想、浓厚的生活气息和鲜明的民族风格，再现了珞巴族的历史形象，既有赞颂征服自然的英雄事迹，也有歌颂诚实、勤劳、勇敢的美德和抨击不良习俗的作品。

珞巴族神话多反映珞巴族从开天辟地到氏族社会这一漫长历程的变迁。人类起源、图腾崇拜，早期群婚、兄妹结婚的婚姻形态，狩猎、采集、农业生产活动等社会劳动形式，与妖魔鬼怪作斗争、与大自然的抗争等多种形式的神话记录，展现了珞巴族对远古历史的朦胧记忆。

民间传说反映族群的起源、分布和迁徙，有反映发明创造与民族交往，也有反映地方风物、动植物的传说，这些民间传说故事，以朴实的叙事方式，展现了浓厚的风土气息，表达了人们对祖先和乡土的热爱。民间故事的题材广泛、形式多样。多数的民间故事中，都包含着奇妙的幻想和生活的哲理。它们将人们的是非观、爱憎情感寄寓浪漫的故事之中，反映人们征服自然的智慧和勇气；歌颂勤劳勇敢、鞭挞懒惰；歌颂坚贞、抨击买卖婚姻和欺诈行为；颂扬劳动人民勤劳、机智的优良品质，讽刺统治阶级的凶残、愚笨。

民歌在珞巴族有着天然优越的生长环境，美丽的雅鲁藏布大峡谷，云霞萦绕的喜马拉雅山，为珞巴民歌生长注入了无穷的艺术灵感。“高兴时山歌唱不完，痛苦时山歌能解烦，山歌是随身的伴侣，白发到老也难分离”。这些通俗随意的乡音俚调，唱出了民歌这一艺术形式在珞巴人生活中不可替代的地位。

珞巴族还有篇幅庞大、别具一格的史诗。史诗涉及宇宙变化、生物起源、农业发明、祖先迁徙、巫师的产生等社会历史发展的多个方面。博嘎尔部落的《创世纪》就是一个典型文本。史诗以诗歌的形式集中地展示了珞巴族的神话、传说、故事等多种文学形式，且能够“和乐而歌”，这一点，与汉民族传统的诗词有异曲同工之妙。

谚语和谜语是珞巴族长期生产生活经验的总结，也是智慧的结晶。珞巴族将生产、生活经验以谚语、谜语的形式，口耳相传，以达到传播知识、增长智慧、启发和教育人们的目的。“竹孤哪有笋，地平路好走。”“舍得力气，财富不尽，光要嘴皮，空话无用。”“修桥不修好，反掉河里得好报”，这些饱含生产和生活智慧的俗语谚语，记录传承着珞巴人的生存智慧。

在日常劳作，尤其是在节庆、宴请、婚嫁、宗教礼仪等集体活动中，能歌善舞的珞巴人常常要举行通宵达旦的歌舞活动。珞巴族的音乐有声乐和器乐两种，声乐是将诗歌和一定的曲调组合成的一种歌唱形式。曲调大多简单、节奏不严，音阶高低相差不大。在演唱的过程中，大多可即兴填词。除特定场合演唱的礼仪歌曲外，大多都从原来固定的内容形式，演变成了内容可据情节而变的曲调。正因为此，珞巴族民间文学与表演艺术的内容和形式实现了紧密的结合。

出生于西藏米林县珞巴族博嘎尔部落的作家亚依，深受珞巴族地域文化和自然环境的熏陶，形成了她独特的写作风格。亚依的创作主要是散文和诗歌。内容都比较简短，却不乏隽永的思想，透射着珞巴人对生命的敬畏与内心的从容。

亚依的散文多以个人的生活阅历和极具民族特色的见闻为书写对象。《陌生的套绳》《台北杂记》《重游故土的感触》《梦境 · 山庄》这类作品，有的是以外来者的身份进入一个异族的文化场域，有的是以回归者的身份审视自己的民族文化根底，但这类作品都透露着一股强烈而清晰的民族文化特质，是作者无论在什么样的境况中都能体验到一种强烈的身份认同感。而《狐仙》《萨 · 贡 · 乃》《猎人的獐子》《石板》《鸽子与老人》《刀》《阿崩》《无题》《一碗苏贡阿给和面棒》《小鸟》《奥（酒）》《蝴蝶梦（外一篇）》《想做虔诚专一的人》等类型的作品，选取珞巴族生活的一个物象或一个传说故事，在简洁平静的叙述中，凸显珞巴人朴素的生活智慧，这类文章与珞巴族民间文学一脉相承，表现了珞巴人在平凡的生活中彰显出的智慧和善良。《记忆父亲、母亲》《父亲的铁盒》以细腻的笔触让我们看到了珞巴人的生活。当猎人的父亲和做巫师的母亲，他们以各自的方式生产、生活，没有贵贱高低之分，“作为巫师，妈妈在村子里享有很高的威望，但在家里，还是父亲说了算……妈妈只有到了仪式上负责与神对话，但在平常，她就是一个普通的人。不需要人们供奉，也没有人去供奉，敬重她就行了。”我们能从作者细腻的笔触中感受到，人与人、人与物与自然之间的那种似乎天然而来的平等和自适，也可以透过那些细微的动作和语言，感受到亲人之间的关怀。

亚依的诗歌，擅用丰富的自然意象，这让她的诗歌表现出了一种强烈的生命力。太阳、月亮、黑夜、春光、黄昏、雨点、嫩芽、木桩、阳光、孤雁、古树、牧童、幽灵……一切的风、花、雨，自然、神灵，在亚依的笔下，都是平等的，他们可以自由地进入诗歌，承载作者的志趣情思。不仅如此，亚依还能赋予笔下的意象独特的色彩。自由的风、部落的儿女、部落的眼睛、夜晚的嘴唇、部落女人的吻、受了诅咒的精灵、阳光的舞姿……这些意象，无不浸透民族的文化底蕴，但又在作者的笔下呈现出了一种新的蓬勃的生命力。

第四章　戏剧、影视文学

概　述

20 世纪 90 年代以后，西藏藏戏演出团体主要以民间传统藏戏班、民间新建的藏戏队和西藏自治区藏剧团为主，形成业余演出和专业演出共存、广场和剧院演出兼备的特殊形态。2006 年，藏戏被列入第一批国家级“非物质文化遗产代表作名录”；2009 年，藏戏入选联合国“人类非物质文化遗产代表作名录”。之后，国家和各级政府部门每年逐渐加大保护力度，藏戏进入了发展的快车道。

民间藏戏队所演剧目主要以“八大传统藏戏”[1]为主。各民间藏戏队演出“八大传统藏戏”时依然沿袭传统的广场演出形态，演员和观众同处一个平面空间，表演区四面（至少三面）都是观众，保留原传统藏戏简单的布景和鼓钹伴奏形式，演出时间大约六七个小时。

藏剧团是西藏自治区唯一的专业演出团体，拥有专业的编剧、舞美等创作人员。所演剧目以改编剧目和新编剧目为主，多以剧场形式演出，剧目演出时间一般二三个小时。20 世纪 90 年代后，藏剧团演出的改编剧目主要有 2004 年小次旦多吉改编的《卓娃桑姆》和 2013 年丹增次仁改编的《白

[1] 一般指《诺桑王子》《卓娃桑姆》《白玛文巴》《智美更登》《文成公主》《朗萨雯蚌》《顿月顿珠》和《苏吉尼玛》八个藏戏剧目。

玛文巴》，这些剧目增加了灯光、舞美等现代舞台元素，颇受观众的喜爱。

藏剧团演出的新创剧目主要有小次旦多吉编写的《仓决的命运》《老车夫新传》《文成公主》；郎嘎的《春暖花开》《老阿妈的心声》；丹增措珍的《吉加和她的兄妹》和普尔琼的《朵雄的春天》《金色的家园》等优秀剧目。这些剧目不但反映了西藏社会各方面的巨大变化及新时期西藏人民积极建设新西藏的崭新面貌，而且在继承传统藏戏艺术精华的基础上，进一步丰富、发展了藏戏的舞台表演艺术。尤其是《文成公主》无论在题材主题方面，还是在戏剧艺术表现方面都取得了很大的成功。这部戏剧结构严谨、矛盾冲突集中、唱腔舞蹈及舞台美术观赏性较强，荣获中宣部第七届精神文明建设“五个一工程”奖，及第二届少数民族会演创作金奖和演出金奖。普尔琼的现实题材的剧作成就显著，尤其是《朵雄的春天》演出后获得广泛的好评。该剧作以旧西藏西部的朵雄庄园为背景，通过六弦琴艺人德吉拉紫和庄园少爷朗杰平措的悲欢离合之情，艺术地反映出旧西藏农奴深受压迫，没有人身自由的悲惨命运，以及西藏民主改革胜利后，在中国共产党领导下，西藏社会主义建设给西藏带来的翻天覆地的巨大变化。除此之外，尼玛顿珠的戏剧创作也取得很大成绩，许多剧目演出后产生了广泛影响。

影视创作方面，扎西达娃、吉米平阶、周韶西等都取得了一些显著成绩。如扎西达娃先后创作、编写了《巴桑和她的弟妹们》《冈底斯》《益西卓玛》等剧本，获得了多项大奖。尤其是《益西卓玛》在编剧与拍摄上很是讲究，显示出了作者独具匠心的艺术追求。剧作站在历史的高度展开故事，以一名藏族普通妇女的命运为主线，把半个世纪以来西藏风云变幻的社会历史变迁尽收剧中，生动地展现了广阔的社会生活画面。除此之外，由扎西达娃编剧的《冈拉梅朵》《西藏往事》也取得了很大成功，产生了巨大的影响，是西藏影视作品不可多得的优秀之作。吉米平阶创作了《风雪擦亮的青春》《金秋时节》等优秀影视作品，引起了巨大的社会反响。《风雪擦亮的青春》讲述了20世纪70年代后期，一批大中专毕业生自愿到西藏基层工作，在艰苦的环境中磨砺、成长的故事；剧作生动地再现了藏族干部和进藏青年人的工作热情、理想追求，表现了深厚的藏汉民族情感，谱写出一曲悲壮动人的高原奉献之歌。周韶西先后创作、编导的《天上的经幡》《江孜未了情》《西藏记忆》等影视作品，也是新世纪西藏影视创作方面的优秀之作。《天上的经幡》是其代表性影视作品。这部作品以20世纪初西藏抗英战争为背景，讲述了贵族小姐白珍与农奴索朗浪漫曲折的爱情故事，成功塑造了一个有勇有谋、有情有义的农奴形象；作品还对抗英战争，特别是江孜战役进行了浓墨重彩的描写，通过描写藏族军民同仇敌忾抗击英国侵略者的壮举，表现出了宁死不屈的伟大精神。

第一节　小次旦多吉

小次旦多吉（1947—），出生于西藏山南乃东县。1960 年进西藏自治区藏剧团学习藏戏，1976 年被选送到上海戏剧学院戏剧文学系编剧班插班学习。1980 年毕业回藏剧团转为编剧，改编传统剧目《卓娃桑姆》，创编并导演了许多深受观众喜爱的新剧目。由他编写、导演的藏戏剧目多次获得国家奖项。

1980 年，小次旦多吉曾改编传统剧目《卓娃桑姆》作为大学毕业作品。2004 年，小次旦多吉在原《卓娃桑姆》改编本的基础上进行修改，此次改编在以下四个方面有所突破。首先，把原来的《卓娃桑姆》文学故事本改编为舞台演出本，增加了布景、灯光、音响等舞台提示；其次，戏剧主题淡化了宗教色彩，矛盾冲突主要集中在卓娃桑姆与魔妃哈姜两人之间，突出真、善、美与假、恶、丑的斗争，演出时间压缩为两个小时；再次，改变哈姜的艺术造型。过去传统藏戏演出时，哈姜一直戴着恐怖的面具表演，小次旦多吉把哈姜设计为美女形象，只是到最后打斗时才戴上原来面具显示其丑恶的真面目，此种设计更符合剧中人物身份。最后，在音乐、舞蹈和舞美方面有所创新。小次旦多吉与藏戏作曲家边多配合，为主要人物创作主题音乐，改变了过去剧目类型相同、剧中人物唱腔相同、没有独特个性的情况；他同时吸收舞剧、京剧中的舞蹈动作，根据戏剧情节编排新的藏戏舞蹈，使之更具观赏性，弥补了过去传统藏戏中穿插的舞蹈游离于剧情之外的缺失。小次旦多吉充分利用布景、灯光、道具、化妆、音响等多种舞台美术因素来塑造人物形象，演出时增加的字幕也有利于观众了解剧情。小次旦多吉改编的《卓娃桑姆》在保留传统藏戏主体特征基础上，融入新的元素，得到藏戏专家和观众的肯定和认可，是一次比较成功的改编。

小次旦多吉编创的新剧目主要有《阿妈加巴》、《珍贵的项链》（与边多合作编辑）、《仓决的命运》、《老车夫新传》、《文成公主》，参编京剧藏戏《文成公主》。

1999年，小次旦多吉创编并导演了藏戏历史剧《文成公主》。公元七世纪中叶，吐蕃赞普松赞干布派遣大臣禄东赞到唐朝请婚，禄东赞依靠自己的聪明才智在大唐举行的各国使臣斗智比赛中连连获胜。皇后不愿让文成公主远嫁吐蕃再出难题，禄东赞在所住驿馆老板娘阿琴处巧探文成公主长相特征，终于在300名美女中认选出文成公主，赢得唐太宗许婚。文成公主携带十二岁释迦牟尼等身佛像、大量的经卷和珠宝及100多名能工巧匠离开长安远赴吐蕃。文成公主及其随从人员进入吐蕃境内后，翻雪山、过草地、渡激流，历经艰难险阻。文成公主不但克服途中所遇种种困难，而且向所经之处的藏族群众传授耕作、纺织和医药等技艺，深得藏族群众的爱戴。文成公主到达逻些城后，松赞干布举行了盛大的迎亲仪式，人们载歌载舞共庆唐朝和吐蕃和同一家，永远繁荣昌盛。

《文成公主》由“序——湖显吉兆；第一场——派遣使者；第二场——比试智慧；第三场——巧探秘密；第四场——喜认公主；第五场——长安送行；第六场——入蕃途中；尾声——迎接盛典”几部分构成。整个剧作赞扬了汉藏友谊和民族团结。该剧目“在艺术上既有浓厚的民族特色，又融入现代风格，丰富了艺术表现力，通过优美动人的剧情，色彩斑斓的藏族服饰和舞台美术，载歌载舞的演艺形式，再现了唐蕃联姻的动人史诗”。[1]《文成公主》结构严谨、矛盾冲突集中、唱腔舞蹈及舞台美术观赏性较强，荣获中宣部第七届精神文明建设“五个一工程”奖，及第二届少数民族会演创作金奖和演出金奖。

2005年，小次旦多吉参与编剧和导演的大型新编历史剧《文成公主》，艺术地再现文成公主入藏途中的艰辛，歌颂了汉藏人民之间的深情厚意以及和谐美好的民族关系。这个剧目兼容京剧和藏戏两种表演形态于一体，体现出藏戏艺术在传承中不断进行创新的特点。剧中的松赞干布、禄东赞等角色由藏族演员扮演，在剧中说藏语、演藏戏；而文成公主、李世民等角色由国家京剧院的演员来扮演，他们用原汁原味的京剧演出。音乐创作人员首次将藏戏纳入到板腔体的体系中，在京剧乐队里融入藏戏传统的乐器鼓和钹；把京剧唱腔与藏戏的声腔和韵律相结合，让京剧、藏戏的和声、二重唱同时出现，其中藏戏唱腔占到三分之一。服饰方面，独具藏民族特色的藏戏服饰和精致华美的京剧服饰同台展示，京剧的水袖、厚底、龙袍、锦缎样样不少，藏戏服饰的凝重、宽大和极具藏族特色的各类饰品也尽现其中。强烈的冲击力给观众带来美轮美奂的视觉盛宴。京剧藏戏《文成公主》一经推出好评如潮，深受观众喜爱。2008年荣获“国家舞台艺术精品奖”，并作为2008年北京奥运重大文化活动演出剧目之一，在北京梅兰芳大剧院演出，为来自世界各地的观众展示京剧和藏戏的神奇魅力。

小次旦多吉作为一名藏戏编导，一直通过自身的艺术实践努力探索藏戏的传承与创新方式。特别是在改编传统剧目及新创剧目方面，就如何在保留传统藏戏艺术精华的基础上，融入其他剧种艺术因素或新的时代元素，进行了探索，对藏戏舞台演出形态的发展有一定的贡献。

[1] 李云、周泉根：《藏戏》，浙江人民出版社，2005年版，第180页。

第二节　尼玛顿珠

尼玛顿珠（1970—），出生于西藏日喀则江孜县。1993年毕业于中央民族大学藏学系，同年分配到西藏自治区话剧团工作至今。曾于1994年和2001年先后两年到上海戏剧学院专修戏剧文学。现任西藏话剧团国家二级编剧、创作研究室主任。尼玛顿珠作品数量众多，题材涉及面很广，有弘扬主旋律的作品，也有群众喜闻乐见的通俗作品。代表作有大型话剧《情满草原》《宗山魂》《扎西岗》，20集电视情景喜剧《快乐生活》，话剧小品《哈罗！吉祥！》《百花园的开张》《岁岁平安》《市场一角》等。先后出版了《尼玛顿珠相声作品集》《尼玛顿珠喜剧小品集》及藏文中短篇小说集《拉萨梦》、儿童长篇小说《学生云旦和家长顿珠》等。曾获得过中国话剧最高奖金狮编剧奖、中国曹禺戏剧文学奖提名奖、珠穆朗玛文学艺术奖、中宣部“五个一工程”奖、第九届文化部“文华奖”等。2011年被评为西藏自治区首届“五个一批”人才。

1996年，尼玛顿珠向团里请示下乡采风，寻找创作素材，团领导立即同意了。于是他背着行囊，带着干粮和衣物，向草原深处出发了。在藏北草原，他本来想收集一些关于牧区民风民俗的东西，没想到所有牧民都在给他讲述关于雪灾的事情。那些温情感人的故事感动了他，后来就有了大型话剧《情满草原》。

《情满草原》是尼玛顿珠26岁时写成的，是他的第一部大戏剧本。该作品是他在特别艰苦的条件下，多次到牧区深入生活，多次修改而成的。该剧写的是西藏那曲地区遭遇了百年不遇的特大雪灾。在这次抗雪救灾中出现了许多感人的事迹，剧本以此为背景展示了生活在世界屋脊的人们对待人与自然、生与死、善与恶、自私与奉献等矛盾冲突时所表现出的优秀品格，歌颂了他们世世代代热爱生活、热爱生命，不惧灾害、勇于斗争的伟大精神。

该剧于2001年由西藏话剧团搬上舞台，在拉萨首场演出。该剧具有深刻的思想性和较高的艺术性，公演后得到了广大观众和业内人士的高度评价，先后获得了中宣部第八届“五个一工程”奖、第十四届中国曹禺戏剧文学奖提名奖、西藏自治区文学艺术奖等国家级和省级奖项。

2004年是江孜抗英100周年，西藏自治区专门成立纪念活动办公室，并要求话剧团创作演出一台有关抗英内容的大型剧目。当时话剧团虽然已经准备了一部有关这一内容的剧本，但是经过几次专家论证，始终觉得该剧本不符合献礼剧目该有的风格和特点。于是剧团决定重新创作剧本，并且成立了由大旺堆、普布次仁、拉巴等老艺术家组成的创作团队，决定由尼玛顿珠担任执笔编剧。他在团领导和前辈艺术家的大力帮助下，开始了大型话剧《宗山魂》的创作。由于时间紧、任务重，为了及时完成团里交给的重任，尼玛顿珠常常是通宵写作，克服了难以想象的种种困难，加班加点地创作，最终按时完成了创作任务。

《宗山魂》以史诗般的气魄，表现了当年广大的藏族人民不畏强敌、保家卫国的英雄气概。该剧于当年7月在拉萨连续公演了17天，场场爆满，轰动拉萨，这是拉萨近年来少有的演出盛况。演出赢得了观众的赞扬，也得到了自治区领导和专家的高度评价。

农村题材大型话剧《扎西岗》是尼玛顿珠的另一部代表作，是为我国改革开放三十周年献礼而专门创作的。该剧深刻地展示了当下西藏农村生产生活的真实情况，反映了人们思想观念的变化，生动塑造了致富带头人巴丹等一系列新农民形象，是西藏话剧这些年来结出的丰厚硕果。评论界评价该剧是：“西藏广大农牧区现实生活的一个缩影。作者通过这部话剧，向人们展示一个正在发展、变化的西藏新农村。”的确，这部剧作融入了作者多年来对西藏农村社会生活的思考和对农民命运的关心。2008年12月，在举国上下热烈庆祝改革开放三十周年之际，大型话剧《扎西岗》在拉萨公演，演出获得极大成功。此后该剧多次在西藏的城市和乡村用汉藏两种语言巡演，还曾在2009年元月（参与西藏民主改革五十周年西藏文化周的活动）、2009年9月（参与建国六十周年的重大活动）两次进京演出，得到了首都人民的热烈欢迎，并得到国家文化部有关领导的高度评价。同时该剧被列入了2008年–2009年国家舞台艺术精品工程重点资助剧目。2010年5月，《扎西岗》剧组应国家文化部的邀请，参加了在广州举办的第九届中国艺术节，并获得了第十三届文华大奖特别奖。主演索次获得“文华优秀表演奖”，剧作者尼玛顿珠获得了中国话剧金狮编剧奖。

尼玛顿珠创作的作品中，家喻户晓的当属藏语喜剧小品。他创作的戏剧小品以贴近生活、诙谐幽默的特点，在西藏广大观众中产生过广泛而深远的影响。由他创作并被搬上舞台的小品已多达八十多个。这些小品中《多彩的伞》《快乐女孩》《商场一角》《百花园的开张》《打电话》《我爱绿色》《哈罗！吉祥！》《一张火车票》《小康村的新闻》《老年知识竞赛》《妈妈的生日》《好人一生平安》《年楚河的笑声》《岁岁平安》《警务站的故事》《城市名片》《明镜》等都是西藏广大观众非常熟悉的久看不厌的经典节目。这些小品绝大多数都在历届西藏电视台藏历新年文艺晚会上演出，给西藏的广大观众带来了欢声笑语，成为雪域高原上脍炙人口的作品，尤其得到了广大农牧民群众的喜爱。

《快乐生活》是尼玛顿珠于2006年创作的西藏首部二十集藏语电视情景喜剧，是他所有作品中传播面最广、最受观众欢迎的作品。该剧由西藏梅龙兄弟影视公司拍摄制作，由国家一级导演普布次仁执导，具有西藏“铁三角”美誉的著名演员扎西顿珠、尼玛和仁来领衔主演。2007年该剧在西藏电视台藏语频道播出后，在藏地产生了巨大的反响。《快乐生活》不仅带给观众快乐，同时也填补了西藏没有藏文原创长篇电视剧的空白。

第三节　普尔琼

普尔琼（1974—），出生于西藏日喀则仁布县。西藏藏剧团演员。先后在传统藏戏《朗萨雯蚌》、《苏吉尼玛》和《白玛文巴》中扮演不同的角色。2000年至2002年在中国戏曲学院戏曲文学系学习，2001年开始担任编剧。2009年，普尔琼根据扎西班典的小说《琴弦上的魂》改编了现代藏戏《朵雄的春天》。该剧目在2009年第三届全国地方戏优秀剧目展演中获荣誉奖；2010年获第五届珠穆朗玛文学艺术基金奖。2011年，普尔琼编创现实题材藏戏《金色的家园》。2012年7月，该剧目获第四届少数民族文艺会演戏曲类金奖和最佳编剧奖等奖项；2014年，被文化部评为全国地方戏优秀剧目。

《朵雄的春天》分为序（藏戏开场）、七场（第一场朵雄山口；第二场生离死别；第三场庄园恋情；第四场棒打鸳鸯；第五场苦难岁月；第六场黎明曙光；第七场朵雄春天）和尾声（祝福吉祥）三部分。该剧目以旧西藏西部的朵雄庄园为背景，通过六弦琴艺人德吉拉紫和庄园少爷朗杰平措的悲欢离合，真实地反映出旧西藏农奴受压迫，没有人身自由的苦难命运，以及西藏民主改革胜利后，中国共产党领导下的西藏社会所发生的翻天覆地的巨大变化。

剧目主要人物德吉拉紫年轻漂亮、琴艺高超、舞姿优美。为救年迈的父亲，她自愿留在朵雄庄园支艺差。三年后，她与经常来向自己学琴的庄园少爷朗杰平措产生爱情并怀了身孕。庄园主希绕为拆散二人，强迫朗杰到国外学习。德吉生下和朗杰的女儿后，为躲避管家的迫害，趁希绕去世庄园一片混乱之时，和曲宗一起逃离朵雄庄园，到拉萨寻找解放军。西藏民主改革胜利后，德吉和朵雄庄园的奴隶都获得了人身自由。20世纪90年代，德吉在当地人民政府和援藏干部的帮助下，带领全村人开办珠穆朗玛民族手工业加工厂，并与从国外回乡的朗杰平措有情人终成眷属。21世纪初，德吉创办的民族手工业加工厂的产品已远销国内外，朵雄人民逐渐走上致富之路。《朵雄的春天》故事情节曲折生动、跌宕起伏，人物形象栩栩如生，舞台艺术美轮美奂，为古老的藏戏艺术注入了新的生命力。

2011年，普尔琼新创现实题材剧目《金色家园》。作品讲述了顿珠扎西大学毕业后，主动放弃优越的城市工作，回到家乡色雄指导村民种植油菜的故事。为彻底改变家乡的贫困面貌，顿珠扎西准备在被当地民众视为神山的狮子山上凿洞修建水渠解决水源问题。然而，母亲曲珍及个别传统观念较强的乡亲担忧顿珠扎西的行为会触怒山神，给村子带来灾难，便千方百计阻止他。最后在当地政府的帮助和支持下，顿珠扎西带领乡亲最终修成水渠，解决了一直困扰色雄乡的水源问题，改善了油菜的种植条件，完成了父亲遗愿，把家乡打造成了名副其实的“金色家园”，带领全村百姓走上了科技兴农的致富道路。该剧以当今西藏新农村建设过程中出现的科学思想与传统观念之间的矛盾冲突为主线，展现了西藏农村的巨大发展和崭新变化，表现出当代农民建设新西藏的精神风貌，讴歌了以顿珠扎西为代表的当代青年的无私奉献精神。

相比传统藏戏，新编藏戏《金色家园》在剧目内容和艺术特色方面都有新的发展，主要表现在以下三个方面：

第一，剧目内容在反映现实生活中融入浪漫主义色彩。传统藏戏剧目多取材于佛教经典、民间传说，常利用梦境情节来宣扬佛教的因果报应、轮回转世和佛法无边等内容。而《金色家园》取材于当今西藏山南地区老百姓的现实生活。编剧普尔琼多次到山南地区采风，他看到许多大学生毕业后回到家乡，利用所学知识带领村民走上致富之路，使农村面貌发生了新的巨大的变化。而山南地区盛产油菜，其中隆子县出产的“山油二号”油菜更是远近闻名。当油菜花盛开之时，到处一片金黄，犹如金色的家园。因此，他把这两方面内容结合起来，通过当下西藏农村建设过程中出现的新思想与旧观念之间的矛盾冲突，歌颂了共产党领导下的西藏农村的新发展和新变化。编剧普尔琼在编创新剧目时汲取了传统藏戏艺术中的梦境表现手法，在反映西藏新农村现实生活的《金色家园》中，同样加入了梦境情节。顿珠扎西准备在被当地百姓视为神山的狮子山上凿洞修建水渠引水到色雄村，以解决困扰本村多年的水源问题。母亲曲珍害怕顿珠的行为触怒狮子山的山神遭到惩罚，更害怕儿子像二十年前丈夫那样身遭横祸，便苦苦哀求儿子打消在狮子山修渠引水的念头。顿珠扎西为了年迈的母亲只好暂时放弃修渠项目，并和母亲、恋人白曲一起挑水、背水来浇灌干涸的油菜地。顿珠因劳累过度，在挑水过程中不慎失足掉落山坡，昏了过去。昏迷中他梦见了父亲扎西，父亲在梦中赞扬他的行为并鼓励他继续坚持理想，不要放弃，希望就在眼前。父亲梦中的鼓励给予了顿珠无穷的力量；母亲曲珍也被儿子执着追求理想的精神所感动，同意他继续实施在狮子山修渠引水来灌溉油菜的工程。此部分梦境插入，既呼应了序中顿珠父亲在狮子山水库中牺牲的内容，又进一步推动了戏剧情节的发展，为剧终顿珠扎西带领乡亲修渠引水工程竣工，家乡油菜喜获丰收，完成父辈愿望做了铺垫，同时在反映现实题材的戏剧中融入的浪漫主义手法，既符合藏族人民的传统审美心理，又有新的发展。

第二，对传统藏戏演出结构模式的传承与创新。600多年来，传统藏戏已形成温巴开场、说雄和扎西结尾这三部分程式化的演出结构模式，体现了藏民族独特的审美情趣。《金色家园》基本延续传统藏戏的表演结构模式，分为序、五场主体内容和尾声三部分结构，但在各个部分又有自己的创新之处。

传统藏戏的温巴开场主要由猎人平整土地、甲鲁太子降福和拉姆歌舞欢庆三部分组成，是传统剧目正戏演出前必演内容，除向观众祝福，介绍演员与观众见面之外，还有“净场、驱鬼、祭祖、迎神的重要意义”[1]。开场戏中温巴和甲鲁的歌舞表演大都带有宗教祭祀性质，具有拙朴、庄严、神秘的韵味。编剧在《金色家园》的序中去掉了开场戏中游离于剧情之外的甲鲁晋拜和拉姆歌舞，保留了温巴净场这部分内容。五个戴蓝面具的温巴跳起传统的温巴舞蹈，唱着藏戏唱腔，向观众问候平安并介绍戏剧情节，之后场景便切换到二十年前一个风雨交加的夏天黄昏，扎西为保护色雄乡

[1] 张鹰主编：《藏戏与歌舞》，上海人民出版社，2009年版，第28页。

的庄稼不被洪水淹没，在冲向色雄村狮子山水库开闸泄洪时被洪水吞没这一情节。为其子顿珠扎西大学毕业后回家乡准备在狮子山开凿修渠、引水灌溉油菜而遭到母亲的极力反对埋下了伏笔。

传统藏戏说雄中有叙述体和代言体交错进行的表演形态。戏师用连珠韵白的腔调逐段叙述戏剧情节、引导角色上场，主要承担叙事功能；演员进入角色通过唱腔、对白、动作、舞蹈等表演方式演绎剧情，起到代言作用。戏师往往由戏班中的第一温巴或第一甲鲁来担任。《金色家园》在序的开始、结束部分及第三场、第四场和第五场的结尾处，穿插进戴着蓝面具的温巴在幕布前方用说雄的形式简介下一场的戏剧情节，使剧目仍保留叙述体和代言体交替进行的表演形态。相比传统藏戏中的戏师说雄，《金色家园》中的温巴说雄所占比例很小，更多戏剧情节通过演员在舞台上的表演来展示，突出戏剧本身的代言体特征。当温巴在幕前说雄介绍剧情时，舞台内演职人员迅速置换布景，此设计既体现出传统藏戏主体艺术特征又弥补了空场，体现出剧本编剧独具匠心之处。

传统藏戏的扎西结尾，是正戏演完后一个祝福迎祥的综合性仪式段落，其表演程式主要由戏师念诵祝词、演员载歌载舞、烟祭祈福、抛洒糌粑、敬献哈达、接受馈赠等内容组成，所表演内容与戏剧情节关系不大。相比而言，《金色家园》的尾声处理更为合情合理。首先出现的场景承接上场内容，表现一年后的夏天，色雄村周围到处盛开着金灿灿的油菜花，色雄乡乡长、顿珠扎西及村民们在油菜地头，举杯欢庆狮子山修渠引水工程竣工和色雄油菜获得大丰收。其次，舞台上出现了欢快的拉姆歌舞和吉祥的扎西雪巴舞蹈。最后大家载歌载舞庆祝家乡发生的巨大变化、祝福金色的家园永远幸福美满。尾声中所插入拉姆、扎西雪巴等蕴含吉祥欢快的舞蹈与喜庆剧情融为一体，改变了传统藏戏结尾歌舞常游离于剧情之外的缺憾。

《金色家园》的编剧舍弃传统藏戏温巴开场中常游离于剧情之外的甲鲁晋拜、拉姆歌舞等内容，代之以交待二十年前顿珠扎西的父亲为开闸泄洪而被洪水吞没的内容；结尾处去掉仪式性较强而与剧目内容无关的烟祭祈福、抛洒糌粑等内容，在舞台上出现一年后村民们载歌载舞，共同庆祝狮子山修渠引水工程竣工和色雄油菜获得大丰收的喜庆场面。这样的处理使《金色家园》的戏剧冲突贯穿剧目始终，序与尾声的内容遥相呼应并与中间五场剧情成为统一的整体，共同服务于剧目主题。相比藏戏传统剧目的三段式结构模式，《金色家园》的戏剧结构显得更为成熟。故事情节跌宕起伏，矛盾冲突集中。

第三，对传统藏戏配乐方式、唱腔的传承与创新。传统藏戏主要以鼓、钹伴奏。《金色家园》中保留且突出了藏戏特有的、以鼓钹为主的传统配乐方式。序一开始，鼓钹师走到舞台正中，向观众深鞠一躬，然后走向舞台左前方一角，坐在传统藏式卡垫上开始打鼓击钹，鼓钹声中温巴登场表演。鼓钹师随着剧情发展，一直在舞台左前方进行现场演奏。鼓和钹是藏戏的传统伴奏乐器，以前多设置在舞台侧幕后面，在《金色家园》中却被专门展现于舞台上，有利于观众近距离感受藏戏独特的韵律。除传统的鼓钹伴奏外，戏剧内容还增添了风、雨、雷、电等背景音乐，以此来真实还原戏中场景，使观众有身临其境之感。传统藏戏唱腔高亢雄浑，以人定曲，专人专曲，唱腔最后大多有人声帮和。《金色家园》在原来传统唱腔独唱、合唱的基础上，增加了很多新唱腔和对唱的音乐唱腔，丰富了藏戏唱腔艺术。但总体而言，该剧目新增唱腔较多，传统唱腔运用较少，如能增加传统的、经典的唱腔的比例，《金色家园》将会更加完美。

在普尔琼所编的《朵雄的春天》和《金色家园》这两个剧目中，可以看出作者对反映现实题材的藏戏剧目如何传承传统藏戏艺术所做的努力和探索。最为可贵的是，《金色家园》比《朵雄的春天》不但在更多方面继承了藏戏传统艺术，而且将其和戏剧情节水乳般融为一体，得到了专家和观众的认可和赞赏。普尔琼所编的《金色家园》，是迄今为止这两方面结合较为成功的一部作品。

第四节　吉米平阶

吉米平阶(1962—),出生于四川甘孜巴塘县。吉米平阶的创作涉猎广泛，创作有小说、诗歌、散文、评论、电影剧本、报告文学等作品。影视创作并不是他的主要艺术领域，但一些作品却很有代表性。由其编导的电视专题片《金秋时节》曾在中央电视台一套节目中播出，并获 1993 年中国广播电影电视部社教类节目一等奖。此外，还著有《风雪擦亮的青春》等电影剧本。

《风雪擦亮的青春》讲述了 20 世纪 70 年代后期，一批大中专毕业生自愿到西藏基层工作，在艰苦的环境中磨砺、成长的故事。西藏那曲某县气象站气象员宋敏是进藏大学生，独自一人撑起了气象站工作，一次挑水摔伤，被县委书记贡布的爱人德吉送到了医院，并得到德吉一家的精心照料，成为他们的“女儿”。杨仕强是县委秘书，工作能力强，性格复杂，带领大家成功打井。而黄一达是宣传部干事，能写善画，在打井过程中受伤。陈琼是华侨后裔，刚进藏，成为宋敏的助手。大家在草原上举行打井庆祝活动，宋敏和陈琼却接到了特大暴风雪的预报。宋敏骑马赴活动现场将情况汇报给贡布书记，书记立刻暂停庆祝，回县委做应对工作：派杨仕强、宋敏、黄一达、司机巴桑开车赶赴东区察看情况，组织救援。由于雪下得很大，汽车难以前行。巴桑从藏族老乡那里借来牦牛，驮着物资，四人艰难前行。杨仕强突然决定要把车开回去，于是巴桑和杨仕强开车返回，黄一达与宋敏继续赶往东区。两人几欲昏死过去，幸好宋敏的枪声让区长及时发现了他们。两人恢复后立即展开工作，向县委报告了受灾情况。书记组织大家捐献物资，带队伍到东区救灾。宋敏在室外观测时，不慎跌入雪坑，永远地离开了人世。灾区人民最终战胜雪灾，一座新的白鹤塑像在这里落成。

剧作生动地再现了藏族干部和进藏青年的工作热情、理想追求，表现了深厚的汉藏民族情谊，谱写出一曲悲壮动人的高原奉献之歌。宋敏是一个开朗热情的大学毕业生，却甘愿扎根西藏，为西藏的气象事业奉献青春。她活泼而不失严谨，对生活充满热情，很快适应并融入当地生活；对工作积极负责，一丝不苟。正是凭借自己的职业敏感，没有去参加庆祝活动，坚守岗位，及时发布了天气异常情况，冒着危险将消息汇报给了书记，并主动要求赴灾区第一线。在别人退却之时，自己勇于担当，毅然挺进灾区，又及时发回信息，为抢险救灾获得先机。在灾区，她在观测气象时，却不慎跌入深雪坑。

剧作以现实主义的笔触，真实再现了青藏高原严酷的生存环境下，汉族和藏族干部积极乐观、团结一家亲的和谐景象。宋敏刚进藏时挑水摔伤，贡布书记的爱人德吉送她去了医院，并在家给予了精心照料，宋敏十分感激，叫德吉为“阿妈”。而当陈琼刚进藏，时常感到失落、苦闷时，宋敏又及时送上关心和安慰。贡布，年富力强的藏族干部，在生活上、工作中十分爱护像黄一达、杨仕强等年轻的进藏汉族青年。

剧作不但成功塑造了“典型环境下的典型人物”，还十分注重人物语言和细节对人物形象刻画的重要作用。剧本倾力描绘人物日常生活环境，如宋敏简陋的起居室、贡布的铁皮房、野外的庆祝活动、挂在县委大院中间的车胎钢圈做的挂钟等，因为简洁而朴素的生活更能衬托出人物情操的高尚。剧中运用大量具有浓郁生活气息的语言，而这些语言又十分符合人物的身份和个性，例如剧中贡布在部署工作时的语言：“你们现在就出发，听好，不到万不得已，不得弃车，不得分散，到了区上马上来电报。巴桑，你可听好，他们几个出了什么问题，我拿你是问。”藏族干部工作认真负责、细致，办事果断的形象跃然纸上。

第五节　周韶西

周韶西（1961—），出生于湖北石首县。除从事文学评论之外，周韶西还从事影视创作。先后共创作五部电影剧本，即《被放逐的人》《天上的经幡》《西藏谍影》《爱国者》和《江孜未了情》等。这五部电影剧本都取材于西藏的历史事件，除《被放逐的人》和《天上的经幡》外，其他三部都是以一百多年前的江孜抗英为题材，所不同的是这三部在故事情节和结构上采取了不同的表达方式和形态，从中可以感受到他对影视创作的执着与坚守，以及他的影视创作不断走向成熟的历程。同时，也能感受到周韶西在影视创作中的感悟和升华。

剧本《被放逐的人》完成于 2008 年底，是以昌都县沙贡区在昌都解放后尚未实行民主改革前发生的一个真实故事为素材而创作的。作品讲述一个从外乡流浪到沙贡的叫泽仁多吉的年轻人，但谁也不知道他的真实姓名，由于他总是疯疯癫癫的，大家就叫他“沙贡疯子”。其实，他并不是一个真正的“疯子”，他利用了“疯子”的身份到处宣扬自己是神灵的化身，是到人间为百姓降魔灭妖的。当遭到自然灾害时，他降神驱魔，让领主、头人和寺庙为百姓减租减息，不然会有灾难发生；当牧场发生草场纠纷和械斗时，他会出现在其中，跳起降神舞，告诉愤怒的人们，这是神灵的公正的判决，巧妙而智慧地平息争端；当农奴受到主人和坏人的欺凌时，他装扮成神灵，要求农奴主放下皮鞭，立地成佛；当解放军进军西藏，为老百姓办事却遭到反动分子诋毁或驱除时，他会在大庭广众之下做法事，假借神灵的话语说解放军是菩萨兵，是不可侵犯的。他的行为深受老百姓的拥护、爱戴和敬重，并视为是真正的神灵在世和活佛转世，在当地影响越来越大。为此，“沙贡疯子”的行为严重地触犯了当地三大领主的利益，动摇了三大领主的统治地位和权威。他们视“沙贡疯子”为眼中钉肉中刺，必除之而后快。三大领主密谋设计，以“沙贡疯子”拳击玻璃镜而手不受伤方拜为真正的神灵，反之将被放逐门隅为奴。结果“沙贡疯子”被绑在牛背上被放逐远方，所幸的是在途中“沙贡疯子”被解放军获救。

《被放逐的人》以现实主义手法表现了在那个最黑暗、最残酷和最落后的时代，劳动人民以一种最直接最现实的方式表达了对封建农奴制的讽刺与反抗，同时也揭示出百万翻身农奴渴望自由与解放的心声。《被放逐的人》是周韶西的处女作，是一种尝试，在创作中没有严格遵循电影创作的规律和要求，在艺术性上还不够成熟。

《天上的经幡》创作于2011年。这部剧作以20世纪50年代初，解放军进军西藏并解放昌都为背景，讲述了贵族小姐白珍与农奴索朗的浪漫、曲折和悲情的爱情故事。其主线是讲述了巴隆庄园农奴索朗与庄园小姐白珍之间超越身份差异的浪漫感人的爱情，成功塑造了一个英俊洒脱、诚实勇敢和有情有义的农奴形象。作为农奴的索朗知道自己的身份，但年轻的他却无法控制对从小一起长大的美丽而任性的白珍小姐的爱慕之情，为了心中的爱，他能够做出连自己都无法想象的事情。当巴隆庄园遭遇另一个庄园围困，洛达头人向巴隆头人逼要杀人凶手旺钦时，索朗挺身而出，替少爷担罪，化解危机；当巴隆庄园遭遇险情时，他多次独闯龙潭，身陷虎穴；当小姐遭狼群围困，孤立无援时，索朗及时赶到，击退狼群，救出小姐；当白珍小姐被逼婚出嫁的途中，他不畏强权，勇敢地劫走自己心爱的女人。正是索朗的种种英勇举动和他的英俊洒脱深深地征服了白珍小姐少女的心。索朗最后勇敢地向头人表明了自己对小姐的爱，这在当时等级森严的农奴制社会是需要勇气的。小姐白珍活泼貌美，厌烦贵族青年，即使在拉萨的贵族公子中，仍对勇猛的索朗情有独钟。她被迫嫁给代本，但在结婚那天与索朗合谋劫走自己，为了爱情，她抛弃了贵族生活、家庭，与索朗一起去寻找解放军，并参加了民主改革。

《天上的经幡》展现了20世纪50年代西藏广阔的社会图景。农奴主庄园里的日常起居，拉萨大贵族的奢华生活，昏暗狭小的农舍和阴冷潮湿的牢房，赛马会上精彩的传统运动表演，广阔的草原牧场牛羊满地和茫茫的雪原森林野狼成群，还有藏传佛教中神秘的降神仪式等，从农奴到贵族老爷，从宗教信仰到世俗生活，剧作对当时的社会面貌进行了全方位的立体呈现。

《天上的经幡》采用现实主义与浪漫主义相结合的手法，在真实的历史氛围中塑造人物形象，突出戏剧性，是该剧的一大特点。围绕索朗，剧情设置了“替少爷顶罪”“英雄救美”“智运物资”“勇救少爷”等情节，索朗一次次改变着巴隆庄园的命运，也改变着自己的命运，这些情节渐渐掀起了剧情的高潮，也正是这些情节使索朗的形象逐渐清晰、饱满。剧作对梦境、幻象，特别是对香巴拉的描绘给索朗和白珍的爱情增添了浪漫主义色彩，而岗日神山下那位领着放生羊、手持转经筒的老阿妈的画面反复映现，则让整个剧作充满灵魂救赎的象征意味。

《西藏谍影》是周韶西历经两年时间创作的第三部电影剧本，也是第一部西藏谍战电影剧本。故事发生在20世纪初拉萨八廓街的吉祥酒吧。青年贵族格桑群培到吉祥酒吧喝酒时，为了美丽妖艳的舞女德吉雍措，与警官多尔杰发生冲突。当多尔杰离开酒吧后，多尔杰被枪杀。雪巴列空负责人朵丹巴和警官尼玛根据现场留下的物品认为是格桑群培所为。格桑群培为了拒绝与贵族小姐白玛订婚，正在家中同当藏军如本的兄长德庆发生争吵，朵丹巴大人带人逮捕了格桑群培，并将他投入监狱。在朵丹巴大人的严刑拷打下，格桑群培拒不认罪。在警官尼玛的暗中帮助下格桑群培越狱逃跑。原来帮助他越狱的尼玛就是西藏反间谍组织负责人，直接受噶厦指挥，而格桑群培也是反间谍组织成员。格桑群培和尼玛同时接到调查破获英国派遣到拉萨代号为“安姆吉”间谍组织的秘密任务。意想不到的是越狱后的格桑群培不论走到哪里，朵丹巴大人总能收到一张神秘的纸条，而且总能跟踪他到那里，但机智的格桑群培也总能得到帮助而逃脱。

这个间谍组织为了截获俄国赠送给西藏的军火物资，以此为借口向西藏发动侵略战争，间谍组织在拉萨不断制造混乱——暗杀和绑架，并成功地截获了俄国军火物资。为了粉碎这一阴谋，格桑群培和尼玛从暗杀多尔杰、陷害格桑群培的案情入手，展开了全面的调查。两人的目标首先是吉祥酒吧，因为拉萨自古以来从未有过酒吧，他俩怀疑吉祥酒吧就是间谍组织的窝点。根据调查，格桑群培和尼玛抓获了英国间谍顿珠，并把顿珠作为突破口，顺藤摸瓜，发现贵族官员益西平措就是代号“安姆吉”的间谍头目。但这时益西平措已经将军火物资转移潜逃。格桑群培经过反复分析，发现益西平措就躲藏在拉萨郊外他祖上留下的一座废弃的老别墅里。格桑群培和仆人罗布追踪到老别墅，发现益西平措正准备携带枪支逃亡边境。由于益西平措绑架了一个重要人物俄国籍僧人坚赛喇嘛，并以此威胁，为了保全坚赛喇嘛，格桑群培无计可施，被益西平措抓进老别墅作为人质。格桑群培的女友白玛将他的行踪告诉了朵丹巴大人，在驻藏武官陈良玉、如本德庆和警官尼玛等人的协助下包围了老别墅。大势已去的益西平措将格桑群培绑在房柱上，放火焚烧老别墅，并带着坚赛喇嘛从老别墅的暗道逃走。外面的人纷纷冲进冒着滚滚浓烟的老别墅。深爱格桑群培的舞女德吉雍措第一个冲进老别墅，她发现了被绑在房柱上的格桑群培，当她解开格桑群培时，燃烧中的屋顶突然倒塌，德吉雍措奋不顾身地将格桑群培推到一边，她倒在了血泊中。益西平措爬出暗道口，被等候在洞口的驻藏武官陈良玉和如本德庆抓获。格桑群培告诉尼玛，尽管他们破获了英国间谍组织，追回了被截获的军火物资，但战争不可避免，他要到边境去阻止这场战争，抑或发动民众保卫自己的家园。

《西藏谍影》属于谍战类型，故事结构较为紧凑，故事情节跌宕起伏，人物塑造丰富而生动，充分展示了那个特殊年代特殊事件的风云变幻，表达了各民族人民的爱国精神，同时也表达了作者深层次的爱国情怀。从某种程度上讲，其剧本创作本身已经达到影视创作的基本要求，是一部思想性和艺术性较强的影视作品。

《爱国者》与《西藏谍影》同属于谍战类型，其选材都是同一时代同一个故事。新剧本《爱国者》是在《西藏谍影》的基础上重新构思和设计了新的故事、人物和情节，体现了周韶西影视创作的一个新高度，也可以说他的影视创作进入了成熟期。

《江孜未了情》是由周韶西担任编剧、出品人、制片人和导演，并由他自己的白玛岗文化影视公司和西藏自治区党委宣传部联合拍摄的电影故事片。完成这部影片的创作和拍摄，经历了许多艰辛和坎坷，成功与失败，但最终周韶西实现了他的电影梦。该影片经多次审查后获得了国家电影总局的公映许可证。

北京青年扎西顿珠为了探寻祖辈在一百多年前的一段悲壮的故事，他来到西藏江孜，找到了当年祖辈洛桑的管家郭日的后人多吉爷爷。多吉老人给他讲述了一百多年前发生在江孜抗英前夕一段不为人知的可歌可泣的往事。……1904 年江孜抗英战争爆发前夕，曾留学英国的年轻商人洛桑在自己的庄园林卡里结识了年轻美丽的女子巴吉达。噶厦五品官员贡觉代表噶厦授予洛桑红顶商人头衔，并责令他押运噶厦贡品到拉萨。洛桑带领驮队前往拉萨，巴吉达结伴随行，两人在途中相爱。不料途中驮队被当地的一股土匪抢劫，贡品丢失。洛桑在追查被劫的贡品的过程中，发现巴吉达丢失的行囊中有电台、罗盘和标有摩尔斯密码的罗刹女唐卡。经洛桑和驻藏大臣衙门守备马大人的分析，认定巴吉达就是英国人派往西藏的间谍。洛桑和管家郭日乔装乞丐跟踪巴吉达，发现她果然就是在为英国人做事。巴吉达丢失了电台和标有重要情报的唐卡，无奈只好向自己的上级——神秘人报告。神秘人要求巴吉达暗杀洛桑。巴吉达为掩护洛桑负伤，洛桑将其送往自己家族废弃的老房子养伤。就在这个时候，洛桑的兄长藏军营长在护送俄国赠送给噶厦的军火在回拉萨的途中被劫并被投进监狱。洛桑只身营救兄长失败。当洛桑回到老房子时，巴吉达和郭日都不见了。洛桑在野外找到了被打晕的郭日，根据郭日提供的线索，两人来到一个山坡上，意外发现噶厦五品官员贡觉押着被捆绑双手的巴吉达来到山顶上。原来贡觉就是英国人在西藏的代理人，也是间谍头目。他深知事情已败露，为了保全隐藏自己，他要杀掉巴吉达灭口。洛桑冲上前，但贡觉手中的枪响了，巴吉达倒在血泊中。最后贡觉开枪自杀。现实中的扎西顿珠站在夕阳下，对美丽而祥和、文明而自由的新西藏充满无限的幸福与向往。

《江孜未了情》表达的是一种爱国主义情怀。一百多年前，藏汉军民和江孜人民同仇敌忾抗击英国侵略者的壮举，以及所表现出的宁死不屈的伟大精神是值得后人浓墨重彩加以书写的。周韶西正是基于这一点，以历史的担当创作并投资拍摄了这部影片。在谈到创作和拍摄这部影片时，他深有感慨地说这是他倾其全力自行创作和投资的第一部电影，最大的收获是他勇敢地迈出了第一步，跨入了电影行业，积累了丰富的经验和教训，同时也学到了一门手艺；更重要的是，这部影片成为了西藏本土影视公司自行创作、投资和拍摄的第一部电影故事片。

《江孜未了情》以现实讲述历史的叙述结构方式，即以扎西顿珠寻找祖辈的故事和多吉爷爷讲述故事的方式，从而不断地再现历史场景与情节的发展来完成故事的讲述，最后达到了闭合式的故事结构风格与特色。从某种意义上讲，剧本实现与历史的结合应该是较为完美的。

除创作电影剧本外，周韶西还创作影视专题片和纪录片。翻身农奴口述历史系列 15 集专题片和 60 分钟纪录片《西藏的心声》是由他担任编导、采访人和制片人的第一部专题片和纪录片。口述历史系列记录了西藏自和平解放以来这段可歌可泣的历史，为西藏留下了一些具有历史价值的影像和文字资料。

周韶西不仅在影视剧创作上取得了一些骄人的成绩，同时他还涉猎其他的文学创作门类，如散文诗、散文、小说、歌词和报告文学等。20 世纪 80 年代，他创作了很多散文诗，分别发表于《西藏日报》和《散文诗刊》，较有影响力的是《鹰之歌》和《草原来的孩子》；散文代表作有《龙王潭的古柳》和《艳遇玛吉阿米》；小说代表作有《我和巴乌》和《D 君之墓》；歌词代表作有《五彩莲花》和《你就在我的心上》；报告文学代表作有《西天最后一片净土》。

第五章　民间文学

与20世纪50年代和80年代开展的两次大规模的民间文学搜集整理工作相比，90年代后的西藏民间文学搜集、整理相对沉寂，但史诗《格萨尔》整理成就突出。进入21世纪，西藏民间文学从搜集、整理到出版研究，显示出相对繁荣的状况，西藏民间文学研究也出现了一定的繁盛局面，不仅有大量的专著、论文，而且研究层面也深入到了各个方面。

《格萨尔王传》是藏族人民集体创作的一部英雄史诗。它原是西藏民间流传千余年的口头文学。全书共有120多部，100多万诗行，2000多万字，是中国三大史诗之一，被誉为“东方的荷马史诗”。而《格萨尔王传》的整理工作，正是在中国人民共和国成立之后完成的。据统计，全国共搜集格萨尔藏文手抄本、木刻本300部，正式出版70部，总印数300多万册。[1]这一时期，最突出的成绩就是对藏族史诗《格萨尔王传》的调查、整理、收集、改编和翻译。

1984年全国《格萨尔》工作领导小组成立，主要对流传在西藏、甘肃、内蒙古、四川、云南、青海、新疆等地的《格萨尔》进行系统整理，多年来已经录制了3000多盘格萨尔艺人说唱磁带，《格萨尔王传》的整理工作初显成效。各个出版社先后出版了多部《格萨尔王传》系列，如《格萨尔王传：

[1] 耿予方：《西藏五十年·文学卷》，民族出版社，2001年版，第359页。

烈赤马宗》[1]《格萨尔王：征服魔国》[2]《格萨尔王传：昂岭之战》[3]《格萨尔王传：残暴七兄妹》[4]《格萨尔王传：岭八十大将传》[5]《格萨尔王传：辛丹相争之部，丹玛抢马之部》[6]《格萨尔：岭国歌舞》[7]《格萨尔王传：临服北方古热魔王》[8]《格萨尔王传：监终教诫》[9]《格萨尔王：雪山水晶宗之部》[10]等。

除了对格萨尔进行搜集、整理外，各地对西藏神话传说、民间故事、民歌、谚语、谜语也在搜集整理之中。其中，民歌、谚语、故事的整理也有一定的成绩。如：1995年由中国ISBN中心出版的《中国歌谣集成·西藏卷》，就是这一时期最大的一个收获。该书搜集西藏民间歌谣近2000首，是在前一个时期西藏各县歌谣搜集整理的基础上完成的，内容涉及“打开歌门”“创世歌”“劳动歌”“时政歌”“仪式歌”“情歌”“生活歌”“酒歌”“历史传说故事歌”“强盗歌”“叙说歌”“风物歌”“儿歌”等多个方面。同时，附录中还有：主要曲谱，西藏歌手简介，西藏自治区歌谣卷资料本目录，主要演唱者，采录者简况表等六项内容；书前还有歌谣种类分布示意图，以及一些演唱歌谣的图片，这些都确保了歌谣搜集的原始性和真实性。1992年出版的《波密民间故事集》，由普布多吉搜集、整理，西藏人民出版社出版。本书收录了59篇西藏波密民间故事。这些民间故事大都以惩恶扬善为主题，用幽默讽刺的语言揭露了一部分人贪婪的本性。1992年出版的《波密民歌》，由普布多吉、扎西罗布搜集，西藏人民出版社出版。

---

[1] 尼玛让夏编写，诺尔德整理，四川民族出版社，1990年版。
[2] 益西旺姆根据手抄本整理，西藏人民出版社，1991年版。
[3] 益西旺姆根据手抄本整理，西藏人民出版社，1992年版。
[4] 益西旺姆根据手抄本整理，西藏人民出版社，1993年版。
[5] 索黛、德吉整理，贡却才旦校订，甘肃民族出版社，1993年版。
[6] 王沂暖、贺文宣译，甘肃民族出版社，1993年版。
[7] 金迈、角巴东主整理，青海民族出版社，1993年版。
[8] 洛珠加措整理，四川民族出版社，1994年版。
[9] 巴如加洛说唱，慈成要整理，甘肃民族出版社，1994年版。
[10] 王沂暖、余希贤译，敦煌文艺出版社，1994年版。

本书收录了600余首西藏波密民歌，有生活赞歌、男女恋歌、传统歌谣、庆典歌、劳动歌、童谣、对唱7个部分。1992年出版的《藏族谚语手册》，由李舞阳选编，民族出版社出版。本书收录了6000余条涉藏工作重点省区的谚语，分为31章、129部分。1993年出版的《藏北民间故事集》，由塔热·次仁玉珍搜集、整理并翻译，西藏人民出版社出版。本书选编了73篇藏北民间故事，包括《山神的马夫和牧羊的姑娘》《小姐和马夫》等。1994年出版的《山南民间谚语集成》，由山南地区民间文学三套集成总编委、山南地区民族文化遗产抢救领导小组办公室搜集、整理，西藏人民出版社出版。本书收录了2300多条西藏山南地区的谚语，分为政治、生产、修养、生活、自然、社会交际等8类。

这一时期，在西藏民间文学的研究方面也取得了不小的成绩，有很多专著出版，尤其在史诗《格萨尔王传》搜集整理基础上，研究成果更加丰富。研究性专著成绩显著，比如降边嘉措的《〈格萨尔〉初探》，杨恩洪的《中国少数民族英雄史诗〈格萨尔〉》，王兴先的《〈格萨尔〉论要》，吴伟的《〈格萨尔〉人物研究》，降边嘉措的《〈格萨尔〉与藏族文化》，杨恩洪的《民间诗神——格萨尔艺人研究》等。除专著外，青海社会科学院的赵秉理从1990年到1998年还完成了五卷本的《格萨尔学集成》这部巨型学术资料工具书。值得一提的是，1990年杨恩洪出版了专著《中国少数民族英雄史诗〈格萨尔〉》，由浙江教育出版社出版。本书由七个篇章组成，主要论述了藏族英雄史诗《格萨尔王传》的艺术特色、传承形态、版本、说唱艺人等，并且还介绍和评价了国内外对《格萨尔王传》的研究。

其他方面：在90年代西藏民间文学研究中，佟锦华的《藏族民间文学》[1]是这一时期成就较高的民间文学研究专著。佟锦华将藏族民间文学分为神话、民歌和长篇诗歌、谚语，还有卜辞、传说和民间故事、史诗、民间戏剧六大版块，研究类型清晰，资料详实，且有自己对藏族民间文学深刻的

[1] 佟锦华：《藏族民间文学》，西藏人民出版社，1991年版。

认识。同时，也涌现了一些优秀论文，有从宏观方面进行综述的，如周炜的《国内外藏族民间文学研究综述》[1]；有从某一种民间文学形式进行综述的，如李雄飞《新时期的藏族民间歌谣研究综述》[2]。很多研究者从民俗学、宗教、文化心理、比较文学等多学科、多方面对西藏神话故事、民歌、谚语等进行研究，也取得了一定的成绩。

同时，不少专著都涉及了藏族民间文学。如由耿予方撰写、1994年藏学出版社出版的《藏族当代文学》，全书分为8章36节，分别从诗歌、中短篇小说、长篇小说、散文、戏剧与电影、民间曲艺、新民歌等七个方面对藏族当代文学进行了研究与评论。再如1995年由中央民族大学出版社出版的周严良的《汉藏比较文学概论》，分13章，分别从神话、爱情故事、寓言、民歌等方面对汉藏民族的文学进行了研究，其中还涉及到比较文学理论。

进入21世纪，西藏民间文学搜集、整理呈现出相对繁荣的景象。2001年《中国民间故事集成·西藏卷》由中国ISBN中心出版，这也是西藏民间文学的一个巨大的收获。本书是在西藏民间故事集成的市（地）卷本和县卷本基础上完成的，共搜集故事470则，分为神话、传说、故事、寓言、笑话五类，神话和传说所占数量较少，包括异文，分别有16则和140则，故事286则，寓言13则，笑话15则。其中传说分为人物传说、地方传说、动植物传说、风俗传说，故事则分为动物故事、幻想故事、尸语故事、魔鬼精怪故事、生活故事、机智人物故事等。附录配有西藏自治区部分民间故事讲述者简介，西藏自治区部分民间故事讲述者简表，中国民间故事集成西藏自治区县卷本编辑人员一览表，西藏自治区民间故事集成市（地）卷本编辑人员一览表，西藏部分故事类型索引。每个故事都有讲述者的姓名、性别、年龄、民族、某地人，也有采录者或翻译者的相关信息，同时也有采录时间和地点，这些都保证了故事的真实性和可靠性。

---

[1] 《西北民族学院学报》1991年3期。

[2] 《中国藏学》1998年4期。

这一时期，藏族民间文学进入到整理出版的阶段，很多作品都是由多卷本的汇典和集子呈现的。如巴蜀书社2004年出版了宋兴富主编的《藏族民间谚语》《藏族民间歌谣》《藏族民间故事》（上中下）。2012年，中国藏学出版社出版了侃本·才加主编的《藏族民间文学》（藏文），本书汇集了民歌、爱情叙事诗、拉伊、民间故事、谚语谜语、口传文学、曲艺文学等七卷。2014年，由甘肃文化出版社出版的洲塔主编的《藏族民间口传文化汇典》，一共54集，汇集了情歌、酒歌、赞歌、对歌、斯巴问答歌、拉伊、颂歌、颂词、叙事诗、民间故事、谚语、谜语等。除此之外，民族出版社2004年出版了由程圣民主编的三本传说集《桑嘎学艺》[1]《青蛙骑手》《龙王的客人》；2007年，西藏人民出版社出版了米玛的《藏族民间故事精选》（藏文）；2008年，甘肃民族出版社出版了云丹龙珠主编的《藏族民间故事》；2008年，中国藏学出版社出版了周艳炀、格朗收集整理的民歌集《云中的经幡》，这是整理者自20世纪50年代不断搜集、整理的成果；2009年，甘肃民族出版社出版了万玛才旦译的藏族民间故事《说不完的故事》；2010年，甘肃民族出版社出版了万玛项欠、李先加编的《藏族民间文学作品选析》；2010年，四川民族出版社出版了旦正加编著的《藏族民间传说》（藏文版）；2013年，西藏人民出版社出版了昌都地区文化局编著的《昌都民间谚语》（藏文版）；2016年，四川民族出版社出版了林继富主编的《藏族民间故事》等。

进入21世纪，有关史诗《格萨尔王》的搜集、整理进入相对平稳的阶段，不仅有各种整理版本陆续出版，也有一些普及性的读物反复再版。如降边嘉措就曾编辑出版了多个版本的《格萨尔》，如《雪域雄狮格萨尔》[2]《格萨尔全传》[3]《格萨尔王》[4]等。有关史诗《格萨尔王》的整理出版，西藏人民出版社也出版了多部，其中有唐本·才多编辑的四部：《格萨尔王传：

[1] 程圣民编：《桑嘎学艺》，民族出版社，2004年版。
[2] 降边嘉措、李松柏编著：《雪域雄狮格萨尔》，民族出版社，2006年版。
[3] 降边嘉措、吴伟编撰：《格萨尔王全传》，五洲传播出版社，2006年版。
[4] 降边嘉措、吴伟编撰：《格萨尔王》，海豚出版社，2011年版。

征服魔国》（藏文版）（1991），《格萨尔王传：昂岭之战》（藏文版）（1992），《格萨尔王传：索波马宗》（藏文版）（1992），《格萨尔王传：残暴七兄妹》（藏文版）（1993）。还有索南格列整理的《格萨尔王传：比热山羊宗》（藏文版）[1]，西藏人民出版社整理的《格萨尔王传：阿扎玛瑙宗》（藏文版）[2]，西藏那曲地区群艺馆整理的《格萨尔王传：德岭之战》（藏文版）[3]，嘉措顿珠译的《格萨尔王传：门岭之战》[4]，西藏那曲地区群艺馆整理的《格萨尔王传：洛岭之战》（藏文版）[5]等。此外，四川民族出版社、民族出版社也出版了格萨尔王传多部。

21世纪，藏族民间文学的研究也呈现出相对繁荣的景象。首先是出现了不少优秀的专著，如林继富的《汉藏民间叙事传统比较研究：基于民间故事类型的视角》[6]，米海萍的《青藏地区民族民间文学研究》[7]。林继富的著作是作为"国家哲学社会科学文库"成果出版的，研究主要针对汉藏民间故事类型做了比较，分析了汉藏文化走廊的多元互动，也得出了民间叙事潜隐的民族关系，民间叙事交流的空间力量等富有深层研究意义的结论。米海萍的专著属于国家社科基金项目的研究成果，该著作从藏族民间文学的文学语境，神话，民间传说，民间故事，民间歌谣，英雄史诗，民间叙事诗，民间曲艺，谚语、谜语、歇后语等多个方面深入分析藏族民间文学的形式和艺术，也从民间文学交流和研究的方面做了一定的探讨。

21世纪，藏族神话研究呈现出繁盛的状态。神话研究方面不仅有神话

---

[1] 索南格列整理：《格萨尔王传：比热山羊宗》，西藏人民出版社，1993年版。

[2] 西藏人民出版社整理：《格萨尔王传：阿扎玛瑙宗》，西藏人民出版社，1999年版。

[3] 那曲地区群艺馆整理:《格萨尔王传:德岭之战》,西藏人民出版社,2009年版。

[4] 嘉措顿珠译：《格萨尔王传：门岭之战》，西藏人民出版社，2013年版。

[5] 那曲地区群艺馆整理:《格萨尔王传:洛岭之战》,西藏人民出版社,2014年版。

[6] 林继富：《汉藏民间叙事传统比较研究：基于民间故事类型的视角》，人民文学出版社，2016年版。

[7] 米海萍:《青藏地区民族民族民间文学研究》,中国社会科学出版社,2013年版。

个案研究，如“猕猴变人”神话，也有从文化、服饰、宗教等方面对神话进行研究的，如孙正国的论文《藏族神话母题的文化解读》（发表于《中国藏学》2003年3期），取宗的《论藏族服饰的神话传说与历史和文化现象》（发表于《青藏高原论坛》2016年1期），刘军君的《藏族苯教婚姻神话探析》（发表于《宗教学研究》2016年2期）；也有人对藏族神话发展阶段做了研究，如扎巴的《藏族神话发展阶段研究》（发表于《中国藏学》2016年4期）。

关于民间传说故事的研究，这一时期也涉及到了藏族民间传说故事的方方面面，如形象、母题、叙事、比较研究等。如王玲的《藏族民间故事〈斑竹姑娘〉与日本故事〈竹取物语〉的类比性研究》（发表于《西南民族大学学报》2007年8期），岗措的《藏族民间故事的民俗文化》（发表于《中央民族大学学报》2003年1期），尼玛卓玛、克珠群佩的《西藏民间故事比较研究》（发表于《西藏研究》2005年3期），林继富的《藏族民间口头叙事传统研究——以西藏为视角》（发表于《青海民族研究》2015年4期）等。

有关史诗《格萨尔》的研究成果更是丰硕。史诗研究涉及史诗《格萨尔》的源头、历史内涵、说唱艺人、传播和翻译、唐卡、占卜术、史诗的词汇、史诗的谚语、史诗中的体育事项；也涉及史诗之间的对比，既有与其他少数民族史诗对比，也有与外国史诗对比。如李黛岚、白林的论文《生态美学下的藏族史诗〈格萨尔王传〉研究》（发表于《贵州民族研究》2014年11期）等。

有关民间谚语的研究也涉及多个方面，有艺术特征、语言特色、文化内涵、民俗、佛教观念、翻译、法律、天气预报、《格萨尔》中的谚语等。如益西拉姆的《藏族民间谚语的语言特色及文化内涵》（发表于《西藏研究》2015年3期），陈强的《浅论〈格萨尔王〉谚语的民族特质》（发表于《青海民族研究》2005年3期）等。

有关藏戏研究，涉及文献、起源、面具、藏戏艺人、藏戏的保护与发展等诸多方面。也有对藏戏发展做综述研究的，如李宜的《20世纪国内藏戏研究综述》（发表于《西藏研究》，2010年4期）。

相比20世纪90年代，进入新世纪，关于藏族民间文学的硕博论文，无论是数量，还是质量都有了增长和提高。硕博论文涉及藏族民歌、谚语、民间传说和故事、神话以及史诗《格萨尔》、民歌说唱形式等多个方面。

第六章　文学评论

20 世纪 90 年代以来，西藏当代文学评论获得了更为广阔的发展前景，评论视野也越来越开阔。在前两个阶段文学评论发展的基础上，这一时期的文学评论在各个层面都取得了值得肯定的成就。

一、评论队伍的建构

西藏文学评论界对评论重要性的认知，特别是组建本土评论队伍的迫切性，是在文学发展的进程中逐渐明晰的。为此，西藏各级党政领导部门、文联组织、文学报刊为发现和培养人才，组建一支有较高文学修养、熟悉西藏历史文化、关注西藏文学发展的评论队伍做了许多艰苦细致的工作。一是增加文学报刊的评论篇幅，给青年文学评论工作者提供展露才华的舞台；二是鼓励作家与评论家交朋友，相互切磋，发扬艺术民主，共同为繁荣文学效力，为评论写作营造出一个团结和谐的气氛；三是将有影响的评论著作和论文列为每次文学评奖活动的候选项目，激励参与评论工作的热情。西藏当代文学的评论队伍建设就是这样起步和形成的。最早的评论队伍由报刊编辑、文学组织工作者、文科大学毕业生扮演主角，撰写的大量评论文章为雪域高原 20 世纪八九十年代的文学创作发挥了重要作用。

21 世纪初叶，由于人才流动频繁，曾一度出现评论冷落乃至青黄不接的现象，与作家接二连三的新作颇不相称。《西藏文学》在约请内地评论家撰写稿件应急的同时，开始在西藏民族大学、西藏大学的青年文科教师中拓展评论队伍，诸如胡沛萍、尼玛扎西、次仁央宗、朱霞、徐琴、栗军、郑靖茹、于宏、黄波、魏春春、赵丽等，都相继发表了具有高质量的评论（研究）文章。西藏高校的文科教师拥有较系统的文学知识造诣，并熟悉西藏社会历史和文学发展状况。他们广博的审美视野，大胆开拓的闯劲，给 21 世纪的西藏文坛带来了蓬勃生机。更重要的是这是一个本土造就的文学评论群体，包括他们作为教师正在培养中的接班人，是可以期待评论薪火一代代传承下去的。借助文学评论提升高校文科教学品位，也通过社会实践为西藏文学发展作出应有的贡献。2011 年秋季，西藏民族大学和西藏文联联合在咸阳召开了史无前例的西藏当代文学研讨会，数十位西藏著名作家和老一辈评论家欢聚一堂，商讨创作和评论相互促进的有关事宜，举行“西藏当代文学研究中心”挂牌仪式，成为新时期西藏文学评论一道亮丽的风景。

藏族评论家在新时期的崛起是西藏当代文学发展进程中的一座重要里程碑。当代文学既是传统文学的延伸，又是文学观念的一场重大革命。用马克思主义文艺理论，吸取现代有益的文艺知识深刻剖析作家创作的得失，需要一个培养、学习的过程。藏族评论家登场稍许晚了一些，20 世纪八九十年代尚属凤毛麟角，主要用藏文评述古典作家名著和当代作家用藏语创作的诗歌、小说，开创了藏族评论家的先河。进入 21 世纪，西藏两所高等院校的文学教师陆续加入评论队伍行列，其中不乏藏族中青年教师，他们以深厚的民族文化修养和对民族生活的敏锐感悟，撰写出许多有影响的评论。藏族评论家的审美视野从藏语创作向汉语创作拓展，从单一藏族作家著作向所有涉及西藏题材著作拓展，从现实主义理念向现代主义拓展，都有不俗的评述文章问世，极大地增进了高原文学论坛的活力。

老中青三代评论家，藏族评论家和汉族评论家，高校文学教师、报刊编辑和文学组织工作者优势互补，形成多色彩、多元化的评论格局。携手并肩，将文学传统和文学现实、创作实践和学术理念紧密结合，共同为新世纪西藏文学作出了重要贡献，是高原评论队伍走向成熟的象征。

二、藏族评论家的活跃

次多、格桑益西是藏族文学评论者中的拓荒者。次多曾担任藏文杂志《西藏文艺》主编。他与使用藏语写作的作家关系密切，配合编辑工作撰写过大量有关当代藏文创作的评论。格桑益西在西藏社会科学院语言文学所从事研究工作，重点介绍、评述藏族古典名著和当代藏文创作。他们都精通藏汉两种语言，而评论文章大都使用藏文，是西藏最早以马克思主义文艺理论和现代文学观念评介藏族古典文学和当代文学的著名文学评论家。

次多新时期发表了不少关于藏族古典文学和当代藏文创作的颇有见地的宏观评述。2004 年撰写的《藏族传统文学的形成和它的两种风格》一文，通过对大量史实和作品的分析，论证西藏古代文学存在着两种不同的艺术流派，“即本土作家文学和受外来文学理论影响的藏族作家文学。这两个流派各自的特征比较鲜明，但其本质上来讲都是在藏族民间文学的沃土中生长起来的……”次多认为：藏族民间文学以《格萨尔史诗》为代表，而藏文创始人吞弥·桑布扎一首写给国王的献诗《面目明亮神采奕奕》则是文学史上第一篇作家文学作品。作家文学发展到 14 世纪，出现了大量诗歌和叙事文学。由于受《诗镜》理论观念的影响，大量格言诗重音韵、重比喻、重修辞，受到僧俗知识分子的狂热喜爱。除上述见解外，论文还引述了藏族学者苏卡·洛追杰布对《诗镜》过分渲染比喻、修辞功效的偏见所做的修正，认为“形式是‘躯体’，修辞是‘装饰’，而内容是‘生命’”。这表明西藏古代作家不但具有勇于接受外来文化有益营养的博大胸怀，而且在创作实践中对内容大于形式的文艺观念有着深刻的认知，纠正了《诗镜》形式主义和唯美主义的理论偏颇。这无疑对当代作家创作具有很大的启迪意义。

克珠群佩的论文《西藏佛教文学与佛教对藏族文学的影响》也具有明显的现实意义。克珠群佩长期从事藏传佛教的研究，成果累累，一度担任《西藏文学》主编，深感当代作家群体中存在着如何吸取佛教文学营养的分歧和困惑，于是写出这篇颇有见地的长篇论文。论文对西藏千百年来的杰出诗词、传记文学和小说创作做了科学分析。认为“虽然藏族文化不等于佛教文化，但佛教文化在藏族文化中占举足轻重的位置；同样藏族文学不等于佛教文学，但是佛教文学或者说僧侣文学在藏族文学中占有相当惊人的比重”。他提醒人们要看到“藏传佛教在藏族历史上造就了一批优秀的文化巨人和杰出作家诗人，浩如烟海的佛教经籍又给藏族文学创作提供了素材，而且有些佛经的内容本身就是具有艺术感染力的文学作品，而佛教思想又成为藏族文学创作的灵魂，成为通过作品中描写社会生活所显示出来的贯穿全部作品的中心思想，成为作品的核心所在，它像一条红线似的贯穿于整个作品的始终”。当代作家的创作当然不会去渲染宗教教义，但却可以而且应该从汗牛充栋的古典作品中吸取前人的表现艺术，并认识到宗教信仰作为制约人们思维方式、行为准则和人际关系的一种意识形态，绝不会伴随社会制度变革和科学发展一夜间消除殆尽，正视它的存在有利于作家更深刻、更生动地描绘出当代人走向新生活的艰辛历程。

次仁央宗是新时期涌现的藏族女评论家。她 2001 年在《西藏大学学报》发表的论文《写在收获与播种之间》，从宏观角度追述了西藏四十多年的文学发展脉络及其可喜可叹的成就。认为西藏新文学发展是整个中国文学大趋势的一股力量，但由于它所处的特殊环境及其文化气氛，表现出鲜明的地域和民族特征。将新文学的成就归纳为三个特点：一是与西藏和平解放以来总的生活潮流是一致的，饱含着鲜明的时代精神；二是作家队伍扩大，改变了只有上层僧俗人员创作的局面，劳动人民中有文学才华的人得到培养，登上了文学殿堂；三是作品主题思想有新的开掘，作品主人公由王公贵族、神仙鬼怪，转变为保卫和建设祖国的各界先进人物。虽然评述尚未深入到较深的理性层面，但出自藏族评论家撰写的首篇综合性宏观评论，难能可贵。

尼玛扎西偏重于西藏当代文学研究，所发表的论文都是以当下有影响的作家、作品为评述对象。《颠簸的生存之流与激变的时代之潮》（《西藏文学》2000 年第 6 期），对著名作家马丽华的系列散文《走过西藏》、学术散文《雪域文化与西藏文学》提出自己深思熟虑后的独到见解。在赞叹作为浪漫主义诗情和人文敏悟建构起一个“马丽华的西藏”无穷魅力的同时，对作家是否为读者托出了一个真实魅力的“民间西藏”表示质疑。这在西藏众多评论中还是独一无二的。他将马丽华散文系列的成功归结为“长期以来西藏在被神秘化的过程中（这个过程远未结束），从深层契进西藏成为某种对西藏的精神渴求上升到新阶段的时髦和风尚（马丽华的创作在一定意义上满足了这种需求）”。认为“马丽华在按照她的意志营构着西藏的同时，也营构了她自身在读者中的形象，一种在苦难美中升腾和凝缩的精神气质和人格形象”。虽然作者对如何营构一个具有真实魅力的“民间西藏”没有具体论述，毕竟向热心西藏题材创作的作家提出了共同面对的双重挤压和挑战两大创作命题，即“在颠簸的时代之潮中，如何抗拒那源自终极的冥冥的宗教（即马丽华概括的“神秘文化”的东西）的巨大魅惑；在嬗变的时代之潮中，如何面对发展时态甚嚣尘上的工具理性的强势诱迫”，更深入的理性思考尚需作家创作实践的积累。尼玛扎西 2010 年的《试论〈世俗西藏〉叙述的情趣美》一文，对平措扎西的民俗散文系列给予了高度赞美。其实平措扎西和马丽华走的不是一个路子，正是由于二者生活阅历、审美视角的差异，才共同营造出雪域散文各有千秋、百花齐放的局面。《颠簸的生存之流与激变的时代之潮》的理论高度和勇于与著名作家对话的勇气十分令人钦佩。

三、作家、作品评述

文学评论大量的工作还在跟踪作家及其作品的轨迹，及时予以评述，促进创作健康发展。新时期作家作品评论不但数量众多，而且围绕有影响的作家、作品从不同审美角度进行集中评点，收到了极好的文化艺术效果。

先后集中评点的作品有：加央西热的纪实文学《西藏最后的驮队》，张祖文的长篇小说《拉萨别来无恙》，次仁罗布的以《放生羊》为代表的中短篇小说，平措扎西的散文著作《世俗西藏》，在西藏报刊发表的评论文章总计达四十余篇，参与的评论家有高校教师、报刊编辑，还不乏著名作家和文联、作协的领导，他们分别从不同的审美视角切入，纵横交织探索作家艰苦的创作之路，评论规模之大，持续时间之长，前所罕见。张祖文是新时期登上文坛的青年作家，散文和小说都有不俗的艺术追求；加央西热、次仁罗布、平措扎西则分别夺取 21 世纪各类全国性文学大奖的桂冠，给予这种集中评点的盛誉是当之无愧的。

评论界对上世纪涌现的著名作家、作品仍然怀着关注的热情，酷似怀抱着的一坛陈酒随着岁月的流逝飘逸出越发醉人的芳香，理性认识一步步走向深入。栗军 2009 年为《作家》杂志撰写的评论《大爱无疆——马丽华散文创作的心理分析》从作家首部散文《追你到高原》说起，对她的西藏系列散文进行了细致的心理分析，发现贯穿所有散文的一条红线就是诗人的浪漫情怀，是对既赋予她创作灵感又给她带来磨难的西藏的大爱精神。虽然后期散文“关照出她由激情放歌到理性烛照的写作过程”，甚至一度发誓要做一个人类学者；而这位“准学者”在藏北草原进行田野考察亲身领略到高寒和荒凉给人们特别是妇女带来到苦难，“妇女支撑着牧区基本生活：挤奶、打茶、炒磨青稞、制作酥油奶渣、照看孩子……从清晨到夜晚，从岁首到岁末。青春与生命被常年不熄的牛粪火一点一点地舔尽了。”从女诗人内心深处焕发出天赋的母性和济世苍生的悲悯情怀。这种超越现实的诗意书写远胜于那一串串干瘪的数字，也堵塞了她走向学者的道路。栗军通过马丽华西藏系列散文的心理分析得出的结论，支撑作家不惜十余年长途跋涉的辛劳、呕心沥血奉献出来的这部庞大系列散文的内在动力，是渗透在字里行间的那种无所不在的人文关怀，对西藏、对人类的大爱。黄波对老一辈作家的研究也别具一格，先后发表的论文有《试论恰白·次旦平措诗作的意象艺术》（《西藏研究》2008年第3期）、《浅谈西藏当代诗人高平诗歌的意象艺术》（《西藏文学》2006年第1期）、《意期唯多，字期唯少——略论西藏女作家杨星火诗歌的精炼美》(《西藏民族学院》哲学社会科学版，2008年第3期)。耐人寻味的是，恰白·次旦平措的意象艺术受到14世纪传入的印度古典文学理论著作《诗镜》的启迪，高平的意象艺术则起源于我国古典文学理论家刘勰的名著《文心雕龙》，两位西藏当代诗坛名将一个使用藏文一个使用汉文，却在艺术手法上不谋而合，接承传统文化讴歌崭新时代，留下脍炙人口的诗篇。杨星火诗歌语言字字珠玑，利于流传、记诵，评论家归结为"精炼美"，也属画龙点睛之论。

20世纪后期，西藏文坛出现百花齐放、流派纷呈的可喜的发展态势，其中被称为"雪野诗"、"西藏新小说"、"魔幻现实主义"的创作格外引人注目。由于本土信息相对闭塞，理论资源不足，诸如扎西达娃、色波、子文、金志国的作品，相关的评论极其稀少。多亏内地学者张军、王緋等人的评论拨开读者认识的迷雾。进入世纪之交，伴随学院派加入西藏评论队伍，对所谓"前卫"文学的理性评述逐渐多了起来。于宏相继撰写的论文《浅析扎西达娃后期小说艺术特征产生的诸因素》(《西藏民族学院学报》哲学社会科学版，2006年第1期）、《从现实到魔幻——论扎西达娃小说风格的流变》（《西藏民族学院学报》哲学社会科学版2007年第3期），对扎西达娃的小说进行了比较系统的研究。《从现实到魔幻——论扎西达娃小说风格的流变》通过对扎西达娃二十余年的小说纵向扫描，从作家的生活阅历及其个性特征，西藏社会变迁及其文化沉淀和世界性文学思潮三个层面的分析，将扎西达娃小说的风格流变分割成三个时段。第一时段是《沉默》《朝佛》《白杨林·花环·梦》等短篇小说，总体上与当时西藏的创作模式一致，应划归为现实主义范畴，清新、朴素、直白又略带伤感，所描绘的男女均是活跃在社会底层的拉萨青年，没有任何说教色彩，又迥异于当时流行的革命现实主义，为他后来创作打下深厚基础。第二时段，马尔克斯的魔幻现实主义作品《百年孤独》的传入和我国寻根文学的兴起，无疑引发出扎西达娃文学观念的一场重大变革，依凭他敢于闯荡的创作勇气和对西藏神秘文化初步认知，很快推出了他面目一新、亦真亦幻的中篇小说《西藏，系在皮绳扣上的魂》，令全国文学界刮目相看，赞不绝口。张军率先热心评述，认为它尽管受到拉美文学的影响，但“归根结底，他的小说产生于西藏的人文背景，而不是‘魔幻现实主义’的翻版”。第三时段，紧接着发表了《西藏，隐秘的岁月》《世纪走过之邀》《悬崖之光》《风马之耀》《野猫走过慢慢岁月》，将笔触投向西藏神秘文化沃土，包括无所不包的民间传说、神话故事，以构筑他自己的魔幻殿堂，将魔幻、荒诞、神奇、时空倒错等天马行空的艺术想象力升华到近乎疯狂的程度，制造叙事艺术的迷宫，把读者推向一个扑朔迷离、匪夷所思的世界。

四、文学评论的宏观叙述

西藏当代文学涌现的杰出作家和优秀作品层出不穷，越来越繁荣兴旺，为新时期评论家的宏观研究提供了丰富资源，也是总结创作经验的重要手段，是新时期评论的一个重要特色。宏观评述又分为纵向研究和横向研究两种类型。纵向研究以时间流程为序宏观探索雪域文学的艰辛而又辉煌的发展道路，横向研究则攫取同一时期各种文学体裁或文学刊物的截面进行综合性评述，都有不凡收获。

老一辈评论家李佳俊上世纪在担任《西藏文学》编辑、主编，西藏当代文学研究会会长，自治区党委文艺处处长时，就热心评论工作，对当代文学走过的道路比较熟悉。在世纪之交退休后，遵奉西藏和全国性文学刊物约稿要求，先后撰写了五篇不同角度的宏观评述，高屋建瓴，颇受关注。发表在《民族文学》1999 年 12 期的论文《写在世界屋脊上的壮丽画卷——回眸当代藏族文学的发展轨迹》，获该刊建国 40 周年优秀评论奖。该论文对藏族当代文学四十年的发展历程进行了全视角扫描，涉及的杰出作家及其优秀作品大都是从雪域沃土生发出来的。2000 年发表在《西藏文学》第 6 期的《进入 21 世纪的高原文艺》一文，荣获 2003 年中国文联第二届文艺评论奖。本文从当时西藏文学的发展态势分析入手预见新时期雪域文学将呈现三个显著特点：是民族的文艺，也是开发的文艺；是突出主旋律的文艺，也是开放的文艺；民族传统文化和现代文化的碰撞，将在新时期的创作实践中得到整合、丰富和升华。说明评论科学地解析、把握进行中的文学趋势有益于未来文学的健康发展。发表在《中国藏学》2006 年第 1 期的《当代藏族文学的文化走向——浅析新时期藏族作家不同群体的审美个性》，后来被选入庆祝中国藏学研究中心成立 30 周年编辑出版的《中国藏学论文精品集》。该论文根据作家生活阅历和审美情趣的差异，将当代作家分为早期作家、乡土作家、前卫作家和时代新秀四个创作群体，通过四个作家群体在传统文化和现代文化的时代碰撞中的不同取舍，逐一细致剖析了每个群体在题材选择和艺术表现上的鲜明个性，艺术个性没有高下之分，却共同营造出雪域高原多元化、多色彩的文学大花园，呈现“百花齐放，百家争鸣”的可喜创作格局。论文最后归纳出四点创作经验：一是当代藏族作家是一个很有才华的创作群体；二是应鼓励作家根据各自的生活体验、文化修养和审美观念，在自己选定的艺术领域大胆开拓创新，施展才华，才能组成无愧于伟大时代、伟大民族的文艺大花园，也是一个民族文学的繁荣兴旺之路；三是各民族的相互切磋和合作，是促进藏族文学深入发展不可或缺的重要资源；四是广泛涉猎中外文学名著，有利于增强作家敏锐捕捉特色的能力，提高审美品位，走向世界。

纵向宏观研究的论文还有西南民族大学文学与新闻传播学院青年教师、文学博士郑靖茹的《现代进程中的西藏当代文学六十年》（见《西藏文学》2011 年第 4 期）。作者选定的契入点很有创意，摆脱往昔按时段划定分期进行综合论述的路数，始终围绕新文学的一个“新”字展开。她追踪西藏当代文学巨大的历史变迁，将涉及文学发展方方面面的复杂现象梳理出五个“新质”分别进行纵向论述：文学作品的传播方式及生产流程的现代性变化；作家队伍结构也随着社会时代的变迁与发展呈现不同的作者类型；随着西藏社会的现代化进程，文学语言呈现出新的面貌；文学体裁呈现多样化的局面，出现不少优秀的文学创作；文学杂志的创刊与发展在西藏当代文学现代化进程中是非常重要的文学事件。在每个“新质”的纵向论述中又重点提及一些具有开拓意义的作家的名字及作品目录，较好地突显了六十年西藏文学的“现代”主题。当然，西藏当代文学具有标杆意义的杰出作家、作品都是五个新质综合作用铸就的结晶，受到文章论述方式的限制，就很难为他们（她们）安置适当处所予以具体、细致阐述。

横向截面宏观评述的论文还有徐琴的《浅论西藏当代汉语小说的发展》（《西藏文学》2011 年第 5 期），在对汉语小说的宏观扫描中重点评述了几个具有开拓意识的创作群体。一是 20 世纪 80 年代的“西藏新小说”，扎西达娃创作的个性化抒写是对传统小说宏大叙事的反叛，色波的小说“从不去迎合读者，只忠实于无形和自己对世界的思考”，马原的小说则“最大限度解放了传统的小说观念，使得中国小说实现了由写什么到怎么写的转变，与众多藏汉青年作家共同构筑了西藏新小说的辉煌”。二是 90 年代以央珍、格央、白玛娜珍、次仁罗布、班丹为代表的本土作家群的兴起，虽然初期略显稚嫩，却以他（她）们扎实的生活根底和现代知识优势在 21 世纪创造出非凡的文学业绩。三是外来作家群体呈现比较稳定的发展态势，随着高原生活体验的深入，焕发出火热的创作激情，敖超小说集《假装没感觉》、张祖文的长篇小说《拉萨，别来无恙》、羽芊（多吉卓嘎）的《藏婚》等小说，都以自己特殊的审美情趣得到社会的热情关注，与众多汉藏作家共同浇灌出高原文学的百花园。于宏的《展示社会风貌，传递时代精神——浅论近几年西藏报告文学创作》（《西藏文学》2010 年第 6 期），则截取一个横断面分别探索当下的散文和报告文学发展态势。

《西藏文学》2009年第6期发表的短论《近年来西藏当代文学批评及其学科构建》，是一篇关于批评的批评。短论高度评价高校文科教师、女性批评者、青年批评者加入评论队伍给西藏文坛带来盎然生机，对学科建设中存在的实际问题做了初步探讨和设想。如何稳定、发展这支新起的评论队伍，确实让它挑起时代赋予的重担，尚需在提高认识和文化体制上多下功夫。

后　记

和平解放 70 年来，在中国共产党领导下，西藏培养出了一大批优秀的作家，他们创作出了一系列优秀的文学作品，为西藏的文化发展繁荣做出了巨大贡献。为了全面总结西藏当代文学在创作与实践中所取得的丰硕成果，同时也为西藏今后的文学发展与研究留下宝贵文学史料，2013 年 3 月，经西藏自治区党委宣传部和西藏自治区文联研究，决定编撰《西藏当代文学史》并成立编撰委员会。经过近八年的努力，《西藏当代文学史》编委会组织完成了编撰工作。在该书稿出版之际，我们对《西藏当代文学史》的编写经过，略做说明。

编委会由西藏作协主席吉米平阶和作协理事周韶西牵头，组织展开编撰工作，编委会确定与西藏民族大学西藏当代文学研究中心通力合作，并联合西藏社会科学院、西藏大学等部门的专家学者，共同完成《西藏当代文学史》的编撰。此项工作得到了西藏民族大学、西藏民族大学西藏当代文学研究中心和西藏民族大学文学院广大教职员工以及西藏社会科学院、西藏大学广大专家学者的积极响应和高度重视。2013 年 10 月，编委会在西藏民族大学召开了专题会议，出席会议的有西藏作协、西藏大学、西藏社会科学院和西藏民族大学专家、学者和教授，并对编委会以及编写人员进行了调整和补充。

经过调整和补充的编委会按计划积极组织展开了各项工作，但在整个编撰工作中，由于历史跨度较大、涉及作家作品较多，各种情况较为复杂，加上编委会对整个编撰工作的实际困难估计不足，在实际编撰工作中遇到了不少问题。为此，编撰委员会吉米平阶、李佳俊、周韶西、班丹、王军君、胡沛萍、蓝国华、次仁央宗、罗布次仁、陈桂芝、袁书会等成员多次在拉萨、成都和咸阳等地，组织召集部分编写人员参加编撰工作会议，具体研究解决编撰过程中遇到的实际困难，特别是藏语文文学创作的编撰问题。自治区政协副主席、文联主席扎西达娃和时任自治区文联党组书记的张晓峰同志多次参加会议，对编撰工作提出指导性意见。

历经五年的艰苦努力和数易其稿，《西藏当代文学史》于 2018 年 6 月完成了第一稿的编写。编委会于 2018 年 6 月 30 日在西藏民族大学召开终审会议。会议由西藏民族大学文学院院长王军君主持，原西藏民族大学校长刘凯出席并讲话。此次会议还邀请南京大学教授丁帆、中山大学教授林岗、复旦大学教授郜元宝、华东师范大学教授文贵良、中国社会科学院语言研究所所长尹虎彬参加评审，他们在对《西藏当代文学史》第一稿充分肯定的基础上分别提出了宝贵的完善和修改意见。对此，我们深表谢意！

经过调整、补充和完善，2018 年 10 月，编委会决定把修改后的三卷本《西藏当代文学史》第一稿，提交西藏自治区党委宣传部审核，并由宣传部出面邀请长期工作生活在西藏，并对西藏当代文学比较了解的学者和作家审阅书稿。

2020 年 4 月下旬，西藏自治区党委宣传部发文，传达了丹增、拉巴平措、马丽华、刘伟、金志国等专家的审阅意见和建议，并指示编委会按照他们的意见和建议，对书稿进行必要的修改和完善，争取尽快出版，为建党 100 周年和西藏和平解放 70 周年献礼。由于受新冠疫情的影响，吉米平阶与各卷主编沟通后，2020 年 5 月 3 日召开各卷主编参加的视频会议，传达了区党委宣传部的指示和修改意见并确定了修改方案和完成期限。

2020 年 6 月，《西藏当代文学史》修订稿最终完成。《西藏当代文学史》的编撰完成是编委会团结各方力量、精诚合作的结果，也是全体编撰人员无私奉献和辛勤劳动的结晶，更是区党委宣传部和区文联高度重视和支持而获得的丰硕成果。

在编写过程中，由于各种原因，各卷负责人和编写人员有所变化，加上相关资料不够完善，书中难免存在一些问题和纰漏；同时，由于这部文学史是一项集体成果，所以在章节详略、表述方式、文字风格等方面，还有不够统一的地方，一些观点和表述也不尽到位；由于这是一部力求全面反映西藏当代文学发展状况的文学史，在编撰过程中，编委会更多强调的是作家作品收录的全面，从而对其在学术研究上注重不够，凡此种种不足，恳请专家学者和读者批评指正，我们将在今后的修订中尽力完善。

最后，感谢所有参与编写《西藏当代文学史》的人员！感谢西藏人民出版社的大力支持！感谢责编李海平先生、计美旺扎先生、张慧霞女士为《西藏当代文学史》的编辑出版付出的辛勤劳动！

刘柯辰、卢芳兵、梁攀、李英杰同学做了大量的文字校对工作，对她们的辛苦付出表示衷心感谢！

《西藏当代文学史》编撰委员会

2021 年 11 月 30 日

《西藏当代文学史》撰写人员

第三编　1994—2020 年间的文学

概述（胡沛萍初撰）

第一章　小说

概述（胡沛萍初撰）

第一节　平措扎西（胡沛萍、盛晓初撰）

第二节　扎西班典（胡沛萍、尹熙乔初撰）

第三节　旦巴亚尔杰（次仁央宗、梁建军初撰）

第四节　次仁罗布（朱霞初撰）

第五节　班丹（卢顽梅初撰）

第六节　白玛娜珍（徐琴初撰）

第七节　旺多（盛晓、胡沛萍初撰）

第八节　克珠群佩（张娜、胡沛萍初撰）、郭阿利（吕岩初撰）

第九节　次仁央吉（次仁央宗、嘎玛旺扎初撰）、尼玛潘多（徐琴初撰）

第十节　次仁郎公、普布次仁（嘎玛旺扎初撰）

第十一节　杨年华（吕岩初撰）、党益民（魏春春初撰）、郑勇（陈永初撰）

第十二节　达娃次仁（胡沛萍、张娜初撰）、格央（徐琴初撰）

第十三节　罗布次仁（赵丽初撰），敖超、张祖文（朱霞初撰）

第十四节　尼玛顿珠、藏顶塔杰（嘎玛旺扎初撰），艾·尼玛次仁（胡沛萍、尹熙乔初撰）

第十五节　岗朵次仁、贡觉云丹、普桑占堆（（嘎玛旺扎初撰）

第十六节　多吉次仁（嘎玛旺扎初撰）、旦增尼玛（旦巴亚尔杰初撰）

第二章　诗歌

概述（胡沛萍初撰）

第一节　伦珠朗杰（白拉初撰）

第二节　克珠（嘎玛旺扎初撰）

第三节　刘萱（胡沛萍初撰）

第四节　白拉（胡沛萍初撰）、日吉梅朵（嘎玛旺扎初撰）

第五节　陈人杰（刘妍初撰）

第六节　白玛娜珍（于宏、胡沛萍初撰）

第七节　东主才让（胡沛萍、索旦初撰）

第八节　丁勇、李文华（胡沛萍初撰）

第九节　蒽青华、罗布旺堆（胡沛萍初撰）

第十节　何飞（胡沛萍初撰）

第十一节　白玛央金、琼吉（胡沛萍初撰）

第十二节　李素平、史映红（李亚奇、胡沛萍初撰）

第十三节　陈跃军、嘎玛旺扎（胡沛萍、李亚奇初撰）

第十四节　沙冒智化、永中久美、次吉拉姆、洛桑更才（胡沛萍初撰）

第十五节　陈汉昌、陈奎元（胡沛萍初撰）

第三章　散文、报告文学

概述（胡沛萍初撰）

第一节　加央西热（赵丽初撰）

第二节　平措扎西（胡沛萍初撰）

第三节　扎西班典（旦增曲扎、嘎玛旺扎初撰）

第四节　吉米平阶（于宏、胡沛萍初撰）

第五节　白玛娜珍（徐琴初撰）

第六节　胡蓉、冉启培（胡沛萍初撰）

第七节　白玛玉珍（刘妍初撰）、格央（徐琴初撰）

第八节　陈桂芝（胡沛萍初撰）、文心（卢顽梅初撰）

第九节　凌仕江（李亚奇初撰）、陈跃军（李亚奇、胡沛萍初撰）

第十节　嘎玛贡加（旦增曲扎初撰）、张青（胡沛萍初撰）

第十一节　杨年华、李兴煌（胡沛萍初撰）

第十二节　高宝军、萨鹰·罗布次仁（刘妍初撰）

第十三节　门巴族、珞巴族文学创作（刘妍初撰）

第四章　戏剧、影视文学

概述（胡沛萍初撰）

第一节　小次旦多吉（李宜初撰）

第二节　尼玛顿珠（班丹初撰）

第三节　普尔琼（李宜初撰）

第四节　吉米平阶（张涛初撰）

第五节　周韶西（张涛初撰）

第五章　民间文学（栗军初撰）

第六章　文学评论（李佳俊初撰）

后记

（本卷统稿由胡沛萍完成）

西藏当代文学史（中）

XI ZANG DANG DAI WEN XUE SHI

本卷主编・蓝国华

总　主　编／胡沛萍　蓝国华　李佳俊

副总主编／周韶西　王军君　米玛卓玛

国家出版基金项目
NATIONAL PUBLICATION FOUNDATION

XZCB 西藏人民出版社

图书在版编目 (CIP) 数据

西藏当代文学史 . 中 / 蓝国华主编 .-- 拉萨：西藏人民出版社，2022.12

ISBN 978-7-223-07164-2

Ⅰ . ①西… Ⅱ . ①蓝… Ⅲ . ①地方文学史 – 西藏 – 当代Ⅳ . ①Ⅰ 209.975

中国版本图书馆 CIP 数据核字（2022）第 145431 号

西藏当代文学史（中）

本卷主编　蓝国华
策　　划　张慧霞
责任编辑　李海平　计美旺扎　张慧霞
封面设计　格　次
电脑排版　周正权
出版发行　西藏人民出版社（拉萨市林廓北路 20 号）
印　　刷　西藏新华印刷有限公司
开　　本　787 × 960　1/16
本册印张　25.75
字　　数　340 千
版　　次　2023 年 2 月第 1 版
印　　次　2023 年 2 月第 1 次印刷
印　　数　01–3,000
书　　号　ISBN 978–223–07164–2
定　　价　160.00 元（上、中、下）

《西藏当代文学史》编委会

目　录

第二编　1977——1993年间的文学

第二编　1977—1993年间的文学

概　述

1977—1993年，是西藏当代文学史上的一个重要时期。这一时期西藏文坛走出了“文化大革命”时期的喑哑沉闷，呈现出一派欣欣向荣，群芳争艳，百花竞奇，不断探索创新的发展态势。特别是20世纪80年代，不仅革命现实主义文学创作的优良传统得以恢复和继承，而且在与内地文艺思潮相互激荡的同时，立足雪域高原，进一步深入挖掘民族优秀传统文化，并广泛借鉴西方现代创作有益经验，将西藏当代文学的发展推上了一个新的台阶，被誉为是西藏当代文学创作的第二个繁荣时期[1]，或第二次高潮[2]。

1976年，党中央一举粉碎“四人帮”，标志着历时十年之久的“文化大革命”结束，西藏和全国各地一样进入到社会主义现代化建设新的历史时期。同年《西藏文艺》[3]试刊，并于1977年正式创刊，标志着新时期西

[1] 张治维：《略谈当代西藏文学的发展》，《民族文学》1995年第9期。

[2] 李佳俊：《雪域作家的智慧和追求——西藏改革开放30年文学发展述评》，《中国藏学》2008年第4期。

[3] 《西藏文学》（汉文版，1976年7月1日试刊，1977年正式创刊，1984年由《西藏文艺》改名为《西藏文学》；《西藏文艺》（藏文版，1980创刊，起初是季刊，1982年改为双月刊）。

藏文学的正式开始，西藏文学逐渐得到恢复和发展。1978年，党的十一届三中全会召开，“解放思想、实事求是”的思想路线得以重新确立；改革开放的春风吹拂高原，西藏各项事业蓬勃发展。在“二为”方向和“双百”方针的指引下，新时期西藏文学于80年代进入初步繁荣，并于80年代中后期达到巅峰，至90年代初始渐渐沉淀。1994年扎西达娃发表《桅杆顶上的坠落者》，寓意了一个时期的结束；而1994年马丽华《走过西藏》的结集出版并引起轰动，则暗含了一个新的时期的开始；特别是中央第四次西藏工作座谈会的召开，开启了西藏发展新的征程，西藏文学也开始在更广阔的道路上探索前进，以更加多彩的丰姿走向新世纪。综观这一时期西藏当代文学的发展，大体可以分为3个阶段。

一、复苏期（1977—1984年）。“文化大革命”结束后，由于各方面的原因，西藏与全国相比，一度在解放思想、对外开放，创造性地推动发展方面处于犹豫、徘徊，停滞不前的缓慢发展状态。直至1980年第一次西藏工作座谈会和中央工作组进藏考察，才打破了这种状态。一方面，西藏在中央的领导下，抓住“放宽”“治穷”这两个根本原则，对农牧业和民族手工业生产管理体制进行了大刀阔斧的改革；另一方面，在坚持实事求是的前提下，本着“宜粗不宜细、宜简不宜繁”，“着重从政治上解决问题”的原则，加快平反冤假错案，解决历史遗留问题。但由于西藏地方的特殊性，“一只脚还踩在香烟缭绕的过去，一只脚却已经跨入车水马龙的时代。”人们在思想认识上仍然存在“左”“右”的干扰，迷惘、彷徨和失落的情绪一度蔓延，乃至社会上宗教热趋向悄然出现。为进一步加快西藏的改革开放，1984年，中央召开了第二次西藏工作座谈会，对西藏的实际进行再认识。

对应于文学创作，这一时期，一批老作家重新出现在文坛，一批新生力量也开始暂露头角，特别是《西藏文学》等文学刊物和文联和作协等相关文学组织的相继建立，为新时期西藏文学的发展奠定了重要基础。与全国一样，西藏文坛也产生了伤痕文学、反思文学等文学类型。如扎西达娃的《沉默》《白杨林·花环·梦》《朝佛》等作品即与内地的文学思潮有着对应的关系，报告文学创作中龚巧明的《他，留在了这片土地上……》即控诉了“文化大革命”对知识分子的戕害。同时，由于西藏地方的特殊性，人们对宗教热的趋向，也有着警惕，反映到文学创作上，有德吉措姆的《漫漫转经路》、丹增的《神的恩惠》、周艳炀的《还愿》等作品。值得欣喜的是，这一时期，西藏还诞生了藏族作家的汉语长篇小说，如降边嘉措的《格桑梅朵》、益希单增的《迷茫的大地》，而且，藏语文创作也取得了可喜的成果，如拉巴平措发表了《三姊妹》、班觉发表了《花园里的风波》，长篇小说《绿松石》也开始在这一阶段连载等。另外，一批年轻人也开始在文学形式和内容等方面进行多向探索，如诗歌方面的雪野（雪海）诗的创作，马原在小说形式方面的探索，金志国《梦，遗落在草原上》对藏汉族青年朦胧爱情和生态文明的题材内容的探索等，都为这一阶段西藏文学的发展注入了新鲜的活力。而马连义、吴雨初的《来献哈达的人》作为“文化大革命”结束后，西藏第一部出版的个人短篇小说集，也以其来自基层第一手真实而丰富的信息，积极向上的蓬勃朝气，富于民族特色的生活内容，特别是浸透作者真诚的情感和对现实问题的关注，为西藏文学现实主义创作传统的恢复作出了贡献。

二、繁荣期（1985—1989年）。1984年，中央第二次西藏工作座谈会，通过对西藏进行“再认识”，总结出了西藏的“五个特殊性”。第一个主要是自然地理方面的因素，第二个是社会制度方面的因素，第三个是民族历史方面的因素，第四个是宗教影响方面的因素，第五个是国际舆论方面的因素。综合来看，这“五个特殊性”的确是影响西藏政治稳定和社会经济发展的主要阻力，是西藏历史上长期处于封闭与落后状态的重要因素。但由于对特殊性的过分强调，使得一些不适合现代社会、现代文明等现象出现“回潮”。同时，会议针对西藏自治区党委存在的“思想问题”进行了分析，认为思想不够解放的原因在于被“四个担心”所束缚，即担心是不是在搞社会主义、担心党的领导会不会削弱、担心宗教的影响会不会愈来愈大、担心西藏会不会重新大叛乱；并认为自治区党委对做好经济工作、统战工作和文化工作兴趣不浓，提出要纠“左”与反“右”；但在实际执行中，被置换为有“左”纠“左”，防右也主要是纠“左”。这样，一方面“放开”政策，解除了制约西藏农牧业发展的体制性束缚，极大地提高了农牧民的生产积极性；西藏对内交流、对外开往的步伐进一步加快，中央对西藏继续进行的“输血”，也进一步增强了西藏经济发展的活力。但由于对西藏存在反分裂斗争的问题重视不够，导致一方面社会上出现宗教狂热，给达赖集团兴风作浪，制造骚乱有机可乘[1]；另一方面过度地强调西藏文化的历史特殊性，而忽略文化的发展及中华文化的整体性，也滋生了狭隘民族主义和文化保守主义的倾向。

审视这一阶段的西藏文学，无疑是取得了巨大的成绩，一批有影响的重要作品相继诞生，一批在国内文坛乃至世界文坛有影响的作家也推出了他们的代表作，西藏魔幻现实主义、西藏新小说、马原的叙述圈套、色波的圆形意识等等，甚至进入教科书，成为文学术语，直至今日仍为文学聚讼的焦点。小说、诗歌、散文报告文学、影视戏剧创作等，均有佳作，全面开花，西藏文学似乎已接近了文学中心的舞台，这一阶段也被一些论者将之与20世纪50年代初的西藏文学并提，称为是西藏当代文学的第二个黄金时期，或者第二个高潮。事实也的确是如此。但透过这些繁荣浮华的背后，却也存在隐忧。一些创作者没有把握新时期西藏文学繁荣的实质，对一些代表作家和经典作品的现代性追求，没有经过和时代精神相结合的内在咀嚼和消化，而是取其皮毛或一味模仿跟风，甚至画地为牢，自我拘囿。就其具体表现来说，一是在形式探索方面，越走越远，取其下者，游戏文字，

[1] 王茂侠：《邓小平与西藏工作——从和平解放到改革开放》，第97—105页，中国藏学出版社2011年版。

推其端者，陷于纯粹抽象的玄思之中难以自拔，终致“有意味的形式”鲜有意味；二是在文化寻根方面，日益虚幻、日趋保守，乃至走向神秘孤立，似乎关于西藏边疆民族地域性的表现，非宗教乃至非皈依宗教就算不得正宗，算不得西藏文学，甚而有一味趋向暴露、追逐刺激、竞示落后，以原始奇诡不可探知为尚之尤；至于在民族文化融合方面，也渐次呈现出两张皮的端倪。可以说，文学创作方面的这般表现，既是社会生活的某种反映，同时也一定程度上催化了社会的一些不正常现象。

三、积淀期（1990—1993年）。1989年西藏拉萨发生严重骚乱事件后，自治区党委在中央的坚强领导下，采取一系列强有力措施，一手抓经济建设和改革开放，一手抓稳定局势和反分裂斗争，鲜明地提出了“四个理直气壮”的要求，即：理直气壮地宣传西藏是祖国领土不可分割第一部分；理直气壮地宣传西藏民主改革、社会主义建设、改革开放取得的伟大成就；理直气壮地宣传中国共产党和中国人民解放军的伟大历史功绩；理直气壮地宣传西藏只有在中国共产党的领导下走社会主义道路，才有光明的前途。同时，大张旗鼓地深入揭批十四世达赖，用大量事实揭露十四世达赖集团勾结西方敌对势力祸藏乱教、分裂祖国的图谋和罪行，揭掉了十四世达赖的“神圣”面纱，使广大干部群众认清了十四世达赖的真实面目。1989年10月，中央召开政治局常委会，专门研究西藏问题，会议批准了区党委的汇报提纲，形成了《中央政治局常委会讨论西藏工作会议纪要》。这次会议，对于纠正西藏工作一度在认识和实践中出现的偏差，确立正确的政治方向、方针和政策，对于统一思想、安定人心、稳定局势、增强团结、发展经济、改善人民群众物质文化生活等方面，起了关键的作用，实现了西藏从乱到治的历史性转折。1990年7月，江泽民亲赴西藏视察指导工作，对西藏工作作出了一系列重要指示，极大地鼓舞了西藏党政军警民[1]。1992年邓小平南巡，中国进一步坚定和加快了走向市场经济和改革开放的步伐，西藏也逐渐涌入了新一轮的时代浪潮。

在此背景下，西藏文学创作一方面通过大量的报告文学创作揭示拉萨骚乱的真相，回顾西藏的发展历程，反映西藏和平解放以来中国共产党和进藏人民解放军的伟大历史功绩，反映西藏民主改革、社会主义建设、改革开放取得的伟大成就，反映藏汉各民族团结奋斗的火热新生活，树立典型，彰显榜样；另一方面评论界也敏锐地意识到"民族意识与现代意识的撞击所产生的不易解决的矛盾很大程度上自觉或不自觉地成为西藏新小说创作的思维模式和表现模式"，为此，有必要进一步地融入生活，深入历史，铸炼精品。这一阶段，《西藏文学》杂志相继推出《亚大黄叶》《罗孜的船夫》两部作品，具有一定的典型性，代表了作家面对市场经济浪潮席卷下西藏农牧区发展的思考；同时，一些作家也对前一阶段的创作进行小结，纷纷推出自己的作品集。特别值得一提的是，女性写作及女性意识走向自觉，以家庭和家族及个人命运为核心及纽带，反映历史社会关键变迁的传统现实主义的经典的精细描绘初显，而马丽华走向草原、深入基层的文化人类学散文创作已取得重要成果，扎西达娃也推出了西藏魔幻现实主义集大成之作的《骚动的香巴拉》。

总体来看，1977—1993年的西藏文学除了作家文学与民间文学同时并举、文学创作与文学批评同步展开、文学组织与文学刊物相继建立外，从文学体裁上来说，小说、诗歌、散文—报告文学、戏剧影视等全面开花；从题材内容上看，山川景物、社会生活、历史文化、民族心理、宗教民俗、个人抒怀等广泛开拓，深入挖掘；从语言文种上看，藏文创作和汉文创作比翼齐飞，相得益彰；从作家队伍来讲，西藏本地及由内地进藏的藏汉等

[1] 本刊记者：《西藏：辉煌的14年 不平凡的14年——访全国人大常委会副委员长热地》，见董云虎、陈振功：《中国人权年鉴2000—2005》，第1169—1178页，团结出版社2007年版。

各民族的各阶层的老中青男女作家各领风骚；从创作理念和写作方法而言，现实主义和浪漫主义、古典传统和现代技法有机结合、新颖多样，并不断探索创新。

一、作家队伍

这一时期不仅老作家杨星火、单超、李文珊、李佳俊、杨泽明、詹仕华等笔耕不辍，恰白·次旦平措、汪承栋、萧蒂岩、叶玉林、周艳炀等也重返文坛，一支以藏族为主体的包括汉族和其他民族的作家及批评家队伍逐渐形成。其中，既有出生于三四十年代的胡秉之（1930）、冀文正（1933）、刘汉君（1935）、张治维（1936）、张隆高（1936）、于乃昌（1936）、赤列曲扎（1937）、黄志龙（1937）、降边嘉措（1938）、廖东凡（1938）、益希单增（1940）、班觉（1941）、拉巴平措（1942）、塔热·次仁玉珍（1943）、闫振中（1944）、索朗次仁（1945）、丹增（1946）、巴桑罗布（1946）、德吉措姆（1947）、周长海（1947）、徐明旭（1947）、杨从彪（1947）、龚巧明（1948）、张平（1948）、秦文玉（1948）、格桑益希（1948）、次多（1948）、赵乐斌（1949）、范向东（1949）等，也有出生于五六十年代的杨辉麟（1952）、魏志远（1952）、马丽华（1953）、马原（1953）、郭中朝（1953）、李双焰（1953）、王远舟（1954）、吴雨初（1954）、刘伟（1955）、杨晓敏（1956）、色波（1956）、薛晓康（1956）、金志国（1957）、加央西热（1957）、李雅平（1957）、田文（1958）、扎西达娃（1959）、平措扎西（1959）、李启达（1961）、周韶西（1961）、通嘎（1962）、吉米平阶（1962）、央珍（1962）、刘志华（1962）、昊夫（1962）、扎西班典（1962）、惟夫（1963）、郝桂尧（1963）、贺中（1963）、索琼（1965）、佘学先（1958）、许明扬（1959）、张骁儒（1959）、伍金多吉（1961）、冯良（1963）、张中（1964）、蔡椿芳（1964）、曾有情（1964）等。

二、文学作品

这一时期出版的长篇小说有叶玉林《飞瀑》（1979）、《神猎》（1985）、《雪山强人》（1987）、降边嘉措《格桑梅朵》（1980）、益希单增《幸存的人》（1981）、《迷茫的大地》（1984）、范向东《高原深处的人们》（1982）、秦文玉《女活佛》（1985）、班觉《松耳石头饰》（藏文，1985）、扎西班典《一个普通家庭的岁月》（藏文，1992）、扎西达娃《骚动的香巴拉》（1993）；中篇小说有拉巴平措《三姐妹的故事》（藏文，1981）、益希单增《金塔》（1985）、扎西达娃《西藏，隐秘的岁月》（1985）；短篇小说有德吉措姆《漫漫转经路》（1980）、扎西达娃《西藏，系在皮绳扣上的魂》（1985）、央珍《卐字的边缘》（1986）、色波《圆形的日子》（1987）；诗集有汪承栋《雪山风暴》（1978）、萧蒂岩《珠穆朗玛交响诗》（1985）、马丽华《我的太阳》（1988）、洋滔、昊夫编《西天最后一片净土西藏青年诗选》（1989）、伍金多吉《高原的风》（藏文，1991）；散文－报告文学集有李佳俊《西藏游记》（1980）、赤列曲扎《西藏风土志》（1982）、秦文玉《绿雪》（1986）、《神歌》（1988）、马丽华《追你到高原》（1986）、《藏北游历》（1990）、《西行阿里》（1992）、郭中朝《雪原情》（1989）；话剧有《松赞干布》《赞普的子孙》《斯吉比儿》《意翁玛》《阿古登巴》《旺堆的哀乐梦》；民间文学集有《西藏民间故事》（1—6集）、《西藏民间歌谣选》《藏北民间故事》《西藏情歌》《珞巴情歌》；电视剧有《还愿》《巴桑和她的弟妹们》《四季无夏》《江那边》《康巴汉子》等。此外，1985年为庆祝西藏自治区成立二十周年，西藏人民出版社推出了《西藏民间歌谣选》《西藏民间故事选》《西藏通讯报告选》《西藏创作歌曲选》《西藏戏剧选》《西藏戏剧曲艺选》《西藏文艺评论选》《西藏民歌》《西藏诗选》《西藏散文选》《西藏短篇小说选》等藏汉文丛书，1991年为纪念西藏和平解放四十周年，西藏文联和西藏作协，推出了《当代西藏作家丛书》第一辑共12部，包括子文的小说集《等待蓝湖》、于斯的诗集《降临》、扎西达娃的小说集《世纪之邀》、色波的小说集《圆形日子》、林予一的散文集《我的山》、张中的诗集《象征与独白》、益希单增的小说集《金塔》、恰白·次旦平措诗文集《冬之高原》（藏文）、克珠的诗文集《四季农活》（藏文）、伍金多吉的《高原的风》（藏文）、扎西班丹的小说集《明天的天气会比今天好》（藏文），还有李佳俊、昊夫编选的优秀报告文学集《雪域之光》等。

三、社会影响

这一时期的文学作品屡获各种奖项，如1981年益希单增《幸存的人》（长篇小说）、汪承栋《雪山风暴》（长诗）、班觉《花园里的风波》（短篇小说）、索朗次仁《斯吉毕几》（剧本）、恰白·次旦平措《冬之高原》（短诗，藏文），获首届全国少数民族文学创作奖。1985年扎西达娃《江那边》（短篇小说）、益希单增《啊，人心！》（短篇小说）、汪承栋《月夜》（短诗）、恰白·次旦平措《欢乐的拉萨之歌》（短诗，藏文），获第二届全国少数民族文学创作奖。1990年益希单增《迷茫的大地》（长篇小说）、扎西达娃《西藏，系在皮绳扣上的魂》（中短篇小说集）、央珍《卐字的边缘》（短篇小说），获第三届全国少数民族文学创作奖。1993年班觉《松耳石头饰》（长篇小说，藏文）、扎西达娃《世纪之邀》（中短篇小说集）、色波《圆形日子》（中短篇小说集）、次多（翻译奖）、仁增措姆《饥饿山谷的变迁》获第四届全国少数民族文学创作奖（新人新作奖）。1984年廖东凡等搜集整理的《西藏民间故事集》第一集，获全国民间文艺作品一等奖。1985年益希单增《选“鹰”的日子里》（短篇小说）、扎西达娃《江那边》（短篇小说）、克珠群佩《星星请别讥笑我》（短篇小说）、次旺俊美《春蚕到死丝方尽》（短诗）等87篇作品，获1976年—1983年五省区藏族文学奖。1987年扎西达娃《西藏，系在皮绳扣上的魂》获中国作协第八届全国优秀短篇小说奖。1989年秦文玉《绿雪》获中国作协新时期优秀散文奖。1990年马丽华《藏北游历》获首届“郭枫文学奖”，李佳俊《文学，民族的形象》获首届少数民族文学研究优秀著作奖。1993年范向东《好班子，好班长》获中宣部1992年度全国精神文明建设“五个一工程”优秀报告文学奖[1]。其中一些作品还被翻译成英文、日文、德文、法文等向国外进行介绍。

与作家文学相呼应的是，民间文学也呈现出繁荣之势，不仅折嘎说唱、藏戏等与时代同欢唱，注入了新的元素，而且西藏故事、歌谣、谚语、史诗《格萨尔》的抢救、搜集和整理工作等，也都在这一时期开始大规模展开，并取得了突出的成绩。另外，在这一时期，还活跃着一批卓有建树的文艺批评作者，如李佳俊、张治维、张隆高、格桑益西、次多、徐明旭、周韶西等。张隆高与李佳俊先后出版有评论集《引玉集 张隆高文艺评论选》（1987）和《文学，民族的形象》（1989），张治维《当代西藏文艺论集》（1995）和格桑益西《评论智者喜宴》（1995）中的评论文章也均创作于这一时期。张成治、张耀民、修义忠、蔡本湘、饶元厚、德庆卓嘎等一些文学活动的组织管理者和文学的编辑与翻译整理人员，及《西藏日报》副刊、《西藏科技报》（1979）、《山南文艺》（1979）、《西藏群众文艺》（1980）[2]、《邦锦梅朵》（藏文版1983）、《邦锦花》（汉文版1983）[3]、《拉萨河》（汉文版1983，藏文版1984）、《西藏新剧作》（1983）、《西藏青年报》（藏、汉文版1985）、《西藏法制报》（藏、汉文版1985）、《拉萨晚报》（藏、汉文版1985）、《日喀则报》（1987）、《主人》（汉文版1987，藏文版1989）、《西藏旅游》（1991）等报刊的文艺阵地，也为西藏文学的繁荣发展作出了贡献。

至于西藏文学进入90年代后的沉淀平静，其实不过是文学自身发展规律的正常表现。“在轰动之后需要一个再反思、再积累的过程，从而进入

[1] 胡秉之:《万紫千红的西藏当代文艺》,《西藏民族学院学报》(社会科学版),1995年第3期。

[2] 1989年更名为《雪域文化》，藏文版继续出版发行，汉文版于1994年停刊。

[3] 1993年更名为《西藏民俗》、2004年更名为《西藏人文地理》。

文学平稳发展的‘常态’，是地区、民族文学从稚嫩走向成熟的标志”[1]。或者说：“沉寂的是改变了的社会心态下的对文学曾有过的期许和热望，是人们眼光和心灵关注的转移。”[2]

---

[1] 见本书第一卷导论。

[2] 马丽华：《雪域文化与西藏文学》，第81页，湖南教育出版社1998年版。

第一章　小说

概　述

小说是这一时期西藏文学创作的第一批丰收，也是这一时期西藏文学画卷中最为精彩迷人的一页。这一时期的小说发展大致经历了从沉寂到复苏、从复苏到探索、从探索到爆发、由爆发到沉淀这样一个过程。

1977 年至 1978 年，虽然“文化大革命”已经结束，但由于当时的指导思想尚未摆脱“两个凡是”的羁绊，许多小说仍停留于“以阶级斗争为纲”“农业学大寨”等口号的图解层面，不少小说还着意于宣传新的个人迷信。十一届三中全会召开后，“解放思想，实事求是”的思想路线得以确立。1979 年，西藏开始在全区进行“真理标准问题讨论”的补课，全力排除“左”的干扰，将工作重点转移到以经济建设为中心上来。这一年《西藏文艺》刊登了扎西达娃的处女作《沉默》，作品对“文化大革命”进行了批判反思。其后，西藏文坛出现了一批直接描写“文化大革命”的小说。总体来看，无论主题内容还是艺术成就，均未超越这一时期内地文坛的“伤痕文学”。不过，50、60 年代革命现实主义的优良传统得到了恢复，1980 年、1981 年，降边嘉措和益希单增的两部长篇小说《格桑梅朵》和《幸存的人》相继出版，标志着西藏小说已走出沉寂，得到复苏发展。

1982 年，《西藏文艺》推出扎西达娃和金志国的“两个梦”，即《白杨林·花环·梦》和《梦，遗落在草原上》。由于它们对传统题材范围的突破，引起广泛关注，被视为“西藏文学呈现上升趋势的一个标志”[1]，从而也表征着这一时期西藏小说创作从复苏到探索的开始。

1985年，《西藏文学》第6期专设了一个“魔幻作品”专辑，发表了5位作家的5篇作品，分别是扎西达娃的《西藏，隐秘岁月》、色波的《幻鸣》、刘伟的《没有油彩的画布》、金志国的《水绿色衣袖》和李启达的《巴戈的传说》。并在这个专辑的后面附“编后语”，进行一些解释性、补充性说明：

西藏因其神奇、神秘而令人神往。高原上阳光强烈、大气透明度好，似是一览无余，而你若想窥见深层之物却难；藏族人坦率淳朴，然一经交往你便会发现他们与汉族人的心理素质、思维方式不尽相同，更不待说风情风俗等等。写西藏的文学作品，如何能传奇其形态神韵呢？生活在西藏的藏汉族作家们苦恼了若干年，摸索了若干年，终于有人从拉丁美洲的“爆炸文学“——魔幻现实主义中悟出了一点点什么……所谓“魔幻”，看来光怪陆离不可思议，实则非魔非幻合情合理。凡来西藏的外乡人，只要他还敏锐，不免时常感受到那种莫可名状的神秘感、新鲜感、怪异感；浓烈的宗教、神话氛围中，仿佛自己也神乎其神了。

不是故弄玄虚，不是对拉美亦步亦趋。魔幻只是西藏的魔幻。有时代感，更有浓重的永恒感，其中奥妙有待读者用心体会。[2]

尽管把这类小说称之谓“西藏魔幻现实主义文学”并不恰当，但就是从这时候开始，西藏新小说的写作异军突起，并与马原的“叙事圈套”一道迅速引起内地文坛的瞩目，直至1989年《西藏新小说》的出版到达顶峰。其中，马原的“叙事圈套”在叙事方法上所作的努力，被认为对于中国当代文学的发展具有重要的意义，标志着作家们从关注“写什么”到开始重

[1] 孙勇、曲志红：《日趋繁荣的西藏文艺》，《西藏日报》，1985年10月18日。
[2] 《编后语》，《西藏文学》（魔幻现实主义专辑），1985年第6期。

视“怎么写”，并在某种程度上开启了先锋文学的试验。而“西藏新小说”则是这一时期西藏现代小说种种探索和实验的总称，西藏的魔幻现实主义小说其实是“西藏新小说”的一部分，是其中影响最大的一种早期实验、探索和借鉴，是西藏小说寻求现代性的第一步。“西藏新小说”的意义，首先在于它是西藏小说的一种新气象。这种新气象体现在西藏文学经由这段时间的文学实践获得了一种文学的自信，从整个文学心理上拥有了一种不同于以前的文学状态。其次，在于小说观念的新变。“西藏新小说”之所以具有很强的先锋性，是由于“西藏新小说”的作家们普遍获得了一种较新的小说观念，促使他们更加关注小说的形式因素。第三，表现手法和技巧上的新奇。由于“西藏新小说”主要受西方现代主义影响，因此西方现代主义的众多表现手法和技巧都被新小说家们借鉴运用，如意识流、象征主义、拉美魔幻现实主义时空的交叉错位、夸张、荒诞、神秘与幻觉等等，这使“西藏新小说”展示出了与传统现实主义小说迥异的全新面貌。第四，标志着一个新的作家群体的崛起。由于在小说艺术中不断创新的共同目的，在西藏实际上形成了一个新的作家群体，主要成员是马原、色波、扎西达娃、刘伟、金志国、佘学先、惟夫、李启达、于斯等，他们相互切磋，相互交流，使西藏当代小说获得了文学的自信。第五，表现在题材的重新把握上。“西藏新小说”的参照系是世界文学，新小说作家们自觉地把地域写作放在整个中国当代文化范围和全球化的大背景下加以考察。

然而，这一阶段的西藏文学在取得重要成就的同时，也存在一些令人堪忧的地方，一是源于西藏本身的敏感性，当然主要还是作家本身的因素，包括对于语言的掌握，一些作家在进行创作时刻意回避一些题材内容，使得有些作家的创作涉猎相对封闭有限，影响了作品内容的社会丰富性。二是批判意识有所减弱，20 世纪 50、60 年代对宗教热保持警惕的做法，到了这一阶段有所减退，甚至出现了主动迎合的趋向。三是对民族文化发展缺乏更深入和长远的思考，似乎陷入现代文明和传统文化矛盾对立的陷阱中无法自拔。四是在形式探索方面，呈现出个别极端的现象，割裂了内容和形式的有机统一。

由此，进入 20 世纪 90 年代后，“西藏新小说”虽然余音犹响，但已风景不复，这一方面既有作家群体鸟兽散的缘故，也是时风所至的必然。特别是随着市场经济的进一步深入，早期那种文学被集体关注的轰动效应已经颇难再返。有人认为这是文学的沉寂没落表现，有人认为这才应该是文学的正常现象。就文学与时代的关系来说，无论是表面的沉寂，还是步入正轨，其实文学始终以其特有的方式和时代及人们的生活紧密联系。比如认为 90 年代文学是沉寂的论调，在考虑纯文学特别是纸面作品的时候，就一定程度上忽视了通俗文学和影视作品的蓬勃兴起。不过，以西藏的情况来讲，这一阶段仍然是以纯文学的创作为主。1993 年，“西藏新小说”写作的主将扎西达娃在长篇小说《骚动的香巴拉》出版后，转向其他方面，从而也预示着西藏的小说创作由爆发到沉淀，其后的发展，非得寻觅新的突破不可。

以上是对西藏“新潮”小说发展脉络的简单归纳。在此之外，现实主义作为一种写作方法，或者更关键的是作为一种文学精神，始终存在于文坛。譬如李双焰的创作。而藏语文小说创作在这一时期也取得了突出的成就，如班觉的《绿松石》、扎西班旦的《一个普通家庭的岁月》等。女性作家的创作及军旅作家的写作也是这一时期西藏小说创作的亮点。

第一节　益希单增

益希单增（1940—），祖籍西藏阿里，出生于四川省甘孜州。1944 年从乡城逃到巴塘，靠父亲砍柴、母亲做手工活为生。1950 年，参军并随部队进军西藏，在西藏丁青地区工作，先后任文工队员、翻译、公安员。其间深入群众，接触社会，为以后的创作奠定了坚实的基础。1957 年到北京，先在中央民族学院学习基础文化，后在中央美术学院学习美术史专业。1969

年返回西藏，在西藏自治区展览馆工作。曾任中国作家协会西藏分会常务副主席、西藏文联常务副主席、西藏政协委员、全国少数民族作家协会副会长、中国作家协会理事及全国委员、西藏人大常委、西藏作家协会名誉主席、西藏人大副主任、西藏政协副主席等职。系国家一级作家，享受国务院特殊津贴。自1976年开始发表作品，著有长篇小说《幸存的人》《迷茫的大地》《菩萨的圣地》《雪剑残阳》《庄园异梦》《走出西藏》《五只眼睛看西藏》《大贵族小姐桑桑》等，另有中短篇小说20余篇，诗歌散文评论等30余篇。曾获第一届、第二届、第三届全国少数民族文学创作奖。30多年来，他笔耕不辍，用他擅长的现实主义创作手法，描绘从“和平解放”到“民主改革”到“文化大革命”再到“改革开放”等一系列西藏社会发展变迁中的西藏人、西藏事。其现实主义小说创作大致可以分为以下4个阶段：一、1980年—1984年，传统恪守期；二、1985年—1989年，初步探索期；三、1990年—1999年，多向新变期；四、2000以后，再度回归期。

《幸存的人》是益希单增的第一部长篇小说，也是西藏当代文学史上的一部重要作品。小说主要描写了1936年到1950年间，西藏农奴对农奴主的英勇反抗，呈现出鲜明的阶级对立关系。该作品最初以《斯玛普珠》为名，在1980年的《西藏文艺》上连载，1980年第4期开始更名为《幸存的人》，1981年结集由人民文学出版社出版，曾荣获第一届中国少数民族文学创作长篇小说奖及西藏自治区优秀创作奖。

小说故事由仁青晋美代本率领藏军血洗反抗新税收的德吉村为开端。德吉村遭到残酷的屠杀，幸存的少女次松带着死里逃生的两岁侄子一路流浪，准备到昌都寻找舅舅。谁知到了昌都，却发现舅舅已死，他们失去了唯一可依靠的亲人。这时次松又生了一场大病，但身上背负着血海深仇的次松没有向命运低头。病愈后她改名德吉桑姆，带着年幼的侄子一路乞讨去拉萨朝圣，渴望虔诚的信仰能为他们驱散后半生的阴霾，大仇得报，从此过上幸福的生活。让德吉桑姆没想到的是在向觉仁波切大佛虔诚祈祷后的当晚，德吉桑姆就被贵族老爷仁青晋美设计迷奸。万念俱灰的德吉桑姆准备投河自尽，幸好被一路相随且爱慕着她的乞丐索朗甲措相救。两位苦命的人结为夫妻相伴生活。然而，厄运又开始了对德吉桑姆新一轮的攻击。二人落脚的庄园是仁青晋美的管辖地，垂涎德吉桑姆美色的仁青晋美设计，准备再次侵犯她，被索甲识破并刺伤。德吉与索甲几经周折逃到亚德五镇安家，与孤苦伶仃的老农奴巴卓老人组成新的家庭，开始了一段贫困却平静的生活。侄子桑杰普珠也渐渐长大，虽然总是惹是生非，却也聪明伶俐。然而几年之后，亚德五镇的所有权被仁青晋美霸占，并颁布了比原来更加苛酷的新税收。德吉与几位英勇的农奴带领大家对老爷的残暴统治进行了勇敢的反抗。这时共产党进军西藏的消息传来，用不了多久农奴就能过上幸福的生活。然而，一生勇于斗争的德吉桑姆没有能等到她向往的新生活，遗憾地带着她的愿望随滚滚的雅鲁藏布江飘远了。德吉桑姆的悲剧，激励了年轻一代的斗争决心，桑杰普珠、金棕、白朵还有其他伙伴，将继续毫不妥协地反抗下去，迎接属于他们的明天。

益希单增的第二部长篇小说《迷茫的大地》，初以《推翻誓言的人》为名刊载于1981年第4期的《西藏文艺》上，直至1982年第6期，该杂志连续选载了7期。1985年，小说正式结集定名为《迷茫的大地》，由人民文学出版社出版。该作品不仅荣获了第三届中国少数民族文学创作长篇小说奖，而且也标志着益希单增革命现实主义小说创作趋于定型，并奠定了益希单增作为新时期西藏革命现实主义小说家不可撼动的主将地位。

从故事时间的承续上看，《迷茫的大地》可视作《幸存的人》的姊妹篇。这部小说紧接着《幸存的人》结束的时间，以共产党即将进入拉萨开篇。西藏的农奴主反动势力，对解放军进军西藏百般阻挠，图谋西藏独立，开麦庄园的女老爷——贵妇人才旺曲珍夫人就是其中一位。流浪乞丐的儿子丹达，在一次比赛中被才旺曲珍相中收为义子，并有意将他培养成为自己家业的继承者。为此，才旺曲珍不仅多方面对他进行栽培，而且，还把义女姆弟巴桑许配给了他。但丹达毕竟是贫苦农奴的儿子，在为才旺曲珍夫人运送财产的路上，通过亲身接触，他不仅对共产党产生了好感，还和陈营长等人交上了朋友。随后，陈营长率部队进驻开麦庄园。才旺曲珍虽然表面表示欢迎，背后却和噶厦政府相勾结，妄图赶走解放军。此时，丹达的思想已偏离才旺曲珍为他设立的轨道，但出于感念贵妇人对他的恩情，他又不忍忤逆贵妇人。一时间，丹达陷入了深深的痛苦与矛盾之中。然而，妻子姆娣巴桑的死——她在一次为共产党送信后被贵妇人发现并残忍地枪杀了，以及贵妇人放走妄图枪杀他的反动头目土登多杰，丹达终于看清了贵妇人伪善的真面目。在归还了贵妇人赐给他的信物后，丹达义无反顾地奔向了共产党。

从这部作品的艺术表现来讲，《迷茫的大地》虽然延续了《幸存的人》中传统现实主义的写作方法，但其笔触进一步伸向了人物内心，创作手法更加娴熟，人物形象也更加立体和多样化。其故事承载，相比于《幸存的人》通过农奴反抗斗争，仅是较为单纯地展现了旧西藏社会残酷的阶级压迫和鲜明的阶级对立而言，《迷茫的大地》的意蕴显然更为深刻和丰富，显示了作者对人与社会的观察和体悟进一步深入。例如，小说不仅深透细致地展现了农奴阶级意识觉醒的过程，而且对上层人物的心理也作了细腻描绘，如对贵妇人的描写，就把一个外表华丽高贵，内心却精于谋算、心狠手辣的上层贵族形象，展示得栩栩如生。

1987 年 6 月，《西藏文学》第 6 期以《菩萨的未来》为名，选载了益西单增的长篇小说《菩萨的圣地》中的一部分，第 10 期以《菩萨的圣地》为名，选载了其中的第五章。1988 年，作家出版社将之结集正式出版。该作品主要叙述了大学生索纳岗钦作为平暴队队长带领队员下乡，奉命抓捕暴徒夏岗欧珠一伙人，期间经历许多波折的故事。“文化大革命”时期，由于极左路线在宗教领域的蔓延，引发某地部分信教群众的不满，他们中的一些人有组织地诉诸暴力。为此，“文化大革命”小组组织人员下乡平暴。

但进驻该地的工作队，不仅由于当地部分人员的暗中阻挠，工作进展缓慢，而且一些不可思议的自然怪异现象亦屡有发生。同时，大家还亲眼目睹了“文化大革命”极左路线对社会生产的破坏。由此，队长索纳岗钦的思想产生了动摇，并引发了其对宗教和社会发展的进一步思索。

从艺术表现上来说，作品虽然仍表现出了对现实主义创作原则的坚持，但其中亦可看出作者在写作手法上求新、求变的努力。如作品中有关奇异事件的描述和“圣女”米玛琼珍的描写：一个幽灵似的女人来到他的眼前，一身黑氆氇，两只眼睛半明半暗。一开始他以为死尸跑来了，心里发怵。辨不清是男是女。从这类描写就可看出带有明显的借鉴魔幻现实主义创作手法的痕迹。但是，从总体上来看，这种借鉴在这部作品中不仅是有限的，而且也是极为表面的，因而也很难说是成功的。其中的故事呈现，不仅古怪离奇、几近于神怪而缺少内在的必要性，而且其人物行动和事件表征，亦缺乏更深入的内在精神和文化的开掘。众所周知，魔幻现实主义的魔幻本身并不是目的，它只是一种手段，它的本质仍在于反映现实。但在《菩萨的圣地》中，魔幻的表现，却更多地仅止于魔幻，其文本之外的现实指涉既没有寄寓在魔幻之中，故事本身的推演也在魔幻之外，亦丝毫不影响其进一步的发展。由此，尽管《菩萨的圣地》表现出了作者可贵的探索勇气，但这种探索对于益希单增而言，还是没有融入进其自身的创作风格中。

其实，反映“文化大革命”的作品，早在益希单增1981年的短篇小说《真金》中就有尝试。《真金》全篇以对话为主，情节设置与发展没有太大的回旋转折，故事的渲染力不是很强。故事主要讲述的是，以尼玛为代表的共产党人和正直的藏族同胞在“文化大革命”中坚持原则，保卫粮食的故事。整个作品的主旨是对党和人民革命精神的颂扬。而此时期的《迷茫的秋色》，则反映了在藏工作的老干部被错误批斗的事情；《书记的眼睛》是以大书记的视角观察“文化大革命”结束后乡里百姓生活的变化，并通过大书记的回忆描写了“文化大革命”时期被错误批斗的乡长尼玛凯珠的故事；至于《金塔》，则讲述了信佛的教徒在“文化大革命”中保卫六座佛像的故事。对比第一个时期和这一时期，益希单增对“文化大革命”题材的不同叙写，我们可以看到，他对阶级斗争的关注正在发生着某种变化。尤其是中篇小说《金塔》中塑造的苦行僧禁眉形象，其誓死卫教的举动，不仅给人留下了深刻的印象，而且引发人们对宗教与阶级的关系进行更深层次的思考，而这也是《菩萨的圣地》中进一步展开的题旨。

当然，除了上面所述的一些文中蕴含，及题材内容上的革命历史题材和“文化大革命”题材之外，这一时期益希单增的创作亦有其他一些方面的表现。如同时期的另外两个短篇《重识》与《情感》，反映的即是藏汉一家亲的主题。其中，《重识》主要是塑造了一位献身西藏的孔繁森似的汉族干部形象。《情感》反映的则是汉藏人民在困难中互相帮扶的真挚感情。仅从艺术表现上来说，或许这两部作品并没有什么值得特别称道之处，但其所表达的感情无疑是真诚的。益希单增作为一位由党培养起来的藏族干部，他热爱西藏，热爱党，真诚拥护党中央的民族政策，强烈期盼西藏能够和平稳定的发展，为此，这类作品绝不应仅仅看作是单纯的应景之作，其中亦有作家文学艺术追求和内在感情的真挚流露。而以上不同文本中的文学真实以及感情的复杂交织，也有着西藏社会非典型二元结构特征对于文学创作所具有的元结构性影响。

《庄园异梦》最初选载于1997年5月第5期的《西藏文学》。其后，由上海文艺出版社于1998年出版。这部小说，主要是通过农奴丹增一生的坎坷经历，反映了西藏从封建农奴制到和平解放、平叛、“文化大革命”直至改革开放时期将近40年的社会历史变迁。和《菩萨的圣地》中的魔幻表现零散无序相比，《庄园异梦》里的魔幻运用相对集中，且具有更强的故事贴合性。如小说开头出现的那个佛教精灵特让，它虽然来之蹊跷去之迷离，但冥冥之中它似乎总是在指引着丹增的生活，不仅关键时刻让他化险为夷、飞黄腾达，而且始终与故事的整体氛围相融合。

1996年出版的《雪剑残阳》（又名《血剑残阳》）集中体现了益希单增长篇小说创作在历史回眸中的观察探索，作品意图在回顾历史中叩问心灵，找寻新的创作突破。故事以十三世达赖喇嘛当政期间西藏人民奋起反抗英军的侵略为背景，着重描写了以农奴主的女儿琼玛和农奴亚路的坚贞爱情，以他们为代表的农奴们可歌可泣的爱国精神。此外，这部作品还有一个特点就是历史史料与文学描写的结合，作品在涉及到一些英军侵略西藏的史实方面大量摘录历史文献，与另外一部久负盛名的藏族历史小说《十三世达赖喇嘛》相比，虽然有故事情节与历史史料两张皮的现象存在，但亦可视为益希单增在创作上寻觅的另一个突破口。

中篇小说《走向西藏》发表于《西藏文学》1991年第3期。这是益希单增在这一时期为数不多的革命历史题材小说，描写的依旧是1950年解放军进军西藏那段艰难岁月中发生的故事。这段岁月对于益希单增来说，是终生难忘的。因为那是像益希单增这样的农奴娃命运改变的开始，益希单增自然对此怀有深厚的感情，以至于写了又写都不足以道尽。但历史的车轮毕竟前进得太快，曾几何时这段岁月还是西藏的当下；四十多年过去就已经成为恍惚而过的历史，提笔再写应该会有不同的感触，只可惜《走向西藏》的内容远不及题目那么耐人寻味，没有让读者看到益希单增在此类题材驾驭上的突破，依旧是娴熟却平泛的革命现实主义。但益希单增这一时期回忆以往岁月的短篇小说倒是多了几分清新的色彩，褪去革命斗争的风云变幻，回忆中更多的是温暖的情愫。如发表于1991年12月第12期《民族文学》上的短篇小说《山野里的王国》。小说叙述一个解放军小战士三十年前到如车村帮助当地百姓治好了泛滥的性病；三十年后他有机会再访如车村时，发现当地群众对三十年前性病泛滥的事根本不以为然，健康观念已经随着解放军的到来深入人心。

长篇小说《走出西藏》由河南文艺出版社于1999年正式出版。主人公是一位从小失去双亲被解放军干部抚养长大的藏族小伙子索南才仁。他年轻英俊，充满理想，在一次暑假回藏考察时，目睹了拉萨骚乱，这给他带来了极大的触动。于是他毅然决定留在偏远牧区支教，甚至愿意为此放弃大学生活和将来的美好前程。他的坚毅也吸引了六位性格各异的美貌女子的爱恋，在献身理想的同时，索南才仁不得不与她们周旋在感情的漩涡里。这部长篇完全脱离了益希单增以往的创作范式，全新的视角，全新的环境，甚至连创作笔法也是全新的，然而这种求新求变的创作，并没有为益希单增带来真正意义上的脱胎换骨，反而有趋向流俗之嫌。在市场经济的浪潮中，关于俊男美女爱恋纠葛的作品多如牛毛，《走出西藏》注定只能淹没在册册书卷中。

此外，短篇小说《低温的太阳》写的是一个生活在海拔五千七百多米牧区的平凡牧女的不幸经历。这个牧区地处偏远，发展缓慢，在西藏很多地方都富裕起来的时候，这里仍然没有通电。牧女窝沙被骗取了感情和钱财，经历如此不幸的她却依然保有内心的乐观和善良，结尾处她照顾两只狼崽的情节发人深思。《拉萨城的小巷深处》相对来说笔触老道，故事情节极富吸引力，既描写了改革开放后拉萨城的热闹景象，又揭露了分裂势力干扰破坏的可耻活动，作品多了很多现代的气息，更富时代特点，能够看到益希单增创作的成熟与迈进。

从 90 年代初期开始，益希单增的短篇创作透露出这样一种信号，经过中长篇的探索突围并取得一定的收获后，短篇小说创作开始转向略带闲适风味的小品小说，这类作品主要有《你见过人熊吗？》。该作品讲述一个解放军小战士在西藏见到人熊的经历，战战兢兢之时却听当地人说见到人熊就可以长寿，他是交了好运，然而他还是不信，快马扬鞭地走了。《漂浮在汤面上的羊粪蛋》，展示的是淳朴的西藏牧民真诚待客的故事。《汪甲鱼》，主要描写西藏人的吃鱼风俗等。这类作品都兼有短篇小说和散文的风格，以娓娓道来的笔调叙述西藏地区的各种风土民情，格调轻松，文字简洁灵动。

《五只眼睛看西藏》在 2000 年第 5 期至 2002 年第 6 期的《西藏文学》

上选载。与《走出西藏》一样，作品的叙述时间是以拉萨骚乱开始，其主人公也是一群在内地高校接受教育的大学生，他们都有着建设西藏、奉献西藏的崇高理想和坚定信念。在亲眼目睹了拉萨骚乱，以及到偏远落后的农牧区考察实践之后，都更加深切地认识到西藏必须进一步深化改革、加快发展的步伐。同时，他们在西藏体验生活的过程中，与当地的百姓结下了深厚的友谊。当然，尽管两部作品的内容有着以上诸多方面的相似之处，但《五只眼睛看西藏》绝不是作家简单地自我重复。仅从两部作品的题目，我们就能清晰地感觉到益希单增创作视角由“出”到“入”的转向，主人公丹增也明确地指出：这五只眼睛嘛，是不是这样去理解：民族的，宗教的，文化教育的，还有分裂与反分裂的斗争，或者叫它祖国观。由此可见，相比《走出西藏》的内容，虽然都是写西藏人西藏事，《五只眼睛看西藏》则将侧重点放在了改革开放后现代性对西藏多方面的冲击和影响。

《猴崽》讲述的是一个农奴孩子辛酸的童年经历；《农奴娃参军记》则更详细地描写了在《猴崽》中几笔带过的农奴娃参加解放军的故事；《生死之间》写的是农奴娃参加了解放军后当卫生员时的经历。以上三篇串接起来，基本上可以看做是益希单增本人早期成长经历的艺术反映。至于另一篇短篇小说《藏人打猎》，虽然不是对其个人生活的回顾，但亦承接了前一时期民俗写作的内容和风格。

总体来说，三十多年来，益希单增以其坚持不懈的努力，已成为西藏文坛现实主义的一员主将。在这三十多年的创作历程中，他不断汲取新的养料，始终坚持着他写西藏人、西藏事的创作宗旨。从最初登上文坛的成名作《幸存的人》的革命现实主义创作，到80年代中期企图突破自我的《菩萨的圣地》对魔幻现实主义的借鉴，再到《五只眼睛看西藏》中创作思想与风格的平稳转变，包括其众多中短篇小说在题材与风格上的不同尝试，益希单增走出了一条属于他的创作探索之路。他坚持现实主义创作之路的这三十多年时间，却恰恰是新中国成立以来，各种现代思潮在中国文坛如雨后春笋般传播发展的三十年。因此，现实主义创作总体上显得相对黯然，益希单增创作所受的关注度，也由初登文坛时的轰轰烈烈渐到后来的反响平平。但是，这并不是因为他创作力的衰竭，也非作品质量的下降；相反，他那些后期创作的作品正体现了他现实主义创作的日渐成熟。

第二节　降边嘉措

降边嘉措（1938—），曾用名张自康、格桑次仁，祖籍西藏芒康县，出生于四川省巴塘县。1945 年因替代头人的“学差”入巴安小学读书[1]，毕业后，于 1950 年 9 月参加中国人民解放军，1951 年随军进藏到拉萨，先后在 18 军 157 团文工队、西藏军区文工团任文艺战士兼翻译，1952 年被保送到西藏军区干部学校学习。1954 年就读于西南民族学院政文科（现西南民族大学政治系前身），1955 年毕业后留校任教，期间，曾两次北上，为十四世达赖及全国人大一届二次会议担任翻译。1956 年调北京中央民委翻译局任翻译，1958 年翻译局与民族出版社合并，从事藏文翻译和编辑出版工作。1980 年报考中国社会科学院民族文学研究所获副研究员职称，主要从事《格萨尔》与藏族文学的研究和翻译，1990 年被评为研究员，担任中国社会科学院研究生院少数民族文学系的硕士生导师和博士生导师。曾任中国少数民族文学学会副会长、中国少数民族作家学会副会长、全国《格萨尔》工作领导小组副组长等。降边嘉措是一位勤奋、刻苦、思想活跃而又满腔

[1] 巴安小学是当时国民政府在西康办的一所学校，教汉语。很多藏族头人不愿意让自己的孩子去官办的学校上学，于是他们就找差夫代替自己的孩子上学。由于降边嘉措成绩比较好，加之学校吃“空额”（学生跳了班，所有补助、学费等原来的年级照数领取，新班又可以再领一份），他从 2 年级跳到 4 年级，又从 4 年级跳到 6 年级，4 年读完了小学 6 年的全部课程。第 5 年即 1950 年，考进巴塘师范学校。当时由于师生不多，县委决定恢复小学教育，让师范 1 年级的学生全部回小学，重读 6 年级。当年 9 月，降边嘉措参加中国人民解放军。

热情的藏族学者型双语作家，除著有大量的翻译作品[1]及出版理论专著《〈格萨尔〉的历史命运》[2]《〈格萨尔〉与藏族文化》《〈格萨尔〉初探》[3]《〈格萨尔〉论》等外，还出版有史诗编撰本《格萨尔全传》[4]（合著）、《英雄赛马》（合编）、《赛马称王》（合编）、《雪域雄狮格萨尔》（合著）等，并著有小说《格桑梅朵》[5]（长篇小说，汉文，1980；藏文 1982）、《一个说唱艺人的故事》（中篇小说，藏文）、《十三世达赖喇嘛——1904 年江孜保卫战》（合著）、报告传记文学《神歌》（合著，）、《班禅大师》《雪山名将谭冠三》《李觉传》《毛泽东与达赖 班禅》《最后一个女土司》《这里是红军走过的地方》《第二次长征：进军西藏、解放西藏纪实》，散文集《感谢生活：我和我的长篇小说〈格桑梅朵〉》（自传体散文）、《环绕喜马拉雅山的旅行》《阳光下的布达拉》等。曾获第一届全国少数民族文学创作奖，第十一届全国少数民族文学创作骏马奖。

综观降边嘉措半个多世纪以来的文学创作，从体裁上大致可以分为小说、报告文学（含自传、纪实、传记文学）、散文三类；创作历程也大致可以分为三个时期，即初创期、发展期、深入期。初创期，1960—1980 年代初，

---

[1] 在从事马列著作和毛主席著作及其他相关政治文献的翻译之外，降边嘉措还翻译或主持翻译了大量的文学作品，如《毛主席诗词》（诗词集，合译，民族出版社，1969）；《天安门诗抄》（诗集，合译，民族出版社，1979）；《周总理青年时代诗抄》（诗集，合译，民族出版社，1979）；《五彩路》（小说，胡奇著，与喜饶朗达合译，民族出版社，1981）；《大雪纷飞》（长篇叙事诗，高平著，《西藏文艺》1982 年第 3 期）；《牧笛悠悠》（诗集，格桑多杰著，与洛珠嘉措合译，民族出版社，1989）等。

[2] 此书获首届即 1979—1989 年中国少数民族文学研究成果优秀创作奖。

[3] 此书获 1998 年全国少数民族优秀读物一等奖。1982 年，作者将其改写成藏文本，并由民族出版社出版。藏文版《格桑梅朵》在人物和情节上做了调整，特别是在艺术形式上作了新的长诗。其诗文合体的形式，用散文叙述过程，推进情节，用诗歌描绘场景，渲染气氛，同时又吸收和运用了其他民族的用语言表现手法，在艺术上别具一格。

[4] 1987 年由宝文堂书店出版，1997 年由作家出版社修订再版，2006 年五洲传播出版社修订再版。

[5] 1995 年获得国家教委颁发的全国高等院校出版社优秀图书奖。汉文版《格桑梅朵》1982 年获“第一届全国少数民族文学创作评奖长篇小说奖”。

以《格桑梅朵》为代表，作者主要以自己的亲身经历为蓝本，生动地反映中国人民解放军进军西藏的艰苦历程，形象地再现20世纪50年代初西藏历史上发生的翻天覆地的社会变革。发展期，1980年代初—1990年代中期，以《神歌》《十三世达赖喇嘛——1904年江孜保卫战》《班禅大师》等为代表，其中，报告文学《神歌》以《格萨尔》说唱艺人扎巴的人生传奇为主线，挖掘和弘扬了藏民族丰富多姿的民间优秀传统文化；历史小说《十三世达赖喇嘛——1904年江孜保卫战》，总体上立足于历史的真实人物和事件，生动地反映了西藏人民对英帝国主义入侵西藏的英勇抗击，艺术地描绘出西藏近代历史的波诡云谲和艰难沧桑；传记文学《班禅大师》紧紧围绕"大师热爱党、热爱祖国、热爱生他养他的藏民族、热爱自己虔诚信仰的佛教""四个热爱"，凝练生动地反映了十世班禅大师光辉而又坎坷的一生，并由此开启了降边嘉措其后主要以真实人物的生平为叙写对象的传记文学的创作。深入期，1990年代中期至今，以《雪山名将谭冠三》《李觉传》《这里是红军走过的地方》等为代表，作者一方面热情而真诚地讴歌了"特别能吃苦、特别能战斗、特别能忍耐、特别能团结、特别能奉献"的"老西藏精神"；另一方面，通过大量的实地调研和人物访谈，以翔实的历史资料、严谨的写作态度，深入细致地反映了与西藏和藏族地区有关的党的历史及民族、宗教政策；同时，作者继续挖掘和弘扬藏民族优秀传统文化，并有了进一步的深入和拓展，如《环绕喜马拉雅山的旅行》[1]是作者对《格萨尔》在印度、巴基斯坦、尼泊尔等环喜马拉雅山周边国家和地区流布传播及相关

[1]　《环绕喜马拉雅山的旅行》，中国电影出版社2001年版。降边嘉措在此书的前言中说："如果读者能够通过这本小册子，对《格萨尔》这部伟大的英雄史诗、对流传这部史诗的青藏高原和喜马拉雅山地区、对创作这部伟大史诗的藏族人民有所了解，进而增进我国各民族兄弟之间的相互了解和文化交流，我将感到十分欣慰。"

文化现象的学术考察随笔，《阳光下的布达拉》[1]则相对于作者早期对以《格萨尔》为代表的藏民族非物质文化遗产及民间底层大众文化的关注，将镜头聚焦在布达拉——藏民族物质文化遗产及贵族上层精英文化。总体来看，降边嘉措的文学创作主要是以现实主义为表现手法，选取对高原近代社会发展及变革有特别影响的代表人物和重大事件为题材，再现藏民族及西藏近代社会历史的宏阔背景与艰难历程。

《格桑梅朵》是降边嘉措的第一部长篇小说，也是他的成名作和代表作，同时是当代文坛藏族作家用汉文创作的第一部长篇小说，由人民文学出版社于1980年出版。《格桑梅朵》小说之名“格桑梅朵”，即格桑花，藏语意为幸福花。“格桑花”类似内地的金钱菊，是康藏高原常见的一种花卉，有洁白的、淡黄、墨绿的、嫣红的、紫檀的等多种颜色，色泽艳丽，能够经受高原风霜雨雪的侵袭，具有顽强的生命力。每当风雪过后，迎着金色的太阳，开放于漫山遍野，非常好看，令人心旷神怡。藏族人民把格桑梅朵当作吉祥和幸福的象征，寄托着他们对美好生活的热烈向往和执着追求[2]，它也是小说中一对青年男女边巴和娜珍纯洁爱情的象征。小说选择了1950年10月到1951年10月短短1年的特定时间，从金沙江天险到拉萨古城1000多公里的特定地理环境，在1个庄园、1个兵站和1个牦牛运输队3个小范围的特定工作，通过1支解放军小分队藏汉族指战员艰苦而又巧妙地敌对斗争[3]，生动地反映了在解放军进军西藏的艰苦历程中，广大

---

[1] 降边嘉措在本书前言中说：“我认为，布达拉代表着古代藏族贵族文化的最高成就，英雄史诗《格萨尔》则代表着藏族民间文化的最高成就。”“如果说布达拉是物质文化遗产的重要成果，那么《格萨尔》则是非物质文化遗产的光辉代表，它们是藏族文化发展史上的两个高峰”。——降边嘉措：《阳光下的布达拉·前言》，见降边嘉措：《阳光下的布达拉》，第2—3页，四川民族出版社2003年版。

[2] 降边嘉措：《感谢生活：我和我的长篇小说〈格桑梅朵〉·前言》，第2–3页，民族出版社2000年版。

[3] 《降边嘉措小说创作研究》，见徐其超主编：《民族魂 时代风——西南民族学院校友作家诗人创作研究》，第177—178页，四川民族出版社1998年版。

藏族人民和进藏解放军为祖国的统一和民族的团结进行的可歌可泣的斗争，表达了藏族人民世世代代追求像格桑梅朵那样美好生活的愿望[1]。

从思想成就上看，正如小说在开篇献辞中所言："谨将此书献给为解放西藏、巩固国防而斗争的进藏部队全体指战员！为维护祖国统一、驱逐帝国主义势力出西藏而英勇牺牲的烈士们，永垂不朽！"小说真实地再现了20世纪50年代初中国人民解放军奉命进军西藏、解放西藏这一震撼世界的历史事件以及在西藏地区和藏族人民中所发生的翻天覆地的历史性变革；揭露和讽刺了一小撮上层分子和残匪为了维护他们的天堂——罪恶的封建农奴制度，妄图阻碍历史车轮，分裂祖国统一的罪恶行径；热情地讴歌了藏汉人民为解放西藏，统一祖国，齐心协力，团结一致，驱逐帝国主义势力出西藏而进行的感天动地、可歌可泣的英勇斗争精神；表现了西藏人民渴望早日回到祖国怀抱，过上自由、美好、幸福生活的坚定信念和喜悦心情；并揭示出了民族的前途和祖国的命运是不可分割的，以及只有在共产党的领导下，在社会主义祖国的大家庭里，西藏人民才能创造并过上自由、美好、幸福生活的真理。

从艺术构思上看，小说叙述的是中国人民解放军进军拉萨的全过程，可是作者并没有对部队本身的战斗行动做过多的正面描写；而是紧紧抓住进军西藏这个决定西藏命运和前途的关键时刻的社会风貌和时代风云作为背景进行真实描绘，把进军西藏这个震撼世界的重大历史事件浓缩到一支小分队里，巧妙地把这支小分队的行动放在当时特定的时代背景下，具体地描写了他们在进军途中怎样克服重重困难，建立兵站，如何搞群众工作和组织牦牛运输队，进行长途跋涉，最后到达日光城——拉萨等情节。小说既画龙点睛地写出西藏和平解放这场特殊革命的几个主要场面，让读者有一个轮廓的认识；又精雕细刻地写出了参与这场革命的具体人物，把他

[1] 丹珍草：《降边嘉措与藏族当代文学》，见内蒙古师范大学、中国少数民族作家研究中心编：《降边嘉措研究专集》，第246页，中央民族大学出版社2007年版。

们内心世界和各种表现和盘托出，忠实地反映了西藏社会各界从活佛头人到一般贫苦农奴的思想态度，其中既有武装对抗，也有造谣惑众，有不理解而产生的畏惧心理，也有真诚的欢迎和支持，使读者更清楚地看到党的方针政策形成的巨大威力，更深层次地认识西藏民族工作的重要性和复杂性[1]。在人物塑造上，小说成功刻画了边巴、吉村、娜真等一系列特定历史时期具有鲜明民族性格特征的人物，揭示了藏民族独特的心理素质。特别是边巴这个人物，他既不是那种有勇无谋、粗犷鲁莽的人物形象，也不是那种亮相就高大完美的英雄，而是一个成长中的典型。在他身上既打上了旧时代的烙印，也闪烁着新时代的光彩。他所走过的道路，概括了许许多多藏族人民所走过的共同道路；他的性格，概括了一类藏族人民的性格特征。其他如吉村的耿直坚毅，娜真的淳朴热情，刀结的质朴善良，尼玛次仁的开朗乐观，协绕活佛的诚意识理，小次登的天真机智，虽然着墨不多，但也给人留下了深刻的印象[2]。

具有浓郁的民族特色也是作品的一大特点。这首先表现在作者从自己真实的生活经历和情感体验出发，以藏族人民特有的心理和视角去看待去理解去扫描解放西藏的历史进程中所发生的事情。如随着人物的活动和情节的展开，我们从中看到边巴如何从一个农奴逐步成为普通战士；看到娜真、吉村、尼玛次仁、小次登、仁青大伯等对解放军的态度如何由疑惧到觉悟和欣喜的思想转变过程；看到李刚队长为了西藏的解放，不幸光荣牺牲，长眠在高原大地上；看到匪首噶朵配合反动势力大肆进行叛乱活动；看到农奴主益西如何竭力拖延和阻挠解放军进军拉萨等。这一幅幅逼真的画面都是通过藏族人民的眼光透视出来的，把读者带入那古老、神秘和畸形的高原社会，又构成了20世纪50年代初期西藏社会奇光异彩和惊心动魄的

---

[1] 耿予方：《降边嘉措及其〈格桑梅朵〉》，见耿予方：《雪域文苑笔耕录》，第362页，民族出版社2000年版。

[2] 刘万庆、莫福山：《民族文学散论》，第69—72页，广西民族出版社1993年版。

生活画面。[1]其次，作者对绚丽多姿的高原自然风光作了细致的描绘，并以极为风趣的神话传说和人们喜爱的掌故及相关的民族风俗仪式等，进一步渲染了民族色彩，加强了艺术魅力，如开篇的“送鬼”及文中的“唐东杰博造桥”“文成公主入藏”等。降边嘉措熟悉民族生活，忠实于民族生活。作品里关于自然风光、建筑艺术、民族风俗和风俗习惯的描写很多，触目皆是，遍及所有的章节。有的简略粗犷像一页素描，有的细腻入微，似一幅壁画。随着主人公的行踪和故事情节的发展，时而写到山崩地裂的泥石流，令人怵目惊心；时而写到云遮雾绕的雪山、波光潋滟的神湖，流露出作者对家乡山河深厚的感情；时而写到金碧辉煌的庙宇，仪态万千的造型艺术，表现出藏族人民惊人的智慧和才干。还有运输队的野营生活，节日里的对歌，男女青年的恋爱，招待客人的盛情，献哈达礼仪等，也写得惟妙惟肖、栩栩如生。这一切，把读者带进西藏社会许多细小的角落，展现出藏族地区特有的生活情趣和自然美。[2]第三，小说使用了大量藏民族喜闻乐见的民歌和谚语，使得作品形式更加新鲜，语言表现更加有力，民族风格更加突出。如娜真在原始森林里唱《格桑梅朵啦》、尼玛次仁唱赶马人的《腊都悲歌》、吉村唱歌颂金珠玛米的民歌等，不但具有浓厚的高原情调，也烘托了人物性格和表现主题思想的积极作用，成了整个故事骨骼的有机组成部分。民族风情是千百年来特定社会环境的产物，但绝不是永恒的，它总要随着民族的发展而发展，随着时代的变化而变化。《格桑梅朵》先后细致、完整地描绘了3幅群众性的民族风情画。第一幅在帮锦河边，益西堪布驱使僧俗民众大念佛经，诅咒共产党，虽然有炮竹的火花，鼓乐的鸣奏，整个活动却笼罩着一片阴森凄厉的气氛。第二幅是欢迎解放军到来的赛马会，当时解

[1] 钱国纲：《从〈格桑梅朵〉到〈雪山名将谭冠三〉——论降边嘉措的创作道路和创作风格》，见内蒙古师范大学、中国少数民族作家研究中心编：《降边嘉措研究专集》，第77—78页，中央民族大学出版社2007年版。

[2] 李佳俊：《格桑花开照眼明——评长篇小说〈格桑梅朵〉》，见李佳俊：《文学，民族的形象》，第177—178，西藏人民出版社1989年版。

放军还没有完全站稳脚跟，反动政府极力要与共产党较量，群众也还为天外飞来的“神”兵而疑惧莫测，赛马会实际上变成了藏军和解放军的比武场。三方都很紧张，而后以解放军神奇的枪法打破了僵局。第三幅在孔雀坪草原上，解放军克服千难万险即将抵达拉萨，军民举行了持续 3 天的联欢活动，爱国活佛协绕也欣然前往，赛马、对歌、跳舞、谈心，一派军民同乐、民族团结的喜人气象。这与第一幅恰成鲜明对照，与第二幅也有很大不同。这三幅民族风情画随着时间的推移，情节的发展，呈现出迥然不同的色彩，共同构成了人心动向和时代发展的风雨表，记载着解放军向拉萨挺进的脚步声。[1]

当然，作品也存在一些不足，如在结构上全篇布局稍显松散，缺少连贯全篇的中心事件，其美卓玛的出现也似乎有些画蛇添足；叙事语言上风格也还不尽一致，有的优美流畅自然生动，有的却显得干巴枯燥概念空洞；人物塑造尚有脸谱化倾向，如对解放军指战员形象的描写就不如对农奴写得出色，而且作者有时喜欢撇开真实生活的形象描写，穿插大段民族生活知识的介绍；在刻画人物心理活动以后，又阐述一番思想意义，似乎唯恐读者不理解、不明白。例如，写了边巴在爱情上的内心冲突以后，还写上“万恶的农奴主不仅在他的肉体上留下道道鞭痕，而且在精神身上留下了深深创伤”，等等。这些都在不同程度上削弱了作品的艺术力量[2]。至于说作品存在文学观念或写作模式的某些不足及主体审美意识的欠缺等，则更多

[1] 李佳俊：《格桑花开照眼明——评长篇小说〈格桑梅朵〉》，见李佳俊：《文学，民族的形象》，第 177—178，西藏人民出版社 1989 年版。

[2] 中南民族学院《中国当代少数民族文学史稿》编写组编：《中国当代少数民族文学史稿》，第 154 页，长江文艺出版社 1986 年版；李佳俊：《格桑花开照眼明——评长篇小说〈格桑梅朵〉》，见李佳俊：《文学，民族的形象》，第 181 页，西藏人民出版社 1989 年版。

地应属于时代的遗憾。[1]应当指出的是，从1960年作者提笔开始写作，到《格桑梅朵》的正式出版，这部小说前后历经20年，辗转3个出版社、换了6名责任编辑。[2]《格桑梅朵》创作和出版的曲折坎坷过程，在一定程度上既反映了当代藏族文学发展的道路，也反映了在党和人民政府的关心、培养、教育下，在汉族和藏族等老一辈的专家、学者、作家、编辑等的关心、帮助和指导下，新中国的新一代藏族作家成长的道路。

第三节　扎西达娃

扎西达娃（1959—），原名张念生，出生于四川巴塘县。扎西达娃的幼年和童年基本上在重庆的母亲家度过，8岁跟随父母移居西藏。从拉萨中学毕业后，扎西达娃进入西藏自治区展览馆学习绘画，同年考入西藏藏剧团做美工、编剧，1980年进入中央戏剧学院编剧系进修。1985年、1989年、1994年历任西藏作家协会常务理事、常务副主席兼秘书长、主席等职，2003年、2011年在任西藏作家协会主席的同时，历任西藏自治区文联副主席、主席，2018年任西藏自治区政协副主席、西藏自治区文联主席、西藏作家协会主席。扎西达娃1979年发表小说处女作《沉默》，20世纪80年代先后发表《没有星光的夜》《西藏，系在皮绳扣上的魂》《西藏，隐秘岁月》

[1] 有论者指出“《格桑梅朵》虽然修改、出版于新时期，并且也的确表现了许多只在新时期才会有的对文学和文学创作的认识。但旧的观念和旧的模式架构基本被保留了，这种被积淀的旧的观念模式会变成一种‘轻车熟路’的方法和意识不自觉地在作家的创作中成为主导思想。”其中所说的“旧的模式”指的是社会学模式，即“‘通过文学形式’来‘歌颂什么’‘揭示什么’‘表现什么’。因而，文学实际上变成了一种手段：一种表现什么，歌颂什么的手段或一种‘载道’的手段与方式而失却了其自身的审美本质和艺术目的性。”见陈默：《降边嘉措论序》，见内蒙古师范大学、中国少数民族作家研究中心编：《降边嘉措研究专集》，第105—108，中央民族大学出版社2007年版。

[2] 民族出版社、中国青年出版社、人民出版社；民族出版社陈秉钧、中国青年出版社江晓天、人民文学出版社李季、孟伟哉、李庶、谢明清。

等小说，20 世纪 90 年代发表长篇小说《骚动的香巴拉》，2000 年出版散文集《古海蓝经幡》。曾获第二届、第三届、第四届全国少数民族文学创作奖。此外，扎西达娃还是一位多产的剧作家、出色的影视出品人，著有多部影视作品，担任《益西卓玛》《西藏往事》《冈拉梅朵》等多部影视剧编剧。其中，根据本人同名小说改编、由本人主演的电视剧《巴桑和她的弟妹们》获 1985 年中国电视剧“飞天奖”一等奖及最佳摄影、最佳编剧奖；与著名导演谢飞共同编剧、由谢飞执导的电影《益西卓玛》获 2000 年第二十届中国电影金鸡奖最佳故事片奖提名、最佳女主角特别奖、最佳编剧特别奖、最佳音乐奖；电影剧本《岗底斯》2003 年获台湾“十大优良剧本奖”，2007 年获第 44 届台湾金马奖国际影视创投会电影项目奖以及上海国际电影节合拍片项目奖。

自 1979 年在《西藏文艺》第 1 期上发表小说《沉默》起，扎西达娃陆续在《西藏文学》《萌芽》《钟山》《民族文学》等刊物上发表了多篇小说，其中以短篇为主。从 1985 年开始，扎西达娃的小说创作在艺术风格和题材内容似乎已有了“脱胎换骨”的巨大变化，给人以一种与此前创作“完全不同”的全新面貌。鉴于其在创作风格上呈现出了不断变化的鲜明趋向，可以把扎西达娃的小说创作划分为前后两个时期。

1979 年至 1984 年可视为扎西达娃小说创作的前期。在这近六年的时间里，扎西达娃大概发表了近二十篇小说。这些小说在主题和风格上都有着鲜明的现实主义特色。尽管他此时的小说无论是在当时，还是现在看来都存在着许多不足之处。但如果联系当时的西藏文坛，我们也会发现，他的小说世界所蕴含的那些看似直白的主题和比较单一的表现手法，其实有着相当的现实认识价值和艺术开拓性。

“扎西达娃的短篇小说都是写藏族青少年，特别是城市下层青少年。”[1]

---

[1] 李佳俊:《民族化与现代化——谈扎西达娃的短篇小说》,《西藏民族学院学报》,1983 年第 1 期。

读过扎西达娃小说的人大概都会留下这样的印象。对于“青年世界”的描绘和构筑，的确是扎西达娃前期艺术文本的一个特色，甚至是一个固定不变的态势。扎西达娃集中地叙写了城镇青年在历史转折时期的变化与成长过程。在他的小说中，我们可以发现形形色色的年轻人，有深受“左”倾思潮迫害的年轻人；有在迷茫困惑中醒悟的年轻人；有受先进思想熏陶而认识觉悟较高的年轻人；有无事可做，游手好闲，在闲散中度日的年轻人；有严守职责，乐于助人的年轻人；有深受现代文明的熏陶，沾染了一点恶习的年轻人；有淳朴善良的年轻人；有因失去爱情而伤感但不沉沦的年轻人；有天真活泼又满怀情谊的年轻人等。这些性格各异，追求目标不同，生活道路相异的年轻人，组成了一个小小的年轻人艺术画廊，从不同侧面折射出了时代变化前进的光影，同时也反映了藏族青年在新旧交替的时代，在外来信息纷至沓来时，在面对新鲜的从未有过的思想观念、物质生活时内心所产生的深刻而微妙的变化。

扎西达娃选择年轻人构建自己艺术世界虽然从艺术题材的多样性上来看有些狭窄，这也的确造成了他前期作品内涵不够丰富，视角太过单一的不足，影响了其作品艺术内涵的品质，为评论者留下了批评的口实。但单就青年世界这个题材领域而言，扎西达娃还是表现出了多元化选择的努力。他并没有把艺术的目光仅仅停留在某一类型的青年身上，只描写生活在某一个阶层、领域的青年人。他笔下的年轻人来自不同的阶层，从事着不同的职业，有着不同的性格气质，不同的兴趣爱好，不同的人生追求，不同的生活经历，不同的爱情观念。比如，这些年轻的主人公中有受“文化大革命”残酷运动惊吓，但却抱有美丽心灵的青年学生；有从遥远的牧区来寻找幸福生活的朝圣姑娘；有在消沉中幡然醒悟重新做人的浪子；有在寂寞平静的生活中不断追求上进的姑娘；有在现代文明的冲击下变得开放、浮躁但又未脱质朴之气的司机；有在改革开放的春风中扬起生活之帆并赢得真挚爱情的江边情侣；有在新的道德观念的熏陶下放弃陈腐的落后习俗追求进步的青年；也有依然固守传统不思改变的后进青年。毫无疑问，扎西达娃对青年世界的多样性描绘在某种程度上弥补了他早期小说因题材“狭窄”而造成的缺憾。

扎西达娃前期小说的艺术特征总体上看，具有强烈的现实主义色彩。无论作者的主观创作意图，还是作品所表现的客观内容都具有现实主义特征。扎西达娃曾在谈论自己前期小说创作时，表达过这样的意思：希望自己的作品尽可能真实地反映西藏现实生活，能够描绘出20世纪80年代西藏青年生活缩影。

在实际的创作中，他这时期的小说大多贴近社会现实，眼之所见，耳之所闻都是他的创作对象，他的许多小说与自己的生活范围有着密切的关系，甚至可以说就是自身生活的一种艺术陈述和扩展。现实生活对扎西达娃来说就是灵感的源泉，所以他知道如何去熟悉生活、积累生活素材，“他经常深入到八角街的小院里、甜茶馆中、小酒摊边，同各种青年交朋友，熟悉他们、了解他们，这使得他能在自己的作品中较为真实地反映当代藏族青年的精神风貌。”[1]扎西达娃靠自己的生活经历、留意观察和大胆的思索，以及创造性的联想、想象，构建起了他创作的背景：变动着的拉萨及其周围社会。他对生活的一切发现都来自于这个背景。在这个背景中，他塑造了不少来自当下现实生活中的人物形象，其中最多、最具有代表性的是正处在十字路口寻觅生活方向的藏族青年。如果说这些在小说中涌现出的反映现实生活的人物形象，以及折射现实发展变化征兆的人际关系和社会事物只是表象上的现实主义特征，那么作者强烈的创作意图则是作品内涵具有强烈现实特色的另一个表征。扎西达娃曾说：“我想从中尽可能更真实地反映出八十年代西藏青年的一个缩影。”“我希望尽自己的努力，能为内地的朋友了解西藏现代生活传递更多的信息。”[2]显然，扎西达娃

[1] 刘万庆、莫福山：《藏族文学的现状与展望》，《中南民族学院学报》，1988年第3期。

[2] 扎西达娃：《和内地朋友谈谈创作》，《萌芽》，1983年第2期。

鲜明的创作意图是把新时期改革开放的浪潮波及西藏后，当一些“现代文明”物质的、思想的东西传到西藏时，在西藏最有朝气、最易接受新事物、新观念的青年群体中所带来的强烈的变化，展示给那些不了解西藏社会发展变化的人们。由于受这种真实地传递西藏现代生活信息的写作意图的引导，扎西达娃写作时就不得不主动接近现实生活，在现实生活中捕捉各类信息，然后酝酿制订出具有时代色彩和社会意义的主题。在这样的创作前提下创作，扎西达娃的小说就自然涂染上了强烈的现实主义色彩，这一特点鲜明地体现在他的作品之中。可以说，这一时期的绝大多数作品都具有这种特点。无论是反映批判“文化大革命”运动的《沉默》，还是揭示新一代思想矛盾，在困惑中选择的《朝佛》；不论是描绘新旧观念激烈冲突的《没有星光的夜》，还是反映新时期民族情谊的《导演与色珍》；也不管是揭示藏族青年面对新生活的困惑与反省的《闲人》，还是抒写在改革开放前进道路上的青年们的爱情悲喜剧等，所有这些作品都折射着强烈的现实主义色彩，在这些作品中，我们能够感受到强烈的时代气息，能够窥视到历史变化、前进的足迹；同时也能体会到作者遵循现实主义创作原则，试图在“真实”地描绘现实生活画面中反映社会的艺术努力。例如《沉默》通过描述一个父母在西藏工作的汉族女孩，独自在北京上学时，由于不理解学校里的各种“斗争”行动而遭受的各种不公正的对待，和她在反抗时所表现出的美好情愫，以及参加“四五”运动横遭毒打的悲惨遭遇，愤怒控诉“文化大革命”“左倾”政治的错误。还有《白杨林・花环・梦》，借爱情揭露、批判“左倾”运动的非人道本质。这两篇小说写于20世纪70年代末80年代初，其时正是全国反省、批判“文化大革命”极“左”思潮，重新选择前进方向的时候。西藏文化界也展开各种活动，大力揭露、批判“文化大革命”极“左”思潮，逐步肃清“左倾”思潮的余威，开辟新的艺术发展道路。扎西达娃紧随时代潮流，以小说的形式形象地反映了社会变化的踪迹，从而使小说具有了强烈的时代特征和现实主义的品质。

如果说题材方面以青年人及其生活为主要描写对象，是扎西达娃前期小说创作的一个比较稳定的显著特色；那么，在其它方面，如结构、语言、表现手法等，其艺术倾向则尚未形成统一、稳定的特色和风格。在近六年的前期创作历程中，扎西达娃一直在探索着、尝试着。不管是小说的意境、语言、结构，还是叙述视角、人物塑造等，扎西达娃都在寻找着适合自己的文学表现方式。客观而言，这一时期的扎西达娃并没有找到最适合自己的文学轨道。这样说并不意味着此时期的扎西达娃在艺术探索的道路上是盲目的，没有任何收获。如果我们仔细阅读研究，并以宏观的视角审视他此时期努力的艺术审美方向，就会发现他的探索还是有一个比较稳定的目标的。这个目标就是寻找一条民族化与现代化相结合的创作道路。

扎西达娃前期小说的民族特色主要体现在他所描写的人和事具有一定的民族性。这些民族性包括藏族的宗教信仰、生活习俗、文化积淀以及在此基础上形成的民族心理与性格。其小说《朝佛》《没有星光的夜》及《星期天》和《流》等就是这方面的代表性作品。而把这种特色表现的最明显的是《朝佛》和《没有星光的夜》。《朝佛》写的是新时期藏族青年对宗教信仰的重新认识，《没有星光的夜》则反映的是传统生活习俗对人们心理、行为的负面影响，以及消除这种负面影响的艰难不易。《朝佛》中关于人物宗教信仰的叙述真实地反映了西藏社会、历史、文化的地域特征和民族特征。小说对珠玛重新拿起先辈们用过的佛珠这一情节的描述，传达出了藏民族宗教文化信仰的丰富信息，真正体现了民族文学的民族特色。众所周知，佛教在西藏有着深广的影响，说它已经散播渗透到了社会生活、民风民俗的各个方面也不为过。作为一种强大的思想意识形态和基础深厚的文化形态，它在为广大民众提供精神安慰的同时，也严密地掌控着民众的思想意识，使他们对佛教观念深信不疑。把幸福寄托于来世，凡事祈求菩萨保佑，就是宗教观念对广大民众现实生活的直接而具有决定性作用的影响。这种影响根深蒂固，是一种具有“原型意识”的心理状态和生活定势。小说中描写珠玛重新拿起先辈用过的佛珠时，作者特意指出佛珠是先辈们曾经用过的，现在又被后代“重新拿起”，其含意可谓意味深长。它以生活在不同时代的两代人，甚至是几代人对佛珠所持有的同一种态度来表现佛教观念在人们思维意识和日常生活中的巨大影响力。这是典型的“文学民族化”的表现，它不但体现在对人物外部行为的描写上，也体现在对人物心理意识、思想观念的刻画上。在这一点上，扎西达娃超越了“庸俗社会学”机械化处理文化现象的弊端。

《没有星光的夜》虽然没有涉及宗教文化因素，但它所描写的传统风俗习惯同样深刻地体现出了扎西达娃小说的地域民族特色。小说的故事核心是“复仇”。整篇小说从起始到结尾都是围绕“复仇”这一核心展开的，人物的命运也由“复仇”行为决定。从整篇小说的主题取向来看，“复仇”这一故事核心的出现，是对民族古老风俗习惯的现代演绎，目的在于展示它如何对当代人的意识行为发生作用，又是如何阻碍当代民族文化重构的，从而揭示民族心理意识和思维观念的当代变革势在必行，却又困难重重的现实状况。“复仇”的地域民族特色体现在它源自于古老的部落生存法则和文化行为，是一种历史久远的传统习俗。藏民族是一个草原民族，在历史上，草原部落是其社会的基本构成单位，古老的部落为了争夺势力范围和生活资料，上演了一幕幕征战讨伐的历史惨剧，不同部落之间也因此会结下无法完结的冤仇。这种历史动态在英雄史诗《格萨尔》中有着形象的艺术演绎。而生活于康巴地区的藏族人更是对此情有独钟，并将其演绎到了极致。“西藏的康巴人，一个崇尚英雄的流浪民族，他们以在流浪中培养雄性气质和为荣誉而战的高昂斗志自觉地承袭了以古老英雄为内核的‘神话、祖先、父亲’的复仇原型，而与之相关的子报父仇的原始意象也随即被激活和唤起，并在历史的长河中反反复复地沉淀和浓缩，使过去成为现在的兆头，也成为未来的兆头。康巴人正是用此意识来表现复仇原型的古老、延续和反复。在过去的岁月中，由于历史和血统的极度渲染，使复仇的合理性成为群体普遍认同的意识，并自觉融入生命之流中，因此，复仇所导致的血腥与残忍被当做一报还一报的合理性存在而流传至今。”[1]就这样，复仇——结仇——复仇作为一种生存循环和正当理念，存留在部落历史和部落子民的意识深处，历经岁月的淘洗不但毫不褪色，反而弥久愈坚。“部落虽已成为历史，但复仇的意念随着新冤的相结却在超时空地运转着。”[2]《没有星光的夜》选择康巴地区为故事发生的地点，并以流浪汉为其中一个人物来建构文本故事的发展线索，由此我们不难发现作者追求艺术审美的民族特色的自觉意图。当然，扎西达娃对民族特色的追求，并不是为了简单地增加作品的地域、民族文化内涵，也不是为了增添小说的神秘色彩，而是为了揭示民族传统文化观念、传统习俗是如何在新的历史境遇中发生转变，逐渐适应民族发展的时代要求。

在追求民族化、地域化特色的同时，扎西达娃似乎对小说的现代性——包括主题内涵的现代性特征和艺术表现方法的现代主义倾向等内容更为青睐，而取得的成就也值得肯定。一方面，在主题表达上，他已经具有了鲜明的现代意识，对传统文化习俗表现出了比较自觉的理性审视态度。对此，我们在前面的相关话题中已有所提及；另一方面，他对西方现代主义流派的一些表现手法和技巧也情有独钟，尽可能地吸收其各种经验，并大胆地运用到自己的创作之中，这使他的小说在许多局部地方呈现出了强烈的现代主义气息。他所采用的现代主义表现手法主要是意识流、蒙太奇等。这些手法都对其前期小说创作产生了一定影响，丰富了他的艺术特色。

1985年之后的创作，可视为扎西达娃小说创作的后期。1985年，扎西达娃在《西藏文学》第1期上发表了《西藏，系在皮绳扣上的魂》。这篇小说的发表对扎西达娃的小说创作来说是一个里程碑。它标志着扎西达娃

---

[1] 卓玛：《走出“阴影”——谈扎西达娃〈风马之耀〉中的人性的复苏》，《青海民族学院学报》，1998年第4期。

[2] 卓玛：《走出“阴影”——谈扎西达娃〈风马之耀〉中的人性的复苏》，《青海民族学院学报》，1998年第4期。

的小说创作发生了巨大的飞跃，它标志着从此之后，扎西达娃的小说创作，无论在主题意向的表达方面，还是叙事技巧和叙述手法的运用上，都呈现与其前期小说迥异的全新面貌。此后，扎西达娃接二连三地写出了大量具有新质的小说，如《西藏，隐秘岁月》《去拉萨的路上》《世纪之邀》《夏天酸溜溜的日子》《悬岩之光》等小说。这些小说使扎西达娃走出西藏文坛，在中国文坛上崭露头角，一时间扎西达娃被人们视为中国“魔幻现实主义”的优秀代表。

扎西达娃后期小说创作能取得如此巨大突破，一方面与他多年的艺术积累有关，另一方面也应归功于他大胆创新，绝不走老路的勇于探索的精神。前文论述扎西达娃前期小说艺术特色时指出，其小说创作还没有形成统一的艺术倾向，造成这种情况的原因与他不停地在各个方面尝试有直接关系。他曾说过：“去吧，我命令自己，去没有脚印的地方，开拓自己的领地”[1]。这种尝试在早期也许使他的小说显露出不稳定的缺憾，但这对他后来的小说创作却打下了良好的基础。艺术经验上的积累，自我艺术个性的培育，都是在那一时期发生的，并延续到了后来的创作实践中。我们可以从他后来的小说中看到前期小说创作的影子。比如，在小说的民族特色方面，前期小说创作尝试着抒写民族习俗、宗教观念、民族性格等能够呈现民族特色的内容，如《朝佛》《没有星光的夜》《巴桑和她的弟妹们》《智者的沉默》等作品。这些小说尽管对这方面的内容描述得不是很细致入微，也没有深入到民族心理意识的深层，没有上升到历史的、文化的高标层次，而是仅仅停留在社会学层面上，但它们确实呈现出了一定的民族色彩。而后期的小说创作，可以说是在这个层次上的一个巨大的飞跃。

从艺术审美层面来看，这种前后期小说创作间的联系就更加明显了。前期的小说多为短篇小说，在这些短短的篇幅中，扎西达娃尝试着运用了许多艺术手法，而意识流手法较为突出，这深深地影响了后来的小说创作。

---

[1] 龚巧明：《这一片绿色的土地》，《西藏文学》，1983年第1期。

在早期的《星期天》《流》《白杨林·花环·梦》等小说中作者着意运用了意识流手法。这种表现手法在他后来的小说中是比比皆是，成了一种最为常见的，也是被运用得更为圆熟的艺术形式。除这方面的联系之外，在主题指向方面，前期的小说创作也预示出了后来小说发展的某些趋势。扎西达娃后期小说创作在主题指向上有一个明显的特点是多意性和模糊性，而这种特点在他前期的小说创作中就有了苗头。如《阳光下》，这篇小说是写拉萨几个青年幽灵般地在大街上晃荡的情景，几句简单的对话，互相的谩骂，加上报纸上出现的模糊的新闻题目……没有完整的故事情节，只是片段的拼贴。整篇小说不知要传达什么主题，读后让人有些费神。这种写法在前期的小说中很突兀，在后期小说中却成了一种司空见惯的现象。

对本民族落后习俗和陈旧观念的质疑和反思在扎西达娃前期的小说中就出现过。《没有星光的夜》是其前期的代表性作品，《西藏，系在皮绳扣上的魂》《去拉萨的路上》是后期最具代表性的作品。由此可以看出，其前期小说与后期小说一样，包含着质疑、批判传统文化习俗的主题意蕴。那时的扎西达娃以一个年轻作家应有的创作勇气，冲破形形色色的禁锢，在社会发展的现实土壤上寻找民族前行的出路。虽然他穿梭于普通人群之中，“混迹”于民间社会圈内，但他能够以自己独特的历史感悟认识、理解社会发展的未来趋势，以批判的眼光剖析民族传统习俗和民间社会的精神内核。在此基础上，他尝试着展示了一幅又一幅简单明了，但颇具社会内涵的生活图景，以“以小见大”“见微知著”的方式，展示了西藏在新的历史变更时期，存在于普通人日常生活中的，由先进与落后、文明与愚昧、现代意识与宗教信仰交织成的错综复杂的矛盾、冲突，以及由这些矛盾与冲突带来的人的精神世界的冲突与矛盾。当然，此时的扎西达娃初试文学创作，艺术技巧还显稚嫩，艺术经验略显肤浅，社会阅历尚不深厚，思想认识还很教条。对藏民族的文化结构、文化本质、思维模式等了解不深，对相关理论知识的掌握也比较欠缺。因此，小说的批判性显得缺乏思想深度，仅仅停留在社会学层次上，是剥去了文化内涵与历史积淀的批判，显露不出优秀小说应有的深厚的文化内涵和强烈的历史感。这种情况在1985年以后已有了巨大的改变。此时期，扎西达娃的小说创作以民族、地域文化为依托和底色，通过对民族传统文化中人们早已熟知的神话、传说、故事的现代演绎，来揭示民族传统文化中的那些落后、陈旧的习俗是如何影响人们的日常生活行为和心理意识，并制约民族当代文化重建和经济、文化建设的。在这方面，具有代表性的小说是《西藏，系在皮绳扣上的魂》和《风马之耀》《西藏隐秘岁月》。就题材而言，这两篇小说是《朝佛》与《没有星光的夜》的继续和扩展，但后两篇小说由于容括了更为丰富驳杂的文化因素而使作品洋溢着强烈的文化气息，作品的文化内涵由此而大大地增强，从而使得作品具有了鲜明的文化品质，小说的批判力度因此而更为强劲，作品的艺术效果也更为震撼人心。

整体而言，扎西达娃后期小说呈现出的最显著的艺术特征可以用以下几个关键词来概括：神秘、荒诞、魔幻。这一艺术特征和风格具体体现在以下几个方面。

一、题材选择的文化取向。和前期小说相比，在题材上，后期小说最突出的特点是在行文中融入了大量的神话、传说、宗教故事，甚至一些与日常生活有着直接联系的风俗习惯也被大量地运用。如果说通过对社会生活的客观描绘来反映时代特征和人们的精神风貌，其中融入一些必要的风俗习惯只是为人们思想观念的变化和冲突作必要的铺垫，是扎西达娃前期小说的书写方式的话；那么，后期小说中的神话、传说、宗教故事和风俗习惯的运用，则是其追求另一种艺术审美倾向的必要因素。在这些充满了神秘、荒诞和魔幻意味的神话、传说、宗教故事和风俗习惯中，读者首先感受到的是一种神奇、荒诞的审美体验，其次才是对小说意义的思索和感悟。

二、突破时空界限的艺术处理。与题材、内容相适应，扎西达娃后期小说在时间与空间的处理上都显示出了迥异于前期小说的特点。前期小说的时间、空间都有一定的顺序，是一种“线型”、有限的时空方式。无论是时间，还是空间都是有限的，时间大都有一定的“长度”，空间有一定的“维度”，这使叙述规范化、逻辑化、条理化、清晰化的同时，也对情节产生了必要的限制。因此，前期小说在审美上给人以层次清晰，结构明了的效果，所表现的主题意向相对来说容易把握。但后期的小说在时空安排上表现得很是大胆恣肆、无拘无束。过去、现在、未来往往彼此交叉、相互重叠；插叙、倒叙随意运用，而且根本不做任何提示和交代，作品的时序显得庞杂紊乱、毫无头绪，如混沌模糊的太虚迷宫。空间方面，把想象、梦幻大量引入作品之中，心理意识的描写成了作品最为突出的表现手段，各种不同的空间相互交汇、叠加、融合。忽而天上，忽而地下；忽而异域他乡，忽而边疆僻壤；忽而进入梦幻，忽而回到现实……让人的思维在跳跃中随着小说的叙述不断变幻不定，给人一种神龙见首不见尾的感觉，神秘、荒诞、魔幻的体验就此产生了。

三、打破生与死的阴阳界限。扎西达娃后期小说出现神秘、荒诞和魔幻的特征，还体现在小说叙述中打破生与死、人与鬼的界限，制造了一个生死相混、人鬼共生的小说世界。在《风马之耀》中，主人公乌金的生死不断转变，使人无法确定乌金到底是生是死，而他又是否杀死了“贡觉的麻子索朗仁增”也是一个谜。在《世纪之邀》中，即将举行婚礼的少爷桑堆·加央班丹一路上长吁短叹，常常暗自流泪，自言自语叹息人生无常，结果后来身体出现了某些变化，慢慢地往小里缩，脸上呈现出稚气，最后竟变成了一个胎儿返回到了一个少女的子宫里。《野猫走过漫漫岁月》中，通过野猫的叙事视点，把作品投放到了介于人、动物、鬼魂之间的魔幻之极亦荒诞之极的视野中。历史与现实，古老与现代，人与鬼魂，人与动物，人与人，宗教与神话，民间传说和世俗景观，在自由自在的交错、混杂、叠印、重复中，使小说成了只能感觉却难以破译的语言密码。

另外，扎西达娃小说的环境描写、语言修辞和结构布局等，也都在某些侧面体现了其后期小说所表现出的神秘、荒诞和魔幻的艺术特征。

扎西达娃除作为中国先锋小说的代表作家之外，还是一位多产的剧作家、出色的影视出品人。电影剧本《益西卓玛》即是根据扎西达娃短篇小说《冥》改编，讲述了西藏一个农奴之女益西卓玛一生与三个男人曲折动人的情感故事。剧作从益西卓玛的外孙女达娃暑假回拉萨探望多年未见的姥姥益西卓玛、姥爷加措讲起。姥爷重病离世，在看护和料理丧事的过程中，姥姥向外孙女讲述了自己五十多年来的情感经历。20 世纪 40 年代，益西卓玛是山南泽当地区一位以卖酒为生的年轻女子，不仅貌美，还生的一副金嗓子，会唱仓央嘉措情歌，人见人爱。当地贵族洛达庄园的贡萨少爷也喜欢上了益西。而一个过路的康巴骡队领头人加措被益西的美貌和歌声所深深吸引。一夜，加措强行将益西掳走，两人在高原上四处漂泊。加措经常外出飘荡，益西生下了儿子多布杰后，生活十分艰难，只好又回到洛达村。贡萨已娶了贵族妻子，答应让益西到庄园做奶妈。很快，益西有了第二个儿子。桑秋群培和益西青梅竹马，7 岁入寺做了喇嘛，正是桑秋教益西唱仓央嘉措的歌。益西和加措到夏荣寺给儿子求名字，已是格西大喇嘛的桑秋认出了益西。1959 年，达赖喇嘛叛逃印度，贡萨要带上益西儿子小强巴一起走，加措得知小强巴并非自己亲生后与贡萨拔刀相向，结果被打伤，小强巴被抢走。加措带多布杰回到康区故乡，益西痛不欲生，与母亲相依为命。“文化大革命”期间，母亲离世，益西踏上千里寻夫之路。正当饥寒交迫，几欲昏死过去之时，遇到正在行医的桑秋，获救后两人同行。在桑秋的精神鼓励下，益西找到乞讨的加措，二人相拥痛哭。益西让加措学手艺自食其力，两人互相扶持共同走完人生之路。加措临终前，益西将贡萨请来，三人同饮青稞酒，几十年的恩怨一干而尽！桑秋来到益西家为加措的亡灵超度，将一本新印刻的《仓央嘉措诗集》赠与益西，益西感激涕零。益西再次为加措唱起了仓央嘉措情歌，永远地睡在了他身旁。达娃听到、看到这一切，感慨万千，对相恋的网友写下了自己对爱情的感悟。

《益西卓玛》的核心故事情节是一个普通藏族妇女与三个男人的情感纠葛，但却“蕴含着的是有关爱的追求、有关人性的丰富复杂、完善与美好、有关精神追求与世俗超越等异常丰厚深刻的主题内涵”。加措具有康巴汉子的典型性格特征，豪放粗犷、自由不羁，将益西掳走而开始了一段浪漫的爱情之旅。贡萨具有贵族身份，强势而理性，也爱恋着益西。他免除了益西债务，益西也生下了他的血脉。桑秋与益西青梅竹马，教益西唱仓央嘉措情歌，又是她的精神导师，并在最危难的时候救下益西，这让益西情不自禁。作品淡化人物之间的阶级关系，凸显的是两个性格不同的男人围绕一个具有美貌和迷人歌喉的女子之间的矛盾和冲突，同时也是人性中感性与理性、欲望与法则的矛盾和冲突。而桑秋与达娃，则更加丰富了剧情，形成了爱情与世俗、世俗与宗教精神、传统与现代等多层次的矛盾冲突。

剧作站在历史的高度展开故事，以一名藏族普通妇女的命运为主线，把半个世纪来西藏风云变幻的社会历史变迁尽收剧中，生动地展现了广阔的社会生活画面。但剧本没有刻意地去表现历史，而是通过女主人公对自己亲身经历的回述，娓娓道来，在平静地诉说中，在缓缓流动的叙事节奏中让人们感受到了主人公波澜不惊的情感世界，也看到了西藏从农奴制向社会主义社会转换的历史进程。从解放前民生的凋敝与贵族庄园的奢华，到“文化大革命”时期文化的禁锢，再到新世纪拉萨先进的交通、通讯方式的涌现，人们生活的富足，民主改革、改革开放给青藏高原的城乡带来了巨大变化，也反映出普通老百姓在价值观念、生活方式等各方面发生的转变，从而将人物命运与时代的发展变化紧紧联系在一起。

剧作在叙事上有意制造一种舒缓、平和的节奏，将人物性格塑造和情节推进、写实与写意有机结合，增强了该剧的诗意性、抒情性特征。《益西卓玛》采用了线性叙事和回忆插叙交替的方式，通过自由的时空表现，壮美瑰丽的西藏风光，鲜明的性格塑造，主题音乐的重复回现等影视文学艺术要素而统一成为一个完美的艺术有机整体，表现出了很高的艺术水准。

《冈拉梅朵》《西藏往事》是由扎西达娃编剧，青年导演戴玮执导的两部以爱情为主题的影片。《冈拉梅朵》讲述了失声的歌手安羽，为寻找梦境中西藏神湖边的拉姆而来到拉萨。安羽是演唱“冈拉梅朵”的著名歌手，朋友晓涛在拉萨经营“冈拉梅朵”酒吧就是为了等待她的到来，而晓涛的朋友——当地著名鼓手阿扎一直想拥有这家酒吧。安羽与阿扎在一次朋友的婚礼上相识。安羽独自开车去寻找神湖，晓涛委托阿扎照顾安羽。两人在途中产生了感情。原来60年前，拉姆曾经在拉萨的“冈拉梅朵”酒吧，因演唱“冈拉梅朵”闻名遐迩，阿扎的爷爷是个康巴的画家，深深爱上了拉姆。但是父母将拉姆嫁给了贵族。拉姆与阿扎的爷爷约定在神湖相见。阿扎的爷爷因坠崖失忆，永远错失了自己的爱情，而拉姆却在湖边苦等了60年。晓涛离开拉萨，阿扎想知道酒吧的下落，决定抛下安羽先返回拉萨，同样错失了自己的爱情。影片定位为“音乐电影”，西藏清澈明净如水晶般的美景、如梦如幻的意象叠加、丰富而多样的藏族歌舞形式使这部影片充满诗情画意，令人陶醉。但是，编导对主题的凝练与整合、人物性格的塑造、叙事节奏的掌控等都迷失在了应接不暇的美景和动人的音乐之中。

《西藏往事》讲述了二战期间一个美国飞行员罗伯特与藏族姑娘雍措、农奴江措与央金凄美的爱情故事。罗伯特在执行“驼峰航线”飞行任务时，意外坠机，他死里逃生，却患上雪盲症，晕倒在湖边。牧民发现后，将其送到了正怀孕的“妖女”雍措的帐篷。经过雍措悉心照料，罗伯特逐渐康复，决定翻越雪山到拉萨。但大雪封山，回到帐篷。罗伯特和雍措互生爱恋之情。一妇女被“红毛鬼”杀害，官府派出了以江措为首的搜查队缉凶。头人答应江措，如能抓获凶手，就可以获得自由身，娶他心仪的姑娘央金。罗伯特被误认为是凶手，雍措忍痛将其送走，自己万念俱灰，走上朝圣之旅。罗伯特被江措抓获，夜间乘其不备成功逃脱。在朝圣的路上，罗伯特找到雍措，此时江措的枪口已对准罗伯特，千钧一发之时，雍措用自己身体挡住了子弹，而几乎同时，国民党军官为了保护罗伯特也开枪击中了江措。

极富传奇色彩的凄美爱情成为影片的叙事线索，也成为影片表现的核心主题。罗伯特是一个美军飞行员，而雍措则是西藏的一名牧羊女，两人却因为一次意外坠机而相遇、相知、相恋，在青藏高原上演了一段超越国家、民族、阶级、语言、宗教、文化界限的旷世之恋，也展现高原藏文化的博大与包容。罗伯特为爱放弃自己飞行员的身份心甘情愿在藏北高原当“羊倌”，雍措更是无怨无悔地将自己的全部、包括生命献给自己所爱的人，影片展现出的是一段令人心碎的绝美爱情悲剧。而江措则为了获得自由，更是为了获得爱情，不顾一切地找寻“凶手”，最后误杀雍措，自己也为爱献身。如果说罗伯特与雍措的爱情更富有传奇色彩，那江措和央金的爱情则更具平民色彩和现实意义，他们的爱情悲剧指向了对旧社会特别是农奴制度的控诉。

影片运用一主一副两条线索交替叙事，最后在交叉点矛盾和冲突集中爆发，这样的叙事方式让剧情充满了张力，但在叙事节奏的把控上依然留下了遗憾。优美壮丽的自然景色、悲天悯人的宗教关怀、动人心魄的音乐渲染与剧情发展实现了有机融合，同时也塑造了雍措、罗伯特等性格鲜明、饱满立体的人物形象，避免了人物脸谱化、符号化的缺点。

电影剧本《冈底斯》讲述了一个西藏音乐家在人生迟暮之年奔赴冈底斯，实现他五十年前与初恋约定的故事。五十年前，西藏贵族音乐家尼玛次仁在自己的订婚宴上与拉萨汉商之女索珍一见钟情。两人约定如果有一天无处可去，就去阿里的神山下。在尼玛次仁结婚之夜，他与索珍逃走。两家也遭受磨难，尼玛次仁被判终生流放。没有音乐的日子，次仁终日沉醉。热巴舞者旺堆在索珍遭受危险时出手相救，索珍心存感激。次仁被士兵发现后抓走，为了解救次仁，旺堆与索珍一起帮助次仁逃出了国境。生离死别之际，索珍与次仁相约：如果五十年后，他俩还活着，还爱着彼此，便在神山下相聚，共度余生和来世。五十年后，旺堆与索珍的孙子，藏族著名歌手朗杰与网友美国摇滚歌手史蒂文、音乐学院女毕业生周音相约同去阿里深山寻找神秘的音乐家。朗杰与女友分手，为了不让爷爷奶奶识破，让周音假扮自己女友。五人乘朗杰吉普车踏上赴约和寻觅之旅。史蒂文渐渐喜欢上了周音。周音早上静静一人开走了汽车，留下的纸条被风吹走，朗杰与史蒂文也发生了争执，史蒂文也独自离开。旺堆和郎珍骑马前行。朗杰在宿营地等到了周音，两人开车追赶但走错了方向。史蒂文不会骑马，马驮着他装有护照的行李跑掉，他被当地民兵抓获，村里女子央金卓玛将其救出，渐生好感，史蒂文愿意留下来。朗杰和周音来到一牧民家里过夜，酒醉后的朗杰为了换取汽油，答应两牧民兄弟娶周音为妻。三人成亲，朗杰开车离开后陷入泥潭。周音开拖拉机追来，将吉普车拖出后，独自开车离开。周音后又找回史蒂文和朗杰，三人继续前行。周音和朗杰来到一洞穴，原来周音男友是位画家，曾在这里临摹壁画，后来却杳无音讯，周音来作最后的告别。三人与爷爷、奶奶汇合，一同来到冈底斯山下，在众人目送下，奶奶独自走上山坡赴约。

剧作以爱情为核心主题，讲述了尼玛次仁、旺堆与索珍之间曲折动人的五十年传奇爱情历程，也讲述了来自不同地域的三个年轻人在追寻之路上的情感经历。尼玛次仁出生于西藏宫廷音乐世家，又受西方音乐熏陶，才华横溢，而索珍来自拉萨汉商家庭，却在北平梨园世家的姑姑家长大，戏台上的她楚楚动人，二人一见钟情，爱情的火焰让他们无法自拔。尼玛次仁抛下荣华富贵毅然与索珍远走他乡，然而命运弄人，自己被判终生流放，只能与索珍天各一方，但他没有忘记与爱人的约定，五十年后如期而至。索珍为了能与次仁长相厮守背叛了自己的家庭，为了救出次仁，与旺堆倾尽所有；为了五十年前的约定，她又欣然前往。旺堆与索珍半个世纪相濡以沫，但为了爱人的誓言，他将索珍送到了神山脚下。五十年古老浪漫的爱情传奇，见证了这片神奇的土地上爱的激情与浓烈、真挚与执着、包容与牺牲、等待与坚守。他们一生对爱情的坚守恰恰与三位年轻人对爱情的草率，与讲究效率和利益的商业化社会形成鲜明对比，对三位来自不同地域、不同文化的年轻人来说，这次找寻的历程更是他们爱情的朝圣之旅。

本剧将现实中三个年轻人的找寻之旅与三位老人五十年前的爱情传奇巧妙结合在一起，两条叙事线索将爱情传奇在追寻中渐次还原，情节节奏张弛有度，让爱情主题在当今与历史、现实与浪漫、情感与理智中激荡。剧作通过个性化的台词塑造了个性鲜明的人物群像，尼玛次仁的执拗、果敢、洒脱，索珍的温情、勇敢、刚毅，周音的俏皮、活泼、真挚，还有史蒂文的多情，无不给人留下深刻印象，也极大地丰富了影片的内涵。剧作突出了音乐的作用，音乐无国界，与剧情紧密相连的不同风格、不同历史时期的音乐，有效地渲染了气氛，增加了剧作的情感张力，特别是主题曲《我依然在等待你》的反复吟唱大大深化了作品的主题。剧作还加入人物的想象、幻想等非现实主义因素，利用闪回、拼贴等方式变换时空，使影片充满梦幻色彩。

第四节　马原

马原（1953—），曾用笔名陆高、姚亮等，出生于辽宁锦州。1970年中学毕业后曾到锦县农村插队，1974年考入沈阳铁路运输机械学校机械制造专业学习，1976年毕业后到阜新当钳工，1978年考入辽宁大学中文系，1982年大学毕业进藏工作，曾当记者、编辑，1989年调回辽宁。1993年南下海口，任职某房地产公司。2000年任教于同济大学。2008年，因病离开同济大学，前往海南养病，现定居于云南男糯山。1982年开始发表作品，著有《冈底斯的诱惑》《拉萨河女神》《西海的天帆船》《虚构》《纠缠》《黄棠一家》《唐宫》等作品。中国先锋派小说的的开拓者之一，其著名的“叙述圈套”开创了中国小说界“以形式为内容”的风气，影响了一大批年轻作者。

在20世纪80年代中后期的西藏文坛，马原是一个在形式主义道路上既具有开风气之先的作家，也是在这条道路上走得最远的作家。那时的马原，已经是一个唯美主义者，或者说形式主义者。他对艺术的理解完全是西方现代主义式的，认定叙事才是艺术的真谛和一切。正是在这一点上，马原把自己与传统隔离开来，直接与艺术的现代性发生了对接。

马原西藏小说突出的现代性特点体现在以下两个方面：“叙事圈套”与“时间处理方法”。吴亮总结马原讲故事的叙事方法时说：“在我的印象里，写小说的马原似乎一直在乐此不疲地寻找他的叙述方式，或者说一直在乐此不疲地寻找他的讲故事方式。他实在是一个玩弄叙述圈套的老手，一个小说中偏执的方法论者。”[1]无疑，无论是《冈底斯诱惑》《虚构》《拉萨生活的三种时间》，还是《叠纸鹞的三种方法》《拉萨河女神》，马原讲述故事的方式都是独特的。

在吴亮看来，马原的叙事主要有三种方法：首先，马原与马原本人之间的圈套。马原常常直接走进他的小说中，抹杀了叙述者和作者之间的真假界限，使马原“成为马原的叙述对象”。其次，马原与他的小说人物之间的圈套。马原“不是在他的小说以外打量他的故事和人物，而是混居在小说内部参与着这些故事并接触着这些人物。”再次，故事的叙述与故事叙述的叙述之间的圈套。“它不仅要叙述故事的情节，而且还要叙述此刻正在进行的叙述，让人意识到你现在读的不单是一个故事，而是一个正在被叙述的故事，而且叙述过程本身也不断被另一种叙述议论着、反省着、评价着，”因而构成一个“双重叙述或多重叙述的叠加”[2]。吴亮对马原小说叙事特征的分析无疑是极具代表性和奠基性的，以后评论多沿着这一论调前进。那么在小说中，马原到底是如何演绎他这种叙事方法的呢?

马原的小说叙事之所以形成“叙事圈套”是马原的一种叙事策略，这种策略通过多种方式得以实现。首先，马原在小说中打破了小说叙事角度的固定性。马原小说中的叙述者并不是单一的，而是经常变换的，并且可能

[1] 吴亮：《马原的叙事圈套》，《当代作家评论》,1987 年第 3 期。

[2] 邓楠：《叙事艺术变革者马原论》，《中国文学研究》,2008 年第 4 期。

同时有几个叙事者。如在《冈底斯诱惑》中即有多个叙述者，第一叙述者“我”讲述的是观看天葬的事情；驻藏汉族老干部讲述的是猎人穷布遭遇野人的事情；朋友陆高讲述的是说唱艺人顿珠、顿月以及尼姆的事情。这三个叙述者分别有各自的视角和各自的价值判断标准，讲述的是各自对事情观察的结果与思考，三个叙述者打破了前后相连的小说讲述模式，从各自的角度讲述发生在自己那段观察内的故事，使小说明显地呈现为三个单篇故事的组合。另外，《冈底斯诱惑》中还从不同的叙述人称角度展开故事：第一叙述者“我”以及人物叙述者在藏汉族老作家、陆高等在不同的章节交错叙述了三个故事。但故事内部以及故事之间都有着清晰的界限，这是因为各部分叙述者以及叙述者所使用人称富有规律的安排，对叙事顺序具有强大的统摄作用。比如第 1 节为第一叙述者的第二人称叙述，然后第 2、3 节为在藏汉族老作家的第一人称自述和第二人称对穷布的叙述，第 4 节又是第一叙述者的第三人称叙述，第 5、6 节为在藏汉族老作家的第一人称自述和第二人称对穷布的叙述，然后第 7 到第 10 为第一叙述者，第 11 到第 14 节为陆高叙述顿珠顿月及尼姆的故事，最终第 15、16 节又回到第一叙述者。叙述人的变换及交错使故事本来的意义出现了模糊性和无限的解读可能。

除了通过叙述角度的不断转换来构建叙述迷宫外，马原还依靠“经验的片段性与非逻辑性”（吴亮）来组织他小说的叙事。《虚构》讲述的是一个关于虚构的虚构故事，关于故事的虚构，虚构如何进入，又如何在虚构中获得真实，这就是叙事的魔力。《虚构》的开头引用了《佛陀法乘外经》：“各种神祇都同样地盲目自信，它们惟我独尊的意识就是这么建立起来的。它们以为惟有自己不同凡响。其实它们彼此极其相似；比如创世说，它们各自的方法论如出一辙。这个方法就是重复虚构”。《虚构》中麻风村的记忆对叙述者“我”来说具有极强的“片段性”特征，通过“我”进入麻风村、离开麻风村的感受和经历展开故事，“我”进入麻风村就像是做了一场梦一样，麻风村里发生的一切都是以片段的形式呈现出来。道班工人对“我”

时间的提醒、哑巴老人关于狗和枪的行为、门巴麻风男人的家庭、足球场上的故事都是“我”在麻风村生活的记忆。“我”以“片段记忆”的方式展开了一个故事的叙述，然而这故事是否存在却受到根本的动摇。道班日历上的红笔记忆、“我”回到正常生活中的有意忘却，使本来不切实的感觉被放大直至走向不存在。

为了制造叙述迷宫，马原在叙事时间上大做文章。马原对小说中的叙述时间处理深受博尔赫斯时间观的影响。博尔赫斯说：“我们每个人都经历过无数事情，这些事情可能是平行发生的，也可能不。为什么要接受这种观点，因为它是可能的。它向我们展示了一个更加广阔、更加神奇的世界。这种观点所要最终证明的，就是无时间。”[1]

对时间的变形处理就是马原小说的一大特色，而变形处理的具体操作则是对时间的平行罗列。通过对时间平行化的变形处理，可以打破故事时间线性发展的传统讲故事模式，创造出具有强大包容性的共时性空间。通过把故事发展的顺序打乱，让各个情节之间可以随意组合，建构出一种新的小说结构形态。马原曾说：“时间对于写作的人，对于叙述者有非常重要的意义”[2]。在小说《冈底斯的诱惑》中，马原对这种打破时间顺序的共时性叙事方法进行了运用。《冈底斯的诱惑》在平行叙述的基础上共时地展开了几个完全不同的故事：1950年代初入藏的老作家的故事，猎人穷布与喜马拉雅山雪人的故事，陆高、姚亮看天葬的故事，顿珠、顿月兄弟和尼姆的故事。这些故事具有独立性，单独看每个都是历时性的。但是马原将这些故事相互切割穿插，再切割，这样来说，单个故事具有的历时性特征就被组合到一起形成具有静态共时呈现的结构形态。这样，马原把原本没有关系的几个故事通过切割融合和偶然的巧合结合在一起呈现出来，小说的意义既丰富又单一。小说家到底要讲什么？说明什么？告诉读者什么？

[1] [阿根廷]豪·路·博尔赫斯著，王永年、陈众议等译：《博尔赫斯文集·文论自述卷》，第194页，海南国际新闻出版中心1996年版。

[2] 马原：《阅读大师》，第294页，上海文艺出版社2002年版。

都成为永久的悬念，马原似乎也没有对此作出解释，只是醉心于时间的切割和安排。

小说《叠纸鹞的三种方法》也是一篇对时间处理得较为独特的实验小说。小说开始就是以平行的方式讲述了三个在拉萨生活的老太太的故事：八角街做私酒的老太太，布达拉宫下做佛像擦擦的老太太，珠宝商的情妇老太太三个老太太的故事。这三个老太太的生活在现实中根本就不搭界，除了生活在相同的空间——拉萨外，她们的人生没有其他的交叉点。而作者却以拼贴组合的方式，将三个老太太的生命联系在一起叙述，凸显的是故事的共时性。

对时间处理最为无序化的小说恐怕要数《拉萨生活的三种时间》。在这篇小说中，马原对时间的处理更为圆熟。小说将昨天、今天和明天都放在一起展开故事，采用倒叙的方法，从明天开始讲故事。马原后来对这篇小说做过解释，他说："比如我的故事《拉萨生活的三种时间》，就像这个名字所暗示的那样，故事的主角并不是故事里的那些人物，也不是那些神秘的动物，而是时间，肯定是时间。但是最后我要说，当叙述完成之时，时间的价值、意义突然改变了。随着叙述完成，时间的价值、意义突然消失。"[1]

可见，马原对时间的处理容易将历时的时间集中在共时的角度进行小说叙事，这样写小说就容易把过去、现在、未来的时间并列放置在一个空间平面上。马原不再关心这些小说对主题故事的讲述，他讲述的是关于时间的故事。故事的价值和意义不再存在于各个故事之间或紧密、或松散、或前后的关系之中，当把这些故事放在共时的角度上时，故事的完整性就被打破，历史性的特征受到彻底地消解，时间在小说中似乎停止。马原对自己讲述时间故事的突破有很明确的追求，他就是要打破人们对小说审美的传统惯性，引导人们通过小说去理解打破时间限制之后获得的审美价值和意义的思考。

---

[1] 马原：《阅读大师》，第304页，上海文艺出版社2002年版。

马原曾提到，这种共时性的叙述方式“就是二十世纪初毕加索立体主义或者叫拼贴主义绘画的方式”[1]。

第五节　班觉

班觉（1941—），原名朗顿·班觉，出生于西藏拉萨贵族家庭。1948年初曾赴印度学习英文，1955年到中央民族学院学习，1958年毕业。1959年参加西藏的平叛斗争和民主改革运动。“文化大革命”开始不久，被送到农场劳动。1973年回到拉萨师范学校工作。1981年当选为西藏自治区文联委员和西藏作协理事，1983年调入拉萨市文化局任文化科副科长兼《拉萨河》杂志副主编，后又调到拉萨市宣传部任副部长兼《拉萨晚报》社总编辑。1984年在《中国历史文化名城丛书》拉萨编委会任编辑。1989年在西藏自治区第二届文代会上被选为作协西藏分会副主席。1980年开始发表作品，1983年加入中国作家协会。主要作品有诗歌《颂文学之春》《颂人民教师》《圣地重游》《必定作出贡献》《祖国的希望比天高》《回顾历史》《心中的歌》，文学评论《阿古顿巴》《嘎其巴鲁教言》，报告文学《他是战士》，散文《昌珠寺观后》，长篇小说《绿松石》，短篇小说《花园里的风波》等。曾获第四届全国少数民族文学创作奖。

《绿松石》（汉译又名《松耳石头饰》《顶珠》《璁玉》[2]）是西藏和平解放后的第一部藏文长篇小说，曾荣获1985年西藏长篇小说一等奖、1993年第四届全国少数民族文学创作长篇小说奖、1993西藏文学艺术界最高奖“珠穆朗玛文学艺术奖”等。从1980年3月到1983年11月的3年多时间里，班觉坚持白天工作，夜晚笔耕，完成了这部小说。作品先由《西

[1] 马原：《阅读大师》，第348页，上海文艺出版社2002年版。

[2] 班觉：《松耳石头饰》（藏文），西藏人民出版社1985年版；班觉著，次多译：《顶珠》，《西藏文学》，1995第4期；班觉，次多译：《璁玉》，《西藏文学》，1996第5期。

藏文艺》连载，后由西藏人民出版社1985年出版。1995年法文版《绿松石》出版发行。2009年，由次多、朗顿·罗布次仁翻译的汉译本在《芳草》杂志第2期“吉祥青藏专号”上发表，同年被《长篇小说选刊》第3期全文登载，并由西藏人民出版社出版。

小说以二十世纪二三十年代为时代背景，用一颗绿松石头饰作为小说的主线，通过讲述班旦一家三口人的悲惨命运，描写、展示了西藏旧社会各阶层人物的生活画面。西藏山南扎嘎县阿巴平措的父亲年轻时去冈仁波齐神山朝圣，无意间在玛旁雍错神湖边捡到了一块上好的绿松石，于是他把这块绿松石当作神赐给这个家的护魂宝石。不久，此事被一位新来的扎嘎县宗本知道。宗本处心积虑地想把绿松石从阿巴平措夫妇手里夺过来，阿巴平措夫妇也因宗本的算计而入狱。在妹妹玉珍的帮助之下，两人得以逃脱，流浪至四川德格。阿巴平措为了完成妻子“把我们家的这颗绿松石献给佛祖，祈求佛祖给我们的孩子一生的幸福”的遗愿，领着儿子班旦带着绿松石踏上了去拉萨朝拜释迦牟尼佛祖的路程。到拉萨后，阿巴平措虔诚地把绿松石放到了大昭寺释迦摩尼佛祖的怀里，父子俩也在那里遇上曾被平措舍身相救的商人扎拉，并被扎拉收留。

阿巴平措因病去世后，班旦继续在商人扎拉家里当下人，日子也还算平静。可那块本被阿巴平措供奉在佛祖怀里的绿松石，不知因何却落到了大商人旺杰的手里，而旺杰为了救生意伙伴旺堆，把这块绿松石贿赂给了米本大人。碰巧的是，正好噶伦大人在为他的儿子晋美扎巴寻找护魂的上乘宝玉，而米本大人也希望从噶伦大人手里得到2座庄园，便又把这块绿松石献给了噶伦大人，几经周折后，绿松石落到了晋美扎巴爱慕的商人扎拉的女儿益西康珠的手中。与此同时，代本也终于知道，班旦就是当初自己在做扎嘎县宗本对曾经加以迫害的平措夫妇的儿子。为了斩草除根，代本先是安排人晚上谋杀班旦。此计失败后，便又与自己的情妇即商人扎拉的妻子色珍合谋，让色珍从女儿身上拿走绿松石，然后假装包在绸带中，让班旦给代本送去。

代本打开绸带自然也就没有绿松石，于是诬告班旦偷宝，将其关入大牢。

正当班旦有口难辩，在监狱受尽酷刑的时候，好友德吉无意间发现绿松石依然还在色珍手里，便把绿松石连同代本与色珍的通信一起偷了出来。班旦在看了德吉给的信后，终于知道代本就是当初害了自己一家的宗本，而更让人震惊的是，噶伦大人的儿子晋美扎巴和商人扎拉的女儿益西康珠竟然都是代本的私生子。为了能够惩罚代本以及证明自己的清白，班旦让噶伦大人安排一次米本、代本、扎拉、色珍都在场的聚会。在聚会上，班旦揭开了代本的秘密和绿松石的下落，班旦也因此无罪释放。然而，事与愿违的是代本并没有得到惩罚，班旦本人也再度被代本秘密逮捕。在危机时刻，又是德吉救了班旦。虽然暂时躲过了一劫，但面对代本的追杀和逮捕，德吉和班旦最终只得逃出拉萨，相伴一起走向远方。

《绿松石》“开辟了藏文现代文学创作的先河，成为藏文现代文学创作的典范之作，成为西藏传统文学与现代文学的分水岭”，在西藏当代文学史上具有里程碑式的意义。

在叙述方式上，《绿松石》第一次运用白话文，淡化了传统藏族文学中过分强调语言华丽的文风，着力追求语言的朴实、真挚、简明、生动。尤其是人物的对话，以拉萨口语为主，又通过精心的锤炼，使其成为了较为优美的文学化语言，凸显了作品的真实感和通俗化。小说运用现实主义手法，将时代大背景同人物的命运紧密联系，注重塑造典型形象、典型环境，来揭示当时社会的主要矛盾。更为重要的是，作者根据丰富的生活阅历和广博的知识，将那个年代西藏社会上至噶伦下至乞丐的生活以及藏族传统的风俗礼仪等，进行了细致入微的刻画和描绘，向读者展现了一幅旧西藏社会世俗生活的画面。班觉用他的文字带给了读者感觉和想象的空间，“他们沿着八廓街走了一段，没过多久，便看到一扇巨大华丽的门。大门两侧栓着两条有如狮子般的藏獒，藏獒脖子上围套的颜色鲜红，看了叫人心惊；栓藏獒的绳子是用牦牛粗绒织成的，足有八岁儿童的手臂一般粗，就栓在门口两侧一人多高的柱子上……大约走了二百多步远，就看见被树林掩映着的宫殿。宫殿是一座主楼为三层、其余部分为两层的建筑。他们又沿着大理石石板路继续往前走，到了主楼正下方的大院子。院子正南方是雕镂精致的院门……进入内院门，主楼就一览无余地矗立在眼前。门前两侧摆放着两块方方正正的踏马石，石身雕着各种精美的图案，正中是一个大的‘卍’图案。主楼两侧有十间专供仆人住的房间，主楼底层的墙上是一排没有玻璃的小窗子，一看就知道是主人家的仓库。主楼二层和三层墙面上，开着八扇大窗户，每扇大窗子上又有对称地开着的三面小窗子，三层两端各开着一扇大窗子，这两个窗子正对着外院。”

民俗风情的魅力让我们感受到了藏民族的韵味和温度，同时，高原的豪情和英勇也在《绿松石》中回放出来。“骑士们放开缰绳，时而如同翱翔的雄鹰展开双臂，时而如同雄狮跃空仰卧马背，时而如同孔雀饮水仰卧马身……而后，骑士们一手抓住马鞍，身子俯向地面，像是骑在马的腹部上一般急驰着，又将另一只手触摸着地面，扬起一股滚滚尘烟。”“再看那位年轻骑士，娴熟地从马鞍上解开了那把镂刻着精美图案的长枪，在空中挥舞了几下以后，待赛马已经快飞奔到满月般的靶子前时，用双手把枪举到齐眉的高度，对准靶子，只听得一声枪响，靶子消失在了一团白烟中。”班觉为此也曾深情地说：“《绿松石》中有很多关于藏族民俗方面的介绍，在二十世纪八十年代初的时候，我并没有想到中国会变得这么现代、这么强大，当时只是觉得旧社会结束了，再也回不去了；同时，旧社会的一些风俗也正逐渐被遗忘，对于封建农奴制是什么样的，后人应该有一个全面的、细节的了解。当时，我只是感觉有些民俗以后不会再有了，所以想记录下来，于是在《绿松石》中设计了许多诸如跑马、宴会等情节。”[1]

在《绿松石》中我们还能看到这样的场面，即是上到噶伦下到平民都信

[1] 魏毅记录：《打磨〈绿松石〉的人：专访朗顿·班觉》，《西藏人文地理》，2009年第6期。

仰着藏传佛教，噶伦大人相信绿松石能给儿子护魂，代本大人也时常在家念经，班旦祖孙三代都信奉藏传佛教，但在这芸芸众生中，一块绿松石却检验出了他们的虔诚。当班旦的爷爷在湖畔捡到绿松石时，并没因此而心生贪念，而是打算把绿松石再放到湖中去，最后还是一位康区的僧人说这是神赐予的护魂宝石，班旦的爷爷才把绿松石珍藏起来。平措夫妇同样也是如此，他们并没问这颗绿松石能给家里带来多大的价值，而是为了心中的"佛"，为了班旦的幸福而把绿松石投到佛祖的怀抱中，班旦在看到绿松石奇迹般地出现在益西康珠的身上时，他并没有多么懊悔或者想要再要回来的冲动，因为他心中也有一个"佛"，表现出来就是他人性的善。而反观那位代本大人，他在扎嘎县的时候，就丧尽天良想夺取绿松石；在拉萨，为了祸害班旦，再次利用绿松石来斩草除根。噶伦大人在这颗绿松石面前，虽然没有表现得那么狂热，但是为了得到它，不惜用 2 座庄园换取这颗绿松石。绿松石在文中就是一块试金石，它试出了人性的善与恶，人心中的亲情、虔诚、邪恶和贪婪。当我们在读《绿松石》为着班旦的善良和淳朴感动的时候，在为着班旦的复仇和命运担心的时候，总会想班旦的结局会走向何方，他会如愿以偿的让坏人得到惩罚吗，绿松石又会怎样？结局却是坏人并没有得到相应的惩罚，班旦反而被逼走投无路而逃离拉萨，绿松石却再次有了一个好归宿，它被当作定情信物永远地戴在德吉的身上。这样的结局揭示了人生纵然充满了险恶，但是最珍贵的东西永远是最善的人才值得拥有。就像小说结尾部分说的那样："面向东方，走上了一条崎岖的小道。"东方便是一种希望一股善念，但去的路上怎能没有险恶。

"《绿松石》用一种近乎笨拙的方式，以不同的人对于'绿松石'的不同反应，写出了作为一个人，面对利益和现实时那种根本的冲突。它既是一种人与人之间的冲突，也是一种人与自身的冲突。那些古老的贪念，那些在利益面前亘古不变的嘴脸，还有那些本真的善良，无论在哪一片大地上，或许都是一样的。朗顿·班觉写的是藏族，其作品的根底，写的其实是人类的本相。”[1]

“《绿松石》并非偶然产之，而是西藏政治、经济、社会文化进步发展到改革开放时期的顺势产物，作家本人深深植根于民族的土壤之上，又辛勤耕耘在这块土壤之中，多民族文化的滋养成就了这部小说。”[2]

“《绿松石》在传奇性的故事营构中，着力展现了藏族文化中极为丰厚的人文特质，呈现出颇具特色的思想内涵、文化深度甚至历史哲思。概括而言，小说通过感伤而温馨的地域性抒写，在对藏地文化的诗意想象中，最终完成了对西藏民族精神的内在重铸。”[3]短篇小说《花园里的风波》系西藏和平解放后第一部藏文小说，曾荣获1981年中国少数民族文学创作短篇小说奖。它的汉文译文被收入人民文学出版社1983年出版的《全国少数民族文学创作获奖作品丛书——短篇小说集》中，并被编入西藏高中课本及西藏大学等高等院校的当代藏族文学讲义。

《花园里的风波》为一则寓言小说。在阿妈玉珍的花园里，有许多美丽的鲜花，阿妈玉珍每天都细心地照顾着花。一天，阿妈玉珍早早给花浇完水以后，忽然听到院子里传来了白蜀葵抱怨阿妈玉珍没来浇水的声音，而随着这一声音的发出，花园里的风波也随之出现了。白蜀葵的抱怨声在被身旁的黄玫瑰听到后，就遭到黄玫瑰对其贪睡的批评，而白蜀葵一听，便怒从心生，开始痛斥黄玫瑰，一场风波已经难以避免。就在这时，和气的红海棠想制止这场风波，便站出来对白蜀葵进行了劝解和忠告，出乎意料的是，白蜀葵不但不领情，反而更加生气和愤怒。而附属在白蜀葵身上的牵牛花见此情形，考虑到自身的利益，就站在白蜀葵一边开始大肆地赞扬他，并批评其他花的行为，白蜀葵在得到牵牛花的赞赏后，虚荣心膨胀，

---

[1] 王芳：《〈绿松石〉中的人性及冲突》，《小说评论》，2009年第3期。

[2] 梁冀：《〈绿松石〉的藏民族现代长篇小说情结》，《短篇小说》，2012年第20期。

[3] 俞世芬：《诗化的藏地民族志——评朗顿·班觉的长篇小说〈绿松石〉》，《当代文坛》，2009年第3期。

便目中无人、盲目自大地封自己为百花之王，同时开始对花园里的其他花进行凶狠地谩骂。阿妈玉珍意识到不能让百花如此疯狂地斗争下去，否则她美丽的花园将会变得四分五裂，于是举步来到花园想制止这场风波。彩斑花在看到主人来到花园后，便鼓起勇气批评白蜀葵的自高自大、忘恩负义，同时也请求蜜蜂来对众花做一个公正的评价。听到这后，一只叫洛赛的蜜蜂受到了彩斑花的鼓舞，于是站起来对各花都给予了肯定，同时号召百花要团结。故事的最后是阿妈玉珍再次做了总结性的发言，让百花认识到花园的美丽是百花共同完成的，并不是哪一朵的美丽，同时也只有百花的团结才能使花园更美更香。白蜀葵意识到自己的无知，向大家认了错，花园里的风波正式平静了下来，花园又呈现出一片吉祥如意的和乐气氛。

《花园里的风波》虽是一场斗争风波，读起来却让人感觉轻松愉快，仿佛你看到的是一群可爱的小朋友在为了某一东西而争吵不休，然后你化身成玉珍老师，批评了其中不讲理的那个调皮鬼，让他们认识到团结的重要性；而孩子们则在认识错误以后又焕发出了天真的笑容。也许正好是班觉选择了花园里的花花草草这群可爱的植物来作为自己的题材，它们本身就让我们觉得可喜可亲；而它们争论的焦点仅仅只是谁的贡献大谁更美丽的问题，这就仿佛更像一群小朋友在争吵谁的爸爸更厉害、谁的鞋子更漂亮的问题；那位两鬓斑白的阿妈，成天带着爱和慈祥来呵护、浇灌着这群鲜花，对于鲜花来说她就是位祥和的妈妈，在妈妈的爱和宽容的调解下，整场风波无异于妈妈在教训孩子，又有什么恨好说呢。也正是因为这些原因，使我们在去感受团结的重要性时不再觉得那么荒唐可笑，甚至生硬，仿佛唤起的是心中年幼时的温情和良知。

《花园里的风波》语言运用极具魅力，文中对话采用的是具有藏族特色的嵌字诗和字音修饰法。在这些诗歌中充满了用生活中的事物做比喻的诗句，像白蜀葵在夸自己时就说“我像圣山的竹子细又长，直直的身材美观又健壮。绿绿的叶片多宽展，好比那官员的华盖伞。”“大雁北归总有带头雁，百兽行走总有兽王领。我们这个美丽小花园，众花也要有个花明星。”像其他的还有“像那虔诚学佛的苦行僧，一年到头奔忙的众蜜蜂。现在请您休息一小会儿，我有几句话儿请细听。您的劳动之歌似雷鸣，造出喜口蜜糖有美名。百味花蕊竞相做贡献，长期协作从来不怠工。蜜蜂和花一直是朋友，今天这场风波您知情。花园好比一池清澈水，扔进石头泥沙乱翻动。只有澄清宝石能帮忙，今天正需您来立奇功。”这些诗句读起来朗朗上口，而且跟花本身形象相契合，我们更加感觉到作者的独具匠心。白蜀葵在骂百花时虽然没用比喻，但是诗把植物的特性结合起来，妙趣横生，“粗大的长竹根部已枯朽，喇叭花的头脚倒着生。海棠花鲜艳但是有臭味，牡丹花虽香却是蝎子洞。郁金花会引起黄疸症，格桑花小缺乏艳美容。洋菊花大头重身难支，其余花草不须再点名。”班觉的《花园里的风波》与这一时期强巴群宗的《洋菊花》都属于“贝玛”小说的佼佼者，既与古典文学一脉相承，又在内容和语言上给人新颖的艺术享受[1]。

朗顿·班觉是藏族传统文学与现代文学的集大成者，他以深厚的民族感情承担起继承传统文学的重任，又以开阔的心胸探索新文学的发展，将传统与现代融为一体，互为补充、发展。作为传统文化的传承者，班觉充分尊重了藏传佛教对西藏社会和人民的客观影响，没有刻意避讳，而是用客观的视角呈现一个真实的世界。在他的代表作《绿松石》中，藏族民众对于藏传佛教的虔诚信仰体现得淋漓尽致，这是民众的宗教信仰，它一直存在着。班觉充分抓住了这一点，选取了大家熟悉的环境；同时，班觉运用人类学和社会学的视角，挖掘了人类本性中的自私、贪婪，将真实的人生百态展现给读者。一个真正有灵魂的作家必须具备国家和民族意识，必须承担起社会的重任，班觉做到了，将现实注入文学，用文学反映社会，真正实现了作家的价值。

---

[1] 李佳俊：《雪域作家的智慧和追求——西藏改革开放30年文学发展述评》，《中国藏学》，2008年第4期。

第六节　丹增

丹增（1946—），出生于那曲比如县。1966年毕业于西藏民族学院师范科，赴中央民族学院新闻训练班学习，同年10月分配到《西藏日报》社工作，1973年在复旦大学新闻系新闻专业学习，1976年大学毕业后回到《西藏日报》工作，历任西藏日报社记者、记者站长、采通部主任、副总编辑，1983年任自治区文化厅厅长兼党委书记，自治区文联副主席，1985年11月任中共西藏自治区委副书记。2001年当选中国文联副主席、中国作协副主席；2002年4月调任中共云南省委副书记；2006年11月再次当选中国文联副主席、中国作协副主席，任云南省人大常委会党组副书记、副主任。著有报告文学《来自世界屋脊的报告》《太平洋风涛》，小说《神的恩惠》《江贡》，散文《童年的梦》《生日与哈达》，专著《文化产业发展论》《文化慧眼读云南》《为了人人都享有的权利》，电视剧文学剧本《司岗里女人》《驼峰飞虎》等。其中，报告文学《太平洋风涛》获"亚洲华人文学奖"，散文《童年的梦》获"十月文学奖"并入选《建国60年优秀散文集》，《生日与哈达》获"2009年中国优秀散文奖"。

丹增的文学创作和文化实践，最主要的特色是反思。他的反思立足于时代，深刻地剖析现实生活中存在的一些现象的文化渊源，及其在现代生活中的多方面的价值。丹增的反思有一个值得关注的基点，就是立足民族性的文化梳理和文化建构，这是贯穿他文学创作的一条主线。

《神的"恩惠"》是丹增的代表作，于1980年4月6日发表于《西藏日报》。作品描写了伙夫格桑一家在政教合一的旧西藏备受物质摧残和精神压迫的悲惨遭遇。格桑的父亲毕生侍奉旺扎活佛，身患肺病，还没有断气，就被送往天葬场，而父亲临终却告诫格桑："我们命苦，是因为我拜神不勤、对活佛不忠。你可要忠诚地伺候活佛，神佛保佑你会有好日子过"。为了追求父亲口中的幸福生活，“无论活佛怎样训斥他、鞭打他，他还是毫无怨言，默默地劳累着”，他认为这是获取来世幸福资粮的必由之径，活佛加之于他的苦痛是对他的考验和砥砺，为此，格桑愈发谦卑、虔诚地伺候旺扎活佛。妻子卓玛因为在背水的路上生了孩子，旺扎活佛不但没有给予同情和关爱，反而认为卓玛的行为违犯了“神规佛法”，竟然命人将刚生产过的卓玛“扒光身上的衣服，捆在大门前的经幡杆上”，活活冻死。格桑虽然痛不欲生，但想起父亲临终的嘱咐，还是忍痛接受了这个悲惨的现实，“心里祈祷着但愿活佛保佑卓玛升天”。为了“尽快洗罪”，格桑“更加恭顺活佛，干活也更加勤快，起早摸黑地服苦役”。然而生活现实与他的希望完全背道而驰。女儿德吉长到18岁，被旺扎活佛看上。为了达到占有德吉的丑恶目的，旺扎活佛威吓格桑说：“你犯下的神罪不轻，为了使你尽快赎罪，我决定三天后把你的德吉送去当尼姑。”小德吉希望父亲带她逃走，并发出了“旺扎不是活佛，是鬼，是吃人肉的鬼”的怒吼。惶惑的格桑用颤抖的手打了女儿一巴掌，望着女儿可怜的脸庞，格桑犹豫了、动摇了，父女俩最终选择了逃亡以反抗旺扎的戕害。他们在茫茫的草原上寻找新的生活，过了一段平静的日子，但仍没有能逃脱旺扎的魔爪。在送多吉去往天葬场的路上，他们遇到了旺扎活佛的马队。“旺扎从袈裟里拔出一把尖刀，朝着小德吉的头砍去。一股热血从头上喷了出来。她倒下了。”旺扎的马队还将格桑的帐篷劫掠一空。面对这些，格桑终于认识到：“旺扎不是活佛……活佛，是假的……”

《神的“恩惠”》采用的方式不同于这一时期西藏文学中的革命现实主义的写作方式，而是从文化自省的方式，抽丝剥茧般地将格桑一生的苦难加以呈现。首先是代际承嗣的苦难。格桑不仅继承了父亲的血脉，而且在精神世界承嗣了父辈的精神枷锁，在对来世的热望中西藏旧时代的普通民众走向了生命的黯淡。其次，苦难的家庭承受。格桑与卓玛在患难中结为夫妻，相濡以沫，共同承担生活的艰辛。但是相较于格桑而言，卓玛的女性性属使得她承担更多的痛苦，政权、教权、男权等以多种形式加诸格桑，并在这些权力的合谋下，导致卓玛的陨落，致使格桑的痛苦更深一层。再次，女儿德吉承受着格桑的代际苦痛和母亲卓玛的女性之痛。这迫使德吉率先产生了逃亡的念头。但在旧西藏政教合一的社会制度下，逃离只是一种理想，而非摆脱痛苦的方式。因此，德吉最终惨死在旺扎的屠刀之下。至此，一无所有的格桑才意识到旺扎假活佛的面目。活佛的社会身份只是旺扎之类攫取更多社会权益的手段之一，只是强化其统治威权的有效手段。这样，丹增就深刻地揭开了旧时代宗教代言人的虚伪面纱，还原了旺扎狼一样贪婪无耻残暴的本来面目。同时，作品对普通民众盲目、迷狂的宗教行为也提出了质疑。因为正是民众对宗教信仰的盲目与迷狂，才导致他们被那些不义之徒轻而易举地欺骗和残害。通过小说所表现的主题，丹增表现出一位具有现代意识的藏族知识分子对民族生活的关切与期盼，以及对整个民族所背负的文化重负的忧虑[1]。

丹增不仅从事文学创作，对民族文学发展的思考也比较深入。20 世纪 80 年代，民族文学的发展走向成为理论界极为关切的问题，如刘昌福就曾提出藏族文学中的“酥油味”与民族性格之间关联的思考[2]。丹增认为“民族的精神面貌或民族性格，也要在民族文艺的特点中表现出来”。关于民族性格，丹增的理解是“生活条件在人的心理素质中的独特反映”，因此，藏族文学就是生活在西藏高原上的人们的“心理素质”的体现，这是藏族文学其他民族文学最大的区别所在，即“藏族的文学作品要有藏族特色”[3]。但是，西藏当代的文学创作队伍既包括藏族作家，也包括以汉族作家为主的其他民族的作家。尽管这些作家都生活在西藏，但是他们写出的反映藏族生

[1] 于宏、胡沛萍：《20 世纪 80 年代西藏汉语文学发展概论》，第 55 页，山东大学出版社 2015 年版。

[2] 刘昌福：《“酥油味”与民族性格》，《西藏日报》，1979 年 6 月 17 日。

[3] 丹增：《关于藏族文学作品的民族特色问题》，《西藏文艺评论选（1965—1985）》，第 31 页，西藏人民出版社 1985 年版。

活的文艺作品，存在着猎奇的痕迹，往往给人一种“不很象”的感觉[1]。对于这种文学现象，丹增认为是“违背了民族特征，用想当然的一种揣度套在藏民族生活原型的头上”，根本原因就是“对藏族生活不熟悉”。对此，丹增认为只有“深入生活，观察生活，熟悉生活，在继承本民族文学优良传统的基础上，创造一种和社会主义思想内容相适应的新的民族风格、民族形式”[2]。可见，丹增尽管立足于藏民族文学发展的视角在思考问题，其实则远远超越了单一的民族文学的狭隘，而是在更大的文化空间中思虑现代文化体系中传统因子的文化意义和时代价值。

丹增的思考不仅是针对作家文学创作而言，也是针对文学工作的领导者而言的，因此具有民族工作普遍性的意义。他认为，“要运用历史唯物主义的观点，采取科学的态度，继承民族优秀的文化艺术传统，积极发展具有民族特色的文化艺术，并赋予新的内容和时代精神。同时要不断地借鉴和吸收其他民族的优秀文化，努力丰富和发展藏族的文化艺术”，并警惕“只注重描绘民族色彩，忽视表达民族思想感情和生活内容的情况”[3]。

丹增始终在思考民族文化的现代表达问题，不仅仅只是站在藏民族文化表达的立场上，更主要的是站在中华民族的文化表达和塑造立场上来思考和建构。这和丹增的社会身份和自我文化认同有密切的关联。

首先，丹增是一位有着深厚的文化积淀的高级领导干部。多年的记者生涯，锻造了丹增敏锐地捕捉生活细节的能力，而扎根生活、扎根基层、调查研究是他一贯的工作作风，两相结合，就生成了丹增的现代文化视野。1990年—1991年，丹增两次带工作队到江孜县调查，组织撰写了一批具有典型意义和推广价值的理论文章，深入地分析探究了深化农牧区改革、发

[1] 丹增：《关于藏族文学作品的民族特色问题》，《西藏文艺评论选（1965—1985）》，第32页，西藏人民出版社1985年版。

[2] 丹增：《关于藏族文学作品的民族特色问题》，《西藏文艺评论选（1965—1985）》，第33页，西藏人民出版社1985年版。

[3] 涂伯祥：《努力发展藏族文化艺术》，《中国民族》，1985年12期。

展商品经济的经验；1992年—1993年，随着西藏经济社会发展的需求，丹增将调查研究的重点放在国营企业转换经济机制上，撰写了《八一农场启示录》，为西藏国营企业改革总结经验，推动了西藏现代市场企业机制的建立；1994年，丹增到工布江达县蹲点，总结了工布江达县迅速脱贫经验。[1]而他关于文化现代化的思考，也在随着工作岗位的转移而在不断地生成，丹增从1982年调任西藏自治区文化局党组书记、局长，1984年兼任自治区文联副主席，就开始从新闻转行到文化，并尝试文化与市场的结合。1993年，《珠穆朗玛之歌》通过市场营销的方式"把西藏的佛教音乐、民间音乐结合起来"，"四处巡演"，取得了良好的经济效益，这使得丹增认识到"文化并不是只有政治属性，体会到文化与经济密切相关的道理"[2]。而《红河谷》的成功则有力地证明了丹增有关文化产业尤其是民族文化产业思考的合理性。调任云南工作后，丹增主要关心的是云南的民族文化产业的开发和发展，先后指导开发出大型原生态歌舞《云南映象》、民族舞蹈诗画《丽水金沙》、大型歌舞晚会《勐巴拉娜西》，电影《花腰新娘》《婼玛的十七岁》等，着力从原生文化的现代经济价值的转发和传达来凸显地方性文学的独特价值。基于丹增的文化产业理论和实践，第二届中国国家文化创意产业博览会授予丹增"2007中国创意产业杰出贡献奖"，在主旨发言中，他认为创意是文化产业之魂，智力是文化产业之根，人才是文化产业之本。

其次，丹增是一位有着丰富的人生体验和深刻的社会认知的现代民族作家。新世纪以来，厚积薄发，创作了一大批引起人们关注的文学作品，如《生日与哈达》《我的高僧表哥》《江贡》《第二佛陀》《童年的梦》《忆母校 念恩师》等作品。丹增的文学创作紧扣个体生活记忆，体现出宏大、包容的文化视野，"他试图在一个开阔而多元的文化空间里，来理解生活，来阐释宗教现象。从文化意识生成和文化元素构成的角度看，丹增的价值

[1] 复旦大学校友联络处：《复旦学子》，第52页，复旦大学出版社1995年版。

[2] 唐宏峰：《云南模式与中国文化产业发展》，《艺术评论》，2010年4期。

理念和情感态度，主要来自于以佛教为核心的藏族文化。但是，由于受过现代的大学教育，他的文化意识，就不再是封闭和排斥性的，而是开放和包容的。换句话说，他试图以藏传佛教文化为主体，同时吸纳其他类型的文化”。[1]

丹增在《童年的梦》中通过“镜子”和“手电筒”的隐喻，展现了只有突破固有的文化藩篱，才有可能在更大的文化空间中型塑自我的观念。“镜子”、“手电筒”等物件和来自其他地方的讯息都是马帮所具有的文化商贸沟通功能的体现。但对于封闭生活中的人们来说，这些物质或精神的产品都足以给平静的生活带来革命性的影响。一面小小的镜子让年幼的丹增“发现了一个新世界”，一个可以被反射、折射的世界，至于手电筒的“光芒划破沉寂了数千年的黑暗”，更是一件激动人心的事件：“那束在无垠的黑夜中闪闪灭灭、晃来晃去的光柱就像一个充满好奇心的孩子游荡在夜空下的灵魂。黑暗中的事物可以被看见，无异于一个未知的世界被开启了一扇神秘莫测的窗……我可以在黑夜中看见我想看的任何东西……以往对黑暗的恐惧已被手电筒的光芒驱赶得无影无踪，我感觉自己就是驾驭黑暗的勇士，在过去从不敢涉足的地方如入无人之境。那从我手中飞出去的光束就像一把锋利的宝刀，将强大而深沉的黑暗一劈两半……许多年后我都还记得这个激动人心的夜晚，以及心灵深处所受到的巨大震撼……一面镜子和一只手电筒向我展示了与喇嘛经师所描述的世界全然不同的景观，这种新奇的令人怦然心动的景观不是让人如梦初醒，而是仿佛置身梦幻般的世界……在枯燥乏味的经书和魔幻般的镜子和手电筒之间，任何一个孩子都会做出符合自己天性的选择。镜子和手电筒，成了一颗不安分的童心通往山外世界的方向和路标。”[2]及至多年以后，丹增认为自己能够走出传统藏族生活，而走向现代生活，实际上就是受到了“镜子”和“手电筒”的影响，

[1] 李建军：《丹增散文：慈悲喜舍的光芒》，《文学自由谈》，2016年第1期。
[2] 丹增：《小沙弥》，第76—77页，重庆出版社2013年版。

镜子让人看到世界的样貌，让人开始认识自己；手电筒让人看到远方的世界，引发人们对于遮蔽在暗夜下的光明的向往。丹增以文化隐喻的方式表达出现代知识分子对多元文化融合观念的生动诠释和理解。

另外，丹增近年创作共同点是皆从自己的记忆中寻找创作材料，带有回忆录的意味，但是，丹增的文学创作，又不是一味的回忆过去，沉溺过往，更多的是对自我生活经历的反思。因此，他的每篇作品都围绕着一个确切的主题，展开历史记忆，叙述过往，进而表达自己的写作意趣。在每一篇作品中，丹增都在与自己对话、与时代对话，他力图要在作品中呈现出某种值得关注的文化情怀，并且这种情怀带有人类普遍意义的价值。如关于教育的思考。在《文化产业发展论》中，丹增提到文化产业发展的人才和科技支撑的问题，“文化产业本身包含着丰富的智力和科技内涵，是一个以创意为真要动力的产业。人才、科技在文化产业发展中具有不可替代的地位和作用。培养一支与文化产业发展相适应的人才队伍并充分发挥人才的作用，不断提升文化产业的科技含量和应用能力，是文化产业发展的方向和趋势”[1]，这是丹增在多年的文化产业领域的思考和实践中得到的认识，就是教育的质量决定着文化产业的发展规模和发展速度。在散文《忆母校 念恩师》中，丹增从自我的教育背景出发，谈到教育的文化价值。《忆母校 念恩师》是丹增参加西藏民族学院五十周年校庆时创作的一篇散文，饱含着作者对于母校和老师的深深眷念。但是，丹增的书写又不同于一般的往事重现的记忆书写，他在作品中以一个人的成长经历为考察对象，表现出对于教育的反思、对于教育服务国家经济社会发展的思考。丹增不仅是站在学生的角度思念母校和老师，更是站在教育家的角度来反省教育的实际效用。丹增在西藏公学开始接受现代教育，开始拓展他对世界、生活的理解，“西藏公学（后更名为西藏民族学院），是我认识和接受现代教育的开端，同时也是包括我在内的许许多多藏民族以及其他少数民族莘莘学子的母校”，“我在母校几

[1] 丹增：《文化产业发展论》，第141页，人民出版社2005年版。

年的学习和生活，使我真正认识了现代教育，也让我开始懂得了人生的哲理，更让我对教育有了由表及里的理解和思索。这让我不断加深对教育的认识，不断增进对教育改革和教育发展的思考，不断增强做好教育工作的责任感、紧迫感”[1]，丹增认为教育是人类社会进步的阶梯，是开发人类智慧的重要方式，因此，教育权是人人生而平等的都应该享有的权利。

再次，丹增近年来的文学创作突破了既有的文体藩篱，呈现出多种文体杂糅而又有机融合的特点。收录在《小沙弥》中的文章“都独立成篇，各有所悟，各领其旨，同时又词断意属，形散神不散……集中个体记忆与时代情怀的交融”，并体现出将民族文化融入到“中国文化的现代性进程之中”的努力。[2]丹增着意的是个体的时代性表达，如在《忆母校 念恩师》中他谈到：“回忆虽然如云如烟，感情都是真实的。问题是散文还是杂文，抑或是纪实文，我都没有考虑，只是想把我最真实的情感自由地表达出来……这对我就足够了”[3]，此言语透露出丹增对散文、杂文、纪实文等文体有着清晰的认知，但他瞩目的并不是这些文体之间的差异性，而是在文章中展现出真实的自我感知、认识和理解，因此，无论是叙述、抒情还是议论，都有实际的针对性，这正践行了白居易的“文章合为时而著，歌诗合为事而作”的“著作”理念。但在实际写作过程中，丹增所秉持的“著作”现实性创作理念，又使得他突破单一文体的限制，采用了文体杂糅的方式进行创作。也就是说丹增的文学创作带有强烈的问题意识，他是借助文学来彰显他对某些问题的深入的思考，如《生日与哈达》，围绕着他的三个生日，缀连起他独特的人生经历，串联起中国当代社会的发展历程，但是贯穿其中的则是对母亲、对祖国无限的崇敬，向母亲和祖国敬献哈达般的情感。

总体上看，丹增的文学创作既有藏族文化的氛围，也有现代文化的气质，既在抒发个人的情志，也在探究时代的风情，他崇尚真善美的生活意趣和

[1] 丹增：《忆母校 念恩师》，《中国作家》，2008年第10期。
[2] 包德明：《个体记忆与时代情怀的交融》，《民族文学研究》，2016年第5期。
[3] 丹增：《忆母校 念恩师》，《中国作家》，2008年第10期。

文学旨趣，因而，丹增的作品在强烈的问题意识中又渗透出浓郁的人生价值追寻的意味。

第七节　拉巴平措、德吉措姆

拉巴平措（1942—），笔名格桑南卓，出生于西藏江孜。1960年毕业于西藏公学（今西藏民族学院），1960—1963年在北京中央民族学院少数民族语言文学系藏文研究班学习，毕业后，先后在西藏那曲地委、西藏民族学院、西藏师范学院工作。1979年任西藏自治区党委宣传部副部长，1981年兼任西藏文联党组书记、西藏文联副主席、中国作家协会西藏分会主席，1985年，西藏自治区社会科学院成立，兼任院长，1991年任西藏自治区人民政府副主席，1992年任西藏自治区人民政府主席，2000年任中国藏学研究中心总干事。著有藏文小说《三姊妹的故事》《雨后的森林》等。

《三姊妹的故事》是拉巴平措的代表作，发表于1981年第1期藏文版《西藏文艺》[1]，获西藏自治区优秀文学创作奖。小说通过一家三姊妹不幸的遭遇，控诉了旧西藏三大领主阶层的无耻残忍荒淫，具有强烈的批判意味。小说的主要内容是：在西藏和平解放以前，日喀则地区年楚河上游，大贵族年堆江孜伦珠则庄园里，住着鲧曲和金宗老两口。阿爸鲧曲是织地毯和卡垫的能手，阿妈金宗则很会捻毛线和染颜色。他们用自己的手艺，靠替别人家织卡垫过日子。老两口有三个女儿，分别是潘朵、普赤、苍姆决。三个姑娘从懂事起，就帮着爸妈洗羊毛、纺毛线、背水。到后来，大姑娘潘朵就可以和阿爸一起织卡垫了，并且把到河边背水的重活全包了下来。两个小姑娘娘则帮助阿妈染颜色和干其余的杂活。这样，全家老少五口都能劳动，过着清苦但又是欢乐的日子。然而，不幸的事却接踵而至。先是大女儿潘朵被藏兵强掳而去，潘朵的恋人列曲出手相救，却被藏兵残忍杀害。

[1] 李朝群汉译文发表于《西藏文艺》（汉文版），1981年第5期。

受辱的潘朵纵身跳进了年楚河自尽。至于二女儿普赤，则在贵公子占堆的花言巧语下，失身于他，并幻想着占堆真的能娶她。她不知占堆只是玩玩她而已，不久就另娶了别家小姐。被抛弃的普赤，经受不了打击，没两天就精神失常。后来，在一天晚上离家出走，不知所踪。为此，当地也流行着一首歌谣唱道："虽是公子少爷，生在名门世家，这样喜新厌旧，完全没有想到。先是头顶宝贝，恨不能用舌舔，接着让扔在脑后，看也不愿再看。有主家庭主妇，无主和狗一般，贫家姑娘青春，玩过之后萎蔫。"而三女儿苍姆决，虽然在大姐事件之后，就被父母送到寺庙出家为尼，却也没有逃脱不幸。就在她入寺 3 年后的一天，被翁则·旦增曲英诱骗送给了密宗寺庙的活佛——法尊大师强奸，遭受凌辱，继而又被翁则诬陷盗窃了寺庙的一对银灯，被投入监狱，罚做苦役。在监狱中，苍姆决发现自己怀有身孕。这时，翁则等又将其罚处 50 马鞭，然后逐出寺庙。被赶回家中的苍姆决，留着眼泪对着年老的阿妈悲愤痛苦地说道："教人不要造孽的是翁则大人，给人栽赃陷害的是翁则大人；教人莫找男人的是翁则大人，叫跟活佛睡觉的是翁则大人；教人不要撒谎的是翁则大人，逼人编造谎话的是翁则大人；把人诬良为盗的是翁则大人，又说不要赔偿的是翁则大人。"听到小女的不幸，阿妈也只能唱起伤心的哀歌。哭诉着："在这大地之上活也活不下去，在这苍天之下我们往哪里逃生？"

小说主题深邃，构思精巧，人物鲜明，语言通俗。通过三姊妹的血泪控诉，反映了"旧西藏"上层领主欺压农奴的横行霸道和荒淫无耻，以及他们的伪善和狠毒，揭示出藏族群众要想获得幸福自由的生活，只有推翻腐朽没落的旧政权，除此而外，别无他途的真理。在写作形式上，《三姊妹的故事》以 13 节小故事连缀起作品，并借鉴了藏文传统文学贝玛体的形式，韵散结合，说唱相兼，其中诗歌部分具有浓厚的民歌风味。

《雨后森林》[1]是作者的另一部代表作。这是一则寓言小说。作品通过狂风暴雨后，森林遭到破坏，生活在这里的猕猴班丹、大象衮嘎、兔子洛桑、狐狸拉则和豺狼阿旺等野生动物的不同表现，反映了人们应该相互团结的主题。该作获得1982—1983年西藏自治区文学优秀奖和《西藏文学》汉文版作品奖。作品语言生动，形象鲜明，对猕猴、大象、兔子、狐狸等形象的描绘，大都能抓住他们各自的特点，给人留下深刻印象。作品第一章“狂风暴雨之灾”，写有那么一处一望无边的茂密森林，名称叫做“德吉采”——即幸福之园。在孟夏的一天，突然天空浓云密布，海浪翻滚，雷龙齐吼，风雨双临。豺狼阿旺一头撞到一株大杨树上，狐狸拉则跌了一个嘴啃地，兔子罗桑的窝被砸得一塌糊涂。大象衮嘎和猕猴班丹为了不让家园遭到浩劫或为了减少损失，在风雨交加中，不顾安危，齐心协力地推拉着树干，奋勇搏斗。第二章“野兔忧天”，写风雨过后，兔子罗桑看着天空，心中揣摩着：从东云的漫翻急涌看，还是不应该放松警惕。它疑心大树要倒掉，发出痛苦的哀号，但那不过是云朵向东飞奔，出现树梢西倒的错觉。豺狼拉则对兔子罗桑的担忧嘲讽讥笑。猕猴班丹和大象衮嘎则宽慰兔子罗桑，叫它不要害怕。第三章“狐狸的天性”，写猕猴提议：“把我们的家园——密林整顿一下不好吗？”于是，狼和兔子前去叫狐狸来一起劳动。起初狐狸偷奸耍滑，认为“享受清福就是好，我可不想白辛劳”，不过，最后在兔子的劝说下还是决定和大家一起去干活。它们来到猕猴班丹和大象衮嘎劳动的地方，看见猴儿正手握树枝掘土疏渠，大象正用鼻子吸取污水，运往河中。兔子和狐狸快步上前，加入了劳动的行列，而豺狼却依然如故，站在旁边指手画脚。第四章“狼夸海口出洋相”，写阳光灿烂，林中的潮气越来越少，空气越来越鲜。这时，猕猴想，还是要彻底地把家园中的污秽清除出去的好。大家都表示同意，但豺狼仍旧捧着肚子，来回踱着八字

[1] 藏文载《西藏文艺》，1982年第3期；宋晓嵇、萧蒂岩汉译文见《西藏文学》，1985年第11期。

步。兔子说它："说起话来大言不惭，干起活来缩手缩脚。"狐狸也讥讽说：狼嘴舌好清闲，碎枝可曾抛一根？不当主人尽夸口，针线可曾缝一针。"五章"吉祥进步的歌舞"，写最终大家齐心协力，共同劳动，共建家园。看着林园中的变化，狐狸认识到："谚云'人多手是真金'真是有理，这是一切生活在森林中的动物，无论公母、老少、大小，共同努力，克服困难，辛勤劳动的成果，吉祥圆满的风尚和美好幸福的前进，多么令人无限欢欣啊！今后，我们只要集中精力奋发图强，倍加努力，故乡怎能不会越来越好呢？"豺狼也意识到："谚云'若想吃桃子，门前栽桃树'，那确系格言，如果不对那对大家都有益的事业做出实际的努力，只凭花言巧语，坐享其成，则暴风雨造成的荒凉惊险，怎能建成欢乐宜人的乐园呢？自己必须在实际行动中改正错误才行啊。"

总体来说，拉巴平措的创作虽然不多，但都具有深刻的时代内涵，并善于汲取民族文学的营养，在继承中有新的创造和发扬光大。

德吉措姆（1947—），女，出生于西藏拉萨。1967年毕业于西藏民族学院师范科，历任拉萨市一小教师、西藏农牧学院教师、政工干事、附中副校长、预科副主任、教务处副处长、自治区党委宣传部教育处处长、山南地委宣传部部长，自治区党委办公厅秘书处副处长、秘书长、自治区文化厅副厅长、厅长、党组书记、自治区党委常委、自治区政协副主席、党组副书记等职。德吉措姆于1977年发表反映西藏农业战线斗争的处女作《骏马飞奔》；1980年发表的《漫漫转经路》，荣获西藏自治区1981年优秀文学二等奖、1985年五省区藏族文学创作二等奖；1986年发表反映军民鱼水情深的《采蘑菇的少女》。

《骏马飞奔》写琼达出身贫寒，小时候父亲被领主活活打死，母亲也在弟弟平措3岁时去世，从此姐弟俩成了孤儿，靠乞讨艰难地生存了下来。和平解放后，穷达被派往民族学院学习，弟弟平措也成长为一位村干部。

姐弟俩响应党的号召，带领着村民们热火朝天地进行农村生产建设。但隐藏在生产队内部的阶级敌人却伺机破坏。在老支书扎西的带领下，以姐弟俩为主体的群众展开了及时坚决的对敌斗争，最终揪出了内部的敌人，并为生产队挽回了巨大的经济损失。

《漫漫转经路》是作者的代表作，有着深刻的社会、文化内涵，也有着鲜明的地域、民族文化特色。小说采取第一人称回忆的方式，叙述了一个拉萨小姑娘的童年生活，具有自传体的特点。“我曾有一个虽然贫贱却是和睦美满的家庭。家里有强健能干的阿爸，美丽贤惠的阿妈，还有虔诚信佛，心地善良的奶奶”。可是，在“我”3岁那年，阿爸被主人捏造罪名，关进监狱，以“违抗官命，企图逃跑”的罪名，罚抽200皮鞭，当晚含恨去世。5岁那年，阿妈又遭受了不幸。她因反抗藏兵的凌辱，被开枪打死，尸体被投进了拉萨河的急流中。从此，只剩下“我”与奶奶相依为命，熬度着苦难的岁月。但是，在“我”13岁那年，奶奶也因支房差从楼梯上摔下来受伤，最终离“我”而去。幸好民工队收留了“我”，并让“我”接受教育。十多年后，“我”成了高等院校的一名光荣的人民教师。小说重点写了1956年，也就是“我”和奶奶共同生活的最后一年的故事。奶奶虔诚信佛，无论雨雪晴天，都坚持转经：“无论是皑皑银雪覆盖城廓，砭骨寒风劲吹的冬天；还是大雨倾盆，道路泥泞难行的夏天；也无论是劳累过度而腰酸腿疼，还是染上伤风头疼，都无法动摇她一片虔诚的求佛之心”。除此之外，奶奶还把自己仅有的钱作为贡品敬献给寺庙。她坚信这样可以洗刷今生的罪孽，获得来世的幸福。奶奶转经的目的也很单纯，即祈求我们能够过上平安幸福的生活。但奶奶的虔诚并没有换来好的结果，“我”和奶奶的生活依旧和往常一样艰难清苦。而“我”自小经历了父母的悲惨遭遇，也看多了身边发生的不平事，开始怀疑奶奶的教诲，怀疑宗教的力量，常干出一些“出格”的事。奶奶让“我”去拜佛，路上看到香甜可口的食品，嘴馋的“我”禁不住诱惑就拿敬佛的铜币去买食品，并把它吃了。吃完之后，“我”内心很是恐惧，因为按照奶奶的教导，冒犯了佛爷会遭到惩罚。但等了很久，也没有等到佛爷的惩罚。“我”终于明白，奶奶原来是在骗人。于是，“我”兴奋地跑向寺庙，在寺庙里随着人群转了一圈，“慢腾腾的队伍终于走到释迦牟尼佛像前，我悄悄抬起了沉重的头看佛像的脸。啊啧！好极了！它还是跟以前一样，慈眉善目，安详稳坐着，看来，佛爷并不知道我的事。”“从那以后，我再也不怕佛爷的先知先觉了。每当嫫啦把铜币插进释迦牟尼佛像侧面的青稞盆里，只顾静心叩头的时候，只要我知道管事喇嘛不在佛殿内，就手捷眼快地将铜币取回来揣进‘安巴’。我打算积少成多，攒够了钱自己去买一支笛子。”“我”和奶奶就这样生活着。直到奶奶因支差摔伤，无钱医治，“我”只好用从佛殿内偷攒下的钱去买药，但就这么点钱还不够买几丸药。小伙伴拉巴知道“我”的难处后，介绍“我”到汉人办的民工队求助。在民工队的帮助下。“我”给奶奶买来了药。服了药，奶奶的身体渐渐好了起来。几天以后，她已可以让人搀扶着坐起来。可是在得知“我”拿敬佛爷的钱买油糕，用汉人的钱给她买药后，一下子昏死了过去，最终永远地离开了“我”。“我”担心自己将会变成一个孤苦伶仃的孩子，被人歧视，受人蹂躏，成为路上可怜的小乞丐，成为主人会说话的牛马，任人在“我”头顶上拉屎拉尿时，“民工队的本布拉当天就把我接到他们那里，后来又把我送到了一个充满幸福和欢乐的校园里。从此，温暖的阳光照耀在我的身上，绚丽的格桑花儿开在了我心坎上！嫫啦转了一辈子没有找到的幸福，我和我同辈的青年人，在祖国母亲的温暖慈爱的怀抱了却得到了。”作品通过“我”和奶奶不同的遭遇，反映了旧西藏时期，底层民众悲惨的生活状况，又以尖锐的笔触反思了宗教信仰对人们生活的影响，表达了幸福的获取，不是依靠转经，而是要通过投身社会实践、社会革命的道理。小说语言质朴，叙述流畅，娓娓而谈，平易亲切。

《采蘑菇的少女》写少女达娃琼琼不曾有过阿爸，也没有阿妈。有人说她阿爸还活着，只是不知道是谁。阿妈在生下她四年后的一天夜里，突然从被窝里失踪了。后来，人们在一座陡峭的山峰上，发现了她一丝不挂的尸体。就这样，达娃琼琼自小就和奶奶生活在一起。可是，在达娃琼琼14岁的时候，奶奶突然中风瘫痪了。达娃琼琼在孤独、苦闷中渐渐长大。秋夜，当男人们和女人们围在一起跳舞时，达娃琼琼就躲在暗处，悄悄地看，悄悄地学，她不敢走到人群中间去。在采蘑菇的时候，她就独自在林子里跳偷偷学来的那些舞。一天，她在山上采蘑菇时，遇到了山下伐木连的一个金珠玛米。他一手提着步枪，一手提着几只山鸡。金珠玛米不小心踩住了蘑菇。他十分抱歉地看着达娃琼琼，蹲下身，用手将碎蘑菇捧起来递给达娃琼琼。接过金珠玛米递过来的蘑菇，达娃琼琼的眼睛湿润了。自从来到这个世界上，她就不曾享受过父爱和母爱的温暖。长到今天，还没有人像眼前的这个金珠玛米这样真正地把她当做一个人看。金珠玛米走时，还将三只山鸡留下作为补偿。从此，达娃琼琼的梦中总是梦见那个金珠玛米，梦见那片山林。她本已决定到伐木连去看电影，可是走到半路又回来了，她不敢去，她怕看见他。1个多月过去了，在一个风雨交加的黑夜，奶奶死了。达娃琼琼更加孤单寂寞。在她的脸上，只有悲伤和痛苦。她不吃不喝，也不睡，变得呆痴恍惚。不过，她那双眼睛却隐藏着一线光泽，她总是呆呆地看着一个方向。那儿，就是伐木连。“他是谁？叫什么？住在什么地方？只有琼琼知道。这有什么要紧的呢？要紧的是他头上有一颗闪亮闪亮的五角星，他有着一颗菩萨般善良的心。”最终，她怀揣着一个红布包，朝着那个目标，那个星光闪烁的地方去了。“她想着，只要朝着星光闪烁的方向，准能找到他。她从来没有这样自信过，也从来没有这样清醒过。”

总体来说，德吉措姆的创作数量虽然不多，且较为朴实，甚至还有一些青涩，但作为当时西藏文坛最早成长起来的藏族女性作家之一，无疑具有一定的代表性，在西藏文坛占据重要的位置。

第八节　色波

色波(1956—)，又名徐明亮，出生于湖南。西藏探索小说的代表人物。1973年在辽宁沈阳学医，毕业后在西藏许多地方行医。1982年开始写小说，兼作文学理论和文学评论，先后在三家报刊杂志当编辑，1989年调进西藏作协工作，曾任《西藏文学》副主编，1998年调回四川，在成都文联工作。色波的小说作品，主要有《幻鸣》《在神鹰的翅膀下》《在这儿上船》《圆形日子》《昨天晚上下雨》《香巴拉之路》《海螺号响了》《乌姬勇巴》《星期三的故事》《八月是个好季节》《竹笛·啜泣和梦》《归宿》《传向远方》等。他选出11篇编成小说集《圆形日子》，作为西藏当代作家丛书之一，1992年由文化艺术出版社出版。其中《竹笛·啜泣和梦》《幻鸣》《在这里上船》《圆形日子》四篇被日本牧田英二教授译为日文，与扎西达娃的小说合编，译名为《风马之耀——新的西藏文学》，于1991年3月出版。色波的作品已译成日、德、意等文字。2002年，色波主编了由四川文艺出版社出版的“玛尼石藏地文丛”的四卷本当代藏族文学丛书，丛书共辑录了《智者的沉默——短篇小说卷》《月光里的银匠——中篇小数卷》《前定的念珠——诗歌卷》《你在何方行吟——散文卷》四部文学作品集。曾获第四届全国少数民族文学创作奖。

小说集《圆形日子》是色波的代表作。其中，《传向远方》讲述的是雅鲁藏布江畔一个小村庄里的故事。主人公嘎嘎大叔二十多年来，几乎每天都到山口大树下，呼唤离他远去的“胖胖的，大眼睛”女儿；在等待、呼喊女儿回来的同时，嘎嘎大叔固执地一个人耕耘土地。起初，乡亲们对于他真挚的呼唤还能保持一种同情和关注，并会感到十分哀伤；后来，会有人觉得他太痴；再后来，人们对他的呼喊声习以为常，就再没有人去劝说他了。如果他病了没有出门，人们反而会感到很奇怪，人们需要他的呼喊声让生活恢复常态。直到小说末尾嘎嘎大叔因醉酒跌入雅鲁藏布江中的最后一声惊天动地的呼喊，才让人们重生了对他的同情，唤醒了人们的麻木和对他存在的证明。《幻鸣》是一篇魔幻现实主义小说。讲述了一个在印度流浪二十多年的门巴族青年亚仁回家乡寻找父亲的故事。叔叔不知去向，母亲客死他乡，亚仁怀着强烈的归乡情绪，回国寻找父亲。他不知道父亲的名字，只知道他的笛子吹得很好。费了很长的时间，在经历了“鬼树”下古怪老人的惊吓、在泉边结识菊尔登的女儿、在山洞里与冬德尔的妻子相遇的三个情景后，他终于打听到了父亲的下落。这时方才意识到父子两个的遭遇竟然那样地相似，自己的命运就是父亲经历的重复：叔叔带着母亲跑了，留下了自己的儿子。这是一个圆形的轮回。《竹笛，啜泣和梦》以门巴族竹笛的由来为题材，讲述了一个孤独老人关于竹笛，啜泣和梦的故事。老人有虎、豹、熊、猴四个伙伴，伙伴们在它们各自离去时在竹笛上分别挖一个孔，现在的四个音孔就分别代表了这四种野兽。老人思念伙伴们时弹奏的曲子成了后来门巴族人喜爱的乐曲《啜泣》，而老人的梦，作者至始至终也没有点明那个梦的内容，恰似什么也没有，却什么也有。《在这里上船》写几位年轻男女去江边玩耍，回来的时候寻找渡船停靠地点和等待渡船的故事。《星期三的故事》写我与朋友正在聊“小说中的故事”，朋友让我在小说中也写写故事，这时一个叫星期三的人给我们讲述了另一个叫星期三的人的故事。这个星期三起先是个屠夫，他杀了许多的羊子。在新的屠宰季节到来的第一天，当他准备再次屠宰时，一只花母羊突然抱住他的双腿哭了起来，并以头捣地而死。就这样，他醒悟了。于是，死去的花母羊便变成一朵圣洁的莲花，托着他飞离了屠场。由于星期三放下了屠刀，人们感到了饥饿和寒冷，仅存下来的蔬菜也被羊群抢食而光。有专家写了一份报告，并从电脑中提取了有关星期三和那些羊子前世的种种劣迹，作为星期三之所以应该当屠夫和羊肉之所以要被人们吃掉的佐证。报告送到当地政府要员的手中。要员指出“这是个生态平衡的问题”，并驱车前往星期三的住所。但此时，星期三已经在圣贤的指示下向西南方出发了。为了表示赎罪，星期三是反缚双手、倒骑毛驴离开城市的，过去在他身前，未来在他身后。路上，他看见一尊佛像在雨中，便用自己又脏又臭的靴子把它罩上，然后赤着一只脚走进村庄。村里要将他的靴子供奉起来，可是星期三说，他千辛万苦去寻找归宿，还要靠这双靴子。之后，他跨过九十九条河，在一棵树下歇息时，为了避免误伤趴在他足底上的一只蝎子，他解下腰带把脚拴在树枝上。蝎子被打动了，变成一个美丽的姑娘飞进了夜空。他翻过九十九座山，来到一条河边，在一块石头上歇息时，遇到了一位姑娘。他被这位姑娘悲惨的身世所感动，与她来到一个河心岛上。可是，在这里生活的居民不耕种也不纺织，每时每刻都在交媾。他只好像石头一样停下来，闭上眼睛，双手合十放在胸前，幻想出一些令人作呕的东西，以对抗诱惑。他的镇定使姑娘羞愧难当，变成了一只蝎子钻进了石缝。这年，星期三睡了 49 天后，发现自己处在一座悬崖上，他想他已经到达目的地了，便跳了下去，可是最后竟然飘升起来，朝对面山上飞去。他的这个神异的行为被一个苦行僧看到，便请他揭示一条修行要道。星期三想了很久也没理出头绪，只好讲述了自己的经历。苦行僧听后，大笑起来，他也爬上悬崖，跳了下去，却摔死了。《倒叙》写契加杀死了背叛家庭的妻子逃亡在外，留下幼小的儿子在家中。他流浪到了一个村庄，参加了村里的婚礼。大家喝了很多酒，契加竟然与新娘做了爱，并被当场抓获。出人意外的是，村里判罚契加继婚礼之后，再宴请大家吃喝一天。契加表示自己身无分文。村长沉吟半晌，决定先从村里的扶贫款中提取部分资金垫付，但契加必须留在村里给贫困户干活，直到村委会验收合格才能离开。契加想不到对这种事情还有这种处理方法。之后，他决定溜回家乡把儿子接到村里来。就这样，他在儿子参加赛马时被警察抓获了。

《在神鹰的翅膀下》《圆形日子》《小巷黄昏》《苍蝇》《昨天晚上下雨》《八月是个好季节》，被称为色波的“拉萨小说”系列。这些小说展现了城市化进程中，拉萨城里的人们的传统生活方式受到的不小的冲击和影响，以及在古老与现代的冲突中人们的不同态度。其中，《在神鹰的翅膀下》描写了经常光顾一家小热饮店的几个青年客人每次来热饮店里喝饮料的情景。他们每个人都个性十足，追求新鲜事物，喜欢喝马德里的咖啡，喜欢伴着收音机里的音乐跳舞，他们每个人都有自己的梦想；然而，他们却常来热饮店里混时间。小说展现了面对现代文明的注入，不同群体的态度。帕多吉和卓玛就是当时一部分拉萨青年人的代表，他们为了理想而热情追求，然而却始终无法在现实与理想之间找到正确的桥梁，于是他们浮躁、不切实际，甚至无所事事；女店主拉姆依凭着现代的生活方式，咖啡，收录机，彩色电视机，吸引着更多的顾客，收入颇丰；而其中仍然存在着愚昧和本土意识，毛孩的新闻让更多人相信是神的旨意。一个个人，一个个场景都展现了当时拉萨的真实面貌。《圆形日子》的整体框架是一个首尾闭合的圆形结构。色波一开始就规划出这种圆形的大致轮廓，然后修饰、润色，使之形态上更为规范、光滑、漂亮、完美。在这种修饰、润色的同时，也为这个框架进行了血肉丰满的填充：戴墨镜骑摩托的小伙子、古玩店、外国佬、商店、干枯的老太太，等等。这些用来充实框架的随意性因素，充斥于圆周的每一个点上，没有留下任何缝隙使我们可以发现一段流逝时间的起讫。所有这些填充都可以用一个词精确地加以表述，这就是"无聊"。当认定这种宿命的轨迹是我们的任何主观努力都无法超越的存在形式时，"无聊"也许就是使轮回最少灾难性的行为了，它不再是一种消极的逃避，一种懒心无肠的对生活的"擦边"，一种百无聊赖、心绪不振的偶然涌现；而是变成积极的对命定的归宿和必然轮回的适应，一种本体上的主动迎合[1]。《小巷黄昏》描绘的是一个电视剧拍摄现场的场记，篇幅短小，里面的演员、围观的人们都做着一些莫名其妙的事情，因为人们都不知道应该说些什么应该干些什么，巨大的无聊充斥着周围的一切。《苍蝇》写一个醉汉闯入一家甜茶馆闹事，

[1] 张军：《理解色波》，《西藏文学》，1989年4期。

硬说杯里的茶叶是苍蝇，最后在女店主母爱般的安抚中清醒了过来；醉汉恢复了平静，他变得宛如一只小羊羔般温和听话了，并且清醒地走出了茶馆。小说中醉汉的胡闹行为使烧茶女人善良宽厚的性格和宁静的内心得以彰显，但在如此的反衬效果中，我们也不禁要为醉汉们在现实生活中所做的那些无聊举动而叹息。《昨天晚上下雨》写的是一对曾经相爱的藏族青年男女在一个晚上老是喋喋不休地讨论“昨天晚上下雨”的话题，始终没能谈到别的，两人冗长而单调的对白终于使本来有限的激情也荡然无存。《八月是个好季节》以他者“多布杰”为对象进行讲述。这是一起发生在一家叫做“羊角”甜茶馆的抢劫凶杀案，店里只有三个人——店主、一个伙计和一个女店员，但就在深夜要打烊的时候，莫名其妙地闯进来了两个似乎同伙计认识的年轻人——这两人是来打劫的。小说中，劫匪与店主、伙计的关系不清不白，抢劫凶杀更像是朋友之间的内讧和群殴。最后，店主和劫匪中的一人死了，另一个劫匪受到了判决，而女店员与一个珍宝商私奔了。由于此案扑朔迷离，始终也没一个真相，终于成为了人们茶余饭后的谈资。

《永不止息的河》是以援藏、进藏汉人的现实生活为题材的中篇小说。主人公曾国军年轻时当解放军副连长进藏，转业后几十年在地方当厂长，西藏耗尽了他意气风发的青春岁月，给了他两个不听话的孩子和脆弱的身体。小说围绕着他在内调的时候所经历的风风雨雨展开，展示了“曾国军们”对于西藏现实的看法和他们即将离开西藏的各种复杂的感受和一种真实的矛盾心理。《来来去去》写诺布次仁是个医生，他行医的地方山高林深、交通闭塞、缺医少药。这天夜晚，措姆来找他，说强巴病了。强巴据说是一个特务，村民们把他抓住后，关在了措姆家旁边的一间小房子里。那间屋子是用木条镶成的，极不牢固。可奇怪的是，十多年过去了，强巴居然不逃走。当诺布次仁到了措姆家时，强巴已经死了，被人用藤条捆成了一团。诺布次仁觉得那姿势就像蜷缩在母亲子宫里的胎儿。诺布次仁把这想法对送他回家的措姆说了。措姆说：“因为我们来的时候是这个样子，去的时候也应该是这个样子。”措姆的话让诺布次仁愣了很久。之后，他与措姆在庄稼地里亲热起来。完后，诺布次仁说，他要把木制的阳性生殖器也插在措姆的庄稼地里，让她也五谷丰登。措姆表示：“那就等到明年开春吧”。她还不知道让外人将那个东西插在自己的庄稼地里，结果会怎样。但是，第二年开春，诺布次仁就像来的时候一样，悄没声息地离开了那个地方。

色波创作的小说数量不多，但是他短小精悍的作品却能给我们带来深深的思考。色波创作的年代，正是西藏文学求新的一个时期，大部分作家都在为西藏文学的时代发展寻求出路。追寻本土文化，突破固有文化的樊篱，是作家们需要解决的一个问题。拉美的魔幻现实主义给了色波他们新的出路，然而，他并没有完全模仿，如何写西藏，如何写平凡人的人生，如何看待人生的孤独与无聊，色波加入了自己独有的理解。在圆形结构中，在无聊与孤独中，在现实与梦中，在存在中，色波一直在找寻。

第九节　刘伟

刘伟（1955—），笔名子文，出生于重庆江津。1970 年参加工作。1979 年到 1983 年求学于西藏民族学院，大学毕业后历任西藏广播电台机务员、录音员、记者、编辑，《人民日报》社驻西藏记者，新华社西藏分社社长、山西分社社长，《光明日报》社副总编辑等职。1982 年开始发表作品。著有小说集《等待蓝湖》，通讯报告文学集《西藏脚步声》，长篇散记《苍茫西藏》《西藏 永恒与短暂》，长篇纪实《十一世班禅坐床记》。主编报告文学集《聆听西藏——以纪实的方式》，参与纪念西藏和平解放 40 周年 8 集电视纪录片《历史的丰碑》总撰稿，纪念西藏和平解放 50 周年 4 集文献纪录片《西藏五十年》撰稿。

《等待蓝湖》[1]是刘伟20世纪80、90年代小说作品的结集，共收入《雨水绵绵的夏天》《秋季将临》《万佛崖》《日出日落》《等待蓝湖》《最后一天等待》《没上油彩的画布》《再回摩浪》《红白屋》《其西》《旺堆的太阳》《老绵羊》《游子玛尔巴》《别总跟着我》《太阳岛的故事》《鬼眼石》等16篇小说。其中，《万佛崖》写嘎吉波因把圣水给了一位口渴的女人喝，被认为玷污了神圣的佛殿、断送了美林巴的佛根，被罚作刻经人。他只有刻完九十九万九千九百九十九片石经，在雪域大地造下十万尊佛像，才可以消弭罪孽。从此，嘎吉波出走贡布寺，漂流四方，随处刻经。在混乱的年代，嘎吉波被要求凿毁他刻的佛本身像。于是，嘎吉波提着手锤满山遍野转悠，直到后来，拉萨四周的岩石，崖壁不再有一尊完整的佛像，所有的刻经字青石都被敲得粉碎。再后来，浩劫结束，嘎吉波又开始刻经，“哲蚌寺后山光秃秃的巨石上也刻满了佛像。”小说中的嘎吉波并不是一个个体，可以看做是某种群体或精神的化身。正如小说开头写3911年的某天，在巴黎艺术博物馆参观的那名清瘦的汉子，以及展橱画面里的汉子，他们其实都可以看作是一个人。展橱画面里的汉子悠悠叹气：“哎，孩子，我等你，等你了好久好久呀。”小说的结尾也写道，金发女郎称呼那名青瘦的汉子为嘎吉波博士。可见，小说中的嘎吉波不是对一个人的确指，而是一种精神的延续，或历史记忆的承继；每一个嘎吉波都有着自身的经历和故事，正是这些痛苦的经历使得他们的信仰维系。从这个意义上说，所谓的万佛崖，不过是人们化解历史悲苦的象征。作品的叙述杂糅跳跃，亦幻亦真，历史、现实和未来相互交织，揭示了一个民族历史的命运和特征。《日出日落》写了两种不同文化或经历之间的反差。对于来自其他地方的登山者来说，登顶这里的山峰是如此的艰险和困难；但对于村民群培来，却不过是件很容易的事，就像往日放牧，随便走走便上了山顶，而城里，却是群培从来没去

[1] 刘伟:《等待蓝湖》，北京文艺出版社1991年版；另有西藏人民出版社2011年版，新增2篇小说。

过的地方，但一切又都是眼熟。作品通过登山者和村民群培的故事揭示出人们生活中的一个哲理，彼此熟悉了对方的生活，就仿如日出日落一样平常，反之，则如同日出日落一样截然不同甚或相反。《等待蓝湖》写在大李、韩风、扎嘎、远如驾驶吉普车去蓝湖，结果迷路在茫茫雪原。其间穿插着他们各自的情感故事。小说没有最后的结局，只是在结尾补叙了一段现实记录：“1987年一场百年雪灾突然横扫过藏北大草原。若干年以后，蓝湖由于湖怪名扬世界，考察的人旅游的人纷至沓来。一艘设备先进的考察船首先发现所谓的湖怪不过是一台锈迹斑斑的老式吉普车。”似乎暗示大李等人被吞没在了大雪之中。《最后一天等待》以第一人称的叙述，通过“我”对你的倾述，写了一段无果的情感经历。通篇随着作者的意识流动，回忆他们之间的交往，如呓语一般漂浮而又给人真切的酸楚感。《没上油彩的画布》写了画家新野和女朋友达珍及朋友加措等人的日常生活。小说通过他们，描写了当时拉萨文艺青年和藏族百姓的平常生活。全篇没有统一连贯的故事情节，只是几个不同人物的片段经历连缀，仿如没上油彩的画布，似乎生活就是如此，每日都在上演不同而又似曾相似的剧目。《红白屋》写桑吉达娃从来没有出过寺院一步，他活了93岁。他记得自从他问了师傅：“谁有那么大神力可以交配出人主？”之后，便被关闭在楼堂下的黑屋里整整二十年。他有时会不自禁地喊出：“阿妈”。桑杰达娃本来应该做杰波寺的护法，但因为在他背脊正中有五颗黑痣组成的万字吉祥符，而做了杰波喇嘛。一天傍晚，白色的寺墙倒塌了，在墙基的土石堆中抠出了一个长颈瓷瓶，里面有一个黄缎小包，上面写着罗布达吉的阿妈将罗布达吉捐给寺庙，作为童男埋在杰波寺墙基作护法的故事。桑杰达娃用鸡毛掸子轻拂青花瓷瓶说，这是建寺祖先的舍利，是杰波寺的镇寺之宝。在这以后的48天时间里，喇嘛们每日下山背土回来垒砌石墙。藏历新年初二，下了一场大雪。一对夫妇游民来到寺庙，他们是从藏东朝佛来的。汉子生了病，主持仁增救活了汉子，作为报答，妇人将自己孩子捐给寺庙做了杰波护法。这天，方石砌的院落中央，石缝里长出一株大树，游动伸展的茎纹组成了“阿妈”两个藏字。也就在这一天，桑杰达娃圆寂了。《太阳岛的故事》主要讲述的是一个叫吉加的窃贼从杀人越货变成一个虔诚的宗教信徒的故事。吉加是一名窃贼，一次因分赃不均而与同伙发生火拼。他将伙伴们全部杀死，自己也奄奄一息。三个虔诚的老太太结伴转经路过河边发现了他，将他救了下来。于是，吉加皈依佛门，从此在转经的人群中就多了一个身材高大、背微驼、头发蓬乱的男人。小说的结尾设计了吉加死亡的两个版本，一个是自然死亡，一个是被仇杀。《老绵羊》讲述的是转经道上一位老妇人德吉与放生羊帕楚、实则是她的儿子达尔基转世的故事。草原暴风夺走了德吉阿妈的生命，为此阿爸和德吉到拉萨去朝圣。阿爸不知所以地消失在圣城，德吉独自回到草原并和阿旺结婚，生下儿子达尔基。不久，阿旺出走再也没有回来。德吉和儿子相依为命。可是，18 岁的儿子在杀死草原上的魔鬼白额老狼后，像以前阿爸一样从地上消失得无影无踪。最后，老德吉带着头羊帕楚再次去拉萨朝圣。《游子玛尔巴》中的主人公玛尔巴是个孤独的游子，他走到哪里，就把灾难带到哪里，被认为是“罪孽深重”。为此，玛尔巴自己也不计岁月地修筑一座寺庙，以此赎他并不存在的罪，但仍然逃不脱妻死子亡的厄运。《旺堆的太阳》讲述的是一个叫旺堆的绿林强盗的故事。旺堆 10 岁那年，7 岁的妹妹，“被寺里的喇嘛选为银女，作为吉祥的基石活埋在新殿堂地基正中终生供佛。”长大后的旺堆“长得像魔鬼一样高大强壮……他杀人越货，无恶不作……唯一的例外是，这个强盗不杀孩童，不杀女人……”有时，“他就像一只孤独的老狼，对着群山河谷拖长嗓音，凄厉地嗥叫。”而“每当杀死一人，他就对着炽热的太阳哈哈大笑”。其美是杰拉宗有名的贵族。他“每逢过年过节，就要从奴隶中选两个白胖的孩童，剥得精光，强迫喝下一陶罐凉水，然后叫人从楼顶向下抛下，取名叫‘爆肚’”。他还喜欢“隔窗子看公牛在暴怒中踩死惨呼的少女，或是用角尖挑开少女的肚膛”。旺堆杀了其美，最终被藏兵追杀死去。《再回摩浪》讲述的是曾经作为知青在一个叫“摩浪”的村庄生活了十年的“我”，如今想再回去看看，但是“我”虽然来到一个叫摩浪的村庄，却没有找到十年前曾与“我”朝夕相处的那些人们，于是“我”准备搭车回去。小说由两部分组成。一部分是“我”再次去摩浪；另一部分则是“我”在不断接近摩浪的同时，对从前摩浪生活的回忆。《鬼眼石》这部中篇小说，显示了刘伟在古往今来的历史、宗教、文化、传说与现实之间悠游自如的艺术想象力。这则时间跨度为千百年的小说，以一枚罗刹眼睛所化之“鬼眼石”为线索契机，勾勒了鬼眼石自松赞干布始获之，历经吐蕃崩溃后的隐没，至宗喀巴使其失而复得，将其奉为镇寺之宝，历代达赖喇嘛已将其作为布达拉宫的珍藏至宝，至六世达赖仓央嘉措赠与情人流落民间的历程。它被发现后，又引出了一个家庭的几代悲切。写得传奇淋漓，又轰轰烈烈。《秋季将临》是一篇描写城市青年男女的爱情故事。宁林、次多和吉玛同住在一个院子，宁林是个跑长途的驾驶员（很有经济头脑），次多是个小职员（小号吹得很棒），吉玛是个刚毕业的中专生（美丽动人）。宁林和次多同时爱上了吉玛，而吉玛却爱上了宁林。一是宁林的舞蹈跳得很劲，二是宁林能同他的父亲合伙办小商店。吉玛最后亦放弃了舞蹈专业而出现在小商店的柜台上。小说表面虽然是一则爱情故事，却揭示了当时一个普遍存在的问题，即在商品经济社会中，人们的社会心态，价值取向在发生嬗变，许多青年因无法正确把握自己，从而失去了真正的自我。[1]总体来说，刘伟的作品惯于打破时间、空间的界限，在物象的流转中进行碎片化的叙事；因此，他的故事可长可短，具有故事连缀故事、故事嵌套故事的特点。同时，小说注重感觉的记忆与当下的交织，他注重的不是故事本身，而是讲述的过程，因此，其叙事看似天马行空，实则井然有序；虽然某些作品叙述稍嫌啰嗦，事无巨细，但刘伟注重细节、场景的描摹，如同绘画一般，或精雕细琢、或写意萧散，人间气息非常浓重。

[1] 周韶西：《执著的追求，坚实的步履——1991年〈西藏文学〉小说创作评述》，《西藏文学》，1992年第3期。

刘伟的小说语言情绪化意味浓重，原因在于作品中人称的变幻性，多种情绪交织在一起，造成了一种看似朦胧、氤氲的气质。他习惯于用短促、快和节奏感强的语句去描摹一些可感的外观行为，而较少去分析人物的心理，即或是涉及到人物内心世界，像《红白屋》，他也总是将之外化为一系列的场景。这也导致了他的小说叙述语言意象性较强而故事性较弱。[1]

刘伟的小说题材类型多样，这或许得益于其多年的西藏生活经历，也得益于其记者的职业经历。关于这一点，刘伟曾坦言，“我生活在多种环境中”，不同的“文化、生活的环境”塑造了他不同的感觉和心态，“在写作上也常处于两种心态，两种方式，一种是新闻报道……另一种写作方式就是写小说”，“借讲故事的机会，扩展我的生活，透露一点现实生活中隐蔽的情感，表达别人的遭遇，甚至把集中生活方式的经验揉在一起在造成一种多元的生活世界”[2]。多重社会身份，多种社会角色，造就刘伟写作的独特性，在看似意兴阑珊中潜藏着一种理性的追问与思考，在看似香烟缭绕中营造心灵的静谧。

第十节　金志国

金志国（1957—），出生于陕西汉中。1969年进藏，1977年参加工作，1980年开始发表作品，曾任《西藏群众文艺》及《西藏文化报》编辑，1994年任《西藏文学》主编，西藏作家协会副主席，后任职于《中国西藏》杂志社。著有中短篇小说集《永恒的山》，并创作有诗歌、散文等。

《永恒的山》共收录作品22篇。其中，《梦，遗落在草原上》被誉为“西藏新小说的里程碑”[3]，并与扎西达娃的《白杨树、花环、梦》，被认为

[1] 张军：《寻找子文》，《西藏文学》1991年第2期。
[2] 刘伟：《我所熟悉的》，《西藏文学》，1988年7期。
[3] 王浩：《探索中的西藏青年作家群》，《雪域文化》，1989年第3期。

“这‘两个梦’标志着当代西藏小说的兴起”[1]。小说的故事情节主要是：作为地质队员的“我”，从大都市来到“没有车辙的原始荒原上”采矿，结识了牧羊姑娘桑嘎。在大自然纯真的怀抱中，“我”和桑嘎从相识、相知到感情交流，两颗心不断贴近，逐渐弹奏起爱的旋律。但是，当一种强烈的捕获欲望促使“我”用枪打死了美丽的天鹅后，两颗不断贴近的心却永远分离了，桑嘎把“我”视为魔鬼，“她象我们第一次见面那样，盯住我，用清澈的目光把我上下打量了一下，转过身，步态踉跄地走了。牛羊跟着她，发出一阵阵悲切的叫声。”作品最后：“一切有生命的都离我远去了，我被孤零零地遗弃在死寂的荒原上……”。作品通过一对青年男女朦胧美丽而又残酷的爱情故事，表达了两种文明和两种文化传统之间的冲突，涉及人与自然的关系、人与人的关系、物质文明的高度发展与精神文明的某种退化的矛盾，特别是正面涉及了西藏原始而朴素的宗教感情。在这里，作者提出了两个古老而现代的问题：人应当如何对待自然？人与人是否可以沟通？[2]“我”对待自然的态度是双重的，既讴颂自然的雄奇、伟岸、绚丽，又以科学的态度淘洗着自然资源；“我”以现代化的视野理解自然存在，又以杀戮的方式破坏着自然的宁谧。桑嘎对待自然是虔敬的，她把自然视为生命之源，安详地守卫着自然的宁静，她尽管没有现代文明的武装，但是她与自然之间是一种朴素的质野关系；拥有知性思辨的“我”，尽管深受现代文明的滋养，却以主宰者的态度看待自然存在，充满着现代人对自然的掠夺。两种文化观念势必走向冲突，势必在天鹅的陨落中爆发观念的矛盾性。而作品中青年男女性别的设置，也隐喻着人类文明发展史上对待自然、自我的两种路径。传统文明以女性的视野温柔地看待周遭的一切存在，现代文明则以男性的视野粗暴地彰显自我的价值。文明的男性化粗野

[1] 张军:《如魔的世界——论当代西藏小说》,见扎西达娃等主编:《西藏新小说》,第443页，西藏人民出版社1989年版。

[2] 张军:《如魔的世界——论当代西藏小说》,见扎西达娃等主编:《西藏新小说》,第443页，西藏人民出版社1989年版。

地撕裂了个体与自然之间的母性联系，导致传统文明昨日黄花的艰难处境。诗意地探寻人类文明样态，使这篇作品开启了作者对生态文化的探索之路。在此之后的创作中，作者也时时流露出对现代文明的不信任，对于传统文明的无限追怀，寓意人类的梦永远地遗失在童年的深切思索中，那是人类生存永远不可企及的永恒的山。

《环形路》写次央早上被奶奶叫了起来。她考试不及格，找不到工作，如今待业在家，最近还要搬房子，原来她们现在的房子，是跑到国外的一家贵族的，最近人家要回来，居委会里传出风说要收回房子退还原主。奶奶把家里现在生活的困境都归咎于次央小时候亵渎了神灵：“那一年，你阿妈把我供的菩萨从高高的神龛里拿下来，塞到肮脏的地底下，你又跑出来交给你们老师，佛要惩罚她，把她带走了……现在又轮到你了。”今天，奶奶一定要带她去转经磕头，给菩萨赔罪，化不幸为吉祥。但她不想去，她早就和洛珠说好了，今天到他们建筑队去当小工。但她拗不过奶奶。奶奶对神龛说：“如果次央今天不跟我去转经，永远不让她踏进家门！”次央无奈地和奶奶来到围着大昭寺转经的八廓路。她不知自己是怎么来到大昭寺门口的，也不知自己转了多少圈。一路上，她想了许多，她想到了和洛珠在一起的情形，想到洛珠动员她说：“和泥灰打交道吧，说不定还舒服些。”看着一个女人在她脚下磕着长头前行，她想“看来，干什么都不容易，得到幸福不容易，祈求幸福也不容易。”对于来生来世，次央没想过，也不愿去想。她只想此生此刻过得好一些，好到什么程度，她说不清。家里的房子，居委会要安排好的，这点她比奶奶清楚。就这样转着、想着，想着、转着，次央又回到了起步的地方。已经转了多少圈，她记不清了。奶奶说，转得越多越好。那是不是就永远这样转下去呢？她想问奶奶，但奶奶不见了。最终，次央停住了脚步，仰脸去追寻天空中的风筝。《水绿色衣袖》写桑吉尔村的村民会在一个月亮圆满的夜晚，站在房顶上，一边念诵着祈福驱邪的经文，一边注视着河谷那一头缓缓赶着暮色走来的月亮。

据说，每当这样的夜晚，一个舞着水绿色衣袖的女人便会在河谷里出现，人们在等候她的降临，企望她显示出吉兆。人们说，从前，桑吉尔村因为她的预言，曾遭受过一次血腥的灾难，她的男人也在那次灾难中丧生。人们相信她会再次出现，和她男人的灵魂一起，翻越桑吉尔村背后的雪山。桑吉尔村的所有村民，都是松赞干布手下著名征战大将堆雄·曲结朗巴的后代。他们担负着守护藏王陵的职责，切断了外界所有陌生造访者的道路。一天，村里来了一对弹琴的男女艺人，其中，女人飘舞着水绿色的衣袖。也就是在这晚，一群匪徒袭击了村庄，弹琴男子也在战斗中死去。此后，村庄里的男女老少便在月圆之夜煨起桑烟，企望这水绿色衣袖的女人的再次到来。这天，一位穿火红色鸭绒衣的客人来到现实中的桑吉尔村。村民巴桑正在房顶上摆弄架在经幡杆上的电视天线。不知是发射台信号太弱，还是电视机质量不过关，巴桑家的电视屏幕上总不见人影。好不容易等到屏幕上五颜六色的图案歪歪扭扭地出现了，女儿珠珠说她要去跳舞。在桑吉尔村的舞场上，男男女女欢快地跳着唱着。这时，客人正在巴桑家帮着修理电视。一会，电视修好了，并出现了用藏语播放的通告字幕："即日起开始修筑山南至桑吉尔村的黑色公路，每日限制上午 9 时至中午 13 时通车，请各村拖拉机手注意……"《放生羊》以拟人的口吻写了"它"——一只来自草原的羊来到人类生活的中间，继而被放生，渴望重新回到自然的放生羊的经历。它原本和亲族们自由自在地生活在自然之中，一场雪灾，夺去了它的兄弟姐妹和母亲，从此，牧人的怀抱成了它温暖的栖息地。后来，公路上走来一个人，交给牧人一袋青稞，将它从牧人的怀里拎了出来。它来到了一户人家。这家有个老太太，对它特别喜爱。每天一大早，老太太要围着布达拉宫转经，它就蹦蹦跳跳地跟在老太太身后。可是后来，老太太病了，不能去转经了，便把它放生了。它穿过小巷，挤出人流，甚至差点被人用绳索套住宰杀。那种脑子里萦绕不散的草原气息又一次刺激着它的神经，它要去寻找这种气息，不管是在茫茫的人海，还是在漫漫的旷野。它要随着这种气息走回它的世界。它将向草原上它的族类仔仔细细地讲述这段岁月，并告诫它们载入族谱。《念青唐古拉神》取材于西藏的一则神话故事，讲述了“我”的朋友“他”的神奇经历。传说中，在羌塘草原，格萨尔王北上之后，念青唐古拉神抱起战争中幸存的草原上唯一一只羊羔发誓，再也不进行战争和杀戮，并要努力改造人类。1983 年，藏北草原遇到了前所未有的大旱，我的朋友驾驶着汽车，赶往那儿救灾。在停留在区上的时候，朋友打猎消遣，打死了一只漂亮的羚羊。这时一个骑着白马的红脸大汉对朋友说，他杀死了他的臣民。作为念青唐古拉神，本来是要惩罚我这位朋友的，但念在他拉来牧草，决定免除惩罚，并给他创造一个机会，供他选择，要么受益匪浅，要么痛悔终生。之后，朋友遇到了纳木湖女神，为了改造人类，念青唐古拉山神让她侍奉朋友一个夜晚。他们将生育后代，后代将具备神的聪慧、人的勤勉、羊的善良。女神问朋友是选择人的结合，还是神的结合。朋友选择了后者。于是，女神让朋友吻了她的额头一下，便渐渐隐入湖水中了，说这就是神的结合。2 年后，朋友像得到上天启示一样：他该去领他和神女的孩子了。为此，朋友又来到纳木湖边，但徘徊了一个下午，却什么也没得到。这时，从他的面前跑过一大一小两只羚羊。朋友追了上去，大小羚羊却跳进了湖里。正在朋友惋惜之时，一个不知从哪里传来的声音说：他已经看到了他的儿子。《黑香獐》写了曲河畔一个村寨的故事。丹巴，是这个村寨里最有权势的人，他习惯了颐指气使，所有人都十分尊重他的权威，连谁家的小孩不听话，母亲也会搬出丹巴的名号来吓唬，而且非常奏效。不过，这一切似乎开始动摇了。磨房老人偷偷念经，喇嘛重新走进村寨，瘦小的才呷为了草场竟敢和有三兄弟的索达一家进行械斗，村里出现了第一个杂货铺面，区上还要村里进行法制宣传教育，这一切都使丹巴感到不安。才呷和索达之间的血怨化解了，但丹巴却没有参与，“他曾毫不怀疑他们会请他为他们之间的恩怨和争执做出裁决，过去许多年只要是这个村寨发生的所有事情都是由他丹巴来处理的，但这次他却成了旁观者。”

特别不能让他接受的是，流浪人竟然让他的女儿格桑怀孕了。“丹巴坐在自家台阶上，手里拿着法律书，虽然一字不识，但经验告诉他这种小本本里往往蕴藏着可怕的能量。”季节的嬗变使笼罩着村寨的甜腻气味越发浓烈，新生和腐朽哼唱着各自的曲调。最后，丹巴扔掉手上的法律书，疯狂地冲向氆氇堆，抓起来在房里乱扔，那本法律书也在永不熄灭的火塘边燃烧起来。丹巴决定找流浪人决斗，女儿格桑横在两个黑洞洞的枪口之间，村子最高处的房子腾起了火焰。作品写了改革开放初期西藏农村的骚动与变化。《琼玛》写从草原到拉萨做保姆的琼玛，“八廓街再也吸引不了她了”。在河边洗毯子，她呆呆地望着这片夏天的牧场，从电视看到了草原，看到了家乡的草原，她想到了牛，她想回家。《独屋》写“我”和工作队到了旺麦村。夜晚，队长叫我去找队里唯一的姑娘伊玛，我竟迷了路，怎么也找不到伊玛住的地方。而且，月色中突然冒出一大片人影，他们无声无息地往一棵树下游来。当我回来时，“我听见工作队长说派我去找她，如何等了很久。”伊玛还说她一直在房里就着月光看书，但一直没见我的影子。接着生产队长讲了一个离奇的故事：20年前的一个月明之夜，村子里的人都做了一个梦：卓日山神第九个女儿孜琼拉姆被当地的林妖设计掠来做了妻子。为此，山神和林妖展开了一场大战。村民们帮助山神与林妖搏斗，最终打败了林妖。山神还要用女儿的鲜血洗刷家族的耻辱。在村民的央求之下，山神用咒语蜕去了女儿身上的灵光。最后，孜琼拉姆跨上自己的神骏，随着村民们离开了深山之宫。后来，在现实中，村里来了嘎达父女。村民们为他们修了一座木屋。每当月圆之时，嘎达的女儿总是攀上一颗大树，对着空中凝望，唱起歌。时间过了一年，旺麦村诸事顺遂，瘟疫、冰雹、血光都像阳光下的露水一下子不见了。人们将这一切都归功于嘎达父女。可是，就在丰收后的一个月明之夜，村中一位年轻的猎手醉眼蒙眬，无意中射杀了嘎达的女儿。“人们看见一个娇艳无比的女人骑着白色骏马，踏着彩虹直向浩渺的夜空飞驰而去。”嘎达父女的消失，在旺麦村留下了秋雨般绵长的惆怅。

从那以后，贫困、疾病和死亡再次降临到村里。但人们相信，总会有一个夜晚，一个月圆之夜，会有一个女人的歌声从村中那棵大树下传来，这歌声不仅能带来好运，还有对善良正直的旺麦村人的宽恕和抚慰。我不由沉浸在这故事之中。夜深了，大家都散去了，望着队长和伊玛的身影在月色里晃动，我仿佛看见了孜琼拉姆骑着她那匹白色的骏马翻越千山万水正向旺麦村走来。我似乎还看见大树下聚集的人们脸上露出了20年来没有过的欣慰的笑容，“他们头碰头，互相深深地祝福，然后默默地走进各自黑暗的小屋，编织另一个神奇的梦境……”

总的来说，金志国的写作“无论是对着雪域高原的文明、道德、宗教，抑或是人本身的探索，都渗透出一种对净土的寻找”[1]，并透出唯美的倾向。作者擅长于以情感为中心，以抒情为途径，通过情绪化地营造意境来感召读者，在优美抒情的笔调中，呈现出一种哀婉、幽怨的文学气质，洋溢理想色彩和浪漫情调，并有一定的思辨色彩和自传意味。如《永恒的山》《放生羊》《两个位置》《期待》《空旷》《冬青树》等。在西藏新小说创作的浪潮中，金志国也创作了《水绿色衣袖》《独屋》等具有魔幻色彩飘忽玄虚的作品，并被视为西藏魔幻现实主义的代表作家[2]。实际上，“透过作品中影影绰绰的神秘意象，芸芸众生神话般的世代期冀，我们看到他把关切的目光投向了脚下的土地，那些外加的魔幻总也掩饰不了他笔下的现实基调，他的进步观，进步的现实好于神话般的世代期冀。”[3]金志国的魔幻注重的是对西藏文化的主观理解，表达的是身处两种文化境遇中的作家的体验、思索，他没有刻意彰显一种文化陌生感，而是一种体验式的写作，呈现出“心与境谐”式的平和，因而他的作品清丽雅致，诗味颇为浓重。

---

[1] 陈可雄：《人在旅途——金志国印象（代序）》，见金志国：《永恒的山》，第3页，西藏人民出版社1992年版。

[2] 《西藏文学》1985年6期的魔幻小说特辑专栏刊发了金志国的小说《水绿色衣袖》。

[3] 马丽华：《雪域文化与西藏文学》，第125页，湖南教育出版社1998年版。

第十一节　李启达

李启达（1961—），笔名大达、启达，出生于辽宁。1984年毕业于辽宁大学中文系，同年进藏，曾任西藏话剧团编剧，1990年底离藏回内地工作。

李启达在西藏工作了6年时间，前后共发表关于西藏书写的作品十几篇。1985年第一篇西藏题材小说《巴戈的传说》的发表，开启李启达西藏生存书写的序幕。随后的《阳光驻脚的地方》承嗣着巴戈的文学书写之路，深化了李启达对巴戈寓言的探讨。

李启达在西藏生活的时间很短暂，但是他是一个非常敏感的作家，表现在他善于挖掘新的题材，开拓新的写作空间。如关于军事题材的《就像往常一样》，描写了守卫哨所的三位战士的精神、情感世界；关于探险的《珠穆朗玛》，书写了登山队员在死亡的边缘挣扎、徘徊的精神空间；关于城市生活的《重复的去处》《秋夜》《临界》《屋顶》《风季过了》，这五部作品主要以拉萨的知识分子为书写对象，展现知识分子的精神困惑和情感遭际。其中，《屋顶》把人物与事件放在一个特定的文化氛围，抑或一种宗教情绪中进行。小说主人公（书中作者）是个进藏大学生，他同拉萨许多青年（汉族的，藏族的）一样喜欢交朋友，玩扑克，打麻将，逛八廓街，打游戏，喝啤酒，侃大山，睡懒觉，写小说。某夜，他与朋友打扑克后独自回家，偶然发现自己居住的屋内墙壁上绘有修行瑜伽密宗的六幅半神秘壁画，由此引出只是在后半夜出来磕长头的神秘怪谲的瘦老头的经历。小说主题呈现出不确定性。它似乎是在表现当时拉萨青年的一种生存方式与时代情绪，又似乎在寻找藏民族宗教文化的根，如对自己居住的这座寺庙（原为米如寺，现为话剧团，后又为米如寺）的建筑结构的赞叹和历史变迁的质疑，抑或是在努力认识和理解这个民族在新旧文化的碰撞下所产生的新的文化心态和意识观念等。总之，我们可以从不同的角度，从更多的层次上去理解和把握他作品的意蕴的可能性。[1]《重复的去处》写了一个叫方兴的作家在病床上的幻想或构思。作品具有较强的先锋探索意味和元小说的特征。小说的主人公方兴计划用自己的生命创作一部前无古人后无来者的惊世巨作。“他想那部作品应精确在16543210个字，其中包括180012个标点符号及图形等”。正当方兴要完成他的作品的最后一笔时，却传来了敲门声。由此，开始了作者的想象。作者想方兴此时正躺在床上，他病了。“他把所有不好的滋味统称为‘病’”。“他不太喜欢太多的时间，反正是重复，都一样，何苦呢。”就这样，他躺在床上，胡思乱想，漫无边际的想。他想到了死亡。他认为，死亡无疑是一种伟大的境界。死亡就是让那些要死的人无能为力。想到这，他快活多了，一切都豁然开朗。他感谢病感谢死亡，感谢时间作出的安排。但他又想自己这样死掉未免难看，最好换一种死法，壮烈地死去。这时，他想已经响起了敲门声，他想是个姑娘在喊他。他想是他杀死了自己的情人，可是人们没有证据。当然，他写了1654321个字的供词，答案都在里面，人们可以透过蛛丝马迹去追寻永不相连的线索，但肯定得不出结论也没有结论。他确实犯有谋杀罪，他残酷杀害了368条生命，他每写45000字就杀一个人。此时，他又听到了敲门声。她来了。他想有人在屋外挖东西、找宝藏。第二天，有木匠进屋，说是来修床。其实，木匠是侦探，是来探问他如何杀死了自己的妻子。他甚至想他跨过窗户进入林卡，摸到了一只年轻女尸的手。后来，他醒来了，幻觉中的姑娘具体真切地站在他的床前。他向姑娘求婚，今天就结婚。可姑娘说今天不行，并说“反正今天要过去的”，让他躺下休息。他又想到了一出舞台剧：现场谋杀，主角是一个女子，读着他写作的笔记本中的内容。女子死了。他又想到了另外的几种死法。他仍然要求姑娘和他结婚，甚至以死相威胁。但最后，他让姑娘离开了。小说通篇都是幻想，充满荒诞，作者还引用了博尔赫斯的话说：

[1] 周韶西：《执著的追求，坚实的步履——1991年〈西藏文学〉小说创作评述》，《西藏文学》，1992年第3期。

一切应该从头开始，并在最后有意设计了建筑工人发现作家在屋子里的情景。作家的屋子弥漫着烟气，人们以为是火灾，闯了进来，看到作家躺在床上："他的右手搭拉在床外，握着一支老式的黑钢笔"。一位有心人从纸灰堆里拾起那些没有燃烬的纸片，从此，拉萨人有了广泛流传脍炙人口的禅语："那天早晨，太阳西边升起"。《临界》写了泽嘎县一群由内地到西藏援藏的青年的生活。方兴与毛苇在一次酒后打赌，四十八小时领结婚证。结果，毛苇星期一上午就和张敏，双双去了县委民政科。张敏是有名的丑八怪，干小黑瘦露骨头。有人说是毛苇把张敏骗到了家里，也有人说是带到树林子里诱奸的。但不管怎样，方兴输了。他将一月工资二百元摔到毛苇的桌上，满肚子委屈。在一个暑期，毛苇决定当当地委书记。他穿着一身笔挺毛料的中山装，搭乘一台手扶拖拉机出发了。也许是他的一身行头和做派唬人，单枪匹马的他杀到了许多地方，居然没人怀疑。他觉得不过瘾，又到了临近的格姆县。"这次派头大啦，县下的一个乡长陪送他到了县委。"但这一次，他没那么幸运，也许是他要的土特产太多，也许是他的大话太不靠谱，他被带到了县公安局。当然，没人否认他是个人物，他和张敏结婚3个月后便离了婚。离婚仪式异常隆重。后来，他经商了，还从成都领来一个十七八岁的漂亮小姑娘。方兴也是县里的一个人物。关于他，有许多传说。比如，他曾突然趴在讲桌上作饥饿痛苦缺氧状，公然要求学生给他带罐头；再比如他曾带着一把腰刀和一枚体育组的手榴哑巴弹，天黑闯进校长家威胁同意他未到假期去休假。而且，他的全部衬衣衬裤都堆在床头，当他意识到该换衬衣时，便挑一件他认为最干净的换上，以此无限循环。他曾和王少明说在60岁获诺贝尔文学奖。但没想到，他年仅25岁就死了，是死在一次聚宴醉斗之后。"9月13号中午，县城的汉族年轻人如数聚在方兴屋子里"，方兴还邀请到了李丹，他正追着她。开始，大家酒喝得很愉快，可没想到仅仅因为毛苇说了一句："你高兴得太早，就这么一个娘们，你凭什么独占？"大家乱作一团，打了起来了。最后，个个伤痕累累，被抬了回去。

从此，方兴没出家门，直到10月5号，王少明看见他的尸体。尸检报告证实，他是服用过量安眠药至死。有人说方兴10月1号夜里曾找过李丹，但李丹拒绝回答，并决意调离泽嘎县。王少明和佳珊是在来西藏的路上认识的，俩人在拉萨时相好了，后来还双双到了县里并结了婚。胡子是王少明的朋友，也是同一拨到西藏的青年。可是，胡子和佳珊好上了。王少明十分痛苦，最终他又不得不接受这个现实。小说通过这几个人的感情纠葛和经历，写了内地汉族青年在小县城内生活的孤独和寂寞，以及青春的彷徨和发泄。小说篇首题记："你将到达某个固定的点，定点不是恒性的位子，你自己能够决定停留"，或许也在暗示小说的主题在于反映当时部分从内地到西藏工作的汉族知识分子的一种生活状态，或者说他们对自己人生的某种选择和定位的临界犹疑，或临界的状态。

《巴戈的传说》是李启达的成名作，《西藏文学》刊发的时候，将之收录于1985年第6期的魔幻小说专辑。小说叙述了新一代巴戈人普次朝佛的故事。普次生活在封闭的高原盆地——巴戈草原上，这里四周是山，相互交错缠绕。缓缓涌动的群山，找不到山源，望不见山尾。巴戈人祖祖辈辈的愿望是能去神山神湖求得佛的护佑。但巴戈人去神山神湖得三辈人，后两辈人必须生在半路上，儿女辈的孩子要天黑之际生在崩古错西，儿女的儿女要天亮之时生在多隆山口，这样才能赶到神山神湖。从神山神湖回到巴戈，也得三辈人，尽管这样，巴戈人仍然不放弃希望，仍然坚持着他们亘古未变的朝佛行为。普次作为又一个朝佛人，开始了祖辈的朝佛经历，赶着羊群走上了漫漫的朝佛之路。沿途中经历了饥渴、风暴，也看到迷了路而难以回到巴戈的男人们，他用了十年的时间走了两千多里路。幸运的是，他遇到了汽车，翻过了雪山，缩短了行程，加入了朝佛的行列，改变了只有三辈才能到达神山神湖的父辈的朝佛之路；并在回巴戈的路上，与崩古错长大的巴戈女人成了亲生了孩子，坐汽车回到了巴戈，再次打破了三辈人才能到达巴戈及离开巴戈的人没有一个回来的惯例，成就了新旧交替时期巴戈人的朝佛之路。[1]小说叙述颇具魔幻色彩。尽管对于魔幻，李启达的早期写作认知是模糊的。但深受拉美魔幻书写影响的李启达自觉地运用非理性的、非现实的方式处理藏族生活情态的梦幻气质，立足特定空间来展现藏族文化在日常生活中的往复与追寻。巴戈是什么地方，李启达将之设定于是“树木很多的地方”，同时“是一片很大很大的林卡，但又不是通常意义上的林卡”。林卡是藏民族游戏、娱乐的场所，李启达的“巴戈”实际上就是藏民族生活空间的想象。这是一方曾经辉煌后被遗弃，现在试图重新复兴的居所。巴戈是记忆的家园，精神的归宿。群山环绕的巴戈孕育出一群世代不安分的牧民。他们希望冲出巴戈，“能去神山神湖求得佛的福佑”，但追逐幸福的人们永远地湮没在历史的烟尘中。普次重复着祖先的足迹，寻觅到先人们聚居的处所，聆听着他们的哭诉，了解了巴戈的历史。他是巴戈最后的一个男人，是最具有巴戈精神的男人，他与白姆的邂逅，注定要延续巴戈的历史，于是他们开启了重返巴戈的旅程，注定了他们夫妻要行走一条与先人完全不同的回归之路。普次们在精神上自我放逐，游离于他们的文化母体，但最终，他们选择了回归。这种圆形的精神寻觅之旅，对于每个民族而言，都是相通的，但在李启达的书写中，这种寻觅披上了新的外衣，以魔幻的形式完成。

第十二节　央珍

央珍（1963—2017），女，出生于西藏拉萨。1985年毕业于北京大学中文系，曾任《西藏文学》编辑、副主编，西藏作家协会理事、西藏青联常委，1994年供职于中国藏学研究中心，任《中国藏学》编辑部主任。1997年加入中国作家协会。部分作品收入《中国当代藏族作家优秀作品集》《西藏

[1] 卓玛：《中外比较视阈下的当代西藏文学》，第230页，上海大学出版社2015年版。

新小说》《聆听西藏》等文集。1993年，短篇小说《卍字的边缘》获第三届全国少数民族文学创作奖（新人新作）。1997年，长篇小说《无性别的神》获第五届全国少数民族文学创作骏马奖，并被改编为20集电视连续剧《拉萨往事》。另有散文、藏学论文等多篇发表。

央珍的创作数量虽然不多，但其独特的创作题材与视角却为1990年代的西藏文坛增添了多样的艺术风采，尤其是长篇小说《无性别的神》，是1990年代西藏藏族女性作家创作的第一部长篇小说，既具有里程碑式的文学史意义，也在某种程度上艺术化地展现了近现代西藏历史发展的曲折轨迹。央珍小说创作的艺术成就是多方面的，以下两点尤其值得注意。

一、对当代西藏普通民众生存状态的关注。20世纪80年代中期之后，“魔幻现实主义小说”成为西藏文坛一股强劲的创作风潮。对西藏的超现实主义描述与神秘的叙事圈套使得西藏这块土地愈发神秘。相比来说，央珍的创作则致力于对西藏的“去魅”，通过对现实生活中的人物命运与生存状态的描述来呈现西藏的真实生活。

《西藏文学》1986年第6期刊载的《卍字的边缘》，用一种三段式的叙述方式讲述了三个爱情故事：年轻英俊的小伙子在内地学成归来后，离开了定亲的姑娘因此和家人闹翻。于是他和仙女一样的女友去远离拉萨的偏僻又贫穷的地方当医生。在兢兢业业的工作中赢得了周围人的好评，但由于工作的忙碌，失去了女儿。若干年后，他们再次回到拉萨参加一次婚礼，已经成了众人眼中“乡巴佬”一样的男女。而当年和小伙子定亲的姑娘在小伙子离开之后发誓不再嫁人，一心经商行善，最终在凄惶中离世。另一对男女同样是在内地学成之后离开繁华的拉萨去了偏远地区工作，却因为男人得了麻风病被隔离治疗了八年之久。男人治愈后再次回到社会中，却因为人们异样的眼光而跳河自杀，妻子也始终被人们隔离在社会关系之外。

央珍将被关注的群体的生活状态放置于现代西藏的背景当中，她笔下的西藏既不神秘也不遥远，在现代生活的节奏中既有古老与现代的交融，又有俗世生活的生老病死。人们既坚持着传统藏式婚礼仪式，又可以在婚宴上跳着时尚的迪斯科舞蹈；人们一方面谴责破坏原有婚约的男子，一方面又用世俗的眼光告诫被抛弃的女友，要做个本本分分的好女人；从大城市来到乡村的干部得到了当地人的尊敬，但一旦他得了麻风病，又成为众人避之不及的怪物。可以说，《“卍”字的边缘》所关注的正是一种人在生活中所遭遇的困顿甚至人生悖论：吉祥与幸福既是世俗生活所追求的目标，同时世俗生活又在不断地毁灭甚至破坏着吉祥与幸福。自由相爱的男女得不到世俗人世的祝福，只能隐居偏僻一方；订婚的女性被解除了婚约，但是安于做“好女人的本分”而不敢去争取，只能终老一生；得了麻风病的男人即使受人爱戴也遭遇世人的冷落与排斥。对于西藏，央珍更多地用一种审慎的眼光来看待：她热爱这块土地上的一草一木，所以才热切希望用文笔向世人传达生活中的西藏，又为藏族传统中的古老甚至陈旧观念叹息、扼腕。

《无性别的神》是20世纪90年代西藏文坛上的一部优秀长篇小说。小说截取20世纪初期到中期的西藏历史的一个切面，以一个贵族小姐的视角展开叙述。作品将人物命运安排在这一段风起云涌的历史变革时期，各种力量间的此消彼长不仅增加小说的可读性，更为复杂的人性描写打下了坚实的基础。20世纪初期的旧西藏上层社会经历着前所未有的改变：西藏地方政府与西方人的关系，以及与中央政府的关系都因为时局的混乱与变化，面临着严峻的考验。一方面，西方人的入侵，使得西藏地方政府开始向西方派出人员留学，并且有意识地进行自上而下的变革，但是旧有体制的顽固使得西藏的变革最终以失败告终。西藏地方政府与中央政府的关系也经历了一波三折的变化。清王朝的覆灭，国民政府的软弱无力以及新中国政权的成立都关系到西藏地方与中央关系的变动。而西藏上层社会血雨腥风的权力斗争在这一时期更是跌宕起伏。小说主人公央吉卓玛的父亲是当时被选派到西方学习的藏族贵族之一，学成归来的他由于没有施展才能的天地郁郁而终。与此同时，执政西藏的摄政热振活佛让位给达扎活佛，最终在双方的权力争斗中落败。其追随者隆康老爷被贬为庶人，关押在央吉卓玛家中。不久，在昌都任职的继父带来的是“红汉人”解放昌都的消息。

长期以来，西藏往往被认为是“野蛮”“落后”“荒芜”的地区。20世纪80年代之后，受魔幻现实主义影响，西藏新小说作者致力于对西藏这块神奇的土地的赋魅书写。相比来讲，央珍的小说把人性的书写放置于鲜活的历史与现实之中，这是她的小说的鲜明特征。因此，她对小说中人性的描述也更加富有深度和广度。《无性别的神》是在她曾经发表的短篇小说的基础上改编而成，相比短篇小说，长篇小说则有了更为广阔的篇幅对人物形象进行更为立体的塑造。小说塑造了诸多人物形象：充满叛逆和好奇的主人公央吉卓玛是作品着力塑造的一个崭新形象。在她身上，女孩子的敏感细腻与男孩子般的调皮豪放都真实再现了藏族女孩子的真实个性。央吉卓玛的母亲则和许多西藏旧贵族家的女性一样，她身上既有爱慕虚荣、工于心计、追求安逸的一面，同时也是家庭面临崩溃时，隐忍独立的女性。另外还有精明能干的管家，关心下人的帕鲁庄园的阿叔，善良勤劳的奶妈等，都是一个个鲜活的人物形象。央珍在谈到写作《无性别的神》的动机时说：“我在写这部小说的时候，力求阐明西藏的形象既不是有些人单一视为的‘净土’和‘香巴拉’，更不是单一的“落后”和“野蛮”之地；西藏人的形象既不是‘天天灿烂微笑’的人们，更不是电影《农奴》中的强巴们。它的形象的确是独特的，这种独特就在于文明与野蛮、信仰与亵渎、皈依与反叛、生灵与自然的交织相容，它的美与丑准确的说不在那块土地，而是在生存于那块土地上的人们的心灵里。”[1]从这段话中可以看出，央珍在写作时一直试图跳出程式化的西藏书写模式，而以一种开放的、多样化的思维方式重新审视西藏。在她眼中，西藏既不是“香巴拉”也不是“落后”和“野蛮”之地。西藏人所生活的西藏是一个充满了文明与古老，信仰与新生相

[1] 央珍：《走近西藏》，《文艺报》，1996年2月9日。

互冲击的西藏。

二、写实与象征结合的叙事手段。央珍以自己独特的方式去感觉和把握现实人生，又以独特的方式把自己的感知艺术地表达出来，央珍小说叙事婉约，擅长以小见大。同时小说中往往把写实与象征完美融合，既显示了生活的原生态，又充满诗意朦胧的甜美感；既是高度的写实，又充满了理想的光彩。

《无性别的神》是央珍的长篇小说力作，在其刚出版的时候便被评论界誉为“西藏的《红楼梦》”，“一部客观探索西藏心灵历史的小说”。和同类题材相比，《无性别的神》所塑造的西藏如同一幅全景式风俗画卷。小说不仅描绘了在以往西藏题材小说中较少出现的旧西藏上层社会的生活，也详细披露了西藏旧贵族的生活习惯、饮食起居、服饰风俗等方面的内容，为读者还原了半个世纪前西藏的真实生活场景。小说以一个生活在贵族阶层的二小姐央吉卓玛的成长故事为主线，通过央吉卓玛的视角展现了巨变前的西藏社会。央吉卓玛尽管贵为小姐，但因为出生在大雪天里，一直被视为不吉祥的人。小弟弟的早夭、父亲的去世与家庭的没落都被归结为是央吉卓玛所带来的灾祸。也正因为如此，她在家庭没落之后得以走出拉萨的家，经历了不同于一般贵族的生活。

家庭的变故，迫使央吉卓玛离开拉萨，开始在外“漂泊”的生活。她先是被送往帕鲁庄园的阿叔家。从城市到农村的转化并没有使小央吉卓玛感到落差，反而对新鲜的田园生活充满了热爱，阿叔的疼爱也使她再次体会到亲情的温馨。但好景不长，久病的阿叔撒手人寰。随之而来是庄园的易主，央吉卓玛的生活一落千丈，从贵族小姐沦为衣衫褴褛、寄人篱下的乡下孩子。在经历了挨饿、关禁闭等苦难的生活后，奶妈带着她投奔了贝西庄园姑太太家。姑太太对她的关爱与照顾，使得央吉卓玛又重新过上了贵族的生活。如果说帕鲁庄园的生活只是央吉卓玛初次适应庄园的生活，那么在贝西庄园，央吉卓玛不仅目睹了庄园主赖以生存的经济来源，也目睹了庄园主骄奢淫逸的生活：他们不仅不务正业、只知道吃喝玩乐，而且以折磨下层农奴取乐。可以说贝西庄园的生活加深了央吉卓玛对人世间的认知。

在被接回拉萨之后，14 岁的央吉卓玛被母亲送到了尼姑庵。对于母亲的决定，央吉卓玛并没有感到失落和抗拒，相反则是以欣喜的心情接受了这样的现实。一方面是因为在信仰佛教的西藏，能够献身佛门不仅是家族的荣耀，也是个人的幸福。这样的共识使得人们对佛门心向往之，对于央吉卓玛来讲，一直被认为是家庭中“不吉利的人”“没有福气的人”，献身佛门则开始被家里人尊称为“先生”。对于她来说，成为大家口中“有福分的孩子”“你是我们家的宝贝”“有造化的孩子”，更是一种莫大的骄傲。另一方面则是对过去生活中苦恼与困惑的厌恶，这促使她希望告别令人烦恼的红尘凡世，去追求一种“绛红色的宁静和温暖”的生活。尽管每日过着与以往贵族小姐不同的生活，每天早晨被法螺号叫醒，自己烧茶、扫地、献贡品、念经祈祷，但她似乎感受到了一种众生平等的生活。但不久她就发现寺院里依然存在着不平等的贵贱等级秩序，提倡“众生平等”的寺院对铁匠的后代一样有着根深蒂固的歧视。直到有一天她在“红汉人”生活的院子里，发现了不分男女、等级、贵贱的真正的平等。特别是看到曾经的小农奴拉姆在参加解放军，并被派往北京学习的事实后，她更加相信，自己所追求的支配众生平等的神就在解放军那里。小说选材涉及西藏日常及西藏政治、经济、文化等各个方面。从拉萨旧贵族的生活起居，到庄园主与农奴、佃户之间的生产生活关系，再到旧西藏的私塾教育和西藏僧侣的日常生活等，小说都进行了细致地描绘。长期以来，由于意识形态的影响，对旧西藏的生活状态的描述常陷入一种阶级论下的程式化描述。现实生活中贵族的家庭生活、礼仪规矩、服装首饰、饮食习惯，官场的升迁任命、典章制度、等级权利等，都是藏族文化的重要内容。央珍意识到它的价值所在，将自己看到和听到的一些具体人物和鲜为人知的传闻纳入小说当中。这种对旧西藏历史与现实生活的细致描绘得益于央珍的生活环境。出生在拉萨的央珍对旧西藏生活的认识除了丰富的生活积累之外，她还访问和翻阅了一些代表性人物和有关资料，她曾谈到她有一个姑姑曾经是尼姑，经常给他讲述解放前她们去印度朝佛的见闻，以及在旧拉萨曾经见到过落败的俄罗斯贵族、八廓街热闹非凡的贸易往来等等生活场景。因此，《无性别的神》中对旧西藏的生活场景的描述既没有落入程式化的写作模式，又具有鲜明的藏文化特色。例如小说中不仅写到防雹喇嘛念咒语作法，也写到圣湖观影，以及央吉卓玛和小姨赛尊去丹吉林寺的孜玛热护法神殿偷来吸魂袋吓唬“不信鬼”的汉人罗桑等细节，这些情节对于不了解西藏的读者来说带有强烈的神秘主义色彩，但是央珍在叙述中没有将其神秘化，而是借助日常生活细节予以再现，摆脱了西藏叙事的“神秘主义”怪圈。

另一方面，央珍的小说在细节真实的基础上往往赋予故事情节象征性的艺术色彩，使得小说的写实性和象征性达到了比较完美的结合。从小说标题上来看，央珍小说的题目大都富有象征性的含义。《无性别的神》题目充满了浓郁的藏文化味道，该小说扩编于早期的中篇小说《玫瑰色的法轮》，而“法轮”本身蕴含象征意味，暗示了主人公最终的选择。从中篇到长篇的扩充，不仅仅是内容的广度与深度的扩充，更为重要的是，作者在扩充的过程中除了致力于主线央吉卓玛的成长与生活外，更重要的是将另一条隐形的线索扩充得更为明晰，也即主人公央吉卓玛对悲悯、慈悲、众生平等的探索。而这种探索也正是深受藏传佛教浸染的传统藏民族的普世追求，这与小说题名“无性别的神”形成一种呼应关系。在央吉卓玛这样一个出生于贵族之家却背负“不吉利的人”的心中，一种莫名的寂寞孤苦和躁动不安促使她在不断地寻求这种慈悲与众生平等。只有当她看到“红汉人”不分男女、官阶、出身都能够一视同仁时，她才悟到神性的真正含义所在：神并非在世外天边，遥不可及。只要心怀慈悲，神性就在每个追求善良的人们心中。

央珍创作了不少涉及“卍”字的小说，这些小说都具有一定的象征意味。“卍”字在藏族传统文化中是最为常见的一个符号，它存在于牧人的帐篷上，农人的居舍中，传统的仪式中，等等。“卍”在西藏被称为“雍仲”，被认为是吉祥与顺泰的象征。无论是在早期的苯教文化中，还是后来的佛教文化，“卍”字都被赋予了永恒、不变、吉祥的含义。央珍的小说用“卍”字做题目，一方面用它来代表鲜明的藏文化特征；另一方面则是借用了卍字吉祥、永恒的含义。《羊肩胛骨上的卍》叙述的是工布猎人嘎玛每次打猎前的夜晚总是要在一块羊肩胛骨上划上一个卍字，让儿子背负肩胛骨去小木屋聆听人们的谈话，如果听到有人说到獐子、羚羊、野牛等猎物，则出猎必满载而归；如若没有，则择日出猎。毫无疑问，“卍字”包含着浓重的象征意味，它不仅是占卜仪式中的工具和祈福的符号象征，也在文中借用了其永恒不变的含义。在《卍字的边缘》中，卍字既象征了西藏的一成不变的世俗生活，又是藏族人追求幸福与吉祥的象征，同时，“卍”还成为小说叙事的一条隐形线索，担负将三个不同的故事串连起来的功能。第一对男女在没有亲人的祝福声中远离喧嚣的红尘，避世隐居。他们尽管用医术赢得了人们的好评，却因为工作繁忙，地处偏远，没能挽救自己病重的独生女的生命。当他们再次出现在拉萨参加一对新人的婚礼时，他们成为了与欢乐的人群格格不入的“乡巴佬”和看不出年龄的“老寿星”，只能局促地站在院子中白石灰铺成的“卍”字的边缘，破坏了吉祥图的完整。第二个故事是女人在失去了定亲的男友之后，守着女人安分的观念，没有争夺，也没有再去寻找，一生的优雅与高贵却掩饰不住神情的恍惚与凄惶。她手上的“卍”字刺青，没有给她带来吉祥如意，只带来了无穷尽的痛苦与抑郁。第三对男女也是人们口中的好人，但世俗的眼光使得仍在人世的女人如同墙角剥落的“卍”字墙皮一样，被世人抛弃。

另外，央珍的作品洋溢着一种对于幸福的现代化追寻，尽管她的写作仍然立足于拉萨的世俗人情，但在作品中时时涌动着对于人性的赞美。央珍曾这样阐释她的文学观：“人类在呼唤着友爱和善良，人类在追求着高尚优美的意境和内心情感，人类需要制约邪恶和丑陋，我便凭借着自己在这种心境下产生的情绪来维系这一切，编织着一切，塑造一个梦幻的有时真实的世界。”[1]因而，央珍的作品中彰显着对于人世间博大的爱意，高扬人性的大旗，幽婉纡徐地鞭笞人心的幽暗。如《卐字的边缘》就是一部对幸福反思的作品。小说以象征的手法表达了人们对于幸福的理解，幸福不是“转经、祈祷、行善”所能获得的，幸福是一种生活的态度，幸福是一种历经艰辛、百折不饶的追求。看似踩踏在卐字边缘的人们，由于他们有内在的追求，有对人生的无尽希望，实际上他们恰恰处于幸福的中心，畅享着幸福的欢愉。《羊肩胛骨上的卐》[2]延续着对幸福的探求，幸福不是一味地给予，不是一味地接受，幸福是对等的；出走从某种角度而言，是对所谓的世俗幸福的背离，是对幸福感觉的追求。

央珍的作品擅于对女性生活情态作细腻的描摹，无论是贵族小姐、还是牧区村妇，抑或是接受现代教育的青年女性，央珍侧重展现她们绚烂的生活色泽，书写她们灵魂的悸动，通过她们的喜怒哀乐表达藏族女性卑微而不失抗争、沉默而不失热烈的情感世界。

第十三节　吉米平阶

吉米平阶（1962—），又名郑继平，笔名平杰，出生于四川巴塘县。1983年毕业于中央民族大学汉语系，同年分配到中国作家协会工作；历任《民族文学》杂志编辑、编辑部主任、副编审、西藏文联副主席、西藏作协常务副主席。1986年参加中央讲师团到西藏工作1年，任拉萨中学高中语文教师。1980年开始发表作品。1997年加入中国作家协会。著有中短篇小说集《北

[1] 央珍：《我和小说》，《西藏文学》，1989年第5、6期合刊。
[2] 《西藏文学》，1987年第3期。

京藏人》[1]，电影剧本《风雷擦亮的青春》、纪实散文《高原明珠 日喀则》《寻找朗萨雯波》《叶巴纪事》等。

1997年由作家出版社结集出版的《北京藏人》，共收录《生命是在别处》《秋天的童话》《绿波带》《橡皮墙》《“119”次人》《有个弟弟是活佛》《洛桑其人》小说7篇。这些小说主要描写的是生活在都市的藏族知识分子的生活情状。他们享受着现代城市文明的物质生活，却在内心深处时时眷恋着藏族文化。灵与肉的分离，精神上的分裂使得他们演绎出一幕幕的人生悲喜剧。其中，《生命是在别处》[2]讲述了一个叫巴加的藏族青年大学毕业后留在北京工作，他努力适应新的环境，却始终难以完全融入。工作的不顺利，爱情遭打击，使他选择返回家乡工作，但家乡的环境远不是他想象中的图景，繁庸的日常，世俗的人际，城市生活和传统生活像两扇磨盘一样碾压着他，使他再次陷入失落不安之中。《秋天的童话》是一篇带有讽刺意味的小说，主人公丹增在朋友的怂恿下，费尽心机想搞出所谓的藏医保健药品，甚至不惜找到气功大师“发功”配方，最终受骗，徒劳无获。作品嘲讽、批判了那些为了发财而弄虚作假、不择手段的不良行为；同时也反映了改革开放初期出现的“脑体倒挂”，一些人在赚钱美梦的诱惑下，失落动摇，随波逐流，下海经商，急功近利的现象。《绿波带》《橡皮墙》《“119”次人》则以藏族青年次仁、桑等为主人公，采取相对独立又相互关联的结构，各篇人物交叉，你中有我，我中有你，反映了生活在现代都市的藏族年轻人在现代和传统两种文化交织中的生活情状和情感心态。小说故事琐碎、叙述跳跃、语言充满京味，不乏黑色幽默、令人忍俊不禁；主题朦胧、人物多用字母或绰号代替，字里行间充满着调侃戏谑的味道，具有较强的现代主义色彩。《有个弟弟是活佛》讲述了在北京工作的降措和

---

[1] 吉米平阶：《北京藏人》，作家出版社1997年版。另西藏人民出版社2011年出版了同名小说集，增收了《远景风景》《洁白的雪峰》《风季过了》《昨天的太阳》《白玛和加利》。

[2] 又名《生命是在别处》。

白珍夫妇在降措的弟弟被选定为转世活佛后所经历的一系列令人啼笑皆非的“奇遇”。他们遇到了以关注西藏文化为由头，实则各怀目的的各色人等：有胡乱编造事实来吸引读者研究的记者，有派头十足、出手阔绰的企业老总，有附庸风雅的政府官员，有沽名钓誉的研究者等。作品在反映了20世纪80年代后期“西藏热”升温的同时，也以调侃的笔调温柔地讽刺了那些打着文化的幌子，获取现实利益的人事行为。[1]《洛桑其人》讲述了在北京读大学的洛桑，毕业后回到西藏，后来，他随另一位藏族同学回到北京，组建西藏文化村，在商业实践中学会了行贿、讨价还价，在竞争中求生存，身上原有的质朴品质发生了变化，其妻随之来京，受到黑心饭店的狠“宰”，由此怀念故乡的故事。《昨天的太阳》写尼玛死了，是自杀。尼玛15岁就会写藏文格律诗，大学毕业到了单位工作也很顺利，是单位的一大台柱，还娶了漂亮的老婆彭芳，这一切都让大家都很羡慕。虽然彭芳最后和人私奔了，但他也没有想到自杀。当然，这事对他的刺激很大，使他终日郁郁寡欢，但人们并不能从他的脸上看出些什么。他照常每天钻资料室，照常每天抱着一大摞书本回家。不过，这些书他是不看的，他开始构思日记、写日记，按照自己的想象在日记里塑造自己的形象。在日记里，他把彭芳大骂了一通，也自我检讨了一番。慢慢地他从彭芳的阴影中解脱出来了，又开始钻研他的学问，一心一意地要成为一个知名的学者。直到卓玛出现。卓玛毕业于外语学校。她希望能把尼玛从藏族文化的研究苦海中拯救出来，甚至寻找各种各样的理由、实物以及图片来说服尼玛，给他听最新的原版外国磁带，约他看外国电影。而尼玛也会语重心长地规劝卓玛，把藏族文化上下几千年的光辉灿烂一一讲给她听，并不断地寻找论据来竭力说服卓玛。就这样冬去春来，尼玛最终和卓玛结了婚。在外人看来，他们是幸福的，谁能想到尼玛会自杀呢？尼玛死后留下了许多日记，并给一些人写了信。从这些东西当中，或许可以揭开他的自杀之谜。实际上，尼玛一直没有走出前妻彭芳的阴影。

[1] 胡沛萍：《吉米平阶访谈录》，《西藏文学》，2017年第1期。

谁都知道他是个天才，是这个单位的台柱，他老婆曾经是这个单位最漂亮的女人，但突然什么都没有了，他感觉自己正在被掏空，陷入一个无底的黑洞。他除了在日记中展开的肆意的想象，进行咒骂和自责，发泄他的愤怒外，在生活中，只能以缄口不言来保持自己的一点尊严，此外几乎再没什么了。卓玛的出现给他带了希望，她活泼，充满活力，更为诱人的是她对藏文化充满成见，如果能够征服她，无论从哪个角度来讲，都是他又一次树立自己形象的机会。他知道，对于卓玛这种好强的女子，只有与他常常对立才能取得她的好感。在他的日记里，那个主人公早已把卓玛制得服服帖帖了。最终，他真的成功了，连他自己都没有想到成功会来的如此容易。这使他设计的诸多方案都统统作废，成了纸上谈兵。这让他觉得好像误入了某种圈套，甚至感到有些失落。他曾希望通过节节胜利而达到辉煌的顶峰，但这一切都没有了。他变得更加沉默寡言、真正地心灰意冷起来。尼玛继续在他的日记里想入非非，他把现实中那晚自己强占卓玛，写成卓玛苦苦哀求他，哭着说让他不要抛弃她。日记中的那个尼玛，冷峻而坚毅，在生活上总是站着上风，看上去活得很好。可是这些不过是尼玛自己的想象，是一种虚幻和意淫，当日记中的他意气风发的时候，实际上正是现实中的他焦头烂额之时。卓玛有一天对尼玛说了她在火车上的遇到的一件事情：一个电视台的导演，说卓玛很像他一个剧本中的人物，希望她去试镜头，卓玛去了。这件事强烈地刺激了尼玛。在日记中，他又提到了彭芳。显然，卓玛火车上的遭遇使他感到又一次被生活欺骗。在他的日记想象中，写到他独自去看话剧，被一个气度不凡的女人叫住了，说他像她正在物色的一部电影的角色，问他愿不愿意试镜。也许尼玛在写这一情节的时候，正想着电视台的那个人怎样勾引卓玛。如果日记就写到这，也许尼玛还算没走得太远，但他的想象力并没有到此为止，他的想象力发展到那个女导演怎样挖空心思地和“他”见面，最后千方百计地把“他”骗上床，怎么样用手段制服“他”，又怎么使“他”沉溺在淫乱之中等。尼玛在写到这些的时候，他一定是满腔悲愤，他想到卓玛是怎么样被那个电视导演骗上床，怎么样在那个导演熟练的动作中呻吟，以及怎么样在以后的日子里不断地跟他幽会。此时的尼玛已成了一个津津乐道那些色情细节的狂人，那个冷峻坚毅的主人公不复存在了。然而，也许就是在这个时候，他开始走向毁灭了。尼玛看似一个意志坚强的人，实际上他虚弱又不堪一击。他的自杀是他性格中的偏执与分裂所致，而现代城市的文明生活与草原民族的传统文化之间的对照，不过是他的幻影和借口而已。《白马和加利》写白马和加利是远房表亲，老家在甘孜，两人从小一起读书，毕业后又共同在北京工作，算是一对至交。两人在北京这座城市按部就班、庸庸碌碌、默默无为地生活着。他们的精神在游荡，迷惘而没有具体的目标[1]。这天，白马弄到了5张在大会堂举行的一个献爱心文艺晚会的入场券，便相约加利和两人各自的相好黑丽与白丽一起去看，剩下的一张，他送给了小罗。演出那天小罗带着他的新女友彬彬一起来了。小罗让白马他们先进去，他想办法一会再进。果然，不久小罗就进来了，还带来消息说，这个晚会是他的几个哥们攒的，正为几个演员没来发愁，便安排白马和加利临时上场。白马和加利上台唱了2首歌，赢得到满堂喝彩，并分到了500元演出费。企业家宋光十分欣赏两人，请大家一起吃了夜宵。当晚，由于彬彬没有去处，便住到了白马的宿舍，两人各自睡去。第二天，办公室的同事见到白马都对着他欢呼，说昨天在电视里看见他表演了。白马没想到昨晚的演出还带实况转播，心情爽朗。这时，殷副主任找白马谈话，让他注意影响，别弄出什么事来。原来有人告发白马留宿了个来路不明的女人。办公室郑主任却对白马说，小子行啊，一夜之间成明星了，并说以后不要忘了他，有空上家玩。白马有些受宠若惊，满口答应。这时，加利打来电话，提醒他注意姓宋的那个家伙，说昨晚上白马的女友黑丽不太对劲。果然，中午黑丽打来电话说，那个宋董事长请她到他们公司当秘书，每月

[1] 罗嘉慧：《迷惘·寻找·象征——浅谈近期西藏小说》，见吴宏聪主编：《岭南文论》（第2辑），第432页，广东高等教育出版社1996年版。

开价一千元。晚上，白马和加利等人一吃饭，小罗撺掇着说，既然姓宋的对白玛和加利感兴趣，就让他先拿出 5 万来给他们出个盒带，再出钱弄个晚会。饭桌上，几个人就“咬那姓宋的土财主一嘴”的可能性及实施办法进行了深入细致的探讨，都觉得唾手可得，摩拳擦掌要大干一番。第二天，黑丽按计划去了宋董事长那。可是宋光的兴趣只在黑丽身上，如果黑丽不上钩，他是绝对不会掏出钱来的。见是如此，白马和加利便断了当歌星的念想，各自上卡拉 OK 和广告公司扒分（挣钱、捞外快）。一天，小罗找到白马说，给他们签了一份在外地两周十场演出的合同，出场费一人 200 元，多唱另加，吃住全包，车票报销。白马算了算，2 个星期稳进 1000 来块钱，又避暑，何乐不为，便打电话给加利应承下来。而陪同他们前往外地的竟然是彬彬。白马和加利的演出获得空前的成功，似乎成了这座城市的兴奋点。在当地党政军领导当天晚上出席的芍药艺术节开幕式晚宴上，白马和加利还放开歌喉唱了 2 首，给晚会增添了无限光彩。回到宾馆，白马想到了彬彬，来到她的房间，没经三言两语，他俩便上了床。白马在他成功演出的同时也交出了自己的童贞。第二天，白马和加利撇开小罗与当地文化局签订了一人 6000 元专场演出的合同。小罗知道后，虽然生气，却也无可奈何，便赌气独自回了北京。芍药节结束，白马和加利又被组织者挽留了几日。此时，白玛和彬彬已公然双双出入，勾肩搭背亲密无间，加利看不过，提醒白马要注意影响。在离开北京第三周的周末，加利突然想起二人还未向北京的单位请假，赶忙回到宾馆收拾行装，也来不及跟东道主告辞，便匆匆走了。回到北京，黑丽和白玛分手了。加利则准备用这次挣来的钱和白丽结婚。可是十几天后，白马和加利突然收到外地演出的那个小城法院发来的传票，同时还有文化局的公函。原来当地芍药艺术节的组织者之一在艺术界期间挥霍贪污了巨额国家钱财，现已被公安局拘捕。传票是让白马和加利为贪污案出庭作证。还没等白马和加利清醒过来，又接到检察院的通知，说他们在芍药艺术界期间所获的演出费属于非法所得，予以没收，考虑到他们不知内情，免予罚款。彬彬见白马一转眼又变成了一个穷光蛋，还可能成一个负债鬼，便收好自带的东西不辞而别。加利那边，白丽也与他分了手。就这样，白马和加利又成了两个一名不文的穷光蛋，两个被女人一脚蹬掉的倒霉鬼和前途未卜的失业者。

总体来看，《北京藏人》系列主要反映了20世纪80、90年代，受过藏族传统文化和现代都市文化熏陶的藏族年轻人，在都市里“上下不着边的尴尬”境遇，反映了在一个快速发展和开放的社会空间里，习惯于旧的生活方式和观念的人很难适应社会新的变化的文化冲突。他们“生活在两种文化的夹缝中，找不到自己的位置，在现实中常常迷离，在外人看来仿佛隔着毛玻璃般影影绰绰地迷幻着。”[1]他们“追求现代生活，又厌恶现代生活中的杂乱和虚伪。他们希望保持自己的文化特色，又痛恨民族文化中的那些虚无、愚昧的东西。”[2]他们试图在这激荡的时代施展自我的才能，但他们很快发现，这是不现实的，“永久地返回故乡已属不可能，多是不愿意；而身处都市呢，又不免心似无所居，身亦无所安。”[3]于是，他们以看似颓废、无聊的行为保持着内心的纯洁，故乡成了他们焦头烂额时灵魂逃逸的寄托之所。他们生活在反差之中，矛盾之中，心灵经受着来自上下左右的撞击。

吉米平阶出生、成长于川西藏族地区，后又长期求学、生活、工作在大城市。生活的经历和文化的反差铸造了他小说的特点。他率先把在都市的藏族人作为一个群体来反复表现，把文化冲突中尴尬与不尴尬这种人类生活普遍的生存状态赋予了离开本土的西藏人[4]，把对故土的依恋和当代的社会变革、现代文明的浪潮汇集到一个焦点上，努力去揭示生活在都市的当代藏族人的心灵和命运[5]，这也使得他的“北京藏人”系列成为西藏当

[1] 马丽华：《雪域文化与西藏文学》，第110页，湖南教育出版社1998年版。

[2] 白崇人：《北京藏人·序》，见吉米平阶：《北京藏人》，作家出版社1997年版。

[3] 马丽华：《雪域文化与西藏文学》，第111页，湖南教育出版社1998年版。

[4] 马丽华：《雪域文化与西藏文学》，第111—112页，湖南教育出版社1998年1月版。

[5] 白崇人：《北京藏人·序》，见吉米平阶：《北京藏人》，作家出版社1997年版。

代文学藏族书写独特的“这一个”。

第十四节　李双焰、佘学先、赵焕植

李双焰(1953—)，出生于湖北汉川。1974年进藏，在那曲地区师校工作，1978年考入西藏师范学院(西藏大学前身)汉文班。1982年毕业回那曲工作。后供职于西藏自治区总工会。曾任《主人》杂志社总编辑，西藏作家协会理事、西藏当代文学研究会副会长。除诗歌等外，著有长篇小说《游牧部落》，小说集《血的流程——李双焰藏北中短篇小说选》[1]等。

李双焰的文学创作主要立足藏北书写，描写藏北草原的民生风情，带有鲜明的地域创作气息，正如周韶西所言，李双焰“是西藏目前小说创作中唯一把艺术观照视野始终对准其某一个特定环境的作家，并且不遗余力地进行探索和发掘”[2]。这一时期李双焰的小说创作主要可以分为两个阶段，第一阶段从1983年的《曲吉拉姆》到1986年的《血的流程》，作品主要是以直接切入生活的方式，将藏北草原的生活以一种原生态的形式呈现给读者，意在让更多的人较为真实地了解那块空罩着神秘色彩的土地上人们的生存环境和思维方式；第二阶段从1988年的《母系氏族》到1992年的《缓逝的净土》，作者在艺术表现方式上作了调整，观照角度呈现多元化的发展趋势，更多地渗入了作者的主观情绪的非理性判断，有一种若即若离的

[1] 《血的流程——李双焰藏北中短篇小说选》，除周韶西《他在藏北草原放牧太阳——论李双焰的小说创作》外，收录《撩开门帘，我要看雪》《这里放牧太阳》《两种颜色的构图》《血的流程》《西部草原的诺尔桑》《冲出空白不要在传说中等待》《缓逝的净土》《曲吉拉姆》《鹰笛》《猜疑》《为了宽阔的草原》《从山顶到山脚》《三个猎手一炉火》《活佛的恋歌》《老丹增轶事》《出狱》《尼姆》《秋日》《复仇》《那年秋天》《消逝的流星》《驼背吉米》《歌手》《桑玛措和她的太阳》《阿布的叔叔》《草原深处的孩子》《母系氏族》《北部汉子》28篇作品，香港新世纪出版社1992年11月版。

[2] 周韶西：《藏北的太阳——论李双焰的小说创作》，《西藏文学》，1993年2期。

距离意识，给人一种历史的纵深感和现实的时代感。[1]李双焰藏北小说系列的主要内容或其主题大致可以分为四类。

一是运用传统的现实主义手法，通过人物和故事描摹藏北风情，在对牧民日常生活的描绘中，揭示藏北人在自然地环境中生存的原生态，呈现出一幅幅广阔而辽远的动人的生活画卷。如《曲吉拉姆》《老丹增轶事》《歌手》《猜疑》《活佛的恋歌》等。

二是在独特的自然景观和奇特的故事之外，试图进入人物的内心世界，进而找到藏北风情内在的灵魂，小说风格在现实主义基础上不乏神秘与浪漫的情调。如《鹰笛》《血的流程》等。《鹰笛》写一位猎人为发泄无猎而获的怨气，打死了一只苍鹰，并带走了苍鹰留下的一只雏鹰。在猎人小女儿的精心护养下，这只雏鹰成为了一只悍猛的猎鹰，但猎人从它明亮的眼睛里看到了一股复仇的火焰。一天，猎鹰突然飞走了，猎人家的小羊羔接连好几只被抠走眼珠，撕烂肚肠。猎鹰要永远回归那片属于它的蓝天和山野。为了再看看自己的主人，它在帐篷的上空久久盘旋后终于落在地上，向小主人走去。这时枪响了，它栽倒在血泊中。《血的流程》写一个青年猎手在狩猎回村的路上，遇到一个年轻漂亮的流浪女人，就在他俩坐在篝火旁述说衷肠时，一只饥饿的母雪豹扑向了他们。经过拼杀，雪豹带着刀伤逃进了黑暗，却未远去，原来在附近还有它的幼崽。最后，猎人杀了雪豹的幼崽。后来，猎人和女人回村结了婚，而雪豹复仇的目光却始终窥探着他们。雪豹终于撞进了牧场，猎人的养父在与雪豹的搏斗中被挖空了内脏。猎人发誓要找到雪豹。他不顾已有身孕的妻子的劝阻，骑马在草原上追寻了2个月。一天，雪豹突然拦住了他的去路，在残忍的搏斗中，猎人与雪豹都耗尽了最后的力气。这时，猎人的妻子用丈夫丢下的鹿角枪向雪豹开了一枪，雪豹负伤而逃。在妻子的哀求下，猎人最终放弃了对雪豹的追杀。猎人的妻子生下了一个健壮的儿子。

[1] 周韶西:《藏北的太阳——论李双焰的小说创作》,《西藏文学》,1993年2期。

三是用一种淡泊从容的审美态度去观照趋于亘古、辽远、粗犷、雄浑的世俗人生，发掘人性中点点滴滴的动人的美和狭隘的丑，在现实主义之外，凸现自然的本色，并着意刻画藏北女性的坚忍性格和藏北汉子的硬汉形象。如《母系氏族》《西部草原的诺尔桑》《北部汉子》等。《母系氏族》讲述了女主人公央娜及养女白玛卓嘎曲折不幸的人生历程和她们的情爱生活，并着重刻画了央娜的形象。天真、善良而强悍的藏北女人——央娜，在面对男人指责她不能生育的境况下，背负着沉重的罪责感。由此，惭愧和不断指责自己，使她依照自己的自由心性选择了对在肉体和精神上背叛自己的男人的忍气吞声和忍辱负重，像奴仆一样维护着男人的利益，并孤独地忍受着寂寞和迷惘。但在与第三个男人接触并有了身孕之后，她恢复了原有的自信、善良、自尊、力量，她又燃起了对虚伪、自私、欺骗、贪欲、占有的不屈抗争的决心。[1]《西部草原的诺尔桑》描写了猎人诺尔桑在妻子受到凌辱后复仇的故事。顿珠强奸了诺尔桑的妻子，使诺尔桑夫妇盼了多年的孩子流产。满腔怒火的诺尔桑要杀死顿珠，路上从狗熊爪下救出了顿珠的妻子。当后者得知了真情后，为了保护受伤的丈夫，她要代丈夫受死，要代丈夫决斗，最后要求诺尔桑像她丈夫对待他妻子那样对待她。“草原上的女人啊！”诺尔桑长叹一声，为了这样一个仇人的妻子，放弃了复仇。诺尔桑的复仇既带有传统草原复仇的意味，快意恩仇，以仇人的鲜血洗涤侮辱；又具有人性的表达，心灵的纠结，复仇而不伤及无辜。在复仇之旅中，诺尔桑完成了人性的升华，以精神的宽恕实现了灵魂的超越。《北部汉子》也是描写这类冤冤相报的世代仇杀的。但主人公，那位年轻的草原汉子巴乌（英雄之意）显然具有更人道、更文明的意识。当两军对垒，血腥厮杀势不可免时，他以慷慨而动情的演说和断己之臂的壮烈举动制止了一场悲剧的发生[2]。

---

［1］ 卓玛：《中外比较视阈下的当代西藏文学》，第184页，上海大学出版社2015年版。

［2］ 马丽华：《雪域文化与西藏文学》，第199页，湖南教育出版社1998年版。

四是通过两种文明、两种文化的冲突——藏北人的生存世界与现代都市人以及文明世界的对峙，寄寓作者对藏北那块尚未被熏染的土地的神往，以及试图寻觅一种更理想、更高贵的生命认可，一种孕育这种生命人格的文明景象的希冀。如《撩开门帘，我要看雪》《这里放牧太阳》《缓逝的净土》等。《撩开门帘，我要看雪》描写了在雄浑而娴静的西部草原，一个工作在藏北的汉族青年与一个丧夫的年轻牧女奇特的爱情故事。《这里放牧太阳》写"我"陪同一位闯入草原的女记者在藏北的游历中带有原始野性之美的风景与人对于现代心灵的激荡。《缓逝的净土》则通过一位来自藏北牧区的大学生桑木珠与牧羊女仁措及女大学生吉措姆之间的爱情纠葛，表现了在两种文化和文明的相撞相融下主人公的困惑和迷惘。仁措真诚与热烈的爱使桑木珠真正体味到人间的真情，但他又不能接受这份真情，因为他深知自己早已不属于那片草原，他已经走出了草原，就要去追求新的生活，因此在都市与草原，吉措姆与仁措之间，他选择了前者。然而前者却把他推向了迷惘和绝望。他在草原失去了自我，在都市同样失去了自我。他与吉措姆最后的爱情结局，使他感到了自己营构的理想大厦彻底倒塌，发出了"应该找回自己了"的呼唤。然而，他很难找回自己，最终还是只能沉重地躺在自己的影子上。[1]

李双焰的创作激情由草原而发。草原是辽阔的也是孤独的，当他用添加了理想的审美意趣审视藏北的日常生活时，古朴粗拙的本来生活发出了光彩。那是一个超常艰苦而充满生命活力的世界，是一个单纯、强烈并因之美好的情爱世界，是一个人类曾经历过的现在已然忘怀了的生命本原的世界。[2]

佘学先（1957—），出生于湖南靖州苗族侗族自治县。1980年毕业于

---

[1] 周韶西：《藏北的太阳——论李双焰的小说创作》，《西藏文学》，1993年2期。

[2] 马丽华：《雪域文化与西藏文学》，第112页，湖南教育出版社1998年版。

湖南师范学院黔阳分院中文系，同年进藏，任拉萨市一中教师，1987年任《拉萨晚报》文学副刊编辑，1990年调入西藏自治区文联，任《西藏文学》小说编辑。1993年内调湖南省文化厅，任《文化时报》编辑部主任，此后辗转北京、昆明等地，任文化传播公司总经理、民办学校副校长等职。2014年重返西藏，任《西藏文学》特邀主编。佘学先于20世纪80年代初开始发表文学作品，作品散见于《西藏文学》《西藏群众文艺》《主人》《小说选刊》《青春》《萌芽》《芙蓉》《中国西部文学》等刊物。2007年，西藏人民出版社出版了他的西藏题材作品集《不再狩猎》[1]《向往天葬》[2]。

佘学先西藏题材的小说创作大致可以分为三类：一类是描写20世纪80年代进藏大学生生活的，主要有《夏季的躁动》《人不是候鸟》《我们》《向往天葬》等，其中又以教师生活居多。第二类是基于西藏高原特殊的自然地理环境，或以动物为主题，或描写人在恶劣环境中的境遇，凸显人性的复杂及自然的雄浑，在物竞天择、适者生存环境下思索人与自然之间的关系，抒写生命的赞歌。如《雪崩》《走出荒原》《迷蒙的山》《藏羚羊传奇》《壮烈的雄獐》《不再狩猎》《公牛之死》《最后的蜻蜓》等。第三类是以西藏本地人生活为主或将内地与本地并置，赞赏藏民族性格的古朴、率直、纯真，反映出作者对不同文化碰撞、交流及现代对传统冲击的思考。如《西部来的人》《一念之间》《狼皮帐篷》《次仁为什么不打猎》《山顶上的夕阳》《鼻烟壶》《迷途》《平台》等。这里仅对其具有代表性的反映进藏大学生生活的小说作一简要介绍。

《夏季的躁动》描写了三个大学毕业的青年，因各自不同的原因来到藏北一个偏僻的县中学任教。县城里的人加起来不足六百，只有一家一天只营业两小时门的国营商店和两家个体经营的小卖部，邮车一个月来一次，《平原游击队》《地道战》《地雷战》《打击侵略者》等是电影院的常映影片。

[1] 佘学先：《不再狩猎》，西藏人民出版社2007年版。
[2] 佘学先：《向往天葬》，西藏人民出版社2007年版。

赵建波——绰号疯子，徐跃进——绰号骆驼，杨涛——绰号情种，三个人性格不同，但是作者把他们放在一个特定的环境中加以塑造，外部环境的艰苦和寂寞，在他们内心深处产生了强烈的震撼和冲突。由于生活的经历与方式不同，他们在冲突中也表现出了不同的追求意识。赵建波——情感热烈，敢恨敢爱，在经历了撞破校长私情、王素玲自尽等事件后，申请内调。徐跃进——性格怪癖，疾恶如仇，与草原女子德吉央宗的邂逅，让他陷入情网，而同事杨涛的小报告及随之而来的交代和检讨，让他最终离开学校，走向草原深处。杨涛——心胸狭隘，性格懦弱，为了当上副校长，四处钻营，甚至不惜告密，然而，最终他并没能如愿，依旧捧着教科书继续粉笔生涯。虽然三个人的结局不一，但在那特定环境中，他们又都同样体验到了生活的艰辛与苦涩，无聊与寂寞，痛苦与欢笑；对生活，对理想，对人生有了更加深刻的认识。在这篇小说中，作者以飘逸洒脱而又凝重细腻的笔触对藏北草原的自然、社会和民俗作了全景式的描绘，展示了生活在这块土地上的人们复杂的心理状态和情感波澜，带有一种浓重的浪漫抒情色调。同时也表现出作者从社会的、自然的、经济的、历史的和文化的多种角度来透视和认识这块土地，来探寻纷繁复杂，博大神秘的人生。[1]

《人不是候鸟》描写的也是进藏大学生的生活，不过与《夏季的躁动》不同，主人公的生活背景从藏北草原换到了城市拉萨。小说通过描述毕业分配在那曲一个边远小县的“家乡水”，到重庆去参加全国畜牧业会议短暂停留在拉萨拜访主人公的情景，勾带出我（田建国）、怀西、阿黄三个拉萨中学老师的生活，从而折射出 20 世纪 80 年代部分进藏大学生的理想与奋斗。阿黄，投机钻营，热衷于发财赚钱，最终因为推销了质量不过关的五吨建筑材料微沫剂给建筑公司，造成国家几十万元的损失，被公安局“请”去了。怀西，有文学才气，发表了一些文学作品，希望调动单位去

[1] 周韶西：《执著的追求，坚实的步履——1991 年〈西藏文学〉小说创作评述》，见周韶西：《梦中的西藏》，第 242—243 页，西藏人民出版社 2012 年版。

从事文学创作，但因校长卡住不放未能如愿，最后与女友冯丽一起申请到县里去教书。“我”似乎有些超脱和麻木，对“什么都不愿干什么都不想干，干什么都烦。”认为“人在年轻的时候总以为自己前途无量可以大显身手，其实到头了什么也不是，人活着就那么回事。你捞得再多再好有屁用，两手空空而来两手空空而去，没见过谁死后还能从这个世界上带走什么。”“一个人哪怕一辈子待在房里不出门还是活在生活的圈子里，难道一定要慷慨激昂野心勃勃才算生活？”但在经历了一系列事件，特别是在“家乡水”的潜在刺激下，终于从迷茫失落中重新找到自我，发现自己还真能干点事，从而重新端正自己的生活态度，对于事业有了新的追求。

《向往天葬》写的是进藏大学生援藏期满内调离藏的故事。“我”、梦白、沙子都是进藏的大学生，在拉萨教书，后来“我”跳槽去了一家报社。8年后，根据文件规定可以内调。沙子父母双全，理所当然地回到他父母所在的那座南方城市。“我”则有相爱的妻子在湘江边上的小县城等候。遇到麻烦的是梦白。他是独子，母亲5年前去世，父亲在江苏一个工厂里当看门人，不幸的是，正在梦白内调的关键时刻去世了。父母的离世，让梦白成了孤儿，回去已举目无亲，家乡已成了另一处异地他乡。然而，比这更让梦白难以接受的是，偏见和误解带来的沉重的失落感。正如小说写梦白在酒后发泄道：“其实问题并不在于走得了走不了，或者走到哪里去，我想不通的是自己这八年怎么了？八年前大学毕业时，我有机会留在省城，最不济也可以分到父母的那个城市。我当时是毕业生中最拔尖的人物之一。我不愿就这么按部就班地过，总觉得这世界很大，应该出去做点什么，结果来了西藏。”“在西藏，我问心无愧地工作了八年，付出的代价要比内地工作多得多。八年期满了，我突然觉得很累，很希望换一个环境休息，调理一下。但这时我才发现，通往内地的门全关闭了，我已经不是当年足以自傲的大学生，而变成了别人眼中的累赘，好像我一出生就在西藏一样。我也给内地的一些学校写过信，包括我的母校。他们回信的理由除了学校超编，进城户口不好解决，接受条件不充分等外，有的还在来函中说你长期在西藏工作，缺乏业务能力训练，难以胜任教学。他妈的，怎么转眼之间成了落伍者？成了被人同情和嘲讽的对象？”“我连回家的权利都没有吗？”小说的开头，正是“我”和沙子准备两天后乘机离开拉萨之时，但梦白的意外死亡，让我们不得不退掉预定机票。梦白是死在川藏公路上的，在某一个险恶地段连车带人翻进了雅鲁藏布江。“我”和沙子依照他的遗嘱，将他天葬。对于梦白的死，“我”难以相信和理解。小说中写道：“我真弄不明白，他游泳技术特棒，怎么会被淹死？除非他不愿意活。”与他同车的司机小王回忆道：“开始，我还听见他划水的声音，等我游到岸边回头看时，他已经改变了方向，不紧不慢地往河中心游。”或许他那时真是在欢乐地游着。他的躁动消失了，忧郁消失了。“我”仿佛看见“他一下又一下沉着地划着水，向远方的亲人们游去……那急切的心情像迷途的羔羊寻找归家的路，那件羽绒服像母亲的子宫一样安全。”梦白正是以这样的方式实现了他最终的回归，而天葬，是否就是彻底的轻松，超凡脱俗的飞腾？小说的结尾：在清晨军营的进行曲中，“我回过头，看着远方的拉萨市区想：又一天开始了。”给人深深思索。

《我们》讲述的也是以进藏大学生生活为主的故事，同时反映了当时拉萨文学艺术圈的几种生活取向和艺术观。“我”——老二，报社的记者；刘永革——老三，国内一所有名的大学油画系毕业，进行油画创作；老大——作家，进行文学创作。老三住在八廓街里。他在单位上有一间房子，但他从来没去住过。他认为周围都是汉族人，说的是汉话，谈的是内地的事，穿的是汉族人的服装，没有一点西藏气氛。呆在那种地方，又何必来到西藏呢？拉萨骚乱时，老三失踪了。“我”和老大到处找他，最后在看所守里发现了他。原来骚乱那天，他爬到屋顶上看到底出了什么事，被拍到旁边两个比他高一个头的牧民打扮的人，一人手上握着一块面包大的石头，正聚精会神地准备往下扔，遂被当作主谋抓了起来。那两个牧人是俩兄弟，是西部草原的猎人，到拉萨来朝佛的，说是有人朝他们放味道很难闻的烟，他们就朝放烟的人扔石头。澄清误会后，老三被释放了。后来，老三决定跟随牧人俩兄弟去草原。“是的，我要到草原上去……这些年在拉萨画呀画，画雪山画草原，其实连自己也搞不清画了些什么。因为我还从没到草原去过。”“从东部草原走到西部草原，从冈底斯山走到念青唐古拉山，从雅鲁藏布江走到珠穆朗玛，我们想到哪里就用双脚走到哪里。那时候我们再回到拉萨，你就会说：‘啊，拉萨！你真小！’”老大对老三的举动颇不以为然，“你们以为八廓街里的那些小巷子就是简单的小巷子？你们以为大昭寺前那些被朝拜者的身体磨光了的青石板是简单的青石板？不是的，那是高不可攀的天深不可测的潭，是写满了艰奥难懂的文字的书。我这辈子只要能读懂一条巷子或一块青石板就他妈受用无穷了。”而“我”突然产生了一种从未有过的感觉：在拉萨这些年过得太无聊了，自以为什么都懂，其实什么也没弄懂。小说还借用老大写作的一篇作品，在故事中讲述了另一个故事，而这实际上是作者对传统与现代的思索。

总的说来，佘学先的小说创作大多是写实的，具有现实主义的风格，但个别作品也颇有魔幻之意，如《永无止境的旅行》《偷猎》等。

赵焕植（1963—），笔名焕子，出生于辽宁鞍山。1985年毕业于鲁迅美术学院，同年进藏。曾任职于《西藏日报》《西藏文学》，后主要从事商业工作，创作有散文、小说等作品，主要收入在他的文集《八角形的路》[1]中。文集共收入作品17篇，以小说、散文为主，并有1幕短剧，多发表于20世纪80、90年代。

赵焕植的小说创作大致可以分为三类：一是描写生活中的点滴片段，以意象为主，基本没有什么情节，也没有什么逻辑，篇幅普遍短小，重在描写刹那感觉和印象，有时似乎蕴藏哲理，却又恍惚不定让人难以捉摸。如《苍蝇故事》《关于那间房子》《我在聆听》《邻居》《酒后的男人》《断指》《夏

[1] 赵焕植：《八角形的路》，西藏人民出版社2009年版。

日的出卖》《没有阵雨的中午》等。其中，《断指》写“我”和苏是好朋友，既是同事又是邻居。一日他带我钻进一个胡同门洞，几个康巴人在楼上赌博，赌资巨大。尖鼻子的手气不好，他押上了汽车执照，后来，他把自己的手指砍下押上。这一次没到两圈他和了。《夏日的出卖》写她的丈夫赌博输掉了家中的一切，最终她也出卖了。《没有阵雨的中午》写倪易应老乡邀请到其工作的那曲办事处去玩的途中情景。倪易向一个穿红运动衫骑车的青年问路，正好他也是去那曲办事处。倪易将自行车锁在了木板房前。他艰难地穿过了青草地和积水的洼地，被挡在一条约三米的积满了水的壕沟前，不得已重新踏入草地，选择了另一条路。当他踏进了清亮的水洼时，这里也有一条壕沟，最后他不得不又一次走进青草地，来到木板房前。这时他发现自己的自行车不见了。他在一个门洞看到十几个人正围着吃饭，他问这些人半个小时前他见到的那个小伙子去哪里了，他们回答说不晓得。他愤怒地将胶皮管接上水龙头喷向包工队。当他再次来到木板房前刚要拽门时，门板突然反弹过来打在他的前胸。“倪易趔趄了几步仰倒在地上。门开了，一个年轻的包工队员拎着一根棍子冲了出来。”小说几乎没有什么紧张的矛盾冲突，大量篇幅写的都是倪易如何穿过草地到办事处的情景。但尽管办事处就近在咫尺，穿过草地就到了，但写到最后，小说主人公还是没有能够到达目的地。作品颇有写实主义倾向，对于一些自然景象刻画得十分细致。如写水洼：“一股粪便味扑鼻而来，几只绿头苍蝇振动着透明的翅膀嗡嗡地叫着，黄色的粪便水已经渗到水洼里了。”写工地：“他还是看到了丢在地上带着血污的卫生纸、一张折叠床、两个热水瓶、一个脸盆，还有几个空的沱牌酒瓶。靠门的地方还有锯子、斧头及两个已经生锈的自行车架及零件。”但这些细节铺陈除了展现主人公所在场景的污秽不堪和杂乱外，并没有显示主人公的性格特征，反而让人有肮脏和厌烦之感，审美成了审“丑”。小说最后的冲突，也给人突兀和荒诞之感。小说整体似乎在揭示生活的无聊无味和对某种希冀的可望而不可得，具有写实的荒诞主义特征。独幕短剧《无题》也具有这种荒诞的意味。。

第二类是回忆过往的作品。如《猎手》写二小子从山里回来后像掉了魂似的，变得魔怔了。原来他到野猪岭打猎，见着了虎，被吓到了。老猎人韩老六决定带着二小子再去野猪岭。等了几天，没见到虎。第四天清晨，二小子睁开眼时，韩老六已经不在了，他只带着刺刀，没带猎枪。最后，二小子在野猪岭的西山坡找了韩老六。韩老六受伤了，但一脸得意， 他说这回要二小子背着他回去了。他让二小子看看撕下了多少肉。二小子说，有三个巴掌那么大。作品写了人在生存环境中和自然搏斗的强力和血性。《儿时印象》写小孩明哲和表姐春花放鞭炮点着了房子，以为把爷爷也烧死了，但爷爷当时并没有在屋子里，大家虚惊一场。小说情节散漫，多为细节描写，拖沓琐碎。写出了物质匮乏时期农村的琐细和人们的平庸的日常生活。《青苹果乐园》写了雷鸣、齐尚虹、刘松、殷明四个问题学生的生活片段。雷鸣借买苹果为名偷了商店柜台里的 20 元钱。“他的手像鸟一样迅速而准确。”“也许只有殷明看到了这一过程”。齐尚虹爱吹牛，他对雷鸣说他有一个姑姑是十二级飞机驾驶员，还有一个舅舅在中央开坦克。他答应要给雷鸣 100 个彩色玻璃弹子，但结果只从书包里摸出了 2 个。雷鸣用 1 元钱买了 1 包红玫瑰烟。刘松拿匕首逼迫雷鸣将钱分他一半。雷鸣给了他 5 元钱，另外分给了他 6 支烟。小说截取了少年生活的片段，四个孩子的生活不循正轨，甚至有些顽劣是坏孩子，而这一切又仿如青苹果般青涩，是孩子的快乐。

第三类是情爱作品。如《情变》写马小华与杨丽早上起来后的一段荒诞经历。这一次马小华又没让杨丽怀上孩子，两人如往常一样起来。这时，家里突然来了一个两人谁也不认识的年轻人，说要和杨丽结婚。马小华与年轻人商量着用打牌的方式，后改用摔跤的方式，决定谁和杨丽结婚。在篮球场上，杨丽看着他们摔跤。马小华赢了。三人回到屋里。年轻人用水果刀在自己的皮肤上划了一个很大的十字后走了。马小华扶着杨丽到床上休息。故事荒诞，看似不合情理，实则写了人们内心希望打破刻板沉寂的生活，向往新鲜刺激。正如小说中写马小华与年轻人在篮球场摔跤时所说道的：“这类想象与事实，与拉萨头重脚轻的状态倒极吻合。在炎热而寂静的日子后没有令人骚动的事情才真正是可疑的。”事实上，无所谓是否真有这样一个年轻人的到来，作者和作品中的主人公所希冀的不过是一种异样的骚动，一种新异感。《通奸》写孟莎与宋晓波、陈杰之间复杂的关系。小说写得朦朦胧胧、影影绰绰。宋晓波的妻子要来西藏了，上一次她就来过西藏，她作出堕胎的决定后说，孟莎在这里使得她的脑袋都糊涂了。孟莎去了妇产科，宋晓波问她结果如何，孟莎没有告诉她。陈杰说孟莎肯定没检查出什么名堂来，也许连大夫都没找，孟莎把宋晓波骗了。陈杰和孟莎之间关系也十分暧昧。宋晓波在收拾房子的时候，想起老婆信中的一句话：“你在拉萨，对我而言仿佛生活在天上。”他解下吊在天棚上的沙袋，留下一串麻绳圈。孟莎进到屋子，把麻绳套在脖子上。陈杰把孟莎解了下来。孟莎说看她到看到绳套就忍不住把脖子伸了进去。最后三人来到屋外，孟莎说：“外面的空气真好。”小说压抑地写了孟莎与宋晓波、陈杰之间的暧昧，揭示出人内心的孤独寂寞和渴望。《夜行》写“我”和小曹夜晚骑行沿河路的情形。我和小曹一路上对着话，中间穿插了与小曹同住一屋的陈强的故事。陈强和郑玉莲是一对恋人，两人闹矛盾分手，陈强用纸箱装着郑玉莲的东西还给她。小说写得扑朔迷离、断断续续，具有现代实验小说的特征，故事情节和人物形象都不完整，主要是突出一种意象，或者说对作者而言印象深刻，有意味的片段。《两只老虎》与《通壁》，两篇小说或许可以连通起来看，主要讲述的是报社徐（许）琦与于玫要结婚了，两人将自己的单间房子连通起来。于玫与杂货店的老板有些关系暧昧。于玫与徐琦婚后有了身孕，但徐琦借口说不想太早要孩子，逼迫于玫把孩子做了。于玫出院后要和徐琦离婚，但最后两人还是没有离成。之后，人们也没再听说他们俩闹离婚的事情。“于玫又恢复了往日的快乐，年底，她回内地生孩子去了。”《侯波的爱情》写报社的侯波到成都参加西南地区武术比赛，获得了铜牌，但原定的庆功大会取消了，据说是因为侯波与西藏代表团的随队女教练有暧昧关系。比赛结束后，女教练也没有返回拉萨，她失踪了。警察从侯波的枕头下搜出一张便笺，上面写着三个字：我爱你。证实这是女教练的字体。警察要带走侯波。当一个警察拎着亮晶晶的手铐走过来的时候，侯波从腰间抽出雪亮的藏刀，挥舞着冲向人群。侯波得了精神分裂症。在医院住了一段时间后，被送回报社关进封死的屋子里。过了几天，送饭的小伙子发现他在床上已经僵硬了。人们在整理侯波的遗物时，发现他在床下写了几个字：峨眉山。几个月后，一对恋人在峨眉山的一条山沟发现了女教练的尸体，大家才想起侯波用墨汁写的那三个字。《恋爱中的倪易》写文学青年倪易大学毕业后进藏到报社工作，几年下来，生活庸常。报社决定让倪易去阿里记者站工作，并为他买了皮靴、皮大衣，雨衣，还有价值两百多元的鸭绒睡袋。倪易将行李卷打好了，几百册书也用细尼龙绳捆得结结实实，但过了长时间，倪易还没有出发，他说找到车再走。但很多人说倪易根本就没有找过车，他连阿里办事处的门都没有登过。倪易还向领导提出要求分房子，并从夜班组跑到了政文组，不久又从政文组跑到夜班组，因为倪易从来就没吃过早饭。“晚上十一点上班，下半夜四点下班然后可以睡上整整一个上午。他的任务主要是守版。”行政科要倪易归还睡袋，可睡袋早被倪易的一位去那曲的朋友借走了，为此，计财科扣了倪易的奖金。倪易找到副总编说理，他质问为什么偏偏是他去阿里，副总编说当时倪易同意了去，可倪易说他没有同意，是报社让他去的。副总编笑着说：“同意也罢，不同意也罢，违反了规定是要受处分的。”在夜班组，倪易和政文组组长王邦贵的女儿王英好上了。王邦贵是在 20 世纪 60 年代中期到西藏的，因为在老家与会计科的小会计搞上了，挨了一个处分，通过在西藏工作的表弟来到西藏。王邦贵有一句口头禅：“有本事到哪儿都可以吃饭”。事实上，王邦贵在西藏几十年，不过基于生存的哲学生活着而已，庸碌无为，世故圆巧。倪易的日子仿佛也就这样地过着。整篇小说故事波澜不惊，主人公倪易看似有些无赖耍滑，混日子过，有违他来西藏的初衷，但也不乏内心的思索和彷徨，折射出年轻一代的无奈和挣扎。正如小说开头写道：“大约是倪易从王邦贵的家逃出来之后才想到该干一点事情，也许他想到了奔到西藏来的初衷。我想那一刹那倪易想到了给学校递申请的时候茫然无措的心情。那是多么无畏而无情的抉择呀。”“我相信从这时起倪易才想到了该干点什么”。小说在描述倪易生活选择的同时，也给予人们对生活从不同视角进行不同理解的思考。这或许也正是小说描写倪易在夜班组和王英一起寻找铅字版漏了的两个字“视角”所蕴含的用意。

总体而言，赵焕植的小说创作具有先锋试验探索的性质，情节大都不完整，叙述人称和视角多变化，有时故意打断正常叙述，插入其他情节，有意破坏叙述的连贯性，造成支离破碎的断续疏离的陌生感，给阅读造成障碍和困难，宛如设谜一般。总体的意象也多荒诞离奇，看似有意象征，却难以确凿落实，在拆解生活常轨链条的同时，给予读者多向解读的可能。或许正如作者在《八角形的路》（代序）中所言，“一个不熟悉此地地形的人，钻入任何一条小路，都会相当自信地以为选择了一个捷径，无疑，这种想法本身就已经误入了歧途，他脚下的土路或石板路，会把他引向大昭寺的任何一个方面（东、南、西、北），其中三个很可能是他不愿去的地方。所以，在一条石板路或土路上，不管怀有多么明确的目的，都充满了选择的可能性。”作者在作品《通奸》中也写道：“前面有两条走廊：一个朝西、一个朝东。厕所位于西面走廊，而妇产科位于东面走廊的中部。显然女人从厕所出来拐到通往大厅的走廊上来了，而这条路又连接着内科、外科、骨科的走廊。她从医院的示意图上看到：这座医院共有八条相互交叉连接的走廊。”赵焕植的作品也正如八角形的路，“不管你站在哪儿，只要没走出网状的八角形的路，都是一个好的起点，它连接着另一个；它可能又是一个终点”。他的小说希望告诉人们的或许正是这种网状的迷离和多种选择的可能性。

第十五节　通嘎、索琼、冯良

通嘎（1961—），祖籍西藏日喀则，出生于西藏拉萨市。1982年起，先后毕业、深造于北京体育学院、尼泊尔比索帕萨国际语言学院英语系、尼泊尔特里布文大学尼泊尔文学院；2007年7月至12月在美国杜克大学研修西方经济学；1998年8月至10月在美国维斯连大学担任访问学者（兼任客座教授）。曾任职于西藏自治区外事办公室，现任西藏自治区人大民族宗教外事侨务委员会主任。1995年获得西藏自治区文联“十年文学成就奖”。自1982年开始从事文学创作和翻译工作，先后创作了《218万岁》《天葬生涯》《你在呓语，那不是歌谣》《白色》等作品。

《218万岁》[1]属于校园文学，写的是内地某体育学院218寝室的五位大学生，各自带着所属不同文化的教养，友爱中不时发生激烈冲突的故事。主人公桑嘎是一位藏族大学生，和218号宿舍其他四个汉族同学相比，他学习底子要差一些，但他没有消沉、自暴自弃，而是以顽强的精神，扭转其他同学对藏族学生的轻视，最后和218宿室的同学结下了兄弟般的情谊。小说中有一细节描写：藏族学生家乡寄来的酥油发出“怪”味引起一场风波。风波结束时主人公说了一番话：从今后我不在寝室吃酥油了，但前提是，你们也不要在寝室里吃大蒜。这表现了往往被人们忽略的各民族习俗间对等的差异。[2]《草原这边的霞光》[3]属于知青文学，描写下乡知青热爱农村、热爱土地的故事。后发表的“红色系列”（《紫红色的嘉瓦》《红色长筒靴》《夕阳，那火一样的夕阳》[4]）则属于微型小说，瞩目于生活中不经意的细节，探究人性的多样性，充满着温情与对人生的挚爱。作品叙述了20世

[1]《西藏文学》，1984年第6期。

[2] 马丽华：《雪域文化与西藏文学》，第109页，湖南教育出版社1998年版。

[3]《西藏文学》，1984年第10期。

[4]《西藏文学》，1985年第7期。

纪 80 年代拉萨青年人生活中三个小故事，读来平易近人，似乎这早已司空见惯；然而细细回味，却使人领悟到着意不凡，一窥拉萨不同青年人的精神面貌，无论是二道贩子、舞场皇后，还是举止粗野的青工，人们在他们那平凡的生活经历中，却能感受到那灼人的意蕴。[1]《天葬生涯》[2]描写了一个受到人们敬畏的天葬师的故事，通嘎着力展现一个既渴望得到爱情的滋润，又畏惧自我身份的天葬师的内在世界。双重心理的纠结塑造了一个当代青年天葬师的生动形象，并沉重地提出了西藏社会存在着的而应当改变的旧意识。《进藏人》[3]则描写了藏二代在经历精神与情感的沉浮之后，倔强地走向高原的故事。主人公朗杰出生在西藏，疾病使他过早地尝到了悲欢离合的苦楚，他十四个月就离开了母亲，离开了家庭的温暖。西藏给他的心灵与肉体造成了两重的创伤。他决心要离开西藏。他天真地认为，只要离开，他就能得到满足。他考取水运工程学院造船专业，目的就是不必进藏。然而，在经历了失恋的痛苦和迷茫之后，他的才能挽救了他，新的时代挽救了他，当他看到自己参加设计的轮船下水后，他明白了即使自己有一个理想的单位，他还是要走的。最终，他选择回到西藏，从彷徨、失望、孤独中走出，重新找到了自己、掌握了自己。[4]《白色》[5]写一间病房中的三位病友：来自森林的胃癌患者边珠，讲他的大自然，讲森林和野兽，讲莲花生；来自美国的罗伯逊则讲亚当、耶稣基督，讲上帝；“我”则是一个观察者和思考者。作品在文化交汇和比较中，反映了不同宗教信仰和思想观念方面的差异。另外，通嘎因为工作关系，住尼泊尔时间也久，

---

[1] 鄢玉兰：《生活——在平凡中闪光（评通嘎的三篇小说）》，《西藏文学》，1986 年第 2 期。

[2] 《西藏文学》，1986 年第 2 期。

[3] 《西藏文学》，1986 年第 5 期。

[4] 李海平：《这是一条椭圆形的路——简析〈进藏人〉的主人公形象》，《西藏文学》，1986 年第 6 期。

[5] 《西藏文学》，1991 年第 1 期。

他写了一个小说系列《你在呓语，那不是歌谣》[1]，描写了在尼泊尔的各色人等的生活情形和人生经历，并展现出别样的叙事技巧，在不断的自我建构与自我否定中表达幻象的生成与破灭。

通嘎的作品数量不多，且大多篇幅短小，但通嘎善于把握生活中的细节，从细微之处展现生活的魅惑，同时注意叙事技巧，具有创新和探索的意味。

索琼（1965—），又名索穷，本名索南次仁，出生于西藏阿里措勤。1983年毕业于西藏民族学院边境地区小学教师培训班，同年分到阿里地区措勤县工作，历任教师、文书、干事等职。早期，索琼主要从事小小说创作；1992年移居拉萨后，成为自由撰稿人，主要从事西藏文化题材的创作，著有评论、散文、诗歌、纪实报道、口述实录、人物传记、采访录等200余篇。出版专著《〈格萨尔王传〉及其说唱艺人》《娘容辖私塾的创办人仁增·伦珠班觉》《拉萨老城区八廓游》《西藏记忆》《绽放吧，雪莲花：西藏青少年内地求学记》[2]等。

除中篇小说《纷乱的流云》[3]外，索琼小小说主要有：《"东京时间"》《街头》[4]《地摊一角》《荒野的火》《腹地》[5]《九道班一夜》《巴丁与港客》《隧道》《脚印》[6]《走天涯》[7]等。其中，《"东京时间"》讲述了小镇上一个"追逐时髦"的青年，什么喇叭裤、牛仔裤、收录机、变色镜、太空服和摩托，等等，都是他第一个穿出、拎出、戴出或骑出，他也被本镇青年叫作"领导服装新潮流的头儿"和"奔向现代化的领路人"，他有什么新的举动，

[1]　《西藏文学》，1992年第1期。

[2]　分别为：西藏人民出版社2003年版；西藏人民出版社2008年版；中国藏学出版社2008年版；西藏人民出版社2010年版；中国藏学出版社2011年版。

[3]　《西藏文学》，1990第1期。

[4]　《西藏文学》，1986年第6、10—11期合刊。

[5]　《西藏文学》，1987年第6、7、10期。

[6]　《西藏文学》，1987年第2期。

[7]　《西藏文学》，1988年第5期。

也被人们争相效仿。某个星期他连续四天上班晚到一小时，原因是他使用了“东京时间”，而“东京时间”只上六个小时班。小说讽刺了那些盲目追逐时髦和机械理解现代化的可笑行为。《街头》描写了一位乡下父亲送儿子到城里上学的情景，透露出父子两代人及城市和乡村的某些差异。《地摊一角》通过一位牧人拒绝替商人保守皮货真实价格的故事，反映了牧人的淳朴和商人的唯利是图。《荒野的火》描写了两个人在荒野露宿、燃火吃食的情景。“他”可以将角币扔进火里，却不同意将绵羊骨扔进火里；“他”相信活佛说的“不要搞迷信”，又深信活佛说的“要信佛，佛会保佑我们”。作品通过“他”的矛盾言行及穿插的牧民早期艰难生活状态的描写[1]，反映了现代生活中的人们对民族传统习俗和宗教信仰的复杂心理。《腹地》描写了一个与奶奶生活在一起的孩子的孤独和纯真，以及他对外界的向往，反映了草原深处的封闭与恬淡。《九道班一夜》通过一位搭车姑娘的母亲将“我”误认我是“司机”的相互错位描写，暗示了人类游戏自身的某些缺陷。《巴丁与港客》通过山地人巴丁向港客拙劣而滑头地隐瞒身份，终而尴尬的情景，反映了人与人之间的信任危机。《隧道》通过藏族小伙子、美国徒步旅行家、汉族商贩三人之间彼此不通对方语言，却又坚持自说自话的僵持与固执，反映了人与人之间在语言之外沟通的困难。《脚印》通过一位老科长早上去找新任年轻县长请示工作不遇，雪地里循其脚印去找，途中忽有所悟，认识到不应再像过去那样四平八稳、不紧不慢工作，而应快步直追、深入基层、现场办公的故事，反映了社会发展应当紧跟时代变革。《走天涯》通过一个小孩拒绝再给一位旅行者当向导的故事，反映了人们生活的某种空虚和盲目。

索琼的作品大都撷取生活中的某一个片段，以“一花一世界”的方式表达他对人生、社会的态度，多通过人物之间的对话，场景的定格，外物的

[1] 作品中关于牧民早期艰难生活状态的描写，单独以《最蓝的天——并不遥远的记忆》为题在《人民文学》1987 年第 7 期刊发。

变化，及人物的动作细节来展现生活的多彩多姿，特别是新与旧、青年与老人、封闭与开放、现代与传统之间的文化差异和生活冲突，并不乏荒诞、抽象的哲思意味。另外，索琼的作品还略带一些黑色幽默的意味，不着痕迹批判人性的劣性，如《“东京时间”》中借口与国际接轨而懒散狡谲的都市青年，《巴丁与港客》中陷入信任危机而自食其果的所谓的“聪明人”等。

冯良（1963—），女，又名吉胡什妮，出生于四川喜德。1984 年毕业于中央民族学院汉语言文学系，同年进藏，任西藏人民出版社汉编室编辑。1997 年内调离藏，任民族出版社汉编部编辑。现任中国藏学出版社副总编辑、汉文图书编辑部主任、编审。1987 年开始发表作品，1997 年加入中国作家协会。著有中短篇小说集《情绪》[1]，长篇小说《西藏物语》《秦娥》《西南边》，散文集《彝娘汉老子》等。曾荣获西藏 1985—1995 文学成就奖，1997 年荣获西藏自治区政府珠穆朗玛文学艺术奖。

中短篇小说集《情绪》共收录作者从 1987 年创作的 20 篇作品，就其内容而言，既有对西藏生活的描写，也有对彝乡生活的追忆；就写作手法而言，西藏书写作品多注重人物的生命感受，展现现实世界的荒诞、孤寂、无聊，多采用散文笔法，而彝乡书写则多采用写实的手法，追叙故乡的人和事。冯良的小说非常注重对于生活细节、琐事的描摹，善于通过细微的动作、景象、感受的描摹呈现人物内在世界的多彩性；冯良的小说笔调基本上是阴冷、灰暗、萧瑟的，她以洞察一切的想象构筑着她对人性、人生的感受。在冯良的作品中鲜有靓丽的色彩，充溢着浓重的黯淡的色泽。其中，《情绪》写刚进藏一个月的女大学生“我”被一种对女孩子来讲最为不幸的气氛所包围，她周围的人们无不以同情、怜悯的目光和过份的关心围绕着她。因为据说她

[1] 中短篇小说集，收录《情绪》《寻找麝香》《吃斋》《行走》《转瞬即逝》《异样的月亮，异样的人》《河边》《化妆》《低烧》《一夜》《逃亡》《喇嘛红以外的》《门和七盘花》《老房子》《病故的老阿牛》《一个苏尼》《亲戚》《欧婆婆传》《三姑二姑》《无奈》等 20 篇作品，西藏人民出版社 1995 年版。

被强奸了。“我”自己清楚地知道所谓“强奸”是根本不存在的。但是不管“我”怎样解释，都没有人相信。人们坚信不移地认为“我”确实遭受不幸。自然，出于可以理解的原因，“我”自己是不可能承认的，“我”的解释和否认引来的只是更多的同情、怜悯和关心。这真是一个令人身不由己地往下陷、往下沉的不幸旋涡。[1]《低烧》从猫被四只藏北牧羊狗咬死写到儿子在车祸中丧生，痛惜着生命的短暂与生存的艰难及命运的轮回。而猫坐的那张“红皮椅子”似乎成为厄运的导火索。在民间传说中有九条命的猫，也不能幸免于难，并且猫的命运一下子转到心爱的儿子身上，其中的神秘难以理喻。《无奈》写生活在西藏东部的叶素芬悲剧的命运。新婚之夜被丈夫折磨，七岁半的儿子罗雄被自己的亲生父亲一脚踢死，而她后来生的女婴是个瞎子。“小得像只猫，浑身上下脏乎乎的，闭着眼睛，一个劲地咪咪叫。”五天后，女婴又被八斤重的棉被给捂死了。叶素芬在万分悲痛中陷入了人到中年的惶惑。《逃亡》写了在西藏某县因打死包工头而出逃的金龙，同时也写了到西藏来探亲的王玉女的命运。前者在雪地里出逃，患了雪盲而不辨方向，后者在当兵的未婚夫死于车祸后开起了小吃店，两条线索交织出了残酷的自然环境下人的生存困境。小说详细描写了金龙在逃跑过程中的心态。“他灵敏的鼻子像狗似的，老是会闻见包工头血和脑浆的腥气。”无法逃脱的罪与罚使金龙的逃跑变得漫长无期[2]。

长篇小说《西藏物语》延续着《情绪》的创作风格，在无聊、乏味的生活书写中彰显着一群内地知识分子居身西藏的生活情态。小说的主线是以艺术系教师陆鸣和丈夫罗公社（一位对野生动植物保护有着神圣感情的野外考察队员）的日常生活以及他们的婚外恋情展开的。正当陆鸣为自己的假想妊娠、以及可能出现的人流手术烦心时，她奔走在外的丈夫罗公社却在藏东南无意地枪杀了一只国家一级保护动物孟加拉虎。围绕着这一主线，

[1] 张军：《冯良印象》，见冯良：《情绪》，第1—2页，民族出版社1995年版。
[2] 王泉：《中国当代文学的西藏书写》，第158页，湖南师范大学出版社2012年版。

小说展开了在拉萨工作的进藏人员的形形色色的生活场景和矛盾冲突，表现内地文化（主要是汉文化）与西藏文化的交叉碰撞所产生的陌生而又新鲜的、不同寻常的荒诞故事，充分展示藏族人的宗教习俗和各种人的内心世界。其中有 50 年代进藏的老干部四川人老李和他的藏族妻女；有野外考察队的罗公社和其他成员；有艺术学校的女教师陆鸣、袁萨丽，和那位放荡形骸的任小可；有熟悉进藏内地人高原病的、为了混城市户口进藏工作的老中医老龚等。那里有内地人惊为奇风异俗的天葬，有各种精美的价值连城的文物，有无比神圣的天池转经和饱尝尘世痛苦而寄幸福希望于来世的佛教文化，有高山雪原的珍禽异兽，有独特的饮食习惯和烧牛粪煮饭等生活习俗……以及内地人在高海拔地区生理上的特殊反应，还有那位热恋中的达娃触发宗教灵感时毅然抛开情人投身于神秘的宗教圣地等。[1]

冯良的小说在结构布局上看似“随意叙述”[2]，实际上是伴随着情绪的波动精心设计的。而且，她作品的侧重点大多不在于故事的叙述，而在于通过情绪、体验来将芜杂的生活连缀在一起，因而，所谓的“随意”实则是随创作情绪的波动、转变来安排作品结构。这一文学表达方式也体现出 1980 年代西藏新小说的整体文学创作气质。

第十六节　李小渭、石明海、吉友权

李小渭（1962—），出生于陕西乾县。1980 年 9 月考入成都陆军学校，1983 年 7 月分配到西藏军区 53 师 158 团工作。1984 年前后，参加《拉萨河》举办的笔会，开始陆续发表作品。1990 年 10 月转业，在陕西咸阳市公安局交警支队工作。在《西藏文学》发表中篇小说《诺日朗镇》、短篇小说《绿

[1] 芮增瑞著、楚雄彝族自治州文学艺术界联合会、楚雄彝族自治州民族事务委员会编：《彝族当代文学》，第 199—200 页，云南民族出版社 2002 年版。

[2] 张军：《冯良印象》，见冯良：《情绪》，第 2 页，民族出版社 1995 年版。

色的喧哗》《烟圈·猫·阳光》等，其中《绿色的喧哗》被1987年第9期《作品与争鸣》转载；在《昆仑》《西南军事文学》发表短篇小说《红盒子》、中篇小说《断线的风筝》《喜马拉雅的雪》等。

李小渭的小说创作剥离了军旅文学惯常的金戈铁马铮铮声、大漠戈壁天苍茫、思乡忆亲肠纠结等写作风格，采取的是潜入军人内心深处的无意识世界，挖掘人物心理世界的多重样态。从弗洛伊德精神分析学的角度而言，李小渭着重展现人们精神世界的本我的本然样貌，以凸显出人们现实生活中自我的无奈与挣扎，以及现实世界的荒诞。故此，李小渭作品中的人物皆敏感而自卑、阴郁而不失自信，一旦他们所赖以生存的某种信念破损，他们自然走向人生的歇斯底里甚至是自我毁灭。

在《绿色的喧哗》[1]中，李小渭以绿色为故事背景和情绪底色，展现出看似平静的童话世界中人们不安定的心理状态。每个人不仅与他人之间有着无法弥合的情感和精神距离，而且与自我本身也存在着难以逾越的间隙。在这篇作品中，故事情节几乎可以忽略，人物之间的语言交流简单之极，作品所描述的打猎行为也无波澜，“但作者在这个平淡的故事中已悄悄向我们提示了一个内涵丰富而又难以言说的问题”，即“这个童话的结果并不只是童话的结果，它包含着一种爱的沉重和爱的痛苦，还有牺牲”。作品中的陷入生活和事业烦恼的排长、拉萨来的故作男子汉状态的记者，以及冷眼旁观一切的“我”，与其说他们行走在打猎的路途中，不如说他们的行走连接起雪野的过去与未来。走向雪野，他们走进了传说和童话的世界，去找寻人类所经历的苦难的过往；走出雪野，他们又走进了现实的尴尬与无奈。在时间的穿插中，他们消泯了时空距离，这两者的结合就创设出一种追问人类过往与现实境遇的存在哲学语境：人与人性应当是怎样的状态，生活中的人们的存在到底应该是怎样的状态。李小渭在《绿色的喧哗》中提出一组发人深省的问题，却没有给出明确的答案，或许无解才是人生的

[1] 《西藏文学》，1987年第2期。

本来样貌。

在《烟圈·猫·阳光》[1]中，李小渭塑造了一位军人的遗孀苦心抚养子女而不被理解，甚至被子女羞辱。昔日的恋人举办音乐会尽管唤起了她往日美好的青春回忆，但时光不再、相顾无言的现实又狠狠地撞击着她的心灵，迫使她不得不蜷缩进自己的世界中，在回忆中舔舐受伤的心灵，抚慰精神的创痛。在《黄昏的悸动》中，李小渭展现出一位抗美援朝老战士晚年的生活情态，无所事事，在与妻子的拌嘴、老友的棋局中重复着单调而乏味的生活，但内心的孤独却无法湮灭，如同绵绵无尽的细雨以及老屋中所弥漫的霉味，只可意会不可言传，而家里逐渐增加的老鼠更衬托出老人晚年生活世界的黯淡色调。可以说，李小渭后期的创作弥散着孤独的味道，他从年轻人的存在之追索而关怀人生不得不面对的孤独，尤其是心灵和精神的孤独，每一个人都在孤独中和孤立别人的行为中消逝着自我的生命，因此，从根本上来说，孤独才有可能是生命的本真所在。

《喜马拉雅的雪》[2]也可看作是一部心理小说。作品主要分为两部分，前一部分（一至十）写西岳夫妇与兰蕙在拉萨邂逅的日子，后一部分（十一、十二）写西岳夫妇在藏南疗养以及西岳成为雪神的朝拜者的经过。小说主人公西岳是名军官，脑部受过创伤。他在当见习军官期间，带领两名战士穿越雪山，中途遭遇雪崩，一名战士殉难，他也被冰块击中头颅，从此雪山变成幻像进入他的精神世界，使他常常产生心理错觉，乃至心理变态，最终成为心灵皈依神灵的朝拜者。他将喜马拉雅的爱幻化为一片人性没有异化和污染的净土，把属于人间的爱全部转移到一个对神话形象——雪神的爱，不能自拔地要弃绝尘世的生活，而跪倒在喜马拉雅之神的脚下。造成西岳神灵观念和对现实的最后叛逆的原因是多方面的，其中，兰蕙的婚姻经历是一个重要因素。兰蕙是作品中的另一个主人公。她有着美丽的外表，

[1] 《西藏文学》，1990年第5期。
[2] 《昆仑》，1990年第2期。

并与西岳心中的幻象——膜拜的雪神“酷肖”，乃至于西岳对这位不是她妻子的女人表现出了异乎寻常的关心和兴趣。然而，兰蕙却有着苦痛的婚姻。她的丈夫纪泽是一个像暴戾父亲一样的男人。在新婚的第二日，他便因小事将兰蕙暴打得遍体鳞伤，“像她的脸盘一样美的胸脯上却印着三道紫黑色伤痕！而且全身布满了这种伤痕。”纪泽印刻在她心灵上的创伤在西岳夫妇和护士陆虹的共同努力下虽然得到抚慰，但由于她性格的缺陷，她最终还是向纪泽这个粗暴的不尊重她的人格的男人屈服了。她走后写给西岳夫妇的长信“似乎是欣悦地描述了她和丈夫纪泽的幸福生活。”但她的归宿是勉强的，她带着遗憾并为之付出了沉重的代价。兰蕙这个纠缠于西岳脑际的女神的幻影竟是如此结局，这使得西岳心中的幻象破灭，“旧病复萌”，从而也强化了他更加固执地去寻找真神的信心。作者通过西岳接受宗教而放弃现代生活的做法，既揭示了传统与现代之间的冲突，也寓意了对生活的某种深刻的反思，即人性中有很多东西陨落了，人要为自己的心灵世界保留一片净土。作品中古朴、落后的乡民社会的幽灵和现代文明来不及得到成熟、发展的阴魂扭结成一团；内地和西藏飞机的自由来去和牛皮船的摆渡并存；良好的现代医疗康复设施和念神敬灵的疯人解说病症并存；观光、享受型的狩猎活动和阒无人迹的原始大森林并存。这种先进和落后的两极并存同现，既将主人公放置于一个不易把握的主、客体世界，也从更深广的历史文化背景中反映了处于文化杂居状态下的不同民族（门、珞、藏、汉）的相互认同意识。同时，作品语言幻美迷离，叙述真真假假、虚虚实实，作者似乎是在用新鲜、优美乃至华丽的语言和时空交错的结构，消释主人公病态心理可能给读者带来的不悦，并映衬喜马拉雅神秘和圣洁的氛围。[1]从这个意义上讲，作品既不是悲观厌世的遁世小说，也非孤芳自赏的唯美主义文学，而是一部独具个性特色的心理分析写实试验探索之作。

[1] 夏敏：《倾听朝拜者心灵的震颤——评李小渭〈喜马拉雅的雪〉》，《当代文坛》1998年第3期。

石明海（1958—），又名石童天，笔名舒观，出生于四川宣汉县。1978年入伍，任日喀则军分区汽车独立三营战士，1979年至1983年就读于西藏民族学院汉语言文学系，1983年至1993年任西藏军区后勤部干事，1993年转业地方。著有小说《距离》《乐土泥石流》《桑多洛河谷》[1]，报告文学《草原之子》《极地之光》[2]，百集动画剧作故事《格萨尔王传奇》（上下）[3]等。

石明海的小说淡化故事情节，舍弃戏剧性的矛盾冲突，弱化人物之间的关系，打破时空的日常逻辑性，着意小说叙述方式和叙述机巧的创新和翻空，着重小说文体的碎片化建构，隐约承嗣博尔赫斯的虚构写作模式，在虚拟的叙述场景中采用细节真实的文学手法，表现出虚实互生的文学意趣。

《距离》《乐土泥石流》《桑多洛河谷》叙述的皆是发生在蓝乡的故事，并且通过石丢丢这个人物符号将所有的故事片段串联起来。石明海的目的在于展现蓝乡未经现代化沾染的粗犷又虔诚的原生态生活，也表达出蓝乡这样的原生性人类生存空间能否存续的文化隐忧。《距离》中石丢丢与罗笑参加喜马拉雅雪人考察队，围绕着门巴族的水葬展开叙述。水葬作为叙述的中心点，将石丢丢、罗笑与死者多吉及多吉的迷幻生命遭遇逻辑性的联系在一起，点染出石丢丢、罗笑所谓的科学考察与门巴人具体的生活习俗之间的距离，暗示出面对鲜活的原生态的生活，科学考察所表现出的无力感，直接应和了小说的标题“距离”的存在。所谓的距离，不仅仅是物理的距离，更是文化感知和文化理解的距离，当以科学的眼光来审视门巴

[1] 《距离》，《西藏文学》，1990年第2期；《乐土泥石流》，《西藏文学》，1990年第3期；《桑多洛河谷》，《西藏文学》，1990年第6期。

[2] 《极地之光》（吉友权、舒观），《西南军事文学》，1990年第4期；《草原之子》（胡善文、藏原、舒观，获西藏和平解放四十周年征文二等奖），《西藏文学》，1991年第3期。

[3] 《格萨尔王传奇》（百集动画剧作故事，胡晓、石童天编著），西藏人民出版社2015年版。

族的传统生活方式、思维方式，其中的隔膜就以“距离”的形式呈现出来。《桑多洛河谷》以石丢丢与女护士江月乘直升机前往桑多洛河谷寻访二十年前因一次战斗莫名失踪、二十年后又复活出土的吉巴寺群培活佛为契机，着重展现石丢丢与江月丰富的内在世界，以及他们在桑多河谷的离奇遭遇，碎片化地展现出桑多村神猴节的仪式过程及仪式背后的原始宗教信仰。桑多洛河谷的神秘事件与直升机上石丢丢、江月的意识流动形成一种结构上的张力，暗含着人类在精神领域的相似的神秘性；而直升机上陷入精神恍惚的石丢丢、江月与拉萨一中的老张的现实诡异遭际之间的对照，暗示出人类生活的荒诞性与无奈性。《乐土泥石流》以美术学院女大学生寻访乘坐黑鹰飞机失事的丢丢为线索，串联起她在珞巴族达巴部落生活区域的经历，在神启的谕示下，她被部落所接纳，但封闭、阴暗、潮湿的沼泽地生活环境使得她产生了愈来愈强烈的逃遁意愿，并将之付诸行动。尽管吉莫俊被达巴部落视为乐土，但以现代眼光来看，吉莫俊并非是合适的居住之所，两种观念之间不可避免地产生冲突。印度兵的开炮修路一定程度上破坏了吉莫俊的生态安全，印度兵的入侵与屠杀直接导致了达巴部落人口的锐减，使得吉莫俊这一乐土遭遇了精神和肉体上的“泥石流”；而最终爆发的泥石流则完全吞噬了吉莫俊，“天地间响彻轰隆隆的坍塌声和断裂声，同呜呜咽咽的号角声一起漂浮起祭场上的牯牛石，紧接着出现了由亚洛林出发的泥石流向沼泽涌去。泥石流滚滚滔滔，里边蹿动着兽族禽族植族的生灵”，现实的泥石流冲毁了吉莫俊的一切，包括信仰符号——“牯牛石”。石明海通过发生在乐土的泥石流警诫人们，如果不及时保护我们的民族文化生活，就会遭遇自然的、文化的“泥石流”的侵袭，我们的民族文化记忆将岌岌可危。

石明海的小说多采用叙述人全知全能的叙述视角、作品中人物限制性的叙述视角、人物心理独白的叙述视角、人物心理对白式的第二人称叙述视角，多重叙述视角的游移，使得他不得不打断正常的时空叙述，而呈现出时空跳跃式的叙述特点。另外，石明海对小说中的人物心理世界的呈现采取放任的态度，极力让人物渲泄情感和想象，因而作品的非理性因素得以充分地展现，这就与所虚构的蓝乡的非理性存在形成犄角之势，共同开掘作品所蕴含的丰富的寓言气息。

吉友权（1955—），曾名吉柚权，笔名细流，出生于贵州毕节县。1974 年应征入伍到西藏，历任战士、班长、参谋、干事、助理员、政治协理员、教导员、副团级中校创作员。1996 年转业到贵州省毕节地区中级人民法院工作，历任办公室副主任（副处级）、研究室副主任、院志办主任，毕节地区小说创作委员会副主任。1986 年开始发表作品。2007 年加入中国作家协会。

1991 年 10 月西藏人民出版社出版了吉友权的小说选《轮痕：吉柚权小说选》，收入作者在西藏服役期间的 10 篇作品，由益希单增作序。其中、《轮痕》写单身男女在困境中的拼搏及死亡前的坚贞和从容不迫。退伍的女话务兵谭小燕搭乘老兵朱维平他们的军车，过河时，两辆军车都抛锚了，他们决定由雷从超和林小祥去部队寻求救援。“但这一分手，他们就永远没见着面了。”林小祥和雷从超在途中遇到风雪迷了路，再没回到部队。部队保卫部们认定两人跑到国外去了，给他们定了反革命叛国出逃罪，他们的家人也受到牵连，在“文化大革命”中吃尽苦头，直到 20 世纪 80 年代，一个地质探矿队在一个沙丘中发现两具人体骨架及一枝冲锋枪铁架，从铁架上面模糊的枪号证实这两个人是林小祥和雷从超，才给他们平了反。”留守原地的朱维平和谭小燕艰难地坚守着。他们共处一个帐篷 2 个多月，抵抗狼群、寒冷、饥饿、疾病，互相关心，互相爱护，表现了人心的坚贞和生命的顽强，面对困境他和她没有怨言，面对死亡他和她没有任何恐惧与痛苦。谭小燕先感冒，后转为肺气肿而死。狼群撞开驾驶室，把她的尸体吃得只剩骨架。“朱维平提着枪跑下河，打开车门，他呆了，短暂的时间里，盖住谭小燕的被套被撕烂，谭小燕衣服全被撕成碎片，全身只剩一个骨架，骨头上指头那么大的肉块都没有，内脏全吃光。牙齿全脱落在驾驶室底。驾驶室底涂上一层血浆，上面印有很零乱的狼爪印，粘着一团团的乌发。”朱维平跪在驾驶室底，放声痛哭，哭晕了几次，泪哭干了，跑回帐篷，把褥子拆开，取出棉花，提着套子跑回驾驶室，“把谭小燕的头颅，尸骨一节一节地捡进去，连头发碎布片都捡进去，像扛麻袋那样扛起来，迈开沉重的双腿，踏上往北的道路。”《士兵与雪》[1]写了“乙”等几个边防士兵的人生命运。乙是一个年轻漂亮的士兵，他当了首长的警卫员，本该前途坦荡，然而首长夫人的引诱使他在一次未遂性关系暴露之后，从此跌入档案的“污史”，不管他在后来的新环境中做出怎样的超越常人的功绩，都不再复生一切政治机遇和婚姻机遇，最后变成满目皱纹、颓顶憔悴的佝偻光棍老头。“乙初回家时候一直保持着部队精神样，军装洗得白白净净的，风纪扣老扣得严严实实，走路时胸脯老挺着。人们都背后伸拇指：人家警卫员出身，你看那样子多棒，那双眼睛多有神，难怪当警卫员。公社也想使用他，党委一开会，没有一个不赞成。报告一打，档案往上一送，公社党委书记被县组织部一个干事训得低着头一个劲地是是是，一个劲地说我们调查不够调查不够。回到公社就召集党委常委会，书记给大家作检讨，说对乙这个人使用不慎重。原来乙的档案里全都有，注明乙是犯了男女作风问题被处理提前退伍的。这好事不出名，坏事扬千里，周围百十里都知道，只是自己一直蒙在鼓里，还不知道档案里有这么一笔毒账。”“乙请人找媳妇，姑娘一见面没有一个不同意，但一调查乙的历史，一个个都泡汤。几年后人们把这段历史忘了、淡了。可是乙军人的风度早已无影无踪，变老相了。”《雪与火》[2]写我军指战员为守卫边疆国土与邻国士兵竞争生存的雄姿，叙述我军一士兵关怀邻国一士兵在险境中的细节，从而相识并产生友谊。然而，

[1] 吉友权：《士兵与血》，《西藏文学》，1991年第5期。

[2] 吉友权：《士兵与血》，《西藏文学》，1992年第3期。

各自的疆土那是一寸不让的，一旦为人民利益所需要行动时，我军的这位战士毫不犹豫地以血还血，击毙了这个邻国的士兵。“鲁志华……大声吼，士巴，你再不停止射击就别怪朋友。”“士巴回头一见鲁志华黑洞洞的枪口便是一惊，右手握枪继续朝外扫射，左手从地上捡起一支卡宾枪，握住射击把枪口对准鲁志华正要射击时，鲁志华的机枪先响了，一串子弹射中士巴颈部和胸部……”《脚印，在麦克马洪线消失》写了基层边防战士胥民蓝平凡而又英雄的感人事迹。《手镯》写一个边防军人追求藏族阿佳的故事。《漫长的约会》写两个已婚男女的约会。作品通篇几乎是以对话完成的，很少动作和心理描写，留给读者丰富的思考和想象的艺术空间。《不情愿的还原》将历史和现实交汇。《祭》写来烈士陵园祭祀次仁桑觉的两个女人。

总之，吉友权的小说故事生动、描写细腻、人物丰满，情节曲折，从中可以看到西藏特殊的高寒环境，看到西藏军人不同寻常的气质与品格，看到边防军人工作和战斗的复杂艰辛、生活的不易，以及他们为国家为人民奉献青春，乃至生命的顽强与壮丽。[1]

第十七节　薛晓康、许明扬、张骁儒、巴桑罗布

薛晓康（1954—），出生于四川雅安。1969 年入伍，历任司号员、报务员、电台台长、副连长、干事、文学专业创作员。1985 年开始发表作品。1989 年 9 月考入解放军艺术学院文学系，1991 年毕业。曾任西藏军区政治部专业作家、创作组长。著有短篇小说集《四季无夏》，中篇小说《茨灵萨巴》，中篇报告文学《藏光》《驼路》等。

薛晓康的生活充斥着军旅的气息，幼年生活在军区保育院，童年生长

[1] 益希单增：《序言》，见吉柚权：《轮痕》，第 1—2 页，西藏人民出版社 1991 年版；王维阳主编：《黔西北文学史 下卷·现当代文学卷》，第 6222—623 页，贵州大学出版社 2011 年版。

在军区八一校，离开学校即走向军营。他生在部队，长在部队，父辈的精神指引和个人的思索塑造了薛晓康独特的创作气质。他在作品中讴歌解放军官兵戍守高原、矢志不渝的精神，这与西藏军旅创作的主旨是相合拍的；但薛晓康更是带着1980年代的新鲜的纯真的甚至是张狂的气息来书写新时期西藏军人的兴奋、痛苦、抗争、挣扎的。他在人性的文学书写中试图重塑新时代的军旅新人。发表于1985年的《二十九号病床》直面人的生存意义，以一种无畏的自我牺牲的自我选择和自我抗争以试图呼唤活着的人站起来，新一代的军旅青年们经受着血与火的考验，他们在战争中体验到生命的真诚与可贵，他们已开始从技术层面着手军事基础设施的改革。主人公陈波是一个高干子弟，照世俗眼光看来只会靠父辈打发日子，谈恋爱，写情书。他确实靠父亲走后门参了军，靠母亲拉关系住进了医院。但经过战争的洗礼，他的人生态度正在发生变化，悟出了生活的哲理，“不能靠父母，只能靠自己，只能靠自己啊！”他悄悄设计一种轻便担架，以免后来的伤员像他的战友小冯那样作不必要的牺牲。但人们并不理解他，报以鄙视和非议，使主人公陷于苦闷和孤寂之中。小说通过小刘护士对陈波由误会到理解的心理变化，说明人们前进的路上需要理解、温暖和支持。陈波的形象随着他的不治之症的被发现，“情书”（担架设计图）的被展示而变得高大起来，人们的心是可以相通的。[1]1986年发表的《四季无夏》把笔触伸向偏僻的高山仓库。在这个“拉屎都不生蛆的地方”，聚集着来自四面八方的年青战士，爱生活，爱劳动，也爱女性的美。战士对护士王莉莉和家属小田过份的殷勤引起宋主任的警惕，“军人嘛，本来就是苦行僧，哪学来这么色迷迷的劲头。”小说通过仓库主任和士兵之间令人啼笑皆非的戏剧冲突，深刻地揭示出传统观念与时代生活的不相适应。宋主任严格要求士兵，也严于律己。小铁箱里珍藏的奖品、奖状记录着“老西藏”的光荣历史，也代表着一个已经逝去

[1] 李佳俊：《星辰在营房上空冉冉升起——谈谈西藏军事文学的现实和展望》，《西藏文学》，1987年第8期。

的时代。他的悲剧就在于战士的思想实际发生了变化，而他的观念和工作方法还是老一套。但作者没有对之进行漫画处理，而是根据生活本身的发展逻辑，成功塑造了一个可敬可爱而又令人叹惋的基层干部的典型形象。[1]小说更多地则是表现了新时期历经了“文化大革命”阵痛的新一代年轻军人的精神世界，他们渴望被关注、被关心、被关爱，他们渴望爱情、友情，渴望被认同。这种渴望在1988年发表的《作为“姑爷”的侄子》中更是表露无遗，喜娥无疑是一粒新鲜的火种，他放荡不羁，带着内地青年的火热走向军营，他聪敏善思，活泼好动，玩性十足，但在固守旧思维的军人眼中，却成了一个怪胎，他为军营带来了欢乐、带来了生气，却难以被别人认可；在他一系列的闹剧中，薛晓康思忖着新时期军人应该具有什么样的品格。但是薛晓康却无从解决这些问题，因而，他的作品中的具有开拓精神的年轻军人们最终走向死亡，在悲剧式的人生中撕裂开军营中存在的某些与时代格格不入的景象。

在带有自传体式的作品《兵子弟・子弟兵》中，薛晓康呈现出藏二代群体的精神世界。他们从小离开父母，渴望亲情；他们经历生死离别，珍惜友情、爱情。在从兵子弟成长为子弟兵的过程中，他们承受着太多的苦痛，因而，他们更珍惜藏二代的荣誉，更迫切地希望继承并开拓父辈们所开创的西藏精神，成为新时期的西藏精神的引领者。

许明扬（1959—），出生于四川仪陇县。1976年应征入伍，历任战士、测绘员、专业文学创作员。1983年开始发表作品。1989年就读于西北大学中文系作家班，1996年毕业于北京师范大学研究生院、鲁迅文学院，获文学硕士学位。曾任西藏军区政治部文艺创作室主任，西藏自治区作协副主席。著有长篇小说《沉寂的荒原》，长篇报告文学《特提斯极地》，传记文学

[1] 李佳俊：《星辰在营房上空冉冉升起——谈谈西藏军事文学的现实和展望》，《西藏文学》，1987年第8期。

《少将军医——李素芝》，论著《多维视野中的当代藏族文学》，专著《西藏，神往地球第三极》（合作）等。编有《世界屋脊风云录》（六卷）、《高原文艺战士》《血沃高原》等纪实文集十余部。

许明扬的创作领域较为宽泛，既有反映军旅生涯的《老兵张德山》《巡逻·告别》《女兵·岁月》《关于B哨所的报告文学》《白卵石沙滩》，也有表现高原猎人铮铮铁骨情怀的《雪野》，还有描摹现代生活中冲破道德束缚、追求自由生活的男女爱恋的《玩猫咪的十三种方法》等。其中，《岁月》和《巡逻》，分别塑造了老少两代高原战士的形象，老炊事兵转业当了道班工人，与藏族妻子长年累月为公路推石刨土，生活忙碌而又孤寂，但与当年一样，压根儿没想到一个"苦"字。唯一的精神慰藉是喋喋不休地向老伴讲述当年跟随张国华进军西藏的故事，拉开沙哑的嗓门唱一段《歌唱二郎山》。老伴听过多少遍了，仍然让他有滋有味地唠叨下去，因为她理解他，爱他。新来的重庆崽儿则比老炊事员活跃得多，天真得近乎捣蛋，吹笛，唱歌，巡逻时要把尿撒到国外去，被班长阿龙剋了一顿。他死于暴风雪中，牺牲前最大的遗憾是还不曾到过拉萨，没有能在布达拉宫前拍一张照片。两代人的性格迥然不同，却掩饰不住他们对祖国边疆和人民同样炽烈的情感。[1]《白卵石沙滩》是一篇颇有新意的军旅小说。连长许跑是作品着力描写的当代军人形象，他的身上蕴含了新的价值内容。他是陕北老区的农民子弟。他的身上既有父辈淳朴敦厚，忠诚宽容的美德，又有军人沉雄英武，刚强坚毅的性格，还有一连之长的胆识、正气和带兵方法，当然也有在现代观念熏陶下的某种现实思想。作者是把许跑置于修建营房和水电站而引起的各种矛盾冲突的交接点上，描写了他高大可敬的先进事迹的。他在白卵石沙滩苦干，却收到老父去世的电报，为了不影响工期，他强忍着心中的痛苦没有回家为父送终。白卵石沙滩的营房建好后，他又硬着头皮接下

[1] 李佳俊:《星辰，在营房上空冉冉升起——谈谈西藏军事文学的现实和展望》，《西藏文学》，1987年第8期。

了到山里建电站的任务，为此同指导员发生了“团长把你当牛使”的争执。最终，他赢了，带着一连的兵进了山。然而，就在他将要接到营长的任命时，却在一次排哑炮的事故中献出了自己的生命。[1]

许明扬小说的特点主要体现在对人物内在世界的大胆开掘，作品中人物都处于复杂、纠结的心理情态中。这些人物都是生活中的小人物，他们没有壮举，缺乏英雄的气概，甚至为了一己私利而做出有悖于常情的行为。如《白卵石沙滩》中的父亲为了实现妻儿随军的梦想，在军营苦干、实干，精心营构着家庭团聚的迷梦；而《玩猫咪的十三种方法》中二奶奶家庭温暖的失落，在无爱的生活中苦捱岁月，猫咪成为她生活的唯一寄托，情感的枯竭最终扼杀了她年轻的生命。许明扬的作品还体现出对生活的批判，对不合理现实的鞭笞。在他看来，导致人生悲剧的根源在于人性中潜藏的无处不在的恶。这些人以看似合理的行为、思想戕害着别人的生命、尊严，最终也受到了人性恶果的惩罚。

张骁儒（1959—），出生于河北遵化县。曾任西藏军区政治部文教办干事、秘书处秘书，河北省军区石家庄警备区政治部干事，河北省政协办公厅秘书处副处长，深圳市政府驻成都办事处综合处副处长、处长，深圳市政协办公厅秘书处副处长、处长、办公厅副主任，中共深圳市委副秘书长，深圳市社会科学院（社会科学联合会）党组书记、院长等职。

张骁儒的文学创作数量不多，但特色鲜明，主要表现在意识流写作方式上，如《无题》《旋转》《空洞》《白蝶梦》等作品。张骁儒的意识流书写着重展现过往记忆与当下时空的糅合，体现出写作情绪的澎湃高扬。他不注重故事的讲述，因而，他的作品看似支离破碎，完全随着情绪、心理的波动随意抒泄内在的激情。短篇小说《无题》[2]叙述的是一个军校教员

[1] 周韶西：《执著的追求，坚实的步履——1991年〈西藏文学〉小说创作评述》，《西藏文学》，1992年第3期。

[2] 《西藏文学》，1987年第2期。

寻找自我的心理历程。他“从冀北山地的山沟里走来，走向军队，走向院校，又走上讲台。文明，在青春的胸膛里发酵；纪律在他懒散的思维中一丝一丝地扣紧。终于，一块野性的土坯子，被强有力的环境铸槽压制成了一枚驯化的零件”，于是在校园里、课堂上，学员们看到的是他那“学式头，白净的脸”，聆听着他的高谈阔论；而到周末的时候，当他独处之时，他开始质疑“我是谁？”在凄凉的夜风中，他感受到了身体的凉；在手指抚摸身体的过程中，他真切感受到肉体的存在。但在精神上，他始终在质疑既然“我”存在，那么“我又是什么”，生命的希望又在何处呢？在迷茫中，他渴望通过思考、借助以往的生活经验来解决内在的难题，但他失败了。而在无意中，“他撞在了挂在树枝间的钟上，敲钟的榔头，掉在脚背上。书本从腋下脱落，被砸的脚尖翘起”，在身体受到伤害后，即便是他赖以维系精神存在的书本掉在地上，他也没有及时捡拾，而是“一只手捂住前额，另一只手捡起榔头，奋力一挥”，榔头“飞向公家的养鱼塘”。在获得报复的快感后，他“轻松地又重复了一下刚才的动作”。随后，他意识到这是一种粗野的行为，无意识又被压抑到了心灵的深渊，无边的惆怅充斥着他的内在世界。他恐慌地发现“榔头没有了，钟声也没有了”，上课的信号也就没有了，他躲避着学员、躲避着外在的一切，而龟缩到自我的世界中，重新陷入了新一轮的“我是谁”的追问中，甚至走向了精神的恍惚世界中。这篇作品中展现出现代知识分子的精神恐慌及其精神自我救赎的绝望状态，带有现代性的文学追索价值。《白蝴蝶》中的他，20多年前住院时认识了作为护士的她——小拉姆，他对她怀有朦胧的好感，在即将上前线时，她用白手帕包着奶渣给他送行。在战场上，是她给他输血救了他的命。20多年来，他自学医术成了刘院长，他一直在寻找她，但每一次都不是。这一次，所剩无几的勇气使他来到密封室的玻璃窗前，望着躺着的病人，他明白，“这又是一个并非他要找的那个小拉姆”。他思绪飞扬，回忆了许多：“当时，伤病员常常是由医护人员抬架而行的，在不通任何车辆的山林地带，他们还要自带医疗器械和救护伤病员的必需品。这对于一个刚抽了几百毫升血的她来讲，无异于向死神下了最后的通牒。”“他希望她是，又希望不是她。”作品朦胧跳跃，完全由着主人公内在的心绪牵引，叙事飘忽迷离，却又给人强烈的冲击，留下深刻的影响。另外，张骁儒描写军旅生涯，采取的是迂回书写的策略，不直接叙述人物的线性时间行为，而采取关键节点勾连回忆的方式。如《礼物》看似书写军人的故事，实则书写的是奶奶对于边防军人的殷切希望，孙儿在奶奶的鼓励下重振旗鼓的家庭亲情。《青青》采取与《礼物》类似的书写方式，但人物关系改换为边防军人与恋人之间的相互鼓励、相互扶持的爱情。这一类型的创作其实就体现出“军功章里有我的一半，也有你的一半”的军民情。入伍前，他是个嘎小子，淘气得三村四庄满有名气，青青却出人意料地爱上了他。他入伍，当然也是青青的主张，并希望他在部队“淘”出点儿名堂来。为了青青，他在部队“淘”得不错，受到了嘉奖。第二年初夏，揣着青青“希望你在新的岗位‘淘’出名堂来”的电报，他踏进了被人们称为“雪域孤岛”的那一隅。由于大雪封山，十个月的孤岛生活与外界的通讯全部中断。开山那天，战士背来5麻袋的书信，其中有15封是青青写给他的，同时有一封青青病危的电报。原来，那封电报是青青的弟弟发来的，青青在他进孤岛不久就染病了，但一直不让告诉他。望着一座长满绿草的土堆，他配戴好军功章，手里攥着那15封滚烫的情书，默默地，向那座芳草青青的新坟走去。

巴桑罗布（1946—），出生于西藏山南错那县。毕业于西藏民族学院。历任《解放军报》记者、《西藏民兵》杂志社总编、西藏社会科学院副院长、西藏自治区人大法制委员会主任、自治区人大常委会副秘书长等职。巴桑罗布的文学创作主要集中在1980年代中期，刊发的作品主要有《有罪的女人》《雪域晨曦》《匠神后代和他的刨》等，另著有散文集《拜谒七觉士》、文化论集《雪域文化拾零》等。

《有罪的女人》与该时期发表的平叛类型的文学作品类似，主要反映广大农牧区群众在解放军的感召下勇斗恶势力的故事。但该作的特色和新意在于，他没直接写平叛、“三反双减”这些在西藏历史上留过一笔的具体过程，而是写工作队长认识的一位老民工的遗孀，写她痛苦的爱情，信仰。通过这种看似非常军事性的人和情，却准确地再现了当年错综复杂的阶级斗争，有力地促进了这位由人而神且成为杀害丈夫帮凶的觉醒。作品通过女巫卓玛拉姆的转变，生动呈现了特定历史情态下复杂而严峻的斗争局面。为了丈夫的安全，卓玛拉姆轻信舅舅的谎言，最终葬送了丈夫的生命。可以说，卓玛拉姆既充当了帮凶，也是被伤害者，最终当认清了舅舅们的真面目后，她焚烧了降神的法衣，真心拥护共产党。而《匠神后代和他的刨》着重描写的是秉承传统制作工业的艺人在现实中处处碰壁的现实，与他精神失落后通过求仙问卦慰藉心灵的故事。匠神后代丹增贡布手艺精湛，生活惬意；可是在“文化大革命”中受到冲击，心灵留下了创伤。之后，在商品经济的冲击下，他的徒弟们失落了匠神精神，一味追求生活享受，不再注重产品质量，这令丹增贡布非常疑惑。无奈之下，他只能通过卜卦来找寻自身的生活之路。这部小说比较早地接触到现代生活对传统技艺、传统观念的冲击。

巴桑罗布的小说创作以文学的手法告诉世人：处于水深火热之中的藏族人民渴望翻身解放。他们在党的领导下，高擎五星红旗，冲决羁绊自己的一切罗网，创造和迎接当家作主的新生活等。她们惊心动魄的生动故事，使世人可以看到经过血与火的洗礼，各民族之间建立生死之交的动人场面（如小说《有罪的女人》中高教导员和翻译桑丹），《朗吉伦庆》还专门讲述藏汉族之间美好的爱情故事。[1]

[1] 巴桑罗布:《五星红旗从我心中升起》，见巴桑罗布:《拜谒七觉士》，第128页，民族出版社2005年版。

第二章　诗歌

概　述

1980年代的西藏文坛上，尽管诗歌创作的发展态势远远不及小说创作的势头勇猛，所产生的影响也无法与之相比。但这一时期的诗歌创作，依然是此时期西藏文坛上引领风潮的艺术先锋，《西藏文学》甚至吸引了国内知名诗人的加盟，开辟“诗歌专号”、举办全国性诗歌盛会（1988年，太阳城诗会[1]）等[2]，特别是“雪野诗”（“雪海诗”）的倡扬，颇受文坛的瞩目。此时期推动西藏诗歌获得强劲活力的因素主要有以下几个方面的因素。

一是中国当代诗坛此起彼伏、高潮不断的“诗界革命”。新时期初期的中国文坛，由于思想解放运动和改革开放政策的实施，新的艺术观念和新的艺术思想像潮水一样汹涌而来。就诗歌领域而言，以朦胧诗为代表的诗

---

[1] 太阳城诗会：由《西藏文学》编辑部于1988年8月15日在拉萨召开的诗歌研讨会。来自北京、四川、青海及西藏的各族诗人、专家和学者四十多人参加了诗会。《西藏文学》从1988年1月号起，每期刊发“太阳城诗会”专稿，先后刊发全国各地28位藏汉族诗人的诗作6000余行和诗评13篇，展示了西藏高原诗歌创作队伍的阵容和风采。太阳城诗会是西藏诗走向全国、走向世界的新起点、新转折。在这次诗会上，诗作者们交流了诗歌界的创作信息，探讨了西藏诗歌发展的前景。

[2] 张云主编：《西藏通史·当代卷》（下·Ⅱ），第1397页，中国藏学出版社2016年版。

歌潮流像决堤的大水，迅速蔓延了中国大地。朦胧诗以反思、批判、渴望新生的姿态，一反过去颂歌式的浪漫诗情，用深沉、哀伤又不失希望的审美追求，迎合了从禁锢中脱离出来的人们的心理欲求，很快成了那个时代文化审美领域的最强音。朦胧诗所弹奏的历史强音整整影响了 1980 年代初期的一众年轻诗歌爱好者，即使是那些身处边地的诗歌爱好者，也呼吸到了它的艺术气味。西藏文坛上虽然没有出现标杆式的朦胧诗作，但之后成长起来的一批作家，尤其是内地进藏的那批大学生作家，在艺术观念上和文化精神上不同程度地受到了这一诗潮的影响。西藏文坛上出现的现代主义诗歌创作倾向，以及引起的一些诗歌方面的争论，大概就是这种艺术风潮波及的缘故。

朦胧诗之后掀起的第三代诗歌（也称作后朦胧诗、新生代诗歌），是对朦胧诗的一次反驳。第三代诗歌不满朦胧诗的深沉、晦涩和意象化倾向，不满朦胧诗矫揉造作、故作深沉的文化姿态，不满朦胧诗代表人民、国家、民族的宏大叙事，试图开辟另外一条全新的诗歌创作道路。第三代诗提倡语言的“口语化”，意象的直白化，情感的私人化，诗歌内容的日常化。这一诗歌运动由于集结了大批的更为年轻的诗人而显得声势更为浩大。以中国深圳—上海为中心，影响波及中国的东南西北各个区域。在第三代诗歌狂飙式的创作风潮的感召下，西藏诗坛此时作出了积极的回应，试图以自己的方式参与整个中国诗坛的诗歌“大合唱”。以摩萨为首的一些诗人，顺应当时诗歌创作趋势，为自己的诗歌树立了一面旗帜。为标示他们诗歌创作的地域特色，为之命名为“雪野诗”。“雪野诗”在诗歌观念上与第三代诗歌有着一定的相似性，提倡抒写个人的意念与情感波动。但由于受创作者所处的地域的限制，以及西藏本身文化环境的影响，“雪野诗”在实践中并没有像内地第三代诗歌那样走向“口语化”“个人化”和“日常化”，反而更趋向于朦胧诗，在审美特征上与朦胧诗更为接近。可以说，西藏的“雪野诗”是借第三代诗歌的“尸骨”还朦胧诗的“魂魄”。只不过这个“魂魄”

穿上了西藏地域文化的外衣。它没有内地朦胧诗那种显而易见国家、民族情怀，却呈现出了鲜明的地域特色。由于“雪野诗”提倡者、参与者势单力薄，且没有足够的韧劲，在西藏文坛持续的时间并不长久，代表性的诗歌也不是很多。

二是西藏当代诗歌在1980年代能够活跃于文坛且成果显著，与西藏文坛上相对频繁的诗歌活动有着直接的关系。新时期之后的整个西藏文坛都处于一种“亢奋”状态，求新求变成了西藏文学同人们的一种普遍的心态。诗歌创作方面，在西藏文联的积极组织下，先后发起了几次诗歌笔会，在汇集其他地区的优秀诗歌的同时，西藏本地的诗歌也得到了很好地展示。西藏的一些诗歌爱好者因此而显山露水，逐渐成为西藏诗歌创作阵营里的佼佼者，从而有力地推动了西藏诗歌的进一步发展。

这一时期的诗歌队伍阵营中，不但有老一辈诗歌创作者的身影，比如杨星火、汪承栋、周长海等，也有在新的文化语境和社会历史环境里逐渐成长起来的年轻诗人，如马丽华、加央西热、吴雨初、蔡椿芳、杨晓敏、贺中等。以藏文创作时的诗人由恰白·次旦平措、伍金多吉等。这些诗人以各自的诗歌创作，不但展现了个人独特的人生情怀与艺术才华，还很好地应和西藏社会历史发展的足音，以诗歌反映、揭示了纷繁多姿的时代精神风貌。除此之外，洋滔、刘志华、昊夫、晓浩、惟夫、蓝晓辉、王远舟、张中、魏志远等的诗歌创作，在一定程度上也扩展、丰富了这一时期西藏诗歌的审美空间和题材领域，为西藏诗歌的发展贡献了自己的智慧与力量。总之，尽管老诗人、年轻诗人、藏族诗人、汉族诗人等走的路子不一样，但都按照各自的生活体验和艺术追求，在思想、审美视野和艺术形式上进行了大胆的开拓。

第一节　恰白·次旦平措

恰白·次旦平措（1922—2013），出生于西藏日喀则地区拉孜县有名的三大家族之一拉敏家族，排行第三。从小在家和私塾习读藏文正字、语法、诗词、算术等。当时在原西藏地方政府里担任四品官的娘舅恰白·晋美贡嘎因无子继承家业，遂过继其家，改户名为恰白。1942年，次旦平措以娘舅恰白之子的名义成为原西藏地方政府的公务员。接着被委任为四大噶伦之一索康·旺青格勒的首任侍从卫官。3年期满后，外派为江孜宗本。不久又被任命为吉隆宗本。在吉隆期间曾拜丹确科寺的名僧丹玛格西罗布扎西为师，进一步学习了诸多藏文知识。西藏和平解放后，担任日喀则爱国青年联谊会主任。1953年5月23日，第一所日喀则小学（亦称格萨尔庙小学）成立，先后担任教员、教务主任以及副校长。民主改革后，1960年，当选为日喀则政协委员，1965年，当选为拉萨市政协委员、常委和副秘书长，期间兼任自治区文联一、二届副主席。1978年，任第三届自治区政协常委、文史资料委员会主任。1983年开始历任西藏社会科学院副院长、研究员、顾问等职，期间还担任了《雪域文库丛书》的主编和《西藏研究》藏文编辑部主任。1996年任西藏自治区人大常委会副主任，1998年退休。1999年被聘为西藏大学藏史系硕士研究生导师。著有《西藏简明通史——松石宝串》（合著，1989、1990、1993）、《夏格巴的〈西藏政治史〉与西藏历史的本来面目》《雪域西藏》《恰白·次旦平措文集》等，发表学术论文多篇，对我国藏学研究事业的发展有突出贡献。在从事学术研究的同时，恰白先生也发表了很多文学评论和大量脍炙人口的藏文诗，如诗歌《冬之高原》《春到雪域》《拉萨欢歌》《鱼儿笑了》《献给藏族青年的噶协短诗》《纪念仓央嘉措诞辰三百周年》等。恰白·次旦平措博览群书，对藏族文化有很深的研究，尤其精于藏族历史和文学。20世纪80年代以来，发表了相当数量的诗歌和其他作品，1991年结集为《冬之高原》，列入西藏当代文学丛书，由西藏人民出版社出版。该书有诗歌13篇，小说1篇，文艺评论5篇。其中《冬之高原》《拉萨欢歌》（也译作《欢乐的拉萨之歌》）先后获第一届、第二届全国少数民族文学创作奖。

《冬之高原》生动地反映了粉碎“四人帮”后，西藏拨乱反正，安定团结，经济、文化事业欣欣向荣的景象，是一首构思新颖、手法奇妙、写景逼真、抒情感人、语言高雅的杰作。它运用藏语文古典诗歌的“噶布协”形式写作，即分别以藏文30个字母为句首，按顺序组成30行诗句的形式，一气呵成，读来琅琅上口，不但诗歌的内容具有审美价值，形式上还能对孩子进行藏文启蒙教育，节奏感强，易诵易记，一向为读者所欢迎。[1]

“一年中最寒冷的季节——冬天，/ 西藏高原景象万千。/ 这是多么振奋人心的山河，/ 这是何等壮丽的一幅画卷。/ 再想想百花齐放的新春，/ 再想想甘露滋润的夏天。/ 再想想硕果累累的金秋，/ 谁能不用最美好的诗句礼赞！”（耿予方译）

诗作以传统的手法反映新的时代，热情歌颂了党的十一届三中全会给西藏人民带来的新变化。诗人“把静静的万里高原写得活灵活现，把天寒地冻的冬天写得热火朝天，把万花凋谢的树木写得银花绽开，写出了当家做主的翻身农奴新的精神面貌，写出了团结、富裕、文明的新西藏”[2]。这首诗之所以受到赞赏，主要是突破了描绘雪景的传统写法，不是平铺直叙，不是辞藻堆砌，不是空洞赞美，而是抓住今日西藏的社会现实，大写真人真事，触景生情，发出心底的呼唤。用词精确、含蓄、有力、句句铿锵、字字闪光。它给读者总的印象是：把静静的万里高原写得活灵活现，把天寒地冻的雪山草地写得热火朝天、热气腾腾，把当家作主的翻身农奴写出了新的精神面貌、新的干劲，为建设新西藏，创造更加幸福、美好的明天而艰苦创业，快马加鞭，一派欣欣向荣的景象。

---

[1] 黄波：《试论恰白·次旦平措诗作的意象艺术》，《西藏研究》，2008年第3期。

[2] 耿予方：《西藏50年·文学卷》，民族出版社2001年版。

《拉萨欢歌》采用铺陈的手法，鸟瞰式地把拉萨的巨大变化，群众欢乐幸福，描写得淋漓尽致，全面、系统而深刻地描绘了古城拉萨的今日风采，给人一种“换了人间”之感。在形式上，作者仿照20世纪初贵族诗人协嘎林巴·民久伦珠的《忆拉萨》，采用句首叠词的格律，全诗34段，每段4句，如行云流水，具有独特的美感，[1]在努力探索民族形式和时代精神的汇合上，取得了成功。比如：

“圆圆地球颠顶端，皑皑雪山持珠链，/ 潺潺四水腰带缠，/ 高高西藏首府拉萨欢。// 长长历史千年间，/ 久久闻名古城垣，/ 美美声誉举世罕，/ 处处流传称颂拉萨欢。// 巍巍群山绕周环，/ 徐徐江水流旁边，/ 葱葱林苑遮日天，/ 密密村寨遍布拉萨欢。”（张天锁译）

《春之雪域》同样也是一首传统诗歌“音饰”的“叠字’修饰法形式写成的或首句双音重叠，或间隔重叠，或句末、句首重叠的诗。通常，这种写作是考验作家对“技”的纯熟与对“美”的把握程度，也是诗人文学功底的展露。恰白自幼接受的诗学训练，不仅能游刃有余地展示这种技巧，更重要的是他对“技艺”的超越，把高原真切的自然景观和人文精神留停在循规蹈矩的诗行里，并以拒绝先锋和追逐时髦的本色写作，捍卫了传统诗歌的庄严与神圣，呈现出以他为代表的老一辈诗人耐人寻味的文学追求。

与其他同辈诗人相比，恰白的文学创作还表现出了较多的民间文化文本的特质。这与藏族传统文学中高僧大德撰著的具有强烈道德教化意识的文本不同，对民间“文化记忆”的挖掘，和对充满了哲理象征性的历史文化的关注，成了恰白文学艺术创作的又一个特质。

寓言体叙事诗《鱼儿笑了》作于20世纪80年代。这是一篇改编于民间传说的传统格律叙事诗。全诗以寓言的形式，讲述了这样一个故事：贪婪的国王拥有500名美貌的宫女，他把这500名宫女居住的宫殿，如群星拱月

[1] 张天锁：《评恰白·次旦平措的组诗——〈拉萨欢歌〉》，《西藏民族学院学报》（哲学社会科学版），2008年第5期。

般地散筑于王宫周围。一日，国王来到花园池塘边小憩，在荷花覆盖的水池边，看到一对青蛙夫妻，双双共沐爱河。见此情景，国王心生感慨：连这畜牲，都能夫妻成双，专一而爱，而我的500名宫女，除我一人怀爱之外，其他岂不是要空守闺房？这时，一只金鱼突然跳出水面，发出哈哈的笑声。国王万分诧异，不知鱼儿为何发笑？他觉得这是天下奇事，必有深意，遂派大臣遣人寻找答案。有一个聪慧的姑娘献计：要求国王命人打造只有一把钥匙的500把门锁，在深夜将所有宫女居住的房门反锁。凌晨，国王亲自打开这些门锁，却发现每个宫女的睡榻上皆有男子与其同枕共眠。愤怒的国王，命人杀戮。在姑娘的奋勇劝阻下，国王醒悟了，最后无罪赦免了这些宫女，并允许她们与相爱之人成婚。叙事诗以大团圆的结局谢幕，同时，鱼儿为什么发笑的疑问也找到了答案。“恰白在这里借用了寓言的形式，承载了一个重要的话题意义，那就是他对民间智慧轻松表达的欣赏以及对世俗文化生活的重视。文章开头便开宗明义：‘人类智慧的源泉，大多源于民众，脱离了民众，则无功德立足之基。’”[1]

对民间文化的再阐释、重构与价值重估，是恰白长期以来从事历史文化研究带来的一种视野，他对边缘和非主流话语的重视，对大量民间智慧的吸纳，构成了他的另一种文学创作特质。与同一时代有过僧侣生活背景的作家创作的精英文本不同，他的文学创作大多不承担掩映在富有感染力的审美表现中的教化职责，也很少流露出强烈的个人爱憎或饱含激情的仗义执言。主题的深刻往往藏隐于平常的故事叙事中。在《鱼儿笑了》看似游戏般的连环叙述中，障碍被层层破解，疑惑渐渐明朗，谜底逐渐显露。《鱼儿笑了》中国王的贪欲和宫女的背叛却直指了我们人性中的自负与贪婪。作茧自缚和捆绑他人自由的结果，终究招致了众叛亲离的苦果。寓言中破解了鱼儿为何发笑的那位姑娘，象征了通过智慧的察析与反观来完成的自我救赎。恰白通过一种有内涵与深度的寓言故事，再借用鱼儿洞察人性的

[1] 恰白·次旦平措：《恰白·次旦平措选集》，中国藏学出版社1993版。

灵性，使指向人性向度的寓言获得了超越故事的深刻意义，同时，也显示了他个人对人性、人道乃至对女性解放的现实思考。

“解读恰白的文学创作，我们会自始至终感受到他把史家的深刻与诗人的真情统一于传统文学富于内聚力的表现。史家的理性精神，使他的诗歌既达到一种肃穆与庄严，但又不让人感到压抑的艺术境界。当许多同辈诗人更多趋向为时代‘言志’的倾向时，身经新、旧两种时代变迁的恰白，却对传统诗学表示了情有独钟的守持，这种对藏族传统文学的本色呈现，又使他的诗远离了急功近利的时髦与空泛的抒情。史家的冷静与深刻，使他能够驾驭激情的野马，节制地表达情感。这与目前许多作家熟练地兜售神秘，以文化‘淘金’者的身份迅速完成的华丽转身不同，恰白与西藏千丝万缕、割舍不断的生命契约，注定在这里或以历史，或以文学的记述形式，注解彼此的生命之爱、生存之痛！”[1]

除文学创作外，恰白还写作了不少文学评论，《冬之高原》和《恰白·次旦平措文集》中即收入了《浅析廻文诗的创作》《浅谈藏族民间谚语》《谈谈与仓央嘉措相关的几件历史事实》《藏民族优秀文化传统的继承和发展》《读王尧先生〈萨迦格言评介〉的几点体会》等评论文章。文章从宏观角度或有针对性地对西藏传统文化以及文学作品中的某些形式和现象加以评介，激发后人的创作热情。在《浅析廻文诗的创作》中，恰白先生以精炼的语言，对藏族传统诗歌中独具特色的噶协体形式加以分析和评介，通过列举优秀的噶协诗等形式，给初学者和噶协体写作者予以正确的引导。《浅谈藏族民间谚语》和《进一步加快继承、发展藏族优秀文化的步伐》两篇论文，对于了解西藏民间谚语、了解藏族传统文学发展脉络，尤其是在继承与发展问题上进行了深入探讨，给予人们更多的启示，给后人留下了宝贵的资料。每个民族在漫长的历史进程中，形成了自己的语言文学、共同的心理

---

[1] 德吉草：《还史以真 寓情于文——解读恰白·次旦平措学术思想中的文史双重追求》，《西藏研究》，2008年第6期。

素质和风俗人情。西藏浩瀚的传统文化也是在这样一个前提下形成、积累和发展的。他鼓励后人在深刻了解藏族传统文学的基础上，坚持“古为今用、取其精华”以及“取之于民，服务于民”的思想理念，以身作则，引导后人。以他诗人的灵性、哲人的睿智和学者的敏锐审视西藏文化，为西藏传统文化的继承和发展作出了巨大贡献，也给西藏当代文学的发展指明了方向。

恰白·次旦平措除了受传统教育的熏陶之外，早年学习马列主义、毛泽东思想及“延安文艺座谈会上的讲话”精神，同时喜欢阅读高尔基、鲁迅等作家的文学著作，这为他的文学之路奠定了厚实的基础。恰白先生的作品中，不乏以感恩为主线，歌颂党的领导、赞美时代的优秀作品。恰白·次旦平措曾经在接受访问时说过这样一句话，人无“生而知之”，后天的教育和熏陶才是重要的。这与恰白·次旦平措谦虚的学习态度以及与时俱进的思想理念分不开，他不仅这样要求自己，也是这样要求后人的。他本着“对历史负责，对后人负责”的学术态度，给后人留下了宝贵的精神财富。

第二节　伍金多吉

伍金多吉（1961—），笔名江旋等，出生于西藏山南扎囊县。1978年毕业于西藏山南地区师校，任隆子县中学教师。1983年开始发表文学作品，同年进入《山南文艺》编辑部工作。现任山南地区文联常务副主席、山南地区作协主席、《山南文艺》主编、山南地区民族文化遗产抢救办公室主任、西藏文学翻译协会副会长。著有文学综合集《高原的风》、诗集《雪域抒怀》《大河东流》、名人辞典《山南历代名人大全》、译著《茶花女》《蛙》等。曾获第九届全国少数民族文学创作骏马奖、西藏珠穆朗玛文学艺术基金奖。

伍金多吉主要运用藏文创作。1991年，伍金多吉的第一部文学作品《高原的风》，被列为西藏当代作家丛书第一辑，由四川文艺出版社1991年5月出版。这部文学综合集，收入了25首诗歌（自由诗15首，传统格律诗10首）、

4 篇散文和 9 篇短篇小说，都用藏文写成。这些是伍金多吉早期创作的主要作品。《高原的风》出版至今已辗转走过近 30 年，其社会影响最大的莫过于他的自由诗。他的诗歌，语言朴实流畅，情调明朗，诗意清新，像涓涓溪流，流进读者心田，发人深省。绝大部分作品，采用长短句自由形式，表现了他的创新精神；内容多反映现实生活，有强烈的战斗性，表现了他对眼前各种新生事物的极大关注和热情内容。如《高原的风》的开头是这么写的：

“从未有过这样的忧伤，/ 每走一步都要一曲自由的歌唱；/ 从未感到这样的疲乏，/ 每一次呼吸都要靠体力的强壮……”

这是一首寓意深邃而又一目了然的诗歌。表面上写的是高原的风的威力，高原的风的回忆，高原的风的脾气，实质上写的是高原人的历史，高原人的遭遇，高原人的性格，高原人的贡献，令人生发无限暇思，仔细咀嚼，回味无穷。

生活是创作的源泉，一切艺术都来自于生活。没有了生活，也就没有了创作。但生活也仅仅作为客观对象而存在，只有艺术家或诗人将自己的灵魂及所有的激情融入到生活，才有可能产生不朽的艺术作品。伍金多吉的《藏文编辑的誓言》，就是出自诗人真实的生活。这首诗，如果少了诗人对待生活，对待职业的那种深刻的认识与独特的态度，那也就仅仅是一篇简单的述职报告。然而，当诗人将个人的灵魂融入到生活，并将以诗歌的形式呈现给读者的时候，不仅强烈地表达了诗人对待生活、对待工作，乃至对待金钱、对待权力的最真实的态度，同时也表现了诗人真诚、勇敢、坦荡的精神境界。耿予方评论道：“《藏文编辑的誓言》既是自身的真实写照，把一颗赤子之心捧献在光天化日之下，让人们看见他的灵魂、性格、人生观、职业观，又是具有普遍的教育意义”。[1] 德吉草也有评论说，“他以《誓言》为证，恪守自己的人生选择，不因生活的清贫和生存环境的恶劣而放弃理想与信念。诗中，他以相当直白的语言宣告：权力与金钱，地位与荣耀，并不能

[1] 耿予方：《西藏 50 年 · 文学卷》，第 160 页，民族出版社 2001 年版。

随手牵引他走向理想的那一面，把一颗赤子的心捧在读者的面前，让自己的执著作为自己一种精神追求的解释，坦荡而磊落地展露出他对自己职业的热爱”。[1]诗人另外还有一首诗《我不强求你》写道：

“因为你不再需要我 / 所以我不强求 / 你有属于你的阳光大道 / 我也将会拥有属于自己的一条小路 / 你会把我们的过去 / 当成昨夜的梦 / 我也会把它当作一阵耳边的风 / 生活的本质就是如此 / 人生的旅途原来也就如此 / 未来的某一天，我们将再次相遇 / 我不知道你会怎样 / 但至少我会向你说一声‘哈罗’/ 到时，请你不要觉得很奇怪。”

这是一首来自于生活的歌，末尾有一段注释写道：“80 年代，一位女青年由于被自己所爱的人背叛而受伤，笔者根据女青年当时的情感状态写作了这首诗”。背叛、失恋、受伤，这都是生活中的一些家常便饭，甚至都不可能成为一首美丽的诗章。但诗人却看到女青年坚强的一面，敢于向过去说声“再见”，需要有多大的勇气啊？整首诗没有一点表现出哭哭啼啼、缠缠绵绵的情绪，与其说诗人所欣赏的就是这种对待爱情、对待挫折的态度，倒不如说直接反映了诗人豁达的人生态度。

《献给母亲的歌》被选入五省区协作教材，作为朗诵诗传遍了藏区大、中学校园。《我要责备你》作为写给端智加的挽歌，到今天也被人们经常引用。作为一首励志诗歌，《弱者的傲歌》也曾鼓舞了一代青年读者。在这之后，诗人虽然也从事过文学作品的藏汉翻译、民间文学的搜集整理和《山南历代名人大全》编写等工作，但始终没有放弃藏文新诗创作。在伍金多吉的早期作品中，我们不难发现诸如天空、大地、高原、古老、灵魂、云朵、黑夜、时光、生命、艰难、清贫、路、前进等词语。实际上这些最平常的词语也不过是人们生活的一部分，但在诗人的笔下，由于受到诗人激情的熔铸、提炼、升华，最后变成了一首首美丽的诗章，它描绘了诗人亲身目睹的这片高原，

---

[1] 德吉草：《歌者无悔——当代藏族作家作品选评》，第 97 页，民族出版社 2000 年版。

并抒写了诗人对这片高原的最真实的感情。

时隔15年之后的2006年9月，伍金多吉的第二部诗集《雪域抒怀》由西藏人民出版社出版。这部诗集共收录76首诗，均系自由诗，分五个小部分："震颤的雪山""爱的眼泪""四季之梦""破裂的岁月""飘动的隆达"。在这部诗集里，诗人更多地反映了自身对民族文化独特的体验与感悟。完全可以说，他的创作立足于诗人最真实的平常生活；立足于诗人亲身经历的那个时代；立足于他挚爱的这片雪域高原的过去、现在和将来；立足于他最熟悉的民族和独特的文化。诗人在《阿妈，我在归来》这首诗歌中写道：

"冷飕飕的岁月之后 / 空荡荡的天际风雪弥漫 / 我，身裹黑黢黢的夜幕 / 头顶颤巍巍的星群 / 向阿妈的小石屋走来 // 阿妈 从这空气非常干燥的地方 / 我扬鞭追赶太阳到西方 / 我套住月亮拉牵到东方 / 思念的忧愁化作一只小鸦 / 飞到干黄的老树之梢 / 每天极目远眺风尘的彼岸 / 久久等待绿色盛夏的到来……"

伍金多吉在诗集《雪域抒怀》的前言中写道："本诗集所收入的诗，除了一两首从未与读者见面，其余作品都曾在各类藏文期刊上发表过。这些作品不仅孕育在雪域高原特殊的时代背景下，还从不同角度反映着这个特殊的时代，经过岁月的洗礼。如今虽然有不少作品显得怪模怪样，但本人从未怀疑过创作这些作品最初的赤诚！"[1]时代赋予所有的人以不同的人生和命运，或高尚或卑贱、或幸福或悲惨，每一个人都注定要成为时代的见证者。作为诗人更多的要成为时代的歌者，而不是要成为时代的记录者。从上世纪80至90年代的很长一段时间，藏文诗坛上曾一度盛行为某个节日的到来写诗、为歌颂某一次会议的胜利闭幕而写诗、为纪念某位领袖的陨落而写诗的风气。诸如此类的诗歌，我们不能把它简单称之为时代的歌声。当然，专门书写此类的诗人，我们也不能把他叫做时代的歌者。真正的歌者，需要站在时代的风口浪尖，不仅能够冷静、客观地回顾人们已经走过的路，

[1] 伍金多吉：《雪域抒怀》，前言第5页，西藏人民出版社2006年9版。

还要看到人类社会发展的最终归宿，只有这样才能够捕捉时代变迁的那些极其微妙的变化，而且需要用诗人的心灵和智慧去感受和表达这些变化，才能成为时代的歌者。伍金多吉曾写过这样一首诗：

“你，覆盖一大片挣不脱的乌云作被盖 / 你，头枕着看不完的神话想入睡 / 酸楚的心啊 / 酸楚的心被置入冰冷的怀抱 / 在世纪之初的梦榻上辗转反侧 / 只因为不能卸下沉重的时间的 / 负荷”。

这首诗原名为《梦》，后改名《雪域故事》，凭借这首诗伍金多吉获得了 1994 年的西藏自治区藏文文学创作特等奖。从表面上简单理解，我们认为这首诗展现了新旧西藏交替变更前的黎明。然而，只要我们仔细品读，就不难发现，诗人是站在时代的前沿，回顾与探视雪域高原有史以来的漫漫征程和酸甜苦辣，并表达了作为一名高原之子，需要时刻关注生他养他的这片高原母亲的喜怒哀乐的情怀。当又一次黎明的来临，万物即将焕然一新，作为诗人不仅要捕捉时代变迁的那些细微的变化，还要为这些变化歌唱。这是一个时代的诗人应尽的责任，伍金多吉尽到了这份责任[1]。另外一首《老去一个时代》中诗人也写道：

“时间的长河即将要永远的枯竭 / 群山的长脸也将被皱纹覆盖 / 从前进的路口赤脚返回的人啊 / 没有在路上留下足迹 / 人生的故事也悄然无声 / 外面的世界犹如火山般汹涌 / 内心却硬成了金刚结 / 外面的春风犹如狼群般呼啸 / 大地却在冰雪中封冻 / 赤脚返回的人啊 / 错过了一个希望的晨曦 / 如同被盗贼群劫 / 老去一个金色的时代 / 如同唐东杰布的脸”。

དུས་ཚོད་ཀྱི་ཆུ་ཀླུང་རིང་མོ་བསྐམ་ལ་ཉེ།
རི་ཚོགས་ཀྱི་ངོ་གདོང་ནར་མོ་གཉེར་མས་བཏུམས།
ལམ་སྣེ་ནས་ཕྱིར་ལོག་པའི་རྐང་རྗེན་པ།

[1] 德吉草：《歌者无悔——当代藏族作家作品选评》，第 93 页，民族出版社 2000 年版。

རང་ཉིད་ཀྱི་མི་ཚེར་སྙིང་གཏམ་མེད་ལ།
རང་ཉིད་ཀྱི་ལམ་བུར་ཁང་རྗེས་ཀྱང་མེད་ཅིང་།
ཕྱི་རོལ་གྱི་འཇིག་རྟེན་མི་རི་ལྟར་འགྱུལ་ཀྱང་།
ནང་ངོས་ཀྱི་སེམས་པ་རྡོ་རྗེ་ལྟར་མཁྲིགས།
ཕྱི་རོལ་གྱི་དཔྱིད་རླུང་སྤྱང་མོ་བཞིན་འདུར་ཀྱང་།
ནང་རོལ་གྱི་ས་གཞི་གངས་འཁྱགས་ཀྱིས་བསྣམས།
ཕྱིར་ལོག་པའི་ཁང་རྗེན་པ། ཨ་ཁ།
རེ་བའི་སྐྱ་རེངས་ཤིག་འདི་ལྟར་ཡལ་སོང་།
ཧག་ཀན་གྱིས་ཞུར་བཙམ་བྱས་པ་ལྟར་ཡལ་སོང་།
གཟི་འོད་ཀྱི་དུས་རབས་ཤིག་འདི་ལྟར་ནུས་སོང་།
ཐང་སྟོང་རྒྱལ་པོའི་ངོ་གདོང་ལྟར་ནུས་སོང་།[1]

和平解放以来，西藏发生的翻天覆地的变化，让雪域高原焕然一新，生机盎然。站在今天的角度，冷静、客观地回顾我们走过的路，便会发现在我们的社会、现实中生存的每个人，以及我们的城市、乡村、我们的思想意识、环境和眼中的诸多事物，早已不是原来的样子，都已发生了巨大的变化。再把今天雪域高原的这种巨大变化置于她几千年的历史进程中加以考察，置于中国和世界的同一坐标上加以考察，我们或许会为这个时代的变化大吃一惊，我们会发现一个时代已经老去，开始了西藏的新纪元。在现实社会中，总有那么一些人看不到时代发展的前进方向，抓不住时代变迁给人们带来的大好时机。作为诗人，站在时代的最前沿，看到“在前进的中途，赤脚返回的人”，他感到万分痛惜，便唱出了内心的歌。

任何一种文化，最初都是属于某一个民族的，它是这个民族在其历史发展过程中创造出来的所有积淀，不仅包括了物质的方方面面，同时也包括了精神的各个层面。每一部文学作品，也同样最初都是属于某个民族和这

[1] 伍金多吉：《雪域抒怀》，第 119—120 页，西藏人民出版社 2006 年版。

个民族的文化。那些堪称经典的文学作品都能或多或少地反映出独特的民族文化属性。作为民族诗人，离不开民族的文化，离不开诗人生活的年代和地域的经济状况、文化水平、风土人情乃至价值取向。因为即便再超凡脱俗的作家，他的作品也一定会受现实状况的影响，即使思维方式可以超越时代，但反映的内容一定和当时社会状况密切相关，否则也不会引起人们的共鸣。故此，一个民族的文学是由这个民族的人民经过很长时间的摸索和奋斗所创造出来的，它是民族文化的具体体现和重要组成部分。伍金多吉的许多新诗作品中，也深刻体现了藏族独特的文化属性。如《献给雪域的诗》中写道：

“摇曳的朵朵白云 / 漂浮在无际的蓝天下 / 胜过了寒冷的雪莲花 / 绽放在连绵的雪山脚下 / 尽管这里没有机械的轰鸣 / 牦牛的蹄声也传遍草原 / 尽管这里看不到人海茫茫 / 青稞的浪花在田野里开放 // 雪域啊　世界的最高处 / 我将用我的诗歌 / 描绘你的容颜。”

蓝天、白云、雪山、雪莲花、草原、牦牛、青稞，这都是雪域高原独特的地域文明的象征符号。这些符号在诗歌中，作为意象，更多地表达了诗人对藏族独特的游牧和农耕文明的情怀，同时也反映了独特且博大精深的藏族文化内涵。诗人在另外一首《我和高原》中也写道：

“我的灵魂伴着白云 / 遨游在羌塘草原的上空 / 我的灵魂随着清澈的河水 / 流淌在江南的田野里 / 我的灵魂化作百灵鸟 / 飞翔在塔贡的森林中 / 我的梦 / 渗透在高原 / 我的希望 / 只寄托于高原”。

这首诗同样反映了诗人与民族、与民族文化之间的那种无法割舍的情感。作为一名诗人，只有将民族文化作为创作的源泉，才能够写出一首首不朽的作品。伍金多吉做到了这一点。尽管他的诗歌作品中也出现了诸如“高楼大厦”“工厂”“柏油马路”“科学技术”等体现现代文明的新词术语，特别是像“哈罗”等这类西方文化的影子。但他的作品始终没有离开过养育他的雪域高原和生活在这片高原上的民族，没有离开过这个民族在这片高原上创造出来的民族文化。

在伍金多吉的两部诗集中，我们不仅看到了时代变迁的车辙，也看到了一个60年代生人，在几度春秋轮回中慢慢年过半百的心路历程。在这个过程中，他把他的一切交给了诗歌，也交给了生他养他的这片雪域高原。正如他在《最后的告别》中写的那样：“朋友们 / 三十年来我一直把你们呼唤 / 在称之为文学的这条小路的边缘 / 我们发过誓 / 要携手走到路的尽头 / 我已整整三十年与你们同行 / 如今 / 我需要于你们之前离开这条路 / 请不要说我违背誓言……朋友们 / 三十年的旅途 / 既是艰难 / 也是容易 / 三十年的旅途 / 既长也短 / 三十年 / 我已交给了《山南文艺》/ 轻轻地我来了 / 犹如那林海中的微风起舞 / 离开的时候 / 也将轻轻走去 / 就像那水中飘散的浪花 / 这是我最后的告别。”[1]

第三节　萧蒂岩

萧蒂岩（1932—），原名萧德演，时作肖蒂岩，笔名燕笛、肖小笑，出生于四川仁寿县。1949年夏参加工作。翌年参加中国人民解放军，随军入西藏，在十八军随营学校、西南军政大学八分校学习。1953年考入中央民族学院语文系，1956年参加中国共产党。1957年大学毕业，到咸阳西藏公学任教。1962年调任中共西藏工委办公厅秘书，后担任中共那曲地委、六〇六对外广播电台和西藏地质局秘书。1980年到西藏文联任专业作家。1984年兼任西藏文联理论研究室副主任，被聘为江南诗词学会顾问。1985年被聘为美东诗友会名誉会员、美国海外文学艺术界同盟名誉会员，纽约《海外艺丛》诗歌专栏作者，中国散文诗学会会员。1986年加入东坡赤壁诗社，同年秋加入中国作家协会。1987年被选为中华诗词学会理事。萧蒂岩自幼受家庭熏陶，酷爱文艺，从1950年起，开始业余文艺创作，写作数百首诗词，

[1] 《山南文艺》，2013年第1期。

后结集为《珠穆朗玛交响诗》及《雪域曦霞》，还发表大量散文、杂文、通讯、诗词、话剧、电影文学剧本，翻译藏族古典名著——长篇小说《勋努达美》（合译）、长篇史诗《格萨尔王传·向岭之战》（合译）、《金穗》及《古神话新释》等。随笔《人·野人·宇宙人》一书于 1987 年由中国文联出版公司出版。

萧蒂岩的诗歌创作，大致可以分为四个阶段，第一阶段是 20 世纪 50 年代至 60 年代初，多书写诗人报效国家、立志边疆、解放农奴、奉献西藏的豪情壮志，洋溢着豪迈的革命乐观主义精神，诗风刚劲豪放。如“峙立任风吹，云霞难过腋。抛雷唤起星，撒雪迎来月。未奏补天功，已闻填海捷。会当举火旗，一舞群妖灭。”（1951，《望珠穆朗玛——闻人民解放军先遣部队进驻拉萨》）“天爱太阳地爱公，江河喷浪注瀛东。眼观寰宇三分绿，志在全球一片红。顽石纵能骄热血，坚冰岂敢傲春风？刀山火海闯将去，骨碎筋焦展笑容！”（《入党》）“聂拉万丈立边关，莽莽河山尽玉田。白雪翻飞沉树海，红旗轻卷入霞天。云迷小路人难辨，冰冻高原马不前。一念红军无限劲，高歌直上效当年。”（《登聂拉大雪山》）“堆金砌玉百重辉，朗月而今圆几回？停步冷看绝壁险，昂头笑对朔风吹。冬云积就山巅雪，春气凝成岭上雷。万苦千辛何足畏，只期神女启心扉！”（《喜马拉雅夜兴》）“怎能虚度年华？为国家，即日飞车而去——指拉萨。情极矣，以诗句，当红花。送别皆为再见——在天涯。”（《送第二批学生返西藏·相见欢》）“黄河尽处昆仑竖，飞向高原路。玉龙百万舞车前，犹记倚天抽剑在当年？冲冠发怒河山惧，雪化春之羽。明朝我也乘风来，纵看边疆千里杜鹃开！”（《送干部之西藏·虞美人》）。这一阶段是诗人的初创期，还留有较多的模仿痕迹，特别是对革命导师诗作的学习。

第二阶段是 20 世纪 60 年代中期至 70 年代中期，大致是“文化大革命”期间。这一阶段，由于受时局的影响，诗人一度遭受冤屈，生活坎坷，诗情虽仍高扬激烈，意志坚定，但不乏愤懑怨怼讥诮及内敛象征移情之作。

如“啊，冰雹！/为什么这样没头没脑，/打得牛羊乱蹦乱跳，/而老鼠有死了多少？//啊，冰雹！/为什么这样疯狂残暴，/鲜花香草被砸烂了，/而毒蒿却抱头窃笑……//啊，冰雹！/为什么这样不公不道，/只对硬的猛击猛敲，/对软的则悄悄溜掉！//啊，冰雹，/为什么这样巨猾奸狡，/躺在路上令人滑到，/让豺狼竟逃之夭夭……”（1967，《啊，冰雹》）“啊，珠穆朗玛女神，/你醒一醒，醒一醒，/为何在这个时候，/睡得这样昏昏沉沉？//看，你这红霞一般的头巾，/已被暴风吹得无踪无影，/看，你这百花点缀的衣裙，/已被冰雹打得残破凋零。//啊，珠穆朗玛女神，/你醒一醒，醒一醒，/为何在这个时候，/不睁开你智慧的眼睛？//你，不要任白云掩盖裂缝，/你，不要任浓雾迷住山鹰，/你不要任松涛催人陶醉，/你不要任冰川肆意延伸……”（1969，《珠穆朗玛女神，你醒一醒》）“虚无主义中心悲，黑云压城城欲摧！谢君六巡玉山颓，星落乌啼马欲追。君为团员我党员，爱国爱民把躯捐。李白杜甫不到此，难为古人蜀中止。你我西来非为己，玄奘法显能一比？”（1969，《将去学习班，为黑河李医生吟留别》）“太阳太光明了，/只有距离这样远近，/我们才能生存。/如果把它放在对面山顶，/我们不但睁不开眼睛，/而且全都立即毙命。//地狱太黑暗了，/只有隔得这样厚薄，/我们才有信心。/如果把它全都搬出地层，/我们纵然大睁着眼睛，/也难以看到光明。”（《1970，《太阳与地狱》》）“关门闭户搞迷信，称王称霸横行尽。自己牡丹花，他人牛粪渣。眼睛生后额，耳朵长睾侧。头脑接十泉，尾巴触九天。”（1971，《为骄傲自满固步自封唯我独尊者试画一像·菩萨蛮》）“啊，肋骨，/你多么象是阶梯！/有的人踩着你——/盼望步步升级。/你不适应急躁心理，/只怪你生得太密。/以致把你打断几根——/内部至今还滴着血滴。”“在黑暗中容易看清光明，/在光明中容易看清黑暗。/在半明半暗中看到的，/则决然不是明暗各半……”“所有的星星都被遮住了，/天空里只剩下一片乌云。/所有的花草都被见他了，/荒原上只剩下一股黄尘。/全部的诗稿都被抄走了，/空屋中只剩下一颗痴心。/全部的官窍都被冻结了，

/ 体腔内只剩下一缕孤魂。”（1967—1976，《星星集》）

第三阶段是 20 世纪 70 年代末至 80 年代初，大致为“文化大革命”结束到改革开放初期。这一阶段，诗人一方面笔墨嘲讽揭露“四人帮”的宵小擅权，如《“四人帮”自白（套曲）》；另一方面表达了自己对新生活的喜悦和壮志不减当年，奋笔再书新篇的无限憧憬与坚忍豪情。如“昨天我与全家逛林卡，/ 支好帐篷就喝酥油茶；/ 摘了帽子从头说笑话，/ 说到尾巴都笑掉了牙。/ 哈哈，哈哈。/ 波拉，嫫拉，/ 老人家开心好消化。”（1980，《尾巴歌》）“岁月峥嵘已卅年，百花璀璨有今天。扫除魑鬼安篷帐，利导风潮固政权。踏遍荒原犹未老，历经艰苦更知甜。坚冰愈冷情愈热，耿耿忠胆照雪山。”“几番风雨荡胸怀，壮志青春老未衰。九死皆为民战斗，一生交给党安排。丹心建藏千山暖，赤胆奉公百隘开。神女若知为四化，多吹氧气惜人才。”（1980，《为进军西藏三十周年致藏汉老战士》）豪情不减当年，奋笔再书新篇。“从彻骨生寒的梦中醒了，/ 伸了伸冬天快冻僵的腰身。/ 露积淀嫩芽如初启的俊眼，/ 急切地窥视大地的浮沉。//……新鲜的血液向末梢奔涌，/ 绿色的旋律招来蝶舞风吟。/ 繁花似锦原本昨宵的希望，/ 谁还为残梦再耽误良辰。”（1982，《春天的树》）“今天，能告慰于你的是，严冬已经过去，‘世界屋脊’又充满春光，你长期哺育的儿女，正在为建设社会主义的物质文明和精神文明奋发图强！”（1983，《羌塘啊，我的奶娘》）“是的，还有这样一种人——终生只是带进别人向你攀登，叫别人去夺取‘登山英雄’的金牌，而自己则甘当脚力，永远默默无闻，甚至在雪崩中，迎着死亡，甘愿掉进无底的冰缝……但愿你有一把孙悟空的芭蕉扇，把一种洋溢人生活力的新风，扇向迷人的舞场，扇向喧嚣的甜茶馆，扇向酒气熏天的青稞酒摊，扇向某些朝佛朝得麻木了的心灵……我确信——在冰天雪地，在穷乡僻壤，毕竟还将复活冻不死的四季屋脊必须高屋建瓴的信念……”“奋发向上的女神啊，请你原谅——我不知道玛珐木湖的神水和羊八井的地热，能不能把你的希望承当，如果不信，就换成我的血吧，

好在，至今还在奔流，还很滚烫……”（1983，《与珠穆朗玛的对话》）

第四阶段是20世纪80年代中后期之后。这一阶段诗人的创作趋向成熟，虽多游览登临酬寄应和即兴之作，但取材广博，善于将历史浓缩，叙事于情，寄情于景，纵横捭阖，诗思恣意，豪情壮逸，圆融贯通，即便偶得，亦多蕴藏，耐人咀嚼。如“六合纷纷化一同，始因皇帝剑朝东。雄才自创千秋业，暴政难欺万世功。燕雀求安鸿鹄振，君臣失道国家穷。楚天不出揭竿手，高祖何由唱大风。”（1985，《应题安徽陈胜吴广起义纪念馆》）“摩天大厦勇为巅，射海长河敢作源。已把红旗熏雪月，还将碧血染关山。宏图再画靠新手，壮志重酬去旧观。二十芳龄应更美，星冠霓带舞云端。”（1985，《西藏自治区二十周年大庆为珠穆朗玛神女志喜》）“川滇春雨懒登山，逼使大江急转弯。头撞千峰融雪锁，雪喷万岭断冰椽。横冲只为求开拓，封闭哪能得自然。白浪翻天神女唤，请趋南海取珠还。”（1986，《雅鲁藏布江》）“爱国当挥才子泪，匡时敢畏佞人鞭？”（1986，《夜读〈望春诗抄〉呈马依群诗长》）“遗老犹知亡国恨，后生岂敢为家狂？”（1987，《应江苏省海安县人民政府之请代珠穆朗玛女神为“民族抗战之楷模”——韩紫英魂授勋》）“百里长河万岁哀，翼王无翼足伤怀。石儿山上石虽在，同性相排失达开。”（1989，《登石棉县石儿山翼王亭》）“此日同观梁胜迹，何年再上古吹台？男儿不把好清败，总有诗雷动地来！”（1990，《与诗人黄明勋遍游开封胜迹后登古吹台入李白杜甫高适三贤祠有作》）“睁着眼做梦，弯着腰做人，/怎能取悦于高傲的诗神？/没有热血贯注的特殊情怀，/就无法共振时代的最强音！”（1990，《历史的长河，生活的漩涡》）“我是珠穆朗玛峰头一片雪，/已不知存了多少年和月，/近染太阳色，/远填明月缺，/高承银河酒醉出这诗情结。//我的血，与动物的有差别，/而骨骼也不属钙的那系列，/心境明月彻，思路从有邪，/性格表面软而内里硬如铁……/……珠峰雪，旷世追求惟圣洁，是向天表白真情的无字帖……”（2004，《珠峰雪》）

萧蒂岩的一些追悼诗也写得情真意切，特别是其对联创作，笔法纯熟，构思严谨，诗情浓郁，个性鲜明，脍炙人口。如“地泣天悲，哀悼敬爱的总理，您为各族人民沥胆披肝，鞠躬尽瘁，建立了不朽功勋，流芳百世；风号雷咽，缅怀伟大的先驱，您教无产阶级排山倒海，奋步向前，完成着非凡事业，承训千秋。”（1976，挽周总理）“中秋节，噩耗传来，教雪山顿足，恨流水无情；烈女为民立业；叹圆缺阴晴，升沉明灭，虽属自然，但皓月有知应落泪；好作家，灵魂归去，令文士捶胸，引亲人有憾；高原协力建边；想悲欢离合，荣辱死生，诚皆规律，可朝阳无语也伤神。”（1986，挽龚巧明）“胸怀数百万字传奇故事，娓娓唱来，开心养性，动魄消魂，频添我东方神秘；眼看八十余秋灵异老翁，匆匆归去，踏雪迎风，披星戴月，更悲他西藏人文。”（1986，挽《格萨尔王传》说唱艺人扎巴）“为评论尽心献力，添叶加枝，整个娇容悬屋脊，终与神仙情充霄汉；给旅游设计运筹，骄今傲古，满腔热血洒江郊，虽称女子志媲英夫。”（1987，挽田文）“天道不公地理外，偏角好汉死于癌。一心建藏冰风冷，卅载献身雪雨乖。佛祖犹须怜志士，女神应予重人才。奈何袖手任西去，徒令斯文顿足哀。”（1988，《哀悼张耀民同志》）

萧蒂岩的诗歌创作形式多样，取法古典，熔铸新体，从出版的两部诗集《珠穆朗玛交响诗》《雪域曦霞》来看，收录诗作 346 首，其中七律 133 首，词曲 75 首，五律 8 首，七绝 47 首，歌诗歌赋 8 首，新格律诗 44 首，自由诗 38 首，散文诗 3 首，从中可以看到他对古典诗歌形式的刻意追求，以及在继承基础上的创新。他的诗歌创作，结构严整，讲求韵律，即使散文诗创作，亦重视内在情致的连贯和字词押韵，如《羌塘啊，我的奶娘》，除了通篇用“啊，羌塘，我的奶娘！”连接外，段落内部亦密织韵脚，气韵贯通。

总体来说，萧蒂岩的诗歌气势雄浑，笔墨豪放，多学李白、苏轼、郭沫若，追求一种浪漫自由的气度，运笔遒劲潇洒。另外，正如有论者指出，萧蒂岩的诗歌有一种奇特的现象，那就是把珠穆朗玛当作描写、倾诉、恋爱的对象，多书写神女、女神，这成为他诗歌创作中的一个鲜明意象。如《神女诗并序》《梦游神女峰·念奴娇》《珠穆朗玛亚嘎腊》《雪山诗歌草·珠穆朗玛》《珠穆朗玛女神，你醒一醒》《珠穆朗玛遐想》《珠穆朗玛赞》《珠穆朗玛女神欠身·沁园春》《女神抱月·自度曲》，“诗人简直就成了神女的情人，那么热心，热心得那么持久……高兴时赞她，烦恼时讥她，有如刘大哥对妻子，总是有打不完的比喻……比作神采奕奕的楚楚动人的少妇，比作丑妇，比作历史老人，比作飞月嫦娥，比作风流情妇，比作高伟的地球手指，比作宇宙的母亲，当作高原的象征……这里有诗人的情和爱，这里有诗人的血和泪，全部的人生经历，全部的人生情感，还有独到的高原情结，这一切化为一，一化为一切，倾注到对神女的情爱上，以致于独钟于情，变得与神女能有了执著的情缘，俨然成了神女的一半，成了全权代表”。可以说，萧蒂岩将珠穆朗玛峰当做了想象中的一个包罗万象的明点，将家事、国事、天下事，天上人间、宇宙空间一切思维所达的事物都注入了这个明点中，并成为他浪漫主义创作的鲜明特征[1]，是他诗思的外化和情致的寄托。

除诗歌创作外，萧蒂岩还创作有剧本和翻译作品等。其中，散文随笔集《人·野人·宇宙人——野人考察随笔》影响较大，该作受当时追逐外星人与野人的风潮所致，想象奇特，与《众神之车》[2]亦可互为参看，内容虚虚实实，形式纷呈杂献，也不免“牵强附会”或“无稽之谈”。对此，作者在前言中自道：“也许正是这些‘无中生有’的‘奇谈怪论’，才在混沌的古昔世界凿穿了一些窗口”[3]。

---

[1] 肖干田：《从萧蒂岩与李白诗文的比较看浪漫主义文学嬗变 上》，《西藏大学学报》，2000年第1期。

[2] [瑞士]埃里奇·冯·达尼肯：《众生之车——上帝是个宇航员吗？》，陈敦全、杨汉保译，新华出版社1982年版。

[3] 萧蒂岩：《人·野人·宇宙人——野人考察随笔》，前言第2页，中国文联出版公司1987年版。

第四节　魏志远、吴雨初、加央西热、嘉措

魏志远（1952—），笔名维熹，出生于四川成都。1968年下乡插队，1972年考入四川省乐山专区文工团拉小提琴，1978年调入西藏自治区文化局创作组任文学创作员，1980年任《西藏文学》编辑部诗歌编辑、散文编辑，1986年离藏调任《星星》诗刊编辑，1991年毕业于北京师范大学研究生院文艺学系。著有诗集《喜马拉雅古海》《雪野》《感动过我们的怎能忘怀》，小说集《我以为你不在乎》，散文集《一种过程：魏志远关于生活和命运的断想》，纪实性作品集《中国家庭采访手记》，译著海明威长篇小说《获而一无所获》等。

魏志远是这一时期西藏雪野诗创作的主将之一，1983年第1期《西藏文艺》推出的“雪野诗”专栏即发表了他的诗作《森林》。返回四川后，他的诗歌由于生活环境的改变，发生了很大的变化，内容与情感抒发多集中在生命的感悟上。[1]因此，从总体上看，他的创作可以西藏工作的时间为限，分为前后两个时期。这里主要介绍他在西藏创作及与西藏有关的诗歌创作。这些作品主要集中在《喜马拉雅古海》及《雪野》两部诗集中。这两部诗集整体风格沉郁、雄健，富有现代意识，[2]有着强烈的现实感和凝重的色调。诗集《雪野》主要展示了诗人在西藏的生活历程。其中，《给羌塘草原》书写了诗人对羌塘草原的挚爱，对草原牧民的深情；《艰难的跋涉》通过牦牛转场的跋涉历程，突出了藏族牧民与大自然的抗争以及他们不畏艰险

[1] 赵敏俐、吴思敬主编：《中国诗歌通史 当代卷》，第518页，人民文学出版社2012年版。

[2] 黄邦君、邹建军编著：《中国新诗大辞典》，第387页，时代文艺出版社1988年版。

和极寒的意志；[1]《西部草原》勾勒出一幅具有狂悍、坚韧意味的藏民生活画，散发出充满雪山草原的遥远、神秘的气息[2]。《中国探索诗鉴赏辞典》选录了他的《开拓者》《沐浴节》《家》3首诗歌进行分析介绍。这里仅就《沐浴节》进行介绍分析，以窥一斑。

《沐浴节》刊载于《上海文学》1984年10月号，诗集《喜马拉雅古海》《雪野》中均有收录。全诗着意采用绵长的句式，以连锁流动的画面，活画出沐浴节热闹、欢跃的气氛。结构上除题记外，共分三节。每节均以“要是想到拉萨最好七月来 / 要是到了拉萨最好去沐浴 / 七月是拉萨河炫耀的日子 / 七月是大昭寺冷落的日子”开头，具有民歌复沓回环的韵律，但主题内蕴并不重复，而是层层递进。第一节叙写沐浴的开始，第二节写沐浴的过程，第三节是沐浴的结束，仿佛一个圆环，结构严整，却带有哲思。结束还是开始，开始还是结束，并不分明。正如迷信圆了又破，谎言生了又灭，下凡还是升天，升天还是下凡，作者并不确定，因为“天庭的幽深和厉禁是谁也不曾窥视谁也不能窥视的”。如此，作者似乎并没有肯定或否定是否“此期间江河湖水比圣水还要灵验”的传说。然而，作者的意图并不仅仅是描写沐浴节这一单纯的场面，也不仅仅是写出高原民族的纯真、质朴、原生美，其间寄寓的实际上是对西藏传统文化的一种观照。作者在诗的题记中写道“每年藏历七月，在西藏高原有一传统的风俗习惯——无论男女老幼，皆赤裸下江河湖泊擦洗，据说在此期间江河湖水比圣水还要灵验……”。作者希望通过对沐浴节这一传统民俗事项的描写，揭开被神佛笼罩的西藏文化的神秘面纱。沐浴既意味着纯净，亦意味着揭去伪装，还本来面目。西藏的神秘文化在经过沐浴之后是否就让人洞悉了呢？作者并没有简单地予以回答，但是通过诗歌散文式的语言，民歌式的复沓节奏，特别是世俗场面的描写，如“有那么几条长毛狗摇着铜铃追着主人跑得好欢”，“酥油茶是咸的青

[1] 赵敏俐、吴思敬主编：《中国诗歌通史 当代卷》，第518页，人民文学出版社2012年版。

[2] 叶潮：《文化视野中的诗歌》，第293页，巴蜀书社1997年版。

稞酒是甜的炸面果实脆的河水是凉沁沁的”，“那几条长毛狗汪汪叫着跳来滚去嬉戏追逐”，“再喝一碗酥油茶吧轻松又清爽”，“再喝一碗青稞酒吧惬意又舒畅”，其实谜底已然揭示。作者在神秘与世俗之间，是倾向世俗的。诗歌象征着人的灵魂应该不断的擦洗、洞开，这样才能保持它的高洁、神圣。这也正是作者为什么在诗的最后写到“要是不能到拉萨也不必在意 / 要是赶不上七月也不必在意 / 拉萨河炫耀的日子是昙花一现 / 而沐浴的大门永远敞开永远敞开永远向你敞开”。这里的沐浴，是个人自我揭去伪装，自我心灵的纯净。如若人们自我纯净，那么也就无所谓神秘。而人只有“灵魂开敞放飞欢乐翻晒痛苦”的时候，只有到了“肉体涤荡灵魂涤荡世界涤荡”的时候，才是真正的“升天”，升入美好的崇高的现世的“天堂”[1]。

魏志远的一些作品往往具有哲思的成分，在温情细腻的同时，又流露出许多对于虚无的迷惘、无奈。或许这也是作者为什么在偶然之外，选择海明威的《获而一无所获》作为其第一部小说译著的缘故。在沉寂的思索之后，感动和过程是难以忘怀的，也是其文思所在。

吴雨初（1954—），笔名草青，出生于江西都昌县。1976年进藏，先后在西藏那曲地区的基层政府和地区工作，1984年后历任那曲地区文化局长，西藏自治区党委宣传部文艺处长。1991年后调至北京，先后任北京市委宣传部研究室主任、助理巡视员、副秘书长，北京出版社党组书记、社长，北京出版集团管委会主任，编审，北京出版集团公司董事长、党委书记，北京援藏指挥部总指挥等职。2011年，重返拉萨，筹建以牦牛为主题的国家级专题博物馆——西藏牦牛博物馆。除诗歌外，著有短篇小说集《来献哈达的人》（合著）、散文集《藏北十二年》《最牦牛》《形色藏人》由西藏人民出版社出版。

早在1970年代末，吴雨初就开始创作，发表过诗歌、散文、小说等各

[1] 陈超编著：《中国探索诗鉴赏辞典》，第429页，河北人民出版社1989年版。

类作品。早期的作品受当时社会政治风气的影响，高唱主旋律，社会政治色彩非常明显。后来写过一些“雪野诗”。1980年代中期以后，创作风格有所变化，开始在作品中融入大量具有西藏地域特色的生活文化世相和个人生活体验与生命思考，作品的艺术分量逐渐加重。《黑色的河流——献给草原》[1]就是这样的代表性作品。

对于草原的描写，是吴雨初创作中常见的一个题材内容，他的许多作品描绘的对象都是草原。从对草原景色的描绘，到对牧民们生活的反映；从对草原生活习俗的展现，到对草原上“传奇”故事的演绎，吴雨初对草原这一艺术空间做了多方位的演绎。但这些作品大多局限在社会学层面，思想内涵和艺术内涵都没有达到令人满意的高度。诗歌《黑色的河流——献给草原》也是一首描绘草原的作品，但艺术内涵却完全超越了“草原”这一确定的对象，深入到了民族心理的根部；与此同时，诗歌融入了作者对地域文化和民族文化心理的理性思考，对个人内心困惑的宣示和个人生命体验的呈现，从而蕴含了丰厚的艺术内涵。

这部组诗由五首诗组成，整体而言意在抒写草原上的一条河流。虽然每首诗可以单独成章，但要整体把握它还需要把各个部分组合在一起，才能对其有一个完整的认识与理解。第一首《传说》是对混沌时期古人认识世界模式的一种猜想。古人以什么样的方式认识世界，决定了世界将会以什么样的面目呈现于他们的意识当中，也决定了他们将以什么样思维去思考认识它们。“所有的传说都启自同一思维 / 所有的思维都启自同一颜色”。在人类思维意识还不发达的远古时代，感觉在人们认识事物的过程中发挥着决定性的作用，这就是传说产生的原因，也是河水虽然清澈，但河流却被称作“黑河”原因。

第二首《地理》展示的是大自然中客观存在物的“形成过程”。“形成过程”在这里并不是指客观存在物的地质形成过程，而是它的人文形成过程，

[1] 《西藏文学》，1988年第1期。

也就是说这些客观存在物是如何浸染上精神性特征的。毫无疑问，自然界的客观存在物，如山、河流、湖泊、草原等，在客观物性上呈现出来的地质构造与人的意志是毫无关系的，当然也不会受人的意志左右。但对人而言，如果没有人的介入，客观物象是毫无意义的，因此，客观物象如果要变成对人而言具有实在意义的存在物，还需要人的介入。这个时候，客观物象就会改变自己原本的“形象特征”，因为人要根据自己的意志去改变它。这就是为什么诗歌中说“撕破处女的荒膜 / 奔泻着重新组合起水族山群”的根本原因。在作者的思想意识中，进入人类视野的一切，都被人的意志赋予了自我色彩，已经不是纯客观的存在物了。这也许就是为什么诗歌中运用大量具有修饰功能的词语来描绘那些原本外在于我们的客观存在物的缘故。“组合起英勇的起伏 / 和壮烈的倾斜 / 和叹息般的辽阔 / 让西沉的月亮和东升的旭日 / 彬彬有礼地相约 / 短促的季节拥挤着表演 / 匆匆忙忙地涂抹原野 / 涂抹人的肤色——/ 成熟的铜，从地质层漫起 / 获得了最完美的表达”。诗中的语言排列似乎违背了我们熟悉的语法规则和表达习惯，“起伏”怎么会是“英勇”的呢？“倾斜”怎么会是“壮烈”的呢？“辽阔”怎么会是“叹息般”的呢？这里凸显的其实是人的主观化的认识过程。在与自然物接触的过程中，人赋予了自然原本属于人的那些精神性，从而改变了自然的客观形态。这就是为什么本来已经存在的物象还需要重新组合的根本原因。人需要把自然万物纳入到自己的意识范围内，为此，他们必须得为自然万物进行命名，并赋予他们各自不同的意义。这是人类认识世界、掌握世界必须迈出的关键一步；但其摧毁性也是显而易见的，因为他把原本蕴含着无限可能性的物象单一化了；就像“黑河”在没有被命名之前，存在着多种称呼的可能性，它可以被称作“白河”“蓝河”，或者其他什么河，但一经被称作“黑河”，它就失去了获取其他名称的可能。显然诗人意识到了这种必然性中潜藏的巨大缺憾。在这一节诗歌的最后，诗人写道：“于是，我们的河流 / 在启动人的发音器官之后 / 在部署骏马的行程之后 / 在规

划战场和寺庙之后 / 告别使泥土崇高的野花和草根 / 使歌谣流传的男人和女人 / 抛下规整如城的墓群 / 惊人的美被凝视后 / 最终只剩有一个意念 / 虚幻省略了细节 / 具在屈服于抽象”。当所有的物象被命名之后，想象的翅膀也就被折断了，最后剩下的只能是具体化的细节和概念化的抽象。

第三首《感觉》似乎是对钝化、消减人的想象力的现实不满而发出的反抗。诗歌以“感觉”题名，目的在于唤起人们的感性顿悟，激发人们的想象能力，冲破被凝固化的现实存在。也许正是出于此种目的，诗人在这首诗的语言表达和结构排列上突破常规，力求阻断我们正常的思维习惯，把诗歌变成了一种纯粹的文字组合游戏。我们只能去感受这些文字以及由他组合排列而成的形状，却很难领会它的内涵意蕴。很显然，试图通过这样一种背离常规的诗歌书写，强行扭转人们已经习惯化了思维方式，重新激起想象的活力。但这样的努力到底效果如何呢？对于作者而言，这也许是一次清醒而快意的破坏行为；但对于读者来说，它过于出格的面目也许会使他们望而却步，绕道而行。

第四首《落谷》回到诗歌的中心意象河流，试图勾勒河流形象特征，试图挖掘它给予我们启示。河流的使命决定了它必须奔向前方，不管前面是何种地形，于是它的奔流就带有了几分悲壮和惨烈，当然也收获了英勇与豪迈。它流向深深的山谷，一跃而下，把自己交付给“死亡”，昂然面对周围狰狞的景象。“落谷”对河流而言，正是展示其自身价值的绝好舞台。一跃而下的气势、轰然而鸣的豪迈、冲破阻碍的勇猛……诗歌竭力展示了河流摧枯拉朽的威力，借此赞美了大自然雄伟壮丽的美好景象。这首诗歌可以说是对“河流”本来面目的恢复，因此它没有概念化的东西，描写细致精密、形象生动，目的似乎在于超越我们对河流固有的形象构建。

第五首诗《抒情》在逻辑上完全承接第四首，试图追溯一种本源的生命存在，只是在表达方式上更为主观化。诗人试图摆脱已经带有太多历史积淀的现实生活，渴望寻找到生命的原初感觉，让自己成为一个敏感而充满感性气息的存在个体。

整体而言，组诗《黑色的河流——献给黑河草原》是一首糅杂了作者个人情思和生命体悟的诗作。作品把对人类历史存在的思考寄予具体物象的描绘之中，把个人生命体验融入具体可见的自然物象之中，在思考人类的生存方式的同时，表达了自己的生命体悟。在具体的表达过程中，诗歌采用了多重意象叠加、对接，不同句式交错衔接的表现方式，试图制造一种强烈的“陌生感”。从作者创新求奇的角度而言，其用心是良苦的。但过于追求“陌生化”的艺术效果，容易使得诗歌陷入一种毫无逻辑的混乱之中，随意的语言搭配和不加选择的句式排列，也让诗歌变成了一种让人摸不着头脑的文字游戏，一些片段看似奇崛玄妙，实则令人费解，更多地呈现出一种诗人自言自语式的宣泄状态。

加央西热（1957—2004），出生于西藏那曲班戈县。1971年前在家放牧。由于长期受到草原文化的熏陶，很小的时候，加央西热就以《毛主席语录》为教材，以手指作笔，以冰雪当纸学习藏文。1971年，14岁的加央西热第一次走进教室接受小学教育，开始求学生涯，1978年中学毕业后留校任教，曾任教务室主任。1983年调那曲地区文化局任文化科科长，并开始进行文学创作，曾发表《童年》《盐湖》《灵魂独白》等组诗，引起了文学界极大的关注。1987年5月，被选拔为那曲地区索县县委副书记，1990年调那曲地区文化局担任副局长、党组副书记，1994年调西藏自治区文联工作。2001年12月在中国作家协会第六次代表大会上当选为中国作家协会全委会委员，2004年在拉萨病故。

加央西热一直生活在藏北草原，因此对于草原生活有着特殊的感情和深切的体会，“草原生活”也因此成了他诗歌描绘的重要对象。早在1984年，他就创作了反映草原生活的组诗《盐湖》[1]，之后这一题材就频繁出现在

[1] 《西藏文学》，1984年第6期。

他的诗歌中。1988年他又以此为题材，创作了组诗《寻找驮牛群》[1]。组诗《盐湖》共分五个部分，分别描述了草原上牧民们离开住地到遥远的盐湖驮盐的经历。整部诗歌按照时间和行走路线为顺序，采取了几个具有典型意义的片段，集中描绘了牧民们驮盐历程的艰辛，揭示了牧民在驮盐路上的复杂心情。通过这首组诗，我们能够大致了解西藏高原那不为人知的，颇具地域特色的生活方式，领略生活在草原深处的人们的生活习俗和精神风貌。作为一位土生土长的草原人，加央西热对于草原生活的艰辛不易有着切身体会，他的诗歌没有回避生活"赐予"人们的困难与艰辛，但这并没有影响其诗歌整体上展现出的乐观情调，他的诗歌里流淌的依然是坚毅的信念和不屈的意志，以及对生活的渴望与希冀。"——来了 第一支风尘仆仆的队伍 / 第一群赤裸着肩膊的驮运者 / 腰，被沙袋压成弧形 / 艰难而坚定地走向湖心 / 泥水和歌声一道飞溅 / 飞溅出一个伟大的工程 / 一座栈桥 / 自此 盐湖不再寂寞 / 它朝向一切有炊烟的地方开放 / 给所有走不出冬的生灵 / 输送着热血和力量"。生活的信念，给了驮盐队伍勇往直前的勇气和力量，也造就了他们乐观、开朗、豁达的性格。但这并不是这些汉子们性格的全部，他们同样也心怀柔情，远离家乡的路途中，他们把对亲人的相思寄托在狂放有力的舞步中，"我们的乡思啊 / 在有力的舞步上 / 有力得象十二级大风 / 震醒了 / 因风的抽打和严寒袭击 / 而疲倦得垂着脑袋的山 / 从盐湖到家乡的 / 每一座山 每一条河 / 都追随着我们的舞步周旋"。看得出，诗歌着力塑造了一个驮盐队伍的群体形象。作者没有着力描写他们采盐、驮盐的具体过程，没有过多的客观化的具体描述，而是侧重于主体感受的展露，使得诗歌情感饱满，充满了感性色彩。这首诗的地域文化特色也值得我们关注。诗歌空间完全是在地域文化背景中展开的，许多意象、片段都是民族文化特有的因素，它们很自然地糅合在诗句之中，使得诗歌不但在艺术外形上属于地域文学，而且在精神气质上颇具民族特色。

[1] 《西藏文学》，1988年第4期。

《寻找驮牛群》[1]是加央西热描述藏北草原牧民驮盐生活的一首代表性诗作。这首诗歌在某些方面延续了《盐湖》所表现出的一些艺术内涵，如对地域风情的展现，对驮盐牧民乐观精神的颂扬；但这首诗歌却不是对《盐湖》的简单重复，而是一次深化与扩展。《寻找驮牛群》描绘的依然是驮盐队伍的草原经历，但选择的却是一个片段，因此表现范围更为集中。前面我们已经说过，加央西热写驮队的目的不在于展示驮队驮盐的具体过程和路途遭遇的种种艰辛，而在于展现驮盐队伍所体现出来的那种草原精神。在这首诗中，诗人对此作了更为鲜明的表现。为了突出驮盐人积极乐观、粗犷豪迈的性格特征，诗人选择了驮盐途中发生的一次事故为诗歌展开的线索，通过主人公对待这一事故的态度，来展现他们的性格特征和精神意识。驮盐牦牛在一次休息时跑散了，这对驮盐队来说可以说是致命的，因为没有牦牛这一重要的运输工具，驮盐的任务就会前功尽弃，寻找牦牛成了当务之急。诗歌没有描绘丢失牦牛后队伍成员的心理变化和态度，而是集中描绘他们寻找牦牛的过程。在寻找牦牛的过程中，他们并没有表现出失望的情绪，而是一边寻找一边欣赏眼前的风景。即便是花费了不少时间依然没有看到牦牛的踪影，他们也没有失去找到牦牛的信心，他们相信在草原深处的某一个地方一定会找到散失的驮牛。加央西热这样描写驮队成员寻找驮牛的情形似乎显得有些避重就轻，毕竟没有驮牛，对于驮盐队伍来说意味着一次失败。但以加央西热对草原生活的熟悉程度而言，他的描绘是有其用意的。我们可以认为这是作者刻意为之的艺术目的，以这种“曲笔之法”表现草原驮民的个性特征。乐观、豁达的性格已经培养出了他们处变不惊的心态，而这种处变不惊的心态反过来强化了他们乐观、豁达的性格特征。

相比之前的同类诗歌，这首诗歌的地域文化特色更为明显，作者在这方面表现出了更为自觉的艺术追求。对高原风光的描写更为开阔、雄浑，对民族文化习俗的展现也更为丰富细致，尤其是对草原牧民心理和精神世界

[1] 《西藏文学》，1988年第4期。

的描绘令人看到了西藏诗歌在艺术追求上所迈出的重要步伐。这首诗歌还有一个明显的艺术特征是充满了动感，这种动感使整个诗歌与自身所描绘的环境十分吻合，给人一种身临其境的感觉。

加央西热对草原怀有深情厚意，他把草原书写视为自己一生的使命，之后的创作中，草原始终是他笔下开掘不尽的精神矿藏。利用这一得天独厚的优势，加央西热创作了不少关于草原的作品，而新世纪初完成的长篇报告文学《西藏，最后的驮队》，可以说是加央西热对草原书写的一次总结性书写。

第五节　闫振中、杨从彪

闫振中[1]（1944—），笔名摩萨，出生于河南开封。1965年考入西藏民族学院攻读企业管理，1967年毕业，1969年起在拉萨市墨竹工卡县工作长达15年，1984年底调到拉萨，2004年退休。历任拉萨市墨竹工卡县委秘书、宣传干事，拉萨市委宣传部文教科副科长、科长，《拉萨晚报》社总编辑，西藏自治区藏语文工作指导委员会办公室指导处副处长兼《藏语文工作》杂志主编，《中国税务报》驻西藏记者站副站长，《西藏文学》杂志社副主编、主编等职。1973年开始发表作品。1982年与吴雨初、魏志远、洋滔三位诗友一起创立了“雪野诗”派。著有诗集《第三极牧歌》、散文集《西藏文化之旅》《西藏秘境》《西藏梦境》、长篇报告纪实文学《进藏英雄先遣连》《喜马拉雅丰碑》，收集整理编辑民间故事集《西藏民间故事》等。短诗《四季歌》获1980—1981年西藏自治区优秀文学作品三等奖；长诗《檀木姑娘》获1982—1983年西藏优秀文学作品二等奖；组诗《中国龙》获1988年中国·星星杯诗刊创作大赛一等奖；诗歌《老牧人之死》获1988年少数民族诗歌有奖赛优秀奖；《进藏英雄先遣连》获2009年西藏自治区党委宣传部“五个一”

[1] 又作阎振中，如《第三季牧歌》作者简介中“摩萨 原名阎振中”。

工程奖。

闫振中是个多面手，在从事报刊编辑及其他工作之余，既写散文，也写小说[1]和报告纪实文学，对于民间文学如《格萨尔》等也有较多涉猎；然而其最初发轫并引人注目的是诗歌创作。1973年初，诗人出差到拉萨。一个偶然的机会认识了《西藏日报》文艺副刊的编辑蔡本湘，他拿出自己随身携带的笔记本，上面写有几首小诗。没几天，他发现自己的文字在《西藏日报》上变成了铅字。这便是他的处女作[2]。此后，诗人一发不可收拾，将更多的精力放在了诗歌的创作上，迄今已创作了千余首诗歌，散见于全国50多家报刊。其中，既有政治诗、抒情诗、叙事诗，也有仿民歌和古体诗词，“第四代”“第五代”等现代诗风的探索在他的创作中也留下了明显的印迹[3]。叙事诗作《檀木姑娘》《美梅措与文顿巴》及诗集《第三极牧歌》是其代表性作品。

《檀木姑娘》《美梅措与文顿巴》均直接取材于西藏民间故事。

《檀木姑娘》[4]叙述的是藏族人民对强权暴政的不屈反抗。老木匠强桑的女儿琪美因不愿给国王唱颂歌，被豹头将军带领的官兵射杀。多年后，在埋葬琪美的地方长出了一棵紫檀树。强桑用这棵紫檀树按女儿的模样雕刻出一个美丽的姑娘。裁缝扎西见到后，给檀木姑娘缝制了一件彩裙，画匠格苏给檀木姑娘画出丰腴的肌肤，勇士索巴则用深情的六弦琴复活了她的灵魂。正当这对仇男怨女在苦难中倾诉衷肠时，早已埋伏在草丛中的国王的兵马将他们双双捉进王宫。国王企图以荣华富贵引诱檀木姑娘做自己的妃子，当他搂抱时，竟是一樽木头。国王恼羞成怒，下令戕害檀木姑娘。最终，

---

[1] 如《绿水青山》（见云峰等：《高原的春天》（小说集），西藏人民出版社1975年版）、《猎人的伤疤》（见《西藏短篇小说选》，西藏人民出版社1984年版）。

[2] 夏荷：《摩萨其人》，见韩燕、白朗主编：《西藏当代文化名人》，第432页，四川文艺出版社1991年版。

[3] 李佳俊：《诗人，寻找你的位置——浅析摩萨的诗探索》，见李佳俊：《文学，民族的形象》，第307页，西藏人民出版社1989年版。

[4] 《西藏群众文艺》（汉文版），1983年第1期。

檀木姑娘吹旺大火，烧毁了王宫，并与勇士索巴结成眷属。这首诗构思精巧，剪裁得当，叙述优美，语言流畅凝练，整个诗篇使人读起来觉得情意盎然，特别是对索巴和檀木姑娘的塑造，感人至深[1]。

《美梅措与文顿巴》[2]叙述的是一对青年男女坚贞的爱情。两个古代藏族部落世代为仇，但两个部落的新一代——河西“辖”部落土司的女儿美梅措与河东“怒”部落土司的独生子文顿巴却产生了纯洁的爱情，当他们遭到反对和迫害后，双双以死殉情，并最终化身为茶与盐融合在酥油茶中，难分难解，永不分离。这首诗立意较深，反映了西藏历史上部落之间的争斗，歌颂了民族团结的精神。[3]

《第三极牧歌》由漓江出版社于1988年出版，收入53首诗歌。1982年，诗人与文友一道举起了“雪野诗”的大旗，诗风由早期民歌体和颂歌体的清朗转变为刻意的清俊和冷峭。1984年调入拉萨市后，现代诗情与民族之风和古典之气相互交融，诗人开始崇尚沉雄、高旷的诗风，追求澄净悠远、丰盈醇厚的美学境界，并随着视野的进一步开阔，注重思想与情感的充分对流，诗的骑士风度逐步向现代人真实感情转移。哲学的静穆、生命的顿悟、雪域西藏的神奇、神秘、神圣交织于笔端。[4]通过聆听闫振中的“第三极牧歌”，我们能够清晰地看出诗人经过反思的裂变。那从浪峰滑向浪谷的轻盈的牛皮船，那巍峨的山峦在夕照中悄悄合拢，蕾一样禁锢着花，花心里躁动着开放的欲望的寂寞之夜，那挺拔雄壮、耸入云霄、可望不可及的

---

[1] 克俭:《青藏高原上的回族诗人: 摩萨与王度》,见宁夏大学回族文学研究所编:《回族文学论丛》（第1辑），第125页，宁夏人民出版社1990年版。

[2] 见《叙事诗丛刊第3期 民间叙事诗专集》，河南人民出版社1982年版；《西藏群众文艺》（汉文版）1983年第1期摘登；《西藏文学》2014年第3期（题名《美梅措与文顿巴——取材自西藏民间故事〈茶和盐的故事〉》，相较1982年版本，2014年版在文字叙述上作了较大改动，但故事情节基本未变）。

[3] 克俭:《青藏高原上的回族诗人: 摩萨与王度》,见宁夏大学回族文学研究所编:《回族文学论丛》（第1辑），第125页，宁夏人民出版社1990年版。

[4] 夏荷:《摩萨其人》，见韩燕、白朗主编:《西藏当代文化名人》，第434页，四川文艺出版社1991年版。

大雪山，那淳朴敦厚的藏族阿妈，那情意绵绵的多情姑娘……诗人站在新的美学高度，调动自己的艺术才华，摒弃一般的描摹生活和反映生活的艺术观，给自己的诗插上了想象的远走高飞的翅膀，赋予敏睿智慧的空灵和令人眼花缭乱的隽丽，显示出一种强大的力度和历史的包容量，深沉、雄浑、壮阔，洋溢着一种阳刚之美。“我是大草原的一匹野马 / 是雪山内脏之火哺育的精灵 / 我的高昂的头　体现着 / 高山峡谷不加修饰的高贵 / 用阴峻的凌厉的目光 / 将大草原黑沉沉的岁月穿透 /”（《野马》）“猎人向着多雪的黑森林 / 走去　他凭着 / 一把弯刀狩猎 / 大峡谷因雾遮云壅而漫长 / 喝一口酒 / 就一首冬藏的歌 //”（《猎人》）“可他　你能将所有的灾难和风暴 / 踏灭在蹄下　当他的马鬃 / 从云天的常春藤上掠过的时候 / 马头又会崛起大草原昂奋的历史 / 这男子汉的胸膛 / 任所有季节的浪潮拍击 //”（《羌塘汉子》）同时，诗人撷取雪山草原一些物质和精神的形象，进行深刻的思辨和反省，上升为哲理，在造成“阳刚之气”的同时，也赋予“阴柔之美”。“寂寞是羊儿吃草的声音 / 寂寞是白云的诉说 / 假如大草原没有寂寞 / 牧人就没有那许多爱 / 就没有那许多歌……”（《寂寞》）“雪山静着智慧 / 白云静着轻柔 / 我的目光也静 / 静着的是探询——/ 征一个奇观于无生处 //”（《静》）“如新鲜的少女初隆的乳峰 / 两座冰山 / 月光下耸起晶莹的妩媚 / 谁说不是呢 / 沉静的少女都是这般脉脉含情 //……每朵云都会附吻那些峰头 / 峰头在月下含蓄地挺着……//”（《冰峰》）宗教在闫振中的诗中也有体现，但诗人并不对宗教本身做什么评价，不做先入为主的批判状，也不发悲天悯人的感慨[1]，而是在客观的呈现中让读者去挖掘和思索一个民族成长的历史和人类存在的本身。“每一盏佛灯 / 都是一个太阳 / 闪闪烁烁 / 经堂里 / 排列着许多宇宙 // 世界如此之大 / 须弥山是一尊红柱耸立 / 三十三层天 / 有六道轮回 / 四个部洲 / 七大圣湖 / 都被那些金塑的佛祖占据 // 人在哪里 / 人在哪里

[1] 克俭:《青藏高原上的回族诗人: 摩萨与王度》，见宁夏大学回族文学研究所编:《回族文学论丛》（第 1 辑），第 124 页，宁夏人民出版社 1990 年版。

/ 佛祖执着明灯寻找 //”（《佛灯》）“月色冰冰 / 灯光融融 / 鬼也醒着 / 神也醒着 / 只有人在怔怔地瞑目”（《经堂》）“他倒在朝圣的路上 / 倒成一个疲倦的、永恒的微笑 //”（《朝圣者》）。

综观闫振中的诗歌创作，立足于西藏大地，具有质敛、冷峭、刚劲的艺术风格，有意追求“男人气息”“硬汉气概”和“雄性意识”，回荡着一种阳刚壮美之气，并给人以恢宏、苍茫、混沌的意象感。在题材撷取上，醉心于古朴、博大、壮美的客观物象。情感抒发和形象塑造上，倾向于情绪的大幅度跳跃和意象的叠加，多角度、多层次地动态化地描绘景物，并寓理性于空灵之中，注意形象的象征性和暗示性。语言则偏重于用凝重、坚硬、冷峭的词汇，透出一种冷艳、峭拔之气。

杨从彪（1947—），笔名洋滔，出生于四川达县。1965 年参加工作，在四川达县管村公社民办中小学任教。1973 年后历任西藏拉萨小学、中学教师，拉萨市教体委教育科干部，《拉萨晚报》副总编辑，拉萨市文联党组成员、秘书长，拉萨市作协副主席，《拉萨河》汉文版主编等。1965 年开始发表作品。1993 年加入中国作家协会。系西藏自治区作协第一、二届理事，中国通俗文艺研究会会员，中国散文诗协会理事。著有诗集《驭马手》《多情的世界》《崛起的珠峰》《雪海》《西天最后一片净土》（合集）等，编撰报告文学、诗集十余部。曾获西藏文学创作十年奖（1985—1995），两次获拉萨市政府最高奖圣地文艺奖等。

20 世纪 80 年代西藏诗坛有两个引人注目的诗团，一个是魏志远、吴雨初、杨从彪、闫振中、马丽华、嘉措、加央西热等人发起的雪野诗；一个是杨从彪、闫振中、陈亮等人发起的雪海诗。无论是雪野诗还是雪海诗，杨从彪无疑都是其中的主将。

杨从彪早期的诗歌偏重借鉴传统诗歌的表现手法，内容多为生活和政治的抒情诗，且具有较浓厚的民歌风味。如《山乡素描》组诗：“青稞苗变

成你绿油油的青丝 / 果树林是你绚丽的衣挂。// 日月星辰为你佩起灿烂的明珠，/ 多情的白云给你披上柔曼的轻纱”（《给山理发》）；“吞吐风暴，撕吃云帷，/ 把累了的太阳搂在怀里睡。// 星星惊叹你的无比雄伟，/ 月亮为你的奇异而干杯。// 而我们呢，岂能望而生畏，/ 要比试比试到底哪个神威——”（《山鹰岩》）；“闪吧——朝霞的结晶，/ 流吧——香甜的味道。// 请风品品：有多香，/ 让云看看：有多好”（《摘苹果的时候》）；“每一张笑脸都象鲜花。/ 每一支歌儿都象大江。// 舞姿里亮着坦荡的舒服，/ 歌声梳理着一天的力量”（《晚会》），均以两句为一节，句式整齐，层次清晰，韵律流畅，画面明朗。再如《眼睛——献给青年》，以四句为一节，共分八节，主要是赞颂和劝勉青年勤奋学习。“你的秋波流出了神韵，/ 是那样深深地把我吸引，/ 我愿在这波浪里游泳，/ 游到心岸撷取爱的结晶”，但诗人又发问：“昨天，你的话儿热得发烫，/ 把我初放的情鸟引向迷惘，/ 今天，盛开的鲜花顿时枯萎，/ 是谁偷走了你那炽热的眼光？”诗人对此难以理解，心生疑惑。“这是两汪深沉的大湖 / 湖波里浅藏着一对珍珠，/ 珠光在贪婪地追求知识，/ 要把它溶注于青春深处”。原来主人公是在知识的海洋里汲取力量，是勤奋拧成缕缕红丝将她的眼球绕满。这眼球上的血丝，是用智慧织成的一张大网，要网起一串串丰收。“这是一对双管导弹口，/ 爱和恨的合金把它铸就，/ 别看它有着不眠的静谧，/ 只是没到爆发的时候”。多么奇特的联想，又是多么生动的比喻，难怪诗人最后情不自禁地写道“这里是生产情感的车间”。

其后，在现代诗潮的影响下，杨从彪的诗风也一度追求新变。他与友人一道发起倡立“雪野诗”和“雪海诗”，认为“苍茫、空古、怪僻的雪海，能生长无数的遗憾，生长佛的灵性，生长孱弱的格桑花和傲横的太阳，也一定能生长出象样的诗来”，他们“崇尚沉雄、高古的诗风，追求魔幻而簇新，诡奇而醇厚的美学境界”[1]，并宣称要“用自我的心灵的烈火，炼出生活的真善美，抨击假丑恶，表达强烈的喜怒爱憎”[2]。在这一思路的影响下，杨从彪的诗歌开始更多地关注西藏的地理历史文化，和隐藏在日常生活背后的民族成长性格及人性的悲喜。如《格萨尔王》《仓央嘉措》《青年喇嘛加措》《阿爸》《醉汉》《当雄草原上的老汉》《达娃》《西部草原上的男人》《骑手》《牧人》《征服》《残碉楼——一个王朝留给子孙的遗物》等。作者写“喝酒是草原上男人们的嗜好 / 酒所燃起的火焰属于野性 / 是战胜寒冷的宝剑 / 他们可以没有酥油没有奶茶 / 没有皮袍没有女人但不能没有酒”（《西部草原上的男人》）；写“性格的粗犷 / 赢得了细腻的爱 / 无谓的拼搏 / 才有鲜花的敬慕 / 畅饮三碗藏酒 / 又飞跃起来了 / 马，在淌汗 / 脖子上飘扬的哈达 / 紧系信任和赞声”（《骑手》）；写“那群狼恨死了你 / 而一碗碗藏酒 / 总是为雄性的胆量助兴 / 使你成为草原权威的主宰者”（《牧人》），诗歌写得恣肆张扬，读来让人热血贲张。然而作者更多地是以沉静的笔调抒发对历史和民族的思考，且往往通过老人这一意象将昨天、今天和明天联系起来，引发人的纵向思索。如《阿爸》中的那位被天葬师仅用十分钟就解剖完的阿爸，“日子越来越疲倦 / 小花猫的叫声老了 / 它兴奋地咬你的脚 / 小孙孙的哭声老了 / 你回味草原陌生的勇气”；《老人》中那位由一场夹杂着雪暴的峡谷风把他从阿妈肚子里接到这个高寒乐园的老人，“他呼吸着蓝色的透明的空气 /（没有污染的空气 / 与文明世界隔绝的空气）/ 他从来不过问小河沟以外的人们 / 而小河沟以外的人们 / 倒密切地关注着他呢”；《当雄草原上的老汉》中的那位雪海的儿子，“他是雪海的儿子 / 雪海是他的摇篮 / 他吃原始社会遗留下来的青稞 / 从没喝过啤酒。”“他是孙孙的好朋友 / 他讨厌儿子的迪斯科 / 也白眼儿媳的高跟鞋 / 孙子七岁上学去了 / 他更加沉默 / 沉默成一尊岩石 / 天空幽远了往事”。是的，他是雪海的儿子，雪海是他的

[1] 《雪海诗宣言》，见徐敬亚等编：《中国现代主义诗群大观 1986—1988》，第 391 页，同济大学 1988 年版。

[2] 《雪野诗编者语》，《西藏文艺》，1983 年第 1 期。

摇篮，但“他终于没有长大 / 在摇篮里睡着了 / 再也没有醒来”，令人不由引发更多的思索，乃至对人的生活和生命本质进行探寻。

经历了“雪野”与“雪海”的一番骑射逐猎，杨从彪对诗的理解似乎有了新的认识，更加注重诗的平民意识和口语化叙述。无事不写诗，无情不写诗，无理不写诗。真切地展现他所经历的生活画面，采取客观化的审美和叙述态度，追求生活的原生魅力，展示生活的原生状态，坚持创作的平民立场，表达他对生活的感悟，有哲理但不艰涩抽象，有细节而不琐屑繁赘，看似平淡却有深意，形似通俗却又内涵雅趣。特别是一些承接他一贯亲情书写的作品，通俗浅近，内蕴真情，读来深切感人。如《二月二十日晨记》：“我和妻儿走过张家湾梁上 / 过了那道梁 / 我再也看不到母亲了 / 于是往回走了几步 / 只见送行的人们都回家去了 / 唯独母亲站在那棵桉树下 / 她孤零零地站着 / 一动不动 / 我的心好酸 / 好疼 //……我是一个有罪的儿子 / 难以尽到自己的责任 / 母亲八十个春秋 / 凋零成暮冬 /……// 啊母亲 / 我会按你说的去做 / 做一个真正的——人”。再如《我走了，妈妈》：“我走了妈妈 / 我要去远方 / 去远方做事你千万别流泪 / 泪会濡湿你身边的小太阳你的小孙孙 / 不要让殷殷抽泣咬伤了他甜蜜的梦呓 /……妈妈我把心儿留给你 / 你会感到慰藉和欢快的 / 孙儿是你儿子活生生的立体像我不骗你 / 妈妈 / 你要散步他就是的拐杖 /……我走了妈妈说实在的我心里真难受 / 一滴滴思念落在你手上又凉又疼 / 你将它滋润的新芽移植于雪野”。这是诗人献给母亲献给家乡的发自于肺腑的深情，没有任何刻意的雕琢，没有呼天抢地的呐喊，全是不加修饰的白描和毫不掩饰的直抒胸臆。再如《寄妻》（之二）[1]：“从南方的南方这部风景片里 / 从夏天的夏天这页火热日记中 / 我就要带一丛黑胡碴回来了 / 啊妻子，我年轻的妻子 / 你不要为我准备氧气袋 / 我的头不会痛 / 但呼吸一定很急促 / 用电炉烧一桶水吧 / 我要洗去久久的苦苦渴念”。

[1] 《崛起的珠峰》（1987）与《亲情》（2009）均收录有此诗，但文字略有不同，本处选用《亲情》。

诗人表达了久别妻子的一种情感独白和真切感受，没有“牛郎织女”生活的真实体验，是难以写出这么动人的诗句的。

总体说来，杨从彪始终以一颗赤子之心书写着西藏、家乡和亲人以及这个时代的社会生活。他的诗歌语言通俗晓畅，力扬民间价值和平民精神，以现实主义的低吟浅唱凸显人文关怀，以沉实深情的浓墨重彩彰显地域文化色彩，为我们深入浅出地勾画出了高原生活以及人的内心世界的丰富多彩和亲情的光彩夺目。值得一提的是，杨从彪在搞好创作的同时，还努力做好编辑工作，发现了一批作家、诗人，并是西藏诗坛十分活跃的组织活动家，为西藏文学的繁荣发展作出了贡献。

第六节　蔡椿芳

蔡椿芳（1964—），笔名阿石、于斯，出生于湖北新洲县。1980 年考入郑州高射炮兵学院通信专业，1983 年毕业进藏，在西藏某山地旅任职，1988 年调至西藏军区创作室，历任西藏军区政治部文学创作员、中国作家协会西藏分会副主席。1993 年转业后在四川成都某厂从事宣传工作，1996 年被聘为四川省巴金文学院创作员。著有诗集《岗仁布钦及其它——蔡椿芳诗选》《降临》等。

在 1980 年代的西藏诗歌创作领域，蔡椿芳是一位高产量的诗歌创作者，且他的诗歌在艺术追求上也有着自己鲜明的倾向。与其他诗人相比，他的诗歌似乎与当时的西藏文坛有着相当的距离，既没有浪漫主义式的颂歌，也不像“雪野诗”对地域文化特色的刻意渲染和对现代主义表现手法的绚丽演绎。收录在诗歌集《岗仁布钦及其它》中的五十余首或长或短的诗歌看上去似乎与 1980 年代的诗歌创作主潮没有多大的联系，也就是说，我们从他的诗歌中几乎看不出它们所产生的时代背景。这种回避时代风潮的创作追求并没有使得蔡椿芳的诗歌失去自己的艺术价值，反倒呈现 1980 年代西藏文坛多元化的创作状况。阅读蔡椿芳的诗歌作品，尽管我们不能说其诗歌因为“独辟蹊径，自成一格”而具有很大的艺术价值，也不能说这些诗歌因不随大流而在艺术水准上比其他作家的诗歌高出一筹，但他的这些“孑然独立”的诗歌作品，在1980年代西藏诗坛有着自己独特的审美风貌，能够让我们看到诗歌创作的多种可能，以及生命存在的多样性。

蔡椿芳的诗歌虽然回避了带有普遍性倾向的颂歌模式和地域文化书写风潮，但在对那些不起眼的事物的描写、刻画方面，却很有独到之处。蔡椿芳的诗歌留给人的第一印象是对客观存在物复制般的刻画、再现。诗人喜欢把自己看到事物，不管是人们生产劳动，还是自然万物的变化，以及田野街头的瞬间景象，都会用具有“实录”意味的笔触复制下来。由此，在他的诗歌里，可以看到千百年来静默如斯、高耸入云的巍峨大山，奔流不息、亘古不变的无声河流，像化石一样凝重古老的石头、泥土，充满力量与生机的牲畜和庄稼，广阔无垠的草原等；也能看到在田野里辛勤劳作的男男女女，出没于深山大林里的威武的猎人，不辞辛苦虔诚朝圣的佛教信徒，游荡在八廓街的各色行人，以及毫无怨言地坚守在工作岗位上的工人兄弟……可以说，蔡椿芳的诗歌笔触，几乎扫描了能够进入眼底的所有物像。把他的诗歌并接起来，就是一幅天地人万物共存的巨型画。

蔡椿芳对生存万象的复制与再现，并不是一种毫无主观介入的客观行为。虽然他的诗歌的确在情感流露上非常内敛，在观念意图的表达上相当含蓄，但他的诗歌在内敛与含蓄中还是透露出了诗人对笔下万物的情感投入和理性思考。在情感上，蔡椿芳对出现于自己笔下的各种事项都怀有一种真诚的敬意，对于他们的存在形态与行为方式，给予了足够的尊重，从不在诗歌中评头论足。这是他诗歌只注重客观描述所产生的一种艺术效果。情感上的内敛与敬意限制了诗人对客观对象进行直接评述，也限制了诗人表达个人对客观物像的看法与认识。但这并不意味着诗人完全放弃了对自己笔下的描写对象的智性思考。在看似不动声色，甚至有些冷静的描绘中，其实包含着诗人周围存在的事物的整体性认识。这种认识就是，一切存在都是自然而然的。就像命中注定的一样，任何事物以这样或那样的模样或方式出现在特定的环境中，都是不需要理由的，都是可以接受的。这就是诗人对自己身处的万物世界的一种体认。《阳光雨》是这种体认的集中表现:

“所谓阳光雨 / 就是有阳光的时候 / 也有雨 / 有雨的时候 / 也有阳光 / 阳光与雨一起落下 / 所谓阳光雨 / 就是这样 / 就是你走在夏日的高原上 / 走在简易铁皮房子之间的时候 / 分不清敲击铁片的沙沙声 / 是阳光的声音 / 还是雨的声音 / 也分不清打湿衣服的 / 究竟是雨水还是阳光 / 所谓阳光雨 / 就是这样啊 / 有歪歪斜斜的小雨的时候 / 也有白白净净的阳光 / 使你抬起头来 / 看天空的那一瞬 / 眼中有阳光 / 也有雨水”

阳光雨是什么？所谓的阳光雨就是有阳光的时候也有雨。按照常规的理解，这样的解释显然是一种毫无意义的解释。但诗人却自以为是地不断解释。不是诗人智力思维上出了问题，这显然是有意为之的审美行为，或者说诗人刻意以这样一种语义循环的解释来表明自己的立场：阳光雨本质上是什么并不重要，重要的是它就以这样一种方式存在着，你能感受到它的存在就行，仅此而已。在此种认知观念的指引下，世界万物的存在也就无所谓好坏、利弊，因为他们随时都是可以转换的。再如《为哲蚌寺门口一位盲人喇嘛题句》：

“你不知道太阳已经落下去了 / 你还在哲蚌寺的门口坐着 / 诵经 / 人们纷纷赶回家去 / 因为黑夜 / 就要来了 // 多么好 / 你看不见黑夜的来临”

蔡椿芳的诗歌往往在漫不经心的描述中，透露出具有哲理意味的人生感悟。这种不直接言明诗歌寓意的内敛式感悟，对读者来说是一个很大考验，因为很多时候，这样的诗歌留给人的印象是平淡如水，似乎仅仅是语言词语的简单堆积。

蔡椿芳的诗歌在艺术特色方面最显著的特征是语言的直白、简洁。蔡椿芳的诗歌语言很少有修饰性的形容词、副词，此类词语的缺乏意味着诗人对我们非常熟悉的修辞手段，如比喻、夸张、拟人等的摒弃。诗人追求的是把进入自己眼帘的客观事物尽可能以原本的面目清晰地展现出来，而不在乎语言本身丰富的审美因子，也不在乎诗歌因为语言的直白、简洁而失去丰富的艺术文化内涵。即使是对大自然风景的描写，他的诗歌中都难得出现修饰性的语言。看得出，在语言的直白、简洁方面，蔡椿芳做得相当彻底。比如《土河》：

“土与河是一种颜色 / 都很黄 / 我都分不清岸和水了 / 牛皮船这时 / 就象搁在土上一样 / 斜成 45° 的阳光 / 温暖地涂着河面 / 河面很静 / 如秋天深翻之后的土地 / 你坐着没动 / 躯体亦如黄土堆积而成 / 而牛皮船就象 / 搁上黄土一样 / 粘住不动 / 在西部七月的下午 / 你总是这样 / 收起木浆 / 一直等到看不见太阳”

这样的语言表达方式中，我们看不到同时期西藏诗歌在描写类似的自然景物时，经常遇到的诸如高远、宏阔、坚毅、古老、深沉等充满了诗人主观化情绪体验的词语，相反，整个诗歌完全用一种通俗直白，看上去毫无诗人主观意绪的词语组合排列而成。

与语言直白、简洁相适应的艺术特征是语调平静、节奏舒缓。蔡椿芳的诗歌语调和节奏就像在平地上流淌的液体一样，既没有喧嚣也没有曲折回旋。这种语调和节奏与诗人所要客观清晰地展现事物存在的“本真”状态的艺术追求相吻合，也透露出了诗人个人对静态隐秀之美的偏好。

阅读蔡椿芳的诗歌，很容易能够让人想起 1980 年代中后期在内地诗坛大张旗鼓的第三代诗歌。现在还没有明确的线索证实蔡椿芳是否受过第三代诗歌的影响，但就他的诗歌所表现出来的艺术特征和主题意旨，与第三代诗歌有着很大的精神内质与艺术特征上的相似性。第三代诗歌在艺术追求上的那些主要特征，在蔡椿芳的诗歌中几乎都存在。比如语言的直白、语调的平和随意、节奏的舒缓、情感的内敛，对诗歌宏大主题的摒弃拒斥等。唯一不同的一点是，中国内地第三代诗歌的降格程度更为彻底，对世俗物象的表现带有无所顾忌的玩世不恭的态度，以至于低俗无聊的场景和阴暗萎缩的心理展示常常出现在诗歌当中。反观蔡椿芳的诗歌，在降低诗歌的宏大意味的同时，却没有滑向低俗无聊，语言始终干净整洁，情绪心理处于健康常态之中。因此，在一定程度上，可以把蔡椿芳的诗歌看作是对中国内地第三代诗歌的呼应，但其区别也是存在的，不能混为一谈。

第七节　杨泽明、周长海、杨晓敏

杨泽明（1940—），出生于重庆大足县。1957年参加中国人民解放军，1959年入藏，1963年授予少尉军衔、1988年授予大校军衔，历任战士、班长、排长、干事、处长、成都军区政治部创作室创作员等职。著有诗集《高原短歌》（合著[1]）、《雪域，那闪光的星座》《唐柳——杨泽明诗选》，散文集《画的长廊》，报告文学集《西海无岸》（合著[2]）、《壮士横戈》等。

杨泽明是从20世纪60年代开始逐渐成长起来的雪域军旅诗人，他的诗在题材选择上更多的是把戍边士兵作为抒情的主体，把人民群众作为歌颂的对象，把审美的笔锋转向对大自然的拜谒。在创作中，他坚守传统的艺术表现手法，同时注重吸收民族民间文学的营养，注重真情实感，于诗中直抒胸臆，很少朦胧和故作现代派的高深莫测，诗风简洁明快，清新俊朗。如《山路歌》[3]：

“喜马拉雅 / 山路弯弯 / 挂在危崖上 / 悬在银河边——/ 有的细如线 / 山风常吹断；/ 有的巴掌宽，/ 冰雪常堵严……// 莫道山路险，/ 坎坷又高远！ / 战士守边陲，/ 铁脚扣雄关；/ 步步响春雷，/ 声声震敌胆；/ 挥汗溶冰雪，/ 山花喷火焰。// 休说山路窄，/ 大道铺胸间！ / 战士舞铁镐，/ 云中造梯田；/

[1] 凌行正、杨泽明：《高原短歌 诗歌集》，西藏人民出版社1974年版。

[2] 杨泽明、张泗琪：《西海无岸》，解放军文艺出版社1999年版。

[3] 《山花》，1979年第7期。

播下冬小麦，/ 撒下歌满山；/ 辟出金光道，/ 开出“南泥湾”。// 喜马拉雅 / 山路弯弯 / 彩霞托旭日，/ 红星映蓝天；/ 漫山涌金浪，/ 珍珠铺路面；/ 山高志更高呵 / 一步一层天！”

文字简洁，句式精短，排列整饬，节奏铿锵，情调欢快，很好地表现出了战士不畏艰险困苦，要“辟出金光道，/ 开出‘南泥湾’”，“山高志更高 / 一步一层天”的美好情怀和豪迈气势。《升旗》[1]一诗则以庄重豪迈的语言写道：“我们在威严的喜马拉雅，/ 持枪立正在五星红旗下，/ 昂首向伟大的祖国致敬，/ 骄傲地告诉亲爱的妈妈——/ 草原没少一颗小草，/ 森林没丢一根枝桠 / 花圃没少一朵蓓蕾，/ 田野没丢一粒泥沙……”，表现出了战士戍边卫国的崇高担当。再如《边地晨唱》[2]：

“绿色的哨棚矗立云霄，/ 刺刀在山巅晨曦中闪耀；/ 哨棚旁边一挂飞瀑，/ 汇成谷底溪水萦绕。溪水长流，永不枯竭，/ 满河浪花，一路欢笑 !// 藏族姑娘来河边背水——/ 吉祥的孔雀欢快灵巧；/ 辫梢的丝穗在晨风中飞舞，/ 彩霞在波光里飘呀飘……/ 草尖上的露珠儿晶莹圆润。/ 山溪的晨唱格外清新美妙：/‘背水的藏族阿妹呀，/ 你早呵！你早，你早……/ 绿色的哨棚，雪亮的刺刀，/ 护卫着你的牛犊、马驹、羊羔……。’// 藏族阿哥来河边饮马——矫健的雄鹰飞出山坳；/ 狐皮帽下闪着喜悦的光亮，/ 鞭梢的红缨在白云中摇呀摇……/ 马蹄踏着昂扬雄浑的旋律，/ 山溪的晨唱似嘹亮的号角：/‘饮马的藏族阿哥呀，/ 你早呵！你早，你早……/ 绿色的哨棚，雪亮的刺刀，/ 为你的马群挡住严寒、霜雪、冰雹……。’// 藏族阿妈来河边的磨房磨糌粑——/ 清晨的蜜蜂聪慧勤劳；/ 晨风吹散额上刀刻般的皱纹，/ 欢乐在浪尖上跳呀跳……/ 柳树丛中的磨房浴着晓雾，/ 山溪的晨唱陶醉了枝头的小鸟：/‘磨糌粑的藏族阿妈呀，/ 你早呵！你早，你早……/ 绿色的哨棚，雪亮的刺刀，/ 捍卫着你家门前的果树、青稞、红荞……。’// 藏族阿嫂来河边的

[1] 《西藏文艺》，1980 年第 1 期。
[2] 《山花》，1979 年第 9 期。

电站上班——/她呀！将用电把生活的美酒酿造。/让电力快去参加铡草、炼乳、剪毛……/ 让穷乡僻壤的人们向前跑呀跑……/ 轻盈的脚步跨越世纪，/ 山溪的晨唱把金色的电站拥抱：/‘电站的藏族阿嫂呀，/ 你早呵！你早，你早……/ 绿色的哨棚，雪亮的刺刀，/ 保卫着你的电杆、电线、电表……。’// 绿色的哨棚高高地矗立云霄，/ 雪亮的刺刀引出灿烂的晨光万道；/ 山中的飞瀑——晶亮的汗珠，/ 战士心上的泉眼热浪滔滔：/ 溪水哟！淌着金，流着蜜……/ 浪花呀！荡着歌，闪着笑……”

作者采用拟人和重复的修辞手法，通过“藏族姑娘来河边背水”，“藏族阿哥来河边饮马”，“藏族阿妈来河边的磨房磨糌粑”，“藏族阿嫂来河边的电站上班”四个场景，以及“你早呵！你早，你早……”和“绿色的哨棚，雪亮的刺刀”的不断重复，一唱三叹，回环叠唱，反复渲染，使得全诗充满轻松活泼的韵律感，从中我们不仅能感受到边疆军民的鱼水之情，也能领略到藏族同胞们在新时代欢快的生活和崭新的精神风貌。

此外，杨泽明还有一些诗篇描写了西藏高原的自然风物，并在其中寄寓深情和对西藏民族历史文化的体悟。如赞颂高原生物的《牦牛》[1]：“山岳般的体态 / 山岳般的气概 / 高原上移动的山峦 / 雪海里有生命的船 / 伴着日月星辰 / 驮起西藏的富饶 / 驮起金山银山 / 呵！牦牛 / 任路远山高风雪弥漫 / 任脊背上的负荷沉甸甸……/ 低垂首默默稳步前行 / 蹚过道道冰河，翻过重重云山 / 唯有颈上的铜铃 / 禁不住在云里雾里震颤 /‘叮叮咚咚，叮叮咚咚……’/ 合着藏胞粗犷的山歌 / 响遍草原，摇撼雪山”。这些牦牛“听从召唤 / 走向田野 / 耕耘播种 / 辛劳不歇 / 啃着枯草 / 咀嚼苦涩 / 走过秋冬春夏 / 在苍穹下跋涉 / 驮起山岳、炊烟 / 驮起糌粑、茶叶 / 突起粗犷的山歌 / 稳步爬冰蹚雪 / 驮着军粮 / 穿过雪夜 / 追赶星辰 / 跨过沼泽 / 献出奶汁、奶酪 / 献出皮毛、鲜血 / 这一切都是默默地 / 默默地是它的品格 / 啊！牦牛，默默

[1] 见杨泽明：《唐柳》，第 31—33 页，成都时代出版社 2002 年版。另《牦牛》，《西南军事文学》，1991 年第 3 期。

地 / 使我眼圈发热”。从牦牛的形象中，我们仿佛可以看到一个民族的负重前行，又仿佛可以看到那些为了西藏的和平解放和现代化建设，为了人民的幸福自由生活而默默付出的伟岸身影，他们也如同牦牛一样，听从召唤，默默地奉献着自己的一切。

周长海（1947—），出生于陕西西安。1975 年开始学诗歌，1978 年后学写散文诗，曾任西藏军区文学创作员。

周长海在诗歌艺术风格和艺术精神上，同早期的另一位军旅诗人杨星火既有相同之处，也有着明显的差异。对西藏社会主义建设的热情歌颂和热烈期盼是二者的共同之处。作为一个在革命年代成长起来的革命军人，周长海怀有天然的献身祖国边疆的奉献精神，因此当他看到高原西藏的巨大变化时，往往会抑制不住自己的情感放声歌唱。这与当时的众多诗歌在情感基调上是一致的。但他的歌声显得比较含蓄、委婉，这使得他的诗歌在当时的艺术氛围中，显示出了独树一帜的艺术风貌。周长海喜欢借助对自然物的细致描写来抒发情感，在他的诗歌中经常会出现“河流”“秋色”“初春”“雪山”等自然客观物象，诗人往往就是通过对这些客观物象的主观化描绘来表露自己内心感受，抒发赞美社会主义新西藏的美好感情的。在诗体上，周长海倾向于用散文诗，从而使得其诗歌在句式上显得更为自由，情感的流淌也更为舒缓。组诗《亚东秋》是这方面的代表作。

《亚东秋》[1]由《亚东河的秋歌》《金樱子》《工间休息》《中秋月夜》《五彩的围裙》五篇散文诗组成。诗歌通过对亚东秋色的描绘，歌颂了祖国边疆的大好河山，表达了对边疆山水林木的热爱，同时讴歌了为建设美好边疆而勤劳工作的各族人民。在这首诗中，我们大致可以领略到周长海对景物描绘的简练细腻和情感抒发的舒缓凝重，以及借景言志抒情的艺术情致。如在《五彩围裙》中，他把草原喻为山峰的绿袍，把亚东比喻为绿袍上的围裙，

[1] 《西藏文艺》，1978 年第 3 期。

然后写道："五彩的围裙啊，你有霜叶的紫红，有松杉的苍绿，有山花的米黄，有菜园的粉绿。那金黄色的，是河畔晒杆上搭满的青稞，那玫瑰色的，是秋日早晚山腰的云霓……这斑斓的色彩啊，由条条关山新路细心地缝连在一体。"这段"色彩斑斓"的描写很容易把人带入一个梦幻般的意境，但作者如此精细描绘的目的并不仅仅在于勾勒美好的景色画面，也是为了写人——赞美那些守卫边疆的卫士和建设美好西藏的人民。《初春的拉萨》分别选择"夜色下的拉萨""河边的战士""电站大坝"为描写的对象，勾勒了圣城拉萨的妩媚动人和欣欣向荣的发展景象。细致的描写和柔和的抒情自然交融，读来别有情趣，印象深刻。《春潮与雪山》《雪山映着我们的军旗》[1]依旧延续的是之前的主题和风格，在抒情中表达了对美好未来的期盼。《思乡梦》[2]是一首在志趣和情感上均变化比较明显的作品，显示了作者艺术追求上的一些新动向。与以往抒发赞美现实生活、歌颂美好未来这种普遍化的"公共情感"有别，《思乡梦》展露的是高原战士自我的"个人私情"。诗歌以朴实、清雅的语言，舒缓情深的句式，表露了一个高原战士对故园故乡的深切眷恋，对幼年趣事饶有兴味的回忆。限于散文诗体裁形式的限制，作品无法展开详细的描述，但作者很讲究地选择了一个具有代表性的"乡村景观"，勾画了一幅农家生活风情图。傍晚时分，庭院外远处无边的、泛黄的小麦随风而动，庭院内三五枝石榴花儿探出墙头，小巷深处鸡鸣狗叫，红瓦屋顶上炊烟袅袅升起……入夜之后则另一番景象，大口吃着新产的西瓜、拿着鲜红的蜜枣，轻摇着蒲扇，看皎洁的月光、听蟋蟀鸣叫……一幅清闲自得、其乐淘淘的生活美景。这首诗作所表现的情感意蕴在当时的西藏文坛具有突破旧有规范的重大意义。在洋溢着激昂慷慨情绪的艺术氛围中，作家都把描绘社会主义西藏建设的火热场面和抒发积极浪漫的赞美、讴歌之情作为文学创作的既定旨意，"私人化"的情感则被理所当然地忽略、

---

[1] 《西藏文艺》，1979 年第 1 期；《西藏文艺》，1979 年第 2 期。

[2] 《西藏文艺》，1980 年第 3 期。

遗忘。当然在当时的思想文化氛围中，即使不遗忘，也是不能直接表现的。作为一位革命战士，周长海的身份和部队自身严密的纪律性，使得他的创作更是难以旁逸出既定的规范，所以他的绝大多数作品都严格遵循着抒发“公共情感”的既定模式。《思乡梦》的出现，可以说是一次具有“异端性质”的突破，它让我们看到了深藏在人们身体内部的复杂情愫。可以想见，这种突破是相当艰难的，也是矛盾重重的。其他原因不论，这主要体现在作者本身的思想认识上。坚定而纯洁的革命情怀使作家不能容忍这种带有“小资情调”的感伤情感左右自己的情感世界，影响自己对革命事业的坚定信念。但这种情感萦绕在心头是那样得难以驱除，欲罢不能，作家内心的矛盾斗争可想而知。对此作者倒也没有隐瞒，诗中的一些语句还是透露了这种难以取舍的矛盾心态：“雪山上的思乡梦啊，永远是天真的，美好的！但是，如此美好的梦境，我却一直咽在肚子里——我是没有勇气在这写着‘边疆为家’的营区里，把自己的思乡梦讲给别人听的。”这其实不仅仅是军营中的情感矛盾，而是社会精神风气左右下的全社会性的矛盾。也许是为了平衡“私情”与“公情”之间的矛盾，《思乡梦》在结尾处用雨后的彩虹把军营与故乡连为一体，“雪山彩虹啊，你使我想起那些从五湖四海汇集拢来的云片，往往是它们在把满腔激情献给边疆大地后，才让你出现在雨后复斜阳的天宇。”在这里，雪山彩虹作为军营的化身与作为故乡替代物的云片相连接，其实是诗人化解这一矛盾的一种手段而已。尽管《思乡梦》的结尾依然以“宏大叙事”给整篇作品定调，但其流露出来的背离“主流”的情感诉求却是无法掩饰的，它让我们感受到了突破陈旧规范的不易，但也告诉我们，再坚固的陈旧规范也会被突破的。

《思乡梦》之后，周长海又创作了一些散文诗作，但基本上回到了原来的路子上。热情赞美西藏的美丽风光和高原战士的美好情怀，继续履行一个革命军人的“艺术责任”。随着社会思想的转变，西藏文坛的审美风气也有所转变，周长海的创作也随之发生了一些新的变化。受“雪野诗”派的影响，周长海开始关注描写对象的地域特色，情感基调淡化了以往的浪漫色彩，由轻松愉悦的赞歌变成了深沉凝重的客观描绘，诗歌《木楼》《尼西弄巴河》《勒巴村印象》[1]等诗歌，就是这类作品中的代表。《木楼》紧紧抓住“矗立”在高山之下，大河之畔的居民住所“木楼”这一客观物相，视角从远到近，尽可能细致地描绘了它的样式、构造和特点，给读者呈现了一幅具有地域民族特色的风俗图画。《勒巴村印象》以简略的笔墨描绘了西藏高原的乡村景观。从远处的的高山密林，到近处的山路、木桥；从古老的生产工具，到现代化的电器设备；从淳朴的生活风气，到充满野性的生命力……一幅完整的高原乡村图景展现在了读者眼前。诗歌同样充满着强烈的地域特色和民族风味，诸如此类的描摹：山峦雪亮的锋刃砍断了木楼的退路 / 峡谷断然以陡岸拒绝田畴前去 / 于是——/ 盐巴、宗教、情歌 / 青稞、酥油、吠犬 / 女人的手镯，松耳石 / 男人的腰刀，鼻烟壶 / 习惯的传统的打趣 / 拗口的新鲜的名词……//”这些充满了异域色彩的意象片段，轻而易举地就把人带入到了地域风味浓厚的艺术境地。这与他之前的诗歌不论在主题上还是风格上都判然有别。当然，从大的规范而言，他的诗歌始终没有脱离颂歌的范畴，他的这类描写自然景观、风俗民情的诗歌，最后的落脚点依然是歌颂社会主义建设、歌颂社会主义新人新事，展望憧憬美好的未来。

杨晓敏（1956—），出生于河南获嘉县。1974年入伍，在西藏部队服役十四年之久。出版有诗集《雪韵》、小小说集《清水塘祭》、散文集《我的喜马拉雅》、评论集《小小说是平民艺术》《小小说阅读札记》等。任河南省作协副主席，郑州市文联百花园杂志社总编辑兼《小小说选刊》《百花园》《小小说出版》主编。

20世纪80年代初，军旅诗人杨晓敏开始在西藏诗坛崭露头角，借诗言志，

---

[1] 《西藏文艺》，1983年第2期；《西藏文艺》，1983年第2期；《西藏文学》，1984年第9期。

映照自身心灵的轨迹，之后转向小小说创作，以“精短的系列描绘时代画卷”，反映生活，展示高原，逐渐成为高原军旅文学中的佼佼者。

西藏人民出版社于1987年12月出版的《雪韵》，汇集了杨晓敏转向之前的大部分诗作，是一部唱给祖国、父老、战友、恋人和高原的歌集。恣肆的黄河铸就了军人的性格，明净的高原给了他色彩和激情，玲珑剔透，质朴无华中跳荡着一颗永不泯灭的童心，他的诗作显得别有一番趣味，“写农村的小河、葡萄、月夜，令人神往；写十年浩劫给天真少年带来的磨难，催人泪下；写边防战士在雪地里打滚嬉戏，叫人捧腹。”[1]

读杨晓敏的诗歌，“情”字当头，给读者强烈的冲击力。《哦，士兵》对战士舍一生自由，留万世英名无畏精神的赞美之情，《我从平原来》对中原腹地的眷恋与望而不得的惆怅之情，《祝妈妈生日快乐》感恩母亲的赤子之情，《恋》含而不露、哀而不伤的离别之情，《祖国，我心中的歌》保家卫国、碧血丹心的拳拳之情等，都颇具感染力。以“情”致胜在诗歌中并不鲜见，但凡打动人心的佳作，无不饱含深“情”，然而杨晓敏的创作，并不是单纯的复制热情，也不是对消极情绪的逃遁，而是诗人在理性与感性的结合下与万事万物的交融，他把感觉与情思藏匿在独特的、感性的意象背后，不浮夸对它的热爱，也不抑制对它的赞美，不愠不火、自然真挚，从而让他的诗作读起来妙趣横生、回味无穷。

这类以“抒情”为主的诗篇，在《雪韵》里占据极大的份量，诗人或借景抒情、或托物言志，对生活中存在的事物、景象，诗人并不作直接、袒露的形象描述，而是赋予他们浓郁的感情色彩，高原虹、风雪、雁阵、哨所……透过诗人细致入微的观察、捕捉和描摹，充满着情感的张力，借以描摹高原战士纷繁曲折的心路历程，并带来精神的慰藉：

“绿的叶片，是肩披的纱巾 / 鼓的苞蕾，是丰盈的胸脯 / 红的花蕊，是

[1] 李佳俊：《一个士兵的爱情——〈雪韵〉序》，见杨晓敏；《雪韵》，第3页，西藏人民出版社1987年版。

娇羞的唇纹 / 瞧，我真多情 / 一个扛‘七斤半’的大兵 / 居然也喜欢婀娜的维纳斯”（《窗台上那盆吊金钟》）

这首诗中，作者只字不提对少女的爱慕之情，却又在字里行间时刻流露出内心按耐不住的躁动。诗人选取了两类截然不同的意象代表，一类是含苞待放的“吊金钟”（少女），一类是扛“七斤半”的大兵（自己），反差之大，给读者带来视觉冲击力的同时，也带来内心的颤动。十四载军营生涯，十四个离家的春秋，思念与责任交织，追求与坚守并重，矛盾与挣扎，都化为三言两语的诗行，表情达意，吐露心声，蠢蠢欲动的“大兵”，在责任与义务的约束下，只能将满心的渴慕，化为“寒森的枪刺”，牢牢守卫心中挚爱的那尊“美神”，边疆战士强悍表象下柔软、细腻的情感体现得淋漓尽致。

另外一首《祖国，我心中的歌》里写道：“假如你是一棵参天大树，我愿做吮吸泥土的根须，把绿涌上你的冠梢 / 假如你是一条万里长河，我愿做分向田野的细流，去滋润干渴的禾苗……”这是杨晓敏对祖国爱的赞歌，诗中“根须”与“冠梢”，“细流”与“禾苗”，“基石”与“云霄”这些相依相偎又相对的意象群充分象征了边防战士与祖国之间的深情厚谊，只有根须扎得更深更牢，大树才能越长越旺，带给世间更多的荫凉，整首诗一气呵成，直抒胸臆，绝无夸大做作之嫌，与舒婷写给恋人的《致橡树》有异曲同工之妙，是否在将士的心中，祖国便是永远的“恋人”？

在注重情感传递的同时杨晓敏也关注诗的审美趣味，即意境的营造。“看，故乡的葡萄架下，石榴枝前 / 杨槐树疏斜的小路 / 油菜花芬芳的田间 / 也定有无数和我一样的笑脸”（《大草原》）。“听，夕阳的金翅膀 / 扇出催眠的晚风 / 轻淡如氤氲 / 抚拍着婴孩般的边城”（《变成黄昏》）。读杨晓敏的诗作，一幅幅高原画卷映入眼帘，似浅歌低吟，悄声诉说着诗人内心的情怀。

杨晓敏的诗歌空灵、朦胧、充满诗情画意，让读者从中感受到灵气，捕捉到美，但并不扑朔迷离，故弄玄虚，看得懂，给人亲切感。诗歌是语言的艺术，一首好诗，往往言有尽而意无穷，字词之外仍活跃着生命律动的韵味无穷的诗意空间，呈现在读者面前的尽管只有简短的几行，但字字句句皆是诗人淘沙拣金，去粗存精的结果，如何运用最少的文字，创造最美的意境，表达深切的人文关怀，是摆在诗人面前的一道难题：“万顷碧海 / 浮动一朵出浴的荷花 / 倩影。清香。波光……”（《中秋月》）这首描写中秋的小诗，一开头便营造了一片色、香、影结合的氛围，万籁俱寂，只有一朵出浴的荷花含苞绽放，语言优美简练，风格清新明丽，给读者美的享受，万顷碧海是一眼望不到边际的高原，出浴的荷花是那缓缓升起的月亮，诗人在此运用象征、比喻的修辞方法，充分调动感官的能动力量，展开联想，放飞思绪，暂时忘却高寒缺氧，只寥寥数字，便将月圆之夜的高原描写的如此诗意盎然，同时也与诗的后半段边疆战士舍小家为大家的孤独寂寞形成前后对比，在画面的急剧转换、对比中，形成一种感伤的情调与思绪，进而完成诗人主观情志的表达，战士形象的精神之光在诗情画意的诗卷中更加活跃，《中秋月》也成为杨晓敏此类咏物诗的出彩之作。

“情”与“境”在杨晓敏的笔下得到完美的交融，除此之外，他的诗歌也往往折射出理性的光辉，很多含道应物、迁想妙得的哲理诗，其本身就是诗人触物生情、寓理于形或融理入情的产物，是诗人对人生、对社会的睿智地思索和深刻地体察的结果，它往往把发人深省的哲理同富有特色的生活情趣及新颖、鲜明的艺术形象熔铸一体，来服人以理、动人以情。那些看似平淡的人和事，透过诗人睿智的眼光，独到的见解，被罩上哲理的光环：“士兵是活着的界碑 / 界碑是士兵的铸形”（《界碑的断想》）。这首描写战士的小诗，将士兵的形象与界碑紧密地联系在一起，明白晓畅而富有深意，士兵如界碑一般，在祖国的边防线上伫立不动，日夜守卫高原的宁静，然而界碑不具生命力，没有冷暖的季节变换，没有哀乐的情绪转变，士兵却是“活着”的，富有七情六欲、喜怒哀乐，只有理性战胜感情，极力压抑内心的欲望，才能在茫无涯际的高原十年如一日，将自己站成一座丰碑，诗人将战士比作界碑的断想，把对战士的感情、倾向性凝聚、隐藏在“界碑”的形象里，一方面歌咏了战士保家卫国的不离不弃，另一方面也折射了战士内心深处的孤独无依，整首诗散发着对战士命运殷切的关怀之情。

另外一首《牧马人》，同样也是描写士兵：“只有未经风浪的舵手 / 才握不牢手中的桨 / 要是唐·吉诃德 / 才会害一场虚惊”。与《界碑的断想》深沉忧郁的风格截然相反，它歌颂了一个年轻而自信的士兵，渴望表现自我，征服战争，整首诗感情强烈，情绪激昂，诗人选取骁勇善战、驰骋沙场的“牧马人”形象与战士作类比，同时运用两个假使句，寓意“我”久经风浪，永不退缩，成功刻画了英勇无畏、激情洋溢的士兵形象。

心灵一旦得到净化，雪山变得奇丽，荒漠充满了柔情，杨晓敏在孤独、寂寞的军旅生涯中谱写的一系列高原赞歌，时而饱含深情，时而充满诗情画意，时而又透射出理性的光芒，在孤独中坚守，于困境中奋起，让读者充分感受到边防战士的品格和奉献精神。然而，跟大多数军旅作家面临的写作瓶颈一样，杨晓敏的诗歌过于侧重内心的细微感动，视角不够开阔；缺乏宏大叙事的整体灵动；文白过于通俗，朦胧美不足；情深有余，似乎缺乏一定的思想深度，作为 80 年代西藏军旅诗人中的佼佼者，杨晓敏在看到自己成绩的同时，也清醒认识到个人的不足，在诗坛昙花一现之后转向小说创作，并取得显著成绩。

第八节　詹仕华、曾有情

詹仕华（1947—），笔名名江、平原柳、山子，出生于四川中江县。1966 年从军入伍进藏，1986 年离藏。曾先后任职于西藏连队营团、军区创作组、地方机关、文联等单位，曾任为中国散文诗研究会副会长、四川散文学会副会长、四川德阳市作家协会主席。著有诗集《如诗的花期》《三月鹰飞》和散文集《温馨的故乡》《我的雪域圣地》《从边关到平原》等。

入伍进藏后不久，辽阔的雪域高原，奇丽的冰峰雪岭，雪原上摸爬滚打的军训，和藏族群众的鱼水情谊，紧张而又新鲜的军营生活，给詹仕华全新的体验，使他爱上了这片土地。当时，他把这些感受记在笔记本上，并选了一组以诗的形式写的《雪原，我的家乡》，寄给上海的《萌芽》。两三个月后，他收到了一封《上海文学》的信。信中说《萌芽》转来的诗稿本刊拟采用……虽然诗因紧接着风起云涌的“文化大革命”没能发出来，但却给了作者极大的鼓舞。后来，连队送他进了团里的新闻写作班。一个多月的培训后，他回到了连队。他写部队训练，写连队的学习，写同志扎根西藏驻守边疆的精神。20世纪70年代，詹仕华的第一篇小说《农奴的女儿》在《西藏日报》发表。其后，他更加勤勉地工作，在创办军区《创作信息报》忙于编辑采访、组稿发稿的同时，深入雪山军营、边防哨所，特别是在墨脱期间，他和边防站的同志爬山涉水奔走数个月，穿密林，过索桥，住马帮的简易窝棚、猎人的岩穴，走哨所同志巡逻之路，战士们对祖国的赤诚，边地的瑰丽，深深地感染着他，他写下了包括散文《边防散记》等在内的一组饱含真情的诗文。一次，在与印度锡金交界的乃堆拉哨所，指导员和哨长带队巡逻。深夜，寒冷的边地，留在哨所烤着火炉的他们都难以入睡。巡逻归来，哨长、指导员一边抖落身上的雪花，轻轻搓手，一边和衣而睡，为了不惊动他们，压抑难受的喘息好几十分钟没有平息。这些都深深地打动着他。他以这些感受写下了《雪线士兵》《前言》《期盼》《清晨·边境》《巡逻》《边关》等诗歌，在《解放军文艺》《昆仑》《西藏文学》《战旗文艺》等刊出，受到边防战士的喜爱[1]。

综观詹仕华在西藏期间的诗歌创作，主要以描写边防生活为主，特别是以《喜马拉雅军歌》为题的系列组诗，受到好评。詹仕华的诗总体来说秉

[1] 张力、映森：《从山乡军营到作家》；詹仕华：《我的文学缘》，见詹仕华：《我的圣地雪域》，中国文联出版社2008年版。

承传统新诗的写法，意象清晰，想象自然，语言流畅，没有多少修饰，却又真切感人。例如描写士兵进行生产建设、植树造林的诗《戎装，发给世界屋脊》：

“风，扯长了高原 / 飞沙走石的日子，/ 拼命拽坠一张黄色大衫，/ 塞给高原 / 世界最健壮的男子汉。// 军号昂奋地带头冲锋，/ 我们从驻守的地方出击。/ 锹镐替代枪刺，/ 铁石撕咬，/ 一场护卫春天的战斗，/ 在高原展开。/ 天和地，尘烟 / 浑然一体，/ 红星缀满个个晨昏。// 我们 / 把红柳，柏桦，榆槐，/ 把生机勃勃的三月，/ 织成戎装，/ 发给世界屋脊。// 我们身旁顿时多了 / 一位精神焕发的 / 巨人，/ 一位身着绿装 / 英武的军人！ // 大雁把串串花环，/ 挂上他的脖颈；/ 马队 / 列开庆贺的战阵，/ 牦牛群 / 欢悦地嗥鸣，/ 牧歌 / 浓缩了 / 高原民族的情感，/ 唱给绿色，萦绕苗林，/ 拂动红星……// 黄沙节节败退。/ 世界屋脊——/ 一位巍然屹立 / 护卫祖国西陲的 / 士兵！”

作者不仅把抵抗风沙、护卫春天当作一场战斗和出击，而且由于绿色，树木的绿色，军装的绿色，自然而然地将植树想象成是在把戎装发给世界屋脊，绿色苗林宛如一名身着绿装的威武军人，一名巍然屹立，护卫祖国西陲的士兵。再如《哨所·小岛》：

“霞光迷离，朝雾浮荡，/ 掩住了红松，盖住了坡梁，/ 前沿哨所的山峰，/ 犹如大海中的小岛，/ 哨所似出海的军舰，/ 在云海中沉浮，在雾海里升降，/ 任浊浪冲击，红星闪耀。// 我们踏着喜玛拉雅山脊，/ 揽冉冉旭日作渔灯，/ 挂上珠峰的肩头，/ 监视苍茫‘海域’，拽一张大网。”

霞光迷离，朝雾浮荡，云雾遮蔽了周遭的一切，犹如在一片海中一样，前沿哨所的山峰就是那海中的岛，哨所则是出海的军舰。作者由此想象，踏着喜玛拉雅山脊，把冉冉旭日当作鱼灯，挂上珠峰的肩头，想象自然贴切，既写出了哨所的高耸，也写出了雾海翻腾的气势，更透露出雪山士兵的豪迈。再如《雪山哨所》：

“群峰呼拥，举起我们的哨所，/ 山路直上，象攀缘的藤索；/ 清晨，朝阳从我们肩头醒来，/ 夜沉，星星在我们怀抱闪烁。// 读书声飘彩云间，/ 操练，长天激荡号角。/ 牵牛羡慕附崖上，/ 哨所窗前花几朵。// 这就是我们驻守的地方，/ 云遮雾卷，峰露峰没；/ 鸡鸣一声悠千里，/ 归鸟啾啾静千壑。// 哨所，锁绵绵边防，/ 哨兵，卫日出星落；/ 放眼云海众山小，/ 巍巍雪山护阡陌！”

没有堆砌的语言，没有过多的修饰，一幅耸立云间的雪山哨所图画赫然已在读者的眼前。作者写哨所，更写战士，如操练：“我们和大山摔跤 / 卷柱柱旋风 / 从莽岭滚落谷底 / 我们在苍林中操练 / 格斗擒拿 / 电子干扰 / 竖“箭”架……/ 和狐狸比智慧 / 和松鼠比机敏 / 和大山比毅力 / 引得四周助阵的群山 / 也跃跃欲试”（《我们》）；写士兵用知识丰富智勇：“我们 / 用知识丰富智勇 / 把喜马拉雅铁壁高砌 / 让九百六十万平方公里 / 高速公路尽情铺展 / 幢幢楼房安详地耸立 / 丰产的稻谷、麦粒 / 向金秋报到 / 农家小院鸡鸣鹅走 / 平添安宁生活的乐趣”（《哨所 · 风雨迷濛》）；写军人的职责：“军人就是与侵扰交战，/——这里是前沿阵地：/ 把扑向劳作的烈日拖住，/ 把摸向夜的寒冷钉住，/ 留给祖国全副精力。// 我们 / 一肩担着祖国的安宁，/ 一肩担着亲人的幸福。”（《这里是前沿》）

总之，喜马拉雅军歌系列组诗，歌声是嘹亮的，色彩是明丽的，给人一种清爽、充满希望和蓬勃生长的感觉，他们与清晨相伴，是冉冉的旭日，是渐露的晨曦，是边关的黎明，如“东方 / 隆隆地推出 / 古朴的金轮。”詹仕华“用军人的节奏 / 敲动琴键，/ 把一支晨曲，/ 唱给我门护卫的馨明。”（《清晨 · 边境》）

曾有情（1964—），出身于重庆梁平县。1982 年入伍，1983 年进藏，历任西藏日喀则军分区战士、拉萨教导大队学员、拉萨三〇八团宣传干事、西藏军区政治部创作组创作员。1991 年考入解放军艺术学院文学系，1992 年毕业后调入总参某部机关任职，2005 年转业到地方。主要作品有诗集《浪漫高原》《神性》《雪哨》，长篇系列小说“都市三部曲”《隐痛》《凭什么爱你》《假的爸真的妈》[1]，长篇报告文学《传令三军》《无网不胜》及影视剧本《凭什么爱你》《天仙配》《王屋山下的传说 / 愚公移山》《牡丹亭》《当兵的人 / 十一级台阶》《妈祖》《天仙配后传》《麻姑献寿》[2]等。

1982 年，曾有情入伍后不久，因不断在《西藏日报》《西藏文学》等报刊发表诗歌，被选拔到军分区文化学校任语文教员兼班主任；1 年后，考入拉萨教导大队步兵排长分队学习，毕业后分到拉萨某部任宣传干事，1987 年调入西藏军区政治部创作室任创作员。在这期间，他创作了大量带有浓郁雪域风情、散发军人气质的诗作，在《诗刊》《人民文学》《解放军文艺》《星星》《萌芽》《诗神》等上百家国内和海外华文报刊发表诗歌 500 多首，作品被收入几十种选集，数十次荣获多种报刊的各类诗歌奖。1990—1991 年先后出版 4 部诗集，接着创作了几十万字的中、短篇小说，分别在《当代》《解放军文艺》《青年文学》《西藏文学》等数十家文学杂志发表。他还将人生感悟融入短小精悍的文字之中，在各类报刊发表了《一百二十个雪兵》《绿吻》等数百篇散文作品，并在《羊城晚报》开辟了散文专栏《西藏边防纪事》。其作品屡被《读者》《青年文摘》《新华文摘》《散文选刊》等有影响的刊物转载；散文《一只手套》《开往春天的列车》《国歌》被收入多省中小学语文教材及全国各类语文考试试卷。同时，他采写了长篇报告文学《传令三军》，发表于《解放军文艺》1995 年第 3 期，被《文汇报》从当年 5 月 14 日开始长达数月全文连载，几十家报刊也分别做了节选转载。1998 年创作了长篇报告文学《无网不胜》，由解放军文艺出版社出版，获得了总参谋部文艺创作优秀奖。2005 年，离开部队自主择业后，曾有情又回归小说创作，短短 1 年内，完成了长篇系列小说“都市三部曲”的创作，

[1] 另有合著《愚公移山》（2007，曾有情、熊诚）；《天仙配》（2007，熊诚、曾有情、周濯街）。

[2] 影视剧本均为上映时间。此外，曾有情还为自己和他人的影视剧写过主题歌，创作过不少歌词，在报纸上开过漫画专栏，为杂志画过不少题图和插图，为书设计过封面。

并由安徽文艺出版社于2006年出版。此后，曾有情再次改变创作方向，从事影视编剧，并于2014年荣获“十佳电视剧编剧”称号[1]。纵观曾有情的创作历程，从诗歌到小说、散文和报告文学，再到影视编剧，每个阶段都有不俗的表现和骄人的成绩。20世纪80年代的诗歌创作是曾有情创作中具有代表性的文学创作。

可以说，曾有情是以军人的气质，军人的风姿步入雪域诗坛的。五彩纷呈的雪域军营生活是他创作的源泉和优美诗篇的所在[2]，他的诗总是充溢着火样的激情和青春的朝气，语言生动，想象奇特，善用比拟和通感等修辞手法，庄谐并举，趣味盎然；一些联想和对比看似突兀乃至不无悖论和荒诞，实则内蕴丰富，饱含哲理，引人沉思，真挚地抒发了戍边战士的情怀，凸显出自己独特的美学追求和艺术风味。如《和平是什么》中“和平是健壮的男人撇下妻儿 / 到远处去 / 又从远处带着军功章凯旋而归 / 或者永不回来”的奉献精神；《看蚂蚁打架》中“两个战功赫赫的将军 / 挥舞蚁爪高喊冲锋 / 硝烟弥漫 / 熏黑净洁的瞳仁”，使我“逐散蓝军白军”的“忽有所悟”；《战争土地》中“目光深入雪域土地 / 看到白骨的根不枯的含义”的战争沉思；《雪鸽子》中用雪捏鸽子从而“使你职业的真正注释是养鸽人”，“每天都向太阳投去一只雪鸽子”“相信鸽子会涉过国籍 / 如太阳的境界净化土地的烟尘 / 温柔整个世界”的军人信念，无一不展示他切入生命本质的艺术锋芒，透彻人生的体验，价值取向、审美体系、文化积淀与性情修炼水乳交融，洞穿军人的职业色彩，博悟一种“兵味儿精神”的幻化与神圣使命风格的唤引[3]。《古寺与哨所》中：“都有戒律的锋芒 / 各自铺开崎岖的规范 / 穿军装和披袈裟的人 / 从同一地点出发走不同的路”；《他站在大昭寺

[1] 2014年，中国广播电影电视联合会主办的“第10届全国电视制片业十佳评选”揭晓，曾有情被授予“十佳电视剧编剧”称号。

[2] 许意：《雪域诗人的抒情风度——青年诗人曾有情速写》，见韩燕、白朗主编：《西藏当代文化名人》，第390—391页，四川文艺出版社1991年版。

[3] 洋滔：《战士·意象·心灵》，见曾有情：《神性》，第2页，西藏人民出版社1991年版。

前》中：“军装代替了藏袍 / 举手礼彻底更换了叩拜的姿式 / 只有涂满高原色的脸庞和弧形的大腿 / 能够辨出他和信徒的体内 / 流的同是猕猴人的血液 /”“匍匐状重复着 / 使他想起一场战斗他的战友们 / 在红光中扑下去再没有起来 / 比他们虔诚一千倍地扑下去了 / 他的头颅只在战友墓前叩过”等，既凸显了诗歌的地域特色，也注入了诗人对西藏历史文化和时代发展及军人本色更深层次的思索。

和平年代的军营虽然淡去了硝烟炮火，但军营本身就意味着奉献和牺牲，军人用青春和生命诠释着责任和忠贞，由此我们看到了《冰雕》中“身躯替倒下的电杆 / 而 / 站 / 立”，被冻成冰雕的“女神”；《高原雨季》中用“身体锤炼一身巨响”“没有拉拉战友的手就加宽了路面 / 加宽了清明节的面积”的班长，《森林中》诗人“狠狠地诅咒画上的那只野兽 / 狠狠地诅咒森林不是艺术”，因为“那一夜我巡逻的战友 / 丢失在另一片森林”。雪域高原的边防哨所艰苦异常，更不用说年轻的军人还要独守那份冰雪的孤独和寂寞。战士们一方面是钢铁战斗集体中的坚强的成员，另一方面又是血气方刚、渴望爱情的年轻人。为此，诗人既咀嚼出雪域士兵浓浓的国防意义，也描绘出青春的五彩斑斓和跃动的旋律。如《噢，裙子》《没有写过情书的兵们》《拉萨，一群醉酒的士兵》《女话务兵》《女兵宿舍》《女儿墙》《女兵悄悄走向爱情树》，等等。同时，诗人有意把困苦写得更轻松一些，把艰辛写得更容易一些，具有哲思的深度和“怪味胡豆”般的雪域荒诞情趣，令人深思难忘，从而也使其更为形象生动、真实感人，丰富了诗歌的内涵与诗人的人生[1]。如《我们是怎样爱上诗的》：“趁一个周末我们凑在一起 / 七手八脚把连长一米八的个子 / 塞进一首短诗”。自然气候的差异虽然将天府丘陵与边哨雪塔定格成温度计上正负的刻度，但“站在负数里成为正数这便是我们的价值”，“有时我们也羡慕天府风可仅仅是羡慕”，因为“我

[1] 洋滔：《战士・意象・心灵》，见曾有情：《神性》，第5页，西藏人民出版社1991年版。

们知道一旦奢望温差就会更大”。《女兵》中喂鼠这一“奇特的业余爱好奇特的兴趣”，看似矛盾，却又在情理之中，因为，“猫死了 / 而兵们仍更为顽强地 / 活在没有对手的孤独里”（《悼猫》），“嗅着梦的香味尖嘴”虽然“把她们的夜 / 啃得遍体鳞伤 / 连浑圆的落日也被嚼得支离破碎”，但它们“太讨厌太气愤太……饥饿太可怜”，于是“她们便从牙缝里掏出一个馒头几块巧克力 / 用嬉笑调匀小块小块的休息时间拌成佳餐”（《女兵》）。而《屋檐上的音乐》中“印着液体花纹的水井和山涧 / 在向零度以下越走越远的严寒中丢失 / 一切源头的唇边没了流动 / 好在太阳始终充满热情 / 因此就有了屋檐上的音乐 / 就有了 12345671/ 像眼泪般掉进汽油桶 / 钢钎敲出这些块状的死去的音乐 / 让它沸腾起力量”，但“喂着一帮子吃音乐的人 / 吃了音乐仍不是贝多芬”，因为“他们不愿欣赏自己的干渴 / 他们没那么浪漫却照样守边防 / 连那个抱吉他的战士 / 也望着老是不满的油桶 / 使劲地收集口中的润滑油 / 就像最高明的音乐家 / 在枪声面前失去了乐感一样……”

曾有情正是以这种独特的语言和奇特的联想，将传统与现代、中国和外国的诗歌技巧融为一炉，把读者带入万花筒般的诗的殿堂，让读者领略雪海风光和士兵广袤的内心世界的同时，袒露出深沉的情怀与人生忠贞的信仰和作为军人而首先是人的良知走向[1]。他的诗总体上具有一种洒脱、豪爽、幽默的情致，而又不乏现代主义的色彩[2]。

第九节　刘志华、昊夫、惟夫、郝桂尧

刘志华（1962—），出生于湖南安仁县。1983 年毕业于电子科技大学电力系统及自动化专业，同年进藏，先后在拉萨电力调度所、《拉萨晚报》

[1] 洋滔：《战士 · 意象 · 心灵》，见曾有情：《神性》，第 4 页，西藏人民出版社 1991 年版。

[2] 邓荫柯：《峭拔俊逸　明亮纯净——读〈芒种〉诗歌漫笔》，见邓荫柯：《文朋诗侣集》，第 21 页，辽宁民族出版社 1998 年版。

《西藏文学》编辑部工作。1994年回内地，先后从事外企、个体、央视纪录片编导、职业经理人等各行业。写过包括诗歌、小说、评论等体裁的文章，大多散见于当年的一些文学期刊、报纸、选集等。

在20世纪80年代追求组诗及史诗宏篇巨构的热潮之下，刘志华也在建构着他的纯诗大厦。长（组）诗《朝圣的季节》[1]《落日的回音》[2]《光与水》[3]可视为其代表作。《朝圣的季节》主旨在于呈现和思索宗教神性给予人们的某种前定的影响。正如作者在题记中引用茨威格的话："正如一种疾病很少在它发作之前被人发觉一样，一个人的命运在它变得明显可见和其已成事实之前也很少被察觉。在它从外部出击人们的灵魂之前，它早已一直在内部，从精神到血液中主宰一切了。"藏传佛教在西藏社会有着长期的根深蒂固的影响，精神文化的烙印有时也仿如生物物质的基因一样，内在于人们血液中代代遗传。但作者早已尖锐地指出"这是失去先知的时代"，如此，纵然"伴随着一代又一代婴儿的哭声 / 朝圣者的额头布满了鲜红血迹 / 有人悄然死去，默无声息 / 人世间的一切宛如春梦飘然而去"，但也只能相信，相信"也许释迦没能及时指明另一种生活 / 相信圣迹之后的世俗依然没有建立"，乃至"只有相信 / 只有相信圣迹才能被圣迹拯救"。在这里，作者不独对宗教如此深入地浸入人们的生存事象进行了呈现和思索，如若联系20世纪80年代西藏社会宗教热的反弹，也可以说是对社会发展的一种预言性思辨。当然，作者的思索并没有停留于此，继神性之后，作者在《光与水》中展开了对人的生命存在以及"天际望乡"的进一步探索。人的生命或者说一切生命均诞生于光与水中。正如诗中所说："长路漫漫，我、你、他是代词; / 光与水分别是动词"；"只要一步踏入河流，瞬间就能返回故土"；"最

[1]　《西藏文学》，1988年第2期，作于1987年10月。

[2]　组诗共14节，2、5、10、11节载《西藏文学》，1992年第1期；1、2、4、5、7、8、9、、12、13节载《西藏文学》，1992年第6期。

[3]　《西藏文学》，1994年第1期，作于1990年11月，见诗人网上帖，2005-08-17[2015-12-15]http://paowang.net/post/2089154。

初的时刻光从水中分离空气。人还是鱼鳞片闪烁”。这里的光和水就是生命。“青叶”“无处藏身的叶片”“无味的青叶”是光与水的作用，是生命的蠕动，他们“依附相似的光芒，恪守各自的法则，种属、行事与成长的方式”。而诗中的“蓝鸟”既是生命的信使，也可寓意为生命的追求，或者说像梅特林克《青鸟》中的那只青鸟一样，凝聚了人类的一切欲望与追求，以及追寻之外的追寻过程，它本身即意味着“太阳”的运行和生命之光普照。作者苦苦地探寻着生命的真谛，他倾向“一滴叶尖上的珠露是一座城市的精液，废弃粗粝的砖、冰冷的水泥”，他“在桥梁、混凝土以及水塔底部 /（我）采撷来自森林的落叶 / 绳索和水车换下的挡泥板 / 无意中获得了母亲年轻时珍藏的发丝”，然而，他又疑问：“如此奏鸣的叶片 / 远在流水尽头，光照之外 / 生者和死者的话语 / 一天天脱尽躯体的光泽 / 唯有空壳是众人的欢愉 / 也许终归只是一种形式”“这是蓝鸟吗？它不在空中飞翔，它四处瞭望，桥梁已经落成，牛羊的嘶鸣也有些不伦不类”。由此，作者企望“寺主啊，给我一只铜钵，让我浪迹天涯”。然而正如那重复的谣曲：“从前有个豆腐匠 / 名叫长庚 / 他每天做一锅豆腐，喝三两烧酒 / 豆腐卖三毛钱一斤，店是公家的 / 从前有个豆腐匠，他养了一只鹦鹉 / 鹦鹉学舌：从前有个豆腐匠、每天做豆腐喝烧酒，店是公家的”，生命的意义何在，难道仅仅是鹦鹉学舌，重复经历、经历重复？作者实际已经人无尽的“天际望乡之旅”。在这些追问和思索都没有明确的答案之时，作者寄寓于文学和艺术，诚如他在《朝圣的季节》中所说：“我常想为什么选择了文学”，因为“你注定被选中了”。这既是作者个人的个性使然，也是他终于相信了“相信了那些千万里跋涉的朝圣者 / 相信了婴儿和妇女，朝气蓬勃的 / 儿童和青年，愉快的生活和幻想 / 这就是文学和艺术”。由此，作者发出质问：“谁说（青年艺人）他们必须说出明天的话语”。也许是对于神性和生命以及文学艺术的追问过于沉重，也过于抽象，又或者作者本身无法应对突异的社会给他造成的措手不及，作者在《落日的回音》中开始思考“归程”，并更多地选择了对于日常情绪的叙述，希图轻松释然，“这时我能想起什么 / 回口清醇的青稞酒香味 / 在榆木新碗中揉出酥油和麦粉 / 新收的菜籽，牛犊鸣叫的声音 / 放生羊的犄角，梦中姑娘”。然而，作者又分明意识到“生命如此短暂 / 又怎能一错再错”。因此，“有一天我找那些牧女调情 / 说些漫无边际的闲话 / 而她们，忽然看穿了我的秘密 / 只好独自游荡 / 再也想不起回家的路程”。这时的文学和生活，似乎也仅仅是一种过程，“那些日子，没有特征可以记忆；随处可闻的犬吠，只在静夜涌上心头；关于文学和生活，男人和女人，一瓶烧酒过后，通宵达旦的兴奋随黎明丧失所有的活力”，“也许有一天，我会听到一声召唤 /……有人高呼：生活、真理、爱情啊”。但这些对于作者来说，无非是落日的回音，“我坐在阳台上 / 天空时阴时晴 / 我想只要有太阳 / 日子就会爽朗起来”。作者在自我宽慰的同时，也寄托着长长的无奈。

刘志华具有较强的诗歌意识，且耽于哲理沉思，其诗歌探索既艰辛深邃，也别具一格；他在诗歌中所反映的个人心路历程，也颇能代表与其同时进藏一批人的所思。他的诗作从艺术上说，大都充满象征和复调。象征主要在于运用繁复的意象或隐语，以表达作者对于神性与生命的内心思索。复调则在于通过组诗的结构形式，运用多人称对话及矛盾反语，以形成诗歌内在的张力和冲突。然而，过多的跳脱和碎片化，也扰乱了读者历史的、文化的、心理的各种既有假定，给读者和语言的关系造成危机，使得诗歌之内的各元素各说一套，它们聚在一起成为一座意义的“巴列塔”；同时也是众神喧哗、杂语共存的世界。

昊夫（1962—），又名王治荃、王志圈。出生于河北永年县。毕业于河北大学中文系。曾任《西藏日报》文艺组编辑、组长，后自修法律专业，考取律师证，内调回河南工作，历任《法治世界》副主编、《河南司法警官职业学院学报》副主编等职。作品以诗歌和报告文学为主。1994 年成都出版社出版个人诗集《越过雷池》，收入诗作 54 首。作者自道这部选集是“从西藏归来后为自己打一个结”，是“学诗十年所结”。

诗歌《雅鲁藏布》通过对西藏历史的追溯，写出了这片土地的伟岸和沧桑，直接抒发了作者对这片土地的热爱和美好祝愿。诗歌开篇即写道：“在西部 在黑曜岩 骨号和经旗摇播的高地 / 在被冈底斯、可可西里山风啃啮得凸凹嶙峋之后 / 在白皑皑的冰瀑和大团大团的太阳的烈火崩落之后 / 朝圣的人群开始流动 / 牦牛阵和条条雪水开始流动 / 哦，大高原 / 如果你真是一部断代史 / 雅鲁藏布便是粗糙的装订线”。其后，作者逐一回顾西藏自蛮荒以来的发展轨迹，既有海水退去、陆地升起的岩画岁月，也有“头盖骨成为餐具 人皮鼓使神祇微笑”的阴晦，更有“陌生人的炮火、铁蹄和桅杆闯进来”的创伤，在经历了这些之后，作者写道：“之后，酥油灯，干打垒和草丛顺漫延的黎明 / 向荒原上扩展 / 城堡 被烧残的石柱旁也长出书 / 由暗淡而明亮的历史 / 顺着由东向西的迁徙而渐渐上升 / 雅鲁藏布从迷蒙中奔来 奔来 在奔来中清晰 / 全世界又开始阅读你 阅读 / 你的伟岸 你的沧桑”。最后，作者热情地赞颂：“雅鲁藏布静穆地流动 无止无息 / 许多山被推开 / 许多村庄光环麦地和羊群被灌溉 在正午怒放 / 特提斯古海的生物在拍岸的潮声在江风的光芒中 / 泛起青色 / 湖滨草场与田陌禾谷与寺钟和鸣的太阳城 / 便弹奏 / 一条蓝色长弦 轰鸣而出大片大片苍翠 / 而蓊郁的乐章”。

总体来说，昊夫的诗大多笔调沉重，瘦硬冷峻之间又不乏内蕴的激情。李小渭对他的诗作《古意：变调的英雄曲片段》评论道：“昊夫的新作《古意：变调的英雄曲片段》也更象一组诗，激情所导致的根本不让你歇气的绵状语言和在诗的深层振动的节奏，逼着你读完全部句子，但丢下稿子沉思，会感到有许多东西无法接受，它与你格格不入，如仇敌般射来让脊梁骨刮起阵阵阴风的恶毒的目光。”[1]作者本人也自述道：“字句间总带些先天的又穷又硬的阴寒面孔，与莺歌燕舞的有闲者们的文坛大不相宜，文字不能见诸报端，只好抄在小本子上积郁无名的怨恶之气，这股气与作者心意

[1] 李小渭：《撕心裂肺的呼喊》，《西藏文学》，1988 年第 7 期。

相通，如一汪黑色毒液，常在心头汩汩涌流。”[1]特别是一些关注农村贫寒、底层艰辛、人生苦难的诗作，以类似白描写实的手法，或摄取活动的某一场景，或横截人生的特定断面，或综述一生的冷静叙事，看似平淡不加修饰，却笔藏忧愤，有如锥心之刺，令人心生酸楚，彻痛无名。如《父子——右派人物写实》，叙述的是一对父子拉粪运土的场景，一个驼背的老农曾是一位翩翩才子，有一个漂亮的娇妻，后来因受不了农村的苦，抛下丈夫和儿子跑回城里，留下的儿子因无人照顾发高烧而成了一个瘸子，父子俩在农村艰难度日；多年后，这个瘸腿的儿子将要娶一个三尺高的哑巴为妻，父子俩正为这事劳累着，在拉粪运沙盖房子。虽然整首诗歌几乎是不带任何感情色彩的叙述，没有什么评论的语句，却让人读出了人一生的沧桑，其间既有时代的沉重，也有人世亲情的厚重与悲戚。再如《苦儿叔——〈人物纪实〉之一》，写三辈单传，生有四个女儿，一直渴望能生育儿子的苦儿叔，因村支书派人把已有身孕可能会生下男孩的苦儿婶拉到公社进行了绝育，在自己逼死了苦儿婶之后又糊涂摔死了支书独儿的悲剧，让人在感叹其家庭不幸的同时，又对苦儿叔这种固执的儿女生育观念感到可悲。《沉默的母亲》写一位夫死家贫为了儿子有钱能娶上女人不得已改嫁他人，却为了给现任丈夫抓药治病坠死于冰河的母亲的悲剧。从中我们既可以深深地感受到母爱的无私和伟大，又可以看到一位女性的任劳任怨和逆来顺受的隐忍。其他如《小女孩的心事》《砌烟囱的年轻人》《少女之恋》《播谷的农妇》《不会流泪的女人》《半个世界》等，也都写的沉郁深重，心酸郁结。其中，《半个世界》写人虎之间互相猎杀的悲剧，则更像一则寓言，直指人性的罪恶，并引发人与自然关系的思考。

惟夫（1963—），本名朱伟福，出生于安徽宣城。1984 年毕业于安徽

[1] 昊夫：《活着的姿态（序）》，见昊夫：《越过雷池》，第 1 页。成都出版社 1994 年版。

师范大学，同年进藏。曾任职于西藏自治区党委组织部、《西藏文学》编辑部。1993年内调离藏。1984年开始写作，发表诗歌百余首，小说、散文、评论、电视文字等十余万字。惟夫曾计划创作长篇组诗《西藏神话》三部曲[1]，因此，他的诗歌也被归类为“神性”诗歌[2]，代表作有《正面与侧面 关于诗歌以外的两种设想》《大道通天》[3]等。

长诗《正面与侧面》被认为是一首极具文体意识的先锋性诗歌，该诗不但打破了长诗与短诗的界限，还打破了诗与散文的文体界限，包容了诗与非诗（主要是散文诗、散文）等多种文体。[4]诗歌以神话—幻想—现实—退回地平线，神（主宰）—英雄（寻根）—向往作凡人的超人—凡人为主线索，通过神话和现实，寻找生命的生存方式和生命形态的衍变过程，展示出符号和图腾的双重启示。[5]在《大道通天》中，诗人写了一只红鸟。随着时间（四季：春、夏、秋、冬）和空间（四方：东、南、西、北）的次序推移，红鸟经历了诞生、成长、死亡、复活四种情景。死而复生情节是西藏神话中最简单、最基本的叙述框架。通过这一框架，诗人试图让诗歌达到某种神话仪轨的效果：形式被规范，而其中的涵义被尽量省略或置空。[6]

综观惟夫的诗作，“鸟”是其突出的意象。如“怎样的鸟，在空中扶摇 / 在汹涌的气流上挥桨 / 口衔一颗汗珠，它的时间 / 开始于黑暗和一根羽毛之间 / 开始是一滴水，它在光的边缘 / 在无垠的旷野上 / 孕育成熟的果实，

---

[1] 诗人自述要写三部诗歌《正面与侧面》《大道通天》《亡父》。前两部已发表。后一部尚未完成。

[2] 谭五昌：《诗意的放逐与重建》，第30页，昆仑出版社2013年版。另，王珂：《诗体雪散论：中外诗体生成流变研究》认为，拉萨的神话性写作，代表诗人有惟夫。

[3] 《西藏文学》1990年第4期；《西藏文学》1992年第5期。

[4] 王珂、代绪宁：《百年新诗三种准定型诗体的流变》，《南都学坛》（人文社会科学学报）2007年第3期。

[5] 王珂：《诗歌文体学导论：诗的原理和诗的创造》，第661页，北方文艺出版社2001年版。

[6] 惟夫：《七点说明》，见闵正道主编：《中国诗选》（总第1期），第289页，成都科技大学出版社1994年版。

怎样的欣喜若狂”（《大道通天》1. 谁：它的手[谜歌形式]）甚至，“巨鸟”“红鸟”“怪鸟”“四只鸟”“四种颜色的鸟”“红粘土的鸟”“七十万只鸟”，甚至，“现在，诗人坐在自己精心编织的藤椅上，望着一朵云彩，一会儿他看到了一只鸟，血红的躯体，它慢慢地飞动起来。// 一只红鸟，就这样上路了。时间与空间可能紧紧意味着一个方向，一种在重复中不断递进的运动感。它构成了一种（似是而非的）概念与极好、一把悬挂在自己头顶上的命运之剑。它讨厌这种阴影。它不能再悲壮的令它窒息的山上停留（山上飘满诗体）。它张开翅膀，一步跨过山头。//4.2：之间的缝隙 不断的景物朝它涌来，白色气浪、汹涌的云团托着它的躯体，它扶摇直上，一股神话般的力量鼓舞着它，刺激它的想象，在创造的愉悦与死亡岛躁动之间、在积雪的山体与无垠的辽阔之间，它企图踏出一条血路——一线希望的缝隙。……//4.3：神话 鸟发觉自己是自由的。这种感觉来自自己灵性的动作。它煽动翅膀，超过了自己，也就从另一方向抵达了自己，它创造了神话，一个全新的逻辑空间与情绪氛围。在自己的神话中自为而自在地运作，它就是自己的神。// 于是一只新的鸟出现了，这是又一只红鸟。//……//4.7：诗 诗人坐在自己精心编织的藤椅上，他看到那只红鸟继续走在路上，它的双翅似乎更加从容、矫健与自信，它又跨过了一个山头，而且它最终将向边缘运动。// 它能过去吗？ // 蓝色天穹下，鸟仍然飞动着。只是太遥远了，它现在看上去就像是被谁贴在蓝色绸缎上的一个红点，仿佛只是一个纯粹的形式，或者一个无法再现的神话仪轨。// 这是怎样的一首诗啊，诗人感叹道。”（《大道通天》4. 诗人与鸟[同构形式]）。在诗人的诗性同构中，这些“鸟”的形象，是与西藏这片土地以及人类的生命象征联系在一起的，如同《褐鹰》组诗中尽管没有正面出现褐鹰的形象，但天葬也可称为鸟葬，是“死者灿烂的一瞬”“生者苦难的福音”，由此，西藏即是一只褐色的神鹰，人的生命也与褐鹰联系起来。这些“鸟”又是《温暖的人群，可爱的鸟类》中的形象，他们“拥有空中的光芒！/拥有大地的光芒”。这些“鸟”就是《正面与侧面》中的那只“鹰”，是藏民族的图腾，是文化的象征，是太阳和人生命的象征。据苯教文献记载和考古发现，古象雄人是神鸟“穹”的后裔，古象雄的神鸟穹崇拜在西藏岩画中有大量的反映，凸显出“鸟图腾”的文化特征，并显示出“鸟图腾”与古象雄葬俗之间的密切联系。[1]而鸟与太阳的结合是中国上古时期鸟造型的一个重要内容。这种图式用以表达时间，并以此强调生命的永存。鸟的出没与日行有关，它日出而息，日落而隐，而初民认为“日”出于木而落入木。由此，鸟与树枝亦可构成太阳鸟的意义。[2]为此，诗人在《温暖的人群，可爱的鸟类》中写道：“能否在这样的时刻/搁下双手，大步流星地抵达前面/一颗星斗，以及所有的星斗/照耀你的躯体，干脆利落/一路的鸟是你的榜样/它们，是现在唯一的树枝//谁：占领自己的边缘/谁：占领自己的方向/仅仅是黄昏，一路的鸟/以及，你的躯体/坐在自己的树枝上”。诗人通过繁复的“鸟”的形象，将神话与生命的思索同一起来，将诗人自我与外在同一起来，努力探寻生命的生存方式和生命形态的衍变过程。这一意象与诗中出现的“黑曜岩”类似。黑曜岩是硬化的石块，虽然“它们秘密地僵硬/但可以因吻而苏醒”[3]。人们留在地面上的是哲学、幻影和恐惧，而埋在地下的，却是真理和考古。真正的留痕，不是地上安歇瞬息即逝的东西，而是地下那些混杂在石块和矿物质里，考古学家据有的“确实的发现物”和“窖藏物”。它们模糊的血肉和构造在黑暗里与寂静、空虚混为一谈。它们不需要呼吸，而只求消除与石头的间隔，成为物质的分泌物，而不是作为填充液体。这些积淀过人世的怨恨和悲哀，在诗人的观照中获得了生命的意义。它们是人类的影子，灵魂的归宿，力

[1] 张亚莎：《古象雄的“鸟图腾”与西藏的“鸟葬”》，《中国藏学》，2007年第3期。

[2] 周怡：《太阳鸟与鸟蛇并绘——中国早期鸟造型与鸟图腾的演变》，《寻根》，1998年第5期。

[3] [瑞典]奈莉·L·萨克斯著，钱春绮译，：《石头的合唱》，见余平安、王亦顺选编：《20世纪世界文学精品 诗歌卷》，百花洲文艺出版社1997年版。

量的象征。[1]诚如光与水、日与月、河流、星辰、时间、空间，所有的象征物构成了诗人对于神话起源和生命原初的想象。

总体而言，惟夫的诗歌在形式上的探索大过内容上的意义，抽象的哲思多于形象的描绘，内在的情绪律动强于外在字词的节奏，表现出了这一时期西藏诗人试图把握诗歌的形式与内容的统一，表现文化总体象征与个人生命体验而进行先锋探索的一些特点。

郝桂尧（1963—），笔名晓浩，出生于山东莱州。1983年毕业于山东大学历史系，1984年进藏，在《西藏日报》当记者、编辑，曾任《西藏日报》文艺周末专版组组长，并兼《中国西藏》记者、《雪域文化》特邀编辑等。1994年返回内地，供职于新华社山东分社。主要著作有诗集《太阳梦》，报告文学《转世灵童 当代西藏活佛生活纪实》《西藏，1951年人民解放军进藏实录》《曙光从东方升起 昌都战役与和平解放西藏纪实》《穿越第三极 川藏青藏公路通车五十周年纪实》《中国脊梁》《海尔绿城全运村传奇》《海尔地产海尔造》《小户大家 创意生活》《朱彦夫的故事》，散文集《西藏在上》等。

与郝桂尧在报告文学中擅长于重大事件与重要人物及群体的大格局大纵深大气派写作不同，他的诗歌创作更多地是回归自我，内省自我，正如诗人自己说道："在缺氧的高原上跋涉累了，在如潮的人海里拥挤烦了，就躲进诗里"，去寻找"另一片生存空间"，这片空间扩展了诗人的人生内涵[2]。他曾说："我爱诗，胜过爱我生命"[3]，他认为诗离不开激情，离不开对世界的思悟与感应，诗也离不开形式。诗人在诗的这条羊场小道

[1] 钟鸣：《黑曜岩》，见邵燕祥、林贤治主编：《旷世的忧伤 散文卷》，第716—717页，大众文艺出版社2000年版。

[2] 晓浩：《后记》，见晓浩《太阳梦》，第98页，西南交通大学出版社1992年版。

[3] 北京写作学会编：《未名作家诗人名录》，第172页，北京广播学院出版社1989年版。

上跋涉，走在诗之路上，使自己更能像个真正的人，其愿足矣。[1]由此，郝桂尧的诗多为自己而作，为做一个真正的“人”而作。他做着太阳梦，渴望寻梦，赞颂寻梦：太阳只有一个，梦却是无数个。诗人不仅想象有“十万个太阳/在那里赤身裸体地狂舞”，“我得赶快种植太阳”（《面对四壁》），而且“每天 我都要把太阳擦得锃亮/别在胸前/作为一种自豪的徽记”（《植物宣言》），甚至以日月为桨，“驾着一叶小舟/漂泊在/太阳里”（《太阳梦》）。对太阳的赞颂，是作者的情不自禁，他曾在一篇同题的文章中说：

“向生活深处走去，我知道这不是梦。

……对于我来说，拉萨的一切都是那么真实，在我那间常摇曳着烛光的小屋里，我认识了一群又一群的寻梦人。你见过一步一叩，跋涉千里而来的朝佛者吗？从某种意义上说，寻梦者的精神更为感人，他们为了追寻一个美丽的梦，翻越了无数精神意义上的大山，微笑着，走向太阳，尽管，他们的身心遍体鳞伤。”[2]

正如夸父，他没追赶上太阳，却不是也为后人称颂么？幸福或许就在于追寻这种过程本身。但现实和想象之间总是存在距离，他的诗里也常流露出一种痛苦，一种苦闷，乃至一种分裂，害怕丢失自己，甚至试图叛逆。

“我且作一只勇敢的蚊子/撞向蛛网/世界在晃了几晃之后/用孤独的绳索/把我捆绑”（《记忆》）；

“血和泪/造就骨髓/骨头继续向深处走去/执意作一个绿林草莽/路/越来越窄/冰川收缩包围圈/骨头 越来越肿胀”（《骨头》）；

“流浪在大街上 黑风衣/很迷惘/哪里 再去寻找一间小屋”（《丢失自己》）；

“忽然 你想/伸出一只利爪/咬断某条褪色的轨迹”（《叛逆之光》）；

[1] 晓浩：《后记》，见晓浩：《太阳梦》，第98—99页，西南交通大学出版社1992年版。

[2] 晓浩：《太阳梦》，见凌渡主编：《太阳梦》，第199—200页，广西民族出版社1996年版。

“一只太老的绵羊/嚼着青苗/向上的姿式/全被啃光”(《这个季节》);

“一个我东征西战/另一我东躲西藏/一个我萎缩/为了另一个我更高大” “一个我是我/另一个我也是我” (《复杂》);

“从那段愁苦的日子抽出来/你/是一把宝剑/闪着凛凛寒光”(《痛苦》)。

这些痛苦是因为爱情，还是因为事业，抑或是生活本身的重负，诗人没有明言，但他“渴望有一群心/照耀内心”(《我》)。作者思考自身的意义，鼓励继续攀登，“若隐若现的路还长呢/背起它吧/用嫩嫩的肩”(《登山》);太阳雨下，他踽踽独行，但“古海早已枯干”，“我被犁成小树/问他/能否开花结果/他不语”(《古海》);寺庙的废墟上的老喇嘛，我希望走近他的眼睛内部，“这双眼睛 木质大门一样/厚重地关上了/我在门外思忖/神秘”(《神秘》)。是古老的文化拒绝新鲜的血液，还是新鲜的血液难以融入古老的文化，作者仍在思索，他思索“成熟”：“我将走进伏击/被那个微笑包容/然后开始下坠”(《成熟的时候》)，果实成熟也就意味着下坠；他回忆情感，“枝丫/出乎意料地岔开/猛然发现/我们竖立在各自的天地/我们成熟了/不会被感情折断/或许/这是我们最根本的悲剧”(《想你的时候》)，最终“情话凝结了/我们各自停泊成森林/生长自己”(《小狗死了》)。在这一过程中，我们都已各自成长。或许真的那些一路上喊“受不了 受不了”的人，“他们缺乏一种营养成分/叫高寒缺氧”(《难忘高原》)。

总体来说，郝桂尧的诗歌具有现代情思，但意象并不繁复，语言也较为直白纯粹，并间有哲思警句妙语，如《老西藏》“一群岩石般的汉子/被削成二郎山的模样”；“三十年前 当你失去眼睛时/阴霾的高原天空/被一群量星 击得粉碎”(《草原雄鹰》)；“把转经路竖向天空/我们便多了一个俯视世界的角度”(《登山英雄》)等。

第十节　王远舟、贺中、张中

王远舟（1954—），笔名扁舟、思远，出生于四川岳池县。少失双亲，当过知青。1972 年随亲属进藏，从事过临时工，并在西藏人民广播电台工作过一个时期。1982 年西藏师范学院中文系毕业后留校任教，1990 年调回内地，任职于四川省南充市师范学院（现西华师范大学），历任西华师范大学中文系副主任、文学院副院长、新闻传播学院院长等职。1978 年开始文学创作，以诗歌创作为主，著有诗集《极地之舞》，另有论著《现代诗歌创作与欣赏》《诗人徐志摩研究》等。

收入《中国新诗人成名作选》[1]的朗诵诗《西藏，我们这群大学生》是诗人一首较有影响的诗作，有着突出的现实针对性。1986 年，26 个进藏大学生不要任何关系离开了西藏。对此，有人叹息，有人扼腕，有人唾弃。此事对作者的震动极大，他久久不能平静，遂先后与几十个进藏大学生促膝深谈，了解对这个问题的看法，以及他们对西藏、对人生、理想、事业、前途、爱情、家庭的所思所想，然后创作了这首诗歌。在 20 世纪 80 年代中期，大学生分配工作后，却不要任何组织关系而离开工作岗位，既是引人瞩目的举动，也是十分艰难的选择，这一举动背后所折射的与其说是西藏条件的艰苦和发展的落后，不如说是少部分人对社会责任的放弃和自我理想的偏离。当时，有人将分配到西藏工作视为一种“发配”，将到西藏发展的人视为社会的盲流，为此，诗人开篇即大声说道：“不是发配西伯利亚的戴罪囚徒 / 不是流窜天南地北的盲目浪人 / 不是闲逛山水附庸风雅的过路游客 / 不是莫名飘荡无以为家的轻佻浮云 / 我们是一群执着的垦荒者 / 是扑向干柴的一团热灼灼的火焰 / 是撒进沃土的一把胀鼓鼓的种子 / 是一群甘愿受苦的‘傻瓜’”。确实，西藏无论是自然地理条件还是社会发展程度，相比于内地一些地方有着较大的差异，高寒缺氧，荒漠贫瘠，生活不是那

[1] 丁慨然主编：《中国新诗人成名作选》，中国国际广播出版社 1992 年版。

么的舒适，也难怪有人将从内地到西藏发展的人视为另类，正如诗中所写的：“只要加入这一群，我们就成了 / 谈藏色变的内地人瞪大眼睛张开嘴唇 / 从头到脚打量三遍的‘西藏人’”。对于这些异样的眼光和言辞，诗人不仅毫不在意，而且激情澎湃地宣言：“要问我们为什么来到这里 / 因为我们对这块土地爱得深沉 / 面对残留的荒芜，我们点燃席卷的野火 / 面对延续的贫瘠，我们注入新生活的激素 / 面对历史的板结，我们插入锃亮的犁铧 / 我们撞碎拦道的冰排撞响广袤的空旷 / 我们放飞带着霞光带着霓虹的信鸽 / 我们舍弃一切难以抵抗的诱惑 / 只为，只为匍匐太久的一切冉冉升腾”。他们是理想的一群，是热血的一代，他们肩负时代的使命，社会的担当，民族的希望。虽然他们也曾迷失，也曾“丢失过钥匙涂脏过雪白的墙”，但是，“当岁月的刻刀”在他们舒展的额头“无情地刻下一道道参差的沟壑”，他们终将成熟，终将用歪歪斜斜的步子踏出一条属于他们自己的路。诗人自豪地写道：“到这神秘地方来的大学生 / 都是了不起的男人和女人 / 到这神圣地方来的大学生 / 都是了不起的父亲和母亲 / 都是敢于直面严峻的人生 / 敢于向世俗勇敢挑战的一群”。不错，他们也有忧虑也有苦恼也有牢骚，他们也有离情也有别绪也有乡愁，他们也曾议论八个年头的太阳和月亮，争论脚下这块土地的今天和明天。不能否认有人动摇甚至逃跑，但他们代表不了“我们，这群西藏的大学生”，因为，有更多的人留在了这块土地。诗人明白地宣示：“要怕吃苦我们就不到这里来 / 要图享受我们就不到这里来”，“我们也许不会成为什么英雄（这不是我们的奢望）/ 但我们一定能成为一群剽悍的高原人 / 成为这里挺拔的雪松和绵亘的山峰 / 站成一排潇洒的风景”。只要有热诚和关心，有理解与支持，尊重知识和人的价值，那么，哪怕成为烈士陵园一块孤寂的墓碑，“让妈妈和爱人的吻 / 迟迟吻不到我们的归期 / 我们，也在所不辞”。诗人坚信，“在神圣的呼唤下感召下 / 我们播下的种子播下的青春 / 一定会走进金灿灿的秋天”。整首诗歌语言铿锵，格调高昂，气势豪迈，表达了年轻的西藏建设者的赤子心音，没有无病呻吟，没有脱离西藏的现实。也正因为如此，当诗人于 1986 年 7 月 1 日在上海有千人参加的“振兴西藏”诗歌朗诵会上朗诵这首诗时，每朗诵一段，台下便报以一阵热烈的掌声，最后获得朗诵会一等奖。

此外，收入《西藏诗选（1965—1985）》[1]中的《沐浴节新歌》及《西藏青年诗选 西天最后一片净土》[2]中的《今夜，他想赶回拉萨》《雄性的“巴哦”》也较能代表诗人有关西藏诗歌创作的特色。如《沐浴节新歌》，全诗共分五节，均以“沐浴哟，沐浴哟”起首，反复咏唱，杂沓有致，旋律悠扬，节奏欢快，很好地衬托出了沐浴节中男女老少热闹欢欣的场面。而“录音机放着轻松柔曼的音乐 /‘风凰’、‘永久’停满金色的沙渚”的景象，又明显不同于旧时的传统，透露出强烈的时代气息。为此，诗人不禁感叹：“沐浴哟，沐浴哟 // 古老的沐浴之歌 / 往昔也在这里唱着 / 却唱不尽年年失望，岁岁凄楚 / 今天，换了人间，换了歌喉 / 唱呵，歌声在水波上追逐”。《雄性的“巴哦”》则透过对雄性的“巴哦”的描写，直接呈现诗人心中高原民族勇猛英豪，诗歌画面感强，寥寥几笔即把猎人那种勤劳、纯真、粗野、雄浑、浩方、强悍的性格巧妙地表达了出来。周韶西对此诗评论道：“诗一开始就像电影一样推出一个特写镜头，把一幅浸透着力的、蕴含着民族魂的肖像呈现在读者面前。诗的前两段是以细节特征进行抒写。从第三段开始，感情像潮水一样不可遏制的涌起，由此，诗人充分展开了联想和想象的翅膀，使诗更加合乎画的神采和诗的韵律。把读者和诗人的感情同时推到了高潮。”[3]

综观王远舟有关西藏诗歌的创作，具有较强的传统特点，明白晓畅，通俗易懂，大都以正面抒情为主，热情奔放，直抒胸臆，柔中带刚，温馨明快，

---

[1] 《西藏诗选（1965—1985）》（庆祝西藏自治区成立二十周年丛书），西藏人民出版社 1984 年版。

[2] 洋滔、昊夫编：《西藏青年诗选 西天最后一片净土》，花城出版社 1989 年版。

[3] 周韶西：《清雅野雄，画出情衷》，见周韶西：《梦中的西藏》，第 206 页，西藏人民出版社 2012 年版，（原载《拉萨晚报》1986 年 5 月 10 日）。

在体现地域色彩的同时表达对时代的讴歌颂扬。

贺中（1963—），又名克列·萨尔丁诺夫、贺忠、河中等，出生于甘肃肃南裕固族自治县。曾就读于张掖银行学校银行专业、北京第二外国语学院旅游管理专业。先后从事过银行会计、行政秘书、企业管理等工作。1985年进藏，任职于西藏自治区旅游局，从事编辑工作。1995年民族出版社出版诗集《群山之中》。

在1980年代的西藏诗歌创作领域，贺中是成绩显著的众多诗人中创作风格比较独特的一位。他的诗歌创作既不与成长于第一个时期（20世纪50、60年代）有着鲜明的政治意识形态背景的老一辈诗人，如杨星火、周长海、汪承栋等人相同，以歌颂、赞美为基调，走宏大叙事的创作理路；也不与崛起第二个时期（20世纪80年代）年代的诗人，如摩萨、加央西热、马丽华、吴雨初等诗人相像，以地域风情、宗教世相为底色，开辟地域文化叙事的艺术道路。贺中似乎对这两种创作倾向和文学意图都不感兴趣，在“茕茕孑立”的独行中，默默地营造着属于自己的诗歌王国。这种“不合群”的艺术倾向的产生，主要与贺中对诗歌的理解有直接关系。也就是说，贺中的诗歌观念，影响决定了他的诗歌审美思维。

贺中认为，语言是人类存在的家园，而诗歌就是借助语言达到这个家园的手段或工具，因为诗歌是超现实的，唯一真实的心灵话语。尽管这种诗歌观念不是唯一合理的诗歌观念，但对于贺中的诗歌创作来说却是决定性的。秉持这种诗歌观念，意味着作为诗人的贺中在诗歌创作中更乐于去追求形而上的生命体验和存在哲理，而不去关注在别的诗人那里看起来非常重要的其他诗歌因素。正是这种诗歌审美理念，使得贺中的诗歌呈现出了一些与同时代诗歌艺术精神风貌不太相同的特色。

贺中的诗歌在题材上，以对自然万物情状特征的描写为主。这似乎与其他同时代的诗人没有多大区别。因为同时代的其他诗人在创作中也多以描写西藏气象万千、多姿多彩的自然人文景观为主。但对比之下还是能够发现，贺中与众不同的地方其实相当鲜明。他诗歌中的自然景观很少涉及人为因素，即看不到人工力量对自然存在物的支配与改变；他也绝少在诗歌中安置充满了宗教意味的意象，几乎剔除了这方面的文化因素。这种舍弃地域文化特色的创作取向，在西藏当代文坛，尤其是20世纪80年代以来的西藏当代文学创作中，还是不多见的。

舍弃得天独厚的地域特色，贺中对自然万物情状的描绘显然有其别具一格的诗歌企图。最直接的意图是借助这些静止不动的固定物，表达隐藏在身体内部、意识深处翻滚跳跃的情愫和生命感悟。而这正是贺中诗歌最显著的一个艺术特征。依照诗人自己的话说就是，诗歌是一种具有超现实性质的精神活动。在贺中的诗歌中，往往发现不了对具体事物精细的描绘和铺陈，只能体味到抽象且浓厚的意绪、体验与感悟。如短诗《1987年对活着的感慨》：幽黑的骨头，被刺伤 / 像龟被划开 / 像羊被划开 / 像牛被划开 // 疯跑的 / 为什么没有被剥蚀 // 这首短诗虽然包含了一些非常具体的物象，如“骨头”“龟”“羊”“牛”等，但在这些具体的物象中，我们得不到任何关于生物物种意义上的物象特征，甚至连这些物象所可能蕴含的那些我们所熟悉的审美意义都难以获得，比如“龟”所象征的生命的长久，“羊”“牛”象征的生命繁盛与活力等。诗人已经把这些具体的物象完全抽象成了一种更为抽象的生命体验和感悟。诗人把自己对生命的体验与感悟比喻为“龟”“羊”“牛”被割裂的惨状，从中让人不难体会到诗人对生命存在中不幸遭遇的深刻体验和由此引发的精神世界里涌起的难以名状的苦痛。到底是一种什么样的不幸与苦痛，我们无法得知，但诗人通过诗歌传达出的这种看上去刻骨铭心的感受与体验，却能够冲击读者的神经，引发读者对生命存在的思考，启迪读者对精神世界的观照。

由于追求诗歌对生命存在和精神世界的抽象演绎，贺中在创作中常常不注重诗歌意象审美内涵的明晰与具体，更倾向于运用委婉含蓄的表现手段来完成对诗歌意蕴的生成，这使得他的诗歌具有很浓郁的象征意味。如《流动的水》：“想起来水就是水 / 一直不停地流便形成时间 / 当我们仔细地注视 / 一朵花 一片云 甚至一只小蝴蝶 / 就会自然而然发现 / 水浸润了花水浸润了云 / 水也浸润了小蝴蝶的腹腔 / 想起来逝者如斯 / 因此也就体会一种过程 / 像某种意识偷偷宰割自己 / 直至我们成为 / 一朵花 一片云 一只小蝴蝶 / 甚至一颗高入云霄的树”。这首诗表面上是写“水”，根本上却是在表达一种因时间流逝而人生老去、生命颓败的人生体验。“水”与时间流逝之间的关系很容易理解，因为有“逝者如斯”这样明白无误的表述。但时间流逝所带来的生命颓败感却不容易发现，因为整首诗中看上去并没有表现出因时间流逝而内心不安与焦虑的迹象。事实上，本诗的妙处恰在这里，在不动声色中表现生命存在的无奈境遇。“水”在诗歌中无处不在，它浸润有生命的存在物，也浸润无生命的存在物；它浸润大地上的有机生命，也浸润天空中的客体存在物，人于其中，也难免被“水”浸润的命运。“水”流成时间，时间像水一样浸润一切，不管生命有多少个轮回，也逃脱不了时间之水的浸润。如此彻底的生命感悟，其实浸透着无奈与苦涩。看似平淡的现象描述，暗含着九曲回肠的诗意。

尽管象征在贺中诗歌意蕴的营造方面发挥了重要的艺术功用，为他的诗歌增添了与众不同的艺术特色，也成就了一些值得称颂的诗歌篇章。但对象征的过分迷恋，也造成其部分诗歌艰涩隐晦，不容易接近的缺憾。如《颠倒的屋子》：“颠倒的屋子 / 流出古怪的液体 / 密布的血脉 / 将有鱼溯源而上 / 一口茶水 / 泼灭神灵的言词 / 惊人的东西 / 敲响皮鼓 / 叶片后的每一只蟋蟀 / 应合风中的符号 / 伸展小小躯干 / 寺庙废墟开始迷茫 / 第一层楼 / 和第五层楼 / 播映相同的景色”。这首诗歌在意象的安排上跳跃性过大，离我们所能够接受的常规思维距离太远。尽管诗歌允许思维与情感上的大距离跨越，并借助一些特殊的修辞手段来达到诗意的表达，但诗人个人极端化的情绪和意念表达如果不照顾读者经验的有限性，不考虑诗人与读者情绪与意念不能完全重叠的客观事实，就会让诗歌创作变成一种纯粹的个人独语。贺中的《颠倒的屋子》也许在他自己看来，以最为恰当的形式表达个人在特定情形中的特定体验，但飘忽散乱的词语组合和意象搭配却阻隔了读者进入诗歌的通道。对于诗人个人来说，这也许是一首抵达内心的“佳作”，但对于读者来说，可能会是一种不知所云的梦中呓语。在贺中创作中，这样的诗歌不在少数，它们在彰显诗人的艺术风格的同时，却也影响了诗歌中所隐含的审美意绪的散播。

贺中的诗歌弥散着一种浓重忧伤，这使得它透露出忧郁的气质，充满令人气闷的压抑感。这是贺中诗歌另一个显著的审美特征。贺中诗歌的忧郁似乎来自于他对人生孤寂与无奈的深刻体验与刻意回味。他的笔触很少描绘人世生活，却多关注自然景物，这可能暗示他无法在与他人的交流中找到可以安慰自我的力量，也可以说他不相信人与人能够达到心灵相通。对自然事物的描绘，是他企图寻找精神感应物的努力，但结果却不理想。这导致了他的诗歌只能以忧郁、压抑的外貌呈现出来。作为一个孤独的个体，生命只能是一种孤寂、无奈，自我欣赏的存在。这种人生境况在《在一颗树下》得到了显露的表达：“很多日子 / 我都这样坐着 / 任凭蔚蓝的寂寞 / 擦撞我的额头 / 暮色徐徐降临 路上行人很少 / 风刮起一阵透明的涟漪 / 叶片像金币闪烁 / 很多日子 / 我都这样坐着 / 想不起该做些什么 / 想不起该走向哪儿 / 很多日子 / 我都这样 / 望着日子空洞的眼睛 / 发呆并且歌唱”。这是诗人对孤寂、无奈这种生命境遇最持久的体验，他的忧郁与压抑就来自这种孤寂、无奈的体验。其诗歌意绪中的忧伤与压抑也来自诗人对此种生命存在的深刻体验。为什么会有这种持久的孤寂与无奈呢？诗人通过诗歌道出了其中的一些缘由，那就是人总是“背对着人类语言”。《又一个秋天》里有这样的诗句：

“又一个秋天：七只麻雀紧靠树枝 / 风擦过我的肩头 / 那个背对人类自语的人 // 握住手心的字母 / 忧伤拂动他的头发 / 惊起黑压压一片云朵 / 那个背对人类自语的人 // 我理解他，他用心打开一切 / 用心关闭季候，雪落了 /

那个背对人类自语的人 // 头依山河，怀抱琵琶 / 与一群鲜艳艳的马匹结伴而行”。

在诗人看来，言说者是无法与他人沟通的，所以只能“握住手心的字母”“背对人类自语”，唯一的结果就是与“一群鲜艳的马匹结伴而行”。“马”在贺中的诗歌中是一个具有特殊意味的意象，很多时候象征着精神的游走，所以与“马匹结伴而行”，其实就是一种精神流浪。许多情况下，贺中诗歌的忧伤与压抑就是在这种精神流浪中产生的。

贺中诗歌的语言乍一看很是直白朴实，仔细品味却意味绵长，是一种包裹着象征质素的语言，能够把人的思绪牵引到辽阔的意蕴空间。除此之外，贺中还非常关注语言搭配上的扭曲变形，从而制造一种新奇的意象景观。比如“青翠的阴影”“恶毒的欢悦”“厚重的笑容”“美丽的苍茫”等，这类语言组合所形成的意象尽管令人费解，但在某种程度上也是一种诱人的诗歌魅力。

进入 20 世纪 90 年代后，贺中的诗歌创作还在继续，但并没有取得更进一步的拓展，无论是题材还是审美风格，依然是前一个时期的延续。

张中（1964—），又名张忠，出生于浙江宁波。1984 年 7 月毕业于复旦大学中文系，同年进藏，曾任西藏《雪域文化》（原《西藏群众文艺》）杂志社副总编辑。1994 年内调至四川成都工作。1995 年调入人民日报社，历任人民日报驻西藏记者站记者、副站长，驻辽宁记者站副站长，人民日报记者部编辑组组长、副主任等职。1987 年，张中在西藏的第一首诗《浪漫时代的终结》发表于《西藏青年报》，同年，小说处女作《空白》发表于《西藏文学》。此后，有小说、评论、散文等若干发表于区内外报刊。1995 年 5 月，诗集《象征与独白》，作为西藏当代作家丛书之一由北京文化艺术出版社出版。这部诗集收录了诗人自 1987 年以来发表的 60 首诗作，集中体现了诗人诗歌创作的特色。该诗集的《本书简介》中有这样的介绍：

“简单的意象，朴素的语调，淡适的情感回旋，富有个性的独特视角，真切细微的感触点，构成了这本诗集的主要艺术特色。作者注重诗的整体感觉及其传达的可能，显示了较好的整体把握能力——一种微妙的分寸感。

以西藏为缘起背景的想象辐射，在作者的笔下，有节制地重复了人生——这一几乎包容一切的文学主题，以及它在个体生命中依时空所呈现的丰富内涵。”

李师东对该诗集有这样的评论：“毫无疑问，这本收有青年诗人张中六十余首（组）诗作的诗集不可不读。因为这里有着不同于其它的独特风景。这并不在于张中的诗写于西藏。迄今我们读的游历过西藏的文化人写出的文字，往往是在情不自禁地拿自己的感触与藏地的风貌人情相互映衬。而张中绝不。他的笔下绝少与西藏的外在联系。在《象征与独白》这本诗集里，张中要写的是一个汉文化人的精神遭遇，这是一个年轻的生命来自心灵深处的颤动，它无碍于外物，而直逼着内心。它写出了一个文化人修炼精神、感悟生命的艰辛历程。”[1]

确实，综观张中的诗歌创作，不独西藏的自然风貌色彩消隐，社会百态及世情关系也极少关注，诗歌的主题更多的是作者个人内心的生命感悟和一己情怀的喁喁私语，诚如张中自己所说，“他最初写诗只是给自己看的”，张军也曾评论说“张中的诗便是他的自画像”“张中在相当长的一段时间是为他自己写诗”。即便是一些“爱情诗”，其中的“‘你’既可以看成是‘爱人’，也可以看成是抒情主人公的另一个自我，这种双重性和可互换性决定了张中的‘爱情’诗，仍然是一种‘独白’”[2]。此外，或许是远离故土、独居异乡的孤寂，诗人常常沉浸在对往事和故乡的回想和梦幻之中，如《再回海边》《雨中墓地》等。作者的诗思是敏感的，“或失落，或充实，或一时的感悟，或长久的期盼，或是一位陌生客人的造访，或是夜外的一声

[1] 李师东：《人在边缘》，河北人民出版社 1998 年版。
[2] 张军：《猜想张中》，《西藏文学》1992 年第 5 期。

响动，他们无一不在强烈震撼着诗人的内心。”[1]特别是孤独沉寂的时空物象，往往勾起诗人的连篇思绪。如《空椅》：“捧一支蜡烛 / 独坐黑夜里 / 设想在很远的地方 / 陌生地 / 眺望自己 // 黑暗中弥漫的思想 / 成一堆错乱的时间 / 匆匆装进 / 若明若暗的玻璃盒子 / 因此无奈 / 迷恋于移动背景时 / 前景的微妙变化 / 进而想象一个 / 向前迈进的木偶 // 烛在风中跃动 / 是塑造独坐者的 / 万般悬念 / 有趣的是 / 故事开始在 / 一个熟悉的早晨 / 院子里有昨夜遗留的椅子 / 和一截烛头”。再如《独自行路的某个瞬间》：“我知道黑暗已经降临 / 当我关闭灯光 / 身已置于荒漠 / 顷刻间我多么渺小 / 我知道月亮不再升起 //‘越过红海之’/ 是一片沙漠’/ 如此面对实在 / 我无限趋近 / 却有永远无奈 / 如条孤单的抛物线 / 执著而徒劳 / 那个痛苦的过程 / 使我想起珠穆朗玛 / 虚无却有清晰的封顶 / 总是突然使人心悸 / 如在静静的夜里行走” / 一脚踩进深坑 / 在沉重苍穹下 / 我陡然感到 / 首要的知识求生 / 或是求死 / 这是合二为一的小径 / 一切多么无益 / 仿佛四季常盛的花”。其他如《复归宁静》《瞬间》《独居时面对自己》《沉默》《孤独的人》《沉默与我同行》等也都是这类作品。

总体而言，张中的诗歌创作情感细腻，意象单一，语言纯净，剔去了浮华与喧嚣，直指着生命的本真，追求唯美，较少功利、掩饰与做作，而注重静默瞬间的感觉；艺术风格舒缓宁静，忧郁恬淡，特别是一些情诗，写得缠绵忧伤，缱绻悠长。如《古藤》：“不管怎样 / 我总会在你的坟上放一束鲜花 / 在每一个 / 属于我们的节日 // 然后就坐在交叉的古藤下面 / 茫然或是若有所思 / 那古藤总是缠绵 / 年复一年 / 令我不辨岁月 // 就这样我常从日出坐到日落 / 看着鲜花渐渐枯萎 / 变得苍白如你最后的脸 / 宁静却使我哭泣 // 这时候往事缓缓而来 / 我就默默想着那些细节 / 许多时刻我不禁说出声来 / 那是你的名字 / 仿佛你坐在我的身边 / 仰起头来 // 我曾想在你身旁种一棵花树 / 却怕花开之后凄凉的凋零 / 因此我常常紧紧握住古藤 / 想把你知晓的一

[1] 李师东：《人在边缘》，河北人民出版社 1998 年版。

切 / 沿着根须重新给你 // 那天我看到两只蝴蝶出现在你的坟边 / 交相飞舞久久不去 / 直到日落的时候 / 我不知道这样的日子为何要有长长的黄昏。”古藤弯曲缠绕，盘根错节，给人婉转回肠、联结幽深之感，而花的凋零苍白，蝴蝶的交相飞舞、日落的长长黄昏，又无不让人心生感叹，花开花谢，日出日落，一切是那么的短暂，往昔的美好只能成为记忆的欢愉，斯人已逝，佳人不在，诗人无限悲凉又情难自禁，“我就默默想着那些细节 / 许多时刻我不禁说出声来 / 那是你的名字”，读来让人凄清刻骨，心曲悱恻。

第三章　散文报告文学

概　述

20 世纪 80 年代，随着改革开放的进一步深入，中央加大了对西藏的援建力度，西藏的政治、经济、文化等各方面都取得了巨大的成就。作为与现实生活联系最为密切的文学形式，散文和报告文学在这巨大而恢宏的历史变迁中也取得了引人注目的成就。因为散文和报告文学的素材都直接来自于现实生活，其内容具有强烈的客观实在性，具有与长于虚构的小说、长于抒情的诗歌等文学样式不同的艺术魅力。80 年代的西藏散文和报告文学利用自己的优势，在其他文学样式不能“涉足”之处，在展示社会风貌、宣传社会动态、传递时代精神、讴歌先进事迹等方面体现出的强大功用，成为人们了解西藏的一个窗口。

这一时期西藏的散文、报告文学创作呈现出勃勃生机，涌现出了大量享誉四海、引人注目的作品。有学者指出，该时期的纪实文学“用‘崛起’来形容，绝不会有溢美之嫌。不但参与人数众多，有三分之一以上作家从事过纪实文学的采访和写作，而且题材得到广泛拓展，囊括了历史和现实，自然和人物，涉及到官员、贵族、僧尼、艺人、商人、骡夫、天葬师等各个阶层，洋洋大观；思想认识上不断深化，排除‘左’的思想干扰，对社会生活的审视从政治层面向文化层面开掘，对人物的描绘从单一的阶级论转向人性论，赋予作品血肉丰满的文学色彩，赢得海内外读者的喜爱。”[1]

这期间比较重要的作家作品有：李佳俊的《西藏游记》（1980），鲁光、王丁的《在世界屋脊旅行》（1980），蔡贤盛的《西藏见闻》（1981），王宗仁的《雪山采春》（1982），赤烈曲扎的《西藏风土志》（1982），袁光厚的《漫游世界屋脊》（1983），秦文玉的《绿雪》（1986）、《神歌》（1989），马丽华的《追你到高原》（1986），杜培华的《拉萨踏古》（1986），李雅平的《人在高原》（1987），张宇光的《山神之地：藏北聂荣牧区民俗考》（1987），萧蒂岩的《人·野人·宇宙人》（1987），孙学明、邵兰生、杨志军的《喜马拉雅之谜——20 世纪人类的一次悲怆挺进》（1989）、西海的《拉萨骚乱备忘录》（1989）等。另外还出版了多种散文和报告文学的选本，如蔡本湘编选的《西藏通讯报告选》（1984），马丽华编选的《西藏散文选》（1984），刘万庆、莫福山、吴雅芝编选的《藏族当代散文选》（1986），西藏自治区文联编的《西藏当代报告文学选》（1988），等等。

这些作品从内容上讲，主要的关注点有两个，一是“现代兴藏梦”，正面反映当代西藏重大历史事件和现代化建设成果；二是“民族文化特性”，以文学笔触描绘高原的秀丽风光，介绍圣山古刹，探寻节日民俗，注重作品的文化品位。

一、“现代兴藏梦”。西藏作家作为社会的改造者与建设者，担负着建设一个新社会的重任，所以西藏社会的“现代化”历程是他们的主要关注点，他们从国家民族的视角出发，捕捉重大事件、反映社会动态，以宏大叙事为特点的纪实文学成为这一时期散文和报告文学创作的主潮之一。正像有些学者指出的：“20 世纪 80 年代中后期的报告文学从总体上来说，表现为政治理性、科学理性、历史理性与启蒙理性的有机融合。它以知识分子的

[1] 李佳俊：《从高原走向世界：回眸新时期西藏文学发展历程》，《西藏文学》，2008 年第 5 期。

一些特殊写作方式有力地参与了中国的思想文化建设与现代化进程。”[1]

1984—1985年间，为庆贺西藏自治区成立20周年，中央作出由北京、上海、天津、江苏、浙江、福建、山东、四川、广东等九省市援助西藏的重大决定，43项工程集中开工，整个西藏投入了前所未有的现代化建设的洪流中。许多作家抓住这个热点，创作了许多政治理性、科学理性、历史理性与启蒙理性“四性”合一的纪实作品。如秦文玉、马丽华的《极地丰碑》选取了如太阳能专家陈正荣、风能专家王海及以深圳速度建设拉萨饭店的南通人等典型人物、典型细节来反映历史洪流中人们的生存状态，赋予作品强烈的时代色彩。李雅平的《沧桑时节——写在九省市援助西藏四十三项工程工地》，同样是对人民改天换地地进行现代化建设的礼赞：“粗手大脚的劳动者，风雅斯文的文化人，日理万机的政治家，威名远扬的将军都将在这里比肩接踵，共同感受力的感染、美的熏陶、现代化的教育！人啊，你自己就是神；神灵就在你的心中。人们，让我们向现代化顶礼膜拜吧！”[2]表达了西藏人民对现代化的真情呼唤。秦文玉的《神歌》中的一些篇目满怀激情，形象展示了援建工程工地上，热火朝天的日日夜夜，鲜活衬托出新时期各族人民并肩携手建设新西藏的生动画面。孙学明、邵兰生、杨志军的长篇报告文学《喜马拉雅之谜———20世纪人类的一次悲怆挺进》围绕青藏公路的建设，成功塑造了活生生的英雄群体，如中央驻藏代表张经武、公路总指挥慕生忠、工程师邓郁清以及在道班坚持栽树十二载的蒋桂枝，在回顾历史中带入了思辨色彩。

以李佳俊、秦文玉、萧蒂岩、范向东、李雅平等为代表的作家的作品中渗透着浓重的政治意识，作品围绕援藏汉族干部的生活展开文学描写，内容往往同国家建设的各项方针、政策紧密相连，反映的是西藏社会的“除旧布新”，表达了对社会发展和建设的期盼。作品基调多是热情的“战歌”

[1] 章罗生：《关于报告文学的“学理性”与“功利性”——报告文学本体新论之一》，《浙江大学学报》（人文社会科学版），2009年第5期。

[2] 子文：《聆听西藏——以纪实的方式》，第224页，云南人民出版社1999年版。

与“颂歌”，反映的是西藏在逐渐摆脱了旧社会的阴霾之后，社会建设热火朝天，人民生活得到改善，到处充满了欢歌笑语的社会风貌，以及改造与改革的热潮。正如丁帆所言：“由‘西进热潮’掀动的‘战歌’与‘牧歌’，其浪漫主义激情掩盖了西部自然环境的恶劣，使意识形态化了的‘人’的理想与‘成长模式’所构筑的时代精神：牺牲、奉献、消灭个我、服从国家利益等等，在消融了由于物质匮乏带来的人的肉体紧张后，随之转化为磨砺与锻炼人的精神磨刀石。”[1]他们对西藏的感情首先出自国家民族，因此，他们的文学作品多反映社会建设，表达的感情往往升华到了国家民族的高度。总的来看，80 年代西藏的散文—报告文学在关注重大题材方面显示出明确的精神导向性。

此外，还有一些作品直接关注西藏发展中存在的问题，如西海的《拉萨骚乱备忘录》就以 1989 年 2 月初爆发的骚乱为背景，深刻地剖析了分裂主义者的阴谋，表达了西藏人民渴望安宁、幸福的心愿。

这类散文和报告文学作品的艺术特征是：

（一）虽以现实主义为主导风格、以纪实报道为主要目的，但这类反映当代西藏重大历史事件和现代化建设成果的散文和报告文学作品却同时也深深地浸透着诗化的浪漫情怀。这一特征的形成从文学描写的客体上来说与西藏自身的神秘性不无关系。李佳俊认为“首先是‘世界屋脊’特殊自然环境和人文景观，壮丽的雪山，古老、神秘的文化，保存太多的原生态习俗风情，多姿多彩的神话传说，在当今世界是独一无二的存在”[2]形成了特异的文学审美空间，促使作家以极大的热情从不同的侧面来对它进行探索；从主体精神气质上讲，20 世纪 80 年代整体的理想主义时代氛围也是这种诗化浪漫特征的来源。“20 世纪 80 年代的中国文学有一个照耀着自己的理想主义，一个未来的美好社会被文学所思考、所憧憬、所表现，即使

---

[1] 丁帆：《中国西部现代文学史》，第 99 页，人民文学出版 2004 年版。

[2] 李佳俊：《从高原走向世界：回眸新时期西藏文学发展历程》，《西藏文学》，2006 年第 5 期。

寻根文学那样的批判性、先锋文学那样的现代性，也都有一种悠远的历史回响，里面贯穿着一个民族的文化信念以及为未来而进行思想启蒙的信念：文学试图以自身来完成一个时代。”[1]作家们将西藏喻为理想之地，通过展现西藏的社会改革来传达自己的社会理想与文化理想，借和谐壮丽的自然之景来烘托出西藏社会的欣欣向荣，高原雄伟美丽的景色、神秘的氛围在浓墨重彩的叙述之下，一个和谐、兴旺、奔向现代化的社会被呈现在了读者的面前。在此，人与自然和谐作为整个社会和谐、人与人和谐的前提性背景是文章的有机组成部分。即便是描写高原恶劣的自然环境、艰苦的生活条件以及从封建农奴制向社会主义制度转变过程中所遭遇的各种社会动荡，也是为了反衬主人公顽强的超越意志，和用精神力量弥补物质不足的理想主义。

（二）他们多在文本中塑造完美的人物形象来肯定西藏的社会进步。学者张国都指出：“西藏的报告文学创作从题材看绝大多数是写人，即便为数不多的记事的报告文学作品，也是以事件为线索，着重写事件中的人。那些写人的报告文学作品的主题突出地体现了生命存在的文化价值的追求。”[2]的确，20世纪80年代的纪实文学作品中记录了大批的援藏干部、驻藏人民解放军官兵和藏族建设者们，他们的形象被刻画得十分完美，有极强的英雄主义色彩。如秦文玉的散文《云鸟西飞》，热情地颂扬了驻藏人民解放军官兵，对他们身处恶劣的自然环境却一直默默奉献、任劳任怨的形象发出由衷的赞美：“我环顾整个机船，这里有饱经风霜的脸庞，更多的却是黧黑红润的年轻的脸盘。他们中有爬冰卧雪进藏的，有骑着战马进藏的，更多的却是坐着‘解放牌’进藏的，他们来自祖国各地，已经把自己播进雪山高原，要迎着风雪抽出绿叶、开出红花，他们要用青春去染绿雪山，

[1] 施军：《退潮的理想主义：20世纪80年代后中国文学》，《文艺评论》，2010年第6期。

[2] 张国都:《深沉雄壮的生命律动: 西藏报告文学的文化评点》,《西藏大学学报》,2007年第2期。

而甘愿被雪山染白双鬓”；莫树吉、张振声等四人合写的《心属边疆 身陷大地》记录了土壤科学工作者、革命烈士卢耀曾的光辉事迹；吴明的《骨肉》记录了作为女改革家的王义明身上人性的光彩；还有龚巧明的多部记录当代先进人物事迹的报告文学作品……

这一时期作家笔下的人物都是垦荒式的正面英雄，是社会主义新时代、新生活、新思想、新风尚的代表，都显得高大、光明，充满希望。但是这些形象也有一定的缺陷，主要表现为英雄性格单一，人物类型化、模式化。

散文—报告文学表达对社会发展和建设的期盼，不是以抽象的观念为表达方式的，也不是抒情诗般的战歌、颂歌，它是以文学手段表现现实生活中具有典型意义的真人真事。这要求作家以敏锐的眼光，在现实社会生活里发现具体存在的代表人物，捕捉曾经发生、正在发生的代表事件，并对这些人物和事件进行提纯和升华，将之凝缩为某种精炼的时代精神。这一点，20 世纪 80 年代的西藏纪实文学的贡献十分突出。以内地援藏干部和进军西藏部队为主体形成的思想、作风、观念、行为是一种崭新的文化现象，在此基础上与西藏各族人民共同形成的“老西藏精神”，成为西藏当代精神文明中极富社会意义的内容，对高原人生命存在的文化价值追求产生了影响。它召唤、激励人们走进西藏、认识西藏、克服困难建设西藏。“老西藏精神”成为至今影响巨大的的精神感召，而它的形成与20世纪80年代的散文—报告文学息息相关。

二、“民族文化特性”。西藏作家在 20 世纪 80 年代开始尝试将社会学、历史学、人类学等学术研究中的记录方法转化为一种文学风格，对西藏进行描述，急切地想要写尽这里的山山水水、文物古迹、宗教历史、神话传说、传统习惯，一种展示西藏风土人情的记录式散文开始大量涌现。例如李佳俊的《西藏游记》、赤列曲扎的《西藏风土志》、叶玉林的《我的山——阿里散记》、秦文玉的《绿雪》，还有《西藏东南角》（杨辉麟）、《神奇的阿里文化》（杨年华）、《藏边拾翠》（宁世群）等。他们描绘高原风光，介绍节日民俗，记录风土人情，考察民间文化，构成了颇具民族特色的“风俗画”。这些作品不仅向外界宣传了西藏独特的民族文化，还通过作家的所见所闻努力提升作品文化品位，为多种学科的研究收集了第一手资料，可以说这些作品做了多方面的有益的探索。

一些藏族作家本身就是著名的民俗学家，如赤列曲扎，塔热·次仁玉珍，他们的《西藏风土志》和《西藏地域和人文》都是很有代表性的文化散文。为完成写作，他们往往花费几年工夫，亲自到各地考察，寻访相关人员，查阅多种文献，既发掘了历史文化的根源、诠释文化现象的本质，又将传统文化置于当代语境之中，凸显出民族文化的延续性、当代性。他们的作品有着强烈的民族自豪感与鲜明的文化立场，作品形式往往比较质朴，突出记录性和知识性。而汉族作家的这类作品往往是以游历为基础，通过对理想中的西藏的书写，来建立起自己的社会理想与文化理想。如秦文玉的《绿雪》中对藏族的传统节日达玛节、雪顿节等进行了书写，颇能反映西藏社会的民俗特点，并借热闹的节日来肯定西藏社会改革所取得的进步，文学性和抒情性比较强。

这些散文作品在大量记录、整理风土民情的同时，大都对西藏的自然、人文进行了客观记叙，文章的容量增大了，反映西藏的面拓宽了。但纪实手法使文学色彩大为减弱，容易失却艺术的韵致，难将作品编织成浑然一体的文学整体。在大量散文作品中，普遍存在着把记录民俗当作创作本身的现象。

总起来讲，20 世纪 80 年代西藏散文—报告文学的创作观念既包含个人情感，也有多重文化的综合观照，文学描写接纳了学术研究方法，两种创作方法并存，为 20 世纪 90 年代西藏文化散文的大规模出现奠定了基础。但为政治服务的模式还比较突出，在思想深度方面有待深入，在艺术风格上类型较少。

第一节　秦文玉

秦文玉（1948—1994），笔名边烽，出生于江苏泰兴县。1976年毕业于南京师范学院中文系，后历任《西藏文艺》编辑部编辑、小说组长、副主编，中国作家协会文学讲习所学员，鲁迅文学院、北京大学中文系、北京语言学院学员，西藏作家协会副主席，中国作家协会机关党委副书记，作家出版社副总编辑、机关党委委员、党支部书记。1972年开始发表作品。1994年10月23日在福建组稿时，因车祸殉职。

秦文玉在散文、报告文学、小说、电影文学等领域都取得了值得关注的成绩，著有纪实文学《风暴与宁静》《拉萨骚乱备忘录》《火·冰山·鸽子的史诗》等。散文集《绿雪》1989年获新时期全国优秀散文奖；报告文学集《神歌》和在此基础上写作的长篇小说《女活佛》获西藏自治区优秀作品奖；散文《十万佛塔记》获《散文》月刊二等奖，中短篇小说《法音》《古堡上的水晶石》和《云鸟西飞》等多次在省级以上报刊评奖中获奖。涉及的内容也相当广泛，历史、宗教、艺术，各行各业的人物，包括活佛、洋人等都是他关注的目标。

他的报告文学涵盖了西藏和平解放以来跨世纪发展的历史转折时期。在报告文学作品中，《神歌》无疑是他的代表作。《神歌》写藏族著名英雄史诗《格萨尔王》是如何发掘、整理出来并使世界为之瞠目结舌的，记录了《格萨尔》说唱艺人艺术生涯，同时用事实澄清了黑格尔的妄断，说明中国不仅有史诗，而且有世界上最长、最有文化魅力的史诗。他提出这样一个问题："一个一字不识的中国老艺人，为什么竟能演唱史诗42部，长达800万字？"通过一个普通人的传奇，凸显出藏文化独特的色彩，呈现出明显的精英价值导向。这篇作品以翔实的资料和抒情的笔触，介绍了《格萨尔王》的产生和广泛的影响，充分肯定其珍贵的历史文化价值。《神歌》首先发表在《海内外文学》杂志上，《人民日报》海外版以《东方荷马》为题选载了《神歌》

的部分内容后被译成英文在美国发表，使《神歌》在大洋彼岸也产生了一定影响。

秦文玉的另一篇报告文学佳作是《女活佛》，写一位爱国爱教女活佛被迫出国，漂流他乡，历经磨难，重返祖国的坎坷事迹。1984年，秦文玉以此为基础，创作了小说《女活佛》，并于1986年改编成电影。

这些作品的作用是双向的，不仅向世人介绍了西藏独特的文化、悠久的历史，让世人了解西藏、了解了这里的人民，也让西藏人民感受到爱国主义精神与宗教精神的统一。

在报告文学中，他始终恪守真实性的准则，即新闻意义上的“真实”。他以记者身份走访了西藏城镇、农村和草原，结交了各阶层的朋友，包括干部、战士、农民、牧民、僧人、活佛、民间艺人、知识分子，真可谓腿勤、嘴勤、手勤，记录的资料达三百多万字。为写好《女活佛》，秦文玉上百次地拜访活佛、经师、原寺庙管家，还俗尼姑和喇嘛，由国外归来的藏胞，当年进军西藏的老战士，曾驻印度的我国外交人员和留学生……作品中所写的人物和事件、人名和地名，都经受得住科学调查、实地检验。

秦文玉在散文上的代表作是1986年由百花文艺出版社出版的散文集《绿雪》。该散文集中的篇章集中体现了秦文玉的文学气质，彰显了其深厚的古典诗词基础，浸透着诗化的浪漫情怀。笔调清新，想象丰富，联想广阔，使作品有深邃的历史感和现实宣传意义。

《绿雪》一篇通过作者品尝甲拉山绿茶为发端，描写顿珠等人引种云南亚热带绿茶到西藏，歌颂劳动者创业创新精神。通过对一事一物一人的现实描写，将历史融于现实进行思考，讴歌西藏翻天覆地的变化，歌颂民族团结，维护国家统一，歌颂高尚的献身精神和开拓进取精神。

这种叙事议人型的散文创作模式，在秦文玉的散文创作中比较常见，就是作者在生活中采访到某一事物，由该事物引发对人的精神的探索。《十万佛塔记》《布达拉宫之晨》《达玛节》是这种模式的拓广。

秦文玉散文的语言特点是感觉细腻、语言壮阔。比如《布达拉之晨》:“大海开始收潮了。暗蓝色的海浪哗哗地泄退。渐渐地，从海底崛起一座宫殿：金顶、鳌首、宫窗；一层、两层、三层……它变幻着色彩，迷离弦目；在海面上越升越高。终于，十三层宫楼全都崛升到海波之上，巍峨地耸立在海天之间。海浪拍打着它脚下的珊瑚礁，溅起了空濛的水雾，使这神秘的宫殿在海面又在半空，在水里又在雾中……”《在古寺溶溶的月色中》则用白描手法，将西藏社会的新气象写得生动：“‘嘻嘻嘻……’‘喃喃喃……’一串清脆响亮的欢笑是向古寂的湖水里投进一串石子。一群上夜校的藏族青年走近大昭寺门口。他们中有几个穿高跟皮鞋的姑娘居然还有意‘踢踏’了两下，一串尖利的口哨声又引出一连声的大笑。这群欢乐的挟着书本的青年人里，有的人系着彩色的邦典裙，有的穿着富于线条美的喇叭裤。在朦朦胧胧的月色中，他们都象开放的哈萝花那样美。”

除了充满想象力的景物描写，他还常用富于抒情性的文学手法加强作品的感染力。如《雪与火之歌》《星云碰撞》《祖国的眼睛》等，用“梦”的虚幻形式来展现了驻藏的边防战士与大自然的艰苦斗争，用主观抒情的形式进行客观现实的描写，有极强的艺术感染力。作品并不是一味地罗列事实、描述客观状况，而是在恰当的地方用情感饱满的语言来提高作品的艺术品质，这种具有强烈感情色彩的语言在同期的散文和报告文学作品中几乎都能遇见，秦文玉可以说是这种风格的代表。为了准确地传达出西藏社会建设背景的特异性，他在写实的基础上将“梦幻”的感觉放大，一方面如实描写西藏社会变迁的现实，努力“祛魅”，另一方面又将西藏描写成具有奇幻特征的地方。

秦文玉自言：“我渴望写出表现我们这一代人的悲欢、血泪和与命运顽强抗争的作品。”他认为：“散文是浮动的花卉，不是烈性的炸药。”“散文像是平静的湖泊，像是暗香浮动的花卉。我们需要优美的轻音乐，需要注满诗意的山水画和纪游篇，需要花鸟鱼虫，需要笼罩朦胧美的雾、梦和倩影。离开这些，散文将会乏味。”这些见解融入到他的作品里，成为自觉的美学追求。

第二节　马丽华

马丽华（1953—），女，出生于山东济南。1976年毕业于山东临沂师专中文系，同年进藏，在西藏自治区党委组织部任干事，后调至《西藏文学》编辑部任编辑。曾就读于北京大学中文系作家班，获北大文学学士学位。历任西藏文联副主席、西藏作家协会副主席，兼任西藏大学、西藏民族学院客座教授。2003年调至北京，任中国藏学出版社总编辑。主要著作除诗集《我的太阳》外，有散文集《追你到高原》《藏北游历》《西行阿里》《灵魂像风》《走过西藏》（《藏北游历》《西行阿里》《灵魂像风》合集）、《终极风景》《西藏之旅》《老拉萨——圣城暮色》《西藏寺庙与民居》《马丽华走过西藏作品系列》(《藏北游历》《西行阿里》《灵魂像风》修订再版)，《苦难旅程》《十年藏北》《藏东红山脉》《西藏文化旅人》《风化成典——西藏文史故事十五讲》《马丽华散文》，文学评论《雪域文化与西藏文学》，报告文学《青藏苍茫——青藏高原科学考察50年》《探险大峡谷》，长篇小说《如意高地》等。《风化成典——西藏文史故事十五讲》（2009年，获国家图书馆文津图书奖），长篇小说《如意高地》(2011年获老舍文学奖)，论著《雪域文化与西藏文学》（获全国第四届少数民族文学研究优秀成果一等奖）。

综观马丽华的创作，其涉猎非常广泛，既有诗歌、散文、报告文学，也有小说和文学评论等。其中，散文创作的成就无疑是最高的。而《走过西藏》（《藏北游历》《西行阿里》《灵魂像风》）和《藏东红山脉》可以看作是马丽华纪实散文的代表作。

关于《藏北游历》，马丽华说“多年的藏北之行使我获知了牧民生活的完整印象，他们古老的精神世界的全部：神山崇拜和格萨尔王的传说。再有就是，每想起西藏，首先映入脑际的就是藏北风光：天有多蓝，云有多白；天有多低，云有多近……”。《藏北游历》以地点的转换呈现藏北的自然风景和人文景观，由“西部开始的地方、文部远风景、北上无人区、藏北：一片不可耕的土地、日益不原始的漠风、东四县风采、冰雪大江源”七章连缀成篇，借由《藏北游历》——领略了藏北的神山圣湖、大草原的奇光异彩、广漠的无人区、纯净的蓝天白云、藏北的大风雪……以及牧区的婚礼、节日、赛马会等仪式，牧人的游牧生活和藏医、巫医、历算等，涉及到自然、人文、宗教、伦理等丰富的内涵，其间不时穿插着作者或叙或议或抒情的体验和感悟。

《西行阿里》与《藏北游历》在结构体式上相似，共有“扎达——土林环绕的地方、普兰——雪山环绕的地方、永远愉快的科加、在神山岗仁波钦的一次精神之旅、荒原小城狮泉河镇、日土——湖泊环绕的地方、昨天的太阳，永恒的太阳”七章，选取的几个地方很能反映阿里自然地理地点和人文历史发展的概况。《西行阿里》一方面展现了阿里变幻多姿的自然风景，且移步换景，凸显特性。同时探触阿里宗教世界、人们的日常生活及阿里的文化形态等方方面面。格勒对《西行阿里》的评价很精到：“《西行阿里》虽是一部文学作品，但其意义和价值显然已超出文学的范畴。”“其突出的特点是借助于对地域特色、风土人情、历史典故、神话传说、自然风光等的精心描写，执拗地追求一种特定文化价值的参照，从中探溯藏民族文化的内涵、价值及其对于当代人类的意义。”

《灵魂像风》——介绍了“查古村的岁时祭祀、山环水绕的雪绒山谷、边缘风景：活佛克珠的戏剧人生、布满神灵的乡野、雅鲁藏布流经的地方”，再由“朝圣者的灵魂”归结到“何处是你灵魂的故乡”的思索。周星说，“女作家以她那支生花之笔，在这本《灵魂像风》中，为我们描绘了一幅又一幅西藏乡间的生活场景；为我们介绍了一位又一位农民、牧人和宗教职业者的人生经历；并且带领我们一次又一次地与她共同领略了西藏那自然、历史与文化的独特魅力。”

《走过西藏》三部彰显了马丽华发现西藏的历程，首先是发现差异的激动，保持文化人类学美人之美、美美与共的叙述立场，深深地理解他们的生活方式和精神世界，悲壮地感受苦难之美；随着了解和体验的深入，作者对所见所闻有了深刻的思索，以现代视野审视这方土地的发展与固守，并对他们秉持的精神世界和风俗仪轨生发质疑。当然，正是因为对这方土地和这里的人们爱的深切，才会有这样的焦虑和担忧。至此，她推翻了之前所持有的文化人类学立场，对之前篇章中津津乐道并赞叹的苦难、宗教生活以及他们的精神世界的意义持保留态度。正是意识到寻找、发现西藏意义的悖论，作者才急切地想要结束。马丽华走过西藏，走进西藏的生活和文化、终又走出。

马丽华称《藏东红山脉》是她西藏纪实文学的“封笔之作”。这本书从“横断山脉概说”开篇，以下十四章为“沿着茶马古道、两河汇流昌都镇、噶玛沟一条文化风景线、金沙江两岸：江达与德格、金沙江两岸：三岩与山岩、千百年朝圣之路、通往青藏高原的阶梯、阳光与风的作品、二十三年察雅行、古道有洛隆、“火炬”边坝、川藏公路穿过八宿、“大山”深处、横断山脉西北边缘的丁青”，小结：走出红山脉。展现昌都地区和横断山脉康巴部分地区高山峡谷的神奇风光，特有的色彩“红”，红山脉红土地上的人生百态，沿着茶马古道一路寻访，探寻千百年的社会历史与现实人生。此书的小结：走出红山脉，既是这次寻访的结束，也是作者对“个人二十五年西藏岁月的追问与反思，对于个人与其地之间关系的双向质疑。”“生活是在别处。想起当年远离家乡的心情，想起初到西藏的渴望认同和被认同、接纳与被接纳的心情，为此做过的那么多年的努力，二十五年过去，却发现最初所受教育的根深蒂固的性质，转而想要参与这个社会，为这片土地做一些实实在在的事情，苦心孤诣却发现力不能及——既不可能请他们上车聊避风雨，也不可能跳下车去与他们风雨同行。”这种无能无力的幻灭感传达出马丽华因爱而生的痛苦和困惑。

在《走过西藏》自序中，马丽华言说西藏的意义：“对于未来者，西藏是个令人神往的佛界净土；对于此在者，西藏是一种生活方式；对于离去者，西藏，你这曾经的家园让多少人魂牵梦绕——西藏，就其实在的意义来说，更是一个让人怀想的地方。”而作者最后的疑惑、思索也揭开了一切“想象西藏”的神秘面纱。马丽华的纪实散文以实地勘查为基础客观地呈现西藏，与猎奇化、神秘化、想象西藏的书写不同，让读者不仅领略这里的自然景观、宗教仪轨、婚丧习俗或节日庆典，而且深入到藏族民众的现实生活和精神世界，西藏与其他地方的差异的只是生活方式的不同，去除表面的形式，其他都是相通的。

马丽华的纪实散文承载了厚重的人文历史和宗教内容，具有开阔的文学视野和深刻的精神启悟，这使她的散文突破了浮光掠影游记式的感悟，实为一种大散文的格局，这又与20世纪90年代的大散文写作思潮不谋而合，不可否认，马丽华的西藏大散文写作是成功的，《走过西藏》提供了书写西藏的一种方式和切入西藏的一种视角。

马丽华是一个在西藏书写路上不断发现的作家，她总是掠过比较熟稔的素材和写作路径，而知难掘进，《风化成典——西藏文史故事十五讲》就是她又一次艰苦跋涉的成功实践。拉巴平措为之作的序说：“《风化成典——西藏文史故事十五讲》是一部具有史学背景、藏学基础的文学佳作。说这部故事书的写作难能可贵，非马丽华莫属”。马丽华以学者式的严谨审慎、文学家的敏锐，对西藏数千年的文史钩沉索隐，展开适当的想象，让已经风化千年的往事重新焕发生动鲜活的肌理，复活曾经的历史人事及画面。

《风化成典——西藏文史故事十五讲》从“自新大陆”开始讲起，把读者带入远古时代的场景中，十五讲依照时代的演进顺序依次为“神话时代之万物何来、传说时代之人神共处、英雄时代之喷薄而出、英雄时代之如日中天、英雄时代之牧歌唱晚、命运种种：生活在远年的天空（之一）、必修时代之佛祖在上、在大元帝国治下别开生面、命运种种：生活在远年的时空（之二）、遍地是王法：多封众建在明朝、命运种种：生活在远年的时空（之三）、清季的天空之斗转星移、清季的天空之朗朗乾坤、清季的天空之暮色四合、目送渐行渐远的背影”，最后归于“川流不息的风”作结。马丽华以藏族口耳相传的故事、考古资料、文史史实为依据，以编年体的结构梳理出高原数千年的发展演变史，展现出神奇的高原文化形态、复活了历史人物和故事。有关于万物起源、人类起源的几种传说：如天与地结合演生出万物、猴变人的传说等；有广为人知的历史人物事件的重述：如松赞干布和吞弥桑布扎的事迹；有打捞被历史忽略掉的小人物的史实故事等。

关于《风化成典——西藏文史故事十五讲》的成书意义，主要体现在以下几个方面。首先本书对文史史料保存、借鉴具有重要的意义。有些口耳相传的传说故事，只有少数的人还能够讲述，连故事原产地的人也大多淡忘，有些对民族文化交流发展作出重要推动和贡献的人物被忽略，鉴于此对文史史料保存的意义尤为重要。而用文字记载是最为可靠的。

其次，突显了多民族国家文化交流的作用。书中侧重讲述了在历史上为民族文化交流作出了贡献的人物和故事，如松赞干布和文成公主的故事，被陈寅恪誉为“一代文化所托命之人”的法称大师，藏文的创制者吞弥桑布扎等。一部藏民族发展演变史，离不开各民族相互间的借鉴、影响和推动。马丽华深知民族文化交流的意义并有着这样的文化自觉意识，而且这本书的成书过程中尤为重要的一点就是借鉴藏汉等多种文史资料的基础上完成的。写史是为了谏今，《风化成典——西藏文史故事十五讲》当为各民族文化交流发展提供有益的启示。

当然也应有对这本书客观的评价，作者说“有一个念头是在写作过程中出现的：为再创作提供线索。”拉巴平措说：“‘提供线索’，是作者本意，并非自谦，限于体例和篇幅，书中故事并没有、也不可能展开来写，仅仅作为提示，寄望于后来的作家艺术家各取所需，以多种形式创作出更多更宏大的叙事篇章”，这也是《风化成典——西藏文史故事十五讲》的另一重要价值和意义。

如果说《走过西藏》《风化成典——西藏文史故事十五讲》等作品主要是从自然景观、人文历史的角度发现西藏之美的话，长篇报告文学《青藏苍茫——青藏高原科学考察50年》和科学人文之作《青藏光芒》这两部作品，作者视野转移到西藏的科学考察领域，这又是她书写西藏之路的一次跨越、挑战。写西藏的科学研究和科学考察这个题材源于对科考工作者的敬意，也确实有感于科学考察事业对西藏的现代化进程的重要推动作用。为完成这两本书的写作，马丽华作了大量的调查、访谈，收集了很多资料，各地奔波跟踪记录、访问，阅读了解相关科学领域的著作，付出了艰巨的心力。

《青藏苍茫——青藏高原科学考察50年》呈现了新中国成立后青藏高原科学考察的三个阶段的开展历程和成果，再现了科考工作者求真务实、科学严谨、无私奉献、服务西藏的“老西藏精神”，展现了青藏高原科学之光的壮美，是一部为青藏高原科考人树碑立传之作。《青藏光芒》是一部全景式呈现青藏高原科考历程之作，是一本关于西藏地区自然科学多学科认知的普及读物，更是对科研工作者的致敬之作。中科院院士姚檀栋认为《青藏光芒》“其科学性、广泛性、系统性、普及性、文学性等等都远超《青藏苍茫》。”马丽华说因为这两部书的写作，使得她的西藏书写才完整，由此彰显了这两部书的价值和意义。

首先，完整的呈现了西藏的面貌。《走过西藏》从文化的视角展现了西藏的农村、牧区、古史之地的自然地理、经济生活、人文历史景观，这些景观更多的是对西藏内部风貌的呈现，《青藏苍茫》《青藏光芒》是书写现代科学技术力量进入、作用于西藏后高原发生的变化，从另一个角度揭示西藏的现代化进程的推进离不开几代科考工作者的付出，同时也阐释了中华民族命运共同体的意识。并且《走过西藏》《风化成典》等作品对西藏的揭示及解释带有文学的浪漫想象和阐释，《青藏苍茫》《青藏光芒》从科学的角度对一些地质地貌特征、自然万物等作考证、探究式的揭示，给人以庄严的震撼之美。它们使西藏的讲述交织着神秘与确证、浪漫与理性、传说与科学多重意味。

其次，梳理了半个世纪以来青藏高原科学考察队的经历和成果，以科学的手段揭开了世界第三极地的神秘面纱，展示了中国科学考察研究工作的进取和实力，增强了民族自信心和自豪感。

再次，对“西藏精神”和科考人的致敬。书中塑造了三代科学家为了青藏高原这方土地所付出的心血和努力，甚至是健康和生命的代价。他们高涨的热情和无私的奉献精神，以从事青藏高原科考工作而自豪和荣幸，体现了科学家们不畏艰难险阻、开拓进取的科研态度，以献身于科学事业而为荣的高贵品质，体现了建设者们勇于担当的奉献精神。正是这种精神的感召力才构建了青藏科考工作辉煌的 50 年。而这种精神是历代扎根西藏、驻守高原人共同的精神信仰，与马丽华在藏 28 年的艰难跋涉一脉相承，这种奉献精神还继续传承和发扬，这也是西藏不断发展进步的动力所在。

综观马丽华的散文创作，有以下几个方面的特征值得关注。首先，马丽华的纪实散文开启了认识西藏的一种方式，通过作者的实地考察、访谈、见闻，加之对文史资料、历史典籍的查阅，付之于持久艰巨的勤奋，炽热的情怀和认真严谨的态度，拒绝任何讨巧、猎奇、浮泛想象西藏的方式，一步步接近西藏真实的面目，端正、严肃的创作态度，证实了她的发现西藏是较为可靠也更有价值。同时也做着向世人展示一个真实西藏的努力。

其次，她的散文信息量大，知识性强，内容丰富多姿，承载着深厚的精神文化内涵，具备了大散文的质地；同时涵括了纪实散文、报告文学、科学人文、文史故事等多种类型的写作，在多个领域奋进、探索，题材广泛，视野、格局宏阔，又超越了一般意义上的大散文写作，开辟出独具特色的属于马丽华的西藏散文。

再次，马丽华的散文富有文采，思想鲜活，叙述与抒情揉为一体，既有女性作家的细腻、感性，又具有学者的严谨和文学家的哲思，行文间时时流露出她真实心灵的倾诉和富有哲思的理性思索。在大散文的架构里，她的西藏言说渗透着个体的生活经验和人生体验，又并非限于写实手法，常用神话、寓言、象征、想象等手法营造富有文学意味的氛围。

最后，真挚情感的投入与理性的审视。之所以持久的致力于西藏发现的写作，正是因为马丽华对这方土地真挚情感的投入。二十多年在藏的经历造就了“西藏的马丽华”，她超越民族的、地域的、文化的差异，理解这里人们的生活方式、特殊的婚姻家庭模式以及他们的宗教信仰，格勒称马丽华“无一丝一毫的民族偏见”。相反作者“心悦诚服地接受了当代文化人类学界有关文化模式、思维方式并无高下优劣之分的观点，”认为“任何轻视和无视别一生存形态的思想都是愚蠢的五十步笑百步”。尤为可贵的是作者为自己“可以在故乡人面前毫不自卑地称道自己为西藏人”而感到自豪。但随着深入的参与、了解，她开始用理性的目光反思，严酷的现实使她感到心疼、困惑，甚至追问到比较敏感的问题，她不能无视西藏的苦难、固守，正是她深深地热爱这方土地上的人们。

除散文之外，马丽华在诗歌创作方面也颇有成就。马丽华诗歌创作是从她1977年进藏时开始的。1988年人民文学出版社出版了她的诗集《我的太阳》。全书共分四辑，收录诗作49首。总体而言，她的诗歌创作数量并不多。这一时期她的诗歌大致可以分为三类。

第一类是表现雪域高原的自然人文与藏族人民的生活和时代与民族精神的，气势雄浑，深沉中不失豪放，充满理想主义的激情。如《我的太阳》《走向羌塘》《生命进行曲——传说中的藏族起源》《雅隆河之歌》《五色幡》《央》《从当穹湖到当惹湖》《朝圣者的灵魂》等。

第二类是歌颂社会主义新时期和新西藏的美好未来，同时表达自己甘愿奉献的充满豪情壮志的诗歌。此类诗歌显然与时代思想氛围有着密切的关系，可以说是时代精神催生的艺术产品。这主要表现在她的《报到，向祖国边疆报到》《总是这草原》《花木诗笺》《鹿场夏日》《我们这样辞旧迎新》[1]等作品中。

第三类是表达个人情感的层层涟漪和对生活进行理性的思考。这类诗歌由于更为贴近自我生活的内部，所以表现出了更为细腻的情感流露和更为复杂的情感波动。这种颇具“个人化”的自我表露，在当时的环境下，引起了一些争议。而这恰恰是其诗歌冲破陈旧规范的一种体现。如：“就这么走吧这么走吧 / 身影在前月亮在后 / 不能走一生何妨只一程 / 无论走向荒原走向绿洲 // 有谁能够知道！ / 或许从来所寻求的 / 只是一个肩头”（《无题》）；“最不忍听情侣们私语嘈切了 / 充耳不闻假装很超脱 / 开花时节心甘情愿地拒绝开花 / 怨不得那无花之果”（《缺憾》）；“我说，爱情是浓酒 / 友谊是甘霖 / 既然我们没有海量 / 且将友爱畅饮”（《月夜，在拉萨河畔》）；“明知在我生命终结前 / 你不可能抵达 / 仍然细致地计算您的行程 / 正是为了眺望你 / 我才奔到这世界的高处”（《情诗——致遥远部落的王子》）。再如，《我说，我爱，但我不能……》[2]，从表面看，这似乎是一首情诗，有些论者也确实把它当做情诗来读。但从更深的层次上看，这首诗可以看作是借助对爱情的抉择来表现对某种生活道路进行选择的“言志”之作。这与中国古代诗歌中以香草美人比喻个人志向或品格相类似。诗歌以一个苦苦寻找着的形象起笔，描述了她在寻找中所付出的艰辛困苦，并毫无掩饰地表露了寻找的过程中所产生的困惑、迷茫与失落，以及寻找到自己心目中的理想的“你”之后的喜悦与激动。“是在高原扑朔的风雪里，/ 是在马背生涯的颠簸中，/ 我狂喜地发现了你，/——我心灵中走出的倩影。// 正是我苦苦寻觅的你啊——/ 清贫，但富有，象诗人；/ 正是我久久怀想的

---

[1] 《西藏文艺》，1977 年创刊号；《中国青年》，1985 年第 8 期；《西藏文艺》，1979 年第 2 期；《西藏文艺》，1979 年第 2 期；《西藏文艺》，1980 年第 1 期。

[2] 《西藏文艺》，1980 年第 6 期。

你啊——粗犷，矜持，而又多情。”但是生活并不像诗人所设想的那样，有时候，近在咫尺，却难以得到。“离你一步之遥，我却退却了，/ 我说，我爱，但我不能……”，这时候诗人感觉到，“世间最深的悲哀，莫过于 / 认准了……却不能为之献身。”也许生活中的一次“生死抉择”摆在了诗人面前，由此而引发了诗人对生活困惑的感慨。对于这首诗歌的创作动因，诗人在后来有所解释，指出它是对自己内心所激荡的一场关于事业道路选择的苦思与挣扎的真实记录。在解除了自己内心的困惑与迷茫之后，马丽华重新找回了完成自己事业的信念。她渴望能够拥有一种全新的生命品质，从而去面对并不平坦的人生道路。诗歌《高原呵，请赐我……》就是对她这种内心渴求的真实写照。

总体而言，马丽华的诗歌创作始终没有摆脱时代环境的制约，即使那些表现个人情感的作品，也带有明显的时代印痕。情感激昂、主题明确、单一，这使得她的诗歌很难走出狭小的方圆之地。但即使如此，马丽华的诗歌创作在新时期初期的西藏文坛还是不容忽视的，尤其是她的那些表现个人情感，反映日常生活的作品，对突破单一僵化的文学规范产生了一定的冲击作用。评论界对其诗歌《我说，我爱，但我不能……》的讨论就是一个很好明证。

2006 年，马丽华创作出版了《如意高地》。这部小说除了在语言和风格上延续了她文学的诗性、思辨色彩外，还渗透了她对西藏历史、文化、宗教、社会的理性思考，以及对人性和命运的追问。在叙事上，从未写过小说的马丽华也尝试多种艺术手法来完成叙述。可以说，《如意高地》是对她以往创作的总结和检阅，也是她实现小说创作的圆梦之作。

据作者介绍，《如意高地》的写作源于读过的一部旧书《艽野尘梦》。《艽野尘梦》是陈渠珍的一部自传，讲述自 1909 年入藏到 1912 出藏的个人经历。《如意高地》的重写定位于：“最终决策是把陈氏原著仅作为构件之一，重新召请其他人物事件素材，试图借助后现代的结构复调拼贴等等诸如此类的手法重新布局”[1]。马丽华重写的动力来源于：一，它是清末民初藏汉关系史的宝贵记录。二，原书文言写成，不利于传阅。三，有感于传奇的藏地经历和爱情故事。小说最大可能地保持历史或历史故事的真实性，但也不拘泥于历史史实或历史著作的内容，以现代意识重述历史，使历史与现在相呼应，引发当代性的思考。

在讲述过往那段历史的同时，小说还设置了和平年代，刘先生等人在藏的故事。根据佛教的轮回观，小说让古今人物一一对应，每个人物都有自己的前世今生：刘先生——刘赞廷，司马阿罗——黑衣喇嘛等，而且对每个人物现实世界之外的平行世界进行比照，探讨命运的偶然因素与必然性。

艺术表现方面，这部小说有以下几个特点值得关注。一是古今交错的双线叙事。《如意高地》将西藏的历史与现实交相叙述，单数章节为现在，双数篇章为过去，有效地舒缓了紧张的历史情节，平衡了小说的节奏。二是多重艺术手法的借鉴和运用。作品充分发挥丰富的想象力，运用多重艺术手法。如时空穿越、虚幻的平行世界、各种假设等，扩展了小说的文学空间。三是后现代叙事艺术的探索。小说把结构小说的过程作为小说的内容出现在小说中，明确说明刘先生、司马阿罗、杨庄等都是虚构的人物，在建构文学意义空间的同时，又不断地质疑小说的真实性和解构小说的意义，具有元小说的特征。

第三节　赤烈曲扎、塔热·次仁玉珍

赤烈曲扎（1937—2018），出生于西藏拉萨。1948 年进色拉寺为僧。和平解放后，于 1952 年进入西藏军区社教班学习，第二年被保送到中央民族学院语言学专业学习。大学毕业后曾任中学教师，西藏人民出版社社长、总编辑，西藏博物馆馆长等职，系西藏大学客座教授、硕士研究生导师，享

[1] 马丽华：《如意高地》，第 24 页，北京十月文艺出版社 2006 年版。

受政府特殊津贴。曾获西藏文化工作取得突出成绩者“西藏珠峰金质奖章”。

赤烈曲扎的主要精力，放在对西藏民族文化研究上，他的文学创作以实地考察、采访、研究为基础，强调文化性和知识性，他撰写的《西藏传统民歌集》荣获全国优秀民间文学作品三等奖，《藏族发祥地》荣获五省区藏族文学散文创作二等奖，《夏鲁纪行》荣获全国少数民族团结征文三等奖。《西藏风土志》《西藏——我的家乡》已被译为英文、德文、西班牙文，由北京新世界出版社出版发行国内外，《西藏文化史话》日译版近年在东京由日本东方书社出版发行，《藏毯工艺史》英译版在泰国出版发行。作为西藏著名学者、作家、翻译家，为使世界了解西藏，做了许多工作。

赤烈曲扎的散文代表作是《西藏风土志》。为了写好这本书，作者花费了几年工夫，亲自到西藏各地采访调查，翻阅文献。在此基础上，经过选择、剪裁、精心雕琢，全面系统而又深入浅出地介绍了西藏的风土人情、名胜古迹、文化艺术。这部作品的内容包罗万象，涵盖古今，既介绍石器时代的卡若遗址，也介绍当代居民，既介绍刀耕火种的历史，也谈到当代大学生的成长。从吐蕃赞普松赞干布到大元帝师八思巴，从羌塘无人区的珍稀动物到数不清的神山圣湖，从节日文化、民间歌舞到世界最长的史诗，从出生命名到婚丧礼仪，民俗的方方面面几乎应有尽有。作者将民俗学家求实审慎的学术态度和文学家恣肆汪洋的浪漫情怀完美地结合起来，从整体上描绘了雪域高原的自然景物，介绍了西藏的民间传说、神话、宗教和历史，又从各个侧面描述了民俗的历史变迁。这一切，都是要了解西藏的读者所特别关注的。本书既囊括了社会上五光十色的各种真实画面，又从历史、文化的角度作了必要的追根溯源和诠释，融知识性、理论性和可读性于一体。这是本书的显著特色。1982 年冬，这本书刚刚出版就被抢购一空，以后十几年内重版四次还被译为英文本，仍然满足不了国内外读者需要。后来，他在此书基础上，又写了一部《西藏——我的家乡》一书，还只是手抄本时，就被北京外文出版社译成德、法、日、西班牙等四国文字。他在民俗学方面的贡献，被国内外学者所公认。

本书由一篇篇短文组成，这些文章既独立成篇，又构成系统的整体。例如，在介绍西藏风俗习惯的部分，包括了庆贺小孩诞辰的“生”、送别死者的“丧”、完成男女终身大事的“婚”、记述迎送接待宾客进行交际活动的“礼”、论说社会基本组织形式的“西藏妇女及婚姻家庭”等，对于藏族风俗礼仪的介绍比较全面。又如生活方面，介绍了茶、食品、服装、装饰、住房、交通运输、用物等具体方面，有人类学、民俗学的资料意义。

作者的文笔朴素无华、明白晓畅，读来亲切感人，不故弄玄虚，还不乏诗一般的情怀，从而在文化内涵和情感色彩上超越了那些浮光掠影的旅游者写的以猎艳逐奇、卖弄神秘为能事的文字。以描述对象本身的魅力取胜，再现了丰富内容和新奇情趣，同时又条理分明，边叙边议，让读者犹如亲临西藏。例如介绍藏族的节日沐浴节时，谈到了时间选择的慎重性和科学性。沐浴节为什么选在初秋呢？“每年七月上旬，高原雨季刚过，风和日丽，阳光灿烂，白天温度很高。有一种说法，沐浴节期间的水比‘圣水’还灵验，同是一江之水，与平时可大不一样，在此期间的水有特别的威力。正因为这种信念在人的思想上起作用，所以男女老少都竞相下河。最怕冷水的人，这时也有惊人的勇气和毅力了。人们不但洗头、洗澡，也顺便洗衣服和被褥。”“据藏文天文历书记载，初秋之水有八优点：一甘，二凉，三软，四轻，五清，六不臭，七饮时不损喉，八喝下不伤腹。”“为什么秋水最佳呢？这是因为西藏高原冬长夏短，春天雪水冰人肌骨，一般不敢下水；夏天大雨滂沱，山洪暴发，河水浑浊，虽有适当气温，水却不够清净；冬天皮袍裹身，谁还敢下水洗澡呢？只有入秋时节的河水，才有上述八大优点，才是洗澡的大好时光。”语言流畅，逻辑性强，注重知识性和可读性，集民间传说、书面材料、现在实况、历史面貌之大成，融知识性、趣味性、文学性于一炉，具有一定的深度和力度。

另外值得一提的是，在介绍西藏各地区名胜古迹和文化圣地的时候，作者没有停留于历史追忆和眼前景致的描写，更将民族团结、爱国兴藏的思想化入高原景物的描摹中。如介绍萨迦寺时，有一段意味深长的描述：“萨迦寺内，从本身的建筑、精美的壁画、珍贵的法衣、盔甲、古瓷，到典籍、经卷和‘唐嘎’，都是不可多得的艺术品，萨迦的确是个巨大的艺术宝库。几乎每一件都能说明元朝及以后的明清时代，藏族与汉族、蒙古族、满族之间的密切联系，许多艺术品都是各民族团结合作的共同结晶。”写夏鲁寺，着重写了它作为民族友谊的见证的历史重要性：“公元1329年，夏鲁寺在一次大地震中遭到毁灭性的破坏，元朝皇帝赐给吉裁（夏鲁万户长）大量财物，命他重整夏鲁寺。公元1333年，吉裁从内地请来许多汉族工匠，和当地工匠合作，重新建成现在这个规模。据说当年还从内地运载一些琉璃瓦、瓷雕方砖进藏，主殿殿顶的瓦是内地产品，偏殿的瓦是仿照内地烧制而成的。”“瓦架斗拱，屋檐漏斗，屋脊瓷雕，以及屋脊上的瓷塑，都与内地庙宇一样无二，证明是当年之物；主殿和偏殿内，古老的壁画仍然保存完好，壁画内容丰富，画工精美，画面故事生动，渲染强烈，颇有宋、元壁画笔法。画中的人物、服饰和用物、家具，又颇近似内地风格。可以看出，夏鲁寺的建筑和绘画，是藏汉文化交流的产物。”

总之，赤列曲扎的散文可以说基本上是集历史钩沉、民间传说、英雄轶事、文献史料、现实变化、政治意义、外景描写，文化分析之大成，融知识性、趣味性、文学性于一炉，具有相当的深度和力度。他的散文读起来十分亲切，不仅增进读者对高原的理性了解，更令人产生热爱高原的感情，坚定建设西藏的信念。

塔热·次仁玉珍（1943—2000），女，笔名塔珍、冰峰，出生于西藏昌都八宿县。中国作协西藏分会会员，国家二级作家、著名民俗学家。十四岁前往高寒缺氧的藏北安多县工作生活三十多年，其间的1964年至1966年，在中央民族学院学习。1982年开始发表作品，1993年弃政从文，任西藏自治区文联副主席、西藏民俗文化总会会长、《西藏民俗》杂志主编，是中国作协会员、中国民俗总会理事。

塔热·次仁玉珍在完成公务的同时，充分利用工作的便利条件坚持民俗文化田野调查及研究工作。走遍了万里羌塘（包括可可西里地区），漫步雪域高原，深入村村寨寨，翻越险山恶水，走进无边的沙海，战胜寒魔病鬼。通过四十多年的田野采风，她的足迹踏遍西藏山山水水，搜集了大量的民间故事，其中《藏北民间故事集》获西藏自治区第二届珠穆朗玛文学艺术奖。她写下散文集《我和羌塘草原》，以真实率性的笔锋表达着对故土的深深眷恋和不尽赞美。另外还在《东方艺术》《中国西藏》《西藏青年报》《西藏旅游》《西藏民俗》等报刊杂志上发表过《无国籍的人》《阿里踏古》《拉普公路的尽头》《苯教徒的节日和祭祀》《无鹰的天葬台》《再致天湖》《沐浴桑烟的情歌》等50余篇民俗散文。1995年获西藏自治区珠穆朗玛文学艺术奖，1997年获文化部《中国民间文学三大集成·西藏卷》组织一等奖。

她曾经组建了一支“敢死队”式的考察队，奔赴海拔六千多米、被称作生命禁区的藏北无人区，进行跨越三年的冬季无人区考察，完成了无人区地形、地貌、面积、气候、海拔、生态、矿物资料、山河走向等综合考察，收集了大量文字资料、照片、地图、录像等珍贵资料。这位具有传奇色彩的女性看到了无人区成群狂奔的野耗牛、野驴；目睹了美丽的“杀人湖”（毒水湖）；与狼正面交锋过，也时刻面临高寒缺氧的威胁。在她走遍藏北的脚步中积累了大量关于藏北的自然、人文、历史、风俗方面的材料，也培养了她对故土深挚的感情。

她以厚实的生活根底和特有的文化视角参与纪实文学创作，向外界打开了一个散发泥土芳香的诱人世界。她的作品涉及重大历史事件不多，大都把笔触投向西藏的一草一木、一山一水、一家一户、一寺一庙，投向社会底层芸芸众生的日常生活，细腻地展示出普通百姓在传统和现代、古老文化和外来文化激烈碰撞中喜怒哀乐的情感世界，投向她自己，投向她的家乡和家庭。例如《我和羌塘草原》一书的开篇，就是关于她姓氏的故事：她曾爷爷曾经与山神奇遇，并治愈了山神的王后，作为报答，山神赐给他一个姓氏，叫塔热(即解脱之意)，这个姓氏可以使子孙免去水痘疾病。“从此，果青草原上姓塔热的人，小时候都不再患水痘，我自己也从来没有得过这种病。”类似这样的民间传说和神话故事在次仁玉珍的书里记载了很多很多，外界津津乐道的所谓“高原神秘文化”，在这里变成合情合理的存在，娓娓道来，自然而又亲切，十分耐人寻味。

作者选择以普通人的视角展现藏族文化不是偶然的，而是一种自觉的文化追求：“自从有文字的历史，都是王公贵族的演变史、斗争史，但是，对于广大农民牧民的喜怒哀乐却没有人代笔记载，他们只能用神话的形式，用民间传说，把我们祖先最早进行的尝试以及他们内心的愿望传下来，这些神话和传说，有历史的，有地理的，有天文的，还有生活方面的，我考证过一些故事，故事里说到的事的确存在，很有意思，而不是迷信。因为，这些民间的历史、民族的历史，只有神化了，才能一代代地留传下来，才有永恒的生命力。”[1]

塔热·次仁玉珍的散文不是一般的风光游记，作者生于斯长于斯，与审美对象气息相通，骨肉相连，支配人们行为方式和日常生活的民族文化底蕴从平实的叙述中自然而然地流露出来。她的散文也不是一般的风土人物志，因为这些散文不是材料的记录堆砌，而是有着作者本人生活、性格的烙印和形象生动的文学描写。它是从文化学、人类学的角度来认识把握西藏，把握作者深爱的故土。作者以女性特有的细腻笔触深入到自己和对像的内心世界，在苍凉严酷的自然景物与温暖祥和的人物情感的巨大张力中，显示了别样的艺术风格和美学特征。她的作品向我们描绘了一幅幅动人的社会文化风俗画，富于知识性和趣味性，是了解西藏，特别是藏北高原的

[1] 陆星儿：《她是〈格萨尔〉神话中的“魔女”——记藏族女探险家塔热·次仁玉珍》，《成功》，2000年第5期。

历史与现实、社会与文化、风俗与人情等的佳作。

第四节　龚巧明、范向东、李雅平

龚巧明（1948—1985），女，出生于湖南长沙。幼年随父母到四川成都定居。1969年到农村插队落户并开始文学创作，1972年回城当小学教师，1978年考入四川大学中文系学习。1982年毕业后自愿申请到西藏工作，先后担任《西藏文学》小说编辑、小说组组长，著有报告文学和小说、散文多种。1985年9月26日在藏东采访途中于林芝尼洋河不幸遇难。龚巧明曾发表小说、散文、报告文学多篇，部分作品入选《新时期女作家百人作品选》《当代女作家作品选》《争鸣作品选》。逝世后，友人搜集整理她的作品出版有文集《通往极地》[1]。

龚巧明的报告文学作品有《生命从零开始》《光电之歌——记刘允中同志》《建设者，我为你们而歌唱——葛洲坝人物访问记》《把她比作米兰——记演员王馥荔》等。龚巧明善于写人物传记，讴歌英雄人物，特别擅长塑造有理想主义特征的浪漫情怀的知识分子、艺术家形象。《极地素描——位藏族艺术家的故事》写了第一代藏族音乐指挥俄珠多吉成长的经历。她以诗一般的语言，描绘了藏族青年对艺术的不懈追求。作品这样写主人公对音乐的热爱：俄珠多吉十二岁时不怕喇嘛的皮鞭打烂全身，报名去内地学习；饥饿和寒冬酷暑折磨着他，他却不顾一切“沉溺于旋律编织的世界中”；手指瘫痪，他又从头学起了指挥。“对待官职和金钱，俄珠多吉可以表现出轻蔑，但面对音乐，他怎么也不可能那样泰然。如果有人在这方面硬卡他，无疑是要他的命，他不知会干出什么来”；文如其人，感情充沛，励志感人，文笔细腻。

《这片绿色的土地》，是龚巧明对参加1982年藏族文学研讨会7名藏

[1] 重庆出版社1988年出版。

族作家的特写，有写出西藏第一部长篇小说《幸存的人》的益希单增、四川省藏族作家意西泽仁、云南迪庆藏族自治州文联主席喻国贤、拉萨贵族出身、富有传奇经历的班觉、甘肃省甘南藏族作家尕藏才旦、青海籍藏族青年作家丹珠昂奔、西藏最年轻最富爆炸力的青年作家扎西达娃。她的写作对象是来自5个省区的藏族作家，可以说是当时藏族作家中最有代表性的，有全景式展现藏族作家群体风貌的意图。作品充满对藏族作家的准确观察和她对藏族文学的美好憧憬，可看出她对青藏高原这片蓝天白云和碧绿土地的炽热情怀。

龚巧明在写作中深于思考，感情真挚，敢想敢说，她的多部小说都引起了争论，报告文学也不例外，《他，留在了这片土壤中》满腔热情地歌颂了农学家、土壤科学专家卢耀曾献身西藏农业发展的感人事迹，认为他生前受到各种刁难打击，死后也未得到公正的评价。这篇作品受到三位新闻工作者联名文章的批评，继而引起了文坛的进一步争论。但读者对她的写作是认可的，认为龚巧明“是一位敢说真话的作家”。

范向东（1949—），笔名西戈、向洋，出生于上海。1974年毕业于四平师范学院中文系，1977年参加工作，历任西藏文联《西藏文学》编辑、小说及报告文学组长、业务副主编，西藏文联副主席，西藏文联创作理论研究室负责人，西藏作家协会副主席，西藏艺术研究会副会长，文学创作二级，曾被评为西藏优秀专家。1969年开始发表作品，1986年加入中国作家协会。著有长篇小说《茫茫的高原》《高原深处的人们》，报告文学《好班子，好班长》《高天厚土》[1]等。其中，《好班子，好班长》获得1991年度全国精神文明建设“五个一工程”优秀报告文学奖，《高天厚土》获得西藏文联第二届珠穆朗玛文学艺术奖。

长篇报告文学《高天厚土》通过江孜县县委书记平措带领干群战天斗地，

[1] 范向东：《高天厚土》，北京：中国藏学出版社1993年3月版。

科学种田，实现粮食翻番，创业致富的事迹，真实地展现了艰苦奋斗的精神，反映改革开放给农村带来的可喜变化。平措作为农奴出身的领导干部，在这场大变革中解放思想，大胆起用科技人才，依靠群众的聪明才智脱贫致富，也因此成为西藏新时期焦裕禄式的县委书记典型代表。作品除楔子外，共分十七章。第一章五光十色中透出的凝聚力，首先即写了江孜县的一个“怪”现象：群众富、机关穷，最穷属县委和县府。县长旦木真，居然没个办公室。县委县府各部、局、委、办，包括地位至关重要的农牧局，通常都是陋室一大间，三套桌椅五个人用。而群众却过得富裕，乃至于工作组的人员每走到一户人家，竟开玩笑地要将组里唯一的女性——《西藏日报》社的记者陈小姐“许诺”给这户人家。如此不停地“许聘”而又“悔婚”，到最后竟到了她的第七个“婆家”，以至于作者这批“财迷心窍”的娘家人，只好宣布这出“钟馗嫁妹”的游戏收场不玩了。但是在两位老资格的区干部家里，他们的家境，却只能算当地群众的中下等。不过，他们也有自豪的东西，就是许多奖状或奖品。1959年，西藏开始实行民主改革时候，这些从翻身农奴中涌现出来的积极分子，正是指着捧在胸口的毛泽东主席的肖像，冲着往日骑在自己脖子上作威作福的参叛领主老爷、管家老爷们，扬眉吐气地大声吆喝：“小子，睁开眼睛来看看吧！你们的天阴了；这是我们的太阳，我们的天晴了，我们的太阳升起来了。”正是为了这份自豪，他们一切都认了。物质上也许他们较之群众还稍嫌贫困，但精神上他们却异常充实。江孜的老百姓对他们有个说法：“咱们的这些干部，是真共产党。”接着，作者简要描写了江孜的这一批藏汉各族的“真共产党”干部的群像，并通过他们的叙述，引出了江孜县委书记平措。正如平措的得力助手任志毅的老母亲所想的：“这位江孜县委书记平措，究竟以什么样的品格，凭什么样的魔法，能在当今这个许多人都倾向于讲实惠的年月，把包括她的儿子儿媳在内的许多既不痴又不傻的人们的心拴得紧紧的，团在自己身边那样玩命地工作？他这种异乎寻常的感召力、凝聚力，究竟是从什么地方来的呢？”第二章至第四章“风雨成长路”“一幅幅重担压出来的将才”“年河英豪”，写了平措一步一个脚印的成长道路和艰苦奋斗历程中的几个主要经历。平措1942年出生于江孜年堆区车仁乡上游村的一户贫苦农奴家。1956年，老爷派他支差，跟解放军修筑国防公路，他曾有机会到内地学习，可终于没去成。30多年后，平措说起这事还带着深深的遗憾和些微的惆怅。不过平措自小就不是个会气馁的人。不久，西藏进行了民主改革。平措几乎一开始就成了积极分子，尽管当时他还未成年，但他却积极响应和协助县上派下来的工作组进行征购粮。1962年，中印边境自卫反击战打响，平措又踊跃参加了保家卫国的支前活动，任民工大队的小队长兼团支部书记，被评为西藏军区支前模范，并被选为西藏青年学习参观团的成员之一，到内地参观学习，作巡回讲演。当年国庆节时，还光荣地应邀登上天安门城楼观礼，受到毛主席等党和国家领导人的亲切接见。也正是这一次到内地参观，对平措一生的思想和事业产生了决定性影响。回到江孜后，1964年，平措被提为脱产干部，任江孜年堆区副区长。1965年，他曾接到通知到陕西咸阳的西藏公学干训班学习，可惜不久闹开了“文化大革命”，平措回到了西藏。当时，日喀则一带突然雨雪成灾。平措接到命令，带领600名民工，配合养护段，在部队统一指挥下，前往边境附近清道修路。虽然当时受“文化大革命”的影响，有人把派性情绪也带到了民工队伍，但在平措的努力下，大家齐心修路。他率领的民工，2个月就拿下了全部工程量，受到西藏军区通令嘉奖。平措领导民工的能力给县委留下了深刻印象。1970年，平措又带了一个800人的独立营去日喀则修和平机场，2年来，这个独立营，年年季季被评为全工程指挥部、全西藏军区乃至成都军区的先进集体。1972年，卡卡沟遭遇大旱，平措被抽调参加了县委组织的工作组下去领导救灾。接着，他被任命为卡堆区委书记。他领着大家截潜流、筑堤坝，建成了大小5个水库，平整田地，修园田、梯田1万多亩，修通了6个乡镇的公路等。可是不久，他还未圆就他的卡卡沟治旱之梦，又被任命为县革命委员会副主任，调到县上主持水利工作，并继任县电站工程指挥部指挥长。经过努力，克服重重困难，有史以来，江孜第一次有了一盏比明珠还灿烂千百倍的电灯，给翘首以盼的老百姓带来了惊喜和说不完的话题。之后，平措又主持完成了北干渠工程、上年河主河道治理工程等。回顾平措的大半生，搞成的水利工程有好几十个。回想起这些，平措感慨万千地说：“正如毛主席说的那样：‘前途是光明的，道路是曲折的。’作为共产党人，只能一方面盯住光明的目标绝不动摇，一方面又要冷静客观地正视眼前的曲折困难。造成曲折的原因是多种多样的，找准了原因，找到了办法，把周围人们的力量都团结起来克服它，就能通过曲折走向光明，实现自己预定的目标。人就是这样曲曲折折走过来的，事业就是这样曲曲折折向前发展。”第五章“人情味和历史感”写了平措与杨建秀、吴运隆等人的交往和他对江孜县历任领导的感激和怀念。虽然杨建秀在“文化大革命”期间直线上升，还尅过平措，后来又下台了，但当平措听说他为了要求落实政策方面的事回到日喀则时，从不给任何人送礼的平措，却破例带上自家产的酥油、糌粑等，到日喀则行署招待所看望他。平措解释说：“人是很复杂，杨建秀当然也有他的毛病，但毕竟年河工程有他一份辛劳。一八零八公里长堤，他操过不少心，洒过不少汗。在他落魄时，别人怎样我不管，在我，如果不去看他，心里确实过意不去。”平措就是这样一个人，他似乎丝毫不曾考虑这样做可能给自己政治上或者说仕途上造成什么不利影响。而谈到江孜县委老书记吴运隆及其他历任领导时，平措更是抱有深深的敬意和感激。他常常想：“我们共产党人完成自己的使命，是一个历史过程。一届又一届班子，一代又一代人，曲曲折折，锲而不舍。……也许在前人的手里，事业的发展不如我们今天迅速。但没有他们昨天的积累，哪有我们今天的飞跃呢？”第六章“群英唱彻大风歌”写历史进入新时期。改革开放的大潮，把平措，把新一届江孜县委一班人，推拥上了新的历史舞台。平措一方面加紧学习文化知识，另一方面紧盯经济发展，并在大批内调在藏汉族干部之时，想尽办法留住人才。有人回忆说：“我们……被平措这些同志的才干、气魄和宏伟的设想所吸引……留就留下来吧。人生难得是知己，事业携手须同怀！有平措那样的好书记领头，真能干成点事业，别的方面，个人呀、家庭呀，作出点牺牲我们也就认了。”第七章“天塌下擎得起”写平措带领江孜县委一班人炸雪山、扒白湖、保庄稼、帮助发展副业，搞生产自救，最终战胜大旱。第八章至第十章“褒贬激荡的生活交响曲”“悠悠公仆心”“拳拳骨肉情”写在平措的领导下，江孜县在坚持“两个长期不变”政策的基础上，积极推动统分结合的经营管理体制，充分调动了国家集体和群众个体的积极性。但也因为江孜县坚持搞“几统一”，被认为在思想方面落后守旧，相当不开放。所幸经历了“文化大革命”以来正反两方面的经验教训，人们在思想上、政治上已经成熟了许多。平措等人秉着为人民服务的公仆之心，坚持从实际出发，始终加强民族团结，大力推动经济发展，提高人民生活水平。第十一章至第十二章“风暴来临之前”“沧海横流时的坚固围堰”写正当江孜百姓沉浸在幸福水库建成的喜悦之际时，却传来了拉萨发生骚乱的消息。平措等人坚持维护统一，反对分裂，展开针锋相对的斗争，采取加强寺庙工作等有力措施，使江孜的政治形势始终稳定，各项经济建设基本没受到影响。在 1990 年 8 月全自治区召开民族团结表彰大会时，平措在大会上胸有成竹地宣告：“分裂主义势力，在我们江孜绝对成不了气候。江孜社会主义的明朗晴天，他们永远也翻不了。”第十三章至第十六章“扑向一个宏伟的目标”“拿下这个大旱区：拼搏篇之一”“把江孜搅成一个大漩涡：拼搏篇之二”“让生命火种般燃烧：拼搏篇之三”写江孜人立下了上“一亿斤”的宏伟的目标，并为之进行了不懈的奋斗和英勇的拼搏。第十七章“也是开局的结尾”，作者深情地写道：“一个生养了平措这样杰出儿子的民族，是值得骄傲的；一个培育了平措这样优秀干部的政党，是值得自豪的。孕育了平措这样卓越英才的这一片高天厚土，一定会有一个充满希望的明天。”

总的来说，作品成功地塑造了平措这一人物形象，并始终围绕平措这一形象，通过他身边的人、具体的事，既正面集中描绘，又侧面众星拱月，既曲折动人地讲述故事，又情不自禁地将自身融入，热烈地议论抒情，将历史和现实相结合，正面反映了当代西藏重大历史事件和现代化建设成果，将个人、民族、时代的共同要求表现出来，思想性突出，是这一时期主旋律报告文学作品的又一收获。

李雅平（1957—），出生于辽宁锦州。1982年毕业于中国人民大学，同年进藏，在《西藏日报》当编辑、记者。1987年考上中国社科院研究生后离藏。著有报告文学集《人在高原》，编写了《西藏万里行——首都记者团见闻录》，另有《追求者的步伐》等报告文学作品在《西藏文学》杂志上发表，还有多篇文学评论文章。

《人在高原》由西藏人民出版社于1987年5月出版，共收入12篇作品，其中大部分篇章记录了在内地援建西藏的大潮中涌现的多种行业里的奉献者们，他们在平凡的工作岗位上，克服着难以克服的困难，书写着新时代的英雄篇章。如写九省市援助西藏四十三项工程中涌现的事迹的《沧桑时节》、写从上海到日喀则援藏的好医生的《蒋英——一个人的故事》、写自愿要求进藏的地质工作者杜宁事迹的《奔向高原》，回忆青年女作家龚巧明个性而奋进的一生的传记作品《雪域之光》，记录成都空军赴藏抢险救灾飞行分队英雄事迹的《鹰，在喜马拉雅山上翱翔》等。李雅平还用热情洋溢的笔法记录了藏族新一代知识分子、艺术家们的成长历程，如写藏族舞蹈家白茇的成长历程的《白茇姑娘》，写拉萨市歌舞团赴阿里演出故事的《夏天，在阿里高原》，写藏族第一代音乐指挥家俄珠多吉的学习经历的《艺术之路》，写著名藏学家、西藏大学教授东嘎·罗桑赤列传奇人生的《在真理的呼唤面前》等。

在这些作品中，作者以人为本，选取大时代里的典型人物，着力表现风起云涌的时代在个体上投射出的影子，有以小见大的特点。这种写法能够深入个体的内心，在不脱离叙事的前提下进行抒情。值得注意的是，李雅平在行文中常常将意象进行简单排列，打破逻辑和时空的界限，反映人物在具体环境中的意识流动，有意识流文学的特点。比如在《雪域之光》中，作者写道："雪原。晶莹的雪原。海浪般起伏的雪原在岑寂地蛰伏在二月。黄昏降临了。太阳苍白无语，颤颤西望。是的，没有一棵树。没有一棵树高高地昂起头刺破这单调。假若此刻能跳下车，张开双臂站在雪原上纵情呼号一声该有多好！哦雪，轻柔的雪，纯净的雪。你想起色霁拉山了。你说它是风姿娟丽的仙女，身披乳白色轻纱，当风而立，宁静端庄；你说它是蛮横粗犷的银龙，搅起漫天飞雪，狂放不羁，难以驯服。你说……"物象与人物的心情交互出现，表现龚巧明在进藏途中复杂、纠结而激动的心情。这种写法在《太阳照亮我的心》中更加明显，现在与过去、当下与千里之外不断跳跃，留下大量空白，作者对此不交代、不解释，让读者反复猜测、体味，这种写法在报告文学作品中比较少见。例如在写到骑车远行的过程中，由于孤寂和恐惧带来的现实与想象的反复切换："我拽出睡袋。毛皮靴，羽绒登山裤，两件登山服，毛手套，帽子拉下来。耳朵，鼻子，嘴，下巴。没问题了，睡吧。只要第一下弄不死我，我总要拼个你死我活。自卫的家伙呢？在这儿。好了。行了……咦？脑袋下面是什么？鼓鼓囊囊的，倒挺舒服，噢，牛粪。妈的。算了，管他呢。天葬台。啧，啧啧。怎么在这种时候想起天葬台来了。不吉利。不吉利。呸！呸！抽支烟吧。对！……天葬台，这是怎么了？算了，算了。……"

这种对时间的变形处理、表现意识流动的手法在 20 世纪 80 年代中后期西藏小说中比较常见，这是改革开放后青年作家受西方现代派文学影响的产物，但在报告文学中这样的写法比较独特。李雅平的尝试体现了作家们对报告文学的文学性要求的提高。

第五节　赵乐斌、杨辉麟、郭中朝

赵乐斌（1949—），笔名士干，由甲等，出生于陕西西安。1969年2月应征入伍在西藏边防工作，历任战士、班长、排长、干事、记者、编辑、宣传科长、武装部政委、中国人民解放军西藏军区军事学术办公室主任、林芝军分区政治部副主任等职。著有文集《面壁漫笔——赵乐斌杂文集》《雪域足音》、组诗《花木皆兵》、散文诗《流萤》等。

《面壁漫笔》由西藏人民出版社1991年出版，收入作者自1978年党的十一届三中全会后十年来陆续发表在西藏报刊上的百余篇杂文，是西藏文坛第一部结集出版的杂文集。叶玉林曾在《西藏日报》以《胆识、精博、文采》为题，著文进行评价，称其杂文“亦庄亦谐，质朴自然”，“富有知识性和趣味性”，“不仅博而且精”[1]。作品共分三辑，第一辑：札记——幽默系列杂文，38篇；第二辑：杂感，61篇；第三辑：随笔，22篇。作者随感而发，想象丰富，信笔所至，多有蕴藉，驳杂之间，自成体系。如其幽默杂文系列，既概论幽默，又将幽默与不幸、讽刺、情歌，乃至导游、教学、健康、医疗、战争、夫妻、儿童、哲理、哲学、哲人等联系起来，各篇相对独立，又俨然是一整体，既让读者对幽默有总体性的认识，又对与其相关的一些生活联系有所认识，从而使人多方面、多角度、立体化地理解幽默的内涵、作用，以及其表现形式和手法。作者自述道：“在构思和撰写幽默系列杂文的过程中，我力求使自己的劳作效仿蜜蜂的采集和酿造，而非蚂蚁的积累和搬动；如同矿工的挖掘与提炼，而非‘倒爷’的贩运与转卖。”另外，作者重视语言的大众化，善于从生活的细节和事例出发，深入浅出地讲述道理，并不时穿插一些故事和趣味性笑话，增强了作品的可读性，令人咀嚼回味。

---

[1] 蒋往、庹纯双主编：《中国文艺家传集 当代》，第187页，西南师范大学出版社1993年版。

收在《雪域足音》[1]中的散文，主要是当年发表在《西藏日报》《拉萨晚报》《西南军事文学》等报刊上的随笔、特写、散文、报告文学等。这些文字真实无华地记录了他生活中的鸿飞雪泥，真切朴厚。他写了清洁工、临时工、老花工、排字工，也写了曾和他组稿采访中以身殉职的《西藏文学》的编辑龚巧明，有为了修建从西藏首府通往贡嘎机场的柏油路英勇献身的18岁的新兵李宏伟，（《工地上，一顶染血的军帽……记在筑路施工中舍身救人的新兵李宏伟烈士》）还有以身殉职的西藏军区司令员张贵荣。这些人物和他的文字一样纯朴无华，真挚、饱满，充满了对战友的思念和对西藏的热爱；而《榆钱儿》一篇则又把他度过了青春年华的西藏和故乡关中如一根针线般紧紧地缝缀到了一起。关中民国十八年的那一场年馑啊！将近90年过去了，还由老人的进述留在他的思绪里，如今，他虽然已经退役，回到了西安南郊他老家的易园蕉影书屋里，然而情感的最深处，魂牵梦绕的仍然是他的雪域高原，耳畔回响的仍然是马作的卢飞快，弓如霹雳弦惊，梦回吹角连营。

杨辉麟（1952—），笔名扬子，出生于四川铜梁县。历任战士、侦察科副科长、科长、军分区副参谋长。1997年复员回内地。著有《神秘的处女地》《西藏东南角》《极地天河》等20多部散文集[2]，逾700余万字，

[1] 赵乐斌；《雪域足音 赵乐斌诗词文选》，西安：陕西旅游出版社2007年版。

[2] 迄今他已出版了散文集《神秘的处女地》（1992年香港金陵书社），《西藏东南角》（1993年西藏人民出版社），《极地天河》（1994年四川民族出版社），《佛界——神秘的西藏寺院》（1997年青海人民出版社，2007年再版），《西藏旅游大全》《西藏佛教寺庙》（2003年四川人民出版社），《西藏墨脱见闻实录》（2006年西藏人民出版社），《西藏的民俗》《西藏的艺术》《西藏的雕塑》《西藏的神灵》（2008年青海人民出版社，2009年再版），《酷行西藏》（2008年青海人民出版社），《西藏绘画艺术》（2009年西藏人民出版社），《林芝军人》（2010年天马出版公司），《西藏精典宫殿游》《拉萨精典寺院游》《日喀则精典寺院游》《山南·林芝精典寺院游》《那曲·昌都·阿里精典寺院游》（2012年西藏人民出版社），《看西藏·藏族服饰》《看西藏·神山圣水》《看西藏·藏舞藏戏》《看西藏·婚俗葬仪》《看西藏·饮食风土》《看西藏·建筑艺术》（2014年清华大学出版社）。

是高产作家，在国内获奖40余次。

杨辉麟的散文大体上分为三类，一是写景状物，二是写人叙事，三是西藏史迹。其中，又以有关墨脱的写作引人注目。1993年西藏人民出版社出版的散文集《西藏东南角》就有不少这方面的作品。全书共分四辑："奇异藏东南""藏东南风物""民族风情录""默默奉献歌"。在他的笔下，墨脱的险道、冰川、飞瀑、激流、鬼门关、老虎嘴、一线天、原始森林、珍禽异兽、野生动植物、石锅、拐杖、野人……给人留下奇特、怪异、迷人的景致，既摇曳多姿，生动形象，又层次分明、井然有序。以瀑布为例，不必说那些直接描写瀑布的篇章《美丽的瀑布》《大拐弯瀑布》《背崩瀑布》，彼此各不相同，情趣盎然，即使是无意间遇见的瀑布，也呈现出不同的风姿。如："两个小时候后，我们在一块巨大峻峭的山石上坐下小憩，抬眼望，只见雪山峭壁之上，一瀑飞悬，喧闹如嬉要顽童，沸腾似千军万马，活蹦乱跳晶莹洁白的浪花又像是无数珍珠抖落……阳光从对面山巅雪松的缝隙照射过来，给这白练镀上缤纷的彩虹，绮丽壮观……"（《风景明珠鲁霞》）再如，"我们拐过突兀的山崖，正欲前行，突然传来震耳欲聋的响声。远处飞流倾斜，似千丈哈达悬挂云间。据向导达瓦介绍，那是流入邦宗湖的飞瀑。你看，那道瀑布自天而倾像银河倒悬，发出惊天动地的咆哮气势磅礴；坠至半空忽被峭石拦腰斩断，霎时雪浪飞溅宛如千万串断线的珍珠纷纷扬扬，织一块永卷不尽的垂帘；珠帘之水沿壁立千仞的峡谷向下奔流，坠入邦宗湖，水石相击响声如雷……"（《邦宗的记忆》）。另外，作者笔下的动物也写得十分有趣，如动魄惊心的猪豹之争："豹子前爪伏在石头上，龇牙咧嘴；野猪屁股靠在大树上，扬起嘴巴，豹子沉不住气了，一声长啸猛扑过去，野猪用前胯挡住豹子的利爪，再用嘴一拱，豹子跌出丈外。斗了四、五个会回合，豹子变招了：它向前一扑，在逼近野猪时，突转身子，尾巴猛地一甩，打得野猪哼哼直叫，扬扬长嘴，发起了攻击。豹子纵身跳跃，躲过野猪的长嘴，照屁股叼上一口，伸出利爪，斜抓猪的眼睛，野猪眼里留着血，失去了目标，发疯地乱撞乱碰……过了一个时辰，豹子瞅准机会，前爪搭在野猪的肚皮上猛地一划，接着咬住脖颈，野猪‘呼’地一下蹿起来，拖着豹子蹿进了密林深处……喧闹的森林复归寂静。”（《猪豹争雄》）憨态可掬的掏蜜黑熊：“黑熊把毛茸茸的手掌伸进洞里，掏出一大块黄澄澄的蜂蜜，狼吞虎咽大嚼起来。蜂群不顾一切地向它涌去，对着它那无毛的鼻尖、嘴唇刺螫。但黑熊的眼睛最要紧，不让蜂叮，总是双目紧闭。黑熊贪婪地掏出蜂蜜，其汁淌满腮帮和肚皮，直到吃饱了，才一松腿，重重地摔倒地上，抓起一把泥土，使劲擦鼻子，并把爬在嘴上的蜜蜂揉死，然后大摇大摆地走了。”（《黑熊掏蜜》）此外，作者善于发现和抓住不同时空中景物的细微差别进行描写。如《迷人的然乌湖》，作者先是环顾，从总体着眼，继而描写湖的左岸、右岸的景致，然后是远观，接着描写黎明、中午、黄昏、夜里不同时间的然乌湖，令人印象深刻。其他如描写聂拉藏布江流域的风光、美丽的南迦巴瓦峰、背崩瀑布等钧是如此，作者既注意空间的变化，同时也注意捕捉景物在一天之内，乃至一年之中的不同特点。

1994年，四川民族出版社出版的又一部散文集《极地天河》。全书以“游记”“见闻”的形式，从源头顺流而下，较详细地“流”出了雅鲁藏布江流域的山川风貌、秀丽景色、古镇新城、名胜古刹、历史传说、民族风情及丰富的物产资源。在杨辉麟笔下，这一切是那样神奇，那样美好，他融历史与现实于一炉，融风情与风物于一炉，把宗教文化和现代文明有机地结合起来，给读者提供了一个陌生世界的陌生的景致。

郭中朝（1953—），笔名雪原、雪涛，出生于陕西岐山。1971年入伍进藏，1982年入上海空军政治学院学习，1987年入鲁迅文学院作家进修班学习，在西藏空军部队服役20余年，历任放映员、干事、俱乐部主任、科长、团级单位政治处主任、副政委、政委等职。20世纪90年代转业四川省委宣传部，曾在宣传处、办公室、新闻处、机关党委工作。1980开始发表作品。1983年加入中国作家协会西藏分会。已发表散文、小说、诗歌、报告文学、电影文学剧本百余万字。著有散文集《雪原情》、报告文学集《雪域，不落的太阳》、电影文学剧本《军人的妻子》。编著感悟军人丛书《排长篇》《营长篇》《师长篇》《UFO绝密档案》等。短篇小说《姑娘的心》[1]获西藏自治区文联首届文学评奖三等奖。长篇系列散文《高原雷达兵散记》分别获空军、西藏自治区、西藏军区文学奖，荣获四川省首届散文奖。

郭中朝在西藏工作二十年，正如作者所说：“二十年间，我走遍了西藏高原的每一块土地，领略了藏北高原的浩瀚；领略了高山江河湖泊的清澈；领略了冰山雪峰的壮观；领略了墨脱孤岛的奇丽；领略了原始森林的神秘。也以一个异域来访者的身份闯入浩瀚的大草原，聆听牧羊老人娓娓动听的诉说；也曾跨入一座座寺庙的门槛，在幽幽酥油灯光下，寻觅藏族古老文化的根；也曾光顾藏族青年男女的婚礼，在熊熊的篝火旁，跳起欢快的踢踏舞；也曾走进牧人的帐篷，目睹了藏族人民翻天覆地的变化；也曾在清澈的月光下，连喝三杯浓郁的青稞酒，陶醉在妙舞清歌中。”为此，他的笔也一直在高原军营里环绕，关注着时代风云在人们心灵上爆发的喜悦和忧思。收录在《雪原情》中的28篇散文，共分四部分：“日光城掠笔”“高原雷达兵生活散记”“边防散记”“南国笔记”。益西单增在该书的前记中评论：“夏日的太阳岛”“这里静悄悄”“草原风雪夜”“绿叶”“信笺上的旋律”“昆木加之夜”“通向哨所的路”“边境上的小街”……一首首陌生而富有感染力的曲调回荡在耳边，每一个音符和音节都在尽力创造丰富的意境和迷人的画面。在乐声中，我看到了干部、战士忍受着高原反应在通往阵地的雪路上站岗、放哨、肩负着重物而挣扎的情景，看到了呼吸暴风雪；紧紧抓住雷达天线底柱的动人镜头；还看到了一丝不苟、庄严监视荧光屏的神圣英姿……有多少使人振奋、使人激动，又使人沉浸在艺术感受的新奇氛围里……豁然间在我眼前出现了一个绿色世界，绿色的炮管严阵以待，

[1]《西藏文艺》，1980年第2期。

绿色的雷达天线傲然挺立，绿色的军装在阳光下山洞，绿浪似河在山巅翻滚……

作者善于捕捉生活中闪光的星点，犹如相机中绝不可没有的那一束焦距，不恍惚而鲜明，不迷离而清新。熟悉生活，热爱生活，进一步观察生活，挚守本职工作，热爱干部战士，在干部战士中不断搜集有意义的素材，这才有今天的收获，汇成了这本情真意切、含蓄而富有哲理，使人读而不忘，魅力久远的集子[1]。

《雪域·不落的太阳》是作者的一部报告文学集，除李佳俊《文学需要勤奋和真诚——为郭中朝〈雪域·不落的太阳〉作序》及作者的后记外，共收入 12 篇作品。利益平曾评论道："这是一部如实地记载驻西藏边防军人的史诗。十二篇作品中的主人翁几乎都是生活在令人难以想象的环境中；有的生活在四季无夏的冰雪世界，有的生活在被探险家称为"生命禁区"的蛮荒地带。他们忍受种种磨难的韧劲，难以言传的苦斗和牺牲，展示了新时代最美丽的军魂，足以惊世骇俗。它不象有些英雄诗篇那样激起人们对英雄的崇拜和对轰轰烈烈业绩的向往，它更多的是引起人们深沉的思考，更多的是不知不觉地引发人们精神境界的升华。在人们对"社会进步是否必须以道德滑坡为代价"的问题进行无休止的争论时，它以雄辩的事实对这场争论给出了最好的答案[2]。

总体而言，郭中朝有关西藏的文学创作，都是写他所熟悉的人和事，表现出鲜明的现实主义创作倾向，给人以厚实、质朴之感。

---

[1] 益西单增：《前记》，郭中朝：《雪原情——郭中朝散文集》，第 1—2 页，西藏人民出版社 1989 年版。

[2] 利益平：《一部军魂的颂歌——读郭中朝的〈雪域·不落的太阳〉》，《军队政工理论研究》1995 年第 4 期。

第六节　冀文正、廖东凡

冀文正（1933—），出生于河南邓县。1948年中学毕业后在开封市参军，参加了淮海战役、解放南京、进军大西南、成都会战、川西剿匪。1950年二野军大毕业后随18军进藏，1951年在波密工作。1954—1970年到墨脱县工作，曾任民政科副科长、县委常委、县办公室主任等职。1970年调堆龙德庆县工作，任农牧局局长。1980年调到拉萨任自治区残疾人联合会任秘书长，1988年在西藏自治区民政厅离休。进藏后，冀文正不仅学会了藏语，而且到墨脱工作后，较快地掌握了门巴语和珞巴语，无需翻译就能与群众进行交流和沟通。冀文正长期从事门巴族、珞巴族两个民族的风情、故事、传说、神话、谚语和歌谣等民间文学、文化的采集和研究，曾28次翻越喜马拉雅山，全程16次沿江往返大峡谷，其中包括离休后的当年及1991年和1997年三次重返墨脱采风。在墨脱十余年的工作和生活中，冀文正深入基层，与当地人民打成一片，和他们结下了深厚的友情，被当地门巴族和珞巴族群众亲切地尊称为“米米老冀”（米米珞巴语意为爷爷）。作为新中国成立后最早接触珞巴族和门巴族民俗文化的先行者，冀文正早在20世纪50年代就断断续续向外界披露过门巴人和珞巴人独特而又神奇的民俗风情，引起全国广大读者和文化界专家学者的浓厚兴趣。也许与冀文正的披露密切相关，政府有关部门组织专家学者深入喜马拉雅山区进行多年的科学考察，国务院于1964年和1965年相继批准确认门巴族和珞巴族为我国境内的单一民族。由于其对珞瑜文化的杰出贡献，被誉为“研究珞渝文化的奇人”“珞瑜文化第一人”“抢救珞瑜文化第一人”“珞渝文化的图书馆”“喜马拉雅山峡的民俗学家”“为两个少数民族命名的民俗学家”“创造西部神化的人”等[1]。除出版有《珞瑜情歌》《门巴族风情录》《珞巴族风情录》

---

[1] 草山云：《米米老冀》，载《西藏当代文化名人》，第436页，四川文艺出版社1991年版。《冀文正：为两个少数民族命名的民俗学家》，《名人》，1998年第8期。王晓辉：《冀文正：珞瑜文化第一人》，《西藏旅游》，2005年第5期；袁永生主编：《老照片故事 纪念中国人民解放军建军80周年》，第208页，四川美术出版社2007年版。

等著作外，2011 年四川出版集团、四川民族出版社出版了《峡谷流风——冀文正门巴族珞巴族民间文学探访》（8 部，《门巴族珞巴族谚语》《门巴族民间故事》《珞巴族民间故事》《珞巴族动物故事》《门巴族歌谣》《珞巴族歌谣》《莲花遗韵——墨脱纪事》《媒体传情——冀文正其人其事》）[1]，这些作品较为全面地反映了其研究著述和创作。

由成都时代出版社于 2002 年出版的《门巴族风情录》和《珞巴族风情录》，是十一届三中全会以来，在我国文化界学人考察和研究少数民族历史文化的热潮推动下，在长期田野考察基础上撰写出来的全面、生动描绘门、珞两个民族民俗文化的开山之作。虽然两部《风情录》的谋篇布局不完全一致，但都凭借自己的耳闻目睹、紧紧抓住现实生活中具有民族文化内涵的事象，分别细致地描绘了门巴族和珞巴族群众生产生活、社会交往、宗教信仰的方方面面，涵盖了这两个民族的繁衍过程、历史沿革、风俗文化、信仰图腾和从原始部落演进到社会主义大家庭的整个历史过程，并从各个层面揭示和论证了他们在抵御外来入侵、开发祖国边疆的漫长岁月中所创造的珞渝文化。这里有奇诡壮丽的地理环境，也有沉雄慷慨的民风民情，有饶有风趣的婚风婚俗，更有遗风独具的丧礼葬仪……从独特的宗教祭祀，到令世人困惑的“雪人之谜”，其独特的视角不仅让专家学者耳目一新，也让广大的读者丰富见闻，增长知识。两部《风情录》的叙述有点有面，科学性与趣味性珠联璧合，语言质朴，栩栩如生，极富情趣，弘扬着灿烂的传统文化，充满着民族的自豪与自信[2]。

2011 年出版的《峡谷流风》丛书体系更为庞大，内容进一步丰富，既

---

[1] 其中《媒体传情——冀文正其人其事》是有关媒体和相关人员对其人和其事的介绍和评论。

[2] 李佳俊：《深山里淘出来的金子——喜读冀文正〈珞巴族风情录〉〈门巴族风情录〉联想到西藏民俗学的广阔前景》，申玉琢：《两朵展示珞渝文化的奇葩——喜读冀文正介绍门巴族和珞巴族的两部新著》，见罗洪忠等：《媒体传情》（峡谷流风——冀文正门巴族珞巴族民间文学探访），第 148—149、159 页，四川出版集团、四川民族出版社 2011 年版。

涵盖了门巴族、珞巴族两个少数民族的历史渊源、人文景观、社会风情、民间故事、歌谣、谚语，以及大峡谷的自然地理风貌，还包括作者在墨脱工作生活的回忆录等。丛书在为民族学家、民俗学家、民间文学研究者提供门巴族、珞巴族这两个少数民族珍贵的平面丰富资料的同时，也为研究中印边境历史的专家学者提供了第一手资料，对于了解珞瑜地区社会经济的发展及党的民族政策也有着重要的参考价值。特别是其中的《莲花遗韵——墨脱纪事》回忆录，大部分曾公开发表于20世纪西藏和平解放初的50年代和改革开放后的80、90年代，蕴含着许多感人肺腑的事迹，也洋溢着感人的精神力量，让人们看到了一位老革命、老西藏为了西藏解放和发展，不畏艰辛、以苦为乐、勇于奉献的崇高精神。例如，《“到刀嘎去”》这篇文章记述的是1955年作者与战友到刀嘎发放农具的情况。去那里的路是雅鲁藏布大峡谷最艰险的地段，跨沟一个接一个，来往的人极少。一路上深涧、夜雨、飞雾、寒雪、飓风自不必说，加格普巴与当文普巴之间的路段尤其艰险，“头顶是直插云端根本无法攀登的陡壁，脚下是300多米的深渊，山腰是大自然赋予人类通行的空间，这段300多米长的路尽是弯弯曲曲的80多度的斜石，斜石时宽时窄，最窄处不足50厘米，长着厚厚的苔藓，比抹油还滑。”然而，面对这些困难，作者与战友们没有退缩、没有怨言，情绪是饱满的、心情是愉快的。“因为我们知道，革命工作本身就是艰苦的，尤其在一个刚刚开辟的新区，门巴和珞巴父老兄弟在观察我们的行为，从我们的一举一动上来判断好坏，得出自己的结论。要使人民信赖我们，热爱咱们的党，就要做大量的宣传教育和实际工作才能奏效。今日，我们冒着极大的风险去为珞巴人办实事，这本身就是感动人的行为。我们在祖国的边防吃点苦、受点罪，对于动员群众、发动群众共同建设边疆有现实意义。所以，我们对于艰苦没有过多的考虑，事在人为，再苦再累，坚持一下就克服了。胜利和幸福是从艰苦中提炼出来的。让祖国边疆的人民过上更加美好的生活，这是历史赋予我们这一代的伟大使命，虽苦点、累点，但价值很大，意义深远。

我们这一代人多吃一点苦，是为了让后代少吃苦；我们走险路，是为了让后代骑马、坐车。”正是抱着这样的信念，作者与战友们穿行在茫茫的林海里，攀登在咆哮的雅鲁藏布江畔悬崖峭壁间，克服种种艰难，终于走出了险道，到达了目的地。在去甘丹区的路上“我们的手、胳膊、脸被锋利的芭茅叶划出了一条条的血口，感到剧烈的疼痛。李永华的左脚背被蚂蟥咬了7个伤口，化脓三天了，移步相当困难，痛得忍不住掉下了眼泪。我们身背行李，汗流浃背，又没有水，口渴得要命……但是，想起那些成年累月在这路上，背着行李、百货和药品，来来往往为珞瑜人民服务的工作人员们，我们的劲头就大了起来。咬着牙，忍着渴，待太阳滑到西山顶上时，我们爬到了雪山脚下的石洞里，风景优美的雪山草地呈现在眼前。在‘无人区’里走了两天，我们的衣服没干过，也没有多余换洗的，寒风一吹，浑身冷得直打寒战。为了取暖，大家一边烤火，一边背靠着背坐在那里聊天、‘睡觉’。小李风趣地说：‘在大城市也享受不到这种待遇。’逗得大家哈哈大笑。”（《甘丹来了“新汉人”》）[1]进驻珞瑜后，由于交通不便，大雪封山，粮食不足，一无后援，二不准购粮，形势十分严峻，但作者和战友们就靠着既无盐又无油，一天四两粗粮和棕树、芭蕉根、野菜煮成的糊糊，投入了紧张的开荒活动。“什么叫幸福？我们认为，用汗水换来劳动果实，自力更生渡过难关，在墨脱站住了脚，扩大了影响，取得了头人和群众的信任，这就是幸福。”（《吃饭问题》）[2]这就是作者的享乐观，这就是作者的幸福观，这里也凝聚了作者那一代人崇高的革命英雄主义和革命乐观主义的开拓奉献精神。由于交通阻隔，墨脱被称为“雪域孤岛”，物质、文化生活相当缺乏，没有报纸、收音机、日历，雪开山季也仅能同家乡往来通信一次，来自内地的有些同志曾与家乡姑娘有书信往来，却难以建立家庭，

[1] 冀文正:《甘丹来了“新汉人”》(1984)，见冀文正:《莲花遗韵——墨脱纪事》，第25页，四川出版集团四川民族出版社2011年版。

[2] 冀文正：《吃饭问题》（1991），见冀文正：《莲花遗韵——墨脱纪事》，第102页，四川出版集团四川民族出版社2011年版。

个人的婚恋问题十分突出。作者的一篇题为《经受考验》的日记，既是20世纪50年代进藏青年婚姻恋爱观的真实写照，也给我们留下了许多有益的启迪："个人对婚姻问题的态度应该如何？一方面要完成繁重的工作任务，另一方面是爱情的烈火熊熊燃烧，矛盾来了，咋办？目前，康藏地区的工作尚未全面开展，异性不会大批调来，我们身居边防前哨，异性更不会调来，这就意味着个人必须服从组织的需要，必须暂时放弃个人利益，不应当过于考虑个人问题。"（《痴情的珞巴族姑娘》）[1]有一次，作者给一位珞巴族姑娘治愈了疟疾，"她爱上我了，天天傍晚在村头倾述衷情，她唱道：'天上圆圆的月亮，请不要匆匆走向西方。我和情人相会，想借用你的银光。'"（《前言》）[2]"当时，我们在少数民地区开展工作，有严格的婚姻纪律，结婚需组织审查批准。加上我们到珞瑜工作时间还不长，我们的一言一行都会在群众中造成很大影响，甚至会引起坏人造谣中伤，造成工作困难。"（《痴情的珞巴族姑娘》）不得已，作者借故婉拒了姑娘的爱意。"姑娘为此唱了好几天忧伤的歌：'太阳翻山走了，落下一片黑暗；情人抛弃我走了，留下满腹心酸。"（《痴情的珞巴族姑娘》）。[3]这也促使作者暗暗下定决心，要努力采集浩如烟海的民间文学。这一干，就是数十年，直到离休仍然执着于此。1991年7月，冀文正离休后第二次去墨脱采风，当时拿不出给最小的儿子冀建边下个月上学的生活费，他只得托原单位财务人员从工资中代为支付，可等到他三个月搜集资料回来时，见到小儿子冀建边已成了拉萨街头的流浪儿，靠乞讨过日子，原本身体健壮的小儿子瘦得皮包骨。原来他托付的财务人员以他欠账为由，没有给他小儿子钱，上学的儿子无奈之下逃学流落街头。看到这一情景，坚强的冀文正不由得掉下了眼泪，

[1] 冀文正：《痴情的珞巴族姑娘》（1994），见冀文正：《莲花遗韵——墨脱纪事》，第174页，四川出版集团四川民族出版社2011年版。

[2] 冀文正：《珞巴族民间故事·前言》，第2页，四川出版集团四川民族出版社2011年版。

[3] 冀文正：《痴情的珞巴族姑娘》（1994），见冀文正：《莲花遗韵——墨脱纪事》，第175页，四川出版集团四川民族出版社2011年版。

这全是因为他对珞渝文化的痴迷啊[1]然而也正因为如此，凭着对珞瑜文化的满腔热爱，凭着顽强执着的坚持不懈，这位出生在旧社会、文化功底并不深厚的老者在雪域高原这片土地上“不用扬鞭自奋蹄”，结出了累累硕果，谱写出了“晚霞更比朝霞红”的壮丽篇章。

总体而言，20世纪50年代，冀文正是作为一个解放西藏的十八军战士最早进入墨脱开展民族工作的，他早期的调查研究绝大部分是为了给领导机关制定民族政策提供详实资料。他真正意义上的自觉的民俗写作是在80、90年代边学习的艰苦过程中形成的，这也迫使他离休以后仍然长期留在西藏，并克服身体和物质上的种种困难，多次徒步重返墨脱进行再调查[2]。综观其创作，感情真挚，饱含激情，语言朴实，不事雕琢。虽然作者自称其撰写的书稿为“初级产品”，但第一手采集来的资料是难能可贵的，为学术研究提供了丰富的“矿藏”。而没有人开矿就没有大工业的生产，因此，冀文正对门巴族和珞巴族所做的工作，是一种开拓性的工作，历史定会留下这笔宝贵的财富[3]。

廖东凡（1938—2017），出生于湖南宁乡县。1956年考入北京大学中文系，1961年毕业，同年进藏工作，在藏24年，曾任职于拉萨市文化局、西藏自治区文化局、西藏文联筹备组等部门，主要从事群众文艺和民间文化工作。1984年在中国民间文艺第四次全国代表大会上，被推选为协会常务理事，并被任命为书记处常务书记。1985年调北京，任民间文艺研究所所

[1] 罗洪忠：《一套难得的墨脱史书》，见罗洪忠等：《媒体传情》（峡谷流风——冀文正门巴族珞巴族民间文学探访），第267页，四川出版集团四川民族出版社2011年版。

[2] 李佳俊：《深山里淘出来的金子——喜读冀文正〈珞巴族风情录〉〈门巴族风情录〉联想到西藏民俗学的广阔前景》，见李佳俊：《雪域作家的智慧和追求》，第142页，西藏人民出版社2011年版。

[3] 上海民俗文化学会会长仲富兰教授语意（1990），见罗洪忠等：《媒体传情》（峡谷流风——冀文正门巴族珞巴族民间文学探访），第281页，四川出版集团四川民族出版社2011年版。

长，1990年调至中央统战部，任《中国西藏》杂志社社长、总编辑。除歌词、小说、曲艺、藏戏、报告文学、评论等外，主要著作有《西藏民间故事（第1集）》（执笔）[1]、《雪域西藏风情录》[2]《世界屋脊上的神话和传说》（主编，4部，《神山之祖》《黑面王子》《橘子姑娘》《天湖仙女》）[3]、《廖东凡西藏民间文化丛书》（6部，《拉萨掌故》《节庆四季》《神灵降临》《灵山胜境》《雪域众神》《藏地风俗》）[4]、《我的西藏故事》（自传体回忆录）等。

廖东凡是一位以田野调查为强项的藏学家、西藏民俗学家和民间文艺学家。自20世纪60年代初，从湘江之滨来到被称为“地球第三极”的西藏高原后，他较快地掌握了藏语，并且习惯了高原生活，和西藏各界有着广泛的接触，实地参与了各地的许多民俗活动。他曾多次深入西藏各地采风，考察民俗民风，调查社会历史，采录珍藏在西藏民间的故事和传说、歌谣和谚语。在风雪弥漫的藏北草原，在险象丛生的喜马拉雅深谷，在原始森林覆盖的林芝山区和被称为“人间绝域”的墨脱边塞，特别是在堆龙河、拉萨河、雅鲁藏布江两岸崎岖的路上，都留下了他的足迹。他长期从事藏族民间文艺的调查、采录和研究工作，对西藏地区的民间艺术、风土人情、社会历史有较深入的了解。

《雪域西藏风情录》是廖东凡早期的代表作之一，由北京燕山出版社1991年初版，经作者修订增补后由西藏人民出版社1998年再版，获得珠穆朗玛文学奖。该书初版后，即获得好评、脍炙人口，成为西藏民俗学的名著。

---

[1] 廖东凡（执笔）、次仁多吉、次仁卓嘎收集翻译整理：《西藏民间故事》，西藏人民出版社1982年版，1983年获全国民间文学一等奖。

[2] 廖东凡：《雪域西藏风情录》，燕山出版社1991年版，1998年西藏人民出版社修订版，获珠穆朗玛文学奖。

[3] 廖东凡主编：《神山之祖》《黑面王子》《橘子姑娘》《天湖仙女》，湖北少年儿童出版社2003年版，获2005年全国少数民族文学奖。

[4] 据作者介绍，该丛书共有10部，《墨脱传奇》《喜马拉雅的囚徒》《浪迹高原的歌手》《布达拉宫下的人们》4部待出。

全书共分9辑：1.关于神·佛·地祇的传说：记述了13个故事；2.喇嘛·尼姑·寺庙：讲述僧人尼姑的生活和各种传说；3.女巫·神汉·巫术：记述了乃炯、拉莫雄姜、丹玛森康、噶顿、多吉雄丹等西藏几位著名的巫师、神汉及珞巴族跳鬼、祭鬼、杀鸡占卜习俗等；4.农俗·猎俗·食俗：包括农区的白石崇拜、召回青稞魂、织氆氇及珞巴族的猎神、狩猎方法、仪轨、木楼等；5.茶·酒·木碗：叙说了茶的历史及茶马互市和木碗等；6.新年·节日·娱乐：记述了有关节日的传说、渊源、节日仪式等；7.歌舞·藏戏·跳神：记述了藏戏的来源、演出形式及尼洋河谷的箭赛、箭歌和萨迦寺的冬夏季法会、直贡噶举派与扎什伦布寺的金刚神舞等；8.婚礼·葬礼·誓言：记述了扎囊、帕里等地的婚礼婚俗及夏尔巴人的抢婚习俗、藏族人的葬俗及墨脱人的发誓习俗等；9.艺人·乞丐·送鬼者：记述了流浪艺人的传说和见闻、活人中的鬼和送鬼者、拉萨布达拉宫顶的杂技等[1]。书中叙述的西藏民俗情况是相当丰富、具体和古老的，有些材料也是新奇、鲜为人知的，确实是通览西藏民俗文化的一个重要窗口[2]。阅读他的这部著作，读者仿佛身临其境，被作者带到了西藏的拉萨市井、高原的农村牧区，聆听一位熟悉地方典故的长者将当地的历史文化故事娓娓道来，既满足了自己对西藏这神秘地域的历史文化的认知的渴求，也得到一种精神文化的愉悦[3]。作者从当地日常生活中的普通人的角度，用他们的语言寻问并倾听，像老朋友聊天那样，照实而录。读者就像跟着一个藏族老乡那样在西藏城镇、农村和寺院里游走，在那些地方像是到处都有他的熟人朋友或亲戚，来了就坐下喝茶谈天说地，说不定再小住几日，下地干活，入寺烧香。而那看似不经意的娓娓道来，正反映了作者对雪域西藏民俗风情的熟稔，对日常百姓生活的深度融入。

[1] 见《雪域西藏风情》条，载丹珠昂奔、周润年、莫福山、李双剑主编：《藏族大辞典》，第900页，甘肃人民出版社2003年版。

[2] 耿予方：《西藏50年·文学卷》，第233页，民族出版社2001年版。

[3] 陈庆英：《雪域众神·序言——信仰的交流 心灵的沟通》，第1页，中国藏学出版社2008年版。

对于作者笔下的多数对象来说，他不是外人，人家不需要在他面前遮遮掩掩，一个会瑜伽功的尼僧也会对他讲述自己练功的感受和故事；在别人眼中乱麻一团的西藏民间神灵，对他来说却熟得要命，连他们有什么嗜好和毛病都如数家珍；对一个寻常百姓内心细微的情感和想法，他更了如指掌。尤为难得的是，作者笔下的神灵世界并没有给人神幻飘渺的感觉，从普通喇嘛尼姑到大德高僧，从神汉到巫师，从寺院盛典到乡村祭祀、民情习俗，都充满了人间烟火。同时，作者在叙述中尽量保持了这些民俗事项的原汁原味，除了在写到美好由衷赞叹，写到不公正内心充满了对弱者的爱与同情外，极少作旁观者的评价[1]。

《廖东凡西藏民间文化丛书》一共10种，中国藏学出版社2008年出版了其中的6种。丛书的诸多故事以藏语采集、以汉文笔录，兼以汉藏合璧的思维，全方位地展现了西藏本土传统文化，从神山圣湖的动人传说，到四季节庆的民间生活；从历史人物的掌故种种，到市井乡间的众生百相；从形态奇异的宗教护法，到壅塞雪域的三界诸神，内容辽阔深远，异常丰富。其中，有些是已经逝去的风景，有些正在发生着改变，或者添加了新的内容，作者将之一一分门别类，用自然流畅的语言，深入浅出地加以细致阐发，章法有致，不疾不徐，娓娓道来，生动传神，引人入胜。例如《八廓街，拉萨古城第一街》，作者先从圣城三条转经路谈起，由外及内、俯瞰全图，再由古至今、由物及事及人，从大昭寺西门顺时而绕，一一道来，乃至商贸人文，乞丐、囚犯、藏兵、流浪艺人、仇杀打斗、节日种种，无不血肉饱满、鲜活有致。至于民间故事、歌谣谚语、人事掌故等，更是信手拈来，穿插其间，令读者印象深刻。如写到乞丐时，引述了一首乞讨歌："大姐的模样真漂亮，/大姐的模样真漂亮，/前面看样子真好看，/后面看样子更漂亮。/苗条的腰肢像竹子摇晃，/雪白的脸蛋像初升的月亮，/秀美的头发像林卡里马兰草，/走路的姿势像彩虹在飘荡。/大姐想给了，/大姐心在想，/乞儿想要了，/

[1] 张宇光：《民间西藏——〈雪域西藏风情录〉的视角与时代背景》（打印稿），见耿予方：《西藏50年·文学卷》，第232—233页，民族出版社2001年版。

乞儿我在望。//”写旧时藏兵，则引述了一首街谣：“天黑了不到八廓街去，那里有坏蛋古松玛米；这些古松玛米真叫坏，把姑娘弄得要死不活的！”作者在介绍邱桑寺的喇嘛庙和尼姑庵时，有意提及拉萨富商多仓的公子司曲拉和美丽的尼姑金色·强巴旺姆两人的爱情故事，并引述了拉萨盲人乐师阿觉朗杰编唱的一首流行歌曲“阿觉顶”：“邱桑寺活佛的住地，/翠绿的杨柳依依；/依依的杨柳枝头，/画眉鸟婉转鸣啼。//请看那边的草坪，/母犏牛走走停停；//犏牛的毛色美丽，/可惜牛角有别人的印记。//”使得古老的邱桑寺顿时有了生气。概括拉萨几座尼姑庙的特点而引述的民歌也十分生动：“在悬崖高处修行的，/是米穷热寺的尼姑；/在深山沟里放牧的，/是嘎丽寺的尼姑；/在经堂佛殿里醉酒的，/是乃果冬的尼姑；/既有寺庙修行，/又过世俗生活的，/是仓宫寺的尼姑。//”其他诸如拉萨老房子的故事、贵族的宅院等，物以人活，人因事显，历史和现实相交织，令人不由唏嘘，从而体悟物是人非、斗转星移、沧海横流的不尽沧桑。可以说，该套丛书是作者以四十余年的功夫，遍阅史料，寻访口碑，踏勘清理，吃“百家饭”日积月累集腋成裘的结果，凝结了作者一生的心力，既是他对自己大半生西藏民间民俗文化研究的一次全面总结和梳理，也是西藏民俗写作方面集大成的代表之作。仅从丛书现有分卷本的命名来看，就涵盖了西藏民间民俗文化的方方面面，照顾周全又自成体系。尤为可贵的是，这多卷本的西藏民间文化论著，是他以顽强的毅力战胜病魔，在养病期间努力完成的。2002年初，作者突发脑溢血入院抢救，但大病初愈后不久，他即全力以赴投入到这套多卷本丛书的创作当中，当大家都在为他的身体担心时，他却说要趁自己记忆力没有消退，头脑还算清醒之时，把他在西藏20余年中的亲眼所见、亲耳所闻、亲身所历的民间文化和民俗掌故，逐一进行回忆梳理。朋友们知道，这是他这一生最重要的一个心结，于是不再劝阻。也正因为如此，这套丛书之于他，可谓人与书浑然一体，有其人才有其书，有其书更显其人。这些论著的字里行间，浸透了作者几十年的心血和追求，承载着作者汇集的学识和精神，散发着西藏风俗民情的浓郁芳香。那么，是什么力量、什么精神支撑着他这样痴迷于完成这套丛书呢？是独具特色的西藏民风民俗文化激发了他笔耕不辍的热情，是西藏艰苦的工作环境将他的意志磨炼得如钢似铁，更是一个优秀文化工作者的良心与责任，支撑着他战胜一切艰难与困苦。这里既凝聚了他毕生的理想和信念，也迸发着和燃烧着他永不衰竭的生命的火焰。廖东凡在西藏工作二十多年，始终坚持深入民众生活，和广大农牧民融成一片。他深深扎根于雪山大地，汲取新鲜的乳汁和营养，变成自己的血肉和灵魂，这使他不仅一步步走近了这个民族，走近了这个民族的文化，更走近了这个民族老百姓的生活空间和心灵世界，使之对西藏的文化有着深层次的理解和把握，并能真切而完美地表述出来。这样写出来的文稿，不仅是笔端倾斜出来的，而且是由心灵深处喷发出来的。这样的文字，不仅经过长期的积累，有着坚实的生活基础，而且经过长期的思索、咀嚼、提炼，既反映了民族文化丰厚的历史积淀和多元的文化成果，又表现了西藏本土文化多姿多彩的形态和散发出的特有芳香；既有学者的严谨风范和求实精神，又有艺术家特有的满腔热情。这样写出来的作品，不仅能获得有关西藏的真知灼见，而且有着浓郁的审美欣赏乐趣。

统观廖东凡的创作，有以下几个特点，一、从材料来源上说，大部分是经过作者本人当年艰难的实地调查、体验生活、采访当事人、寻根问底到处求教、找资料论证而来。二、从内容题材上说，大抵是20世纪60年代前后及70、80年代的西藏民间文化的鲜活形态，以及那个时代西藏民众生活的生活方式和思想形态。三、从写作方式上来讲，作者以实证的学术理念和研究方法，搜集和描述存活于民众中的民俗事项，以科学的态度，基本上是原汁原味、不加修饰地把他所亲历的那个时代的西藏的风土人情、生活习俗、灵山圣水、高原风物记录下来，描绘出来。四、从语言风格而言，具有民间口述文学的特点，文字简明淳朴，通晓流畅，似行云流水，所论深入浅出，仿佛拉家常似地娓娓道来，亲切可信。

第四章 戏剧影视文学

概 述

与文化发达地区相比，西藏当代文学起步较晚，戏剧影视文学的发生发展则更为迟缓和滞后，到20世纪60、70年代又遭遇了极“左”思想的干扰和“文化大革命”的严重影响，一度陷入停滞不前的尴尬局面，但在经历了十年浩劫的沉寂期之后，西藏的戏剧影视文学创作与西藏社会新时期的建设发展一起迎来了新的希望和机遇。新时期以来，西藏文坛的整体创作环境在中国当代文坛日渐活跃的大环境的影响和指引下出现松动和改善。西藏地区的历史文化和风物人文不仅吸引着西藏之外人们好奇的目光，更成为在藏文艺创作者们灵感的源泉。

进入20世纪80年代以后，积极深入地表现藏族、西藏的社会历史和日常生活已成为创作者们的共识，一时间作家作品层出不穷，而西藏的戏剧影视文学创作，特别是话剧、藏戏（包括说唱）、影视创作等在此时得到长足发展，涌现出一批优秀的剧作家和戏剧影视作品，并呈现出形式多样、内容丰富的总体态势。其中，话剧展现出了鲜明的时代新面貌，藏戏新花是继承和发扬民族优秀文化传统取得的丰硕成果，影视则在文艺形式方面获得新发展，它们的合力在境内外产生了很好的社会效益。究其原因主要在于社会环境的改善和活跃成为文学创作进一步深入发展的重要契机，它为西藏地区的创作者们切实发挥自身创作才能创造了更为和谐宽松的创作环境，提供了更为丰富多彩的创作素材，带来了更为深入多样的创作体验。此外，不仅建国以来西藏文坛的相关文学创作积累在一定程度上或明或暗地促使西藏本土创作者拥有了足够的创作自信，而且自“文化大革命”时期开始西藏各类剧团推行的大力引进内地创作人才的政策，也为西藏文坛吸引了大量内地青年作家来到西藏，进一步补充了西藏文坛的创作血液。因此，西藏的戏剧影视文学在积极健康向上的时代环境的影响下迈入了崭新的阶段，同时又成为崭新时代的代言人，记录并见证了西藏当代的社会历史变迁。

由于“文化大革命”之后西藏的社会、文化环境出现了巨大变化，所以整个 80 年代的西藏戏剧影视文学创作也呈现出了一些特色。

首先，从作家的身份构成上看，该时期的西藏剧作家主要包含两类，一是进藏作家（多为汉族），一是本土作家（多为藏族）。当时比较活跃的剧作家有进藏作家周艳炀、黄志龙和张平等，他们和土生土长的藏族剧作家尼玛顿珠、索朗次仁、平措扎西等一起积极推进新时期西藏戏剧影视创作的步伐。剧作家们不一样的文化背景与成长经历为西藏戏剧影视文学创作带来不一样的视角和可能，因此尽管西藏地区的戏剧影视文学本身起步较晚，又地处远离主流文化之边地，且不可避免地遭受了十年浩劫的阻滞，却又具有了内地许多地方所不具备的多元文化温床和多种创作理念，这就直接或间接地使得该时期西藏戏剧影视文学作品的数量得到增加，质量得到提升，内涵得到丰富，外延得到扩展。

其次，从作品的形式构成上看，该时期的西藏剧作家们拥有非凡的勇气和格局，丝毫没有因偏居一隅而造成眼光上的短视或浅陋，而是大胆尝试了诸多戏剧形式。该时期西藏的话剧、戏曲、歌（舞）剧、电影电视文学剧本层出不穷，其中一些藏族本土作家还充分利用自身语言优势，以展现西藏独特风物人文为主旨创作了大量藏语剧作，即使是像张平这样由内地进藏的汉族作家创作的《赞普的子孙》《旺堆的哀乐梦》等汉语作品在演出时也有藏语版本。这些作品不仅在艺术上取得了较高成就，更为广大西藏基层观众所喜闻乐见，并获得了较高的社会声誉。

再次，从作品的内容构成上看，该时期的西藏剧作家都具有较为敏锐的社会触角，均较为自觉地将创作内容与西藏当地的风土人情和历史变迁紧密联系起来。他们的创作行为不仅在很大程度上体现出了西藏特色，从而实现了西藏戏剧影视文学的某种不可替代性，更成为新时期西藏社会历史变迁的珍贵记录。而这些优秀剧作家在强烈的社会责任感与使命感的感召下，纷纷在剧作中对西藏的过去和现在进行了较为充分的描摹，从而使此前不为人知的祖国西南边陲曾经背负了深重灾难的人们的生活在剧作中被还原，这不仅极大限度地引起了西藏各族人民的共鸣，更为他们的未来赋予了信心，指明了方向。

通过该时期西藏地区各族剧作家共同不懈的努力，西藏的戏剧影视文学呈现出一派欣欣向荣、百花齐放的繁荣景象，在切实反映西藏社会生活和历史文化的同时，也进一步丰富了西藏当代文学的内涵，并获得了当时文学界的普遍肯定。更值得赞赏的是，在这一时期，西藏的戏剧演出事业也蓬勃发展起来，此类演出并未高居庙堂之上，而是深入基层观众之中，以汉藏双语的表演形式征服了各界基层群众尤其是藏族群众，真正丰富了西藏新时期的社会文化生活。

第一节　张平

张平（1948—2010），出生于陕西西安。国家一级编剧，享受国务院特殊津贴，历任陕西省艺术创作研究中心主任、陕西省艺术研究所副所长、陕西省剧协创作研究会副主任、中国戏剧文学学会副会长和中国少数民族戏剧学会理事。1971 年西藏秦剧团赴陕西招收专业人才，张平一试即中，从此展开 20 年的西藏艺术创作生涯。其间他曾于 1981 年赴中央戏剧学院戏剧文学系就读，之后相继在西藏自治区专业文艺团体及文化厅艺术处、自治区民族艺术研究所等单位供职，历任西藏剧协副主席和《西藏艺术研究》副主编等。后于1990年调回陕西，并先后在陕西省戏曲研究院、陕西省京剧团从事专业创作工作，同时兼任剧团团长等职，因其较为杰出的戏剧创作才能得以与同乡王军武、崔皓并称“长安三杰”。

一、孜孜以求——张平的西藏戏剧创作道路

从1971年与他人合作剧本《送水》始，张平共创作发表、演出各种体裁、各种题材、各种类别的剧本三十余部，其早期有关西藏题材的代表剧作在1988年7月由西藏人民出版社结集为《圣地之恋：张平西藏题材剧作选》出版发行。作为建国以来在西藏出版的第一部个人剧本选集，该书由曲六乙作序，在戏剧界也引起了相当反响。该书收入了《旺堆的哀乐梦》（三幕四场话剧）、《生命变奏曲》（四场话剧）、《赞普的子孙》（八场话剧）、《夜访》（独幕歌剧）、《唐白与白宗》（六场歌舞剧）、《咆哮的海子》（八场戏曲）、《圣地之恋》（电影文学剧本）、《沉重的冰河》（电影文学剧本）等多部剧目[1]，内容涉及西藏社会历史和生活的各个方面，形式丰富多样。1990年调回内地以后，张平仍笔耕不辍，又先后创作了题材多样形式各异的剧作，其中较具代表性的剧本包括豫剧《英雄城》、京剧新编古代戏《琵琶行》、京剧报导戏《甘泉》《清风驿》、秦腔新编历史剧《少帝轶事》《虢都遗恨》、眉户现代剧《造俑记》、越剧《浣花溪赋》、新编历史故事剧《情祭秦王宫》、话剧《古城墙》、歌剧《司马迁》《冼星海》等。由于在戏剧创作方面的突出贡献，张平于1992年作为中国戏剧家代表团的成员先后访问了芬兰、俄罗斯等国，并屡次斩获我国话剧界重要奖项，如第二届中国少数民族戏剧题材剧本金奖和铜奖，第二届中国话剧编剧金狮奖，中宣部“五个一工程”奖，中国戏剧节优秀剧目奖，文华新剧目奖，曹禺戏剧文学奖等。

[1] 此处剧本排序以成书目录为准。

张平与当时许多内地青年作家一样在十分偶然的情况下进入雪域高原。内地接受的文艺创作启蒙教育和训练与西藏特殊的风物人文在作家的创作过程中交流融汇，迸发出独特的艺术气质和感染力。特别值得注意的是，张平在西藏的戏剧创作涵盖了多个剧种，戏曲、话剧、歌剧、电影、电视等不一而足，内容也丰富多样，始终围绕着西藏的社会历史进程和百姓民生，其中既有反映西藏平叛和民主改革历程的秦腔《边寨擒敌》，又有歌颂进藏干部赤胆忠心扎根西藏、奉献西藏感人事迹的电视剧本《弯弯的吉祥河》，既有以较为现实的视角切入观照藏族同胞在“现实的、原始的、革命的、封建的、释迦牟尼的、马克思的人和思想意识统统地搅在一起，竞争着”[1]的生活的话剧《赞普的子孙》，又有吟唱患难情侣悲剧爱情的歌舞剧《唐白与白宗》……而在从事戏剧创作的同时，张平也十分注意对创作理论的探讨，曾先后发表相关理论文章十余篇，对西藏民族话剧和藏戏创作领域的许多重要问题进行了关注。作为由内地进藏的剧作家，张平对当代藏戏创作和演出的研究热情也十分值得赞赏，在《对当代藏戏现状的反思》[2]和《为藏戏〈白马文巴〉舞美设计一辨》[3]等论文中作家将现代戏剧理论和藏戏传统密切结合，能够在深入浅出地分析西藏当代藏戏现状的基础上肯定藏戏的新尝试和新变化，并以较为中肯的立场为藏戏的改良创新和传承提供了建议。从这个意义上说，剧作家张平以高度的主人翁意识和理论创作实践不遗余力地为西藏当代的多类型戏剧创作积累丰富经验，是西藏戏剧界戏剧理论与创作实践相结合的典范。

二、多彩纷呈——张平的在藏戏剧创作成就

在藏期间，张平的创作类别十分丰富，内容非常多样，艺术表现独特，在艺术上达到了较高的水平。他的剧作选材贴近现实，擅长将西藏最具代

[1] 叶涛:《张平——勇于探索勤奋创造的剧作家》,《当代戏剧》, 2005 年第 3 期。
[2] 《西藏艺术研究》, 1988 年第 4 期。
[3] 《西藏艺术研究》, 1990 年第 1 期。

表性和社会意义的历史事件或百姓生活作为出发点，以深入浅出或以小见大的方式高扬主旋律，为西藏的各色人物和社会进程作传。与此同时，十分难得的是，在个人主观努力和工作环境客观要求的共同作用下，张平能够有意识地选择多个剧种进行创作尝试，且较早就达到了游刃有余的程度。纵观其在藏多年的剧本创作，不仅涵盖了多种戏剧创作样式，更在整体上呈现出立意与时俱进、结构严谨规整、语言简洁平实的相对成熟的艺术特点。而这一点在为张平的剧作选作序时曲六乙先生已有相关论述："他在创作上至少有这么几个特点：一、长期生活在藏族地区，对当代藏族生活有较深刻的体验和感受，也比较熟悉藏族各阶层的同胞的心理特征和精神风貌，这十分有益于多种性格的人物形象的塑造。二、他以自己独特的视角，对藏族各种生活现象进行审美的把握与哲理的思考，这使得作品洋溢出鲜明的现代意识。三、他勤奋学习，经常注意收集国内外戏剧理论、创作信息，善于吸收京沪等地艺术实践中，积极继承民族戏剧美学精髓和借鉴西方现代派戏剧的多种表现手法和演出形式。这使得他的作品具有创新意识，令观众耳目一新。"[1]而在相关戏剧理论探讨文章中，作家旁征博引的同时也提到"西藏民族话剧发展的走向……不是舍近求远去探求，学习外国当代戏剧的奥秘，或者去追寻内地话剧发展的步伐，向它们靠拢。重要地是要走自己的路，在民族生活，文化的土壤里扎根、生长，从传统藏戏中吸取营养，丰富自己的表现手段，如果要大力发展西藏的戏剧事业就必须在多个层面进行努力，增强自己的民族特性。"[2]张平这段关于西藏话剧创作的思考，既是作家对西藏戏剧创作发展脉络的梳理和把握，更是作家创作指导思想和经验的归纳和总结。

《旺堆的哀乐梦》作于1983年3月，收于张平个人作品集《圣地之恋——张平西藏题材剧作选》，讲述了主人公旺堆一家由苦闷的旧生活最后终于

[1] 曲六乙:《〈圣地之恋——张平西藏题材剧作选〉序》，见张平:《圣地之恋——张平西藏题材剧作选》，第2—3页，西藏人民出版社1988年版。

[2] 张平:《西藏民族话剧发展走向的思考》，《艺研动态》，1987年第4期。

在拨乱反正粉碎“四人帮”后过上充满希望的新生活的复杂经历。旺堆是个老实巴交的传统牧民，有一个温暖和睦的家庭，但因为妻子措姆长年卧病，又因为特殊历史时期的特殊环境，使得旺堆空有一身手艺却无处施展，从而导致这个家庭沦为赤贫，不仅没钱为措姆治病，更没钱为女儿央宗置办嫁妆。由于缺少劳动力又欠着外债，这个家庭在特殊历史时期成为村里的后进典型，常常受到公社革委会主任其美的刁难，正是这种无休止的无耻刁难最终葬送掉了措姆的宝贵生命。措姆死后，老旺堆又娶了第二个老婆白姆，与措姆的善解人意、贤良淑德不同，白姆自私冷漠、好吃懒做、趋炎附势，不仅不能为旺堆和央宗分担忧愁，甚至还与革委会主任其美苟且并最终抛弃了旺堆。直到粉碎“四人帮”以后，旺堆一家的生活才又步入正轨，旺堆捡起了自己的手艺，靠着双手劳动致富，央宗也与心上人终成眷属，而其美和白姆也吸取了教训，重新做人。

旺堆一家在作品中俨然是西藏千千万万牧民家庭的缩影和代表。无论是老实憨厚的旺堆，还是他体弱多病没有福气的老婆措姆，或是作奸犯科猥琐龌龊的干部其美，以及思想落后好吃懒做的旺堆的续弦白姆，所有人都在时代社会洪流的裹挟下自觉不自觉地选择着自己的路，曲意逢迎或艰难前行，努力抗争或得过且过，受到不可抗力的影响又不得不对周围的人产生影响，这部剧作的出现在某种程度上说明，西藏地区虽地处雪域高原却与广大内地地区一样在许多层面具有着某些共性。而较为可贵的是，作为一个来自内地的剧作家，张平在创作中特别注意到了人物生活细节的塑造，他们的生活习惯、语言习惯、思维习惯都具有非常鲜明的藏族和西藏特色，并在最大限度地保留西藏文化原汁原味的基础上，将社会进程对西藏及藏族人民带来的影响进行了较为直接和深入的描摹。而在戏剧形式上，作家也选取了较为独特的方式，在剧中重要的节点都安排旺堆的女儿央宗作为故事的叙述者为观众介绍事件发生的背景，引起观众的注意，帮助观众更好地理解剧情，同时也一定程度上增强了剧作结构的新颖程度，既能够清楚明白地渲染戏剧气氛、提高作品感染力，也在一定程度上提高了观众的观赏兴趣，争取更多的观众，从而使剧作更具社会价值和意义。此外，在措姆去世后的剧情中作家还有意安排了旺堆关于措姆的梦境。措姆死后，她的形象总是出现在旺堆心灵煎熬和纠结的时候，她在旺堆的梦里倾听旺堆的苦闷，为旺堆疏解心情，给旺堆生活的希望。这样的处理方式既起到了尊重藏民族宗教信仰和人生哲学的作用，进一步拉近了剧作与普通藏族观众的距离，又借以形成了较为自然的过渡，制造出“一波未平一波又起”的戏剧冲突模式，进而在貌似平淡无奇的叙述中推动剧情发展。值得注意的是，“剧本里将西方表现主义戏剧手段和西藏原始宗教戏剧的艺术手法融合在一起，较好地表现了西藏人民的现实生活，受到了藏族同胞的热情欢迎”[1]。这不仅说明张平确实在创作实践中认真践行着自己的艺术主张，同时也说明张平扎根西藏，学习西方艺术理论又吸取传统戏剧经验的创作路子，不仅能够实现而且也能够让基层群众喜闻乐见。

除《旺堆的哀乐梦》外，紧贴时代脉搏又充满西藏当地浓郁风情的作品在张平的剧作中俯拾皆是，话剧《生命的变奏曲》讲述了在错误思想路线指导下的西藏科研机构的不正之风和对知识分子的无理迫害；话剧《赞普的子孙》则描绘了西藏高级干部队伍的众生相，而年轻一代对我党干部优良工作作风的褒扬和对不良工作作风的抨击则在某种程度上提示着这片土地的新希望。这些剧作均作于西藏历经十年浩劫之后百废待举的时期，在作家的笔下，雪域高原虽偏居一隅却始终与祖国同呼吸、共命运，祖国经历的伤痛、面临的挑战和保有的希望也正在西藏大地上上演。从这个角度上说，张平不仅是一位拥有娴熟表现技巧的剧作家，更是一位具有充分历史使命感的剧作家。

在话剧之外，张平的歌舞剧和戏曲创作也取得了骄人的成绩，其中尤以歌舞剧《唐白与白宗》和戏曲《咆哮的海子》最具代表性。《唐白与白宗》

[1] 叶涛:《张平——用于探索勤奋创造的剧作家》,《当代戏剧》, 2005年第3期。

讲述了一个可歌可泣的悲剧爱情故事。唐白本是色拉寺麦扎仓“群则”，虽然他一心向佛，与世无争，潜心研究佛学，却因为才华出众招致嫉妒，被施以“美人计”加以陷害。尽管唐白本人意志坚定未受迷惑，被遣去陷害唐白的姑娘白宗也良心发现不愿冤枉好人，但陷害唐白的四大喇嘛还是抓住了把柄，将唐白驱逐出寺。绝望愤懑的唐白被白宗救起并组建了幸福的家庭，一年后二人生下了可爱的孩子，唐白也即将前往拉萨当官，谁知恶人却要将唐白赶尽杀绝，趁唐白一人在家时将他掳去并残忍杀害。白宗回到家中不见唐白万分焦急，最终在找到唐白的遗体后昏厥而死。这部歌舞剧开篇采用了倒叙的叙述模式，以“白宗母亲措姆痛苦欲绝，昏倒于地”[1]展开故事，为整部剧奠定了诗意而伤感的气氛。随着故事的渐次展开，这种气氛愈发浓烈，直到结尾白宗随唐白而去时达到巅峰，并在客观上实现了首尾呼应的艺术效果，最终使整部剧作的悲剧效果最大化。同时，因为歌舞剧的特殊形式，整部剧作的台词设计非常巧妙，富于诗意，对白与唱词穿插进行，既保证了歌舞剧的韵律性和完整性，也最大限度地保证了故事情节的自然过渡和发展。如果对这部剧作中的一些段落进行推敲就不难发现，作家不仅注意到整体气氛的营造更没有忽视文字细节的美感，如“白宗（唱）‘熟透的果子盼人摘，黄透的庄稼盼收割。姑娘的心事化成歌，唱遍山庄溶进河。’”[2]这一段唱词不仅对仗较为工整，更通俗易懂，具有非常明显的民歌特色，同时也非常符合女主人公的身份和个性。又如“男青年（唱）‘唐白呀，美名呀，不虚传，女青年（唱）年轻呀，美貌呀，人喜欢。男青年（唱）白马呀，金鞍呀，光闪闪，女青年（唱）魂儿呀，神儿呀，留在他身边。男青年（唱）青山呀，绿水呀，颜色暗，女青年（唱）好似呀，天仙呀，降人间。白宗（唱）说他呀，恶魔呀，难相信，活生生，俊溜溜，

[1] 张平：《唐白与白宗》，见张平：《圣地之恋——张平西藏题材剧作选》，第169页，西藏人民出版社1988年版。

[2] 张平：《唐白与白宗》，见张平：《圣地之恋——张平西藏题材剧作选》，第174页，西藏人民出版社1988年版。

一青年。’”[1]这一段唱词充分利用了“三字成句”的短小精悍，朗朗上口，颇具韵味，短短几十字就使唐白优秀出色的形象勾勒到位、跃然纸上。虽然张平笔下这个悲剧爱情故事中两个藏族年轻人与古今中外许多有情人有着近似的经历，但值得关注的是唐白的身份。

以喇嘛（僧人）作为世俗故事的叙述主角，似乎已经成为张平的一种偏好，除《唐白与白宗》之外，独幕歌剧《夜访》和电影文学剧本《沉重的冰河》的主角也都是喇嘛，前者讲述了西藏历史上最著名的活佛仓央嘉措因为常去市井喝酒而引发的故事，而后者则讲述了一老一小两个僧人的人生经历。其中名叫旺堆的老僧人因遭受欺压与妻女失散十八年，等再见面时旺堆已成为仁钦寺主持，亲人近在咫尺却只留得一声叹息。丹巴是被旺堆收留的孤儿，这个小僧人在热芭队到来时爱上了旺堆的女儿、热芭队的领舞央宗，尽管旺堆自己已经没办法与家人团聚，但在丹巴将央宗从恶霸手中救出后他准许丹巴脱离僧人的身份，从此小喇嘛丹巴成为热芭队的一分子，与热芭队浪迹天涯去了。这三个故事虽然体裁不同，架构各异，笔触却存在着惊人的一致性，将西藏非常重要的群体——僧人塑造得更为世俗化，更像正常人。这在当时不仅是一种较具挑战性也较为推陈出新的创作尝试，更是作家对僧人这一群体寄予的充分的人文关怀的一种体现。

《咆哮的海子》（八场戏曲）则是张平诸多作品中较为典型的折射西藏社会历史现实的作品。龙加尔是一位驰骋在草原上的草莽英雄，为人侠肝义胆，具有朴素的反抗意识，一个偶然的机会救起了“草原上有名的美姑娘”曲妮[2]，并帮助她与心上人阿布终成眷属，却也由此得罪了巴勒头人和宗本斯达旺。就在去营救再次被头人和宗本掳走的曲妮的时候，龙加尔不幸被害身亡。但在龙加尔英雄精神和不幸遭遇的感召和激励下，草原

---

[1] 张平：《唐白与白宗》，见张平：《圣地之恋——张平西藏题材剧作选》，第177页，西藏人民出版社1988年版。

[2] 张平：《咆哮的海子》，见张平：《圣地之恋——张平西藏题材剧作选》，第199页，西藏人民出版社1988年版。

上善良的人们决定为英雄报仇，反抗噶厦的暴政，并且再“不做孤胆英雄，（要）联络四方奴隶”[1]。在赛马会上众人合力杀死斯达旺为龙加尔报了仇，最终在藏兵的重围中杀出血路投奔解放军去了。这部作品选取了西藏较为常见的题材，但在具体的细节处理上还是倾注了匠心，使这部戏曲超越了其他许多类似题材的作品，具有了更丰富的内涵。龙加尔是一个英雄，但他的反抗是自发的势单力孤的，虽然孔武有力却最终逃不过失败的命运，而他的死却成为受苦受难的老百姓团结一致同仇敌忾的契机，他们不仅继承他的遗志，在与权贵的斗争中取得了胜利，更从此由自发转向自觉，掀开藏族人民反抗暴政的新篇章。从这个角度上说，这部作品的思想价值已经超出了传统的歌颂英雄的民间传奇。

三、成熟稳健——张平的戏剧创作风格

通观张平的在藏作品，虽然体裁丰富，题材多样，篇幅不一，但基本循着相对成熟的创作风格，他的创作生涯延续了三十四年，扎根西藏描绘西藏的剧作也只占作家全部作品的一部分，且多作于四十岁以前，所以作为一位青年作家，张平在当时已经达到了较高的艺术水准，形成了较为典型的创作风格，这是十分可贵的。

作为一位主攻戏剧创作的作家，张平的在藏戏剧创作，无论歌（舞）剧、话剧，还是戏曲（秦腔、京剧等）、电影文学剧本等基本都体现出成熟深刻的主题意蕴、圆融完善的剧情结构和自然流畅的语言特色，这在同时期的剧作家中是较为难得的。应该说，正是这种成熟稳健的创作风格的充分发挥，使得张平的创作能够真正贴近西藏当地百姓的日常生活、切实理解和把握西藏各族人民的生存状态与心理状态。好的剧本是成功表演的前提，张平在创作上取得的成绩，也让他的剧本在基层巡回演出时常常受到当地

[1] 张平：《咆哮的海子》，见张平：《圣地之恋——张平西藏题材剧作选》，第 217 页，西藏人民出版社 1988 年版。

藏族群众的普遍好评，如《旺堆的哀乐梦》去基层演出时，“演员同观众可以自由进行交流，感情融为一片，情绪热烈。几十个收录机摆在场边，一些观众将全剧录下来带回去播给全家人或邻居们听，这种热烈场面，在其他地区是少见的。”[1]

总体来说，新时期张平的创作已经达到了较高的艺术水平，也取得了很好的社会声誉，但也存在着一些显而易见的问题。其中最为突出的问题就是，尽管风格的形成对张平的戏剧创作具有不可估量的重要作用，但同时风格的稳固也在一定程度上对他的创作产生了某种制约。比如，在张平的戏剧世界里好的和坏的往往泾渭分明，赞扬的和批判的也常常旗帜鲜明，这就使得他剧作中的人物都较为平面化，普遍流于简单，无论处于怎样的社会状态下，参与怎样的社会活动，扮演怎样的社会角色，他们几乎是不约而同地也是自始至终地只呈现出一种行为方式、性格特点和思想方法，鲜少变化，这显然并不合理。但也必须看到，之所以出现这样的问题，除了作家既定的创作风格的影响外，文艺指导思想的欠缺和不足也不容忽视的因素；而当时的外部环境和文坛风气也是重要的限制和制约作家格局的原因。这不仅是张平创作遇到的瓶颈，更是许多同时期作家面临的问题。这不能不说是一种遗憾。

第二节　黄志龙

黄志龙（1937—），出生于北京。1959年毕业于中央民族学院语文系，后到西北民族学院任教，1962年作为入藏工作的第一批干部到西藏话剧团工作，先后任编剧、副团长、团长等职，后调入西藏自治区党委宣传部任文艺处副处长、处长，直至2000年退休。从黄志龙的履历来看，这位剧作家

[1] 曲六乙：《〈圣地之恋——张平西藏题材剧作选〉序》，见张平：《圣地之恋——张平西藏题材剧作选》，第2页，西藏人民出版社1988年版。

是不折不扣的“献了青春献终身”的“老西藏”，而从他的创作来看，其作品的取材和主旨等也都较为明晰地展现出作家对西藏所抱有的饱满的热忱。虽然在20世纪60年代初期黄志龙已经进入西藏话剧团，但他曾经长期以“业务助理”身份“在剧团打杂，搬布景、拉大幕、打追光、跑龙套，剧团里的什么活儿都干过”，此外他还“经常长期下乡”，“被团里同志称作‘专职下乡干部’”[1]，而在经历了几年的基础工作磨练之后，黄志龙于“七十年代初期业余从事戏剧创作”[2]。虽然此前他并没有接受过专业戏剧创作训练，但之前的人生经历和工作经历帮助他“熟悉了剧团，熟悉了舞台……丰富了（我的）生活积累”[3]，这使得黄志龙的戏剧创作并非无水之源、无本之木，而是建立在真实可信和踏实可感的直接和间接经验之上。由是，黄志龙虽然并非土生土长的西藏本土作家，但在西藏生活近四十年的人生经历，对藏区的风物人文较为深入全面的研究，和其怀有的对西藏和各族人民的深厚感情等，都促使他在从事戏剧创作的漫长过程中创作出了大量反映藏族人民生活、历史、文化的剧作。这些作品不仅在西藏当地得到了各界观众的广泛认可，其中一些更在全国范围内引起强烈反响。

一、历久弥新——黄志龙的戏剧创作道路

和其他同时期的剧作家相比，黄志龙的艺术创作生涯显得更为活跃和漫长，从20世纪70年代开始，他始终保持着高度的创作热情，以细致敏锐的观察力和认真负责的研究态度展开艺术创作，他不仅注意对西藏当代社会生活投射足够的关注，还特别注意对西藏的历史变迁展开必要的研究和描绘。他认为，作为在雪域高原生活和工作的创作者，是“应该表现（西

[1] 黄志龙:《我的戏剧创作道路》，见韩燕主编:《西藏当代文化名人》，第364页，四川文艺出版社1991年版。

[2] 黄志龙:《我的戏剧创作道路》，见韩燕主编:《西藏当代文化名人》，第364页，四川文艺出版社1991年版。

[3] 黄志龙:《我的戏剧创作道路》，见韩燕主编:《西藏当代文化名人》，第364页，四川文艺出版社1991年版。

藏）历史上杰出人物和他们对中华民族的缔造和发展所做的贡献”[1]的，只有这样才能够真正实现民族平等基础上的民族团结。在这一创作思想的指导下，黄志龙的剧作基本都呈现出以西藏社会的历史事件为主要叙述对象或背景的特点，并且始终遵循着高扬主旋律的创作意图，这既可看作是那个特殊的历史时期留给作家的烙印，又可看作是作家有意识的艺术追求。而黄志龙之所以能够在处理这样大开大阖的历史题材时显得游刃有余，主要是由于他确是一位具有较为自觉的历史观点和立场的剧作家；更加难得的是，他非常善于将自己所要表达的主旋律主题包裹在为广大老百姓所喜闻乐见的内容之中，并充分利用对西藏当地风土民情的深入了解对剧作的细节进行推敲，使作品不仅真实可信，情感充沛且平易近人。这在同时期的西藏剧作家中堪称独树一帜。

1978 年，黄志龙于 40 岁时写出了第一部剧作《飞雪迎春》。由于这部作品的主题仍是在批评“走资派还在走”，因此即使这是作家最初的创作尝试，可他也“决不认为这是他真正的处女作”[2]。直到 1979 年创作的新剧《心上的琴弦》，作家才认可这是自己第一部比较满意的话剧[3]，这部作品塑造了一个在“文化大革命”时期仍能够坚持立场、忍辱负重，坚决维护党和国家的民族政策的“老西藏”形象，同时也“塑造了一个被极‘左’路线百般折磨也决不改变对共产党信仰的藏族老人的形象”[4]。除了旨在歌颂党的密切联系群众的优良传统而外，这部作品更是西藏文学史上第一部反映拨乱反正题材的话剧，只是在当时西藏尚不成熟的文学文化大环境的影响下，这部作品并未引起较大反响，也未赢得应有的关注。但从这部作品的创作情况可以看出，黄志龙已经开始注意对剧作中涉及西藏当地社

[1] 黄志龙:《我的戏剧创作道路》，见韩燕主编:《西藏当代文化名人》，第 366 页，四川文艺出版社 1991 年版。

[2] 芜茗:《黄志龙戏剧创作道路的戏剧性》，《西藏艺术研究》，1991 年第 3 期。

[3] 黄志龙:《我的戏剧创作道路》，见韩燕主编:《西藏当代文化名人》，第 364 页，四川文艺出版社 1991 年版。

[4] 芜茗:《黄志龙戏剧创作道路的戏剧性》，《西藏艺术研究》，1991 年第 3 期。

会生活状态的细节进行必要和深入的打磨。对于一个从内地进藏的汉族作家而言，能较早较自觉地意识到这一点并真正做到它是十分可贵的——由于剧作家在创作前的工作经历已帮助他对西藏的现实情况和西藏各族人民的日常生活有了较为深入透彻的了解和把握，所以这部剧的创作过程基本可以被概括为作家“流着泪写”，演员“流着泪演”[1]，正是这样深刻的感情打动了观众，使得该剧在公演后获得了社会各界的一致好评。

接下来黄志龙便一发不可收，陆续创作了一系列以西藏历史人物和风云变幻为主题的剧作，其中包括大型历史剧《松赞干布》，以西藏人民英勇抗击英国侵略者为题材的电影剧本《圣地》，反映西藏近代历史风云的话剧《十三世达赖喇嘛》和讲述清朝初年西藏悲剧性杰出人物桑杰嘉措的话剧《布达拉宫秘史》（后更名为《布达拉宫风云》）等。另有以西藏贵族家庭宅院的历史变迁为主要内容的话剧《老院新情》和借以探讨私生子问题的话剧《草原的女儿》，以及以青藏公路修筑过程为描绘对象的剧本《昆仑魂》（也即《圣地之路》）[2]（该剧为献礼西藏和平解放四十周年而作）。后又涉足电视剧和电影剧本创作，著有电视剧《拉萨往事》（改编自央珍同名小说）、《文成公主》、电影与电视剧套拍的《西藏风云》和《雪域天路》等。从以上剧目选材不难看出，黄志龙是一位十分热衷于对西藏历史现实进行研究和展现的作家，既特别注重对西藏社会重大历史事件的展现，也非常看重对西藏当地百姓日常生活和观念转变的描摹。这不仅在某种程度上说明，西藏作为整个中国当代戏剧文学领域的创作处女地是大有可为的；更从侧面说明，作家本人具有非常鲜明的历史使命感和责任感，而敢于和善于驾驭重大题材正是黄志龙有别于同时期许多其他西藏剧作家的重要特点。

大型历史剧《松赞干布》是黄志龙（执笔）和次仁多吉、洛桑次仁等共同创作的成果，剧本最早发表于《剧本园地》1982年第1期，1984年6月

[1] 黄志龙:《我的戏剧创作道路》，见韩燕主编:《西藏当代文化名人》，第364页，四川文艺出版社1991年版。

[2] 《剧本》，1990年第11期。

由中国戏剧出版社出版单行本，1982 年 6 月由西藏话剧团在北京首演。与以往类似题材的剧作不同，这部新编历史剧并没有泛泛地歌颂吐蕃王朝创立者松赞干布一生的诸多功绩，而是别出心裁地选取了一个饶有意味的侧面——松赞干布创立藏文的历史事件作为叙写主题。虽然松赞干布波澜壮阔的一生充满传奇色彩，其中亦不乏英雄气概抑或是儿女情长，但黄志龙的叙事角度可谓独辟蹊径，既充分地表现出松赞干布的雄才大略和坚强意志，又细致地描绘了围绕在松赞干布周围形形色色的政治人物，更精准地勾勒出藏民族文化发展历程的重要转折。这种从细处着眼、以小见大的处理方法不仅使这一重大历史题材被表现得立体多面而又细腻深入，更使松赞干布这一历史人物形象变得真实丰满——松赞干布在创立藏文的过程中不仅表现出可贵的革新精神，更拥有深遂的政治眼光；而他不惜一切同保守势力作斗争的勇气和振兴民族精神的决心则不仅为我们展示了雪域高原杰出领袖的风采，更从一个侧面为西藏各族人民的独特个性和气质作了很好的注解。为了充分贯彻作家的创作理念，这部作品设计了一系列惊险场面、动人情节和各色人物为松赞干布这一人物形象和创立藏文这一历史事件的描绘提供了广阔和丰富的展示空间。尤其是在松赞干布周围出现的各色人物个性鲜明、形象丰满，颇值得玩味。其中有全心全意支持松赞干布创立藏文大计的吞米桑布扎、香米达瓦和蒙沙等，他们是松赞干布的得力助手，不仅有才华更充满干劲和毅力，在创立藏文的过程中功不可没。也有因循守旧惧怕新生事物的保守势力大臣尚朗，他站在改革创新的对立面，却又精于权术，常常使出阳奉阴违的把戏，表面上积极拥护和支持松赞干布推行的新政，私底下却又老谋深算、阴险狡诈，极尽一切破坏新政之能事，不仅反对创立本民族文字，更反对吐蕃与其他民族交好。还有一些像穷布邦色一样有功之臣，他们一方面忠于松赞干布，忠于吐蕃政权，曾经为政权的稳固立下汗马功劳；另一方面又对新政持怀疑和不理解的态度，一时间无法接受新的历史发展趋势，所以只得在新政中摇摆不定、内心纠结。

而恰恰就是各方势力共同营造出的盘根错节、复杂尖锐的政治斗争，才艺术地展现出松赞干布游刃有余、高瞻远瞩的伟大形象。

《松赞干布》这部作品与其说“塑造了西藏历史上一位完成统一大业的民族英雄，不如说歌颂了藏族历史上曾有过的开放和创新精神。这是一部闪耀着强烈时代精神、激励整个民族奋发向上、改革进去的历史剧。”[1]在当时，这部剧所触及的题材不可谓不新颖，所采用的叙述模式不可谓不用心良苦，所以该剧能够“引起首都文艺界的重视。首都各报和戏剧刊物陆续发表了该剧上演的消息、剧照和评论”[2]就是再自然不过的事了。由于“在《松赞干布》中，戏剧冲突很集中，全剧围绕在创立文字、制定法典这个焦点上，这是一个民族由野蛮到开化，由愚昧向文明前进的一个转折点，它反映一个民族的进步，也广义地反映了人类发展的轨迹。是一部当之无愧的历史剧，是完全符合历史剧创作题旨的：它虽然不一定具备直接的现代意义，却有着对人类来说意义永远不会过去的认识价值”[3]，所以这部由西藏优秀剧作家创作的反映西藏历史风云变幻的历史剧不仅得到各界观众的一致好评，更取得了十分优秀的业界成绩。该剧获 1980—1981 全国戏剧创作最高评奖全国优秀剧本创作奖，该剧录像后来也参加了 1985 年在西柏林举行的东方艺术节，并被收录在《中国大百科全书・戏剧卷》中。

与上述传统历史题材剧作不同，进入新世纪以来，黄志龙仍然笔耕不辍，为庆祝西藏自治区民主改革胜利 50 周年创作了反映雪域高原天路建设历程的长篇剧作《雪域天路》。这部作品以青藏公路和青藏铁路的修筑过程为主线，在为以慕生忠、肖剑飞、谢雨辰、何文伯等为代表的三代青藏筑路人的执著、坚韧、信念和成就立传的同时，也为祖国和西藏社会的政治、

---

[1] 黄志龙:《我的戏剧创作道路》，见韩燕主编:《西藏当代文化名人》，第 365 页，四川文艺出版社 1991 年版。

[2] 黄志龙:《我的戏剧创作道路》，见韩燕主编:《西藏当代文化名人》，第 365 页，四川文艺出版社 1991 年版。

[3] 《文学评论》，1983 年第 5 期。

经济、文化发展立传。因此，整部作品呈现出大开大阖的气魄，内容翔实，时间跨度较大；既大气磅礴又细腻动人，既较为全面地描绘了祖国和西藏建国五十多年来的巨大变化；又较为细致地书写出三代青藏筑路人人生和事业的起承转合。如果说作家之前的大部分剧作是以描绘西藏人民的生活状态与生存状态为主要内容的，那么这部作品就是作家对过往创作的一次大胆突破。在剧作中，作家对内地进藏的各路建设者进行了浓墨重彩的描绘，着意塑造了为西藏道路建设贡献青春、贡献终身、贡献子孙的英雄群像，从这个意义上说，这部剧作不仅歌颂了建国以来国家和西藏建设的巨大成就，更深刻地揭示了西藏各族人民与祖国无以替代的密切联系。由于该剧横跨的五十年漫长历程恰是中国社会发生日新月异变化的五十年，在巨变的社会环境中人们的思想也必经历巨变，在这一点上，黄志龙显然做了非常细致和深入的研究，使得三代青藏筑路人的形象不仅高大闪亮，更真实可信。以慕生忠为代表的第一代筑路人的革命乐观主义精神、强烈的使命感和责任感以及他们甘愿为国家利益牺牲一切的处事原则，不仅带有那个特殊年代的特殊烙印，更成为筑路新生代的精神感召力量。以谢山峰为代表的第二代筑路人在青藏铁路修筑的过程中无疑起到了承前启后、继往开来的重要作用。而他们的彷徨困惑、隐忍坚强和对第一代筑路人筑路梦想的忠诚守护也被剧作家淋漓尽致地表现了出来。以肖万诚、谢昆仑为代表的第三代筑路人则在祖国日渐兴起的经济浪潮中不断找寻方向，虽然也曾迷失方向、迷失自己，却逐渐在父辈们对天路的执念中重新找到奋斗目标，勇敢面对历史赋予的重要责任，并最终不辱使命，达成共和国几代筑路人的世纪梦想。从这个角度上说，黄志龙的这部作品并没有一味为歌颂而歌颂，而是较为精确地捕捉到了不同历史时期人的精神状态和思想特点，进而塑造出了活跃在不同时期的伟大又平凡的共和国筑路人的可敬可佩的感人形象。

除了对个性鲜明的三代筑路人的人生遭际与事业命运的描绘而外，《雪域天路》的另一亮点无疑是对“藏汉一家亲”主题的生动描摹。无论是那木措与肖向前之间隐忍温暖的纯洁情感，还是盛铁林与拉毛加的相互扶持相濡以沫，或是布琼与袁丁的兜兜转转终成眷属，甚至是朝天椒与央拉不是母女胜似母女的亲情，都在向观众展示着一个和谐、美好、平等、善良的多民族大家庭。虽然类似的故事安排和情节处理在涉及少数民族人民和地区的文学作品中并不少见，但黄志龙的处理并不显矫揉造作或随意堆砌，反而有行云流水、润物无声之感，这些故事的穿插不仅较为客观生动地还原了雪域高原上人们的生存状态，而且一定程度上增加了作品的叙事厚度和宽度，更进一步丰富了作品的情感深度，从而最大限度地引起了观者的共鸣。

二、与时俱进——黄志龙的戏剧创作风格

黄志龙是西藏当代戏剧界创作生命力顽强的典范，从 1978 年开始直到新世纪，他一直保持着旺盛的创作激情，完成了许多具有宏大叙事格局和深刻历史思维的脍炙人口、影响深远的剧作。其实从第一部不被本人认可的剧作《飞雪迎春》开始，作家与时俱进的创作风格就已经初见端倪，而此后他的作品更坚定不移地遵循这一风格逐渐延伸开来。在黄志龙创作中，无论是以西藏社会现实生活为题材的现代剧，还是以西藏重大历史事件为题材的历史剧，都是他借以弘扬社会主旋律和时代精神的载体，因此这些作品从主旨意蕴、谋篇布局和语言修辞等各方面都呈现出强烈的时代感和明显的现实意味。

而从黄志龙的创作历程中我们也不难看出，这位植根于厚重现实生活致力于表现现实生活的剧作家已经找到了一条特别适合表现西藏生活的创作道路，那就是在充分“尊重他们的民族自尊心和民族感情”的同时，始终抱有“对于艺术作品要求真善美和健康向上的总倾向”，再辅之以颇接地气的对民族文化生活的深入调查研究与感悟，才能够创造出“为中国广大观众所接受”的“真正优秀的戏剧作品”。由于作家在整个创作生涯中始终秉承着“反映西藏题材的作品，理所当然不但要为广大藏族群众所接受，

也要为汉族和其他民族的观众所接受”的创作理念，才使得他的作品，无论涉及怎样的题材、采用怎样的体裁，都能够“让演员在舞台上演起来不感到别扭，藏族观众觉得还像他们的生活”[1]，让西藏以外的广大观众体味到雪域高原的独特魅力。也因为此，黄志龙的西藏题材创作才具有了不可替代的示范性意义。

第三节　索朗次仁

索朗次仁（1945—2014），出生于西藏拉萨。1967年毕业于上海戏剧学院表演系，后在西藏自治区话剧团从事话剧表演。1976年改行当编剧，从此开始了他辉煌的艺术创作道路。曾任中国曲艺家协会理事，西藏曲艺家协会常务副主席等职。1991年6月被西藏自治区政府授予自治区优秀专家称号。1993年5月荣获首届全区珠穆朗玛文学艺术奖。1995年评为国家一级编剧。2004年12月荣获中国曲协德艺双馨全国优秀会员奖。系西藏文联委员、中国曲艺家协会会员、中国少数民族戏剧学会会员等。索朗次仁是西藏第一个用藏文创作大型话剧剧本的人，也是第一个创作藏语相声的人；同时，他是第一个系统地研究西藏曲艺的人。他编纂的《中国曲艺志·西藏卷》，填补了西藏没有曲艺志的空白。

索朗次仁从事艺术事业的近五十年的时间里，一直活跃于艺术创作的第一线，成绩显著，其作品形式多样，内容丰富，具有深刻的思想性和艺术性，深受广大群众的欢迎。主要作品有抒情悲剧《斯吉比几》，讽刺喜剧《阿古顿巴》，独幕话剧《受贿者》《酸酒》《恩将仇报》；藏语相声《歌舞的海洋》《治穷致富》等。

索朗次仁的写剧生涯是从写歌词和写一些短小的剧目开始的，那时没有

[1] 黄志龙：《我的戏剧创作道路》，见韩燕主编：《西藏当代文化名人》，第364—368页，四川文艺出版社1991年版。

老师，全凭自己的感悟摸索、创作。后来在创作实践和舞台演出中，他慢慢地感悟到了剧本创作的规律和技巧。同时他利用许多业余时间，阅读大量的中外戏剧名著。当他读到莎士比亚的《罗密欧与朱丽叶》和中国古代的《梁山伯与祝英台》等以后，突然感觉到西藏的那些美好的民间爱情故事也可以用戏剧这种形式来表现。于是，他开始构思故事情节、设置人物和矛盾，几个月以后，他的第一个大戏剧本——《斯吉毕几》诞生了。

六场悲剧《斯吉毕几》是西藏当代文艺史上，第一个成熟的直接用藏文创作的多场话剧剧本。该剧连载于《西藏文艺》1980 年第 4 期和 1981 年第 2 期上，后由北京民族出版社出版了单行本。1981 年，该剧获得了首届全国少数民族文学奖。1983 年，该剧被西藏自治区话剧团搬上了舞台。这个六场抒情悲剧在拉萨上演以后，引起轰动，连演了 30 多场，观众达 12 万人次。

《斯吉毕几》主要讲述了青年男女斯吉和毕几之间的爱情悲剧。剧本展现了这对青年男女与头人之间复杂的人物关系和情感纠葛。这个剧本虽然说是根据藏族民间故事改编而成，但是从人物设置、情节安排、主题提炼、台词语言等诸多方面，都已经远远超过了原有故事的内容。作者把民间故事的简单情节改编成了一个故事情节跌宕起伏、人物关系纷繁复杂，人物性格丰富饱满的爱情故事。该剧的创作很明显地受到了古希腊悲剧结构模式的影响，也受到了易卜生、曹禺等中外戏剧名家创作思想的影响。剧本情节安排合情合理，刻画人物细腻丰满，创作手法娴熟，故事发展完全按照人物性格发展的规律来进行。在剧本的结构，情节的铺展，语言的运用方面都达到了较为成熟的水准。

1981 年，索朗次仁创作了第二部戏剧——《阿古顿巴》。剧本根据藏族民间故事《阿古顿巴的故事》改编而成。作者运用藏族民间机智、幽默人物阿古顿巴的故事，讽刺和鞭打封建农奴主的愚昧和无知。索朗次仁说："新疆有阿凡提，内蒙古有巴乐更仓，我们藏族有阿古顿巴，他的机智、幽默、疾恶如仇一点都不逊色于前两位。"跟《斯吉毕几》一样，作者没有把剧本停留在民间故事的原有情节和主题的层面，而是大大地增加和丰富了原有的故事；用更生动、更幽默的情节和语言来塑造阿古顿巴的形象，使得剧本富有可看性和悬念感，具有强烈的喜剧色彩。不仅阿古顿巴和老爷的形象塑造的惟妙惟肖，其他角色也塑造的有血有肉；同时，创造性地增加了许多原故事里没有的新人物。1983年，该剧由西藏话剧团演出，《阿古顿巴》的首场演出在拉萨进行后，获得了比《斯吉毕儿》更大的成功。连演超过100场，成为迄今为止，西藏话剧史上唯一一部连演突破百场的剧目。1986年，《阿古顿巴》获得了全国少数民族题材团结奖。此后，索次还创作过《受贿者》《恩将仇报》《酸青稞酒》《果子》等话剧小戏、小品，获得过各种大小奖项。

在西藏，著名曲艺表演艺术家土登和他的搭档米玛站在舞台上，为观众表演《歌舞的海洋》《四不像》等相声段子时，总能赢得观众潮水般的掌声。熟悉相声的人都知道，这些西藏观众耳熟能详的相声段子，都出自于索朗次仁的笔下。索朗次仁写相声，土登和米玛表演，他们三人组成了西藏赫赫有名的“高原相声黄金搭档”。

索朗次仁不仅是话剧创作的开拓者，而且也是第一个创作藏语相声的人。1982年他写了第一个相声段子，叫《治穷致富》，演出后大获成功。这个段子一炮打响，影响很大，当时很多外地观众专程跑到拉萨来看这个节目，群众认为这个节目有很强的感染力，使人深受启发。这段相声由拉萨市歌舞团表演艺术家土登等人在堆龙德庆县演出时，当地的干部认为，我们开四五次会议的效果，不如让群众看一场这个节目的效果。索朗次仁的相声创作从此一发不可收拾，先后创作了大量的相声段子。其中著名的段子有《歌舞的海洋》《四不像》《圣地布达拉》《古城新貌》《出洋相》《茶酒相争》《第一宝贝》《歌声与时代》等。1994年出版了曲艺作品集《笑林春使》，2006年该书再版时增加了大量的新作。这些作品具有鲜明的时代特色，知识性和趣味性一体，深受广大观众的喜爱。

20世纪80年代初期，索朗次仁创作了电视剧《三个拉萨姑娘》和《桑吉》，这两部电视剧由拉萨电视台摄制播出后，在社会上引起了不小的轰动。这些作品现在看来可能有一些稚嫩和粗糙，但是从当时的情况来看，可以算是成功之作。这些作品不仅弥补了藏语原创电视剧创作的空白，而且及时地反映了那个时代里人们的生活状态和思想感情，成了街头巷尾人们谈论的话题。特别是电视剧《三个拉萨姑娘》的插曲《拉萨姑娘》，随着电视剧的播出，在社会上广为流传开来，成了整个八十年代藏歌的经典曲目。直至今日，很多人都说："听到这首歌就回想起八十年代的生活。"同时，索朗次仁也是为数不多的著名词作家之一，他作词的《甜美的青稞酒》《可爱的家乡》《心中的花》《好名胜》《拉萨姑娘》等歌曲，被传唱至今。

1987年，索朗次仁被调任西藏自治区文化厅艺术处，从事行政工作。但整日与艺术创作和研究为伴的索次并不习惯这个新角色，因此他向组织申请调入西藏民族艺术研究所，从事民族艺术研究工作。进入这个新的研究部门不久，文化部、国家民委、中国曲艺家协会联合开展的国家艺术科研规划项目《中国曲艺志·西藏卷》的编纂任务落到了索次的肩上。这浩繁的工程，耗去了他17年的时间。5年寻访民间艺人，5年收集资料，5年编写，2年修改。直到2007年，《中国曲艺志·西藏卷》才正式出版。

第四节　平措扎西

平措扎西（1959—），出生于西藏日喀则。他先后毕业于西藏大学汉语系和鲁迅文学院作家班。曾任西藏文联副主席、西藏曲艺家协会主席。平措扎西在小说、散文、戏剧、报告文学等方面都取得了丰硕的成果，先后出版了《斯曲和她的五个孩子的父亲们》（藏文中短篇小说集）、《世俗西藏》（汉文文化散文集）、《西藏古风》（藏文散文集）、《藏地追梦人》（长篇报告文学，有汉文版和藏文版）、《寻迹》（汉文文化散文集）等。平措扎西是在西藏有广泛影响的相声、小品作家。他擅长写藏语喜剧小品。

主要作品有话剧小品《我们的女婿是个大学生》《酒鬼拉巴》（系列）《特殊宴会》《书吧情趣》等；相声《文物的呼声》《公共设施的悄悄话》《逛八廓街》《后藏之最》等。1999 年和 2006 年分别出版了《平措扎西相声小品集》（一）和《平措扎西相声小品集》（二）。共收录了平措扎西创作的 18 个话剧小品和 13 个相声段子。

1981 年，平措扎西从日喀则地区师范学校毕业，成为一名人民教师。在教书育人的岁月里，平措扎西并没有放弃自己从小就有的文学梦，在他的内心深处始终激荡着一种强烈的创作欲望。在业余时间，他写出了不少的尝试性习作，写完后并没有急着发表，一直珍藏在自己的小箱子里。1987 年，他的处女作，藏文短篇小说《索多和他们》发表在《西藏文艺》上。小说一发表，就获得了文学评论家的好评。这一小小的成就，给他带来了无尽的动力。之后的几年里，他笔耕不辍，连续在各地的文学刊物上发表小说。1992 年，他的藏文中篇小说《果热巴热院中的悲曲》开始在《西藏文艺》上连载，该小说在读者中产生了巨大影响，让平措扎西的名气一下子在西藏的藏文文学界传开，许多藏文报刊杂志纷纷向他约稿；一些艺术团体也开始联系到他，希望他为演出写相声、小品。正是有了这些邀请，平措扎西开始将更多的精力投入相声、小品的创作，并成为了这一领域的领军人物。

1991 年，西藏戏剧家协会筹备首届全区业余戏剧小品比赛，但是到了最后，才发现参赛的小品数量太少，完全达不到组成一台晚会所需节目的数量。于是，当时的戏剧家协会负责人“求助”平措扎西，希望他能为汇演创作小品。戏剧小品对于平措扎西来说，完全是一个陌生的领域，跟小说和散文创作完全是两回事，但是他还是硬着头皮接了下来，最终他写出了自己的第一个话剧小品《我们的女婿是个大学生》。出乎他意料的是，演出当天在剧场里笑声不断，掌声不断，取得了巨大的成功。这个小品在这次的比赛中一举夺得了金奖的桂冠。这次的成功给平措扎西带来了巨大的鼓舞，从此他深深地喜爱了这门艺术，并积极地投身到了小品创作。他一边学习一边实践，写作的同时，利用一切业余时间阅读和观看内地的姜昆、马季、黄宏等相声小品名家的作品，同时也跟专业院团的演员和编导人员进行切磋、交流。很快，他掌握了相声、小品创作的规律和技术技巧。

1992 年，平措扎西到阿里地区搞了半年的社教活动，这对他来说也是一次难得的体验生活的好机会。在这段时间里，有一次他无意中从同事嘴里听到了一个酒鬼的笑话。一个醉汉不小心撞到车上，把自己的鼻子碰伤了，于是到医院去看病，而医生也是一个醉汉，手术出了问题，该缝针的地方没有缝合，却把不该缝的眼睛给缝住了。回到拉萨之后，他根据这个笑话创作出了小品《酒鬼拉巴啦》，通过夸张、荒诞的情节和嘲讽的台词，塑造了现实生活中人们常见的酒鬼形象。作品由西藏话剧团演员扎西顿珠和洛旦出演，在 1994 年的西藏电视台藏历新年文艺晚会上演出之后，由于其幽默诙谐的内容和演员的精彩表演，一下子轰动了整个西藏，在随后的时间里该小品的重播率、收视率都创下了新高。后来，平措扎西先后创作出了续集《三年以后》和《拉巴啦家的烦恼》等酒鬼“拉巴啦”系列，让人们一提到酒鬼，立即就会想到平措扎西作品中的“拉巴啦”，“拉巴啦”也几乎成了酒鬼的代名词。

平措扎西创作的相声段子，有其独特的艺术魅力。平措扎西创作的第一个相声段子是《逛八廓街》，这个相声段子由西藏著名曲艺表演家土登和搭档米玛演绎以后，在社会上产生过广泛的影响，从此拉开了平措扎西相声创作的序幕。他先后创作了《卡拉 ok 见闻》《这不是男子汉》《后藏之最》《农民的风采》《趣说世界杯》等著名相声段子。这些作品演出之后，在广大观众中引起了强烈的反响。平措扎西创作的相声段子《文物的呼声》被誉为西藏相声史上的精品。这个相声剧，几经演出，几经重播，每一次都赢得观众的掌声和笑声。

平措扎西因其作品关注人情、关注社会、关注现实而赢得了观众的喜爱，并且其作品每次演出时的轰动性效果，而成为西藏相声、小品创作领域的佼佼者。他创作的群口化妆相声《文物的呼声》、群口音乐相声《公共设施的悄悄话》和群口相声《回眸六十年》等开创了藏语群口相声的先河。这些作品通过表演家的精彩表演，赢得了观众的认可，同时也取得了显著的社会效益，对净化人们的心灵、提高人们的文化素质等方面都起到了不可低估的作用。

第五章　民间文学

概　述

自 1951 年西藏和平解放以来，优秀的西藏民族文化得到国家的重视和扶持，西藏民间文学也从过去受歧视、受鄙弃、受排斥的境地解放出来，登上了社会主义新文艺的大雅之堂。在 20 世纪 50、60 年代，中国社科院民族研究所、文学研究所、中央民族大学、北京大学、中国民间文艺研究会等单位相继派出藏汉等各族民间文学专家入藏，进行社会历史、语言调查，进行民间故事采风活动。西藏本地的藏汉族民间文学专家和业余爱好者，也热心采录民间故事、传说、歌谣等，有的在《西藏日报》刊登，有的编进了铅印本的《西藏民间故事集》。“文化大革命”开始，民间文学的收集整理翻译研究工作受阻。20 世纪 70 年代后期，随着政治大环境的变化，西藏民间文学渐渐恢复了生机，迎来了黄金时期。1975 年自治区文化局下面成立了群众艺术馆，1979 年春天开始，自治区文化局把抢救民族民间文化遗产的工作，提上了议事日程，专门成立了抢救民族民间文化小组[1]。1980 年创办了藏、汉文《西藏群众文艺》[2]杂志，1981 年开办了西藏首届

[1] 组长：张治维；副组长：贾湘云、廖东凡。

[2] 1980 年为内部交流刊物，1984 年开始公开发行，定为季刊，藏汉文各出版了 24 期。1989 年起，《西藏群众文艺》改名为《雪域文化》。

民间文学讲习班，并于同年成立了西藏民间文艺研究会。1983年创办了西藏历史上第一份藏、汉文民间文学报《邦锦花》[1]。西藏群众艺术馆和民研会多次组织藏汉族民间文学工作者、爱好者深入藏北草原、雅鲁藏布江河谷和喜马拉雅山区采风，收集了大量民间文学作品[2]。十多年来，在区内外正式出版的民间文学、艺术、民俗等书籍近百种。特别是“三套集成”和《格萨尔》的搜集、整理、翻译，成果显著，传统艺术藏戏也有了新的发展。参与者大都是有着高深文学修养的藏汉族等作家、学者。对民间文学大范围的收集、整理，不仅展示了我们党保护、弘扬民族民间文学传统一以贯之的指导思想，更为西藏当代文学创作上到一个新台阶提供了极其丰厚的艺术资源。

第一节 “三套集成”

1984年，由文化部、国家民委、中国民间文艺研究会联合签发了《关于编撰出版〈中国民间故事集成〉〈中国歌谣集成〉〈中国谚语集成〉的通知》，在全国范围内通过省（自治区）、地（市）、县各级民间文学集成编委会，组织广大民间文学工作者及基层文化单位进行民间文学全面普查和采录，在此基础上层层汇总编选，出版《中国民间文学三套集成》，简称“三套集成”。自此，一项旷古未有的民间文学荟萃活动在全国展开。这项工程也被誉为“文化事业的万里长城”。西藏地区的民间文学三套集成工作自1987年开始。1987年6月，自治区文化厅、民宗委、民协联合发出《关于

[1] 开始以月报形式出版发行，先后收集、整理、出版了许多民间故事、民间传说、民间歌谣、谚语等。最初有《邦锦梅朵》藏文版和《邦锦花》汉文版两种。1988年的小报《邦锦梅朵》在不变办刊宗旨的前提下慢慢改版为32开的小杂志，1990年又改版为国际标准的16开杂志。1993年汉文版《邦锦花》改名为《西藏民俗》，2004年改为《西藏人文地理》。

[2] 《中国民间故事集成 西藏卷》编辑委员会：《中国民间故事集成 西藏卷》（前言），第11页，中国ISBN中心2001年版。

编辑出版“中国民间文学三套集成西藏卷”安排意见的通知》，同年8月，在拉萨召开全区首届“中国西藏民间文学三套集成”讲习会。从1987年9月开始，全区以县为单位，全面展开了民间故事、歌谣、谚语大普查、搜集和整理，并着手编选地（市）、县“资料本”。大多数县的普查和搜集，一直深入到乡镇乃至自然村落，东至三江峡谷，西抵阿里高原，北到羌塘牧场，南达察隅林区，时间长达5年，至1992年8月基本完成了普查搜集工作，共搜集上亿字的民间文学资料，编选了全区70个县的“资料本”和全区六地一市的地区卷共231册（卷、本）。1993年开始，又进一步对已整理的藏文稿进行修订分类，大体定稿后着手翻译，1995年8月出版《中国歌谣集成·西藏卷》，2001年8月出版《中国民间故事集成·西藏卷》，2001年12月出版《中国谚语集成·西藏卷》。汉文版《中国民间文学三套集成·西藏卷》，380余万字，全方位记载了西藏民间文学的璀璨瑰宝，作为全面反映西藏民间文学状况的权威版本，所选印的作品，是西藏各地区、各民族口头流传的民间故事、歌谣、谚语的忠实记录，这些作品既具有鲜明的民族性和突出的艺术特色，是文学欣赏和借鉴的艺术珍品；又有很高的科学价值，是许多学科的宝贵的研究资料。“三套集成”的搜集整理编撰是西藏民间文学史上具有重大现实意义和深远历史意义的一大壮举，是弘扬民族优秀文化传统，建设有中国特色社会主义文化事业的丰硕成果，它是千百年来流传在西藏各民族劳动人民当中的民间文学宝贵遗产，得以保存、继承和发扬光大，在雪域高原流传万代，并阔步走向全国，走向世界，成为人类共同的精神财富[1]。

一、谚语集成

在《中国谚语集成·西藏卷》的编纂过程中，共编成藏文资料75本，

[1] 吉米平阶：《留住最鲜活的民族珍品——〈中国西藏民间文学三套集成〉出版侧记》，《西藏日报》，2016年5月25日。

其中铅印5本，油印40本，手抄30本，收录谚语约三四万条，经过翻译编纂，共辑录谚语15 000条。本卷汉文稿的编纂工作，共经过鉴别筛选、翻译、编纂三个阶段，从1987年6月发布文件，到1996年完成初稿，2000年11月完卷，2001年3月终审通过共历经14年。

《中国谚语集成·西藏卷》包括事理谚、修养谚、社交谚、时政谚、风土谚、生活谚、行业谚、自然谚等八个大的类别。

在事理谚这个大类别下，又有说理、常理、对比、知行四个小类别；修养谚这个大类别包括志向、胆识、才智、品行、谦慎、律己、求知七个小类别；社交谚这个类别中，有社群、交游、处事、工作、言谈五个小类别；时政谚包括了国家、官民、法政、军事、贫富、敌我、抗争、世态八个小类别；风土谚包括山水、乡情、习俗、命运、宗教五个类别；生活谚包括了衣食住行、生老、保健、卫生、医药等群众生活的方方面面；行业谚包括商贸、农业、文体三个类别；自然谚包括天文、时令、气象和物候四个方面。

这些谚语的分类条陈几乎包括了西藏人民生活的方方面面，从精神生活到物质生活，无一不有。谚语卷中囊括的谚语，鲜明地体现出了西藏谚语的特点。

（一）精炼性。用简洁的语言道出生活的真谛和事物的本质，这是谚语的共有特色，也是西藏谚语的鲜明特色，通过特殊的寓性表达，将高原独有的民俗特色融合其中，更是赋予了西藏谚语别具一格的审美内涵。

（二）形象性。在藏语中，“谚语”是“比喻事例”的意思，这就决定了形象性是西藏谚语的重要特征。

（三）哲理性。用简短的话语描绘极富形象性的画面，从而揭示生活中的哲理，这也是西藏谚语的重要特征之一，这些哲理不仅仅停留在事物的表面，而是高度概括性的智慧，具有深刻的内涵。

（四）通俗性。西藏的谚语活在群众的生活里，具有很强的生命力，人民群众在日常的生活中用简单易懂、口语化的表达方式使得谚语具有很强的通俗性，与其他文学样式相比，谚语具有很强的口语化特征。

（五）对仗性。西藏谚语既有一句、两句的，也有三句、四句的，藏北地区的谚语也有八句、十句的，但总体来说大部分是两句的，这些谚语上下两句的用词和音节大部分情况下是对仗工整的，读起来朗朗上口、铿锵有力。

二、故事集成

《中国民间故事集成·西藏卷》的编纂工作，同样始于 1987 年 6 月，1992 年 10 月完成编纂，至 2000 年定稿完卷共历时 13 年。西藏民间故事来自于民间故事讲述家、民间歌手、农人、牧民、渔夫、猎户、寺庙僧尼、上层人士的共同讲述，又经过专家组深入地区的普查和补充漏缺，全区六地一市、七十六县共收集到三千多万字的民间文学资料，陆续编成地（市）、县资料卷 213 册，其中民间故事采访讲述者 235 人，结集资料本 54 册。

本卷将西藏民间故事分为神话、传说、故事、寓言、笑话五大类。

神话部分收录神话 16 则；传说部分包括人物传说 55 则、地方传说 41 则、动植物传说 18 则、风俗传说 22 则；故事部分，包括动物故事 34 则、幻想故事 86 则、尸语故事 13 则、魔鬼精怪故事 32 则、生活故事 88 则、机智人物故事 27 则；寓言部分收录寓言故事共 12 则；笑话部分包括笑话共 14 则。

三、民歌集成

《中国民间歌谣集成·西藏卷》的编纂工作，也是始于 1987 年 6 月，1992 年前后，各县卷本已陆续出完，1994 年 3 月，西藏卷的初编工作完成，1995 年通过终审并最终出版。

西藏的民间歌谣涵盖了人民群众生活的方方面面，几乎可以说是西藏生活的“小百科全书”，它是西藏高原上的人民群众在千百年来的历史发展中和实际生活中抒发情感、叙写生活的体现。

本书共 137.4 万字，对收录的民歌分了打开歌门、创世歌、劳动歌、时政歌、仪式歌、情歌、生活歌、酒歌、历史传说故事歌、强盗歌、叙说歌、风物歌、儿歌这13个类目。

其中的劳动歌：包括了农田歌、牧业歌、林业歌、狩猎歌、纺织歌、建筑歌、驮盐歌、铁匠歌、矿工歌、船歌、劳动号子11个小类别；

时政歌，包括了反侵略歌、反昏官歌、颂歌3类；

仪式歌，包括了登记仪式歌、婚礼仪式歌、搬新房仪式歌、节令歌、宗教仪式歌5类；

情歌包括了寻伴、试探、初恋、热恋、离别、相思、怨言、悲伤、愿望、姻缘、信物、讽喻、对答13个小类别；

生活歌中包括了恩深父母歌、自豪歌、愿望歌、想象歌、苦歌、训诫歌、讽喻歌、欢歌、对歌9个类别；

历史传说故事歌中包括了格萨尔的歌、文成公主的歌、噶尔东赞的歌、玛尔巴的歌、米拉日巴的歌、日琼巴的歌、唐东杰布的歌、帕莫竹巴的歌、仓央嘉措的歌（五十首）、甲域钦波的歌、白玛文巴的歌、朗萨姑娘的歌、诺桑的歌、罗布桑波的歌、尼玛多丹的歌、阿达嘎日的歌、阿古顿巴的歌、骡夫的歌、朗杰果东的歌、歌唱空行母的歌、朗果唐巴桑杰的歌；

叙说歌包括了说故乡、说圣地、说山、说水、说平原、说植物、说动物、说人、说梦、说帐篷、说宝物、说建筑的歌。

四、西藏民间文学三套集成的贡献

“三套集成”的编纂使得西藏民间文学的研究进入了有组织有计划、大规模普查的阶段，蕴藏于藏族人民群众中的浩如烟海的民间文学佳作被重新重视并且系统收集，整个工作历时十几年，培养了大批优秀的民间文学工作者，基本上掌握了真实丰富的第一手研究资料，有了一批具备实践经验和理论修养的研究人才，可以说，基本使得西藏民间文学的研究有了科学的体系。

其中所收集的谚语、故事、歌谣，“带着西藏高原鲜活的生活气息，各族人民的喜怒哀乐，从藏北大草原牧人的帐篷、从喜马拉雅山深处的农家房舍、从藏东三江河谷的牧场，走进了这套共和国集成巨著。”“三套集成”忠实地记录了西藏各地区、各民族口头流传的民间文学，具有浓郁的民族性和突出的地域民族特色，是文学欣赏和借鉴的艺术珍品，为西藏文化史的研究提供了宝贵的资料。值得一提的是，在编纂三套集成的同时，西藏还编辑出版有藏文版《邦锦梅朵》和汉文版《西藏民俗》两本刊物，并编辑出版了《西南地区民间文化论文集》《西藏民俗散文集》《西藏民俗精选本》《西藏笑话集》和《西藏故事集》等书籍，为抢救和保存西藏民间文学遗产，弘扬藏民族优秀文化，发挥了重要作用。

第二节　《格萨尔》

《格萨尔》是藏族人民长期以来集体创作的一部伟大的长篇英雄史诗，其流传之广泛，部数之众多，是迄今人们发现的世界最长的史诗，被誉为“世界史诗之王”，2009 年被联合国教科文组织列为“人类非物质文化遗产代表作名录”。同时，它又是一部活形态的人类文化遗产，其中许多故事内容仍保存于民间艺人的记忆深处。《格萨尔》史诗的活形态特性，决定了其抢救、保护工作的重要性和迫切性。改革开放以来，我国政府高度重视《格萨尔》事业发展，对史诗的传承和保护方面采取了一系列措施，逐渐形成了以民间为基础、学界为智库、政府为后盾的多重保护模式，取得了比较丰硕的成绩。

一、《格萨尔》史诗保护工作的重要性和迫切性

（一）《格萨尔》史诗保护工作的重要性。保护《格萨尔》史诗传统，具有深刻的现实意义和深远的历史意义。为达到分裂西藏，西化、分化中

国的政治图谋，达赖集团和西方反华势力把“西藏传统文化毁灭论”作为长期恶毒攻击我国的一个重要舆论谎言，在国际上蒙骗了不少不明真相的人士，给西藏的稳定发展、改革开放带来诸多障碍。有力回击和反驳“西藏传统文化毁灭论”，是我们切实加强《格萨尔》史诗传统保护，用事实主动出击的现实需要。

加强《格萨尔》保护和研究，也是一项促进世界范围内文化传承和交流的重要工作。《格萨尔》史诗作为中华民族和世界文化宝库中的一颗奇珍异宝，早日实现从传统口头文学到现实文字文学的转化及尽快翻译成汉文，为将来翻译成多种语言文字，让世人知道其全部内容和优美诗意，是中华民族对世界文化宝库做出的积极贡献。

（二）《格萨尔》保护工作的迫切性。《格萨尔》主要由文本和口承两种形式保存和传播，二者相比较，口承史诗产生时间早，流传也比较广泛。截止目前，《格萨尔》史诗仍然主要依靠民间艺人的大脑记忆保存，以口耳相传形式传播。随着人类社会现代化的突飞猛进、文化传播形式的多样化和文化娱乐生活的不断丰富，传统的《格萨尔》传播形式受到很大冲击，“人亡歌息，艺随人亡”的悲剧仍在出现，抢救和保护《格萨尔》史诗迫在眉睫。

二、《格萨尔》史诗及其多重保护实践

（一）《格萨尔》史诗的主要特点。《格萨尔》是一部长期在藏族人民群众中广泛流传的长篇英雄史诗，是一部以抑强扶弱、除暴安民为主线的宏伟史诗。它有以下主要特点：

一是卷帙浩繁。据《格萨尔》史诗研究人员统计，全传至少有200多部、100多万诗行，是迄今世界上最长的史诗。过去人们常说的世界上最长的印度史诗《摩诃婆罗多》，也不过20.7万诗行。而仅桑珠老艺人独家说唱的《格萨尔》前40部藏文版诗行已经达到50万行，不论诗行数量，还是文字数量都是迄今为止世界上最长的史诗。

二是内容丰富。它的形成经历了原始社会、奴隶社会和封建农奴制社会三种社会形态，由此反映了古代藏族的社会历史、经济文化、民族交往、意识形态、道德观念、风俗习惯、宗教信仰等内容，可称得上“包罗万象”。它不仅是一部文学作品，具有很高的文学欣赏价值，而且具有很重要的学术价值和史诗价值，是一部研究和了解古代藏族社会的百科全书。

三是“活着”的史诗。从总体上看，民间艺人说唱的《格萨尔》史诗（含录音带）约占80%的份量，而《格萨尔》文本只占20%。这表明《格萨尔》史诗还未完成从口头文学向书面文学的转化，它仍然是一部在民间活着的英雄史诗。可以说，《格萨尔》的主要保存者、传播者是民间说唱艺人。通过众多民间艺人的大脑记忆保存，并以口耳相传，在传播的过程中不断丰富、充实，才形成了二百余部举世无双的《格萨尔》英雄史诗。

四是流传广泛。《格萨尔》源于藏民族，在藏族地区流传广泛，且流传到九个民族、九个地区、九个国家[1]。俗话说：“岭国每个人口中都有一部格萨尔故事”，流传在藏族地区的这一俗语足以说明《格萨尔》史诗在藏族群众中的广泛性。同时，在我国民族大家庭中，民族间通过长期的交往，相互吸收彼此的优秀文化，兼收并蓄，使《格萨尔》成为蒙古族、土族、裕固族、纳西族等我国九个民族的群众喜闻的史诗，在传播的过程中，又根据本地、本民族实际及欣赏习惯不断注入新的元素，改编成本民族群众乐见的作品。不仅如此，环“世界屋脊”的不丹、尼泊尔、印度、巴基斯坦等国的藏族后裔和俄罗斯、蒙古国、阿富汗等国的蒙古族和其他民族中也有流传。

（二）西藏《格萨尔》保护工作取得的成绩。改革开放以来，在党和国家的关心支持下，西藏地方对《格萨尔》史诗与说唱艺人进行了有力抢救

---

[1] 《格萨尔》学界用“三个九”来概括《格萨尔》流传的广泛性。“《格萨尔》流布在中国、蒙古国、俄罗斯、阿富汗、巴基斯坦、尼泊尔、印度、不丹、锡金环世界屋脊九个国家的藏族后裔和蒙古族和其他民族当中，以及国内四川、云南、西藏、青海、甘肃、宁夏、内蒙古、辽宁、新疆九个省区的藏族、蒙古族、土族、裕固族、撒拉族、普米族、纳西族、白族、傈僳族九个民族和摩梭人当中”（见《格萨尔学刊》2011年，第161页）。

和有效保护。自《格萨尔》史诗产生以后，在藏族民间，不论是说唱艺人，还是爱好《格萨尔》史诗的群众，对其保护工作很重视，不仅在群众中以口头传承形式保存《格萨尔》史诗，且用文字记录了多部《格萨尔王传》。但是，由于受当时条件的限制，没有形成有组织、有规模的抢救、保护机制。新中国成立以后，党和政府非常重视各民族优秀传统文化的继承和发扬。《格萨尔》作为藏族优秀传统文化的重要组成部分，它的抢救、整理、研究工作受到了国家文化部、国家民族事务委员会、中国社会科学院、中国民间文艺联合会等有关部委的高度关注，先后转发了100多件有关抢救、整理、研究《格萨尔》及其说唱艺人的文件、通知等。上个世纪80年代，在北京建立了全国《格萨（斯）尔》工作领导小组，并设立办公室，青海、四川、甘肃、云南、内蒙、新疆六个省（区）也相继建立了领导机构和办事机构。加强了对《格萨尔》工作的领导，出现了抢救、整理和研究《格萨尔王传》的大好形势，先后在各省区陆续整理出版了百余部《格萨尔》传统版本，20名民间艺人被授予《格萨尔》说唱家的荣誉称号。先后录制艺人说唱本百余部，《格萨尔》的抢救、整理和研究工作取得了举世瞩目的成绩。也正因为我国《格萨尔》抢救、整理工作取得的斐然成绩，改变了西方学界“东方无史诗”“中国是史诗穷国”的无知和偏见。国际《格萨（斯）尔》学术研讨会已召开六届，特别是2001年10月在法国巴黎召开的联合国教科文组织第31届大会上，一致通过我国“《格萨（斯）尔》千年纪念活动”列入该组织参与的周年纪念活动中，这是我国政府向该组织申报成功的第一个项目。这不仅仅反映了国际社会对我国《格萨尔》事业的高度评价，更体现了《格萨尔》史诗在人类文化遗产中占有举足轻重的地位。

西藏自治区党委、政府非常重视史诗的抢救、整理工作，1980年4月，批准成立了西藏自治区《格萨尔》领导小组及抢救办公室，指定自治区党委宣传部、社会科学院、文联、出版局的负责同志分别担任抢救领导小组正副组长，文联代管抢救办公室。编制定为15人，财政下拨抢救专项经费，建立了西藏有史以来第一个《格萨尔》抢救领导小组和抢救办事机构——西藏自治区《格萨尔》抢救办公室。同时，在西藏大学的前身西藏师范学院成立了《格萨尔》抢救小组，当时曾受到中央有关部委的表扬，并成为七省（区）的榜样。

西藏《格萨尔》抢救办公室成立之初，国家投入了大量人力、财力和物力，为史诗的抢救、整理和研究工作奠定了良好的基础。

一是20世纪80年代开展了大面积的艺人普查工作，对重点说唱艺人进行了录音和笔录，取得了很大成绩。了解和掌握艺人的现状，记录艺人口头说唱本是《格萨尔》抢救工作中的重中之重，是一项迫在眉睫的工作。20世纪80年代初，自治区人民政府投入大量资金先后20余次派人到史诗流传比较广泛的昌都、那曲、阿里等地区，进行了大规模的普查民间艺人、搜集旧版本以及有关传说、实物等抢救工作。20世纪80年代初共寻访能说唱10部以上的民间艺人39名。根据“择优择缺”的原则和“优先为老艺人录音”的指导思想，进行了深入细致的录音工作。截止目前，西藏已录制100多部艺人说唱本，近5 000多盘磁带，其中，笔录成文90多部。工作进度走在了全国各省（区）的前列。

二是《格萨尔》旧版本及实物的登记、抢救取得历史性的突破。过去与史诗有关的实物及旧版本零散地保存在民间。对这些有关史诗的实物进行普查、鉴定，并对具有一定历史价值和艺术价值的珍贵历史文物进行抢救和保护，是《格萨尔》抢救工作的重要组成部分。它对史诗的全面研究具有不可替代的作用。因此，在普查中寻访艺人的同时，对史诗的文物进行了普查。全区先后搜集和发现50多种与史诗有关的民间人物传说和10件实物，搜集到了74部55种史诗旧版本、旧手抄本，整理出版旧版本32部。

三是艺人说唱《格萨尔》的整理方面填补了一个历史空白和创造了一个世界记录。录音和笔录艺人说唱史诗只是抢救工作的基础，其最终的目的则是这些民间艺人讲唱的无形史诗整理成有形的文本并予以出版或数字化，使其千秋不绝，举世共赏。西藏整理和出版了《〈格萨尔〉艺人扎巴说唱故事》12部，《〈格萨尔〉民间艺人独家说唱本》丛书（已经出版10部），《那曲艺人说唱故事》丛书（已经出版6部）等，特别值得一体的是，西藏社会科学院民族研究所录音整理和编辑出版的《〈格萨尔〉艺人桑珠说唱本》丛书（计划整理出版45部48本，已经出版了43本），填补了迄今国际国内还没有一套艺人个体说唱的比较完整《格萨尔》的历史空白，创造了世界史诗领域艺人个体说唱史诗最长记录。

四是《格萨尔》史诗的翻译工作呈现出美好前景。《格萨尔》史诗作为世界级人类文化遗产，尽快比较全面地翻译成汉文，为将来翻译成多种其他文字打基础，让世人知道其全部内容和优美诗意，是中华民族对世界文化宝库做出的积极贡献。《格萨尔》史诗的汉译开始于20世纪60年代，半个世纪以来，学界前辈们作了积极的尝试，付出了艰辛的劳动，翻译了多部《格萨尔》，取得了一定成绩。仅西藏方面就曾零散翻译了11部《格萨尔》，为我们做好《格萨尔》翻译工作打下了一定的基础，积累了较丰富的经验。但是，由于多方面原因，《格萨尔》汉译工作始终处于零散、自发的状态，没有统一规划，无规范可言。如今，全国《格萨尔》学界呈现出翻译工作欣欣向荣的态势。西北民族大学、全国《格萨尔》办公室等部门在积极组织史诗的翻译项目。西藏社科院于2013年启动了“西藏自治区重点文化工程《格萨尔》藏译汉项目”，计划在5年内，组织全国《格萨尔》及翻译学界力量，完成《〈格萨尔〉艺人桑珠说唱本》丛书中30部的翻译任务，将一位目不识丁的老人讲述的比较完整的《格萨尔》展现给世人，让其举世共赏。

五是《格萨尔》史诗的研究工作不断深入。从全国而言，改革开放以后《格萨尔》史诗的研究取得可喜成绩，专业研究人才不断涌现，优秀科研成果层出不穷。就西藏来讲，虽然《格萨尔》研究成果比起抢救、保护的成果明显逊色，比起全国，专业队伍势单力薄，研究成果零散少量，但是，在《西藏研究》《西藏大学学报》《西藏艺术研究》等国际国内有一定影响的学术刊物专设《格萨尔》学栏目并发表了数百篇学术论文，有些成果达到国际一流水准。如：尊胜的《〈格萨尔〉史诗的源头及其历史内涵》、黄文焕的《关于〈格萨尔〉历史内涵问题的若干探讨》、索朗格列的《关于藏蒙〈格萨（斯）尔〉源流问题探讨》等研究论文在学术界反响强烈。此外，西藏学者先后出版了有关《格萨尔》方面的5部专著，仁增所著《格萨尔散论》填补了西藏尚无《格萨尔》学专著的历史空白；平措所著《格萨尔宗教文化研究》以一个新的视角对其进行了深入研究；索朗格列所编《格萨尔唐卡》以图文并茂形式详细介绍了《格萨尔》连环唐卡的内容；边多先生所编《岭国妙音》开辟了《格萨尔》音乐研究的新领域；金果次平所著《〈格萨尔艺人桑珠说唱本〉研究》则填补了"迄今为止，还没有一部专门研究一个艺人的专著"[1]的空白。

第三节　新编藏戏

1979年初，西藏藏剧团在被迫停演20多年藏戏后首先开始藏戏排练和演出。随后，民间藏戏班也纷纷重建戏队、恢复藏戏演出。民间藏戏队演出剧目以"八大传统藏戏"为主，同时还排演了《宗山激战》和《雪山小英雄》两种新剧目。民间戏队所演传统剧目沿袭藏戏广场演出形态，演出时间大约六七个小时。

西藏藏剧团是西藏自治区唯一的专业演出团体，演出剧目主要有"八大传统藏戏"改编后的改编剧目，以及反映西藏社会发展变化的新编剧目。这些剧目以舞台演出形式为主，演出时间一般为两三个小时。

20世纪80年代，《中国戏曲志》开始编撰。1984年11月，西藏自治区为撰写《中国戏曲志·西藏卷》成立了编辑委员会，由刘志群担任主编，

[1] 降边加措：《格萨尔艺人研究的新成果》，见桑珠：《〈格萨尔艺人桑珠说唱本〉研究》，西藏藏文古籍出版社2013年版。

边多和白牡任副主编，张鹰和彭措顿丹任委员。编辑委员会一成立就对全区戏剧情况展开田野调查。随着对藏戏调研工作的进一步深入，刘志群、边多等藏戏专家针对藏戏的起源、剧种和流派的划分、面具艺术、音乐唱腔和艺术特征等发表文章进行讨论和研究，对藏戏艺术的传承和发展作用很大。

1986 年，拉萨雪顿节恢复。雪顿节期间西藏自治区藏剧团、拉萨雪巴拉姆藏剧队、山南、日喀则和昌都藏戏队以及区外的青海省黄南藏族自治州文工团、甘肃省甘南藏族自治州藏剧团、四川省巴塘县藏剧团等齐聚罗布林卡表演藏戏。题材丰富、流派纷呈的藏戏演出，给观众带来了视觉上的盛宴。这次雪顿节藏戏汇演给来自不同地区的藏戏表演团体提供了一个学习、交流的平台，促进了藏戏艺术的发展。为适应藏戏研究发展的新形势，五省区藏戏研究学会在本次雪顿节期间成立，并召开了首届藏戏研究年会。1987 年 8 月，五省区藏戏研究学会在拉萨雪顿节期间又举行了第二次年会，邀集了西藏和国内有关藏戏研究方面的专家学者 30 多人在拉萨进行了藏戏观摩和学术研讨活动。与会专家学者对藏戏名称的规范化、藏戏的剧种流派、藏戏的音乐等问题进行了深入探讨，开拓了藏戏研究领域。

一、西藏民间藏戏

20 世纪 80 年代初期，民间藏戏班纷纷组建戏队、恢复藏戏演出。在这些戏队中既包括具有几百年历史的传统戏队又有众多新建戏队，它们遵循传统藏戏演出形态，演出剧目受到农牧区观众的喜爱。

民间藏戏队演出剧目以《诺桑王子》《卓娃桑姆》《白玛文巴》《智美更登》《文成公主》《朗萨雯蚌》《顿月顿珠》和《苏吉尼玛》这八个传统剧目为主。这些戏队演出时沿袭广场演出形态，一般以打麦场、林卡、寺院附近的空地或者较为开阔、平坦的草地表演作为演出场地。演出时，场地中间搭有印着喷焰法轮、吉祥八宝等藏民族图案的白色帐篷，帐下有汤东杰布唐卡画像和切玛、净水、鲜花等贡品，沿用一鼓一钹的伴奏形式，演员和观众同处一个空间，中间部分划为表演区，观众围坐在表演区四面或三面看戏。

江孜文工队和墨竹工卡藏戏队在演“八大传统藏戏”之外，还演出了反映西藏现实社会生活的新编剧目《宗山激战》《雪山小英雄》。1980 年，江孜文工队在西藏自治区首届业余藏戏会演中表演的《宗山激战》，是次列和时向东根据 1904 年江孜军民浴血奋战、抗击英军侵略的历史事件编写而成，丰富了民间藏戏的创作题材。该剧以 1904 年江孜军民在宗山坚守城堡、奋起反抗英国侵略者的历史事件为背景，赞扬了与敌人殊死搏斗，最后跳悬崖而死的扎喜林和达杰等民族英雄，歌颂了藏族人民保家卫国、反抗外国入侵者的斗争精神。

《宗山激战》由序幕、第一场英军围困城堡、第二场死守城堡、第三场联络和第四场激战等五部分内容组成。该剧删掉了传统藏戏中温巴顿开场和扎西结尾这两部分仪式性表演内容，剧情从序幕直接展开；同时还取掉了传统藏戏中戏师说雄讲解剧情这一表演形态，戏剧情节全部通过演员在舞台上表演来演绎完成，改变了传统藏戏叙述体和代言体交错进行的演出形态。《宗山激战》在藏戏题材内容方面的大胆创新值得肯定，但在如何处理藏戏表演艺术中继承与创新的关系方面尚需进一步探索。

墨竹工卡县藏戏队在自治区首届业余藏戏会演中演出了由多洛、帕加、尚思玉编创的《雪山小英雄》。该剧目根据 1959 年西藏平息叛乱中本县牧民兄弟二人和叛匪顽强斗争最后遇难的真实故事编创而成。剧中描写次仁平措和古日两兄弟在给解放军平叛队伍带路回家之后，被牧主阿宁尼果和流窜的残匪抓住。兄弟二人乘敌人喝醉酒后逃出敌人魔爪。不料在逃跑途中，他们又被管家抓回；后在马夫帮助下，二人杀死管家又一次逃离虎口。次仁平措和古日兄弟二人在经过一个村子时，又遇到村庄群众被那股流匪集中在一起拷打，逼迫他们说出两个逃跑小孩下落。他们挺身而出打死一个匪官，营救出被困的乡亲后又落入敌人手中，他们宁死不屈、英勇就义。

本剧揭露了叛乱分子凶残的本性，讴歌了次仁平措兄弟二人不屈不挠的斗争精神和舍己救人的英雄气概。《雪山小英雄》的序中继承了传统藏戏温巴开场特点，温巴、甲鲁和拉姆全部上场祝福；尾声则有新的创新，编者设计了由五位仙女和四只雄鹰护送次仁平措和古日英灵升天堂的充满浪漫主义色彩的结局来表现人们对这两位英雄的美好祝愿。《雪山小英雄》比《宗山激战》在藏戏艺术继承和创新关系方面的尝试更为成功。

二、西藏自治区藏剧团

20世纪80年代，西藏自治区藏剧团在改编剧目和新编剧目两方面都取得了较大成绩。

（一）改编剧目新变化

20世纪60年代，黄文焕首先对传统剧目《诺桑王子》从内容和演出形式进行改编，开创了传统藏戏舞台演出的先河。1978年底，藏剧团组织觉木隆老艺人口述《朗萨雯蚌》演出内容并由专人记录、整理出演出脚本。刘志群和白牡对《朗萨雯蚌》演出脚本进行改编并由藏剧团开始排练。1979年，藏剧团在拉萨、日喀则等地巡回演出《朗萨雯蚌》，受到观众喜爱，形成了全区各地民间戏班争先排演《朗萨雯蚌》的高潮。

20世纪80年代，藏剧团的胡金安、刘志群和小次旦多吉等人遵循“留其精华，去其糟粕”原则，对八大传统藏戏中的一些剧目进行了较大改动，在内容方面呈现出新的艺术特色。

传统藏戏主要是对因果报应、轮回转世等佛教思想的宣扬，改编剧目则减弱了这方面内容。1980年，胡金安在改编传统藏戏《朗萨雯波》（即《朗萨雯蚌》）时弃掉了原剧中朗萨雯蚌遭查钦父子毒打死后魂游地府、还阳人间、出家修佛、查钦围攻、师徒施法、查钦悔过、皈依佛门等诸多宣传佛教教义的戏剧情节和相关言语。同时，还将原剧中查钦父子、尼姆等受高僧释迦降村感化放下屠刀、出家修行剧情改为朗萨雯蚌在烈火中被莲花托上高空挥手烧死山官查钦父女二人的结局。这样的结局变化更能表现出藏族人民对残酷无情、恃强凌弱的邪恶势力的斗争精神以及对美好、幸福生活的向往和追求，使剧目更富有社会现实意义。

编者在改编剧目中还加强了对戏剧人物形象的塑造。1982年，白牡、黄文焕和刘志群在改编传统藏戏《诺桑王子》时，为突出诺桑王子和云卓拉姆的性格特点，把原剧目中渔夫打败南国咒师解救龙王后，又用龙王报恩借给他的不空羂索网住来凡间洗澡的仙女云卓拉姆并逼迫其和自己成婚，云卓宁死不从；渔夫只好接受仙长劝告把云卓献给诺桑王子等情节，改编为诺桑率兵在边境巡逻时打败正在对北国龙王施展恶咒的南国咒师，又从咒师手中抢回飞天宝鬘交还给仙女云卓拉姆，两人一见钟情、互生爱慕之情，后在仙长撮合下，云卓拉姆把自己的飞天宝鬘交给诺桑并和他一起回宫。这与传统剧目《诺桑王子》中云卓被渔夫捆住送给诺桑王子的被逼无奈、毫无自主选择权比较而言，突出了云卓主动追求自己幸福生活的性格，诺桑神勇无敌的英雄气概也刻画得更为丰满，为后来剧情表现两人之间生死不渝的纯真爱情做了铺垫，增强了戏剧艺术感染力。

胡金安改编的《朗萨雯波》同样也加强了对人物性格特点的塑造。原剧目中的少爷桑珠与其父山官查钦一样独断专行、薄情寡义。而改编本则浓墨重彩地刻画桑珠结婚后逐渐被朗萨雯蚌勤劳善良的性格所打动并对其产生了真正的爱情，进而抵制和反对父亲和姐姐对妻子朗萨的迫害，最后甚至决定陪妻子朗萨雯蚌一同葬身火海的性格发展历程。这些改编内容不但生动形象地刻画出桑珠的叛逆性格而且衬托出查钦父女二人的残酷无情。本剧中同样用较多情节塑造了阿纳尼姆阴险狠毒的个性特点。已经出家的尼姆害怕自己掌家大权旁落到出身贫贱的朗萨手中，便想方设法嫁祸于她。尼姆鞭抽朗萨后反而大声哭喊自己被朗萨鞭打；诬陷朗萨雯蚌与云游僧人私自定情，引起朗萨被查钦毒打致死；多次挑唆父亲企图拆散桑珠和朗萨这对恩爱夫妻，最后还带人准备活活烧死朗萨。改编者通过这一系列戏剧情节，把阿纳尼姆奸诈狡猾、阴险恶毒的性格特点栩栩如生的呈现在观众面前，强化了戏剧中真、善、美与假、恶、丑的矛盾冲突，深化了戏剧主题。

传统藏戏故事结构很长，一个剧目可演出一整天甚至四五天，戏剧冲突发展缓慢，没有明显的高潮。改编后的传统剧目一般要求在两三个小时内演完。因此改编者一般围绕剧情的主要矛盾来展开戏剧冲突，突出主题。传统藏戏《诺桑王子》“若从今日之戏剧文学剧本之要求观之，《诺桑王传》剧本存在芜杂和前后不够照应的弱点亦是十分明显。故事一开始费了许多笔墨描写北国与南国之不同，引起南国派咒师到北国的圣湖边做法拘龙，再引起渔夫拯救龙族，渔夫靠对龙族有恩得到捆仙绳，捉住仙女云卓玛，但是以下南国和渔夫则完全从故事中消失，甚至后来写到诺桑王子被迫领兵出征时，本有可能再与南国联系，但作者并未如此，而新加入一野人国。这样的安排，给人造成组成剧本的两个故事尚未完全融合为一体的前后分离的印象。”[1]因此，黄文焕、白牡等人改编的《诺桑法王》改变了故事前后分离、矛盾冲突不集中的缺失，用诺桑王子替代原剧目中后半部分消失的渔夫，把渔夫打败南国咒师解救龙王改编为诺桑打败咒师解救了龙王和云卓拉姆，而被诺桑打败的南国咒师又偷偷潜入北国王宫化名哈热摇身变为北国宫廷上师贯穿了戏剧始终。黄文焕等人改编的《诺桑法王》紧紧围绕诺桑、云卓两人对爱情的执着追求与诺桑老妃顿珠白姆和哈热勾结一起企图拆散他们夫妻二人这一主要矛盾冲突来展开，减少了原剧目中次要人物和一些细枝末叶内容，把剧情冗长松散、适合广场演出的传统藏戏精炼化、舞台化，更突出戏剧双方矛盾冲突的激烈性。

（二）新编藏戏剧目特征

藏剧团在改编八大传统藏戏的基础上，又编创了一些反映西藏社会新生活的剧目，丰富了藏戏剧目内容。

1982 年，小次旦多吉和边多编创的《阿妈加巴》通过阿妈加巴和不务

[1] 郑怡甄：《论藏戏〈诺桑王传〉的结构》，《青海社会科学》1998 年第 6 期。

正业的儿子依靠拉关系、走后门等不正当手段牟取钱财，最后竟然坑骗到刚从农村进城的亲家头上的故事，讽刺了西藏当代社会中那些整天手摇转经筒、口诵六字真言、心中见利忘义的城镇小市民。同年，刘志群编创的《交换》则赞美了老牧民多吉在改革开放后宁愿把酥油以低价交售给国家而不愿高价卖出的高尚品德。除此之外，藏剧团在20世纪80年代还演出了小次旦多吉和边多编创的《珍贵的项链》以及扎西达娃编写的《婚礼上的贵客》等反映西藏新变化的优秀剧目。这些形式短小、针砭现实，反映老百姓日常生活的新编藏戏深受观众的喜爱和欢迎。

刘志群和彭措顿丹编创的大型历史剧《汤东杰布》，是藏剧团20世纪80年代较为成功的一部新编剧目。此剧通过藏族传说中的戏神汤东杰布组织民工中能歌善舞的青年男女演出歌舞故事进行募捐活动，最终在雪域高原建成第一座铁索桥的故事，重现了15世纪时期西藏社会的生活画面，赞扬了藏族人民积极的进取精神。我国少数民族戏剧评论家曲六乙认为该剧在“戏中虽然不可避免地涉及到宗教生活内容，但却不是宗教剧，而是现代戏剧：是一出不宣传宗教教旨，专以描绘藏族古代社会人生的现实主义剧作”[1]。《汤东杰布》丰富了藏戏剧目创作题材，并荣获第二届全国少数民族题材创作银奖。

《汤东杰布》以剧院舞台演出为主，保留传统藏戏“温巴顿”、“雄”和“扎西”三部分程式化的结构模式。每幕戏剧内容以温巴说雄开始，向观众讲述剧情的时空变化等，起到承上启下的作用。同时该剧目又增加了灯光、音乐、布景等舞台表演元素，丰富了藏戏舞台艺术。

自治区藏剧团改编后的传统藏戏删除了原剧中那些宣扬诸法无常、六道轮回、因果报应等佛教思想的故事情节和人物言语后，人物形象更加生动感人、戏剧矛盾冲突更为集中，真善美和假恶丑之间的斗争更为激烈，增

[1] 曲六乙：《藏剧，重新显露出巨大艺术价值——1986年拉萨雪顿节藏剧演出述评》，《艺研动态》，1987年第2期。

强了藏戏艺术感染力。自治区藏剧团编创的新剧目不但反映了西藏社会各方面的巨大变化而且丰富了藏戏舞台艺术。藏剧团在改编传统剧目和编创新剧目两个方面取得了显著的成绩并推动了藏戏艺术的发展。

第六章 文学评论

概 述

“新时期以来，随着中国社会转型的推进以及思想解放运动的深入，文学领域和其他领域一样，积极吸纳新的文化元素，不断丰富、创新文学创作理念与表现技巧，形成了文坛风格多样的文学图景。作为中国少数民族文学重要组成部分的藏族文学创作的集体崛起正是在这样的背景下展开的。凭借着深厚民族文学传统的滋养以及广阔的创作空间，藏族作家立足于当地的社会现实，以其独特的生命体验与非凡的文学感悟，不断探索文学叙事的可能性，创作了一大批生动表现藏民族思想情感、社会历史与人文风尚的作品。这些优秀的文学作品，丰富了中国当代文学的内涵，极大地推动了藏族文学的蓬勃发展”[1]。西藏文学评论也是和创作一起在新时期社会大变革的环境中开启了自己的文学审美之旅。

一、文艺政策与创作环境。

“文学的兴旺和繁荣与社会政治、经济的大变革紧紧连在一起。而政治、经济大变革对文学发展的促进作用则是通过文学观念更新的中介来实

[1] 《新时期中国少数民族文学作品选集：藏族卷》（前言），作家出版社2013年版。

现”[1]。新时期以来，党中央做出了一系列大力发展西藏社会经济文化的重要举措，政治经济的大变革，也成为文学观念急剧变革的契机。

首先，文学笔会、作品研讨会，活跃了文学创作的气氛。自1981年开始，在拉萨、青海等地多次召开了藏族多省区的文学座谈会、藏族地区文艺期刊编辑、文学评论工作会议，就藏族文学的历史现状，以及如何发展新时期藏族文学的诸多问题进行了讨论与研究。西藏自治区党委宣传部、自治区文联及区外的有关机构也多次组织召开文学笔会、作品研讨会，活跃文学创作的气氛，鼓舞作家、评论家写作的热情。如1986年6月，《民族文学》《西藏文学》《小说选刊》编辑部即在北京召开了扎西达娃作品的研讨会，就作者的《没有星光的夜》《去拉萨的路上》等作品进行了探讨。同年，中国作家协会在上海举办了中国当代文学国际讨论会，中国社科院文学研究所在北京召开了“中国新时期文学十年学术讨论会”，1988年《文学评论》《钟山》联合举办了“现实主义与先锋派文学”研讨会等。

其次，新理念、新方法改变了评论工作者的文学观念。新时期之初，伴随着思想大解放，对西方的文艺理论与研究方法的讨论与借鉴在国内文艺创作与理论研究领域逐渐形成一股潮流，这些新知识极大开阔了文艺评论工作者的视野与胸襟，丰富他们的理论资源。西藏的文学研究者也不甘落后，以主动的姿态接近理论前沿，并在西藏文学评论中积极实践，产生了良好的影响。

其三，文学刊物给作家创作提供了园地。1977年《西藏文艺》在西藏自治区党委宣传部的支持下正式创刊，创刊之初的《西藏文艺》定位为综合性文艺刊物。1984年《西藏文艺》正式更名为《西藏文学》，被区内外的读者和作者视为藏族文学的旗舰。《西藏研究》《邦锦梅朵》《西藏艺术研究》等刊物也开辟专栏，刊登评论文章。与此同时，西藏人民出版社

[1] 邓小平：《邓小平文选》，第133页，人民出版社1995年版。

也积极为作家、评论家的研究成果提供出版的机会。上述做法对开创西藏文学评论的新局面营造了良好的氛围，促使一批西藏文学的评论工作者得以快速成长。

二、文本资源与评论家队伍。

新时期之初，西藏作家队伍中老中青三代作家济济一堂。除了原来就从事创作的益希单增、叶玉林、汪承栋、李佳俊、黄志龙、萧蒂岩等外，还有进藏大学生作家，如秦文玉、范向东、马丽华、马原、刘伟、李启达、冯良等。另外，西藏本土的藏、汉族年轻作家扎西达娃、色波、金志国、李双焰等也正在逐步成熟，他们共同组成的西藏文学作家队伍实力相当，短短的数年间，三代作家以极大的生命热情创作出的一批西藏题材的精品力作，开拓了新时期西藏文学的繁荣局面：以益西单增和降边嘉措为代表的作家，沿用传统的革命现实主义创作方法，以“批判旧时代，讴歌新生活”为主题，创作完成了长篇小说《幸存的人》《格桑梅朵》；以闫振中、杨从彪、魏志远、吴雨初、加央西热为代表的雪野诗（雪海诗）风行一时，传达出全新的文学思想与美学主张，对五六十年代盛行的颂歌型诗歌写作提出挑战；以扎西达娃为代表的青年作家从拉丁美洲的魔幻现实主义与本民族传统文化、民间文学中找到了创作的灵感，作品透露出深刻的文化反思，开启了西藏新小说的创作热潮，引起国内外文学界的广泛关注；以班觉的《绿松石》、旺多的《斋苏府秘闻》为代表的西藏母语作家用传统体裁创作的藏文小说，旧瓶装新酒，承上启下，别具风采；加央西热的《西藏最后的驮队》、马丽华的“藏北游历”用诗话的语言讲述的西藏故事在国内外文学界产生了巨大影响，引发了“西藏文化”热。

“文学批评从根本上说就是一种对话，是研究者与文学作品、文学现象的互相交谈。”[1]正是这些活跃在西藏文坛的作家和他们出色的创作成果

[1] 郭阿利：《西藏当代文学评论及状况略析》，《西藏文学》，2014年第1期。

给西藏文学的批评与研究提供了丰富的文本资源。

构成20世纪80年代西藏文学评论队伍的，除了原有的西藏文化工作者外，还有思想解放、视野宽广、具有一定的理论与文学修养的进藏大学生。当时较为活跃的文学研究者有李佳俊、丹增、廖东凡、徐明旭、张晓明、张耀民、张隆高、张治维、秦文玉、刘志华、田文等。尽管他们中的大多数不是专业的批评家，但他们背负着推动西藏文学发展的强烈的责任感与使命感，积极关注、鼓励文学新人、新作，不断更新文学观念。他们灵敏、好学，不僵化。在继承传统的现实主义文学理论的基础上，积极学习、借鉴国内外前沿的研究成果与分析方法，结合西藏的传统文化、民族心理的特色，不断开拓文学批评新的疆域，写出了一批较高质量的文学评论。

这些评论文章除少数延续过去的惯例，对当时的作家作品做即时性的评论，或者总结性的报告西藏文学创作取得的成绩外，大部分的文章都努力超越单一的政治性分析，在保留理想和激情的同时，充分表现了个体生命的自由呼喊。表达了对人性、人道主义的热切追索，对时代性和当代性的追求，对文学性和民族性的寻求。一些评论文章在探讨西藏文学的民族性、美学价值等具有学术生长意义的问题上也取得了较好的成果。当时在产生较大影响的评论有李佳俊的《论新时期十年的藏族地区文学》《文学创新与时代精神》、徐明旭的《一九七七——八三年西藏汉文短篇小说创作述评》、张隆高的《〈女活佛〉：人性开掘的美学探求》、秦文玉的《神秘土地上的青年探险家》等。此时，西藏人民出版社也先后出版了由藏、汉族以及其他民族作者创作的20多万字的《西藏文艺评论选》，李佳俊的文学评论集《文学，民族的形象》，张隆高的文学评论集《引玉集——张隆高文艺评论选》等，为西藏乃至区外研究西藏文学的文学理论工作提供了一份宝贵的资料。

三、文学讨论与文艺争鸣。

众所周知，文学批评活动是文学观、艺术鉴别力、文学修养相互不同的人对文学作品、文学现象、文学思潮等方面进行的评价与研讨。为了避免在具体的文学批评实践中出现的这样或那样的偏离、片面性，应充分发挥批评民主，及时解决文学批评实践中出现的问题，将文学批评引向健康、科学的发展之路。新时期以来，在改革开放思想大解放的背景下，西藏文联积极开展文学理论、创作方法的研讨，为西藏文学的创作与研究营造了良好的外部环境，让作家与研究者的激情与才能得到充分的释放。其中产生较大影响的文学讨论有：

（一）西藏新小说的研讨。《西藏文学》1985 年第六期刊发的“魔幻小说特辑”，让扎西达娃的《西藏，隐秘的岁月》，色波的《幻鸣》，刘伟的《没上油彩的画布》，金志国的《水绿色衣袖》，李启达的《巴戈的传说》等为代表的西藏新小说集体亮相。作品刊发后，让国内文学界侧目，引起区内外、国内外评论界的关注，如评论家（日）牧田英二、张清华都撰文表达过对西藏新小说的关注。西藏文联也及时注意到了西藏文坛这一新的文学现象，积极组织区内外评论家展开研讨，让不同民族、不同文化、不同地域的批评家的相异的理念碰撞、思想交锋，拓宽了视野，深化了认识，形成了一定的声势。其中在《西藏文学》上刊发的文章有：刘伟的《拉萨河女神别具一格》、秦文玉的《神秘土地的青年探索家——试论扎西达娃等西藏作家的艺术探索》、刘志华的《超越西藏的反省——谈色波的三个短篇》等。

（二）西藏文学与西部文学的研讨。20 世纪 80 年代中期，文学界以《西藏文学》等为平台展开了一场关于“西藏文学”与“西部文学”的讨论。单超、李雅平、唐展民、海岑[1]等提出了西藏文学归属于西部文学的看法，认为“把

[1] 单超：《中国西部文学纵横谈》，《西藏文学》，1985 年第 10 期；李雅平：《西藏：西部文学的圣地》，《西藏文学》，1985 年第 11 期；唐展民：《西部——西部精神—西部文学—西藏文学》，《西藏文学》，1985 年第 11 期；海岑：《西部文学与西藏文学》，《西藏文学》，1986 年第 2 期。

西藏包括在西部文学的地理范围内，乃是应有之义、议内之题。”[1]“把‘西部文学’仅仅理解为西北地区的文学，无形之中把西藏排斥在外，这是不恰当的”[2]。与之相反，扎西达娃、刘伟、张中、刘志华、色波、佘学先、马原等则反对将西藏文学归入西部文学。1986年第4期《西藏文学》刊登的题为《“西部文学”和西藏文学七人谈》的文章中，刘伟认为：“把西藏文学划归‘西部文学’是不应该的。西北地区的历史、文化、经济与中原联系很密切，西北地区同时也是中国文化、经济向西方世界最早敞开的窗口，而西藏高原相对来说是封闭状的……生活在这里的作家，不管是藏族还是汉族，感受和‘西部文学’或者其他省区文学的作家是不一样的。”对于这场有关西藏文学与西部文学的讨论，马丽华在《雪域文化与西藏文学》一书中曾评介：“西部文学”树起大旗，评论界有人主张西藏加盟。而西藏作家们对此漠不关心，及至召开“西部文学与西藏文学座谈会”，大家各陈己见，就西部与西藏诸概念如文化地理、历史传统、宗教信仰、人文精神等作了比较，结论是，西部是西部，西藏是西藏，差异大，共性少，西藏文学应体现的是自身价值。其后这一话题再未被提起[3]。姚新勇则评介道：“对‘西部文学’领地的委婉不满，或可以说是一种‘自我’的声音，但是在思维逻辑上，很难说这种‘西藏文学’独特自我性的强调与当年‘西部文学’的鼓吹有质的差异，因为两者的理论前提都是所谓‘地域文化的独特性’。”[4]

（三）新的文学理论与方法的研讨。20世纪80年代末90年代初，中国社会逐步完成向市场经济的转型，文学创作的整体环境随之发生转变，随着改革开放力度的加大，西藏正经受着来自世界各种文化的全方位的冲击。这一时期，西藏评论家队伍内部也发生了一些变化，他们中有的回到

[1] 姚新勇：《错综的边缘：“西部文学”及其他》，《西部》，2012年第7期。
[2] 抒华：《关于‘西部文学’的一点浅见》，《西藏文学》，1985年第10期。
[3] 马丽华：《雪域文化与西藏文学》，第91—92页，湖南教育出版社1998年版。
[4] 姚新勇：《错综的边缘：“西部文学”及其他》，《西部》，2012年第7期。

内地生活，如徐明旭，有的永远离开了我们，如田文、龚巧明，也有新的面孔加入进来，如赵代君。无论从外部环境还是从自身队伍结构来讲，新的评论队伍急需寻求新的批评视野、角度、方法，尝试以新的思维和思路揭示我们文学中发生的变化和趋势。

1989年由西藏文联、作协牵头，召开了西藏当代文艺理论研讨会。研讨会不止于会议的讨论，还在《西藏文学》刊物上开辟论坛，组织新老评论家们积极撰文，各抒己见，为西藏文学创作开创新局面积极造势。这次研讨会的影响延伸至之后很多年，极大地推动西藏文学研究向学理性方向迈进。研讨会促成了一批有重要影响的文章，对作家作品的微观研究：周韶西的《他在藏北放牧太阳——论李双焰的小说创作》；对西藏文学发展的宏观思考：如周韶西的《困惑，对西藏新小说创作的理性思考》、蔡晓东、赵代君的《西藏文学发展中的若干思考》、唐晋中的《关于西藏新小说的部分思考》、张治维的《略论当代西藏文学的发展》。有的思想敏锐、学理深刻：如刘志华的《超越西藏的反省——谈色波的三个短篇》；有的满怀信心，踌躇满志：如周韶西的《执着的追求、坚实的步履——1991年〈西藏文学〉小说创作评述》；有严肃的批评：周韶西的《叙述的执迷与忘我的宣泄——舒观小说得失谈》，也有热情的鼓励：李佳俊的《微愠中的温情——读扎西班典的〈亚大黄叶〉》。除此之外，还有文艺评论专著面世，如马丽华的《雪域文化与西藏文学》，是新时期以来西藏文学研究的重要成果。

四、文学批评的理念与方法。

从20世纪80年代初到90年代末，在近二十多年的时间里，西藏文学评论工作者以《西藏文艺》（后更名为《西藏文学》）等为园地积极学习、摸索研究理论与方法，在实践中逐步形成了自己的研究方法与思路。

（一）重视文学创作中出现的新现象，积极承担创作方向、方法的理论指导。20世纪80年代西藏文学创作中的藏族作家写作的汉文作品日益增多，这些作品虽然稚嫩，但因其具有特有的“糌粑味”“酥油味”而赢得了读者的好评。当时的评论家对这些新生的力量总是能够及时给予鼓励与支持。

（二）逐步建立与培养以作品的思想性为指导、艺术性为重点的文学批评观。建国初期的文学批评，为适应当时形势的迫切需要和政治要求，更多的是从意识形态的角度出发对作品进行了分析，而在评价作品的艺术性时往往只是轻描淡写一笔带过。80 年代初，刚刚起步的西藏文学评论在开展文学评论时积极学习，吸收内地文坛新的理念，注重从文学的思想性与艺术性统一的角度分析作品，这为西藏新时期文学出现真正的、科学的文学批评奠定了基础。1981 年第 2 期的《西藏文艺》发表了闻华的评论文章：《格桑花开照眼明——评长篇小说〈格桑梅朵〉》，作者以全新的审美视角，对降边嘉措的长篇小说《格桑梅朵》成功抒写雪域自然风光与藏民族风情的艺术表现力予以肯定。张蜀华的《评〈西藏文学〉八五年特刊上的中篇小说》从思想性、艺术性两个维度对当年三篇中篇小说展开批评。这些文学评论最早展示了这种倾向，尽管在这些文章中，从思想内容的角度进行分析仍占主导地位，进行的艺术分析和论述显得浅显，但作者没有忽视对这些作品进行艺术分析，将思想性与艺术性统一的分析原则落到了实处，这对于当时的文学批评来说是具有突破性意义的。

（三）性格分析开始取代了人物形象的评价，提出评价作品的成功与否，也应该考虑人物性格的个性化程度和复杂性表现。“文化大革命”时期的文学批评重心偏向分析人物形象所反映的政治思想倾向。即使有对作品中的人物形象分析，也表现得简单、粗暴。对人物形象的探索只是局限在将人物分为正面人物和反面人物两类。概念化、甚至脸谱化的人物形象的评价法，自然偏离了真正的文学批评的要求。新时期初期的西藏文学批评中虽然也有一些文章存在这样缺陷，但是，随着作家们和文学批评家文学观念的改变，文学作品中有血有肉、具有丰富而复杂的内心世界、多重性格甚至充满矛盾性格的人物形象日益增加。同样，文学批评家也更加重视人物形象的个性化程度和复杂性。1982 年第 6 期《西藏文艺》发表了格桑旺久的《惟其幼小，所以希望就在这一边——浅析娜珍的形象》，以主人公娜珍形象为例，指出了这部作品之所以成功就在于作品写出了人物性格的丰富性与复杂性。之后几年里，《西藏文学》先后刊登了扁舟的《一个纯真而美丽的梦——读〈梦，遗落在草原上〉》、张治维的《历史的必然性是谁也改变不了的——喜读长篇小说〈迷惘的大地〉》、张隆高的《〈女活佛〉：人性开掘的美学探求》，对作者提出了塑造性格、描绘内心世界的要求；把作品是否塑造了个性鲜明的人物性格、是否挖掘了人物复杂的内心世界当作评价文学作品包括小说作品是否具有艺术成就的标准。这种重视分析文学人物性格的理念，增强了批评文章的理论性，使文学批评从肤浅转向了深入，为新时期西藏文学评论开拓出新的审美空间。

（四）专题批评活动初步活跃。专题批评活动是指对某一文学现象、某一体裁的文学创作或者某一时期文学的发展状况、创作特色等方面进行专门重点批评的研讨活动。这种批评方式在评价特定时期文学的发展，鼓励作家创作方面具有重要的意义。20 世纪 80 年代—90 年代初期西藏的评论家依托《西藏文学》刊物展开了“西藏新小说”研究、“雪野派”诗歌研究等专题研究活动，面对新时期西藏文学创作中涌现出的新主题、新题材、新方法及时反应，积极发声、用心撰文，在西藏文学圈形成了一股声势。

可以说，经过十多年的积淀、发展，西藏文学的评论者在总结经验、不断学习的过程中一点点的成长。他们的研究逐步从过去那种单纯地从思想性来评价作品转向用兼用艺术和审美价值分析评价作品；从单一的批评方法转向多种批评方法并行；从浅显、叙述性的文章转向注重学术性和探讨性，注重文学作品的精神旨归的真正意义上的文学批评文章，文学评论者对文学批评的性质、标准、任务、作用的理解得到了进一步的明确和深入。

五、成绩与不足。

尽管说西藏当代文学评论在新时期取得了一定的成绩，但相比西藏文学创作的成绩，西藏文学的研究做得还是不够充分。正如李文珊在《西藏文艺评论选》的序言中对西藏文学研究所做的评价所言：“人们喜欢把评论和创作比作文艺工作的两只翅膀，说明文艺评论不可或缺，也形象地表述了文艺评论和文艺创作相互依存、相互促进的辩证关系。但是，实际生活中，这两只翅膀的份量和搏动并不总是处于平衡状态，常常是评论落后于创作，成为文艺工作整体链条中的薄弱环节。这种现象在西藏显得尤其突出”。究其原因有三：

（一）20 世纪 80 年代初期从事西藏文学评论的学者很多是半路出家，理论水平与专业素养欠缺。到 20 世纪 80 年代中后期，尽管西藏文学研究者的学历水平、文学理论、文学修养较之前有一定的提升，但由于文学评论者的主体意识薄弱，敏锐性、尖锐性的匮乏，以及评论者自身并不宽阔的文化和知识视野，他们在面对西藏各个时期“进行时态”的社会现实时，表现出领悟、理解和概括能力的不足。文学评论缺少对既有作品的大胆品读和深入剖析，缺少对现有创作的有力批判和正确引导，缺少对将来发展的理性前瞻和敏锐预见，缺少有识有见的洞察和有理有力的批评。在对具体作家作品的评论上，多是说好话，造势做宣传，缺少真正从作品的实际出发评优说劣。

（二）文学评论队伍不稳定，研究者流动性大。由于各种各样的原因，西藏文学的评论家队伍始终处于松散、流动的状态，没有真正形成较为稳固的评论家队伍，也缺少能够坚持不懈从事批评工作的批评工作者。“许多言说者大都是半路杀出的程咬金，舞弄几下又迅速抽身而去。这样的批评、研究自有其好处，时不时也能发出真知灼见，能让人眼前一亮，耳目一新，这对促进西藏文发展着实大有裨益。但这样的批评也有自身的不足，那就是管中窥豹，只见一斑，容易产生误解、误评等以偏概全的问题。”[1]这些不足决定了西藏文学的评论无法形成自己的声势和影响。

（三）一些从事文学评论工作的人在研究中存在由兴趣主导，用力不均衡的现象。新时期西藏文学评论者大多数偏爱小说研究，兴趣取代了职业精神，导致诗歌、散文、报告文学的研究做得不充分。

第一节　李佳俊

李佳俊(1938—)，出生于四川三台县。文学评论家、诗人、作家、戏剧家。1960年毕业于云南大学中文系，同年进藏，被分配到西藏人民广播电台工作，1979年底调至西藏文联，任《西藏文学》评论组组长，并负责西藏文艺评论会的组织工作。1983年底调入西藏自治区党委宣传部，先后任文艺处副处长、处长。1989年调回文联，任文联期刊部主任并兼《西藏文学》主编、西藏作家协会副主席、西藏当代文学研究会会长。1993年调任《西藏日报》副总编辑。1999年退休返回四川。著有文学评论集《文学，民族的形象》[2]《揭开高原民族的奥秘》[3]、《雪域作家的智慧和追求》[4]、诗歌《红柳颂》、散文集《西藏游记》《在雪原上》、中篇小说《娅冬姆》、长篇小说《贵族三兄弟》、剧本《岗底斯英雄》、大型话剧《亚隆之恋》、回忆录《我在西藏当记者》等。1993年1997年两次荣获西藏自治区政府颁发的珠穆朗玛文艺金奖。

一、李佳俊文学评论主要内容

从20世纪80年代初至今，李佳俊在30多年的文学评论活动中，写下

[1] 胡沛萍、于宏：《西藏当代文学的见证》，《西藏文学》，2007年第6期。
[2] 李佳俊：《文学，民族的形象》，西藏人民出版社1989年版。
[3] 李佳俊：《揭开高原民族的奥秘》，西藏人民出版社1996年版。
[4] 李佳俊：《雪域作家的智慧和追求》，西藏人民出版社2011年版。

了百万余字的富有真知灼见的高水平的文学评论文章，这些文章大体上可以分为四类：

（一）宣传马克思主义文艺思想和党的文艺方针

李佳俊有一篇文章题目就是《马克思主义是棵常青树》，文中指出："马克思主义是人类思想史上最伟大最优秀的成果，像一盏光耀全球的明灯，使过去一切理论和学说都相形见绌，成为所有共产党人率领民众胜利进行社会主义革命和社会主义建设的一面光辉旗帜。""列宁主义、毛泽东思想、邓小平理论都是在实践中丰富和发展马克思主义的光辉典范，并成为马克思主义的重要组成部分。"[1]所以，李佳俊从繁荣和发展社会主义文艺出发，力求全面系统地宣传马克思主义文艺思想，宣传党的文艺方针。早在20世纪80年代初，他就大声疾呼："我们应当大力提倡作家深入生活，加强学习马列主义、毛泽东思想，提高文学修养。""作家还必须认真学习辩证唯物主义和历史唯物主义，学好党中央在新的历史时期制定的各项方针政策。"[2]

他身体力行，当1984年极左文艺思想一度在西藏沉渣泛起的时候，发表了《树立文艺批评的马克思主义学风》一文，对无限上纲上线、简单粗暴、全盘否定报告文学《他，留在了这片土壤中》的批评《是希望，还是幻灭？》，作了剖析和反驳。李佳俊充分肯定了报告文学《他，留在了这片土壤中》的"作者满腔热情地投身于现实斗争的洪流，努力运用报告文学的形式塑造社会主义新人形象，创作精神十分可贵，他们对英雄人物的爱戴和崇敬的感情洋溢在字里行间，较真实地体现了知识和知识分子在现代化建设中不可忽视的地位和作用，对读者是有认识价值和教育意义的。虽然有这样那样的不足，无论如何，也不至于……会认为它宣扬了'共产党不好，社会主义不好'

[1] 李佳俊:《雪域作家的智慧和追求》，第223–224页，西藏人民出版社2011年版。

[2] 李佳俊：《文学创新和时代精神》，见《西藏文艺评论选》，第17页，西藏人民出版社1985年版。

的政治观点。”[1]文章提出：“文学批评必须努力做到实事求是，入情入理。所谓实事求是，就是要以作家、作品的实际出发，不夸大不缩小；所谓‘情’，就是同志之情，关切之情，真心诚意地帮助作者发扬优点，克服缺点；所谓‘理’就是要运用马克思主义、毛泽东思想的立场、观点和方法，遵循文艺创作和欣赏的基本法则，对作家和作品进行历史和美学的评价。”[2]

随着改革开放，如何进一步发展西藏文学，那就必须解放思想，作家、评论家和读者都要更新文学观念。李佳俊根据中央的指导方针：“马克思主义是在历史和科学发展中不断丰富和发展的科学，它并没有结束真理，而是在实践中不断开辟认识真理的道路。”积极宣传“在文学创作的路上，默守陈规是没有出息的。我们要坚持实践的观点，发展的观点，就必须高瞻远瞩，随着时代的进步和事业的发展，不断更新文学观念。”[3]

1992年是毛泽东关于文艺问题论述的经典著作《在延安文艺座谈会上的讲话》发表五十周年，李佳俊写了《路子越走越宽广》一文，“通过对《讲话》和以《讲话》为核心的毛泽东文艺思想基本精神的把握，论述建设具有中国特色社会主义文艺的必由之路”[4]，阐述和宣传了毛泽东文艺思想。

（二）作家作品的评论

文学评论，顾名思义其中心的任务之一就是对作家作品进行分析、判断和评价，并将好的优秀作品推荐给广大读者。李佳俊有关文学评论的论著，有一半以上是对西藏当代作家作品的评价推荐，从老一代知识分子擦珠·阿旺洛桑的诗集《金桥玉带》、诺杰·诺桑嘉措的《牧女》、加央西热的《盐湖》，到益希单增的《幸存的人》《迷茫的大地》《庄园异梦》《走出西藏》；从伦珠朗杰的诗集《蜜蜂的乐园》、汪承栋的诗歌《黑痣英雄》，到秦文玉的报告文学《神话》、闫振中的散文集《西藏秘境》、李文珊的短篇小说《三

[1] 李佳俊：《文学，民族的形象》，第102页，西藏人民出版社1989年版。
[2] 李佳俊：《文学，民族的形象》，第29页，西藏人民出版社1989年版。
[3] 李佳俊：《文学，民族的形象》，第34页，西藏人民出版社1989年版。
[4] 李佳俊：《探索高原民族的奥秘》，第57页，西藏人民出版社1996年版。

等世家之子》；从汉族作家徐怀中用汉文创作的长篇小说《我们播种爱情》，到藏族作家用藏文创作的中长篇小说：拉巴平措的《三姐妹的故事》、班觉的《绿松石》、扎西班典的《一个普通农家的岁月》、旺多的《斋苏府秘闻》；从马丽华的长篇散文系列：《藏北游历》《灵魂像风》《西行阿里》《青藏苍茫》，到扎西达娃魔幻现实主义系列小说《西藏，系在皮绳结上的魂》《西藏，稳秘的岁月》《骚动的香巴拉》；从男性作家马原的《岗底斯的诱惑》、色波的《圆形日子》、冀文正的《珞巴族风情录》《门巴族风情录》，到女性作家群央珍的《无性别的神》、白玛娜珍的《拉萨红尘》《复活的度母》、尼玛潘多的《紫青稞》……这些作家都通过李佳俊的评论深入到广大读者心中。

李佳俊认为写文学评论最重要的是："要读懂作品，知道作家想表现什么。你或褒或贬或商榷，务必有明晰的观念。最后调动你的理论根底，条理分明地表述出来，热情待人，公允待文，力求写出新意，就是一篇好评论。"[1]所以，李佳俊根据作品的不同体裁、不同内容、不同风格进行不同的评论，做到篇篇评论有新意。如对徐怀中《我们播种爱情》的评论，重点抓住人物形象的分析，指出"长篇小说在新人形象塑造上最鲜明的特点，是把崇高孕育于平凡之中，从普普通通的建设者身上表现出伟大的时代风貌，动人的生活旋律。"[2]对汪承栋的诗歌评论，则作了纵向的全面分析，勾划了诗人在探索道路上的艰辛，证明"民族和祖国，一直是汪承栋诗歌创作的主旋律""诗歌中表现出鲜明的地区特色和民族特色。"[3]对益希单增长篇小说《幸存的人》主人公德吉桑姆的评论，则用藏族古典名著《米拉日巴传》的主人公米拉日巴作对比，指出两位主人公虽然同是复仇，但因时代不同，两者复仇的手段，复仇的道路截然不同，看到了西藏社会岁月的推移，民族的发展，思想的升华。

---

[1] 李佳俊：《雪域作家的智慧和追求》，第5页，西藏人民出版社2011年版。

[2] 李佳俊：《探索高原民族的奥秘》，第119页，西藏人民出版社1996年版。

[3] 李佳俊：《探索高原民族的奥秘》，第166—167页，西藏人民出版社1996年版。

（三）关于藏族文学理论问题的探索

当代西藏文学和藏族文学在发展过程中，曾不断遇到新情况、新问题，李佳俊就对大家普遍关心的问题进行探索。

1. 文艺作品的民族特色问题。20 世纪 80 年代初有部分青年作家在“创新”的名义下，试图抛弃民族的文艺传统，创造一种具有“世界性”的“超民族文艺”，于是李佳俊写了《论文艺作品的民族特色》一文，全面论述了文艺民族特色的形成，文艺民族特色的基本内涵，文艺民族特色的继承，民族文艺和世界文艺，在文化交流中保持和发展民族特色，总之，“在尊重和继承民族文化优秀传统的基础上，广泛学习和借鉴外来文化，特别是兄弟民族文学艺术的创作经验，在文化交流中，保持和加强文艺作品的民族特色，发展社会主义的民族文艺。”[1]

2. 西藏当代文艺主旋律问题。1987 年秋分裂主义分子叫嚣“西藏独立”，策划制造多起骚乱，抹煞、诋毁西藏和平解放近四十年来的辉煌成就，因此在西藏文艺界更要强调突出社会主义文艺的主旋律。但当时有不同的看法，有人认为提倡主旋律是限制作家、艺术家的创作自由，是重复“文艺为政治服务”的口号，甚至认为“没有主旋律，就是当代文艺的主旋律”，而更多的同志则是对什么是西藏当代文艺的主旋律并不明确。李佳俊在《西藏当代文艺的几点理论思考》一文中，明确地回答了这个问题。他说：“和平解放使西藏彻底摆脱帝国主义的侵略和羁绊，回到社会主义祖国大家庭的怀抱；民主改革摧毁了封建农奴制度的统治，劳动人民成了高原的主人，开始了从黑暗走向光明的伟大时代；改革开放和现代化建设，不可避免地带来新旧观念的冲突，更给人们展现出美好的前景。分裂和统一，倒退和前进，黑暗和光明的斗争则贯穿于四十年社会变革的始终。这就是西藏当代社会主义生活的主旋律，当然也是社会主义文艺的主旋律。”[2]他呼吁广大文

[1] 李佳俊：《探索高原民族的奥秘》，第 96 页，西藏人民出版社 1996 年版。
[2] 李佳俊：《探索高原民族的奥秘》，第 25 页，西藏人民出版社 1996 年版。

艺工作者“面对分裂主义叫嚣的‘西藏独立’和制造骚乱的种种欺骗宣传，我们应当理直气壮地强化文艺创作的主旋律，高扬民族团结和爱国主义的旗帜，深刻反映人民生活的巨大变化，为人们的身心健康、经济发展和社会的长期稳定制定一个良好的文艺环境。”[1]

3. 当代藏族作家的流派风格问题。随着藏族作家群的崛起，形成不同的作家群体，不同的流派与风格，李佳俊在《当代藏族文学的文化走向》一文里，分析归纳为四个作家群体：

（1）用现实主义创作方法写作的创作群体。有益希单增《幸存的人》、益西卓玛《清晨》等，都是以写实手法突出农奴和农奴主的阶级斗争，分别通过抗争、进军、剿匪三部曲，形象地反映了藏族人民在五十年代前后从黑暗走向光明的具有划时代意义的历史进程。

（2）乡土文学作家群体。这个作家群体专注于用藏文从事文学创作，采用古典小说贝玛体形式，以散文叙述故事发展，人物对话则使用诗歌，代表作家作品有拉巴平措《三姐妹的故事》，班觉《花园里的风波》《松耳石》，扎西班典《普通农家的岁月》，旺多《斋苏府秘闻》。

（3）魔幻现实主义作家群。这个群体的代表作家作品有扎西达娃的中长篇小说《西藏，隐秘岁月》《西藏，系在皮绳结上的魂》《骚动的香巴拉》；色波的短篇小说《竹笛，啜泣和梦》《在这里上船》《圆形日子》，马原《冈底斯的诱惑》，将拉丁美洲魔幻现实主义文学审美观念植根于雪域高原奇特自然景观和神秘文化的肥沃土壤。

（4）新世纪后起的青年作家群。这个群体的代表人物有央珍、梅卓、格央、通嘎、白玛娜珍等，他们在题材撷取、文化走向、审美个性方面都表现出大胆开拓的时代精神和艺术品位，代表作有央珍《无性别的神》、梅卓《太阳部落》、白玛娜珍《复活的度母》[2]。

---

[1] 李佳俊：《探索高原民族的奥秘》，第26页，西藏人民出版社1996年版。

[2] 李佳俊：《雪域作家的智慧和追求》，第47页，西藏人民出版社2011年版。

（四）对西藏和藏族当代文学史的研究

李佳俊在对不同时代（20 世纪 50 年代、60 年代、70 年代、80 年代、90 年代及新世纪）大量作家作品微观评论的基础上，通过比较、综合、研究、分析，逐渐在宏观上清晰描述了西藏当代文学发展的脉络和轨迹。

《从高原走向世界》一文，论述了西藏当代文学的昨天、今天和明天，对西藏四十年文学的发展脉络做了一次粗疏的勾勒，特别是对 20 世纪 50 年代文学和 80 年代文学作了对比性的研究，窥探两个时代文学的不同及发展。

1. 作家队伍不同。20 世纪 50 年代西藏文坛充当主角的是一批随军进藏和到西藏开展民族工作的汉族文学工作者，其中“涌现出一批很有名望的作家和诗人，徐怀中、胡奇、苏策、刘克、擦珠·阿旺洛桑、杨星火、高平、汪承栋、顾工、周良沛、李刚夫等，他们创作的《我们播种爱情》《神火》《央金》《叫我们怎么不歌唱》《大雪纷飞》《雪山风暴》等优秀作品，不仅奠定了这些作家在中国文坛的地位，而且至今为人民所传诵。”[1]他们开导了西藏当代文学的先河。到 20 世纪 80 年代，西藏通过三十多年的社会主义建设，全民的文化水准有了较大提高，本民族知识分子迅速成长起来，所以藏族作家充当了文坛主角，涌现了恰白·次旦平措、班觉、拉巴平措、益希单增、扎西达娃、色波、央珍、加央西热等藏族作家队伍。

2. 作品思想内容和艺术追求不同。20 世纪 50 年代文学作品在思想内容上大都以新人新事为主，属于歌颂型文学，与思想内容相适应，艺术上大都追求一种轻松明快的调子，通俗晓畅，给作品笼罩上一层温馨和煦的气氛，在体裁上以诗歌为主要文学样式。而 80 年代文学作品的思想内容则是反思文化大革命十年磨难，思索如何不让民族悲剧重演居多，从歌颂型转向批判型，艺术形式多样，小说，特别是中、长篇小说数量大增，作家主体意识强化。

对于西藏当代文学史的分期，李佳俊提出了自己的看法，早在 1986 年

[1] 李佳俊：《探索高原民族的奥秘》，第 39 页，西藏人民出版社 1996 年版。

他撰写了《浅论当代藏族文学》，全文3万余字，可以说是一部藏族当代文学简史，经过李佳俊的疏理，把当代藏族文学分为3个阶段：

（1）1950年到1965年，是社会主义藏族文学孕育和创业时期，结出最初一批成果。

（2）1966年到1976年的“文化大革命”，民族文化遗产遭到严重摧残，文学发展处于停滞状态，但政治动乱引人深思，一批有思想有民族责任心的文学青年在磨难中受到锻炼，沉默中酝酿着藏族当代文学在更高层次上的喷发。

（3）1977年到1986年，在安定团结的社会环境里，随着现代化建设的顺利发展，文学刊物如雨后春笋，不但20世纪50年代出现的老作家变得成熟，一批思想活跃的青年作家也破土而出，写出了许多有影响的佳作，藏族新文学呈现出空前繁荣的局面。

文中还专门分节从文学史角度对20世纪50年代涌现的诗人擦珠·阿旺洛桑等诗作，对80年代益希单增的长篇小说，东嘎·洛桑赤列、恰白·次旦平措、拉巴平措、班觉的藏文创作，对活跃的青年作家群扎西达娃、色波、通嘎的小说以及丹增的散文作了评价，给予文学史上应有的地位。

2010年李佳俊写了《雪域作家的智慧和追求》，副标题为《西藏改革开放三十年文学发展述》，更是在上述西藏当代文学史研究上进行延伸，增加了20世纪90年代和新世纪的西藏文学，被称为世纪之交的文学阶段，拿小说来讲，与前面几个阶段相比有明显的特点：一是在题材撷取上偏重当代题材；二是作品有鲜明的民族特色和时代精神；三是作家的创作个性得到自由发挥。

二、李佳俊文学评论的特点

（一）马克思主义实事求是的精神是贯串于李佳俊文学评论的一条红线，也是他文学评论的最主要特色。

由于历史、地理等特殊原因，西藏长期处于封闭半封闭状态，20世纪80年代初期，西藏文坛曾出现粗暴的不实事求是的文学批评，例如：1983年有人把“雪野诗”和现代主义拉在一起进行批判，李佳俊当即撰文以鲜明的态度肯定“雪野诗”的作者们“在取材、立意、情调、结构和语言上都与众不同，表现‘举旗立派’的勇气和可贵的艺术才华”，“雪野诗人努力把心灵的镜子对准西藏大地，表现出藏族人民的历史重负，生活的磨难和粗犷、豪爽的民族性格。”又如，1984年针对无限上纲，全盘否定报告文学《他，留在了这片土壤中》的评论，写了一篇《树立文艺批评的马克思主义学风》的长文，为报告文学辩护，认为作品“通过卢耀曾在高原工作和生活二十余年的曲折经历，较真实地反映西藏社会巨大的历史变迁”，“在艺术上作者把叙事、抒情和哲理融汇一炉，吸取现代派的某些表现手法，诸如时空交错、潜意识描写等显得别具一格，给人新颖的艺术感受，对我区报告文学的创作不无开拓意义”。他的这种科学态度和勇气，保护了作家创作的积极性。

实事求是的精神还表现在对作品的评论坚持好处说好坏处说坏，既不捧，也不骂。马原小说《拉萨河女神》在《西藏文学》发表后，李佳俊写了《生活的描写和文学的思考》一文，肯定作品“新颖别致，在貌似平淡的叙述上给人联想的空间”，“流露出高原生活天然、质朴的美，给人许多启迪，艺术上较少雕琢的痕迹”，同时又直截了当地指出：“由于过分强调‘生活的直觉’和‘非理性倾向’，对作者所见所闻缺乏应有的选择”，使作品里“美丑混杂，美丑不辨”而“蹈入自然主义覆辙”。对女诗人马丽华的创作，李佳俊在《她在高原寻找自己》一文中，通过对一系列诗歌具体细致的思想和艺术分析，给予“极力站在历史和哲学的高度，从浑厚深沉的韵律中表现出时代的风貌”的较高评价，然而又不回避作品的不足和失误，用了一千余字专谈“不少浅尝辄止的浮泛之作”，有的诗“不及前期诗作的结构严谨”“缺乏新的意境和思想”，这种实事求是的评论，引起了作者的思考，推动了文学的创作。

（二）满腔热情地对待作家，在评论的字里行间浸透着对作家辛勤劳动的尊重和关爱，这是李佳俊文学评论的第二个特色。

他提倡“评论工作者和作家交朋友”，并身体力行，广泛地和西藏各族作家交朋友、做知己，对藏族作家更倍加关怀，热心扶植。这里，我们可以举出李佳俊对藏族青年作家扎西达娃热情鼓励、热情帮助的事例。扎西达娃继1979年、1980年发表《沉默》《朝佛》之后，1982年连续在《萌芽》《民族文学》《西藏文艺》上发表了6个短篇小说，在艺术上作了新的探索，引人瞩目，但也受到一些非议，扎西达娃感到迷惘、苦闷，这时李佳俊领导筹建的西藏文艺评论会，召开了扎西达娃作品讨论会，会上李佳俊作了热情洋溢的发言，总结了扎西达娃的创作特点，并对他提出了“进一步深入生活”“正确认识评价生活”的要求和希望，使扎西达娃受到很大鼓舞。会后，李佳俊写了《民族化和现代化》一文，对扎西达娃8个短篇小说作了细致的剖析，指出作家在民族化和现代化相结合的探索中取得的成绩和不足，接着，李佳俊又以《一头不肯安静的小鹿》为题，在《文学报》上向全国文艺界推介扎西达娃的创作经历和成绩。后来，扎西达娃终于从一头小鹿成长为一匹骏马，在创作上取得了优异成绩。他的《西藏，系在皮绳结上的魂》荣获全国优秀短篇小说奖。此后又创作出多部佳作，正如李佳俊所说：“扎西达娃九十年代发表的长篇小说《骚动的香巴拉》，则把离奇的表现艺术发展到极致，正式确立了中国魔幻现实主义文学在当代文学史上不可动摇的地位。”[1]

（三）在理论上不亦步亦趋，不人云亦云，富有创见。

归纳起来，李佳俊在文学评论方面的理论创新有这样几点：

1. 提出了“藏族地区文学”的新概念。“藏族地区文学”，就是“包括了所有生活在藏族地区的作家、戏剧家和诗人，以他们所接触的自然、

[1] 李佳俊：《雪域作家的智慧和追求》，第46页，西藏人民出版社2011年版。

社会和人民作为审美对象，使用他们认为方便的文字所创作的各类文学作品。”[1]这就使我们一下子摆脱了“藏族文学”的概念之争，顿时开拓了视野，从宏观上审视整个藏族地区文学的总貌，更能把文学的民族特征和地域特征结合起来，对当代藏族地区实际存在的各种文学现象进行总体的考察。

2. 提出了评价西藏文学的根本标准。“民族地区的文学，归根结底是在塑造一个民族形象”“西藏文学的成就和发展可以用各种尺码来检验，而最终的评判标准，是看它是否塑造出一个丰满的、真实的、有血有肉的藏民族形象。”[2]这是一个唯一的也是最高的标准，评价西藏题材作品的成败得失，就是要看它是否和在多大程度上热情，深刻地塑造出特定历史时代鲜活的民族人物，以及他们在建设幸福家园的斗争中喜怒哀乐的心路历程。

3. 提出了建立我国现代边疆民族文化圈——中国“C”字文化圈的构想。我国绝大部分少数民族都居住在北方、西方、南方辽阔的边境地区，形成了一个大写的“C”字，存在和活跃着各自不同的民族文化，与汉族文化不同，古老、封闭口头文学和自娱文化占据重要地位，形成一个具有共同特征的边疆文化圈，在西部大开发中，它们既有共同的文化优势，也存在共同的难题。李佳俊还为建设边疆民族文化圈提出具体奋斗目标：“西部文化建设要立脚于振奋民族精神，造就千千万万维护民族团结、热爱祖国、勇于开拓、勤于实践的现代化建设人才。”[3]

4. 提出当代藏族地区文学要发展，必须组建一支以藏族作家为主体的多民族作家队伍。本民族作家深厚的生活根底和传统文化修养，造就了他们得天独厚的创作优势，而外来作家特别是汉族作家的参与，则是少数民族地区文学观念更新不可或缺的促进剂。“随着岁月推移，民族的经济文化交流将日趋频繁，各民族作家相互切磋和合作，是促进藏族文学向深广发

[1] 李佳俊：《文学，民族的形象》，第10页，西藏人民出版社1989年版。
[2] 李佳俊：《文学，民族的形象》，第47—48页，西藏人民出版社1989年版。
[3] 李佳俊：《文学，民族的形象》，第66页，西藏人民出版社1989年版。

展不可或缺的重要资源。”[1]

5. 提出关于建立社会主义文艺新格局的构想。在文艺工作中既要拨响时代精神的主旋律，又必须是多元化、多功能、多层次、多色彩的音乐交响；在内容上以现实生活为主，提倡创作题材的多样化；在创作方法上以现实主义为主，提倡各种艺术流派和表现手法的同时发展，互为补充；在艺术风格上突出民族文化的传统特色，同时学习、借鉴兄弟民族和外来文化的有益因素；在服务对象上以藏族群众为主，同时尽可能满足内地人民和世界人民对西藏文艺的不同需求；一切有利于改革开放、经济建设、民族团结和祖国统一，有益于人民身心健康和丰富群众生活的文艺作品，都应当受到欢迎和尊重。这个新文艺格局，将是真正的社会主义文艺，民族的文艺，改革开放的文艺，多姿多彩的文艺[2]。

总之，李佳俊的文学评论为西藏文学的发展做了具有开拓意义的工作。成绩的取得源于他具备深厚的马克思主义理论基础，深厚的西藏生活经历的基础，深厚的与西藏各族作家密切交往的感情基础，深厚的创作基础，更主要的是他有一颗热爱文学评论、热爱文学事业、热爱生活、热爱西藏、热爱祖国、热爱人民的火热的心，永远年轻的心！

第二节　胡秉之

胡秉之（1930—），出生于上海。1960年毕业于上海华东师范大学中文系，同年9月，为了响应党中央提出的“到祖国最需要的地方去”的号召，自愿到西藏工作。因工作需要，被安排到位于陕西咸阳的西藏公学（西藏民族大学的前身）做汉语教学工作。从此他与西藏结下不解之缘，胡秉之在西藏民族学院工作了多年，他的学生遍布西藏的各个地方。在西藏民

[1] 李佳俊：《雪域作家的智慧和追求》，第57页，西藏人民出版社2011年版。

[2] 李佳俊：《探索高原民族的奥秘》，第35—36页，西藏人民出版社1996年版。

族学院工作期间，也促使胡秉之关注西藏文学、西藏文艺的发展，他先后在各级刊物上发表了几十篇文学评论，参与了多个研究课题，为西藏文学的发展作出了贡献。2019 年 10 月，西藏人民出版社出版了他的论文选集《耕耘集》，收录论文 36 篇。内容分为 3 个部分，第一部分 6 篇，主要论述老一辈无产阶级革命家和西藏，以及有关西藏政治、文化、经济方面的问题；第二部分 19 篇，主要是对西藏古代和当代文学的评论；第三部分 11 篇，主要是教育和教学方面的文章，特别是结合中国现代文学史教学中关于毛泽东文艺思想的学习体会。

胡秉之是从关注西藏新民歌开始进入到西藏文学研究者队伍中的。民歌在西藏有着悠久的传统，人民常说藏族“会走路就会跳舞、会说话就会唱歌”，可见歌舞与藏族百姓的关系十分密切。在不同的历史时期，在西藏广袤的土地上，来自民间的艺术家们创作了大量的歌舞来表现劳动中的喜怒哀乐，表达对美好生活的向往与追求，对丑恶势力的批判，那些优美的旋律与舞姿被一代又一代的人继承、传播。胡秉之在西藏民族学院教书时，从来自西藏的学生那里接触到了西藏歌舞的热情与质朴，有了最初的印象。和平解放后，西藏百万翻身农奴在社会主义体制下当家作主，翻天覆地的社会变革带给他们生活境遇的巨大改变，藏族百姓用民歌唱出内心的快乐与喜悦，民歌的创作，雪域大地到处传唱着来自藏族百姓最真挚的心声，其中很多民歌收入了 1959 年人民文学出版社出版的《西藏歌谣》中。20 世纪 60 年代，在全国上下轰轰烈烈的社会主义建设热潮中，广大人民群众用自己最熟知的艺术形式——民歌歌颂新时代，谱写新篇章，新民歌的创作与传唱形成一股热潮，由此掀起了全国范围内的新民歌运动。胡秉之以敏锐的感觉感知到这一新的文学现象的现实意义，通过查阅西藏民歌的相关资料，撰写了《翻身农奴的心声——介绍西藏新民歌》，发表于 1966 年第 2 期《文学评论》，对此进行了全面深入的介绍与分析，这篇文章是最早对西藏新民歌展开研究。胡秉之认为与时代共生的新民歌，生动反映了广大藏族同胞对共产党、毛主席的深厚感情，展示了翻身的藏族劳动阶级崭新的精神风貌。新时期以来，西藏文学研究也迎来了良好的发展时期，西藏民歌的收集与整理也得到了重视，1981 年上海文艺出版社出版了《藏族民歌选》，1985 年西藏人民出版社出版了《西藏民间歌谣选》，这些选集让胡秉之对西藏民歌有了更深入的了解。他凭借前期的研究基础，从思想性、艺术性方面深入研究民歌，先后发表了《万里高原歌声扬——试论三年来的西藏新民歌》（《西藏民族学院学报》1980 年第 2 期）、《从西藏民歌看封建农奴制度》（《西藏民族学院学报》1989 年第 2 期），在介绍、研究西藏新民歌方面产生了良好的社会影响，让更多的人知道了西藏新民歌。《从西藏民歌看封建农奴制度》还被人大复印资料全文转载。学者李雄飞在 1998 年第 4 期的《中国藏学》上发表的《新时期的藏族民间歌谣研究述评》一文中评价胡秉之新民歌的研究价值时写道："新时期叙述藏族新民歌的文章，目前只见到胡秉之的《万里高原歌声扬——试论三年来的西藏新民歌》，客观上对沉寂多年的藏族民歌研究起'先声作用'。"

胡秉之大学毕业时就立志到边疆去、到祖国最需要的地方去工作。虽然因工作需要，组织上把他分配到位于陕西咸阳的西藏公学做一名教师，但他与边疆、与西藏就结下了不解之缘。作为一名从事汉语言文学教学的高校教师，胡秉之热心关注西藏文学的点滴发展进步。小说是文学创作的重要内容。西藏小说的全面崛起始于新时期，益希单增的《幸存的人》是藏族作家汉语创作的开山之作，一发表就引起区内外评论界的好评，被誉为地道的藏族文学。胡秉之也参与了这部小说的评论，撰文《西藏农奴生活的艺术画卷——略论〈幸存的人〉的创作特色》一文，发表在《西藏民族学院学报》1983 年第 1 期上。在文章中，他依据马克思主义文艺理论思想，积极肯定了益希单增的作品对西藏社会变革的真实描写，尤其是在人物形象的塑造上所取得的成绩。除了对知名作家的作品予以关注，胡秉之的文学评论也十分重视对年轻作家的发现与鼓励。蔡椿芳是新时期西藏文坛涌现出的年轻诗人，他的诗歌在区内外颇有名气。作为文学新人，蔡椿芳还创作小说，但关注度不高。胡秉之没有在别人已经评说的内容上锦上添花，而是另辟蹊径，把评论的重心放在蔡椿芳的短篇小说上。他的文章《小说式的诗，诗样的小说——读蔡椿芳的三篇小说》归纳出蔡椿芳的小说在情节结构和人物形象塑造具有小说的特点，在情感表达与意境的营造上讲究诗情画意，又有诗歌的特点，胡秉之独创性地称其为“小说诗”，拓宽了蔡椿芳小说的审美意蕴。除了文学杂志，报纸也是胡秉之开展文学批评的重要园地。面对新时期日新月异，快速发展的西藏文学，好作品、好作家争相涌现。相比于文学杂志，在对作家、作品的推介方面，报纸更具广泛性和时效性。胡秉之积极利用报纸的这一优势，20世纪80年代中期以后坚持在《西藏日报》上发表《西藏文坛的光荣——第二届少数民族文学创作评奖中我区获奖作品评介》《西藏文坛的骄傲》《一部富有特色的文学评论集——读李佳俊的〈文学，民族的形象〉》等多篇文章，积极向社会推介西藏文坛涌现出的如扎西达娃、益希单增、恰白·次旦平措、汪承栋、李佳俊等优秀作家的新篇佳作，探讨西藏文学创作中报告文学、军事文学、传记文学等新题材的创作得失。

作为一名文学评论者，胡秉之深谙文学评论与文学创作的重要性，提出“文学评论是促进文艺发展的极为重要的手段”，他在多篇评论文章中都认真评点了西藏文学评论发展中的成绩与不足。在1983年第2期《西藏文艺》上发表的《让文学评论更上一层楼——读两年来〈西藏文艺〉上的评论文章》中，胡秉之围绕《西藏文艺》80年代初期的几年里先后刊登的57篇评论文章展开评述。在文章中，他积极肯定部分文章能够紧密联系西藏文艺的特点，具备实事求是的文风，“好处说好，坏处说坏”，一分为二，既不做无原则的吹捧，也不做简单化的否定。对传统文学作品、当代作品的分析、评介具有一定的深度，赞扬了《西藏文艺》对藏族评论者的培养，贯彻“百家争鸣”的方针，对有争议的文学作品和文学理论问题，开展讨论和争鸣。胡秉之在文章中热切呼吁《西藏文艺》继续重视文学批评的建设，以推动西藏文学的全面发展与提高。对李佳俊这样在研究上潜心耕耘、笔耕不辍、孜孜以求的评论家，他更是钦佩有加，他先后撰写了《一部富有特色的文学评论集——读李佳俊〈文学，民族的形象〉》（《西藏日报》1989.12.31）和《他默默耕耘在西藏高原——记文学评论家李佳俊》（《文论月刊》1990.4），对李佳俊的文学评论的成绩与贡献作了全面、认真的评说。胡秉之不仅有文学研究的热情，而且也有扎实的文艺理论基础。他的研究关涉面广，涉及小说、诗歌、散文、报告文学、电影剧本、话剧等，不论面对何种题材，他都能或整体或个别地做出专业的点评，他的《老西藏精神的赞歌——评六场话剧〈亚隆之恋〉》《一曲爱国主义的颂歌——评电影文学剧本〈群佩活佛〉》《一曲西藏边防将士的壮歌——评报告文学〈中国山〉》等都为我们今天了解、认识新时期西藏文艺创作、研究所取得的成果提供了参考。发表在 1995 年第 3 期《西藏民族学院学报》的《万紫千红的西藏当代文艺》是胡秉之较为宏观地评述新时期西藏文艺创作成果的一篇文章。在这篇上万字的文章中，胡秉之回顾了自和平解放以来，西藏文艺的整体发展历程。“45 年来，特别是十一届三中全会以来，在中国共产党的领导下，西藏文艺沿着社会主义道路不断发展”，产生了一批高质量、高水平的作品，呈现出蓬勃发展、万紫千红的兴旺景象。究其原因，胡秉之认为正是西藏文艺家努力深入生活，积极搜集素材，向人民群众学习才激发了他们的创作灵感；是文艺家们坚持继承、发扬藏族优秀文化传统，才使得他们创作出富有“酥油味”“糌粑味”的高原特色的作品。在这篇文章中，胡秉之凭借自己对西藏当代文艺发展历程的宏观把握，依据相关理论资源，创造性地将西藏当代文艺的发展分为二个时期：一、1951—1966 年，是西藏当代文艺的孕育和创业时期。他认为这一时期是西藏文艺的草创时期，歌颂党、歌颂领袖、歌颂祖国、歌颂新人新事是这一时期西藏文艺的主题。口头创作的新民歌占据了主要地位，数量不多的藏族作家文学主要集中在诗歌，形式上保留了古典诗歌的特点。进藏军人、干部是文艺创作的主力，虽然已经有才旦卓玛这样的藏族文艺家崭露头角，但本土的、整体的文艺队伍尚未形成。二、1977—1995年，是西藏当代文艺恢复和发展时期，也称新时期西藏文艺。胡秉之从多个方面总结了新时期西藏文艺的发展成绩：1. 以《西藏文艺》汉文版为代表的文艺刊物如雨后春笋破土而出。这些文艺刊物的创办，团结扶持了以藏族为主的各民族作家，促进了文艺的发展。2. 以藏族为主体的作家队伍已经组成，优秀作品层出不穷。3. 以体现地区特色、民族特色的“高原文艺”的创作风格、流派逐渐形成。4. 西藏文艺开始注重加强与国际文艺界的交流，为新西藏形象的对外宣传起到了重要作用。胡秉之在文章中提出文艺要向前发展，就要坚持“二为”方向和“双百”方针，就要进一步繁荣文艺创作，就要积极开展文艺评论，唯有此，西藏文艺才能更加繁荣昌盛。

文章洋洋洒洒上万字，视野开阔，鞭辟入里，对西藏文艺走过的45年历程做了很好的梳理与总结。作为一名高校教师，胡秉之的研究不仅注重做学理性强的文学评论，也常常写一些短小精悍的小文章。20世纪80年代，胡秉之以《西藏日报》为园地，发表的《精益求精，反复琢磨》《评论与生活》《生活·真实·理想》《高原前进的足迹》等文章，从小处入手，探讨文学的意义，指导文学青年作文的方法技巧。在《精益求精，反复琢磨》中，他针对“有些青年作家，或因稿债累累穷于应付，或因发表欲旺盛，盲目追求作品数量，作品刚写好立即寄走，不愿琢磨，懒得推敲，以至作品质量大大下降”的状况提出：“‘好事多磨’，我想好的文学作品也要多磨；斟酌推敲，仔细琢磨，反复修改，才能成为艺术珍品”。胡秉之是西藏文学评论的拓荒者之一，和那个时期其他的文学评论者一起为西藏文学评论的发展做出了努力。从1966年他在《文学评论》上发表《翻身农奴的心声——介绍西藏新民歌》开始，始终如一关注西藏文学的发展，积极鼓励文学新人。几十年里他撰写了数十篇文章，有的洋洋洒洒近万字，有的短小精悍，不足千字，这些文章表达了他的文学思考和文学主张，也彰显了胡秉之文学评论的一些特点：

一、秉承现实主义文学传统，以马克思主义的文艺思想为理论资源，作文严谨，态度诚恳。作为20世纪50年代的大学生，胡秉之深受马克思文艺理论思想的滋养，这是他重要的理论资源。在胡秉之的文学评论中，他一直是从革命现实主义、革命浪漫主义的标准去评价文学作品的得与失。胡秉之为人真诚，他的文章和他的人一样质朴，认真，不马虎，也不矫情。

二、持久的专注力，敏锐的观察力，及时的表现力。学术研究也如同挖井，不能一味追求新奇，只有在一个方面投入热情与努力才能有所收获，胡秉之在西藏新民歌研究上的成绩也与之密切相关。从20世纪60年代中期到20世纪80年代末，胡秉之始终如一关注西藏新民歌，拓展其思想与艺术上的研究边界。他也有敏锐的观察力，能够感受到新的研究动向，及时捕捉到作品中新信息，并迅速做出反应。

三、善于学习新知识。20世纪80年代，随着我国文化大发展、大解放，西方的文艺思潮大量被介绍到中国，对中国文学的创作与研究产生了很大影响。胡秉之能够积极学习新的研究思想，更新观念，运用于研究实践。

四、实事求是，有良好的文学修养。胡秉之的文学评论体现出实事求是的作文风格，他的评论无论是面对名家，还是文学新人都能够认真解析，有肯定，也指出不足，态度真诚，批评中肯。如1986年2月25日胡秉之在《西藏日报》上发表《西藏文坛的骄傲》，文章针对《民族文学》1985年第9期上集中发表的西藏作家扎西达娃、卓玛雍宗、嘎玛维色（三兄妹）的三篇小说，认真解析，有肯定，也指出不足，态度真诚，批评中肯。

第三节　于乃昌

于乃昌（1936—），出生于辽宁省复县。1960年毕业于东北师范大学中国语言文学系，同年8月分配到西藏民族学院任教。历任西藏民族学院汉语言文学系文艺理论教研室主任、西藏民间文艺家协会名誉主席、西藏民俗文化学会名誉会长、《西藏民俗》顾问、中华美学学会理事、全国民族地区高等院校文艺理论研究会副会长等职。1983年国家民委、国家劳动人事部、全国科协联合授予“少数民族地区先进技术工作者”称号。长期从事文艺学、美学和审美文化学的教学与研究工作。自20世纪70年代末以来，先后多次赴西藏，深入喜马拉雅山区，系统考察高原及山地民族的文化及文学艺术，是中国门巴族、珞巴族文学和审美文化研究的开拓者。1961年在《文汇报》上发表了第一篇美学短论《自然美是自然性和社会性的统一》以来，在美学基本理论与民族文化艺术方面，发表了《人的活动与美的本质》《人类思维的历史发展进程》《美感的生理心理活动》《审美标准》《文艺批评应从美学和历史的观点出发》《关于美学研究的宏观思考》《人的觉醒与艺术表现》《人性与文学》《心灵和自然的契合》《心灵美的创造》《美育与建设高度的社会主义文明》《布达拉宫建筑的美学思想》《藏传佛教建筑的审美特性》《震撼心灵的古旋律》《藏密及其艺术的审美特性》《审美感应中的人体文化》《〈画经〉与西藏绘画艺术实践》《祭坛上的情种》《痴迷的信仰与痴迷的艺术》《珞巴族神话与生殖崇拜》《珞巴族民间故事的审美效应和审美构成》《原始思维与珞巴族文学审美特性的生成》《门巴族民间剧的审美启示》等论文30余篇，著有《美学十讲》（合著）、《中国少数民族文学·门巴族文学·珞巴族文学》《民族风情与审美》（合著）、《西藏审美文化》、《中国少数民族古代美学思想资料初编》（合著）、《初民的宗教与审美迷狂》（合著）、《中国少数民族审美意识史纲》（合著）、《中国少数民族美学思想研究丛书》（合著）、《中国少数民族文化大观·门巴族卷·珞巴族卷》（合著）等。

1986年7月，于乃昌带着助手陈立明、张力凤，摄影师赵胜启，门巴族翻译仁增措姆，为完成国家“七五”社科重点项目《珞巴族文学史》《门巴族文学史》和文学概况的写作任务，并由他担任珞巴族、门巴族文化考察组的领队，走向了喜马拉雅山腹地，跋涉在米林县派乡至墨脱县的小道上。在马迪村，门巴族老人穷多吉讲述了流传甚广的《隅南热巴》民间故事，其故事的基本情节颇与《孙悟空三打白骨精》相似。在很久以前，门巴族地区有一个小王国，国王勒格浪荡成性，贪恋女色。女魔投其所好，卖弄风骚，勒格鬼迷心窍，决定与“女神”成亲。大臣孜乌南珍忧心如焚，把事情告诉了臣民。臣民们惊慌失措，纷纷退避。女魔要吃勒格的儿女，大家把姐弟俩藏了起来。不觉10年过去，儿子隅南热已长成了身强体壮的青年，学会了起死回生、除害魔之术，将女魔射杀，女魔变成一具骷髅躺在地上。隅南热为民除害，被拥戴为新国王，登上莲花宝座。这个小小的王国从此兴盛起来。

正是这感人的场景，给了于乃昌把门巴族风情与审美结合的灵感。他在《门巴族风情与审美》一书中，给人以丰富的想象，感受门巴族不一样的风情美。

于乃昌认为，人们对待一种文化现象时，可以有不同的评价视角。就拿珞巴族过河的藤网桥来说，可以从科学方面进行评价，指出创造和制作的方法；也可以从应用上进行评价，指出它的用途；还可以从审美方面进行评价，指出它对人的感观的愉悦性，产生一种审美享受。从这个意义上说，审美文化就是对文化进行审美价值的判断，而西藏审美文化就是对西藏藏族、珞巴族、门巴族创造的文化进行审美价值的判断，从而获得一种美的享受。

在西藏这块高地，藏族、珞巴族、门巴族是西藏高原的伟大开拓者。共同创造了包括审美文化在内的西藏文化。由于地域相接，彼此交流，相互影响，形成来了西藏审美文化上的统一性。于乃昌对西藏“猴子变人”神话进行研究比较，发现他们彼此都有一种文化认同心理。正是有了这样的认识，于乃昌将藏族、珞巴族、门巴族的宗教、风情、艺术、文学与审美结合起来，完成了他人生中非常有影响的又一部专著《西藏审美文化》；而他对珞渝审美文化的理解，给人们提供了研究珞渝文化新的视角，引起了国内外专家学者的高度关注。全书除绪论外，共分五编十四章。第一编宗教与审美，论述了佛光普照下的审美创造——藏传佛教与艺术、人神感应中的人体文化——门巴族宗教与舞蹈、痴迷的信仰与痴迷的艺术——珞巴族的原始宗教与艺术；第二编风情与审美，论述了崇高壮美的的追求——藏族风情与审美、满目青山总是情——门巴族风情与审美、生命意识的体现——珞巴族风情与审美；第三编藏族的造型艺术，论述了藏传佛教建筑的审美价值、布达拉宫建筑的美学思想、《画经》的美学思想与艺术实践、满壁生辉的藏族壁画、牵动情思的雕塑艺术；第四编门巴族的语言艺术和第五编珞巴族的语言艺术，分别对门巴族珞巴族的文学进行了概论，并论述了珞巴族民间故事的审美特性。书中还附录了《关于神话的哲学研究》《仓央嘉措生平疏议》两篇论文。在《绪论》中，于乃昌强调指出：文化是人类社会现象，是人类实践能力、实践方式和实践成果，它既是物质的也是精神的，既是习俗的也是心理的，既体现为活动的结果，也体现为活动的方式和过程。文化是超自然的和超个人的，文化之与人的活动有关，大自然现象不属于文化的涵义；文化只是对人的群体的活动的描述，体现个别人特征的现象不属于文化研究的对象，只有个人特征与群体活动相统一，才具有文化的意义。文化又是时代的和民族的文明标志。归根结底，文化是人的价值实现，是为人所创造的、并作为人的自我享受的对象。在书中，与其说作者是在探讨一种文化现象，莫如说是在理解创造这种文化的历史精神。他所关心的是人，是在一种文化体系中所实现的人的价值。所谓的审美文化，也就是对文化进行审美价值判断。审美文化有狭义的和广义的之分。狭义的审美文化，就是指文学艺术。文学艺术是直接服从和满足于审美需要而创造审美价值的文化；认识的需要和功利的需要都潜藏于审美需要之中，是通过对审美需要的满足来实现认识需要和审美需要的。广义的审美文化，是指一切具有审美艺术、可以进行审美分析和评价的文化。广义的审美文化，虽不是直接为创造审美价值而进行生产的，但其中“积淀”了一个地域、一个民族、一个时代的审美情趣、审美观念和审美追求，在满足功利的、实用的需要的同时，也能给人以美感，具有某种审美价值。可以说，凡现存的古文化都具有认识价值和功利价值；凡具有认识价值和功利价值的古文化，又都或多或少的具有审美价值，因为真善美是统一的。在书中，于乃昌正是从狭义的和广义的两个方面，广泛地讨论了西藏的审美文化。作者认为，审美文化的明显特征是它的时代性、民族性和地域性，但这三者并不是分离的。文化的民族性和地域性都有自身发展的时代性，而文化的时代性和地域性又都必然地蕴含在民族性当中。为此，作者力图通过藏族、门巴族、珞巴族产生于不同时代的、各种类型的审美文化现象的分析，揭示西藏审美文化的构成。通过宏观地考察，于乃昌认为西藏审美文化具有如下几个方面的特点：第一，西藏审美文化具有多元整一性。将西藏和平解放前藏族、门巴族、珞巴族这三个民族的审美文化作为“共时”性心态放在统一层面上进行研究，可以发现它们明显地反映出“历时”性特征，即各自代表了不同的历史类型。其中，珞巴族审美文化是原始型的审美文化；门巴族审美文化是由原始型向阶级型过渡的过渡型审美文化；而藏族审美文化是完成形态的、成熟的阶级型的审美文化。这就是西藏审美文化的多元性。但西藏审美文化的多元结构，并不是相互割裂，而是地域相接，彼此交流、影响、互渗的。这就形成了西藏审美文化上的整一性，他们都属于西藏高原型文化。第二，西藏审美文化具有宗教信仰的混融性。于乃昌指出，人类的审美需要、审美活动、从而创造的审美文化的发生史，并非自己的孤立无缘的独立史。审美文化是在人类文化系统运动中生成的。审美文化与物质文化以及其它社会意识形态文化的分离，形成独立运动的审美文化，是以人类心理分化、审美需要的明确性为条件的。而西藏的审美文化，是在宗教的母腹中孕育、躁动、诞生的，始终受制于宗教膜拜型的文化体系。而西藏审美文化在漫长的历史时期中，之所以审美与信仰相互渗透、融为一炉，在很大程度上是由于审美活动和宗教活动、艺术与宗教具有某些共同的提点和规律，审美创造和艺术成果可以为信仰和宗教所利用。首先，宗教信仰具有明显的感性映像的性质；其次，在审美与宗教信仰中，想象、幻想与虚构都起着重要作用；第三，对对象的痴迷的情感，既是审美的态度，也是宗教的态度。正是由于这三方面的原因，使植根于膜拜型文化体系中的西藏审美文化具有宗教信仰的混融性。第三，西藏审美文化具有宗教与世俗、神性与人性的两重性。于乃昌指出，西藏审美文化是西藏各族人民的创造，但是，在宗教意识的钳制下，使创造美的活动本身、活动过程和活动结果，充满了两种对立的因素：人们把世俗的情感融进宗教的虔诚，把人性的欲望披上神性的光环，把美的创造奉献给恐怖的祭坛；为了宗教的目的，却采取了世俗的方式；为了感应神性，却是对人性的自我观照。宗教与世俗、神性与人性、对立着，撞击着，构成了西藏审美文化内在矛盾统一性。从总体上看，西藏审美文化一方面是人的创造性本质的显现，实现了人的价值，一方面把这种创造性本质源于神灵的凭附；一方面在创造中获得人性的欢悦，一方面对创造物产生神秘的敬畏；一方面在享受创造的美，一方面把美丽的创造奉献给神灵；一方面在创造中表现人性自我，一方面把自我人性丧失。审美文化本身是人生的、世俗的，是人性的需要和目的的实现；而这种审美创造又常常是宗教观念、意识的形象化、舞台化，服务于信仰需要和目的，使人具有了神性。这就是西藏审美文化的两重性。探究西藏审美文化两重性产生的原因，从宗教与审美的关系看，宗教具有巨大的包容性。珞巴族的审美创造，以及门巴族和藏族原始时代的审美创造，实际上是一种宗教感情的产物，他们是用一种宗教感情去接近自然，并使他们的创造物都染上了宗教感情色彩，无论是原始神话、诗歌、传说、舞蹈、美术等，抑或是对人居住环境的美化——建筑和对人体自身的美化——服饰，既是对生命的赞颂，对力量的讴歌，也是对人的宗教尊严和人在宗教里的地位的强烈表现。甚至在后来高级形态的佛教里也是如此。从佛教在西藏的传入和发展来看，佛教善于以微笑、大肚和涵养面对人生，不惜以世俗式的谄媚和多情，把审美的创造物拉入自己的怀抱。从意识形态的历史来看，宗教始终是西藏上层建筑里占统治地位的思想政治力量，是文化的主宰，是文明的秩序。于乃昌同时也强调，虽然历史上的西藏审美文化的宗教性，受制于宗教膜拜型文化体系，但不能否认，在历史上的西藏审美文化中，也存在着非宗教性的、直至反宗教的纯世俗的审美文化，如某些民间工艺、雕塑、绘画等，民间诗歌中的劳动歌、习俗歌、抗争歌、情歌等，某些创造发明、反抗斗争、风物人情的传说故事等。愈是随着社会的发展、科学的进步，历史的时光将会拂去笼罩在它的宗教的尘灰和迷雾，愈加能放射出炫目动情的美的灿烂光彩。

于乃昌的审美论对于从总体上把握西藏当代文学的发展，提供了美学上的学理性支撑，具有宏观的视野和历史的纵深及理论的严整，对于民族文学的整体把握也有着诸多启示和借鉴。

第四节　张治维

张治维（1936—），出生于山西孝义县。1951 年，进入解放军华北军政干部学校学习，毕业后进解放军军乐团从事音乐工作，后又进入解放军军乐学校攻读音乐理论。1958 年响应党的号召来到西藏工作，先后在西藏歌舞团、话剧团任职。1976 年任西藏文化厅文艺处副处长、处长，1982—1983 年，他到中央党校宣教干部培训班学习。1983 年任西藏自治区党委宣传部副部长，1989 年在西藏自治区文学艺术界第二次代表大会上当选为自治区文学艺术界联合会常务副主席，并任党组副书记、书记等职。1980 年开始发表作品。1990 年加入中国作家协会。著有论文《关于一切从西藏实际出发讨论的几个问题》、文集《当代西藏文艺论集》等。

《当代西藏文艺论集》作为“西藏当代作家丛书”第二辑之一，由民族出版社 1995 年 8 月出版，除李佳俊《无心插柳柳成荫》（序）外，共收入作者 31 篇文章。这些文章大致可以分为两个部分：一是作者以文艺评论家身份，撰写的评论文章；二是以文艺界领导人身份，出席各种文艺会议所作的工作报告或发表的讲话。作为西藏文艺界的领导者和组织者，贯彻执行党的社会主义文艺路线、方针和政策，是张治维的责任。数十年文化、宣传工作的实践和不懈的钻研，不仅使他具备了党的文艺工作领导者特有的政治素养，而且对西藏的历史传统、优秀文学艺术有着丰富的感性知识。所以，当他用马克思主义、毛泽东文艺思想来研究西藏文艺的现状和未来时，自然入木三分。同时，张治维的评论既不拒绝新的东西，又不故作高深，所以能深入浅出，平易近人，以情动人，以理服人，在文艺界收到了很好的社会效果。他先后品评过话剧《松赞干布》、改编后的传统藏戏《诺桑王子》、藏族现代舞剧《热巴情》、长篇小说《迷茫的大地》、独舞《日月山》等，这其中的多半是他工作之余观摩、斟酌所得，写来却完全是行家的态度和行家的语言，很少有匆忙而就、勉强成篇的感觉，表现了他的思想倾向和美学兴趣。

张治维的文艺评论始终坚持马克思主义的文艺思想，实事求是，尊重传统，勇于创新。他认为，在西藏这样的边疆少数民族地区，应当全面地理解和贯彻党的文艺方针政策，特别要正确理解继承与发展的关系，反对民族虚无主义和保守不化两种倾向。他认为，西藏的民族文化应当是时代精神、民族风格、地方特色三者的统一。早在 1985 年 12 月，他就分析、研究了西藏民族文化历史悠久、丰富多彩、有较强的人民性等几大特征，提出了抢救西藏民族传统文化的方针："积极、抓紧、落实、见效"。

张治维对西藏民族文化有相当的研究和自成一体的见解，尤其就弘扬民族优秀文化、繁荣社会主义文艺创作及民族文化发展等问题进行过深刻的思考。他认为，"民族优秀文化，既是民族的、人民的，也是时代的、历史的。它是世世代代人民群众现实生活的结晶，……在一个民族的生存空间建树起来的。"他在《论西藏民族艺术研究的思路》一文中，比较系统地探讨了大文化背景下的民族艺术研究的精神和方针，概括为：保留、继承、借鉴、发展、创新。从纵的角度，西藏民族艺术划分为古代传统艺术（1951年和平解放西藏以前）和当代社会主义艺术（1951 年和平解放以后）两大时期；从横向看，西藏的民族艺术，由民族民间艺术、宗教艺术和作家艺术（泛指世俗艺术）三部分构成。同时，他提出了西藏艺术研究的指导原则，一是以马克思主义思想为指导，二是以审美理想为中介，三是将之作为社会主义精神文明建设的一个重要组成部分。在艺术与文学、文化的关系中，他具体论述了艺术本体研究、各艺术门类之间及艺术与文学、艺术与文化的关系。指出，西藏民族文学与艺术的相互关系，主要表现在：1. 起源（民谣、民间歌与舞合一、诗、词、歌、舞一体）；2. 形变（民间传说、故事、佛教故事改编成藏戏）；3. 渗透（音乐中的文学内容、诗歌中的音乐节奏、舞蹈造型的象征意味，建筑与雕塑的合璧、建筑与壁画的一体）；4. 综合（神话、故事、史诗、音乐、舞蹈、说唱一体，如《格萨尔王传》，藏戏中各种文学艺术门类的合一）；5. 影响与共鸣等等。在艺术与社会历史之间的关系中，他专门谈到了艺术与宗教的关系。认为艺术与宗教，同属于社会意识形态。艺术与宗教的区别，完全是由人类的两种不同心理倾向所决定的。这两种不同的心理倾向，表现人对自然的两种不同的态度。在人类发展的幼年时期，人们面对自然，产生了两种心态，简单地讲就是一是顺应，二是超越。从本质上讲，顺应是宗教产生的契机；超越是艺术产生的枢纽。顺应给人们带来的只能是对“神权”的顶礼膜拜；而超越则给人们带来了对自我人格的肯定。“神权”使人完全陷于受某种外在的和绝对的决定的支配；而人格则是人产生自信的心理去超越和改变自然。“神权”使人安于现状，处于被动；人格使人积极进取，发挥主动。“神权”象征着专制、封闭，而人格象征着自由、开放。无可辩驳的事实证明：“神权”使人完全异化为神的奴隶，其结果是产生宗教；而人格则使人的自我情感获得充分自由而具备超越的特征，顺理成章地形成艺术。在艺术的交流与借鉴部分，他谈到了各民族间的艺术交流、对世界艺术的借鉴及如何看待传统的问题；

指出伟大的国家和民族之所以伟大，并不在于它们已经创造出了什么，已经达到了怎样的发展程度，而在于它具有永不止竭的创造欲求和创造力，这才是有生命力和不断振兴的真谛。西藏民族艺术，在历史上和新时期之所以取得了卓越的成就，就是由于在历史上和当代，不断吸取祖国内地各民族先进文化和邻邦的印度、尼泊尔佛教艺术的结果。西藏当代艺术的根本出路，就是在传统艺术、中华艺术、世界艺术结合的更高层次上，寻找撞击的火花。

在西藏当代文学研究方面，张治维也有独到的见地。他在《略论当代西藏文学的发展》[1]一文中，对西藏当代文学的界定、西藏当代文学的历史分期的界定在学界产生了一定的影响力。他认为西藏文学范围上包括三个方面：一是本地区藏族作家用藏文创作的文学作品；二是本地藏族作家用汉语创作的文学作品；三是内地来藏的汉族作家与其他少数民族作家创作的文学作品。在西藏当代文学的发展历史分期和不同时期的特点方面，他认为从总体发展进程观照，西藏当代文学出现了三个高潮期或繁荣期。第一个时期是20世纪50年代后期到60年代前期，这是西藏当代文学发端和打基础的阶段。这一时期在西藏文坛崭露头角的，主要是进藏部队中的一批部队文学工作者，以及来西藏地区工作的汉族和其他少数民族文学工作者。他们为当代西藏的社会主义新文学开创了新路。他们忠实执行党的民族政策，尊重西藏人民的风俗习惯和宗教信仰，对藏族人民充满了兄弟姊妹之情，深入生活，向民族民间文艺学习，涌现了一大批作家和作品，在全国产生了强烈的社会反响。这一时期西藏文学的主要特点是，文学创作遵循毛泽东《在延安文艺座谈会上的讲话》精神，以正面歌颂为突出内容，歌颂党和人民解放军的丰功伟绩，歌颂党的民族政策的伟大胜利，歌颂民族团结、军民团结，歌颂进藏干部，为藏族人民服务的事迹等等，成为这一时期作品的突出基调，作品中充满革命的激情。民主改革以后的文学作品，从原先的比较注重歌颂

[1] 张治维：《略论当代西藏文学的发展》，《西藏文学》，1996年第4期。

的内容，转向揭露西藏封建农奴制度的腐朽落后，统治阶层对藏族人民的压迫，社会的不公，矛盾斗争，把歌颂光明与揭露黑暗结合起来。在创作方法方面，重于运用革命现实主义的手法，同时也兼及运用革命浪漫主义的手法，尽可能使二者有机结合，很大程度上学习继承了延安时代以来革命文学的优良传统，也受到到前苏联文学创作模式的影响。在审美情趣方面，作家们注意了作品的大众化，比较通俗易懂，使众多读者容易理解和接受。从总体看，当时的创作手法，显得不够多样化，作品所反映的生活深度和广度不够。西藏当代文学第二个繁荣发展的高潮期是20世纪80年代，这个时期，许多中年作家更加成熟起来，一大批青年作家成长起来，以藏族为主体的、包括汉族和其他少数民族的作家群体，也在这一时期开始形成并迅速壮大。发表出版的文学作品，门类齐全，形式多样，数量空前。艺术创作风格手法，新颖多样，无论从作品的思想性、艺术性，还是审美情趣，都有新的突破，新的进展，新的探索，新的发展，展示了改革开放新的形势下，出现的成果辉煌的喜人局面。这一时期的当代西藏文学有这么样几个鲜明的特点。首先，在作品的题材方面，突破了过去以歌颂为主的局限，冲破“禁区”，开拓了本来就是丰富多彩生活的许多新创作领域。其次，作品的主题思想，在广度和深度方面，有了新的开掘。许多作家把笔触大胆地指向了社会生活的原面，敢于抨击社会中实际存在的阴暗面，挣脱了往常单纯歌颂的禁锢。有相当数量的作品的基调，由乐观转而悲壮，由轻快转而深沉，由审美的单一走向多元。再次，审美情趣更加丰富，作家们更多地注重自身对社会生活的独特感受，不惜笔墨重彩，着力于塑造人物形象，专注于对人物内心世界情感的剖析，以表现象万花筒般的多彩生活。第四，这一时期的西藏当代文学在继承西藏民族优秀传统文化方面也卓有成效，民族优秀文化遗产得到了较全面的抢救、发掘、整理和发扬，有分量的当代藏文文学作品也开始出现，对民族民间文学的弘扬取得了可喜的成果。第五，这时期的青年作家群体，不仅十分重视对民族传统优秀文化的继承，而且也十分注重对外来优秀文化经验的吸收，并把二者有机结合起来，广阔地表现西藏历史和人物。这一时期的优秀作品，明显地表现出民族性、地域性、开放性、兼容性等优长。西藏当代文学的第三个繁荣期是20世纪90年代。这一时期，无论是老年作家，还是中青年作家，仍在继续进行着新的探索，无论是文学的创作思想、创作方法，还是在题材、体裁、风格、流派，以及创作手法和艺术技巧上，仍在追求新的突破。因而出现了文学创作的多产期，开始出现文学力作和精品。综观这一时期西藏当代文学繁荣发展的情况，可以概括为这样一些特征：第一，更加成熟的作家群体。多数作家的思想、思维、思考，对社会历史、社会现实、各种类型的人物，能够进行更深的认识和理解。第二，更加丰富的创作方法和更加多样的创作技巧或称手法。他将这种丰富的创作方法称为新现实主义。这是在传统现实主义基础上的，吸收了浪漫主义、西方现代主义、拉美魔幻现实主义等流派的对我有用部分的情况下，大大发展了的创作方法。多样的创作手法应是：现实与幻想、时间与空间、目前与未来、传统与现代、自然与人文、灵魂与肉体、事实与想像、天上与人间等等的多重结合、多重交错、多重倒置。一切以不同历史、不同社会生活、不同事件，不同人物的形象为创作的依据。第三，更多地吸收当今世界相关学科的成果。如运用文化人类学、民族学、民俗学、汉语文学、藏语文学、美学等成果，融合贯通到自己的创作中去；尽可能增大作品的思想、艺术和审美意蕴。第四，更加注重弘扬民族传统优秀文化。充分参照西藏的地域特色、风土人情、历史典故、自然风光、神话传说、风俗习惯，集中对作品人物的进行立体的深层次的描写，探索与展示西藏民族的文化内涵，人生价值，以及在总体社会中的位置和意义。许多作品充满着对历史的责任感和对现实的忧患意识。从西藏的实际出发，遵循文学创作的自身规律，面对反分裂斗争、维护民族团结、维护社会稳定的需要，从大局考虑，文学工作、文学创作、文学刊物、文学活动等，都能自觉做到有利于维护祖国统一，有利于增强各民族大团结，有利于正确塑造民族的各种类型人物的形象。

总体来说，张治维的文艺评论充溢着他对西藏这片土地及其人民、对西藏文艺及其创作者的一片深情。他不仅对西藏的历史传统、优秀文学艺术有丰富的感性知识，而且对西藏当代文艺的发展怀着热切美好的渴望。他坚持运用马克思主义文艺理论和毛泽文艺思想审视西藏当代文艺的发展，多宏观视野下的整体把握，体现了对文艺工作的普遍性要求；同时，也不乏微观视野下的具体评述，体现出个性化的思想探索。

第五节　张隆高

张隆高（1936—2007），笔名华嵋、龙吟、司马清潭，出生于四川大邑县。1956年考入西南师范学院中文系，担任学生文学社团民间文学研究社社长，到巴山采集民歌。1960年毕业后到西藏工作，他曾任西藏人民广播电台记者、新闻编辑部汉语新闻组组长、藏语编辑部新闻组长。20世纪80年代初期，张隆高调到四川省壁山县广播局任宣传股长。1984年到四川外语学院中文部任教，同年调到重庆师范专科学校中文系任讲师。自20世纪60年代初进藏工作，张隆高就十分关注西藏文艺的发展，工作之余，积极撰写文学评论，先后在《西藏文艺》《人民日报》《羊城晚报》《杂文报》《新时期》等刊物上发表了数十万字的评论和杂文，其中《真实才能感人——浅析刘克短篇小说〈古堡上的烽烟〉里苍姆决的形象》《文艺在批评中前进》和《象雄浑浪漫的草原那样美——谈叙事长诗〈黑痣英雄〉的艺术特色》被收入《西藏文艺评论选》，《象雄浑浪漫的草原那样美》和《探索“神”的世界——读几篇藏族作者关于宗教题材的短篇小说》分获西藏第一、二届文学评论一、二等奖。出版文学评论集《引玉集——张隆高文艺评论选》出版。这部由西藏人民出版社出版的文学评论集，共收入作者的26篇文艺评论，较全面地反映了作者对于西藏文学的看法，也成为80年代西藏文学评论的重要文本。

20世纪80年代后期，随着西藏新小说的创作热潮，评论者中也不乏凡评论必西方现代主义的作法。但张隆高不盲目追风，他的文学评论坚持马克思主义的文学思想，恪守民族文学的传统美学原则。在《真实才能感人——浅析刘克短篇小说〈古堡上的烽烟〉里苍姆决的形象》一文中，张隆高将真实视为文学创作的重要标准。他指出，文学创作的基本任务是描写人，是用形象思维的彩笔雕刻出个别的典型来反映生活，再现一个时代，表达作家的理想和抱负。离开了人，也就是离开了典型形象的塑造，也就从根本上取消了文艺。真实的社会环境，真实的人物性格，真实的生活细节，是一切文艺作品赖以生存的基础。一切不真实的、弄虚作假的作品，什么教育作用、认识作用，什么美丑妍媸，都纯系空中楼阁、纯系欺人之谈，是对艺术的玷辱。刘克短篇小说《古堡上的烽烟》里的苍姆决这个艺术形象是真实的。她的真实性，从根本上说，是因为她来源于生活，深深扎根于西藏社会这个特殊的生活土壤之中。“我们仔细品味一下这个艺术形象，就不但感到在她的身上也在她的言谈中，透露出西藏高原特有的泥土味；不但在她的外表特征上也在她的心灵深处，看到西藏高原的自然和社会的风刀雪剑留下的刻痕。她似乎栩栩如生地站立在你的面前，不动声色地倾诉着她那充满血和泪的故事。她不是一张剪纸，而是一座雕塑；她不是作家借以发议论、谈思想、宣传某种政治概念的简单的叫声筒，而是有自己独特的思想方式和行为方式的活生生的人。她不是任人摆布的模特儿，她在按照自己的逻辑行动、变化，在寻找‘努力的幸福’的途程中，她不但使旧日的主人又惊又恼地发现她‘失掉了奴隶最起码的外表特征’，更重要的是让读者看到她潜睡的阶级意识的觉醒，她由自发的、消极的反抗，走上自觉的、积极的斗争，这个性的发展，既是由复杂的心灵的历程，又是有迹可循的”。他认为作品是从具体的生活环境和具体的人物性格出发，来描写苍姆决的生活道路和性格发展的。苍姆决这个艺术形象是真实的也是典型的，从中人们可以看到，连这样一个颇算是“安分守己”的奴隶对生活也感到不能忍受，而冒险逃亡去寻找“奴隶的幸福”，可见封建农奴制度的确已到“大厦将倾”的时代了，是人力无法挽救的。同时，苍姆决的命运还令人深信不疑地懂得了这个真理：没有共产党的领导，没有农奴阶级对农奴主阶级的阶级斗争，不在斗争中连根拔掉封建农奴社会制度，什么“奴隶的幸福”就注定是永远不能实现的幻想。

发表于1987年《西藏文学》第1期的《〈女活佛〉：人性开掘的美学探求》，也是张隆高具有较大影响的一篇评论。文章在评析秦文玉的长篇小说《女活佛》在艺术上取得的成绩时，大胆肯定了小说把人作为审美对象的主体，对人性开掘作为审美的中心的创作追求。在这篇文章里，张隆高重申“文学是人学”，指出“文学是人学”题内之义就是人把人写给人看。艺术创作的主体是作家，艺术内容的主体是人物形象，艺术欣赏的主体是读者；文学艺术运动全过程的主体是人。作品是这个运动过程的中心环节，既然它的主体是人物形象，那就应该把人当作人来写，表现出血肉丰满的活生生的人，表现出特定民族、特定社会历史时期人性的全部复杂内容，并使之升华到艺术典型的高度。这是文学艺术的首要任务，特殊的功能，也是文学艺术发展、净化的重要标志。他借文艺批评家刘再复的话“小说的发展过程，也正是这样的一个过程，这个过程可以说是一步步向人自身挺进的过程，一步步深化对人的本体和人的实践的认识和感受的过程”，指出我国新时期的文学创作有了长足进展的实质性的表现，就是把人作为审美对象的主体，把人性的开掘作为审美的中心。进而他指出，《女活佛》的可贵之处，就在于它跟踪时代审美意识的新变，把艺术中心放在对人性的开掘上。张隆高通过梳理西藏当代文学宗教题材作品的线索指出，解放以后到“文化大革命”以前，这类作品的总体特征可以说是揭露性的、控诉性的，揭露宗教活动的虚伪性、欺骗性，控诉宗教首领的种种罪恶活动，以及寺庙里以特殊形式出现的阶级对立。这类作品的出现有它的历史必然性，有它的存在价值，因为它确实有某种程度的真实性做基础。文学作品要完全超越人民群众如火如荼的现实斗争也未必可能。粉碎“四人帮”以后，上述揭露性、控诉性的作品仍然有，但具有代表性的是把宗教内容放在由于“左”的指导思想特别是十年动乱所造成不正常的现实生活的背景下来思考的，探索人们在社会主义社会仍然笃信宗教的根源。张隆高将之视为西藏文坛特有的一种“反思文学”“伤痕文学”，认为其中有了新的复杂的艺术内容，而这两个阶段的这类题材的作品的共同点都是着眼于现实政治的思考。但在《女活佛》里，宗教不是罪恶的渊薮，不是封建迷信的同义语，因而不是简单的被揭露、被控诉的对象，而是一种真实的历史存在；作品也不是单纯地从阶级的、政治的角度去思考，从而对生活作出线性的因果联系的揭示；它似乎更关注的是民族的、人类的命运，追求的是在审美价值的基础上来实现认识价值、教育价值，人性的开掘放在了头等重要的地位，多侧面、多层次、多流向地表现了生活的广阔性。从马克思主义关于宗教本质的论述中，可以看出人性和神性的对立是人和宗教的根本矛盾，表现这一矛盾的运动过程应是宗教题材作品的最高主题。在它的终端显示的是人自身，是人性对神性的胜利。《女活佛》的追求正是在此而不在彼。张隆高同时提出，对于一个具有革命意识和自觉的社会历史责任感的作家来说，也不应该漠视阶级的、政治的思考，不应该一般地鄙视功利的目的，不应该片面地贬低认识价值、教育价值，而应该在更大的范围里，更广的背景上、更深层次上来体现作家主观命意的趋向性。

在《探索“神”的世界》一文中，作者继续对西藏宗教题材的作品进行了探讨。在对丹增的《神的“恩惠”》、扎西达娃的《朝佛》、德吉措姆的《漫漫转经路》三篇小说进行了较为细致地解读之后，他指出，几位作者不约而同地创作反映宗教问题的作品，着意探索神的世界，反映了他们对本民族命运的关心，对西藏当时社会问题的思考，从中能够深切地感受到他们对西藏发展前途的负责任的思虑，对团结、富裕、文明的新西藏的一片渴望之情。他引用马克思的话说:“宗教本身是没有内容的,它的根源不在天上,而是在人间”,指出所谓探索神的世界,实际上还是探索人的世界。三篇作品的探索都提出了一个问题,即人的幸福究竟何在?他认为这三篇作品各从一个侧面反映了不同的时代。《神的“恩惠”》反映的是和平解放以前的西藏社会现实的一个侧面,那是神的绝对权威统治下的领地,作品刻画的主人公格桑使人们看到那个时代的藏族劳动人民处在怎样一种悲惨、屈辱、无告的境地,神的与人的双重压迫又是怎样夺去一个奴隶的幸福的。《漫漫转经路》的故事发生在和平解放后、民主改革以前的1956年,这时一方面仍是以神的名义统治的世界,另一方面是“山雨欲来风满楼”的封建农奴制度开始动摇了,神的统治遇到了挑战。作品中的格珠和莫拉对今生的幸福实际上是既杳茫又不抱希望的,而是把眼前已有的虽然是最低的生活条件、生活乐趣,去换取那并不存在的“来世”的好运。与其说她们是向往幸福,还不如说是对神制造的死后的困难的恐惧。她们的行动不过是在诚惶诚恐地“赎罪”罢了。作品揭露了神的欺骗,显示了信神者的愚昧。莫拉在神的惩罚的恐惧中死去,她的小孙子却投入了党的怀抱,走上了崭新的生活道路,这是格桑和他的女儿无法比拟的。《朝佛》这篇作品比上述这两篇包含的内容,提出的问题要复杂些、尖锐些。故事发生在粉碎“四人帮”3年多以后的1980年。作品中的主人公,是在新社会长大的年轻姑娘珠玛。为什么今天人们对神的信仰又变得热乎起来,为什么像珠玛这样的青年还要通过朝佛来寻求幸福?作者认为,其中既有历史的原因,但更重要的是现实的因素,是历史的谬种在现实的土壤里结出的苦果。正如作品中写到为什么民主改革后的那几年里,乡下进城朝佛的人越来越少,那是因为“人们刚刚从漫长的黑夜里走出来,分到了牲畜、草场和土地,搞起了互助组,生活一天比一天好……谁还有闲工夫去朝佛呢?”而现在为什么又纷纷朝佛求神呢?那时因为十年浩劫把人们搞穷了,“糌粑太少,面粉不够吃,做饼子没烧的”,命运又变得不可捉摸,文化也谈不上。正是这种情况,让神钻了空子。

当然，珠玛毕竟不是当年的格桑或莫拉，也不同于那位在磕长头中死去的老头，她固执地追求的乃是“今生的切切实实的幸福”。张隆高指出，追求幸福美满的生活，是人的本性所决定的。人创造了神，本来是人为了幸福，结果却把自己变成了自己所创造的偶像的奴隶，迷信偶像，崇拜偶像，受偶像的支配，为偶像受苦、牺牲，这是人的异化现象。从这几篇作品中，读者可以看到信徒们把“幸福”的希望寄托在神的身上，而所谓的神却恰恰是他们的最无情的剥夺者，是他们作为人的本性受到压抑、摧残，甚至连肉体也遭到残害、毁灭。张隆高最后提出，宗教是一个历史悠久的十分复杂的社会现象，用精致的教义和炫目灵光装扮起来的神的世界，是容易使人眼花缭乱、误入歧途的，写好宗教题材的作品，其中的一个难关就是要把握人物独特的生活经历和由此产生的独特的心理和精神状态，写出人是怎样被神俘虏而又怎样获得新生。这就需要作者深入观察生活、熟悉生活，了解各种各样的善男信女的宗教史。同时，要认真研读马克思主义关于宗教的论著，这是揭开宗教之谜的钥匙。此外，还应多读点西藏宗教历史，熟知各教派教义。总之，认真执行党的宗教政策，坚持不懈地宣传无神论，为一个现代化的西藏扫除思想障碍，是西藏各族文学工作者义不容辞的责任。

总体来说，张隆高的文学评论侧重于在具体的文本中坚持用美学原则和艺术规律的视角进行比较分析，这对于推动 20 世纪 80 年代西藏文学的创作无疑是十分有益的，而他对西藏宗教题材作品的分析，也有着积极的警示和借鉴意义。

第六节　徐明旭

徐明旭（1947—），出生于上海。1964 年考上华中工学院，文化大革命初因“成分不好”被打成“黑五类”。1978 年，徐明旭考上杭州大学中文系现代文学研究生；1979年以中篇小说《调动》一举成名，但这篇小说在次年反自由化运动中遭到批判，与《在社会档案里》《假如我是真的》《女贼》《飞天》等一起被列为全国”五大毒草”。1981年，徐明旭研究生毕业后到西藏工作。此间，他深入西藏基层体验生活，获得了许多第一手的资料，并对西藏研究、文学评论产生了兴趣，他写作的评论文章在20世纪80年代的西藏文学界产生了一定的影响。1986年，徐明旭因身体原因调到上海外语学院对外汉语系教书，1年后调到上海社会科学院文学研究所工作。著有《从珠穆朗玛到香榭丽舍——徐明旭散文集》《雪山下的丑行：西藏暴乱的来龙去脉》等。

徐明旭是新时期西藏文学评论的拓荒者之一。在20世纪80年代初的西藏文学研究者中，作为科班出生的徐明旭，在文学理论素养和研究能力方面有着出色的表现。从精神品格上看，徐明旭有着传统文人的特质，注重文学的社会教化功能；但他的知识结构多元，丰富，对俄国的文艺思想、西方的文艺理论都有认识、吸收。因为在《西藏文学》做编辑工作，使他对西藏文学创作投入了相当的关注。由于当时缺少相关的文学评论，在编稿的同时他也撰写文学评论。徐明旭的文学评论从一开始就显示出了丰富的文学史背景、开阔的视野和严谨的理论意识。从进藏到离开西藏，徐明旭在近五年的时间里持续关注《西藏文学》（《西藏文艺》）上发表的小说，定期做年度评论。他撰写的《时代·诗情·探索——评一九八二年汉文版〈西藏文艺〉短篇小说》《多样·深化·欠缺——1983年汉文版〈西藏文艺〉小说漫议》《一九七八—八三年西藏汉语短篇小说创作述评》《发现·发展·危机——〈西藏文学〉1984年小说漫议》等评论，对于新时期以来刚刚发展起来的西藏文学，尤其是小说创作在理论上给予了及时的指导，对推动西藏文学的发展起到了良好的作用。徐明旭的文学评论充分展示了他的文学理念。

一、“文学是人学”的文学观。徐明旭十分认同高尔基“文学是人学”

的论断，认为文学的最高目的是探索人们的心灵奥秘，塑造丰满的人物形象，深入发掘生活的诗意，对美的心灵的发现与赞美，从而使读者得到高尚的享受和深刻的教育。他关注作品对人物的性格心理的挖掘与探索。在评价李文珊的《三等世家之子》中“邦色”的成功时，徐明旭认为小说一改同类小说的写法，写出了人物真实复杂的心理。在挖掘与表现人物的性格心理上，徐明旭鼓励作家层层深入，重视小说对人的复杂性的独特发现。他援引托尔斯泰的话：“只有传达出人们没有体验过的新的感情的艺术作品，才是真正的艺术作品”，强调好的作品要有对人、对人的生活新的发现，并以此作为考量作品的标准。在《发现、发展、危机——〈西藏文学〉1984年小说漫评》中，他认为雷建政的《花纹》有对人的独到的发现，写得很有才气，充满了生活气息；认为作者善于捕捉个性化的细节和情节，将德合拉的复杂灵魂刻画得入木三分。从他运用权术阻挠华尔贡当选来看，他是个逆潮流而动的反派角色；从他成功解决了书生气十足的华尔贡对之一筹莫展的难题来看，他又是推动四化建设的正面人物，这种奇特的现象只能发生在今日（改革时代）的藏族地区，这正是作者的独特发现。同样，通嘎的《218万岁》也得到徐明旭的青睐。和其他写民族团结的西藏小说侧重于汉藏主人公之间的相互帮助，乃至相互爱慕不同。通嘎《218万岁》标新立异，大胆描写藏族学生和汉族同学的竞争，正是通过学业上的竞争，他才赢得了汉族同学的尊敬与友谊。徐明旭认为这也是对人、生活的新的发现，这种以竞争写友谊的手法无疑比单纯的写相互帮助与爱慕高出一筹，因为它更富有时代气息，民族团结时代精神。

二、开拓、创新的文学追求。徐明旭主张小说创作应注重主题的创新、深化，题材的丰富、多样。徐明旭有着深厚的现实主义文学理论基础，他强调文学作品对现实生活的关注与表现，强调文学作品的社会效应。他将塑造社会主义新人形象视为文学作品的中心目标，提倡文学作品描写崇高的理想与炽热的激情，具有鼓舞人心的力量与昂扬奋发的精神。20世纪80年代初，西藏文学创作的主题表达、题材选择和内地文学一样，“文化大革命”题材的作品占绝对数量，这些作品的主题几乎全部集中在批判“四人帮 ”以及极左思想给社会和人的心灵造成的伤害，抨击官僚主义和不正之风上。徐明旭在肯定这些文学写作的意义的同时，提醒作家认识文学的多样性首先是题材的多样性。他大力呼吁广大作家面对火热的现实生活，积极开拓新的主题、题材，写出当下的时代特色。1982 年《西藏文艺》发表了一批农牧区题材的作品。如：晓芜、连义的《她从嘎曲草原来》、色波的《乌姬勇巴》、扎西达娃的《江那边》，反映了改革开放以来，西藏农村实行生产责任制主题的作品。徐明旭敏锐感觉这一新的文学主题的时代意义，积极撰文评价晓芜、连义的《她从嘎曲草原来》是西藏文坛正面歌颂责任制的开山作，肯定色波的《乌姬勇巴》、扎西达娃的《江那边》体现了时代精神，表现党的新经济政策不仅使农牧民的家庭生活翻了身，也使他们的精神生活变了样，肯定作家在题材、主题上的大胆创新，鼓励作家仔细观察生活，深入思考问题。徐明旭说，开拓新的题材可以发现新的问题，开拓旧的题材，则能对老问题产生新的认识，在题材的开拓中，推进主题的深化。在评价张世俊的《圣山之子》时，徐明旭认为《圣山之子》对宗教的反思比之扎西达娃的《朝佛》更进了一步。

三、艺术风格与手法的多样化的意义与价值。为了更好地表现迅速变化的社会生活，新时期以来西藏作家在继承和发扬藏汉民族优秀传统的基础上努力探索新的文学表现方法，不仅向传统学习，也向西方现代主义文学学习、借鉴，在自己的创作中大胆尝试。对这些文学写作中运用的新方法，徐明旭客观分析、热情介绍、积极鼓励。他说《她从嘎曲草原来》，作者有意冲淡传统小说的规范，大胆向散文诗看齐，从而取得了意想不到的效果。他说《江那边》运用电影的表现手法，传达出了一种诗的意境。扎西达娃在小说《流》尝试采用的意识流手法、角度的随意转换等艺术手法表现人物的内心世界与相互印象。徐明旭强调文学的民族性，把文学是否写出民族心理、民族气质、民族性格、民族形式、民族气派视为文学作品成功与否的重要标准。

四、发现培养民族作家、文学新人。新时期的西藏文坛，涌现出的一批本土年轻的民族作家，如扎西达娃、德吉措姆、色波等。他们在创作上表现出强烈的进取心，一登上文坛就引起了广泛地关注。对这些西藏文学的新生力量，徐明旭以评论家的敏锐及时的发现，并给予了热情的关注与肯定。扎西达娃 1979 年在《西藏文艺》第 1 期上发表的短篇小说《沉默》，就被徐明旭誉为西藏文坛的第一只春燕，扎西达娃在小说《流》尝试采用的意识流手法、角度的随意转换等艺术手法表现人物的内心世界与相互印象，徐明旭对他的写作才能和艺术勇气大加赞赏，称《流》是一篇令人耳目一新的小说，评价其最为独特、截然异趣。除了鼓励他们在创作上创新外，徐明旭还向外积极推介这些作家的作品，扩大西藏作家在区外的影响。扎西达娃的《江那边》《沉寂的正午》先后被《小说月报》《小说选刊》转载。

五、正视创作中的问题，彰显批评家的睿智与勇气。对于西藏当代小说创作中存在的构思缺乏新意，主题开掘不深，人物形象单薄，艺术手段贫乏的问题，徐明旭也从不躲闪，而是积极发言。20 世纪 80 年代，在西藏文学的作家队伍中，有些作家在创作上“走捷径”，生硬模仿内地作家的作品，面对这种风气，徐明旭提出了严厉批评。徐明旭依据自己的文学史知识，分析厘清，提醒“作家要深入生活，并有新的自己的眼光与新的自己的发现，否则永远跳不出前人或他人的窠臼，不会有任何出息的。”这样的批评对于刚刚开始创作的年轻人找到正确的创作道路十分有益。

第七节　周韶西

周韶西（1961—），出生于湖北石首县。周韶西自小生活在一个文学创作与研究氛围浓厚的家庭中。家庭的熏陶培养了周韶西对文学的浓厚兴趣。高中毕业后他考入西藏民族学院语文系。大学毕业后，他被分配到西藏自治区政府部门任职。工作之余，周韶西辛勤笔耕，自 1982 年以来先后在《中国藏学》《西藏日报》《西藏文学》《散文诗》《主人》《拉萨晚报》《西藏艺术研究》《西藏歌舞》等报刊杂志上发表诗、词、散文、小说、报告文学、文学评论、艺术鉴赏等体裁各异的作品共计六七十篇，是创作与研究的多面手，他的作品在新时期的西藏文坛产生了重要影响。

周韶西是一位有热情、有思想、有勇气，并富有闯劲的知识分子。这不仅体现在文学创作与研究中具有探索精神，在现实生活中，他也不安于现状，勇于创新。20 世纪 90 年代，中国社会步入转型期，市场经济取代计划经济，面对生活中诸多的机会与可能，周韶西敏锐感知并及时做出反应。在充分的思考后，周绍西做出大胆的决定：毅然辞去公职，“下海”经商。他的决定在当时曾让周围很多人惊叹、不解。经过几十年的打拼，如今，他是西藏白玛岗文化影视传媒有限公司、尼威餐饮娱乐有限责任公司、西藏尼威国际旅行社等多家企业的法人代表，是名副其实的企业家。但与一般的商人不同，周韶西除了有商人的精明，还有文人的儒雅，无论在政、在商，他对文学创作与研究的热爱与坚持始终如一。2012 年西藏人民出版社出版了他的作品集《梦中的西藏》。《梦中的西藏》里收录了自 1985 年以来周韶西撰写的 13 篇文学评论，这些评论文章既有单篇作品的评析，也有西藏文学创作的宏观评述，作品集发表以来得到了理论界的好评。作为西藏白玛岗文化影视传媒有限公司的法人，2014 年周韶西又投资拍摄了西藏题材的电影《西藏谍影》，后改为《江孜未了情》，于 2019 年在拉萨举行了首次点映式。从文学创作领域跨入影视创作领域，充分显示了他的艺术才能。

周韶西是以作家的身份走进西藏文坛的，丰富的创作实践使他深谙文学评论与文学创作的密切联系。20 世纪 80 年代中后期，整个西藏文学创作蓬勃兴盛，作家的创作热情高涨，而文学评论却远远滞后。面对这种现状，西藏文坛急切呼唤优秀的文学评论家。周韶西就是在这样的文学背景下开始了他的文学研究。凭着对西藏文学的发展壮大的渴望，他开始了艰难的探索。1985 年发表在《西藏文学》第 2 期上的《生活的力量，感人的形象——论李文珊的短篇小说》是周韶西最早的文学评论。从一开始，周韶西的评论就紧密联系实际，密切关注西藏文学的发展动态，积极推介、鼓励西藏文坛涌现出来的新人新作。他的这篇评论围绕同期发表的李文珊的短篇小说《三等世家之子》中主人公——世袭贵族少爷“邦色”的形象塑造展开分析，认为这个形象是作者严格遵循“典型环境中的典型性格”的现实主义创作原则创作出来的，充分肯定了作品在表现主人公“邦色”性格的丰富与矛盾上所取得的成功；而“邦色”所生活的环境，这个“个别的具体的甚至带有一个偶然因素的生活环境，充分体现了一定历史趋向的本质特点，成为西藏新的时代的某一或某些方面的缩影。”这篇评论充分显示了周韶西在评论起步时期的长处与不足，评论态度认真、热情、真诚，但理论性还不强，内容还较为单一。

周韶西从不墨守成规，他是一位善于学习、创新的评论者。20 世纪 80 年代中后期至 20 世纪 90 年代初期，市场经济、商业主义带动中国社会文化语境的改变，文学评论运用的理论资源变得更加的丰富多元。周韶西以积极的态度表现出对新理念的跟进。1992 年西藏日报发表了他的《挑战与应战——关于西藏当代文学理论批评的思考》，针对西藏文学理论批评正面临着改革开放和文学创作的双重挑战，提出西藏的文学评论家们应该在不断更新文学观念与研究方法的基础上去迎接挑战。周韶西结合西藏文学研究理论匮乏的现实困境，介绍了五种新的研究方法及其可操作的路径：第一，文学理论批评的审美特征的研究方法；第二，文学理论批评的心理学研究方法；第三，比较文学的研究方法；第四，接受美学的研究方法；第五，宏观考察的研究方法。

作家作品的微观述评、即时性的评论一直都是周韶西文学评论的主体，20 世纪 90 年代他在《西藏文学》上发表的这类评论在理论性与学术性上有了一定的提升。1993 年《西藏文学》第 2 期刊登了周韶西的《他在藏北放牧太阳——论李双焰的小说创作》，在这篇评论中，他运用丰富的理论知识，对当时西藏文学新人——李双焰小说世界十年来对“藏北不遗余力地进行探索与发掘”上所做的努力给予了极大的肯定。从精神气质、创作风格两个方面总结了李双焰小说创作的发展历程，论述鞭辟入里，行文生动有力。周韶西认为李双焰不同于那些急功近利的作家，他耐得住寂寞，不追慕时尚，而是扎扎实实致力于他的藏北系列小说的创作。为人真诚，老老实实。对于李双焰对现实主义创作方法的继承与丰富，周韶西在对李双焰 1984 年以来创作的藏北题材的作品一一加以介绍后，称赞李双焰是西藏作家中最出色的描写藏北雄奇的自然、人文景观的作家。周韶西的肯定极大地鼓励了李双焰这样的年轻作家，使他们以更为积极的姿态继续着文学的艰难耕耘。

周韶西不是那种关在象牙塔里，一味闭门造车的评论家，在不断提高自身理论的同时，他的研究始终保持对新事物的灵敏与善思。20 世纪 80 年代末至 90 年代初，国内各种新潮小说的创作热潮迭起兴盛，一些作家，在内容与形式上生硬模仿西方现代主义，一味追求虚构，而与当下真实的现实生活与文化传统保持距离。作为有责任感的评论家，周韶西及时撰文就作家如何摆正真实与虚构、借鉴与创新的态度，纠正文坛的错误倾向表明了自己的态度。1991 年《西藏文学》第 6 期发表的《叙述的执迷与忘我的宣泄？——论舒观小说创作的得与失》，就作家舒观 1990 年在《西藏文学》上发表的描写藏地生活的小说《距离》《乐土泥石流》《桑多洛河谷》三篇小说在创作上的得与失，展开了认真、细致的分析。他肯定了其在叙事方式上所做的探索与才能，但更多的是指出了舒观创作中的错误。周绍西认为，三篇小说在内容上对藏族生活上的表现无法达到对民族深层底蕴与内心世界的超越，而其艺术手法上“模仿的痕迹处处可见”。由于小说完全排除了真实性的基础，在纯粹的假定中展开叙事，这就无限制地消解了故事情节的真实性，消解了自身对外部世界的参照，成为无意义的游戏。评论进而对舒观的创作心态与价值观念进行分析，严厉批判了其文本中显示出来的非理性的情感宣泄与信仰缺失，提出我们的作家在创作中要保持正确的、先进的社会理想和历史责任感。学习借鉴外来文化时应该与本民族的文化结合起来，积极认识自身的传统，发掘出传统文化丰富的内涵，在审美意识上达到尽可能地超越，并激发我们内在的艺术潜力的拓展。周韶西的这篇文章为文学创作与文学评论开展交流与互动建立起了良好的示范，为作家的创作提供了参考。

除了单个作家的微观评述外，周韶西也有宏观、整体的文学扫描或战略构想，视野开阔，思考深入。如他的《执着的追求，坚实的步履——1991年〈西藏文学〉小说创作述评》《挑战与应战——关于西藏当代文学理论批评的思考》等。《挑战与应战——关于西藏当代文学理论批评的思考》是周韶西1989年参加西藏当代文艺理论研讨会时在会上宣读的论文，引起了强大反响，后在1990年第2期《西藏文学》上发表。综观周韶西的文学评论，具有以下两个的特点：一、真诚、客观、理性的评论风格。周韶西是抱着对西藏文学的发展壮大的渴望踏入文学评论队伍的，这样的出发点就决定了他对西藏文学的作家、作品饱含感情。因此，在西藏文学新时期以来的各个发展时期，周韶西总是以极大的热情关注、关心西藏文学涌现出来的新人新作，及时评点。周韶西的文学评论不是“抬轿子”一味吹捧，也不是“打棍子”全盘否定。他的文学评论是站在客观的立场上发言，从文本出发，认真分析，肯定长处也指出不足，看似中规中矩，作法老套，实则体现了他的真诚、客观、理性。二、善于学习，勇于创新的学术态度。周韶西开始文学批评时，正处在中国社会急剧变革的转型期，新旧思想、观念相互交织。周韶西有他的坚持，也懂得与时俱进，接受新的知识与观念。在周韶西的文艺理论框架中既有对传统的、革命的文艺理论的继承、吸纳，也有对外来的、前沿的文艺理论的学习、吸收。“古为今用，洋为中用”，结合西藏的文学创作现实，将传统与现代的文艺理论知识融会贯通，他的文学评论言之有理，又不落俗套。

第八节　格桑益西、次多

格桑益西（1948—），出生于西藏拉萨。1969年入伍到林芝，1年后任连队文书，1971年被选派到北京中央民族学院学习。1973年回到部队，1974年调到北京国家民族语文翻译局工作，主要从事马克思、列宁、毛泽东著作和一些大型会议的翻译。1978年国家恢复招收研究生制度后，考上了北京中央民族学院少数民族语言文学系古典藏文专业，1981年毕业后被分配到西藏社会科学院从事文学研究。历任西藏社科院语言文学研究所副所长、办公室主任、西藏藏文古籍出版社社长、研究员，兼任西藏作家协会副主席、西藏当代文学研究会副会长、西藏大学客座教授、西藏社会主义学院客座教授等职。1992年西藏自治区人民政府授予“自治区级优秀专家”称号，1999年获选国务院政府特殊津贴专家。先后发表研究论文、文学评论、翻译作品数十篇，著有《智者喜宴论集》（评论集），《中国民族文化大观·藏族卷》（合著），《夏格巴的〈西藏政治史〉与西藏历史的本来面目》（合著、合译）、《西藏通史·松石宝串》（合译）等。其中，《一篇反映现实生活的好寓言故事——评〈雨后森林〉》获1983年自治区优秀评论一等奖，《西藏文学史上新的一页》《雪域文学再次呈现春色》获全国首届当代少数民族学文学研究评论奖。

格桑益西出身贫寒，父母早故，但他却以坚忍不拔的毅力完成了从小学到研究生的全部学业，能够运用汉藏两种语言从事研究工作，并有一定的英语基础，既有较为深厚扎实的传统文化和理论基础知识的根基，又具备现代文化的丰富知识。他在担任行政职务搞好学科建设和组织管理的同时，发表了一批高质量的论文，对于促进西藏文学事业的发展产生了积极的影响。他的文学评论集《智者喜宴论集》由西藏人民出版社1995年7月出版，文集收入了他的 10 篇评论文章，较全面地反映了他的文学评论成绩。其中，《论〈勋努达美的故事〉的思想性和艺术特色》一文第一次较为系统地分析和评价了藏族古典名著、长篇小说《勋努达美》的思想、艺术成就和特色，为人们进一步认识这部名著的价值，继承和发扬优秀的传统文化遗产提供了一把钥匙。该文经过有关刊物的转载，广播电台多次播放，在读者中间产生了较大的反响，成为藏族青年学生喜闻乐见的文章。

格桑益西依据马列主义文艺理论原理，有他自己正确认识和科学评价文学作品的尺度。他认为文学也和其它任何事情一样，它有自己独特的规律性，所以文学评论首先按审美的意识形态的普遍规律来把握评价的尺度；其次进行文学评论要把握纵横比较的要义，评价作品价值要看它比过去有什么新意，有什么超越，有什么拓展，吸取了别国他族什么长处；再次则是把握时代条件对文学的制约。当然格桑益西也很注意民族形式和时代精神的融汇。

格桑益西在文学评论的实践中，对一些浅薄无聊的“玩文学”的态度和做法大胆否定，表现出他的真诚。格桑益西的评论不落窠臼，不人云亦云，他努力独辟蹊径独运匠心，使自己的评论别具一格，形成特有的艺术风格。他的评论不是皮毛表象的附会，而是触类旁通，钩弦提要，入木三分。他的文思清新，文笔流畅，笔精墨妙，语言平淡而又潇洒自如，可谓浅言有致，淡语有味。

次多（1950—），出生于西藏拉萨。1969 年 9 月高中毕业后，他响应毛主席“知识青年到农村去，接受贫下中农的再教育”的号召，来到堆龙德庆县马乡聂村当农民。1970 年 12 月进入拉萨市水电局当工人。在此期间通过考试转为干部。1980 年 3 月，调到西藏文联《西藏文艺》编辑部当编辑。1981 年在中国作家协会举办的第六期文学讲习所（鲁迅文学院前身）学习一年。1985 年任编辑部副主任，1988 年聘为副编审，1989 年任编辑部主编。

1989年当选为西藏作家协会副主席。1988年考入西藏大学藏文系攻读古藏文，1990年毕业，取得大专文凭。1993年到西藏文艺理论研究室任副主任，同时分管西藏作协藏文创作和文学翻译。2000年聘为编审，2001年任文艺理论研究室主任。次多在文学编辑、创作、翻译、文化研究等领域成果丰硕，在区内外的各类评奖中屡获殊荣，2003年当选政协西藏自治区八届常委。2008年当选政协西藏自治区九届常委，2007年2月获选国务院政府特殊津贴专家。

次多通晓汉藏文字，在文学编辑、文学创作与文艺研究方面均有成果。从20世纪80年代初期调到《西藏文艺》当文学编辑开始，次多在编辑岗位上工作了十几年，从普通编辑到主编，他始终把推出文学精品，培养创作新人视为己任，辛勤耕耘。他负责编辑的稿件不计其数，其中不少作品在西藏文学史上颇具影响力。如：拉巴顿珠的长篇小说《变迁》；1985年庆祝西藏自治区成立20周年时，西藏人民出版社出版的《西藏当代散文选》（藏文）；1991年庆祝西藏和平解放四十周年时，西藏作家协会推出《当代作家丛书》第一辑中伍金多吉的《高原的风》等。1995年庆祝西藏自治区成立30周年时，西藏作家协会推出的《西藏当代作家丛书》第二辑中，出版了次多的文集《母亲的恩情》。

长期的文学编辑工作，培养了次多对文艺创作、文化研究的浓厚兴趣。在工作之余，次多也开始了他的潜心学习与研究。几十年里，他建构起了自己独特的知识框架，也取得了丰硕的成果。纵观次多几十年的创作与研究，特点十分鲜明：创作类型多样，涉猎面广。既有藏文作品又有汉文作品；既有原创作品又有翻译作品，既有文艺理论研究又有文化历史研究，诗歌、散文、话剧、报告文学、歌词创作都有涉及。在这些数量繁多的创作与研究成果中，只要抽取一小部分，读者就足以发现次多文艺创作的丰富与丰厚，如诗歌《心中的雪莲》《藏北的呼唤》，民俗散文《拉萨八角街》《藏历新年》，话剧《意翁玛》，翻译作品《项链》《套中人》《圆形日子》《三等世家公子》

《绿松石》，藏族古典传记作品《金穗》，评论《略论藏族文学和文学翻译》《文学翻译促进了当代藏文文学创作——论藏族文学翻译》《老骥伏枥 志在千里——浅析恰白·次旦平措先生文学作品的思想艺术》《藏文创作的当代藏族文学述评》等，此外，次多还参与了《中国地域文化·西藏卷》《西藏民俗志》的撰稿，及电视片《女市长》《今夜有暴风雨》的藏语译制工作。

《略论藏族文学和文学翻译》[1]中，次多认为从20世纪80年代开始当代藏族文学发生了重大变化，特别是作家的文学观念发生了根本的变化，清楚地认识到文学创作再也不是文人墨客饭后茶余、悠闲自得的奢侈品，而是反映时代风貌，反映人民愿望和追求的一种艺术手段。这样，整个当代文学不像传统文学那样仅仅注重形式美而忽略思想内容，这是藏族当代文学的重大成就。在《文学翻译促进了当代藏文文学创作——浅论藏族文学翻译》[2]中，次多指出藏族文学翻译是藏族文化的重要组成部分，它对吸收外来文化，繁荣发展藏族文化起到了桥梁的作用。藏族文学翻译历史久远，它是在浩大的佛经翻译业的背景下形成的，它深受佛教思想的影响，与藏传佛教最初的传播，后来的发展形成同步。20世纪中叶以后的藏族当代文学翻译是在与古、近代藏族文学翻译截然不同的社会背景下产生的新型的文学翻译事业，它再也不是在佛教思想一统天下的形势下形成的文学翻译，而是世界现代文明思想和科技教育空前发展，文学从神学回到人学的地位上，社会制度发生变化，这样一种形势下形成的文学翻译。20世纪80年代出现的一批藏文创作的小说，与50年代开始的以《水浒全传》为首的名著翻译有着相应的联系，其对当代藏族作家创作长篇小说起到了直接或者间接的影响。《藏文创作的当代藏族文学述评》[3]也是次多的一篇重要论文，该文以1980至2003年发表《西藏文艺》上的作品为例，分别谈论了当代藏族文学在小说、诗歌、散文、评论和文学翻译等方面的情况。次多认为当

[1] 《西藏研究》，1995年第1期。
[2] 《民族文学》，2000年第11期。
[3] 《西藏文学》，2005年第5期。

代藏族文学的发展大致经历了2个阶段。第一阶段是西藏和平解放到党的十一届三中全会的召开，是“起步阶段”。第二阶段是1980年到现在，是“飞跃阶段”。飞跃阶段的藏族文学是社会主义当代藏族文学的重要内容，也是我们研究当代藏族文学的主要对象。这一阶段当代藏族文学处于空前繁荣的状态。究其原因，主要有三点重要因素：第一，从1980年以后，五省区藏族地区藏文版文学报刊像雨后春笋般地出现了，它极大地促进了当代藏族文学的繁荣发展；第二，一批运用藏文进行创作的藏族作家、诗人迅速成长起来；第三，党的十一届三中全会召开后，经济的发展带来了社会的深刻变化，人们的思想道德观念、价值观念、审美观念都发生了变化，这样的时代为当代藏族文学的作家、诗人文学创作提供了良好的条件，激发了他们强烈的创作欲望。

第九节　多布杰、拉巴群培、赵代君

多布杰（1953—），出生于西藏山南错那县。西藏大学文学院藏学系藏语言文学专业教授，北京师范大学兼职教授、硕士研究生导师，西藏自治区第七届政协委员、西藏自治区学位委员会委员、西藏自治区教材审查委员会委员，西藏大学学报副主编，西藏大学学术委员会委员、科协委员等。多布杰中学毕业后就任小学教师，此后又来到西藏民族学院（西藏民族大学的前身）继续学习深造藏语言文学，毕业后留校教授藏语言文学，后转到西藏大学任教。出版有《藏族文学史》（古代部分，合编）、《文学概论》《多布杰文集》等。

由多布杰主编的《文学概论》[1]是西藏大学的教材。全书共分5五章。第一章为文学本质，阐述了何为文学；第二章为文学创作，阐述了如何创作、创新等过程；第三章是作品本身，阐释了作品的特点、形象、内容、

[1] 多布杰主编：《文学概论》（藏文），民族出版社2005年版。

框架与构成及文学的语言、人物、环境、题材等；第四章为作品欣赏与评论；第五章为文学发展，阐述了文学的传承与创新。在历史上，藏族虽有《诗镜》这样的文学理论系统，但随着时代的发展，出现了越来越多的新型题材，传统的文学理论已经难以满足需求，特别是西方文学理论的崛起，对于创作的影响巨大，为此，编译一部新的适合于民族高校特别是藏族地区高校教学的文学理论著作，就成了新一代藏族学者义不容辞的责任。该书在藏族传统文学的基础上，吸收国内外文学理论研究的最新成果，以藏族文学艺术发展的形式与特点为主，尽力将传统与现代，科学性与实用性、时代性相结合，在总结藏族文学历史发展，特别是总结自和平解放以来藏族文学创作与实践的基础上，阐释现代文学的本质与发展方向。该书认为，在藏族文学艺术的发展过程中，虽然前辈们在藏族文学的本质、特点、性能等方面做了多方面的努力，对文学艺术的发展也提出了许多新的观点和建议，但这些文章大多零散，不成系统，为此，有必要加以归纳整理，编写一部科学系统的教材。书中提出，在藏族文学的发展过程中，虽然没有形成诗学和语法学这样分类很清晰的现代科学门类，但有关文学本质的相关内容却早已形成。藏族文学的发展历程和其他民族文学的发展历程一样，最早出现的文学类型是诗歌。当时的诗学理论体系也就是文学的理论体系。例如，在西方国家，最早的文学理论是柏拉图的《柏拉图文艺对话集》和亚里士多德的《诗学》等，人们把这些称之为最早的文学理论，藏族文学的发展也是如此，最早的文学理论也是诗学理论，特别是随着印度诗学和理论体系的传入，藏族编译了印度诗学理论，并最终形成了有自身特点的文学理论体系。其后，随着文学实践的进一步发展，诗歌理论作为文学理论体系中的一个小分支，已不能完全代替文学理论，需要进一步发展。另外，该书提出，佛教文化对藏族文学的影响巨大，乃至一定程度上，一定时期内成为人们潜在的思维意识或传统思想，因此，有必要区分宗教与迷信，把握文学的本质，发展现代文学。

拉巴群培（1961—），出生于西藏堆龙德庆县。1983年毕业于西藏大学藏文系，留校工作至今。系西藏大学文学院教授，西藏作家协会会员，西藏文学艺术研究会特邀研究员。曾发表《树林里的风波》《光明》《欲望》等20多首诗歌，《灯光》《我的对象》等10多篇散文和《前途》《我的姨妈》等20多篇小说。拉巴群培从1983年开始研究藏族文学，曾发表30多篇有关藏族文学的评论及学术论文。著有《文学写作》《写作基础理论》（合编）、《藏族文学史》（上、下册，主编）、《藏族文学研究》（主编）等。

由拉巴群培主编的《藏族文学史》[1]是西藏大学的教材。书中将藏族文学分为4个阶段：第一阶段为古代文学（远古—842年），藏族在远古时代就有歌词、谜语、谚语、神话、典故、故事传说、传记等，雍仲苯教的思想已渗透其中。第二阶段为中世纪文学（842年—1642年），这时期藏族文学的主流思想为佛教思想，尤其是在佛教后弘期更为盛兴。文学形式有格言、道情、小说、戏剧文学、历史文学、歌颂文学、叙事诗歌、教言文学等。第三阶段为近代文学（1642年—1951年），即甘丹颇章时期的文学，在佛教思想主导之外，出现了现实主义的文学思想。第四阶段为现代文学（1951年—迄今），这时期藏族文学的主流思想是马克思主义的思想。在形式方面对诗歌、小说、散文、戏剧文学等有了明确的分类。该书共分4章21节，第一章古代文学，分文学概论、诗歌文学、故事文学、历史传记文学、翻译文学5节；第二章中世纪文学，分文学概说、分裂割据时期的诗歌文学、分裂割据时期的伏藏文学、分裂割据时期的小说文学、萨迦帕竹时期的诗词文学、萨迦帕竹时期的历史文学、萨迦帕竹时期的传记文学、萨迦帕竹时期的藏戏戏剧文学、萨迦帕竹时期的故事文学、萨迦帕竹时期的《诗镜》翻译和它对西藏文学的影响、萨迦帕竹时期的翻译文学11节。第三章近代文学，分文学概述、传记文学、诗歌文学、小说文学、民间文学5节。

---

[1] 拉巴群培：《藏族文学史》（藏文），民族出版社2006年版。

在《再论藏族文学史分期》[1]一文中，拉巴群培提出，解决藏族文学的分期的问题，第一，不能固守自己的观点，要按照藏族文学本身的发展过程来划分藏族文学的分期，或者按照藏族历史分期划分藏族文学的分期，或者按照世界文学分期来划分藏族文学的分期，只有这样才有可能得出一个统一的观点。同时，他提出把藏族文学分为古代文学和现代文学两个大阶段。即1951年以前为古代文学，1951年到现在为现代文学。古代文学又可分为三个时期，即朗达玛以前为前期古代文学，朗达玛到甘丹颇章时期即分裂割据和萨迦·帕竹时期为中期古代文学，甘丹颇章时期为后期古代文学。这样的分期不仅符合藏族文学本身的发展，也基本符合藏族历史分期和世界文学分期。至于按藏族文学本身的发展规律来分期，那么从藏族历史发展来讲，1951年西藏和平解放，这以前的文学可以划分为古代文学。从世界文学的分期来看，1951年结束了西藏封建农奴制社会，这以前的文学划分为古代文学，是顺理成章，理所当然的事。

赵代君（1962—），原名赵明祥，笔名赵翔，出生于湖北天门市。1986年毕业于华中师范大学中文系。曾任教于西藏大学语文系，系中国作家协会西藏分会会员、中国写作学会会员、西藏青年理论学社会员、西藏当代文学研究会副秘书长。1989年9月考入复旦大学中文写作助教班，1990年7月结业回藏，1994年内调武汉，任职于《今日快报》《武汉晚报》等，系中国作家协会湖北省分会、武汉市分会会员、中国记者协会湖北省分会、武汉市分会理事、《武汉晚报》编委。大学期间曾有诗文在《中国青年报》《湖北日报》《长江日报》《江汉早报》《长安》文学月刊等发表。进藏后，有文学作品和评论等在《西藏大学学报》《西藏文学》《西藏日报》《散文诗报》等报刊发表。其中《当代社会的立体观照与理性把握——论近年来

[1] 拉巴群培:《再论藏族文学史分期》，克珠群佩译，《西藏文学》，2006年第6期。藏文载《西藏文艺》，2006年第2期。

报告文学的兴盛与再超越》在《北京大学研究生学刊》发表之后，被中国人民大学《中国现代、当代文学研究》全文转载，论文《藏族大学生民族观宗教观的调查与思考》获西藏自治区首届青年理论研讨会三等奖，收录《西藏社科论文选》，并曾获西藏自治区“影评征文”二等奖。创作有《高原暮色》《师魂》《大山，我深沉的大山》等散文诗50余首，结集为《高原魂》，有《信鸽》《妻子》等中短篇小说20多篇、散文30多篇、杂文70多篇、报告文学、大特写等10余篇，创作有话剧小品《望子成龙》等[1]。

赵代君的文学评论大致可以分为五类，一是对文学作品的评述，如《展时代风云，作深层开掘——评大型报告文学〈这一片高天厚土〉》《雪域高地的多彩画卷——评报告文学集〈雪域之光〉》。二是对作家、批评家的评述，如《为伊消得人憔悴——从〈文学，民族的形象〉看李佳俊的文学批评》[2]。三是对文学总体现象的分析，如《寻找“突围”——“西藏新小说”的昨天、今天和明天》《当代社会的立体观照与理性把握——论近年来报告文学的兴盛与再超越》。四是对文学本体及文学理论自身问题的探析，如《论文学语言的特征》。五是对传统文学类型包括民俗文化的评论，如《西藏民俗文化浅说》《关于藏族格言的社会学研究》等。

在《展时代风云，作深层开掘——评大型报告文学〈这一片高天厚土〉》中，赵代君及从“广阔的时代背景 激昂的时代精神”“人的发现、捕捉与开掘”“闪耀着益人神智和思辨色彩的政论”三个方面对范向东的长篇报告文学《这一片高天厚土》进行了评述，指出作品感应着时代脉搏，描绘了一幅以平措为首的江孜人艰苦创业，不断刷新纪录，不断取得辉煌成就的辉煌长卷。平措等人高奏的交响曲，正是时代的主旋律。同时指出，作品在刻画人物方面从大量的事实中敏锐地捕捉到人物身上闪光的亮点，平凡

[1] 蒋往、庹纯双主编：《中国文艺家传集 当代卷》，第266页，四川辞书出版社1993年版。

[2] 《西藏文学》，1992年第4期，收录李佳俊《探索高原民族的奥秘》时，题为《为伊消得人憔悴——兼论李佳俊的文学批评（代序）》。

而伟大的东西，而这些东西又包含在大量的“惊天地、泣鬼神”的事情之中。作品几乎涵括了平措大半生的生平事迹，涉及到人物的方方面面，人物形象光彩照人，但作者并不人为地“贴金”，突出和拔高，而是把他置身在县委的集体领导之中，置身于人民群众之中。在《雪域高地的多彩画卷——评报告文学集〈雪域之光〉》一文中，作者从“深沉的笔触 广阔的视野”“大写的人，高扬的时代精神”“寻找最恰当的表现角度”“我们的期待”等四个方面对报告文学集《雪域之光》进行了全面评述。在文章的开篇，赵代君首先谈了他阅读这部报告文学集后的总体感受，“展开细读，一股强烈的时代气息扑面而来，让人感觉到有一种历史的厚重感与撼人心魄的感奋力量充溢其间。读它似乎可以聆听到一种体现时代精神的主旋律在高扬。”接着，赵代君概括了这部报告文学集的主要内容和特色，指出，其中大多数是应“迎接西藏和平解放40周年报告文学有奖征文”而来的，因此，充分体现了征文的主旨：大写西藏四十年的历史和现实，大写各条战线的巨大成就，大写新人新事、新贡献、新风尚。也因此，体现出一种宏大的气势，阔大的画幅。取材广泛，视野开阔，笔力深沉。文章涉及工农兵医干部知识分子等各个方面，触及翻身农奴、援藏干部、军旅卫士、上层贵族生活等各个领域，反映了西藏各阶层的先进分子，为西藏的和平解放与建设所作出的巨大功绩与崇高的献身精神，真实记录了历史前进的脚步，赞颂了党的民族政策的给西藏人民带来的温暖与幸福。并通过具体篇章的分析，指出无论是从题材方面，还是从“大写”的气势来看，《雪域之光》许多动人的篇章，都显示出视野的广阔，笔力的沉稳，思想的深沉，体现出鲜明的雪域风采与地域特色。继而赵代君认为报告文学的选题要充分体现时代性、新闻性、典型性、形象性，这四者结合得好的题材，就是第一流的题材，《雪域之光》在选题上大多数篇章或多或少地体现了这些特点。赵代君强调，能否体现强烈的时代精神，是衡量一篇报告文学作品质量优劣，生命力大小的首要标准。而所谓的“时代精神”，就是指一定时期中先进的人们，在为实现主要历史任务的斗争中所反映出来的具有时代特征的精神状态。《雪域之光》中描写的人物，都具有崇高的品性，伟岸的人格，都是大写的人，在读者心中耸起一座精神的丰碑。他们挺立的精神，正是时代所呼唤的奉献精神、自我牺牲精神。赵代君在文中还谈到了文学中的歌颂与暴露的问题，指出“报告文学是一种新闻与文学相结合的问题，它要求作者迅速直接地反映现实生活。这决定了它必须同时代保持最密切的联系，它更应当体现出‘时代的主导思想’，回答人民群众最关心的问题。可以这样说，报告文学比一般文体更强调鲜明的时代精神，更强调充分地传达出时代的情绪、声音。”在《为伊消得人憔悴——从〈文学，民族的形象〉看李佳俊的文学批评》一文中，赵代君首先肯定了李佳俊文学批评的价值，指出李佳俊在西藏文艺评论队伍十分薄弱的情况下，做了许多艰苦的工作与难能可贵的努力，是西藏乃至整个涉藏地区当代文学批评领域，锲而不舍的开拓者和奠基者之一，是卓有成效的当代少数民族地区的文艺评论家。他所做的工作具有填补空白的意义。他的文学评论，既具有较高的认识价值，又具有一定的学术价值和研究价值。并认为李佳俊提出的“关于建立中国现代C字文化圈的构想”及“民族地区的文学，归根结底是在塑造一个民族的形象”的观点是大胆的具有突破性的，具有高度概括性，具有深邃、睿智、高屋建瓴的气度。接着，赵代君以《文学，民族的形象》这部评论集为例，归纳了李佳俊文学批评的几个特点，一是坚持马克思主义文艺美学思想，一切从民族地区的实际出发。李佳俊主张反映论和表现论的统一，坚持把四项基本原则和改革开放看作一个有机的整体，把文艺的“二为”方向和“双百”方针融会贯通，相互统一，尽可能减少文艺评论中的偏颇。二是辩证的眼光，全面的视角。李佳俊文学评论的一大特点是历史地辩证地考察文学，立体全面地分析作家。当时，西藏文坛滋长了一种不良的文学批评之风，提出所谓“宁要深刻的片面，也不要正确的废话。”李佳俊从不追求这种所谓“深刻的片面”，不说过头话，不走极端的路。总是冷静思考，全面分析，立体地审视。三是在总结实践的基础上，提出真知灼见。李佳俊在许多重大的民族理论问题上进行了勇敢地探索和开拓。在他的文学批评活动中，既自觉运用马克思主义文艺观点，又不把经典作家的个别词句奉为不可更改的教条。他总是不断加强学习，更新观念，顺应改革开放的时代潮流，在增强创作的宏观意识、现代意识和民族意识方面作出了有益的探索。四是真诚的赞赏，善意的批评。李佳俊从事文学批评活动，没有任何功利目的和先入为主的成分，怀揣的是一颗渴望西藏文学不断繁荣，一代接一代的作家茁壮成长的赤子之心。不当“婆婆”当“参谋”，是李佳俊文学批评的风范。同时，赵代君也指出了李佳俊文学批评的一些局限。如他习惯于“美学批评”和“历史批评”，习惯于分析法和归纳法，一些文学批评显得有些单调，过于“正统”和“一本正经”，缺乏一种锐气和穿透力；对西方当代美学流派、思潮，如结构主义、符号学、现象学派等接触不多或研究较少等。

总体而言，赵代君的文学评论综合性强，善于将某一类现象或作家的创作整体联系起来，突出文学的时代性和文学对人的塑造与描写，并有着敏锐的判断力。如1993年发表的《寻找“突围”——“西藏新小说”的昨天、今天和明天》[1]一文中，他就清醒而又鲜明地指出：“西藏新小说在经过了5年左右的轰轰烈烈之后，目前处于停滞和半停滞状态……西藏新小说如果不进行反思与调整，如果没有兼容并蓄的气度和面向生活的视野，继续自鸣得意地走‘孤独的牧羊人’所走的路，很可能就没有‘明天’。”

第十节　田文、唐晋中

田文（1958—1987），女，出生于北京。1982年毕业于中国人民大学中文系，同年进藏，任《西藏文学》编辑。1987年9月3日，去林芝采访，路遇塌方，不幸遇难，年仅29岁。田文是一位才情卓越的女性，在20世

[1]《西藏大学学报》，1993年第1期。

纪 80 年代的西藏文坛她和马丽华、龚巧明是十分活跃的三位女性。她集编辑、作家、评论工作者于一身，积极推动西藏文学的发展，在短短的几年中，她在文学创作与研究方面都有不俗的表现，先后完成小说《回声》《随风飘去》，评论《失落的梦，寻觅的悲哀——评〈梦，遗落在草原上〉》《老战士的热忱——评价单超的两部长篇小说》《情深才能感人》《文学批评同样是艰难的创造性劳动》《相遇——非美学的联想》《舒展着的边缘》等，为西藏文坛奉献了自己的思想与热情。

对于 20 世纪 80 年代从事文学创作的年轻人来讲，田文是良师益友，无论是作为编辑还是评论家，面对青年作家的写作，她总是给予积极鼓励，在《我凝视这高原的黄昏》中，她评价当时还是文坛新秀的扎西达娃的小说“艺术风格堪称独步，具有浓厚的美学力量”，极大鼓舞了作家的创作热情。后来在文学创作上取得重要成果的金志国、周韶西等，当年也都得到过田文热心的鼓励与支持，至今让他们记忆。

田文毕业于国内知名学府，有良好的文学知识储备和独立思考、辨析的能力。和所有成长于那个时代的文化工作者一样，田文在大学里接受的是马克思主义的理论知识与美学修养，但她所处的 20 世纪 80 年代也是中国社会转型变革的时期，西方的文艺理论不断涌入中国，影响着每一个文艺工作者，因此可以说田文的理论资源是多元的。对于各种理论，田文从不生搬硬套。她积极推崇实事求是的马克思主义批评观，强调批评应该既要能继承与运用传统文学观念，也要能吸纳现代的文艺观念，她反对刻板的，假模假式的评论，提倡风格各异，活泼灵动的文风。

田文的文学批评更多尊崇“感觉是艺术的精髓”，她的批评既有理性的思考，也有感性的领悟。以《失落的梦，寻觅的悲哀——评〈梦，遗落在草原上〉》为例，田文的评论就是在“是一幅画——朦胧的暮霭，凝望的江面 · 夕阳 · 远山 · 一个身影；是一首歌——惆怅 · 低缓 · 时断时续 · 在高原的黄昏久久地回荡飘散”这样诗意的氛围中展开的，文字温情、优美，富有弹性，给人以独特的美感。

她的文学批评重视文本，贴着作品走，辩证地评价作品的得失，凸显了批评者的客观与理性。以《老战士的热忱——评价单超的两部长篇小说》为例，作者就是从两部小说的情节安排入手，加以比较，概括出各自的特点：《布达拉宫的枪声》在节奏上环环相扣，紧张紧凑，而《活鬼谷》则紧张与舒缓相错，松松紧紧，形成一种起伏。田文的评论有勇气和担当。《文学批评同样是艰难的创造性劳动》是田文唯一一篇谈论文学评论的文章。文章认为新时期以来，西藏文学评论与火热的社会生活和丰富多彩的文学创作相比，明显存在不足，主要表现在 1. 充满了敌意的“骂杀”。2. 不讲分寸、不切实际地“捧杀”。3. 批评者缺乏创作的个性，只是限于简单、机械、主观地图解文艺与政治的关系，文艺与生活的关系的“传声筒”。4.“思想性”洋洋洒洒、“艺术性”却之不恭。5. 复述情节多，分析少；引文多，套话多。6、批评坠入了格式的网，见解少，显露出八股文式。文章对于这些文学批评中的积弊进行了深入分析和尖锐的批评，大胆地指出，这样的评论非但不能助文学创作以一臂之力，相反阻碍了文学创作的进一步繁荣。评论直面问题，不留情面，客观理性，彰显了田文的文学批评观。

唐晋中（1964—），又名唐近中、笔名扶木，出生于四川仁寿县。毕业于成都中医学院，进藏行医，任西藏自治区人民医院医师。20 世纪 80、90 年代活跃在西藏文坛，曾发表过有关西藏的散文、论文、诗歌数十篇。唐晋中虽然不是文学的科班出生，但阅读与思考让他掌握了较为丰富的文学理论知识，与同时代西藏其他的文学评论家相比较，唐晋中的文艺评论特点是鲜明的：

一、视野开阔，思维活跃，知识性强。和许多评论家的研究钟情于文学这一门类不同，唐晋中的趣味广泛，研究视野开阔，不拘一格。文学作品、歌舞、戏剧都是他研究的对象。在他的文艺评论中既有藏族古代神话研究，如《珞巴族开辟神话的解读——比较神话研究》，也有藏族传统戏剧研究，如《〈诺桑王子〉的隐喻结构》；既有文艺学理论的思考，如《艺术学构建》《建立西藏艺术文化学的设想》，也有藏族当代作家作品的研究，如对央珍的小说《庄园》进行分析的《黑色的变奏》。唐晋中作文态度认真，不敷衍。多年的勤奋阅读使他积聚起丰富的知识，他的思维又活跃放纵，这些都使得他的文章内容上有张力，且富有趣味。如《珞巴族开辟神话的解读》中，他的研究没有局限于珞巴族神话，而是运用比较研究的方法，调动起中外关于神话的丰富知识，纵横交错，给人以丰富的阅读体验。

二、善于思考，勇于创新，观点独特。唐晋中是一位有自己的观点、见解的评论家，对于人们在文艺创作中一些想当然的认识或者惯性思维，他都敢于质疑，敢于提出不同的见地。在《艺术学构架论》的第一小节中，他围绕着“何为艺术”的问题展开了论述，首先把人们普遍存有的概念上的偏差罗列出来：“一是把艺术局限于音乐、美术等而排斥文学……似乎作为艺术主力的文学反而是艺术圈子之外的东西，一是把艺术等同文学，艺术理论成为文学理论……”，然后从西方文艺学的正典出发，对这两种偏差进行分析，引经据典，论说严谨，批评有力，去伪存真，让人们对艺术的正解有了一个清晰的认识。再如《顺行与颠覆——西藏新小说的思考》一文，他即对当时评论界把西藏新小说称为魔幻现实主义的说法提出了质疑，认为称之为魔术现实主义似乎更恰当——因为：1. 他没有信仰的支持，不具备世界观或思维模式的普通性和统一性；2. 他针对前期正统现实主义的超越和反叛，这种超越和反叛性格决定了他技术、观念上的不断翻新，作家们各取所需，各有所得；因此，3. 他并未形成流派意义上的“主义”。基于此，他认为将西藏新小说视为魔幻现实主义小说乃是一种误解，是人们的期待心理在作怪。另外，这种误称表明了区分文学史上运动趋向与主义、主义与主义、主义与流派、主义与创作原则，流派与创作手法的重要。如果只看见创作手法，那么很可能把六朝的志怪、唐宋的传奇也看作是魔幻现实主义的作品。

三、具有良好的知识结构，注重研究的学理性。20世纪90年代初期，西藏当代文学评论中多有感悟式的评论，唐晋中的评论则重视理论，表现出一定的学术性。在《黑色的变奏》一文中，在评析央珍的小说《庄园》时，他避开了通常的思想分析、人物分析，而是运用西方结构主义的分析理论，从意象、意象群、神话等内容出发，对小说中黑白这一成对相反物、二元对立的意象群，充满类比思维的神话开展细致的分析，拓宽了小说的审美空间，给人以新鲜的感觉。再如《顺行与颠覆——西藏新小说的思考》，作者即引用乌蒙勃托·艾克的话说，作为交流行为的美学文体，“由于个人言语构成了关于作品的终极的定义，所以某种艺术产品一下子就意味着（i）归纳，也就是从个别例子中推测出一般规则；（ii）外推，也即借助某种假设去严正新旧两种代码；（iii）演绎，也就是检查某一平面上所掌握的东西是否能决定另一平面上的艺术事件。”“我的这篇文章就是这些推理方式的尝试。”

四、语言是作家思想的体现，唐晋中的评论语言严谨、密实，包含了丰富的信息。如《顺行与颠覆——西藏新小说的思考》，文章开篇即谈到：对于使用“顺行”与“颠覆”两词来改过西藏新小说的特征，我担心要冒风险，因为任何文学理论的鉴定和归类都是策略性的。“顺行”是一个天文学术语，他是太阳系里天体一般的运行方式，他要想越界说明西藏新小说发展情况就只能是一种比喻。至于“颠覆”，“颠”是头顶，“覆”是倒过来，意思是拿大顶，不过他的明知故犯在此更是一种比喻。如果我们也是头朝下，脚冲上地看待这个问题，那么“顺行”就是“颠覆”，“颠覆”也是“顺行”，他们实际上构成了一枚钱币的两面。这里，我要强调的是一种结构主义的方法论，即这一类书上通常所说的“文本间性”和“主体间性”。我不认为“顺行”与“颠覆”存在着结构上的独立性。他们是对传统规范——现实主义的回答和挑战。再如，发表于《西藏文学》1996年第2期的《长篇小说的误会》，作者开篇即对小说一词的来源作了细致的考证和词义说明，并结合小说在西方，主要是欧洲的发展历程和其产生环境，指出“制作西藏长篇叙事作品的根本出路是走自己的路，建立自己的结构体系。如果要模仿欧洲长篇小说，那得具备他们那样的社会、宗教、政治、经济以及哲学上的条件……或许现代语言学的一些研究成果能够给我们不少启示。”

总体来说，唐晋中的文学评论既重视文学内部研究，也重视文学外部研究，在推崇作品的形式创造的同时，更重视作家个体的真实体验和感悟，重视语言和现实之间的关系，并善于从文学的细微处入手，运用比较的方法，特别是联系西方的文艺理论和创作实践，观照西藏文学的发展，给予人深层次的思考，发人深省，给人启迪。

后　记

和平解放70年来，在中国共产党领导下，西藏培养出了一大批优秀的作家，他们创作出了一系列优秀的文学作品，为西藏的文化发展繁荣做出了巨大贡献。为了全面总结西藏当代文学在创作与实践中所取得的丰硕成果，同时也为西藏今后的文学发展与研究留下宝贵文学史料，2013年3月，经西藏自治区党委宣传部和西藏自治区文联研究，决定编撰《西藏当代文学史》并成立编撰委员会。经过近八年的努力，《西藏当代文学史》编委会组织完成了编撰工作。在该书稿出版之际，我们对《西藏当代文学史》的编写经过，略做说明。

编委会由西藏作协主席吉米平阶和作协理事周韶西牵头，组织展开编撰工作，编委会确定与西藏民族大学西藏当代文学研究中心通力合作，并联合西藏社会科学院、西藏大学等部门的专家学者，共同完成《西藏当代文学史》的编撰。此项工作得到了西藏民族大学、西藏民族大学西藏当代文学研究中心和西藏民族大学文学院以及西藏社会科学院、西藏大学的积极响应和高度重视。2013年10月，编委会在西藏民族大学召开了专题会议，出席会议的有西藏作协、西藏大学、西藏社会科学院和西藏民族大学专家、学者和教授，并对编委会以及编写人员进行了调整和补充。

经过调整和补充的编委会按计划积极组织展开了各项工作，但在整个编撰工作中，由于历史跨度较大、涉及作家作品较多，各种情况较为复杂，加上编委会对整个编撰工作的实际困难估计不足，在实际编撰工作中遇到了不少问题。为此，编撰委员会吉米平阶、李佳俊、周韶西、班丹、王军君、胡沛萍、蓝国华、次仁央宗、罗布次仁、陈桂芝、袁书会等成员多次在拉萨、成都和咸阳等地，组织召集部分编写人员参加的编撰工作会议，具体研究解决编撰过程中遇到的实际困难，特别是藏语文文学创作的编撰问题。自治区政协副主席、文联主席扎西达娃和时任自治区文联党组书记的张晓峰同志多次参加会议，对编撰工作提出指导性意见。

历经五年的艰苦努力和数易其稿，《西藏当代文学史》于2018年6月完成了第一稿的编写。编委会于2018年6月30日在西藏民族大学召开终审会议。会议由西藏民族大学文学院院长王军君主持，原西藏民族大学校长刘凯出席并发表讲话。此次会议还邀请南京大学教授丁帆、中山大学教授林岗、复旦大学教授部元宝、华东师范大学教授文贵良、中国社会科学院语言研究所所长尹虎彬参加评审，他们在对《西藏当代文学史》第一稿充分肯定的基础上分别提出了宝贵的完善和修改意见。对此，我们深表谢意。

经过调整、补充和完善，2018年10月，编委会决定把修改后的三卷本《西藏当代文学史》第一稿，提交西藏自治区党委宣传部审核，邀请长期工作生活在西藏，并对西藏当代文学比较了解的学者和作家审阅书稿。

2020年4月下旬，西藏自治区党委宣传部发文，传达了丹增、拉巴平措、马丽华、刘伟、金志国等专家的审阅意见和建议，并指示编委会按照他们的意见和建议，对书稿进行必要的修改和完善，争取尽快出版，为建党100周年和西藏和平解放70年献礼。由于受新冠疫情的影响，吉米平阶与各卷主编沟通后，2020年5月3日召开各卷主编参加的视频会议，传达了区党委宣传部的指示和修改意见并确定了修改方案和完成期限。

2020年6月，《西藏当代文学史》修订稿最终完成。《西藏当代文学史》的编撰完成是编委会团结各方力量，精诚合作的结果，也是全体编撰人员无私奉献和辛勤劳动的结晶，更是区党委宣传部和区文联高度重视和支持而获得的丰硕成果。

在编写过程，由于各种原因，各卷负责人和编写人员有所变化，加上相关资料不够完善，书中难免存在一些问题和纰漏；同时，由于这部文学史是一项集体成果，所以在章节详略、表述方式、文字风格等方面，还有不够统一的地方，一些观点和表述也不尽到位；由于这是一部力求全面反映西藏当代文学发展状况的文学史，在编撰过程中，编委会更多强调的是作家作品收录的全面，从而对其在学术研究上注重不够，凡此种种不足，恳请专家学者和读者批评指正，我们将在今后的修订中尽力完善。

最后，感谢所有参与编写《西藏当代文学史》的人员！感谢西藏人民出版社的大力支持！感谢责编李海平先生、计美旺扎先生、张慧霞女士为《西藏当代文学史》的编辑出版付出的辛勤劳动！

刘柯辰、卢芳兵、梁攀、李英杰同学做了大量的文字校对工作，对她们的辛苦付出表示衷心感谢！

《西藏当代文学史》编撰委员会

2021 年 11 月 30 日

《西藏当代文学史》撰写人员

第二编 1977–1993 年间的文学

概述（蓝国华初撰）

第一章　小说

概述（蓝国华初撰）

第一节　益希单增（刘雅君初撰）

第二节　降边嘉措（刘雅君初撰）

第三节　扎西达娃（胡沛萍、于宏、张涛（影视）初撰）

第四节　马原（李美萍初撰）

第五节　班觉（次仁央宗初撰）

第六节　丹增（魏春春初撰）

第七节　拉巴平措、德吉措姆（魏春春初撰）

第八节　色波（刘雅君初撰）

第九节　刘伟（魏春春初撰）

第十节　金志国（魏春春初撰）

第十一节　李启达（魏春春初撰）

第十二节　央珍（吕岩初撰）

第十三节　吉米平阶（魏春春初撰）

第十四节　李双焰、佘学先（魏春春初撰）、赵焕植（蓝国华初撰）

第十五节　通嘎、索穷、冯良（魏春春初撰）

第十六节　李小渭、石明海（魏春春初撰）、吉柚权（蓝国华初撰）

第十七节　薛晓康、许明扬、张骁儒、巴桑罗布（蓝国华、魏春春初撰）

第二章　诗歌

概述（于宏初撰）

第一节　恰白·次旦平措（次仁央宗初撰）

第二节　伍金多吉（次仁央宗、康吉索旦初撰）

第三节　萧蒂岩（蓝国华初撰）

第四节　魏志远（蓝国华初撰）、吴雨初（于宏初撰）、加央西热（于宏初撰）

第五节　闫振中、杨从彪（蓝国华初撰）

第六节　蔡椿芳（于宏初撰）

第七节　杨泽明（蓝国华初撰）、周长海（于宏初撰）、杨晓敏（于宏初撰）

第八节　詹仕华（蓝国华初撰）、曾有情（蓝国华初撰）

第九节　刘志华、昊夫、晓浩、惟夫、郝桂尧（蓝国华初撰）

第十节　王远舟（蓝国华初撰）、张中、贺中（于宏初撰）

第三章　散文—报告文学

概述（宋卫红初撰）

第一节　秦文玉（宋卫红初撰）

第二节　马丽华（赵丽、胡沛萍、于宏（诗歌）初撰）

第三节　赤烈曲扎、塔热·次仁玉珍（宋卫红初撰）

第四节　龚巧明、范向东、李雅平（宋卫红初撰）

第五节　赵乐斌（宋卫红初撰）、杨辉麟（蓝国华初撰）、郭中朝（宋卫红初撰）

第六节　冀文正、廖东凡（蓝国华初撰）

第四章　戏剧、影视文学

概述（张莹初撰）

第一节　张平（张莹初撰）

第二节　黄志龙（张莹初撰）

第三节　索朗次仁（班丹等初撰）

第四节　平措扎西（班丹等初撰）

第五节　尼玛顿珠（班丹等初撰）

第五章　民间文学（次仁央宗统稿）

概述（蓝国华初撰）

第一节　《三套集成》（次仁央宗初撰）

第二节　《格萨尔》（次仁平措初撰）

第三节　新编藏戏与民歌（李宜初撰）

第六章　文学评论（普布昌居统稿）

概述（普布昌居初撰）

第一节　李佳俊（胡秉之初撰）

第二节　胡秉之（普布昌居初撰）

第三节　于乃昌（普布昌居初撰）

第四节　张治维（普布昌居初撰）

第五节　张隆高（普布昌居初撰）

第六节　徐明旭（普布昌居初撰）

第七节　周韶西（普布昌居初撰）

第八节　次多、格桑益西（普布昌居初撰）

第九节　拉巴群培、多布杰（次仁央宗、次旦卓玛初撰）、赵代君（蓝国华初撰）

第十节　田文、唐晋中（普布昌居初撰）

（本卷总体统稿由蓝国华完成，最终统稿由胡沛萍完成）

国家出版基金项目
NATIONAL PUBLICATION FOUNDATION

西藏当代文学史（上）

XI ZANG DANG DAI WEN XUE SHI

本卷主编·李佳俊

总 主 编／胡沛萍 蓝国华 李佳俊
副总主编／周韶西 王军君 米玛卓玛

XZCB 西藏人民出版社

图书在版编目(CIP)数据

西藏当代文学史．上／李佳俊主编．-- 拉萨：西藏人民出版社，2022.12

ISBN 978-7-223-07164-2

Ⅰ．①西… Ⅱ．①李… Ⅲ．①地方文学史－西藏－当代Ⅳ．①Ⅰ209.975

中国版本图书馆 CIP 数据核字（2022）第 145431 号

西藏当代文学史（上）

本卷主编 李佳俊
策　　划 张慧霞
责任编辑 李海平 计美旺扎 张慧霞
封面设计 格　次
电脑排版 周正权
出版发行 西藏人民出版社（拉萨市林廓北路 20 号）
印　　刷 西藏新华印刷有限公司
开　　本 787×960 1/16
本册印张 15
字　　数 200 千
版　　次 2023 年 2 月第 1 版
印　　次 2023 年 2 月第 1 次印刷
印　　数 01–3,000
书　　号 ISBN 978-223-07164-2
定　　价 160.00 元（上、中、下）

目　录

第一编　1949—1976 年间的文学

前　言

西藏当代文学在七十余年的发展历程中，涌现出众多著名作家和有影响的文学作品。这些作品以其独特的地域特色、时代风貌和艺术魅力从高原走向世界，受到中外读者的青睐。西藏当代文学取得辉煌的成就，既与西藏当代作家的不懈努力和中国当代社会文化环境有关，也与西藏古典文学这一传统文化资源有关。西藏当代文学创作，特别是藏族作家的创作，从西藏古典文学那里获得了丰富的滋养。

一、西藏古典文学及其艺术特色

在西藏，藏族、门巴族、珞巴族等先民在缔造具有鲜明高原特色物质文明和精神文明的同时，也创作了丰富多彩的民间文学和作家文学作品。这些文学作品既真实、生动地描绘出了“世界屋脊”壮伟奇丽的自然风光，表现高原人民开发、建设西藏所走过的艰辛漫长道路及其喜怒哀乐的情感，具有很高的认识价值；更以其独特的审美视角和圆熟的语言艺术，抒发西藏各民族作家对祖国、对家乡的浓郁诗情。一些经典之作一代代流传到今天，被翻译成汉文和外国文字，拥有越来越多的读者。这些作品是西藏人民弥足珍贵的精神财富，也是中华民族悠久灿烂文化的组成部分。

西藏当代文学是对古代文学符合历史逻辑的继承和延伸，西藏古代文学为当代作家创作提供了极其丰厚的思想和艺术资源。要对西藏当代文学作品独特思想和艺术魅力有深入认识和理解，有必要对西藏古典文学创作做一些了解。

（一）远古时期的歌谣和神话

人类最早的文学活动始于歌谣和神话。

珞巴族流传下来的创世史诗就有三部：《斯金金巴巴娜达萌》从天地混沌唱到人的诞生，直到姐弟婚配组成最早的氏族社会，表现了先民探索风雨变幻、人际情感、人与自然无穷奥秘的极其丰富的想象力。《金岗岗日》写主人公金岗岗日发明弓箭、制造毒药的聪明才智，以及在与爱犬追逐怪兽的路上死去的故事，是一首反映狩猎生活的英雄赞歌。《阿巴达尼》则是对西藏社会从母系氏族过渡到父系氏族，从畜牧社会转化到农耕社会的真实写照。质朴诗行中流露出先民们对美好生活的执着追求；同时，将主人公的不同个性刻画得栩栩如生。[1]

门巴族的《太波嘎列》（《门巴族民间文学资料》，于乃昌整理，西藏民族学院科研处 1979 年 12 月编印本）是一部流传久远、深受群众喜爱的民族史诗。传说主人公太波嘎列原本是桑顶斯木神山上的大神，因俯视人间生活的艰辛才降临凡尘。他从小就失去父母，“翻过一座又一座高山”“走过一个又一个平坝”，见神鹏在沙滩上生下三个蛋，于是给予精心关照，孵化出黑、白、花三头牛，经过与魔怪的激烈争夺才牵回那条黑神牛。他将“野牛”驯化成家牛，氏族才有了安定的生活。太波嘎列因而被门巴人尊崇为从狩猎捕鱼时代转向牧业生产的鼻祖。史诗通过“引牛歌”“牧牛歌”“挤奶歌”“搭帐篷歌”“搭灶歌”“迁徙歌”等段落，描绘了牧业生产的全过程；以一咏三叹的欢快叠韵抒发了对牧业始祖太波嘎列无限眷恋和感激之情。

藏族远古时期的歌谣、谚语、神话借助文字得到了更多留存，散见古藏文史籍和敦煌出土的藏文写卷，大都是由诗歌和散文交融的“说唱体”写成，属于藏族“贝玛体”文学最早的蓝本。其中一段赤德松赞的歌词十分耐人寻味：

---

[1]《中国民族文化大观——藏族·门巴族·珞巴族》，中国大百科全书出版社 1995 年版，第 645–649 页。

如今呢细查看，
地上呢蟑螂虫，
像鸟呢要显能，
想要呢飞天际，
想飞呢无羽翼。
即使呢有羽翼，
蓝天呢高又高，
云天呢难穿越。
向上呢不到天，
往下呢难着地，
不高呢又不低，
变成呢鹰之食。

松赞干布和噶尔·禄东赞去世后，噶尔后裔独断专行，与王室的矛盾日趋激化。赤德松赞这段歌谣深刻揭露了噶尔后裔膨胀的野心，使用的语言却全是譬喻。诗中用形象的语言将王位比作天，自己则是翱翔蓝天的雄鹰，而对方不过是一只蟑螂，想飞天却没有翅膀，上不了天也着不了地，只落得一个被雄鹰啄食的下场。形象的比喻、居高临下的语气，使赤德松赞必胜的自信气势也跃然纸上。

以物事作比喻反映深刻的哲理被称作谚语，作为藏族群众最喜爱的语言表达方式，在远古歌谣和故事里就展露得淋漓尽致，它们形象生动，通俗易懂，且富有韵味。诸如：

善言相睦，是家庭的根本；
恶语相伤，是魔鬼的入门。

英雄胆气壮，不惧怕死亡，

贤者智慧高，知识难不倒。

母贤儿聪明，犹如金饰镶宝玉，

母恶子顽劣，恰是破屋堆粪便。

“茶水不放盐没人喝，讲话不用谚语没人听”。谚语像丝线连缀起来的一串串五彩珍珠，形象生动地表现出高原人幽默、乐观、智慧的天赋，许多深奥复杂的人生哲理、道德观念、处事方式蕴含于其中。这些谚语相沿成习，已经成为一代代西藏作家塑造典型形象、赋予作品独特的审美情趣不可或缺的艺术手段。

（二）《巴协》开创的僧侣文学

西藏古代作家文学滥觞于僧人的历史著作。8 世纪时，修建西藏首座佛、法、僧“三宝”俱全的桑耶寺，有了最早的职业僧人——“七觉士”，他们开始翻译佛教典籍，外来佛教才逐渐在高原扎根兴旺，寺院从此成为西藏知识分子的荟萃之地，在相当长的历史岁月里，几乎所有哲学、宗教、历史、文学著作都被垄断在寺庙僧侣手中。这些著作有两个共同特点，一是内容离不开宣扬佛教宗旨；二是将文、史、哲融为一体。这些著作为后世了解、认识西藏政治、社会、文化（包括文学）发展脉络提供了相当珍贵的文献，受到国内外藏学家的普遍重视。

《巴协》是这批著作的优秀之作。据藏文史籍记载，此书是关于修建桑耶寺的著述，为巴·塞囊和桑西所著。巴·塞囊从小聪慧伶俐，是吐蕃赞普赤松德赞派往桑耶寺学经的“七觉士”之一，以优异成绩接替寂护大师为桑耶寺住持。桑西则是随金城公主进藏的汉族使臣巴都的儿子，童年当过吐蕃宫廷舞蹈演员，绰号“甲楚噶堪”，意即“汉族舞者”；十岁刚出头即出家去桑耶寺学经，是“七觉士”中唯一的汉族僧人；曾受派遣回大唐向皇帝求取佛经。两位作者特殊的生活阅历及其深厚的藏汉族文化修养，决定了《巴协》题材选择和叙述风格，更为这部西藏亦史亦文的开篇之作注入了文学品格，开创了西藏宗教文学的滥觞。

《巴协》作者作为桑耶寺栽培的首批高僧，不仅经历了桑耶寺修建、翻译佛教经典的全过程，对吐蕃赞普、大臣、妃子的故事也不陌生，从而通过历史书写为后世提供了一部吐蕃从兴旺到衰微的详实的信史。因为作者属于同时代人，加之深厚的藏汉民间文化根底，擅长从社会矛盾、情感纠葛中挖掘生活细节，塑造出金城公主、赤松德赞、桑西等鲜明生动的人物形象。金城公主是继文成之后第二个汉族公主，作者通过“赞普求婚”“途中悲歌”“喜登妃抢子”“王子认亲舅”等段落，在波澜起伏中塑造出血肉丰满的公主形象，突显了吐蕃时期“藏汉团结，唐蕃一家”的时代主题。金城公主的故事不但在藏汉读者中广泛流传，也是西藏历史著作热心转述引用的华章。

巴·塞囊、桑西撰写《巴协》的年代属于藏传佛教“前弘期”，佛教思想尚未取得全社会的统治地位，虽然作者是专职僧人，但著作的宗教色彩还比较淡薄。11 世纪西藏逐步进入“后弘期”，外逃僧人陆续返回西藏与地方割据势力结合，形成教派林立的格局。宗教在相互竞争中得到迅猛发展，争当宗教界的霸主，于是宣扬宗教思想的哲学著作、历史著作、文学专著如雨后春笋，数量惊人。佛教思想的核心是“人生皆苦”“生死轮回”和“慈悲为怀”，要将抽象理念转化为劳苦大众易于接受的形象，释迦牟尼的《本生经》是必须遵循的模本。所以这些著作都大量引述历史的、民间的、现实的苦难故事，这些内容在客观上揭露了统治阶级对百姓的压榨剥削和尔虞我诈的矛盾纠葛。由于作者大都是学识渊博、娴熟语言艺术的学者，他们赋予了作品很高的认识价值和审美情趣，促进了西藏古典文学的繁荣兴旺。

《米拉日巴道歌集》《米拉日巴传》就是此类文学作品的典型代表。米拉日巴（1040—1123）从小受尽伯父盘剥，拜师复仇后受良心谴责，决心寻找救赎之道又屡遭上师折磨，是西藏宗教史上著名的“苦行僧”。他潜入山洞老林独自修行，终成正果，对佛教的虔诚毋庸置疑。“道歌”即宣扬佛教道义的诗歌，他创作的道歌无不渗透着“人生皆苦”“忍辱负重”的理念：“芸芸众生世间人 / 生老病死似河深 / 人人难逃皆有份 / 轮回大海不断根”。但道歌也不乏对贪婪者的训斥，对弱者的同情，劝诫信徒务必保持诚实、正直的秉性。由于诗人长期生活在社会底层，注重吸取民间文学营养，其诗作语言通俗易懂，大量采用比喻、夸张、回环、对称等民谣传统艺术手法，使得道歌在群众中广为流传。这以后，僧侣作家创作的道歌连篇累牍，层出不穷，其始作俑者非米拉日巴莫属。

一百多年后问世的《萨迦格言》继承了道歌的基本特质，却在思想境界和语言艺术上大异其趣，将西藏古典诗歌创作推向新的高度。《萨迦格言》的作者就是为祖国统一做出重大贡献的萨班·贡嘎坚赞。作为当时学富五明的大学者，萨班·贡嘎坚赞是忠于佛教理念的，而作为一位政治家，视角更扩展到待人处世、贤人治国、知识育人等方方面面。试举三首为例——

此身是苦海的容器，
就像是自己的怨敌。
如果智者善用此身，
则成为幸福的根基。

两个智者共同讨论，
就会产生更高的智慧学问。
姜黄和硼砂二者调和，
就会产生另一种颜色。

学问小的人自大傲慢，

学问高的人和蔼自谦。
小溪经常大声喧哗，
大海何曾常常吵闹。

格言诗借鉴汉族七言绝句的格式，每行三个节奏，字斟句酌，给人抑扬顿挫的音乐美感，十分耐人寻味。诗人不但熟悉儒家文化，更精通印度梵文，是最早翻译介绍印度古代著名文艺理论和修辞学专著《诗镜》的藏族诗人。《诗镜》的藏文音译即“年阿麦隆”，“年阿”意译即“文采斐然”，“麦隆”就是“镜子”。《诗镜》所阐述的35种辞藻艺术和32类比喻修饰，都在萨班的格言诗中结合藏族语言表达习惯得到很好的发挥运用。与《萨迦格言》诗类似的还有《甘丹格言》《水树格言》等，以辞藻华丽为特色的“年阿体”诗歌也从此在高原兴盛不衰，一直延续到今天。

（三）丰富多彩的民间文学

与作家文学并驾齐驱的是民间文学。西藏民间文学极为丰富多彩，集体创作的神话、故事、歌谣、史诗，一直在草原、农村、山野口耳相传，并在流传过程中日臻完美。这些作品都来自平民大众的生活土壤，宗教观念的束缚较少，信马由缰，既有现实苦难的真实描绘，也抒发了人们对美好生活的向往；同时，展现出藏族人民高超的艺术才华，天马行空的想象力，成为劳苦大众日常生活不可或缺的精神食粮。

《格萨尔王传》就是藏族人民引以为豪的民间文学精品。整部史诗以《仙界遣使》《赛马称王》发端，至《回归天界》结尾，中间每场战役为一个分部，目前已经搜集整理出30多个分部，总共有一百万余诗行，超过1000万字。故事通过格萨尔与各色人物的矛盾纠葛，成功塑造出自私阴险的王叔晁通，美艳忠贞的爱妃珠姆，淫荡残暴的魔国王，稚嫩善战的英雄贾察等一系列个性鲜明的艺术形象。贾察是格萨尔同父异母的哥哥，汉族公主的儿子，他的“雅司”宝刀是“汉地吉祥国度所造”，他的白背坐骑是汉地神马，健步如飞，能通人语，犹如给主人插上两只翱翔的翅膀，载着英雄征战千里，百战百胜。史诗每涉及到与汉地的交易，许多美好比喻、华丽辞藻就像地热泉一样向外喷涌，流露出史诗创作者对藏汉亲密交往源远流长的深厚情谊。毫无疑问，这是时代生活的真实写照。

如果把气势磅礴的《格萨尔王传》比作一泻千里的雅鲁藏布江，浩如烟海的民间故事就是撒在万里高原上的闪亮珍珠。在达官贵人和高僧大德成为正统文学唯一主人公的年代里，农民、牧民、工匠、乞丐、商贩等基层男女扮演着民间故事的主角。虽然难以挤进高雅文学殿堂，却以其贴近生活、直面现实的大无畏勇气，真实展现出不同时期、不同地区、不同阶层波澜壮阔的社会生活画面；他们的形象，通过机智、幽默的民族语言艺术深入到基层的每个角落。民间文学作品虽然都属于零星小品，数量却十分惊人，宛似山涧淙淙流淌的清泉，始终保持着蓬勃生机。流传下来的诸如《阿古顿巴的故事》《聂曲桑布的故事》《绛拉的故事》均属于西藏民间故事的上乘之作，让人百读不厌。

上述三部民间故事都属于系列故事，它们将众多同类故事集中到同一个主人公身上，拉萨流传的是阿古顿巴，山南故事的主人公则是聂曲桑布，还有后藏的绛拉。这是西藏民间故事的一种特殊现象，十分耐人寻味。其实每个初创的民间故事都有各自的原型，因为阿古顿巴、聂曲桑布、绛拉是其中的佼佼者，在后世的传播中，人们将佼佼者的名字移植到同类故事里去，代表了基层群众共同的意愿、智慧和情感。

因为这些故事来自底层的平民生活，很少宣讲宗教思想，题材内容就相对广泛，涉及到社会生活的方方面面：农奴主对贫苦农奴无止境的勒索，商人贪得无厌的敲诈，少数喇嘛为富不仁的虚伪，青年男女对纯真爱情的执着追求，邻里间的友谊和哀乐等等。它们的中心主题是伸张社会正义，为劳苦大众报仇雪恨，具有鲜明的阶级斗争色彩，十分难能可贵，是僧侣文学里难以读到的篇章。它们形式活泼自由，内容脍炙人口，显示出现实主义文学的特有魅力。如《借“卓”还“卓”》，这则故事写农奴青黄不接的时节饿得肚子咕咕叫，求农奴主彭扎老爷开恩借点粮食。彭扎吝啬而且贪婪，一定要“借一还十”，阿古顿巴拍着胸脯担保说，“借‘卓’（音译即“粮食”）还‘卓’，借一还十，应该，应该。”他背回几大袋青稞帮助村民渡过难关。秋收时节，村民们正为偿还高利贷发愁，阿古顿巴却若无其事地趁彭扎庆祝五十大寿，率领村民们去老爷大院唱歌跳舞，还痛痛快快吃了一顿。当老爷催逼农奴还债的时候，阿古顿巴理直气壮地回答他：“我们答应‘借卓还卓（意译即“舞蹈”）’，借你粮食只有我一个人，为你唱歌跳舞却来了一百人，是‘借一还百’，你该知足了！”阿古顿巴将双义词“卓”从“粮食”转换成“舞蹈”，机智而且幽默，让贪婪的老爷无可奈何。《国王的座位》写国王贪婪、残暴而又无知，在位时神气十足，死后下地狱是他应该得到的唯一座位。阿古顿巴在揭露上层统治者罪恶行径时，表现出了罕见的机敏和勇毅，对劳苦大众的困苦却关爱有加，不但把追索回来的被诈骗的钱财全部送还贫苦村民，还引导他们提高劳动技能。毫无疑问，阿古顿巴的形象塑造汇集了藏族人民惩恶扬善、爱憎分明、勤劳致富的传统美德。

《说不完的故事》又名《尸语故事》，是印度公元一世纪民间系列故事《僵尸鬼故事二十五则》传入西藏后在传播过程中演变而来。专家将《尸语故事》和印度梵文本篇目一一比照，有15篇题目相近但内容发生变异，其他篇目却是梵文本没有的，西藏有的木刻本和手抄本又远远超过25则，故称之为《说不完的故事》。梵文本第一则类似《一千零一夜》的“引子”，健日王应出家人的请求，夜间到火葬场把挂在树上的一具僵尸搬运到祭坛上去，条件是必须保持沉默。健日王独自背着僵尸去祭坛，僵尸竟然讲起一则故事，最后还向健日王提出一个问题。回答必然要说话，僵尸瞬间就返回树上去了。一连24夜，健日王听僵尸讲述了24则妙趣横生的故事。西藏《尸语故事》的“引子”也有三人，但心怀鬼胎的出家人变成了虔诚信佛的大师，健日王换为一贫如洗的小乞丐达瓦扎巴，僵尸（老尸精）有了一个藏族名字——欧珠嘉措，只要背回僵尸，尸身就会变成金子。它保留了梵文本部分藏族群众喜爱的精彩篇章，人物语言、习俗却完全藏族化了，诸如一妻多夫，宴请客人必须的酥油茶、“切玛”等。一些西藏家喻户晓的民间故事，诸如《金翅鸟》《顿珠顿月》《猪头卦师》等，都成了引子大框架里的重要链环。《尸语故事》写宫廷斗争大起大落，写男女情事缠绵细腻，写妖魔鬼怪变化多姿，写血肉深情感人肺腑，都与西藏古代社会现实有着密切联系，生动反映了藏族人民爱憎分明、追求幸福生活的强烈愿望。《尸语故事》的成功，表明西藏平民大众不但乐于吸取外来文化的有益营养，还具有融化外来因子发展民族新文化的伟大智慧。

（四）17 至 19 世纪崛起的世俗作家文学

虽然僧侣作家创作也在一定程度上涉及世俗生活内容，但宗旨仍然在宣扬教义，严格意义上由世俗作家以世俗生活为题材创作的小说、诗歌和戏剧出现较晚，在 17 世纪中叶才逐渐崭露头角。此时期，五世达赖和蒙古固始汗受清朝中央册封执掌西藏地方政权，与祖国内地的政治、经济、文化交往日趋频繁，《三国演义》《水浒传》等长篇小说中的一些故事从周边省区传入西藏。受此影响，西藏上层知识分子的审美观念发生了微妙的变化，加之准噶尔蒙古接连不断的骚扰，上层集团争权夺利引发的长期动乱，给平民大众带来深重灾难，极大地激发了正直知识分子关注世俗大众的创作灵感，由此相继涌现一批直面现实、关注民生的现实主义文学佳作。最著名的有长篇小说《勋努达美》、长篇传记文学《颇罗鼐传》和《多仁班智达传》，这些作品思想内容和艺术手法都别开生面，迥异于为高僧大德树碑立传的僧侣文学，将西藏古典文学引向更加广阔的发展空间。

《勋努达美》的作者多卡夏仲·策仁旺杰出生于前藏一个世袭贵族家庭，从小聪颖好学，15 岁到敏珠林寺进修，精通梵文、诗律和民族历史，曾编著《藏梵词典》。21 岁就以渊博学识荣任哲古宗宗本（相当于今天的县长），他备尝社会动乱带来的生死磨难，毅然返回父亲庄园闭门写作，于是有了这部西藏文学史上首部反对包办婚姻、追求纯真爱情的长篇小说。小说写斯白更国的王子勋努达美文武双全，爱上了葛勒阿朗国美艳绝伦的公主益翁玛，葛勒阿朗国的国王明明知道益翁玛对勋努达美爱得火热，但畏惧郎瓦甫登国财大气粗，违心地将女儿许配给了郎瓦甫登国的浪荡王子拉勒辟穷。斯白更国的求婚使者也绝不示弱，扬言“斯白更国更富更强，勋努达美年轻无敌，一旦下令宣布开战，大动干戈血染沙场”。为了争夺一个美女，两个邦国果然一次又一次地兵戎相见。一面是大臣武士之间赤裸裸的战争，一方面是男女主人公悱恻缠绵的爱情。勋努达美在知心朋友斯巴旋努的配合下，最终率大军直捣郎瓦甫登国京城，拉勒辟穷求饶称臣，勋努达美登上郎瓦甫登国国王的宝座（见汤池安翻译的《勋努达美》汉文本，青海人民出版社 1984 年版）。小说突出了反对封建包办婚姻，追求纯真爱情的主题，也鲜活地描摹出了那个动乱年代的精神风貌。虽然该小说被上层统治者列为禁书，却一直以手抄本形式在民间广为流传。遗憾的是，小说结尾让勋努达美和益翁玛看破红尘，双双逃往山林修行。这一结局，复归宗教文学的窠臼，说明即使策仁旺杰这样有才华和创新精神的杰出作家，也会留下一丝时代的迹印。

《颇罗鼐传》（见汤池安翻译的《颇罗鼐传》汉译本，青海人民出版社 1988 年版）是多卡夏仲·策仁旺杰晚年倾十年心血撰写的一部长篇传记文学名著。颇罗鼐是 18 世纪协助中央政府平息蒙古准噶尔侵扰和西藏上层叛乱立下赫赫战功的爱国英雄，嗣后又坚决按照皇上圣旨治理西藏，从大乱走向大治，堪称高原一代风流。作者和颇罗鼐在敏珠林寺进修时是同一上师的徒弟，动乱后深得同窗的信任和提携，共事数十载，对传主家事及其经历烂熟于心并有钦佩之情。写作本书时，传主还在世，属于同时代人写同时代人，用今天的文体分类标准，可以将《颇罗鼐传》列为“纪实文学”范畴。这部作品有下列显著的思想艺术特色。一是新闻性。颇罗鼐早在撰写前就告诫作者：“要尊重事实，不必牵强附会。”书中讲述的故事都是作者亲身经历和耳闻目睹所掌握的第一手资料，没有丝毫传统传记常有的神话和夸张，为后世留下一部研究西藏18世纪中叶社会政治斗争和社会巨大变迁的珍贵信史。二是以小见大，赋予纪实文学以小说的艺术魅力。作品围绕颇罗鼐波澜起伏的人生，鲜活托出那个动荡年代广阔的社会生活画面。上至清朝钦差大臣下至地方官员、平民百姓的各色人物相继登台亮相，从上层统治集团为各自利益的明争暗斗到下层僧侣的蝇营狗苟，从政治人物的道貌岸然到青年男女的嬉戏狂欢，都做了极其细腻的描绘，为主人公的成长和行为营造出特定时代、特定民族的典型环境氛围，在漫不经心的娓娓叙述中表现出文学大师渊博学识和驾驭民族语言艺术的圆熟功力。三是摆脱为高僧大德树碑立传惯常的说教模式，不为尊者“讳”，一切从生活实际出发，多角度多侧面地塑造出“一代风流人物”血肉丰满的典型形象。“时势造英雄，英雄造时势”，颇罗鼐出生于后藏一个默默无闻的小庄园主家庭，居然跻身于由世袭大贵族垄断的政坛高位，既是动乱时代创造的奇迹，也是主人公特殊个性和气质得到淋漓尽致发挥的必然。颇罗鼐身上少了些前藏贵族的精细、斯文和权谋，却不乏后藏汉子的粗犷、胆略和豪爽。少年时就自称是大英雄噶丹策旺转世——蒙古僧人噶丹策旺曾征战阿里，将入侵之敌打得落花流水。除了皇帝、达赖和班禅，谁也不看在眼里。他家财没法与拉萨贵族相比，却挥金如土，经常与庄园附近青年赛马比武，日落即邀集知心男女歌舞狂饮欢度良宵，颇有江湖好汉的气质，身边总有一批生死与共的朋友和侍从。所以，当前藏三噶伦发起叛乱谋杀康济鼐时，颇罗鼐得以在忠心侍从护卫下及时逃回庄园，一呼百应地组织起数千民兵与前藏部队激战半年有余，为中央大军进藏平叛赢得宝贵时间。作者还细致描述了他在险恶官场几起几落的命运。先是准噶尔入侵，策仁旺杰一度担任傀儡政府宗本，卫藏战争中又以前藏贵族身份带兵与后藏部队对垒，这些他曾做过的事情，都可列为杀头之罪。但颇罗鼐不忘敏珠林寺同窗学习的情谊，相信学识渊博的次仁旺杰绝不会助纣为虐，两次在钦差面前为之担保，才化险为夷，第二次还破格举荐他为政府噶伦，为颇罗鼐治理西藏出谋献策立下汗马功劳。虽有江湖义气的余韵，但看重知识，用人不疑，正是颇罗鼐政治上趋于成熟的表现。

《多仁班智达传》（见《多仁班智达传》汉译本，中国藏学出版社1995年版）是18世纪又一部世俗文学佳作。作者多仁·丹增班觉出身于后藏显赫贵族噶锡娃家，一百年间噶锡娃家族就有四人（包括作者本人）担任过西藏噶伦，在拉萨有一座名就叫“多仁”的豪华官邸。丹增班觉是策仁旺杰外孙，少年时代曾模仿外祖父的《勋努达美》写过一部名叫《扎贝牟曲王子传》的虚构小说，可见他十分崇拜外祖父的学识和才华，《多仁班智达传》就是沿袭《颇罗鼐传》写真人真事创作思路而撰写的又一部纪实文学作品。但《多仁班智达传》是一部家族四位噶伦的综合传记，其中着墨最多、写得最精彩的篇章是丹增班觉本人的经历。当然，这并不是作者的自我炫耀，而是因为他作为噶伦直接参与了中廓战争的全过程，还被敌国士兵劫持到廓尔喀京城阳布（今加德满都）做人质拘留近达一年，直到中央大军进抵侵略者腹地才将他解救回国。作家是那场国际纠纷的权威见证人，依凭对祖国和家乡的无限深情，以文学笔法将事件的起因、纠葛直到随中央大军凯旋归来，将所见所闻描绘得生动感人。纪实文学既深刻揭露了廓尔喀军肆意烧杀抢劫的罪恶，少数宁玛派僧人卖国求荣的丑恶嘴脸，也凸显了大清帝国将领福康安对侵略者义正辞严的大国威仪。作家事后受命随中央军赴京汇报、处理有关事宜，留京半年有余，曾多次受邀参加北京一些亲王、大臣的宴会、看戏和娱乐活动，往返途中经过成都、西安、兰州、西宁，所见所闻均有笔墨记叙，无异于一篇篇游记散文。许多汉人习以为常的风俗习惯、房屋建筑、衣着服饰、生产方式，以藏族作家独特的审美视角看去骤然变得稀罕而又新颖；皇亲国戚的排场，汉族女人的小脚，成都街头的鸡公车，西安巍峨的城墙，用竹棍敲打的扬琴等，写得饶有情趣。

作家自豪地写到，“今天西藏流行的阿里弦子同内地的扬琴和笛子合奏，这最初筹划指点的人还是我哩！”——当年漫不经心的笔墨，随着岁月流逝演化成今日读者的文学珍奇。

本时期诗歌创作也不胜枚举，流传最为久远的当推《仓央嘉措情诗》。追求爱情的纯真和执着是文学创作一个永恒的主体，写不完道不尽。我们将《仓央嘉措情诗》列为西藏世俗文学，因为，虽然作者是鼎鼎大名的六世达赖喇嘛，其诗作却是对格鲁派禁欲主义的叛逆，通过极端个性化的爱情写作倾述了普世大众共同的情感需求。他抛弃古典文学深奥晦涩难懂的词语，吸取民歌艺术的表现手法，大量使用比喻和俗语，直抒胸臆，写得明白晓畅，得以在基层群众中不胫而走。（因为仓央嘉措诗作的流行版本太多，翻译成汉文的诗作也有微小差异。）

仓央嘉措爱情诗有许多版本流传，早期木刻本收录 57 首，藏学家于道泉 1930 编译的藏汉英文对照本收录了六十二首。写失恋的痛楚，“姑娘不是阿妈生的 / 姑娘肯定是树上长的 / 要不为啥对我的情意 / 比桃花凋谢的还快呢”，以树和桃花做比喻，贴切而生动。写对情人的思念，“我观想的喇嘛的面容 / 始终不能在心中显现 / 没有观想的情人面容 / 却总清晰浮现在眼前”。相会的欢悦，思念的火热，都描绘得缠绵悱恻，坚贞而执着，均属爱情诗的精品。

二、西藏当代文学创作概况

新中国成立后，中国当代文学翻开了新的篇章。但西藏地方由于社会历史和文化的特殊性，在 18 世纪创作高峰之后的一百多年间，文学发展处于相对的停滞阶段。进入 19 世纪，当清封建王朝从兴盛走向衰落，西藏政教合一封建农奴制度的种种弊端也暴露得越来越充分。虽然民主主义启蒙思想开始在高原生根发芽，但一直受到压抑，得不到开花结果的机会。为维系封建农奴制度的残酷统治，西藏上层集团关闭西藏大门，将民主、进步思想视为洪水猛兽，千方百计截断启蒙思想的传播渠道，造成宗教思想的一统天下。倡导科学和民主的五四新文化运动席卷全国，唯独在西藏收效甚微。具有民主主义思想的著名学者、作家更登群培的手稿被没收，他被送进牢狱迫害致死。百余年间，难以见到清朝末年《红楼梦》《老残游记》那样具有近代意义的新作，也没有具有鲜明民主主义精神和浓郁人文主义色彩的现代意义作品流传。汉语文学史中所标记的“近代、现代文学”这一时段，在西藏文学中成绩甚微。

西藏当代文学就是在如此特殊历史背景和文学环境下艰难起步的，它不但继承了西藏古代文学的优秀文化传统，而且在创作方法、服务对象上进行了一场重大革命。西藏当代文学用辩证唯物主义和历史唯物主义的世界观审视民族的历史和现实，把对社会生活的真实描绘和培养社会主义一代新人结合起来，赋予作品以深厚的思想内涵和时代审美特征；突破为高僧大德树碑立传的宗教文学窠臼，平民大众首次进入文学的神圣殿堂，成为众多作品的主人公；以通俗、清新的语言艺术，借助越来越普及的报刊书籍乃至广播电视得到广泛传播，成为城乡人民共享的精神食粮。西藏当代文学从思想、题材到语言艺术，都迥异于这以前高僧和知识分子创作的作品。

（一）西藏当代文学的拓荒期

文学的兴旺和繁荣与社会、政治、经济的大变革紧紧连在一起，而社会变革和经济发展对文学的促进作用则是通过文学观念更新来实现的。20 世纪 50 年代西藏和平解放，1959 年开始的民主改革推翻政教合一的封建农奴制度，人民当家作主开展大规模的经济、文化建设，西藏社会发生了天翻地覆的变化，西藏社会一派生机。时代呼唤崭新的文学，新文学“新”在思想内容、表现手法上实现一次质的飞跃，一场文学观念的革命。在西藏特殊历史文化环境下，这场重大革命来的格外艰辛，它是通过进藏的部队作家和参与高原经济文化建设的作家认真宣传毛泽东文艺思想，并以自己反映西藏新生活的创作实践逐步实现的。

重视文艺发展是中国共产党的光荣传统。进藏18军是一支能文能武的部队，不但军、师都有文工团，走到哪里就演出到那里，还拥有一批专门收集素材从事诗歌、小说写作的作家，诸如夏川、苏策、高平、杨星火、刘克、单超、李刚夫、周良沛、饶阶巴桑等；短期进藏体验生活的还有总政和西南军区的著名作家徐怀中、胡奇、顾工、梁上泉，后期参加地方工作的土家族诗人汪承栋，汉族作家刘汉君、周艳炀等，组成了一支人才荟萃，思想活跃的创作群体，蔚为壮观。新创刊的《西藏日报》专门开辟由西藏军区创作组组长苏策（1921–2014）主笔的文艺副刊——《轻骑》，发表他们撰写的诗歌、散文和小说，内地报刊、出版社也争相刊发来自高原的文学新作，这是西藏文学史上前所未有的盛举。徐怀中的长篇小说《我们播种爱情》、电影文学《无情的情人》一炮打响，吸引了全国青年男女对西藏的关注，他们争相报名投入边疆民族地区建设的行列。女诗人杨星火的歌词《叫我们怎么不歌唱》以激荡人心的旋律，表现西藏无与伦比的美丽富饶，传遍祖国每个角落，也使富有音乐天赋的藏族群众沉醉得如痴如迷。还有高平的长篇抒情诗《大雪纷飞》，刘克的短篇小说集《央金》，胡奇的中短篇小说集《神火》，汪承栋的抒情诗《高原放歌》等等，热情歌颂军民团结和藏汉一家亲的深厚情谊，表现高原各族人民戮力同心建设新西藏的壮志豪情。思想内容和艺术形式上都给人面目一新的感受，它们首次以文学的形式向外界打开一扇窥视西藏的窗口。

西藏当代文学通过进藏部队作家成功的创作实践，以它们与西藏传统文学迥异的思想内容和艺术手法在高原文学界掀起文学观念上的一场重大变革，影响深远，功不可没。这主要表现为：一、把文学从“政教合一”的封建农奴制度一统天下的思想桎梏中解放出来，按照生活的本来面目真实描绘社会的巨大变迁，展示出现实主义创作方法广阔的发展前景。二、作品始终昂扬着奋发向上的乐观主义精神和英雄主义激情，作品主人公大都是堪称时代楷模的先进人物。诗歌以歌颂为主，洋溢着轻松明快的旋律。

这既是当时提倡的革命现实主义所要求的，也是西藏各族人民建设社会主义新生活崭新精神面貌的真实写照。三、把审美视角从为高僧大德和统治上层树碑立传转向为普通平民画像，表现了人民当家作主的时代风貌和共同追求。这既是共产党人全心全意为人民服务的革命宗旨之所在，也给文学创作带来蓬勃生机。四、服务对象从贵族、僧侣和市民的狭小圈子突围出来，通过演出、广播、报刊、书籍成为全民共享的精神产品，并飞越高山峻岭，通过现代化传播手段，向全国和世界揭开封闭西藏的“神秘面纱”，让广大读者看到一个欣欣向荣的西藏。

西藏的一些上层知识分子也不甘落后，著名高僧擦珠·阿旺洛桑、贵族诗人江金·索朗杰布相继发表了他们平生的首批新诗作。擦珠·阿旺洛桑的《金桥玉带》等一系列新诗，抒发了这位爱国知识分子从寺庙走向社会，放眼世界，关注五洲风雷的博大胸怀；江金的《拉萨新歌》则用传统鲁体民歌形式歌颂西藏新生活。他们的新诗都曾翻译成汉文在《人民日报》刊发，是西藏藏族作家在毛泽东文艺思想感召下结出的最早硕果。

无庸讳言，20世纪50年代的创作高峰自身也有无法克服的局限和不足。把现实主义作为唯一的创作模式，极少吸收、借鉴西藏古代文学和外来文化的有益营养，思想内容和艺术形式就显得比较单调，是特定历史环境造成的。军地汉族作家带来了崭新文学观念和审美情趣，但初来乍到，对本土文化、习俗知之甚少，作品的民族特色尚在表层游走。当然，这是可以通过学习和生活体验弥补的。五十年代末期曾掀起一阵搜集民间文学的热潮，还出版了几本散发出西藏民歌特有清香的诗集。令人惋惜的是，一场延宕十年的“文化大革命”浩劫登场，打破了他们进入更高境界的文学梦。

（二）20世纪80、90年代的文学“井喷”

1978年12月，党中央十一届三中全会一扫“文化大革命”的阴霾，确立了“改革开放，解放思想”的思想路线。邓小平在全国第四次文代会上发表热情洋溢的《祝词》，极大地激发了文学爱好者的创作热情，这给西藏当代文学带来第二个春天。西藏自治区党委和政府关注文学事业发展，积极筹备成立西藏文联，做了卓有成效的工作。客观环境也远优于20世纪50年代，是当年部队作家无法比拟的。二十多年的经济文化建设造就了成千上万名精通藏汉语文的西藏知识分子，其中不乏爱好文学的青年；新闻媒体普及高原大地，新创办的汉文《西藏文艺》（为便于与藏文版区分开来，1984年更名《西藏文学》）、藏文《西藏文艺》和各地市的文艺刊物相继创刊，为作家施展拳脚提供了广阔园地，很好地发现和培育文学新秀，也记录了新时期文学从稚嫩逐步走向成熟的可喜成就。老作家汪承栋、李文珊、萧蒂岩、叶玉林、周艳炀重返文坛，热情挥毫。内调多年的著名诗人杨星火发表的抒情诗《再致老西藏》，对西藏文学寄予殷切希望。更有降边嘉措、益希单增、拉巴平措、扎西达娃、马丽华、秦文玉、班觉、德吉措姆等文学新秀崭露头角。一串新秀名单预告了一个重要信息：西藏当代文学将弥补前期以汉族作家扮演主角的历史局限，正在形成一个以藏族为主的多民族作家队伍。

降边嘉措的《格桑梅朵》和益希单增的《幸存的人》在1980年、1981年相继出版发行，是我国当代藏族作家最早面世的两部长篇小说，得到评论界的热情赞誉。降边嘉措、益希单增少年时代从四川参军进藏，长期从事基层群众工作，深受50年代军旅作家及其作品的启迪鼓舞，萌发出创作反映本民族社会生活的文学作品的强烈欲望。两部小说采用革命现实主义创作方法，分别以西藏解放前后的重大历史事件为题材，前者写农奴边巴参军进藏，经历艰苦斗争磨练成长为共产党先锋战士的故事，生动揭示出政教合一封建农奴制度必然崩溃的历史规律；后者写女农奴德吉桑姆报仇雪恨反抗封建农奴制度的残酷统治。与20世纪50年代军旅作家描绘西藏生活的小说相比，这些作品多了些发自底层群众的心声，生动记叙了边巴和德吉桑姆两个反抗三大领主残酷统治的农奴从自发走向自觉的艰辛道路，浓郁民族特色给人留下难忘印象。

正当评论界对《幸存的人》《格桑梅朵》恢复革命现实主义传统一致肯定时，一群青年诗人推出的“雪野诗”，向以反映论为圭臬的传统现实主义和20世纪50年代盛行的歌颂型文学提出挑战，宣言要“表现真实情感，努力用自我心灵的火花，炼出生活的真善美，抨击假丑恶，表达强烈的喜怒哀乐”。倡导者有魏志远、吴雨初、嘉央西热等。他们在顶礼世界屋脊的雄恢、壮丽和神奇的同时，又困惑于自然的严酷和人们生活的艰辛、贫困，主张“正视现实生活”。因此，他们不满足歌颂型诗歌轻快的调子，主张语言上要“有别于韵文的虚伪，韵文的雕琢，而注意与发挥诗的散文美”。“雪野诗”在文坛引起了一场持续近两年的大讨论，有的人赞不绝口，有的人连连摇头，甚至有人指责它给人阴森、压抑的气氛。幸运的是我国整体政治氛围已相当宽松，因此，尽管有批评，但并没有上纲上线的打压。“雪野诗”更名为“雪海诗”又活跃了很长一段时间。而今回首往事，“雪野诗”实际上是全国诗坛兴起的“朦胧诗”在西藏的特殊产物，是对“四人帮”文艺“样板”的否定，意在克服单一的歌颂型抒情文学的局限，为诗歌开辟出一个更广阔的天地。轻快和悲壮，真善美和假丑恶，正如硬币的两面，属于客观存在。在对比中显现出人们对美好生活的不懈追求和心灵美，其开拓精神和创新勇气值得肯定。虽然“雪野诗”已经成为历史，但它面对现实，全方位审视高原生活的文学视野，却为越来越多的作家所接受和认可，对后来小说、诗歌乃至散文创作产生了巨大影响。

如果说上述文学观念的变革是通过旧质的淘汰和新质的积累逐步实现的，扎西达娃等青年作家1985年在《西藏文学》推出的一组被称为“中国魔幻现实主义”小说，则是西方外来文化对本土传统文化强烈冲击所发生的一次裂变，引起全国评论界的热情关注。

源于拉丁美洲的魔幻现实主义作为一种文学流派的主要特点，是在反映现实的叙事和描写中插入神奇、怪诞的人物和情节，以给读者亦真亦幻、扑朔迷离的艺术享受。我国很多作家都有过汲纳拉丁美洲魔幻现实主义创作手法的尝试，惟独西藏作家一举成名，不能不归结于西藏奇特自然和不为外界熟悉的宗教所造就的文化环境。如果没有这样的环境，《西藏，系在皮绳结上的魂》的主人公塔贝携手情人琼寻觅据说是莲花生掌纹地带“英雄壮举”就会变得不可理喻，《西藏，隐秘岁月》中75岁的老太婆察香也不可能在梦中怀孕生下天仙般的次仁吉姆，那么三代同名的次仁吉姆演绎的离奇故事就无所依附。对在西藏独特文化熏陶下基层群众特殊心理素质及其思维方式的准确把握，达到出神入化的程度，是作家构思“魔幻现实主义小说”赖以成功的必要前提。扎西达娃1993年春天出版的长篇小说《骚动的香巴拉》，将亦真亦幻的艺术构思推向极至。

一度被列入“魔幻现实主义”阵容的作家还有色波、马原、刘伟（子文）、金志国等。其实认真剖析他们作品的思想艺术内涵，不难发现，这批作家并非都属于加西亚·马尔克斯的忠实信徒。当评论界对“中国魔幻现实主义文学”品头评足的时候，西藏的“魔幻”群体已经开始分裂，依据各自不同理解的差异走上了不同的创作道路。马原偏重于结构离奇故事，将叙事文字的“魔方”玩到走火入魔的地步，在文坛独树一帜，最后告别他赖以成名的高原；色波受藏传佛教生死轮回观念的驱动，在“圆形的日子”里越转越欢，企图从看似周而复始的境遇中寻找生活哲理，幻觉色彩越来越淡漠；曾经为“魔幻”小说群体呐喊的刘伟和冯良，自己创作的小说却显得有些超脱；金志国则从魔幻走向唯美，已经很难感受到自然的严酷和宗教的神秘，更关注蓝天白雪的纯净，女性晶莹透明的心灵，又回到他早期诗歌的纯美境域。外来文化也是一个多元结构，从中吸取什么，如何吸取，只能根据作家自我生活体验和对文化内涵的认知进行取舍，不可能采取同一模式。可喜的是他们都在神奇人物和怪诞情节的启迪下，破除传统文学观念的束缚，走上了大胆汲取外来文化营养多角度表现民族生活的探索道路，写出了有相当影响的佳作。进入20世纪80年代后期，区外大型文学刊物和小说选刊选用、转载西藏作家作品比率越来越高，一下子缩小了西藏作家与其他省市作家的差距。经济落后的西藏有了全国一流的作家，让中外读者惊讶不已，评论家将这种现象比喻为西藏地热田的一次文学“井喷”，形象而且精辟。

与前期文学比较，第二次高峰呈现如下鲜明特点：一、将文学从政治层面向文化层面拓展，将民族特色从风光、服饰、语言的表层向人物内心世界深入，深刻揭示民族文化特别是宗教文化对人物心灵世界的影响，赋予作品更深厚的民族文化内涵，是对五十年代文学关于民族特色认知的一次升华。二、文学题材、体裁得到广泛拓展。由诗歌为先锋转向小说主打，纪实文学、戏剧文学、寓言、散文等都得到全面发展，有佳作问世。题材上不拘一格，现实生活，历史故事，民间神话，基层平民，科学考察，僧人悲欢等等，根据作家的生活阅历和审美情趣自由撷取，汇集成高原社会生活多彩多姿的文学万花筒。三、文学内容从歌颂型向思辨型拓展，基调从明快转向深沉，形象塑造已不满足于按阶级出身决定政治走向的单一模式，而是从具体的社会纠葛、情感遭遇中描绘不同人物的个性特征，生动展示出社会生活复杂多样的现实存在。四、文艺观念的解放带来西藏文坛百花齐放的可喜局面。文学创作从单一的革命现实主义模式中释放出来，积极学习其他省市和兄弟民族地区的先进经验，借鉴西方文艺思潮的有益营养，为艺术创作打开广阔天地。许多新的艺术流派、创作风格、表现手法都得到不同程度的发展，呈现出五彩缤纷、百家争鸣的发展态势。

（三）日新月异的藏文文学创作

藏文新文学创作起步于20世纪50年代，但受到当时历史条件的诸多限制，全社会识字人较少、没有藏文文学刊物，藏族作家的母语创作尚属凤毛麟角。进入80年代，藏文创作沐浴时代春风得以迅猛发展，与汉文创作并驾齐驱，诗歌、小说、戏曲、散文各种传统文体创作数量众多，佳作连连，为新时期创作的“井喷”带来更加鲜丽的色彩。藏文创作的崛起既是继承民族文化优秀传统的重大成果，也给新文学发展开辟了广阔空间。

首先登台的是藏文诗歌。西藏享有“诗歌海洋”的美誉，种类繁多，抒发人生哲理的格言诗，以辞藻华丽著称的“年阿”体诗，以藏文30个字母依序起头的噶协诗，寓教育娱乐为一体的谜语诗、半反体诗，还有民间说唱文学中的“折嘎”“喇嘛玛尼”，都以崭新面貌涌现报刊，赋予古老文学以新的生命，深得群众喜爱。东嘎·洛桑赤列教授的格言诗：“在白亮的纸上绘画写字 / 在广阔的大地赛马竞技 / 如果不遵守客观规律的特点 / 到处乱闯只是徒劳而已”，告诫青年要认真学习、掌握客观规律才能获得自由。老诗人恰白·次旦平措的组诗《冬季之高原》组词造句都沿袭“噶协诗”的传统，语言铿锵，比喻优美，生动反映改革开放以来，西藏安定团结，经济文化事业欣欣向荣的时代主题，成为小学生学习藏文的启蒙读物。半反体诗按照“1234567654321”的句式，每行诗的中心字两侧使用相同的文字形成对称美，顺读“1234567”、反读“7654321”构成两行不同的诗句。这种体式的诗很难写，没有深厚的民族语言造诣和音韵天赋的人是不敢问津的，历来作者寥寥。新时期不时有佳作问世，从一个侧面彰显了藏文创作繁荣兴旺的景象。

藏族传统文学中没有纯散文的小说，只有散、韵夹杂的叙事文学，叫做“贝玛”，以散文叙述故事，人物对话则使用诗歌，被专家学者称为“藏式小说”。新时期，拉巴平措最早采用“贝玛”体传统形式创作的《三姐妹的故事》，写农奴三姐妹的爱情在解放前的悲惨遭遇，深刻揭露了三大领主的虚伪和残暴，思想艺术上都获得巨大成功。人物对话使用的韵文一改古代“贝玛”辞藻华丽、生涩的积习，写得通俗流畅，情真意切，酷似一首首民歌。这篇小说在知识分子和农牧民群众中广泛流传，一时间争相效仿，掀起一股“贝玛”创作热潮。班觉的“贝玛”小说《花园里的风波》则发挥古代寓言小说的优势，通过现代人与昆虫、花草的纠葛反映社会变迁，表现各阶层人们情同手足，谦虚奋进的精神面貌：

不同的花蕊千千万万，
各自都有不同的甘甜；

若不齐备种种芳香味，
蜂蜜哪有百味醇又甘？

旺多的《斋苏府秘闻》，拉巴顿珠的《骡帮生涯》两部长篇小说对题材领域进行了大胆开拓。他们不约而同地关注西藏商品经济萌芽时期社会步履的艰辛，就像从旧社会封闭的社会乌云缝隙中透出一束亮光，让人惊喜而又叹惋。《斋苏府秘闻》是旺多退休后，以他对亚东——江孜——拉萨一线商业发展的深切感受，满怀激情创作出来的长篇小说，以汉藏英三种文字形式呈现给读者。对西藏资本主义经济萌芽的描绘细腻入微，一面是官场的极端腐败和愚昧，一面是青年人在商品交易中的爱恨情仇，展现20世纪早期西藏儿童娱乐、婚丧嫁娶、渡口习俗、信使制度、政治民谣、基层判案等真实、亲切而又遥远的社会风情画面。小说的悲剧结尾既是对披着宗教外衣的复仇习俗的强烈谴责，更是对男女主人公闪烁人性光辉的礼赞。这篇小说在思想艺术上对西藏当代文学的开拓是不言而喻的。

强烈的现实主义精神是新时期藏文小说创作的一大亮点。有评论家把它列为“西藏乡土文学”是有道理的。这个作家群体大都精通藏汉两种语言，有的对外文也不陌生。他们之所以醉心于用母语创作小说，不仅仅意味着自身高超的藏文技巧，而是深切感受到用母语描绘本民族现实生活及其微妙的文化心态，拥有其他文字难以传达的特殊魅力。他们写作伊始就明确，作品是写给本民族读者阅读的，服务对象的选择直接影响着作家的题材撷取、表现手法和审美走向，从而赋予作品以鲜明的现实主义特色。继拉巴平措、班觉之后，又涌现出扎西班典、平措扎西等直面当代社会生活，擅长描写基层农牧民喜怒哀乐的文学新秀。扎西班典是雅鲁藏布江南岸一个贫苦农奴的儿子，长期在基层摸爬滚打，娴熟民间文化，也培养了他对故土山河和乡亲的深厚情感。他前期发表的中、短篇小说，信笔写来，都散发出雅鲁藏布江畔泥土的芳香，没半点矫揉造作的痕迹。长篇小说《普通农家的岁月》通过一个偏僻山村几家农户的生活际遇和爱情波澜，生动反映了后藏翻身农奴从民主改革、“文化大革命”到联产承包近三十年巨大的社会变迁。有翻身的喜悦，有极“左”思潮的干扰，终于在改革开放新的历史时期加快勤劳致富的步伐，成为西藏农村新生活的缩影。平措扎西的中篇小说《斯曲和她的五个孩子的父亲们》，把笔触投向一个姿色超人、风情万钟的牧羊姑娘。斯曲生养了五个孩子，却一直没有结婚。男人们千方百计想获得与斯曲的一夜之欢，女人们则嫉妒她令男人垂涎的美艳，纷纷猜测到底谁是斯曲的丈夫。整个故事就在破解一个个“悬案”中展开，小说通过美人斯曲先后与小学教师、来牧区打工的萨迦农民、疯子次仁等之间发生的缠绵、凄婉的爱情纠葛，生动反映了当代草原女性走向新生活的甜美而又坎坷的心路。传统和浪漫，古老习俗和美好生活的迷惘，对故土的眷恋和对城镇生活的向往，错综交织，为读者展现出一幅幅当代牧区古朴而又浪漫的风情画卷。小说大量使用民间谚语，浓郁的民族风情，为塑造典型形象和故事发展营造出特定的文化氛围，这是藏文小说创作共同拥有的一大优势。

（四）世纪之交，西藏作家从高原走向世界

一个地区的文学之路并不总是一条向上飙升的直线。西藏当代文学在20世纪50年代的创作高峰，80年代文学“井喷”的轰动效应，是社会大变革引发文学观念更新和作家生活积累碰撞的产物，造就了大批时代幸运儿——优秀作家及其杰出新作；然而，这并非文学创作的常态。在轰动之后需要一个沉淀、积累、反思的过程，从而进入文学平稳发展的“新常态”，这也是地区、民族文学从稚嫩走向成熟的标志。——这种科学认知是通过高原作家在世纪之交十余年的创作实践逐步清晰显现出来的。

毫无疑问，80年代高原军突起的文学“井喷”给西藏文学界带来无尚荣光。在一次全国性文学研讨会上，曾有专家预言我国文坛继北京、湖南、陕西、山西、福建五省市作家群落轰动之后，第六个地方文学生力军非西藏莫属。不料西藏文学热得迅猛，也冷得突然。自扎西达娃的长篇小说《骚动的香巴拉》标志他的“魔幻现实主义”小说走向成熟，藏族女作家央珍的长篇小说《无性别的神》获得第五届中国少数民族文学创作“骏马奖”之后，西藏文学的轰动效应不再，进入相对的沉寂阶段。《西藏日报》曾刊发评述《我区文学何时走出低谷》，传达出读者翘首以盼的渴望。其实，从宏观形势来看，市场经济骤然兴起对文学正常价值观的冲击，掀起阵阵以金钱衡量得失的“时髦”文学热，是波及全国的普遍现象。而习惯于在数十年高潮迭起中成长的西藏文学界还难以适应，内在的浮躁心态是可以理解的。曾经为西藏文学“井喷”立下汗马功劳的《西藏文学》为追赶“时髦”文学的热潮，也一度改刊为“中国神秘文化第一刊”，宣称要适应市场经济迅猛发展的大流，为文学刊物开辟出一条“新，奇，趣，雅”的编辑新路。但是西藏文学界的作家们对此相当冷漠。

是西藏作家过于迟钝？否。这是一个具有高度社会责任感和事业心的作家群体，对刚刚走过的文学路有一种难以言说的“痴迷”。他们离不开这片高天沃土，离不开民族文化的滋润，在痴迷中沉思，在痴迷中积累，也在痴迷中奋发。认真总结前期杰出作品的宝贵经验，发挥各自的特长，在2005年前陆续推出一批直面现实、贴近群众的新作。老作家益希单增、叶玉林、周艳炀继续有佳作问世，中年作家马丽华、加央西热、平措扎西努力攀登文学新高峰，还涌现出次仁央吉、扎西班典、白玛娜珍、格央、次仁罗布、班丹、白拉、冉启培、罗布次仁、李素平、史映红、次仁朗公、日吉梅朵、张祖文、敖超、普布次仁、杨年华、达娃次仁、尼玛潘多、白玛央金、琼吉、嘎玛贡加、嘎玛旺扎、艾·尼玛次仁、陈跃军、藏顶塔杰、沙冒智化、永中久美、次吉拉姆、洛桑更才等大批有才华的青年作家，为新世纪高原西藏文坛注入新的活力。

纪实文学和散文创作大量涌现是新世纪文学的又一显著特征。纪实文学在题材领域得到广泛开拓，深刻反映西藏社会的重大变迁，模范人物专访生动表现了各行业、各阶层人士建设社会主义新生活的拼搏精神和爱国主义情怀。散文创作大都以浓郁的民族文化色彩和意味取胜。纪实文学和散文写作也是作家们积累生活素材获得创作自由的重要手段，格央的长篇小说《让爱慢慢永恒》正是在采访描绘拉萨不同阶层、不同年龄女性特殊遭遇的系列散文基础上一次质的飞跃。让“爱”慢慢“永恒”，小说题目也是作家对文学执着追求的真实写照。藏族诗人嘉央西热的《西藏最后的驼队》将笔触伸向高峻奇寒的藏北腹地，首次以散韵夹杂的古老文学形式展现出牧民们与农区互通有无。庄严的祭祀仪轨把清一色的男子汉组成一个分工严密的驼盐队伍，篝火歌舞和粗俗笑谈交织，尽显草原男子豪放、乐观的天性，全景式定格了一个即将消失的古老民族风俗画卷，酷似一部新出土的“化石”般的民族史诗，是新世纪西藏文学创作在散文领域的重大收获之一。

小说创作和戏剧影视文学在题材开拓和艺术探索方面进行了多方位开拓。白玛娜珍的长篇小说《拉萨红尘》写当代城市青年女性的爱情悲欢，马丽华的历史小说《如意高地》再现了清王朝一支进藏部队在清末民初特定历史关头的悲壮。其他长篇小说还有：尼玛潘多的《紫青稞》写农村女青年初闯城市的喜悦和尴尬；张祖文的《拉萨别来无恙》借鉴魔幻现实主义亦真亦幻的艺术手法写一对藏汉男女的爱情悲欢；次仁央吉的《花与梦》写城市打工女性的生活经历；旦巴亚尔杰的《昨天的部落》描写藏北高原部落历史的兴衰等。扎西达娃先后创作了产生广泛影响的影视剧本，如《益西卓玛》《冈拉梅朵》等。吉米平阶笔耕不辍，先后出版的电影文学剧本《风雪擦亮的青春》《西藏岁月》等，中短篇小说集《北京藏人》以个性化的观察视角及其审美情趣，通过细节描写揭示出祖国各地藏族男女青年在两种文化交融中崭新的精神面貌。

“藏漂文学”是新世纪的特有产品。伴随中国西部大开发热潮兴起，吸引大批外地青年来西藏打工谋职，或者受高原神秘文化的诱惑来西藏寻找“西天最后一篇净土”，其中不乏爱好文学人士，用笔墨记录了他（她）们在西藏的特殊经历和感悟。最早展露才华的有张萍、陈桂芝、田勇、乙乙等，以女性作家的敏锐和胆识为我们揭开藏漂男女情感世界一些隐秘的角落。“藏漂文学”方兴未艾，其发展前景却是可以期待的。

文学的生命在创新，在创新路上勇于开拓，发挥作家各自生活阅历、文化造诣、审美情趣的个性，反映社会发展绚丽多姿的世界，是新世纪西藏文学成熟和繁荣的象征。

纵观新世纪文学的发展态势，其时代共性也格外鲜明。第一，是民族的文学，也是开放的文学。这是改革开放新时期赋予西藏新世纪文学的必然选择。所谓民族特色，就是用藏民族特有的语言表达方式和艺术手段，真实、生动反映西藏的历史和现实，反映各族人民对真善美的追求；文学创作是为维护祖国统一、创建幸福生活所从事的伟大斗争。所谓开放的文学，就是在题材选择、主题提炼、表达方式上逐步与世界接轨，既考虑到本地受众的传统审美习惯，又照顾到全国乃至世界读者的审美需求，实现西藏与外界日益频繁的文化交流，收到了最佳的社会和经济效益。第二，是突出主旋律的文学，又是多元化的文学。文学创作者们满腔热情地关注现实生活和重大历史题材，他们的作品通过典型人物的塑造激发团结进取、奋发向上的民族精神，也不乏村舍邻里忧喜交织的纠葛，花前月下的儿女情怀，共同组成一部气势雄辉而又丰富多彩的时代交响曲。第三，赋予文学作品以丰富的民族文化底蕴，成为作家的共同追求。如何表现传统文化特别是宗教文化对人们社会生活、道德观念、行为方式无所不在的影响和制约，一直是困扰西藏当代文学创作的一个重大课题，作家们在创作实践中进行了多角度的尝试和摸索。次仁罗布的短篇小说《放生羊》通过贫苦市民年扎以放生羊救赎妻子桑姆灵魂的故事，以年扎积德行善、怜悯慈悲的博爱胸怀，调动传统文化核心价值的积极因素抵达人与人、人与自然和谐共处的人类最高境界。尼玛潘多的长篇小说《紫青稞》则在传统文化和现代文化的心灵纠葛中升华了基层妇女从偏僻农村走向繁华城市的时代主题。二者殊途同归，为增强文学文化内涵做出成功摸索，给新世纪文学注入了亮丽光彩。

第一编　1949—1976 年间的文学

概　述

1951 年，中央和西藏地方政府签订“十七条协议”，这标志着西藏和平解放。西藏的社会、政治、经济等各个领域随之发生史无前例的大变革。崭新的时代必然伴生出崭新的文学，“西藏当代文学”应时而生。西藏当代文学发展至今，涌现出一代又一代的文学优秀作家作品，成功塑造出一系列多彩多姿的艺术形象，勾画了一幅幅波澜壮阔的时代画卷。同时，西藏当代文学也真实、形象地反映了雪域大地半个多世纪从闭塞走向开放、从专制走向民主，从贫困走向富裕的社会变迁，书写出了一部记录西藏各族人民，在建设团结、富裕、民主的新西藏的进程中交织着喜悦和困惑的心灵发展史。

1951 年到 1966 年，属于西藏当代文学的创业期。在这十几年间，依据作品所反映的社会生活内容的差异和参与文学写作的作家队伍的变化，又可以将创业期的文学创作划分为两个相互衔接的两个时段，人们习惯称之为“前八年（1951–1959）”和“后八年”(1959–1966)。

1950 年初，党中央发布进军西藏的号令，以中国人民解放军十八路军为主体，包括西南军区、西北军区的部队，开始从四川、青海、新疆、云南向西藏进发。川、青、滇的进藏部队都有随行的部队文工团（队）和军旅作家。文工团队员通过文艺演出宣传党的民族政策，宣传“军爱民，民拥军，藏汉一家亲”的时代主题；军旅作家则开始了最早的当代西藏题材的文学写作。虽然有机会参与创作的作家数量还不多，但他们都是在毛泽东文艺思想熏陶下成长起来的文学新人，有着从事现实主义文学写作的实践经验。刚刚经历席卷全国的解放战争的洗礼，又踏上保卫、建设边疆的征途，所见所闻都让他们激动不已。雪山大江，艰苦征途，藏族群众对新生活的渴望，许许多多拥军爱民、藏汉团结的感人故事，激发了作家的创作灵感，似乎随手拈来都能构成一首感人至深的好诗。诸如高平的《打通雀儿山》、杨星火的《雪松》等，就是在马不停蹄的行军路上挥就的脍炙人口抒情诗作。一曲《叫我们怎么不歌唱》，凭借优美的旋律很快传遍西藏城乡和祖国大江南北，赢得亿万读者、听众的喜爱，更给西藏本地文学爱好者和藏族知识分子以心灵的震撼。部队作家初步创作所获得的巨大反响，不但激发了更多军旅作家向藏族民歌学习的热情，对本土诗人积极投入新文学创作也具有重要的激励和启迪意义。诗歌创作是西藏当代文学最早绽放的一束鲜丽花朵。

新诞生的西藏当代文学既与民族传统文学有着一定的关联，又有别于“政教合一”的封建农奴制度下充满宗教色彩的文学，是文学观念上的一场重大革命，是创作思想和艺术手法上一次质的飞跃。这场审美观念的转变在小说、散文创作中显得更为清晰。许多具有强烈时代气息的文学新著借助报刊、舞台、广播、唱片等现代化媒体传遍祖国大地乃至世界，无异于给长期封闭的西藏敞开了一扇明丽的窗口。此时期，藏族诗人擦珠·阿旺洛桑和江洛金·索朗杰布的诗歌创作，为西藏当代藏文诗歌创作的现代转型做出了成功尝试。

1954 年前后，西南军区政治部一些优秀作家，如徐怀中、胡奇、饶介巴桑等，不畏艰险、争先恐后地进藏体验生活，与原十八军作家组成一个熟悉各类文学体裁的生气勃勃的创作集体，先后出版了长篇小说《我们播种爱情》、儿童文学《神火》、长篇小说《金桥》、短篇小说《央金》等作品；诗歌领域杨星火、高平、周艳炀、徐官珠等，创作了一批高扬时代精神的佳作。与西藏传统文学相比较，这些作品最大的特点是摆脱了为高僧大德树碑立传的模式，把社会底层的平民大众推向文学舞台的中心，书写他们坎坷的社会际遇，表现他们追求美好生活的憧憬及其真实的情感，在读者心中引起强烈共鸣。

现实主义在我国一度被称为革命现实主义，在特定的时代是文学创作所必须的遵循的规范。西藏当代文学创业初期（1951–1959 年）的文学实践，也是在这个规范下展开的。不同的是，西藏当代文学有自己的地域特色，其主要特点是：所有的新作都紧扣认真贯彻“十七条协议”的中心主题，属于歌颂型文学。歌颂雪域大地壮美奇丽的山河，歌颂军爱民、民拥军、各民族水乳交融的亲密团结，歌颂毛主席、共产党给边疆人民带来幸福生活。此时期，诗歌成为前期的重点文学体裁，并始终洋溢着轻松欢快的旋律。这既是西藏和平解放后社会欣欣向荣、形势大好的真实写照，又与藏民族酷爱歌舞的传统审美习惯密切相连，文学借助宣传得到了广泛传播，收到了极好的社会效应。

1959 年 3 月，轰轰烈烈的民主改革在西藏展开，全国各地派出大批职工进藏支援西藏的经济和文化教育建设，这其中不乏热心于文学创作的知识分子。这批热爱文学的知识分子的进藏，打破了西藏文坛军旅作家独撑局面的状况，西藏创业期文学进入“后八年”。创作题材得到广泛拓展：包括“政教合一”封建农奴制度的残暴，百万农奴的翻身解放，基层干部的成长，自力更生建设幸福家园的生产等，被作家们广泛描写。土家族诗人汪成栋的长篇叙事诗《黑痣英雄》，着力塑造了一个反抗封建农奴制残酷统治的英雄波乌赞丹的典型形象；《雪山风暴》的主人公——农奴平措则是在共产党抚育下成长起来的第一代基层干部的代表，在平叛改革的暴风雨中毅然返回故乡，与昔日的苦难相亲一道与农奴主卡玛开展面对面的斗争。长诗描绘出了一幅西藏农村新旧政权交替的生动画卷。这时期，更多的是散文和纪实文学的写作。著名作家李文珊进藏不久，就扎根西藏农业生产的先进典型——乃东县结巴乡，与翻身农奴同吃同住同劳动，学习民族语言。根据自己的生活积累，他于 1962 年发表报告文学《百万翻身农奴榜样》。该报告文学塑造了以次仁拉姆为首的翻身农奴的群体形象。一贫如洗的农奴们一旦成为土地的主人，就能焕发出惊人智慧和改天换地的生产热情，携手并肩闯过生产、生活的层层难关，夺取连年丰收。次仁拉姆因此成为全西藏农奴、牧民自力更生建设社会主义幸福家园的光辉榜样。记者郭超人 1960 年 5 月撰写了关于我国登山运动员首次胜利攀登珠穆朗玛峰的系列报道，军旅作家黄宗江的电影剧本《农奴》等，均属西藏当代文学创业期的精品之作。除此之外，李佳俊的游记散文也是此时期西藏文坛的重要收获。戏剧领域，传统藏戏的改编和国内地方戏的进藏，极大地促进了西藏当代戏剧的发展。影视创作方面，《农奴》和《无情的情人》是这一时期具有地方特色的优秀之作。1966 年之后，中国进入了一个特殊时期，西藏当代文学也进入了沉寂状态，没有出现值得关注的作家作品。

西藏当代文学在第一阶段也存在一些不足乃至缺陷。一是部队文艺工作者和汉族作家扮演主角，熟悉本民族文化和新文学创作的本土作家成长缓慢。二是奉行革命现实主义单一的创作模式，作家的智慧和激情没有得到淋漓尽致的发挥。三是受意识形态的制约，拒绝或很少吸取、借鉴西方现代主义文学有益的创作经验，导致创业期文学在题材开掘、思想深度和表现艺术上表现显现出了很大的局限。

第一章　小说

概　述

1951—1966年间的小说创作，主要是以部队作家的创作为主。这些军人作家见证了西藏社会的变化，获得了一定的生活积累。他们创作涉及的主要的题材内容是解放军进军生活与斗争、军民关系、军民团结，藏族人民追求光明进步、盼望翻身解放。较著名的作者有徐怀中、胡奇、刘克、苏策等。1959年3月，驻藏解放军胜利平息上层发动集团发动的武装叛乱，西藏开始民主改革，大批汉族干部职工进藏支援高原经济文化建设，其中不乏热爱小说创作的文学青年，涌现的作家有叶玉林、刘汉君、单超等。

徐怀中的小说，可以说是西藏当代小说创作领域最早出现的作品。作为十八军剧团战士，在1950年到1954年，徐怀中有机会每年都有几个月时间在康藏高原深入生活。他曾在修筑川藏公路的工兵部队任连队指导员，和筑路的战士们一起在平均海拔3000米以上的雪山上修筑公路，也在川藏公路沿线的几个国营农场和农场职工一起开垦荒地，还曾深入到山村牧场，由此结识了很多藏族农奴，访问过藏族贵族，拜访过几处著名的寺庙。在这期间，他搜集了不少藏族民歌，也了解了很多藏族历史。这为他之后的创作积累了丰富的生活素材和艺术经验。1954年，徐怀中在《解放军文艺》上发表中篇小说处女作《地上的长虹》；之后的几年时间里，又接连不断地在《边疆文艺》《解放军文艺》《人民文学》等多部期刊上发表短篇小说《十五颗向日葵》《雪松》《松耳石》《不褪色的旗》《卖酒女》《阿哥老田》等。1956年，长篇小说《我们播种爱情》在《解放军文艺》12月号开始连载，中国青年出版社于1957年10月出版，后人民文学出版社在1959年12月再版。虽然徐怀中的这些作品反映的故事不都发生在西藏，但这些作品描写、反映了包括西藏在内的藏族地区的社会建设和历史变迁，以及农牧民生活的变化；因此，它们在当时的西藏社会各界产生了巨大的影响，为西藏当代文学的发展发挥了重要的开拓作用。

刘克是20世纪50、60年代西藏当代小说创作领域的代表性作家。刘克于1954年开始发表作品，创作了中篇小说《新苗》，之后在《人民文学》上发表了话剧《1940年的枪声》。20世纪60年代初，刘克创作了《央金》《嘎拉渡口》《古堡上的烽烟》《丫丫》等十余篇中短篇小说。1962年，小说集《央金》由解放军文艺出版社出版。《央金》中的作品大多反映西藏社会变革的曲折过程。"文化大革命"结束后，刘克创作了电影文学剧本《达赖六世的传说》；同时，他还创作了中篇小说《飞天》《康巴阿公》《古碉堡》《采桑子》《暮巴拉，雾山》《清明》等。刘克的小说具有鲜明的时代特色和显著的现实主义精神，成功的人物形象塑造和细致生动的细节描写，是刘克小说创作的成功之处。他的小说《央金》，是此时期西藏小说创作的优秀作品，代表了这个时期西藏当代小说已经达到的艺术高度。

叶玉林是此时期小说创作的另一位重要的作家。著有长篇小说《金珠》《飞瀑》《神猎》《雪山强人》，散文集《我的山——阿里散论》《圣城挂历》，电影文学剧本《梅朵》（与他人合作）等。在叶玉林60年代的短篇小说中，最有代表性是《得得马蹄声》和《蔷薇架下》。这两篇具有强烈现实特色的小说，前者反映在西藏民主改革过程中，藏北草原牧民生活的巨大改变；后者通过普通人的爱情故事，反映在新的社会体制中，人与人之间建立的平等的新型关系；同时也表明，陈旧落后的传统观念将被新的生活观念所取代。叶玉林的小说创作在20世纪80年代有了新的变化。20世纪70年代末到80年代，叶玉林着力关注西藏现代化建设进程中涌现的新的社会现象，如反思“极左”思维观念对西藏青年思想的影响的《墙》《驮盐队》等，讴歌藏族生态关怀、生态文明的《神猎》。此时期，叶玉林的文学创作风格发生了显著的变化，更为关注社会世情背后所潜藏的深刻的社会历史文化动因，如书写游离于人与神之间的神汉的看似啼笑皆非实则冷静沉着的作品《尼姑和神汉的喜剧》，展现青春的狂发、涩楚与彷徨的心理小说《飞蓬·帐篷》，以及对抗命运的青春哀曲的《龙达之谜》等。

单超的小说创作在此时期也颇具代表性。他著有长篇小说《布达拉宫的枪声》《活鬼谷》，中篇小说《天涯情丝》《飞来的礼物》《女活佛历险记》《血泪诗篇》《康生和女秘书》《大海的回声》；出版短篇小说集《单超短篇小说选》，报告文学《雨过天晴》，民间故事集《蝴蝶泉》《牛奶沟》《雪原红花》，电影文学剧本《活鬼》等。单超的小说大多以西藏的现实生活和历史斗争为题材，这些作品既丰富了当时西藏文学的题材，也很好地促进了西藏当代小说的发展。

这一时期值得关注的重要创作成就，还有刘汉君的小说创作。刘汉君1956年开始发表文学与新闻作品，先后出版文集《昆仑散记》(与他人合著)、《刘汉君短篇小说选》等。其中中短篇小说《故土》《红花》《磨坊之秋》等可以说是其代表性作品。

除上述作家外，胡奇、苏策、李文珊等几位作家的小说创作，也对20世纪五六十年代的西藏当代小说创作做出了一定的贡献。胡奇和苏策虽然没有西藏工作的经历，但他们都有过康藏高原的生活体验，他们的一些关于藏族题材的小说，对西藏当代文学也产生过一定的影响，值得关注。李文珊的主要创作成就是在20世纪80年代之后，但他早期创作的一些作品，也是此时期西藏文坛的重要收获。

第一节 徐怀中

徐怀中（1929 年—），原姓许，出生于河北邯郸。1945 年参加八路军，1946 年加入中国共产党。徐怀中入伍后被分配在第十八集团军前方总部剧团，开始时从事美术工作，曾任晋冀鲁豫军区政治部文工团团员、第二野战军政治部文工团美术组组长。

1950 年到 1954 年，徐怀中在西南军区政治部任研究员，其间他每年都有几个月时间在康藏高原深入生活。他曾带职入伍，在修筑川藏公路的工兵部队任连队指导员，和筑路的战士们一起在平均海拔 3000 米以上的雪山上修筑公路，也在川藏公路沿线的几个国营农场和农场职工一起开垦荒地，还曾深入到山村牧场，结识了很多藏族农奴，访问过藏族贵族，拜访过几处著名的寺庙。在这期间，他搜集了不少藏族民歌，也了解了很多藏族历史。1955 年，徐怀中调至昆明部队政治部担任助理员，又常去云南西双版纳等地，丰富的生活经历和对边疆少数民族特有的风俗人情的深入了解，激发了他的文艺创作热情。1954 年，徐怀中在《解放军文艺》8、9 月连载了他的中篇小说处女作《地上的长虹》，后于 1954 年 12 月由人民文学出版社出版。小说主要反映工兵部队修筑康藏公路的事迹。此后，在 50 年代中后期几年的时间里，徐怀中在《边疆文艺》《解放军文艺》《人民文学》等期刊上发表了短篇小说《十五颗向日葵》《雪松》《松耳石》《不褪色的旗》《卖酒女》《阿哥老田》等。1956 年，长篇小说《我们播种爱情》在《解放军文艺》12 月号开始连载，中国青年出版社于 1957 年 10 月出版，人民文学出版社在 1959 年 12 月再版。这部小说在西藏和平解放的大背景下，以发生在西藏的一个农业技术推广站的各种故事为线索，集中反映了各族群众和新社会的各种问题。1957 年底，徐怀中调到《解放军报》任副刊编辑，历时五年。在这期间，徐怀中在 1959 年 11 月号《电影创作》上发表了电影剧本《无情的情人》。这个剧本描写在西藏特殊历史时期，一个没落女贵族和一个农奴青年的爱情纠葛，从一个侧面表现西藏地区阶级关系与革命变革和藏族人民阶级意识的逐步觉醒。剧本一经发表就引起了强烈的反响，但受当时“左”的思潮影响，《无情的情人》被指责为宣扬资产阶级人性论，鼓吹阶级调和，受到几家全国性刊物的公开批判。[1] 由此，徐怀中的创作严重受挫，失去了勇于探索的锐气。1962 年，徐怀中调至总政文化部创作组从事创作；1965 年冬，他随中国作家记者代表团到越南前线，进行了四个多月的战地访问；此后，又随亚非作家会议常设局代表团出访过巴基斯坦和坦桑尼亚等国。

“文化大革命”结束后，徐怀中历任八一电影制片厂编剧、解放军艺术学院文学系主任、总政治部文化部副部长、中国作协第四届主席团委员。重新开始文学生涯后，徐怀中致力于描写部队生活题材。他先后完成了报告文学《母亲在我们背后》《团长和他的儿子》，短篇小说《西线轶事》《阮氏丁香》等。2013 年，徐怀中出版了长篇纪实文学《底色》，主要内容记叙了 20 世纪 60 年代徐怀中作为中国作家记者团访问越南的见闻。长篇小说《牵风记》获第十届茅盾文学奖。

徐怀中的小说创作影响广泛，他的长篇处女作《我们播种爱情》被叶圣陶先生推荐为“近年来优秀的长篇之一”。1958 年，又被作为向建国十周年献礼的优秀作品由人民文学出版社再版，由此奠定了他在当代文坛的地位。短篇小说《西线轶事》获 1980 年全国优秀短篇小说奖和 1983 年第一届解放军文艺奖。

徐怀中的西藏题材创作起始于中篇小说《地上的长虹》，这也是徐怀中早期的代表作品。这篇小说记叙 20 世纪 50 年代修建康藏公路（今称川藏公路）的故事。小说叙述了筑路部队在修筑世界上海拔最高的公路时，筑

[1] 刘金镛：《徐怀中小传》，《徐怀中研究专集》，解放军文艺出版社 1983 年版，第 5 页。

路战士在面对困难的时候，所表现出的矛盾心理；同时也深情书写了筑路部队战士为了这一伟大的工程所做出的巨大努力和牺牲，讴歌了他们的奉献精神。

1950 年到 1954 年，徐怀中在修筑川藏公路的工兵部队任连队指导员，与筑路的战士们一起在平均海拔 3000 米以上的雪山修筑公路，与筑路战士同吃同住，非常了解筑路的困难和艰辛。这保证了他作品的真实可信。因此，小说一发表就得到很多好评。有人认为其“总体的倾向是好的，我们对于这样的作品，完全应当鼓掌欢迎。”[1] 但受当时左倾思想影响，还是引发了一些争议。

短篇小说《十五棵向日葵》发表于 1956 年 7 月号《边疆文艺》，这也是徐怀中的一篇经典小说。小说通过两个主人公的相遇，写出了十五年的沧桑变化，讴歌两个“可敬可爱的形象”。[2] 小说以一对在高原工作、生活的夫妻做引子展开故事，由于丈夫陈再因身体缘故，不适应在高原工作，被调往祖国内地，他的妻子何湘也随同调走，在何湘回去的路上，因为道路塌方无法前行，她住在一个叫扎玛伊珍的女人家中。在与扎玛伊珍的相处中，何湘对扎玛伊珍有了很多了解，了解到她不仅做了很多革命工作，对革命也有着深深的感情，到最后终于清楚了扎玛伊珍的身份。她的原名叫周月荣，是一位红军战士，因为特殊原因没能走完长征的路程。由于留下来的同志大多数被匪军杀害，她与当地藏族葵旺泽登建立了夫妻关系。让何湘更为震惊的是周月荣就是陈再在长征途中不得已留下的恋人。何湘得知这一切后，带着周月荣一起乘车回到了祖国内地。

这篇小说在特殊的历史背景下表现了革命战士的崇高品德，在艺术上也颇有特色，小说有两条线索，一条以何湘为线索，一条以周月荣为线索，一明一暗。周月荣的故事以她的回忆述说交代出来，到最后两条线索交织

[1] 袁一宗：《对〈地上的长虹〉及其批评的一点看法》，《解放军文艺》，1955 年第 4 期。

[2] 岚风：《读〈十五棵向日葵〉》，《边疆文艺》，1956 年第 12 期。

在一起，使故事真相大白。小说题为《十五棵向日葵》也颇有寓意，周月荣在当地已待了十五年，每年她都会数着这些向日葵，向日葵不仅代表的周月荣对党的坚定信念不动摇，也代表着她对陈再的爱情。小说发表后得到了评论界的好评，“反对创作上的公式化、概念化和自然主义倾向的时候，出现了徐怀中同志的《十五棵向日葵》这样的作品，这是一个好的短篇。”[1]

短篇小说《松耳石》的故事内容可以说是电影剧本《无情的情人》的初版本。藏族小伙多吉桑参加革命后，在和汉族同志曹山跟踪携有电台的“商队”时，遇到了久别的亲人——伊西卓玛。这偶然的见面，最初使他惊喜，继而使他彷徨，最后下决心离开。这个故事也是从主人公诸多回忆开始的。多吉桑家破人亡是由于伊西卓玛家的压迫，而伊西卓玛家的毁灭则是统治阶级内部利害冲突的结果。伊西卓玛为了复仇参加了骆驼队，委身于骆驼队长朗扎；后来看到好枪法的多吉桑，伊西卓玛对多吉桑有了更多的好感和关系，进而也发展成爱情；而多吉桑参加藏民团后，他们的爱情就消失了。

这篇小说情节设置离奇曲折，人物塑造鲜明生动，极富个性，发表之初颇受读者欢迎。但由于时代原因，未遭负面批评，但徐怀中以此为蓝本在1959年完成了电影剧本《无情的情人》，却受到了大规模的批判。

《我们播种爱情》是中国当代文学中第一部以西藏人民生活为题材的长篇小说，该作品最早连载于《解放军文艺》1956年12号到1957年6月号。小说依托中国当时广阔而特有的社会背景，以现实主义的有力笔触，塑造了富有时代精神的众多人物形象。同时，小说还展示了独特的藏族民俗、感人的军民鱼水情、真挚而朴素的民族爱情，真实地展现了西藏社会和平解放初期的历史风貌和独特风情，准确地预示出西藏社会不可逆转的发展前景。从这个意义上说，这部小说具有一定的史诗性质。

小说以西藏一个农业推广站为中心，内容涉及到了西藏和平解放初期的方方面面。小说主要以农业推广站的干部、群众为了西藏地区的农业发展，

---

[1] 岚风：《读〈十五棵向日葵〉》，《边疆文艺》，1956年第12期。

开展新型种植、治理病虫害的生产活动为主要线索，描写面对西藏特殊的风土民情，广大干部、群众不得不面对各种各样的困难。有不接受各项改革的保守反对势力，如更达宗本格桑拉姆起初的消沉颓唐；有经常惹是生非的匪徒；有对新型农业技术怀疑的农民等。在克服各种各样的困难之后，推广站的工作终于在短短一年里让当地农业生产有了大大的变化。在大量干部中，小说刻画了许多真实鲜明的形象，有汉族干部工委书记苏易，站长陈子璜，农业技师雷文竹，畜牧师倪慧聪，放牧员朱汉才、叶海等，还有贫苦人民的代表洛珠、朗加等。小说之所以叫《我们播种爱情》，也具有象征意味，寓意在播种的同时也在收获爱情。小说也多处描写男女情爱，如倪慧聪、林媛对苗康的爱情态度，藏族姑娘秋枝的爱情等。但小说的主旨并不在此，小说所着意展示的是新西藏的建设者们对这片虽然贫瘠却前途远大的土地的"热爱之情"，对虽然落后却善良勤劳的藏胞的"热爱之情"。他们将爱情播种在西藏的荒野，也播种在藏胞的心田。他们在播种对祖国、对人民的"爱情"的过程中，培养了互相之间纯洁美好的情爱。正是这种崭新的崇高的"爱情"，使整部小说洋溢着一种温馨而炽热的氛围，流动着一种高尚而纯洁的情调，折射着一种绚丽诱人的理想之光。

《我们播种爱情》的艺术特色主要体现在以下几个方面。

首先，作为西藏题材小说，《我们播种爱情》涵盖内容极为丰富，在细致描述西藏和平解放初期一个农业技术推广站的各种工作的同时，反映了民主改革初期西藏的社会面貌，也折射出整个中国社会的时代风貌。小说以农业站生产建设为主线，重点写到了农业站的工作人员与藏族老百姓的关系，与土司、活佛的关系等；还写到了西藏的其他领域：如建筑领域、盖房、筑路，以及西藏的商业贸易等。同时，由于处在和平解放初期，还存在着小股土匪，他们破坏民族团结，搞分裂组织活动，小说对此也有所反映。

小说内容主要集中在农业推广站生产活动的一年时间里，以西藏农业生产发生的各种变化为中心内容，主线鲜明清晰。同时，小说并没有拘泥于农业推广站的基本工作来写，而是把视角延伸到了西藏和平解放后的方方面面。有西藏贵族对于党的政策的不信任，有西藏农牧民对于新技术从不理解到理解，也有敌对势力对新工作的破坏，这些都真实地反映了西藏和平解放初期社会的复杂性。如贵族女士司格桑拉姆，一开始是有抵触情绪的，整天窝在家里，不参加任何活动；但党工委苏易能够耐心诚恳地去拜访她，终于让格桑拉姆心底里改变了对人民政权的态度。再如农民斯朗翁堆，他原本是个穷苦的劳动者，他虽然善良正直，在农业种植上也有一定经验，但按藏族的风俗习惯，他强烈反对移动田地中的嘛呢堆；农业站办步犁训练班，他自尊心强，不去学习；但当听说步犁种田确实好，他就去向邻居借来工具，在夜里实验；当他真正看到新鲜事物的好处时，他对党的信任就跨出了第一步，而且接受了步犁，也接受了农业站的聘请，并担任农业站的用犁教员，也主动移开了田里的嘛呢堆。

其次，《我们播种爱情》塑造了几个真实鲜明的人物形象。由于作者深入生活，耳闻目睹了许多新人新事，对生活有一定体验，因此，小说塑造的人物，都个性鲜明、真实可信。工委书记苏易在小说中所占篇幅不多，但却是作者着力刻画的一个人物。在工作思想上，他有高度的原则性，又有适当的灵活性，常常能全面审时度势，也能当机立断。他对周围同志的态度，不论是劝说、批评甚至斥责，都从政治角度出发，处处合情合理，让对方心悦诚服，乐于接受。比如农业推广站站长陈子璜，作为部队出身的战士，面对生疏的环境，产生了畏惧心理，对他的这种“懦弱”，苏易进行了批评。虽然“教训”了陈子璜两个小时，但都是从客观实际出发，对症下药，目的是解决实际问题。他的“教训”完全是善意的，是为了更好地开展工作和同志的进步。最后，国营农场取得第一个丰收年后，苏易为了农场更好更长远的发展，又派陈子璜出去学习，来提高他的业务水平。苏易在工作中的认真与热情由此得到了充分地表现。当然，小说对苏易的塑造，并不是平面的、单一的。苏易不是一个完全不近人情的工作狂，他的妻子在解放前因为苏易参加地下党的缘故，被捕牺牲了，在家庭中他就是一个又当爹又当妈的人；同时，对于女儿林媛的教育，他也从不忽视，鼓励女儿多学习，严格要求女儿，让她能担当更多的工作，要求女儿去做最艰苦的教师工作。即使自己工作到深夜，已经非常疲惫，也未曾忘记给女儿过生日。这些情节的设置，使得苏易形象变得丰满且使作品富有生活气息。

倪慧聪是小说塑造的一个工作认真，感情纯洁的形象，作为女主人公之一，这也是作者着墨最多的人物。倪慧聪来到西藏，是因为爱人的缘故，但她愿意来到边疆，却不仅仅是为了苗康。她在工作中认真负责、毫不含糊。当她到农业站后，因为看清了苗康丑恶的灵魂，一度曾想离开这里，但还是用极强的意志控制了自己，积极投入工作，把主要精力集中在工作上。虽不是专门的兽医，但因为苗康闹情绪不去斯朗翁堆家为母牛助产时，她挺身而出，帮助藏民接生小牛。同时，她在工作中也善于动脑，和雷文竹一起提出“筑坝扩地”的建议，还草拟了“试行草原管理意见书”和“培育新羊种计划”。

苗康是小说中的一个反面人物。苗康因为学兽医专业，被分配到西藏的农业站。他本来是和本校同学倪慧聪恋爱，因为早倪慧聪毕业，他请求在倪慧聪毕业时能到西藏和他一起工作。但他在工作期，当林媛对他表示好感时，却不去拒绝，用虚荣心让自己享受着这种不纯正的感情。而当倪慧聪来到他身边，关于与林媛的关系，他对倪慧聪的解释是“不过是日常那么聊聊”和“不可避免的工作上的接触”。倪慧聪因工作的事情受伤，他去医院看倪慧聪时，为了显得更关心倪慧聪，便大骂领导干部派她到危险的地方去，太不负责。感情和工作受挫，苗康不但不接受其他人的帮助，甚至在工作上撂挑子。他在农业站最困难、最需要人的时候，当了可耻的逃兵。

农业推广站的技术员雷文竹也是一个个性鲜明的人物形象。他对工作严谨认真，在种植前，为了取得预期的丰收，对土壤采样分析，他不怕麻烦，出差到区外去化验；在种植时，他不怕困难，为了推广使用“狮子”播种机，和其他农业站的工作人员一起，对老百姓动之以情，晓之以理，终于使播种机能在平坦的土地上使用，最终也使第一年的小麦收获颇丰。

除上述人物形象外，作品还塑造了很多藏族人物，如藏族女土司格桑拉姆、农民斯朗翁堆、藏族姑娘秋枝、呷萨活佛、俄马登登、盗马人契梅姬娜、流浪汉洛珠、朗加父子等等，但这些人物大多笔墨不多，散见于小说之中，但在有些人物身上，作者也注意刻画人物心理。比如老农斯朗翁堆是一个从保守到觉醒的藏族农民的典型。与众多的贫苦农民一样，他在西藏农奴社会辛苦劳作，却只能勉强糊口为生；而且，悲惨的命运让他直到晚年还没有自己的儿女；但他却勤劳、善良、有着丰富的劳动经验；因此，对农业站推广的新式耕种方法根本没看上眼。当他终于看到步犁的好处时，还不好意思白天学习，夜晚偷着学。当农业站从各方面都关心他，帮助他解决各种困难时，他也深受感动，并且主动让收养的女儿秋枝去当农业站的放牧员。

第三，这部小说中不仅把西藏和平解放初期藏区的社会生活进行了充分地表现，也有意识地将西藏风俗穿插其中，从而使小说充满了民族风情，读来趣味横生。

当农业站和当地老百姓一起迎来了望果节时，为了庆祝冬麦下种，农业站举办了晚会，这场晚会是依照当地风俗组织的，最能体现西藏农业区的风俗。人们都席地盘腿而坐，围成一个很大很大的圆场。在场子里，燃起十数堆篝火，人们不时地把松枝柏枝丢到烈火中去，把糌粑面撒到烈火中去。空气中沉浸在一种奇异的野香里。场子正中，摆了一个粗大的木桶。桶里的饮料像稀牛奶一般甜甜的，却是酒味浓烈的青稞酒。桶旁放着几十个木碗，等着人们随时痛饮。而人们都把自己最漂亮的衣服穿出来，“男人们的羊皮帽、狐皮帽以及绣金的偏舌帽不停地闪晃着，女人们的彩色衣袖令人眼花缭乱地扬舞着。”一起围着篝火跳舞。晚会宣告结束，正是情人开始对歌约会的时候。小说将藏族姑娘秋枝和农业站放牧员叶海所代表的新式恋爱方式进行了艺术地展现。

小说中类似这样的风俗，随处可见。在耕种、放牧的同时，山间就响起了民歌；举行庆祝的活动时，人们跳起的西藏民间舞蹈“弦子”。这类描写不但增加了小说的地域文化色彩，还发挥了推动故事发展的作用。农业站的朱汉才和叶海劳动的时候，因为鞋子总容易灌进一些碎石子和小木棒，就把鞋子扔到一边，到休息的时候，朱汉才和叶海的鞋带不见了，当地藏族群众让他们到姑娘那儿去找。等他们找的时候，尴尬的情景引起了围观的老百姓的哄堂大笑。事后，朱汉才才明白这是藏族风俗，一个姑娘可以向两个小伙表达爱意，在藏族一些地方，特别是贫苦地区，的确可以兄弟二人同娶一个女子，“因为人们认为这样比较合宜，一者可以少添一个需要的口粮的人；二者又可以因此而使兄弟之间永久和睦，避免分家。”而这对汉族来说是不可思议的，虽然朱汉才、叶海对秋枝都有意，但朱汉才为了成全叶海，就谎称自己有了对象，并且给对方看了他以往已经结婚的女友照片，打消了秋枝对他的念头。这样的情节设置，不但有民俗风情意味，也对推动故事发展至关重要。

第四，小说开放式的结尾，具有一定的象征意味。小说题目叫《我们播种爱情》，但这部小说在 20 世纪 50 年代并没有像某些小说（如宗璞的《红豆》、路翎的《洼地上的战役》）受到强烈的批判，主要原因是小说具有一定的象征意义。作品虽然也写到倪慧聪的爱情，她是为了爱人苗康来到西藏，但看到苗康的恶劣本质后，毅然决然地放弃了苗康，小说结尾，雷文竹在给农业教授的信中表达了他对倪慧聪的爱，但他过于怯懦，不够勇敢，没能向倪慧聪表白。小说就在这里结束，这是一个让人联想翩跹的开放式的结尾。小说的主要内容似乎并不是要表现爱情。为什么是播种爱情？一方面可以理解为雷文竹播种了他的爱情，希望生根发芽；另一方面，则具有显著的象征意义，农业站在西藏的土地上播种，就像在藏族人民心中，播种了像爱情一样的幸福种子。小说中写马拉播种机时这样描述：“每个人的神情又都是那样振奋、严肃，每个人的眼睛都闪烁着光亮。要知道，播种机所投下的，是种子，同时也是每个耕耘者对这处女地充满了希望的心！也是每个耕耘者所要献给祖国的这一壮丽高原的全部爱情！”

《我们播种爱情》奠定了徐怀中在文学创作上的地位，不论作为军旅小说作家，还是西藏题材小说作家，徐怀中在西藏当代文学史上都画上了浓重的一笔。他的小说创作以现实生活为基础，笔墨亲切自然，描写西藏社会生活时，不猎奇，不讨巧，这种写法在西藏当代文学中产生了深远的影响。叶圣陶在 1959 年对这部小说有过这样的评价：“从这篇小说知道他的生活经验和政策水平，对他那创造境界的工夫和挥洒自如的笔墨，非常钦佩。近年来优秀的长篇出版很多，真像‘千岩竞秀’，这在文艺界是大丰收，在读者界是大享受。说《我们播种爱情》是近年来优秀的长篇之一，必然会得到读者界一致的承认。”[1] 叶圣陶对徐怀中长篇小说的评价是中肯的。

第二节　胡奇

胡奇(1918—1998)，出生于江苏南京。1938年，胡奇奔赴延安参加抗日，先在西北青年救国联合会剧团做宣传员，后又随团进鲁迅艺术学院学习。1939 年以后，先后在先锋剧团和一二九师宣传部任团员、组员。担任过战地记者、政治指导员、文工团团长，创作了大量现代诗歌、小说、剧本等作品。如剧本《闷热的晚上》《纺花车与枪》《报功单》《麦登之夜》和《金戒指》等。解放战争期间，发表了《杨庄之战》《激战沙河》《三只第一船》《横渡长江的英雄们》《胜利渡过扬子江》等通讯和剧本。全国解放后，胡奇长期在部队从事文化工作，参与我国和捷克斯洛伐克合拍的纪录片《通向拉萨的幸福道路》的摄制工作，并担任第一导演。从 50 年代中期开始，

[1] 叶圣陶：《读〈我们播种爱情〉》，《〈我们播种爱情〉序》，人民文学出版社 1959 年版。

胡奇的创作重点逐渐由戏剧、散文转向儿童文学，创作了《五彩路》《神火》《小卓玛》《海防少年》《绿色的远方》和《镰刀弯弯》等儿童文学作品。胡奇曾任《解放军文艺》社总编辑，在此期间，经常深入海防前线和边远地区，熟悉军民生活，为办好部队刊物、繁荣部队文化生活发表了大量作品。1949 年参加中华全国文学艺术工作者代表大会；1953 年中国戏剧家协会成立，历任两届理事。1979 年，又任中国作家协会儿童文学委员会委员，并兼任《儿童文学》编委。胡奇著有中篇小说《五彩路》《绿色的远方》《难忘的冬天》等。其中《五彩路》获 1980 年全国少年儿童文艺创作一等奖。

胡奇一生主要致力于小说创作，尤其是儿童文学的创作，在儿童文学的创作中，胡奇特别善于选取边疆异域题材，比如《海防少年》，主要表现海边少年学习解放军驻守海防的可贵精神；《玉苹》写朝鲜小朋友和志愿军战士的亲密关系。胡奇创作了多篇关于西藏题材的儿童文学作品，作品的主人公都是藏族小朋友。有代表性的作品是《小扎西》《神火》《多彩的路》《绿色远方》。

《小扎西》是一篇反映藏族少年儿童生活和西藏伟大变革的短篇小说。该小说 1965 年出版了连环画。作品讲述了一个名叫小扎西的藏族小朋友，非常喜欢解放军叔叔，尤其是喜欢解放军叔叔开车。在唐古拉山脉的一个峡谷，解放军叔叔开的车坏在路上，小扎西就跑去看。叔叔在车底下修车，突然发生了塌方，小扎西赶忙叫喊解放军叔叔，解放军叔叔在情急之下，抢救了跑不动的小扎西，而自己却被石头砸中，伤了腿。

《小扎西》的篇幅虽然不长，但主题鲜明，很好地表现了西藏解放时期，解放军进藏，给藏族老百姓的生活带来了翻天覆地的变化；而老百姓，包括孩子们也非常感谢解放军，从而表现了少数民族地区解放军和当地老百姓深厚的鱼水之情。虽是一篇短篇小说，却能够通过细节刻画，心理描写，以及对话来表现人物的心理。小说没有直接写小扎西对解放军的感激之情，但是听到汽车从公路上跑过，他就会想：解放军叔叔会到自己家中歇歇脚，喝一碗热茶吗？看到解放军叔叔的车坏了，就邀请解放军到自己家喝一碗热茶。表现了他的天真可爱、热情好客。

《神火》也是一篇藏族题材的小说，主要讲述一个叫多吉的藏族小朋友的生活故事。当爸爸外出卖打猎时，就剩下他和奶奶，他感到非常寂寞。但某一天，多吉看到了远处的火光，奶奶把它称为神火。但神火每天晚上都出现，多吉非常好奇，同时受长辈们所灌输的宗教观念的影响，多吉认为看到神火能让自己幸福，于是在没有告诉奶奶的情况下，离开家去寻找神火。历经千辛万苦，多吉来到了神火边，隔河看到了神火，原来那是解放军的驻地和他们修建的工厂。

《神火》主题鲜明，通过孩童的眼光来表现西藏的巨大的变化。小说最突出的特点是巧设悬念，引人入胜。西藏长期受宗教影响，当出现火光时，先想到燃灯节，但火光出现的时间与燃灯节的日期对不上，于是他们又想到神火，尤其是奶奶，马上念起六字真言。最吸引孩子的，总是一切新鲜而好奇的事物，神火每晚在固定的时间出现，引起的小主人公多吉好奇，并促使他去寻找。多吉究竟能不能看到神火？神火究竟是什么？在短短的篇幅内，胡奇把故事叙述得波澜起伏。多吉在追寻神火的时候，住过树洞，听到恐怖的啼叫，在遇到河流时，遇到的是刺骨冰冷的河水，但这一切都没能阻挡意念执着的多吉，终于看到神火就是解放军驻地夜晚的灯光。

中篇小说《五彩路》是胡奇的另一篇代表性小说。作品发表后，曾多次再版；同时，在1960年胡奇还把它改编为电影剧本，在《电影创作》上发表；之后被翻译为藏文本，翻译成俄文、日文在苏联和日本出版。《五彩路》主要描述在西藏和平解放之际，一个小村庄的三个藏族孩子——桑顿、丹珠、曲拉的“奇特”经历。他们都是穷孩子，但朴实、正直、勇敢。桑顿的叔叔浦巴从雪山那边回来，为他们讲述了外边的世界，提到了解放军已经在雪山上修起了公路。三个孩子对解放军修建的公路非常好奇，让浦巴叔叔讲公路的样子。浦巴叔叔说，“它的样子，比地上的花朵更美丽，比天上的云霞更光彩”浦巴叔叔还说，那里的人们不受贵族老爷的压迫，生活一天比一天幸福。三个孩子的好奇心被揪了起来，于是三人相约决定，要去寻找那条五彩放光的路。三人的成行，一直拖到了第二年的春天，孩子们在路上欣赏了春天的美景，受到了黑毛帐篷里老奶奶的款待，但也经受了灼热砂地上的炙烤和饥饿的折磨。当孩子们翻过雪山，桑顿却得了雪盲症；大家为看到五彩路，又坐独木舟，在江涛中翻滚的危急时刻，终于碰到了解放军，热心的解放军解救了他们。医院中的解放军姑姑为桑顿治好了雪盲症，又带孩子们参观了营房，也看到了筑路的解放军为筑路做出的牺牲，坐上了在公路上飞驰的“长了翅膀的马”，在国营的商店里换到了自己需要的心爱又廉价的商品。后来，在浦巴叔叔的寻找下，他们又回到了村庄。三个孩子不仅在解放军叔叔帮助下认了字，也懂得一条真理，“幸福的生活，要靠不断斗争，斗争也像一条长长的道路，不能停步不前。”

《五彩路》在艺术上以下几个方面的特点值得注意。

《五彩路》作为一部儿童文学作品，最大的特色是故事情节引人入胜。作品正是借助曲折生动的故事情节来表现解放军进军西藏，帮助老百姓筑路，建立军民鱼水之情的鲜明主题的。小说一开始写到了浦巴叔叔从外边回来，带来外边的消息，他讲到了解放军修筑公路，他们不向佛爷叩头，念经，居然也能让雪山低头。公路修好了，通了汽车，运来很多人们见都没见过的东西。同时，公路边的青稞和豌豆也丰收了，牧场上，牲畜也因为有穿着白衣服的姑娘来帮忙，牛马羊的病也没了；而且皮毛也变得值钱了，可以换很多东西。这一切都归功于修好的这条五彩路。浦巴叔叔所讲的一切，吸引着桑顿、丹珠、曲拉三个藏族孩子，他们终于决定要自己去寻找这条五彩路。三个孩子在没有告知大人的情况下，独自去寻找五彩路，那里有茫茫的戈壁，有高大的雪山、有湍急的激流，困难是不可想象的。因此，孩子们每前进一步，都吸引着读者的心，让读者跟着孩子们欢乐而欢乐，跟着孩子们苦恼而苦恼。终于，经过了千难万险之后，孩子们见到解放军，也见到了五彩路，还坐了汽车，在商店换回了自己需要的物品。这样的情节结构，引人入胜，也切合儿童文学中积极向上的主题表达。

小说中主要人物形象符合孩子的性格特点。孩子的天性是好奇，因此，在听到五彩路时，孩子才会不约而同地相约去寻找五彩路。作品中的三个小主人公，勇敢、友爱、执着。当然，他们的性格还是有所不同的。第一个男孩曲拉，他的童年还很是不幸，很小的时候父母就被人暗害了，幸亏有一个穷寡妇相巴芝玛讨点羊奶把他养大。但相巴芝玛也是个病人，在偏僻的地方，得不到医治。她的丈夫相信找到仙丹可以治好她的病；但在找仙丹的路上，她的丈夫却在险峻的雪山上失足坠入河中摔死了。曲拉就是在这样的环境中长大的，因此，当解放军修公路的消息传来时，给他带来了幸福的渴望。他决定带着丹珠和桑顿一起去寻找这条美丽的五彩路。丹珠是抗英英雄聂金的后代，他是一个勇敢的小猎手，就在小朋友一起准备去寻找五彩路之前，聂金爷爷把自己的腰刀传给了丹珠，让丹珠平添了许多勇气，而且在路上用腰刀杀死一只独眼狼，保护小伙伴的安全。桑顿是浦巴叔叔的侄子，他相对比较胆小，在路上还得了雪盲症。书中除了主要写三个男孩外，还描述了一个女孩娜木，贫穷而美丽，善良而勤劳，她为三个远行的朋友保守秘密，为三个男孩的家庭分担工作，默默地替三个男孩分忧。小说对她的描写虽然着墨不多，但也刻画出了鲜明的性格。

《五彩路》语言优美，把叙事和抒情结合在一起，如一首优美朴素的散文诗。小说中的很多小标题都非常有诗意。表现三个孩子因想家而想打退堂鼓的一节题目为“三个想家的鸟儿”；描写孩子们坐上汽车在五彩路上奔驰的那一节题名为“长了翅膀的马”；描写桑顿由于饥饿，也因为受雪地太阳的照射而得了雪盲症的部分题目为“眼睛里的黑云”；讲述解放军姑姑给桑顿治好后，为防止他的眼睛再受到伤害，给他找了一副蓝色眼镜的那节标题是“蓝雾”。这些富有修辞意味的标题，显得很有韵味，增添了小说的诗意。小说在叙述故事的同时，常常把叙事与抒情结合在一起，如三个孩子准备在春天出发时，格外兴奋，文中用拟人手法进行描述：

春天，好像一个俊俏顽皮的姑娘，她来到的时候总是悄悄的，谁也听不到她的脚步声。

这个姑娘最喜欢把宽宽的草坝子，把狭狭的河岸，把高高的树枝抹上一层绿的颜色。春天原想把村子四周的雪山也抹上一层绿色，可是她费了很大力气，怎么也抹不上去。后来她只好请太阳公公帮忙，太阳公公也费了很大力气，才在雪山上撒了一层丹红色耀眼的银粉。

这些带有抒情意味的片段，使小说充满了浓浓的诗意。同时，为增加抒情效果，小说还把很多藏族民俗，藏族谚语、藏族民歌融入到叙述之中。小说开篇便写了一首民歌：

勇敢的鸟儿 / 请借我一双翅膀 / 我要飞过高高的雪山 / 去看望蓝色的远方

这首民歌虽是作者改编的，但也能与整个小说融为一体，既表达了小主人公要走勇敢的道路，去追寻自己幸福的用意；也为作品增添了民族地域风情。藏族人民特别喜爱用谚语表达一个人的才学，小说中随处可见的人物对话就使用了很多谚语。如聂金爷爷说过两段话：

工夫不能用金银宝贝来比量，可是工夫要比金银宝贝贵重；既是你的叔叔派你来请我，那必定有正经事要谈，我自然要去一趟。

恶魔不能和善心人同坐一条毡垫，豺狼不能和绵羊住一个窝棚。今天你只谈解放军，别的话都不要去谈它。

作为一部20世纪50年代的作品，《五彩路》也存在一些不足，如：解放军形象以及反面人物形象刻画的单一，叙述过于生硬等。

《绿色的远方》也是一部表现西藏题材的儿童文学作品，最早由中国少年儿童出版社于1964年出版。这部作品以西藏民主改革为背景，浓墨重彩地塑造了一系列藏族少年的真实形象。有性情耿直的扎西，有乐于助人又细心的女孩卓玛，还有从小失去父母，跟着舅舅一起生活的胆小、自卑的阿江。阿江是在黑暗的落后的农奴制度下长大的孩子，思想上难免背着一些沉重的包袱；但是，当他看到家乡草原发生着翻天覆地的变化，一切都如阳光照亮心灵的时候，快乐地投入到了新的生活当中。

《绿色的远方》在艺术方面有不少值得称道的地方。《绿色的远方》以西藏民主改革为背景，社会矛盾复杂，围绕各种复杂的社会斗争，故事情节跌宕起伏，引人入胜。除此之外，《绿色的远方》塑造的人物个性鲜明，每个人都有自己鲜明的个性特征。如阿江、扎西，虽然是同龄的少年，但由于他们的生活经历不同，每个人的性格也完全不一样。阿江从小失去了父母，在舅舅的抚养下长大。这个舅舅并非阿江的亲舅舅。他每天念经，貌似很有学问，但他对阿江并非真心，所以阿江从小就没有感觉到什么是温暖；同时舅舅每天都要训斥他，也造成他的懦弱、胆小、自卑，认为自己受苦是前世造的孽。当他偶然听到舅舅与郎木叔叔的阴谋之后，他没有把这件事告诉任何人，只是自己一个人承受着。但当他渐渐认清了形势，得知舅舅和郎木叔叔要放火烧即将成熟的粮食时，他勇敢地把自己知道的一切情况告诉了李老师。阿江这个人物是小说中刻画的最为深刻、最为矛盾的一个。

扎西也是小说中个性很鲜明的一个人物形象。扎西没有阿江那样的悲惨身世，所以，他有着藏族少年的勇敢、天真、单纯、喜欢赛马英雄等特点。郎木叔叔用自己曾经赛马的经历向扎西炫耀时，扎西丝毫没觉出什么问题，反而越来越相信郎木。作为一个孩子，他看不出阿江的舅舅有什么问题，也把阿江的反常表现毫无防备地告诉郎木，让郎木牵着鼻子走，差点让扎西送了命。直到这时，扎西才看出阿江舅舅、郎木的破坏行为。

小说中塑造的李侠——李老师形象也非常生动。小说中，李老师来到西藏给孩子们教书，是受到了父辈的感召。她来到这里，家人是反对的，但她不顾家人的反对，和藏区的老百姓打成一片，挨家挨户动员孩子上学，也帮助老百姓收割青稞。当家人希望她在假期回家探亲，她也是犹豫再三，最终还是不放心孩子们留了下来。这些情节描述，都很好地表现了她的奉献精神。

阿江舅舅和郎木是小说中塑造的反面人物，但作者没有把这些反面人物单一化，而是有血有肉的复杂形象。阿江的妈妈并不是他舅舅的亲妹妹，而是他手下的奴隶，为了显示他是个好的修行者，舅舅才认阿江母亲做了妹妹。但阿江的父母因没有按规定给他送酥油、青稞，他便把阿江父母套在枷锁上活活饿死。由于阿江的舅舅是个修行者，在村里还算是有学问的人，他曾经在大喇嘛寺背过三天三夜的经，别的部落就没人比过他，所以人们很是尊敬他。但他对阿江的态度并不怎么好，除了让阿江念经外，就是斥责和打骂；所以，他走向与人民队伍的反面也是必然的。郎木在藏族群众中隐藏的更深，他曾经在赛马比赛上得过冠军，所以得到了扎西的青睐，但他对解放军怀着深深的仇恨，只是隐藏起来不外露而已。

《绿色的远方》中将很多藏族民间风俗融入其中，让整个作品显得既新奇又符合藏族的民风民情。作品中随处可见藏族宗教仪式、民歌、谚语等。阿江的舅舅是个修行者，每天的任务就是念经；而舅舅也有一件永远修不好的紫缎袍，但从来就不去穿上，是因为舅舅年轻的时候，有一次向活佛祈祷赐福，活佛抚摸了他的天灵盖，又抚摸了他身上的紫缎袍。当阿江的舅舅嘲笑阿江也想去上学时，说道："兔子硬要仿照狮子跳雪山，定会跌到深谷里摔死" 。小说中为了抒情需要，运用了大量民歌。这些民歌有时还含有暗示作用。当扎西和郎木谈话时，河湾上传来了婉转而动听的歌声：

那魔鬼打扮的像孔雀一样，/改不掉歹毒的心肠；/牧羊人穿的是破衣烂衫，/他的心像泉水，清清亮亮。

这样的民歌，其实是在暗示小扎西，提醒他注意留心郎木。类似的情节还有很多，再比如：阿江看到舅舅私下藏酒，还和郎木一起喝酒时，他想起了人们中间流传的一首民歌：黄边黑心的云，是冰雹的来源；不僧不俗的人，是佛门的败类。这样的民歌，显然也是在暗示阿江舅舅的丑恶的品行，说明他其实是披着佛门外衣干坏事的人。

作为一部儿童文学作品，《绿色远方》小说无论是在题材的开掘上，或是在艺术表现手法上，较之胡奇以前的作品都有新的提高。当然，《绿色的远方》创作于20世纪60年代，由于受时代影响，作者把阶级斗争的故事，搬到了藏族少年身边，因此，在创作中难免有一些人物是按照阶级对立的观念意识塑造出来的；这让这部作品带上浓厚的时代烙印的同时，显示出来一定的时代局限。

第三节　刘克

刘克（1929—），出生于安徽合肥。1949年参军，1952年毕业于西南人民艺术学院文学系。1954年随部队进藏，在西藏生活了十七年。参加了平息叛乱、民主革命，建设新西藏的过程，历任西藏军区文工团队员、政治部干事。1971年返回安徽。

刘克于1954年开始发表作品。中篇小说《新苗》，发表于《西南文艺》，一度引起广泛争议；之后在《人民文学》上发表了话剧《1940年的枪声》。60年代初，刘克创作了《央金》《嘎拉渡口》《古堡上的烽烟》《丫丫》等十余篇中短篇小说。1962年，小说集《央金》由解放军文艺出版社出版。《央金》中的作品大多反映西藏社会变革的曲折过程。“文化大革命”结束后，刘克创作了电影文学剧本《达赖六世的传说》。短篇小说《丫丫》于1979年由长春电影制片厂拍为同名电影。同时，他还创作了中篇小说《飞天》《康巴阿公》《古碉堡》《采桑子》《暮巴拉，雾山》《清明》等。

1957年创作的《央金》，是刘克的代表作和成名作。央金是庄园中的女奴，她是“一位带有几分呆滞而麻木的姑娘”[1]，她和她的母亲流浪到一个村庄，为庄园主多伦老爷劳作。当央金长大，出落成一个美丽的姑娘时，庄园中来了一个叫扎西顿珠的木匠。在为多伦老爷修房子时，他爱上了央金，他央求多伦老爷让央金跟他一起走，甚至为此不要工钱，但遭到了多伦老爷的拒绝。扎西顿珠想让央金和他一起逃跑，但央金很恐惧，害怕被抓回来，扎西顿珠只好一个人离开。一年后，央金生了个女孩，也叫央金。央金苦苦等待扎西顿珠，但很多年都杳无音讯。在央金失望的时候，老爷把央金许给了油坊的旺堆，旺堆和央金过着平淡的生活。旺堆渴望拥有自己的土地，老爷给他许的诺言，却不能兑现，央金这时才想到了扎西顿珠说的不错，要获得幸福的唯一出路就是“逃跑”，于是鼓动旺堆逃跑了，不幸的是他们又被抓了回来，但这时的央金已完全认识到自己要追求的是幸福，她勇敢地打了多伦老爷。两年之后，央金又离开的庄园，而解放后，扎西顿珠做了金珠玛米，小央金也上了北京的民族大学。

央金的故事反映了三代人的不同命运。这种结构方法，让作品具有深厚的历史内涵。小说虽然主要写了央金的一生，但其母亲的身世，她女儿小央金的命运，小说也做了交代。对于老一代的受苦受难的藏族妇女来说，只能接受悲惨命运，央金的母亲从来没有想过反抗，任多伦老爷对其凌辱打骂。而央金也从母亲那里继承了懦弱的性格特征，但扎西顿珠给她带来的爱情和力量，让她在多年生活的磨难中发生了改变。不仅是她自己鼓动旺堆逃跑，也勇敢地扇了多伦老爷一个耳光。虽然小说对小央金的命运着墨不多，但在得知父亲已参加了解放军后，她的心理也开始发生了巨大的变化。

[1] 曹志培:《刘克与他的西藏题材小说》,《阜阳师范学院学报》, 1988年第2期。

小说把央金作为重点人物刻画，对于其性格特点做了深入细腻的描绘。当央金长大后，虽然大家都认为她是一个“又笨又丑的姑娘”，但当青春来临，她也喜欢干净和美丽。而她的美丽被木匠扎西顿珠看到后，一句简单的问候，“去跳跳舞吧，央金，你太苦了！”赢得了央金的芳心。央金反复想着这句话，甚至为了这句话而哭泣，因为除了母亲，没有人对她这样尊重和关切过。这种心思符合情窦初开的所有少女的心理，也符合这个藏族女奴特有的心境。当扎西顿珠要让央金和他一起逃走时，央金迟疑了，一是怕外边也苦，一是怕老爷把他们抓回来。而当扎西顿珠一走而杳无音讯时，央金总在等待和询问，当终于有人告诉央金扎西顿珠还活着，央金又恢复了少女的恬静和温柔。这些细腻的描写，把央金前后的变化写得自然而然，没有一点唐突之感。

短篇小说《嘎拉渡口》讲述的是解放军为建造嘎拉渡口桥，克服重重困难，最后完成任务的动人故事。小说赞颂了解放军不怕困难，敢于牺牲，全心全意为人民服务的崇高精神。由于嘎啦渡口周围都是草原和戈壁，没有任何木材，解放军寻找木材很困难。在寻找木材的过程中，小骑兵欧阳九却不幸牺牲了，在牺牲之前，他说有木材，同时引出了一张奇怪的弓，由弓引出了亚射和洛甲泽父子。亚射家一直保守着一个秘密，那就是，1904年英国军队入侵西藏后，想在嘎拉渡口修桥，曾运来了大批木材，但因突遇地震雪崩，全部埋在地下。亚射是知道这个秘密的唯一幸存者。虽然亚射也参加过抗英战争，也曾扒出一些木头发过财。但外国特务一直注视着亚射，当民族意识的觉醒，亚射逐渐向解放军靠拢时，他的儿子洛甲泽却杀死了他。

《嘎拉渡口》以一个边防连长的视角为叙述视点讲述故事，情节引人入胜，整篇小说悬念重重，环环相扣。在西藏和平解放的背景下，一支边防队伍为了方便部队给养，也为了边防贸易，准备修桥。解放军来到一个叫莎米达米的地方到处寻找木料，但周围都是草原，根本没有大森林。士兵欧阳九在搜寻之后兴奋地回来了，就在大家喊他的时候，欧阳九却中枪倒地了。欧阳九除了留下一个巨大的弓之外，还留下一句话：“这里有木料……”。本以为有这张弓，很容易找到弓的主人，但当地的老百姓，却都说不认识。终于有一个小女孩嘎莎说弓是她爷爷的。连长带人找到了弓的主人亚射和他的儿子洛甲泽，但洛甲泽一开始并不承认自己知道这个弓。在解放军的在再三追问下，他承认了自己知道这个弓的一些情况。他解释说，自己之所以不敢承认知道弓的事实，是因为解放军战士欧阳九死了，害怕引出不利于自己的干系。连长认为这个解释还算合理，但并没有停止怀疑，于是在亚射家住了下来。夜晚，连长听到了亚射与洛甲泽的对话，更是加强了警惕，一天晚上，一个穿着解放军军服的人来到亚射家，被大家抓住，经审讯，知道此人是一个特务。连长意识到亚射可能面临危险。急忙赶过去，但亚射却被洛甲泽残忍地杀害了。经过严厉审讯，解放军知道在雪山地下，有一批英国人运来的木头。最后，解放军找到了这批木头，用它们在嘎拉渡口修起的一座桥梁。

《古茜和德茜》讲的是一对同胞姐妹不同命运的故事。古茜和德茜在贫苦的生活中长大了，不幸的是，扎西贡老爷看上了妹妹古茜。懦弱的父亲登孜不敢有任何反抗，而倔强的古茜计划逃走。她让姐姐德茜和她一起逃走，但姐姐不敢。古茜逃走了，老爷派人去追，古茜在路上碰到了开汽车的解放军周小伍，周小伍毫不犹豫地救了她，把她带到拉萨。古茜在拉萨参加了农场的工作，终于摆脱了不幸的命运。在第三年的秋天，古茜在罗布林卡游玩，碰到了家乡的一个人，从他那里得知姐姐德茜被扎西贡霸占。解放后，扎西贡敌视解放军，纠结武装，攻击解放军，失败后，逃到山里当土匪了，而姐姐德茜也跟着一起去了，同时还为扎西贡生了孩子。古茜为了寻找姐姐，被扎西贡派人诱骗而捆绑了起来，德茜当面求饶扎西贡放过她妹妹。古茜希望姐姐德茜与自己一起逃走，但德茜对扎西贡还心存幻想，只想让妹妹一人走。就在这时，扎西贡出现了，他向古茜举起了枪。德茜为了保护妹妹，中枪而死。这时，一个解放军听到了枪声，又一次把古茜救了，而这个战士就是周小伍。

小说情节曲折，跌宕起伏，在线索设置上很是讲究。作品以古茜的经历为主线，德茜的遭遇为副线，最后由扎西贡这一人物为交叉点，让德茜古茜见面，使故事情节达到了矛盾高潮。一对孪生姐妹，一个面对的是仇人扎西贡，一个面对孩子的父亲。德茜有很多不切实际的幻想，但终究她的幻想破灭了，为此她也后悔三年前没有和古茜一起逃走。小说在塑造人物上也特别注意人物性格的刻画，姐姐德茜胆小、懦弱、怕事，妹妹古茜大胆泼辣，性格也决定两人的不同命运。

《古堡上的峰烟》是小说集《央金》中最长的一篇，小说描写了一个古堡中的女奴仓姆决，为了追求自由，向往幸福，从古堡中逃出，来到最圣洁的拉萨以求获得幸福，但迎接她的是饥肠辘辘，是藏兵土登多吉的强奸，这让她从梦幻的天堂中跌到人间。作为女人，她最后只有无奈地跟着这个能给她一口饭吃，还有一点温情的男人土登多吉，在生儿育女的本能中，寻求生活唯一的快乐。为了维持生存，仓姆决不顾土登多吉的强烈反对，来到农场工作，土登多吉也在仓姆决的感召下，来到农场。西藏出现了叛乱，土登多吉却因为藏兵的毒打而丧命，仓姆决也被抓回到古堡，当叛乱的贵族成为惊弓之鸟，她勇敢地放火烧了古堡，寻找到了自己的光明道路。

《古堡上的烽烟》艺术特色鲜明突出，表现了西藏人民在前进的历史中，由黑暗到光明的转折时期所经历的复杂内心纠结和精神阵痛。以小人物的命运，反映西藏和平解放初期的社会现实。小说最大的特色是情节曲折。以仓姆决的命运发展做主线，小说的情节随着主人公的命运一起跌宕起伏。仓姆决做事勤劳认真，毫无怨言。在古堡主人贡觉色色的眼中，是一个完美的奴隶，但是仓姆决的内心是没有人了解的。她想追求自由，追求幸福，希望能在有生之年去拉萨朝佛，为此她悄然离开古堡。来到拉萨后，仓姆决却在拉萨无法生存，她受到了藏兵土登多吉的强奸，被迫和他一起蜗居在布达拉宫广场一角的小帐篷中生活，并为土登多吉生了孩子。刚开始与藏兵生活是被迫的，慢慢地仓姆决和土登多吉也有了感情，但土登有很多恶习，为了生存，仓姆决瞒着丈夫来到了解放军办的农场工作。这是土登多吉强烈反对的，因为在藏兵的头脑中，解放军、共产党都是恶魔，土登多吉曾说过仓姆决敢去为解放军干活，就会杀了她。当土登多吉知道仓姆决在农场工作时，就殴打了仓姆决，为此，仓姆决离开了小帐篷，搬到了农场，但过了一段时间土登多吉没钱花，又找到仓姆决，不断地问仓姆决要钱。后来，在农场其他人的感召下，他也来到农场工作，但时不时偷点农场的菜。西藏发生动乱，贡觉色色想趁机把仓姆决抓回来，好使计让外国人知道，仓姆决是如何被共产党压迫的，于是，他就先把土登多吉骗出来，让土登多吉叫她的妻子出来。但此时的土登多吉已经认识到仓姆决的所作所为都是正确的。他拒绝了藏兵的要求，藏兵就把土登多吉打了个半死，又借口土登多吉喝醉酒了，把仓姆决骗了出来。西藏叛乱势力最终被平定了，贡觉色色好像强弩之末隐藏在古堡里，而仓姆决在这时就放火烧了古堡。

小说人物刻画丰富动人，主要人物仓姆决、土登多吉、贡觉色色，农场藏族工人等都个性鲜明。小说的主人公仓姆决，刚开始还是一个从古堡中逃出来的弱女子，面对拉萨一切新奇的事物，她还一时难以接受。当藏兵土登多吉因为喝醉酒，把她强奸了，她无奈地认命，和土登多吉住在一起。当仓姆决来到了农场，她的自我意识，集体主义思想才慢慢形成，她工作认真，不允许任何人偷菜，哪怕是自己的丈夫土登多吉。

土登多吉原来是一个藏兵，作品对他的性格也刻画的很细腻。小说主要刻画了他喝酒、赌博、好打架、欺负弱者等一系列恶习。但他也有善良的一面，他喝醉酒碰到了仓姆决，就强奸了她，但他还好心拿来糌粑给仓姆决吃，也为他们安了小家。同时，他也胆小怕事，赌博输了钱，别人说把老婆输掉，他也无可奈何。但他后来在现实面前清醒了。他清醒地意识到，藏兵只会欺负他，而仓姆决却是帮助他。贡觉色色的性格特征在小说中也有描述，他阴险、顽固，认准一个事情，就不愿改变。作为贵族，他压榨农奴，寻找各种理由给农奴施刑。他是一个彻头彻尾的保守分子，在西藏叛乱时，他也呈“英雄之气”，聚众叛乱，但最终却失败了。

刘克的小说，尤其是20世纪50、60年代的西藏题材小说，“使这片封闭的社会向世界打开一扇可资窥探的窗口”[1]。小说集《央金》中的作品，反映了西藏和平解放时期和民主改革时期社会的方方面面。这部小说也有着和50年代其他的作品不相同的特点，如塑造的人物形象具有鲜明的个性特征。比如藏族姑娘淳朴、善良、但也胆小怕事；藏族老一辈的人物大多隐忍，不愿多说话。当然，在塑造人物时，刘克也不是把他们当作一种类型化的人物来塑造，而是尽可能地突显他们各自的个性特征。

第四节　苏策

苏策（1921—2013），出生于北京。曾任云南军区政治部文化部副部长、西藏军区政治部文化部部长、昆明军区政治部文化部副部长兼创作组组长。著有长篇小说《远山在落雪》，长篇传记文学《名将之鹰》，中短篇小说集《千言万语》《微笑》《生与死》《雀儿山的朝阳》《同犯》《冤家路窄》《苏策小说精选》等，散文集《关肃霜之死》《群山在歌唱》等。

20世纪50、60年代，苏策创作了不少短篇小说，其中有一些是关于西藏题材的，最有代表性的是《江上波涛》和《微笑》。

《江上波涛》完成于1956年，讲述了两位藏族解放军战士先吉、洛桑为建设日喀则，不辞艰险，在雅鲁藏布江上运送木料的故事。小说从先吉、洛桑接受任务展开叙述。初春的雅鲁藏布江可没有那么温顺，大风和冰块给两个战士带来了不少麻烦，造成了不少困难，但两人没有气馁，而是不断地想办法，改进木筏，多运木料。连长把运输木料的艰巨任务交给两个藏族战士，是因为先吉、洛桑都是在黄河边长大的藏族孩子，他们从小就

[1] 曹志培：《刘克与他的西藏题材小说》，《阜阳师范学院学报》，1988年第2期。

被抓去给军阀马步芳干捞木头的苦差事。等到解放军到来后，先吉和洛桑同时参加了解放军，并随部队来到西藏。这样的经历使得他们练就了坚韧的品格。在完成了一项又一项任务后，连长交给他们为建设日喀则在雅鲁藏布江上运送木头的任务。建设美好的日喀则，是他们完成任务的动力。但是，正当他们不断改进方法运送木材时，一天晚上，突然爆发山洪，为了集体财产，他们不顾个人安危，想把木材搬到安全的地方。先吉因为劳累过度，体力不支，差点掉进洪水泛滥的江中，幸而部队的同志们及时赶到，两人才安全，并顺利完成了任务。

《江上波涛》表现了进藏部队，尤其是少数民族战士，在极其艰苦的环境下，为了争取革命的胜利，为了建设新西藏，部队战士们，不怕吃苦、不怕艰难的牺牲精神。

小说环境描写逼真、细腻，形象、生动地反映了西藏特有的气候特征，很好地展现了人物活动的特殊场景。初春的雅鲁藏布江，江面上刮着大风，天空中下着大雨，先吉和洛桑的锅被大风冲到了江里；他们想吃口糌粑，但满嘴都是沙子。当暴风雨来时，电闪雷鸣，雅鲁藏布江更是可怕地咆哮着。当两位战士不得不下水搬运木头时，遭遇到的是刺骨的冰水夹杂着巨大的冰块。这些艰苦险峻的环境描写，为表现两位战士敢于吃苦、坚忍不拔的精神起到了很好的烘托作用。

在人物刻画上，这篇小说所塑造的人物形象生动饱满，不仅展示了藏族战士共有的一些性格特点，也把两位藏族战士不同的性格特点都刻画了出来。先吉和洛桑一个沉稳，一个活泼。小说也借助连长与他们的对比关系，表现了他们各自的性格特征。连长特别喜欢不大说话的先吉，因为他一旦允诺，连长就觉得完成这个任务有了保证。连长也喜欢洛桑，因为他在报告问题时总抢着回答；遇到困难时，总是在喊、在叫，显得富有朝气。

《微笑》创作于 1980 年，但题材内容涉及的是 20 世纪 50 年代进藏部队修筑康藏公路时所发生的事情。故事主要围绕进藏筑路部队文工队中几个人物展开。文工队的女歌手丁小怡，不仅歌唱得好，人也长得清爽自然；男歌手李涛人长得很帅，身材如青松般挺拔，有风度，两位歌手被大家公认为是非常般配的一对。但在文工队中，诗人兼歌词创作者周新，他也暗恋着丁小怡。围绕多人的爱情纠葛，小说表现了主人公在事业理想和个人追求中的不同态度。小说涉及了多场片段，来表现两位男主人公的不同思想境界和人格情操。一开始，文工队在去某筑路驻地时遇暴风雪，丁小怡拉着李涛去找路，意外碰到了同样找路的周新。之后，在洪水到来之前的小河边，周新遇到爱慕周新的文工队跳舞的演员“小鬼”，又碰到李涛来赴约；而后，三人没有人意识到洪水的来临，都被冲进水里。在洪水中，周新救了李涛和女文工队员“小鬼”，而自己因为体力不支被冲走。周新失踪后，李涛以英雄的身份和丁小怡举行婚礼。但故事情节发展到最后，有了转变，周新活着回来了，事情真相大白，李涛受了处分，而丁小怡和周新似乎有了新的结果。小说以这样一个大团圆式的结尾，赞扬了周新舍己为人的崇高品德，谴责了李涛自私自利的不良品行。

《微笑》是用革命现实主义的方法，对进藏部队生活进行了真实描绘。在这部小说中，围绕丁小怡的爱情故事，展示的是20世纪50年代革命战士饱满的革命激情，弘扬的是艰苦奋斗、不畏艰难的价值取向。作品故事情节曲折起伏，引人入胜。小说一开始，就写到丁小怡和李涛是一对被人看好的恋人，但被人催婚时，丁小怡常常说需要再了解了解。而后的几段场景，也暗示了周新对丁小怡的不同态度。直到最后，通过爱慕周新的小战士“小鬼”“偷看”周新的日记，人们才得知周新对丁小怡的爱，而丁小怡通过前后发生的各种事件的对比，也完成了自己对人生命运的选择。

小说最大特色是用对比手法，以此来表现人物的不同个性和情操。男主人公周新虽然身体残疾但心胸开阔，有着宏大的革命志向，对待恋爱也遵守道德要求。李涛虽然外表帅气，但遇事总是退缩，自私自利，因此，在周新救了他和“小鬼”之后，由于周新失踪，他借机隐瞒了真相，赢得了丁小怡的青睐；但最终还是失去了丁小怡的爱情。李涛帅气、英俊，但怕吃苦，不爱读书，写诗也是为了迎合丁小怡；周新外表一般，甚至还有残疾，但为了工作，不怕吃苦，爱读书，爱思考。对两个人物的对比，又是通过一个又一个事件表现出来的。如开始，碰到暴风雪，李涛只想回到驻地等待，而周新则是主动来找文工队。最后，周新在洪水中救了李涛和小鬼，而李涛被救后，因为没有周新的消息，便把别人将自己当成救小鬼的英雄的“事实”承认了下来，而把真正的事实给隐藏起来。

这篇小说在刻画人物行动、描摹人物心理方面相当细腻、深入，特别能把处于恋爱中的人物的心态表现出来。当文工队在讨论周新的歌词时，大家提了很多意见，当丁小怡对周新的歌词进行表扬时，周新反而把歌词稿子撕掉离席走了。大家觉得非常奇怪，其实这是周新对丁小怡的暗恋在作怪。作品对李涛的塑造也常常运用心理刻画，虽然他和丁小怡被公认为一对，但他心里一直不踏实，面对丁小怡热心照顾滚下雪山的周新，也不由得心里酸酸的。

这篇小说也颇能显示苏策的描写功力，比如在写到丁小怡的歌声时，把丁小怡的歌声比喻为沉沉冰冷潮湿的黑夜之后的黎明的阳光。这感觉“使你感到特别舒畅，其实还不仅是舒畅，还有点甜蜜，有点愉快，有点幸福，也多少夹杂着一点忧伤……”

《微笑》作为反映西藏进藏部队生活的作品，充满了积极的革命激情，但是作品为了表现主题，为了取得鲜明的对比效果，也有些过分突出正面人物的崇高精神，而对反面人物的缺点着意强化，这让人多少觉得有些单一僵化。

第五节　叶玉林

叶玉林（1932—2010），笔名林予一、叶晞，出生于浙江遂昌县。

1961年毕业于华东师范大学中文系。1949年参加解放军，后进藏工作，先后任西藏自治区文化厅文艺处副处长，自治区文联创研室主任，《西藏文学》主编，西藏自治区作协主席，1962年开始发表作品。文学创作一级。著有长篇小说《飞瀑》《神猎》《雪山强人》，散文集《我的山——阿里散记》《美在高原》《雪域搜神》《雪野剪彩》《喜马拉雅囚徒》（与廖东凡合著），电影文学剧本《梅朵》（与他人合作）等。曾获西藏珠穆朗玛文学艺术基金奖。

在叶玉林60年代的短篇小说中，最有代表性是《得得马蹄声》和《蔷薇架下》。《得得马蹄声》原载于1962年的《西藏日报》，讲述的是民主改革之后发生在藏北草原的故事。藏北草原的牧民们在经历了“三反两利”运动后，大家都非常喜悦地分到了牲口。但在分牲口时，每个曾经经历穷困生活的牧民对其他人都有一颗谦让之心。因而让一匹叫“银宝驹”的马儿转了好几家都没能分出去。开始，大家把这匹马分给了洛桑尼玛老人，这让老人回想起在领主家因为泽仁骑了一下而遭受领主皮鞭的毒打。于是老人把马送给了已经当了牧民协会主任的泽仁，而泽仁推脱不过，把马匹又给了副主任阿泽；而阿泽又觉得洛桑尼玛老人最需要，又送回到老人家里。

小说通过送马的小故事，表现了西藏牧民在民主改革后的真实面貌和心理意识。小说能够以小见大，用分马这件事，反映西藏民主改革中最重要的受益者——广大牧民的真实状况和真实感受。小说塑造的人物都具有一定的性格特征，比如洛桑尼玛老汉善良，但又有些倔强；泽仁办事公正、利落，心底坦荡，可以说是藏族群众中的梁生宝。

《蔷薇架下》讲述了一个爱情故事。一对成长于新社会的青年男女在冲破传统观念的束缚后，终于有情人终成眷属。医院工作的次仁央宗和医生朗杰是一对恋爱青年。次央的妈妈希萝希望见到这个未来的女婿，但在次央带朗杰来家里的路上，次央的一个同事无意间告诉希萝，朗杰的父亲是宰牛的。在西藏民众的传统观念中，“宰牛人”罪孽深重，比乞丐更卑贱。希萝无法接受这个现实，让女儿和朗杰分手。但次央在与母亲的交谈中，得知母亲希萝是背尸人的后代，这种身份其实比“宰牛人”更卑贱。希萝就是因为这个，才不得不背井离乡，隐瞒自己身世嫁了人。后来，朗杰的母亲为了朗杰不再因为失恋而愁眉苦脸，特意来探望希萝，才发现希萝是自己童年的朋友，两人一起在蔷薇架下化解了由于传统束缚而产生的矛盾，让孩子们有情人终成眷属。

小说在主题上能以小见大，通过旧西藏下等人在新社会联姻的故事，说明很多旧传统束缚逐渐被打破，新的生活观念正在取代旧的生活观念。另外，小说情节安排上也很是讲究，小说的故事情节一波三折，颇为引人入胜。

20 世纪 70 年代末期，适应西藏经济社会发展的需要，叶玉林着力关注西藏现代化建设进程中涌现出的新的社会现象，如反思“极左”思维观念对藏族青年思想的影响的《墙》《驮盐队》等，讴歌藏族生态关怀、生态文明的《神猎》。80 年代以来，叶玉林的文学创作风格发生了显著变化，更为关注社会世情背后所潜藏的深刻的社会历史文化动因，创作出现井喷的态势，如书写游离于人与神之间的神汉的《尼姑和神汉的喜剧》，展现青春的狂发、酸涩与彷徨的心理小说《飞蓬・帐篷》，以及对抗命运的青春哀曲《龙达之谜》等。

在叶玉林的文学生涯中，青春书写是其重要的写作方向。他极力宣泄青春的活力，以之表达对藏族传统生活伦理的叛逆。代表性的作品有《蔷薇架下》《飞蓬・帐篷》《龙达之谜》《柳莺》《人血无毒》等。这些作品都以爱情为主线，在铺展青年男女爱恋的过程中塑造了全新的藏族新一代的价值探求。其中，《飞蓬・帐篷》可视作叶玉林小说创作走向成熟的标志。这是一部表达流浪主题的作品，飞蓬象征着不安分的家族情怀。为了寻求幸福，郎赛木祖孙三代先后走出了世代生活的草原，出外流浪，祖父最终以回归完成了对幸福的诠释，只有家才是温暖的港湾，才是幸福的居所；父亲仍然在流浪，仍然在不懈地追索着人世的幸福；而郎赛木在步先辈的后尘，在飞蓬与帐篷间徘徊着。流浪的世俗快乐与内心的时刻反顾构成鲜明的对比，通过人物的内在思绪的流动不断地制造着心理、情感的矛盾，而最终在获得哑女的爱情后，郎赛木又面临着选择何处安家的问题。草原上形单影只的祖父与身边渴望爱情的哑女之间，又生成了新的择取。

其他几部爱情作品，如《蔷薇架下》《龙达之谜》《柳莺》《人血无毒》等，更多地展现的是青年人冲破重重阻碍创建新生活的无限憧憬。为了儿女的幸福，父辈与青年一代之间产生了矛盾，甚至是父辈之间以关爱青年的名义，破坏青年男女爱情生活。尽管最终年轻人按照自己的意愿结合在一起，但他们的命运是怎样的，又构成叶玉林的隐忧。他们能够与强大的民族文化习俗对抗吗，他们的爱情能够超脱现实的残酷吗，这些思考构成叶玉林新时代的人文忧患。

叶玉林的创作始终关注的是人性的复杂多变，他的作品善于通过细节性的描写将历史与现实、过去与现在串联在一起，并且他的文学写作充满着戏剧色彩，往往在山穷水尽之时，另辟蹊径，致使结局柳暗花明。这一显著的特色在其 1962 年发表于《西藏日报》的《得得马蹄声》中已显露端倪。为了一匹马的归宿，洛桑尼玛老人、泽仁主任、阿泽副主任之间相互谦让，并且不时穿插着对艰苦岁月的追忆，今昔生活的强烈对比，导致草原上奔腾起令人温暖的深入人心灵深处的马蹄声。另外，叶玉林的作品的语言富有藏族风情，大量采用藏族寓言、谚语、歌词、幽默等来刻画人物内在世界，这也是其一大特色。

第六节　单超

单超（1932—）笔名萨钉、白寒，出生于安徽萧县。1948 年参加解放军。历任拉萨市委宣传部干事，西藏自治区党委宣传部干事、文化处负责人，西藏黄梅戏剧团团长，西藏文联筹委会负责人。1956 年开始发表作品。著有长篇小说《布达拉宫的枪声》《活鬼谷》，中篇小说《天涯情丝》《彭雪枫》《飞来的礼物》（儿童文学）等，出版短篇小说集《燃烧的雪山》《单超短篇小说选》，搜集整理民间故事集《仙桃园》《雪原红花》等。

单超的短篇小说大多是以西藏生活为题材的，有根据民间故事改编的新故事，有抗英故事，也有反映民主改革时期的作品。这其中最能反映民主改革运动的代表性作品，是短篇小说《顿珠和仲嘎》。

《顿珠和仲嘎》讲述的是西藏民主改革时期的一对青年男女，因曾经遭受领主的迫害，深知幸福生活的来之不易，因此在翻身解放后积极工作，粉碎敌对势力的破坏活动的故事。故事以工作队的干部安林为线索展开，把顿珠、仲嘎对安林的关心照顾，与顿珠和仲嘎以往不堪回首的旧生活做对比，又通过一次民主改选会，不仅把顿珠一心为公的工作态度展现了出来，也把被国民党特务收买，专搞破坏活动的强巴的本来面目暴露了出来。

在艺术表现上，单超沿用现实主义传统表现手法，把西藏民主改革时期的生活记录得颇为细腻生动。小说可以视为是对西藏农区生活真实写照的实录性文本，如关于改选会前的描写："有的男的在纳靴底，女的大多在捻着羊毛线，大家都吃着喷香的炒豌豆。我知道，等一会选举时，他们就把炒豌豆粒放在候选人面前的木碗里，表示对候选人的信任。"而小说开头，也写到安林因为工作劳累，渴望吃一碗"糌粑面汤里煮着骨头和萝卜丝的标准的西藏土巴"。这些细节性描写，正是那个特殊时期的真实的社会场景。

小说塑造的人物也是性格鲜明、各具特色。有沉重冷静、宁愿自己受苦也不愿打搅牧民生活的汉族干部安林；有粗中有细，一心为公，不给自己分配好田的顿珠；还有冒充自己是朗生，其实是领主的狗腿子的强巴这类反面人物。个性最为鲜明人物是仲嘎。仲嘎在旧西藏本和顿珠是一对恋人，但被领主拆散被迫做了尼姑。翻身解放后，个性直率泼辣的仲嘎在改选会上大胆宣布和顿珠结婚，并在第二天就与顿珠住在了一起。仲嘎这一人物所做出的惊人举动，以及她所表现出来的勇气，是那个时期曾经遭受过长期迫害的普通民众共同的精神心理。通过这个人物的心理和精神转变，小说揭示了西藏社会发生巨大转变的历史事实。这是这篇小说所具有的社会历史内涵之所在。

第七节　刘汉君

刘汉君（1935—），出生于山东掖县。1949年参加革命，1950年进藏。先后在中共西藏工委组织部、青藏公路局党委、西藏交通党委任机要秘书，1961年起在《西藏交通报》《西藏日报》任编辑记者。1956年开始发表文学与新闻作品。出版文集：《昆仑散记》(与他人合著)，《刘汉君短篇小说选》《框框文学与新闻乱弹》《你想当记者吗》。刘汉君的大多数短篇小说都以西藏作为表现对象。1986年由西藏人民出版社出版的《刘汉君短篇小说选》中，刘汉君说："自己在藏工作十六年，经历了平叛改革，目睹了西藏翻天覆地的变化。"[1]《故土》《红花》《磨坊之秋》等是刘汉君的代表作。

《故土》用细腻的文笔，讲述了逃亡印度的藏人渴望返回故土的故事。小说从一个渡口开始写起。"我"碰到了风尘仆仆的老人，好像从远方来的，但这位老人却说这里是他的家乡，并从衣服中拿出了装故土的袋子。而他又不是写信说要从国外回家的阿旺顿珠，而是一个叫扎西的老人。小说用倒叙的手法，讲述了扎西和阿旺顿珠的流亡生活。扎西和阿旺顿珠本没有什么交集，但阿旺顿珠总想回家的心思，搅得扎西也心神不宁。一天晚上，他居然忘记了管理道口，放下栏杆，并因为印度人侮辱藏人而一怒之下打了人，结果失去了工作。也是这次事故，让阿旺顿珠受了重伤，并因此而丢了工作。由于伤势过重，阿旺顿珠实在无法恢复，临终之前，他给了扎西一包装着故土的唐古，说是一个母亲让交给她的孩子的。

小说选材独特，以平叛时期随达赖流亡到异国他乡的藏族人对故乡的思念为主线，着力表现了他们渴望返回故土的强烈愿望。同时小说采用倒叙手法，把一个风尘仆仆的老人出现在家乡的特殊场景描绘出来，颇引人入胜。这篇小说的很多表现手法也很是细腻。作者文笔的细腻，不仅体现在通过

---

[1] 刘汉君：《刘汉君短篇小说选》，西藏人民出版社1985年版，第238页。

用比喻和象征来表达许多不便表达的内心感受上，还体现在小说对很多藏族风俗细节的精细描绘上。

《红花》的主人公红花从中学毕业后来西藏寻找在车队工作的姐姐翠花。分别三年，翠花看妹妹已出落成漂亮的大姑娘，有中学文凭，还是一个共青团员；因此，翠花一心想在车队宣传部门给她谋一个轻松而又体面的工作。而红花偏偏痴迷于当驾驶员。翠花教训她说，“红花，这不是内地，是边疆，汽车不是在沥青马路上跑，是在举世闻名的高原上跑！”不料总支书记却格外赞赏红花敢于到风雪路上闯荡的勇气，一心想培养出一个青藏公路线上的女司机，不但同意她开车的请求，还立马指派红花给一个名叫包大方的青年司机当学徒。红花急于求成，又很任性。在学习驾驶技能的日子里与师傅包大方闹出许多笑话和风险。先是趁师傅在车底修车的空隙，擅自在驾驶室动手动脚，不经心踩下了刹车，“哧”的一股冷气激起地上的尘土蒙住了师傅眼睛，气得师傅揉着双眼从车底爬出来对她一顿训斥。万幸的是还没有踩油门，保住了师傅的一条性命。刚刚学会换挡、拐弯、加油、鸣笛，还没有拿到司机执照呢，她就想驾车上路。于是几次在夜里偷偷从停车场开出汽车到马路上胡乱溜达，直到凌晨才“物归原地”。那天，她偷偷出去溜车，自我感觉非常良好，兴冲冲开车返回车队，但车刚刚开到大门口就熄火了。她打开引擎盖，用手电筒照明，按照师傅教导的方法寻找毛病，这里理理线路，那里紧紧螺丝。一打马达，车子还真发动了。那高兴劲不用说，忙下车去看看摸摸，好似明白了许多诀窍。在她正得意的时候，那长长的发辫被什么东西缠住，疼得禁不住“哎哟”一声叫了起来。伴随着“哎哟”的叫唤，从大门里冲出三个抓“偷车贼”的人来。他们是翠花、总支书记和包大方。包大方一句话都不说，急忙给汽车熄火。翠花又气又疼，一面为她剪掉被撕扯的杂乱的发辫，一面还不住训斥妹妹要开车是自讨苦吃。总支书记本来要狠批红花目无纪律，听到翠花的训斥反而来了180度的大拐弯，反驳翠花说，“同志，你这思想要不得，开汽车有哪些不好呢？”

包大方暗暗得意，对这个勇当青藏公路女司机的徒弟产生出一阵说不清的情愫。小说篇幅不长，却通过几个生活片段，将四个人物的个性刻画的栩栩如生。

小说结尾更是意味深长。红花很快考上了驾驶执照。正式出车那天，红花是真资格的司机，师傅变成了红花的助手。汽车爬上唐古拉山时，水箱一个劲开锅，外面冰天雪地，根本找不到水。红花停下车去路边砸冰捧雪，包大方则忙着捡拾牛粪化水，但哪里找得那么多牛粪，红花干脆撕开自己的棉外套，取出内里的棉花在发动机上擦了擦，粘上油污，都做了化水的柴火。师徒再次启程上路。当红花正要伸手挂档的时候，包大方将一件男人的大棉袄披在了红花的肩头。红花没有拒绝，“她的脸慢慢地泛出桃红的颜色，她用手抿了抿短发，望了他一眼轻轻地说，走吧，大……大方同志，快到山口了。”师徒的学车风波演化成一个缠绵的爱情故事。

《红花》1960 年在《西藏日报》发表不久，就在西藏文艺界引发一场不大不小的争议，焦点在于学车风波变成了爱情风波。爱情风波被升格为宣扬资产阶级人性论。这种争论，在那个特定的时代也是可以理解的。而它引起争论，在某种程度上表明，这篇小说有着独特的审美价值。

第八节 李文珊

李文珊（1928—2014），曾用名李存科、李恒立，笔名石灵、杨柳枝，出生于河北武安县。1945 年参加工作，1959 年奉命支援西藏，历任《西藏日报》社编辑部副主任、主任、记者部主任、副总编辑。1971 年任《西藏日报》革命委员会副主任、党委副书记。1975 年任西藏自治区党委宣传部副部长兼《西藏日报》社总编辑。1979 年任西藏自治区党委宣传部部长。1983 年任西藏自治区党委常委、宣传部长。1984 年任西藏自治区党委副书记。1986 年调任中共河北省委副书记。1988 年兼任政协河北省主席。1990 年任政协河北省第六届委员会主席、党组书记。1993年任政协河北省第七届委员会主席、党组书记。李文珊的创作包括小说、报告文学、散文、新闻报道等，著有小说《金梁和玉柱》，小说散文集《高原春秋》《李文珊散文集》《第八级人》《西天佛地》《海外漫游》《李文珊散文》《难忘西藏》《火红年代留影》《李文珊文集》等。

李文珊的文学创作大致为四个阶段。1950年到1959年是第一个阶段，李文珊在山西新闻系统工作时，创作了大量地反映山西社会主义革命和建设的作品，既有小说，也有通讯，还有游记等体裁，作品中渗透出浓郁的山药蛋气息，“高度重视文学与现实生活的密切联系，直接与人民群众一道参与变革现实的实践，写作家熟悉与热爱的生活”[1]。第二个阶段是1959年进藏到1970年代末期。这一阶段，李文珊自觉地融入到西藏的社会生活中，以亲历者的视角书写着社会主义新西藏的方方面面，着力开拓了边疆民族文学的新的写作空间，这一时期李文珊的创作主要集中在纪实文学、报告文学，后结集为《高原春秋》。这一时期在延续其山药蛋风格的同时，李文珊自觉将酥油气息融汇在作品中。第三个阶段是20世纪70年代末至1980年代初中期，他主要从事小说创作，创作了一系列反映西藏各族人民新时期生活情态的文学作品，秉承现实主义的创作态度，以新闻记者的敏感职业素养挖掘着西藏广阔天地中发生的一切新鲜的别样的艺术宝藏，结集为《第八级人》。第四阶段是20世纪80年代中期调到河北工作之后，以散文游记和文学评论创作为主。

在李文珊50多年的文学生涯中，在西藏工作、生活与写作的时间最长；而在他的百余万字的作品中，描绘西藏生活的作品最多，影响也最大。李文珊是新闻与文学的“两栖人”。其新闻作品真实地记录了一个迅速变革的伟大时代；他的文学作品同样反映了时代的变迁。小说集《第八级人》

[1] 李佳俊：《探索高原民族的奥秘——论李文珊在西藏的文学创作》，《长城》，1990年3期。

收录了16篇小说，这些作品最早的写于1949年，最晚的写于1985年，其中《第八级人》《长袖善舞》《顺流而上》《船客》《三等世家之子》《多龙小传》《四郎翁堆和他的“影子”》等作品，完成于20世纪70年代末和80年代初，具有浓郁的高原特色和生活气息。这些作品中塑造的人物形象基本经历了西藏民主改革以来的各个阶段，作品的历史情怀浓烈，反映了社会不同阶层人物的生活经历，包括格萨尔说唱艺人、往昔贵族、贫民、卑微的折嘎艺人、干部、青年、具有传统文化观念的老人等。在饱经历史的沧桑后，他们热情拥抱新生活，畅享着社会主义新西藏的美好生活。李文珊的小说具有强烈的问题意识，如关注《格萨尔》史诗的传承问题、关注旧时代上层社会知识分子的自我改造问题等。其中，《第八级人》写了一个被领主逼迫而专靠说唱“折嘎”乞讨为生的流浪艺人巧格桑。他精明伶俐、正直善良，利用“折嘎”形式帮助工作队宣传党的政策，翻身作主人后仍不忘用“折嘎”这一艺术形式为藏族人民歌唱。作品通过巧格桑在封建农奴制社会、民主改革以及粉碎“四人帮”前后的不同遭遇，反映了农奴制下民间艺人的低下地位，“四人帮”对民族文化的摧残，以及民主改革后和粉碎“四人帮”后，民间艺人心情欢悦，民间艺术重放异彩。《长袖善舞》提出一个如何对待和帮助受极左思潮影响的农村青年这个带普遍性意义的社会问题。扎西和索木南原本关系密切，“索木南第一次当入党介绍人，介绍的对象即是小扎西”。但是由于受极左思潮的影响，在运动期间，扎西写大字报攻击索木南；但索木南并没有怀恨在心，而且在扎西开始感到内疚的时候，让他担任修建电站的突击队（员）长，后又推荐他参加少数民族参观团去内地学习。《顺流而上》讲述经历了民主改革的老人对待包产到户政策前后不同的认识和态度的故事。“我”因为检查落实包产到户来到村里，但山羊胡子老人把包产到户与搞社会主义对立起来，甚至差一点给了“我”一铁锨。后来在事实面前，他改变了对包产到户的认识，当“我”与他再次相遇时，他捧出一罐酸奶，略带羞愧地向“我”真诚道歉。《船客》写了准备过江的五个人：老者、青年、干部、商贩、农夫，通过各种人物的心态，生动揭示出农村改革开放中商品交换、宗教活动、家庭关系、干群关系方面纷纭复杂的社会现象，让人欣喜，也让人焦虑，让人久久难以平静。《三等世家之子》以朴素洗练的语言，娓娓动听地向人们描绘了一个三等世家贵族子弟身上发生的故事。报社副处长邦色是一个出生于贵族世家、生活中保留着一些旧习惯、有着海外关系的藏族干部。小说开篇以他出国探亲到期未归引发悬念，最后以邦色历经艰辛，摆脱羁绊回到祖国结束，中间穿插了对邦色一些往事的回溯。作品通过邦色这样一个生动形象，表达了“一个世袭贵族的后裔，一个出人头地的少爷，一个旧西藏培训起来的知识分子，新的时代可以使他变为人民的公仆，新的制度可以改变他的世界观”的深刻主题。[1]《多龙小传》描写了多龙这样一个憨厚、正直、善良，又具有反抗精神的形象。多龙过去是领主庄园里的背水人，民主改革后分到了房产，但在嘎欣杰布女儿的婚姻骗局下，变得一无所有。对此，他毫无怨言，只怪自己没有睁开双眼。但当噶欣杰布又一次用“复辟资本主义”的罪行对他进行威胁，并污蔑农协会主席、党支部书记索木南时，强烈的反抗精神促使他不愿任人宰割；他挺身而出，用暴力对抗暴力。多龙表面憨厚，内心却密切地注视周围的一切。他不是稀里糊涂地过日子，在屡遭打击的情况下，他默默思索，不断地吸取经验教训。尤为可贵的是，他把别人的利益、集体的利益看得比自己的利益更为重要，他不仅维护自己，也为别人，更维护集体。过上好日子的时候，他想着公社小学的孩子们，暗地里培育一些杏树苗，为的是让孩子们能吃上甜杏。《四郎翁堆和他的“影子”》讲述的是一个叫老辛的汉族干部，到横断山区普查说唱《格萨尔》民间艺人，从而引出《格萨尔》说唱艺人四郎翁堆和他的弟子巴乌嘎登所经历的艰难曲折的故事。巴乌嘎登原是奴隶的儿子，从小逃难离开母亲，

[1] 周韶西：《生活的力量，感人的形象——论李文珊的短篇小说〈三等世家之子〉》，《西藏文学》，1985年第2期。

流离失所，无家可归，后得《格萨尔》说唱艺人四郎翁堆所救并收为弟子。西藏和平解放后，在共产党和解放军的帮助下，师徒俩结束乞丐般的流浪艺人生活，分别返回家乡居住，“那些年月，他们真像是天鹅飞进羊卓雍湖，交上了好运，日子过得真是舒坦极了！”但好景不长，在那场“史无前例”的暴风雨中，《格萨尔》被批判为“大毒草”，禁止说唱。师徒俩也受到了不公正的待遇。在冒险将四郎翁堆说唱的《格萨尔》记录下来后，师徒俩不再说唱。最终有感于老辛的真诚，巴乌嘎登将记录下来的30部《格萨尔》说唱书稿献出。

李文珊在西藏的文学创作既保持了与“山药蛋”文学一脉相承的乡土文学特色，又散发出藏民族酥油糌粑特有的芳香。在山西工作时，他就注意收集、学习山西各地的方言，到了西藏，更注意收集、学习藏语，特别是那些富于民族特色、形象风趣的格言谚语，并恰到好处地运用到情节叙述和人物对话当中，为渲染环境气氛，突出人物性格起到了重要的作用，如：“有弊病的人心虚，带脊疮的马胆怯”“不弹无弦的琴，不唱无头的歌”“驯马身上鞭子多，顺民头上老爷狠”（《第八级人》），“代理人的儿子使用羊毛裹着石头打我们啊”“怀里藏不住牛头，牛粪底下也埋不住火”（《长袖善舞》）“脸上的皱纹洗不掉，佛定的命运变不了”“房顶上的经幡，随风倒”“康巴人的耳朵长在屁股上，不打不听话”（《船客》），等等。李文珊的创作手法是现实主义的。他在藏的二十余年，正是西藏社会发生急剧变革的伟大时代：平叛斗争、民主改革，“文化大革命”、改革开放的业绩和困惑等等，李文珊以新闻记者的敏感、作家的细腻观察，与时代同频共振，真实地反映了这些重要历史时期的政治、经济变化，以及藏族群众跟随时代发展自觉或不自觉地重新塑造民族灵魂的艰辛历程。[1]

[1] 李佳俊：《探索高原民族的奥秘——论李文珊在西藏文学创作》，见王畅、龚殿舒主编：《李文珊创作研究》，花山文艺出版社1997年版，第27、32页。

第二章　诗歌

概　述

1951年到1976年间，诗歌创作是西藏当代文坛上相当活跃的文学实践。尤其是1951—1966年期间，诗歌创作是西藏当代文学的排头兵，对西藏当代文学具有拓荒性意义，为西藏当代文学的发生、发展发挥了极为重要的作用。诗歌短小精悍，最容易与时代生活发生密切的联系，更利于在群众中广泛传播，也更容易在文学基础普遍滞后的历史情形中得到创作者们的青睐，更容易激起创作者们的文学热情。在西藏当代文学的拓荒期，在还缺乏专业作家，只有“业余”作家利用工作之余进行创作，且主要任务是进行革命宣传和社会主义建设宣传的历史境况中，诗歌掀起西藏当代文学的第一个浪潮，是历史的必然，也是西藏当代文学发展的必然。

此时期的诗歌创作队伍，在人员构成上，主要来自两个方面。一是从藏族古典文学创作传统中脱胎而出的藏文创作者。代表诗人有擦珠·阿旺洛桑、江洛金·索朗杰布等。擦珠·阿旺洛桑的代表作有抒情诗《金桥玉带》，除此之外，还有歌颂革命领袖的《歌颂各族人民领袖毛主席》，赞美川藏和青藏公路顺利通车的《欢迎汽车之歌》，欢呼民族区域自治政策新胜利的《庆祝西藏自治区筹备委员会成立》，欢呼祖国飞机冲破空中禁区来到拉萨的《碧空银鸽》等。擦珠·阿旺洛桑出版有藏文诗集《擦珠·阿旺洛桑诗集》。

江洛金·索朗杰布出生贵族之家，有着扎实的传统文化功底，他创作的《欢迎文成公主进藏》在追溯历史、纵观现实的叙述震撼中，热情讴歌了民族团结；诗歌不但具有藏族传统诗歌的艺术韵味，也富有时代精神。擦珠·阿旺洛桑、江洛金·索朗杰布两位诗人的藏文诗歌创作，不但继承了西藏古典诗歌的表达方式，也开辟了西藏藏文创作具有现代社会内涵的诗歌道路。他们的藏文诗歌创作，是西藏当代文学拓荒期的重要构成部分，对于整个西藏当代文学的发展，尤其是藏文当代文学的发展发挥了筚路蓝缕的拓荒作用；他们的藏文诗歌中所表现出的具有启蒙意义的思想意识和具有时代特色的社会内容，为广大藏族民众开启了认识新社会、接受新思想新观念的新天地。

此时期诗歌创作的另一只队伍来自部队文艺工作者。这批诗人出自随军进藏部队，他们的主要工作并不是进行文学创作，而是编排具有鲜明宣传功能的文艺作品，如戏剧、小品、歌剧等，目的是宣传部队的文艺政策，向群众宣传党的革命政策和民族政策，兼有慰问部队战士，活跃、丰富部队生活的功能。当时西藏的大部分随军的文艺工作者，肩负的就是这样的文艺使命。当然，他们不可能仅仅只创作戏剧、小品、歌剧这些文艺作品，由于诗歌形式要求上的简单直接，这批文艺工作者自然会选择诗歌作为阵地，来发挥他们的特长。他们由此创作出了一些反映军民团结、藏汉团结、西藏新生活的抒情诗、叙事诗，并通过改编，以演出的形式普及到全西藏，甚至在祖国各地也得到迅速传播，收到极好的社会反响。对于创作者来说，这不但可以起到文艺宣传的作用，还可以实现自己做一个纯粹的艺术梦想。正是在这样的情形下，西藏当代第一批诗人出现了。他们比部队战士多了一个身份，那就是诗人艺术家。等到西藏和平解放，进入社会主义建设时期，他们被分配到新的岗位，但他们并没有放弃自己的诗人梦想，继续在诗歌领域探索耕耘。他们的诗歌在保持早期执行宣传任务的宣传风格的同时，开始具有了更为细腻的艺术韵味和气质。此时，他们真正以诗人的身份出现在了西藏当代文坛的最前列。这样的诗人主要有高平、杨星火、汪承栋、周艳炀、徐官珠、饶介巴桑等。

高平在西藏工作的七八年时间里，创作了数量颇丰的诗作，以反映西藏和平解放和民主改革、建设的作品居多。他此时对西藏当代文学的贡献，主要集中在一些长篇叙事诗的创作上。高平 1950 年就开始创作长篇叙事诗。这是他在诗歌领域的最早探索，之后又先后创作了《苏联的女战士》《大雪风纷》等叙事长诗，并出版诗集《珠穆朗玛》《拉萨的黎明》。这些诗作和诗集，是当时西藏文学文坛的重要收获，对西藏当代文学的发展起到了重要作用。1958 年，高平离开西藏，但他文学创作的关注点却始终在西藏，他创作了大量关于西藏题材的诗歌作品和散文。其中诗集《川藏公路之歌》，长篇叙事诗《古堡》是这方面的代表性作品。高平在 20 世纪 80 年代中期左右，开始创作以仓央嘉措为主人公的长篇小说《佛宫秘事》，后改名为《雪域诗佛》和《仓央嘉措——六世达赖喇嘛》，出版后产生了一定的影响。杨星火在进藏不久后就开始了诗歌创作，几年间便出版诗集《雪松》，在当时的西藏文坛崭露头角。之后，她笔耕不辍，创作了不少影响广泛的诗作，有些诗歌被谱成歌曲广为传唱。离开西藏之后，杨星火依然没有丢弃文学创作，题材以反映西藏生活和建设的居多。杨星火的诗歌绝大多数以早期进藏军人为表现对象，以浪漫主义的笔调，歌颂他们的革命品格和奉献精神，同时表达对西藏的热爱之情。她的早期诗歌《军人的诗》《叫我们怎么不歌唱》是这方面的代表性作品。长诗《波梦达娃》主要表现了贫苦民众反抗剥削压迫，争取民主自由，追求幸福生活的曲折过程。20 世纪 70 年代末 80 年代初，杨星火的诗歌创作依然延续早期的主题精神和风格特征。以热情真挚的笔调表现西藏各地发生的崭新变化和人们面对这些变化时的喜悦之情，依然是她诗歌的主色调。概而言之，杨星火此时期的诗歌创作大致可以分为两种取向。一是在对现实变化的描绘中回顾西藏和平解放的艰辛过程，以此讴歌新时代，颂扬英勇的历史人物；二是直接描绘、反映新时期西藏各地所发生的各种变化，表达诗人对美好未来的期盼与渴望。浪漫主义依然是她此时期诗歌创作的显著特色。汪承栋是西藏文坛拓荒时期的一位重要的诗人。在1956年进藏到1966年的十年间，汪承栋表现出了旺盛的创作活力，先后出版了诗集《雅鲁藏布江》《边疆颂》《高原放歌》《雪莲花》和长篇叙事诗《黑痣英雄》等诗作。汪承栋的诗歌以描写和反映西藏穷苦百姓反抗统治阶级，争取自由民主和幸福生活见长，其中《黑痣英雄》为代表；部分诗歌歌颂西藏社会主义建设给西藏社会带来的欣欣向荣的崭新气象。“文化大革命”结束后，汪承栋发表长诗《雪山风暴》，这是汪承栋诗歌创作取得的又一巨大成就，也是西藏文学诗歌领域的一大收获。《雪山风暴》创作于20世纪60年代初，第一章曾刊载于1962年《长江文艺》12月号上。1977年，经过修改整理，整部诗作刊登于《西藏文艺》创刊号上。1978年湖南人民出版社出版了单行本。《雪山风暴》以西藏历史上著名的“民主改革”这一政治性历史事件为中心故事，集中揭示了西藏民主改革的艰难曲折与最终取得彻底胜利的历史必然性。

周艳炀也是此时期西藏文坛的一位重要作家。自1956年开始发表作品以来，周艳炀共发表诗歌近500首，出版诗集《尼玛夏》《淌过岁月的河》《无悔人生》《雁洋歌词集》等多部；出版散文集《森林趣话》。周艳炀在搜集西藏民歌方面做了大量工作，收集翻译民歌近三百首，出版民歌集《昌都情歌》。周艳炀还是一位剧作家，创作歌剧剧本《光荣家属》，川剧剧本《高原春雷》《雪域红霞》；除此之外，周艳炀还从事小说创作，有中篇小说《小猪倌和她的杰勒玛》和长篇小说《雪域之舟》等。

在西藏当代文学拓荒时期，徐官珠的诗歌创作也值得关注。徐官珠1949年加入解放军，1950年随军进藏，一直从事文化工作和文艺工作，曾任《西藏歌舞》杂志文学编辑，《拉萨河》副主编。徐官珠于1956年开始发表作品。出版诗集《雪域诗情》《凤凰锦羽》《拉萨河从我心中流过》，创作叙事长诗《德吉》和《人民代表》，出版歌剧集《波姆达娃》等，著有歌剧剧本《为人民服务》。徐官珠的诗歌创作贯穿20世纪50、60年代和20世纪70、80年代两个时期。虽然两个时期的社会思想背景和文学思潮有所不同，但这并没有影响徐官珠诗歌创作在主题表达、艺术手法和情感指向方面的连续性。他的诗歌创作在主题意蕴、艺术特征和情感指向等方面，在两个时期都有着高度的一致性。当然，期间也有一些诗歌会显现出某些特别的艺术取向，从而体现出诗人在创作上努力应对变化着的复杂生活的努力，试图在艺术上有所突破。

除上述几位诗人外，饶介巴桑、张永枚等也为此时期西藏当代诗歌的发展做出了一定的贡献。饶介巴桑的《草原集》，张永枚的《雪白的哈达》是这一时期诗坛上的重要收获，它们同样为西藏当代诗歌的发展发挥了重要的拓荒性作用。

这一时期的诗歌格调是高昂的、乐观的、充满激情的诗歌，主题思想十分明确，歌颂中国共产党、歌颂毛主席、歌颂人民解放军、歌颂祖国各族人民的大团结，表现了西藏人民的喜悦心情；在反映民主改革以后翻身农奴在物质生活改善的同时，也反映他们精神生活的丰富多彩。在艺术表现上，语言简明、通俗，跳动着轻松、欢快的旋律。在如何将汉族现代诗歌艺术和藏族传统诗歌艺术融为一体方面，也进行了有益的尝试，为西藏当代诗歌创作开拓出广阔的发展空间。

第一节　江洛金·索朗杰布

江洛金·索朗杰布（1897—1972），出生于西藏拉萨。江洛金·索朗杰布6岁开始读写藏文，1903年进入拉萨“甘丹厦”私塾学习。为了让他开阔眼界、熟悉政务，从12岁开始，父亲经常带着他参与公务、处理公务、进出官场、朝拜寺院，并邀请著名高僧格西喜饶嘉措到家中给他教授诗词、文法等课程；安排他到拉萨附近的寺庙学习有关宗教方面的知识。青少年时代对传统文化知识的系统学习和写作等技能的训练，以及对政务、宗教的接触，培养了他独立思考的能力，开阔了他的思想视界，为他打下了非常扎实的藏学基础。江洛金·索朗杰布一生经历丰富、学识渊博，在多个领域从事过重要的工作，在多个岗位上担任过重要职位。20 世纪 50、60 年代是江洛金·索朗杰布一生中的黄金时期。在此期间，他青年时代的抱负得以实现，他的知识才干得到了充分的发挥和施展。他在发展新型民族教育和藏民族文化等方面做了大量富有开拓性的工作，为新西藏的文化教育事业，为增进西藏各族人民的团结作出了重要贡献。他的诗歌创作为西藏当代诗歌的发展发挥了重要的拓荒作用。

《老少教言》是江洛金·索朗杰布的一首代表性诗歌。这首诗歌是传统九言格律诗，由 456 行诗组成。它是作者在印度流亡期间完成的作品。

这首叙事长诗以故事里的三位主要人物，即仙女般妩媚动人、衣着华丽的两位少女与躺在路边、体态丑陋的老妇人间的对话为主线，通过人物发自内心的对白，揭示了生老病死这一人类永恒的主题以及变化无常的人生。

创作手法上，整首诗运用了直叙、比喻、叠字等大量形象化的艺术手法，又避开了华丽的词藻及修饰，使整个作品显得语言朴实、简洁易懂、寓情于理、扣人心弦。

《老少教言》继承了藏族古代诗歌的表达形式和思想内涵。这首诗与藏族古代作家贡塘·贡觉丹贝卓梅（1762–1823 年）所著的《经验老人之教言训示》相比，在形式上大同小异。《经验老人之教言训示》由 256 行诗组成。相比之下，这两首诗中的对话故事除人物性别和人数不等外，在创作手法上有着很多相似之处。只是后者多处运用了叠字的表现手法增强了诗歌的韵味，更加生动感人；后者通过老与少的对话形式，赋予作品鲜活的生命体验和人生感悟。同时，后者运用恰当的比喻，丰富了作品的内容，诗味浓郁，让人回味无穷。

自古以来，藏民族就有着丰富多彩的文学表现形式。《老少教言》的创作手法介于格言与随笔之间，语言生动流畅，寓意深刻。这两部作品无论是思想上、艺术上，还是审美角度上都承载着藏民族千百年来的文化底蕴和精神寄托。虽然在内容和精神上都体现了藏传佛教的人生价值观，但作品本身具有较高的艺术价值和审美价值。《老少教言》这一家喻户晓的作品，通过优美的诗句，看似简单的叙述，把富有戏剧性的人生哲理加以概括和总结，起到劝诫世人从良向善、净化心灵的作用，从而给人以深刻的教诲。

除《老少教言》外，江洛金·索朗杰布的大部分诗没有题目，内容题材上大多是反映现实的。与篇幅较长的嘎协诗等格律诗相比，这类诗短小精炼，富于幽默、风趣、灵巧的特点。这些诗作涉及当时社会的方方面面，内容丰富，形式多样。在创作过程中作者注重细节的描写，通过细节拨开历史的迷雾。如下面这首：

从东部贡布地方逃离，/ 流落到南部的噶伦布，/ 余生之西山日落前夕，/ 持明北部之雪域文字。

这首九言格律诗共八句组成，分两个节段。以上四句诗为第一节，主要描写的是1933年十三世达赖喇嘛圆寂后的历史事件。也就是1934年5月，龙厦改革派的所谓核心成员被逐出政府部门，有的被罚款，有的被没收庄园和财产，有的被流放到西藏边远地区。当时江洛金·索朗杰布从“公”的爵位贬为庶民（“公”的爵位最初始于第七世达赖喇嘛，他是第九代）被流放到西藏工布孜拉宗（今林芝一带）。在流放期间，他和同样被流放的土登贡培两人相互探望，很快便结下了友谊。他们看到其他被流放或革职的政治犯相继免刑并重新进入政府机构，而他们却连返回拉萨的要求都得不到准许，为此他们感到非常失望和愤懑。这四句诗表现的正是1937年12月，处于万般无奈境地的江洛金·索朗杰布和土登贡培作为政治犯，结伴逃离西藏的情形。诗虽然篇幅不长，但容量却很大，诗歌语言朴实、生动，写得有声有色。

不为追逐虚名和利益，/ 不为贪图钱财和欲望，/ 只因感念君主之恩德，/ 付之自己的微薄之力。

后四句讲述的是作者逃亡到印度噶伦堡布后，身处困境之时，嘎布·扎雪颇章（不丹王储）给予他生活上的接济和照应。为了表达感恩之情，他给嘎布·扎雪颇章的公子们教授藏文。在此期间，作为授课内容，他编写了题名为《书牍轨范》的工具书。当时这本书也给拉萨的江洛金家寄过一本，可惜后来在借阅中丢失。他的后人一直在国内外四处寻找这本《书牍轨范》的下落（幸存的油印或手抄本），以便让更多人分享其成果。

1946 年藏历 4 月 15 日，在印度举行释迦牟尼佛祖诞辰、成道、涅槃 2490 周年纪念大会，他应邀参加并写了一首纪念诗，深得人们的喜爱。由此，该佛教组织（或协会）授予他“教授”的殊荣。

除上述诗歌外，江洛金·索朗杰布还有一些诗歌也很有艺术价值和社会历史内涵。如：

嘎协等是精美语言的诗词，/ 诗圣典智之雪域嫡子妙笔，/ 犹如良药宜于身心的关怀，/ 给我的朋友说一句心里话。

养生有方如月般清晰的脸，/ 如同满月沉湎于喜悦甚喜．/ 清茶淡酒滋养的这副皮囊，/ 还能勉强动弹胳膊和双腿。

达拉地域从前通往的商品，/ 心怀不轨英国人从中作梗，/ 今年的生意与通商的路径，/ 比之往年更加艰辛和不顺。

噶厦如若不为藏民谋利益，/不与对方进行谈判和交涉，/汗毛都要剪除的不祥剪子，/将要落到藏人头上小人乐。

这是一首无标题的十一言嘎协格律诗，讲的是当时西藏对外贸易方面遇到的困境。这是目前所见到的涉及西藏近代以来贸易往来内容的唯一一首诗。在二战之前，各国商品在西藏都有出售，均系从印度进口或从中国内地运进，并且其他国家的外汇出入也不受限制。二战后，西藏的商品输入遇到了困难，与西藏进行进出口商品交易的那些国家的外汇受到限制，西藏的贸易由此陷入困境，诗歌所描写正是这样一个背景下的西藏社会境况。

如同克服转杂日山之艰辛，/克服运送途中气候的煎熬，/不计亏损低价出售的货物，/狐假虎威藏地商人之可怜。/思来想去从今往后的日子，/为争取均等利润空间着想，/近日召集雪域商人协商会，/以免日后相互埋怨和责难。

老山羊不入羊群成为异类，/虽不能翻越千山逐出界外，/但为血肉同胞免遭大亏损，/身处异国他乡无奈奏内章。/羊毛捆子最多值五十英镑，/眼下急需之物品无处购买，/若能批得布料生意许可证，/娘的宝贝可以美美睡一觉。

这首诗表达了作者虽身处异国他乡，但不以局外人自居，而是把亲眼目睹的贸易上的一些不公正待遇以及自己对民族利益的关切和建议，通过风趣、幽默的噶协体形式上奏噶厦地方政府的情景。诗歌表达了诗人深厚的民族情怀和神圣的历史使命感。诗歌中所表现出的在世界视野中观照西藏现实社会和历史未来的眼光，体现了藏族近代知识分子的民族情怀和开放的思想意识。

江洛金·索朗杰布是一个为人正直、有远大理想的藏族知识分子；同时也是关注国际政治、经济形势的文化人。无论在西藏，还是在国外，他都能借助笔端抒发自己的情怀，敢于直面人生。他身上有着一股大公无私、为理想和信仰赴汤蹈火，在所不惜的精神。这使他在那个特殊时期成为了西藏优秀知识分子的旗帜和社会改良运动的核心人物。20 世纪 50 年代后，他和其他有独立思想和远大抱负的藏族知识分子得到了彻底解放，他们的聪明才智有了用武之地，晚年得到了为民族的发展，国家的繁荣贡献自己一份力量的机会。而他的诗，揭开了青藏高原古老、神秘的面纱。通过这些诗，我们从中领略到作者的胆略和心智、非凡的经历和他刚正不阿、直言不讳的人格魅力。

第二节 擦珠·阿旺洛桑

擦珠·阿旺洛桑（1880—1957），出生于西藏日喀则。擦珠·阿旺洛桑是 20 世纪 50 年代杰出的诗人，是老一辈藏族学者的优秀代表。

擦珠·阿旺洛桑 5 岁入色拉寺擦瓦康村为僧，后来被认定为甘丹赤巴洛桑格列大活佛的转世灵童。6 岁时，在色拉寺举行坐床典礼，开始学习佛经。他自幼聪明过人，学习刻苦。21 岁获取了拉让巴格西学位。之后，擦珠·阿旺洛桑遍游西藏各地拜师学习历史、文学、诗歌、医学和星算等各种学问，尤其对文学、诗歌、藏文文法具有较深的造诣。早年曾随同十三世达赖喇嘛一起，受到清光绪皇帝的接见。返回西藏后，于 1911 年 4 月，被十三世达赖喇嘛派去日本，成为西藏历史上第一位东渡扶桑的留学生。此后，他还担任过达赖的经师和侍读，并协同格西喜绕嘉措校对过《大藏经》。

1951 年底，中国人民解放军刚进入拉萨，已年过古稀的诗人擦珠·阿旺洛桑怀着无比喜悦的心情，自愿参加了革命工作，历任西藏军区干部学校副校长、西藏军区编审委员会常务委员、《西藏日报》副总编辑，为西藏和平解放初期的宣传、文化和教育事业建设作出了重要贡献。那时，也正是西藏上层中一小撮分裂主义分子，企图破坏和平解放西藏的“十七条协议”极其猖狂的时候，擦珠·阿旺洛桑不顾分裂主义分子的种种挑衅和威胁，旗帜鲜明地为维护祖国统一，捍卫协议的执行而积极工作。由于他坚决拥护共产党，反对西藏分裂，1957年遭到西藏上层分子的嫉恨，被殴打致重伤，于同年12月1日与世长辞。逝世前他感慨地说道：“根据我自己的一生经历，深深体会到，西藏人民只有跟着共产党、毛主席走，也只有坚持团结、爱国、进步，反对分裂和倒退，才有光明的前途。”这不仅能概括擦珠·阿旺洛桑的一生，也象征诗人担负的使命和追求的方向。他的诗歌道路是一条追求光明的道路，是一条奔向太阳的道路。

擦珠·阿旺洛桑的代表作有抒情诗《金桥玉带》，还有一些诗作表达人们对革命领袖的颂扬和无限深情，如《歌颂各族人民领袖毛主席》(1955年)；除此之外，还有赞美川藏和青藏公路修通的《欢迎汽车之歌》（1955年），欢呼民族区域自治政策新胜利的《庆祝西藏自治区筹备委员会成立》（1956年），欢呼祖国飞机冲破空中禁区来到拉萨的《碧空银鸽》（1956年），以及《爱国青年大团结》《世人同声维护和平》《写在建军节》等。现有《擦珠·阿旺洛桑诗集》（藏文版）传世。

擦珠·阿旺洛桑的诗富有爱国主义激情，多反映20世纪50年代西藏重大的历史事件和现实变迁，反映了西藏人民的心声。西藏和平解放后，他虽已年逾古稀，但在党的民族政策的感召下，他以高度的爱国主义激情，把自己的追求和民族、人民的事业结合起来，创作出一曲曲表现民族团结、爱国兴藏的诗歌。这一艺术追求可以从他最早发表的诗歌《爱国青年大团结》中看出：

历史上，/藏汉民族的团结，/曾似茂林繁花，
人民珍惜这相互团结的友谊，/像皇冠上的明珠。

诗人希望有一个团结、平等的民族大家庭。在诗歌中，诗人把自己的生命、事业与祖国的前途和祖国的命运水乳交融般地联系在一起，爱国之情溢于言表。

《金桥玉带》曾翻译成汉文在《人民日报》发表，影响深远。该诗是一首撼人魂魄的政治抒情诗。它结构宏伟、气势磅礴。1954 年 12 月 25 日，在青藏、川藏两条公路同时通车的喜庆日子里，诗人亲眼目睹汽车像长蛇阵一样，摆满了拉萨城，故浮想联翩，心潮澎湃，并豪情满怀地挥笔写下了这一经典佳作。诗歌抒发了广大藏族人民对于修筑川藏和青藏公路的深厚感情。

诗中首先描绘了青藏高原山高水险的自然地理状况，然后描述筑路大军战天斗地、克服种种困难的场景：

一重重天柱般的高山，/ 像大海汹涌的波涛连绵数千里；

一道道深涧急流，/ 切断了祖国康青邻省的通道。

石壁高悬，一处比一处更陡峭，/ 要想飞越险涧、剑峰，神州，鹰的翅膀也得打颤……

诗人把在生活中触摸、嗅闻、听到的一切，把人的感情中最独特的东西挑选出来，以精炼传神的笔墨，精心织就出了一幅幅动人的画面，塑造了一群特征鲜明的人物形象。在诗人的笔下，筑路英雄：“……顶狂风抗暴雨，喝烧不开的水，吃煮不熟的饭，常伴随着碎石、浪花的飞溅；无数困难险阻，像乌云布满了蓝色的天。筑路英雄们的神勇，恰像是强劲之风，终于把乌云吹散”。诗歌描绘筑路英雄艰苦生活的真实境况，也从侧面表现了他们与天奋斗其乐无穷，与地奋斗其乐无穷的气魄；同时，也由衷地赞颂了筑路大军勇于牺牲的崇高精神。

在结尾处，诗人以“要当家作主，赶快建设祖国的新西藏”这样的诗句，表达了西藏人民群众的共同心声和愿望。这金桥玉带般的公路之所以修成，是“依靠中央的关怀，毛主席对藏胞的厚爱”。

擦珠·阿旺洛桑的诗歌善用象征手法。在《金桥玉带》第三大段中，诗人独具匠心地选择“拉萨河大桥”为象征，向世界宣布：青康藏高原从此永远享受祖国大家庭的温暖。这个巨大的亮音，无疑是画龙点睛之笔。[1]

“拉萨河大桥”是一种含义深邃的象征意象，象征中国共产党的英明、伟大，象征当代新西藏的突飞猛进。“拉萨河大桥”的形象就已经不是一个抽象意义的概括，它本身就是一个世界——一个饱含艰辛，但却蕴含着顽强精神和豪爽性格的艺术世界。

在《歌颂各族人民领袖毛主席》一诗中，诗人将“宪法”比作“檀香树”。檀香树是藏族人民心中的圣洁之树，是崇高的象征。以“檀香树”比“宪法”可谓是非常契合。既写出了“十七条协议”的高明和伟大，也表达了藏族人民与社会主义祖国共命运的思想愿望。

在擦珠·阿旺洛桑的笔下，出现频率较多的象征物有：雪山、草原、太阳、天安门、白鸽、檀香树、汽车、公路、大桥……它们不仅凝聚着诗人擦珠·阿旺洛桑的光辉思想，而且能够叩响读者的心扉，开拓出更为深刻的思索天地。“澎湃的革命激情，鲜明的民族特色在抒情诗中闪烁着迷人的光彩”。[2]

擦珠·阿旺洛桑的诗歌艺术魅力不仅在于主题思想内容的崇高美和情感美，而且还表现为形式上的语言美和修辞美。在这些作品中，我们能够看到构成优秀诗篇之美的诸多因素：整体构架的宏伟，细节的精巧，构思的巧妙，想象的丰富，感人肺腑的语言，如同壮美的音乐，把读者的心灵引进一个神奇美丽的雪域世界。在《歌颂各族人民领袖毛主席》一诗中，第一段把毛主席同和平与幸福连在一起，同“宪法”和“十七条协议”连在

[1] 耿予方：《西藏50年·文学卷》，民族出版社2001年版，第20页。

[2] 李佳俊：《文学，民族的形象》，西藏人民出版社1989年版，第13页。

一起；第二段把毛主席比作“普照天地的太阳”、“使盲人重见光明的父母，”表达了他对人民领袖的无限深情。擦珠·阿旺洛桑的诗是内容的美与形式的美和谐统一，他是一位向人民传递光明的诗人。可谓是“格调明朗清新，有草原之宽阔，雪山之崇高，奶水之香甜，巨火之热烈，有深刻的教育作用和美学价值。”[1]

擦珠·阿旺洛桑追寻光明，有着高尚纯洁的心灵和光明磊落的品格。他用生命和鲜血作出的追求，足以为诗确立一个坚实的坐标——诗应该矗立在生活与人民之间。

关于他的思想境界，著名西藏诗人高平在《悼念擦珠·阿旺洛桑》诗中最后一段写道：

您把一生所积累的学问，/在七年里全部倾泄出来，
为了西藏的建设，/您是那样的慷慨，毫不吝啬。
您是开花的古树，/开在毛泽东时代。

短诗浓缩了老诗人擦珠·阿旺洛桑的杰出成就，肯定了他的诗品和人品。擦珠·阿旺洛桑不仅继承了藏族诗歌的优良传统，而且与时俱进，勇于突破宗教思想的束缚，以自己对新生活的敏锐感悟，以自己杰出的创作实践成为西藏当代藏文诗歌创作承前启后的优秀诗人。

第三节　杨星火

杨星火（1925—2000），女，出生于四川威远县。肄业于南京国立中央大学化工系，1949 年参加解放军，1951 年随十八军进军西藏。先后参加

[1] 特·赛音巴雅尔：《中国少数民族当代文学史》，北京十月文艺出版社 1999 年版，第 126 页。

过西藏和平解放、修筑川藏公路、平息叛乱、民主改革、自治区成立等重要历史事件。1992被国务院授予“对中国文化艺术做出突出贡献的作家”称号。杨星火的创作开始于1953年，著有诗集《雪松》《拉萨的山峰》《送你一串红》《喜马拉雅的女儿》等，长诗《波拉团长》《月亮姑娘》，小说散文集《雪山红杜鹃》，长篇纪实文学《查果拉的故事》，散文随笔集《唱给春天的歌》，电影文学剧本《巴山儿女》等。其作品多次在军内外获大奖。1953年创作诗歌《叫我们怎么不歌唱》，后经罗念一谱曲广为传唱，在西南军区文艺检阅大会上获一等奖。1996年创作诗歌《一个妈妈的女儿》，后由阿金作曲、才旦卓玛演唱，成为中国妇孺皆知的经典歌曲，后荣获中宣部“五个一工程”奖。

杨星火的诗歌创作，大致分为两个时期。第一个时期是20世纪50、60年代，第二个时期20世纪70年代末80年代初，直至90年代。

第一个时期的代表作品有《军人的诗》《叫我们怎么不歌唱》，以及长诗《波梦达娃》等。《军人的诗》通过对军人生活的描写，展现了军人牢记使命、不忘根本的高贵精神和坚定信念，以及对军人这一崇高职业的无限崇敬。诗中写道：“军人的诗，是战地黄花。枪林弹雨中，开得分外香。军人的诗，裹一身翠绿。军人老了，诗歌年轻。”诗歌用直白朴实的语言和明白晓畅的修辞，表达了军人风雨无阻、坚韧顽强的战斗品格和永不泯灭精神信念。“黄花”和“翠绿”这对色彩对比鲜明的诗语，从不同的侧面表现了军人所具有的优秀品格。他们既能经受住严寒酷暑的磨练，又能够让宝贵的品格永葆青春；生命可以随着岁月的流逝慢慢老去，但军人的精神就像那一抹翠绿一样永远鲜亮。这是《军人的诗》要表达的主题所在，它暗含着杨星火对军人人格的敬仰和军人品质的由衷赞美。《我爱喜马拉雅》歌颂了官兵将士的崇高理想、爱藏情怀，颂扬他们愿为祖国富强贡献力量的奉献精神。全诗以“奇丽”“多情”“崇高”等词语来表达自己心目中军人的形象特征，从而赋予军人高山一样挺拔伟岸的精神品质和人格特征。

在杨星火的早期诗歌中，《叫我们怎么不歌唱》无疑是她颇具代表性的诗作，也是最能传达那个时期青年文艺工作者和西藏社会主义建设者们赞美家乡、讴歌劳动者，自觉投入到边疆地区社会建设洪流中的高涨热情的优秀诗作。《叫我们怎么不歌唱》全诗四段，在诗意上层层分明，主题上步步深化，以简洁明了的语言，不但形象生动地传递了诗人对高原大地怀有的无限深情，同时营造了情景交融的诗歌意境。诗人以清新明朗的色调和热情奔放的情感，赞颂了西藏秀丽的山川和勤劳的人民，歌唱了新时代生活的巨大变化，表达了对“美丽的家乡—心中的西藏”的无比热爱的深厚情感。从显在的层面看，“我们”之所以要放声歌唱，是因为“我们”所面对的这块土地是一片宽广辽远、美丽无比、到处蕴藏着宝藏的土地，“辽阔的蓝天，/ 雄鹰在飞翔，/ 雪山下面有着无数的宝藏，/ 在那鲜花盛开的草地上，/ 有着我们可爱的田庄，/ 可爱的牛羊。”正是因为这是一个宽广、美丽、富饶的地方，我们才热爱它歌唱它。但随着诗歌主题的层层推进，就可以发现，诗人之所以要放声歌唱，是因为它是祖国母亲的神圣而宝贵的土地，是因为在这块土地上生活着我们可爱的同胞和英勇的兄弟姐妹，是因为这块土地是哺育我们成长的地方。《叫我们怎么不歌唱》以深厚真挚的情感，讴歌西藏的雪山、江河和人民，讴歌广袤丰厚的土地无私的养育之情。它所传递的情感和精神，不但属于作家生活于其中的时代，也属于任何一个时代，它是一种超越历史和时代的情感与精神。杨星火用自己独特的审美眼光去发现高原魅力，去寻找“大美西藏”，并以此来表达人们热爱家乡、热爱土地的深厚情愫。

其中，诗歌最后一段，是诗意的升华，也是诗歌题旨的结晶。

举起美酒，/ 向着那太阳，/ 唱起山歌，/ 跳起锅庄，
歌唱毛泽东思想的太阳，/ 愿您永远照着这个地方，/ 照着这个地方。

著名藏族文学专家耿予方这样评析：“第四段，是一个小结，西藏之所

以变得美好，主要是毛泽东思想的胜利指引，这是从现实生活证明了的真理，一旦唱出来，必然掷地有声，转化为创造奇迹的巨大动力”。[1] 这样的评述有其道理，它抓住了诗歌产生的社会历史特征，能够发掘出诗歌的历史内涵和时代精神特征。但是，作为一首传唱久远的诗歌，以更为开阔的审美视野加以考察，也许能够发现其超越时代的艺术蕴味。这首诗歌传达的是人们对家园故乡的热爱，对幸福生活的向往与追求。在这一点上，它是超越时代和地域的。

二十世纪五六十年代，杨星火最具代表性的作品是叙事长诗《波梦达娃》。该诗发表于《人民文学》1957 年第 2 期，是当时西藏文坛诗歌领域的重要收获。诗歌由九个部分构成，除“序诗”和“结尾”外，主体部分共有七章。

序诗从竖立在边界处的高大界碑写起，引出主人公波梦达娃的故事。诗歌第一章以充满深情的笔调描绘了草原姑娘波梦达娃的外貌特征和优秀品格。她美丽漂亮，性格活泼开朗，是一位勤劳善良的草原姑娘。她与爷爷相依为命，在草原上放牧牛羊，对生活怀着美好的憧憬。第二章描写波梦达娃的爷爷给波梦达娃讲述她爸爸对敌斗争的故事，主要刻画了波梦达娃爸爸与入侵的外敌英勇斗争、壮烈牺牲的高大形象。对爸爸英勇事迹的了解，是波梦达娃心理和精神成长的重要节点。在爸爸英勇事迹的鼓舞下，达娃不但对爸爸心怀崇敬，而且对出卖民族利益的败类和侵略者充满了仇恨。这为后来她敢于斗争、勇于斗争，并为了保卫祖国的土地献出年轻的生命做了很好的铺垫。第三章描述了村子里的一次歌舞聚会。乡亲们在村长的召集下聚集在一起载歌载舞。欢快的歌舞和高涨的情绪，表现了乡亲们热爱家乡、热情生活的朴素情怀。歌舞聚会也意味着村子里将有大事要发生。果然，人们都在私下传说，汉人解放军要来了。这在乡亲们的心里激起了巨大波澜。村长向乡亲们介绍了汉人解放军的英勇事迹和为人民服务的宗旨，乡

[1] 耿予方：《西藏 50 年 · 文学卷》，民族出版社 2001 年版，第 44 页。

亲们为此而欢呼雀跃。第四章描绘波梦达娃和自己的心上人雪康互诉衷肠、表达彼此爱恋的情景。对美好爱情的描写，从一个侧面表现了草原牧民对生活的热爱和对美好未来的期盼。同时进一步强化了人物形象活泼、乐观，善良、可爱的形象特征。第五章主要讲述出卖民族利益的败类打着宗教的幌子，利用阴谋诡计企图达到出卖草原土地的目的。他们在暗中把界碑移动，并标明这是神的旨意，不得违抗。识破奸计的牧民们在波梦达娃爷爷的号召下，在波梦达娃和雪康的带领下，决定与民族败类展开斗争，夺回失去的土地。第六章讲述在波梦达娃和雪康的带领下，牧民们把界碑移到原来的位置，顺利地夺回了失去的土地，但不甘心失败的民族败类向牧民射出了罪恶的子弹，波梦达娃不幸中弹身亡。第七章通过深情的抒情笔调表现了牧民们失去波梦达娃后的悲痛之情和对敌人的憎恨。尾声部分呼应开头，强化了波梦达娃高大辉煌的形象。

总体来看，这首叙事长诗有几个方面的艺术成就值得关注。一是对波梦达娃这一草原姑娘形象的成功塑造。因受体裁篇幅的限制，在诗歌中塑造人物形象，需要更加注重合理地利用与人物有关的典型事例。长诗《波梦达娃》在这方面的选择、安排是较为成功的。从头至尾，诗歌的情节组织与安排都是为塑造波梦达娃这一人物服务的，其中选取的事例也很是典型。比如让爷爷给年轻的波梦达娃讲述她爸爸为了守护家乡土地而英勇牺牲的故事，并以爸爸的腰刀来激励波梦达娃。这对波梦达娃心理和精神的成长是至关重要的，而这一成长又为后文波梦达娃敢于英勇斗争的行动奠定了基础。再比如，诗歌对波梦达娃与雪康之间恋情的描写，表面看似乎与丰富波梦达娃的形象没有关系，其实也有着重大的作用；因为波梦达娃对爱情的忠贞与渴望，表明她对美好生活怀有无限的憧憬，而正因为有如此憧憬，她才会去热爱生活，热爱自己的家园。有了这一情感基础，波梦达娃能够在危难之时挺身而出，并献出自己的宝贵生命，就有了合理的生活逻辑和情感逻辑。波梦达娃不顾个人安危，带头搬动界碑，并义正辞严地揭露敌人的阴谋与敌人展开针锋相对的斗争，直至最后英勇献身，是其形象塑造的最后完成。整首诗所选择的这些典型事例，很好地刻画了波梦达娃这一人物形象，并由此表达了诗歌鲜明的主题。除了波梦达娃外，长诗还塑造了雪康、爷爷两位正面人物，以及茨仁这一反面人物。爷爷是波梦达娃生活的领路人，他热爱生活、热爱家乡，有着丰富的生活经历和人生经验，是草原老一代牧民的代表。雪康作为波梦达娃的恋人，他既是波梦达娃的情感依靠，通过烘托的方式丰富波梦达娃的形象内涵；同时他又是具有崭新的思想观念的青年，是草原未来发展的先行者。茨仁是出卖草原牧民利益的民族败类，他自私、卑劣，为了达到自己的目的不择手段。长诗对他的塑造，丰富了诗歌主题的时代内涵和审美意蕴。

《波梦达娃》第二个鲜明的艺术特色是诗歌章节上的错落有致与灵活安排。这首诗由九个部分构成。首尾分别是“序诗”“结尾”，中间七章是主体部分。这七章句式的长短和小节行数的多少是根据要表达的具体内容而定的。有的章节所叙内容繁多，篇幅就相对长些，每一小节诗行较多；有些章节内容简略，篇幅较短，每一小节诗行则较少。这种因内容表达的需要而形成的外在形式，使诗歌显得很有层次感。这篇长诗值得关注的第三个艺术特征是，故事情节的内在逻辑严密，故事情节的推进和发展自然流畅。作为叙事诗，如何讲好故事是至关重要的。这篇长诗紧紧围绕核心人物的活动轨迹展开叙事，故事情节的安排遵循着严密的逻辑线索，在保证故事发展自然流畅的前提下，还善于营造冲突，从而让故事曲折起伏，增强了诗歌艺术吸引力。

《波梦达娃》是叙事长诗，但却没有单纯的叙事，而是根据故事情节发展的需要，在每个章节都安排适当的抒情片段，从而增加了诗歌的抒情色彩，让诗歌显得摇曳多姿，富有魅力。比较典型的是第七章表达牧民们因波梦达娃牺牲而万分悲痛的片段。诗歌运用了较多的抒情性诗句，既有效地表达了人们当时的情感心绪，也为整首诗增添了巨大的表现力。

20世纪70年代末80年代初，杨星火的诗歌创作产量有所下降，但在百废待兴的新时期初期的西藏文坛，她依然是一位值得关注的诗人。新时期初期，杨星火的诗歌创作延续了她在西藏和平解放时期和社会主义建设初期的精神理念和思想意识，以浪漫主义的笔调描绘和反映新的时代，表现西藏各地发生的崭新的变化和人们面对这些变化时的喜悦心情。概括来说，杨星火此时期的诗歌创作可以分为两种类型。一是在对现实变化的描绘中回顾西藏和平解放的艰辛过程，以此讴歌新时代，颂扬英勇的历史人物；二是直接描绘、反映新时期西藏各地所发生的各种变化，表达诗人对美好未来的期盼与渴望。浪漫主义依然是她此时期诗歌创作的显著特色。

《毛主席伟大旗帜高高飘扬》一诗把回顾历史与描绘现实、赞美领袖与批判旧制度相结合，表现了西藏各族人民推翻旧制度，建设新西藏的坚定信念和无畏精神，也表现了一个革命战士对祖国边疆“四化”建设的高昂热情和满怀的信心。诗歌前半部分重点回顾和平解放西藏的艰辛过程。这是作者个人的“经验之谈”，因为作为一名战士，她亲身经历了这场伟大而艰苦的民族解放“战争”。诗人没有回避前进路上的“艰难险阻”“我们怎能忘记？那进军西藏的峥嵘岁月，那初到拉萨的艰难时光，西藏的和平解放不和平呀”“他们封锁粮食，卡住马草，不卖柴禾，不给住房，我们在河滩拣一斤石头，也得赏付领主两块银洋！他们在黑角、暗巷寻衅，他们在经堂舞刀、弄枪，妄图把我们饿跑、困死，妄图把我们逼出西藏……”但英勇的中国人民解放军没有被困难所吓倒，因为我们有毛泽东思想的光辉指示。诗歌的后半部分把目光转向当下。如今，和平中发展的西藏已经发生了巨大的变化：看今朝，辽阔边疆，／天翻地覆慨而慷：／百万农奴，变主人，／冰峰雪岭，变粮仓，／原始森林，变城镇，／荒凉草原，变牧场，／世界屋脊换了人间，／万里高原无限风光……//”诗歌在赞美革命领袖和深情地呼唤未来中结束。从情感抒发的强度和直率来看，这是典型的“政治抒情诗”，它是特殊时期特殊审美意识形态氛围中的特殊产物。对于有着革命经历的诗人来说，这样的抒情和表达方式，也是与她个人的内在精神是完全一致的。由于此，诗歌中高亢的浪漫主义情调，也就成了其诗歌“与生俱来”的艺术特色。这种特色一直延续在她之后的诗歌创作之中，几乎没有发生过任何变化。

《再致老西藏》以深情的笔触赞颂了那些把青春献给边疆，用热血建设边疆的革命者和建设者。在诗人眼里，他们就是矫健的雪山雄鹰，飞驰在高原大地的上空。他们拥有坚韧的品质：为了开发雪山中的万座宝藏，／你的脚印洒遍茫茫风雪边疆；他们具有可贵的奉献精神：每一块矿石都凝结着你的心血，／每一盏电灯都闪耀着你的眼光。他们的精神必将被铭记：“云彩上白玉的珠穆朗玛，／——西藏革命的庆功丰碑！／碑上的名字多如繁星，／最亮的星就是你呀，老西藏。《醒来吧，铜矿》和《拖拉机写的诗》以浪漫主义的澎湃热情，毫无保留地讴歌社会主义新西藏四化建设的繁荣景象。满怀激情的诗人以豪迈的自信预言，现代化的春风将吹遍雪山，高原大地必将发生天翻地覆的变化，到时候，“满山的石头也会变成黄金”“遍地的野草也会变成碧玉”。

杨星火的诗歌创作深深地印刻着时代的精神烙印，因此他的诗歌难免会带有那个时代文艺创作的通病。明确的、毫不动摇的政治性主题很大程度上制约了诗歌艺术内涵的表现范畴，浪漫主义的过分张扬使得诗歌显得浮躁、浅显，缺乏思想含量。大多数诗歌语言缺乏锤炼，显得粗糙、生硬，不少诗歌中甚至出现当时流行的政治话语和口号；抒情过于粗放，言志太过直露，缺乏诗歌艺术应有的含蓄内敛的审美特性。除了创作诗歌之外，杨星火在这一时期还创作了一些内容充实、富有时代气息的报告文学。与诗歌相比，她的报告文学更富有艺术含量，也更具艺术感染力。

进入20世纪90年代，杨星火的创作尽管不在像前两个时期那样活跃，但她并没有停止创作的步伐。经过生活的沉淀和生命的积累，杨星火于1996年创作了《一个妈妈的女儿》。这是杨星火对西藏各族人民心连心一家亲，中华民族血浓于水的亲情关系的体认和民族团结对西藏乃至中国社会主义和谐稳定重要性的高度概括。它表达的不仅仅是藏汉你中有我、我中有你的密切关系，同时也是对整个中华民族你中有我、我中有你关系的艺术描绘。就这首诗歌来看，杨星火是一位把自己真挚情感奉献给民族团结事业优秀诗人，是一位对民族地区建设事业摇旗呐喊的优秀艺术工作者。

第四节　汪承栋

汪承栋（1930—2018），出生于湖南永顺县。解放初期在北京中央民族歌舞团任创作员，由诗集《从五指山到天山》问世。1956 年 4 月随陈毅率领的中央代表团进藏，参加西藏自治区筹备委员会成立庆典，翌年主动要求调进西藏工作。先后当过编辑、记者和创作员，曾参与平叛、民主改革等重大历史事件。主要作品有：诗集《雅鲁藏布江》《边疆颂》《高原放歌》《拉萨河的性格》《汪承栋叙事诗选》，长篇叙事诗《昆仑垦荒队》《黑痣英雄》《雪莲花》《雪山风暴》等。

汪承栋的诗歌创作大致可分为两个时期。第一个时期是 20 世纪 50、60 年代，第二个时期是 20 世纪 70 年代末 80 年代初。他第一个时期的创作非常注重于艺术形象的刻画。形象是构成诗歌内容的基本要素之一。诗的形象是诗人情感的物化，是由诗人的主观感受凝固而成的有声、有色、有形的体质。美的基本特征之一，是物的具体形象性。诗美，必须体现在诗的形象之中。诗的本质，就是通过形象美来传达作者的情感。汪承栋诗歌的形象是诗人按照美的规律，伴随着美感活动而进行创造性劳动的产物，是诗情的载体。

“翻开汪承栋的诗作，不论是前期的，还是后期的，都洋溢着浓郁的边疆色彩，千姿百态的少数民族生活气息，对共产党和祖国母亲无限的深情。为民族和祖国歌唱，是他为自己定下的主旋律，而且贯穿他诗歌创作的始终。”[1]《黑痣英雄》是汪承栋长篇叙事诗的代表作。1962年完成初稿，1963年8月完稿，1964年由中国青年出版社出版，共1100多行。1980年由丹真主扎译成藏文在《西藏文艺》（第2期）上发表。长诗取材于作者在西藏工作时听到的一个真实的故事，作者谈创作经验时，提到该诗的立意，即“通过这个独具特色的个别事件和人物，反映在特定的历史时期内的总趋势，和一个民族的发展变化的真实生活；通过主人公的命运、遭遇、性格发展，描写农奴从自发反抗到自觉斗争，从不信任党到有条件地依靠党以及最后完全投靠党，歌颂中国共产党的伟大英明。只有党的领导才是各族人民自由解放的胜利保证。”[2]“诗人在长诗中以主要的笔力描写和刻画了长诗的主人公波乌赞丹从自发反抗到自觉斗争的成长过程，通过他独具特色的生活道路，从本质上概括而又具体地反映西藏百万农奴所走过的艰辛历程。”[3]波乌赞丹的精神世界在总结失败的教训中得到第一次飞跃。他抽刀割破食指，发誓去找共产党。如果说，失败的痛苦使波乌赞丹开始认识到必须依靠共产党，才能坚持斗争并取得胜利；那么，平叛胜利的欢乐终于使波乌赞丹获得新生，完成了最终的蜕变和觉醒。他领悟到，只有党的领导，才是斗争胜利的保证。

刀是快乐的，/它在敌颈上唱歌；

刀也忧愁过，/劈砍千年，/砍不出新生活。

只有党的阳光，/赋予刀真理的光华；

刀才有力量，/砍倒三座大山，/劈飞草原世袭王法，/砸碎农奴制度铁枷！

宝刀已走完光荣的路，/我的路还没走完，

今后要走大道坦途，/跟随党移岭搬山！

---

[1] 李佳俊：《文学，民族的形象》，西藏人民出版社1989年版，第132页。

[2] 汪承栋：《我的经验》，青海人民出版社1983年版，第217页。

[3] 吴重阳：《中国当代民族文学概观》，中央民族大学出版社1986年版，第141页。

血与火教育了波乌赞丹，他在共产党的指引下，走上了真正的阶级反抗道路，并在斗争和胜利中觉醒。民族和祖国，自觉或不自觉地构成了汪承栋诗歌创作的中心主题。在《从五指山到天山》中写道：

我怎能把祖国的自豪感，/憋在胸膛？
我怎不以全部热情，/高声歌唱？
从这里，歌声将借着东风的翅膀，/翻山越岭，/横跨海洋。
听吧！羡慕吧！/这就是我们多民族的中国的边疆！

诗作感情真挚、强烈，语言质朴、流畅。在各民族团结、和睦的大家庭中，新生活也像雨后彩虹一样瑰丽夺目。革命领袖是人民利益的忠实代表，深受各族人民的衷心爱戴。诗人笔酣墨饱、深情娓娓地歌唱领袖毛泽东。在《毛主席，我看见了您》中写道：

毛主席是吉祥的太阳，/让我们笑着生活；
我这重见光明的人，/向您献上贴心的歌……

诗作情真意切、感人至深，抒发了双目失明的吉玛阿妈的感恩情怀。是毛主席派来的“门巴”，使她重见光明，老阿妈对毛主席、对共产党感激不尽。

汪承栋的许多诗作都歌颂祖国，塑造党和人民领袖的光辉形象，以及庆祝西藏自治区成立的带有政治抒情色彩的诗歌。如：《河畔明珠》《巨人》《阿妈的心》《三听卓玛歌》《雅鲁藏布江大合唱》《雪山风暴》《江涛》《昆仑垦荒队》等。诗歌形象中的崇高美，莫过于祖国、党和人民领袖的塑造与赞颂。这种倾向的出现，与当时的时代精神风气是密切相关的。

诗是表现主体心灵世界的艺术。诗美的本质，是诗人以自我为中心的真挚情感的抒发。“我”，是抒情个体的支柱和核心，任何一首诗，都不能不显现或隐藏着抒情主人公的“我”的形象。诗歌是诗人“自我”建构的世界，是他建构的“自我”世界。诗中震荡着他不安的灵魂，奔涌着他感情的激流，释放着他审美理想的光芒。诗人之所以要充分地“自我表现”，是因为只有这样的创作，才能展现出他的艺术个性和作品风格。诗人在创作过程中，感受的独特性、表现的个别性，都是通过他的主体意识，通过他的个体思维活动实现的。

汪承栋的诗歌，充分发挥诗人的主体力量，洋溢着积极昂扬的主体情感。诗中的“我”，就是汪承栋自己，是诗人按照自己的意志、能力和创造性在行动着和实践着的诗人本身。“我”的本质是真实，即汪承栋真实的发现、真实的感受、真实的服役于“我们”；“我”的特点是独特，即汪承栋独特的发现、独特的感受、独特的意象、独特的构思、独特的语言、独特的表现手法、独特的个人风格。“我”的标准是美，即汪承栋美的发现、美的感受、美的集中、美的放大、美的净化、美的凝固、美的闪光；“我”可以分为狭义和广义。前者指诗人自己，或拟为诗人自己。后者具有广泛的意义，可以作为多数人的代名词。

前者如《遥寄故乡》：

生在酉水旁，/千里来西藏，
虽难舍湘、资、源、澧/却又爱雅鲁藏布江，
故乡，西藏，西藏，故乡，/摆在我心头的天平上/都是同等分量。

表现了一位少数民族诗人扎根在另一少数民族地区——西藏的决心，和他对两个故乡的眷恋。又如《从五指山到天山》：

我怎能把祖国的自豪感，/憋在胸膛？

我怎不以全部热情，/ 高声歌唱？

诗歌直接抒发了“我”强烈的爱国之情，感人至深。

后者如《卓玛》：

你怎敢大胆跟我说话，/ 竟忘了你是我的佣人！

不，我是人，自由的人！/ 为了逮住你，我还要大叫三声！

两人的对话，反映出农奴和农奴主两个阶级不可调合的矛盾，句句扣人心弦。汪承栋总是把“我”深沉的思想感情，巧妙地融入所创造的独特意境之中，如《拉萨河的性格》：

我爱新生的土地，/ 羊群漫草坝，/ 金麦伴红荠，

春风吹骏马；/ 流不完的诗和画。

诗人将拉萨河拟人化，表达对幸福生活的热爱和对美好未来的憧憬。

汪承栋通过诗歌创作，充分肯定了自己的价值、自己的人格力量和不屈不挠的进取精神。热情是一朵美丽的花，它常常表现为一种能动性和创造性，表现为一种坚忍不拔的意志力量，表现为一种执着的追求和执着的信念，展示着诗人的心灵美；而自信，则是建立于对自己实事求是地分析和估价的基础之上，表现出一种自主意识，一种人格力量，一种勇于开拓的进取精神和奋发有为的蓬勃朝气，一种蔑视艰难险阻和挫折失败的挑战者的心态，一种不甘寂寞、不肯平庸的竞争心理。

汪承栋的诗，在审美主体“我”的背后，常常跃动着一代人的群体形象，甚至一个民族的高大形象，如《黎明的音乐》：

有这动人的音乐，/我们结束多年来的贫困；

有这动人的音乐，/幸福伴着曙光一道来临。

诗人以优美的语言和生动的画面，饱含深挚的情意，描绘了兄弟民族“我们”的新生活。汪承栋进藏工作后，走遍西藏的广大地区，对藏族人民的历史和现状有了全面的认识。他讴歌农奴的解放及其对幸福的向往，赞美藏族人民与命运的抗争。特别是长篇叙事诗代表作《黑痣英雄》，叙述了“我们”的化身——藏族农奴起义英雄波乌赞丹，从自发反抗到自觉走上革命道路的历程。“我们的刀不能放下，保卫祖国的大好山河”。这把“我们的刀”，构成了《黑痣英雄》传奇色彩的主要组成部分。

诗的景物形象是诗人进行形象思维的物质载体，是情景交融、虚实相契、主观与客观相统一的结晶。在这里，感情为虚，形象为实。情藏匿在“虚”处，体现着事物的本质特征；形显现在“实”处，标志着事物的外象形体。虚实是我国传统美学观念，它常常以“情景”的姿态出现。虚实转化即是情景交融，是虚的情转化为实的景。

汪承栋使用不同景物形象来描写欢乐，从而使之具有可感、可触的形象美。如《昆仑垦荒队》：

几片落霞掉进小溪，嫣红的光溶入水里，水面上千红万紫，姑娘们溪畔洗衣。

溪水哗哗地笑了，它赞美这群乐观的少女，它更赞美袁小珍的幻想，幻想中展望未来的壮丽。

这是溶乐于溪水的诗句。以上形象，虽然“本自同根生”，但由于诗人美感强弱的不同和选取状物的差异，而展现出不同的形象美，有的可闻其声，有的可见其色。“欢跃的拉萨河，我知道你乐些什么，你哺育藏胞千百年，今天——只有今天，他们第一次尝到人生的甜果。”诗人笔下的拉萨河，竟被人格化了，写出了拉萨的新景象，唱出了藏胞的幸福。

形象的色彩性是诗美艺术的重要特征之一。富于色彩的形象陡增一种“美与力”，色彩使汪承栋的诗歌各具风姿、气韵生动，也使得他的诗更富于艺术感染力，因为色彩本身包含着诗人的思想情感。所以，形象蕴蓄着的感情色彩，即“色彩的表情”，能够直接、有力地“表现”诗人的感情。《黑痣英雄》是这样一首以色彩表现情感的诗作。

部落在喷血，帐篷在冒烟。/牧民们惨痛的哭喊，撕裂整个草原。/支不起砸骨的官差，/缴不完吸髓的重税。/土登宗本统领的藏兵，/卷来灾难的洪水。/牛羊抢光，帐篷焚毁，/母亲胸前血，溶有婴儿泪……

这就是1950年的藏北动荡苦难的生活，这就是波乌赞丹面临的血与火的现实。字字句句饱含着诗人哀怨、凄楚、愤怒、仇恨的感情。“喷血”“惨痛”“冒烟”“哭喊”“撕裂”“抢光”“焚毁”等词汇，无一不带有浓重的感情色彩。诗人是用心灵咏唱的歌手，他用心灵呼唤着心灵。只有来自心灵的诗歌，并且是经过诗人感情浸泡过的形象，才可能如纤纤细指，拨动着读者灵魂的琴弦；如徐徐微风，轻拂着读者感情的春草；如潺潺流水，溶汇进读者内心的波澜；才有可能含情脉脉，缓缓移步，走进读者心灵，并产生强烈的共鸣。

这样的形象，感情何在？情在言内——诗人的感情尽管不太外露，却不脱离字面意义。如《锦上添花》：

青枝、绿叶，/黄蕊、红花；/我哪里是置身车间，/倒像是逛游林卡。脚踏鲜嫩的牧草，/眼底丰收香果甜瓜，藏北奇云，山南垂柳，/都跑来落户安家。

这是参观地毯厂所写的抒情小诗，色彩浓艳，语言甜美，耐人寻味。

进入20世纪80年代，汪承栋依然是西藏诗坛上的骨干力量。在这一时期，他主要出版有《雪山风暴》《汪承栋诗选》《汪承栋叙事诗选》《雪鸿》《雪原小云雀》诗歌作品等。经过修改、整理的长篇叙事诗《雪山风暴》的问世，不但是汪承栋个人诗歌创作的一个高峰，也是西藏当代诗歌走向复兴的一个重要起点。对推动西藏当代诗歌，乃至整个文学创作的发展发挥了重要的作用。

《雪山风暴》创作于20世纪60年代初，第一章曾刊载于1962年《长江文艺》12月号上。1977年，经过修改整理，整部诗作刊登于《西藏文艺》创刊号上。1978年，由湖南人民出版社出版单行本。《雪山风暴》以西藏的民主改革这一伟大的社会主义变革为中心故事，集中揭示了西藏民主改革的艰难曲折与最终取得彻底胜利历史的必然性。长诗共二十七节，分为三个部分。第一章《动荡的初夏》共六个小节。交代了"雪山风暴"，即民主改革发生的时代背景。标题用"动荡的初夏"，意味着局势的混乱和人心的不安。民主改革前的西藏虽然已经和平解放，但由于中央对西藏采取了特殊政策，上层阶级手中依然握有政治大权，掌握着整个西藏的经济命脉；贫苦民众虽然获得了一些自由，却仍然处于被压迫、被剥削的悲惨境地。在反动派和外国势力的双重破坏中，西藏的局势很不稳定。1959年的政治叛乱，使得原本就摇摆的社会局势更为混乱。一些顽固不化的上层官员和庄园主在节节败退中仓惶出逃。在此严峻情势下，中央发布西藏民主改革的命令，一场声势浩大的社会运动在高原大地上迅速展开。但一些躲藏在暗处的反动势力则乘机妖言惑众、制造是非，试图阻止西藏民主改革的步伐，破坏民主改革的顺利进行。摆在民主改革工作组面前的是一幅混乱不堪的历史景象：土匪像亡命之徒一样，烧杀抢掠，无恶不作；庄园领主"亡我之心不死"，勾结土匪，纵容土匪杀害无辜民众，并散布谣言，把罪行嫁祸于解放军，从而在农牧民群众中制造混乱；反动派对农奴软硬兼施，既诅咒解放军，又恐吓农奴，威胁他们如果亲近、投靠解放军，不但佛爷会怪罪，而且解放军一走，必将受到严惩。当然，这只是事情一个方面。另一方面，受尽凌辱和折磨的民众对解放军心怀感激。因此，尽管他们在庄园领主的威慑下心有余悸，担心会受到“报应”，但无尽的苦难使得他们对像亲人一样的解放军又充满期盼，盼望着这群“菩萨兵”的到来。流窜的土匪和庄园领主的疯狂破坏，劳苦大众的热心拥护和支持，这就是西藏民主改革工作组所面对的复杂的历史背景。

第二章《明枪暗箭斗农村》，共十二小节，集中描述了民主改革开展前的宣传斗争工作。土匪的扰乱、庄园领主的恐吓、谣言的迷惑，使得广大的农牧民处在极度不安与恐惧之中。他们不知道如何是好。是积极响应工作组的工作，还是消极应付，他们处在徘徊彷徨之中。历史的脚步在这一刻似乎停止了前进。面对这种复杂局面，工作人员进行了细致的宣传工作。早已参加解放军的平措接受工作组交给的任务，串门走户，挨家挨户地给老百姓宣讲党的改革政策，并以自己的亲身经历，宣讲人民解放军的纪律，说明解放军是党派来的全心全意为穷苦人服务的军队。就在平措不辞辛苦地宣讲党的方针政策的同时，反动的庄园领主也展开了反宣传活动，试图破坏工作组的安民工作。这样，一场宣传与反宣传的斗争就在高原牧区展开了。

第三章《怒火燎原》共九小节，经过平措耐心而艰苦的宣讲，通过工作组张书记的实际行动，以及在觉悟较高的积极分子的带动之下，广大民众终于认清了旧的上层阶层的丑陋面目和虚伪本质。他们开始积极配合工作组的工作。不断觉醒的广大民众，在解放军的领导下打击土匪，迎来了批斗庄园领主的喜悦场面。一股愤怒的大火在高原大地上熊熊燃烧，终于毁灭了一个罪恶的旧世界。

《雪山风暴》是70年代初西藏文学的重大收获。在整个文坛还处于“百废待兴”的时候，它却“横空出世”，为西藏文坛增添了耀眼的艺术光芒。

它不仅以复杂的矛盾冲突揭示了深刻的主题内涵，且借助宏大斗争场面塑造了多个性格鲜明的人物形象，同时在艺术表现方面也取得很大的成功。综观这首长篇叙事诗，有以下几个方面的艺术成就值得肯定。

首先是人物形象的塑造。长篇叙事诗的成功与否，往往取决于人物形象的塑造。《雪山风暴》中出现了将近十个人物，在这些人物中，有一半人物形象塑造的都比较成功，从而有力地支撑起了长诗的艺术骨架。曲珍是长诗塑造的第一个重要人物，也是相当成功的一个人物形象。年轻的曲珍身为农奴的后代，耳闻目睹了种种悲惨的生活惨象。庄园主的凶残、狠毒，亲人的惨死，牧民生活的极度贫困，繁重的劳役差事，没有尊严的人生……这一切使得她从小就对罪恶的旧制度产生了憎恶，也对上层阶层抱有天然的痛恨之情。虽然她不知道自己毫无人格尊严的生活何时能够结束，也不知道如何结束，但她内心深处却渴望这样的生活能够发生变化。这是她日后思想上不断进步，并最终走上与解放军积极合作的革命道路的“本能性”根源。人民解放军的到来，让曲珍看到了生活的曙光，而解放军全心全意为藏族人民着想的实际行动感动了曲珍。在经历了一次生死营救之后，她终于被解放军的英勇和无私所感动，从此以后，她开始把解放军当作自己的亲人，坚定地踏上了革命道路。她不顾“阿妈”的反对，积极宣传党的民族政策，揭露上层阶级的丑陋面目和险恶用心，参加平叛运输队。在尖锐的阶级斗争中，曲珍慢慢地成长成了一位眼光敏锐、意志坚定的新一代牧民。曲珍这类新型牧民的出现，是西藏民主改革得以完成的重要保证。诗歌对此也进行了充分地表现。当工作组来到乡村牧区以后，首要的任务是动员广大牧民积极参加民主改革运动，曲珍这位早已觉醒的积极分子担任了非常重要的角色。她细心领会党的民族政策，奔走于广大牧民之间，向他们宣传民主改革的重大意义，“走访三个自然村，／忘却一身劳和累；／她从平措手中接过火种，／深深播进穷哥们的内心。”“要让农奴们紧密团结，／横扫吃人的旧社会，／但一根芦苇扫不动，／拧成铁扫帚靠千百根芦苇。”

在“阿妈”拉姆因畏惧于农奴主的恐吓还举棋不定的时候，她极力劝告“母亲”，并当着“母亲”的面回击用心险恶的农奴主，揭穿农奴主暗中破坏民主改革运动的阴谋。在曲珍的引导下，“阿妈”拉姆终于渐渐醒悟，尽管她仍然为女儿担忧，害怕她遭受不祥之祸，但女儿的坚定意志还是给了她巨大的力量。

“阿妈”拉姆是作为女儿曲珍的陪衬出现的，但她的形象同样蕴含着深厚的历史文化内涵。她的存在深刻地揭示了为什么民主改革运动会遇到种种障碍的真正原因。拉姆是一个典型的旧式农奴形象。她生活在暗无天日的旧制度下，是一个毫无人身自由的、会说话的劳动工具。统治阶级的残酷压迫、宗教等级观念的愚弄，使得她完全失去了反抗的本能，她顺其自然地接受自己的不幸命运，心甘情愿领受人世间的种种磨难，把所有的不幸都归结于命运之神，从来不敢对现实做丝毫的怀疑与反抗。面对女儿的劝告，她不理解，反而规劝女儿不要惹是生非，引来杀生之祸。这个柔弱无力的农奴的存在，完全是封建农奴制度所造成的，从拉姆命运中，我们看到了旧制度的罪恶，我们可以认识到旧制度必须灭亡的历史必然性。

卡玛是《雪山风暴》中另一个重要的人物形象。作为反面人物的代表，作为噶厦地方政府“埋设”在暗处的一颗“炸弹”，她时刻不忘自己反戈一击的反动“使命”。诗歌集中刻画了卡玛的反动本质：破坏军民团结，千方百计阻碍民主改革，想方设法维护自身利益。为达到这一目的，卡玛可以说是使出了浑身解数。她首先与叛军土匪暗中勾结，纵容他们到处烧杀抢掠，试图通过这种野蛮的方式制造混乱，混淆是非，影响解放军的正常工作；为了挑拨解放军和农奴之间的关系，她设下毒计，让土匪杀死青年巴桑的阿爸，把砍下的胳膊送回来，然后亲自带着血淋淋的胳膊去见巴桑，从而引起巴桑对解放军的怀疑。为了阻止曲珍参加解放军的平叛运动和民主改革运动，她软硬兼施，既给“阿妈”拉姆送来半口袋糌粑，假仁假义地关心拉姆的生活，并表示担心曲珍的安危；要求拉姆劝阻曲珍不要参加解放军发动的运动，以免遭到报应。为了让那些拥有一些财产的人起来反对民主改革，她花言巧语、危言耸听，造谣说共产党来得快，走得也快，将来还是噶厦的天下，结果使得多吉这位原本欢迎改革的人变得犹疑不定，内心里展开了激烈的斗争，“减去逼人的租息，／解脱我颈上的毛绳；／再不受贵族毒打恶骂，／我当然眉开眼笑地翻身……但昨夜卡玛的谈话，／扪心问也有理三分，／古堡似的噶厦虽然崩塌，／难道从此就俯首甘心？／卡玛说：共产党坐飞机来西藏，／不久会沿着空中的路回北京。／这话太神秘难以捉摸，／却使我联想另一桩事情。”可以说，为了破坏、阻止解放军工作组领导的民主改革运动，卡玛处心积虑，想尽了办法。但反动力量是无法阻止历史前进的脚步的。卡玛的“努力”最终收获的却是失败。她不甘心接受失败的命运，她无法接受昔日被自己踩在脚下的农奴们翻身解放，而自己却成了任人宰割的“羔羊”。在预感到自己已经无法改变溃败的命运的时候，卡玛露出了狰狞的面容。“是时候了，地下炸弹，／该像喷泉冲出底层，／射雁要瞄准头雁，／先毁灭平措和曲珍。”“搬开镜框里的佛像座，／取出两只枪杀气腾腾，／胸脯急剧起伏，／手背鼓胀青筋。”但再狡猾、凶残的狐狸也无法逃离猎人的眼睛，卡玛的阴谋并没有得逞，最终只能接受历史为自己安排的命运。卡玛这一形象以及最终的命运既揭示了西藏民主改革道路的艰难曲折，也揭示了民主改革在西藏发生的历史必然性。

除上述两个贯穿全篇的重要人物外，长诗还塑造了其他几个个性鲜明的人物，如平措、巴桑、拉姆、多吉和工作组领导张书记。平措是一个觉醒较早的农奴，他曾入高校学习，对共产党和解放军的政策有着深刻而明确的认识，明白共产党和解放军是西藏穷苦人民的救星，清楚共产党、解放军是全心全意为劳苦大众着想的党和军队。他也深信，只有在共产党的领导下，西藏百万穷苦农奴才能翻身解放，过上自由自主的幸福生活。同时，他对反动的上层阶级的凶残本质也有着清醒的认识。他不相信反动阶级会自动退出历史舞台，只有革命斗争才会让他们放弃作威作福的梦想。正是由于有了这种先进思想的武装，平措担起了民主改革先锋战士的重任。他现身说法，给那些在谣言蛊惑中狐疑不定的老百姓讲解党的民族政策，讲述解放军对待百姓的严明纪律和为人民服务的宗旨，还大胆揭穿统治阶层的种种凶恶行为。“我懂得农奴要解放，／只有党才是万能的靠山；／革命本是殊死的战斗，／跟着党去夺取铁的政权！”在平措的宣扬下，农奴们慢慢醒悟了，他们开始重新考虑自己的未来，希望在平措的带领下改变受苦受难的悲惨命运。与平措有着相同出身的巴桑一开始并没有选择平措的道路，他一直留在家乡，为自己的庄园主卖力劳作，忍受着命运安排给他的无尽苦难。他是一位有着热血心肠、嫉恶如仇的草原“雄鹰”。在叛匪凌辱身无缚鸡之力的妇女时，他挺身而出，拔刀相助，显示出了他的英雄气概。但巴桑也是单纯的、盲目的，他险些被老奸巨猾的卡玛利用。当卡玛欺骗说他的父亲被解放军杀害时，他义愤填膺，陷入了深深的矛盾之中，因为他无法辨别消息的真假。当平措告诉他事实真相后，他独身一人，深入草原去寻找土匪报仇。最后亲自手刃杀父仇人，并加入了民主改革的队伍。巴桑这一形象的塑造，丰赡了诗歌故事的内容，同时衬托了民主改革形势的复杂多变。

拉姆与多吉，是两个处于中间地带的人物。他们有着悲惨的身世，深受上层贵族阶层的压迫与剥削。不但在肉体上惨遭压榨，在精神上也深受戕害。他们对反动统治的凶残有着清醒的认识，并从内心深处渴望能够脱离他们的束缚、压榨。但长期处于悲惨境遇的他们已经不知道如何去拯救自己命运，只好在哀叹中无奈地认命，在屈辱、苦难中接受自己的现实命运。他们害怕庄园主报复，所以不敢响应工作组发出的民主改革号召；他们亲眼目睹周围的人遭受祸端，所以劝阻亲人远离共产党的工作人员。但他们又不恨共产党派来的工作人员，不害怕人民解放军，反而从心底里欢迎解放军的到来。这类人物的存在，真实地反映了特定历史时期藏族民众的社会心理，也表现了西藏民主改革艰难但又终将胜利的历史必然。工作组领导张书记是一个粗线条式的人物，诗歌并没有对他进行细致地刻画。但其大致轮廓还是比较清晰的。他坚决贯彻党的民族政策，稳重、热情，具有耐心是他的主导型性格特征。在他的指挥下，平措的宣传工作进展的有条不紊，成效显著。作为党的高级领导者，他深知，如果得不到广大穷苦民众的拥护和支持，民主改革运动将无法展开。因此，他并不急于开展直接的阶级斗争，而是通过大力的宣传工作和与老百姓谈心的交流方式，让老百姓了解工作组的政策和目的，并用实际行动赢得民众的欢迎。也许是受主题表达的限制，诗篇在张书记形象塑造上花费的笔墨不多，因此其形象相对而言比较模糊。

除了成功塑造个性鲜明，具有时代特征的人物形象外，《雪山风暴》在具体的表现手法上也颇为讲究，展现出了很强的艺术表现力。气氛渲染是这部长篇叙事诗运用的比较成功的一种艺术手段。这部长篇叙事诗反映的是西藏历史上具有重大意义的政治事件，它包含着深刻的历史内涵和社会意义。如何把这场充满着敌我斗争的重大事件表现好，是关系到诗篇能否具有艺术震撼力的关键所在；同时，如何把故事情节纳入广阔的社会历史背景中去，也是关系到诗歌成败的关键。因为，在如此重大的历史事件中，如果看不到当时西藏政治斗争的风云变幻，那它就会成为一个孤立的事件，显得过分轻飘，没有足够的历史厚重感。《雪山风暴》为了增加这方面的艺术含量，在不少地方有意利用一些细致的景象描写，渲染气氛，为主要的故事情节设置一个宏大而开阔历史背景。比如第一章《动荡的初夏》的开篇，诗歌并没有从故事的核心内容开始，而是集中展示了一片混乱的景象。“罪恶的烈火熊熊升起，火舌狂舐门窗和屋脊，火星在屋顶飞溅，火光映红遥远的天际。颓败的叛匪倾泻灾难，火舌里房屋在崩析，火星下鲜血在流淌，火光中农奴在哭泣。”通过带有夸张色彩诗句，“动荡的初夏”便被勾勒了出来，它很快就把人引入了巨大的历史环境之中，使人意识到将会发生充满血与火的惨烈战斗。除了在开篇之处加入渲染之辞之外，诗歌在故事发展的过程中也会时不时地进行类似的渲染，不断强化这种混乱、紧张、惨烈的景象，从而烘托敌我斗争的尖锐与严酷，使人不由地联想到民主改革的曲折艰难。

如何刻画人物形象，尤其是对重点人物的精细刻画，是长篇叙事诗必须注意的一个重要问题。《雪山风暴》在这方面也有着不俗的表现，尤其是对卡玛这一人物形象的塑造，作者还是下了一定的功夫。卡玛是一个反面人物，如何揭示她暗中破坏民主改革运动的反动本质，从而反映她所代表的阶层在民主改革中的态度和心态，是诗歌的一个重要任务。在此问题上，作者也确实花费了大量的笔墨。在手法上，作者并没有采取复杂的形式，而是直接让人物出面进行“表演”，把她的形象特征直接展露在众人的目光之下。如，为了组织民众参加平叛运动和民主改革运动，卡玛表现出了其“柔和”与“阴狠”的两面特征。她授意叛匪杀死巴桑的父亲，并把他的胳膊砍下来由她亲自送给巴桑。在面对巴桑时，她佯装仁慈，表达了对巴桑的同情与关心。“巴桑呵巴桑，／不要斜着冷淡的眼睛，／此刻我心中难堪的痛苦，／比起你来更加倍地深沉。／我必须听命佛爷的意旨，／对屈死者寄予同情，何况遇害的是你家，／这等于我家的不幸。／我应该遵从古老的习俗，／把死者的噩耗传给亲人，／巴桑你要忍受住，你是勇猛的高山鹰。／卡玛贴近巴桑身旁，／手背擦擦无泪的眼睛：／你阿爸死在枪弹下，／杀他的人事汉人解放军。”这个平日里对手下的农奴毫无情感可言的贵妇人，为什么突然对巴桑这个农奴怀有如此的善意呢？原来她是另有图谋。“卡玛微微俯下身，／歪着嘴长叹一声：／送手的人和阿爸在一起，／他亲眼看见解放军杀人。／他带回死者的遗体，／是叫你别忘父死的仇恨，／他转告死者的嘱咐，／用汉人的血把仇恨洗清。／站起来，巴桑，／擦掉常和女人作伴的泪痕，／今后你该像兔子一样机警，／当心共产党斩草除根。”卡玛充满“同情”的花言巧语只不过是激发、诱导巴桑去跟解放军火拼的导火索。从这些暗藏杀机的语言中，我们能够感受这位“善良”的贵妇人狡诈、阴险的心理；同时也能够看清她竭力破坏民主改革运动的阶级本质。

鲜明的地域特色和民族特色也是这首长篇叙事诗的一个艺术特征。《雪山风暴》是反映西藏民主改革运动的叙事长诗，受故事发生的地域限制，诗歌的故事、人物、语言，甚至人物的思维和心理、生活方式等都必须符合当地的地域风情和文化思维逻辑，只有这样，作品才能产生打动读者的艺术效果，否则就会给人留下不伦不类的印象。《雪山风暴》在这方面也下足了功夫，使得作品颇具地域特色和民族特色。这主要体现在以下两个方面。第一，人物活动的环境描写。塑造鲜明的人物形象，环境因素非常重要，它必须与人物形象构成对应、一致的关系。长诗始终努力让人物活动在具有地域、民族特色的各种场所，让其产生真实可信的艺术效果。比如对卡玛的描写，诗歌始终没有脱离其噶厦地方政府官员的妻子、庄园主太太的身份，她的活动基本限制在其华丽、舒适的房间内。为了突出其贵妇人的身份，作者还从房屋的高度、外观，内部的陈设和饮食起居工具等方面对此加以描绘。这样既让我们看到了上层阶层舒适奢华的生活，也体味到了浓厚的地域民族风情。对于其他人物，如曲珍、巴桑、拉姆等人的描绘，诗歌则主要突出他们生活居住条件的简陋，着力刻画他们的奴隶身份。第二，语言选择。人物的语言是人物心理、思维习惯的直接表现，能否有效地表现人物的民族特色和民族心理，民族化的语言选择至关重要。《雪山风暴》在这方面虽然并不是毫无瑕疵，但我们还是能够感受到作者尽了最大的努力，在语言选择上竭力向民族化靠拢。诗歌中运用的比喻几乎都与高原民族的日常生活密切相关，换句话说，人物的语言就来自于藏民族所熟悉的日常生活。比如雄鹰、牦牛、酥油、青稞、糌粑、马驹、雪山、佛像、佛龛等这些词语，时不时地出现在诗歌当中，始终让整部长诗保持着民族风貌。

情感饱满激昂，抒情色彩浓厚，也是这首诗歌的一个重要的特点。汪承栋在谈论诗歌创作时指出，“我比较喜欢追求诗的朴实，明朗，感情的奔放，在感情上不是激动得非写不可，我是不下笔的。风格上我喜欢那种比较开阔，比较奔放，朴实的风格，对于那种华丽呀，过于雕琢的呀，我是不喜欢的。”[1]《雪山风暴》大致体现了汪承栋所崇尚的“情感奔放”的特点。虽然是叙事诗，但整部诗歌从头至尾都涌动着一股情感的激流，有些地方还不惜笔墨大段抒情，以此来呈露人物形象的情感世界。譬如对曲珍和平措的刻画，作者分别让他们以唱歌的形式展现其内心的想法和思想认识。如曲珍唱的歌：“在这空旷的荒原，／高高升起吧——我的歌！／像在黑幢幢的山顶上，／升起一团红光四射的烈火。／在这宁静的夏夜，／远远飘扬吧——我的歌！／像振人心弦的雷声，／从云际滚落连绵的山坡。／我是一个世袭的女奴，／只会唱奴隶的歌，／我的歌只有仇恨的风暴，／没有泪，也没有欢乐。／不是奴隶不曾流泪，／泪水的长河早已干涸，／不是奴隶不愿欢乐，／明明脖颈上披枷带锁……”曲珍以哀婉愤怒的歌声，唱出了自身的遭遇和心中的渴望，这不但有助于刻画曲珍的形象特征，也增强了诗歌的抒情意味，而这恰恰就是该长诗所追求的艺术效果。

整体而言，《雪山风暴》是一首比较成功的长篇叙事诗，但也存在着一些比较明显的不足之处。首先是故事情节之间的衔接不够自然，结构安排上也缺乏技巧，给人以平铺直叙的感觉。其次是有些人物的转变显得过于仓促，缺乏必要的铺垫。如多吉、巴萨，尤其是多吉这一人物交代得不太清楚。

汪承栋在新时期之初的几年内还创作了其他一些诗歌，这些诗歌大都没有脱离当时的政治气氛，是为西藏社会主义建设所唱的颂歌。《金翼骏马》也是一首叙事诗，讲述了一位翻身农奴在社会主义新西藏鼓足干劲建设美好家园的先进事迹。故事情节比较简单，政治化的痕迹过于明显，艺术表现手法上乏善可陈。《战舰之歌》是为中国共产党成立60周年所唱的赞歌，诗人把我们党比作战舰，在立意上具有一定的新意，但具体的描述却豪迈有余，充实不足，给人以空洞干瘪之感。此时期的诗歌，值得一提的是《高原散歌》和《川藏公路组诗》。《高原散歌》包括四首小诗，选题范畴都很微小，

[1] 汪承栋：《汪承栋谈诗歌创作》，《西藏文艺》，1983年第5期。

前两首描写高原景色，后两首赞颂国际友谊。相比之前那些大而空洞的诗歌，它们似乎更能给人以深刻的影响。《川藏公路组诗》包括三首诗歌，分别以“绝壁古松”“雪的长城”“帐篷群”为描写对象，借描写自然景观的品格或特征，赞美高原大地上正在火热地参加社会主义建设的英勇的人民群众。从主题上看，这首组诗并没有脱离颂歌式的模式，但其表达方式却令人耳目一新。以坚韧不屈的古松比喻高原人民坚强不屈的战斗品格，以威武的雪山映衬边疆军民的强大坚定，以繁星一样帐篷来表现高原建设的美好未来，显示出了作者独具匠心的艺术追求。《牧女之恋》也是一首比较独特的诗歌，借助爱情来歌颂新生活，写得生动活泼，富有生活气息。诸如“羊毛般的飘云，掉入河中浮；飘云虽很轻盈，比不上他情话温柔。五色雀来洗羽，歌声溶进清幽；五色雀虽会鸣唱，亮不过他的歌喉。落霞绯红橙黄，给河面披幅锦绣；落霞虽极艳丽，美不出他笑的时候。深冬一片银白，冰雪锁住河沟；感情怎会结冰？河底泻爱的暖流。”如此富有生活气息的诗句，如此轻松欢快兼备民歌色彩的诗句，它所描绘出来的爱情着实让人怦然心动，而其散发出的艺术魅力也能够把人带入一个情意绵绵的温馨境地。可惜这样的诗歌在汪承栋的创作中并不多见，更多是那些直白的概念化的篇章。

汪承栋的诗歌创作与他的生活经历有着密切的关系。这就决定了他的诗歌上的某些规定性。他的长篇叙事诗是他对生活深入体验的结果，高度的政治原则和坚定的革命信念使得他的诗歌更多地关注发生在社会生活中的重大事件。试图通过对这些重大事件的叙述、描绘展现社会主义西藏发展前进的光辉历程是其艺术目的。这种相信艺术来源于生活的创作理念和诗歌立意上的追求高度，使得他的诗歌具有了浑厚的历史内涵，尤其是那些长篇叙事诗，我们从中不难窥探到波澜壮阔的历史风云和历史进程的艰难曲折。但刻意追求艺术表达的历史高度，也使得其诗歌无法摆脱时代政治的裹挟，完全淹没在了时代大合唱之中，缺少自己的个性特征。其叙事诗之外的那些短小诗歌基本上属于这类缺乏个性的产品。

第五节　周艳炀

周艳炀（1931—2009），出生于湖北石首县。1949年参加解放军，1950年随十八军进藏，历任班长、宣传队员、创作员、文化科长，昌都县人民政府秘书、科长、筑路大队队长。曾任《西藏文艺》杂志编辑、副主任，西藏文联理论研究室主任、创联部部长。周艳炀文学创作的领域较广，主要为诗歌创作、民歌收集整理、歌词创作、戏剧创作，小说创作和电影剧本创作，并在这些文学创作领域取得了很大的成就。自1956年开始发表作品以来，周艳炀共发表诗歌近300首，出版诗集《尼玛夏》，创作了一千多行的七言长诗《五味人生录》，出版三部长篇童话诗《小鹿格桑》《森林里的审判会》《桑珠湖之歌》，出版散文集《森林趣话》；收集、翻译和整理民歌280首，出版民歌集《云中的经幡》；创作歌词80余首，出版歌词集《雁洋歌词集》，其中歌曲《我的家乡好》获全国民族团结征歌一等奖，《我爱拉萨日光城》《我爱金子般的家乡》《苹果成熟了》分别获自治区一、二、三等奖，《雪山飞来了吉祥鸟》获北京文艺汇演二等奖；发表歌剧剧本《光荣家属》，川剧剧本《高原春雷》《雪域红霞》；创作拍摄了西藏第一部电视剧《还愿》，获得1984年全国优秀电视剧飞天金像奖；创作电影剧本《被放逐的人》；创作出版了中篇小说《小猪倌和她的杰勒玛》和长篇小说《雪域之舟》，其中《雪域之舟》获西藏自治区“五个一工程奖”。2006年1月中国藏学出版社出版了周艳炀文集：《拉萨河往事》《静静的雅鲁藏布》《澜沧江往事》和民歌集《云中的经幡》精装版四卷。

1950年，周艳炀作为十八军战士随军进藏，长期生活和工作在西藏基层，同藏族老百姓建立了深厚的友情，并练就了一口流利的藏语，由此而接触了广泛的社会生活和许多西藏民歌。收集整理了大量的民歌，为他后来的诗歌创作奠定了坚实的基础。周艳炀1956年开始他的诗歌创作，六十年代他的许多优秀诗作在人民日报和中央人民广播电台发表和广播。综观周艳炀的诗歌，以下几个方面值得关注。

周艳炀的诗歌创作题材和类型非常丰富，包括诗歌、童话长诗和叙事长诗。这些诗歌分别收录在周艳炀个人诗歌集《尼玛夏》《淌过水月的河》和周艳炀文集1《静静的雅鲁藏布》当中。

《尼玛夏》是周艳炀诗歌创作的第一个重要成就。1959年，在广袤的西藏大地上开始了轰轰烈烈的民主改革，百万翻身农奴在中国共产党的领导下，在党的方针政策的指引下，大步跨进了社会主义时期。《尼玛夏》正是以富有西藏民族特色的形式，以藏族人民喜爱的民歌比兴手法，生动地再现了翻身农奴在党的领导下走过的历程。“尼玛夏”是西藏农牧区广大翻身农奴感谢党感谢毛主席和亲人解放军或遇到喜庆日子时，最喜欢用的一句常用语，翻译成汉语就是“太阳升起”的意思。诗集《尼玛夏》共收有周艳炀自1951年以来创作的103首诗歌，分7个专辑。

第一辑颂歌共有23首诗歌，集中表达了百万翻身农奴对藏族人民对党和领袖的歌颂。其中的《用党的恩惠编成的歌》《慈母来到西藏高原》《把歌声载往北京》《黄金坝子中央》《小卓玛高唱“东方红”》《万年幸福开始了》等，都是作者在西藏和平解放初期的林芝邦纳村兴办小学以及在昌都扎曲河和昂曲河两岸农牧区担任基层领导时，亲眼目睹了藏族群众翻身获得解放以后对党对毛主席的无限感激之情后，用他们最喜欢的民歌形式，经过艺术创作、加工和提高后，完成的诗作。所以读这些诗歌，就像是在听翻身农奴自己在歌唱共产党、歌唱毛主席。这就是这些诗作的艺术魅力和深厚的意境。如：

在吉祥欢乐的日子里，/我没有珍贵的礼物献给毛主席，/我要在太阳刚刚升起的时候，/剪下缕缕光泽温暖的金线，/织一件灿烂保暖的锦袍，/献给我们最敬爱的领袖，/祝福人民慈祥的阿爸，/像火红的太阳一样永远辉煌！

这首《在吉祥欢乐的节日里》于1965发表在《人民日报》十一国庆节特刊上，表达了藏族群众的对毛主席、对共产党的深情热爱。这首歌词在周艳炀的作品中占有一定的地位。首次在《人民日报》发表以后，就在全国产生了很大影响，被誉为是最真实地表达了百万翻身农奴的心情和感受。

第二辑解放的歌声，表现了百万农奴翻身获得解放和自由以后的幸福生活，共18首诗歌，其中《为翻身唱歌》《西藏升起了红太阳》《幸福的笑颜》《土地证》《如今的翻身农奴》《过去和现在》等都是周艳炀的力作，不仅艺术地再现了那个时代翻身农奴从奴隶变为主人过程中的幸福感，而且真实地传达了藏族人民饮水思源、翻身不忘共产党的心声。

第三辑德吉花逢春开放了、第四辑雄鹰要在公社的天空飞翔，第五辑最美的是大寨红旗，共43首诗歌。其中的《德吉花逢春开放了》《两种劳动报酬》《西藏自治区成立了》《吉祥如意的宝地》《走在金光大道上》《今年的赞歌更多了》《热巴老人的歌》等很有代表性，反映了民主改革以后，在西藏发生的各种重大历史事件和轰轰烈烈的社会主义建设中，藏族群众的各种感受。

第六辑雅鲁藏布唱救星和第七辑能不放声歌唱吗共有18首诗歌。前者表现了百万翻身农奴对毛主席和周恩来总理的深切怀念；后者反映了藏族人民在改革开放初期对新时代的期待。在《珞巴人民的决心》《雅鲁藏布唱救星》《每当我们看到金色的麦海》《金号角》《欢庆的哈达舞跳起来了》等诗歌，也表现了这样的时代主题。

童话长诗是周艳炀诗歌创作的第二个重要成就。周艳炀在20世纪70年代末，创作和出版了三部长篇童话寓言诗：《小鹿格桑》《桑珠湖之歌》《森林里的审判》，后收录在周艳炀文集3《拉萨河的故事》里。西藏著名文学评论家李佳俊为该文集作序时指出：这些童话长诗“凝聚着作家多年从事儿童文学创作的主要经验，也是他大半生文墨生涯成果的代表作。这些童话诗扎根于高原沃土，从藏族民间文学中吸取营养，以丰富的幻想在艺术上别开生面。语言朴实，故事曲折生动，寓审美教育于拟人化的动物形象之中，读来妙趣横生，处处流露出作家对儿童健康成长的深切关怀和父母般的温情，深受少年儿童的喜爱。”[1]

《小鹿格桑》讲述的是小鹿格桑的一次“惊险遭遇”。小鹿格桑在阿妈下山饮水的时候，独自走出森林，它完全被一路上的雪山景色给迷住了。却不料与一只大灰狼不期而遇。由于年少无知，又是第一次离开阿妈，它完全不知在这个和平安详的雪域高原还有残害生灵的恶狼，眼看就要成了狼的午餐。还好，在黄羊、杜鹃、马熊和兔子等动物的帮助下，齐心合力，智斗狼狈为奸的大灰狼和奸诈自私的乌鸦，终于转危为安。

《森林里的审判会》写的是一只以英雄自居、无视法律的小猴布尼，在一只老狐狸的怂恿和教唆下，不是上树砸鸟蛋毁鸟窝，就是攀岩偷蜂蜜捣蜂窝，完全打乱了动物平静正常的生活。最后，两个森林的灾星都被告上了审判席，法官鹦鹉和森林里的飞禽走兽共同参与了对狐狸和小玩猴的是非审判。

《桑珠湖之歌》则向读者描绘了另外一个场景：秋天快到了，雁群结队南飞，桑珠湖上只留下一只受伤掉队的小雁。一对黄鸭收留了它。在白鹤医生的精心治疗下，在白鸥、水獭的热情帮助和呵护下，小雁子有了一个快乐的大家庭，它鼓起了生活下去的勇气，在风雨之中练成了自己可以远走高飞的翅膀。

在藏族古代文学史上，以动物为文学形象的寓言小说或寓言诗并不少见。比如《莲苑歌舞》《四兄弟和睦故事》《候鸟的故事》《黄莺的故事》《青颈鸟的故事》《牦牛、绵羊山羊和猪的故事》《禅师和老鼠》等，都

[1] 李佳俊：《拉萨河的故事·序3》（周艳炀文集（3）），中国藏学出版社2006年版。

是非常有名的藏族文学名著。毫无疑问，周艳炀的三部长篇童话寓言诗，不仅从藏族古代的寓言小说和寓言诗中吸取了充分的养分，也从汉族和西方古代寓言中吸取可以提升自己诗歌的种种元素。

但是将周艳炀的诗作与藏族古代寓言文学相比较，有一个很大的不同点。前者注重表现人类的普世价值观，以公正、法制、仁爱、互助、和平、合作等作为自己长篇童话寓言诗歌的主题。而后者，除了《候鸟的故事》之外，其他的动物寓言故事几乎都与藏传佛教的哲学观念有不同程度的联系，这是两者最大的差别。周艳炀的这三部长诗发表以后，受到了文学界的普遍好评，先后于1981、1982和1983年连续三年获得西藏自治区优秀文学作品二等奖，同时，被改编为动物连环画，受到了藏族和汉族少年儿童的欢迎。

《静静的雅鲁藏布》，周艳炀诗歌创作的第三个重要成就。这是周艳炀文集的第一卷，共收入300多首诗歌，是从他一生创作的500多首诗歌中精选出来后，又经过作者再次修改润色后出版的。这些诗歌绝大多数发表在1956以来国省级以上的报刊杂志之上，或在中央人民广播电台和西藏人民广播电台上广播，而且有多首诗歌还获得过国家和西藏自治区的各种重要奖项。该文集分为第一部分吉祥的哈达、第二部分雅鲁藏布的眼泪，第三部分雅鲁藏布的情歌，第四部分雅鲁藏布的酒歌和第五部分故乡恋曲。除第五部分外，其他四个部分的诗歌几乎都是周艳炀在西藏和平解放以后的各个重要时期完成的。

周艳炀从1956年开始从西藏民歌中吸取养分和元素来创作带有西藏民族特色的新诗发表在《西藏日报》上。之后，他作为西藏昌都县的一名精通藏语文的基层干部和民教科科长，几乎是一年四季都在农村牧场工作，每天与贫苦农奴和奴隶住在一起，吃在一起，干活在一起，有事商量在一起；领导他们进行三反双减、成立农会、搞土地改革、选举乡长、建立乡政权；组织农奴控诉悲惨的奴隶制社会，倾听他们压集多年的苦水；与农奴一块牵手跳起锅庄分享他们欢庆解放后的各种喜悦。正是因为周艳炀有这样特别的生活经历和体验，他的诗作在《西藏日报》发表后，又被翻译成藏文再次发表，他的诗歌在中央人民广播电台和西藏人民广播电台播出后，也被翻译成藏文广播，甚至多次被《人民日报》和《人民文学》等多家报刊转载。用周艳炀自己的话来说，他是“蘸着翻身农奴动情的热泪，为他们激情创作。”[1]因此，这样的诗歌它一定是有血有肉的，它一定是翻身农奴的心语，它一定是一个民族一个时代人性的真实表现。因此，我们在阅读“吉祥的哈达”和“雅鲁藏布的酒歌”时，那些专门为翻身后的农牧民青年男女写的诗句，句句都会让我们感受到作者热情的激荡。因此，我们在阅读“雅鲁藏布的眼泪”和“雅鲁藏布的情歌”时，那些专门表达农奴和奴隶苦难情怀的诗句，句句都会让我们感受到作者心肺的撕裂。

周艳炀诗歌特色与风格热情而奔放，具有鲜明的民族特色和地域风情，并运用了藏族人民喜爱的比兴手法，深刻地表达了他们那一代人对革命事业和人民的热爱，以及他们所走过的那段战斗历程，同时也再现了西藏翻天覆地的变化和火热生活。

周艳炀的诗歌创作十分重视诗歌的音乐性和韵律感。在诗歌的音乐性方面，善于创造“听觉的快乐”，结合丰富的意象群，使语言获得超乎语义的表现张力，从而更好地体现诗歌的整体构造和抒情性。诗集《尼玛夏》中的诗歌绝大多数是交替押韵，在词语的选择上也几乎完全遵从音韵的奇妙搭配，节奏紧凑、语词凝练，使炽烈的情感喷薄而出。[2]

在诗歌的韵律方面，诗人十分重视对诗歌节奏的掌握，热情洋溢的诗歌中，语词张弛有序，舒缓流畅，给读者心灵强烈的震撼。

周艳炀诗歌创作十分注重语言技艺，每一首诗都是通过语言的巧妙运用和组合来表达诗人的心灵和情感世界，以诗歌纯粹审美的状态来歌颂生活的真理，并着力追求诗歌艺术的效果，达到诗歌高山流水般的音韵。当然，

[1] 周艳炀：《静静的雅鲁藏布·自序》（周艳炀文集（1）），中国藏学出版社2006版。

[2] 西川：《艺术自释》《诗歌报》，1986年10月21日。

诗人并不拘泥于诗歌语言所具有的结构、律动、节奏和形式，而是从超越中表达纯粹的思想情感，使精纯凝练的语词折射出的理想变得透明唯美，使诗歌无论在语言、声音，还是情韵方面均有着良好的艺术效果。周艳炀的诗歌，意象丰富，想象奇特，意蕴丰满。文本通过此起彼伏的意象群表达汹涌的情感，在结构上与读者产生心灵的共振。如：

北京上空飞翔的是金凤凰，/西藏天上飞舞的是玉孔雀；/它们虽然相隔万里，/但吉祥美丽的名字却能连在一起。

这首《虽然相隔万里》将“北京”比作“金凤凰”，“西藏”比作“玉孔雀”，在颂唱创作过程中，诗人的心情是舒畅而欢愉的。因此，在那个红歌红诗的年代，更易与读者产生强烈共鸣。诗人在运用大量比喻、铺排手法的同时，大胆地抒发内心情感，得以全面地、有深度地、历史地反映那个时代的特殊的精神风貌。

周艳炀诗歌的每一个词汇背后都包含着存在的身躯，可以表达他最真挚的情感，使诗歌完整而富有魅力。意象的铺排与情感的宣泄要达到同一的效果才能体现诗歌的审美价值。他对于语言和存在的同一性的认识，并不完全是思辨性的，他在其中融入了行动的因素——生存体验和生存斗争。他诗歌中意象的运用是对情感的彰显。诗歌的审美过程需要一种“在场”，周艳炀的诗歌不是形而上学的“在场”，而是生存的血肉之躯和个体灵魂的“在场”，这种“在场”往往是通过意象的创立和想象力的膨胀达到的。

周艳炀诗歌是言志与抒情相交融的结合体。“诗言志”是古典诗歌的要求，正是在“诗”与“志”的缠绵中诞生了诗歌。周艳炀能深刻领悟并把握诗言志的传统，他的创作始终立足于“言志合一”。只有在精神本身已经诗化的前提下，语词、印象、情绪、自身经验、世界观，才能在创作时得以充分发挥并在互相映射的动势中得到熔铸。诗歌理论首先要服务于社会的需要。周艳炀的诗作反映了百万翻身农奴歌颂党的历史，表达了炽烈的热情和志向，同时巧妙地解决了诗的精神和艺术之间的关系。抒情指向被激活的生命履历和历史记忆，而言志则昭示着在诗人欲继续向着“高处”和“圣地”翩然远举时，正是理想本身一把拉住了诗歌，提示它应具有的盘诘、缠绕、奔放豪迈的语言载力。因此他的诗达到了抒情和言志的高度统一。

周艳炀的诗歌在创作意境、句式结构、遣词用句、艺术手法上，都可以看到西藏民歌尤其是昌都民歌的元素基因，但是，这些元素不是简单化的模仿和套用，而是作者在具体的诗歌创作过程中，将它们经过艺术的创新、加工后，去服务于自己新的创作构思和新的艺术思想的表现。比如前面列举的“在吉祥欢乐的日子里”。这首诗歌是周艳炀在他创作的黄金时期完成的一首优秀诗作，其中就包含着民歌因素。周艳炀和格朗收集整理的《云中的经幡》中有这样一首民歌：

白云像是羊毛，/我想剪下几片，/送给心上人儿，/做件漂亮衣衫。/星星如同珍珠，/我想摘下几颗，/送给姑娘卓玛，/穿成一串项链。

将周艳炀的诗歌与这首民歌想比较，我们可以发现，周艳炀抓取了民歌中将白云剪下送给情人做衣衫以及将星星摘下送给情人做项链的西藏情歌意境和元素，然后通过更深邃的想象力、更有时代气息的艺术创新和更深远的思想追求，创作了一首完全超越西藏情歌的诗歌，进而表现了一位刚刚获得翻身解放的贫苦农奴想要感谢毛主席感谢共产党的心情：给像亲人阿爸一样的毛主席送一件用太阳的金线织成的锦袍，给把自己从苦难深渊中拯救出来的共产党献一条用月亮银线织成的哈达。诗歌从情感的表达到比喻的贴切，都与西藏的风俗习惯、与藏族人民的生活息息相关，这就是周艳炀诗歌的艺术境界，这就是周艳炀诗歌只属于自己的诗歌语言和结构。因此，周艳炀的诗歌属于西藏，属于百万翻身农奴，属于雪域这块土地。

周艳炀在诗歌方面的贡献还体现在他对西藏民歌的搜集整理上。周艳炀精通藏语康巴方言，早在20世纪50年代，就开始致力于收集、整理、翻译和发表西藏民歌的工作，并一直坚持到退休为止。而西藏昌都民歌则是他工作的重点。现在我们能够见到的成果主要反映在他和格朗收集整理的西藏民歌集《云中的经幡》里。该民歌集由中国藏学出版社于2008年出版，共276首民歌。这些民歌从内容和结构形式看有下面一些特点。

第一是歌颂爱情的民歌。这类民歌在《云中的经幡》中所占的比例很大。如果仅从这一点来考量，这部西藏民歌集算得上是地地道道地反映了西藏昌都农牧民对爱情生活的真实理解和阐释，如：

梦想变只大鹏，/ 或是一只小鸟，/ 若是去会情人，/ 展翅便可飞到。

情人卓玛巴珠，/ 天边草滩放羊，/ 每当白云飘过，/ 我便想起姑娘。

我的家乡硕般多，/ 人在歌声里生活，/ 姑娘歌声像泉水，/ 不会唱歌娶不着。

第二是反映和平解放以前农奴苦难生活的苦歌，这一类民歌在《云中的经幡》也占有相当的分量。西藏民歌除了反映爱情方面的情歌比较常见以外，苦歌也是其表现的重要内容。了解仓央嘉措情歌的人都知道，他的不少情歌是通过西藏民歌的形式来反映自己内心对爱情的向往，而苦歌则是百万农奴通过民歌来反映和控诉旧西藏的反动和农奴生活的苦难。如：

鸟儿自由飞翔，/ 奴仆可不一样，/ 主人一声令下，/ 奴仆离开家乡。/ 姑娘若是悲伤，/ 我会更加惆怅，/ 船儿顺水走了，/ 返回希望渺茫。

和我相爱的人儿，/ 被头人带走了，/ 心里只有他的影子，/ 脸儿一天天瘦了。

西藏民歌是藏族人民生活中不可缺少的内容，是他们用民歌宣泄内心各种感受的媒介，是他们生活的真实写照，没有粉饰，没有夸张，没有虚构，只有内心愤怒的呐喊。第一首民歌唱出了农奴对自由的向往，第二首民歌唱出了农奴对农奴主和管家欺男霸女的血泪控诉。在这样的制度下，农奴哪有自由？哪有爱情？哪有温饱？哪有安全与快乐？这就是《云中的经幡》要告诉我的。

第三是反映翻身获得解放的喜悦。周艳炀收集的西藏民歌关注农奴制社会形态下百万农奴的苦难生活和他们在没有自由、没有人权、没有温暖的社会中的挣扎，但更为关注和收集西藏和平解放以后百万翻身农奴的新生活和对新时代的热爱。如下面的几首民歌：

男：耕的是一样的土地，/ 播的是一样的种子；/ 到了收割的时候，/ 为啥收成两个样子？

女：阿哥的土地耕得不深，/ 阿哥的种子播得不匀；/ 谁懂得耕种的道理，/ 谁就能获得头等的收成。

我美丽的故乡，/ 在松柏密集的山上，/ 看到燃起的柏烟，/ 故乡便浮现在我的心上。

春天的风吹化了冰雪，/ 夏天的风吹开了百花；/ 快把舞场的篝火烧旺，/ 让我们高兴地跳起锅庄。

第一首民歌意境很深，一样的土地一样的耕种人，收成却完全不一样，这是为什么？这是因为昨日耕种的土地是头人和农奴主的，今天耕种的土地翻身农奴自己的。第二首民歌的意境则表现出，翻身农奴在新的时代里所自然流露出的新的心情、新的感悟，以及对家乡的热爱。第三首民歌的意境，更是直接表现了共产党来了苦变甜，翻身农奴围着篝火，载歌载舞的欢快场面。

《云中的经幡》中的民歌在结构方面很有特色。在276首民歌中，其结构形式是非常丰富的，整体上看，有下面几种。首先，六言四句是最主要的结构，占第一位，约为全书的80%以上，这是西藏民歌共同的特点，即使是《仓央嘉措的情歌》也是如此。前面的例句中有很多都是这一类的民歌。这种情况说明，西藏民歌在结构上主流是六言四句。其二，占第二位的结构是六言四句两段或三段。这种结构某种意义上说，是第一种结构的姊妹结构。前面已经举过类似结构的例子。其三，在周艳炀的西藏民歌集中还有一种结构是比较少见的，就是男女对唱。这种结构是在西藏民歌最主流的六言四句的基础上演变而来的，完全体现了藏族民歌“唱”的功能。

除诗歌创作和民歌搜集整理外，歌词在周艳炀的文学创作中也占有重要的比重，也是他创作生涯中丰硕的文学创作之一。周艳炀的歌词创作得力于他扎实、富有特色的诗歌创作基础、丰富的歌剧和戏剧创作经验以及长期从事西藏民歌的收集整理实践；得力于他有一个在中国歌词界声名显赫的乔羽老师的指点；更得力于他作为一名和平解放西藏的解放军战士和长期在西藏农牧区一线工作的领导干部，对翻身农奴热爱祖国、热爱党、热爱社会主义新西藏的深刻理解。

周艳炀的歌词创作开始于20世纪60年代。其直接的因缘是因为歌颂翻身农奴的解放电影《农奴》在全国上映以后，引起了极大的反响。文化部决定由著名的词作家乔羽牵头，将电影《农奴》改变成一部歌剧。乔羽先生是一位非常谦逊的作家，他接到任务后给文化部提出的第一个要求就是自己要亲自在西藏寻找一位熟悉西藏民歌，并且有一定影响的诗人和他合作，共同改编创作这部歌剧，周艳炀有幸被乔羽的看中，并在文化部与著名词作家、著名作曲家马可和著名歌唱家郭兰英等老一辈艺术家一起工作了近一年的时间。正当他们的歌剧《农奴》创作接近尾声的时候，“文化大革命”开始了，歌剧创作不得不终止。为此周艳炀只能遗憾地回到西藏昌都。但是，正是这短短的一年时间，他从乔羽身上学到了很多歌词创作的精要，这对他后来的歌词创作产生了重要的影响。

1976年春天，周艳炀从昌都调往拉萨，在西藏人民出版社参与创办西藏当时的第一份文学刊物《西藏文艺》，从此成为一名专业的文学编辑和作家，他的歌词创作也一发不可收拾。直到20世纪的80年代末，周艳炀一共创作了近50首歌词，收集在周艳炀文集1《静静的雅鲁藏布》中。周艳炀的歌词，有两个突出的特点：一是有鲜明的主题，时代感强。二是有民族的特色，西藏民歌元素厚重。

周艳炀在戏剧创作方面也取得了值得肯定的丰硕成绩。从20世纪60年代开始，周艳炀就已经自觉主动地展开了戏剧创作，且在不同时期都有颇具开创性和代表性的作品问世。其创作剧目虽然数量不多却贵在精益求精；不仅戏剧形式多样，而且剧作内容丰富，与时代紧密相连，把握着西藏社会的发展脉搏，描绘了西藏不同时期人们的不同命运，并最终为当代西藏留下了珍贵的历史记录。

《高原春雷》是周艳炀在戏剧创作领域较具代表性的一部现代川剧，反映了民主改革初期西藏基层错综复杂的现实情况，始作于1962年3月，其时周艳炀正在昌都县从事基层工作，后于1984年进行了最终修改。由于西藏在地理位置上紧邻四川，自古以来经济文化交流较多，所以川剧的创作和演出较之其它地方剧种在西藏具有更扎实的群众基础；因此除周艳炀而外，西藏的许多剧作家都曾进行过川剧创作方面的尝试，而以川剧形式展现西藏基层藏族百姓日常生活的《高原春雷》是这类作品中的佼佼者。这部剧作以民主改革过程中工作队与反动势力的斗争为主线，着力塑造了以工作队队长益西为代表的民主改革有生力量、以地方头人拉丁·泽旺为代表的阻挠改革的反动势力和以边巴为代表的向往新生活又惧怕旧势力的基层普通百姓等群体形象，达到了如实反映西藏民主改革进程中的社会现实的目的，并深刻揭示了民主改革在西藏地区势在必行、符合藏族基层群众根本利益而又前途光明的主题。虽然在这部剧中塑造出了一个近乎全知全能而又高大全的人物形象——工作队队长益西，有单一化倾向；但瑕不掩瑜，这部作品对基层群众的思想动态和行为方式进行了较为客观细致的描摹，并重点对藏族群众民主改革过程中较难避免的矛盾心理和面对复杂斗争形势缺乏理智判断的情况进行了较为深入的叙述，忠实地反映和还原了当时社会与时代的真相，这亦可看作是这部作品最大的特色。

为了全方位地展现西藏民主改革的复杂形势和光辉历程，作家在作品中安排工作队员、普通百姓、进步青年、反动势力等争相登场，各种矛盾斗争次第呈现，情节紧凑典型而节奏张弛有度，颇有移步易景、引人入胜之感。剧作开篇就借由内心充满纠结和矛盾的藏族百姓边巴之口，道出了反动势力为达到不可告人的目的而施行的阴谋（反动势力骨干捏巴烧毁粮仓并砍杀目击者卓玛）；而这一阴谋的设置不仅成为整部剧作剧情发展的重要线索，更为剧中人的个性刻画、思想变化、情感走向等提供了推动力，不可不说是匠心独运。虽然这部作品所塑造的人物中既有被反动势力蒙蔽和利用的不明真相却纯朴善良的普通百姓，也有革命意志坚定、高瞻远瞩的成长为党的工作者的进步青年；既有阴险狡诈、老谋深算的反动武装力量，也有对藏族百姓充满深厚感情的进藏干部；还有在整个民主改革过程中曾经摇摆不定但最终被党的方针政策彻底征服的藏族老乡等等，不一而足，但其中最光彩照人的形象却是进步青年、治保组组长泽多的父亲边巴。边巴最早发现捏巴火烧仓库砍杀卓玛的真相，却百口莫辩，不仅被同样出身的穷苦乡亲冤枉，甚至不被儿子理解和信任，且对党的政策和工作队的能力怀有疑虑，对顽固反动势力又心存恐惧。开篇时他所唱的“我明知头人把粮食藏了，去揭发老爷知必不宽饶。队长他虽教我把疑虑去掉，共产党为穷人我心中明了。猛想起盟誓愿不把密告，违誓言神降灾罪责难逃。左也难……右也难……”

就充分地描摹出了边巴内心的冲突交战。但即便如此在他身上仍然具有藏族人民一贯抱有的隐忍、善良、纯朴等特质，所以纠结之后他仍然决定“唉！罢罢罢，我大胆去告” 。所以说，这一形象几乎可以全面地概括在西藏民主改革背景中下层藏族人民的生活状态和心理意识。作家正是通过边巴这一形象充分地图解了民主改革初期大部分基层藏族百姓的行为方式和思维方法：作为老派藏人，边巴们不可能像泽多们那样迅速而决绝地与旧世界划清界限，但他们遭受到的痛苦和灾难又迫使他们必须正视自己惨淡的处境，这就促使他们虽然矛盾彷徨却仍不肯放弃对美好生活的追求和希望。因此，尽管与泽多们相比，边巴们是走了许多弯路经历了许多冲突之后才走上民主改革的路，但他们对党的民主改革的拥护和支持丝毫不逊于泽多们。从这个意义上说，这场民主改革不仅帮助西藏的百万农奴从经济层面翻身做了主人，更帮助他们真正从政治和思想上翻身做了自己的主人，所以作家才满怀深情地将这场改革喻作高原上的一声春雷。

《还愿》是周艳炀更具开拓意义和价值的剧作，始作于 1982 年，是西藏地区摄制完成的第一部电视剧，1983 年 5 月由西藏电视台摄制成功，1984 年冬在中央电视台黄金时段播出。获 1984 年全国优秀电视剧“飞天金像奖”特别奖和《大众电视》荣誉奖，而金像奖也成为西藏电视台荣获的第一项电视剧类目大奖。该剧的拍摄中特别值得一提的是这部作品的制作团队。该剧的执行导演、摄像和全体演员均由藏族工作人员担任，而由周艳炀作词、藏族音乐家班登朗杰作曲的电视剧主题曲《我爱金子般的家乡》由著名藏族歌唱家才旦卓玛演唱后也被广为传唱。正是由于拥有高质量、高水准而又特别接地气的制作团队才使得这部剧作在西藏、乃至当代中国的电视剧历史上留下了浓墨重彩的一笔。绕杰老人是一位非常虔诚的佛教徒，终其一生都指望依靠“朝佛”“还愿”这样的行为为孩子们消灾除难，为家人求得健康幸福。在两个女儿尚年幼时，他毅然把妻子央宗和大女儿白央送上了前往拉萨朝佛的路。但此举不仅没有为这个家庭带来平安富贵反而使他与妻子从此天人永隔，也使女儿白央下落不明。在经历了民主改革、“文化大革命”后，绕杰老人和小女儿桑嘎的家庭情况有所好转，于是老人又要去拉萨朝佛还愿，一定要到佛前供奉一百斤酥油，以求得小女儿桑嘎的健康平安。但时代变迁早已经改变了人们的穿着打扮和生活习惯，更改变了人们的思想观念，绕杰对此却浑然不觉。在圣地拉萨，老人虔诚的朝圣之心被心怀叵测的假扮巫婆神汉等不义之徒假借神的旨意一骗再骗，他美丽善良懂事的女儿桑嘎也被贪财好色的地痞流氓欺负，而老人自己在还愿和找到失散多年的大女儿白央后，却命丧拉萨街头。

需要特别指出的是，这部作品并不仅止于“西藏首部电视剧”的闪亮头衔，作家在当时将笔触勇敢地伸向“朝佛热”题材这一创作行为本身就已经具有了相当的开创性。在民族宗教政策落实之后相当长的一段时间里，绕杰这样的传统藏人并非少数，而“朝佛还愿”也成为他们人生的重要组成部分。老人为了布施，将女儿做临时工辛苦挣来的钱又散出去，最后终于使女儿不得不卖掉了母亲留下的唯一纪念品才凑够还愿的酥油钱；但对绕杰而言，这些苦都不足道，尽管后来几乎就是因为这个由头他才客死他乡；但在老人心里，只有向佛许下的誓愿才最重要。在作家看来，这一行为本身无可厚非，但像绕杰老人一样将“还愿”视同生命和唯一生活内容却值得商榷，“就为了那看不见的所谓来世，你们卖掉两头奶牛，非亲自到拉萨去上一百斤酥油的供灯不可，这需要多少钱啊？”[1]。而朝佛路上绕杰父女遇见的巫婆、神汉和地痞流氓与以白玛和德吉为代表的西藏新人形成了鲜明对比，在此过程中新鲜事物与传统观念的碰撞不仅使绕杰与桑嘎之间产生分歧，更让绕杰成为一个与拉萨城和新时代格格不入的人。尽管绕杰的固执和懦弱注定了他一生的悲剧，但老人不被外人理解的朴素想法却有着十分深刻的思想根源。他虽然已经过上了比往时更幸福美满的生活，但却不满足，因为“共

[1] 周艳炀：《还愿》，《拉萨河的故事》，中国藏学出版社2006年版，第148页。

产党恩大只给穷人今生幸福；佛爷恩大能给人们来世富贵”[1]，这种对来世的不确定和危机感，促使绕杰毅然决然地带着虔诚和谦卑走上朝佛还愿之路，尽管其遭际使人心生怜悯又唏嘘不已，却又发人深省。

除去绕杰老人的形象而外，剧中的一对姐妹花桑嘎和白玛（白央）也十分明艳动人。小女儿桑嘎在没有母爱的环境下长大，与父亲绕杰相依为命。虽然她对生活、工作和还愿都有自己的看法，有让她念念不忘依依不舍的家乡和恋人，却还是为了父亲的愿望与父亲结伴前往拉萨。在因意外火灾悉数损失了购买酥油的钱之后，她为了早日帮父亲还愿主动前往工地承担工作，尽管十分反对父亲执著还愿和随意布施的行为，但仍然对其无条件支持。在与新人白玛（白央）交往的过程中逐渐抛弃了性格中胆小怕事的性格，变得更加坚强和勇敢，在扎旺图谋不轨时予以了坚决反击。虽然桑嘎是非常典型的在传统藏人的教养下长大的年轻一代，在充分继承父辈单纯、善良、孝顺和隐忍的优秀特质的同时，又比父辈更愿意接受新事物、新观念，更勇于与过去告别，更积极追求新生活。与桑嘎相比，白玛（白央）却是一个典型的新时期的新式藏人。在养母德吉的培养和教育之下，一个传统藏族家庭出身的女孩抛弃了传统固有观念，勇敢积极，活泼开朗，工作踏实认真又乐于助人，成为社会主义新西藏建设的生力军。在遇到绕杰父女之后，她热心救助他们，为他们寻找住处和工作机会，并发自内心为他们着想，帮助绕杰，开导桑嘎，最终将桑嘎从愚昧中解脱出来，使她拥有了追求幸福的勇气。桑嘎和白玛（白央）姐妹俩的形象的意义就在于，她们实际代表了整个20世纪80年代活跃在西藏各行各业和地方基层的藏族年轻人，虽然他们之中有的人在传统父辈的影响下对新时代仍心存不解，有的人已经大踏步地跟上时代潮流，却都具备着敢爱敢恨，对一切都感到新鲜和充满渴望的特质，无论何时都在努力积极地寻求成长，而在这个意义上，我们无疑可以将这两个人物形象看作是西藏美好未来的象征和希望。

[1] 周艳炀：《还愿》，《拉萨河的故事》，中国藏学出版社2006年版，第147页。

在这部剧作中，周艳炀不仅正视了20世纪80年代西藏在经历历次政治运动之后特殊的社会现状和百姓民生——既有不分青红皂白虔诚还愿的民众，也有借装神弄鬼敛财的巫婆神汉；既有面对新事物犹豫不解的朴实青年，又有以建设新西藏为己任的藏族新人；更以饱含热情的笔触对新西藏和新藏人进行了细致入微的描摹，并为百废待兴的西藏勾画出美好的未来，而这种深情就像由周艳炀作词的该剧的主题曲中歌颂的那样："我爱金子般的家乡，她是丰产青稞的地方，五月山花笑苗壮，八月松涛赞麦黄。挥镰收回金青稞，姑娘唱落银月亮。我爱银子般的家乡，她是放牧牛羊的地方，夏季彩云戏芳草，秋来到处飘奶香。堆起羊毛打酥油，姑娘唱落银月亮。"

周艳炀的戏剧作品不是很多，但却很有特色。首先，在戏剧创作的内容上，作家勇于描绘新领域、新主题和新事物。周艳炀戏剧创作中所展示的西藏和西藏人的状态永远与西藏当时的社会现实密切相关。作家不仅将那些在新西藏建设过程中发生的重大社会历史事件和特殊社会热点现象付诸笔端，更用十分负责的历史态度和较为客观深刻的眼光对它们展开描绘。周艳炀在对西藏抱有的深刻热忱的情感的指引下，对西藏的民主改革、新时期民生现象等进行了及时必要的叙写，在记录西藏社会现实的同时，更对西藏的风物人文进行了较为生动翔实的描摹，对不同历史时期西藏的社会面貌和现实问题均有较为全面深入的揭示，这种"敢为风气之先"的创作勇气为真正了解建国以来西藏当地的社会形态、人的生存状态等提供了不可多得的优秀文本。

其次，在戏剧创作的形式上，勇于尝试不同样式。周艳炀的戏剧创作涵盖了川剧、歌剧、话剧和影视剧等诸多样式，其中尤以川剧和影视剧的创作成就最高。如果说对作家而言，戏剧创作是一个全新的创作领域的话，那么川剧就算是其中更具挑战性的部分。虽然作家本人有关川剧的观赏经验和认知体验主要来自随军进藏以后的时期，但他仍能够驾轻就熟地将现代元素和社会现状及西藏观众的观赏喜好与这一传统剧种完美融合，从而创作出极具时代精神和西藏特色的优秀川剧剧目。他对影视剧创作的尝试，则进一步凸现出其在戏剧创作领域的创作勇气，《还愿》所取得的成绩也充分证明，周艳炀的这种尝试不仅勇敢而且成功。

除了上述类型的文学创作外，周艳炀在小说创作方面也有所涉猎。他的小说主要有中篇小说《小猪倌和她的杰勒玛》和长篇小说《雪域之舟》。《小猪倌和她的杰勒玛》主要描述1951年冬至1952年春，“我”到月儿贡的拉定村宣传“十七条协议”时所经历的一系列事情。尽管“我”生活上与顿珠泽旺家人没什么利害冲突，和睦相处，以礼相待。可一旦开展工作，如召开群众会议，搞宣传，社调，访贫问苦，登记困难户，发放贷种、救济口粮等时，便受到定本、大差巴头人转弯抹角地制约或阻挠。想集中群众开个会都非常困难，每每以失败告终。在此过程中，“我”认识了顿珠泽旺家的小猪倌巴姆及小羊倌鲁孜旺姆。小猪倌巴姆聪明伶俐，心地善良，出“我”意料的是，她不仅能说出很多困难户的名字，而且还能说出困难的原因。小猪杰勒玛更是个鬼精灵，居然能听懂人话，能够带领整个猪群。小羊倌的黑山羊也不甘示弱，和杰勒玛在青杠林里上演了一场绝妙的猪羊表演赛。小说第三部分，小猪倌巴姆和小羊倌旺姆玩起了搬牧场的游戏，不料遇上了狗熊和豹子的打斗，走漏了风声，被管家狠狠地打了一顿，并且从此不允许她们来神山放牧。小说采用第一人称叙述，人物生动形象，故事情节完整，真实地再现了20世纪50年代初期西藏底层劳动人民的生活状况和西藏的社会风貌。

长篇小说《雪域之舟》以文艺宣传队一名普通战士周翔的生活轨迹为主线，叙写了20世纪50年代初期，为修筑康藏公路波密段，当地政府组织农牧民为修路部队抢运物资，实现早日通车的历史场景。作品不但真实地反映了当时西藏的社会风貌和底层人民的生活艰辛，以及他们对压迫的逆来顺受，对权贵的惶惶心态以及对即将到来的新生活的渴望；同时，还着力宣扬了人民解放军战士为了西藏人民尽快过上好日子，夜以继日、艰苦奋斗，勇于牺牲奉献的精神和崇高品质。作品还较为细致地描绘了西藏特有的自然景色和人文景观，从而丰富了这部长篇小说的藏文化蕴味。作品时间跨度虽然不长，但在有限的时间段里，还是充分展示和记录了那个时期的真实生活，重温了那些已经逝去的岁月。总体而言，这部题材独特的长篇小说有以下几个值得关注的地方。

首先是它的史料价值。用作者自己的话说，写这部长篇小说有两个目的，一是表现“共产党员应该是‘特殊材料制成的人’”这一主题，二是警示“忘记过去，就是对革命的背叛”。作者深刻地认识到，作为在那个特殊时代环境里成长起来的作家，应该承担起历史叙述的重任。由于小说的时代背景和故事情节都是真实的，均是作者亲身经历的“历史事实”，所以说这部长篇小说带有自传性质。“上个世纪50年代初期，尽管西藏已经和平解放，但根据‘十七条协议’尚未进行民主改革，所以社会形态依然处于封建农奴制社会，经济落后，交通闭塞。为了巩固国防，尽快改变西藏经济社会落后的面貌，十八军在进驻西藏的同时，动用了大量部队修筑康藏公路这条生命大动脉。”[1] 作为革命的亲历者和描述者，周艳炀对那个时代生活的真切体验和认识，以及丰厚而扎实的生活积累，使得小说能够真实地反映和再现那个时代的社会生活和历史场景，小说自始至终凝聚着作家深刻的人生体验和真实情感。通过这部小说能够从一个侧面了解和把握那个时代的脉搏。

其次是对老西藏精神的弘扬。周艳炀在谈到这部小说的创作动机时指出：“我以自己的亲身经历创作这部长篇小说的真正目的，是要告诉我们的后人，让他们记住，我们那一代人在西藏做了什么，奉献了什么。这是值得后人思索与借鉴的。”[2] 著名评论家李佳俊则在《周艳炀的文品和人品》中提到周艳炀写作的另外一个目的，就是弘扬“老西藏”精神。他们那一

[1] 周韶西：《父亲的西藏》（代序），《雪域之舟》，西藏人民出版社 2011 年版。
[2] 周韶西：《父亲的西藏》（代序），《雪域之舟》，西藏人民出版社 2011 年版。

代人为西藏和平解放和初步建设吃了不少苦，但却无怨无悔，反而觉得是一笔取之不尽，用之不竭的精神财富。周艳炀说："它教会我们怎么做人，做一个真正的'人'。"……"我为什么不写？我要把自己拥有的精神财富传给儿女，传给下一代。我带病写作就是要告诉更多的人，我们这些老西藏在那个艰苦的岁月中是怎样工作和生活的，是怎样奉献的。这笔精神财富后人应不应该发扬和继承？"[1]

解放军战士在西藏经济落后、交通不便、条件极端艰苦的情况下，发扬了英勇无畏、不怕牺牲、乐于奉献的革命乐观主义精神，为西藏的经济建设奉献了自己的一生，因为西藏的发展关乎中国的发展，他们无怨无悔。他们肩负的是一个时代的使命，一切服从西藏革命和建设的需要。为了顺利完成组织交给的任务，他们克服重重困难。昼无饭店，夜无旅馆，背着背包和干粮在崇山峻岭中徒步千里，站岗放哨，筑路开荒，发放农贷、押运物资、访贫问苦，满怀激情地抢着为老百姓做好事。个个都吃尽了苦头，偏偏不知道苦，反而以苦为乐，日子过得蛮充实。周翔因学会一口流利的藏语，带领民工，很好地处理军民关系，调节地方纠纷更是少不了他，汉藏军民之间建立了深厚的情谊。"'老西藏精神'是一代又一代高原军人、干部职工和各族人民奋斗拼搏所创造的最可宝贵的精神财富，也是中国共产党人光荣革命传统的延伸。周艳炀宣扬的'老西藏精神'，实际上浓缩了中国共产党人全心全意为人民服务的革命传统。"[2] 小说以一种写实笔法再现了那个时代波澜壮阔的生活与场景，弘扬讴歌了老西藏精神。

第三，小说塑造了一个庞大的社会群体，真实地反映了当时西藏的社会风貌和底层人民生活的艰辛。小说中既有宗本、代宗本、甲本、头人、普通民众，又有部队的干事、首长、民工，还有寺庙的活佛等等。20 世纪 50

[1] 李佳俊：《周艳炀的文品和人品——读长篇小说〈雪域之舟〉感言（代序）》，《雪域之舟》，西藏人民出版社 2011 年版。

[2] 李佳俊：《周艳炀的文品和人品——读长篇小说〈雪域之舟〉感言（代序）》，《雪域之舟》，西藏人民出版社 2011 年版。

年代初期的西藏虽然已经和平解放，但是根据《中央人民政府和西藏地方政府关于和平解放西藏办法的协议》的相关规定，西藏尚未进行民主改革，社会形态依然保持封建农奴制，经济落后，交通闭塞。小说通过曲宗甲本泽仁多杰这个形象，生动地反映了五十年代初期西藏的一些贵族、头人对支援筑路运输任务的抵制，以及对下层普通民众的压迫与剥削。以周翔为代表的人民解放军，在西藏不遗余力地宣传“十七条协议”，约法三章，阻止不良事件的发生。他们召集三宗驻热亚管事的头人开会，告知他们不准克扣差民口粮，必须发给支乌拉的差民每人每天两个银元的工钱；运输死了牛，国家赔偿；不准鞭打带队长者或小头人，更不准收鞭打钱。对曲宗甲本泽仁多杰进行说理教育或提出批评，坚决杜绝差民因挨打挨饿逃走的事件发生。一个地方经济的发展和交通运输关系密切，修筑康藏公路，是为了为西藏运来更多的生活物资，改善西藏人民的生活，建设一个富裕的新西藏。小说真实反映了在修筑公路过程中，藏族头人、宗本与汉族士兵之间发生的冲突、隔膜，以及问题的最终解决。小说就是以这种故事剪辑的方式，成功地塑造了一个庞大的群体，通过他们的行为与精神，展示了西藏特定时期的历史精神风貌。

第四，小说蕴含着浓郁的藏文化底蕴。藏族人民能歌善舞、热情好客，同时他们性格中又有勇武好斗的一面。一场歌舞居然能够解决一场械斗，能够消除藏民之间的矛盾冲突。小说中，倾多物资运输队的两头领头的黑牦牛把松宗运输队的领头的花牦牛顶下了坡，几个翻滚之后掉进了江里。松宗运输队的四个小伙子愤怒地拔出腰刀，冲上山坡；倾多运输队的牛群后面闪出几个青年，也毫不示弱地拔出腰刀，围绕着“赔，还是不赔牦牛”，一场械斗就要发生。情急之中，周翔推上子弹举起枪“砰”地朝天放了一枪，才镇住了疯狂的人群。周翔立刻疏散人群，带着双方长者坐在一棵高大的苍松下协商起来。但协商未果。

为了当晚解决问题，周翔灵机一动，趁着天黑前微弱的星光，周翔找来很多别人未烧完的枯枝、残棒，堆在两个驮牛队中间的空场地上，点燃篝火，坐在一截倒下的朽松树上拉起巴塘弦子舞曲来。周翔深谙藏族人民喜爱歌舞，他自拉自唱起来。果然，倾多宗的四位小伙子按耐不住舞瘾的冲动，逆着长者的阻拦加入了他们篝火舞会的行列。没多久，双方的长者也禁不住山野篝火旁响起的节奏欢快的舞步声和歌唱友情的歌声的诱惑，加入到了他们的行列。忽然，倾多宗的长者从怀里拿出一条洁白的哈达，抖开，托在手上，走到松宗驮牛队的长者面前躬身献上，说："让我们用歌声化解我们的怨恨吧，请明天来我们驮队挑选两头壮牛作为我们的赔偿。"松宗驮牛队的长者显然被感动了，也从怀里拿出一条哈达，托在手上恭敬地为倾多宗长者献上，说："既然友谊把我们融在了一起，牛就不用赔了。让我回去向寺庙管家请罪，按照他们的规定，凡摔死一头牛，打100鞭子，不想挨鞭子就出银元10块。我没钱，就请他们打我100鞭子作为我没有照管好牛的处罚吧！"就这样，一场尖锐的冲突由于歌舞而瞬间化解。紧张的冲突在一场歌舞中化解，这是民族文化心理意识的一种形象表现。小说在运用这种富有地域特色的场景架构行文的同时，也使作品辐射出了强烈的民族文化韵味。

小说还用了大量的笔墨来描写周翔和洛桑志玛之间的爱情，但他们的爱情打上了浓重的时代烙印，牵涉的社会因素过多，缺乏应有的主动和放恣。同时，小说轻描淡写地点到了建国后的政治运动对个体生命的戕害，流露出个体生命在大的国家政治面前的渺小和无奈。

第六节　高平

高平（1932—），出生于北京，幼年时随父母生活于山东。1949年参军，后随十八军进藏。历任第一野战军政治部战斗剧社、西藏军区文工团及文化部创作员，后调至甘肃文联，任甘肃作家协会主席。高平的创作始于1950年，此后笔耕不辍，创作颇丰。高平的诗歌创作大致可以分为在藏时期和离藏时期两个阶段。从1950年进藏到1958年离藏，高平创作出版《珠穆朗玛》《拉萨的黎明》《大雪纷飞》等诗集；1958年离开西藏之后，高平创作出版的诗集有《川藏公路之歌》《古堡》《帅星初升》《冬雪》《山水情》《心摇集》《百吻集》《高平诗选》《中国情结》《高平短诗选》《高平自选集——西部风景》《高平诗文精选》等；散文、纪实文学集有《从西藏到东欧》《步行入藏纪实》《修筑川藏公路亲历记》《闪念》等；出版诗歌评论集《致诗友》和文艺评论集《文海浅涉》等；创作长篇小说《雪域诗佛》。

《珠穆朗玛》是高平的第一部诗歌集，收录了《红军回到俄洛村》《藏族姑娘的话》《打通雀儿山》《康藏高原的誓言》《阿妈，你不要远送》《甘孜草原的夜晚》《波密人民的传说》《珠穆朗玛》等21首诗。这些诗既包蕴着丰富的社会主题思想，也洋溢着饱满昂扬的激情，同时又蕴含着拨动人心弦的艺术感染力。从这些诗歌中，读者可以体会到人民军队和边疆人民心连心、情系情，同呼吸共命运的鱼水情；又能看到人民军队为了边疆地区的解放和建设，敢于牺牲勇于奉献的无畏精神和战斗场面；同时还可以看到藏族妇女翻身解放，实现自己人生梦想的可喜景象。高平此时期的诗歌，既是对特殊环境中肩负着特殊使命的人民军队“战斗生活”描写和精神风貌的展现，也与整个时代精神风气相吻合。因此，这些诗歌既具有鲜明的地域特征，又洋溢普遍的时代气息。在这些诗歌中，《打通雀儿山》是代表性作品，也是在当时引起巨大反响的诗作。从整体上看，这首诗运用对比、夸张和烘托渲染的表现手法来描写场景、抒发情感、表达主题。这种艺术思路，基本上体现了高平此时期的艺术追求和诗歌观念。该诗作选取重大历史事件，借此颂扬、讴歌为解放西藏而开辟前进道路的战士们的英雄气概和豪情壮志，具有强大的艺术感染力。这首诗在构思上颇具匠心。以先声夺人之势渲染雀儿山的挺拔险峻，凸显自然环境的恶劣，借此来表现修筑战士们的不畏艰险、排除万难的英勇精神。

自古少人烟，/ 飞鸟也难上山顶，/ 终年雪不断。/ 地冻三尺深，/ 乱石把路拦住，/……

这既是对高峻险恶的自然环境的描写，也是对筑路战士敢于面对巨大困难的精神气魄的烘托和渲染。接下来，诗歌通过正面描写，展现了筑路战士的英勇气概和坚定信念。

人民解放军，/ 个个是英雄！ / 雀儿山上扎下营，/ 要把山打通！
雀儿山再高，/ 没有咱信心高！ / 雀儿山石头再坚硬，/ 没有咱意志坚！

诗人以山的高大险峻，从侧面表现解放军战士不怕苦难的精神气概，颂扬了他们不辱使命的坚定信念和崇高情怀。与此同时，诗歌还通过对细微具体的“生活劳动”细节的描绘，来表现筑路战士以积极乐观的态度和行动克服困难的精神风貌和战斗智慧。如：

山坡架帐篷，/ 睡在云雾中；/ 树枝铺在雪地上，/ 好像钢丝床。
早起晚下工，/ 热血挡冷风；/ 没有水喝化雪吃，/ 煮饭香喷喷。

这类充满生活气息的劳动场景的描述，既展现了筑路劳动的艰辛困苦，又表现了战士们充满乐观精神的工作态度，同时还包含着战士们解决困难的劳动智慧。

除了描写军队生活和表现军人精神面貌外，高平早期诗歌还描写、表现军爱民、民拥军的鱼水之情，如《阿妈，不要远送》，描写了藏族民众与战士之间建立的深情厚意。战士们对阿妈的关心爱戴，老阿妈对战士的信任爱护，通过阿妈依依不舍地送别得到很好地表现。《波密人民的传说》

把古老的传说与时代主题巧妙地结合在一起，既表现了劳动人民反抗压迫的抗争精神与敢于同恶势力斗争的勇气；同时，还表现了人民解放军在中国共产党的领导下战胜各种困难，为人民群众带来幸福生活的历史功绩。《甘孜草原的夜晚》在主题与风格上都与高平同时期其他诗歌有着明显的差异。诗歌以舒缓沉稳的抒情笔调，描绘了一幅“草原夜色”的美丽图画。在万物静寂的夜晚，甘孜草原显露出了它妩媚俊美的面貌。在诗人笔下，草原是牧人们美丽的家园，寄托着牧民们的生活理想。诗歌中年轻姑娘的甜蜜幸福的梦，象征着草原牧民对幸福生活的渴望与追求。相对而言，《甘孜草原的夜晚》在情感基调上较之描写军人和社会建设的诗歌要内敛轻柔些，意境优美、想象也很是新奇。这首诗体现了高平早期诗歌艺术上的另一种追求。

以短诗集《珠穆朗玛》为代表的诗歌所表现出的艺术特征，大致能够代表高平早期诗歌创作的艺术取向。以塑造坚韧顽强，富有牺牲精神的战士形象为根本，以颂扬和讴歌他们“特别能吃苦，特别能奉献”的英勇气概和牺牲精神与高贵品格为主题，以浪漫主义为诗歌的基调，这是高平早期诗歌的显著的艺术特征。在此之外，也有一些诗歌关注生活的其他方面，描写当地民众的生活场景，如《甘孜草原的夜里》《波密人民的传说》等。前者描绘了藏地草原的美丽广阔，表现普通民众对幸福生活和美好爱情的向往；后者根据民间传说，以对比的手法，表现了边区人民生活发生巨大变化的根本原因。这类诗与纯粹描写军队“战斗”生活的诗歌相比；表现出了别具一格的艺术趣味和审美风格。

高平此时期的诗歌在呈现出值得肯定的艺术品格的同时，也存在着一些显著的不足和缺憾。如情感过于外露，倾向于无节制的宣泄；概念化、模式化倾向严重，对生活的认识和表现过于单一等，有些诗歌语言过于直白，缺乏诗歌语言应该具有的韵味，且重复雷同。关于这类不足，有论者在这些事诗歌产生不久就做过讨；“严格地说，这本诗集中有的诗如《红军回到俄洛村》《藏族姑娘的话》等篇，作者的加工提炼还不够，读后不能受到深刻的感染。从整个作品的格调上看，也还缺乏复杂多样与统一的美。”[1]

1957年发表于《人民文学》5月6月合刊号的《大雪纷飞》，是高平在西藏工作期间创作的一首重要的长篇叙事诗。《大雪纷飞》是当时出现的具有开创性意义的叙事长诗，一经发表，就在诗歌界引起了不小的反响。这首诗是高平漫长的诗歌创作生涯中具有标志性意义的诗作，也是西藏当代诗歌领域的重要诗篇。全诗共7节，近五百行。诗歌通过对支差路上央瑾姑娘心理活动的细致描写，表现了她对恋人江卡的深情思念，情真意切，感天动地；同时又以女主人公的爱情悲剧和生命之死，控诉了封建农奴制度对人性的摧残。整首诗情景交融，富有强烈的艺术感染力。诗歌采用第一人称内心独白的叙述方式（只有写到最后的第七节，她已经失去了知觉，由冻僵到死亡，只能由诗人直接出面来交代她的结局时才改变了人称），诗歌语言朴素简明，但饱含深情，散射着强大艺术感染力。

第一节描述了央瑾在大雪纷飞中去冈斯拉为主人寻找羊群时，表现出离家不舍的心境；第二节写央瑾怀念和赞美故乡的情景；第三节则诉说了央瑾对恋人江卡的思念；第四节穿插了央瑾生病遇救的镜头；第五节展现了央瑾再次上路与风雪拼搏接近冻昏的危情；第六节写央瑾临亡前梦想与江卡举行婚礼的幻境；第七节显示了央瑾被大雪掩埋的绝境。全诗虽然语言简朴，但依然能够留给读者很大的想象空间。从平凡的故事里品味其世态风情；从朴实直白的言谈中体会其鞭辟入里的哲理；从直抒胸臆的抒发中透视人间真情。

总体来看，《大雪纷飞》在两个方面取得了较为显著的艺术成就。一是鲜明生动的人物形象塑造。长诗通过讲述身为农奴的央瑾姑娘历经艰辛行走在充满困苦险阻的支差路上的种种遭遇，刻画了央瑾备受压迫奴役的凄

[1] 木东、一土：《略谈高平的诗集〈珠穆朗玛〉》，《西藏日报》，1956年12月12日。

惨形象；同时，诗歌也通过揭示央瑾对美好爱情的渴望和幸福生活的向往，表现了她善良、质朴的性格品质。二是长诗善于运用对比手法，同时能够很好地通过对人物心理活动的细致描写来展现人物的性格特征。就对比手法而言，整首诗歌既有整体性的对比，又有局部的对比。整体性对比主要体现在诗歌对央瑾的不幸遭遇与农奴主阶级的惨无人道的相互映衬上。央瑾心地善良善良，有着自己美好的爱情和对幸福生活的渴望与追求，但农奴主却心狠手辣地对付这样一位善良柔弱的姑娘，派她到路途遥远的地方支差，结果央瑾在饥寒交迫中死在了支差的路上。整首诗就是在这样的对比中完成的，它很好地揭示了诗歌所描绘的时代所具有的阶级矛盾，同时成功地完成了主要人物的塑造。局部的对比主要体现在诗歌对央瑾坚韧品格和善良心地与途中遇到的各种艰难险阻的描写上。央瑾在无奈中踏上了漫漫的支差路，一路上遭遇了种种难以想象的不幸与艰难困苦，但央瑾始终心怀希望，以自己柔弱的身躯抵挡着自然环境的侵袭。正是通过这些对比，诗歌成功地塑造了央瑾这一勤劳善良，对生活充满渴望的女性形象。除了运用对比之外，诗歌在心理描写方面所做的努力也值得关注。主人公央瑾的支差路途是独自一人行走的，这种孤独的行走，有利于人物心理活动的展开。诗歌很好地利用了这一叙述便利。可以说，诗歌在很大程度上，就是通过央瑾的心理独白或自言自语完成的。在诗歌中，央瑾的心理独白比比皆是，通过这些心理独白，央瑾的一些性格特征跃然纸上。比如央瑾行走至夜晚时，在一个山洞里过夜。她孤独地看着天上的星星，不由地想起心中的恋人：江卡！/你也看着这颗星吗？/这颗星就是我的眼睛，/它不大，是因为我离你太远，/它不亮，是因为我太伤心。/如果你一夜都在望着它，/我也望它一夜，/那我们这一夜就算没有分别。这个片段，是对央瑾内心深处最诚挚的情感的揭示，它以独白的方式展现了央瑾对美好爱情的渴望，对心中恋人的思念，也反衬出了央瑾埋藏在心底的孤独与辛酸。诸如此类的独白片段，在《大雪纷飞》中还有很多，尽管这类片段的频频出现会造成重复单调的弊病，但此类表现方式，对塑造主人公央瑾还是发挥了重要的作用。

1958年，高平离开西藏，之后一直在甘肃工作生活，但他的创作目光和焦点始终没有离开过西藏。之后，他创作了大量关于西藏题材的作品，其中许多诗歌都是以自己在西藏生活的体验和人生感悟为主体的。这其中，叙事诗集《川藏公路之歌》和叙事长诗《古堡》无论在题材上，还是在艺术上都取得了值得肯定的成就。

叙事诗集《川藏公路之歌》是一部集中描述进藏部队修筑川藏公路的真实场景的长诗（组诗）。整部诗以作者的亲身经历为题材内容，以解放军筑路战士的进军路线和修路过程为线索，选取具有典型意义的修路场面和生活场景，细致生动地展现了在特殊的历史环境中，革命战士不畏艰险、克服各种困难完成党和国家赋予的神圣使命的壮烈辉煌的历史景象。这部诗线索清晰，主题明确，既有对战士筑路场面的客观描绘，又充满革命浪漫主义情调。在众多描写、反映修筑川藏公路的同类题材中，高平的《川藏公路之歌》无疑能够占据一席之地，尽管这部长诗也存在着叙事单调、抒情单一，语言缺乏变化等不足。

长诗《古堡》是高平离开西藏之后创作的另一首代表性作品。诗歌通过描述曲眉塘农奴反抗压迫、反抗侵略的艰苦斗争，从侧面艺术地再现了1904年西藏各族人民抗英的史实，为宁死不屈保卫家乡的西藏人民，谱写出一曲慷慨悲壮的英雄赞歌。诗歌不但描绘了许多扣人心弦的战斗场面，也刻画了许多形象鲜明的人物。在人物塑造上，诗作充分体现了诗人独具匠心苦心经营的艺术智慧。这是《古堡》这首长诗首要的一个艺术特征。

《古堡》叙述的是包含着社会历史内涵的重大历史事件，这就意味着诗歌在推进情节时必须借助人物的行动来完成，由此，塑造人物形象自然会成为其中的一个必要表现手段。同时，由于诗歌描述的是群体性的反抗压迫、反抗侵略的历史事件，塑造群体形象自然能够更加有效地表达诗歌主题，更为有效地表现西藏民众抗敌御辱的斗争精神。诗歌值得称道的地方就在于，诗人很好地塑造了群体英雄形象。

《古堡》第二个值得关注的艺术特征是叙事情节的变化和故事设置上力求丰富多姿。这部诗歌的主题在于表现西藏民众反抗侵略保卫家乡的斗争精神和坚韧品格，但如果为了表现这一主题就仅仅只讲述民众的抗敌斗争，那可能会造成叙事的单一乏味。为了避免这一问题，诗歌穿插了一些看似与直接的斗争无关的故事，如爱情。诗歌在叙述主要的故事情节的同时，讲述农奴格朗雪吉和益喜拉姆的爱情故事。很显然，这是作者刻意安排的，其直接的艺术效果是丰富了诗歌的内容，使其饱满丰韵；同时，也丰富了人物的情感世界和性格特征。人物对爱情的追求，是他们共同抗争的生活基础，彼此的忠贞不二互相鼓励，是他们共同抗争的情感动力，正是这些生活基础和情感动力，使得他们在面对外敌入侵时表现出了英勇顽强的斗争精神。这种相互作用的艺术内在逻辑，使得诗歌内涵得到了极大的丰富。除此之外，这首诗歌更为鲜明地展现了高平语言方面的特色，即从绚丽多采的西藏民歌中吸取了营养，使长诗语言生动、流畅，节奏自然、明快，酣畅地传达出人民的思想感情。

尽管《古堡》在多个方面都取得艺术上的成功，但也存在着一些不足之处，“由于作者对故事情节的提炼还不够精严等原因，长诗的结构不够谨严，在一定程度上表现出松散的倾向。例如《熊迹》一节，揭露沙皇秘使道尔节夫诱使达赖十三世逃奔俄国和整个故事情节的发展没有必然联系，因而显得多余。”[1] “作为叙事诗，可以看出作者在组织情节时的某些疏漏；有时为了抒情的需要，忽略了生活真实……再就是敌人的形象，失之脸谱化，尤其是霍尔上校最后的下场，显出人为的痕迹。如果诗人能在霍尔上校个性描写上多花些笔墨，这个帝国主义分子的面貌将更加清晰。”[2]

以浪漫主义的乐观态度表达对故土的爱恋和深厚的爱国主义精神，是高

[1] 林家英：《长诗〈古堡〉读后》，《甘肃日报》，1980年9月11日。
[2] 高洪波：《高平和他的〈古堡〉》，《甘肃文艺》，1980年第12月号。

平主要的诗歌创作取向。这其中，对曾经激发自己诗歌激情和灵感的西藏，诗人怀有无限眷恋的深情。从他的诸多诗歌中可以体味出，诗人与自己曾经生活工作过的西藏高原已经建立起情感与精神上血脉关系。诗人在《我学习写诗的道路》一文坦言："西藏，是我的缪斯，是我的第二故乡。对于他，我是一见倾心的。我把青春献给了西藏，西藏也给了我永久的青春。最使我亲爱的，是西藏人民。他们勇敢英武，吃苦耐劳，善良淳朴，忠诚好客，热爱祖国，笃信友谊，能歌善舞，是一个诗的民族。进军西藏，建设西藏的英雄业绩，藏族人民的斗争经历与新的生活一直是我的诗歌创作的主要内容"。[1]这正是诗人不断用诗歌书写那块高天厚土的根本缘由。

离开西藏之后，高平在其他体裁领域也有所涉猎。除散文和文艺评论外，他还创作了长篇小说《雪域诗佛》[2]。该作品以西藏历史上著名的历史人物仓央嘉措充满传奇色彩的一生为故事线索，以情感饱满的诗化语言和富有传奇色彩的故事情节，叙述、揭示了仓央嘉措这一历史人物的情感世界和精神追求，在阔大的历史背景上演绎了风云变幻的历史景象。小说不但以作家个人的艺术理念塑造了仓央嘉措这一人物形象，还表达了作者对历史的理解、对个体生命的体认。小说对西藏社会生活、风俗民情、民间传说的广泛涉猎，在丰富作品文化内涵的同时，也增加了作品的可读性。在以仓央嘉措为主人公的同类题材的艺术作品中，高平的《雪域诗佛》因有其独特的艺术魅力而值得关注。

第七节　徐官珠

徐官珠（1932—），出生于湖南凤凰县。1949年加入解放军，1950年随军进藏，历任师文工队队员，西藏波密军分区文工队副队长，西藏自治区歌舞团创作员，拉萨市歌舞团创作组组长、副团长，《西藏歌舞》杂志

[1] 高平：《我学习写诗的道路》，《西藏文艺》，1980年第3期。

[2] 《雪域诗佛》于1984年开始在《历史文学》杂志上选载，之后在《西藏文学》等杂志上选载，原名《佛宫秘事》，2003年出版社时改名为《雪域诗佛》，2007年再版时改为《六世达赖喇嘛仓央嘉措》，2010年改名为《仓央嘉措——六世达赖喇嘛》。

文学编辑，《拉萨河》副主编。曾任西藏政协委员、作协理事。徐官珠于1956年开始发表作品。出版诗集《雪域诗情》《凤凰锦羽》《拉萨河从我心中流过》，创作叙事长诗《德吉》和《人民代表》，出版歌剧集《波姆达娃》等，著有歌剧剧本《为人民服务》。

徐官珠的诗歌创作贯穿20世纪五六十年代和20世纪七八十年代两个时期。虽然两个时期的社会思想背景和文学思潮有所不同，但这并没有影响徐官珠诗歌创作在主题表达、艺术手法和情感指向方面的连续性。他的诗歌创作的主题意蕴、艺术特征和情感指向，在两个时期都有着高度的一致性。当然，期间也有一些诗歌会显现出某些特别的艺术取向，从而体现出诗人在创作上试图应对变化着的复杂生活的努力，试图在艺术上有所突破的审美追求。

综观徐官珠的诗歌创作，其主题表达有着鲜明的指向，主要体现在以下几个方面。首先是对解放军战士高大雄伟形象的着力刻画和真诚颂扬，对他们不畏艰辛、艰苦奋斗、勇于奉献精神的热情讴歌，以及对他们革命乐观主义精神的真挚赞美。作为一位在进藏部队里成长起来的军旅作家，徐官珠和那些亲身经历了艰苦卓绝的漫长行军，而后胜利和平解放西藏的军人一样，对解放军战士为革命事业而付出的艰辛劳动和牺牲，有着深刻的体会，对解放军战士忘我的奉献精神有着深刻的体认，对他们不怕困难、排除万难的乐观主义精神有着切身的体验，对革命战士忠于人民、忠于祖国、忠于党的忠贞情感，有着切身的体验。因此，他的诗歌对解放军战士的颂扬和讴歌，就是一个非常自然且发自内心的艺术追求。诗集《雪域诗情》的第二辑“绿色的脚印”，所有诗歌都是以解放军战士的生活、生产、战斗和精神、情感为描写对象的。可以说，这一小辑，是对解放军战士形象整体形象特征的全面描摹，从这一小辑中，我们大致能够看到徐官珠心目中的军人形象，看到他们所具有的性格特征、精神品质和情感世界。比如《我在处女地上》对解放军战士克服困难搞生产所做的描写：冰冻的夜色／尚未被曙光融化／上工的号声／震落帐篷上的霜花／数棵裸体的／藏柳上的枯桠挂了团团绿叶——我们汗透的军装／一堆一堆燃起的干竹烈火／把处女地的冰心烧化／啊／当劳动的欢歌笑语／捧出解冻的朝霞／我们眼前的荒原／已盛开肥沃的泥花。

遇到困难绝不退缩，面对苦难毫不畏惧，因地制宜把不利条件转化为有利条件，这是解放军战士的工作作风。从这首诗歌中，我们可以看到军人坚忍不拔、排除万难、敢于迎接一切挑战的英勇品格和不怕困难的战斗精神。

解放军战士之所以能够具有迎接一切挑战的英勇品格和不怕困难的战斗精神，除了他们具有丰富的劳动智慧和战斗策略外，一个重要的原因还在于，他们始终拥有一种永不褪色的乐观主义精神。这种精神在徐官珠的诗歌中得到多方的表现，而这也是他的那些书写军人生活的诗作所要表达一个显著的主题意蕴。《当年修机场》《边防军谱写的乐曲》《一串金星》《多么象》等作品，都是对这一主题的表达。从这些诗歌中，我们能够看到徐官珠笔下的解放军战士那种洋溢着热情的乐观主义气派和浪漫主义情趣。《边防军谱写的乐曲》是解放军战士浪漫乐观心怀的集中描写。

高原哨所的早晨，／飞舞放歌的百灵，／人间能编擅唱的鸟儿呀！／别笑不会编曲的大兵。／你看，／他们画好的五线谱，／就是那五条巡逻的路径，／再看，／他们谱写的音符，／就是那日夜巡逻的脚印。／啊！／百灵呀！你听，／你听呀，百灵！／西藏人民在弹奏心弦，／演唱大兵谱写的乐曲《安宁》。

把执行艰苦卓绝的守卫边疆的神圣职责看做是谱写“安宁”的乐章，表现出了边防军战士乐观的工作态度和充满信心的工作信念。在简朴但充满情感的语言中，我们不难看到一个肩负使命且斗志昂扬的群体雕像。

徐官珠诗歌的第二个较为显著的主题取向是，对西藏民众新生活的多方描写和由衷赞美。和平解放西藏的最终目的是让西藏各族人民获得人身自由，从而成为国家的主人，并依靠自己辛勤的劳动过上幸福的生活。对于这一目的，作为解放军战士的徐官珠自然有着深刻的认识和理解。因为，他们正是带着这样的神圣使命来到西藏的。因此，他对于西藏各族人民过上自由幸福的生活是怀着迫切的期待的，而愿意为之奉献自己的力量和智慧。当他看到这一切逐渐实现的时候，他的诗歌自然也就会为此而唱起赞歌，用艺术的彩笔记录下这历史性的深刻变化。诗集《雪域诗情》的第一辑“多彩的生活”就是对这一历史景象的形象记录。这一小辑中的大多数诗篇都着眼于西藏普通百姓的现实生活，来描写和反映他们生活的巨大变化。如《茨央与昂旺》对年轻人甜蜜爱情的描写，“她”与“他”情投意合，是天生的一对；《卓玛的羊群》对牧民富裕生活的表现，卓玛的羊群越来越庞大，人们的生活就像水草肥美的草原一样，充满了生机；《阿加格桑》则表现的是对未来充满信心的劳动人民的生活热情和劳动智慧，在快乐的劳动中，他们看到的是未来的希望和美好的生活前景；《来自世界屋脊的豪语》，反映的是西藏人民和全国各族人民一起，在党和政府的带领下自豪且自信地迈向美好明天的浩大情怀。在徐官珠的这类诗歌中，《格桑三笑》是比较典型的一首。它很好地体现了徐官珠通过诗歌赞美西藏各族人民经过艰苦奋斗过上幸福生活的历史逻辑和现实情境。诗歌通过主人公格桑因为生活的三次变化而开心地露出笑容，形象生动且富有动感地反映了西藏人民生活发生巨大变化的现实境况。生活在旧西藏的格桑过着艰苦凄惨的日子：

汗和泪顺着项玲流淌，／流进格桑姑娘的愁肠，／洒在漫长的支差路上。

项玲儿，摇的布达拉如醉如狂，／项玲儿，摇的牦牛背不见太阳，／项玲儿，摇的苦差把心裂肠断，／项玲儿，摇的穷格桑青春无光。

这是对格桑苦难生活的描绘，在这种生活情境中，格桑的心中充满了怨愤与不满，她的脸上布满了愁怨与忧伤。但历史的巨变，让格桑看到了生活的希望。解放军的到来，改变了格桑一家的苦难处境。格桑的脸上第一次露出了甜蜜的微笑。

格桑笑了，像宝镜抹去积尘，/格桑笑了，像明月露出云帐，/格桑笑了，像雪莲破冰开放，/格桑笑了，像一个民族喜悦的肖像。

格桑的笑象征着时代的巨大变化，意味着格桑的人生将得到根本性的改变。而这种改变就是人生自由的获得，为此格桑脸上露出了灿烂的笑容。

头一回感到身插翅膀，/头一回把人的滋味尝，/幸福鸟把欢跳的心儿喜啄，不知是痛还是痒。

获得自由固然重要，但幸福地生活才是最终目的。格桑的第三笑就是她获得幸福生活后的情感流露。

新藏柜贴金绘银，/新卡垫双龙戏宝，/新藏被如云似霞，/新茶桶油抹铜包。

青稞地呈金供银，/良种羊献毛育羔，/小鸡群相斗戏闹，/小猪崽围满食槽。

格桑笑了，笑浪把“穷”字冲到，/格桑笑了，笑声绕“富”字欢跳，/格桑笑了，笑的旋律把幸福痴恋，/格桑笑了，笑的乐章随四化迅跑。

格桑的三笑，既是诗人对西藏人民生活发生巨大变化的象征性写照，也是诗人对西藏人民新生活的由衷赞美。作为一个西藏旧社会的摧毁者和新社会的建设者，诗人对美好的新生活的期盼可能更为迫切，因此，他的诗歌也就在这方面表现的更为突出。也许正因为此，徐官珠的诗歌充满了浪漫气息，洋溢着诗人对美好生活的崇敬之情。需要指出的是，徐官珠在赞美普通民众的美好生活时，对于生活于其中的人民主体，寄予了很高的自主性，也就是说，在他的心目中，劳动民众的勤劳与智慧，才是他们获得幸福生活的真正保障和力量。这种意识在诗歌《请你赞美人民》中有着很好地体现。

人人赞美我这个月亮，／其实我自身不能发光，／请你去赞美太阳吧，／是太阳让我发出亮光。

人人赞扬我的歌唱，／其实我自身本领不强，／请你去赞美人民吧，／是生活的乳汁把我滋养。

尊重民众自身的力量和智慧，是人民当家作主应该包含的题中之义。徐官珠对劳动人民幸福生活的赞美就是建立在这种认识的基础之上的。这使得他的诗歌表现出了深刻的人道主义情怀和更为深广的社会历史内涵。

歌唱西藏、赞美西藏、心怀西藏，把西藏视为自己的家园，是徐官珠诗歌表现出的第三个主题意向。对勤劳善良的劳动人民的赞美，高原大地自然景观和人文景观的赞美，并把他们视为托付生命的家园，是徐官珠诗歌描述的一个重要话题。《这是什么地方》是对夏尔巴人美丽家乡的赞美，“遥望神奇的珠峰，／每天露着洁白的胸膛，／近看迷人的村庄，／时刻穿着绿色的衣裳……／长年花盛开，／四季果飘香，／人人生活在歌舞的海洋，／家家阔步在铺花的路上。／有人会说这是南国的山水，／我告诉你这是夏尔巴的家乡。”面对如此美丽富饶的家乡，诗人的自豪和赞美之情溢于言表。《山间平川》描写的是高原的丰收景象：“别说高原尽峰峦，／请看山间有平川，／极目百里河谷地，／麦海何处是边沿？”《一夜之间》展示的拉萨城市面貌的焕然一新；《进果园》《收获的季节笑着来了》反映的是辛勤的劳动换来了喜悦的丰收。这些诗歌无不在字里行间渗透洋溢着诗人热爱高原、赞美家乡的深厚情感。其中组诗《我爱你呀布达拉宫》，是对这种情感的高度集中的表达。这首组诗由《我爱你呀布达拉宫》《我家乡的拉萨河》《远方的客人来吧》三个篇章组成。前两个篇章是对古城高原两个地标性景观的描绘与赞美，流露出作者对这片土地的热爱。第三个篇章《远方的客人，来吧》在题意上更近一层，诗人把高原看作是自己的故乡，在呈献高原古城的火热的情怀与丰盛的资源的同时，以主人的姿态欢迎远方的客人：迎客的笑脸如开放的鲜花，／待客的心肠如圣洁的哈达。／醉人的青稞酒，／喷香的酥油茶，／风干的牛肉条，／晒干的酸奶渣，／手抓的绵羊肉，／酥油拌糌粑，／等待客人来品尝，／西藏风味古来佳。／远方的客人，来吧！／游览名称新拉萨。流淌在诗歌中的热情与自豪，折射的是诗人对“第二故乡”的无比热爱之情。

尽管徐官珠诗歌的主题表达多集中在上述几个方面，但这并不意味着他诗歌的思想和情感路向只局限在上述几个方面。他在一些诗歌中也表现出对生活和人生的其他一些思考。诗集《雪域诗情》的第三辑“浮泛的异端”就是这种思考的表露。在这一辑中，徐官珠以冷静、理性的态度思考生活中遇到的复杂现象，考虑探寻人生中的种种困惑，有不解，有质询，有不满，也有宽容。《无题》是对多样的现实生活和复杂的人生的总体思考，表达的是诗人内心的困惑。“无题”暗示着诗人难以解开的心结，它呈露的是诗人常常遇到的生活境况和情势。“你的思绪紊乱颠倒／情丝上拧下无数结套／不 先生／是你的热血凝固／老闸堵住了新潮／那情丝上的结套／是一个个新的问号”。诗歌描述了一种无法解开的人生困境，它促使人思考，但却获不到理想的答案；它让人困惑，却又启迪人寻找答案。这是诗人对多样现实和复杂人生体味后思索的结果。《人与神》把这种困惑与思索进一步具体化，“人与神 / 一个身影 / 一付凡体 / 一颗红心 / 释迦牟尼 / 孔庙圣人 / 松赞干布 / 公主文成 / 他们是泥塑金身 / 可哪个不是 / 有血有肉的人 / 人与神的问题 / 在于 / 居心叵测的精灵 / 千方百计地 / 把人硬捧为神 / 还是 / 纯

真善良的众生 / 无限崇敬地 / 把人塑造为神。”“人与神”思考的是普通人与伟人之间的关系，它虽然是个常识问题，但却能够折射出许多问题。人与神之间的关系是如何形成的，他们界限在哪里？伟人都是有血有肉的人，但为什么他们会成为神呢？在诗人看来，无论是居心叵测的“精灵”人为地把伟人捧为神，还是纯真善良的众生崇敬地把伟人推崇为神，都是需要警惕的。这首诗既反映了一种常见的社会现象，也揭示了一种文化精神现象。它所表现的意蕴具有一定的超越性，是人类社会常见的精神心理现象和社会现象。《我偏爱》表达了诗人的一种生活态度和人生选择。“人说 / 我的欣赏神经 / 分外扭曲　古怪 / 不爱十五的玉兔 / 偏爱初八的钩月 / 我说 / 不仅是她的线条精美 / 主要是有其自然的残缺 / 如果钩月成了圆形 / 赏月的情思就已经完结”。诗人追求的不是十全十美的人生，而是残缺之美和自然之美，因为这更符合人生现实。这是富有哲理的认识和表达，因为世界上从来不存在完美的事物，也没有完美的人生。不但不完美，还是复杂多样的。诗人也偏爱着复杂多样的生活现实：“有些人 / 喜红恨黑 / 我偏爱 / 红与黑调和成的 / 鲜明新色”。生活是色彩斑斓的，单纯的洁净的生活只是一种理想而已，偏爱“红与黑调和成的鲜明新色”，其实是对敢于面对现实的清醒状态和理性态度。诗人理想的认识还告诉他，现实不但是复杂多样的，也是不断变化的，变化着的世界才是充满生机的世界，因此他偏爱变化着的一切，“某些人 / 喜爱塑料制成的翠叶 / 说它 / 四季常绿不谢 / 我偏爱 / 哪怕是春绿秋黄的树叶 / 它虽生命短暂 / 但有真实的生机的一派”。这是诗人对生活真实的真切体验，他表达的是诗人对人生的切实思考和思考之后的坦然接受。

徐官珠的诗歌在思考现实和表达个人化的人生感悟方面，体现出的是他对世界复杂性的清醒认知。但这种认知并没有阻碍他对人生价值的真诚严肃的思考与探索。他的那些带有宏大叙事意味的诗歌，那些充满浪漫色彩的诗歌，其实就是他对这种思考的回应。也就是说，他没有因为意识到现实的复杂、人生的流变和世道的艰难而放弃对生命价值的探寻、对人生意义的思索和对美好现实的颂扬与讴歌。事实上，在对这种现实的关注之后，他依然对人生的价值做了自我诠释。《人的生命路线》是他对人生价值的一种阐述和判定。

人的生命路线，各有自己的终点，/带着纯色来到世上/，含着杂色告别人间。/有的长，有的短，/长，不一定就是幸运，/短，不一定就是灾难……人的生命路线上，/有哀痛的乐章，更有欢乐的乐段；/有丑陋的图像，更有绝妙的画卷；/有扎手的毒刺，更有迷人的花团；/有吞没影子的夜色，/更有照亮天地的光环；/有冰雪覆盖，更有春风梭穿。/啊！人的生命路线，不在于长和短，/更不能用岁数计算。

这是诗人对现实有了清醒认识和人生有了全面体察后思索的结果。它蕴含着诗人从繁杂多变的生活那里体悟到的人生哲理和生活真谛。

徐官珠的诗歌在艺术上以语言的质朴平实见长，但有时也采用一些新奇的比喻，如《绿云，飘落在冰峰雪岭——人民解放军进驻拉萨》一诗中，诗人把人民解放军比作“绿色的云”。这一比喻不但形象生动，而且很是新颖。相对于司空见惯的那些比喻解放军的修辞，如红色军队、大救星、钢铁长城等，这样的比喻无疑不同凡响。同时，这样的比喻与诗歌要表达的主题也非常吻合。“绿色的云，从黎明的那边飘来，滴落于冰峰雪岭，滴落于悬崖峭壁。”然后连用多个“绿”字，“绿了枯竭的心灵，绿了暗淡的眼睛，绿了古老的希望，绿了封冻的人生。”用“绿”来形容解放军的到来给高原带来的种种变化，其实就是在暗示，解放军的到来给高原人民带来了春天，从此后高原大地将是一片春色。徐官珠的诗歌语言并不都是充满诗意的，相反，有些语言往往太过直白，显得质木无文、缺乏韵味，影响了诗歌的艺术韵味。除此之外，他的诗歌主题表达有时候一览无余，缺乏含蓄美，从而缺少了引人入胜的艺术效果。

第八节　张永枚

张永枚（1932—），笔名黄桷树，出生于四川万县。13 岁时在万县的《万州日报》副刊发表描写乡绅压迫穷人的短篇小说《重压》。1949 年参加解放军。1952 年开始发表作品。历任中国人民志愿军文工团团员，广州军区战士歌舞团、军区政治部文艺创作组创作员。1959 年进西藏。出版诗集《雪白的哈达》。

《雪白的哈达》包括抒情诗 27 首，叙事长诗 2 首。整体上看，这些诗歌主要表现了人民解放军为保卫祖国、解放西藏而英勇奋斗和献身的崇高品德，歌颂西藏农奴解放以后的新生活。诗作语言清新隽永，文笔优美，耐人寻味。代表诗作《雪白的哈达》以平息叛乱、解放百万农奴为历史背景，通过一组组片段的衔接，用如椽大笔在文学的天空记录下历史的足迹，用诗化的语言勾勒波澜壮阔的历史画面，热情地歌颂了为维护祖国统一、民族团结而进行的正义之战，歌颂汉藏之间浓厚的兄弟情谊，及和平解放后社会生活日新月异的动人气象。

诗人早年受到中国传统文化的熏陶，古典诗歌对音律的严格要求潜移默化地影响到他后来的诗歌创作。他认为诗歌应能“谱曲能唱，离曲能读”，强调诗歌应该“让读者的情感随着诗行的声调韵律，时高时低、或急或缓、时轻时重、或大或小、时亮时暗、或起或伏地波动，变化、流淌、宣泄，一咏三叹，回环往复，为诗歌的音乐美所陶醉”，因此，张永枚的诗读来朗朗上口，别具音乐美，他的一些诗作谱曲后广为传颂，如《人民军队忠于党》《骑马挎枪走天下》《井冈山上采杨梅》《广东好》。诗人还特别重视诗歌的语言艺术，注重学习人民群众的口头语言，他总是能在生活中挖掘不竭的源泉，激发读者内心深处的情愫。

多种修辞手法的运用是张永枚诗歌创作的一大特色。比喻、拟人、夸张、排比、通感、意象等修辞手法广泛使用，使诗歌韵味十足，如“绿色的草滩上，洒满了格桑花，一双弓貌鸟，站在河边悄悄说话，牛奶一样的白云朵，像要从蓝空中滴下。我的车窗啊，映着一副春天的画，飞奔向拉萨……”（《青藏路上四季》）“拉萨河流着笛声、歌声……”诸如此类的诗句，读来鲜活活泼，给人清新愉悦之感。

张永枚的诗歌带有强烈的英雄主义和浪漫主义倾向，这与诗人自觉的艺术追求有关。他多次强调“诗歌是人的情感的迸发”“诗人须有情，诗人须多情”“诗情燃烧的时候就像发热病”，读张永枚的诗，总能被他那饱含激情的颂唱所感动、激励，给人澎湃向上的力量。但另一方面，由于时代的局限，这种激情的蔓延也在一定程度上缩小了诗歌的表现范围，降低了诗歌的审美性。

第九节　饶阶巴桑

饶阶巴桑（1935—），出生于云南德钦县。解放前曾随父亲经历过马帮商旅生活，当过活佛的仆役，断断续续读过一年私塾、一年小学，新中国成立后读过几个月的师范和中学。1951 年参加解放军，同年随部队到西藏的察隅县开展群众工作，先后担任部队翻译、宣传员、文化教员，随军转战察隅河、怒江、澜沧江、金沙江流域等地区。不寻常的经历，新旧生活的对比，激励他萌发了写作的冲动。

饶阶巴桑从 1954 年底开始发表诗歌。第一首公开发表的诗是《绿色的底层》，1955 年发表在昆明军区部队文艺读物上。1956 年，在《边疆文艺》发表诗歌《牧人的幻想》，此诗迅速被《解放军文艺》和《人民文学》转载。20 世纪五六十年代的代表作，主要有《母亲》《高山上》《假若一声枪响》《金沙江边的战士》《子弹》《骑》《山、林、江、雨》《战斗生活散歌》《步步向太阳》《雪山之歌》《爱的花瓣》《山之子》等；1960 年作家出版社出版了他的《草原集》，这是中国当代诗坛第一本藏族诗人的诗集。

饶阶巴桑的作品在思想内容上，主要表现为：一是反映藏族人民生活；二是反映部队生活风貌；三是祖国各地抒怀。诗歌具有鲜明的地方民族特色，且充满着浓郁的生活气息。笔触细腻，感情真挚，构思独特；想象绮丽，比喻丰富，语言清新，耐人寻味。

诗作《母亲》表达了饶阶巴桑走出高原领略到祖国辽阔大地的自豪与深情。吮吸着母亲的奶头，他感到母亲的胸怀最宽广，当“我从遥远遥远的边疆，渡过了黄河和长江，虽然还没有走到长白山，但是我的心底轻轻地说：‘世上再也没有什么，比母亲的胸脯更宽广！’”《骑兵》则把一个骑兵战士的形象描绘得豪迈雄健，飞驰如神，大气磅礴，充满了诗情画意。箭垛、古堡、石门、火山喷射口闪过的人影，古城遗址上的蹄印，声色俱全，动静相宜，利用蒙太奇式的推移，闪现在读者脑海中飞驰而过的“风中无影，云中无踪”的骑士身影。只留下鞭梢甩落惊鸟的飞翎，画面感极强的特写，让人回味无穷。

《牧人的幻想》[1]塑造的老牧人的形象，是普通藏族人民的典型。一位头发斑白的牧羊人，和平解放前放牧数十年，只有天空的白云是他最亲密的伙伴，因而他对白云有着无边的遐想：

云儿变成低头饮水的牦牛；/云儿变成拥挤成群的绵羊；
云儿变成纵蹄横飞的白马；/天空哟，你才是真正的牧场。

“新的生活带给他新的幻想”。老牧人迎着早晨的太阳，头发变得十分黑亮，从此：

他对白云不再羡慕，/他对天空不再幻想，

[1] 有人认为1956年元月2日发表的《牧人的幻想》，是饶阶巴桑“处女作”（扬帆语），“最早的诗作”（耿予方语）。我认为：饶阶巴桑的处女作应为1954年10月21日在中甸尼西写的《绿色的故乡》，见《爱的花瓣》，人民文学出版社1984年版，第2页。

他骄傲地骑在马上，/ 对天空傲慢地歌唱：

“我的牛羊盖遍了草原，/ 我的骡马赛过了飞箭，/ 还是和过去一样？”

在饶阶巴桑诗歌的想象里，生活发生了从现实向理想的飞跃。

他追赶着西边的太阳，/ 头发已经斑白；

他牧放着数十只牛羊，/ 送走了壮年时代。

如今他迎着早晨的太阳，/ 头发变得分外黑亮，

他牧放着良种牛羊，/ 他的心胸和草原一样年轻和宽广。

前一段是时空被改造，后一段是人物被改造。同样写头发，一个被改造为斑白，一个改造得分外黑亮，通过对比，诗歌表达了爱憎分明的强烈情感。

饶阶巴桑诗歌创作的艺术特色主要体现在以下几个方面：

精巧、独特的艺术构思。新颖奇特的艺术构思往往是一个诗人逐步走向成熟的标志。诗人通过精巧的构思，运用丰富的联想，展开深远的艺术境界。《遗产》一诗中，通过在暴风雨中的夜晚，“马蹄在石壁上敲出火花”这一情景，引发诸多悬念和猜想；但之后却又以“我”的发现，打破了读者的期待视野，并产生一系列的追问，最后以“一串发光的项珠”，交待出女骑手的身世。作品用大胆、新奇的联想，发掘现象背后深刻而有意义的思考，给读者以无限的遐想和启迪。《判断》一诗中，诗人用更为精致个性化的语言：“我热爱自己的国境线，山株、野枝、彩石、斑蛋儿一分钟之内清点一次，少一样就意味着决战”，描摹出一幅色块浓厚的油画，借景抒情，成为全诗构思的核心和感情的沸腾点。从他的诗中可以看出，诗人“对祖国、对民族、对人民、对人的内心世界，有特殊的敏锐感，有巧妙的表现方法，构思新奇，感人至深，这是主流，人所公认。”[1]

丰富奇特的想象。饶阶巴桑是位现实主义诗人，但他的诗也反映了浪漫

[1] 耿予方：《藏族当代文学》，中国藏学出版社 1994 年版，第 39 页。

想象的奇异和广阔的特点。其艺术想象突出地表现为四种，即：类比想象、幻觉想象、情感想象、感觉想象。如《牧歌》一诗，只有短短的八行，诗人展开丰富的想象，热情洋溢地赞颂了巡逻兵在栈道上的所见所闻，以委婉的艺术笔触，开启读者明晰的思路，留给读者补充、遐想和生发的广阔天地，同时运用了通感法，让不同种类的感觉，在替代、转换中创造活泼、新奇的意象。

在《步步向太阳》一诗中，“今天北京特别亮 / 毛主席一定在城里 / 舞步高，舞步低 / 右旋像海螺 / 左旋像鹏翼 / 舞步高，舞步低 / 我像欢跳的小溪……”诗人把“舞步”形容为“海螺”和“鹏翼”，把“我”形容为“欢跳的小溪”，把北京街道形容为“水晶满地”。可以看出诗人想象的跨度之大，形成的美感效果也就十分独特。诗人把“我”想象为“欢跳的小溪”，最后，突兀一句：“照出我心里的欢喜，借此把想象的接力棒一下子交给了读者，在不同物的交界处形成审美交汇，形成了必要的张力。

善用修辞手法，意象叠出，意蕴丰富。饶介巴桑的诗歌还善于运用适当的修辞手法，来营造诗意和表达主题。《马背上卸下来的房间》一诗，借一个小小的帐篷，来反映藏族人民的生活和命运，“以小见大”体现了诗人独特的艺术造诣。解放前，象征藏族人民命运的帐篷是一只“漂泊的船”，它无所依傍，也无人过问；没有人“留恋”也没有人“怀念”；装的是“春天的眼泪，秋天的饥饿”。而今，这“漂泊的船”终于“停落”下了，不仅装着“夏天的收获”“冬天的温暖”，而且还有“笑声旋转”。帐篷确实是小的，但它既然寄托着藏族人民的梦想与希望，蕴藏着藏族人民的痛苦与欢乐。诗歌通过帐篷这一常见的日常用具，表现了牧民生活的重大变化。

此外，饶阶巴桑还善于从时代的洪流中捕捉工厂、矿山、部队、草原生活中别具特色的意象，摄取平常事物，抒情描绘，因而作品中有一股浓郁的生活气息。

第三章　散文报告文学

概　述

早在 20 世纪 50 年代初期，随军进藏的军旅作家在创作诗歌、小说的同时，也开始了散文的写作。虽然限于各方面条件的制约，作品数量并不多，但有限的篇章却给后来人留下了那个年代的闪光脚印，表现出了军民团结战天斗地的革命英雄主义精神。1959 年 3 月，西藏新文学进入创业后期，伴随民主改革和经济、文化建设的快速发展，社会传媒的多样化，纪实散文才得到蓬勃发展，涌现许多具有广泛影响的文学新秀。这是因为社会环境发生了巨大变化，随着平叛改革的顺利进展，各级人民政权相继诞生，西藏经济、文化、教育等各条战线呈现欣欣向荣的可喜景象。与此同时，作家队伍的结构也发生了显著变化，扎根于政治、经济、文化建设的地方作家开始崭露头角，与藏族作家并肩笔耕，做出了出色贡献。与前期创作相比较，纪实散文、报告文学佳作叠出，升级为文学创作领域的主力军。许多佳作通过报纸、刊物、广播的迅速传播，勾勒出一幅幅五彩缤纷的时代画卷。它们既让关心西藏的亿万人民聆听到百万翻身农奴大踏步前进的铿锵足音，更是团结和激励西藏各民族干部群众奋勇向前不可或缺的精神食粮。杨军、左齐、夏川的纪实文学和郭超人关于中国首次攀登珠穆朗玛峰的系列报道，李文珊的《百万翻身农奴的榜样》等报告文学是其中的突出代表，为西藏后来整体纪实文学突出主旋律的走向发挥了巨大的促进作用。在人物传纪、通讯特写和报告文学创作突出时代主旋律的同时，抒情散文和游记散文也得到一定程度的发展，它们在题材撷取和艺术表现上呈现多元化的创作态势。一些作家做了有益的可喜尝试。女作家刘延对和平解放初期基层藏汉族职工日常生活琐事的细腻描绘，在温馨和睦的气氛中表现民族团结这个重大的主题。李佳俊的游记散文将西藏古老神话和历史故事与山河湖水、古老寺院紧密相连，深入浅出地介绍西藏新时期的社会风貌和文化胜迹，融知识性、理论性和可读性于一体，赋予作品浓浓的民族文化意蕴。

从整体上看，此时期的西藏散文、纪实文学的主题内容以西藏民主改革与社会主义新西藏建设为根本导向，贴近现实，贴近平民，与西藏传统文学相比，呈现前所未有的崭新面貌。

第一节　杨军、左齐、夏川

解放西藏，是中国共产党领导的新民主主义革命的重要组成部分，也是彻底驱逐帝国主义势力、胜利完成祖国大陆统一大业的重要一役。在党中央的领导下，以十八军为主力的解放军从四川出发迈上西进的征途。在新疆第二军骑兵支队、青海第一军骑兵支队、云南第十四军一部的配合下，取得昌都战役的胜利，极大地打击了西藏上层分裂主义势力的嚣张气焰，实现了西藏的和平解放。由于西藏特殊的自然环境、社会历史和民族结构等诸多原因，中央提出进军西藏“政治重于军事，补给重于战斗”“一面修路，一面进军”的战略决策，进军西藏的征途格外艰苦、复杂。进藏官兵发扬人民解放军既是战斗队，又是宣传队和生产队的光荣传统，认真贯彻党的民族政策，为团结爱国上层，密切军民关系做了深入细致的工作。那是一个激情燃烧的岁月，一个物质生活极端匮乏而精神生活富有的年代，造就出许多顶天立地的英雄，产生了感人至深的故事，给西藏当代文学创作提供了发掘不尽的创作源泉。

杨军的《周大兴》、左齐的《李狄三》、夏川的《在珠穆朗玛峰北麓》就是最早以散文叙事描绘各路进藏官兵英雄业绩的华彩乐章。这些作品共同的特点是：均出自解放军指挥官的手笔；所选择的体裁均属于纪实文学范畴，创作者以各自的亲身经历书写发生雪域高原上的真人真事，塑造出一系列感人至深的人物形象；他们在戎马倥偬的日子里，仍然坚持为英勇的革命者和建设者们树碑立传，完全是受到内在革命激情的驱遣。这些作品不但在当时极大地激发了青少年投身边疆建设的爱国主义热情，也为西藏当代文学的开拓者——军旅作家革命现实主义创作走向产生了深远影响。

杨军[1]，曾任18军北路进藏先前部队52师154团的政委。他所撰写的纪实散文《周大兴》，是一篇在当时来说不可多得的优秀纪实作品。作品以革命战士的经历和主要事迹为线索，讲述了解放军进军西藏的一些斗争片段。

1950年5月16日，进藏解放军先头部队从甘孜出发，日夜兼程胜利抵达金沙江东岸的邓柯镇。154团初来乍到，惯常的群众发动和军事侦察工作尚在紧张筹划当中。17日，临时指挥部贸然闯进来一个身着藏装的陌生人，满脸兴奋的神情——

“可以进来吗？首长。”

当他座在我的面前开始叙述他的来意时，我发现他是经过我们党教育的倔强的青年人，因此，我很快喜欢他起来。

“首长，咱们队伍刚到这里，人地生疏，困难一定很多，只要我能办到的事，请随时派我去办，我的名字叫周大兴。”

“同志，听你的口音像四川北部的人，怎麽到这里来的？又怎麽穿起藏装来了？”

[1] 由于英年早逝，生卒年月和出生地不祥。

“这是过去很久的事了，就不用谈它吧。首长请你相信，我决不是坏人，能够帮咱们一点事，就是我最大的快乐。”

主人公周大兴就这样粉墨登场了。衣着是藏族打扮，却能讲一口流利的汉语，与部队最高指挥官杨军素昧平生，竟然不卑不亢地要求“帮咱们做一点事”——做什么呢？部队初来乍到，军事部署，社会调研，敌情侦察，粮秣运输，带路打仗……，事情多着呢。但你信得过吗？刚刚进入民族地区，既不能将客人拒之门外，又不便刨根问底。杨军政委的回答极其巧妙；一是感谢乐于帮助军队的好意，二是请他“抽空砍些烧柴来”。他到底是什么人？“我决不是坏人”，你信得过吗？这既是杨军心中待解的谜，也是作者开篇就甩给读者的一个“悬念”。——作者杨军虽然不是专业作家，但对中国传统文学设置“悬念”的艺术技巧并不陌生。这个“悬案”伴随着解放西藏军事行动的深入，通过周大兴和部队官兵日益频繁的交往，笼罩在主人公头上的一层层神秘雾障逐渐消散。

周大兴和部队的交往是从砍柴火开始的。他每天要送来两三次，而且总有一位藏族少妇携带着糌粑茶水在营门口等候，那是周大兴的妻子，他们看上去很恩爱和睦。按照部队“不拿群众一针一线”的纪律，事务长硬要往他荷包里塞进几块钱，不料周大兴却像受到侮辱一样：“我是为了钱才给咱们部队砍柴的吗？”恼怒地把钱摔在地上，接连两天没有再送柴火。杨军意识到军民关系受到影响，亲自登门拜访，方知周大兴早在 1933 年就是川陕革命根据地的“红小鬼”，随红军北上抗日路过甘孜得了重病被留了下来。但他一直牢记着老首长临别的嘱咐，“想尽办法，活下去，我们一定会回来！”周大兴后来给一户牧主当雇工，与同是雇工的藏族姑娘益西泽玛相恋结婚。因为当地政府怀疑他是共产党留下的特工被审讯，牧主怕招惹是非解雇了他，周大兴与益西泽玛才双双逃亡到邓柯镇谋生。虽然周大兴穷得叮当响，但益西泽玛一提起与周大兴的恋情，却有说不出的骄傲，“他是一个好人，他是一个红军！”今天，共产党的部队真的回来了，当年的“红小鬼”理所当然地把这里当成自己的家，延续少年时代没有完成的伟业。部队官兵跟周大兴关系越来越亲密，向他学习藏语，了解民情风俗，聆听红军当年路过甘孜的故事。部队委托他办理的大小事务他都相当热情，干的一丝不苟，酷似一位身穿藏装的战士。

周大兴直接参与军事行动是从一次侦察活动开始的。六月中旬，部队获悉对岸藏军有百余人从贡觉抵达卡松渡口准备袭击邓柯。团指挥部决定派侦察排过江探明情况。当他们正为找不到一个熟悉康巴方言和对岸地势路径的向导发愁时，参谋包荣带来着尚未入编的周大兴前来请缨。政委杨军、团长郄晋武（七十年代晋升为西藏军区司令员）犹豫不决。周大兴不得不向首长讲述了他当“红小鬼”时的一段传奇经历：在一次反围剿战斗中，他曾装扮成走亲戚的小孩闯入国民党军队驻地转了好几个圈子，将敌人兵力部署和空虚地带侦察的清清楚楚，返回途中被敌人抓获，始终没有露出半点口风，结果被打得昏了过去；待清醒过来后，他发现自己被关在一间破房子里，于是忍着伤痛连夜跑回红军驻地，引领部队胜利脱离了虎口。杨军、郄晋武相视一笑，再次破例收纳了这位未入编的侦查员。6 月 22 日，侦察排悄悄渡过金沙江，在一个茂密森林里被藏军发现，周大兴毫不畏惧地向敌人冲去，因为穿着藏装，对方误以为是“自己人”，大摇大摆地向他走来，等到隐藏在后面的侦察兵冲锋枪和步枪齐声尖叫起来，敌人才丢盔卸甲慌乱逃串。但四周山上的敌人却不断发出叫嚣，证明侦察排处于敌众我寡的情势之中，周大兴向包荣参谋建议侦察排带着缴获的物资、枪械尽快向邓柯撤退，让自己在后面掩护。包荣要他先走，周大兴性急地说，“我懂藏话，又比你们熟悉地形！”再也不肯与包荣商量。眼看一个藏兵正骑马追来，周大兴瞄准一枪，就把那家伙撂下马背，迅速后退一段找好隐藏地方准备再战。敌人不断进攻，周大兴边打边退，直到只剩下三发子弹。夜色也越来越浓，敌方已无心再战。周大兴才摸到江边，用裤子扎成浮水圈游回邓柯。——

周大兴的英雄行为很快传遍部队，受到领导称赞，部队正式批准周大兴加入解放军行列，“这位青年人竟欢喜、激动得掉下泪来。他紧紧握住我的手，半天没说一句话。”

周大兴在团里没有具体职务，实际却担任着向导、翻译、侦察、采购、宣传等等多种工作，成了大家非常喜欢和不可缺少的人。行军时在前面带路，到了宿营地则忙着宣传群众和联络统战上层。他总是起得最早，睡得最晚，还热心帮助体弱和年龄小的同志背行李。他慢慢消瘦了。10月初，筹划中的昌都战役即将打响，154团奉命从昌都北面迂回西进，从青海省的囊谦县直插西藏的类乌齐执行堵截任务，以防藏军溃败时向拉萨逃窜。在急行军中，杨军发现背着沉重的行李和干粮袋的周大兴脸色铁青，步履也不太稳实，便安排他加入病员队伍在后面慢慢跟进。他还解释说，“我身体挺结实，过几天就好了。”可是主力刚刚到甲藏卡，周大兴又意外地赶上来了，请求说，“前面路不好走，让我给部队带路吧。”。由于三天三夜没有吃饭，周大兴“面部黄肿的使人害怕”，经医生诊断，是心脏病急性发作，如果再不休息会有生命危险，部队领导强行命令他就地接受治疗。不料部队占领类乌齐不久，甲藏卡送来噩耗：这位出身“红小鬼”的进藏新兵因劳累过度，已经与世长辞。周大兴离世前毫无个人要求，只留下一封请首长转送给妻子益西泽玛的信。信上写到，“我能够重新回到自己的部队，做了一点我能做的事，我的志愿就算达到了！我没有辜负红军首长对我的指示，和你对我坚贞的爱情。泽玛，不要为我难过，永远跟着共产党，做你应该做的事吧！”

《周大兴》的价值不仅于在成功塑造出进藏将士无私无畏、坚韧不拔的典型形象，而且通过周大兴的传奇故事，将西藏解放的英雄业绩上溯到当年红军路过藏族地区的辉煌历史，生动揭示出革命军队数十年如一日全心全意为人民服务一脉相传的革命传统，这正是广大藏族群众称誉革命军队为“菩萨兵”的真实内涵所在。写出这篇纪实文学不久，作者杨军也和他着意塑造的主人公一样因劳累过度为西藏解放事业献出了生命。《周大兴》

仅五千多字，但文字通俗感人，一直是西藏各种通讯、报告文学选集的必选篇目，作品传达的主题，成为老西藏精神的象征。

左齐（1911—1998），原名左富贵，出生于江西永新县。16岁入湘赣苏维埃政府教师训练班学习，毕业后回乡担任教师。1932年加入红军，历任文书、连指导员、团参谋长、师政委。抗日战争中失去右臂，被迫练习左手写字，更名“左齐”，意即“我左手还在，无碍为革命事业拼搏”，是我国著名的“独臂将军”和左手书法家。1949年进驻新疆，历任第二军副政委，南疆军区政委，济南军区副政委。左齐先后出版生动记录自己参与建立湘赣苏维埃革命根据地，参加二万五千里长征、抗日战争、解放战争的数十年风云生涯的三本纪实文学作品集《步履》《戎马春秋》《革命生涯》。《李狄三》是收入《革命生涯》中反映解放军驻新疆部队，奉命从新疆出发，向阿里进军的先遣连克服重重困难，完成使命的动人篇章。当年解放军分四路向西藏进军，而阿里先遣连是唯一没有文工队的连队，也是没有和军事记者、军旅作家随行的部队，致使这支部队所经历的艰辛困苦及其立下的丰功伟绩一直不为外界知晓，直到1962年左齐在《解放军文艺》发表了著名纪实文学作品《李狄三》，才揭开这支英雄部队的神秘面纱。

《李狄三》首次讲述了先烈们进军阿里催人泪下的动人故事。当年在以18军为主力的四支进藏部队中，每个战士都是无愧于祖国和人民的英雄好汉。进军阿里的特别之处在于：先遣连只有130多名干部战士，人数最少；地域最艰苦，从新疆翻越昆仑山进驻扎玛茫波，征途两千多里，都是海拔4500多米的高寒地带，人烟极其稀少，近乎无人区；这里距阿里政治、经济中心——噶大克隔着逶迤千里的冈底斯山，还有两千里行程，噶本政府尚控制在西藏反动势力手中。部队抵达扎玛茫波已进入寒冬，一场漫天大雪封闭了莽莽昆仑的所有山口，猛然断绝了粮食、衣物、药品乃至弹药等一切后勤供应。这一切既在意料之中更在意料之外。既让远在新疆的部队领导揪心不已，更是对李狄三及其战友们开展群众工作和政治斗争的严峻考验。

解放军的立足之本在群众，初到偏僻的藏族地区尤其如此。《李狄三》开篇处对解放军寻找牧民付出巨大的艰辛，及其之后与当地群众建立的深厚情谊的书写，堪称西藏当代文学史上一首动人的史诗。李狄三指派两个分队在辽阔荒漠寻找群众，十多天才发现三个带枪放牧的藏民，副连长彭青云立即跟进想与他们对话，藏民丢下牛羊就向山上逃跑。你进我跑，你退我回，僵持了整整半天。李狄三闻讯，揣测是牧民因长期民族隔阂造成的误会，进进退退多半是恋着他们赖以谋生的牛羊，立即带上翻译和哈达赶着牛羊去山脚向牧民喊话。按照藏民风俗，拒绝携带哈达的客人是不礼貌的。看李狄三带着翻译，牧民猜想他大概是一位汉人“本不拉”（官员），才迟迟疑疑地走下山来，接过珍贵的哈达，抱住牛羊又笑又亲。随后，他们成为了解放军进驻阿里最早结交的朋友。牧民告诉李狄三，这地方叫杜猛，属于阿里地区改则本（改则草原的头人）管辖。解放军举起哈达与牧民交朋友的消息很快传遍开来，牧民们纷纷前来拜访做客，消除种种误会，反动派散布的谣言也开始云散烟消。于是，李狄三决定将营房迁移至杜猛，与牧民的帐篷紧密相连。“军民一家亲”，一面为贫苦牧民打柴、放牧、拾牛粪，一面宣传共产党的民族、宗教政策，宣传解放军为人民服务的宗旨，结交的朋友越来越多。并通过他们给噶大克的地方政府捎信，约邀地方官员来部队驻地商议有关事宜。

作品中描述的军队与当地政府谈判和同一天的赛马、比武大会，既紧张又饶有情趣。赛马、比武是地方官员在谈判现场临时提出的，赛马符合草原居民的传统习俗，而比武却暗含着地方势力和部队的一场实力较量，如果比输了是很不光彩的。著名神枪手、副连长彭青云参加射击比赛，举枪三发，弹弹命中，博取一致称赞。接着是一排长表演机枪点射，五发五中靶的，赢得观看者大声喝彩。有个部落头人想挽回一点面子，一定要和部队比赛射箭，却令部队有些为难，但李狄三猛然想起蒙古族战士巴利祥子臂力过人，不妨让他试试。巴利祥子当即出列，让头人先射，箭箭射中把牌，巴利祥子接过头人手里的弓箭，请人把靶牌后移五十大步，摆出一副骑马蹲裆的架势，左手托弓，右手搭箭引弦，咔吧一声，弓背竟然断裂成两截！在场观众个个都惊呆了，共产党官兵果然个个枪法臂力非凡！枪不比了，箭也不赛了，干脆举起酸酒与解放军结为相互尊重的盟友。当场签订协议同意部队从杜猛向南推进，在扎玛茫波扎营过冬。

这篇作品最精彩的部分是对先遣连扎营扎玛茫波的抒写。大雪封山，后勤供应断绝以后，部队不得不面对巨大的困难。一是单薄的帐篷已经难以抵挡风雪的侵袭，二是粮食、衣服被褥越来越少，三是高山缺氧的“高山病”。这些都成为了先遣连干部战士面临的一场严峻考验。战士们展开了“自救运动”。正如李狄三编写的一首歌谣写的，“越艰苦越光荣，困难面前出英雄”，始终坚持“进军西藏，不吃地方”“不拿群众一针一线”的信条，在雪域高原谱写出一曲自力更生、气贯山河的壮歌。先是修建营房，在方圆数百里的藏北草原上，没有砖瓦、灰浆、木料，硬是用仅有的园橇挖掘出一排排半地道式的“房屋”，房顶只能用二尺长的刺柴棍搭盖。当然很小，每间房只能住两个战士，挖土时预留床铺、桌凳，还在墙壁上掏出几个“橱柜”存放书籍和漱洗用具。“房间”小巧、舒适、温暖，战士们在里面，那高兴劲不亚住进了一座漂亮大厦。为了节约粮食，支部又研究组织专门的打猎队伍，第一天只有巴利祥子猎获到三头野羊，大家有点沮丧。李狄三鼓励说，别着急，首次能猎获三只野羊，就不愁没有肉吃。他向巴利祥子询问了一晚上，掌握野生动物的活动规律：一是野牲口像放牧的牛羊一样，冬天喜欢到避风的山窝子觅食，二是一早一晚必须喝水，只要跟踪野生动物的蹄印，隐蔽在有流水的地方，十有九会得到丰收。翌日黄昏，李狄三按照巴利祥子的经验与狩猎队一道埋伏在河边，果然发现一百多匹野马向河边跑来，连发数枪就击毙五头野马，足有一千多斤肉。及时总结、推广经验，大家心中有了门道，不到一个月就猎获数万斤野羊野马肉，炊事班再不会为过冬吃饭发愁了。

“一天半夜，一位藏族老大爷跑来报告，拉萨的噶厦政府派的人到噶大克，散布谣言，说他们不费一兵一卒，单凭高原的恶劣气候，就能把阿里进驻扎玛茫波的部队，全部困死在草原上。乍一听，这说法似乎不值一笑，可是，没出几天，李狄三感到了问题的严重性：大批病号突然发生了。”——这是一种“高原病”，由于冬季严重缺氧，加之长期劳累和营养不足，身体逐渐虚弱，手脚开始浮肿，接着就流出浓浓的黄水。生龙活虎的巴利祥子最先闭上了眼睛，接着马场上的两位战士又相继去世。于是支部决定把体力劳动降低到最低限度，开展适当的文体活动，给大家营造一个轻松愉悦的生活环境。李狄三是一位吹竹笛的高手，熟悉陕北民歌曲调，按照曲谱填词，编写了几首新歌，受到指战员们的喜爱。这样的描写，既表现了李狄三乐观向上的革命精神，也表现出我军战士不畏艰险的乐观主义精神。每当战士们在外面迎风歌唱的时候，李狄三就会举起竹笛吹响那轻快优美的旋律，在扎玛茫波营房上空久久荡漾——

进军藏北先遣连，/不怕苦来不怕寒。/寒冬将退阳春到，/坚持会师边防线。

《李狄三》成功塑造了进军阿里部队整体的英雄群像，其杰出代表就是李狄三。他经历了抗日战争、解放战争的磨砺，作为团党委委员、保卫股长，派往先遣连担任“指挥官”，他们关爱战士、擅长宣传群众和统战工作，在阿里的一言一行集中体现了解放军战士忠于党、忠于人民、无私无畏的爱国主义情怀和革命英雄主义精神。没有贯常的豪言壮语，主人公所有内在特质都是通过一个个生活细节逐步展现出来的。其实，在给巴利祥子送葬的路上，李狄三自己也正忍受着“高山病”的煎熬，身材魁梧的他曾经几次摔跤，只有他的助手陈干事注意到他的两条腿比先前粗多了。他当然明白，在那特殊的环境里，指挥官一旦垮下来不仅不利于振奋全连斗志，还会助长反动分裂主义势力的嚣张气焰；由此，他始终不让陈干事透露他腿疾的半点风声。有天，当地的反动头人“马本”（即传统的部落民兵首领）日加木前来拜访，陈干事问他有何贵干。日加木说没有别的事，却一个劲问道，“人好吗？马好吗？首长好吗？你好吗？”分明是想侦察李狄三是否还健在。当时李狄三正躺卧在病榻上。听到外面的对话声，突然神采焕发的走来与客人见面，每句话都有千斤重量：“冬天已经过去了，你看得很清楚，部队然仍健在。遇到一些困难，但是被我们战胜了！……即使有天塌下来的大难，我们也是不会低头的——你说我这话对不对？”马本只得连连说：“对，对，很对。”扫兴而归。陈干事正为首长的康复高兴不已，第二天医生却传来李狄三病情急转恶化的消息，人们才知道李狄三两腿行走一直是靠紧紧捆绑的裹腿布硬支撑起来的，而今浮肿得吓人，鼻息十分微弱。战士们无不感到惊慌，于是以支部决定的名义命令医生强行为李狄三注射最后一支盘尼西林，但也被李狄三拒绝了。通过对这些典型情节的描写，李狄三高大英勇的形象自然而然地跃然纸上，作品所表达的赞颂战士们坚忍不拔的精神品格和为人民服务的崇高品德的主题得以完成。

《李狄三》在西藏当代文学史上的认识意义和文学影响是深刻而深远的。它对之后同类题材作品的出现提供了重要的素材和思想启发。左齐这篇纪实文学发表后，阿里先遣连一直是我国文艺工作者弘扬爱国主义和革命英雄主义主题的重要题材，相继问世的作品有：南疆军区出版的长篇小说《阿里铁骑》，驻阿里新闻记者李佳俊创作、西藏话剧团于 1979 年演出的大型话剧《冈底斯英雄》，西藏自治区宣传部牵头摄制的电影《先遣连》等。这些不同体裁的作品，都是在《李狄三》基础上绽放出来的艺术之花。

夏川（1918—2005），原名卢镇华、卢向晨，出生于河南平山县。

1950 年奉命随 18 军进藏，任西藏军区宣传部长兼文化部长。1955 年调至八一电影制片厂任副厂长。1981 年再次进藏，任西藏军区副政委、自治区党委常委（负责宣传文化工作）、第三届西藏政协副主席。与杨军、左齐一样，夏川都有重要纪实文学作品问世，为创业期的西藏当代文学做出了重要贡献。不同的是，夏川进藏前就是颇有名望的诗人和散文高手，著有诗文集《战地草》《夏雨集》。进藏后，夏川又先后担任西藏军区的文化部长，尽管事务繁忙，仍然笔耕不辍，对西藏新文学发展及其走向发挥了重要作用。

纪实散文《在珠穆朗玛峰北麓》当时西藏文坛在散文领域的重要收获。这篇散文记录了夏川奉命带领一帮军人和电影摄影师长途跋涉去珠穆朗玛峰插五星红旗的故事。虽然也不乏边陲风光、民族风情的诗意描绘，整体叙事却来得相当平和，将沿途行为和见闻娓娓道来，创制出了一篇耐人寻味的散文佳作。那是 1954 年，西藏和平解放后第三个年头，剑拔弩张的战争硝烟已经过去，而分裂和反分裂的斗争仍然此起彼伏。夏川珠峰之行的象征意义比拍一段纪录片来的更重要。正如散文起始所说，“从接受进藏任务以来，‘把五星红旗在喜马拉雅山上’这一战斗口号，成了全军上下的共同誓言，并且不论在什麽时候，只要一听到这一响亮的声音，都会给人带来巨大的力量”。喜马拉雅山从东到西绵延两千多公里，红旗该插在哪里？当然非珠峰莫属。珠穆朗玛峰巍然挺立于中尼边界，享有“世界第一高峰”的盛誉，也是解放军威武不屈的象征。1954 年 4 月初，夏川率领一支长长的马队经过江孜、日喀则、萨迦、协噶宗（即今定日县），15 日已经与珠峰遥遥相望。这一天，每个人都像过节日一样，穿上最漂亮的衣服，还认认真真地刮了脸，开始向杂绒布进发。

走在队列最前面的是高举五星红旗、身强力壮的骑兵战士李长春。我们虽然只有 50 个人，却像大部队举行庄严的入城式，威武雄壮地在荒山僻野里进行着；难得碰到的几个藏胞，从远处跑过来，好奇地看着我们这些从未见过的“金珠玛米”。

这就是解放军初到鼎鼎大名的珠穆朗玛山下的真实写照。这里风光绮丽，但海拔5000多米，没有树木、农田，一片冰雪世界，人烟极少，只有几座喇嘛寺、尼姑庵，世世代代守护着圣洁的珠穆朗玛女神。奇怪的是协噶宗事前已经通知了寺庙大活佛，解放军将在今天到访杂绒布，但为什么不见喇嘛尼姑的踪影？其中的奥秘只有夏川明白。在没有大活佛到场的情况下，仍然按照原定计划在当天下午集合50名官兵和随行人员举行了庄严的升旗仪式，当五星红旗第一次在珠穆朗玛峰前的广场上空冉冉升起，象征进藏部队胜利完成了“把五星红旗插在喜马拉雅山”的宏伟誓言。仪式结束后，大活佛的经师意外地闯上门来解释：因为“大活佛正在修戒”，不便和外界接触，请长官不要误会。夏川对大活佛的宗教修戒表示尊重，与经师的交谈热情而又真诚，告别时还给活佛和经师赠送了礼品。没多久，经师同一位大喇嘛带来大活佛的亲笔信，说活佛五个月后将去拉萨，希望那时能够见面。同时，他们送来一块羊肉、七个鸡蛋、一壶酥油茶给解放军长官洗尘。

接着是三天紧张的参观、拍摄。从杂绒布南行十多里，沿珠峰北麓的巨大冰川向上攀登，他们拍摄了许多珍贵资料；来回途中还不忘访问喇嘛庙、尼姑庵。最忙碌的是随行医生，这个问病，那个要药，伸出拇指不住地称赞“解放军，亚姆亚姆（解放军好）”。赴珠穆朗玛的繁忙工作基本结束，决定20日返回拉萨。没想到19日下午大活佛的经师又来了，满面笑容地告诉夏川，大活佛决定提前结束修戒期，渴望能同解放军长官见面。近在咫尺的大活佛终于露面了，夏川喜不自禁，原来修戒期也是可以“提前结束”的。解放军战士的诚意，赢得了宗教人士的认同。

夏川带上藏族干部格桑杨刚前往活佛住处，活佛已经为客人冲好甜茶等候，气氛非常轻松，似乎多年想说而又无处诉说的心头话都要像涓涓泉水一样流泻出来。原来，喇嘛寺建在珠穆朗玛峰山下，图的就是得到神山庇护，给出家人营造一个安静修行的环境。西藏和平解放前，曾有三批外国人擅自来杂绒布登山，珠穆朗玛峰就像一扇没人看管的大门，未经任何人批准。谁想来就来，骚扰得出家人无法安宁。活佛讲述着这些过往，满脸忧虑；但当说到当下的情况时，他很快转忧为喜，他说："听说中央代表有通知，不准没有证件的外国人随便入境，他们只要一上山，就让协噶宗派人撵走了。这在过去是万万办不到的。"这次谈话分外亲切、投缘，几次告辞，都让大活佛挽留下来，一直谈到夜里8点。依依告别时，还送给夏川一张签名照片，这是西藏高僧对尊贵客人最高的礼遇。阴霾消散，又是一个晴朗的日子。这篇散文虽然描述的是一次艰难而独特的"行军"，但这一特殊的"行军"却包含着深刻丰富的时代内涵。它以一种独特的视角，展现了西藏社会在20世纪60年代初的时代精神气候。

第二节　李文珊

李文珊（1928—2014），出生于河北武安县。20世纪50年代，除了创作小说之外，李文珊还创作了大量的报告文学。对西藏当代报告文学的发展发挥了重要作用。

1963年发表的报告文学《百万翻身农奴的榜样》，是作家长期扎根结巴乡，对现实精细观察和严密调查研究后，精心创制出来的文学精品。不仅很快翻译成藏文，而且被北京《人民日报》转载，并翻译成英、法、俄等多种文字刊登于《北京周报》，传遍五洲四海。《百万翻身农奴的榜样》写乃东县结巴乡刚刚从封建农奴制度的枷锁中解放出来的11户朗生发展生产的故事。"朗生"即领主家庭的奴隶，常年给领主夫妇、少爷、小姐牵马坠镫、端茶倒尿，祖祖辈辈的人生、婚嫁、生死都操纵在主人手里，无异于一群会说话的牲畜。破天荒地有了土地，但家无存粮，厩无耕畜，更没有耙地播种的技能，在走向新生活的路上显得步履维艰。结巴乡成立农业互助组初期，谁也不乐意与他们为伍，十一户穷得叮当响的朗生成了一只只无法煽动翅膀的孤雁。女朗生次仁拉姆对他们大吼一声：“只要我们拧成一股绳，羊毛也能捆住雄狮。不要看兔子腿短，一样能翻过高山。”于是他们以大无畏的勇气，领头成立了由清一色朗生组成的“穷棒子”互助组。他们团结一致，相依为命，靠肩膀拉犁耕地，起早睡晚积累农家肥，虚心向老农请教耙地播种技能，终于闯过层层难关，连续三年夺取农业丰收。民谚说：“没有志气的人，就像没装糌粑的空口袋——立不起来”，朗生们以敢闯敢拼的大无畏精神，团结一心发展生产，吃上了自己土地上收获的青稞糌粑，“昔日的空口袋”挺起来了！一时间，《百万翻身农奴的榜样》成为万里高原家喻户晓的读物，给广大贫苦群众以极大的精神鼓舞。这篇报告文学深刻的社会意义和审美价值在于提醒人们，砸碎封建农奴制度的枷锁并不是民主改革的最终目的，创建民主富裕新生活的道路比打土豪分田地更艰辛，更漫长。

之后，李文珊撰写了中篇纪实文学《血海怒》，关注视角从民主改革向上追溯到近百年间西藏社会错综复杂的矛盾纠葛，并探究历史给劳动人民带来的深重灾难的根源所在。它是作者扎根列麦乡村调查研究、深沉思索结出的文学硕果。《血海怒》通过列麦庄园 30 多个人物的悲欢际遇，探索西藏社会长期停滞不前的根本原因。第一章描绘当时社会贵贱分明，穷富悬殊的不平等状况。领主老爷为庆贺自己一天讨两个老婆的“大喜”，在高楼上花天酒地的狂欢，而栖息在楼下畜圈的两个病饿不堪的奴隶，却讨要不到一碗用以解渴的水。第二章通过贵族、管家、寺庙三大领主盘根错节的政治勾结和经济关系，揭示出一张罩在农奴头上的难以撕破的大网。附会在大网上的神话传说貌似圣洁慈悲，不过是披着宗教的虚假外衣给人们以无形的精神压榨的枷锁，从远古延续到今天。正如近代著名藏族学者更登群培所说，我们能在几天之内推翻封建农奴制度，而挣脱千百年套在人们心上的枷锁却不是可以一蹴而就的。第三章列举的几桩农奴反抗的典型事件，分外动人心魄。穷奢极欲的领主左扎在莫拉河畔建起一座豪华庄园，却发现东西两座大山挡住了明丽阳光，竟然强迫农奴给他搬山，忙碌了二十多天才挖出一个小口子，农奴们豁然醒悟："山是干的搬起来难，人是湿的搬起来易。"于是成群结队砍掉了左扎的头，纵火烧毁庄园，留下一片至今犹存的废墟。《血海怒》描绘的人物和时间，都是有名有姓、有根有据的真实存在。各色有血有肉的人物，一代又一代演绎出一幕幕揪人心魄的"人间喜剧"。《血海怒》是旧西藏社会生活的缩影，有关人际关系和经济关系的描写，形象而细腻，真实可信。诸如农奴对主人的人生依附及其转让方式、劳动地租的分派、高利贷的利息计算、寺庙剥削的由来等，都是通过具体的人物、事件展现出来的，具有鲜明的现实主义特色。

据评论家李佳俊的统计，李文珊的纪实文学着力塑造的藏族人物形象林林总总达六十余个，有农民、支部书记、共青团员、邮递员、商人，大多都是在民主改革和经济、文化建设中涌现的模范和新秀，他们组成一个色彩斑斓的人物画廊，生动地表现出了西藏改革后日新月异、奋发向上的精神风貌。这些人物生活阅历、个人气质、从事行业千差万别，却有一个共同的特征：热爱祖国、贴近人民、善于学习、敢于担当。《顽强的人》里的区干部斯朗巴姆奉命去牧区宣传党的民族政策，按照当地传统习俗，外来女人是不能踏进帐篷的，斯朗巴姆不得不女扮男装，粗声粗气地讲话，大摇大摆地走路，直到三个月后，人们才发现这位和善待人的"小伙子"是一位尚未结婚的少女，令人刮目相看。互助组组长次仁拉姆在党的培养下迅速成长，而她带领群众脱贫致富的壮举又反过来成为全区农牧民学习的榜样和领头雁。杀牛人（与铁匠、天葬师一道被旧社会列为最卑贱的人）的女儿泽久也堂堂正正当上了基层干部，还有率领乡亲们改天换地的列麦乡党支部书记仁增旺杰等，都给人们留下了深刻的印象。西藏巨大的历史变迁培养出大批民族新秀，新秀又与劳苦大众一道推进了西藏社会的整体发展，这些都赋予李文珊的纪实文学以强烈的时代精神。

李文珊的纪实文学在艺术上自觉追求民族化、大众化的艺术取向，他逐渐摸索出了一条极具个性特征的创作之路。从进藏开始写作，他就认定自己的创作是为西藏百姓树碑立传，是写给他们看的，就必须让他们看得懂、喜欢看。自己不懂藏语，只能用汉文写作，该如何传播到藏族群众中去呢？他首先给自己立下一个信条：务必更改汉族知识分子舞文弄墨的积习，文字以通俗晓畅为第一准则，少用汉族的历史典故，避免使用生僻晦涩的词语，起码让粗通汉文的藏族职工喜欢看、看得懂。只要顺利通过了这第一关，就能让搞文字翻译的同志感到轻松，缩短了距离感，相信藏文读者也会逐渐喜欢阅看。经过近一年的坚持、试验，收到良好的社会效果。第二步就是学习和研究藏民族特有的语言艺术。在与基层群众频繁交往中，他惊奇地发现藏族语言交流总有一串串珍珠般的谚语闪烁着迷人光彩。“酥油茶不放盐巴没有喝头，说话不用谚语没有听头”。在他的笔下，不但谚语使用频率很高，而且形象、生动，蕴含着深刻的人生哲理，所借助的比喻都是从西藏特殊的生活环境里升华出来的，既表达了人们处理复杂人际关系的伦理观念，还表现出藏族人民特有的聪颖和幽默诙谐的性格特征。作为以真实反映西藏现实生活，塑造民族典型形象的文学创作，怎么能忽略本民族如此智慧高超的语言艺术呢？于是，他开始了收集记录藏族谚语的工作，他整理出来的民间谚语约有近千条。今天翻阅李文珊的纪实文学作品，总能遇到大量的谚语，这些与作品故事情节发展和人物对话水乳交融，为渲染环境作品气氛，突出人物个性起到了推波助澜的艺术效果。诸如：

盖着被子不知暖，抽掉被子才觉寒。/合群的雀鸟能抓鹿，齐心的蚂蚁能吃虎。/没有志气的人，就像没有装粮食的空口袋——立不起来。/驯马身上鞭子多，顺民头上老爷狠。/先长的眉毛，不如后长的胡子。

在以汉语写作纪实文学的西藏当代作家群体中，李文珊是最熟悉并成功运用民间谚语的佼佼者。他的这种语言表达方式，极好地增强了纪实文学的民族色彩，散发酥油茶一般浓郁的清香。这对于一个汉族作家来说，是相当难能可贵的。

此时期，李文珊的代表性纪实作品还有《海螺》《有福气的女英雄》《由奴隶到区长》《才多二次进古城》《仁增旺杰》等。这些作品在李文珊回到河北之后收入了他的专集《西天佛地》。这些作品语言优美，内容富有地域文化气息，是艺术价值非常高的上佳之作。李文珊笔下出现的60多个新闻人物，涉及到了西藏社会各个阶层的民众。这些人物中有获得新生的普通农奴；有后来成为中央候补委员的仁增旺杰；有成为自治区人大常委会副主任的次仁拉姆；有从牧奴到人大代表的阿布；有觉醒了的女奴央吉等。每一个人的生动事迹都印证着西藏的深刻变化。高原处处留下了李文珊采访的身影，雪域文化和自然环境的神奇、壮美，给他带来了深深的触动。西藏圣境的神秘，雪白的莽原、奔驰的野马，醇酿的青稞酒、香冽的酥油茶，善良的牧民、翻身的奴隶，都深深感染着他。李文珊向世界描绘和介绍了一个真实的西藏。他的文学世界，是向外界展示西藏20世纪50年代至60年代社会变迁的一面镜子。

李文珊写作的基本原则是融入生活；写作的精神支柱是赋予灵魂；写作的成功基础是精心取舍；写作的孕育手段是把握关系；写作的感染之源是语言表达。李文珊在写作上取得的成就，不仅在于其勤奋，更应归功于其善于思索。他明白一个最重要的道理，那就是写西藏的人和事，首先是写给西藏人民，是写给农牧民看的，并且是他们看得懂和喜欢看的作品。在这样目标的指引下，他的作品大多取材于解放后的西藏各阶层人民的生活，表现了西藏人民对旧传统观念的抛弃和对新生活的向往。作者把各个阶层的藏族人民纳入历史生活的轨道，让他们在民族历史中完成各自的角色。他的着眼点不在地域风光和奇异风情这种浅层次的行为文化，而深入到西藏人民文化心态的深层，揭示社会变革给西藏人民带来的深层心理结构的变化。

作者清醒地认识到文学艺术作品不是某种高级形式的社会文件，不能用空洞的赤裸裸的政治说教来取代文艺功能。基于这种深刻的认识，李文珊的纪实文学创作注重社会政治倾向的同时，始终不渝地把人民性牢记于心，始终通过藏族群众的行为及其喜怒哀乐的情感，来塑造劳动者的正面形象。做到党性与人民性、思想性和艺术性的完美统一。

第三节　郭超人

郭超人 (1934—2000)，出生于湖北武穴县。1956 年毕业于北京大学中文系新闻专业，同年进藏工作，任新华社西藏分社记者。1960 年，为适应西藏地方新闻事业快速发展的需要，西藏分社与《西藏日报》记者部合署办公，郭超人同时担负起新华社西藏分社和《西藏日报》的繁重报道任务，采写了大量生动翔实、富有时代特色的通讯、报告文学作品。1992 年起，郭超人担任新华社社长，2000 年因病去世。

郭超人在西藏创作的通讯、报告文学作品主要收录在《郭超人作品集》《西藏十年间》《时代的回声》《向顶峰冲刺》等集子中。题材内容十分广泛：一是反映西藏百万农奴的解放和西藏民主改革，如《血泪的控诉》《拉萨的春雷》等；二是报道中国登山队 1960 年攀登珠穆朗玛峰、1964 年攀登希夏邦玛峰的英雄壮举；三是报道中印边界自卫反击战，热情书写出了一曲中华儿女为保卫祖国边疆的气壮山河的赞歌。

郭超人早期的代表作是关于 1960 年 5 月我国登山健儿首次登上世界第一高峰——珠穆朗玛的系列报道，包括《红旗插上珠穆朗玛峰》《登上地球之巅》和当时在登山大本营帐篷里奋笔疾书的采访笔记。这些都成为了这次具有里程碑意义的登山活动最全面、最权威的珍贵历史文献。当时西藏尚处于封闭状态，珠峰自然环境又极其严峻，郭超人不但冒着生命危险与登山队随行，还多次参加试验性登山，这为他的书写提供了丰富可靠的资源。他在一篇回忆录中写道，“作为一个记者，我有什么权利在困难面前退缩呢？我记住登山队员们一句很有名的话：‘坚持就是胜利！’应该坚持下去。就这样，我到底坚持下来了。”

郭超人的珠峰系列报道突破惯常的新闻书写积习，十分重视通过四位登山健儿具体的登山细节描写，偏重于人物内心世界的挖掘，突出了不同人物的个性特征，这赋予了他的报告文学以鲜明的文学色彩。突击组组长王富洲，25岁的共产党员，地质学院的大学毕业生，在艰苦的地质勘探中练就了一双翻山越岭的铁脚。他有勇有谋，不但事前带领运输队将大量物资运往海拔8000米的高山营地，还在向顶峰冲刺时，帮助其他队员背负登山用品，因负重过量而晕倒在雪地里，醒来后仍然不肯减轻负重而继续前进。伐木工人出身的共产党员屈银华生性乐观开朗，膀阔腰圆，力大无比，被队员们称之为“三吨半”，因为当年的“解放”牌汽车只能载四吨货物，队友们夸赞他背运过的登山物资仅比汽车少了半吨。贡布是登山队唯一的本地藏族队员，他刚刚从封建农奴制度的残酷地狱中解放出来，能与这么多汉族老大哥并肩攀登珠峰，为伟大祖国争光，使他乐不可支。刘连满则是来自东北松花江畔的青年工人，只有27岁，却已经多次登山，积累了丰富的登山经验。他曾经先后攀登过号称“山中之王”的四川省贡嘎山和新疆的“冰山之父”慕士塔格峰，是这次活动资格最“老”的登山健儿。

郭超人登山报告文学的主题就是紧紧围绕这四位登山健儿展开的。作品以时间为序，展开描写。5月23日，登山健儿第三次行军驻扎在海拔8500米的突击营地。晚上10点山下升起气象预报信号弹，告诉他们“24日为好天气”，大家兴奋地一夜难眠。“24日清晨，阳光灿烂，珠穆朗玛尖锥形的顶峰耸立在蓝天之上，朵朵白云在山岭间缭绕不散。”冲刺世界第一高峰的战斗在珠峰山腰的冰雪世界开始了！四位背负登山用品的健儿在一根红色结组绳的牵引下踏上了最艰险的征途。

虽然是难得的好天气，但在自古无人攀爬的珠峰北坡，千奇百怪的冰谷，弯弯曲曲的“道路”，再加之高寒缺氧，一弯一坎都是对生命的严峻考验。先是在距“第二台阶仅三米处遇上拦路虎——一个陡峭、光滑的岩壁。资格最老的刘连满奋勇当先，把双手插进岩缝用脚尖顶住岩面，使出浑身力气一寸寸向上攀登，竟四次跌落下来。已经再没有力气攀爬了，他干脆蹲在岩脚充当“人梯”，命令贡布、王富洲依次踩在他的肩膀上，再慢慢地站起来将他们送上岩壁。先上去的贡布、王富洲再放下登山绳把后面队员拽上去。由于大家体力消耗太大，动作缓慢，抵达“第二台阶”竟耗费了五个小时。夜幕已经降临，寒风凄厉地呼啸着。四个登山健儿仍然一步一步在冰雪地里摸索着前行。抬眼望去，距珠穆朗玛白雪皑皑的尖顶只有二三百米的征途，但背上的氧气筒气压越来越低，缺氧的威胁越来越近。刘连满显得更虚弱，每走一两步就会摔倒。相互扶持着行军的进度越来越缓慢。抵达海拔8700米的时候，王富洲毅然召开党小组会议，决定精简人员，刘连满担心自己成为突击组的负担，希望务必保护唯一的藏族队员贡布安全登上顶峰。刘连满在分手的时刻，还一再鼓励队友，“不能走，爬也要爬上去！”

剩下的三位登山健儿继续向上攀爬，到达8830米的高度时，三人的氧气筒已经没有了氧气，王富洲问贡布和屈银华，“这样走，随时都可能发生危险。怎么办？”大家都异口同声地说，“继续前进。”大家一起甩掉氧气筒轻装上阵，借着闪闪的星斗发出的光亮，在25日凌晨4时20分胜利完成了人类历史上从珠峰北坡登上峰顶的伟大创举。大家都已经精疲力竭，仍然抑制不住内心的喜悦和激情，在我国最高的土地上举行了庄严的庆祝仪式——

藏族队员贡布从背包里拿出了登山队委托他们带上顶峰的一面五星红旗和一尊毛主席半身塑像，放到顶峰西北边的一块大岩石上，然后用细石保护起来。

这时，王富洲摸着黑，拿出一本“体育日记”本，用黑色自动铅笔在上面写着：“王富洲等3人征服了珠峰。1960年5月25日4时25分”

我国登山英雄首次攀登珠穆朗玛峰的英雄壮举，通过郭超人感人至深的报告文学顿时传遍万里高原，传遍中华大地，震撼了整个世界。贯穿作品始终的中心主题是：在伟大中国共产党领导下，充分发挥社会主义制度的优越性，就能够焕发出亿万儿女无高不可攀的聪明才智和奉献精神，闯过前进路上的千难万险，一步步实现复兴中华的千年梦想，雪域百万翻身农奴也一定能建设好社会主义新西藏。半个多世纪以来，包括西藏各民族在内的中华各族人民，在党的领导下建设兴盛、强大祖国的成功实践，正是当年登山健儿“无高不可攀”的英雄主义精神在新时期的延续和发扬。

第四节　李佳俊

李佳俊（1938—），出生于四川三台县。文学评论家、诗人、作家、戏剧家。1960年毕业于云南大学中文系，同年进藏，被分配到西藏人民广播电台工作，1979年底被调到西藏文联，任《西藏文学》评论组组长，并负责西藏文艺评论会的组织工作。1983年底调入西藏自治区党委宣传部，先后任文艺处副处长、处长。1989年调回文联，任文联期刊部主任并兼《西藏文学》主编、西藏作家协会副主席、西藏当代文学研究会会长。1993年调任《西藏日报》副总编辑。1999年退休返回四川。著有文学评论集《文学，民族的形象》《揭开高原民族的奥秘》《雪域作家的智慧和追求》、散文集《西藏游记》《在雪原上》、中篇小说《娅冬姆》、剧本《冈底斯英雄》、大型话剧《亚隆之恋》、新闻通讯集《我在西藏当记者》等。曾两次荣获西藏珠穆朗玛文学艺术基金奖。

20世纪60年代初期，在“百花齐放，百家争鸣”文艺方针的指引下，西藏的游记散文得到了一定程度的复兴和发展。李佳俊的《西藏游记》就在这样的大环境下产生的。李佳俊作为记者的特殊身份给他的“旅游散文”创作带来了方便。

李佳俊1960年大学毕业后一直在西藏从事新闻、文学、宣传和文艺评论工作，直至退休，长达40年。前20年在人民广播电台当记者，骑马或步行走访了雪域的万里河山。在为广播电台和《西藏日报》撰写了数百万字新闻通讯的同时，还应邀兼任中国新闻社的特约通讯员，撰写了大量介绍西藏风光民俗、古刹名胜的游记散文。中国新闻社是一家专门向欧美和东南亚华文报刊发稿的通讯社。为适应海外读者的审美情趣，李佳俊的游记散文较少政治意识的说教，而着力于展现雪域自然景观、文化景观的特殊魅力，也常常被《光明日报》等国内报刊争相转载，其中《访问修缮后的布达拉宫》，被收入《中国游记散文选》，在国内外产生较大影响。1980年西藏人民出版社结集出版了李佳俊的《西藏游记》一书，在自治区首届文学评奖中荣获散文创作一等奖。

上海《文学报》1982年2月25日发表张隆高的书评《高原风光满目来》，高度肯定《西藏游记》对众多境外读者极其难得的认识价值。“解放前到西藏所谓探险家，或者由于客观条件的限制，或者囿于成见，或者简直是居心叵测，因而在那些游记里，有的是耸人听闻的探险猎奇，有的是神龙见首不见尾，有的是嗜痂成癖，极尽歪曲的能事，给西藏的自然、社会蒙上一层厚厚的神秘的迷雾，使世人难见‘庐山真面目’。”“《西藏游记》汲取我国传统游记文学的优长，发挥游记文学的特点，或描山绘水，或察勘古迹，或记述风土人情，或讴歌民族交往，或鉴赏藏族艺术，确实使人大开眼界”。[1]

《西藏游记》特殊的审美情趣也值得关注。20世纪60年代，正是“以

[1] 张隆高：《引玉集》，西藏人民出版社1987年版，第180—181页。

阶级斗争为纲”的意识形态统帅新闻和文学书写最“火热”的时候，李佳俊的游记散文却极少政治性说教，着意于从文化层面展示西藏的古老和神秘，显得别开生面。

“通过对城镇、农牧区和文物古迹的描写，介绍了西藏的悠久历史和丰富灿烂的文化遗产，歌颂了各族人民的反帝斗争和藏汉族人民并肩建设新西藏的壮志豪情，展现了万里高原的壮美景色。作者用第一人称的手法，文中穿插许多神话传说和民间故事，文笔细腻流畅，读之饶有风趣，亲切感人。”[1]《西藏游记》的十九篇文章，囊括了西藏自治区的主要城镇拉萨、江孜、帕里、当雄、墨脱、樟木、泽当和名湖名山名寺，如纳木湖、羊卓雍湖、冈底斯山、托林寺、桑耶寺、布达拉宫等。还介绍了一批生活于新社会的新人形象的生活状况，如老骑手拉旺次仁、老歌手穷布珍、老藏医钦绕洛布等，同时颂扬了阿里干部艰苦创业的高尚风格，他们犹如荒漠上傲然挺立的丛丛红柳，坚守土地，默默奉献。

新闻的真实性和文学的艺术手法在李佳俊的文化散文中融为一体，而靠事实说话，是其散文创作的第一准则。李佳俊回忆自己的写作经历时曾说：“我忘却了旅途的艰辛，马不停蹄地赶路，从东到西，从南到北，走访了大半个西藏；我不住地写，写出我的见闻、感受和深情，交出去的文字总有这个小册子的二十倍。可惜我终究没有找到那支甘蔗般粗大的笔管，写出的东西大都像烟云一般消散，从人们记忆中抹掉了，剩下来的只有这一本小小的游记。”“我不是宗教信徒，无意用朝山拜海求得来世的安乐。但是，边疆山水壮丽妩媚的风光毕竟是迷人的，那许多神奇飘渺的传说更加引人遐想，寄托着藏族人民对家乡和祖国深厚的情感，对幸福美好生活的憧憬。所以，我游览了西藏的名山大川，并记下了附丽在这些‘圣山’‘圣湖’身上的故事。”“我可以与藏族同胞像兄弟、像朋友一般交谈，无拘无束。生活的变迁，古朴的风俗，雪山的神话，传说中的历史……都是那么娓娓

[1] 李佳俊：《西藏游记》（内容提要），西藏人民出版社 1980 年版。

动听，在我眼前编织成一幅幅神奇绚丽的西藏画卷。”[1]

作者精心选出最有特色、最富魅力的那些描写对象，往往被赋予了深厚的思想内涵。在关于西藏最为艰苦的阿里地区的一组报道中，他告诉读者的是历史的辉煌、今日的新变化、阿里人斗志昂扬的干劲和理想。他在文章里写道：“行进在象泉河畔，我常常被身旁突兀而起的奇峰怪石诱惑，心荡神移，徘徊良久，仿佛走进了昆明南的石林，阿诗玛的故乡。有的笔立耸峙，高达数十米，像一排排擎天柱；有的小巧玲珑，圆柱上顶着片石，酷似一簇蘑菇；有的上实下虚，宛如一座小桥；有的像奔驰的大象，起舞的仙鹤。褐红、淡黄、黑色都有。千奇百怪，彩色斑斓，有趣极了。我细细观察一番，似石林，却并非岩石构成，大都是粘土夹杂着卵石，或者叫它‘土林’更为贴切。粘土和卵石紧密相间，像天然的三合土，格外坚实。经过千百年的洪水切割，雨剥风蚀，才在喜马拉雅山区塑造出这般别致妖娆的天然奇景。”这一切巧夺天工的自然风光和气候温和的丰硕收获，在世界屋脊上独树一帜的景观，不是虚构的世外桃源，而是作者身历其境的真实描绘。它一扫外界对西藏一高二寒三荒凉的听闻错觉，亲切感受到祖国边疆也有特别壮丽富饶的一面。面对古格王朝的遗址，作者以亲身经历告诉大家：“我们走访了原古格王国的京城扎布让村。扎布让在托林寺以西十余公里的地方。我们骑马沿象泉河南岸下行一个多小时，绕过一个土丘，远方一座布满古代建筑的高山就赫然映入眼帘。它高出地面约两百米，房屋和窑洞红白相间，顺着山势迤俪而上，层层叠叠，直达顶峰，显得分外雄伟。远远看去，那数以千计的洞穴、门窗，又酷似一个结构精巧的蜂巢——这就是古格王宫的遗址。”这一段对古格王国的回顾，不仅展示了当年的辉煌，而且窥见那个王国与中央政府的密切关系，让人们温故知新，意义深远。对于历史久远的“天主教堂的风波”，李佳俊是这样描述的：“索朗扎西告诉我们，这是当年外国人在中国土地上修建的一座天主教堂的遗

[1] 李佳俊：《西藏游记·后记》，西藏人民出版社1980年版。

址。方方正正的地基还清晰可辨，里面却空无一物。公元 1624 年，西方传教士安瑞特秉承帝国主义的旨意，从阿里南部的印度潜入扎布让。当时古格国王与宫廷佛教势力发生矛盾，正苦于无法控制局面，乃纵容安瑞特在京城扎布让建立起西藏的第一个天主教堂，妄图以此与佛教势力抗衡，维持自己摇摇欲坠的统治。”“但国王此举不过是饮鸩止渴，适得其反。广大藏族人民很快识破了帝国主义侵略我国的狂妄野心。事隔六年之后，公元 1630 年一场驱逐异教徒的人民暴乱在扎布让发生了！成千上万的农奴和奴隶手持刀矛涌入京城，一举捣毁了天主教堂，驱逐了外国传教士，取得西藏人民反抗帝国主义侵略的首次胜利。可能战争还持续了很长一段时间，国王勾结异族军队对劳动人民进行血腥镇压，宫廷内部的矛盾也日趋激烈，互相残杀，终于导致了古格王国的彻底崩溃。”“索朗扎西引导我们参观了一个惊心触目的尸体洞，就在象泉河的一个崖壁上，距教堂只有二百来米。……据说，这些尸体都是在反抗外国侵略者的战斗中，受伤被俘后，被野蛮地关进了山洞的牺牲者。”作者通过这个人证物证俱存的事实，说明西藏阿里人民反抗侵略维护民族尊严的正义斗争，从而使得作品包蕴了一定的历史内涵和现实寓意。

《西藏游记》接触现实生活的散文不多，仅有的几篇却很有分量。《草原新城在建设中》突出了新疆维吾尔族、汉族、回族建筑工人支援西藏西部阿里修建狮泉河新城的感人事迹。《我爱阿里的红柳》一文，则是一首阿里藏汉族干部辛勤为民的热情赞歌。散文以阿里著名的红柳开题，红柳大都丛生在干旱、高寒的沙质土壤上，生机勃勃，蕴藏着一种崇高的精神，内在的美，是值得人们大书特书的。在作者的心目中，红柳演化为阿里干部的无私奉献的同义语。作者坦然承认：“我决心为红柳写一首颂歌。提起笔来，脑海里就骤然涌现出许许多多的阿里干部职工的熟悉的面孔，与红柳紧密地重叠交织在一起，使我难以分辨。”李佳俊此时期的散文，既有鲜明的文化色彩，也包含着丰富的社会历史内涵。在当时西藏散文的创作整体中，李佳俊的散文有着独特的审美价值。

20世纪90年代以后，除了在已经非常熟练的文学评论领域继续耕耘不辍外，李佳俊还创作了大量回忆性的散文作品和报告文学。2011年，他把这些散文和报告文学连同早年创作的一些新闻作品集结出版，题名《我在西藏当记者》。这部厚厚的文集既是李佳俊对自己在西藏从事新闻工作的一次总结，也是其文学才华的再次展露，更是他个人人生情怀和心声的表达。虽然集子中的大多数作品是以记者的职业身份撰写而成的新闻报道，但这些具有记录性质的作品丝毫不缺乏文学色彩。如果以审美化的眼光来审视，它们完全可以被视为西藏当代文学花园里艳丽的花朵，其所放射出的迷人魅力绝不亚于纯粹意义上的文学作品。而它们所具有的新闻报道的实录品质，则是其他文学作品所没有的特殊品质。从文学社会学的角度来看，这些新闻报道型的作品无疑是西藏当代文学领域的上乘之作，具有很高社会认识价值和审美净化功用。

以纪实笔法和客观的态度记录时代风云变化和西藏社会各个行业发展进步的曲折艰难历程，从而蕴含了丰厚的社会历史内容，是这部散文报告文集的第一个显著特点。这部文集中的大多数作品是作者从事记者时撰写的新闻通讯报道，有一部分则是作者退休后对过去工作经历和人事关系的回忆。这些作品从一个新闻记者的视角，客观真实地展示了半个世纪来西藏的发展变化，以及发展变化过程中一些鲜为人知的动人故事。把这些作品连缀起来，大致可以构成一幅微型的西藏社会发展变迁的轮廓。尤其是在一些特殊的领域，几乎就是对该行业发展变化的精细描画，比如西藏的文化事业，尤其是文学发展事业。李佳俊多年从事与西藏当代文学有关的工作，对于西藏当代文学来说，特别是新时期以来的西藏当代文学，李佳俊既是作家队伍里的一员，又是整个西藏文学事业的参与者与见证者。他的参与与见证，不是单纯的职业性的参与与见证，而是与时代思想观念和文化政策共进退的参与与见证。因此，他的文学工作就不可避免地具有了鲜明的时代精神风貌。在《永恒的思念——回忆在〈西藏文学〉的日子》一文中，作者用深情洒脱的笔调，以拳拳之心回顾了在西藏从事文学事业的“点点滴滴”。这篇声情并茂的洋洋大作流露出来不仅仅是一个文学爱好者对民族地区文学发展的热情和真诚，同时还展现了影响与推进新时期西藏文学发展变化的时代精神气候和社会文化因素。从文学这一方小天地里透露出来的不仅仅是纯粹的艺术审美气息，还有更为纷繁芜杂的社会历史内涵。这一取向，使得这篇看似“闲谈”的作品具有了厚实的历史品格。这种品格不仅仅体现在这篇谈论“文学创业”的作品中，也是其他一些重要作品的首要品格，如《我怀念那座小楼——在热振林卡的日子》《这次，也说说自己的那些陈芝麻烂事》《阿里军魂——李狄三和他的战友们》《寻找英雄漫漫路——回忆采访阿里先遣连的前前后后》《雪原上，一串闪光的脚印》等。这些作品在热情洋溢、真诚由衷的行文里，映现出来的是高原各族人民在半个多世纪的风雨兼程里曲折但坚韧不拔的坚毅身影，折射出的是高原大地在新的历史时期所抒写出的光辉的历史春秋。

讴歌、弘扬老西藏精神，是这部散文报告文集的第二个重要的主题内涵。在这部文集中，始终高扬着一种高亢昂扬的生命旋律和精神气质，从而使得这部作品集充溢着一股巍然大气和摄人心魄的浩然正气。这股大气和正气来自作者讴歌、弘扬的老西藏精神。在李佳俊的实录型散文、报告文学作品中，始终贯穿着一个红线，那就是对老西藏精神的深情抒写和真诚讴歌。如果说各篇文章因描写和表现的对象不同而在行文和表述上会呈现出了一些不同风貌的话，那么在这些不同风貌的内部却有一个相同的内核，那就是作品所表现的精神。如果把那些不同比作作品的血肉骨架的话，那么这种精神就是作品的灵魂。李佳俊散文、报告文学的灵魂就是老西藏精神。不论是对重要事件的历史再现，还是对单位琐屑小事的深情回忆；不管是对高级干部的精细刻画，还是对普通民众的简略素描；无论是对革命军人光辉事迹的肃然记录，还是对草原牧民生产劳动的热情描绘，李佳俊笔下的事件和人物无不蕴含着对老西藏精神的赞美与讴歌。作为一个地地道道的老西藏，作为一个经历了艰苦岁月磨练和洗礼的文艺爱好者，他把自己最诚挚的感情投注给了那些无私无畏、富有奉献精神的人群。从这个意义上说，他的创作是对一种高尚品质和崇高精神的庄严致敬。

虽然这部作品集以实录为主，但它依然具有很高艺术审美品格。这些艺术品格同样值得关注与称道。

首先，李佳俊的散文报告具有明确的历史意识和历史眼光。回忆性的作品往往涉及对历史人物、事件的评价，如何做到实事求是、客观公正，是一个考验创作者的严肃问题。最基本的要求是创作者须具有一定的历史意识和历史眼光。在这方面，李佳俊始终保持着清醒的历史意识，以高度的历史眼光评述历史事件和笔下的人物。这一点最明显地体现在他对新时期西藏当代文学发展过程出现的一些问题的评述上。西藏当代文学的发展经历了曲折多变的过程，新时期之后的西藏文学在特殊的历史环境中重新步入正轨，走出了一条具有地域特色的崛起之路，但其间也发生了一些曲折。在这些曲折中，埋怨、指责哪一个参与者或当事人都是偏颇的，必须用历史的眼光加以审视，才能给予客观公正的评价。作为一位亲历者，在谈到相关细节时，李佳俊在行文中始终保持着一种冷静客观的态度，没有以超越历史的方式对过去评头论足。这种态度几乎是他所有作品的基本态度。由于这种态度的存在，他的作品具有了一种很高贵的历史品格。

第二，平和淡定的心态和坦然自若的胸怀，使李佳俊的作品呈现出了一种平和冲淡、自然清新的艺术品质。收集在《我在西藏当记者》中的作品，就像这个题名一样，有一种朴实无华、清淡自然的艺术风格。尽管作品所选择的题材和描写的对象，大多是一些重要的历史事件和地位比较显达的人物，比如翻越巍巍昆仑山挺进西藏的先遣连的英雄事迹，十万火急的那曲抗击雪灾事件，关乎到精神文明建设的文化事业等，但李佳俊却没有刻意渲染这些人事的严肃性、庄重性，而是采取了一种轻松自若、举重若轻的写作笔法，以一种看似闲谈的"聊天"方式娓娓道来，从而使原本沉重严肃的话题变得风趣动人，让人在轻松自若的氛围中被感染，并由此而获得深刻的教益。这种叙述方式显然与作者所竭力追求的讴歌、弘扬老西藏精神这一创作追求是相一致的。当然，李佳俊能够以这样一种创作态度去讲述那些原本沉重的话题，从而使其文风显得清淡自若的最根本的原因，是他拥有了一种平和淡定的心态和坦然自若的胸怀，这是岁月对他的馈赐。这种平和淡定的心态和坦然自若的胸怀，就像流淌在血管里的血液一样，流淌在他的语言行文中，贯穿始终。

我常常扪心自问，那段生活真的很苦吗？其实，"不识庐山真面目，只缘身在此山中"，我和同年代的朋友们丝毫不觉得苦，翻开一张张老照片，那些相拥在一起的男女老少，虽然服装没有今天美丽，却都是一副得意洋洋的神态，"黄发垂髫，并怡然自得"。那内在的奥秘，你可以理解为建设社会主义新西藏的献身精神，而从个人的切身体验来说，则是人和人之间的信任、理解和无微不至的关爱。和谐的人文环境是"老西藏"创业者共同熬制的一碗碗心灵鸡汤，让来自天南地北的年轻人忘却了高原的严寒、物质的贫乏和远离父母的孤寂，生活过的充实而且欢乐。

如果没有平和淡定的心态和坦然自若的胸怀，是无论如何也不会形成如此豁达快意的文字的。没有丝毫的矫情与做作，有的只是领略、彻悟了人生苦乐悲喜真谛后的平静与安详；也暗含着一个老西藏对自己人生事业的满足，对自己曾经挥洒过青春的那块土地的深深眷恋与真挚祝福。

第五节　刘延、白辛

刘延（1931—），女，出生于四川古蔺县。1950 年参军并随军进藏，在西藏工作近20年，先后担任文工团员、体工队员、文化干部。1956年开始在《西藏日报》副刊发表作品。1969年调至北京，历任北京朝阳区文化馆文学组组长、朝阳文学创作协会秘书长等职。身在京城而心系高原，作家对西藏山水、草木、战友、藏胞火热的情怀，随着岁月推移变得越来越浓郁、炽烈，有关西藏的散文、诗歌、回忆录经常见诸内地和西藏报刊。著有散文集《彩虹升起的地方》。

收入《彩虹升起的地方》的系列散文，以女性作家平实而细腻的文笔，为读者描绘出了一个壮丽而又温馨的西藏。高原的山美，水美，人更美，是这部文集的主调，它以声情并茂的语言，表现了一个西藏老兵对她为之付出心血、献出青春的西藏，及其人民无怨无悔的老西藏精神的赞美。通读全书，几乎看不到对西藏高原那种原始气息和蛮荒色彩的文字描摹，也没有特别着力于藏族奇风异俗的展现。即使有所描写，如《酒歌》《哈达》等，也似乎有意无意地忽略了对奇风异俗的渲染。从每一篇来看，作者所努力表现的，是那种令人在举杯放歌之间就已心心相通的劳动者的友情，以及那种充盈在酒席间乃至高原上的真挚豪爽的气氛。

刘延为人为文都坚持真诚的原则，没有因西藏的神秘而以卖弄奇闻换取读者的青睐。作者不是采风人或探险家，也不是即来即去的过客，而是真正的战士。惟有战士，早把自己的生命同自己所为之战斗的人民和地域连在一起，作为一个历史的见证人和生活的参与者，将自己亲身参与的事件和人物琐事娓娓道来，无需着意渲染，就天然写就一篇篇情浓意深的好文章。在读刘延散文的同时，总会浮想联翩，联想到20世纪50年代和60年代初期，那些老西藏们谱写的一曲曲民族团结之歌，一曲曲不讲报酬只讲奉献的革命传统之歌，一曲曲不怕困难以苦为荣的献身精神之歌，一曲曲年轻人的火热的朝着毛泽东精神指定的方向前进的共青团员之歌。

刘延的散文，写的都是个人亲眼目睹亲身感受的真人真事，她的笔不局限于客观景物的描绘，最撼人魂魄的是她喷泉般涌动的激情，哪怕是极平常的司空见惯的生活小事，或者是默默无闻的一些小人物，她也能创造出一种引人深思的美妙意境，给读者以美的享受、甜的感觉、新的追求。她的散文耐人寻味，总是给人留下令人回味的悬念，她的作品既有生动活泼饶有风趣的可读性；又有相当深度发人深省的哲理性。总之，她的文章，不是以华丽词藻和稀奇情节取胜，而是以朴素语言和真切感情打动人心，以底蕴深厚扣人心弦。

白辛（1920—1966），也称作乌·白辛，原名吴宇洪，出生于吉林永吉县。白辛是解放后成就卓著的第一位赫哲族戏剧家。他先后改编创作了 20 多部歌剧、话剧和电影文学剧本。影响较大的有话剧《黄继光》《雷锋》电影文学剧本《冰山上的来客》《赫哲人的婚礼》和歌剧《好班长》《焦裕禄》等。其中《赫哲人的婚礼》是赫哲族新文学的代表，也是当代文学史上由赫哲族戏剧家创作的第一部反映我国人口最少的民族——赫哲族生活和历史的剧本。1959 年出版的长篇纪实文学《从昆仑到喜马拉雅》，是白辛创作的一部关于西藏题材的作品。

《从昆仑到喜马拉雅》是白辛任八一电影制片厂编导时，为了拍摄电影到边疆地区采风和体验生活，期间搜集素材而写就的一部带有纪实性质的长篇散文，内容包括“昆仑山”“冈底斯山”“喜马拉雅山”，外加“帕米尔高原历险记”一节。它记录了作者从昆仑山脚出发，先后翻越昆仑山、冈底斯山，进入西藏阿里地区沿途的种种经历和所见所闻。作者以带有个人印记的话语方式讲述路途上耳闻目睹的点点滴滴，成功的避开了主流意识形态限制下的叙述模式，因此这部长篇纪实散文无论是艺术品位，还是叙述内容在当时的写作语境中都显得独具一格。

这部长篇纪实散文值得称道的第一个方面是追求叙述的曲折，主要体现在内容富有故事性，设置引人入胜的悬念。作者讲述的大多是自己亲身经历和见闻过的事情，但这种真实并没有影响作品的文学性，其中不少片段故事精彩，富有传奇色彩，具有很强的可读性。这主要是作者在讲述自己的亲身经历的同时，间或穿插一些传奇故事和民间传说。这种组织安排在整部作品中始终存在。把这种带有虚构色彩的传说故事揉入人物的经历之中，在不改变客观事实的前提下，增加了故事的趣味性和悬念意味，自然会增强作品的阅读效果。另一方面，从文章的组织结构看，可以使作品显得灵活多变、松紧有驰，从而避免只简述个人的经历而可能形成的呆板、僵化的结果，造成艺术上的干瘪枯瘦。同时，还可以扩充作品的容量，当然这些扩充，是对作者亲历性叙事的有益补充。如果说作者在行走中经历的那些是一条河的干流，那么一路听来的故事传说，就是汇入干流的支流。正是有了这些支流的汇入，才使干流变得丰润充实。作者的这种自觉不自觉的行文方式，无疑是成功的，其带来的审美效果是正面的、积极的。

积极乐观的叙述情绪和平和舒缓的叙述笔调相融合，是这部纪实文学的另一个显著特征。从昆仑山到喜马拉雅山，也许直线距离并不遥远，但了解地理知识的人都知道，它们之间是什么样的空间距离，用山高水长、道路险峻来形容大概也无法形象真切地描述出其危险程度。面对这样一种空间距离，以往的文艺作品要么以悲壮的笔调对行走者的形状做沉重的描述，要么用充满浪漫气息的文笔高歌人定胜天的英雄气概。这两种叙述形成的美学效果大致是相同的，是一种昂扬着豪气的崇高美。自然的俊美与生存环境的恶劣，生命的坚韧与意志的坚强交相映衬，最终彰显的是生命的强大与意志力的坚韧刚毅。这种描述当然无可厚非，但往往会趋于单一。白辛的《从昆仑到喜马拉雅》也写环境的恶劣，也写人的坚韧刚毅，但叙述笔调却是轻松舒缓的，因而形成了一种平和沉稳的美学格调。比如下面的一番描写：

塔里木盆地，原来在我的概念中是一片没有色差，没有声音的、枯寂的沙海；但事实却正相反，如果有更多的时间观察它，就可以发现着黄色的海洋，变化万端，愈接近它，它便愈召唤你，吸引着你。不管你是个地质学家、考古学家，或是旅行家，只要你有骆驼，有水，有足够的粮食，那就尽管向东直去。据说任何一个旅人，如果不在途中丧失毅力，美丽的和田河，便会自南而北的切开塔里木的腹地，在前面等着你。否则就要克制着、戒备着、不要凭借热情轻易扑进它的怀里，它会像个老魔法师，让你永远围着一个中心，绕着走不完的圈子。

这样的描写，就像是演奏轻松愉悦的曲子一样，让人感觉不到沉重、危险。很显然，这是由作者的书写心态决定的。作为一位身体力行的艺术家，他用“艺术”的眼光观察、接受身边的事物，包括那些险峻恶劣的环境。由此也就决定了作品的轻松明快的风格。

对爱国主义情怀的特殊表达，也可视为是这部长篇纪实散文的一个值得关注的方面，尤其是在作者写作这部作品的历史语境中。《从昆仑到喜马拉雅》不像同类题材的文艺作品执着于展示战士行军战斗的过程。但在情感指向方面，这部在叙述基调上轻松明快的游记散文与同类题材的作品有相同之处，那就是爱国主义情感贯穿始终。这种情怀的存在，使这部作品既具有了严肃厚重的品质也使其富有了时代气息，让我们感受到了那个年代革命军人的胸怀与思想意识。从这个意义上说，这部纪实文学史是那个时代的产物，同时也是对那个时代精神气候的记录。当然，相比同时代的同类作品，甚至其他众多作品，这部纪实散文最值得称道的地方还在于它“个性化”的艺术思维和语言表达。尽管也可以说它是那个时代的产物，但它的内容和叙述却更倾向于从个人的体验和感受出发来表达时代的情感。作者没有刻意套用当时流行的语言模式，没有走入当时流行的审美轨道，而是很大程度上依照个人的所见所闻、所历所感来走笔行文。所讲述的内容都与个人生命的切身体验有关，都是日常活动中经历的琐碎之事，很少把事情刻意拔高到政治高度。这种情感逻辑、叙述方式，更接近普通人的生命流程，也更容易被读者所接受，尤其是时过境迁的年代，它的可读性尤其明显，这是这部带有游记色彩的纪实散文的艺术价值所在。

这部纪实散文也存在着一些不足。最显著的地方在于，有些片段行文过于平淡，主要原因是作者过于追求事无巨细、面面俱到，把自己所经历听闻的一切都纳入笔端，缺乏适度的选择和裁剪。行文中有全景式的叙述，却少有工笔式的特写。

第四章　戏剧影视文学

概　述

1951年西藏和平解放后，西藏的戏剧团体的构成，既有表演藏戏的本土演出团体，又有西藏军区文工团（进藏时的解放军18军文工团）和军区文工团下分为歌舞队、话剧队（1965年更名西藏军区话剧团），还有豫剧队、秦剧队等表演团体。部队走到哪里，文工团、队就跟到哪里，演出到哪里，为西藏僧俗大众带来崭新的艺术享受。1959年的平叛改革，推翻了政教合一的封建农奴制度，建立了新生的人民政权。为满足广大人民群众和干部职工日益增长的文化需求，原部队文工团所属的豫剧队、秦剧队被划归地方，成立了西藏豫剧团、西藏秦剧团，还在觉木隆藏戏班子的基础上组建了全区性的西藏藏剧团，从兄弟省市引进艺术人才组建了西藏川剧团、西藏黄梅戏剧团和西藏京剧团。1962年，由上海戏剧学院专门为西藏培养的话剧演员毕业返回西藏，成立了西藏话剧团。雪域舞台呈现出百花齐放的繁荣景象。

这些新剧团成立初期，大都以演出该剧种的传统剧目为主，伴随创作人员对西藏历史文化和现实生活的深入了解，逐步进入戏剧文学创作高潮。创作的剧作大都能够生动反映出西藏各族人民维护祖国统一的爱国主义情怀和奋发有为建设社会主义新生活的热情，收到极好的社会效果。

作为西藏最古老最普及的戏剧品种的藏戏，民主改革后在各级党政部门的关怀和扶持下，得到了迅猛发展。一是将长期分散的民间演出团队分别组织成专业或半专业的表演团体，先是将最具代表性的堆龙德庆县觉木隆藏戏班列为拉萨市直辖建制，不久又晋级为西藏藏剧团，其他有特色的民间藏戏班子也得到了文化部门的财政补贴。二是对全区的藏戏艺术流派、著名艺人、传统剧目及其生存状态，进行大规模的田野考察，为藏戏新时期的发展和政府决策奠定了厚实基础。三是加强藏戏艺人与区外引进的文艺表演团队之间的学习交流活动，相互促进共同发展。正是在这样良好的环境下，西藏本土剧种得到新生、壮大。在承袭藏族古老戏剧优秀传统的同时，对传统剧目进行了大胆地革新改造，并创作、排演一批无愧于时代的藏戏新剧本，充分展示出民族古老艺术表现当代生活的诱人魅力。

此时期的影视创作成绩不是很突出，但由著名军旅作家黄宗江编剧、八一电影制片厂制作的故事片《农奴》，是本时期西藏电影文学创作的标志性硕果，在国内外产生积极影响。剧作的主题十分鲜明，通过农奴强巴一家人的悲惨血泪史，用真实感人的艺术形象，对农奴主和农奴之间的阶级对立和阶级斗争做了有力概括，对反动农奴主的种种罪行和旧西藏农奴制度野蛮残酷的反动本质作了深刻地揭露，对共产党领导下百万农奴翻身做主人的历史变迁和解放斗争进行了热情地歌颂。除此之外，《无情的情人》也是此时西藏题材电影文学的重要收获。《无情的情人》选取西藏 20 世纪 50 年代的生活题材，描写了一对分属于两个敌对阶级的“无情的情人”的爱情悲剧。《无情的情人》反映了当时复杂而激烈的阶级斗争状况，在艺术上具有开拓性，特别是在人性领域的探索上有所突破。

第一节　藏戏改编

藏戏产生的历史时期，可以追溯到公元 7 世纪的吐蕃时期，它开始是一种融民间歌唱、舞蹈、韵白等娱乐形式为一体的综合性表演艺术；而最终以一种格式化表演形式定型并得到广泛流传，则归功于15世纪的伟大戏剧家、杰出桥梁工程师汤东杰布（1385—1464）。汤东杰布本是藏传佛教噶举派高僧，为了化缘造桥以普渡众生，将尚处于萌芽状态的民间戏剧与当时流行的宗教神舞融为一体，吸收民间歌舞“谐青”的音调为唱腔，把它们提升为格式化的戏剧表演。他先后编演了《智美更登》《诺桑王子》等演绎佛教故事和历史人物传纪，以其慈悲为怀的思想内容及其别具一格表演艺术，受到广大信徒的狂热喜爱。

传统藏戏经过一代代艺人的磨砺创新，形成了流传至今、数百年间久演不衰的“八大藏戏”，即《诺桑王子》《智美更登》《卓娃桑姆》《白玛文巴》《文成公主》《朗萨雯蚌》《顿月顿珠》和《苏吉尼玛》。

每部藏戏都由“温巴顿”（开场）、“说雄”（正戏）和“扎西”(尾声)三个部分组成。

“温巴顿”是每一出传统剧目演出正戏之前必须表演的仪式性内容。除向观众表达祝福，介绍演员与观众见面之外，它还有“净场、驱鬼、祭祖、迎神的重要意义”。[1] 开场戏中温巴和甲鲁的歌舞表演大都带有宗教祭祀性质，具有拙朴、庄严、神秘的韵味。

“正戏”在藏文中称“雄”，是“正本”“正文”“中心”之意；又称为“说雄”，意为全剧之中心，即剧中故事内容之意。雄是藏戏的正戏表演部分，表现一定的戏剧情节和冲突，是西藏藏戏剧目演出的核心内容。

“说雄”是传统藏戏的主体内容，体现出藏戏独特的表演形态。演出时，场上演员一般围成半圆或圆圈，由剧情讲解人——剧中扮演温巴或甲鲁的戏师从队列中走到场地中央，用连珠韵白腔调介绍一段戏剧情节后退回原来位置，演员出列到场中表演区扮演角色，通过唱腔、对白、动作、舞蹈等表演方式演绎完上述剧情后回归原位，场上其余演员则一起帮腔或舞蹈；戏师再出列到表演区接着介绍下一部分剧情，演员再入场地中心表演，然

[1] 张鹰主编：《藏戏与歌舞》，上海人民出版社2009年版，第28页。

后所有人一起伴唱或伴舞。如此演出程式循环往复，一直到完成整个“说雄”部分的演出内容。戏师向观众介绍剧情，主要承担叙事功能；演员进入角色生动形象地把戏剧情节表演给观众，使单一讲述的故事情节，转变为立体化的演出。传统藏戏“说雄”中呈现出叙述体和代言体相互交错进行的特殊表演形态，这体现出藏族说唱文学对藏戏艺术的深刻影响。

藏戏的结尾，藏语称之为“扎西”，意为吉祥。它是正戏演完后一个祝福迎祥的综合性仪式段落。吉祥结尾的表演程式主要有戏师念诵祝词、集体载歌载舞、祝福观众、烟祭祈福、抛撒糌粑、敬献哈达和接受馈赠等内容。剧目演出即将结束时，场上鼓钹齐鸣，煨桑祭祀的香烟飘荡在广场上空，全体演员一边歌唱一边举起雪白的糌粑，同时洒向湛蓝的天空，以此酬神，祈求神灵永保人间幸福。此时，有的观众向场地中央抛扔包裹钱币的哈达，有的上场向演员敬献哈达，有的加入到表演的队伍中和演员一同歌舞演唱，出现演员和观众一起大狂欢的热烈场面。

藏戏的开场戏、正戏和尾声构成了传统藏戏程式化的演出结构模式。无论是演出什么样的传统剧目，这一头一尾的基本内容，表演形式、音乐舞蹈等都不作任何改变，而这种表演程式自古以来基本沿袭到现在。[1]其中“说雄”是剧目中心，“温巴顿”和“扎西”成为附着在“说雄”上的仪式元素，虽然不是核心，但其价值和意义至今依然是不可忽视的。[2]藏戏中驱鬼净场、祭拜戏神的开场与煨桑烟祭、抛洒糌粑、祈福纳祥的尾声遥相呼应，表现出仪式戏特征。这两部分仪式戏和演绎故事的正戏并列，表现出西藏藏戏具有仪式戏和戏剧并存的独特品性，为中国戏曲从仪式戏向传统戏剧的演变提供了活的标本。

传统藏戏另一个重大特色是剧本。八大传统藏戏的剧本严格来说还不是

---

[1] 边多：《藏戏艺术与民间文化艺术的历史渊源》《西藏艺术研究》，1991年第4期。

[2] 桑吉东智：《从仪式到艺术：以“雄”为核心的阿吉拉姆》《中国藏学》，2012年第2期。

现代完全代言体形式的戏剧文学剧本，称其为藏戏故事本更为合适。它主要表现藏戏剧目中“说雄”部分的内容，由散文和韵文两部分构成，而没有开场戏“温巴顿”及最后祝福迎祥的“扎西”吉祥结尾这些仪式性表演内容。因为藏戏各个剧目的格式完全相同，大家对一头一尾的内容已经耳熟能详，无需再写进剧本。剧本的粗放也给演员临时应变、现场发挥、插科打诨以延长演出时间带来方便。所以，一场藏戏往往要演出八九个小时，甚至两三天也是常有的事。

藏戏故事本的散文部分主要交代时间、地点、环境、动作和情节发展等内容，多用口语散文，由一人或两人轮流用连珠韵白念诵形式说雄，给观众讲解剧情。描写景色、刻画人物的口语散文笔调细腻、栩栩如生；叙述故事情节发展过程的口语散文则语言精炼、生动形象。剧本中人物之间的对话和唱词均用诗歌韵文的形式来表现。“诗歌部分可以根据不同的人物，配以不同的唱腔，演出时由演员演唱”[1] 唱词不仅采用藏族民歌中多比喻、排比等修辞手法，且吸收了民间俗语、谚语等，既富有文采又通俗易懂。藏戏传统剧目故事本中散韵相间的表现形式，决定了藏戏叙述体和代言体相结合的演出形态特征。

传统藏戏一直保留着广场演出形态。演出场所主要以打麦场、林卡、寺院附近空地、庄园大院或牧区较为开阔、平坦的草地为主。演出布景很简单，一般在演出场地中间搭一顶绘印有喷焰法轮、八宝吉祥等民族图案的白布帐篷，有防晒遮雨和划分演员表演区之功能。帐篷下面竖有一根细杆，细杆顶部系有捆扎成束的绿色树枝、小麦穗或青稞穗等物，象征丰收之意。树枝和麦穗下面一般挂有戏神——汤东杰布的唐卡画像，有的民间戏班以供奉汤东杰布塑像代替唐卡画像。演出时不分幕次和场次，期间“没有时间休演；但是伶人和游览者，遇到适当的时间，可以随时休息和吃食。[2]

[1] 马学良、恰白·次旦平措、佟锦华主编：《藏族文学史》，四川民族出版社1994年版，第629页。

[2] [日]青木文教著，唐开斌译：《西藏游记》，商务印书馆1931年版，第213页。

因为所演藏戏剧目已经流传上百年甚至几百年，观众比较熟悉剧情和人物，看戏主要是欣赏演员的唱腔、舞蹈和特技。

从以上对传统藏戏思想内容和表演艺术特征的简略介绍中可以看到，藏戏作为中华戏剧文化，留给我们的是一笔珍贵艺术遗产。它是世世代代藏戏艺人和雪域人民智慧的结晶，是特定社会历史环境的产物，曾经为丰富人民群众的文化娱乐生活做出了不可磨灭的贡献。而伴随社会经济的发展和人们审美情趣的提升，现代演出场馆的建设及其不断完善，它与时代不相适应的一面也日益明显地表露出来。一是每场戏演出延续八九个小时乃至三四天时间，演员太疲累，观众也耗费不起；二是“八大藏戏”的中心主题在于渲染轮回转世的宗教教义，与时代青年现实追求的审美观念越来越远；三是局限于广场演出，没有灯光变换，没有布景设施，远不如剧场演出那样真切、感人。

为满足观众不断提升丰富的欣赏趣味，1964 年，由精通藏汉两种文字的西藏戏剧学者黄文焕编剧、西藏藏剧团排演的传统剧目《诺桑王子》进行了首次成功尝试。新编《诺桑王子》拂去笼罩在原始剧目身上的宗教迷雾，突显出主人公、北国王子诺桑王和天界紧那罗国公主云卓拉姆的爱情主题，赋予神话故事鲜明的人文色彩。这部戏严格按照现代戏剧脚本的写作规范编排，抹去了与正戏无关的开场戏“温巴顿”和尾声“扎西”，将需要几天才能结束的表演浓缩在三个小时以内。这样，既可以在一头一尾加上“温巴顿”“扎西”在广场演出，与西藏传统表演形式相衔接，满足老观众的审美情趣；也可以搬进现代剧场，增加灯光、布景、化妆等艺术手段，还可以在原打击乐器的基础上配以民族管弦乐器伴奏，极大地提升了传统剧目的艺术品位。该剧在拉萨演出时场场爆满，收到极好的社会效果。遗憾的是受到全国性文化氛围的制约，这种成功的改编尝试没有能继下去。直到“文化大革命”结束，进入改革开放年代，人们回顾《诺桑王子》当年走过的创新之路，才老话重提，又相继改编了其他一些传统剧目，其中有胡金安改编的《文成公主》，彭措顿丹、刘志群改编的《苏吉尼玛》，小次旦多吉、边多改编的《卓哇桑姆》等。这些剧目都已搬上舞台，得到观众的青睐。这些剧目均属于“八大藏戏”之列，在新时期推陈出新，闪耀出更灿烂的光芒。

第二节　反映时代生活的藏戏

藏戏是一个古老剧种，有口皆碑的“八大藏戏”无一例外地都是以神话故事、宗教题材和历史人物为表现对象，无论是专业剧团还是民间戏班，受到传统文艺观念的制约，都在同一路子上亦步亦趋。

1960年，以扎西顿珠为主创而编写的，反映社会现实的藏戏剧目《解放军的恩情》的排演成功，开创了藏戏反映现实生活题材的先河。

藏剧团是西藏自治区唯一的专业藏戏演出团体。西藏和平解放后，觉木隆戏班戏师扎西顿珠多次向张经武及谭冠三提出请求，希望正式建立一个在共产党领导下的藏剧团。1956年，陈毅率领中央代表团抵达拉萨，庆贺西藏自治区筹备委员会成立。觉木隆戏班组织演员为代表团演出藏戏，获得赞扬。从此以后，西藏工作委员会宣传部和自治区筹备委员会文教处，经常组织觉木隆戏班演出藏戏并发放一定酬金。可惜这些戏金全被当时的西藏地方政府没收，演员未拿分文。

1959年西藏民主改革胜利后，觉木隆戏师扎西顿珠在拉萨市管会的支持下，召集原觉木隆戏班的40多位老艺人，成立了拉萨市政府直接领导的藏剧队，扎西顿珠任队长。1960年，藏戏队归属西藏歌舞团，扎西顿珠担任歌舞团领导工作。

扎西顿珠（1899—1961），出生于西藏日喀则萨迦县。他是觉木隆戏班著名的戏师和藏戏艺术革新家。扎西顿珠原名扎西，有时也称萨迦·扎西或霞廓·扎西。他自幼喜欢艺术，善弹六弦琴。在萨迦时，他经常赶着牦牛来往于藏北和亚东之间运货，为萨迦寺活佛支差，后逃到印度以弹唱六弦琴卖艺为生。21 岁时，他在帕里卖艺时遇到来此地演出的觉木隆戏班，被戏师发现并选入觉木隆戏班学习。扎西顿珠很快掌握了觉木隆藏戏的各种伎艺，41 岁时，他被当时的摄政热振活佛点名任命为觉木隆戏班第 13 任戏师。任命书上在他的名字“扎西”后面特意加“顿珠”（意即“干事定能成功”之意）二字，寄予了热振活佛对他推动藏戏艺术定能成功的美好祝愿，从此得名扎西顿珠。扎西顿珠担任觉木隆戏师期间，对藏戏艺术进行了较为全面的革新。首在传统剧目《卓娃桑姆》中吸收“希荣仲孜”的民间野牛舞，来表现白玛金国的牧民生活，使野牛舞和戏剧情节融为一体，成为生动活泼的牦牛舞。其次，扎西顿珠创立了多种唱腔，吸收当地民歌，首创民歌型唱腔“谐玛朗达”；吸取“木鹿白桑”激昂紧凑特点，改革发展了悲调唱腔觉鲁朗达。最后，扎西顿珠丰富了藏戏舞蹈表演。他在《白玛文巴》中融入萨迦寺戴面具表演的侍佣神鼓舞“梗”；在《苏吉尼玛》外道神主的侍佣表演中加进了囊玛歌舞，进一步发展了藏戏舞蹈。扎西顿珠突破束缚、大胆创新，使觉木隆经典保留剧目《卓娃桑姆》《苏吉尼玛》和《白玛文巴》的表演艺术更为成熟，深受观众喜爱。扎西顿珠对觉木隆藏戏的舞蹈、唱腔等艺术进行大胆革新，丰富了藏戏的艺术表现力，“使觉木隆藏剧形成了欢快热闹、活跃生动、丰富多彩、隽永秀逸的演出风格，逐渐发展成为藏戏中最大的一个艺术流派。”[1] 扎西顿珠和哈巴、达穷合作演出的《苏吉尼玛》中的一段戏，曾经在拉萨灌注录音，在印度制成唱片，畅销到西藏各地。

1959 年，扎西顿珠在拉萨市管会的支持下组建拉萨藏戏队，即西藏藏剧团的前身。上任伊始，就打破藏戏专演宗教和历史人物的陈规，推出了一台在内容和艺术上面目一新的藏戏——《解放军的恩情》。该剧讲述西藏和平解放以后，一对幸福相爱的藏族青年男女在雪山草场放牧，他们感激共产党和解放军带来的安定生活。突然，一股叛匪窜进牧场，强迫青年

[1] 刘志群主编：《中国戏曲志 · 西藏卷》，文化艺术出版社 1993 年版，第 58 页。

牧民给他们带路去突袭解放军营地。机智的青年牧民假装哑巴，让牧女脱身赶快去报告解放军。闻信赶来的解放军和当地牧民一起消灭了这些敌人。最后，军民载歌载舞共同庆祝胜利。《解放军的恩情》在传统唱腔和伴奏音乐基础上，融入了较多现代表现手段和反映时代气息的新音调，并穿插进许多藏族歌舞和民间艺术表演，深受观众喜爱。年底，扎西顿珠到北京参加全国第三届文代会，当选为中国文联常委、中国剧协理事。1961年4月，因病在拉萨去世。

1962年，西藏藏剧团正式成立。胡金安担任剧团副书记兼副团长，发扬藏戏大师扎西顿珠敢于改革创新的光荣传统，与导演、艺人、编剧一道先后排练、演出了一系列新创剧目和改编剧目。胡金安先后编创了《幸福证》（1960年）《渔夫班登》（1961年）和《英雄占堆》（1965年）等剧目。《英雄占堆》是胡金安根据1959年西藏平叛时布德的英雄事迹创作而成。林场工人占堆被叛乱分子抓住后，经受严刑拷打、宁死不屈。气急败坏的叛匪挖掉他的眼睛并往里面灌入滚油，占堆疼得昏死过去。这时，解放军及时赶到消灭了叛匪并救活占堆。除上述剧作外，本时期出现的新创剧目还有伊广兴的《农牧交换》（1961年）《血肉情谊》（1961年）和游青淑、宋惠玲编写的《老牧人》（1963年）《三个卓玛》（1965年），以及刘志群的新编剧目《我是一个战士》（1973）等。这些新编剧目受到观众的一致好评。

第三节　其他戏剧团在西藏的演出和创作活动

西藏军区话剧团创作实力雄厚，从进藏演出开始，就创作、演出了不少反映进藏生活的活报剧，鼓舞战士不为艰难困苦的战斗热情。创作队伍不断壮大。1959年平叛改革不久，西藏军区话剧团就及时创作、演出大型话剧《雪山朝阳》，深刻反映驻藏解放军官兵在共产党领导下，与百万农奴携手并肩推翻封建农奴制度的残酷统治，迎来社会主义春天的英勇斗争和艰苦奋斗精神。该剧进京汇报演出得到周总理的高度评价。1965年，为庆祝西藏自治区成立而创作、演出的七场话剧《普布扎西》（李连军、胡然执笔，刘旭林导演），热情歌颂为保护群众牛羊英勇牺牲的藏族军人普布扎西先进事迹。主人公作为翻身农奴的杰出代表，参军后在党的抚育下迅速成长，全心全意为人民服务，为保卫祖国和人民财产贡献自己的青春和生命。该剧在庆祝自治区成立的演出中受到了部队领导的高度赞扬和高度评价。

西藏话剧团学员返回故里的首场汇报演出的剧目，是毕业前由上海戏剧学院的老师导演，我国著名剧作家田汉创作的大型历史话剧《文成公主》。整台演出全由藏族演员完成，表演精湛，在拉萨引发了前所未有的轰动。藏族著名老诗人江洛金·索朗杰布喜不自禁，发表诗作《欢迎文成公主进藏》以示庆贺。除演出《文成公主》外，话剧团还引进莎士比亚名著《罗密欧和朱丽叶》，首次由藏族演员将欧洲中世纪经典剧目搬上高原舞台，举手投足，一招一式，都与《文成公主》迥异，表现出西藏话剧新秀非凡的表演才华。接着话剧团又推出深刻揭示封建农奴制度罪恶的大型话剧《不准出生的人》，反映汉藏知识分子扎根高原的大型话剧《革命的考验》。这些剧作紧密结合西藏现实生活，收到了很好的社会效益。

西藏豫剧团是一个在创作和演出上都十分活跃的艺术群体。它的前身是西藏军区文工团的梆子队，是原十八军解放四川时，由随国民党部队逃到成都的儿童豫剧学校的学员组建而成。他们在随军进藏路上抵达甘孜后，被改组为十八军后方政治部文工二团，一直跋涉在漫长、崎岖的川藏筑路工地上，顶风冒雪为筑路的部队官兵和民工演出，还承担着繁重的群众工作，为密切军民团结、增进汉藏团结做出了卓越贡献。1955年川藏公路通车后，梆子队划归为西藏工委建制的西藏工委豫剧团，组织派该团成员去河南开封学习深造，以提高青年演员的艺术表演能力。1956年，学员们结业，沿青藏公路——兰成铁路一线进行慰问演出，从成都——昌都——拉萨一线，边演出边创作，表现出高原文艺工作者不辞劳苦、生气勃勃的创业精神。在兰成铁路线上慰问演出期间，他们身在外地而心怀西藏，忙里抽暇将田汉创作的《文成公主》改编为豫剧，成为豫剧团重要的主打剧目。豫剧团驻扎昌都期间排演了李天如创编的历史题材豫剧《英雄城》、反映平息叛乱的《虎口擒狼》，以及由王艺生新编的表现民主改革的《神仙洞》。这些新编剧目受到了藏汉族观众的喜爱。1961 年回到拉萨，演员们创作演出了反映西藏现实生活的剧目《哈玛和白玛》《英雄城（第二稿）》。1964 年，豫剧团成员再次回到郑州学习河南豫剧名剧《朝阳沟》《李双双》等。同时在郑州演出李天如新编豫剧《高原血泪》，深受河南人民欢迎。1978 年，剧团再次排演张平改编的豫剧《英雄城（第三稿）》。1980 年，由于新兴传媒电视的崛起，群众娱乐方式的转变，老演员高山反应增强，西藏豫剧团撤销建制，完成了它在西藏的历史使命。

西藏秦剧团的前身是中国共产党西北西藏工作委员会文工队秦腔演出分队。1951 年 12 月底，秦腔演出分队到达拉萨，1954 年 11 月 17 日，在西安召开西藏秦剧团成立大会，1975 年解散。秦剧团在西藏的 25 年当中排练演出了 110 多个剧目。秦剧团排演的秦腔传统剧目有《游龟山》《白蛇传》《三滴血》《苏三起解》《周仁回府》和《西厢记》等 74 种；现代戏主要有《梁秋燕》《杜鹃山》《智取威虎山》《烈火红心》等 33 种；新编剧目有《屈原》《烈火扬州》和《金玉奴》等 3 种。同时以张耀民为代表的创作人员，创作了反映西藏现实生活的秦腔眉户剧目《血的控诉》《势利眼》和《逛拉萨》等。1959 年由张耀民、贾湘云合作编创的《血的控诉》艺术地再现了西藏军民在共产党领导下，平息了西藏上层反动集团武装叛乱的斗争史绩。该剧目先后在北京、西宁、兰州、西安、太原、济南、武汉、重庆和成都等地演出，受到了观众的广泛好评。《逛拉萨》创演于 1960 年，主要表现获得解放的农奴第一次喜逛拉萨的经历。该剧目以陕西一男一女对歌对舞的形式演出，形式新颖、别具风格，曾在拉萨常演不衰，深受各族人民欢迎。[1]

西藏黄梅戏剧团演员主要来源于安徽。20世纪50年代，安徽黄梅戏《天仙配》风靡全国。受其影响，西藏工委会负责人张国华提出组建西藏黄梅戏剧团的要求。于是从安徽黄梅戏剧团抽调部分刚毕业学员组成西藏黄梅戏剧团并于1959年11月进藏。西藏黄梅戏剧团主要演出了《天仙配》《刘三姐》《打金枝》等剧目。黄梅戏演出深受解放军驻藏部队、进藏干部以及许多藏族上层人士、藏族干部群众的喜爱。1963年，该剧团撤销建制返回安徽。

西藏京剧团是由北京抽调的一个京剧团改建而成，成员主要有著名的京剧演员李万春、李小春、李庆春、徐东来和李砚绣等人。该剧团1960年5月到达拉萨，1963年撤销建制返回北京。京剧团在西藏期间为进藏部队官兵、进藏干部及藏族观众演出了《大闹天宫》《虹桥赠珠》《古城会》和《水淹七军》等剧目。其中京剧中的猴戏和武打戏最受藏族观众喜爱。

西藏川剧团是由1960年春节抽调的四川省绵阳川剧团改建而来的。川剧团到达拉萨后，为川籍进藏官兵、干部演出了《拾玉镯》《花木兰从军》《大禹治水》等传统川剧。1962年，西藏川剧团奉命迁往昌都；1964年，撤销建制返回四川。1962年川剧团排演了周艳炀、龚德荣编写的反映西藏现实题材的7幕川剧《高原春雷》。该剧目反映1960年民改初期，以益西队长为代表的民改工作队和当地藏族百姓与反叛分子拉丁、曲扎等人经过激烈、曲折地斗争，最终取得胜利的革命斗争历史。《高原春雷》在昌都、成都等地演出，受到好评。1964年4月，周艳炀与刘光复合编，周艳炀执笔的8幕川剧《雪域红霞》完成，该剧通过岗日边防站站长旺修、指导员李卫国带领藏族群众扎西、江央等人与加卡头人加卡布联合起来，打败以噶厦地方官德巴为首的反叛队伍的故事，反映了西藏民主改革过程中错综复杂的

[1] 此部分内容参见杨志烈著，朱丙信编：《秦腔入藏史》（内部发行），中国戏剧家协会西藏自治区分会1984年版，第37—40页。

敌我矛盾。这些剧目真实地再现了当时西藏社会复杂的社会现实，演出受到了藏族、汉族观众的喜爱。

西藏豫剧团、西藏秦剧团、西藏川剧团、西藏京剧团和西藏黄梅戏剧团虽然在西藏演出时间较短，但是他们向西藏人民展示了我国丰富多彩的戏剧艺术，为西藏戏剧的繁荣做出了巨大的贡献。

第四节　黄宗江与《农奴》

黄宗江（1921—2010），出生于北京。1950 年代参加过《海魂》《柳堡的故事》等电影剧本的创作，《农奴》标志着他的电影剧本创作达到了一个新高度，是其代表性电影剧作。

黄宗江编剧、李俊导演的故事片《农奴》（1963 年），是十七年时期中国黑白影片的高峰之作，也是一部具有史诗品格的西藏现实题材成功之作。无论是从文学语言到电影语言的银幕转换，还是思想性和艺术性的统一和谐，《农奴》都进行了创造性探索，使得影片产生了强烈的艺术感染力。

黄宗江为了写作这个剧本，在 1959 年之后的 4 年间，去了两次西藏。西藏农奴渴望翻身和不断斗争的热情给了他很多感触，促使他情不自禁地想要快一些把这个剧本写出来。但是，怎样去写，从哪里写起，酝酿良久，总是确定不下来。1959 年的一天，黄宗江在西藏看了一个由当地藏族人民群众自己演出的活报剧《强巴的生活》。戏虽然有点粗糙，却非常朴素亲切。台上在演戏，台下许多观众却哭倒了。次年回到北京后，黄宗江在报纸上看到一条消息：一个农奴被农奴主砍伤了，解放军立刻用飞机送他来北京抢救。他立即去医院采访。受伤的农奴激动地说：“我现在的手是人的手，现在的脚是人的脚了”。在农奴入院以后，护士把他的手脚洗的干干净净，这在他生平还是第一次。他给记者讲述了他的故事：人民解放军到了他们那里以后，农奴主指使坏分子把持了当地农会，打开了粮库，私分了粮食，进行破坏。当时，也给他分了一份，但他想了想，觉悟了，就要去报告解放军。农奴主就砍了他一刀，他当即昏倒在地。农奴主以为他已经死了，但是他又苏醒了过来，周身鲜血淋淋的他跑到解放军驻地那里去了。[1] 在《农奴》的构思过程中，这两件事给了黄宗江很大启发，他决心要把剧本写出来。他先后几易其稿，最初几稿剧本题名《哑巴传》《强巴的遭遇》《铁匠与哑巴传》等，最后提交给制片厂的定稿是第五稿《农奴》。剧本分上、中、下三卷，从西藏和平解放前写到和平解放，又写到平息叛乱和民主改革以后，把 20 世纪人类文明发展史和西藏发展史上最广泛、最深刻、最伟大的这场社会变革以及西藏农奴阶级的痛苦和觉醒，通过主人公强巴的遭遇和反抗表现出来，有力地概括了农奴和农奴主之间的阶级对立，热情地歌颂了农奴的解放斗争，深刻地揭露了反动农奴主的种种罪行，从而使得剧作具有了史诗品格。剧本既有文学作品的可读性，又有电影艺术的银幕感，将文学性与电影性完美地统一起来，为影片的拍摄提供了一个坚实的基础。

有了一部优秀的电影文学剧本，还需要一位出色的导演进行二次艺术创造。拍过纪录片《康藏公路》，对西藏比较熟悉，又有导演故事片《回民支队》的成功经验的青年导演李俊（1922—2013），成为八一电影制片厂选出的最佳人选。李俊对黄宗江的剧本有着独特的理解，并与黄宗江多次交流想法，两人还在导演分镜头剧本上发生了“剧本之争”，直到德高望重的夏衍出面才平息了争执，体现了老一代艺术家对待艺术的认真态度，也成为影坛的一段佳话。正是因为李俊的出色处理，《农奴》成为十七年电影中具有独特风格和具有强烈视觉冲击力的艺术臻作。1964 年国庆节前夕，《农奴》作为国庆献礼片隆重上映，在全国引起轰动效应，观众好评如潮，有的观众竟连续看了四次。夏衍和蔡楚生对影片的题材内容、整体艺术水平和演员的表演大加赞赏。《农奴》摄制组在国庆节被邀请到天安门观礼，周恩来亲自接见了影片主演旺堆，后来周恩来还把影片带到万隆亚非会议

[1]《农奴——从剧本到影片》，中国电影出版社 1979 年版，第 119 页。

上去放映。各国人民都非常关心西藏翻身农奴的生活，影片在国际上产生了很大影响，1981 年获菲律宾马尼拉国际电影节“金鹰奖”。

《农奴》的故事发生在旧西藏的封建农奴制度下。强巴家祖祖辈辈都是农奴。小强巴出生不久，父母就被农奴主旺杰折磨而死。年迈的奶奶含辛茹苦把他带到 10 岁，也不幸离开人世。强巴成了旺杰老爷家的家奴，被少爷朗杰当“人马”，过着非人的生活。强巴不甘凌辱，咬破自己的嘴唇，从此变成“哑巴”，以沉默的方式表示反抗。解放军进藏后，强巴的好友铁匠格桑的妹妹兰尕告诉他，解放军是菩萨兵。朗杰带着强巴去会见解放军，途中强迫强巴背他过河。长期的屈辱使他怒火满腔，加之体力不支，愤怒的强巴将朗杰摔在地上。幸亏解放军正好到来，强巴才逃过惩罚。解放军给他治了病，还扶他上马返回。凶狠的朗杰命令管家把强巴绑在马鞍上，要活活地拖死他。格桑及时救了他。强巴和兰尕一起去寻找解放军，不幸半路被朗杰追赶，两人纵马跳下江边的悬崖。兰尕被解放军救起，强巴却被朗杰抓了回去。当朗杰要处死强巴时，伪善的土登活佛收留他进寺庙当僧人。不久，朗杰和土登活佛与帝国主义勾结发起武装叛乱，但很快便被解放军粉碎。朗杰胁迫强巴出逃，临出国境时两人展开了殊死的搏斗，一名追来的解放军战士击毙了朗杰，也负伤牺牲。怒狮般的强巴奔回寺庙，取出叛乱分子藏匿在佛像里的枪支武器。伪善的土登活佛为销毁罪证，刺倒了强巴并纵火烧寺庙。受伤的强巴抱着一捆枪从火海里冲了出来，当场揭露了土登活佛的阴谋和罪行。农奴们翻身解放，强巴与兰尕重逢，多年的哑巴开始说话了，翻身解放、获得自由的强巴开始了新的生活。

剧作的主题十分鲜明。通过农奴强巴一家人的悲惨血泪史，用真实感人的艺术形象，对农奴主和农奴之间的阶级对立和阶级斗争做了有力地概括，对反动农奴主的种种罪行和旧西藏农奴制度野蛮残酷的反动本质作了深刻地揭露，歌颂了在共产党领导下百万农奴翻身做主人的历史变迁和解放斗争。

强巴是剧作的中心人物。面对残酷的欺压，强巴以种种方式进行反抗。强巴三次背老爷，三次摔老爷，体现出强巴三个时期的思想意识，和由此产生的三种不同的反抗，很有层次地表现了他的性格以及思想发展脉络。三次反抗的结果却是遭到一次比一次更为残酷的惩罚。强巴的遭遇，形象、深刻地揭示了压迫者和被压迫者之间的阶级对立的残酷性。为了塑造强巴这一典型形象，影片中设计了强巴咬破嘴唇装哑巴，最后才开口说话这一别致的线索，具有强烈的情感冲击力和深刻的政治寓意。其他次要人物形象的塑造也很成功。铁匠格桑和兰尕兄妹是所有被奴役、被压迫、受剥削的人中的一个。最后手握护身符死在河里的老奶奶，是“政教合一”农奴制度的牺牲者。曲佩活佛是西藏宗教人士中的开明人士，僧人更顿一辈子塑佛像却在佛像开光时失明，他的命运是很多僧人命运的一面镜子。即使土登活佛、朗杰父子，甚至管家这些反面人物也勾勒刻画得十分出色。旺杰和朗杰父子是“一代传一代”的残酷农奴主的代表，土登活佛是一个借宗教外衣的掩护，暗地里处心积虑地进行着反人民、反中央政府和背叛祖国的阴谋活动的顽固的反动分子。美中不足的是，剧作中没有成功塑造出一个单独的、有血有肉的、性格十分鲜明的解放军战士的形象。

在影片中，这些人物全部选用非职业的藏族演员来扮演，其中不少演员过去就是农奴，熟悉生活，深刻理解影片中所要表现的内容，因此饰演的角色显得特别真实且富于浓郁的生活气息，表演朴素自然，真实感人，可谓本色表演。尤其突出的是扮演主人公强巴的旺堆，他本身就曾是一个农奴，还当过僧人。亲身经历的生活体验，使他在艺术实践中迸发出充沛的激情，他所塑造的强巴这一形象，朴素、自然、层次分明，具有感人至深的力度。旺堆在讲述他个人创作体会的文章《西藏农奴的觉醒》中说，“有时我竟分辩不清是我演强巴，还是演的就是我自己”“我和他的经历在大的方面是很相同的。我——强巴，强巴——我，常常融合为一。我觉得强巴是活在我心里，活在我身上的。我在好几场戏里感觉不出是演戏呢，还是生活的重演”。[1]许多评论指出，在银幕上，已经分不清楚是旺堆还是强巴了。演员和角色完全融为一体，达到了水乳交融的艺术境界。翻身农奴演《农奴》，这件事情本身就具有很强烈的政治意义。它是“翻身农奴当主人”这一伟大革命的真实写照。

戏剧性较强，许多情节冲突与阶级对立的主题表现被有机地结合起来，既有情感冲击力，又有深刻的内涵意蕴，是作品的一个显著特点。影片开头部分“强巴母亲送鞭子”这场戏，就将农奴强巴一家的悲惨命运呈现在银幕上，让人落下了同情的泪水。在故事推进过程中，朗杰在父亲旺杰遗像前发誓并撕毁和平解放西藏“十七条协议”的场面，是剧本中原来没有后面银幕化时加上的。这一情节在交代背景、刻画人物性格的同时，也深刻揭示了旧西藏一小撮上层集团的反动性，起到了“点睛”作用。“马上拖”是一场很重要的戏，将反动农奴主的残酷和凶狠再次展现在银幕上，揭示了强巴觉醒与反抗的必然性，引发人强烈的愤慨之情。随后的“砸铁镣”这场戏，正是百万农奴所向往的壮举，也是对农奴翻身斗争的热情歌颂。影片结尾，“强巴重新开口说话”这一情节，更是蕴含着震撼人心的力量，寓意深长，使人回味无穷，尤其是强巴从心底迸发出的那一声“毛主席”，更是代表着西藏百万农奴的要求和愿望，表达了他们对共产党和毛主席的拥戴和热爱！具有强烈的时代意义。当然，《农奴》中也有一些情节设置就不能算十分成功，尤其是强巴和兰尕“悬崖跳马”一场戏，过于巧合，惊险性太强，与全剧的风格是矛盾的。

现实主义色彩强烈，其中许多细节的运用真实可信，具有一定的象征意义，是该作品的又一特点。片中的皮鞭、铁链、人马、护身符、五角星、单眼皮税，在佛像里藏匿的枪支、悬挂在墙壁上的毛主席像等等，含义深长，耐人寻味。“人马”这一细节，对于揭露农奴主对百万农奴的敲骨吸髓，骑在头上作威作福的凶残本质，起到了形象的说明作用。特别是结尾时的“大

[1]《农奴——从剧本到影片》，中国电影出版社1979年版，第172页。

火”“强巴从哑巴而开口说话”等细节，具有强烈的震撼力，隐喻着百万农奴的最终觉醒。有些细节是作为所谓“戏胆”来重复使用的，起到一定的对比作用。老爷对强巴的“三踩”和强巴对老爷的“三摔”，将重复与对比结合起来，从侧面说明强巴性格的发展。“踩人上马”的细节，老爷踩着强巴上马，人民解放军干部却为强巴牵马，也在重复使用中起到对比的作用，相形之下，凸显了解放军的菩萨兵本色和反动统治者的惨无人道。

从剧本到影片的转变过程中，创作者充分运用电影视听语言的表现手段，有效地增强了影片的艺术感染力。在镜头处理上，影片特别注重叙事和气氛的渲染。单就开片的一组镜头来说，首先出现在全景画面中的是“冲入云霄的喜马拉雅山”和“缓缓流去的雅鲁藏布江”，画外则传来闷雷般的法号声，接着镜头从“阳光下闪闪发光的喇嘛庙金顶”摇下到“四个戴着高冠的喇嘛举号对天长鸣”，紧接下来是一个中全景的画面，镜头俯拍“农奴们背着沉重的粮袋顺着墙根艰难地拾阶而上”。这些画面与声音的处理极富悬念感和神秘感，又有鲜明的西藏地域特色和氛围，形象而生动地交待了故事发生的特定情境；在光线处理上，不同于彩色片，这部黑白片中明暗对比强烈的影调和光线处理，造成一种独特的视觉效果，利用高原强烈的阳光形成不同的色彩，低调表现出阶级压迫的阴森可怖，高调则展现出解放军带来的光明。同时，画面明暗的大反差又给人一种颇有力度的造型感，人物和景物在这种大反差中显得特别富于雕塑感，透出质朴、粗犷的艺术美；特别是影片刻意发挥视觉艺术的特点，以版画式的粗犷，遒劲的光影处理，通过“强烈的高光，粗犷有力的线条，黝黑发亮的皮肤色彩”塑造强巴、格桑的外形，“使人感受到如同青铜雕像般的坚实感和力感”[1]。这与剧本作者旨在创作记录性艺术片的“记录性多于故事性”“情绪多于动作”“诗多于剧”[2]的艺术追求密不可分。这一艺术追求，使得影片在视觉造型上

[1] 陈荒煤主编:《当代中国电影》(上)，中国社会科学出版社1989年版，第267页。
[2] 《农奴——从剧本到影片》，中国电影出版社1979年版，第128页。

更加凸显纪实效果和雕塑风格；而节奏上，影片特别强调了与所表现内容相适应的缓慢沉重的节奏，在整体上很好地营造出令人感到压抑的艺术氛围；在总体艺术风格追求上，影片力求凝重、深沉、含蓄、简练。例如“奶奶之死”这场戏，就是导演在手法上力求含蓄的例子。奶奶用自己最珍贵的纪念品从寺院里换来了一纸护身符，结果却是在回家的路上淹死在河里，但她到死还舍不得把手中的护身符松开。这一场景，含蓄地批判了封建农奴制度和宗教迷信。

第五节　徐怀中与《无情的情人》

徐怀中（1929 年—），原姓许，出生于河北邯郸。除创作小说外，徐怀中在影视剧本创作上取得了一定的成绩。1959 年，徐怀中发表了电影剧本《无情的情人》。剧作发表后，曾一度在我国文艺界引发一场轩然大波，该剧被认为“宣扬资产阶级人性论，鼓吹阶级调和”，受到严厉批判。进入 20 世纪 80 年代，伴随“改革开放，解放思想”方针政策的贯彻实施，文艺界对《无情的情人》有了新的认知，1986 年，由珠江电影制片厂出品，陈国军改编并导演，著名演员刘晓庆主演，将老剧本《无情的情人》搬上银幕。

电影文学剧本《无情的情人》选取了 20 世纪 50 年代藏族地区的生活为题材，描写了一对分属于两个敌对阶级的“无情的情人”的爱情悲剧。农奴出身的多桑吉，在流浪中因为枪法精准得到“盗马贼”头领郎扎赏识，并与郎扎的情人，也是郎扎的外甥女娜梅琴措相恋。被郎扎发现后，多桑吉在争斗中将其刺伤，与娜梅琴措逃走。途中二人意外失散，多桑吉却幸运地遇到了五岁时便离开他，现为自治区政府副主席的父亲却路丹珠。原来，十七年前，多吉桑的母亲是被作恶多端的阿訇鲁鲁大土司迫害致死，却路丹珠忍无可忍中杀死阿訇鲁鲁，并放火烧毁庄园。土司女儿逃出，跟随舅舅四处流浪，并伺机报仇。多吉桑在父亲的安排下，进入干部学校学习。

在一次侦察任务中，多吉桑又巧遇娜梅琴措，她正与郎扎密谋袭击却路丹珠。娜梅琴措央求枪法精准的多吉桑杀死却路丹珠，多吉桑假装同意。多吉桑得知娜梅琴措就是土司的女儿，在“行动”中，山匪反被解放军骑兵伏击，娜梅琴措面对持刀相向的多吉桑，纵身跳下陡崖。

《无情的情人》剧本之所以遭受批判，是因为“以阶级斗争”为指导思想的文艺批评观念在作怪。批评者大多认为，《无情的情人》“宣扬资产阶级‘人性论’，调和了阶级矛盾，模糊了阶级斗争；它在艺术上，搬用了资产阶级自然主义的表现方法，歪曲了藏族人民的生活”[1]。剧本引起的批判，与“十七年”时期特殊的文学、文化思潮有着重要关系。20世纪50至60年代，“阶级斗争思潮”逐渐上升为社会的主导文化思潮，强调文学艺术的“无产阶级”或“社会主义”性质，当时政治上和文艺上“左”倾思潮主导的文学批评扮演着文学的监控者和指导者的角色。毫无疑问，这场批判，打击了徐怀中和其他文艺工作者的创作激情。现在来看，《无情的情人》反映了当时复杂而激烈的阶级斗争状况，在艺术上具有开拓性，特别是在人性领域的探索上有所突破。

在人物形象塑造上，作者力图摆脱公式化、概念化的模式，塑造复杂、多面的人物性格。多桑吉是一个性格复杂多变的农奴形象，实现了从一个无明确生活目的的流浪者到有觉悟的战士的转变。他性格勇猛，粗犷豪爽，敢于反抗，具有强烈生命力。面对贵族老爷的鞭子，他“怒目而视”；对娜梅琴措“你敢撩开我的裙子”的“挑衅”，他没有压抑自己的情欲；当郎扎阻止他们相爱时，他敢于将郎扎刺伤；但他的勇敢反抗是自发的，并没有明确的人生指向，他说“人嘛，只要愿意活，总能活着……只要管我糌粑吃，横竖做什么也一样”。遇到父亲后，在党的教育下，多吉桑思想觉悟提高，明白了人生的目的，就是“为千千万万下贱的背水婆娘”报仇，为农奴的自

[1] 童雨等：《一部宣扬“人性论”的作品》《徐怀中研究专集》，刘金镛等编，解放军文艺出版社1983年版，第228页。

由解放而斗争。所以当再次面对娜梅琴措，特别是发现她就是大土司的女儿，并谋划加害自己的父亲时，“仿佛劈头遭到沉重的打击”，多吉桑看到的“已不是一个多情的女子，而是一个狰狞的鬼”。面对“阴谋与爱情”，阶级情感压倒了个人爱憎，他向“无情的情人”举起了匕首，逼她跳下了陡崖。与多吉桑“发展上升”的形象塑造方式相比，娜梅琴措塑造可谓“先扬后抑”“复仇”成为贯穿始终的主线。故事开始，这个“懒散地依在郎扎背后”“娇小的，姿容出众的年轻女子”，仿佛蒙了一层神秘的面纱，让人难以捉摸。她泼辣、果敢、多情，倾慕多吉桑健硕的体格和出众的枪法，在帮助他刺伤郎扎后，二人远走高飞。流浪中，那场烈火的梦魇，让我们感知她绝不是一个简单的女子。原来在她心中燃烧的一直是复仇的火焰。从小生活在贵族家庭，那场大火毁灭她所有美好的生活梦想，为了复仇不得不沦为舅舅的“情人”。当年轻勇敢、身怀绝技的多吉桑再次出现时，她感觉到复仇的梦想即将实现。然而，多吉桑最终说出他就是娜梅琴措的仇人，她破口大骂多吉桑“没有阿妈的野种”“家奴养的”，从内心深处喊出“我恨你们！”后坠入山崖。剧作在人物塑造上以浪漫而现实、多样而又明朗的手法表现了人物性格的多面性和复杂性，成功地刻画出成长的革命者和沉着而阴险、美丽而毒辣、勇敢而顽固的女复仇者形象。

从主题上看，剧作反映了当时复杂的斗争形势。却路丹珠焚烧了农奴主庄园，但农奴主作为一个阶级却没有消失，他们中一部分人“演变”为土匪、流寇，潜伏在新政权周围，伺机反扑。郎扎一伙时而是盗马贼，四处侵扰百姓，拉拢像多吉桑这样的年轻人；时而变为卖唱艺人，招摇撞骗。他们极具伪装性，暗地里收集情报，等待时机。他们甚至和台湾反动势力相互勾结，不断更新装备，妄图制造事端。他们之中还有像娜梅琴措这样的顽固沉着且貌美如花的年轻女子。他们互相利用，互相配合，躲在暗处将枪口对准了新生的共产党政权，如不是多吉桑在党的教育下迅速成长和成熟，他们阴险的计谋几乎得逞。

在情节设置上，剧本所讲述的故事具有曲折性和传奇性。剧作开篇描写多吉桑和娜梅琴措的初次相见就极富传奇色彩，她“把银碗平平稳稳摆在头上”“神色镇定如常”，以验证多吉桑的枪法，结果“银碗滚落在草地上，正中对穿了两个洞”，这一场景描写，将多吉桑的神准枪法和娜梅琴措的果敢泼辣刻画得惟妙惟肖。当两人燃起情欲，一起出逃，故事向浪漫的爱情故事演进时，两人却再次分离，身份之谜渐次揭开，娜梅琴措竟是土司的女儿，正伺机向多吉桑的父亲却路丹珠报仇。二人后来再次离奇相遇，在娜梅琴措的请求下，多吉桑即将把枪口对准自己的父亲，千钧一发之际剧情再次峰回路转，原来他们早已进入了解放军的埋伏之中。情人成为不共戴天的仇人，多吉桑拔刀相向，娜梅琴措饮恨坠崖。剧情跌宕起伏，一波三折。

第五章　西藏新民歌

1951 年西藏和平解放，西藏社会发生了翻天覆地的变化，藏族民歌作为藏族民间文学形式之一，一直被广大藏族人民所喜爱，随着时代的巨变，藏族民歌以旧有的形式特点，灌注了一种新颖、热烈的反映新时代、新生活、新社会的新内容，由此形成了西藏新民歌。

第一节　西藏新民歌产生的背景

第一，西藏传统文化背景。藏民族是一个能歌善舞的民族，在漫长的历史长河中，创作了浩如烟海的民间歌谣，反映了藏族人民生活的方方面面。有关于创世的世界形成歌；有关于天地山川、日月星辰起源的古歌；有关于生产劳动的农田歌、牧业歌；有关于汉藏友谊和文成公主等的历史传说故事歌；有反对侵略、反对昏官的时政歌，有各种仪式歌、酒歌、风物歌、儿歌、甚至强盗歌，更多的是感情充沛、柔和优美的情歌。

在日常生活中，藏族人民也离不开民歌。人们在田间地头，放牧牛羊时可以唱民歌；在舞蹈的时候，要唱民歌；在游戏时要唱民歌；在欢聚饮酒时要唱民歌；在婚丧嫁娶等活动时也要唱民歌；在劳动时要唱打酥油歌、织氆氇歌、放牧歌、耕地歌、打夯歌等。西藏最著名的史诗《格萨尔王》，也是以民歌的说唱形式完成的。可以说，民歌是藏民族一种不可缺少的民间艺术形式，因而藏族也有谚语："会走路就会跳舞，会说话就会唱歌"。

西藏民歌的形式多样，大体可分为"鲁体民歌""自由体民歌"和"谐体民歌"，[1]三种形式除了在西藏流行外，也流行于甘肃、四川云南等地。鲁体一般每首皆有数段，以三段的最多，也有少数只有一段的。每段至少有二到三句，多至十数句，但以三到六句为常见。鲁体民歌又分为"拉鲁"和"卓鲁"。"拉鲁"指的是山歌，"卓鲁"指的是牧歌。[2]自由体民歌的形式比较自由，一般有十几句的，也有二十几句的。各句有七个音节、九个音节、十一个音节不等，也有六个音节的。谐体在西藏更为常见，每首一般都是四句，间有六句、八句或更多的，但皆为偶句。每句六个音节，分三顿，两个音节一顿。这种结构形式，最初见之于书面是在17世纪前后，由前人改写的藏戏《诺桑王子》中，后来又出现于六世达赖喇嘛仓央嘉措诗歌集中。西藏民间社会广泛存在的源远流长的民歌传统，是西藏当代民歌产生的一个重要源泉。

第二，社会时代背景。1949年新中国成立后，国家非常重视对民间文学的搜集和整理，尤其是在全国的民族成分进行了系统划分之后，对于少数民族的民间文学的搜集整理更是非常重视。少数民族民间文学中的一项丰硕成果，就是藏族民歌及藏族新民歌的搜集整理。

1951年西藏和平解放，1955年西藏自治区筹备委员会成立。1959年3月，西藏反动上层发动了武装叛乱。在中国共产党的领导下，人民解放军迅速平息叛乱，推翻"政教合一"封建农奴制度的残酷统治，逐步进行民主改革，开始了人民当家作主的新时代。新生活、新天地，更加激发了人们的创作欲望。这一时期的民歌数量之多，涉及内容领域之广，都是以往所不及的。这一阶段的西藏新民歌，除了反映民族团结的作品外，大多数都是反映平叛和民主改革的新民歌。

---

[1] 中央民族学院《藏族文学史》编写组:《藏族文学史》,四川民族出版社1985年版，第521页。

[2] 宁世群:《藏族文化散论》，中国藏学出版社1997年版，第127页。

同时，在全国范围内，1956年，中央提出“百花齐放，百家争鸣”的“双百”方针。在“双百”方针的指导下，全中国文艺界呈现出一种繁荣景象。1958年毛泽东发表讲话提出“要注意收集民歌”的口号，1958年3月22日，毛泽东在讲话中指出“中国诗的出路，第一条民歌，第二条古典，在这个基础上产生出新诗来，形式是民歌的，内容是现实主义和浪漫主义的对立统一。太现实了就不能写诗了。”接着，周扬在中共八大二次会议上以毛泽东的文艺思想方针作了《新民歌开拓了诗歌的新道路》，一场轰轰烈烈的“新民歌运动”就此展开。[1] 在这种时代背景下，西藏新民歌也在这场文化运动中，收获颇丰。

第二节　西藏新民歌的总体概况

20世纪50、60年代，究竟出现了多少西藏新民歌，目前无法确切统计。天鹰在《一九五八年中国民歌运动》中描述了新民歌创作的基本情况，但又说：“要问中国人民在一九五八年究竟唱了多少歌，写了多少诗，恐怕谁也答不出”[2] 西藏新民歌的情况也大致如此。目前，没有专门的西藏新民歌专集出版，当时的西藏新民歌散见于《红旗歌谣》，以及当时的报纸杂志中，如《光明日报》《人民日报》《人民文学》《解放军文艺》《民间文学》《西藏日报》《诗刊》《延河》《边疆文艺》等。如一首名为《孔雀彩屏》的藏族新民歌：“姑娘编织的围裙，/像孔雀的彩屏，/孔雀的彩屏再美，/难比新的生活美。”[3] 就发表在1965年1月4日的《人民日报》上，作为总标题为《社会主义大道越走越宽广》的组诗的其中一首出现。此外，还有一些藏族民歌选中也有新民歌。〔这里排除了地区性的藏族民歌，如王沂暖的《玉树藏族民歌选》，芦笛的《哈达献给毛主席》（四川），蒋亚雄的《藏族民歌》第二集，（多为四川阿坝地区的民歌）〕比如1954年

[1] 朱栋霖：《中国现代文学史》，高等教育出版社1999年版，第36页。

[2] 天鹰：《一九五八年中国新民歌运动》，上海文艺出版社1978年版，第9页。

[3] 《社会主义大道越走越宽广》《人民日报》，1965年1月4日。

出版苏岚编的《藏族民歌》，全书分为两辑，第一辑为“解放后的藏族民歌”都是歌颂毛主席和解放军为内容的，共编选了三十多首（其中也有一些是在东藏和玉树、果洛等地搜集的）；第二辑为“解放前的藏族民歌”，多是一些情歌和述说痛苦生活的民歌。[1] 再如 1957 年出版庄晶编译，开斗山整理的《藏族民歌》第三集，就分为颂歌、苦歌、情歌、散歌四个部分，其中颂歌 14 首，多是解放后完成的新民歌，内容上除两首《宝地》《三大寺》外，其他的都是歌颂新中国、歌颂党歌颂新生活的新民歌[2]。

西藏新民歌的形式以传统民歌形式为主，在内容上以歌颂党、歌颂领袖、歌颂亲人解放军，歌颂藏族人民的新生活为主。如一首名为《毛主席的恩情》的拉萨民歌这样唱到：“毛主席的恩情，/ 像冬天的阳光，/ 我们沐浴在里面，/ 充满了幸福与希望。”[3]

西藏新民歌在整个西藏文学史中占有重要的地位。它对整个文学界，尤其是西藏文学的创作影响很大。西藏文学中最先突出和繁荣起来的就是诗歌，这里包括第一代诗人擦珠·阿旺洛桑，恰白·次旦平措等，还包括第二代诗人伍金多吉等。他们有的在新民歌产生的同时期创作，有的则是在“文化大革命”结束后开始创作；此外，还有众多西藏的汉族诗人，如杨星火、汪承栋、高平、周艳炀等，也在此时创作了大量诗歌。西藏诗歌，尤其是藏族诗人，他们从小受到传统藏族民歌的熏陶，甚至有的就是演唱民歌的活跃分子，民歌在他们的头脑中是挥之不去的，因而在创作新诗时，他们特别善于运用藏族民歌的各种形式，在选词和比喻上也有藏族民歌的影子。西藏小说是在“文化大革命”结束之后才日趋繁荣起来的，西藏新民歌对西藏小说的发展，也发挥了一定促进作用。西藏的小说作家在一开始创作之初，就特别注意把西藏元素融入到其小说当中，西藏新民歌就是其中之一，尤其到了 20 世纪 80 年代，以扎西达娃为代表的西藏新小说的盛行，西藏

[1] 苏岚：《藏族民歌》，新文艺出版社 1954 年版

[2] 庄晶编译，开斗山整理：《藏族民歌》（第三集），上海文化出版社 1957 年版。

[3] 苏岚：《藏族民歌》，新文艺出版社 1954 年版，第 3 页。

新民歌也是不可或缺的因素之一。

第三节 西藏新民歌的内容

藏族民歌在过去的时代多涉及仪式歌、酒歌、情歌等，甚至还有表现老百姓悲苦生活以及讽刺时政歌。但是新民歌是伴随着新中国的成立，西藏进行民主改革而出现的。新生活、新天地，更加激发了人们的创作欲望，这时期老百姓所创作的新民歌，数量之多，涉及领域之广，是以往所不及的。当然，这时期的新民歌还是有突出的倾向性的，即多是歌颂新中国、歌颂共产党、歌颂解放军、歌颂民族团结、歌颂新生活的颂歌。总体来看，它的内容主要表现在以下几个方面。

第一，以歌颂党、毛主席、解放军为主要题旨。新中国成立后不久，西藏进行的民族改革，使百万农奴翻身得解放，当家做主人。看到自己的生活发生翻天覆地的变化，西藏人民不由得歌唱带给他们幸福生活的中国共产党，歌唱毛主席，歌唱解放军。如一首名为《共产党的威望》：

共产党的威望，/犹如上面的雪山，/雪山永远不会变，/那里有千万雄狮。/解放军的英勇，/犹如中间的岩石，/岩石永远不会变，/那里有千万雄鹰。

广大人民的力量，/犹如下面的江河，/江河永远不会变，/那里有千万金鱼。[1]

三组排比的诗句，勾勒出共产党、解放军、人民在老百姓中的地位，用比喻的方式，把共产党的威望比喻为藏族人民最热爱的雪山，雪山的威严是那里有千万雄狮。

[1]《中国歌谣集成·西藏卷》，日喀则地区新民歌，演唱者：旺姆，采录者：王尧，祁连休，中国 ISBN 中心出版 1995 年版，第 214 页。

在颂歌中，歌颂毛主席的新民歌最多，几乎每一首都会提到毛主席。其实，这也跟民歌的特点有关系。藏族人民翻身得解放，对广大劳动人民来说，新的社会体制、政策等等都是抽象的，无法理解的，但大家的确看到新生活的变化，便把这一切变化归结为毛主席。如一首拉萨新民歌《吉祥的彩云》：

毛主席站了起来，/满天呈现吉祥的彩云；/这朵朵吉祥的彩云，/就是农奴分得的土地。

毛主席坐了下来，/大地充满闪闪的金光；/这灿烂闪闪的金光，/就是农奴土地上的麦浪。[1]

西藏的解放、西藏新社会的建设，开路先锋就是解放军，他们被藏族人民称为金珠玛米，在新民歌中，很多诗歌都是对解放军的感激和颂扬的。如《建一座幸福的金桥》中的一节：

要说修桥咱就修桥，/修一座幸福的玉石桥。/在这座玉石的桥上，/不知什么人会驾到？/在这座玉石的桥上，/解放军大步走来了。/我们所有的劳动人民，/都一起欢迎解放军，/我们热烈表示欢迎，/解放军来帮助建设。[2]

新民歌歌颂中国共产党、歌颂毛主席、歌颂解放军，这是新民歌之所以新的一个重要标志。

第二，以歌颂祖国和民族团结为主要内容。社会生活发生了巨大的变化，这让藏族人民不由得用歌声歌颂祖国的一切美好事物。如一首那曲地区采

---

[1]《中国歌谣集成·西藏卷》，采录于墨竹工卡县，中国ISBN中心出版1995年版，第207页。

[2]《中国歌谣集成·西藏卷》，山南地区新民歌，演唱者：多布吉，采录者：王世镇，多布吉1960年7月采录于乃东县，中国ISBN中心出版1995年版，第214页。

录的民歌《天上布满五彩云团》：

天上布满五彩云团，/甘霖细雨落在地面，/雨水滋润了土地，/五谷获得了丰产，/农民酿成了美酒，/第一杯向毛主席敬献，/第二杯向解放军敬献，/第三杯向人民政府敬献，/第四杯向劳动人民敬献，/喝了吉祥美酒，/得到幸福圆满。[1]

这首民歌表现的是，藏族人民喜获丰收时，不由得歌颂祖国，歌颂毛主席，歌颂解放军，歌颂人民政府和劳动人民的真情实感。在一切都万象更新的时代，藏族人民也认识到民族团结的重要，如三首《民族团结的赞歌》：

（一）

东方、南方、西方的云，/虽然飘荡不在一方，/但都在蔚蓝的天空上。

岩石、雪山、石山的水，/虽然源头不在一方，/但都流聚在大海洋。

汉族、蒙族、藏族兄弟，/虽然家乡不在一方，/但都是爹娘抚养。

（二）

藏族汉族团结在一块，/我们的心永远分不开；/就像哈达的经纬线，/紧紧密密地织起来。

（三）

高山平坝各是各，/风吹雨打一样淋；/大河小河各是各，/流入东海一样深；/汉族藏族两民族，/语言不同一颗心。[2]

第三，以歌颂藏族人民新生活为主要内容。西藏社会由封建农奴制度一

[1]《中国歌谣集成·西藏卷》，那曲地区新民歌，演唱者：镜吕，采录者：柯巴，傅同和，多布吉1960年6月采录于那曲县，中国ISBN中心出版1995年版，第212页。

[2]《中国歌谣集成·西藏卷》，选自《西藏文学集》，中国ISBN中心出版1995年版，第208–209页。

跃成为社会主义社会制度，社会结构发生了前所未有的变化，藏族人民也用歌声歌颂社会方方面面的变化，歌颂社会各条战线的兴旺景象，歌颂自己的幸福生活。如《我们牧民的家乡》：

我们牧民的家乡，/花开水草兴旺，/滚滚牛羊肥壮。

我们牧民的家乡，/鲜奶似河流淌，/酥油堆如山岗。

我们牧民的家乡，/红旗高高飘扬，/牧歌声声嘹亮。[1]

这首民歌歌唱了牧区幸福富裕的生活，也表现了藏族人民在新社会中的精神面貌。再如《歌唱新生活》的新民歌，不仅有新生活的描述，也有对于新生活来源的归结，就是归结于社会主义：

山顶的积雪是白白的，/羊羔的皮子是绵绵的，/天空的颜色是蓝蓝的，/毛主席的心是赤诚的。

河里的流水是清清的，/地里的青稞是黄黄的，/磨下的糌粑是白白的，/民主改革啊是闪光的！

春天/我喜欢碧绿的草场，/那里有美丽的鲜花，/散发出醉人的芳香。

夏天/我喜欢茂密的树林，/那里有高大的银杉，/给人们带来无比清凉。

秋天/我喜欢晴朗的田野，/那里有丰硕的劳动果实，/微风掀起金色的麦浪。

冬天/我喜欢温暖的太阳，/那里没有寒冷，/年轻人快乐地跳起锅庄。

一切/都比不上我最喜欢的社会主义，/它有春天的花香和夏天的晴朗，/也有秋天的凉爽和冬天的太阳。[2]

[1]《中国歌谣集成·西藏卷》，选自《西藏文学集》，中国ISBN中心出版1995年版，第210页。

[2]《中国歌谣集成·西藏卷》，选自《西藏文学集》，中国ISBN中心出版1995年版，第209页。

第四，有些新民歌，以歌颂历史上的重大事件为核心内容。自 1951 年西藏和平解放以来的十几年间，西藏社会发生了许多事件，对藏族人民来说它们是重大而深刻的，因此，藏族人民也用民歌记载了这些重大事件和重大变化。如《西藏得了解放》的新民歌：

西藏得了解放，/ 吉曲[1] 架了大桥，/ 夏苏[2] 胖子阿妈，/ 口被贴了封条。丹玛觉[3] 在右边，/ 夏钦觉在左边 / 中间黄金灵塔，/ 美赛孔雀开屏。[4]

1951 年 5 月 23 日，《中央人民政府和西藏地方政府关于和平解放西藏办法的协议》正式签订，它标志着西藏各民族回到了中华人民共和国这个各民族人民团结友爱的大家庭之中。它是西藏人民从黑暗和痛苦走向光明和幸福的第一步。对此，一首新民歌做了深情的描绘：

不用笔画的美丽图画，/ 那是老虎皮的斑纹；/ 用笔写就的不朽文献，/ 那是协议十七条。[5]

西藏和平解放后，1959 年开始民主改革，这才是藏族人民的真正解放，也是历史最重大的事件之一，对于这次彻底的翻身解放，藏族人民也用新民歌进行了形象的表达：

---

[1] 吉曲：即拉萨河。

[2] 夏苏：原西藏地方政府一贵族官员，曾在拉萨河办皮船轮渡，自拉萨河架了大桥后皮船轮渡失了业。

[3] 丹玛觉和夏钦觉：布达拉宫左右两边的碉堡；中间黄金灵塔，指布达拉宫和宫内各地达赖金灵塔。

[4] 《中国歌谣集成・西藏卷》，选自《西藏民间歌谣集》，中国 ISBN 中心出版 1995 年版，第 205 页。

[5] 耿予方：《藏族当代文学史》，中国藏学出版社 1994 年版，第 313 页。

游在湖中的金眼小鱼，/没有了“地方政府”多欢畅；/浮在湖上的黄色野鸭，/没有了压迫剥削多欢畅；/栖在柳林中的小鸟黄莺，/没有了差役乌拉多欢畅；/围在马棚里的烈性骏马，/没有了鞭子抽打多欢畅；/住在西藏的劳动人民，/没有了上层农奴主多欢畅。[1]

再如《大石碑》，歌唱的是西藏自治政府的成立。

我们的自治政府，/像一块大石碑。/石碑上写着真理：/叫我们团结，/叫我们前进。

我们的自治政府，/像一块大石碑。/石碑上刻着我们的心意：/风吹不摇，/石晒不化。

我们的自治政府，/像一块大石碑。/石碑上有一条幸福的大路，/火红的太阳出来了，/幸福大路多么光明。[2]

除了重大的政治事件，民歌也记录了发生在社会其他领域的重大事件。1960年，中国登山队的藏汉运动员贡布、王富洲，屈银华，登上了世界第一高峰——珠穆朗玛峰，[3]这一为国争光的壮举，也被唱进新民歌中：

雪山一座要比一座高，/最高的是珠穆朗玛峰，/才仁小伙子过去现在都想去，/若是能去让我献上一条哈达。/地方一个要比一个好，/最好的是定日雪镇，/才仁小伙子过去现在都想去，/若是能去让我献上一束鲜花。

美酒一种要比一种甜，/最甜的是定日美酒，/才仁小伙子过去现在都唱歌，/今天唱着歌儿把美酒献给登山英雄。[4]

[1] 吴伟、耿予方：《西藏文学》，五洲传播出版社2002年版，第14页。
[2] 《中国歌谣集成·西藏卷》，中国ISBN中心出版1995年版，第222页。
[3] 耿予方：《藏族当代文学史》，中国藏学出版社1994年版，第314页。
[4] 耿予方：《藏族当代文学》，中国藏学出版社1994年版，第315页。

第四节　西藏新民歌的艺术特色

西藏民歌作为具有几千年历史的民间文学，在长期的传承中，已形成了自己独有的形式和艺术特色。一般来说，西藏民歌可分为“鲁体”“谐体”“自由体”三大类。这三类民歌，大都具有西藏传统民歌具有语句精炼、富有形象性、富有节奏型等特点；同时，西藏新民歌中还传承了以往传统民歌的很多特色，如“谐体”民歌一事一叙，短小精悍，先起兴，后叙事，开门见山，宜唱宜记。“鲁体”民歌数事并列，善用比喻，反复咏唱，印象深刻等特色。当然，西藏新民歌在新时代条件下，也产生了一些与往不同的新特色。

第一，旧曲换新辞——用传统形式对新生活讴歌是新民歌最突出的艺术特色。新民歌运动开展以来，在这场运动的推动下，藏族新民歌成为“新民歌运动”当中一颗璀璨的明珠，让更多的人认识了藏族民歌。这些民歌呈现的显著特点是：旧曲换新词——用传统形式对新生活讴歌是新民歌最突出的艺术特色。比如一首《在那东方山顶》：

在那东方山顶，/升起金色的太阳；/这不是金色的太阳，/是毛主席的光芒。[1]

它与一直在民间流传的仓央嘉措诗歌中一首非常类似：

在那东山顶上，/升起皎洁月亮。/仙女般情人的脸庞，/浮现在我心上。[2]

两首诗都用东方山顶来开头，但一个用太阳，一个用月亮，以此来起兴

[1] 段宝林：《中国民间文学概要》，北京大学出版社 1985 年版，第 185 页。
[2] 龙仁青：《仓央嘉措情歌及秘史》，青海人民出版社 2005 年版，第 5 页。

抒情，一个表现对毛主席的恩情，一个是表现对姑娘的思恋之情。这样的诗在藏族新民歌中比比皆是，还有一首表现农业合作化运动的民歌与此很是类似：

在那高山的顶上，/闪耀着金子的光华；/那不是金子的光华，/那是合作社的庄稼。[1]

三首诗在形式上是基本一致的，不过表达的感情不同，这很能体现藏族人民在继承中有所发扬和创新的精神。再如一首新民歌：

天上洁白的仙鹤，/请借我一双翅膀，/我不飞往别处去，/只到北京转一趟。[2]

这首新民歌，表达藏族人民对党领导的拥护和支持，渴望飞向祖国的中心北京，但它形式上所借鉴的原诗也是仓央嘉措诗歌中的名句：

洁白的仙鹤，/请把双翅借我，/不会远走高飞，/只到理塘就回。[3]

有人曾分析指出：藏族新民歌最显著的一个标志，就是传统民歌的完美形式，群众熟悉的形象语言，社会主义生活的崭新内容，三者巧妙地结合为一个整体。[4]这种判断是具有一定的合理性的。

新民歌的语言不仅承载了很多传统语言，如"金太阳""白银高塔""珊瑚的号角""蓝天""金色的飘带""吉祥的彩云"，同时，赋予这些词

[1] 佟锦华:《略谈西藏民歌》《藏族民歌选序》，上海文艺出版社1981年版，第9页。
[2] 耿予方：《西藏五十年·文学卷》，民族出版社2001年版，第74页。
[3] 龙仁青：《仓央嘉措情歌及秘史》，青海人民出版社2005年版，第61页。
[4] 耿予方：《西藏五十年·文学卷》，民族出版社2001年版，第316页。

语崭新的意象，给予了它们新的生命力。如一首《在金子的北京城里》：

在金子的北京城里，/升起了金子的太阳，/那不是金子的太阳，/那是毛主席的光辉。

在银子的北京城里，/立起了银子的高塔，/那不是银子的高塔，/那是毛主席的身躯。

在珊瑚的北京城里，/吹起了珊瑚的号角，/那不是珊瑚的号角，/那是毛主席的声音。[1]

诗作以“金太阳”比喻毛主席，以“白银塔”比喻毛主席的身躯，以“珊瑚号角”比喻毛主席的声音。这类用传统词语比喻新生活、新感受的词语在新民歌中非常普遍。如用“大海”比喻毛主席的恩情，用“雄鹰”比喻解放军的英勇，用“东方的太阳”比喻“金珠玛米”，用“自由飞翔小鸟”比喻在党的领导下翻身农奴的欢乐，用“鹿子和草原在一起”“鱼儿和大河在一起”歌颂民族团结，象征汉藏民族谁也离不开谁，用“金色的飘带”“五彩的长虹”比喻新修的公路。

第二，现实主义和浪漫主义的完美结合。西藏社会经历了由农奴社会向社会主义社会的巨大的变革，巨大的变化让藏族人民产生了丰富的幻想，但这种幻想也是以现实生活中方方面面的改变为基础的。如：

东方的山顶上，/出现了一片金光，/那不是金光，/是勘测队的灯光。

北边的江面上，/出现了一座阁楼，/那不是阁楼，/是我们的发电厂。

南方的草原上，/出现了千万颗星星，/那不是星星，/是牧场的牛羊。

西边的山腰上，/出现了一条彩虹，/那不是彩虹，/是我们地方的公

[1] 《中国歌谣集成·西藏卷》，拉萨民歌，演唱者：白准，采录者：耿予方，1960年7月采录于墨竹工卡县，中国ISBN中心出版1995年版，第211页。

路。[1]

在新民歌中，现实生活中的勘测队、发电厂、牛羊、公路被比喻为金光、阁楼、千万颗星星、彩虹，表现手法大胆、夸张，用复沓的形式把现实主义和浪漫主义完美结合在一起。

青藏、川藏公路的通车，是西藏和平解放初期藏族人民的梦想，后来这样的梦想也变为现实。如《金色的飘带》是这样描述新修的公路的：

长长两条公路，/好像那金色的琴弦，/各民族的驾驶员，/拨动那琴弦唱得欢。

长长两根琴弦，/把首都和西藏相连，/把汉藏民族连在一起，/建设新西藏的歌儿唱得甜。

康藏公路啊！/你像金色的飘带，/你像晴空的彩虹，/从东方飘过来，/又飘向西方；

从美丽的北京城飘过来，/飘向雪山深谷，/飘向雪山田庄，/把汉藏两族人民的心连起来。[2]

歌中把公路比喻成琴弦，又把琴弦比喻成连接汉藏民族的桥梁，表现出了相当丰富的想象力。

除了以现实为基础的想象之外，藏族人民也善于将自己对祖国、民族的情感渗透在的浪漫主义想象之中，如下面这首新民歌：

在欢乐的春天里，/我愿变成一只布谷鸟，/唱着歌儿飞向北京，/停在天安门城楼上。

[1] 宁世群：《藏族文化散论》，中国藏学出版社1997年版，第149页。

[2] 《中国歌谣集成·西藏卷》，选自《西藏文学集》，中国ISBN中心出版1995年版，第210页。

在温暖的夏天里，/我愿变做一朵浪花，/随着波涛飞向北京，/汇进清澈的中南海。

在金色的秋天里，/我愿变成一串麦穗，/闪着丰收的光芒，/挂在民族宫的金墙上。

在白玉般的冬天里，/我愿变成一朵雪花，/满怀着对首都的爱，/落在人民大会堂的碧瓦上。[1]

并不是每个人都能去北京，但通过口口相传，新民歌中对北京的每种事物都展开了想象，幻想自己变成布谷鸟、浪花、麦穗、雪花，能落到天安门、中南海、民族宫、人民大会堂上。这种看似不着边际的想象，体现出的是民歌奔放无羁的浪漫想象。

第三，采用新旧形式的强烈对比，来体现感人的力量。在传统藏族民歌中，有很多苦歌、缘歌、讽喻歌，但在新民歌中，藏族人民将新旧事物做了强烈的对比，这种对比有新社会和旧社会的对比，有新事物和旧事物的对比，也有新生活和旧生活的对比。如《东方的太阳升起来了》：

叛匪和反动的领主，/就像昨夜降落的霜，/我们的金珠玛米呀，/就像东方的太阳。/东方的太阳升起来了，/昨夜的霜全部化光。[2]

这首民歌，把叛匪和反动领主比喻成寒霜，把解放军金珠玛米比喻成太阳，采用鲜明的意象，运用对比法，把新旧社会的变化形象生动地表达了出来。还有从多方面刻画新旧社会的面貌的：

过去的河水不断地流，/我们的痛苦无尽头；/如今河水不断地流，/

[1] 耿予方：《藏族当代文学》，中国藏学出版社1994年版，第322页。

[2]《中国歌谣集成·西藏卷》，昌都民歌，演唱者：解荣，采录者：王文成，祁连休，1960年5月，采录于波密县东却乡，中国ISBN中心出版1995年版，第216页。

我们的幸福无尽头。

过去大风不断地刮，/我们的苦歌遍高原；/如今大风不断地刮，/我们的喜悦说不完。

过去的马儿不断地跑，/黑暗牢笼难逃脱；/如今马儿不断地跑，/幸福路上多逍遥。

过去鬼魅怒声吼，/身上常被皮鞭抽；/如今欢歌随意唱，/我们的心情乐悠悠。[1]

这首歌用排比的修辞方法，描绘了人们对新旧社会的不同感受，尽管诗歌描绘的都是常见的自然景物，诸如河水长流，大风在刮，马儿在跑；但过去是“痛苦无尽头”，今天是“幸福无尽头”；过去是“苦歌遍高原”，今天是“喜悦说不完”；过去是“黑暗牢笼难逃脱”；今天是“幸福路上多逍遥”；过去是“常被皮鞭抽”，今天是“心情乐悠悠”等，寥寥数语，对比鲜明、意味深长。再如《阿爸和儿子》的新民歌：

阿爸是个放牧能手，/给地主放牧的羊群啊，/羊儿长得像小牛，/自己的儿子却瘦得皮包骨头。

阿爸是个做活能手，/给地主种的青稞啊，/金黄的青稞有千万斗，/自己的儿子却挖野菜糊口。

阿爸是个打猎能手，/斑花虎皮黄花狐皮啊，/全被狠心的地主拿走，/自己的儿子却穿着布绺绺。

自从来了共产党，/阿爸像石头下的草儿出了头，/他给社里愉快地放牧牛羊，/幸福和欢乐充满了儿子心头。[2]

---

[1] 耿予方：《藏族当代文学》，中国藏学出版社 1994 年版，第 308—319 页。

[2] 耿予方：《藏族当代文学》，中国藏学出版社 1994 年版，第 320 页。

这首民歌，通过一对父子在新旧两个社会里社会地位和生活水平的巨大变化，揭示了新旧社会的根本区别。

西藏新民歌虽是20世纪50、60年代随着政治运动而产生、发展的，但是还是能够在一定程度上反映西藏现实生活的变化，表达西藏人民的心声。它承继了优秀的传统形式，融入了新的思想内容，包含着丰富驳杂的社会内容，产生了巨大而深远的影响。在西藏当代文学史上，它也是浓墨重彩的一笔。

后 记

和平解放70年来，在中国共产党领导下，西藏培养出了一大批优秀的作家，他们创作出了一系列优秀的文学作品，为西藏的文化发展繁荣做出了巨大贡献。为了全面总结西藏当代文学在创作与实践中所取得的丰硕成果，同时也为西藏今后的文学发展与研究留下宝贵文学史料，2013年3月，经西藏自治区党委宣传部和西藏自治区文联研究，决定编撰《西藏当代文学史》并成立编撰委员会。经过近八年的努力，《西藏当代文学史》编委会组织完成了编撰工作。在该书稿出版之际，我们对《西藏当代文学史》的编写经过，略做说明。

编委会由西藏作协主席吉米平阶和作协理事周韶西牵头，组织展开编撰工作，编委会确定与西藏民族大学西藏当代文学研究中心通力合作，并联合西藏社会科学院、西藏大学等部门的专家学者，共同完成《西藏当代文学史》的编撰。此项工作得到了西藏民族大学、西藏民族大学西藏当代文学研究中心和西藏民族大学文学院广大教职员工以及西藏社会科学院、西藏大学广大专家学者的积极响应和高度重视。2013年10月，编委会在西藏民族大学召开了专题会议，出席会议的有西藏作协、西藏大学、西藏社会科学院和西藏民族大学专家、学者和教授，并对编委会以及编写人员进行了调整和补充。

经过调整和补充的编委会按计划积极组织展开了各项工作，但在整个编撰工作中，由于历史跨度较大、涉及作家作品较多，各种情况较为复杂，加上编委会对整个编撰工作的实际困难估计不足，在实际编撰工作中遇到了不少问题。为此，编撰委员会吉米平阶、李佳俊、周韶西、班丹、王军君、胡沛萍、蓝国华、次仁央宗、罗布次仁、陈桂芝、袁书会等成员多次在拉萨、成都和咸阳等地，组织召集部分编写人员参加的编撰工作会议，具体研究解决编撰过程中遇到的实际困难，特别是藏语文文学创作的编撰问题。自治区政协副主席、文联主席扎西达娃和时任自治区文联党组书记的张晓峰同志多次参加会议，对编撰工作提出指导性意见。

历经五年的艰苦努力和数易其稿，《西藏当代文学史》于 2018 年 6 月完成了第一稿的编写。编委会于 2018 年 6 月 30 日在西藏民族大学召开终审会议。会议由西藏民族大学文学院院长王军君主持，原西藏民族大学校长刘凯出席并发表讲话。此次会议还邀请南京大学教授丁帆、中山大学教授林岗、复旦大学教授部元宝、华东师范大学教授文贵良、中国社会科学院语言研究所所长尹虎彬参加评审，他们在对《西藏当代文学史》第一稿充分肯定的基础上分别提出了宝贵的完善和修改意见。对此，我们深表谢意。

经过调整、补充和完善，2018 年 10 月，编委会决定把修改后的三卷本《西藏当代文学史》第一稿，提交西藏自治区党委宣传部审核，并由宣传部出面邀请长期工作生活在西藏，并对西藏当代文学比较了解的学者和作家审阅书稿。

2020 年 4 月下旬，西藏自治区党委宣传部发文，传达了丹增、拉巴平措、马丽华、刘伟、金志国等专家的审阅意见和建议，并指示编委会按照他们的意见和建议，对书稿进行必要的修改和完善，争取尽快出版，为建党 100 周年和西藏和平解放 70 年献礼。由于受新冠疫情的影响，吉米平阶与各卷主编沟通后，2020 年 5 月 3 日召开各卷主编参加的视频会议，传达了区党委宣传部的指示和修改意见并确定了修改方案和完成期限。

2020 年 6 月，《西藏当代文学史》修订稿最终完成。《西藏当代文学史》的编撰完成是编委会团结各方力量，精诚合作的结果，也是全体编撰人员无私奉献和辛勤劳动的结晶，更是区党委宣传部和区文联高度重视和支持而获得的丰硕成果。

在编写过程，由于各种原因，各卷负责人和编写人员有所变化，加上相关资料不够完善，书中难免存在一些问题和纰漏；同时，由于这部文学史是一项集体成果，所以在章节详略、表述方式、文字风格等方面，还有不够统一的地方，一些观点和表述也不尽到位；由于这是一部力求全面反映西藏当代文学发展状况的文学史，在编撰过程中，编委会更多强调的是作家作品收录的全面，从而对其在学术研究上注重不够，凡此种种不足，恳请专家学者和读者批评指正，我们将在今后的修订中尽力完善。

最后，感谢所有参与编写《西藏当代文学史》的人员！感谢西藏人民出版社的大力支持！感谢责编李海平先生、计美旺扎先生、张慧霞女士为《西藏当代文学史》的编辑出版付出的辛勤劳动！

刘柯辰、卢芳兵、梁攀、李英杰同学做了大量的文字校对工作，对她们的辛苦付出表示由衷感谢！

《西藏当代文学史》编撰委员会

2021 年 11 月 30 日

《西藏当代文学史》撰写人员

前 言 （李佳俊初稿）

概述（1949—1976）（李佳俊初撰）

第一章 小说

概述（李佳俊初撰）

第一节 徐怀中（栗军初撰）

第二节 胡奇（栗军初撰）

第三节 刘克（栗军初撰）

第四节 苏策（栗军、蓝国华初撰）

第五节 叶玉林（蓝国华、栗军、魏春春初撰）

第六节 单超（栗军初撰）

第七节 刘汉君（栗军初撰）

第八节 李文珊（魏春春、蓝国华初撰）

第二章 诗歌

概述（胡沛萍初撰）

第一节 江洛金·索朗杰布（次仁央宗初撰）

第二节 擦珠·阿旺洛桑（黄波、次仁央宗初撰）

第三节 杨星火（胡沛萍、黄波初撰）

第四节 汪承栋（胡沛萍、黄波初撰）

第五节 周艳炀（黄波、卢顽梅、周韶西初撰）

第六节　高平（胡沛萍、黄波初撰）

第七节　徐官珠（胡沛萍初撰）

第八节　张永枚（黄波初撰）

第九节　饶阶巴桑（黄波初撰）

第三章　散文报告文学

概述（宋卫红初撰）

第一节　杨军、左齐、夏川（陈桂芝初撰）

第二节　李文珊（蓝国华初撰）

第三节　郭超人（陈桂芝初撰）

第四节　李佳俊（陈桂芝、胡沛萍初撰）

第五节　刘　延、白辛（陈桂芝、胡沛萍初撰）

第四章　戏剧影视文学

概述（尼玛顿珠初撰）

第一节　藏戏改编（尼玛顿珠初撰）

第二节　反映时代生活的藏戏（尼玛顿珠、班丹初撰）

第三节　其他戏剧团在西藏的演出和创作活动（尼玛顿珠、班丹初撰）

第四节　黄宗江与《农奴》（王军君初撰）

第五节　徐怀中与《无情的情人》（张涛初撰）

第五章　西藏新民歌（栗军初撰）

（本卷统稿由胡沛萍完成）